图书在版编目（CIP）数据

红楼梦 /（清）曹雪芹，（清）高鹗著. — 杭州：浙江古籍出版社，2016.1

（古典文库）

ISBN 978-7-5540-0775-4

Ⅰ.①红… Ⅱ.①曹… ②高… Ⅲ.①章回小说—中国—清代 Ⅳ.①I242.4

中国版本图书馆 CIP 数据核字（2016）第 019694 号

红楼梦

（清）曹雪芹　（清）高　鹗　著

出版发行　浙江古籍出版社

（杭州体育场路 347 号　电话：0571-85176986）

网　　址　www.zjguji.com

责任编辑　徐晓玲

责任校对　余　宏

装帧设计　刘　欣

责任印务　楼浩凯

照　　排　杭州立飞图文制作有限公司

印　　刷　浙江新华印刷技术有限公司

开　　本　710×1000　1/16

印　　张　55.25

字　　数　960 千字

版　　次　2016 年 1 月第 1 版

印　　次　2016 年 1 月第 1 次印刷

书　　号　ISBN 978-7-5540-0775-4

定　　价　63.00 元

出版说明

在中国古典小说中，《红楼梦》是艺术成就最高、影响最大的一部，同时也是版本最为复杂的一部。就目前能见者而言，十余种脂砚斋抄本加程伟元、高鹗的木活字排印本及后世的翻刻翻印本，版本总数在二十种以上。此《红楼梦》以程乙本为底本，而校以各脂砚斋本及各程本。参校较多的是脂砚斋己卯本、庚辰本、甲戌本和《乾隆抄本百廿回红楼梦稿》、《列宁格勒藏抄本石头记》及程甲本、王雪香评本。个别本子未曾寓目，利用了俞平伯《红楼梦八十回校本》及文化艺术出版社出版的《脂砚斋重评石头记汇校》。

本书在校勘上，仍依程、高"广集核勘，准情酌理，补遗订讹"的路数，底本善者仍之，不善者核以诸本，择善而从，要在情理是否较协、前后是否接榫。例如茗烟的改名焙茗、宝玉的得号怡红公子，底本均有交代，仍之。又如柳五儿其人，在第六十回中首次登场，本欲借芳官之力入怡红院，后因"玫瑰露引出茯苓霜"而遭一夜监禁，其病愈重，又逢贾敬殡天，其事遂寝。脂本第七十七回中有柳五儿短命而死一节："王夫人笑道：'你还强嘴。我且问你，前年我们往皇陵上去，是谁调唆宝玉要柳家的丫头五儿了？幸而那丫头短命死了，不然进来了，你们又连伙聚党遭害这园子呢。'"然而在后四十回中，柳五儿之戏殊多，至第一百零九回，更有柳五儿的重头戏："候芳魂五儿承错爱。"底本则无五儿死一节，前后一贯，从之。又如第二十二回，脂本有惜春灯谜，元、迎、探、惜四春俱全；而底本缺惜春，据补。脂本于惜春灯谜后有贾政一段沉思，作为"四春"灯谜的小结，亦初发贾政之悲，而底本无，据补。底本在"四春"灯谜后增加宝玉、宝钗两谜，并以庚辰本的宝钗一谜改属黛玉，庶几"四春"、宝、钗、黛无缺，仍之。又如第五十三回，叙乌进孝见贾珍："贾珍命人拉起他来，笑说：'你还硬朗？'乌进孝笑道：'不瞒爷说，小的们走惯了，不来也闷的慌。他们可都不是愿意来见见天子脚下世面？……'"乌庄头之语答非所问。梦稿本则作："乌进孝笑回：'托爷的福，还能走得动。'贾珍道：'你儿子也大了，该叫他走走也罢了。'乌进孝笑道：'不瞒爷说，小的们……'"比底本多三十一字，而文意贯通，即据补。又如第六十三回："注云：'杏花陪一盏，座中同庚者陪一盏，同姓者陪一盏。'……

黛玉与他同辰，只无同姓者。”“同辰”云云，有失关照。庚辰本于“同庚者陪一盏”后有“同辰者陪一盏”六字，据补。又如第六十九回：“贾琏道：‘竟是七日。因家叔家兄皆在外，小丧不敢久停。’”然前文并未言及“家兄”在外。庚辰本前有一段文字，叙贾珍出门，据补。

后四十回文字，程乙本优于程甲本者不少。如第九十二回，在冯紫英感叹“人世的荣枯，仕途的得失，终属难定”后，底本有一长段贾政关于“母珠”“聚散”的议论，正揭出题旨“玩母珠贾政参聚散”，程甲本无。又如程甲本第九十四回：“宝玉道：‘怎么没有？大前儿还到南安王府里听戏去了呢，便说那日丢的。’”程乙本“南安王”作“临安伯”，核以第九十三回，是。诸如此类，不及尽述。

目 录

第一回　甄士隐梦幻识通灵　贾雨村风尘怀闺秀

此开卷第一回也。作者自云曾历过一番梦幻之后，故将真事隐去，而借“通灵”说此《石头记》一书也,故曰“甄士隐”云云。但书中所记何事何人？自已又云:“今风尘碌碌，一事无成，忽念及当日所有之女子，一一细考较去，觉其行止见识皆出我之上。我堂堂须眉，诚不若彼裙钗。我实愧则有余，悔又无益，大无可如何之日也！当此日，欲将已往所赖天恩祖德，锦衣纨袴之时，饫甘餍肥之日，背父母教育之恩，负师友规训之德，以致今日一技无成、半生潦倒之罪，编述一集，以告天下人：我之负罪固多，然闺阁中历历有人，万不可因我之不肖，自护己短，一并使其泯灭也。故当此蓬牖茅椽、绳床瓦灶，未足妨我襟怀；况对着晨风夕月、阶柳庭花，曾觉润人笔墨。虽我不学无文，又何妨用假语村言，敷演出来，亦可使闺阁昭传，复可破一时之闷、醒同人之目，不亦宜乎？故曰‘贾雨村’云云。”更于篇中，间用“梦”“幻”等字，却是此书本旨，兼寓提醒阅者之意。

看官：你道此书从何而起？说来虽近荒唐，细玩深有趣味。

却说那女娲氏炼石补天之时，于大荒山无稽崖炼成高十二丈、见方二十四丈大的顽石三万六千五百零一块。那娲皇只用了三万六千五百块，单单剩下一块未用，弃在青埂峰下。谁知此石自经煅炼之后，灵性已通，自去自来，可大可小，因见众石俱得补天，独自己无才不得入选，遂自怨自愧，日夜悲哀。一日，正当嗟悼之际，俄见一僧一道远远而来，生得骨格不凡，丰神迥异，说说笑笑来至峰下，坐于石边高谈快论。先是说些云山雾海、神仙玄幻之事，后便说到红尘中荣华富贵。此石听了，不觉打动凡心，也想要到人间去享一享这荣华富贵，但自恨粗蠢，不得已便口吐人言，向那僧、道说道：“大师，弟子蠢物，不能见礼了。适闻二位谈那人世间荣耀繁华，心切慕之。弟子质虽粗蠢，性却稍通。况见二师仙形道体，定非凡品，必有补天济世之材、利物济人之德。如蒙发一点慈心，携带弟子得入红尘，在那富贵场中、温柔乡里受享几年，自当永佩洪恩、万劫不忘也。”二仙师听毕，齐憨笑道：“善哉，善哉！那红尘中有却有些乐事，但不能永远依恃，况又有‘美中不足，好事多魔’八个字紧相连属，瞬息间则又乐极悲生、人非物换，究竟是到头一梦、万境归空，倒不如不去的好。”这石凡心已炽，那里听得进这话去，乃复苦求再四。二仙知不可强制，乃叹道：“此亦静极思动、无中生有之数也。既如此，我们便携你去受享受享，只是到不得意时，切莫后悔。”石道：“自然，自然。”那僧又道：“若说你性灵，却又如此质蠢，并更无奇贵之处。如此也只好踮脚而已。也罢，我如今大施佛法助你助，待劫终之日，复还本质，以了此案。你道好否？”石头听了，感谢不尽。

那僧便念咒书符，大展幻术，将一块大石登时变成一块鲜明莹洁的美玉，且又缩成扇坠一般，甚属可爱。那僧托于掌上笑道：“形体倒也是个灵物了，只是没有实在的好处，须得再镌上几个字，使人人见了，便知你是件奇物，然后携你到那昌明隆盛之邦、诗礼簪缨之族、花柳繁华地、温柔富贵乡那里去走一遭。”石头听了大喜，因问：“不知可镌何字？携到何方？望乞明示。”那僧笑道：“你且莫问，日后自然明白。”说毕，便袖了，同那道人飘然而去，竟不知投向何方。

又不知过了几世几劫，因有个空空道人，访道求仙，从这大荒山无稽崖青埂峰下经过。忽见一块大石，上面字迹分明，编述历历。空空道人乃从头一看，原来是无才补天，幻形入世，被那茫茫大士、渺渺真人携入红尘、引登彼岸的一块顽石，上面叙着堕落之乡、投胎之处，以及家庭琐事、闺阁闲情、诗词谜语，倒还全备。只是朝代年纪，失落无考。后面又有一偈云：

无材可去补苍天，枉入红尘若许年。
此系身前身后事，倩谁记去作奇传？

空空道人看了一回，晓得这石头有些来历，遂向石头说道：“石兄，你这一段故事，据你自己说来，有些趣味，故镌写在此，意欲闻世传奇。据我看来，第一件，无朝代年纪可考；第二件，并无大贤大忠理朝廷治风俗的善政，其中只不过几个异样女子，或情或痴，或小才微善。我纵然抄去，也算不得一种奇书。”石头果然答道：“我师何必太痴！我想历来野史的朝代，无非假借汉唐的名色，莫如我这石头所记，不借此套，只按自己的事体情理，反倒新鲜别致。况且那野史中，或讪谤君相，或贬人妻女，奸淫凶恶，不可胜数；更有一种风月笔墨，其淫秽污臭最易坏人子弟，又不可胜数。至于才子佳人等书，则又开口文君，满篇子建，千部一腔，千人一面，且终不能不涉淫滥。在作者不过要写出自己的两首情诗艳赋来，故假捏出男女二人名姓，又必旁添一小人拨乱其间，如戏中小丑一般。更可厌者，之乎者也，非理即文，大不近情，自相矛盾：竟不如我半世亲见亲闻的这几个女子，虽不敢说强似前代书中所有之人，但观其事迹原委，亦可消愁破闷。至于几首歪诗，亦可以喷饭供酒。其间离合悲欢，兴衰际遇，俱是按迹循踪，不敢稍加穿凿，至失其真。只愿世人当那醉余睡醒之时，或避事消愁之际，把此一玩，不但洗了旧套，换新眼目，却也省了些寿命筋力，不比那谋虚逐妄。我师意为何如？”

空空道人听如此说，思忖半晌，将这《石头记》再检阅一遍，因见上面大旨，不过谈情，亦只实录其事，绝无伤时淫秽之病，方从头至尾，抄写回来，闻世传奇。从此，空空道人因空见色，由色生情，传情入色，自色悟空，遂改名情僧，改《石头记》为《情僧录》。东鲁孔梅溪题曰“风月宝鉴”。后因曹雪芹于悼红轩中披阅十载，增删五次，纂成目录，分出章回，又题曰“金陵十二钗”，并题一绝。即此便是《石头记》的缘起。诗云：

满纸荒唐言，一把辛酸泪。都云作者痴，谁解其中味！

《石头记》缘起既明，正不知那石头上面记着何人何事？看官请听。按那石上书云，当日地陷东南，这东南有个姑苏城，城中阊门，最是红尘中一二等富贵风流之地。这阊门外，有个十里街，街内有个仁清巷，巷内有个古庙，因地方窄狭，人皆呼作葫芦庙。庙旁住着一家乡宦，姓甄，名费，字士隐。嫡妻封氏，性情贤淑，深明礼义。家中虽不甚富贵，然本地也推他为望族了。因这甄士隐禀性恬淡，不以功名为念，每日只以观花种竹、酌酒吟诗为乐，倒是神仙一流人物。只是一件不足：年过半百，膝下无儿，只有一女，乳名英莲，年方三岁。

一日，炎夏永昼，士隐于书房闲坐，手倦抛书，伏几盹睡，不觉朦胧中走至一处，不辨是何地方。忽见那厢来了一僧一道，且行且谈。只听道人问道：“你携了此物，意欲何往？”那僧笑道：“你放心，如今现有一段风流公案，正该了结，这一干风流冤家，尚未投胎入世。趁此机会，就将此物夹带于中，使他去经历经历。”那道人道：“原来近日风流冤家，又将造劫历世。但不知起于何处？落于何方？”那僧道：“此事说来好笑。只因西方灵河岸上三生石畔，有绛珠草一株。那时，这个石头因娲皇未用，却也落得逍遥自在，各处去游玩。一日，来到警幻仙子处。那仙子知他有些来历，因留他在赤霞宫居住，就名他为赤霞宫神瑛侍者。他却常在灵河岸上行走，看见这株仙草可爱，遂日以甘露灌溉，这绛珠草始得久延岁月。后来既受天地精华，复得甘露滋养，遂脱了草木之胎，得换人形，仅仅修成女体，终日游于离恨天外，饥餐秘情果，渴饮灌愁水。只因尚未酬报灌溉之德，故其五内郁结着一段缠绵不尽之意，常说自己受了他雨露之惠，‘我并无此水可还他，若下世为人，我也同去走一遭，但把我一生所有的眼泪还他，也还得过了’。因此一事，就勾出多少风流冤家都要下凡，造历幻缘，那绛珠仙草也在其中。今日这石复还原处，你我何不将他仍带到警幻仙子案前，给他挂了号，同这些情鬼下凡，一了此案？”那道人道：“果是好笑！从来不闻有还泪之说。趁此，你我何不也下世度脱几个，岂不是一场功德！”那僧道：“正合吾意。你且同我到警幻仙子宫中，将这蠢物交割清楚，待这一干风流孽鬼下世，你我再去。如今有一半落尘，然犹未全集。”道人道：“既如此，便随你去来。”

却说甄士隐俱听得明白，遂不禁上前施礼，笑问道：“二位仙师请了。”那僧、道也忙答礼相问。士隐因说道：“适闻仙师所谈因果，实人世罕闻者。但弟子愚拙，不能洞悉明白。若蒙大开痴顽，备细一述，弟子洗耳谛听，稍能警省，亦可免沉沦之苦。”二仙笑道：“此乃玄机，不可预泄者。到那时只不要忘了我二人，便可跳出火坑矣。”士隐听了，不便再问。因笑道：“玄机固不可泄，但适云‘蠢物’，不知为何？我可得见否？”那僧说：“若问此物，倒有一面之缘。”说着，取出递与士隐。士隐接了看时，原来是块鲜明美玉，上面字迹分明，镌着“通灵宝玉”四字，后面还有几行小字。正欲细看时，那僧便说：“已到幻境。”便强从手中夺了去，与道人竟过一大石牌坊，上面大书四字，乃是“太虚幻境”。两边又有一副对联，道：

假作真时真亦假　无为有处有还无

士隐意欲也跟了过去，方举步时，忽听一声霹雳，若山崩地陷。士隐大叫一声，定睛看时，只见烈日炎炎，芭蕉冉冉，梦中之事，便忘了一半。又见奶母抱了英莲走来，士隐见女儿越发生得粉装玉琢，乖觉可喜，便伸手接来，抱在怀中，引他顽耍一回。又带至街前，看那过会的热闹。方欲进来时，只见从那边来了一僧一道：那僧癞头跣足，那道跛足蓬头，疯疯癫癫，挥霍谈笑而至。及到了他门前，看见士隐抱着英莲，那僧便大哭起来，又向士隐道：“施主，你把这有命无运、累及爹娘之物抱在怀中作甚？”士隐听了，知是疯话，也不睬他。那僧还说：“舍我罢！舍我罢！”士隐不耐烦，便抱女儿转身欲进去，那僧乃指着他大笑，口内念了四句言词，道是：

惯养娇生笑你痴，菱花空对雪澌澌。
好防佳节元宵后，便是烟消火灭时。

士隐听得明白，心下犹豫，意欲问他来历，只听道人说道："你我不必同行，就此分手，各干营生去罢 。三劫后，我在北邙山等你，会齐了，同往太虚幻境销号。"那僧道："最妙，最妙！"说毕，二人一去，再不见个踪影了。士隐心中此时自忖:这两个人必有来历，很该问他一问，如今后悔，却已晚了。

这士隐正痴想，忽见隔壁葫芦庙内寄居的一个穷儒，姓贾名化，表字时飞，别号雨村的走了来。这贾雨村原系湖州人氏，也是诗书仕宦之族，因他生于末世，父母祖宗根基已尽，人口衰丧，只剩得他一身一口，在家乡无益，因进京求取功名，再整基业。自前岁来此，又淹蹇住了，暂寄庙中安身，每日卖文作字为生，故士隐常与他交接。当下雨村见了士隐，忙施礼陪笑道："老先生倚门伫望，敢是街市上有甚新闻么？"士隐笑道："非也。因小女啼哭，引他出来作耍，正是无聊的很。贾兄来得正好，请入小斋，彼此俱可消此永昼。"说着，便令人送女儿进去，自携了雨村，来至书房中。小童献茶。方谈得三五句话，忽家人飞报："严老爷来拜。"士隐慌忙起身谢道："恕枉驾之罪。且请略坐，弟即来奉陪。"雨村起身亦让道："老先生请便。晚生乃常造之人，稍候何妨。"说着，士隐已出前厅去了。

这里雨村且翻弄诗籍解闷。忽听得窗外有女子嗽声，雨村遂起身往外一看，原来是一个丫鬟在那里掐花，生得仪容不俗，眉目清秀，虽无十分姿色，却也有动人之处。雨村不觉看得呆了。那甄家丫鬟掐了花，方欲走时，猛抬头见窗内有人，敝巾旧服，虽是贫窘，然生得腰圆背厚，面阔口方，更兼剑眉星眼，直鼻方腮。这丫鬟忙转身回避，心下自想："这人生的这样雄壮，却又这样褴褛，想他定是我家主人常说的什么贾雨村了。每有意帮助周济他，只是没甚机会。我家并无这样贫窘亲友，想一定就是此人了。怪道又说他必非久困之人。"如此想，不免又回头一两次。雨村见他回了头，便以为这女子心中有意于他，便狂喜不禁，自谓此女子必是个巨眼英豪，风尘中之知己。一时小童进来，雨村打听得前面留饭，不可久待，遂从夹道中自便门出去了。士隐待客既散，知雨村已去，便也不去再邀。

一日，到了中秋佳节，士隐家宴已毕，又另具一席于书房，自己步月至庙中，来邀雨村。原来，雨村自那日见了甄家之婢曾回顾他两次，自谓是个知己，便时刻放在心上。今又正值中秋，不免对月有怀，因而口占五言一律云：

未卜三生愿，频添一段愁。闷来时敛额，行去几回眸。

自顾风前影，谁堪月下俦。蟾光如有意，先上玉人头。

雨村吟罢，因又思及平生抱负，苦未逢时，乃又搔首对天长叹，复高吟一联云：

玉在椟中求善价　钗于奁内待时飞

恰值士隐走来听见，笑道："雨村兄，真抱负不凡也！"雨村忙笑道："不敢，不过偶吟前人之句，何期过誉如此！"因问："老先生何兴到此？"士隐笑道："今夜中秋，俗谓团圆之节。想尊兄旅寄僧房，不无寂寥之感，故特具小酌，邀兄到敝斋一饮，不知可纳芹意否？"雨村听了，并不推辞，便笑道："既蒙谬爱，何敢拂此盛情。"说着，便同了士隐，复过这边书院中来。

须臾茶毕，早已设下杯盘，那美酒佳肴，自不必说。二人归坐，先是款斟慢饮，渐次谈至兴浓，不觉飞觥献斝起来。当时街坊上家家箫管，户户笙歌，当头一轮明月，飞彩凝辉，二人愈添豪兴，酒到杯干。雨村此时已有七八分酒意，狂兴不禁，乃对月寓怀，口占一绝云：

时逢三五便团圞，满把清光护玉栏。

天上一轮才捧出，人间万姓仰头看。

士隐听了，大叫："妙极！弟每谓兄必非久居人下者，今所吟之句，飞腾之兆已见，不日可接履于云霄之上了，可贺，可贺！"乃亲斟一斗为贺。雨村饮干，忽叹道："非晚生酒后狂言，若论时尚之学，晚生也或可去充数挂名。只是如今行囊路费，一概无措，神京路远，非赖卖字撰文即能得到。"士隐不待说完，便道："兄何不早言。弟已久有此意，但每遇兄时，并未谈及，故未敢唐突。今既如此，弟虽不才，'义利'二字，却还识得。且喜明岁正当大比，兄宜作速入都，春闱一捷，方不负兄之所学。其盘费余事，弟自代为处置，亦不枉兄之谬识矣！"当下即命小童进去，速封五十两白银并两套冬衣。又云："十九日乃黄道之期，兄可即买舟西上，待雄飞高举，明冬再晤，岂非大快之事！"雨村收了银、衣，不过略谢一语，并不介意，仍是吃酒谈笑。那天已交三鼓，二人方散。

士隐送雨村去后，回房一觉，直至红日三竿方醒。因思昨夜之事，意欲写荐书两封，与雨村带至都中去，使雨村投谒个仕宦之家，为寄身之地。因使人过去请时，那家人回来说："和尚说，贾爷今日五鼓已进京去了，也曾留下话与和尚转达老爷，说'读书人不在黄道黑道，总以事理为要，不及面辞了'。"士隐听了，也只得罢了。

真是闲处光阴易过，倏忽又是元宵佳节。士隐令家人霍启抱了英莲去看社火花灯，半夜中，霍启因要小解，便将英莲放在一家门槛上坐着。待他小解完了来抱时，那有英莲的踪影！急得霍启直寻了半夜，至天明不见，那霍启也不敢回来见主人，便逃往他乡去了。那士隐夫妇见女儿一夜不归，便知有些不好，再使几人去找寻，回来皆云影响全无。夫妇二人半世只生此女，一旦失去，何等烦恼！因此昼夜啼哭，几乎不顾性命。看看一月，士隐已先得病；夫人封氏，也因思女遘病，日日请医问卜。

不想这日三月十五，葫芦庙中作供，那和尚不小心，油锅火逸，便烧着窗纸。此方人家，俱用竹篱木壁。也是劫数应当如此，于是接二连三，牵五挂四，将一条街烧得如火焰山一般。彼时虽有军民来救，那火已成了势了，如何救得下！直烧了一夜方息，也不知烧了多少人家。只可怜甄家在隔壁，早已成了一堆瓦砾场了。只有他夫妇并几个家人的性命，不曾伤了。急得士隐惟跌足长叹而已。与妻子商议，且到田庄上去住。偏值近年水旱不收，盗贼蜂起，官兵剿捕，田庄上又难以安身。只得将田地都折变了，携了妻子与两个丫鬟，投他岳丈家去。

他岳丈名唤封肃，本贯大如州人氏，虽是务农，家中却还殷实。今见女婿这等狼狈而来，心中便有些不乐。幸而士隐还有折变田产的银子在身边，拿出来托他随便置买些房地，以为后日衣食之计。那封肃便半用半赚的，略与他些薄田破屋。士隐乃读书之人，不惯生理稼穑等事，勉强支持了二三年，越发穷了。封肃见面时，便说些现成话，且人前人后，又怨他不善过活，只一味好吃懒做。士隐知投人不着，心中未免悔恨，再兼上年惊唬，急忿怨痛，已有积伤，暮年之人，贫病交攻，竟渐渐的露出那下世的光景来。

可巧这日拄了拐扎挣到街前散散心时，忽见那边来了一个跛足道人，疯狂落拓，麻鞋鹑衣，口内念着几句词道：

世人都晓神仙好，惟有功名忘不了！古今将相在何方？
荒冢一堆草没了。世人都晓神仙好，只有金银忘不了！
终身只恨聚无多，及到多时眼闭了。世人都晓神仙好，
只有姣妻忘不了！君生日日说恩情，君死又随人去了。
世人都晓神仙好，只有儿孙忘不了！痴心父母古来多，
孝顺子孙谁见了？

士隐听了，便迎上来道：“你满口说些什么？只听见些‘好’‘了’‘好’‘了’。”那道人笑道：“你果听见‘好’‘了’二字，还算你明白呢。可知世上万般，

好便是了，了便是好。若不了，便不好;若要好，须是了。我这歌儿，便名《好了歌》。”士隐本是有夙慧的，一闻此言，心中早已彻悟，因笑道：“且住，待我将你这《好了歌》注解出来何如？”道人笑道：“你就请解。”士隐乃说道：

陋室空堂，当年笏满床；衰草枯杨，曾为歌舞场。蛛丝儿结满雕梁，绿纱今又糊在蓬窗上。说甚么脂正浓、粉正香，如何两鬓又成霜？昨日黄土陇头埋白骨，今宵红绡帐底卧鸳鸯。金满箱，银满箱，转眼乞丐人皆谤。正叹他人命不长，那知自己归来丧！训有方，保不定日后作强梁；择膏粱，谁承望流落在烟花巷。因嫌纱帽小，致使锁枷扛；昨怜破袄寒，今嫌紫蟒长:乱烘烘你方唱罢我登场，反认他乡是故乡。甚荒唐，到头来，都是为他人作嫁衣裳！

那疯跛道人听了，拍掌大笑道：“解得切！解得切！”士隐便说一声“走罢”，将道人肩上搭裢抢了过来背上，竟不回家，同了疯道人飘飘而去。

当下哄动街坊，众人当作一件新闻传说。封氏闻知此信，哭个死去活来，只得与父亲商议，遣人各处访寻，那讨音信？无奈何，只得依靠着他父母度日。幸而身边还有两个旧日的丫鬟伏侍，主仆三人，日夜做些针线，帮着父亲用度。那封肃虽然每日抱怨，也无可奈何了。

这日，那甄家的大丫鬟在门前买线，忽听得街上喝道之声，众人都说新太爷到任了。丫鬟隐在门外看时，只见军牢快手，一对一对过去，俄而大轿内抬着一个乌帽猩袍的官府过去。丫鬟倒发个怔，自思：“这官好面善，倒像在那里见过的。”于是进入房中，也就丢过，不在心上。至晚间，正待歇息之时，忽听一片声打的门响，许多人乱嚷，说:“本县太爷的差人来传人问话！”封肃听了，吓得目瞪口呆。不知有何祸事，且听下回分解。

第二回　贾夫人仙逝扬州城　冷子兴演说荣国府

却说封肃听见公差传唤，忙出来陪笑启问。那些人只嚷:“快请出甄爷来！”封肃忙陪笑道:“小人姓封，并不姓甄，只有当日小婿姓甄，今已出家一二年了，不知可是问他？”那些公人道:“我们也不知什么‘真’‘假’，既是你的女婿，便带了你去面禀太爷便了。”大家把封肃推拥而去。封家各各惊慌，不知何事。

至二更时分，封肃方回来，众人忙问端的。他乃说道：“原来新任太爷，姓贾名化，本湖州人氏，曾与女婿旧交。因在我家门首，看见娇杏丫头买线，只说女婿移住此间，所以来传。我将缘故回明，那太爷感伤叹息了一回。又问外孙女儿，我说看灯丢了。太爷说：'不妨，待我差人去，务必找寻回来。'说了一回话。临走，又送我二两银子。”甄家娘子听了，不觉感伤。一夜无话。

次日，早有雨村遣人送了两封银子、四匹锦缎，答谢甄家娘子；又一封密书与封肃，托他向甄家娘子要那娇杏作二房。封肃喜得眉开眼笑，巴不得去奉承太爷，便在女儿前一力撺掇。当夜，用一乘小轿便把娇杏送进衙内去了。雨村欢喜，自不必言。又封百金赠与封肃，又送甄家娘子许多礼物，令其且自过活，以待访寻女儿下落。

却说娇杏那丫鬟，便是当年回顾雨村的。因偶然一顾，便弄出这段奇缘，也是意想不到之事。谁知他命运两济，不承望自到雨村身边，只一年便生一子；又半载，雨村嫡配忽染疾下世，雨村便将他扶作正室夫人。正是：偶因一回顾，便为人上人。

原来，雨村因那年士隐赠银之后，他于十六日便起身赴京。大比之期，十分得意，中了进士，迁入外班，今已升了本县太爷。虽才干优长，未免贪酷；且恃才侮上，那官员皆侧目而视。不上一年，便被上司参了一本，说他“性情狡猾，擅改礼仪，外沽清正之名，暗结虎狼之势，使地方多事，民命不堪”等语。龙颜大怒，即批革职。部文一到，本府各官无不喜悦。那雨村虽十分惭恨，面上全无一点怨色，仍是嘻笑自若，交代过公事，将历年所积宦囊并家属人等，送至原籍安顿妥当，却自己担风袖月，游览天下胜迹。

那日偶又游至维扬地方，闻得今年盐政点的是林如海。这林如海姓林名海，表字如海，乃是前科的探花，今已升兰台寺大夫，本贯姑苏人氏，今钦点为巡盐御史，到任未久。原来这林如海之祖曾袭过列侯，今到如海，业经五世。起初只袭三世，因当今隆恩盛德，额外加恩，至如海之父，又袭了一代；至如海便从科甲出身。虽系世禄之家，却是书香之族。只可惜这林家支庶不盛，人丁有限，虽有几门，却与如海俱是堂族，没甚亲支嫡派的。今如海年已五十，只有一个三岁之子，又于去岁亡了。虽有几房姬妾，奈命中无子，亦无可如何之事。只嫡妻贾氏生得一女，乳名黛玉，年方五岁，夫妻爱之如掌上明珠。见他生得聪明俊秀，也欲使他识几个字，不过假充养子之意，聊解膝下荒凉之叹。

且说雨村在旅店偶感风寒，愈后又因盘费不继，正欲得一居停之所，以为息肩之地，偶遇两个旧友，认得新盐政，知他正要请一西席教训女儿，遂将雨村荐进衙门去。这女学生年纪幼小，身体又弱，工课不限多寡，其余不过两个伴读丫鬟，故雨村十分省力，正好养病。看看又是一载有余，不料学生之母贾氏夫人一病而亡，女学生奉侍汤药，守丧尽礼，过于哀痛。素本怯弱，因此旧证复发，有好些时不曾上学。雨村闲居无聊，每当风日晴和，饭后便出来闲步。

这一日偶至郊外，意欲赏鉴那村野风光，信步至一山环水漩、茂林修竹之处，隐隐有座庙宇，门巷倾颓，墙垣朽败，有额题曰“智通寺”。门旁又有一副旧破的对联云：

身后有馀忘缩手　眼前无路想回头

雨村看了，因想道：“这两句文虽甚浅，其意则深。也曾游过些名山大刹，倒不曾见过这话头，其中想必有个翻过筋斗来的也未可知，何不进去一访？”走入看时，只有一个龙钟老僧，在那里煮饭。雨村见了，却不在意。及至问他两句话，那老僧既聋且昏，又齿落舌钝，所答非所问。雨村不耐烦，仍退出来，意欲到那村肆中沽饮三杯，以助野趣，于是款步行来。刚入肆门，只见座上吃酒之客有一人起身大笑，接了出来，口内说：“奇遇！奇遇！”雨村忙看时，此人是都中古董行中贸易、姓冷号子兴的，旧日在都相识。雨村最赞这冷子兴是个有作为大本领的人，这子兴又借雨村斯文之名，故二人最相投契。雨村忙亦笑问：“老兄何日到此？弟竟不知。今日偶遇，真奇缘也。”子兴道：“去年岁底到家，今因还要入都，从此顺路找个敝友说一句话。承他之情，留我多住两日，我也无甚紧事，且盘桓两日，待月半时也就起身了。今日敝友有事，我因闲步至此，不期这样巧遇。”一面说，一面让雨村同席坐了，另整上酒肴来。二人闲谈慢饮，叙些别后之事。

雨村因问：“近日都中，可有新闻没有？”子兴道：“倒没有什么新闻，倒是老先生的贵同宗家，出了一件小小的异事。”雨村笑道：“弟族中无人在都，何谈及此？”子兴笑道：“你们同姓，岂非一族？”雨村问是谁家，子兴笑道：“荣国贾府中，可也不玷辱了老先生的门楣。”雨村道：“原来是他家。若论起来，寒族人丁却不少：自东汉贾复以来，支派繁盛，各省皆有，谁能逐细考查？若论荣国一支，却是同谱。但他那等荣耀，我们不便去认他，故越发生疏了。”子兴叹道：“老先生休如此说。如今的这荣、宁二府，也都萧索了，不比先时的光景。”雨村道：“当日宁、荣两宅，人口也极多，如何便萧索了？”冷子兴道：“正是。说来也话长。”雨村道：“去岁我到金陵，因欲游览六朝遗迹，那日进了石头城，从他老宅门前经过。街东是宁国府，街西是荣国府，二宅相连，竟将大半条街占了。大门外虽冷落无人，隔着围墙一望，里面厅殿楼阁，也还都峥嵘轩峻；就是后边一带花园里，树木山石，也还都有苍蔚温润之气，那里像个衰败之家？”

子兴笑道：“亏你是进士出身，原来不通。古人有言：‘百足之虫，死而不僵。’如今虽说不似先年那样兴盛，较之平常仕宦之家，到底气象不同。如今生齿日繁，事务日盛。主仆上下，安富尊荣者尽多，运筹谋画者无一；其日用排场费用，又不能将就省俭，如今外面的架子虽未甚倒，内囊却也尽上来了。这也是小事。更有一件大事：谁知这样钟鸣鼎食之家、翰墨诗书之族，如今的儿孙，竟一代不如一代了！”雨村听说，也道：“这样诗礼之家，岂有不善教育之理？别门不知，只说这宁、荣两宅，是最教子有方的，何至如此？”

子兴叹道：“正说的是这两门呢，待我告诉你。当日宁国公、荣国公是一母同胞弟兄两个。宁公居长，生了四个儿子。宁国公死后，长子贾代化袭了官，也养了两个儿子：长名敷，八九岁上死了；只剩了一个次子贾敬，袭了官，如今一味好道，只爱烧丹煮汞，余者一概不在他心上。幸而早年留下一子，名唤贾珍，因他父亲一心想作神仙，把官倒让他袭了。他父亲又不肯回原籍来，只在都中城外，和那些道士门胡羼。这位珍爷，也倒生了一个儿子，今年才十六岁，名叫贾蓉。如今敬老爷是一概不管，这珍爷那里肯读书，只一味享乐不了，把那宁国府竟翻了过来，也没有敢来管他的人。再说荣府你听。方才所说异事，就出在这里。自荣公死后，长子贾代善袭了官，娶的是金陵世家史侯的小姐为妻，生了两个儿子：长名贾赦，次名贾政。如今代善早已去世，太夫人尚在。长子贾赦袭了官，为人平静中和，也不管家务。次子贾政自幼酷喜读书，为人端方正直，祖父钟爱。原要他以科甲出身的，不料代善临终时，遗本一上，皇上因恤先臣，即时令长子袭官外，问还有儿子，立刻引见，遂又额外赐了这政老爷一个主事之衔，令其入部习学，如今现已升了员外郎。这政老爷的夫人王氏，头胎生的公子名唤贾珠，十四岁进学，不到二十岁就娶了妻生了子，一病就死了。第二胎生了一位小姐，生在大年初一，这就奇了；不想后来又生了一位公子，说来更奇：一落胞胎，嘴里便衔下一块五彩晶莹的玉来，还有许多字迹。你道是新闻异事不是？”

雨村笑道：“果然奇异。只怕这人的来历不小。”子兴冷笑道：“万人皆如此说，因而乃祖母爱如珍宝。那年周岁时，政老爷便要试他将来的志向，便将那世上所有之物，摆了无数，与他抓取。谁知他一概不取，伸手只把些脂粉钗环，抓来玩弄。那政老爷便不喜欢，说他将来是酒色之徒耳，因此便不甚爱惜。独那太君还是命根一般。说来又奇，如今长了七八岁，虽然淘气异常，但聪明乖觉，百个不及他一个。说起孩子话来也奇怪，他说：‘女儿是水做的骨肉，男人是泥做的骨肉。我见了女儿便清爽，见了男子便觉浊臭逼人。’你道好笑不好笑？将来色鬼无疑了。”雨村罕然厉色，忙止道：“非也。可惜你们不知道这人来历。大约政老前辈，也错以淫魔色鬼看待了。若非多读书识字，加以致知格物之功、悟道参玄之力者，不能知也。”

子兴见他说得这样重大，忙请教其故。雨村道：“天地生人，除大仁大恶，余者皆无大异。若大仁者，则应运而生；大恶者，则应劫而生。运生世治，劫生世危。尧、舜、禹、汤、文、武、周、召、孔、孟、董、韩、周、程、朱、张，皆应运而生者；蚩尤、共工、桀、纣、始皇、王莽、曹操、桓温、安禄山、秦桧等，皆应劫而生者。大仁者修治天下，大恶者扰乱天下。清明灵秀，天地之正气，仁者之所秉也；残忍乖僻，天地之邪气，恶者之所秉也。今当祚永运隆之日，太平无为之世，清明灵秀之气所秉者，上至朝廷，下至草野，比比皆是。所余之秀气漫无所归，遂为甘露，为和风，洽然溉及四海。彼残忍乖僻之气，不能荡溢于光天化日之下，遂凝结充塞于深沟大壑之中，偶因风荡，或被云摧，略有摇动感发之意，一丝半缕偶而逸出者，值灵秀之气适过，正不容邪，邪复妒正，两不相下，如风水雷电地中既遇，既不能消，又不能让，必致搏击掀发后始尽。故其气亦必赋人，发泄一尽始散。使男女偶秉此气而生者，上则不能为仁人君子，下亦不能为大凶大恶。置之千万人之中，其聪俊灵秀之气，则在千万人之上；其乖僻邪谬不近人情之态，又在千万人之下。若生于公侯富贵之家，则为情痴、情种；若生于诗书清贫之族，则为逸士、高人。纵偶生于薄祚寒门，亦断不至为走卒健仆，甘遭庸夫驱制驾驭，必为奇优、名倡。如前之许由、陶潜、阮籍、嵇康、刘伶、王谢二族、顾虎头、陈后主、唐明皇、宋徽宗、刘庭芝、温飞卿、米南宫、石曼卿、柳耆卿、秦少游，近日倪云林、唐伯虎、祝枝山，再如李龟年、黄幡绰、敬新磨、卓文君、红拂、薛涛、崔莺、朝云之流，此皆易地则同之人也。”子兴道：“依你说，成则公侯，败则贼子？”雨村道：“正是这意。你还不知，我自革职以来，这两年遍游各省，也曾遇见两个异样孩子，所以方才你一说这宝玉，我就猜着了八九也是这一派人物。不用远说，只这金陵城内，钦差金陵省体仁院总裁甄家，你可知道？”子兴道：“谁人不知？这甄府就是贾府老亲，他们两家来往极亲热的。便在下也和他家往来，非止一日了。”

雨村笑道：“去岁我在金陵，也曾有人荐我到甄府处馆。我进去看其光景，谁知他家那等荣贵，却是个富而好礼之家，倒是个难得之馆。但是这个学生虽是启蒙，却比一个举业的还劳神。说起来更可笑，他说：‘必得两个女儿伴着我读书，我方能认得字，心上也明白。不然，我心里自己糊涂。’又常对着跟他的小厮们说：‘这“女儿”两个字，极尊贵、极清净的，比那瑞兽珍禽、奇花异草更觉希罕尊贵呢。你们这种浊口臭舌，万万不可唐突了这两个字，要紧要紧。若使要说的时候，必用净水香茶漱了口方可；设若说错，便要凿牙穿眼的。’其暴虐顽劣，种种异常；只放了学进去，见了那些女儿们，其温厚和平、聪敏文雅，竟变了一个样子。因此他令尊也曾下死笞楚过几次，竟不能改。每打的吃疼不过时，他便‘姊姊’‘妹妹’的乱叫起来。后来听得里面女儿们拿他取笑：‘因何打急了只管叫姊妹作什么？莫不叫姊妹们去讨情讨饶？你岂不愧杀？’他回答的最妙，他说：‘急痛之时，只叫“姊姊”“妹妹”字样，或可解痛也未可知。因叫了一声，果觉痛得好些，遂得了秘法，每疼痛之极，便连叫姊妹起来了。’你说可笑不可笑？为他祖母溺爱不明，每因孙辱师责子，我所以辞了馆出来的。这等子弟，必不能守父祖基业、从师友规劝的。只可惜他家几个好姊妹，都是少有的。”

子兴道：“便是贾府中，现在三个也不错。政老爷之长女名元春，因贤孝才德，选入宫作女史去了；二小姐乃是赦老爷姨娘所出，名迎春；三小姐政老爷庶出，名探春；四小姐乃宁府珍爷之胞妹，名惜春。因史老夫人极爱孙女，多跟在祖母这边一处读书，听得个个不错。”雨村道：“更妙在甄家风俗，女儿之名，亦皆从男子之名命取，不似别家另外用这些‘春红香玉’等艳字，何得贾府亦落此俗套？”子兴道：“不然。只因现今大小姐是正月初一所生，故名元春，余者方从了‘春’字。上一辈的，却也是从弟兄而来的，现有对证：目今你贵东家林公之夫人，即荣府中赦、政二公之胞妹，在家时名唤贾敏。不信时，你回去细访可知。”雨村拍手笑道：“是极。我这女学生名叫黛玉，他读书凡‘敏’字他皆念作‘密’字，写字遇着‘敏’字亦减一二笔，我心中每每疑惑。今听你说，是为此无疑矣。怪道我这女学生言语举止另是一样，不与凡女子相同。度其母不凡，故生此女。今知为荣府之外孙，又不足罕矣。可惜上月其母竟亡故了。”子兴叹道：“老姊妹四个，这是极小的，又没了。长一辈的姊妹，一个也没了。只看这小一辈的，将来的东床何如呢。”

雨村道：“正是。方才说政公已有了一个衔玉之子，又有长子所遗弱孙，这赦老竟无一个不成？”子兴道：“政公既有玉儿之后，其妾又生了一个，倒不知其好歹。只眼前现有二子一孙，却不知将来何如。若问那赦公，也有二子，次名贾琏，今已二十来往了，亲上做亲，娶的是政公夫人王氏之内侄女，今已娶了二年。这位琏爷身上现捐的是个同知，也是不喜读书的，于世路上好机变，言谈去得，所以目今现在乃叔政老爷家住，帮着料理家务。谁知自娶了令夫人之后，倒上下无一人不称颂他夫人的，琏爷倒退了一舍之地：模样又极标致，言谈又极爽利，心机又极深细，竟是一个男人万不及一的。”

雨村听了，笑道：“可知我言不谬。你我方才所说的这几个人，只怕都是那正邪两赋而来一路之人，未可知也。”子兴道：“正也罢，邪也罢，只顾算别人家的账，你也吃一杯酒才好。”雨村道：“只顾说话，就多吃了几杯。”子兴笑道：“说着别人家的闲话，正好下酒，即多吃几杯何妨。”雨村向窗外看道:“天也晚了，仔细关了城。我们慢慢进城再谈，未为不可。”于是二人起身，算还酒钱。方欲走时，忽听得后面有人叫道：“雨村兄，恭喜了，特来报个喜信的。”雨村忙回头看时，要知是谁，且听下回分解。

第三回　托内兄如海荐西宾　接外孙贾母惜孤女

却说雨村忙回头看时，不是别人，乃是当日同僚一案参革的张如圭。他系此地人，革后家居。今打听得都中奏准起复旧员之信，他便四下里寻情找门路，忽遇见雨村，故忙道喜。二人见了礼，张如圭便将此信告知雨村。雨村欢喜，忙忙叙了两句，各自别去回家。冷子兴听得此言，便忙献计，令雨村央求林如海，转向都中去央烦贾政。雨村领其意而别，回至馆中，忙寻邸报看真确了。

次日，面谋之如海。如海道：“天缘凑巧，因贱荆去世，都中家岳母念及小女无人依傍，前已遣了男女船只来接，因小女未曾大痊，故尚未行，此刻正思送女进京。因向蒙教训之恩，未经酬报，遇此机会，岂有不尽心图报之理！弟已预筹之，修下荐书一封，托内兄务为周全，方可稍尽弟之鄙诚。即有所费，弟于内兄信中注明，不劳吾兄多虑。”雨村一面打恭，谢不释口，一面又问：“不知令亲大人现居何职？只怕晚生草率，不敢进谒。”如海笑道：“若论舍亲，与尊兄犹系一家，乃荣公之孙：大内兄现袭一等将军之职，名赦，字恩侯；二内兄名政，字存周，现任工部员外郎，其为人谦恭厚道，大有祖父遗风，非膏粱轻薄之流，故弟致书烦托。否则不但有污尊兄清操，即弟亦不屑为矣。”雨村听了，心下方信了昨日子兴之言，于是又谢了林如海。如海又说：“择了出月初二日，小女入都，吾兄即同路而往，岂不两便？”雨村唯唯听命，心中十分得意。如海遂打点礼物并饯行之事，雨村一一领了。

那女学生原不忍弃父而去，无奈他外祖母必欲其往，且兼如海说：“汝父年已半百，再无续室之意；且汝多病，年又极小，上无亲母教养，下无姊妹扶持，今去依傍外祖母及舅氏姊妹，正好减我内顾之忧，如何不去？”黛玉听了，方洒泪拜别，随了奶娘及荣府中几个老妇，登舟而去。雨村另有一只船，带两个小童，依附黛玉而行。

一日到了京都，雨村先整了衣冠，带了小童，拿了宗侄的名帖，至荣府门上投了。彼时贾政已看了妹丈之书，即忙请入相会。见雨村像貌魁伟，言谈不俗，且这贾政最喜的是读书人，礼贤下士，拯溺救危，大有祖风；况又系妹丈致意，因此优待雨村，更又不同，便极力帮助。题奏之日，谋了一个复职，不上二月，便选了金陵应天府，辞了贾政，择日到任去了，不在话下。

且说黛玉自那日弃舟登岸时，便有荣府打发轿子并拉行李车辆伺候。这林黛玉尝听得母亲说，他外祖母家与别家不同。他近日所见的这几个三等的仆妇，穿吃用度，已是不凡，何况今至其家？多要步步留心，时时在意，不要多说一句话，不可多行一步路，恐被人耻笑了去。自上了轿，进了城，从纱窗中瞧了一瞧，其街市之繁华，人烟之茂盛，自与别处不同。又行了半日，忽见街北蹲着两个大石狮子，三间兽头大门，门前列坐着十来个华冠丽服之人。正门不开，只东西两角门有人出入。正门之上有一匾，匾上大书“敕造宁国府”五个大字。黛玉想道：这是外祖的长房了。又往西不远，照样也是三间大门，方是荣国府。却不进正门，只由西角门而进。轿子抬着，走了一箭之远，将转湾时，便歇了轿，后面的婆子也都下来了，另换了四个衣帽周全的十七八岁的小厮上来抬着轿子，众婆子步下跟随，至一垂花门前落下。众小厮又退了出去，众婆子上前打起轿帘，扶黛玉出了轿子。黛玉扶着婆子手进了垂花门。两边是超手游廊，正中是穿堂，当地放着一个紫檀架子大理石屏风。转过屏风，小小三间厅房，厅后便是正房大院。正面五间上房，皆是雕梁画栋，两边穿山游廊厢房，挂着各色鹦鹉、画眉等雀鸟。台阶上坐着几个穿红着绿的丫头，一见他们来了，都笑迎上来说道：“刚才老太太还念呢，可巧就来了。”于是三四人争着打帘子，一面听得人说：“林姑娘来了。”

黛玉方进房，只见两个人扶着一位鬓发如银的老母迎上来，黛玉知是外祖母了，正欲下拜，早被贾母抱住，搂入怀中，心肝儿肉叫着大哭起来。当下，侍立之人无不下泪，黛玉也哭个不休。众人慢慢解劝住了，黛玉方拜见了外祖母。当下贾母一一指与黛玉："这是你大舅母，这是二舅母，这是你先珠大哥的媳妇珠大嫂。"黛玉一一拜见了。贾母又叫："请姑娘们来。今日远客初来，可以不必上学去。"众人答应了一声，便去了两个。

不一时，只见三个奶妈并五六个丫鬟，拥着三位姑娘来了：第一个肌肤微丰，身材合中，腮凝新荔，鼻腻鹅脂，温柔沉默，观之可亲；第二个削肩细腰，长挑身材，鹅蛋脸儿，俊眼修眉，顾盼神飞，文彩精华，见之忘俗；第三个身量未足，形容尚小。其钗环裙袄，三人皆是一样的妆束。黛玉忙起身迎上来见礼，互相厮认，归了坐位。丫鬟送上茶来。不过叙些黛玉之母如何得病，如何请医服药，如何送死发丧。不免贾母又伤感起来，因说："我这些儿女，所疼者独有你母，今一旦先我而逝，不得见一面，教我怎不伤心！"说着，携了黛玉的手又哭起来。家人忙相劝慰，方略略止住。

众人见黛玉年貌虽小，其举止言谈不俗，身体面庞虽弱不胜衣，却有一段风流态度，便知他有不足之证，因问："常服何药？如何不治好了？"黛玉道："我自来如此，从会吃饭时便吃药到如今了，经过多少名医，总未见效。那一年，我才三岁，记得来了一个癞头和尚，说要化我去出家，我父母因是不从，他又说：'既舍不得他，但只怕他的病一生也不能好的。若要好时，除非从此以后总不许见哭声；除父母之外，凡有外亲一概不见，方可平安了此一生。'这和尚疯疯癫癫，说了这些不经之谈，也没人理他。如今还是吃人参养荣丸。"贾母道："这正好，我这里正配丸药呢。叫他们多配一料就是了。"

一语未休，只听后院中有笑声，说："我来迟了，不曾迎接远客！"黛玉思忖道："这些人个个皆是敛声屏气如此，这来者是谁，这样放诞无礼？"心下想时，只见一群媳妇丫鬟拥着一个丽人，从后房进来。这个人打扮与姑娘们不同，彩绣辉煌，恍若神妃仙子：头上绾着金丝八宝攒珠髻，插着朝阳五凤攒珠钗，项上戴着赤金盘螭缨络圈；身上穿着缕金百蝶穿花大红洋缎窄褃袄，外罩五彩刻丝石青银鼠褂，下着翡翠撒花洋绉裙；一双丹凤三角眼，两湾柳叶掉梢眉，身量苗条，体格风骚，粉面含春威不露，丹唇未启笑先闻。黛玉连忙起身接见。贾母笑道："你不认得他，他是我们这里有名的一个泼辣货，南京所谓'辣子'。你只叫他'凤辣子'就是了。"黛玉正不知以何称呼，众姊妹都忙告诉黛玉道：“这是琏嫂子。”黛玉虽不曾识面，听见他母亲说过：大舅贾赦之子贾琏，娶的就是二舅母王氏之内侄女，自幼假充男儿教养的，学名叫做王熙凤。黛玉忙陪笑见礼，以嫂呼之。这熙凤携着黛玉的手，上下细细打量了一回，便仍送至贾母身边坐下，因笑道：“天下真有这样标致人物，我今日才算见了。况且这通身的气派，竟不像老祖宗的外孙女儿，竟是嫡亲的孙女儿似的，怨不得老祖宗天天口头心头一刻不忘。只可怜我这妹妹这样命苦，怎么姑妈偏就去世了！”说着，便用帕拭泪。贾母笑道：“我才好了，你倒来招我。你妹妹远路才来，身子又弱，也才劝住了，快休再题前话。”这熙凤听了，忙转悲为喜道：“正是呢。我一见了妹妹，一心都在他身上，又是喜欢，又是伤心，竟忘记了老祖宗，该打，该打！”又忙携黛玉之手，问：“妹妹几岁了？可也上过学？现吃什么药？在这里不要想家，要什么吃的，什么顽的，只管告诉我；丫头老婆们不好，也只管告诉我。”一面又问婆子们：“林姑娘的行李东西可搬进来了？带了几个人来？你们赶早打扫两间下房，让他们去歇歇。”

说话时，已摆了茶果上来，熙凤亲为捧茶捧果。又见二舅母问他：“月钱放完了不曾？”熙凤道：“月钱也放完了。刚才带了人到后楼上找缎子，找了半日，也没见昨日太太说的那样，想是太太记错了。”王夫人道：“有没有，什么要紧。”因又说道：“该随手拿出两个来，给你这妹妹裁衣裳的。等晚上想着，再叫人去拿罢。”熙凤道：“倒是我先料着了，知道妹妹这两日到的，我已预备下了，等太太回去过了目好送来。”王夫人一笑，点头不语。

当下茶果已撤，贾母命两个老嬷嬷带了黛玉，去见两个舅舅去。维时贾赦之妻邢氏忙起身笑回道：“我带了外甥女儿过去，到底便宜些。”贾母笑道：“正是呢。你也去罢，不必过来了。”那邢夫人答应了，遂带了黛玉与王夫人作辞，大家送至穿堂垂花门前。早有众小厮拉过一辆翠幄青油车来，邢夫人携了黛玉坐上，众婆娘们放下车帘，方命小厮们抬起，拉至宽处，方驾上驯骡，亦出了西角门，往东过荣府正门，入一黑油大门内，至仪门前方下车来。邢夫人挽了黛玉的手，进入院中。黛玉度其处，必是荣府中之花园隔断过来的。进入三层仪门，果见正房厢庑游廊，悉皆小巧别致，不似那边的轩峻壮丽，且院中随处之树木山石皆好。及进入正室，早有许多盛妆丽服之姬妾丫鬟迎着。邢夫人让黛玉坐了，一面令人到外书房中请贾赦。一时来回说：“老爷说道：‘连日身上不好，见了姑娘，彼此伤心，暂且不忍相见。劝姑娘不要伤怀想家，跟着老太太和舅母，即同家里一样；姊妹们虽拙，大家一处伴着，亦可以解些烦闷。或有委曲之处，只管说得，不要外道才是。’”黛玉忙站起身来，一一听了。再坐一刻，便告辞。邢夫人苦留吃过饭去，黛玉笑回道：“舅母爱惜赐饭，原不应辞，只是还要过去拜见二舅舅，恐迟去不恭。异日再领，望舅母容谅。”邢夫人道：“这也罢了。”遂命两个嬷嬷，用方才坐来的车送过去。于是黛玉告辞。邢夫人送至仪门前，又嘱咐了众人几句，眼看着车去了，方回去。

一时黛玉进入荣府，下了车，众嬷嬷引着便往东转湾，走过一座东西的穿堂，向南大厅之后，仪门内大院落，上面五间大正房，两边厢房鹿顶，耳门钻山，四通八达，轩昂壮丽，比贾母处不同。黛玉便知这方是正内室，一条大甬路直接出大门的。进入堂屋，抬头迎面先见一个赤金九龙青地大匾，匾上写着斗大三个字，是“荣禧堂”；后有一行小字：“某年月日书赐荣国公贾源”，又有“万几宸翰之宝”。大紫檀雕螭案上，设着三尺来高青绿古铜鼎，悬着待漏随朝墨龙大画，一边是錾金彝，一边是玻璃盒。地下两溜十六张楠木椅子；又有一副对联，乃是乌木联牌，镶着錾银字迹，道是：

座上珠玑昭日月　堂前黼黻焕烟霞

下面一行小字，道是：“同乡世教弟勋袭东安郡王穆莳拜手书。”

原来王夫人时常居坐宴息，亦不在这正室，只在东边的三间耳房内。于是老嬷嬷引黛玉进东房门来。临窗大炕上铺着猩红洋毯，正面设着大红金线蟒引枕，秋香色金线蟒大条褥。两边设一对梅花式洋漆小几：左边几上文王鼎匙箸香盒；右边几上汝窑美人觚，内插着时鲜花卉并茗盌茶具等物。地下面西一溜四张椅上，都搭着银红撒花椅搭，底下四副脚踏。两边又有一对高几，几上茗盌瓶花具备。其余陈设，不必细说。老嬷嬷让黛玉上炕坐，炕沿上却见有两个锦褥对设，黛玉度其位次，便不上炕，只就东边椅上坐了。本房的丫鬟，忙捧上茶来。黛玉一面吃茶，打量这些丫鬟们，妆饰衣裙，举止行动，果与别家不同。

茶未吃了，只见一个穿红绫袄、青绸掐牙背心的一个丫鬟走来笑道：“太太说，请林姑娘到那边坐罢。”老嬷嬷听了，于是又引黛玉出来，到了东廊三间小正房内。正面炕上，横设一张炕桌，上面堆着书籍茶具，靠东壁面西设着半旧的青缎靠背引枕。王夫人却坐在西边，下首亦是半旧青缎靠背坐褥；见黛玉来了，便往东让。黛玉心中料定这是贾政之位，因见挨炕一溜三张椅子上，也搭着半旧的弹花椅袱，黛玉便向椅上坐下。王夫人再三让他上炕，他方挨王夫人坐下。王夫人乃说：“你舅舅今日斋戒去了，再见罢。只是有一句话嘱咐你：三个姊妹倒都极好，以后一处念书认字，学针线，或偶一顽笑，都有个尽让的。但我最不放心的，却有一件：我有一个孽根祸胎，是家里的‘混世魔王’，今日因庙里还愿去，尚未回来，晚间你看见便知道了。你以后只不要睬他，你这些姊妹都不敢沾惹他的。”

黛玉素闻母亲说过：有个内侄，乃衔玉而生，顽劣异常，不喜读书，最喜在内帏厮混，外祖母又溺爱，无人敢管。今见王夫人所说，便知是这位表兄，一面陪笑道：“舅母所说的，可是衔玉而生的这位表兄？在家时，记得母亲常说这位哥哥，比我大一岁，小名就叫宝玉，性虽憨顽，说待姊妹们极好的。况我来了，自然和姊妹同一处，兄弟们自另院别室，岂有沾惹之理。”王夫人笑道：“你不知道原故。他与别人不同，自幼因老太太疼爱，原系同姊妹们一处娇养惯的。若姊妹们不理他，他倒还安静些；若一日姊妹们和他多说了一句话，他心上一喜，便生出许多事来，所以嘱咐你别睬他。他嘴里一时甜言蜜语，一时有天无日，疯疯傻傻，只休信他。”

黛玉一一的都答应着。忽见一个丫鬟来说：“老太太那里传晚饭了。”王夫人忙携了黛玉，从后房门由后廊往西。出了角门，是一条南北甬道。南边是倒座三间小小抱厦，厅北边立着一个粉油大影壁，后有一半大门，小小一所房室。王夫人笑指向黛玉道：“这是你凤姐姐的屋子，回来你好往这里找他去。少什么东西，只管和他说就是了。”这院门上，也有几个才总角的小厮，都垂手侍立。王夫人遂携黛玉穿过一个东西穿堂，便是贾母的后院了。于是进入后房门，已有多人在此伺候，见王夫人来了，方安设桌椅。贾珠之妻李氏捧饭，熙凤安箸，王夫人进羹，贾母正面榻上独坐。两旁四张空椅，熙凤忙拉黛玉在左边第一张椅子上坐下。黛玉十分推让，贾母笑道：“你舅母和嫂子们，左右不在这里吃饭。你是客，原该如此坐的。”黛玉方告了坐，就坐了。贾母命王夫人也坐了。迎春姊妹三个告了坐方上来：迎春坐右手第一，探春左第二，惜春右第二。旁边丫鬟，执着拂尘、漱盂、巾帕，李、凤二人，立于案旁劝让。外间伺候之媳妇丫鬟虽多，却连一声咳嗽不闻。

饭毕，各各有丫鬟用小茶盘捧上茶来。当日林家教女以惜福养身，每饭后必过片时方吃茶，不伤脾胃。今黛玉见了这里许多规矩，不似家中，亦只得随和着些，接了茶。又有人捧过漱盂来，黛玉也漱了口，又盥手毕，然后又捧上茶来：这方是吃的茶。贾母便说："你们去罢，让我们自在说话儿。"王夫人听了，忙起身，说了两句闲话，方引李、凤二人去了。贾母因问黛玉念何书，黛玉道："刚念了四书。"黛玉又问姊妹们读何书，贾母道："读什么书，不过认几个字罢了。"

一语未了，只听外面一阵脚步响，丫鬟进来报道："宝玉来了。"黛玉心中想：这个宝玉，不知是怎生个惫懒人物。及至进来，原是一个青年公子：头上戴着束发嵌宝紫金冠，齐眉勒着二龙抢珠金抹额；一件二色金百蝶穿花大红箭袖，束着五彩丝攒花结长穗宫绦，外罩石青起花八团倭缎排穗褂，登着青缎粉底小朝靴；面若中秋之月，色如春晓之花，鬓若刀裁，眉如墨画，鼻如悬胆，眼若秋波，虽怒时而似笑，即瞋视而有情。项上金螭璎珞，又有一根五色丝绦，系着一块美玉。黛玉一见便吃一大惊，心中想道："好生奇怪，倒像在那里见过的，何等眼熟！"

只见这宝玉向贾母请了安，贾母便命："去见你娘来。"即转身去了。一回再来时，已换了冠服：头上周围一转的短发，结成小辫，红丝结束，共攒至顶中胎发，总编一根大辫，黑亮如漆，从顶至梢，一串四颗大珠，用金八宝坠脚；身上穿着银红撒花半旧大袄，仍旧带着项圈、宝玉、寄名锁、护身符等物；下面半露松花撒花绫裤，锦边弹墨袜，厚底大红鞋。越显得面如傅粉，唇若施脂，转盼多情，语言若笑；天然一段风韵，全在眉梢；平生万种情思，悉堆眼角。看其外貌，最是极好，却难知其底细。后人有《西江月》二词，批宝玉极确。其词曰：

　　无故寻愁觅恨，有时似傻如狂。纵然生得好皮囊，腹内原来草莽。潦倒不通庶务，愚顽怕读文章。行为偏僻性乖张，那管世人诽谤。

　　富贵不知乐业，贫穷难耐凄凉。可怜孤负好韶光，于国于家无望。天下无能第一，古今不肖无双。寄言纨袴与膏粱，莫效此儿形状。

却说贾母笑道："外客未见，就脱了衣裳。还不去见你妹妹！"宝玉早已看见了极娉婷一个姊妹，便料定是林姑妈之女，忙来作揖。相见毕，归坐。细看形容，与众不同：两弯似蹙非蹙笼烟眉，一双似喜非喜含情目；态生两靥之愁，娇袭一身之病；泪光点点，娇喘微微；闲静似娇花照水，行动似弱柳扶风；心较比干多一窍，病如西子胜三分。宝玉看罢，笑道："这个妹妹，我曾见过的。"贾母笑道："可又是胡说！你何曾见过他？"宝玉笑道："虽然未曾见过他，然看着面善，心里倒像是旧相认识，恍若远别重逢的一般。"贾母笑道："好，好，若如此，更相和睦了。"

宝玉便走向黛玉身边坐下，又细细打量一番，因问："妹妹可曾读书？"黛玉道："不曾读书，只上了一年学，些须认得几个字。"宝玉又道："妹妹尊名？"黛玉便说了名。宝玉又道："表字？"黛玉道："无字。"宝王笑道："我送妹妹一字：莫若'颦颦'二字极妙。"探春便道："何处出典？"宝玉道："《古今人物通考》上说：'西方有石名黛，可代画眉之墨。'况这妹妹眉尖若蹙，用取这两个字，岂不甚美！"探春笑道："只恐又是杜撰。"宝玉笑道："除四书外，杜撰的太多，偏只我是杜撰不成？"又问黛玉："可有玉没有？"众人都不解，黛玉便忖度着："因他有玉，故问我有无。"因答道："我没有。那玉亦是件罕物，岂能人人皆有！"

宝玉听了，登时发作起狂病来，摘下那玉就狠命摔去，骂道："什么罕物！人的高下不识，还说灵不灵呢。我也不要这劳什子！"吓的地下众人，一拥争去拾玉。贾母急的搂了宝玉道："孽障！你生气，要打骂人容易，何苦摔那命根子！"宝玉满面泪痕，泣道："家里姊姊妹妹都没有，单我有，我说没趣；如今来了这个神仙似的妹妹也没有，可知这不是个好东西！"贾母忙哄他道："这妹妹原有玉来的，因你姑妈去世时，舍不得你妹妹，无法可处，遂将他的玉带了去：一则全殉葬之礼，尽你妹妹之孝心；二则你姑妈之灵，亦可权作见了你妹妹之意，因此他只说没有玉，也只不便自己夸张之意。你如今怎比得他？还不好生慎重带上！仔细你娘知道了。"说着，便向丫鬟手中接来，亲与他带上。宝玉听如此说，想一想，也就不生别论了。

当下奶娘来问黛玉房舍，贾母便说："将宝玉挪出来，同我在套间暖阁里。把你林姑娘暂安置碧纱厨里。等过了残冬，春天再与他们收拾房屋，另作一番安置罢。"宝玉道："好祖宗，我就在碧纱厨外床上，很妥当，又何必出来，闹你老祖宗不得安静？"贾母想了一想，说："也罢了。"每人一个奶娘并一个丫头照管，余者在外间上夜听唤。一面早有熙凤命人送了一顶藕合色花帐，并锦被缎褥之类。黛玉只带了两个人来：一个是自己的奶娘王嬷嬷，一个是十岁的小丫头名唤雪雁。贾母见雪雁甚小，一团孩气；王嬷嬷又极老，料黛玉皆不遂心，将自己身边两个丫头，名唤紫鹃、鹦哥的，与了黛玉。亦如迎春等一般，每人限自幼乳母外，另有四个教引嬷嬷，除贴身掌管钗钏盥沐两个丫头外，另有四五个洒扫房屋、来往使役的小丫头。当下王嬷嬷与紫鹃等陪侍黛玉在碧纱厨内。宝玉之乳母李嬷嬷，并大丫头名唤袭人者，陪侍在外面大床上。

原来这袭人亦是贾母之婢，本名珍珠。贾母因溺爱宝玉，生恐宝玉之婢不中任使，素知袭人心地纯良，遂与宝玉。宝玉因知他本姓花，又曾见旧人诗句有“花气袭人”之句，遂回明贾母，即更名袭人。这袭人有些痴处：伏侍贾母时，心中眼中只有一个贾母；今跟了宝玉，心中眼中又只有一个宝玉。只因宝玉性情乖僻，每每规谏，宝玉不听，心中着实忧郁。是晚，宝玉、李嬷已睡了，他见里面黛玉、鹦哥等犹未安歇，他自卸了妆，悄悄进来，笑问：“姑娘怎么还不安歇？”黛玉忙笑让：“姐姐请坐。”袭人在床沿上坐了。鹦哥笑道：“林姑娘在这里伤心，自己淌眼抹泪的说：‘今儿才来了，就惹出你家哥儿的病，倘或摔坏了那玉，岂不是因我之过？’所以伤心，我好容易劝好了。”袭人道：“姑娘快休如此，将来只怕比这更奇怪的笑话儿还有呢。若为他这种行状你多心伤感，只怕你还伤感不了呢。快别多心。”黛玉道：“姐姐们说的，我记着就是了。”又叙了一回，方才安歇。

次早起来，省过贾母，因往王夫人处来。正值王夫人与熙凤在一处拆金陵来的书信，又有王夫人之兄嫂处遣来的两个媳妇儿来说话的。虽黛玉不知原委，探春等却晓得是议论金陵城中居住的薛家姨母之子、表兄薛蟠倚财仗势，打死人命，现在应天府案下审理，如今母舅王子腾得了信，遣人来告诉这边，意欲唤取进京之意。毕竟怎的，下回分解。

第四回　薄命女偏逢薄命郎　葫芦僧判断葫芦案

却说黛玉同姊妹们至王夫人处，见王夫人与兄嫂处的来使计议家务，又说姨母家遭人命官司等语，因见王夫人事情冗杂，姊妹们遂出来，至寡嫂李氏房中来了。原来这李氏即贾珠之妻，珠虽夭亡，幸存一子，取名贾兰，今方五岁，已入学攻书。这李氏亦系金陵名宦之女，父名李守中，曾为国子祭酒；族中男女，无不读诗书者。至李守中继续以来，便谓“女子无才便是德”，故生了便不十分认真读书，只不过将些《女四书》《列女传》读读，认得几个字，记得前朝这几个贤女便了。却以纺绩女红为要，因取名为李纨，字宫裁。因此这李纨虽青春丧偶，且居处于膏粱锦绣之中，竟如槁木死灰一般，一概不问不闻，惟知侍亲养子，外则陪侍小姑等针黹诵读而已。今黛玉虽客居于此，自有这几个姑嫂相伴，除老父之外，余者也就无用虑及了。

如今且说贾雨村授了应天府，一到任，就有件人命官司详至案下：乃是两家争买一婢，各不相让，以致殴伤人命。彼时雨村即拘原告之人来审，那原告道：“被殴死者乃小人之主人。因那日买了一个丫头，不想系拐子拐来卖的。这拐子先已得了我家的银子，我家小主人原说第三日方是好日子，再接入门；这拐子又悄悄的卖与了薛家，被我们知道了，去找拿卖主，夺取丫头。无奈薛家原系金陵一霸，倚财仗势，众豪奴将我小主人竟打死了。凶身主仆，已皆逃走无踪迹了，只剩了几个局外之人。小人告了一年的状，竟无人作主，求太老爷拘拿凶犯，以扶善良。存殁感激天恩不尽！”

雨村听了，大怒道：“岂有这等事！打死了人，竟白白走了拿不来的！”发签差公人立刻将凶犯家属拿来拷问。只见案旁立着一个门子，使眼色不令他发签。雨村心下狐疑，只得停了手。退堂至密室，令从人退去，只留此门子一人伏侍。门子忙上前请安，笑问：“老爷一向加官进禄，八九年来，就忘了我了？”雨村道：“却十分面善，一时想不起来。”门子笑道：“贵人多忘事，把出身之地竟忘了！不记得当年葫芦庙里之事么？”

雨村大惊，方忆起往事。原来，这门子本是葫芦庙里一个小沙弥，因被火之后，无处安身，想这件生意，倒还轻省，耐不得寺院凄凉景况，遂趁年纪尚轻，蓄了发，充当门子。雨村那里料得是他？便忙携手笑道：“原来是故人。”因赏他坐了说话。这门子不敢坐，雨村笑道：“‘贫贱之交，不可忘也。’此系私室，但坐何妨。”这门子方告了坐，斜签着坐了。雨村道：“方才何故不令发签？”这门子道：“老爷荣任到此，难道就没抄一张本省的‘护官符’来不成？”雨村忙问：“何为‘护官符’？”门子道：“如今凡作地方官者，皆有一个私单，上面写的是本省最有权势极富贵的大乡绅名姓，各省皆然。倘若不知，一时触犯了这样的人家，不但官爵，只怕连性命也难保呢。所以叫做‘护官符’。方才所说的这薛家，老爷如何惹得他！他这件官司，并无难断之处，从前的官府，都因碍着情分脸面，所以如此。”一面说，一面从顺袋中取出一张抄的“护官符”来，递与雨村。看时，上面皆是本地大族名宦之家的谚俗口碑，云：

贾不假，白玉为堂金作马。阿房宫，三百里，住不下金陵一个史。东海缺少白玉床，龙王来请金陵王。丰年好大雪，珍珠如土金如铁。

雨村尚未看完，忽闻传点，报：“王老爷来拜。”雨村忙具衣冠出去迎接。有顿饭工夫方回来，问这门子，门子道：“这四家皆连络有亲，一损俱损，一荣俱荣，扶持遮饰，皆有照应的。今告打死人之‘薛’，就是‘丰年大雪’之‘雪’也。不单靠这三家，他的世交亲友在都在外者本亦不少，老爷如今拿谁去？”雨村听如此说，便笑问门子道：“如你这样说来，却怎么了结此案？你大约也深知这凶犯躲的方向了？”

门子笑道：“不瞒老爷说，不但这凶犯躲的方向我知道，并这拐卖的人我也知道，死鬼买主也深知道，待我细说与老爷听。这个被打死的，乃是一个小乡绅之子，名唤冯渊，父母俱亡，又无兄弟，守着些薄产度日；年纪十八九岁，酷爱男风，不甚好女色。这也是前生冤孽：可巧遇见这拐子卖丫头，他便一眼看上了这丫头，立意买来作妾，设誓不近男色，也不再娶第二个了，所以郑重其事，必待三日后方进门。谁知这拐子又偷卖与薛家，他意欲卷了两家的银子而逃，谁知又走不脱，两家拿住，打了个半死，都不肯收银，各要领人。那薛公子岂肯让人的，便喝令下人动手，将冯公子打了个稀烂，抬回去，三日竟死了。这薛公子原早择下日子要上京去的，既打了冯公子、夺了丫头，他便如没事人一般，只管带了家眷走他的路，并非为此而逃。这人命些些小事，自有他弟兄、奴仆在此料理。这且别说，老爷可知这被卖之丫头是谁？”雨村道：“我如何得知！”门子冷笑道：“这人还是老爷的大恩人呢！他就是葫芦庙旁住的甄老爷的女儿，小名英莲的。”雨村骇然道：“原来就是他！闻得他自五岁被人拐去，却如今才卖呢。”

门子道：“这种拐子，单拐的是幼女，养至十二三岁，带至他乡转卖。当日这英莲，我们天天哄他顽耍，极相熟的，所以隔了七八年，虽模样出脱得齐整，然大段未改，所以认得他。且他眉心中原有米粒大的一点胭脂痣，从胎里带来的。偏生这拐子又租了我的户舍居住，那日拐子不在家，我也曾问他，他说是被拐子打怕了的，万不敢说，只说拐子是他亲爹，因无钱还债故卖的。我哄他再四，他又哭了，只说：‘我原不记得小时之事。’这无可疑了。那日冯公子相见了，兑了银子，因拐子醉了，英莲自叹说：‘我今日罪孽可满了！’后又听见，冯公子三日后才令过门，他又转有忧愁之态。我又不忍，等拐子出去，即叫妻子去解释他：‘这冯公子必待好日期来接，可知必不以丫鬟相看。况他是个绝风流人品，家里颇过得，素性又最厌恶堂客，今竟破格买你，后事不言可知。只耐得三两日，何必忧闷？’他听如此说，方略解些，自谓从此得所。谁料天下竟有不如意事，第二日，他偏又卖与了薛家！若卖与第二家还好，这薛公子的混名，人称他‘呆霸王’，最是天下第一个弄性尚气的人，而且使钱如土。这日打了个落花流水，生拖死拽，把个英莲拖去，如今也不知死活。这冯公子空喜一场，一念未遂，反花了钱、送了命，岂不可叹！”

雨村听了亦叹道："这也是他们的孽障遭遇，亦非偶然，不然这冯渊如何偏只看上了这英莲？这英莲受了拐子这几年折磨，才得了个头路，且又是个多情的，若果聚合了，倒是件美事，偏又生出这段事来。这薛家纵比冯家富贵，想其为人，自然姬妾众多，淫佚无度，未必及冯渊定情于一人：这正是梦幻情缘，恰遇见一对薄命儿女。且不要议论他人，只目今这官司，如何剖断才好？"门子笑道："老爷当年何其明决，今日何反成了没主意的人了？小的闻得老爷补升此任，系贾府、王府之力，此薛蟠即贾府之亲，老爷何不顺水行舟，做个人情，将此案了结，日后也好去见贾、王二公？"雨村道："你说的何尝不是！但事关人命，蒙皇上隆恩起复委用，正竭力图报之时，岂可因私枉法？是实不忍为的。"门子听了，冷笑道："老爷说的何尝不是，但如今世上是行不去的。岂不闻古人有言：'大丈夫相时而动。'又曰：'趋吉避凶者为君子。'依老爷这话，不但不能报效朝廷，亦且自身不保：还要三思为妥。"

雨村低了头，半晌方说："依你怎么样呢？"门子道："小人已想了个极好的主意在此：老爷明日坐堂，只管虚张声势，动文书，发签拿人。凶犯自然是拿不来的，原告固是不依，只用将薛家族人及奴仆人等，拿几个来拷问。小的在暗中调停，令他们报了'暴病身亡'，合族中及地方上共递一张保呈。老爷只说善能扶乩请仙，堂上设了乩坛，令军民人等只管来看，老爷只说：'乩仙批了：死者冯渊，与薛蟠原系夙孽，今狭路相遇，原应了结。今薛蟠已得了无名之病，被冯魂追索而死。其祸皆由拐子而起，除将拐子按法处治外，余不累及'等语，小人暗中嘱拐子，令其实招。众人见乩仙批语与拐子相符，自然不疑了。薛家有的是钱，老爷断一千也可，五百也可，与了冯家作烧埋之费。那冯家也无甚要紧的人，不过为的是钱，有了银子，也就无话了。老爷细想：此计如何？"雨村笑道："不妥，不妥。等我再斟酌斟酌，或可压服口声也罢了。"二人计议已定。

至次日坐堂，勾取一干有名人犯，雨村详加审问，果见冯家人口稀少，不过赖此欲得些烧埋之银；薛家仗势倚情，偏不相让，故致颠倒未决。雨村便徇情枉法，胡乱判断了此案。冯家得了许多烧埋银子，也就无甚话说了。雨村便疾忙修书二封，与贾政并京营节度使王子腾，不过说"令甥之事已完，不必过虑"之言寄去。此事皆由葫芦庙内沙弥新门子所为，雨村又恐他对人说出当日贫贱时事来，因此心中大不乐意；后来到底寻了他一个不是，远远的充发了才罢。按下雨村。

且说那买了英莲、打死冯渊的那薛公子，亦系金陵人氏，本是书香继世之家，只是如今那薛公子幼年丧父，寡母又怜他是个独根孤种，未免溺爱纵容些，遂至老大无成。且家中有百万之富，现领着内帑钱粮，采办杂料。这薛公子学名蟠，表字文起，性情奢侈，言语傲慢。虽也上过学，不过略识几个字，终日惟有斗鸡走马、游山玩景而已。虽是皇商，一应经纪世事，全然不知，不过赖祖上旧日情分，户部挂个虚名支领钱粮，其余事体，自有伙计、老家人等措办。寡母王氏，乃现任京营节度使王子腾之妹，与荣国府贾政的夫人王氏是一母所生的姊妹，今年方四十上下，只有薛蟠一子。还有一女，比薛蟠小两岁，乳名宝钗，生得肌骨莹润，举止娴雅。当时他父亲在日，极爱此女，令其读书识字，较之乃兄竟高十倍。自父亲死后，见哥哥不能安慰母心，他便不以书字为念，只留心针黹家计等事，好为母亲分忧代劳。近因今上崇尚诗礼，征采才能，降不世之隆恩，除聘选妃嫔外，凡世宦名家之女，皆得亲名达部，以备选择，为公主、郡主入学陪侍，充为才人赞善之职。自薛蟠父亲死后，各省中所有的买卖承局、总管、伙计人等，见薛蟠年轻不谙世事，便趁时拐骗起来，京都几处生意渐亦销耗。薛蟠素闻得都中乃第一繁华之地，正思一游，便趁此机会，一来送妹待选，二来望亲，三来亲自入都销算旧帐、再计新支，其实只为游览上国风光之意，因此早已检点下行装细软，以及馈送亲友各色土物人情等类。正择日起身，不想偏遇了那拐子，买了英莲。薛蟠见英莲生得不俗，立意买了，又遇冯家来夺，因恃强喝令手下豪奴将冯渊打死。他便将家中事务，一一嘱托了族中人并几个老家人，他便带了母、妹等，竟自起身长行去了。人命官司，他却视为儿戏，自谓花上几个臭钱，没有不了的。

在路不计其日。那日已将入都，又闻得母舅王子腾升了九省统制，奉旨出都查边，薛蟠心中暗喜道："我正愁进京去有母舅管辖，不能任意挥霍，如今升出去，可知天从人愿。"因和母亲商议道："咱们京中虽有几处户舍，只是这十来年没人居住，那看守的人未免偷着租赁与人，须得先着人去打扫收拾才好。"他母亲道："何必如此招摇。咱们这进京去，原是先拜望亲友，或是在你舅舅处，或是你姨爹家，他们家的房舍，极是宽敞的，咱们且住下，再慢慢的着人去收拾，岂不消停些？"薛蟠道："如今舅舅正升了外省去，家里自然忙乱起身。咱们这回子反一窝一拖的奔了去，岂不没眼色些？"他母亲道："你舅舅虽升了去，还有你姨娘家。况这几年来，你舅舅、姨娘两处，每每带信捎书接咱们来。如今既来了，你舅舅虽忙着起身，你贾家姨娘未必不苦留我们。咱们忙忙的收拾房子，岂不使人见怪？你的意思我却知道：守着舅舅、姨姆住着，未免拘紧了你，不如各住，好任意施为。你既如此，你自去挑所宅子去住，我和你姨娘，姊妹们别了这几年，却要厮守几日。我带了你妹妹去投你姨娘家去，你道好不好？”薛蟠见母亲如此说，情知扭不过的，只得分付人夫，一路奔荣国府而来。

那时王夫人已知薛蟠官司一事，亏了雨村就中维持了，才放了心；又见哥哥升了边缺，正愁少了娘家的亲戚来往，略加寂寞。过了几日，忽家人报：“姨太太带了哥儿姐儿合家进京，在门外下车了。”喜的王夫人忙带了人接出大厅来，将薛姨妈等接了进去。姊妹们一朝相见，悲喜交集，自不必说。叙了一番契阔，又引着拜见贾母，将人情土物各种酬献了，合家俱厮见过。又治席接风。薛蟠拜见过贾政、贾琏，又引着见了贾赦、贾珍等。贾政便使人来对王夫人说：“姨太太已有了春秋，外甥年轻，不知庶务，在外住着，恐怕又要生事。咱们东南角上梨香院，一所十来间，白空闲着，叫人打扫了，请姨太太和姐儿、哥儿住了甚好。”王夫人原要留住，贾母也就遣人来说：“请姨太太就在这里住下，大家亲密些。”薛姨妈原欲同居一处，方可拘紧些儿，若另在外，恐纵性惹祸，遂忙道谢应允。又私与王夫人说明：“一应日费供给，一概免却，方是处常之法。”王夫人知他家不难于此，遂亦从其自便。从此后，薛家母子就在梨香院中居住了。

原来这梨香院，乃当日荣公暮年静养之所，小小巧巧，约有十余间房舍，前厅后舍俱全；另有一门通街，薛蟠家人，就走此门出入；西南又有一角门，通一夹道，出了夹道，便是王夫人正房的东院了。每日或饭后，或晚间，薛姨妈便过来，或与贾母闲谈，或与王夫人相叙。宝钗日与黛玉、迎春姊妹等一处，或看书、下棋，或做针黹，倒也十分乐意。只是薛蟠起初原不欲在贾府中居住，生恐姨父管束，不得自在，无奈母亲执意在此，且贾宅中又十分殷勤苦留，只得暂且住下；一面使人打扫出自家的房屋，再移居过去。

谁知自此间住了，不上一月，贾宅族中，凡有的子侄，俱已认熟了一半，凡是那些纨袴气习者，莫不喜与他来往，今日会酒，明日观花，甚至聚赌嫖娼，无所不至，引诱的薛蟠比当日更坏了十倍。虽说贾政训子有方，治家有法，一则族大人多，照管不到；二则现在房长乃是贾珍，彼乃宁府长孙，又现袭职，凡族中事，都是他掌管；三则公私冗杂，且素性潇洒，不以俗事为要，每公暇之时，不过看书着棋而已；况这梨香院相隔两层房舍，又有街门别开，任意可以出入，这些子弟们可以放意畅怀的：因此遂将移居之念，渐渐打灭了。日后何如，下回分解。

第五回　贾宝玉神游太虚境　警幻仙曲演红楼梦

第四回中，既将薛家母子在荣府中寄居等事，略已表明。如今且说林黛玉自在荣府，一来贾母万般怜爱，寝食起居，一如宝玉，而迎春、探春、惜春三个孙女，倒且靠后；便是宝玉和黛玉二人之亲密友爱处，亦较别个不同，日则同行同坐，夜则同止同息，真是言和意顺，似漆如胶。不想如今忽然来了一个薛宝钗，年纪虽大不多，然品格端方，容貌美丽，人谓黛玉所不及。而宝钗行为豁达，随分从时，不比黛玉孤高自许，目无下尘，故深得下人之心；便是那些小丫头们，亦多与宝钗顽笑。如此黛玉心中便有些不忿之意，宝钗却浑然不觉。那宝玉亦在孩提之间，况自天性所禀，一片愚拙偏僻，视姊妹兄弟皆出一意，并无亲疏远近之别。如今与黛玉同处贾母房中坐卧，故略比别个姊妹熟惯些。既熟惯，则更觉亲密；既亲密，则不免有求全之毁、不虞之隙。这日不知为何，他二人言语有些不合起来，黛玉又在房中独自垂泪，宝玉又自悔言语冒撞，前去俯就，那黛玉方渐渐回转来。

因东边宁府花园内梅花盛开，贾珍之妻尤氏乃治酒具，请贾母、邢夫人、王夫人等赏花。是日，先带了贾蓉夫妻二人来面请。贾母等于早饭后过来，就在会芳园游玩，先茶后酒。不过是宁、荣二府眷属家宴，并无别样新文趣事可记。

一时宝玉倦怠，欲睡中觉，贾母命人好生陪着，歇息一回再来。贾蓉之妻秦氏便忙笑道："我们这里有给宝叔收拾下的屋子，老祖宗放心，只管交与我就是了。"亲向宝玉的奶娘、丫鬟等道："嬷嬷、姐姐们，请宝叔随我这里来。"贾母素知秦氏是极妥当的人，生得袅娜纤巧，行事又温柔和平，乃重孙媳中第一个得意之人，见他去安置宝玉，自是安稳的。当下秦氏引了一簇人，来至上房内间。宝玉抬头看见是一幅画贴在上面，人物固是好，其故事乃是《燃藜图》，他心中便有些不快。又有一副对联，写的是：

世事洞明皆学问　人情练达即文章

及看了这两句，纵然室宇精美，铺陈华丽，亦断断不肯在这里了，忙说："快出去，快出去！"秦氏听了，笑道："这里还不好，往那里去呢？不然，往我屋里去罢。"

宝玉点头微笑。有一嬷嬷说道："那里有个叔叔往侄儿媳妇房里睡觉的礼？"秦氏笑道："嗳哟，不怕他恼：他能多大了，就忌讳这些么？上月你没有看见我那个兄弟来了，虽然和宝叔同年，两个人若站在一处，只怕那一个还高些呢。"宝玉道："我怎么没有见过他？你带他来我瞧瞧。"众人笑道："隔着二三十里，那里带去？见的日子有呢。"

说着，大家来至秦氏房中。刚至房中。便有一股细细的甜香袭人，宝玉便觉得眼饧骨软，连说："好香！"入房向壁上看时，有唐伯虎画的《海棠春睡图》，两边有宋学士秦太虚写的一副对联，云：

嫩寒锁梦因春冷　芳气袭人是酒香

案上设着武则天当日镜室中设的宝镜，一边摆着赵飞燕立着舞的金盘，盘内盛着安禄山掷过伤了太真乳的木瓜，上面设着寿昌公主于含章殿下卧的宝榻，悬的是同昌公主制的连珠帐。宝玉含笑道："这里好，这里好。"秦氏笑道："我这屋子，大约神仙也可以住得的。"说着，亲自展开了西施浣过的纱衾，移了红娘抱过的鸳枕。于是众奶嬷伏侍宝玉卧好了，款款散去，只留下袭人、秋纹、晴雯、麝月四个丫鬟为伴。秦氏便分付小丫鬟们，好生在檐下看着猫儿打架。

那宝玉才合上眼，便恍恍惚惚的睡去，犹似秦氏在前，遂悠悠荡荡随了秦氏至一所在。但见朱栏玉砌，绿树清溪，真是人迹不逢，飞尘罕到。宝玉在梦中欢喜，想道："这个去处有趣，我就在这里过一生，纵然失了家也愿意，强如天天被父母先生刻责。"忽胡思之间，听见山后有人作歌曰：

春梦随云散，飞花逐水流。寄言众儿女，何必觅闲愁。

宝玉听了，是女孩儿的声气。歌音未息，早见那边走出一个丽人来：蹁跹袅娜，与凡人不同。有赋为证：

方离柳坞，乍出花房。但行处，鸟惊庭树；将到时，影度回廊。仙袂乍飘兮，闻麝兰之馥郁；荷衣欲动兮，听环佩之铿锵。靥笑春桃兮，云堆翠髻；唇绽樱颗兮，榴齿含香。盼纤腰之楚楚兮，风回雪舞；耀珠翠之辉煌兮，鸭绿鹅黄。出没花间兮，宜嗔宜喜；徘徊池上兮，若飞若扬。蛾眉颦笑兮，将言而未语；莲步乍移兮，欲止而又行。羡彼之良质兮，冰清玉润；慕彼之华服兮，闪烁文章。爱彼之容貌兮，香培玉琢；美彼之态度兮，凤翥龙翔。其素若何？春梅绽雪；其洁若何？秋蕙披霜；其静若何？松生空谷；其艳若何？霞映澄塘；其文若何？龙游曲沼；其神若何？月射寒江。应惭西子，实愧王嫱。奇矣哉，生于孰地？来自何方？信矣乎，瑶池不二，紫府无双。果何人哉？若斯之美也！

宝玉见是一个仙姑，喜的忙来作揖，笑问曰：“神仙姐姐，不知从那里来？如今要往那里去？我也不知这里是何处，望乞携带携带。”那仙姑道：“吾居离恨天之上，灌愁海之中，乃放春山遣香洞太虚仙境警幻仙姑是也。司人间之风情月债，掌尘世之女怨男痴。今因知风流冤孽缠绵于此，是以前来访察机会，布散相思。今日与你相逢，亦非偶然。此处离吾境不远，别无他物，仅有自采仙茗一盏，亲酿美酒一瓮，素练魔舞歌姬数人，新填《红楼梦》仙曲十二支，可试随我一游否？”

宝玉听了，喜跃非常，便忘了秦氏在何处，竟随了仙姑至一所在，有石碑横建，上书“太虚幻境”四个大字，两边一副对联，乃是：

假作真时真亦假　无为有处有还无

转过牌坊，便是一座宫门，上横书四个大字，道是“孽海情天”。又有一副对联，大书云：

厚地高天堪叹古今情不尽　痴男怨女可怜风月债难酬

宝玉看了，心下自思道：“原来如此。但不知何为‘古今之情’，又何为‘风月之债’？从今倒要领略领略。”宝玉只顾如此一想，不料早把些邪魔招入膏肓了。当下随了仙姑，进入二层门内，只见两边配殿，皆有匾额对联，一时看不尽许多，惟见几处写着的是：“情司”，“结怨司”，“朝啼司”，“暮哭司”，“春感司”，“秋悲司”。看了，因向仙姑道：“敢烦仙姑引我到那各司中游玩游玩，不知可使得？”仙姑道：“此中各司，贮的是普天之下所有的女子过去未来的簿册，尔乃凡眼尘躯，未便先知的。”宝玉听了，那里肯依，复央之再四，警幻便看这司的匾，说：“也罢，就在此司内略随喜随喜罢。”宝玉喜不能胜，抬头看这司的匾上，乃是“薄命司”三字。两边写着对联云：

春恨秋悲皆自惹　花容月貌为谁妍

宝玉看了，便知感叹。进入门中，只见有十数个大厨，皆用封条封着。看那封条上，皆有各省字样。宝玉一心只拣自己家乡的封条看，只见那边厨上封条，大书“金陵十二钗正册”，宝玉因问：“何为‘金陵十二钗正册’？”警幻道：“即贵省中十二冠首女子之册，故为正册。”宝玉道：“常听人说金陵极大，怎么只十二个女子？如今单我们家里，上上下下就有几百个女孩儿。”警幻微笑道：“贵省女子固多，不过择其紧要者录之。两边二厨则又次之，余者庸常之辈，则无册可录矣。”宝玉再看下首一厨，上写着“金陵十二钗副册”，又一厨上写着“金陵十二钗又副册”。宝玉便伸手先将“又副册”厨门开了，拿出一本册来。揭开看时，只见这首页上画的既非人物，亦非山水，不过是水墨滃染，满纸乌云浊雾而已。后有几行字迹，写道是：

霁月难逢，彩云易散。心比天高，身为下贱。风流灵巧招人怨。寿夭多因诽谤生，多情公子空牵念。

宝玉看了不甚明白。又见后面画着一簇鲜花、一床破席，也有几句言词，道是：

枉自温柔和顺，空云似桂如兰。

堪羡优伶有福，谁知公子无缘。

宝玉看了不解，遂掷下这个，去开了副册厨门。拿起一本册来，揭开看时，只见画着一枝桂花，下面有一池沼，其中水涸泥干，莲枯藕败。后面书云：

根并荷花一茎香，平生遭际实堪伤。

自从两地生孤木，致使香魂返故乡。

宝玉看了又不解，又去取正册看。只见头一页上，便画着两株枯木，木上悬着一围玉带；又有一堆雪，雪下一股金簪。也有四句诗道：

可叹停机德，谁怜咏絮才。金簪埋雪里，玉带挂林隈。

宝玉看了仍不解，待要问时，知他必不肯泄漏天机；待要丢下，又不舍，遂往后看时，只见画着一张弓，弓上挂着一香橼。也有一首歌词，云：

二十年来辨是非，榴花开处照宫闱。

三春怎及初春景，虎兔相逢大梦归。

后面又画着两个人放风筝，一片大海，一只大船，船中有一女子，掩面泣涕之状。画后也有四句写着道：

才自清明志自高，生于末世运偏消。

清明涕送江边望，千里东风一梦遥。

后面又画着几缕飞云，一湾逝水。其词曰：

富贵又何为，襁褓之间父母违。

展眼吊斜晖，湘江水逝楚云飞。

后面又画着一块美玉，落在泥污之中。其断语云：

欲洁何曾洁，云空未必空。可怜金玉质，终是陷泥中。

后面忽画一恶狼，追扑一美女，欲啖之意。其诗云：

子系中山狼，得志便猖狂。金闺花柳质，一载赴黄粱。

后面便是一所古庙，里面有一美人，在内看经独坐。其判云：

勘破三春景不长，缁衣顿改昔年妆。
可怜绣户侯门女，独卧青灯古佛旁。

后面便是一片冰山，上有一只雌凤。其判云：

凡鸟偏从末世来，都知爱慕此生才。
一从二令三人木，哭向金陵事更哀。

后面又是一座荒村野店，有一美人在那里纺绩。其判曰：

势败休云贵，家亡莫论亲。偶因济刘氏，巧得遇恩人。

诗后又画一盆茂兰，旁有一位凤冠霞帔的美人。也有判云：

桃李春风结子完，到后谁似一盆兰。
如冰水好空相妒，枉与他人作笑谈。

诗后又画一座高楼，上有一美人悬梁自尽。其判云：

情天情海幻情身，情既相逢必主淫。
漫言不肖皆荣出，造衅开端实自宁。

宝玉还要看时，那仙姑看他天分高明，性情颖慧，恐泄漏天机，便掩了卷册，笑向宝玉道："且随我去游玩奇景，何必在此打这闷葫芦。"宝玉恍恍惚惚，不觉弃了卷册，又随了警幻来至后面。但见朱帘绣幕，画栋雕檐，说不尽的光摇朱户金铺地，雪照琼窗玉作宫；更见仙花馥郁，异草芬芳：真个好所在！又听警幻笑道："你们快出来迎接贵客！"一言未了，只见房中走出几个仙子来，皆是荷袂蹁跹，羽衣飘舞，娇若春花，媚如秋月。一见了宝玉，都怨谤警幻道："我们不知系何'贵客'，忙的接出来。姐姐曾说今日今时，必有个绛珠妹子的生魂前来游玩，故我等久待。何故引了这浊物来污染这清净女儿之境？"

宝玉听如此说，便吓得欲退不能，果觉自形污秽不堪。警幻忙携住宝玉的手，向众姊妹笑道："你等不知原委。今日原欲往荣府去接绛珠，适从宁府经过，偶遇荣、宁二公之灵，嘱吾云：'吾家自国朝定鼎以来，功名奕世，富贵流传，已历百年。奈运终数尽，不可挽回。我等之子孙虽多，竟无可以继业者。惟嫡孙宝玉一人，禀性乖张，性情怪谲，虽聪明灵慧，略可望成，无奈吾家运数合终，恐无人规引入正。幸仙姑偶来，可望先以情欲声色等事，警其痴顽，或得使彼跳出迷人圈子，入于正路，亦吾兄弟之幸矣。'如此嘱吾，故发慈心，引彼至此。先以彼家上中下三等女子之终身册籍，令彼熟玩，尚未觉悟；故引彼再到此处，令其历饮馔、声色之幻，或冀将来一悟，未可知也。”

说毕，携了宝玉入室。但闻一缕幽香，不知所闻何物。宝玉遂不住相问。警幻冷笑道：“此香尘世中所无，尔何能知！此系诸名山胜境初生异卉之精，合各种宝林珠树之油所制，名为‘群芳髓’。”宝玉听了，自是羡慕而已。大家入坐，小鬟捧上茶来，宝玉自觉香清味美，迥非常品，因又问何名。警幻道：“此茶出在放春山遣香洞，又以仙花灵叶上所带宿露而烹此茶，名曰‘千红一窟’。”宝玉听了，点头称赏。因看房内瑶琴宝鼎，古画新诗，无所不有；更喜窗下亦有唾绒，奁间时渍粉污。壁上亦有一副对联，书云：

幽微灵秀地　无可奈何天

宝玉看毕，无不羡慕。因又请问众仙姑姓名，一名痴梦仙姑，一名钟情大士，一名引愁金女，一名度恨菩提：各各道号不一。少刻，有小鬟来调桌安椅，摆设酒馔，真是：琼浆满泛玻璃盏，玉液浓斟琥珀杯。更不用再说此馔之盛。宝玉因此酒香冽异常，又不禁相问，警幻道：“此酒乃以百花之蕊、万木之汁，加以麟髓之醅、凤乳之曲酿成，因名为‘万艳同杯’。”宝玉称赏不迭。饮酒间，又有十二个舞女上来，请问演何调曲。警幻道：“就将新制《红楼梦》十二支演上来。”舞女们答应了，便轻敲檀板，款按银筝，听他歌道是：

开辟鸿蒙……

方歌了一句，警幻道：“此曲不比尘世中所填传奇之曲，必有生旦净末之则，又有南北九宫之调。此或咏叹一人，或感怀一事，偶成一曲，即可谱入管弦。若非个中人，不知其中之妙。料尔亦未必深明此调。若不先阅其稿，后听其曲，反成嚼蜡矣。”说毕，回头命小鬟取了《红楼梦》原稿来，递与宝玉。宝玉接过来，一面目视其文，耳聆其歌曰：

〔红楼梦引子〕开辟鸿蒙，谁为情种？都只为风月情浓。奈何天，伤怀日，寂寥时，试遣愚衷。因此上，演出这悲金悼玉的《红楼梦》。

〔终身误〕都道是金玉良缘，俺只念木石前盟。空对着，山中高士晶莹雪；终不忘，世外仙姝寂寞林。叹人间，美中不足今方信。纵然是齐眉举案，到底意难平。

〔枉凝眉〕一个是阆苑仙葩，一个是美玉无瑕。若说没奇缘，今生偏又遇着他；若说有奇缘，如何心事终虚话？一个枉自嗟呀，一个空劳牵挂；一个是水中月，一个是镜中花。想眼中能有多少泪珠儿，怎经得秋流到冬，春流到夏！

却说宝玉听了此曲，散漫无稽，未见得好处，但其声韵凄婉，竟能销魂醉魄，因此也不问其原委，也不究其来历，就暂以此释闷而已。因又看下面道：

〔恨无常〕喜荣华正好，恨无常又到。眼睁睁，把万事全抛。荡悠悠，芳魂销耗。望家乡，路远山高。故向爹娘梦里相寻告：儿命已入黄泉，天伦呵，须要退步抽身早！

〔分骨肉〕一帆风雨路三千，把骨肉家园，齐来抛闪！恐哭损残年。告爹娘，休把儿悬念：自古穷通皆有定，离合岂无缘？从今分两地，各自保平安。奴去也，莫牵连！

〔乐中悲〕襁褓中，父母叹双亡。纵居那绮罗丛，谁知娇养？幸生来，英豪阔大宽宏量，从未将儿女私情，略萦心上。好一似，霁月光风耀玉堂。厮配得才貌仙郎，博得个地久天长。准折得幼年时坎坷形状。终久是云散高唐，水涸湘江。这是尘寰中消长数应当，何必枉悲伤！

〔世难容〕气质美如兰，才华馥比仙，天生成孤癖人皆罕。你道是啖肉食腥膻，视绮罗俗厌；却不知，好高人愈妒，过洁世同嫌。可叹这，青灯古殿人将老，孤负了，红粉朱楼春色阑！到头来，依旧是风尘肮脏违心愿；好一似，无瑕白玉遭泥陷；又何须，王孙公子叹无缘！

〔喜冤家〕中山狼，无情兽，全不念当日根由。一味的，骄奢淫荡贪欢媾。觑着那，侯门艳质同蒲柳；作践的，公府千金似下流。叹芳魂艳魄，一载荡悠悠。

〔虚花悟〕将那三春看破，桃红柳绿待如何？把这韶华打灭，觅那清淡天和。说什么天上夭桃盛，云中杏蕊多？到头来，谁见把秋捱过？则看那，白杨村里人呜咽，青枫林下鬼吟哦。更兼着，连天衰草遮坟墓，这的是，昨贫今富人劳碌，春荣秋谢花折磨。似这般，生关死劫谁能躲？闻说道，西方宝树唤婆娑，上结着长生果。

〔聪明累〕机关算尽太聪明，反算了卿卿性命！生前心已碎，死后性空灵。家富人宁，终有个，家亡人散各奔腾。枉费了，意悬悬半世心；好一似，荡悠悠三更梦。忽喇喇似大厦倾，昏惨惨似灯将尽。呀！一场欢喜忽悲辛。叹人世，终难定！

〔留余庆〕留余庆，留余庆，忽遇恩人；幸娘亲，幸娘亲，积德阴功。劝人生济困扶穷，休似俺那爱银钱、忘骨肉的狠舅奸兄！正是乘除加减，上有苍穹。

〔晚韶华〕镜里恩情，更那堪梦里功名！那美韶华去之何迅！再休题绣帐鸳衾。只这戴珠冠，披凤袄，也抵不了无常性命。虽说是，人生莫受老来贫，也须要阴骘积儿孙。气昂昂，头戴簪缨；光灿灿，胸悬金印；威赫赫，爵禄高登；昏惨惨，黄泉路近！问古来将相可还存？也只是虚名儿后人钦敬。

〔好事终〕画梁春尽落香尘。擅风情，秉月貌，便是败家的根本。箕裘颓堕皆从敬，家事消亡首罪宁。宿孽总因情！

〔飞鸟各投林〕为官的，家业凋零；富贵的，金银散尽；有恩的，死里逃生；无情的，分明报应；欠命的，命已还；欠泪的，泪已尽。冤冤相报自非轻，分离聚合皆前定。欲知命短问前生，老来富贵也真侥幸。看破的，遁入空门；痴迷的，枉送性命！好一似食尽鸟投林，落了片白茫茫大地真干净！

歌毕，还要歌副曲。警幻见宝玉甚无趣味，因叹："痴儿竟尚未悟！"那宝玉忙止歌姬不必再唱，自觉朦胧恍惚，告醉求卧。警幻便命撤去残席，送宝玉至一香闺绣阁中。其间铺陈之盛，乃素所未见之物。更可骇者，早有一位女子在内：其鲜艳妩媚有似乎宝钗，风流袅娜则又如黛玉。正不知何意，忽警幻道："尘世中多少富贵之家，那些绿窗风月，绣阁烟霞，皆被淫污纨袴与那些流荡女子悉皆玷辱。更可恨者，自古来多少轻薄浪子，皆以'好色不淫'为解，又以'情而不淫'作案，此皆饰非掩丑之语也：好色即淫，知情更淫，是以巫山之会，云雨之欢，皆由既悦其色，复恋其情所致也。吾所爱汝者，乃天下古今第一淫人也。"

宝玉听了，吓的忙答道："仙姑差了。我因懒于读书，家父母尚每垂训饬，岂敢再冒'淫'字？况且年纪尚幼，不知淫为何物。"警幻道："非也。淫虽一理，意则有别：如世之好淫者，不过悦容貌，喜歌舞，调笑无厌，云雨无时，恨不能得天下之美女，供我片时之趣兴，此皆皮肤滥淫之蠢物耳。如尔，则天分中生成一段痴情，吾辈推之为'意淫'。惟'意淫'二字，可心会而不可口传，可神通而不能语达。汝今独得此二字，在闺阁中固可为良友，然于世道中未免迂阔怪诡，百口嘲谤，万目睚眦。今既遇令祖宁、荣二公剖腹深嘱，吾不忍子独为我闺阁增光而见弃于世道，故引子前来，醉以美酒，沁以仙茗，警以妙曲；再将吾妹一人，乳名兼美、表字可卿者，许配与汝。今夕良时，即可成姻，不过令汝领略此仙闺幻境之风光尚然如此，何况尘境之情景哉！而今后万万解释，改悟前情，留意于孔孟之间，委身于经济之道。”说毕，便秘授以云雨之事，推宝玉入房中，将门掩上自去。

那宝玉恍恍惚惚，依警幻所嘱之言，未免有儿女之事，难以尽述。至次日，便柔情缱绻，软语温存，与可卿难解难分。因二人携手出去游玩之时，忽然至一个所在，但见荆榛遍地，狼虎同行，迎面一道黑溪阻路，并无桥梁可通。正在犹豫之间，忽见警幻从后追来，说道：“快休前进，作速回头要紧！”宝玉忙止步问道：“此系何处？”警幻道：“此即迷津也。深有万丈，遥且千里，中无舟楫可通，只有一个木筏，乃木居士掌柁、灰侍者撑篙，不受金银之谢，但遇有缘者渡之。尔今偶游至此，设如堕落其中，则深负我从前谆谆警戒之语矣。”话犹未了，只觉迷津内响如雷声，有许多夜叉、海鬼将宝玉拖将下去，吓得宝玉汗下如雨，一面失声喊叫：“可卿救我！”吓得袭人辈众丫鬟忙上来搂住，叫：“宝玉莫怕，我们在这里。”

却说秦氏正在房外嘱付小丫头们好生看着猫儿狗儿打架，忽闻宝玉在梦中唤他的小名，因纳闷道：“我的小名，这里从无人知道，他如何知得，在梦中叫出来？”未知何因，下回分解。

第六回　贾宝玉初试云雨情　刘老老一进荣国府

却说秦氏因听见宝玉在梦中唤他的乳名，心中自是纳闷，又不好细问。彼时宝玉迷迷惑惑，若有所失，众人忙端上桂圆汤来。喝了两口，遂起身整衣。袭人伸手与他系裤带时，刚伸手至大腿处，只觉冰冷一片沾湿，吓的忙伸出手来，问：“是怎么了？”宝玉红涨了脸，把他的手一捻。袭人本是个聪明女子，年纪又比宝玉大两岁，近来也渐省人事，今见宝玉如此光景，心中便觉察了一半，不觉羞得红涨了脸面，遂不敢再问。仍旧理好了衣裳，随至贾母处来，胡乱吃过晚饭，过这边来。袭人趁众奶娘、丫鬟不在旁时，另取出一件中衣，与宝玉换上。宝玉含羞央道：“好姐姐，千万别告诉别人！”袭人含羞笑问道：“你梦见什么故事了？是那里流出来的那些脏东西？”宝玉道：“一言难尽。”便把梦中之事细说与袭人知了。说至警幻所授云雨之情，羞的袭人掩面伏身而笑。宝玉亦素喜袭人柔媚姣俏，遂强袭人同领警幻所训云雨之事。袭人自知系贾母将他与了宝玉的，今便如此，亦不为越理，遂和宝玉偷试了一番，幸无人撞见。自此，宝玉视袭人更与别个不同，袭人待宝玉越发尽职。暂且别无话说。

按荣府一宅中，合算起来，人口虽不多，从上至下，也有三百余口；事虽不多，一天也有一二十件：竟如乱麻一般，并没有个头绪可作纲领。正思从那一件事、那一个人写起方妙，却好忽从千里之外，芥豆之微，小小一个人家，因与荣府略有些瓜葛，这日正往荣府中来：因此便就这一家说起，倒还是个头绪。

原来这小小之家姓王，乃本地人氏。祖上曾做过一个小小京官，昔年曾与凤姐之祖、王夫人之父认识，因贪王家的势利，便连了宗，认作侄儿。那时只有王夫人之大兄凤姐之父与王夫人随在京的，知有此一门远族，余者皆不知也。目今其祖早故，只有一个儿子，名唤王成，因家业萧条，仍搬出城外原乡中住了。王成亦相继身故，有子小名狗儿，娶妻刘氏，生子小名板儿；又生一女，名唤青儿：一家四口，以务农为业。因狗儿白日间又作些生计，刘氏又操井臼等事，青、板姊弟两个无人管着，狗儿遂将岳母刘老老接来，一处过活。

这刘老老乃是个久经世代的老寡妇，膝下又无子息，只靠两亩薄田度日。如今女婿接了养活，岂不愿意，遂一心一计帮着女儿女婿过活起来。因这年秋尽冬初，天气冷将上来，家中冬事未办，狗儿未免心中烦虑，吃了几杯闷酒，在家闲寻气恼，刘氏不敢顶撞。因此，刘老老看不过，乃劝道："姑爷，你别嗔着我多嘴：咱们村庄人家，那一个不是老老诚诚、守着多大碗儿吃多大的饭？你皆因年小时托着那老的福，吃喝惯了，如今所以把持不定，有了钱就顾头不顾尾，没了钱就瞎生气，成了什么男子汉大丈夫了！如今咱们虽离城住着，终是天子脚下，这长安城中遍地皆是钱，只可惜没人会去拿罢了。在家跳跶也没用。"狗儿听了道："你老只会在炕头上坐着混说，难道叫我打劫去不成？"刘老老说道："谁叫你打劫去呢？也到底大家想个方法儿才好，不然，那银子会自己跑到咱们家里来不成？"狗儿冷笑道："有法儿还等到这会子呢！我又没有收税的亲戚、做官的朋友，有什么法子可想的？便有，也只怕他们未必来理我们呢！"

刘老老道："这倒也不然。'谋事在人，成事在天'，咱们谋到了，靠菩萨的保佑，有些机会也未可知。我倒替你们想出一个机会来：当日你们原是和金陵王家连过宗的，二十年前，他们看承你们还好；如今是你们拉硬屎，不肯去俯就他，故疏远起来。想当初我和女儿还去过一遭，他家的二小姐着实爽快，会待人的，倒不拿大，如今现是荣国府贾二老爷的夫人。听得他们说，如今上了年纪，越发怜贫恤老，最爱斋僧布施。如今王府虽升了边任，只怕二姑太太还认得咱们。你何不去走动走动？或者他还念旧，有些好处，亦未可知。只要他发一点好心，拔一根汗毛，比咱们的腰还壮呢！”刘氏在旁接口道：“你老说得是，你我这样嘴脸，怎么好到他门上去？只怕他那门上人也不肯去通报，没的去打嘴现世！”谁知狗儿利名心重，听如此说，心下便有些活动起来；又听他妻子这番话，便笑接道：“老老既如此说，况且当日你又见过这姑太太一次，何不你老人家明日就去走一遭，先试试风头看？”刘老老道：“阿呀，可是说的，‘侯门似海’，我是个什么东西，他家人又不认得我，去了也是白去的。”狗儿道：“不妨，我教你个法儿：你竟带了外孙小板儿，先去找陪房周瑞。若见了他，就有些意思了。这周瑞先时曾和我父亲交过一桩事，我们本极好的。”刘老老道：“我也知道，只是许多时不走动，知道他如今是怎样？这说不得的了，你又是个男人，这样个嘴脸自然去不得；我们姑娘年轻媳妇，也难卖头卖脚去。倒还是舍了我这副老脸，去碰一碰，果然有些好处，也大家有益。”当晚计议已定。

次日天未明时，刘老老便起来梳洗了，又将板儿教了几句话。五六岁的孩子，听见带了他进城逛去，便喜的无不应承。于是刘老老带了板儿进城，至宁荣街来。至荣府大门前石狮子旁，只见簇簇的轿马，刘老老便不敢过去。且掸掸衣服，又教板儿几句话，然后蹲在角门前。只见几个挺胸凸肚、指手画脚的人，坐在大门上说东谈西的。刘老老只得挨上前来问：“太爷们纳福。”众人打量了他一回，便问：“是那里来的？”刘老老陪笑道：“我找太太的陪房周大爷的，烦那位太爷替我请他出来。”那些人听了，都不睬他，半日，方说道：“你远远的那墙脚下等着，一会子他们那里就有人出来的。”内中有一年老的说道：“不要误了他的事，何苦要他！”因向刘老老道：“那周大爷往南边去了，他在后一带住着，他娘子却在家里。你从这边绕到后街门上找就是了。”刘老老谢了，遂携着板儿绕至后门上。只见门上歇着些生意担子：也有卖吃的，也有卖顽耍物件的，闹吵吵三二十个孩子在那里厮闹。刘老老便拉住一个道：“我问哥儿一声：有个周大娘，可在家么？”孩子道：“那个周大娘？我们这周大娘有三个呢！还有两位周奶奶。不知是那一行当上的？”刘老老道：“他是太太的陪房。”孩子道：“这个容易。你跟我来。”引着刘老老进了后院，至一院墙边指道：“这就是他家。”忙又叫道：“周大妈，有个老奶奶来找你呢！”

周瑞家的在内忙迎了出来，问："是那位？"刘老老迎上来，问了个："好呀，周嫂子。"周瑞家的认了半日，方笑道："刘老老，你好呀。你说么，这几年不见，我就忘了。请家里坐。"刘老老一面走，一面笑说道："你老是'贵人多忘事'了，那里还记得我们。"说着，来至房中。周瑞家的命雇的小丫头倒上茶来吃着。周瑞家的又问："板儿都长的这么大了！"又问些别后闲话。又问刘老老："今日还是路过，还是特来的？"刘老老便说："原是特来瞧瞧你嫂子，二则也请请姑太太的安。若可以领我见一见更好；若不能，便借重嫂子转致意罢了。"周瑞家的听了，便已猜着几分来意。只因他丈夫昔年争买田地一事多得狗儿之力，今见刘老老如此，心中难却其意；二则也要显弄自己的体面。便笑说："老老你放心，大远的诚心诚意来了，岂有个不教你见个正佛去的？论理，人来客至回话，却不与我相干。我们这里，都是各占一样儿：我们男的只管春秋两季地租子，闲时带着小爷们出门就完了；我只管跟太太、奶奶们出门的事。皆因你老是太太的亲戚，又拿我当个人，投奔了我来，我竟破个例，与你通个信去。但只一件，老老有所不知：我们这里不比五年前了，如今太太不大理事，都是琏二奶奶当家了。你道这琏二奶奶是谁？就是太太的内侄女儿，当日大舅老爷的女儿，小名凤哥的。"刘老老听了道："原来是他。怪道呢，我当日就说他不错的。这等说来，我今儿还得见了他。"周瑞家的道："这个自然的。如今有客来，都是这凤姑娘周旋接待。今儿宁可不见太太，倒要见他一面，才不枉走这一遭儿。"刘老老道："阿弥陀佛，这全仗嫂子方便了。"周瑞家的说："老老说那里话来！俗语说的：'自己方便，与人方便。'不过用我一句话儿，那里费了我什么事。"说着，便唤小丫头来，到倒厅上悄悄的打听老太太屋里摆了饭没有。小丫头去了。

这里二人又说了些闲话。刘老老因说："这位凤姑娘，今年不过二十岁罢了，就这等有本事，当这样的家，可是难得的。"周瑞家的听了道："嗐，我的老老，告诉不得你呢。这位凤姑娘年纪虽小，行事却比别人都大呢。如今出挑的美人一般的模样儿，少说些有一万个心眼子，再要赌口齿，十个会说的男人也说不过他呢。回来你见了就知道了。就只一件，待下人未免严了些。"说着，小丫头回来说："老太太屋里已摆完了饭，二奶奶在太太屋里呢。"周瑞家的听了，连忙起身，催着刘老老："快走！这一下来，他吃饭是空儿，咱们先等着去罢。若迟一步，回事的人多了，就难说话；再歇了中觉，越发没了时候了。"说着，一齐下了炕，整顿衣服，又教了板儿几句话，随着周瑞家的，逶迤往贾琏的住宅来。

先至倒厅，周瑞家的将刘老老安插在那里略等一等，自己先过影壁，走进了院门。知凤姐未出来，先找着了凤姐的一个心腹通房大丫头名唤平儿的。周瑞家的先将刘老老起初来历说明，又说："今日大远的来请安，当日太太是常会的，今儿不可不见，所以我带了他进来。等奶奶下来，我细细回明，谅奶奶也不责我莽撞的。"平儿听了，便作了个主意："叫他们进来，先在这里坐着就是了。"周瑞家的方出去领了他们进来。上了正房台阶，小丫头打起了猩红毡帘，才入堂屋，只闻一阵香扑了脸来，竟不辨是何气味，身子便似在云端里一般。满屋中之物都是耀眼争光,使人头晕目眩。刘老老此时点头咂嘴，念佛而已。于是引他到东边这间屋里，乃是贾琏的女儿睡觉之所。平儿站在炕沿边，打量了刘老老两眼，只得问个好，让了坐。刘老老见平儿遍身绫罗，插金戴银，花容月貌的，便当是凤姐儿了，才要称"姑奶奶"，只见周瑞家的说："他是平姑娘。"又见平儿赶着周瑞家的叫他"周大娘"，方知不过是个有体面的丫头。于是让刘老老和板儿上了炕，平儿和周瑞家的对面坐在炕沿上，小丫头们倒上茶来吃了。

刘老老只听见咯当咯当的响声，大有似乎打箩柜筛面的一般，不免东瞧西望的。忽见堂屋中柱子上挂着一个匣子，底下又坠着一个秤锤般一物，却不住的乱晃，刘老老心中想着："这是什么东西？有甚用呢？"正呆时，陡听得当的一声,又若金钟铜磬一般,倒吓得不住的展眼儿。接着又是一连八九下，方欲问时，只见小丫头们一齐乱跑，说："奶奶下来了！"平儿与周瑞家的忙起身，说："刘老老只管坐着，等是时候，我们来请你。"说着迎出去了。

刘老老只屏声侧耳默候。只听远远有人笑声，约有一二十个妇人，衣裙窸窣，渐入堂屋，往那边屋内去了。又见三两个妇人，都捧着大红漆捧盒，进这边来等候。听得那边说道："摆饭。"渐渐的人才散出去，只有伺候端菜几人。半日，鸦雀不闻。忽见两个人抬了一张炕桌来放在这边炕上，桌上碗盘摆列，仍是满满的鱼肉在内，不过略动了几样。板儿一见了，便吵了要肉吃，刘老老一巴掌打了开去。忽见周瑞家的笑嘻嘻走过来，招手儿叫他。刘老老会意，于是带了板儿下炕。至堂屋中，周瑞家的又和他唧唧了一会，方蹭到这边屋内。

只见门外铜钩上悬着大红洒花软帘，南窗下是炕，炕上大红条毡。靠东边板壁立着一个锁子锦靠背与一个引枕，铺着金心绿闪缎大坐褥，旁边有银唾盒。那凤姐家常带着紫貂昭君套，围着那攒珠勒子，穿着桃红洒花袄，石青刻丝灰鼠披风，大红洋绉银鼠皮裙；粉光脂艳，端端正正坐在那里，手内拿着小铜火箸儿拨手炉内的灰。平儿站在炕沿边，捧着小小的一个填漆茶盘，盘内一个小盖钟。凤姐也不接茶，也不抬头，只管拨手炉的灰，慢慢的道："怎么还不请进来？"一面说，一面抬身要茶时，只见周瑞家的已带了两个人立在面前了，这才忙欲起身。犹未起身，满面春风的问好，又嗔周瑞家的："怎么不早说！"刘老老已在地下拜了数拜，问姑奶奶安。凤姐忙说："周姐姐，搀着不拜罢。我年轻，不大认得，可也不知是甚么辈数，不敢称呼。"周瑞家的忙回道："这就是我才回的那个老老了。"凤姐点头，刘老老已在炕沿上坐下了。板儿便躲在他背后，百般的哄他出来作揖，他死也不肯。

凤姐笑道："亲戚们不大走动，都疏远了。知道的呢，说你们弃厌我们，不肯常来；不知道的那起小人，还只当我们眼里没有人似的。"刘老老忙念佛道："我们家道艰难，走不起。来到这里，没的给姑奶奶打嘴，就是管家爷们看着也不像。"凤姐笑道："这话没的教人恶心。不过借赖着祖父虚名，作个穷官儿罢了，谁家有什么？不过是个旧日的空架子。俗语儿说的好：'朝廷还有三门子穷亲'呢，何况你我？"说着，又问周瑞家的："回了太太了没有？"周瑞家的道："如今等奶奶的示下。"凤姐儿道："你去瞧瞧：要是有人有事就罢；得闲呢就回，看怎么说。"周瑞家的答应去了。

这里凤姐叫人抓些果子与板儿吃，刚问了几句闲话时，就有家下许多媳妇儿管事的来回话。平儿回了，凤姐道："我这里陪客呢，晚上再来回。若有要紧的，你就带进来现办。"平儿出去一会，进来说："我问了，没什么紧要，我就叫他们散了。"凤姐点头。只见周瑞家的回来向凤姐道："太太说了：'今日不得闲，二奶奶陪着便一样的。多谢费心想着。白来逛逛呢便罢；若有甚说的，只管告诉二奶奶，都是一样。'"刘老老道："也没甚的说，不过是来瞧瞧姑太太、姑奶奶，也是亲戚们情分。"周瑞家的便道："没有甚说的便罢；若有话，只管回二奶奶，是和太太一样的。"一面说，一面递眼色与刘老老。刘老老会意，未语先飞红了脸，欲待不说，今日又所为何来？只得忍耻道："论理，今日初次见姑奶奶，却不该说的；只是大远的奔了你老这里来，少不得说了。"刚说到这里，只听二门上小厮们回说："东府里小大爷进来了。"凤姐忙止道："刘老老不必说了。"一面便问："你蓉大爷在那里呢？"只听一路靴子脚响，进来了一个十七八岁的少年，面目清秀，身材夭矫，轻裘宝带，美服华冠。刘老老此时坐不是，立不是，藏没处藏。凤姐笑道：“你只管坐着，这是我侄儿。”刘老老方扭扭捏捏在炕沿上坐了。

贾蓉笑道：“我父亲打发我来求婶子，说上回老舅太太给婶子的那架玻璃炕屏，明儿请一个要紧的客，借去略摆一摆，就送来的。”凤姐道：“迟了一日。昨儿已给了人了。”贾蓉听说，便嘻嘻的笑着，在炕沿子上下个半跪道：“婶子若不借，我父亲又说我不会说话了，又挨一顿好打呢。婶子只当可怜侄儿罢。”凤姐笑道：“也没见我们王家的东西都是好的，你们那里也放着那些好东西。只是看不见我的东西才罢，一见了，就要想拿去。”贾蓉笑道：“只求开恩罢。”凤姐道：“碰坏一点，你可仔细你的皮。”因命平儿拿了楼门上钥匙，传几个妥当人来抬去。贾蓉喜的眉开眼笑，忙说：“我亲自带了人拿去，别由他们乱碰。”说着，便起身出去了。这凤姐忽又想起一件事来，便向窗外叫：“蓉儿回来！”外面几个人接声说：“请蓉大爷快回来。”贾蓉忙转回来，满脸笑容的瞅着凤姐，听何指示。那凤姐只管慢慢的吃茶，出了半日神，忽然把脸一红，笑道：“罢了，你且去罢。晚饭后你再来说罢。这会子有人，我也没精神了。”贾蓉答应个是，抿着嘴儿一笑，方慢慢退去。

这刘老老身心方安，便说道：“我今日带了你侄儿，不为别的，只因他爷娘在家里，连吃的也没有，天气又冷了，只得带了你侄儿奔了你老来。”说着，又推板儿道：“你爹在家里怎么教你的？打发咱们来作什么的？只顾吃果子么！”凤姐早已明白了，听他不会说话，因笑止道：“不必说了，我知道了。”因问周瑞家的道：“这老老不知可用了早饭没有呢？”刘老老忙道：“一早就往这里赶咧，那里还有吃饭的工夫咧。”凤姐忙命：“快传饭来。”一时周瑞家的传了一桌客馔来，摆在那边屋里，过来带了刘老老和板儿过去吃饭。凤姐说道：“周姐姐好生让着些儿，我不能陪了。”于是过东边房里来。凤姐又叫过周瑞家的去道：“方才回了太太，说了些什么？”周瑞家的道：“太太说：‘他们原不是一家，是当年他们的祖与老太爷在一处做官，因连了宗的，这几年不大走动。当时他们来了，却也从没空过的。今来瞧瞧我们，也是他的好意，不可简慢了他。便有什么话说，叫二奶奶裁度着就是了。’”凤姐听了说道：“怪道既是一家子，我如何连影儿也不知道！”

说话间，刘老老已吃完了饭，拉了板儿过来，舔唇咂嘴的道谢。凤姐笑道：“且请坐下，听我告诉。你老人家方才的意思，我也知道了。论亲戚之间，原该不待上门来，就有照应才是。但如今家中事情太多，太太上了年纪，一时想不到是有的。况我接着管事，都不大知道这些亲戚们。一则外面看着虽是烈烈轰轰，不知大有大的难处，说与人也未必信呢。今你既大远的来了，又是头一次儿向我张口，怎好教你空手回去？可巧昨儿太太给我的丫头们作衣裳的二十两银子，还没动呢，你不嫌少，且先拿了去用罢。”那刘老老先听见告艰苦，只当是没想头了，又听见给他二十两银子，喜得眉开眼笑道：“我们也知艰难的，但俗语道：‘瘦死的骆驼比马还大些。’凭他怎样，你老拔一根汗毛，比我们的腰还壮呢。”周瑞家的在旁听见他说的粗鄙，只管使眼色止他。凤姐笑而不睬，叫平儿把昨儿那包银子拿来，再拿一串钱来，都送至刘老老跟前。凤姐道：“这是二十两银子，暂且给这孩子们作件冬衣罢。改日无事，只管来逛逛，方是亲戚们的意思。天也晚了，不虚留你们了，到家该问好的都问个好儿。”一面说，一面就站了起来了。

刘老老只管千恩万谢的，拿了银钱，随周瑞家的走至外厢。周瑞家的道：“我的娘，你怎么见了他倒不会说了？开口就是‘你侄儿’！我说句不怕你恼的话：便是亲侄儿，也要说和软些！那蓉大爷才是他的侄儿呢，他怎么又跑出这样侄儿来了？”刘老老笑道：“我的嫂子，我见了他，心眼儿里爱还爱不过来，那里还说的上话儿来。”二人说着，又至周瑞家坐了片刻。刘老老要留下一块银与周家的孩子们买果子吃，周瑞家的如何放在眼里，执意不肯。刘老老感谢不尽，仍从后门去了。未知刘老老去后如何，且听下回分解。

第七回　送宫花贾琏戏熙凤　宴宁府宝玉会秦钟

话说周瑞家的送了刘老老去后，便上来回王夫人话，谁知王夫人不在上房。问丫鬟们，方知往薛姨妈那边闲话去了。周瑞家的听说，便出东角门至东院，往梨香院来。刚至院门前，只见王夫人的丫鬟金钏儿，和那一个才留了头的小女孩儿站在台矶上顽。见周瑞家的来了，便知有话来回，因向内呶嘴儿。

周瑞家的轻轻掀帘进去，只见王夫人和薛姨妈长篇大套的，说些家务人情等话。周瑞家的不敢惊动，遂进里间来。只见宝钗家常儿打扮，头上只挽着髻儿，坐在炕里边，伏在小炕几上同丫鬟莺儿正描花样子呢。见他进来，宝钗便放下笔，转身来，满面堆笑让：“周姐姐坐。”周瑞家的也忙陪笑问道：“姑娘好？”一面炕沿边坐了。因说道：“有两三天也没见姑娘到那边逛逛去，只怕是你宝玉兄弟冲撞了你不成？”宝钗笑道：“那里的话。只因我那种病又发了，所以且静养两日。”周瑞家的道：“正是呢，姑娘到底有什么病根儿？

也该趁早请个大夫认真医治。小小的年纪，倒作下个病根，也不是顽的。”宝钗听说，笑道：“再不要提起。为这病根，也不知请了多少大夫，吃了多少药，化了多少钱，总不见一点儿效验。后来还亏了一个癞头和尚，专治无名之病，因请他看了，他说我这是从胎里带来的一股热毒，幸而我先天结壮，还不相干。若吃凡药，是不中用的。他就说了一个海上方，又给了一包末药作引，异香异气的。他说发了时，吃一丸就好。倒也奇怪，很有些效验。”

周瑞家的因问道：“不知是什么海上方？姑娘说了，我们也好记着，说与人知道。倘遇见这样的病，也是行好的事。”宝钗笑道：“不问这方儿还好，若问这方，真真把人琐碎死了。东西药料一概都有限易得的，只难得‘可巧’二字：要春天开的白牡丹花蕊十二两，夏天开的白荷花蕊十二两，秋天的白芙蓉花蕊十二两，冬天的白梅花蕊十二两。将这四样花蕊，于次年春分这日晒干，和在末药一处，一齐研好；又要雨水这日的天落水十二钱。”周瑞家的忙笑道：“阿呀，这样说来，这就得三年的工夫！倘或雨水这日不下雨，可又怎处呢？”宝钗笑道：“可不是！那里有这样可巧的雨？也只好再等罢了。还要白露这日的露水十二钱，霜降这日的霜十二钱，小雪这日的雪十二钱。把这四样水调匀，丸了龙眼大的丸子，盛在旧磁坛内，埋在花根底下。若发了病时，拿出来吃一丸，用十二分黄柏煎汤送下。”周瑞家的听了，笑道：“阿弥陀佛！真巧死了人。等十年都未必这样巧呢。”宝钗道：“竟好。自他说了去后，一二年间，可巧都得了，好容易配成一料。如今从南带至北，现埋在梨花树下。”周瑞家的又道：“这药本有名儿没有呢？”宝钗道：“有。这也是那癞头和尚说下的，叫‘冷香丸’。”周瑞家的听了点头儿。因又说：“这病发了时，到底觉怎样？”宝钗道：“也不觉什么，只不过喘嗽些，吃一丸也就罢了。”

周瑞家的还要说话时，忽听王夫人问道：“谁在这里？”周瑞家的忙出去答应了，便回了刘老老之事。略待半刻，见王夫人无话，方欲退出去，薛姨妈忽又笑道：“你且站住。我有一种东西，你带了去罢。”说着便叫香菱。帘栊响处，才和金钏儿顽的那个小丫头进来了，问：“奶奶叫我做什么？”薛姨妈道：“把那匣子里的花儿拿来。”香菱答应了，向那边捧了个小锦匣儿来。薛姨妈道：“这是宫里头作的新鲜花样儿堆纱花，十二支。昨儿我想起来，白放着可惜旧了，何不给他们姊妹们戴去？昨儿要送去，偏又忘了。你今儿来得巧，就带了去罢。你家的三位姑娘，每位二支；下剩六支送林姑娘二支，那四支给凤姐儿罢。”王夫人道：“留着给宝丫头戴也罢了，又想着他们。”薛姨妈道："姨妈不知道，宝丫头古怪着呢，他从来不爱这些花儿粉儿的。"

说着，周瑞家的拿了匣子走出房门，见金钏儿仍在那里晒日阳。周瑞家的因问他道："那香菱小丫头子，可就是时常说的临上京时买的、为他打人命官司的那个小丫头子么？"金钏道："可不就是他！"正说着，只见香菱笑嘻嘻的走来，周瑞家的便拉了他的手，细细的看了一回，因向金钏儿笑道："这个模样儿，竟有些像咱们东府里蓉大奶奶的品格。"金钏道："我也是这么说呢。"周瑞家的又问香菱："你几岁投身到这里？"又问："你父母今在何处？今年十几岁了？本处是那里的人？"香菱听问，摇头说："不记得了。"周瑞家的和金钏儿听了，倒反为叹息感伤一回。

一时，周瑞家的携花至王夫人正房后。原来近日贾母说孙女们太多，一处挤着倒不便，只留宝玉、黛玉二人在这边解闷，却将迎春、探春、惜春三人移到王夫人这边房后三间抱厦内居住，令李纨陪伴照管。如今周瑞家的故顺路先往这里来，只见几个小丫头儿都在抱厦内默坐听呼唤。迎春的丫鬟司棋与探春的丫鬟侍书二人正掀帘子出来，手里都捧着茶盘茶钟。周瑞家的便知他姊妹在一处坐着，也进入内房。只见迎春、探春二人，正在窗下围棋。周瑞家的将花送上，说明原故。他二人忙住了棋，都欠身道谢，命丫鬟们收了。

周瑞家的答应了，因说："四姑娘不在房里，只怕在老太太那边呢。"丫鬟们道："在那屋里不是？"周瑞家的听了，便往这边屋里来。只见惜春正同水月庵的小姑子智能儿两个一处顽笑。见周瑞家的进来，惜春便问他何事。周瑞家的便将花匣打开，说明原故。惜春笑道："我这里正和智能儿说，我明儿也剃了头同他作姑子去，可巧儿又送了花来！若剃了头，却把这花戴在那里？"说着，大家取笑一回。惜春命丫鬟入画来收了。周瑞家的因问智能儿："你是什么时候来的？你师父那秃歪剌那里去了？"智能道："我们一早就来了。我师父见过太太，就往于老爷府里去了，叫我在这里等他呢。"周瑞家的又道："十五的月例香供银子可得了没有？"智能儿道："不知道。"惜春听了，便问周瑞家的："如今各庙月例银子是谁管着？"周瑞家的道："是余信管着。"惜春听了笑道："这就是了。他师父一来了，余信家的就赶上来和他师父咕唧了半日，想就是为这事了。"

那周瑞家的又和智能儿唠叨了一回，便往凤姐处来。穿夹道，从李纨后窗下越过西花墙，出西角门，进入凤姐院中。走到堂屋，只见小丫头丰儿坐在凤姐的房门槛上，见周瑞家的来了，连忙摆手儿叫他往东屋里去。周瑞家的会意，忙的蹑手蹑脚的往东边房里来，只见奶子拍着大姐儿睡觉呢。周瑞家的悄问奶子："姐儿睡中觉呢？也该清醒了。"奶子摇头儿。正问着，只听那边一阵笑声，却是贾琏的声音。接着房门响处，平儿拿着大铜盆出来，叫丰儿舀水进去。平儿便进这边来，一见了周瑞家的，便问："你老人家又来作什么？"周瑞家的忙起身拿匣子与他，说："送花来。"平儿听了，便打开匣子，拿了四支转身去了。半刻工夫，手里拿出两支来，先叫彩明来，分付他："送到那边府里，给小蓉大奶奶戴。"次后方命周瑞家的回去道谢。

周瑞家的这才往贾母这边来。过了穿堂，顶头忽见他的女儿，打扮着才从他婆家来，周瑞家的忙问："你这会子跑来作什么？"他女儿说："妈，一向身上好？我在家里等了这半日，妈竟不出去。什么事情，这样忙的不回家？我等烦了，自己先到了老太太跟前请了安了，这会子请太太的安去。妈，还有什么不了的差事？手里是什么东西？"周瑞家的笑道："嗳，今儿偏生来了个刘老老，我自己多事，为他跑了半日；这会子被姨太太看见了，叫送这几支花儿与姑娘奶奶们，这会子还没送完呢。你这会子来，一定有什么事情的。"他女儿笑道："你老人家倒会猜着。实对你老人家说：你女婿因前儿多吃了几杯酒，和人分争起来，不知怎的，被人放了一把邪火，说他来历不明，告到衙门里，要递解还乡。所以我来和你老人家商议商议，这个情分，求那一个可了事？"周瑞家的听了道："我就知道的，这有什么大不了的！你且家去等我，我送这林姑娘的花儿去了就回家来。此时太太、二奶奶都不得闲儿，你回去等我。这有什么忙的？"他女儿听说，便回去了，还说："妈，好歹快来。"周瑞家的道："是了，小人儿家没经过什么事，就急得你这样了！"说着，便到黛玉房中去了。

谁知此时黛玉不在自己房里，却在宝玉房中，大家解九连环作戏。周瑞家的进来，笑道："林姑娘，姨太太着我送花来与姑娘戴。"宝玉听说，便说："什么花儿？拿来给我。"一面便伸手接过来了。开匣看时，原来是两支宫制堆纱新巧的假花。黛玉只就宝玉手中看了一看，便问道："还是单送我一人，还是别的姑娘们都有的？"周瑞家的道："各位都有了，这两支是姑娘的了。"黛玉冷笑道："我就知道，别人不挑剩下的也不给我。"周瑞家的听了，一声儿不言语。宝玉问道："周姐姐，你作什么到那边去了？"周瑞家的因说："太太在那里，我回话去了，姨太太就顺便叫我带来的。"宝玉道："宝姐姐在家里作什么呢？怎么这几日也不过来？"周瑞家的道："身上不大好呢。"宝玉听了，便和丫头们说：“谁去瞧瞧，就说我和林姑娘打发来问姨娘、姐姐安。问姐姐是什么病，吃什么药。论理我该亲自来的，就说才从学里回来，也着了些凉，改日再亲自来看。”说着，茜雪便答应去了。周瑞家的自去，无话。

原来周瑞家的女婿，便是雨村的好友冷子兴。近日因卖古董，和人打官司，故叫女人来讨情分。周瑞家的仗着主子的势，把这些事也不放在心上，晚间只求求凤姐儿便完了。

至掌灯时，凤姐已卸了妆来见王夫人，回说：“今儿甄家送来的东西，我已收了。咱们送他的，趁着他家有年下送鲜的船，交给他带了去了。”王夫人点点头。凤姐又道：“临安伯老太太的生日礼，已经打点了。太太派谁送去？”王夫人道：“你瞧谁闲着，叫四个女人去就完了，又来问我。”凤姐又道：“今日珍大嫂子来，请我明日去逛逛。明日倒没有什么事。”王夫人道：“有事没事，都害不着什么。每常他来请，有我们，你自然不便；他既不请我们，单请你，可知是他诚心叫你散淡散淡。别孤负了他的心，倒该过去走走才是。”凤姐答应了。当下李纨，迎、探等姊妹们，亦各定省毕，各归房无话。

次日凤姐梳洗了，先回王夫人毕，方来辞贾母。宝玉听了，也要逛去，凤姐只得答应着，立等换了衣裳，姊儿两个坐了车，一时进入宁府。早有贾珍之妻尤氏与贾蓉之妻秦氏婆媳两个，引了多少侍妾、丫鬟等接出仪门。那尤氏一见了凤姐，必先嘲笑一阵，一手携了宝玉，同入上房来。归坐，秦氏献茶毕，凤姐便说：“你们请我来作什么？拿什么东西来孝敬？就献上来，我还有事呢。”尤氏、秦氏未及答应，几个媳妇们先笑道：“二奶奶今日不来就罢，既来了，就依不得你老人家了。”正说着闲话，只见贾蓉进来请安。宝玉因问道：“大哥哥今日不在家么？”尤氏道：“今日出城请老爷爷安去了。”又道：“可是，你怪闷的，坐在这里作什么？何不也去逛逛？”

秦氏笑道：“今日可巧：上回宝叔要见我兄弟，今儿也在这里，想在书房里，宝叔何不去瞧一瞧？”宝玉即下炕要走，尤氏便分付人小心跟着，别委曲着他，倒比不得跟着老太太过来就罢了。凤姐道：“既这么着，何不请进这小爷来，我也见见？难道我是见不得他的？”尤氏笑道：“罢，罢，可以不必见。他比不得咱家的孩子们，胡打乱摔跌惯了的。人家的孩子，都是斯斯文文惯了的，没见过你这泼辣货，还叫人家笑话死呢。”凤姐笑道：“我不笑话他就罢了，他敢笑话我！”贾蓉道：“他生得腼腆，没见过大阵仗儿，婶子见了，没的生气。”凤姐啐道：“他是哪吒，我也要见一见！别放你娘的屁了，再不带来，给你一顿好嘴巴子！”

贾蓉笑道：“我不敢强，就带他来。”一会儿，果然带了一个小后生来：较宝玉略瘦些，眉清目秀，粉面朱唇，身材俊俏，举止风流，似在宝玉之上；只是怯怯羞羞有女儿之态，腼腆含糊的向凤姐作揖问好。凤姐喜的先推宝玉，笑道：“比下去了！”便探身一把携了这孩子的手，就命他身旁坐下。慢慢问他年纪、读书等事，方知他学名叫秦钟。早有凤姐跟的丫鬟、媳妇们，看见凤姐初见秦钟，并未备得表礼来，遂忙过那边去告诉平儿。平儿素知凤姐与秦氏厚密，遂自作主意，拿了一匹尺头、两个“状元及第”的小金锞子，交付来人送过去。凤姐还说太简薄些。秦氏等谢毕，一时吃过了饭，尤氏、凤姐、秦氏等抹骨牌，不在话下。

宝玉、秦钟二人随便起坐说话。那宝玉自一见秦钟人品，心中便有所失，痴了半日，自己心中又起了呆意，乃自思道：“天下竟有这等的人物！如今看了，我竟成了泥猪癞狗了。可恨我为什么生在这侯门公府之家！若也生在寒儒薄宦之家，早得与他交接，也不枉生了一世。我虽比他尊贵，可知绫锦纱罗，也不过裹了我这枯株朽木；美酒羊羔，也只不过填了我这粪窟泥沟。‘富贵’二字，不啻遭我荼毒了。”秦钟自见宝玉形容出众，举止不凡，更兼金冠绣服，艳婢娇童，心中亦自思道：“果然怨不得人人溺爱他！可恨我偏生于清寒之家，那能与他交接！可知‘贫富’二字限人，亦世界上大不快事。”二人一样的胡思乱想。宝玉又问他：“读什么书？”秦钟见问，便依实而答。二人你言我语，十来句后，越发亲密起来。

一时摆上茶果吃茶，宝玉便说：“我们两个又不吃酒，把果子摆在里间小炕上，我们那里坐去，省得闹你们。”于是二人进里间来吃茶。秦氏一面张罗与凤姐摆果酒，一面忙进来嘱宝玉道：“宝叔，你侄儿年小，倘或言语不防头，你千万看着我，不要睬他。他虽腼腆，却性子倔强，不大随和些是有的。”宝玉笑道：“你去罢，我知道了。”秦氏又嘱了他兄弟一回，方去陪凤姐。

一时凤姐、尤氏又打发人来问宝玉：“要吃什么外面有，只管要去。”宝玉只答应着，也无心在饮食间，只问秦钟近日家务等事。秦钟因言：“业师于去岁辞馆，家父年纪老了，有疾在身，公务繁冗，因此尚未议及延师，目下不过在家温习旧课而已。再读书一事，也必须有一二知己为伴，时常大家讨论，才能进益。”宝玉不待说完，便道：“正是呢。我们家却有个家塾，合族中有不能延师的，便可入塾读书。亲戚子弟，可以附读。我因上年业师回家去了，也现荒废着。家父之意，亦欲暂送我去，且温习着旧书，待明年业师上来，再各自在家亦可。家祖母因说：一则家学里子弟太多，生恐大家淘气，反不好；二则也因我病了几天，遂暂且耽搁着。如此说来，尊翁如今也为此事悬心。今日回去何不禀明，就在我们这敝塾中来，我亦相伴，彼此有益，岂不是好事？”秦钟笑道：“家父前日在家，提起延师一事，也曾提起这里的义学倒好，原要来和这里的亲翁商议引荐。因这里又有事忙，不便为这点小事来聒絮的。宝叔果然度小侄或可磨墨涤砚，何不速速的作成，彼此不致荒废，又可以常相谈聚，又可以慰父母之心，又可以得朋友之乐，岂非美事！”宝玉道：“放心，放心！咱们回来先告诉你姐夫、姐姐和琏二嫂子，今日你回家就禀明令尊，我回去禀明了祖母，再无不速成之理。”二人计议已定，那天气已是掌灯时分。出来又看他们顽了一回牌，算帐时，却又是秦氏、尤氏二人输了戏酒的东道，言定后日吃这东道，一面又吃了晚饭。

因天黑了，尤氏说：“派两个小子，送了秦相公家去。”媳妇们传出去半日，秦钟告辞起身。尤氏问：“派谁送去？”媳妇们回说：“外头派了焦大，谁知焦大醉了，又骂咧。”尤氏、秦氏都道：“偏又派他作什么？那个小子派不得？偏又惹他！”凤姐道：“成日家说你太软弱了，纵得家里人这样，还了得么！”尤氏道：“你难道不知这焦大的？连老爷都不理他的，你珍大哥哥也不理他。因他从小儿跟着太爷出过三四回兵，从死人堆里把太爷背了出来，得了命，自己挨着饿，却偷了东西给主子吃；两日没水，得了半碗水，给主子吃，他自己喝马溺。不过仗着这些功劳情分，有祖宗时都另眼相待，如今谁肯难为他？他自己又老了，又不顾体面，一味的好酒，喝醉了，无人不骂。我尝说给管事的：以后不要派他差使，只当他是个死的就完了。今儿又派了他！”凤姐道：“我何曾不知这焦大？到底是你们没主意，何不远远的打发他到庄子上去就完了？”说着因问：“我们的车可齐备了？”众媳妇们说：“伺候齐了。”凤姐也起身告辞，和宝玉携手同行。

尤氏等送至大厅口，见灯火辉煌，众小厮们都在丹墀侍立。那焦大又恃贾珍不在家，因趁着酒兴，先骂大总管赖二，说他：“不公道，欺软怕硬，有好差使派了别人，这样黑更半夜送人就派我！没良心的忘八羔子！瞎充管家！你也不想想：焦大太爷跷起一只腿，比你的头还高些！二十年头里的焦大太爷眼里有谁？别说你们这一把子的杂种们！”正骂得兴头上，贾蓉送凤姐的车出来。众人喝他不住，贾蓉忍不得，便骂了几句，叫人：“捆起来！等明日酒醒了，问他还寻死不寻死！”那焦大那里有贾蓉在眼里？反大叫起来，赶着贾蓉叫：“蓉哥儿，你别在焦大跟前使主子性儿！别说你这样儿的，就是你爹你爷爷，也不敢和焦大挺腰子呢！不是焦大一个人，你们作官儿，享荣华，受富贵！你祖宗九死一生挣下这个家业，到如今不报我的恩，反和我充起主子来了！不和我说别的还可，再说别的，咱们红刀子进去，白刀子出来！”

凤姐在车上说与贾蓉：“还不早些打发了！没王法的东西，留在家里，岂不是害？亲友知道，岂非笑话！咱们这样的人家，连个规矩都没有！”贾蓉答应了“是”。众人见他太撒野，只得上来了几个，揪翻捆倒，拖往马圈里去。焦大益发连贾珍都说出来，乱嚷乱叫说：“我要往祠堂里哭太爷去！那里承望到如今生下这些畜生来！每日偷鸡戏狗，爬灰的爬灰，养小叔子的养小叔子，我什么不知道？咱们‘胳膊折了往袖子里藏’！”众小厮见他说出来的话有天没日的，吓得魂飞魄丧，便把他捆起来，用土和马粪满满的填了他一嘴。凤姐和贾蓉也遥遥听得，都装作不听见。

宝玉在车上听见，因问凤姐道：“姐姐，你听他说‘爬灰的爬灰’，什么是‘爬灰’？”凤姐连忙喝道：“少胡说！那是醉汉嘴里胡唚。你是什么样的人，不说没听见，还倒细问！等我回了太太，仔细捶你！”吓得宝玉连忙央告道：“好姐姐，我再不敢说了。”凤姐哄他道：“好兄弟，这才是。等回去咱们回了老太太，打发人到家学里说明了，请了秦钟家学里念书去要紧。”说着，自回荣府而来。要知端详，下回分解。

第八回　贾宝玉奇缘识金锁　薛宝钗巧合认通灵

话说宝玉和凤姐回家，见过众人，宝玉先便回明贾母要秦钟上家塾之事，自己也有个伴读的朋友，正好发愤，又着实称赞秦钟的人品行事，最使人怜爱。凤姐又在一旁帮着说：“改日秦钟还来拜老祖宗呢。”说得贾母喜悦起来。凤姐又趁势请贾母后日过去看戏。贾母虽年高，却极有兴头，至后日尤氏来请，遂携了王夫人、黛玉、宝玉等过去看戏。至晌午，贾母便回来歇息了。王夫人本是好清净的，见贾母回来，也就回来了。然后凤姐坐了首席，尽欢至晚而罢。

却说宝玉送贾母回来，待贾母歇了中觉，意欲还去看戏，恐怕搅的秦氏等人不便，因想起宝钗近日在家养病，未去亲候，意欲去望他。若从上房后角门过去，恐怕遇见别事缠绕，又恐遇见他父亲，更为不妥，宁可绕远路而去。

当下众嬷嬷丫鬟伺候他换衣服，见他不换，仍出二门去了，众嬷嬷丫鬟只得跟随出来。还只当他去那边府中看戏，谁知到了穿堂，便向东转北绕厅后而去。偏顶头遇见了门下清客相公詹光、单聘仁二人走来，一见了宝玉，便都赶上来笑着，一个抱住腰，一个携着手，都道："我的菩萨哥儿，我说做了好梦呢，好容易遇见了你！"说着请了安，又问好，唠叨了半日才走开。老嬷嬷叫住，因问："你们二位爷是从老爷跟前来的不是？"他二人点头道："老爷在梦坡斋小书房里歇中觉呢，不妨事的。"一面说，一面走了，说的宝玉也笑了。于是转湾向北，奔梨香院来。

可巧银库房的总领名唤吴新登与仓房的头目名戴良，还有几个管事的头目，共七个人，从帐房里出去。一见宝玉走来，都一齐垂手站立。独有一个买办名唤钱华，因他多日未见宝玉，忙起来打千儿，请宝玉的安，宝玉忙含笑拉他起来。众人都笑说："前儿在一处，看见二爷写的斗方儿，字法越发好了！多早晚赏我们几张贴贴。"宝玉笑道："在那处看见了？"众人道："好几处都有，都称赞的了不得，还和我们寻呢。"宝玉笑道："不值什么，你们说给我的小么儿们就是了。"一面说，一面前走。众人待他过去，方都各自散了。

闲言少述。且说宝玉来至梨香院中，先入薛姨妈屋里来。见薛姨妈打点针黹与丫鬟们呢，宝玉忙请了安。薛姨妈忙一把拉住了他，抱入怀中，笑说："这么冷天，我的儿，难为你想着来。快上炕来坐着罢。"命人倒滚滚的茶来。宝玉因问："哥哥不在家？"薛姨妈叹道："他是没笼头的马，天天逛不了，那里肯在家一日！"宝玉道："姐姐可大安了？"薛姨妈道："可是呢，你前儿又想着打发人来瞧他。他在里间不是？你去瞧他，那里比这里暖和。你那里坐着，我收拾收拾就进来和你说话儿。"

宝玉听了，忙下炕来，至里间门前，只见吊着半旧的红绸软帘。宝玉掀帘一步进去，先就看见宝钗坐在炕上作针线，头上挽着黑漆油光的鬈儿，蜜合色棉袄，玫瑰紫二色金银鼠比肩褂，葱黄绫棉裙，一色半新不旧，看去不觉奢华；唇不点而红，眉不画而翠，脸若银盆，眼如水杏；罕言寡语，人谓藏愚；安分随时，自云守拙。宝玉一面看，一面问："姐姐可大愈了？"宝钗抬头，只见宝玉进来，连忙起身，含笑答道："已经大好了，多谢记挂着。"说着，让他在炕沿上坐了，即令莺儿倒茶来；一面又问老太太、姨娘安，又问别的姊妹们好；一面看宝玉头上带着累丝嵌宝紫金冠，额上勒着二龙捧珠金抹额，身上穿着秋香色立蟒白狐腋箭袖，系着五色蝴蝶鸾绦，项上挂着长命锁、记名符，另外有那一块落草时衔下来的宝玉。宝钗因笑说道："成日家说你的这玉，究竟未曾细细的赏鉴，我今儿倒要瞧瞧。"说着，便挪近前来。宝玉亦凑了上去，从项上摘了下来，递在宝钗手内。宝钗托在掌上，只见大如雀卵，灿若明霞，莹润如酥，五色花纹缠护着。

看官们须知道：这就是大荒山中青埂峰下的那块顽石幻相。后人曾有诗嘲云：

女娲炼石已荒唐，又向荒唐演大荒。失去幽灵真境界，
幻来新就臭皮囊。好知运败金无彩，堪叹时乖玉不光。
白骨如山忘姓氏，无非公子与红妆。

那顽石亦曾记下他这幻相并癞僧所镌的篆文：正面乃"通灵宝玉，莫失莫忘，仙寿恒昌"，反面乃"一除邪祟，二疗冤疾，三知祸福"等字。宝钗看毕，又从新翻过正面来细看，口里念道："莫失莫忘，仙寿恒昌。"念了两遍，乃回头向莺儿笑道："你不去倒茶，也在这里发呆作甚么？"莺儿嘻嘻的笑道："我听这两句话，倒像和姑娘项圈上的两句话是一对儿。"

宝玉听了，忙笑道："原来姐姐那项圈上也有八个字，我也赏鉴赏鉴。"宝钗道："你别听他的话，没有什么字。"宝玉央道："好姐姐，你怎么瞧我的呢？"宝钗被他缠不过，因说道："也是个人给了两句吉利话儿，錾上了，所以天天带着。不然，沉甸甸的，有什么趣儿。"一面说，一面解了排扣，从里面大红袄上，将那珠宝晶莹、黄金灿烂的璎珞摘将出来。宝玉忙托着锁看时，果然一面有四个字，两面八个字，共成两句吉谶：正面"不离不弃"四字，反面"芳龄永继"四字。宝玉看了，也念了两遍，又念自己的两遍，因笑问："姐姐，这八个字倒与我的是一对儿。"莺儿笑道："是个癞头和尚送的，也说必须錾在金器上。"宝钗不待他说完，便嗔他不去倒茶，一面又问宝玉从那里来。

宝玉此时与宝钗相近，只闻一阵阵香气，不知是何气味，遂问："姐姐薰的是何香？我竟从未闻过这气味儿。"宝钗笑道："我最怕薰香，好好的衣服，薰的烟火气的。"宝玉道："既如此，是什么香？"宝钗想了一想，说："是了，是我早起吃了'冷香丸'的香气。"宝玉笑道："什么'冷香丸'，这样好闻？姐姐给我一丸尝尝。"宝钗笑道："又混闹了，一个药也是混吃的？"

一语未了，忽听外面人说："林姑娘来了。"说犹未了，黛玉已摇摇摆摆的进来。一见宝玉，便笑道："阿呀，我来的不巧了。"宝玉等忙起身让坐。宝钗因笑道："这话怎么说？"黛玉道："早知他来，我就不来了。"宝钗道：

“我不解这意。”黛玉笑道：“要来时一齐来，要不来一个也不来。今儿他来，明儿我来，如此间错开了来，岂不天天有人来了？也不至太冷落，也不至太热闹。姐姐如何不解这意思？”宝玉因见他外面罩着大红羽缎对襟褂子，因问：“下雪了么？”地下婆子们说：“下了这半日了。”宝玉道：“取了我的斗篷来。”黛玉便笑道：“是不是？我来了，你就该去了！”宝玉道：“我何曾说要去？不过拿来预备着。”宝玉的奶母李嬷嬷因说道：“天又下雪，也要看早晚的，就在这里和姐姐妹妹一处顽顽罢，姨妈那里摆茶果呢。我叫丫鬟去取了斗篷来，说给小么儿们散了罢？”宝玉应了。李嬷嬷出去，命小厮们都散了。

这里薛姨妈已摆了几样细巧茶果，留他们吃茶。宝玉因夸前日在那边府里珍大嫂子的好鹅掌、鸭信，薛姨妈连忙把自己糟的取来与他尝。宝玉笑道：“这个须要酒方好。”薛姨妈便命人灌了上等的酒来，李嬷嬷便上来道：“姨太太，酒倒罢了。”宝玉笑央道：“妈妈，我只吃一杯。”李嬷嬷道：“不中用，当着老太太、太太，那怕你吃一坛呢！想那日我眼错，不见一会，不知是那个没调教的，只图讨你的好，给了你一口酒吃，葬送得我挨了两日的骂。姨太太不知，他性子又可恶，吃了酒更弄性。有一日老太太高兴，又尽着他吃，什么日子又不许他吃，何苦我白赔在里面。”薛姨妈笑道：“老货，你只管放心吃你的去，我也不许他吃多了。便是老太太问，有我呢。”一面命小丫头：“来，让李嬷嬷也去吃杯，挡挡寒气。”那李嬷嬷听如此说，只得且和众人吃酒去。

这里宝玉又说：“不必烫暖了，我只爱吃冷的。”薛姨妈道：“这可使不得！吃了冷酒，写字手打颤儿。”宝钗笑道：“宝兄弟，亏你每日家杂学旁收的，难道就不知道酒性最热？若热吃下去，发散的就快；若冷吃下去，就凝结在内，以五脏去暖他，岂不受害？从此还不改了，快不要吃那冷的了！”宝玉听这话有情理，便放下冷的，令人烫来方饮。

黛玉嗑着瓜子儿，只管抿着嘴笑。可巧黛玉的丫头雪雁走来，与黛玉送小手炉，黛玉因含笑问他说：“谁叫你送来的？难为他费心。那里就冷死了我！”雪雁道：“紫鹃姐姐怕姑娘冷，叫我送来的。”黛玉一面接了抱在怀中，笑道：“也亏你倒听他的话。我平日和你说的全当耳旁风，怎么他说了你就依，比圣旨还快些！”宝玉听这话，知是黛玉借此奚落他，也无回覆之词，只嘻嘻的笑一阵罢了。宝钗素知黛玉是如此惯了的，也不去睬他。薛姨妈因道：“你素日身子单弱，禁不得冷的。他们记挂着你，倒不好！”黛玉笑道：“姨妈不知道：幸亏是姨妈这里，倘或在别人家，岂不要恼的？难道看得人家连个手炉也没有，巴巴儿的从家里送个手炉来？不说丫头们太小心，还只当我素日是这等轻狂惯了呢。”薛姨妈道：“你是个多心的，有这样想，我就没有这些心。”

说话时，宝玉已是三杯过去了，李嬷嬷又上来拦阻。宝玉正在那心甜意洽之时，又兼姊妹们说说笑笑的，那里肯不吃，只得屈意央告：“好妈妈，我再吃两杯就不吃了。”李嬷嬷道：“你可仔细，今儿老爷在家，提防着问你的书！”宝玉听了此话，便心中大不悦，慢慢的放了酒，垂了头。黛玉忙说：“别扫了大家的兴。舅舅若叫你，只说姨妈留着呢。这个妈妈，他吃了酒，又拿我们来醒脾了！”一面悄推宝玉，使他赌赌气；一面悄悄的咕哝说：“别理那老货！咱们只管乐咱们的。”那李嬷嬷也素知黛玉的，因说道：“林姐儿，你不要助着他了。你倒劝他，只怕他还听些。”黛玉冷笑道：“我为什么助他？我也不犯着劝他！你这嬷嬷，太小心了！往常老太太又给他酒吃，如今在姨妈这里多吃了一口，料也不妨事。必定姨妈这里是外人，不当在这里吃，也未可知。”李嬷嬷听了，又是急，又是笑，说道：“真真这林姐儿，说出一句话来，比刀子还利害！我这话算什么？”宝钗也忍不住笑着，把黛玉脸上一拧，说道：“真真这个颦丫头的一张嘴，叫人恨又不是，喜欢又不是！”薛姨妈一面又说：“别怕，别怕，我的儿。来了这里，没好的你吃，别把这点子东西吓的存在心里，倒叫我不安。只管放心吃，有我呢。越发吃了晚饭去，便醉了，就跟着我睡罢。”因命：“再烫些酒来，我来陪你吃两杯，可就吃饭罢。”宝玉听了，方又鼓起兴来。

李嬷嬷因分付小丫头：“你们在这里小心着，我家去换了衣服就来。悄悄的回姨太太，别由他的性儿多吃了。”说着便家去了。这里虽还有两三个婆子，都是不关痛痒的，见李嬷嬷走了，也都悄悄自寻方便去了，只剩两个小丫头，乐得讨宝玉的欢喜。幸而薛姨妈千哄万哄，只容他吃了几杯，就忙收过了。作了酸笋鸡皮汤，宝玉痛喝了几碗，又吃了半碗多碧粳粥。一时薛、林二人也吃完了饭，又酽酽的吃了几碗茶，薛姨妈方放了心。雪雁等三四人也吃了饭，进来伺候。黛玉因问宝玉道：“你走不走？”宝玉乜斜倦眼道：“你要走，我和你一同走。”黛玉听说，遂起身道：“咱们来了这一日，也该回去了。”说着，二人便告辞。

小丫头忙捧过斗笠来，宝玉便把头略低一低，叫他戴上。那丫头便将这大红猩毡斗笠一抖，才往宝玉头上一合，宝玉便说：“罢了，罢了！好蠢东西！你也轻些儿！难道没替别人戴过？让我自己戴罢。”黛玉站在炕沿上道：“过来，我与你戴罢。”宝玉忙近前来。黛玉用手轻轻笼住束发冠儿，将笠沿掖在抹额之上，将那一颗核桃大的绛绒簪缨扶起，颤巍巍露于笠外。整理已毕，端详了一回，说道：“好了，披上斗篷罢。”宝玉听了，方接了斗篷披上。薛姨妈忙道：“跟你们的嬷嬷都还没来呢，且略等等。”宝玉道：“我们倒去等他们！有丫头们跟着也够了。”薛姨妈不放心，分付两个妇女跟着，送了他兄妹们去。他二人道了扰，一径回至贾母房中。

贾母尚未用晚饭，知是薛姨妈处来，更加欢喜。因见宝玉吃了酒，命送他自回房中歇着，不许再出来了，又命人好生看待着。忽想起跟宝玉的人来，遂问众人：“李奶嬷怎么不见？”众人不敢直说他家去了，只说：“才进来的，想有事又出去了。”宝玉踉跄回顾道：“他比老太太还受用呢，问他作什么？没有他，只怕我还多活两日！”一面说，一面来至自己卧室。只见笔墨在案。晴雯先接出来，笑道：“好，好，叫我研了墨，早起高兴，只写了三个字，丢下笔就走了，哄我等了这一天。快来给我写完了这些墨才罢！”宝玉方才想起早起的事来，因笑道：“我写的那三个字在那里呢？”晴雯笑道：“这个人可醉了。你头里过那府里去，嘱付我贴在门斗儿上的，我生怕别人贴坏了，亲自爬高上梯贴了半日，这会儿还冻得手僵呢。”宝玉笑道：“我忘了，你手冷，我替你握着。”便伸手携着晴雯的手，同看门斗上新写的三个字。

一时黛玉来了，宝玉笑道：“好妹妹，你别撒谎，你看这三个字那一个好？”黛玉仰头看见是“绛芸轩”三字，笑道：“个个都好。怎么写得这样好法？明儿也替我写个匾。”宝玉笑道：“又哄我呢！”说着又问：“袭人姐姐呢？”晴雯向里间炕上呶嘴。宝玉看时，只见袭人和衣睡着。宝玉笑道：“好，太睡早了些。”又问晴雯道：“今儿我那边吃早饭，有一碟儿豆腐皮的包子，我想着你爱吃，和珍大嫂子说了，只说我留着晚上吃，叫人送过来的：你可曾见么？”晴雯道：“快别提了。一送来，我便知道是我的，偏才吃了饭，就搁在那里。后来李奶奶来了看见，说：‘宝玉未必吃了，拿去给我孙子吃罢。’就叫人送了家去了。”正说着，茜雪捧上茶来，宝玉还让：“林妹妹吃茶。”众人笑道：“林姑娘早走了，还让呢。”宝玉吃了半盏茶，忽又想起早晨的茶来，因问茜雪道：“早起斟了一碗枫露茶，我说过那茶是三四次后才出色的，这会子怎么又斟上这个茶来？”茜雪道：“我原是留着的，那会子李奶奶来了，吃了去。”宝玉听了，将手中杯子顺手往地下一掷，豁琅一声，打个粉碎，泼了茜雪一裙子。又跳起来问着茜雪道：“他是你那一门子的奶奶，你们这样孝敬他？不过是我小时候吃过他几日奶罢了，如今惯的比祖宗还大！撵了出去，大家干净！”说着，立刻便要去回贾母，撵他乳母。

原来袭人实未睡着，不过是故意装睡，引宝玉来怄他顽耍。先闻得说字、问包子等，也还可以不必起来；后来摔了茶钟，动了气，遂连忙起来解释劝阻。早有贾母遣人来问：“是怎么了？”袭人忙道：“我才倒茶来，被雪滑倒了，失手砸了钟子。”一面又劝宝玉道：“你立意要撵他，也好，我们都愿意出去，不如趁势连我们一齐撵了，我们也好，你也不愁没有好的来伏侍你！”宝玉听了，方无言语，被袭人等扶至炕上，脱了衣裳。不知宝玉口内还说些什么，只觉口齿缠绵，眉眼愈加饧涩，忙伏侍他睡下。袭人摘下那通灵宝玉来，用手帕包好，塞在褥子下，次日带时便冰不着脖子。那宝玉到枕就睡着了。彼时李嬷嬷等已进来了，听见醉了，也就不敢上前，只悄悄的打听睡了，方放心散去。

次日醒来，就有人回：“那边小蓉大爷带了秦钟来拜。”宝玉忙接出去，领了拜见贾母。贾母见秦钟形容标致，举止温柔，堪陪宝玉读书，心中十分欢喜，便留茶留饭，又命人带去见王夫人等。众人因爱秦氏，见了秦钟是这样人品，也都欢喜。临去时，都有表礼。贾母又与了一个荷包并一个金魁星，取“文星和合”之意。又嘱付他道：“你家住的远，或一时寒热不便，只管住在我这里，只和你宝叔在一处，别跟着那不长进的东西们学。”秦钟一一的答应，回家禀知他父亲。

他父亲秦邦业，现任营缮郎，年近七旬，夫人早亡。因当年无儿女，便向养生堂抱了一个儿子并一个女儿。谁知儿子又死了，只剩女儿，小名唤可儿。长大时，生得形容袅娜，性格风流。因素与贾家有些瓜葛，故结了亲。秦邦业五旬之上方得了秦钟，因去岁业师回南，在家温习旧课，正要与贾亲家商议，附在他家塾中去。可巧遇见宝玉这个机会，又知贾家塾中司塾的乃贾代儒，乃现今之老儒，秦钟此去可望学业进益，从此成名，因十分喜悦。只是宦囊羞涩，那边都是一双富贵眼睛，少了拿不出来。儿子的终身大事，说不得东拼西凑，恭恭敬敬封了二十四两贽见礼，带了秦钟，到代儒家来拜见，然后听宝玉拣的好日子，一同入塾。至塾中之事如何，下回分解。

第九回　训劣子李贵承申饬　嗔顽童茗烟闹书房

话说秦邦业父子，专候贾家的人来送上学之信。原来宝玉急于要和秦钟相遇，遂择了后日一定上学，打发人送了信。至日一早，宝玉起来时，袭人早已把书笔文物收拾停妥，坐在床沿上发闷。见宝玉起来，只得伏侍他梳洗。宝玉见他闷闷的，因问道：“好姐姐，你怎么又不自在了？难道怪我上学去，丢的你们冷清了不成？”袭人笑道：“这是那里的话。读书是极好的事，不然就潦倒了一辈子，终久怎么样呢？但只一件：只是念书的时节想着书，不念的时节想着家，终别和他们一处顽闹，碰见老爷，不是顽的。虽说是奋志要强，那工课宁可少些：一则贪多嚼不烂，二则身子也要保重。这就是我的意思，你可时时体谅。”袭人说一句，宝玉应一句。袭人又道：“大毛衣服我也包好了，交给小子们去了。学里冷，好歹想着添换，比不得家里有人照顾；脚炉手炉，也交出去的了，你可逼着他们给你笼上。那一起懒贼，你不说，他们乐得不动，白冻坏了你。”宝玉道：“你放心，我在外头，自己都会调停的。你们也可别闷死在这屋里，长和林妹妹一处去顽耍才好。”说着，俱已穿戴齐备。袭人催他去见贾母、贾政、王夫人等。宝玉又嘱咐了晴雯、麝月几句，方出来见贾母。贾母也未免有几句嘱咐的话。然后去见王夫人，又出来到书房中见贾政。

偏生这日贾政回家早，正在书房中与相公清客们闲话。忽见宝玉进来请安，回说上学里去，贾政冷笑道：“你如果再提‘上学’两个字，连我也羞死了。依我的话，你竟顽你的去是正经，仔细站脏了我这地，靠脏了我这门！”众清客相公们都起身笑道：“老世翁何必如此。今日世兄一去，二三年就可显身成名的了，断不似往年仍作小儿之态的。天也将饭时，世兄竟快请罢。”说罢，便有两个年老的携了宝玉出去。

贾政因问：“跟宝玉的是谁？”只听见外面答应了一声，早进来三四个大汉，打千儿请安。贾政看时，认得宝玉奶母之子名唤李贵的，因向他道：“你们成日家跟他上学，他到底念了些什么书？倒念了些流言混语在肚子里，学了些精致的淘气！等我闲一闲，先揭了你的皮，再和那不长进的算帐！”吓的李贵忙双膝跪下，摘了帽子叩头，连连答应“是”，又回说：“哥儿已念到第三本《诗经》，什么‘呦呦鹿鸣，荷叶浮萍’，小的不敢撒谎。”说的满座哄然大笑起来。贾政也掌不住笑了，因说道：“那怕再念三十本《诗经》，也都是掩耳盗铃，哄人而已。你去请学里太爷的安，就道我说的：什么《诗经》、古文，一概不用虚应故事，只是先把四书一齐讲明背熟，是最要紧的。”李贵忙答应：“是。”见贾政无话，方退出去。

此时宝玉独站在院外，屏声静候，待他们出来，便同走了。李贵等一面掸衣服，一面说道：“哥儿，可听见了不曾？先要揭我们的皮呢！人家的奴才跟主子赚些个体面，我们这些奴才白陪着挨打受骂的，从此也可怜见些才好。”宝玉笑道：“好哥哥，你别委屈，我明儿请你。”李贵道：“小祖宗，谁敢望请！只求听一两句话就有了。”说着，又至贾母这边。秦钟早已来了，贾母正和他说话呢。于是二人见过，辞了贾母。宝玉忽想起来未辞黛玉，又忙至黛玉房中来作辞。彼时黛玉在窗下对镜理妆，听宝玉说上学去，因笑道：“好，这一去可是要蟾宫折桂了，我不能送你了。”宝玉道：“好妹妹，等我下学再吃晚饭，那胭脂膏子也等我来再制。”唠叨了半日，方抽身去了。黛玉忙又叫住，问道：“你怎么不去辞辞你的姐姐来？”宝玉笑而不答，一径同秦钟上学去了。

原来这义学也离家不远，原系当日始祖所立，恐族中子弟有力不能延师者，即入此中读书；凡族中为官者，皆有帮助银两，以为学中膏火之费；举年高有德之人为塾师。如今秦、宝二人来了，一一的都互相拜见过，读起书来。自此后二人同来同往，同起同坐，愈加亲密。兼贾母爱惜，也常留下秦钟，一住三五天，自己重孙一般看待。因见秦钟家中不甚宽裕，又助些衣服等物。不上一两月工夫，秦钟在荣府里便惯熟了。宝玉终是个不能安分守理的人，一味的随心所欲，因此发了癖性，又向秦钟悄说：“咱们两个人一样的年纪，况又同窗，以后不必论叔侄，只论兄弟朋友就是了。”先是秦钟不敢当，宝玉不从，只叫他“兄弟”，或叫他的表字“鲸卿”，秦钟也只得混着乱叫起来。

原来这学中虽多是本族子弟与些亲戚家的子侄，俗语说的好，“一龙九种，种种各别”，未免人多了，就有龙蛇混杂，下流人物在内。自秦、宝二人来了，都生的花朵儿一般的模样，又见秦钟腼腆温柔，未语面先红，怯怯羞羞，有女儿之风；宝玉又是天生成惯能作小服低，赔身下气，性情体贴，话语缠绵，因他二人又这般亲厚，也怨不得那起同窗人起了嫌疑之念，背地里你言我语，诟谇谣诼，布满书房内外。

原来薛蟠自来王夫人处住后，便知有一家学，塾中广有青年子弟，偶动了龙阳之兴，因此也假说了来上学，不过是“三日打鱼，两日晒网”，白送些束脩礼物与贾代儒，却不曾有一些进益，只图结交些契弟。谁想这学内的小学生，图了薛蟠的银钱穿吃，被他哄上手的，也不消多记。又有两个多情的小学生，亦不知是那一房的亲眷，亦未考真姓名，只因生得妩媚风流，满学中人都送了两个外号：一叫香怜，一叫玉爱。虽都有窃慕之意，“将不利于孺子”之心，只是都惧薛蟠的威势，不敢来沾惹。如今秦、宝二人一来了，见了他两个，亦不免缱绻羡爱，亦皆知系薛蟠相知，故未敢轻举妄动。香、玉二人心中，一般的留情与秦、宝，因此四人心中虽有情意，只未发迹。每日一入学中，四处各坐，却八目勾留，或设言托意，或咏桑寓柳，遥以心照，却外面自为避人眼目。不料偏又有几个滑贼，看出他形景来，都背后挤眉弄眼，或咳嗽扬声。这也非止一日。

可巧这日代儒有事要回家，只留下一句七言对联，令学生对了，明日再来上书。将学中之事，又命长孙贾瑞管理。妙在薛蟠如今不大上学应卯了，因此秦钟趁此和香怜弄眉挤眼，二人假出小恭，走至后院说话。秦钟先问他："家里的大人可管你交朋友不管？"一语未了，只听见背后咳嗽了一声，二人吓的忙回顾时，原来是窗友名金荣的。香怜本有些性急，便羞怒相激，问他道："你咳嗽什么？难道不许我们说话不成？"金荣笑道："许你们说话，难道不许我咳嗽不成？我只问你们：有话不分明说，许你们这样鬼鬼祟祟的干什么事情？我可也拿住了，还赖什么？先让我抽个头儿，咱们一声儿不言语，不然大家就翻起来！"秦、香二人就急得飞红的脸，便问道："你拿住什么了？"金荣笑道："我现拿住了是真的。"说着，又拍着手笑嚷道："贴得好烧饼！你们都不买一个吃去？"秦钟、香怜二人又气又忿，忙进来向贾瑞前告金荣，说金荣无故欺负他两个。

原来这贾瑞最是个图便宜没行止的人，每在学中以公报私，勒索子弟们请他；后又助着薛蟠，图些银钱酒肉，一任薛蟠横行霸道，他不但不去管约，反助纣为虐讨好儿。偏那薛蟠本是浮萍心性，今日爱东，明日爱西，近来有了新朋友，把香、玉二人丢开一边。就连金荣，也是当日的朋友，自有了香、玉二人，便见弃了金荣。近日连香、玉亦已见弃，故贾瑞也无了提携帮衬之人。不怨薛蟠得新厌故，只怨香、玉二人不在薛蟠前提携了，因此贾瑞、金荣等一干人也正醋妒他两个。今见秦、香二人来告金荣，贾瑞心中便不自在起来，虽不敢呵叱秦钟，却拿着香怜作法，反说他多事，着实抢白了几句。香怜反讨了没趣，连秦钟也讪讪的，各归坐位去了。金荣越发得了意，摇头咂嘴的，口内还说许多闲话。玉爱偏又听了不忿，两个人隔坐咕咕唧唧的角起口来。金荣只一口咬定说："方才明明的撞见他两个在后院里亲嘴摸屁股，两个商议定了一对儿。"论长道短之言，只顾得志乱说，却不防还有别人，谁知早又触怒了一个人。你道这一个人是谁？

原来这人名唤贾蔷，亦系宁府中之正派玄孙，父母早亡，从小儿跟着贾珍过活。如今长了十六岁，比贾蓉生得还风流俊俏。他弟兄二人最相亲厚，常共起居。宁府中人多口杂，那些不得志的奴仆，专能造言诽谤主人，因此不知又有什么小人诟谇谣诼之辞。贾珍想亦风闻得些口声不好，自己也要避些嫌疑，如今竟分与房舍，命贾蔷搬出宁府，自己立门户过活去了。这贾蔷外相既美，内性又聪敏，虽然虚名来上学，亦不过虚掩眼目而已，仍是斗鸡走狗、赏花阅柳为事。上有贾珍溺爱，下有贾蓉匡扶，故此族中人谁敢触逆于他！他既和贾蓉最好，今见有人欺负秦钟，如何肯依？如今自己要挺身出来报不平，心中且忖度一番："金荣、贾瑞一等人，都是薛大叔的相知，我又与薛大叔相好，倘或我一出头，他们告诉了老薛，我们岂不伤和气？欲要不管，如此谣言，说的大家没趣。如今何不用计制伏？又止息声口，又不伤脸面。"想毕，也装出小恭去，走至后面，悄悄把跟宝玉的书童茗烟叫至身边，如此这般，调拨他几句。

这茗烟乃是宝玉第一个得用的，且又年轻不谙事，如今听贾蔷说："金荣如此欺负秦钟，连你的爷宝玉都牵连在内。不给他个知道，下次越发狂纵了！"这茗烟无故就要欺压人的，如今得了这信，又有贾蔷助着，便一头进来找金荣，也不叫金相公了，只说："姓金的！你是什么东西！"贾蔷遂跺一跺靴子，故意整整衣服，看看日影儿，说："正时候了。"遂先向贾瑞说："有事要早走一步。"贾瑞不敢止他，只得随他去了。这里茗烟走进来，便一把揪住金荣，问道："我们肏屁股不肏屁股，不与你鸡巴相干！横竖没肏你的爷就罢了！你是个好小子，出来动一动你茗大爷！"吓的满室中子弟都茫茫的痴望。贾瑞忙喝："茗烟，不得撒野！"金荣气黄了脸，说："反了！奴才小子都敢如此，我只和你主子说！"便夺手要去抓打宝玉。秦钟刚转出身来，听得脑后飕的一声，早见一方砚瓦飞来，并不知系何人打来，却打了贾蓝、贾菌的座上。

这贾蓝、贾菌亦系荣府近派的重孙。这贾菌少孤，其母疼爱非常，书房中与贾蓝最好，所以二人同座。谁知这贾菌年纪虽小，志气最大，极是淘气不怕人的。他在位上冷眼看见金荣的朋友暗助金荣，飞砚来打茗烟，偏打错了，落在自己面前，将个磁砚水壶打了个粉碎，溅了一书墨水，贾菌如何依得？便骂："好囚攮的们！这不都动了手了么！"骂着，也便抓起砚砖来要飞。贾蓝是个省事的，忙按住砚砖，极口劝道："好兄弟，不与咱们相干！"贾菌如何忍得，见按住砚砖，他便两手抱起书箧子来，照这边摅了来。终是身小力薄，却摅不到，反摅到宝玉、秦钟案上就落下来了。只听豁琅一响，砸在桌上，书本、纸片、笔砚等物撒了一桌，又把宝玉的一碗茶也砸得碗碎茶流。那贾菌即跳了出来，要揪打那飞砚的人。金荣此时，随手抓了一根毛竹大板在手，地狭人多，那里经得舞动长板？茗烟早吃了一下，乱嚷："你们还不来动手！"宝玉还有几个小厮：一名扫红，一名锄药，一名墨雨，这三个岂有不淘气的，一齐乱嚷："小妇养的，动了兵器了！"墨雨遂拿起一根门闩，扫红、锄药手中都是马鞭子，蜂拥而上。贾瑞急得拦一回这个，劝一回那个，谁听他的话？肆行大乱。众顽童也有帮着打太平拳助乐的，也有胆小藏过一边的，也有立在桌上拍着手乱笑、喝着声儿叫打的：登时鼎沸起来。

外边几个大仆人李贵等，听见里边作反起来，忙都进来一齐喝住。问是何故，众声不一：这一个如此说，那一个又如此说。李贵且喝骂了茗烟等四个一顿，撵了出去。秦钟的头早撞在金荣的板上，打去一层油皮。宝玉正拿褂襟子替他揉，见喝住了众人，便命："李贵收书！拉马来，我去回太爷去！我们被人欺负了，不敢说别的，守礼来告诉瑞大爷，瑞大爷反派我们的不是，听着人家骂我们，还调唆人家打我们！茗烟见人欺负我们，岂有不为我的？他们反打伙儿打了茗烟，连秦钟的头也打破了，还在这里念书么？"李贵劝道："哥儿不要性急，太爷既有事回家去了，这会子为这点子事去聒噪他老人家，倒显的咱们没礼似的。依我的主意，那里的事情那里了结，何必惊动老人家。这都是瑞大爷的不是：太爷不在这里，你老人家就是这学里的头脑了，众人看你行事。众人有了不是，该打的打，该罚的罚，如何等闹到这步田地还不管？"贾瑞道："我吆喝着都不听。"李贵道："不怕你老人家恼我：素日你老人家到底有些不是，所以这些兄弟不听。就闹到太爷跟前去，连你老人家也脱不了的。还不快作主意，撕罗开了罢！"宝玉道："撕罗什么！我必要回去的！"秦钟哭道："有金荣在这里，我是要回去的了。"宝玉道："这是为什么？难道别人家来得，咱们倒来不得了？我必回明白众人，撵了金荣去。"又问李贵："这金荣是那一房的亲友？"李贵想一想道："也不用问了。若问起那一房亲戚，更伤了兄弟们和气。"

茗烟在窗外道："他是东衙里璜大奶奶的侄儿，那是什么硬挣仗腰子的，也来吓我们！璜大奶奶是他姑妈。你那姑妈只会打旋磨儿，给我们琏二奶奶跪着借当头。我眼里就看不起他那样的主子奶奶！"李贵忙喝道："偏这小狗攮知道，有这些蛆嚼！"宝玉冷笑道："我只当是谁的亲戚，原来是璜嫂子的侄儿！我就去问他！"说着便要走，叫茗烟进来包书。茗烟进来包书，又得意洋洋的道：“爷也不用自己去见他，等我去他家，就说老太太有话问他呢，雇上一辆车子拉进去，当着老太太问他，岂不省事？”李贵忙喝道：“你要死！仔细回去，我好不好先捶了你，然后回老爷、太太，就说宝哥全是你调唆的！我这里好容易劝哄的好了一半，你又来生了新法儿！你闹了学堂，不说变个法儿压息了才是，倒还往火里奔！”茗烟方不敢作声。

此时贾瑞也生恐闹不清，自己也不干净，只得委曲着来央告秦钟，又央告宝玉。先是他二人不肯，后来宝玉说：“不回去也罢了，只叫金荣赔不是便罢。”金荣先是不肯，后来经不得贾瑞也来逼他权赔个不是，李贵等只得好劝金荣说：“原是你起的端，你不这样，怎得了局？”金荣强不过，只得与秦钟作了揖。宝玉还不依，定要叩头。贾瑞只要暂息此事，又悄悄的劝金荣说：“俗语云：‘忍得一时忿，终身无恼闷。’”未知金荣从也不从，下回分解。

第十回　金寡妇贪利权受辱　张太医论病细穷源

话说金荣因人多势众，又兼贾瑞勒令赔了不是，给秦钟叩了头，宝玉方才不吵闹了。大家散了学，金荣自己回到家中，越想越气，说：“秦钟不过是贾蓉的小舅子，又不是贾家的子孙，附学读书，也不过和我一样。他因仗着宝玉同他相好，就目中无人。既是这样，就该行些正经事，也没的说。他素日又和宝玉鬼鬼祟祟的，只当人多是瞎子，看不见。今日他又去勾搭人，偏偏撞在我眼里！就是闹出事来，我还怕什么不成？”

他母亲胡氏听见他咕咕唧唧的，说：“你又要管什么闲事？好容易我望你姑妈说了，你姑妈又千方百计的向他们西府里琏二奶奶跟前说了，你才得了这个念书的地方。若不是仗着人家，咱们家里还有力量请得起先生么？况且人家学里茶饭都是现成的，你这二年在那里念书，家里也省好大的嚼用呢。省出来的，你又爱穿件鲜明衣服。再者你不在那里念书，你就认得什么薛大爷了？那薛大爷一年也帮了咱们七八十两银子。你如今要闹出了这个学房，若再要找这样一个地方，我告诉你说罢：比登天还难呢！你给我老老实实的顽回子睡你的觉去，好多着呢！”于是金荣忍气吞声，不多一时也自睡觉了。次日仍就上学去了，不在话下。

且说他姑妈原聘给的是贾家玉字辈的嫡派，名唤贾璜，但其族人那里皆能像宁、荣二府的富势？原不用细说。这贾璜夫妻，守着些小小儿产业，又时常到宁、荣二府里去请安，又会奉承凤姐儿并尤氏，所以凤姐儿、尤氏也时常资助资助他，方能如此度日。今日正遇天气晴明，又值家中无事，遂带了一个婆子，坐上车来家里走走，瞧瞧寡嫂并侄儿。

闲话之间，金荣的母亲偏提起昨日贾府学房里的事，从头至尾，一五一十，都向他小姑子说了。这璜大奶奶不听则已，听了怒从心上起，说道："这秦钟小子是贾门的亲戚，难道荣儿不是贾门的亲戚？人都别忒势利了！况且都做的是什么有脸的事？就是宝玉，也不犯向着他到这个田地！等我去到东府里瞧我们珍大奶奶，再和秦钟的姐姐说话，叫他评评这个理！"这金荣的母亲听了，急得了不得，忙说："这都是我的嘴快，告诉了姑奶奶，求姑奶奶快别去说罢！别管他谁是谁非的，倘或闹出来，怎么在这里站得住？若站不住，家里不但不能请先生，又在他身上添出许多嚼用来呢。"璜大奶奶说道："那里管得许多！你等我说了，看是怎么样！"也不容他嫂子劝，一面叫老婆子瞧了车，坐了望宁府里来。

到了宁府，进了东角门，下了车进去，见了贾珍的妻子尤氏，未敢气高，殷殷勤勤叙过了寒温，说了些闲话，方问道："今日怎么没见蓉大奶奶？"尤氏说："他这些日子不知怎么，经期有两个多月没有来。请大夫瞧了，又说并不是喜。那两日，到下半日就懒怠动了，话也懒怠说，眼神发眩。我叫他：'且不必拘礼，早晚不必照例上来，你竟养养罢。就是有亲戚来，还有我呢。就有长辈怪你，等我替你告诉。'连蓉哥我都嘱付了，我说：'你不许累掯他，不许招他生气恼，叫他好生静养静养就好了。他要想什么吃，只管到我这里来取。倘或他有个好歹，你再要娶这么一个媳妇儿，这么个模样儿，这么个性情儿，只怕打着灯笼儿也没处去找呢！'他这为人行事，那个亲戚、那个长辈不喜欢他？所以我这两日好不心烦。偏生今儿早起他兄弟来瞧他，谁知他那小孩子家不知好歹，看了他姐姐身上不好，这些事也不当告诉他，就受了万分委曲，也不该向着他说！谁知昨日学房里打架，不知是那里附学的学生，倒欺侮了他，里头还有些不干不净的话，都告诉了他姐姐。婶子，你是知道的：那媳妇虽则见了人有说有笑的，他可心细，心又多，不拘听见什么话儿，多要忖量个三日五夜才罢。这病就是从这用心太过上得来的。今儿听见有人欺侮了他的兄弟，又是恼，又是气：恼的是，那狐朋狗友搬是弄非、调三惑四；气的是，为他兄弟不学好、不上心读书，以致如此学里吵闹。他为了这事，索性连早饭还没吃。我才到他那边安慰了他一会，又劝解了他的兄弟几句，我叫他兄弟到那边府里找宝玉儿去了。我又瞧着他吃了半盏燕窝汤，我才过来的。婶子，你说我心焦不心焦？况目今又没个好大夫，我想到他这病上，我心里如同针戳一般！你们知道有什么好大夫没有？”

金氏听了这一番话，把方才在他嫂子家的那一团要向秦氏理论的盛气，早吓的丢在爪洼国去了。听见尤氏问他好大夫的话，连忙答道：“我们也没听见人说什么好大夫。如今听起大奶奶这个病来，定不得还是喜呢。嫂子倒别教人混治，倘若治错了，可了不得。”尤氏道：“正是呢。”

说话之间，贾珍从外进来，见了金氏，便问尤氏道：“这不是璜大奶奶么？”金氏向前给贾珍请了安。贾珍向尤氏说：“让这大妹妹吃了饭去。”贾珍说着话，便向那屋里去了。金氏此来，原要向秦氏说秦钟欺侮他侄儿的事，听见秦氏有病，连提也不敢提了。况且贾珍、尤氏又待的甚好，因转怒为喜的，又说了一会子闲话，方家去了。

金氏去后，贾珍方过来坐下，问尤氏道：“今日他来，有什么说的？”尤氏答道：“倒没说什么。一进来，脸上倒像有些着恼的气色似的，及至说了半天话，又提起媳妇的病，他到渐渐的气色平静了。你又叫留他吃饭，他听见媳妇这样的病，也不好意思只管坐着，又说几句闲话，就去了。倒没有求什么事。如今且说媳妇这病，你那里寻一个好大夫给他瞧瞧要紧，可别耽误了。现今咱们家走的这群大夫，那里要得，一个个都是听着人的口气儿，人怎么说，他也添几句文话儿说一遍。却倒殷勤的很：三四个人一日轮流着，倒有四五遍来诊脉。大家商量着立个方儿，吃了也不见效，倒弄得一日三五次换衣服、坐下起来的见大夫，其实于病人无益。”贾珍说：“可是这孩子也糊涂，何必又脱脱换换的！倘或又着了凉，更添一层病，还了得？任凭什么好衣裳，又值什么呢？孩子的身体要紧。就是一天穿一套新的，也不值什么！我正要告诉你：方才冯紫英来看我，他见我有些抑郁之色，问我是怎么了。我告诉他媳妇身子不大爽快，因为不得个好太医，断不定是喜是病，又不知有妨碍无妨碍，所以我心里实在着急。冯紫英因说他有一个幼时从学的先生，姓张名友士，学问最渊博，更兼医理精极，且能断人的生死。今年是上京给他儿子捐官，现在他家住着呢。这样看来，或者媳妇的病该在他手里除灾，也未可定。我已着人拿我的名帖去请了。今日天晚或未必来，明日想一定来的。且冯紫英又回家亲替我求他，务必请他来瞧的。等待张先生来瞧了再说罢。”

尤氏听说，心中甚喜，因说：“后日又是太爷的寿日，到底怎么办法？”贾珍说道：“我方才到了太爷那里去请安，兼请太爷来家受一受一家子的礼，太爷因说道：‘我是清净惯了的，我不愿意往你们那是非场中去。你们必定说是我的生日，要叫我去受些众人的头，你莫如把我从前注的《阴骘文》给我好好的叫人写出来刻了，比叫我无故受众人的头还强百倍呢！倘或明日后日这两天一家子要来，你就在家里好好的款待他们就是了，也不必给我送什么东西来。连你后日也不必来。你要心中不安，你今日就给我叩了头去。倘或后日你又跟许多人来闹我，我必和你不依！’如此说了，后日我是再不敢去的了。且叫来升来，分付他预备两日的筵席。”尤氏因叫了贾蓉来：“分付来升，照例预备两日的筵席，要丰丰富富的。你再亲自到西府里，请老太太、大太太、二太太和你琏二嫂子来逛逛。你父亲今日又听见一个好大夫，已打发人请去了，想明日必来。你可将他这些日子的病证细细的告诉他。”

贾蓉一一答应着出去了。正遇着方才到冯紫英家去请那先生的小子回来了，因回道：“奴才方才到了冯大爷家，拿了老爷名帖请那先生去。那先生说道：‘方才这里大爷也向我说了，但是今日拜了一天的客，才回到家，此时精神实在不能支持，就是去到府上，也不能诊脉。须得调息一夜，明日务必到府。’他又说：‘医学浅薄，本不敢当此重荐，因冯大爷和府上既已如此说了，又不得不去，你先代我回明大人就是了。大人的名帖着实不敢当。’仍叫奴才拿回来了。哥儿替奴才回一声儿。”贾蓉复回身进去，回了贾珍和尤氏的话，方出来叫了来升，分付预备两日的筵席的话。来升听毕，自去照例料理，不在话下。

且说次日午间，门上人回道：“请得那张先生来了。”贾珍遂延入大厅坐下，茶毕，方开言道：“昨日承冯大爷示知老先生人品学问，又兼深通医学，小弟不胜钦敬。”张先生道：“晚生粗鄙下士，知识浅陋。昨因冯大爷示知大人府第谦恭下士，又承呼唤，敢不奉命。但毫无实学，倍增汗颜。”贾珍道：“先生不必过谦，就请先生进去看看儿妇，仰仗高明，以释下怀。”

于是贾蓉同了进去。到了内室，见了秦氏，向贾蓉说道：“这就是尊夫人了？”贾蓉道：“正是。请先生坐下，让我把贱内的病证说一说，再诊脉何如？”那先生道：“依小弟意下，竟先诊脉，再请教病源为是。我初造尊府，本也不知道什么，但我们冯大爷务必叫小弟过来看看，小弟所以不得不来。如今诊了脉息，看小弟说得是不是，再将这些日子的病势讲一讲，大家斟酌一个方儿。可用不可用，那时大爷再定夺就是了。”贾蓉道：“先生实在高明，如今恨相见之晚。就请先生诊一诊脉息，可治不可治，得以使家父母放心。”于是家下媳妇们捧过迎枕来，一面给秦氏靠着，一面拉着袖口，露出手腕来。这先生方伸手按在右手脉上，调息了至数，凝神细诊了半刻工夫。换过左手，亦复如是。诊毕了，说道："我们外边坐罢。"

贾蓉于是同先生到外边屋院炕上坐了，一个婆子端了茶来。贾蓉道："先生请茶。"茶毕，问道："先生看这脉息，还治得治不得？"先生道："诊得尊夫人脉息：左寸沉数，左关沉伏，右寸细而无力，右关需而无神。其左寸沉数者，乃心气虚而生火；左关沉伏者，乃肝家气滞血亏。右寸细而无力者，乃肺经气分太虚；右关需而无神者，乃脾土被肝木克制。心气虚而生火者，应现今经期不调，夜间不寐。肝家血亏气滞者，应胁下痛胀，月信过期，心中发热。肺经气分太虚者，头目不时眩晕，寅卯间必然自汗，如坐舟中。脾土被肝木克制者，必定不思饮食，精神倦怠，四肢酸软。据我看这脉，当有这些证候才对。或以这个脉为喜脉，则小弟不敢闻命矣。"旁边一个贴身伏侍的婆子道："何尝不是这样呢！真正先生说得如神，倒不用我们说的了。如今我们家里现有好几位太医老爷瞧着呢，都不能说得这样真切。有的说道是喜，有的说道是病；这位说不相干，这位又说怕冬至前后：总没有个真着话儿。求老爷明白指示指示。"

那先生说："大奶奶这个证候，可是众位耽误了！要在初次行经的时候就用药治起，只怕此时已全愈了。如今既是把病耽误到这地位，也是应有此灾。依我看起来，病倒尚有三分治得。吃了我这药看，若是夜间睡的着觉，那时又添了二分拿手了。据我看这脉息，大奶奶是个心性高强、聪明不过的人。但聪明太过，则不如意事常有；不如意事常有，则思虑太过。此病是忧虑伤脾，肝木忒旺，经血所以不能按时而至。大奶奶从前行经的日子问一问，断不是常缩，必是常长的。是不是？"这婆子答道："可不是！从没有缩过，或是长两日三日，以至十日不等，都长过的。"先生听道："是了，这就是病源了。从前若能以养心调气之药服之，何至于此！这如今明显出一个水亏火旺的证候来，待我用药看。"于是写了方子，递与贾蓉。上写的是：

益气养荣补脾和肝汤

人参二钱　白术二钱　云苓三钱　熟地四钱　归身二钱　酒洗　白芍二钱　炒　川芎一钱五分　黄芪三钱　香附米二钱　制　醋柴胡八分　怀山药二钱　炒　真阿胶二钱　蛤粉炒　延胡索钱半　酒炒　炙甘草八分

引用建莲子七粒去心　大枣二枚

贾蓉看了，说："高明的很。还要请教先生：这病与性命究竟有妨无妨？"先生笑道："大爷是最高明的人：人病到这个地位，非一朝一夕的证候了，吃了这药，也要看医缘了。依小弟看来，今年一冬是不相干的，总是过了春分，就可望全愈了。"贾蓉也是个聪明人，也不往下细问了。

于是贾蓉送了先生去了，方将这药方子并脉案，都给贾珍看了，说的话也都回了贾珍并尤氏了。尤氏向贾珍道："从来大夫不像他说的痛快，想必用药不错的。"贾珍道："他原来不是混饭吃的久惯行医的人，因为冯紫英我们相好，他好容易求了他来的。既有了这个人，媳妇的病或者就能好了。他那方子上有人参，就用前日买的那一片好的罢。"贾蓉听毕了话，方出来叫人打药去煎给秦氏吃。不知秦氏服了此药，病势何如，且看下回分解。

第十一回　庆寿辰宁府排家宴　见熙凤贾瑞起淫心

话说是日贾敬的寿辰，贾珍先将上等可吃的东西、稀奇的果品装了十六大捧盒，着贾蓉带领家下人送与贾敬去，向贾蓉说道："你留神看太爷喜欢不喜欢，你就行了礼起来，说：'父亲遵太爷的话，不敢前来，在家里率领合家都朝上行了礼了。'"贾蓉听罢，即率领家人去了。

这里渐渐的就有人来。先是贾琏、贾蔷来看了各处的座位，并问："有什么顽意儿没有？"家人答道："我们爷算计，本来请太爷今日来家，所以并未敢预备顽意儿。前日听见太爷不来了，现叫奴才们找了一班小戏儿并一档子打十番的，都在园子里戏台上预备着呢。"次后邢夫人、王夫人、凤姐儿、宝玉都来了，贾珍并尤氏接了进去。尤氏的母亲已先在这里，大家见过了，彼此让了坐。贾珍、尤氏二人递了茶，因笑道："老太太原是个老祖宗，我父亲又是侄儿，这样日子，原不敢请他老人家来。但是这时候天气又凉爽，满园的菊花盛开，请老祖宗过来散散闷，看看众儿孙热热闹闹的，是这个意思。谁知老祖宗又不赏脸。"凤姐儿未等王夫人开口，先说道："老太太昨日还说要来呢，因为晚上看见宝兄弟吃桃儿，他老人家又嘴馋了，吃了有大半个，五更天时候，就一连起来了两次，今日早晨略觉身子倦些；因叫我回大爷，今日断不能来了，说有好吃的要几样，还要很烂的呢。"贾珍听了笑道："我说老祖宗是爱热闹的，今日不来，必定有个缘故。这就是了。"

王夫人说："前日听见你大妹妹说，蓉哥媳妇身上有些不大好，到底是怎么样？"尤氏道："他这个病，得的也奇：上月中秋还跟着老太太、太太顽了半夜，回家来好好的。到了二十日以后，一日比一日觉懒了，又懒得吃东西，这将近有半个多月。经期又有两个月没来。”邢夫人接着说道：“莫是喜罢？”

正说着，外头人回道：“大老爷、二老爷并一家的爷们都来了，在厅上呢。”贾珍连忙出去了。这里尤氏复说：“从前大夫，也有说是喜的。昨日冯紫英荐来他幼时从学过的一个先生，医道很好，瞧了说不是喜，是一个大证候。昨日开了方子，吃了一剂药，今日头眩的略好些，别的仍不见大效。”凤姐儿道：“我说他不是十分支持不住，今日这样日子，再也不肯不扎挣着上来。”尤氏道：“你是初三日在这里见他的，他强支持了半天，也是因你们娘儿两个好的上头，还恋恋的舍不得去。”凤姐听了，眼圈儿红了一会子，方说道：“‘天有不测风云，人有旦夕祸福。’这点年纪，倘或因这病上有个长短，人生在世，有甚么趣儿！”

正说着，贾蓉进来给邢夫人、王夫人、凤姐儿都请了安，方回尤氏道：“方才我给太爷送吃食去，并回说我父亲在家伺候老爷们、款待一家子的爷们，遵太爷的话，并不敢来。太爷听了甚欢喜，说：‘这才是。’叫告诉父亲母亲好生伺候太爷、太太们，叫我好生伺候叔叔、婶子并哥哥们。还说那《阴骘文》叫他们急急刻出来，印一万张散人。我将此话都回了我父亲了。我这会子还得快出去，打发太爷们并合家爷们吃饭。”凤姐儿说：“蓉哥儿，你且站着。你媳妇今日到底是怎么？”贾蓉皱着眉头儿说道：“不好么。婶子回来，瞧瞧去就知道了。”于是贾蓉出去了。

这里尤氏向邢夫人、王夫人道：“太太们在这里吃饭，还是在园子里吃去？有小戏儿，现在园子里预备着呢。”王夫人向邢夫人道：“这里很好。”尤氏就分付媳妇、婆子们：“快摆饭来。”门外一齐答应了一声，都各人端各人的去了。不多时，摆上了饭。尤氏让邢夫人、王夫人并他母亲都上坐了，他与凤姐儿、宝玉侧席坐了。邢夫人、王夫人道：“我们来，原为给大老爷拜寿，这岂不是我们来过生日来了么？”凤姐儿说：“大老爷原是好养静的，已修炼成了，也算得是神仙了。太太们这么一说，就叫做‘心到神知’了。”一句话，说得满屋里都笑起来。

尤氏的母亲并邢夫人、王夫人、凤姐儿都吃了饭，漱了口，净了手，才说要往园子里去。贾蓉进来向尤氏道：“老爷们并各位叔叔、哥哥们都吃了饭了。大老爷说家里有事，二老爷是不爱听戏、又怕人闹的慌，都去了。别的一家子爷们，被琏二叔并蔷大爷都让过去听戏去了。方才南安郡王、东平郡王、西宁郡王、北静郡王四家王爷，并镇国公牛府等六家，忠靖侯史府等八家，都差人持名帖送寿礼来，俱回了我父亲，先收在帐房里。礼单都上了档子了，领谢名帖都交给各家的来人了，来人也各照例赏过，都让吃了饭去了。母亲该请二位太太、老娘、婶子，都过园子里去坐着罢。”尤氏道：“也是才吃完了饭，就要过去了。”凤姐儿说：“我回太太：我先瞧瞧蓉哥媳妇去，我再过去罢。”王夫人道：“很是。我们都要去瞧瞧，倒怕他嫌我们闹的慌。说我们问他好罢。”尤氏道：“好妹妹，媳妇听你的话，你去开导开导他，我也放心。你就快些过园子里来。”宝玉也要跟着凤姐儿去瞧秦氏，王夫人道：“你看看就过去罢，那是侄儿媳妇呢。”于是尤氏请了王夫人、邢夫人并他母亲，都过会芳园去了。

凤姐儿、宝玉方和贾蓉到秦氏这边来。进了房门，悄悄的走到里间房内，秦氏见了，要坐起来，凤姐儿说：“快别起来，看头晕。”于是凤姐儿紧行了两步，拉住了秦氏的手说道：“我的奶奶，怎么几日不见，就瘦的这样子！”于是就坐在秦氏坐的褥子上。宝玉也问了好，在对面椅子上坐了。贾蓉叫：“快倒茶来，婶子和二叔在上房还未吃茶呢。”秦氏拉着凤姐儿的手强笑道：“这都是我没福，这样人家，公公婆婆当自家的女儿似的待。婶娘，你侄儿虽说年轻，却是他敬我、我敬他，从来没有红过脸儿。就是一家子的长辈、同辈之中，除了婶子不用说了，别人也从无不疼我的，也从无不和我好的。如今得了这个病，把我那要强的心一分也没有了。公婆面前未得孝顺一天儿；就是婶娘这样待我，我就有十分孝顺的心，如今也不能够了。我自想着，未必熬得过年去。”

宝玉正把眼瞅着那《海棠春睡图》并那秦太虚写的“嫩寒锁梦因春冷，芳气袭人是酒香”的对联，不觉想起在这里睡晌觉时，梦到太虚幻境的事来。正在出神，听得秦氏说了这些话，如万箭攒心，那眼泪不觉流下来了。凤姐儿见了，心中十分难过，但恐病人见了这个样子反添心酸，倒不是来开导劝解他的意思，因说：“宝玉，你忒婆婆妈妈的了。他病人不过是这样说，那里就到这田地？况且年纪又不大，略病病就好了。”又回向秦氏道：“你别胡思乱想，岂不是自家添病了么？”贾蓉道：“他这病也不用别的，只吃得下些饭食就不怕了。”凤姐儿道：“宝兄弟，太太叫你快些过去呢。你倒别在这里只管这么着，倒招得媳妇也心里不好过，太太那里又惦着你。”因向贾蓉说道：“你先同宝叔过去，我还略坐坐呢。”贾蓉听说，即同宝玉过会芳园去了。

这里凤姐儿又劝解了一番，又低低说了许多衷肠话儿。尤氏打发人来了两三遍，凤姐儿才向秦氏说道：“你好生养着，我再来看你罢。合该你这病要好了，所以前日遇着这个好大夫，再也是不怕的了。”秦氏笑道：“任凭他是神仙，治了病，治不了命。婶子，我知道这病不过是挨日子的。”凤姐儿说道：“你只管这么想，这那里能好呢？总要想开了才好。况且听得大夫说，若是不治，怕的是春天不好。如今才九月半，还有四五个月的工夫，什么病治不好呢？咱们若是不能吃人参的人家，也难说了；你公公、婆婆听见治的好，别说一日二钱人参，就是二斤也吃得起。好生养着罢，我就过园子里去了。”秦氏又道：“婶子，恕我不能跟过去了。闲了的时候，还求过来瞧瞧我呢。咱们娘儿们坐坐，多说几句闲话儿。”凤姐儿听了，不觉眼圈儿又红了，说道：“我得了闲儿，必常来看你。”于是带着跟来的婆子、媳妇们，并宁府的媳妇、婆子们，从里头绕进园子的便门来。只见：

黄花满地，白柳横坡。小桥通若耶之溪，曲径接天台之路。石中清流滴滴，篱落飘香；树头红叶翩翩，疏林如画。西风乍紧，犹听莺啼；暖日当暄，又添蛩语。遥望东南，建几处依山之榭；近观西北，结三间临水之轩。笙簧盈座，别有幽情；罗绮穿林，倍添韵致。

凤姐儿正看园中景致，一步步行来，正赞赏时，猛然从假山石后走出一个人来，向前对凤姐说道：“请嫂子安。”凤姐儿猛一惊，将身往后一退，说道：“这是瑞大爷不是？”贾瑞说道：“嫂子连我也不认得了？”凤姐儿道：“不是不认得，猛然一见，想不到是大爷在这里。”贾瑞道：“也是合该我与嫂子有缘：我方才偷出了席，在这里清净地方略散一散，不想就遇见嫂子。这不是有缘么？”说着，拿眼睛不住的观看凤姐。

凤姐儿是个聪明人，见他这个光景，如何不猜八九分呢？因向贾瑞假意含笑道：“怪不得你哥哥常提你，说你好。今日见了，听你这几句话儿，就知道你是个聪明和气的人了。这会子我要到太太们那边去呢，不得合你说话，等闲了再会罢。”贾瑞道：“我要到嫂子家里去请安，又怕嫂子年轻，不肯轻易见人。”凤姐又假笑道：“一家骨肉，说什么年轻不年轻的话！”贾瑞听了这话，心中暗喜，因想道：“再不想今日得此奇遇！”那情景越发难看了。凤姐儿说道：“你快去入席去罢，看他们拿住了，罚你的酒。”贾瑞听了，身上已木了半边，慢慢的走着，一面回过头来看。凤姐儿故意的把脚放迟了。见他去远了，心里暗忖道：“这才是‘知人知面不知心’呢，那里有这样禽兽的人！他果如此，几时叫他死在我手里，他才知道我的手段！”

于是凤姐儿方移步前来。将转过了一重山坡儿，见两三个婆子慌慌张张的走来，见凤姐儿，笑道：“我们奶奶见二奶奶不来，急的了不得，叫奴才们又来请奶奶来了。”凤姐儿道：“你们奶奶就是这样，急脚鬼似的。”凤姐儿慢慢的走着，问：“戏文唱了几出了？”那婆子回道：“唱了八九出了。”说话之间，已到天香楼后门，见宝玉和一群丫头、小子们那里顽呢，凤姐儿道：“宝兄弟，别忒淘气了。”一个丫头说道：“太太们都在楼上坐着呢，请奶奶就从这边上去罢。”凤姐儿听了，款步提衣上了楼。

尤氏已在楼梯口等着。尤氏笑道：“你们娘儿两个忒好了，见了面，总舍不得来了。你明日搬来和他同住罢。你坐下，我先敬你一钟。”于是凤姐儿至邢夫人、王夫人前告坐。尤氏拿戏单来让凤姐儿点戏，凤姐儿道：“太太们在上，如何敢点？”邢夫人、王夫人说道：“我们和亲家太太点了好几出了，你点几出好的我们听。”凤姐儿立起身来答应了，接过戏单来，从头一看，点了一出《还魂》，一出《弹词》，递过戏单来说：“现在唱的这《双官诰》完了，再唱这两出，也就是时候了。”王夫人道：“可不是呢，也该趁早叫你哥哥、嫂子歇歇，他们心里又不静。”尤氏说道：“太太们又不是常来的，娘儿们多坐一会子去才有趣，天气还早呢。”凤姐儿立起身来，望楼下一看，说：“爷们都往那里去了？”傍边一个婆子道：“爷们才到凝曦轩，带了十番那里吃酒去了。”凤姐儿道：“在这里不便宜，背地里又不知干什么去了！”尤氏笑道：“那里都像你这么正经人呢！”

于是说说笑笑，点的戏都唱完了，方才撤下酒席，摆上饭来。吃毕，大家才出园子来，到上房坐下。吃了茶，才叫预备车，向尤氏的母亲告了辞。尤氏率同众姬妾并家人媳妇们送出来，贾珍率领众子侄在车傍侍立，都等候着。见了邢、王二夫人，说道：“二位婶子，明日还过来歇歇。”王夫人道：“罢了，我们今儿整坐了一日，也乏了，明日也要歇歇。”于是都上车去了。贾瑞犹不住拿眼看着凤姐儿。贾珍进去后，李贵才拉过马来，宝玉骑上，随了王夫人去了。这里贾珍同一家子的兄弟子侄吃过饭，方大家散去。次日，仍是众族人等闹了一日，不必细说。此后凤姐不时亲自来看秦氏，也有几日病好了些，也有几日歹些，贾珍、尤氏、贾蓉好不焦心。

且说贾瑞到荣府来了几次，偏都值凤姐儿往宁府去了。这日正是十一月三十日冬至，到交节的那几日，贾母、王夫人、凤姐儿日日差人去看秦氏。回家的人都说这几日未见添病，也未见甚好。王夫人向贾母说：“这个证候，遇着这样节气，不添病就有指望了。”贾母说：“可是呢，好个孩子，若有个长短，岂不叫人疼死！”说着，一阵心酸，向凤姐儿说道：“你们娘儿们好了一场，明日大初一，过了明日，你再看看他去。你细细的瞧瞧他的光景，倘或好些儿，你回来告诉我。那孩子素日爱吃什么，你也常叫人送些给他。”凤姐儿一一答应了。到初二日，吃了早饭来到宁府里，看见秦氏光景，虽未添甚病，但那脸上身上的肉都瘦干了，于是和秦氏坐了半日，说了些闲话；又将这病无妨的话开导了一番。秦氏道:“好不好,春天就知道了。如今现过了冬，又没添什么证，或者好的了也未可知。婶子回老太太、太太放心罢。昨日老太太赏的那枣泥馅的山药糕，我倒吃了两块，倒像克化的动的似的。”凤姐儿道：“明日再给你送来。我到你婆婆那里瞧瞧。”就要赶着回去回老太太话去。秦氏道：“婶子，替我请老太太、太太的安罢。”

凤姐儿答应着，就出来了。到了尤氏上房坐下，尤氏道：“你冷眼瞧瞧，媳妇是怎么样？”凤姐儿低了半日头，说道：“这个就没法儿了。你也该将一应的后事，给他料理料理，冲一冲也好。”尤氏道：“我也暗暗的叫人预备了，就是那件东西，不得好木头，且慢慢的办着罢。”于是凤姐儿吃了茶，说了一会子话儿，说道：“我要快些回去回老太太的话去呢。”尤氏道：“你可缓缓的说，别吓着老人家。”凤姐儿道：“我知道。”

于是凤姐儿就回来了。到家中见了贾母，说：“蓉哥媳妇请老太太安，给老太太叩头。他说好些了，求老祖宗放心罢。他再略好些，还给老祖宗叩头请安来呢。”贾母道：“你看他是怎么样？”凤姐儿道：“暂且无妨，精神还好呢。”贾母听了，沉吟了半日，因向凤姐说：“你换换衣服歇歇去罢。”

凤姐儿答应着出来，见过了王夫人。到了家中，平儿将烘的家常衣服给凤姐儿换了。凤姐儿方坐下，问：“家中没有什么事么？”平儿方端了茶来，递了过去，说道:“没有什么事，就是那三百两银子的利银，旺儿媳妇送进来，我收了。再有，瑞大爷使人来打听奶奶在家没有，他要来请安说话。”凤姐儿听了，哼了一声，说道：“这畜生合该作死！看他来了怎么样！”平儿回道：“这瑞大爷是为什么只管来？”凤姐儿遂将九月里在宁府园子里遇见他的光景、他说的话，都告诉了平儿。平儿说道：“‘癞虾蟆想吃天鹅肉！’没人伦的混帐东西，起这样念头，叫他不得好死！”凤姐儿道:“等他来了，我自有道理。”不知贾瑞来时，作何光景，且听下回分解。

第十二回　王熙凤毒设相思局　贾天祥正照风月鉴

话说凤姐正与平儿说话，只见有人回说：“瑞大爷来了。”凤姐命：“请进来罢。”贾瑞见请，心中暗喜。见了凤姐，满面陪笑，连连问好。凤姐儿也假意殷勤，让坐让茶。贾瑞见凤姐如此打扮，越发酥倒，因饧了眼问道：“二哥哥怎么还不回来？”凤姐道：“不知什么缘故。”贾瑞笑道：“别是路上有人绊住了脚，舍不得回来了。”凤姐道：“可知男人家见一个爱一个，也是有的。”贾瑞笑道：“嫂子，这话错了，我就不是这样。”凤姐笑道：“像你这样的人能有几个呢？十个里也挑不出一个来。”

贾瑞听了，喜的抓耳挠腮，又道：“嫂子天天也闷的很。”凤姐道：“正是呢，只盼个人来说话解解闷儿。”贾瑞笑道：“我倒天天闲着，若天天过来替嫂子解闷儿，可好么？”凤姐笑道：“你哄我呢。你那里肯往我这里来？”贾瑞道：“我在嫂子面前若有一句诓话，天打雷劈！只因素日闻得人说，嫂子是个利害人，在你跟前一点也错不得，所以吓住了。我如今见嫂子是个有说有笑，极疼人的，我怎么不来？死了也情愿。”凤姐笑道：“果然你是个明白人，比贾蓉兄弟两个强远了。我看他那样清秀，只当他们心里明白，谁知竟是两个糊涂虫，一点不知人心。”贾瑞听了这话，越发撞在心坎儿上，由不得又往前凑了一凑，觑着眼看凤姐的荷包，又问：“戴着什么戒指？”凤姐悄悄的道：“放尊重些，别叫丫头们看见了。”贾瑞如听纶音佛语一般，忙往后退。凤姐笑道：“你该去了。”贾瑞道：“我再坐一坐儿。好狠心的嫂子！”凤姐儿又悄悄的道：“大天白日，人来人往，你就在这里，也不方便。你且去，等到晚上起了更你来，悄悄的在西边穿堂儿等我。”贾瑞听了，如得珍宝，忙问道：“你别哄我。但是那里人过的多，怎么好躲呢？”凤姐道：“你只放心，我把上夜的小厮们都放了假，两边门一关了，再没有别人来。”

贾瑞听了，喜之不尽，忙忙的告辞而去，心内以为得手。盼到晚上，果然黑地里摸入荣府，趁掩门时钻入穿堂，果见漆黑无一人来往。往贾母那边去的门已倒锁，只有向东的门未关。贾瑞侧耳听着，半日不见人来。忽听咯噔的一声，东边的门也关上了。贾瑞急的也不敢则声，只得悄悄出来，将门撼了撼，关得铁桶一般。此时要出去亦不能了，南北俱是高墙，要跳也无攀援。这屋内又是过门风，空落落的，现是腊月天气，夜又长，朔风凛凛，侵肌裂骨，一夜几乎不曾冻死！好容易盼到早晨，只见一个老婆子先将东门开了，进来去叫西门。贾瑞觑他背着脸，一溜烟抱了肩跑出来，幸而天气尚早，人都未起，从后门一径跑回家去。

原来贾瑞父母早亡，只有他祖父代儒教养。那代儒素日教训最严，不许贾瑞多走一步，生怕他在外吃酒赌钱，有误学业。今忽见他一夜不归，只料定他在外非饮即赌，嫖娼宿妓，那里想到这段公案？因此气了一夜。贾瑞也捻着一把汗，少不得回来撒谎，只说："往舅舅家去的，天黑了，留我住了一夜。"代儒道："自来出外，不禀我不敢擅出，如何昨日私自去了？据此也该打，何况是撒谎！"因此发狠揿倒，打了三四十板；还不许吃饭，命他跪在院内读文章，定要补出十天工课来方罢。贾瑞先冻一夜，又遭了打，且饿着肚子跪在风地里读文章：其苦万状。

此时贾瑞邪心未改，再想不到凤姐捉弄他。过了两日，得了空，仍来找寻凤姐。凤姐故意抱怨他失信，贾瑞急的赌咒发誓。凤姐因他自投罗网，少不得再寻别计，令他知改，故又约他道："今日晚上，你别在那里了，你在我这房后小过道里那间空屋里等我，可别冒撞了。"贾瑞道："果真？"凤姐道："谁来哄你？你不信，就别来。"贾瑞道："来，来，来，死也要来！"凤姐道："这会子你先去罢。"贾瑞料定晚间必妥，此时先去了。凤姐在这里，便点兵派将，设下圈套。那贾瑞只盼不到晚上，偏生家里亲戚又来了，直吃了晚饭才去。那天已有掌灯时分，又等他祖父安歇，方溜进荣府，直往那夹道中屋子里来等着，热锅上蚂蚁一般。只是左不见人影，右闻也没声响，心中害怕，不住猜疑道："别是又不来了，又冻一夜不成？"

正在胡猜，只见黑魆魆的来了一个人，贾瑞便意定是凤姐，不管皂白，等那人刚至面前，便如饿虎扑食、猫儿捕鼠的一般抱住，叫道："亲嫂子，等死我了！"说着，抱到屋里炕上，就亲嘴，扯裤子，满口里"亲爹""亲娘"的乱叫起来。那人只不做声。贾瑞扯了自己的裤子，硬帮帮就想顶入。忽觉灯光一闪，只见贾蔷举着个捻子照道："谁在屋里？"听见炕上那人笑道："瑞大叔要肏我呢！"

贾瑞一见，却是贾蓉，直臊得无地可入，不知怎样才好，回身就要跑脱，被贾蔷一把揪住道："别走！如今琏二婶已经告到太太跟前，说你调戏他。他暂用了脱身计，哄你在那边等着。太太气死过去，因此叫我来拿你。快跟我去见太太去！"贾瑞听了，魂不附体，只说："好侄儿，你只说没有见我，我明日重重的谢你！"贾蔷道："放你不值什么，只不知你谢我多少？况且口说无凭，写一文契来。"贾瑞道："这如何落纸呢？"贾蔷道："这也不妨，写一个'赌钱输了外人帐目，借头家银若干两'便罢。"贾瑞道："这也容易。"贾蔷翻身出来，纸笔现成，拿来命贾瑞写。他两个做好做歹，只写了五十两银子，画了押，贾蔷收起来，然后解劝贾蓉。贾蓉先咬定牙不依，只说："明日告诉族中的人评评理。"贾瑞急的至于叩头。贾蔷做好做歹的，也写了一张五十两欠契才罢。

贾蔷又道："如今要放你，我就担着不是。老太太那边的门早已关了，老爷正在厅上看南京来的东西，那一条路定难过去。如今只好走后门，若这一走，倘或遇见了人，连我也不好。等我先去探探再来领你。这屋里你还藏不住，少时就来堆东西，等我寻个地方。"说毕，拉着贾瑞，仍息了灯，出至院外，摸到大台阶底下，说道："这个窝儿好，只蹲着别哼一声，等我来再走。"说毕，二人去了。

贾瑞此时身不由己，只得蹲在那台阶下。正要盘算，只听头顶上一声响，豁喇喇一净桶尿粪从上面直泼下来，可巧浇了他一身一头！贾瑞忍不住嗳哟一声，忙又掩住口不敢声张，满头满脸皆是尿屎，浑身冰冷打战。只见贾蔷跑来叫："快走！快走！"贾瑞方得了命，三步两步从后门跑到家中，天已三更，只得叫开了门。

家人见他这般光景，问："是怎么了？"少不得撒谎说："天黑了，失脚掉在茅厕里了。"一面即到自己房中更衣洗濯，心下方想到凤姐顽他，因此发一回狠；再想想凤姐的模样儿标致，又恨不得一时搂在怀里。胡思乱想，一夜不曾合眼。自此虽想凤姐，只不敢往荣府去了。

贾蓉等两个常常来索银子，他又怕祖父知道，正是相思尚且难禁，况又添了债务。日间工课又紧，他二十来岁的人，尚未娶亲，迩来想着凤姐不得到手，未免有些指头儿告了消乏；更兼两回冻恼奔波：因此三五下里夹攻，不觉就得了一病，心内发膨胀，口内无滋味，脚下如绵，眼中似醋，黑夜作烧，白日常倦，下溺遗精，嗽痰带血。诸如此证，不上一年都添全了。于是不能支持，一头跌倒，合上眼还只梦魂颠倒，满口说胡话，惊怖异常。百般请医疗治，诸如肉桂、附子、鳖甲、麦冬、玉竹等药，吃了有几十斤下去，也不见个动静。

倏又腊尽春回，这病更又沉重。代儒也着了急，各处请医疗治，皆不见效。因后来吃独参汤，代儒如何有这力量？只得往荣府里来寻。王夫人命凤姐秤二两给他，凤姐回说："前儿新近替老太太配了药，那整的太太又说留着送杨提督的太太配药，偏偏昨儿我已着人送了去了。"王夫人道："就是咱们这边没了，你打发个人往那边你婆婆处问问，或是你珍大哥哥那里有，寻些来凑着，给人家吃好了，救人一命，也是你们的好处。"凤姐应了，也不遣人去寻，只将些渣末凑了几钱命人送去，只说：“太太送来的，再也没有了。”然后回王夫人，只说：“都寻了来，共凑了有二两送去。”那贾瑞此时要命心急，无药不吃，只是白化钱，不见效。

忽然这日有个跛足道人来化斋，口称专治冤业之证。贾瑞偏生在内听见了，直着声叫喊说：“快去请进那位菩萨来救命！”一面在枕头上叩首。众人只得带了那道士进来。贾瑞一把拉住，连叫：“菩萨救我！”那道士叹道：“你这病非药可医。我有个宝贝与你，你天天看时，此命可保矣。”说毕，从搭裢中取出个正面反面皆可照人的镜子来，背上面錾着“风月宝鉴”四字，递与贾瑞道：“这物出自太虚幻境空灵殿上，警幻仙子所制，专治邪思妄动之证，有济世保生之功。所以带他到世上来，单与那些聪明俊杰、风雅王孙等看照。千万不可照正面，只照他的背面。要紧！要紧！三日后吾来收取，管叫他好了。”话毕，徉常而去，众人苦留不住。

贾瑞接了镜子，想道：“这道士很有意思，我何不照一照试试？”想毕，拿起风月宝鉴来，向反面一照，只见一个骷髅立在里面，吓得贾瑞连忙掩了，骂道士：“混帐！如何吓我？我倒再照照正面是什么。”想着，便将正面一照，只见凤姐站在里面，点首儿叫他。贾瑞心中一喜，荡悠悠觉得进了镜子，与凤姐云雨一番，凤姐仍送他出来。到了床上，嗳哟了一声，一睁眼，镜子从新又掉过来，仍是反面立着一个骷髅。贾瑞自觉汗津津的，底下已遗了一滩精。心中到底不足，又翻过正面来，只见凤姐还招手叫他，他又进去，如此三四次。到了这次，刚要出镜子来，只见两个人走来，拿铁锁把他套住，拉了就走。贾瑞叫道：“让我拿了镜子再走！”只说了这句，就再不会说话了。

旁边伏侍的人，只见他先还拿着镜子照，落下来，仍睁开眼拾在手内；末后镜子掉下来，便不动了。众人上来看看，已咽了气，身子底下冰凉黏湿一大滩精，这才忙着穿换衣裳。代儒夫妇哭的死去活来，大骂道士：“是何妖镜！若不毁此镜，遗害世人不小！”遂命架火来烧。只听空中叫道：“谁教你们瞧正面了？你们自己以假为真，为何烧我此镜！”忽见那镜从空中飞出。代儒出门看时，只见还是那个跛足道人，喊道：“还我的‘风月宝鉴’来！”说着，抢了镜子，眼看着他飘然去了。

当下代儒料理丧事，各处去报。三日起经，七日发引，寄灵铁槛寺，日后带回原籍。一时贾家众人，齐来吊问。荣府贾赦赠银二十两，贾政也是二十两；宁府贾珍亦有二十两。其余族中人，贫富不一，或一二两、三四两不等。外又有各同窗家中分资，也凑了二三十两。代儒家道虽然淡薄，得此帮助，倒也丰丰富富完了此事。

谁知这年冬底，林如海因为身染重疾，写书来特接黛玉回去。贾母听了，未免又加忧闷，只得忙忙的打发黛玉起身。宝玉大不自在，争奈父女之情，也不好拦阻。于是贾母定要贾琏送他去，仍叫带回来，一应土仪盘费等，不繁絮说，自然要妥贴。作速择了日期，贾琏与黛玉辞别了众人，带领仆从，登舟往扬州去了。要知端的，且听下回分解。

第十三回　秦可卿死封龙禁尉　王熙凤协理宁国府

话说凤姐儿自贾琏送黛玉往扬州去后，心中实在无趣，每到晚间，不过同平儿说笑一回，就胡乱睡了。这日夜间，正和平儿灯下拥炉倦绣，早命浓薰绣被，二人睡下。屈指算行程该到何处，不知不觉，已交三鼓。平儿已睡熟了。凤姐方觉睡眼微朦，恍惚只见秦氏从外走进来，含笑说道："婶婶好睡！我今日回去，你也不送我一程！因娘儿们素日相好，我舍不得婶婶，故来别你一别。还有一件心愿未了，非告诉婶婶，别人未必中用。"

凤姐听说，恍惚问道："有何心愿，只管托我就是了。"秦氏道："婶婶，你是个脂粉队里的英雄，连那些束带顶冠的男子也不能过你。你如何连两句俗语也不晓得？常言'月满则亏，水满则溢'，又道是'登高必跌重'。如今我们家赫赫扬扬已将百载，一日倘或乐极生悲，若应了那句'树倒猢狲散'的俗语，岂不虚称了一世诗书旧族了？"凤姐听了此话，心胸大快，十分敬畏，忙问道："这话虑的极是。但有何法，可以永保无虞？"秦氏冷笑道："婶婶好痴也！泰极否来，荣辱自古周而复始，岂人力所能常保的！但如今能于荣时筹画下将来衰时的世业，亦可以常保永全了。即如今日，诸事俱妥，只有两件未妥，若把此事如此一行，则日后可保永全了。"

凤姐便问何事，秦氏道："目今祖茔虽四时祭祀，只是无一定的钱粮；第二，家塾虽立，无一定的供给。依我想来，如今盛时固不缺祭祀供给，但将来败落之时，此二项有何出处？莫若依我定见，趁今日富贵，将祖茔附近多置庄田、房舍、地亩，以备祭祀、供给之费皆出自此处；将家塾亦设于此。合同族中长幼，大家定了则例，日后按房掌管这一年的地亩、钱粮、祭祀、供给之事：如此周流，又无争竞，也没有典卖诸弊。便是有罪，他物可入官，这祭祀产业连官也不入的，便败落下来，子孙回家读书务农，也有个退步，祭祀又可永继。若目今以为荣华不绝，不思后日，终非长策。眼见不日又有一件非常喜事，真是烈火烹油、鲜花着锦之盛！要知道，也不过是瞬息的繁华，一时的欢乐，万不可忘了那‘盛筵必散’的俗语！若不早为后虑，只恐后悔无益了。”凤姐忙问：“有何喜事？”秦氏道：“天机不可泄漏。只是我与婶婶好了一场，临别赠你两句话，须要记着。”因念道：

三春去后诸芳尽，各自须寻各自门。

凤姐还欲问时，只听二门上传事云板连叩四下，正是丧音，将凤姐惊醒。人回：“东府蓉大奶奶没了。”凤姐吓了一身冷汗，出了一回神，只得忙穿衣往王夫人处来。彼时合家皆知，无不闷闷，都有些伤心。那长一辈的，想他素日孝顺；平辈的，想他素日和睦亲密；下一辈的，想他素日的慈爱；以及家中仆从老小，想他素日怜贫惜贱、爱老慈幼之恩，莫不悲号痛哭。

闲言少叙。却说宝玉因近日林黛玉回去，剩得自己落单，也不和人顽笑，每到晚间，便索然睡下。如今从梦中听见说秦氏死了，连忙翻身爬起来，只觉心中似戳了一刀的，不觉哇的一声，直喷出一口血来。袭人等慌慌忙忙上来扶着，问：“是怎么样的？”又要回贾母去请大夫。宝玉道：“不用忙，不相干，这是急火攻心，血不归经。”说着，便爬起来，要衣服换了，来见贾母，即时要过去。袭人见他如此，心中虽放不下，又不敢拦阻，只得由他罢了。贾母见他要去，因说：“才绝气的人，那里不干净；二则夜里风大，等明早再去不迟。”宝玉那里肯依。贾母命人备车，多派跟从人役拥护前来，一直到了宁国府前。只见府门大开，两边灯火照如白昼，乱烘烘人来人往，里面哭声摇山振岳。宝玉下了车，忙忙奔至停灵之室，痛哭一番，然后见过尤氏。谁知尤氏正犯了胃痛旧症，睡在床上。然后又出来见贾珍。

彼时贾代儒、代修，贾敕、贾效、贾敦、贾赦、贾政，贾琮、贾㻞、贾珩、贾珖、贾琛、贾琼、贾璘，贾蔷、贾菖、贾菱、贾芸、贾芹、贾蓁、贾萍、贾藻、贾蘅、贾芬、贾芳、贾蓝、贾菌、贾芝等都来了。贾珍哭的泪人一般，正和贾代儒等说道：“合家大小，远亲近友，谁不知我这媳妇比儿子还强十倍！如今伸腿去了，可见这长房内绝灭无人了！”说着，又哭起来。众人忙劝道：“人已辞世，哭也无益，且商议如何料理要紧。”贾珍拍手道：“如何料理！不过尽我所有罢了！”

正说着，只见秦邦业、秦钟，并尤氏的几个眷属、尤氏姊妹，也都来了。贾珍便命贾琼、贾琛、贾璘、贾蔷四个人去陪客，一面吩咐去请钦天监阴阳司来择日。择准停灵七七四十九日，三日后开丧送讣闻。这四十九日，单请一百零八僧众在大厅上拜大悲忏，超度前亡后化鬼魂；另设一坛于天香楼上，是九十九位全真道士，打十九日解冤洗业醮。然后停灵于会芳园中，灵前另外五十众高僧、五十位高道，对坛按七作好事。那边贾敬闻得长孙媳死了，因自为早晚就要飞升，如何肯又回家染了红尘，将前功尽弃？故此并不在意，只凭贾珍料理。

且说贾珍恣意奢华，看板时，几副杉木板皆不中意。可巧薛蟠来吊，因见贾珍寻好板，便说："我们本店里有一副板，叫作什么樯木，出在潢海铁网山上，作了棺材，万年不坏。这还是当年先父带来的，原系义忠亲王老千岁要的，因他坏了事，就不曾用。现在还封在店里，也没有人买得起。你若是要，就来看看。"贾珍听说甚喜，即命抬来。大家看时，只见帮底皆厚八寸，纹若槟榔，味若檀麝，以手扣之，声如玉石。大家称奇。贾珍笑问道："价值几何？"薛蟠还道："拿着一千两银子，只怕没买处。什么价不价，赏他们几两银子作工钱便是了。"贾珍听说，忙谢不尽，即命解锯造成。贾政因劝道："此物恐非常人可享，殓以上等杉木也罢了。"贾珍如何肯听。

忽又听见秦氏之丫鬟名唤瑞珠的，见秦氏死了，也触柱而亡。此事可罕，合族都称叹。贾珍遂以孙女之礼殡殓之，一并停灵于会芳园之登仙阁。又有小丫鬟名宝珠的，因秦氏无出，乃愿为义女，请任引丧驾灵之任。贾珍甚喜，即时传命，从此皆呼宝珠为小姐。那宝珠按未嫁女之礼，在灵前哀哀欲绝。于是合族人丁，并家下诸人，都各遵旧制行事，自不得错乱。

贾珍因想道：贾蓉不过是个黉门监，灵幡上写时不好看，便是执事也不多。因此心下甚不自在。可巧这日正是首七第四日，早有大明宫掌宫内监戴权，先备了祭礼遣人来，次坐了大轿，打道鸣锣，亲来上祭。贾珍忙接陪，让坐至逗蜂轩献茶。贾珍心中早打定了主意，因而趁便就说要与贾蓉捐个前程的话。戴权会意，因笑道："想是为丧礼上风光些？"贾珍忙道："老内相所见不差。"戴权道："事倒凑巧，正有个美缺：如今三百员龙禁尉缺了两员，昨儿襄阳侯的兄弟老三来求我，现拿了一千五百两银子送到我家里。你知道，咱们都是老相好，不拘怎么样，看着他爷爷的分上，胡乱应了，还剩了一个缺。谁知永兴节度使冯胖子要求与他孩子捐，我就没工夫应他。既是咱们的孩子要捐，快写个履历来。"贾珍忙命人写了一张红纸履历来。戴权看了，上写着：

江南应天府江宁县监生贾蓉，年二十岁。曾祖，原任京营节度使世袭一等神威将军贾代化。祖，丙辰科进士贾敬。父，世袭三品爵威烈将军贾珍。

戴权看了，回手递与一个贴身的小厮收了，道："回去送与户部堂官老赵，说我拜上他：起一张五品龙禁尉的票，再给个执照，就把这履历填上，明日我来兑银子送过去。"小厮答应了。戴权告辞，贾珍款留不住，只得送出府门。临上轿，贾珍问："银子还是我到部去兑，还是送入内相府中？"戴权道："若到部兑，你又吃亏了，不如平准一千两银子，送到我家就完了。"贾珍感谢不尽，因说："待服满后，亲带小犬到府叩谢。"于是作别。

接着又听喝道之声，原来是忠靖侯史鼎的夫人来了。王夫人、邢夫人、凤姐等刚迎入正房，又见锦乡侯、川宁侯、寿山伯三家祭礼，也摆在灵前，少时，三人下轿，贾珍接上大厅。多少亲朋，你来我去，也不能计数。只这四十九日，一条宁国府街上，白漫漫人来人往，花簇簇官去官来。

贾珍令贾蓉次日换了吉服，领凭回来。灵前供用、执事等物，俱按五品职例，灵牌疏上皆写"诰授贾门秦氏宜人之神位"。会芳园临街大门洞开，两边起了鼓乐厅，两班青衣按时奏乐，一对对执事摆的刀斩斧截。更有两面朱红销金大牌竖在门外，上面大书道："防护内廷紫禁道御前侍卫龙禁尉。"对面高起着宣坛，僧、道对坛，榜上大书："世袭宁国公冢孙妇、防护内廷御前侍卫龙禁尉贾门秦氏宜人之丧。四大部洲至中之地，奉天承运太平之国，总理虚无寂静教门僧录司正堂万、总理元始正一教门道纪司正堂叶等，敬谨修斋，朝天叩佛"，以及"恭请诸伽蓝、揭谛、功曹等神，圣恩普锡，神威远振，四十九日销灾洗业平安水陆道场"等语，亦不及繁记。

只是贾珍虽然心意满足，但里面尤氏又犯了旧疾，不能料理事务，惟恐各诰命来往，亏了礼数，怕人笑话，因此心中不自在。当下正自忧虑时，宝玉在侧，便问道："事事都算安贴了，大哥哥还愁什么？"贾珍便将里面无人的话告诉了他。宝玉听说，笑道："这有何难！我荐一个人与你，权理这一个月的事，保管妥当。"贾珍问道："是谁？"宝玉见坐间还有许多亲友，不便明言，走向贾珍耳边说了两句。贾珍听了，喜不自胜，笑道："果然妥贴！如今就去。"说着，拉了宝玉，辞了众人，便往上房里来。

可巧这日非正经日期，亲友来的少，里面不过几位近亲堂客，邢夫人、王夫人、凤姐并合族中的内眷陪客。闻人报"大爷进来了"，吓的众婆娘呀的一声，往后藏之不迭，独凤姐款款站了起来。贾珍此时也有些病证在身，二则过于悲痛，因拄个拐踱了进来。邢夫人等因说道："你身上不好，又连日事多，该歇歇才是，又进来做什么？"贾珍一面拄拐，硬挣着要蹲身跪下请安道乏，邢夫人等忙叫宝玉搀住，命人拿椅子与他坐。贾珍不肯坐，因勉强陪笑道："侄儿进来，有一件事要求二位婶婶并大妹妹。"邢夫人等忙问："什么事？"贾珍忙说道："婶婶自然知道。如今孙子媳妇没了，侄儿媳妇又病倒，我看里头着实不成体统，要屈尊大妹妹一个月，在这里料理料理，我就放心了。"邢夫人笑道："原来为这个。你大妹妹现在你二婶婶家，只和你二婶婶说就是了。"王夫人忙道："他一个小孩子，何曾经过这些事？倘或料理不清，反叫人笑话。倒是烦别人的好。"贾珍笑道："婶婶的意思，侄儿猜着了，是怕大妹妹劳苦了。若说料理不开，从小儿大妹妹顽笑时就有杀伐决断，如今出了阁，在那府里办事，越发历练老成了。我想了这几日，除了大妹妹，再无人可求了。婶婶不看侄儿与侄儿媳妇面上，只看死的分上罢！"说着，流下泪来。

王夫人心中怕的是凤姐未经过丧事，怕他料理不了，被人见笑。今见贾珍苦苦的说，心中已活了几分，却又眼看着凤姐出神。那凤姐素日最喜揽事，好卖弄能干；今见贾珍如此央他，心中早已允了，又见王夫人有活动之意，便向王夫人道："大哥说得如此恳切，太太就依了罢。"王夫人悄悄的问道："你可能么？"凤姐道："有什么不能的。外面的大事，已经大哥哥料理清了，不过是里面照管照管。便是我有不知的，问太太就是了。"王夫人见说得有理，便不出声。贾珍见凤姐允了，又陪笑道："也管不得许多了，横竖要求大妹妹辛苦辛苦。我这里先与大妹妹行礼，等完了事，我再到那府里去谢。"说着，便作揖下去，凤姐连忙还礼不迭。

贾珍便命人取了宁国府对牌来，命宝玉送与凤姐，说道："妹妹爱怎么就怎么样办，要什么只管拿这个去取，也不必问我。只求别存心替我省钱，要好看为上；二则也同那府里一样待人才好，不要存心怕人抱怨：只这两件外，我再没不放心的了。"凤姐不敢就接牌，只看着王夫人。王夫人道："珍哥既这么说，你就照看照看罢了，只是别自作己意，有了事，打发人问你哥哥、嫂子一声儿要紧。"宝玉早向贾珍手里接过对牌来强递与凤姐了。又问："妹妹还是住在这里，还是天天来呢？若是天天来，越发辛苦了。我这里赶着收拾出一个院落来，妹妹住过这几日，倒安稳。"凤姐笑道："不用，那边也离不得我，倒是天天来的好。"贾珍说："也罢，也罢。"然后又说了一回闲话，方才出去。

一时女眷散后，王夫人因问凤姐：“你今儿怎么样？”凤姐道：“太太只管请回去，我须得先理出一个头绪来，才回去得呢。”王夫人听说，便先同邢夫人回去，不在话下。

这里凤姐来至三间一所抱厦中坐了，因想：头一件是人口混杂，遗失东西；二件，事无专管，临期推委；三件，需用过费，滥支冒领；四件，任无大小，苦乐不均；五件，家人豪纵，有脸者不能服钤束，无脸者不能上进。此五件实是宁府中风俗，不知凤姐如何处治，且听下回分解。

第十四回　林如海灵返苏州郡　贾宝玉路谒北静王

话说宁国府中都总管来升闻知里面委请了凤姐，因传齐同事人等说道：“如今请了西府里琏二奶奶管理内事，倘或他来支取东西，或是说话，须要小心伺候。每日大家早来晚散，宁可辛苦这一个月，过后再歇息，不要把老脸面丢了！那是个有名的烈货，脸酸心硬，一时恼了，不认人的。”众人都道有理。又有一个笑道：“论理，我们里面也该得他来整治整治，都忒不像了。”正说着，只见来旺媳妇拿了对牌来领呈文京榜纸札，票上开着数目。众人连忙让坐倒茶，一面命人按数取纸来抱着，同来旺媳妇一路来至仪门，方交与来旺媳妇自己抱进去了。凤姐即命彩明定造册簿，即时传了来升媳妇，要家口花名册查看；又限明日一早，传齐家人媳妇进府听差。大概点了一点数目单册，问了来升媳妇几句话，便坐车回家。

至次日卯正二刻，便过来了。那宁国府中婆子媳妇早已到齐，只见凤姐与来升媳妇分派众人执事，不敢擅入，在窗外打听。听见凤姐和来升媳妇道：“即托了我，我就说不得要讨你们嫌了。我可比不得你们奶奶好性儿，由着你们去。再不要说你们‘这府里原是这样’的话，如今可要依着我行，错我半点儿，管不得谁是有脸的，谁是没脸的，一例清白处治！”说罢，便分咐彩明念花名册，按名一个一个叫进来看视。

一时看完，又分咐道：“这二十个分作两班，一班十个，每日在内单管人客来往倒茶，别事不用他们管。这二十个也分作两班，每日单管本家亲戚茶饭，也不管别事。这四十个人也分作两班，单在灵前上香添油、挂幔守灵、供饭供茶、随起举哀，也不管别事。这四个人专在内茶房收管杯碟茶器，若少了一件，四人分赔。这四个人单管酒饭器皿，少一件也是分赔。这八个人单管收祭礼。这八个人单管各处灯油、蜡烛、纸札，我总支了来交与你八个人，然后按我的定数再往各处去分派。这三十个每日轮流各处上夜，照管门户，监察火烛，打扫地方。再下剩的，按房屋分开，某人守某处，某处所有桌椅古玩起，至于痰盒、扫帚，一草一苗，或丢或坏，就问这看守之人赔补。来升家的每日揽总查看，或有偷懒的，赌钱吃酒打架拌嘴的，立刻来回我。你要徇情，经我查出，三四辈子的老脸就顾不成了。如今都有了定规，以后那一行乱了，只和那一行说话。素日跟我的人，随身俱有钟表，不论大小事皆有一定时刻，横竖你们上房里也有时辰钟。卯正二刻我来点卯，巳正吃早饭，凡有领牌回事的，只在午初二刻。戌初烧过黄昏纸，我亲到各处查一遍，回来上夜的交明锁匙。第二日仍是卯正二刻过来。说不得咱们大家辛苦这几日罢，事完了，你们大爷自然赏你们的。”说毕，又分咐按数发与茶叶、油烛、鸡毛掸子、笤帚等物，一面又搬取家伙：桌围、椅搭、坐褥、毡席、痰盒、脚踏之类。一面交发，一面提笔登记：某人管某处，某人领物件，开得十分清楚。众人领了去，也都有了投奔，不似先时只拣便宜的做，剩下苦差没个招揽。各房中也不能趁乱迷失东西，便是人来客往也都安静了，不比先前紊乱无头绪。一切偷安窃取等弊，一概都蠲了。

凤姐自己威重令行，心中十分得意。因见尤氏犯病，贾珍也过于悲哀，不大进饮食，自己每日从那府中熬了各样细粥、精美小菜，令人送来劝食。贾珍也另外分咐，每日送上等菜到抱厦内，单与凤姐。凤姐不畏勤劳，天天按时刻过来点卯理事，独在抱厦内起坐，不与众妯娌合群。便有眷客来往，也不迎送。

这日乃五七正五日上，那应佛僧正开方破狱，传灯照亡，参阎君，拘都鬼，延请地藏王，开金桥，引幢幡；那道士们正伏章申表，朝三清，叩玉帝；禅僧们行香，放焰口，拜水忏；又有十二众青年尼僧，搭绣衣，靸红鞋，在灵前默诵接引诸咒，十分热闹。那凤姐知道今日客来不少，寅正便起来梳洗。及收拾完备，更衣盥手，吃了两口奶子，漱口已毕，正是卯正二刻了。来旺媳妇率领众人伺候已久。凤姐出至厅前，上了车，前面一对明角灯，上写“荣国府”三个大字。来至宁府大门首，门灯朗挂，两边一色绰灯，照如白昼，白汪汪穿孝家人两行侍立。请车至正门上，小厮退去，众媳妇上来揭起车帘。凤姐下了车，一手扶着丰儿，两个媳妇执着手把灯照着，簇拥凤姐进来。宁府诸媳妇迎着请安。

凤姐款步入会芳园中登仙阁灵前，一见棺木，那眼泪恰似断线之珠滚将下来。院中多少小厮垂手侍立，伺候烧纸。凤姐分咐一声：“供茶烧纸。”只听一棒锣鸣，诸乐齐奏，早有人端过一张大圈椅来放在灵前。凤姐坐了，放声大哭。于是内外上下男女都接声号哭。一时贾珍、尤氏令人劝止，凤姐方才止住。来旺媳妇倒茶漱口毕，凤姐方起身，别了族中诸人，自入抱厦来。按名查点各项人数，俱已到齐，只有迎送亲客上的一人未到，即令传来。那人惶恐，凤姐冷笑道：“原来是你误了！你比他们有体面，所以不听我的话！”那人回道：“小的天天都来的早，只有今儿来迟了一步，求奶奶饶过初次。”正说着，只见荣国府中的王兴媳妇来了，往里探头儿。

凤姐且不发放这人，却问王兴媳妇：“来作什么？”王兴媳妇近前说：“领牌取线，打车轿网络。”说着，将个帖儿递上去。凤姐令彩明念道：“大轿两顶，小轿四顶，车四辆，共用大小络子若干根，每根用珠儿线若干斤。”凤姐听了数目相合，便命彩明登记，取荣国府对牌掷下。王兴家的去了。凤姐方欲说话，只见荣国府的四个执事人进来，都是要支取东西领牌的。凤姐问他们要了帖念过，听了一共四件，因指两件道：“这个开销错了，再算清了来领！”说着，将帖子掷下 。那二人扫兴而去。凤姐因见张材家的在旁，因问：“你有什么事？”张材家的忙取帖子回道：“就是方才车轿围子做成，领取裁缝工银若干两。”凤姐听了，收了帖子，命彩明登记。待王兴家的交过这项买办的回押相符，然后与张材家的去领。一面又命念那一件，是为宝玉外书房完竣，支领买纸料糊裱。凤姐听了，即命收帖登记，待张材家的缴清再发。

凤姐便说道：“明儿他也来迟了，后儿我也来迟了，将来都没有人了！本来要饶你，只是我头一次宽了，下次就难管别人了，不如现开发的好。”登时放下了脸，命：“带出去！打二十板子！”众人见凤姐动怒，不敢怠慢，拉出去照数打了，进来回覆。凤姐又掷下宁府对牌：“说与来升：革他一月银米！”分付：“散了罢。”众人方各自办事去了。那时被打之人亦含羞饮泣而去。彼时荣、宁两处领牌、交牌人往来不绝，凤姐又一一开发了。于是，宁府中才知凤姐利害。自此各兢兢业业，不敢偷安。不在话下。

如今且说宝玉因见人众，恐秦钟受了委曲，遂同他往凤姐处坐坐。凤姐正吃饭，见他们来了，笑道：“好长腿子，快上来罢。”宝玉道：“我们偏了。”凤姐道：“在这边外头吃的，还是那边吃的？”宝玉道：“同那些浑人吃什么！原是那边，我们同老太太吃了来的。”说着，一面归坐。凤姐饭毕，就有宁府一个媳妇来领牌，为支取香灯。凤姐笑道：“我算着你今儿该来支取，想是忘了。

要终久忘了，自然是你包出来，都便宜了我。”那媳妇笑道：“何尝不是忘了？方才想起来，再迟一步，也领不成了。”说毕，领牌而去。

一时登记交牌。秦钟因笑道：“你们两府里都是这牌，倘别人私造一个，支了银子去，怎样？”凤姐笑道：“依你说，都没王法了！”宝玉因道：“怎么咱们家没人来领牌子支东西？”凤姐道：“他们来领的时候，你还做梦呢！我且问你：你们多早晚才念夜书呢？”宝玉道：“巴不得今日就念才好，只是他们不快给收拾出书房来，也是没法。”凤姐笑道：“你请我一请，包管就快了。”宝玉道：“你也不中用，他们该做到那里的时候，自然有了。”凤姐道：“就是他们做，也得要东西，搁不住我不给对牌是难的。”宝玉听说，便猴向凤姐身上，立刻要牌，说：“好姐姐，给他们牌，好支东西去收拾。”凤姐道：“我乏的身上作痛，还搁的住你这揉搓？你放心罢，今儿才领了裱纸糊去了。他们该要的还等叫去呢，可不傻了？”宝玉不信，凤姐便叫彩明查册子与宝玉看了。

正闹着，人来回：“苏州去的昭儿来了。”凤姐急命唤进来，昭儿打千儿请安。凤姐便问：“回来做什么的？”昭儿道：“二爷打发回来的。林姑老爷是九月初三巳时没的，二爷带了林姑娘同送林姑爷的灵到苏州，大约赶年底就回来。二爷打发小的来报个信请安，讨老太太示下；还瞧瞧奶奶家里好，叫把大毛衣服带几件去。”凤姐道：“你见过别人了没有？”昭儿道：“都见过了。”说毕，连忙退出。凤姐向宝玉笑道：“你林妹妹可在咱们家住长了。”宝玉道：“了不得！想来这几日他不知哭的怎样呢！”说着，蹙眉长叹。凤姐见昭儿回来，因当着人，不及细问贾琏，心中自是记挂。待要回去，奈事未毕，少不得耐到晚上回来。复令昭儿进来，细问一路平安信息；连夜打点大毛衣服，和平儿亲自检点包裹，再细细追想所需何物，一并包裹，交付昭儿；又细细分咐昭儿：“在外好生小心伏侍，不要惹你二爷生气。时时劝他少吃酒，别勾引他认得混帐女人，我知道了，回来打折你的腿！”昭儿笑着答应出去。赶忙完了，天已四更，睡下。不觉早又天明，忙梳洗过宁府来。

那贾珍因见发引日近，亲自坐车，带了阴阳司吏往铁槛寺来，踏看寄灵所在；又一一嘱咐住持色空，好生预备新鲜陈设，多请名僧，以备接灵使用。色空忙备晚斋，贾珍也无心茶饭，因天晚不及进城，竟在净室胡乱歇了一夜。次日早，便进城来料理出殡之事；一面又派人先往铁槛寺，连夜另外修饰停灵之处并厨茶等项，接灵人口。

凤姐见日期在限，也预先逐细分派料理；一面又派荣府中车轿人从跟王夫人送殡，又顾自己送殡去占下处。目今正值缮国公诰命亡故，王、邢二夫人又去上祭送殡；西安郡王妃华诞，送寿礼；镇国公诰命生了长男，预备贺礼；又有胞兄王仁连家眷回南，一面写家信禀叩父母，并带往之物；又有迎春染病，每日请医服药，看医生启帖、证源、药案：各事冗杂，亦难尽述。又兼发引在迩，因此忙得凤姐茶饭无心，坐卧不宁。刚到了宁府，荣府的人跟着；既回到荣府，宁府的人又跟着。凤姐虽然如此之忙，只因素性好胜，惟恐落人褒贬，故费尽精神，筹画得十分整齐。于是合族中上下，无不称叹。

这日伴宿之夕，里面两班小戏并耍百戏的与亲朋等伴宿，尤氏犹卧于内室，一应张罗款待，都是凤姐一人周全承应。合族中虽有许多妯娌，也有羞口羞脚的，也有不惯见人的，也有惧贵怯官的，种种之类，俱不及凤姐举止大雅，言语典则。因此，也不把众人放在眼里，挥霍指示，任其所为，旁若无人。一夜中灯明火耀，客送官迎，那百般热闹，自不用说。至天明吉时，一般六十四名青衣请灵，前面铭旌上大书："诰封一等宁国公冢孙妇防护内廷紫禁道御前侍卫龙禁尉享强寿贾门秦氏宜人之灵柩。"一应执事陈设，皆系现赶新做出来的，一色光彩夺目。宝珠自行未嫁女之礼，摔丧驾灵，十分哀苦。那时官客送殡的，有镇国公牛清之孙、现袭一等伯牛继宗，理国公柳彪之孙、现袭一等子柳芳，齐国公陈翼之孙、世袭三品威镇将军陈瑞文，治国公马魁之孙、世袭三品威远将军马尚，修国公侯晓明之孙、世袭一等子侯孝康；缮国公诰命亡故，其孙石光珠守孝不得来：这六家与荣、宁二家，当日所称"八公"的便是。余者更有南安郡王之孙，西宁郡王之孙，忠靖侯史鼎，平原侯之孙、世袭二等男蒋子宁，定城侯之孙、世袭二等男兼京营游击谢鲲，襄阳侯之孙、世袭二等男戚建辉，景田侯之孙、五城兵马司裘良。余者锦乡伯公子韩奇、神武将军公子冯紫英、陈也俊、卫若兰等，诸王孙公子，不可枚数。堂客也共有十来顶大轿、三四十顶小轿，连家下大小轿子车辆，不下百十余乘。连前面各色执事、陈设、百耍，浩浩荡荡，一带摆了有三四里远。

走不多时，路上彩棚高搭，设席张筵，和韵奏乐，俱是各家路祭：第一棚是东平王府的祭，第二棚是南安郡王的祭，第三棚是西宁郡王的祭，第四棚便是北静郡王的祭。原来这四王，当日惟北静王功最高，及今子孙犹袭王爵。现今北静王世荣，年未弱冠，生得美秀异常，情性谦和；近闻宁国府冢孙妇告殂，因想当日彼此祖父有相与之情，同难同荣，未以异姓相视，因此不以王位自居，上日也曾探丧上祭，如今又设路奠，命麾下各官在此伺候。自己五更入朝，公事一毕，便换了素服，坐大轿鸣锣张伞而来，到棚前落轿。手下各官，两旁拥侍，军民人众，不得喧哗。

一时只见宁府大殡浩浩荡荡、压地银山一般从北而至。早有宁府开路传事人等报知贾珍，贾珍急命前面扎驻，同贾赦、贾政三人连忙迎来，以国礼相见。世荣在轿内欠身，含笑答礼，仍以世交称呼接待，并不自大。贾珍道：“犬妇之丧，累蒙郡驾下临，荫生辈何以克当。”世荣笑道：“世交至谊，何出此言。”遂回头令长府官主祭代奠。贾赦等一旁还礼，复亲身来谢恩。

世荣十分谦逊，因问贾政道：“那一位是衔玉而诞者？久欲得一见为快。今日一定在此，何不请来？”贾政忙退下，命宝玉更衣，领他前来谒见。那宝玉素闻得世荣是个贤王，且才貌俱全，风流倜傥，不为官俗国体所缚，每思相会，自是父亲拘束，不克如愿；今见反来叫他，自是欢喜。一面走，一面瞥见那世荣坐在轿内，好个仪表！不知近前又是怎样，且听下回分解。

第十五回　王凤姐弄权铁槛寺　秦鲸卿得趣馒头庵

话说宝玉举目见北静王世荣头上戴着净白簪缨银翅王帽，穿着江牙海水五爪龙白蟒袍，系着碧玉红鞓带；面如美玉，目似明星，真好秀丽人物，宝玉忙抢上来参见。世荣忙从轿内伸手挽住，见宝玉带着束发银冠，勒着双龙出海抹额，穿着白蟒箭袖，围着攒珠银带；面若春花，目如点漆，世荣笑道：“名不虚传，果然如宝似玉！”问：“衔的那宝贝在那里？”宝玉见问，连忙从衣内取出，递与世荣。世荣细细看了，又念了那上头的字，因问：“果灵验否？”贾政忙道：“虽如此说，只是未曾试过。”世荣一面极口称奇，一面理顺彩绦，亲自与宝玉带上，又携手问宝玉几岁，现读何书。宝玉一一答应。

世荣见他语言清朗，谈吐有致，一面又向贾政笑道：“令郎真乃龙驹凤雏！非小王在世翁前唐突：将来‘雏凤清于老凤声’，未可量也！”贾政陪笑道：“犬子岂敢谬承金奖！赖藩郡余祯，果如所言，亦荫生辈之幸矣。”世荣又道：“只是一件：令郎如此资质，想老太夫人辈自然钟爱极矣；但吾辈后生，甚不宜溺爱，溺爱则未免荒失了学业。昔小王曾蹈此辙，想令郎亦未必不如是也。若令郎在家难以用功，不妨常到寒第。小王虽不才，却蒙海内外众名士凡至都者，未有不垂青眼，是以寒第高人颇众。令郎常去谈谈会会，则学问可以日进矣。”贾政忙躬身答道：“是。”

世荣又将腕上一串念珠卸下来，递与宝玉道：“今日初会，仓卒无敬贺之物，此系圣上所赐蕶苓香念珠一串，权为敬贺之礼。”宝玉连忙接了，回身奉与贾政，贾政与宝玉一齐谢过了。于是贾赦、贾珍等一齐上来请回舆，世荣道：“逝者已登仙界，碌碌你我，尘寰中人也。小王虽上叨天恩，虚邀郡袭，岂可越仙輀而进呢？”贾赦等见执意不从，只得告辞谢恩，回来命手下人掩乐停音，将殡过完，方让世荣过去。不在话下。

且说宁府送殡，一路热闹非常。刚至城门，又有贾赦、贾政、贾珍等诸同寅属下各家祭棚接祭，一一的谢过，然后出城，竟奔铁槛寺大路而来。彼时贾珍带贾蓉来到诸长辈前，让坐轿上马，因而贾赦一辈的各自上了车轿，贾珍一辈的也将要上马。凤姐因记挂着宝玉，怕他在郊外纵性，不服家人的话，贾政管不着，惟恐有闪失，因此命小厮来唤他。宝玉只得到他车前。凤姐笑道：“好兄弟，你是个尊贵人，同女孩儿一般人品，别学他们猴在马上。下来，咱们姐儿两个同车，岂不好么？”宝玉听说，便下了马，爬上凤姐车内。二人说笑前进。

不一时，只见那边两骑马直奔凤姐车来，下马扶车回道：“这里有下处，奶奶请歇歇更衣。”凤姐命请邢、王二夫人示下，那二人回说：“太太们说不歇了，叫奶奶自便。”凤姐便命歇歇再走。小厮一带辕马，岔出人群，往北而来。宝玉在车内急命请秦相公。那时秦钟正骑着马随他父亲的轿，忽见宝玉的小厮跑来，请他去打尖。秦钟远看这宝玉所骑的马搭着鞍笼，随着凤姐的车往北而去，便知宝玉同凤姐一车，自己也带马赶上来，同入一庄门内。

那庄农人家无多房舍，妇女无处回避。那些村姑、庄妇，见了凤姐、宝玉、秦钟的人品衣服，几疑天人下降。凤姐进入茅屋，先命宝玉等出去顽顽。宝玉会意，因同秦钟带了小厮们各处游玩。凡庄家动用之物，俱不曾见过的，宝玉见了，都以为奇，不知何名何用。小厮中有知道的，一一告诉了名目并其用处。宝玉听了，因点头道：“怪道古人诗上说：‘谁知盘中餐，粒粒皆辛苦！’正为此也。”一面说，一面又到一间房内，见炕上有个纺车，越发以为稀奇。小厮们又告以纺纱织布之用，宝玉便上炕摇转作耍。只见个村庄丫头，约有十七八岁，走来说道：“别弄坏了。”众小厮忙喝住了。宝玉也住了手，说道：“我因不曾见过，所以试一试顽儿。”那丫头道：“你们不会，我转给你瞧。”秦钟暗拉宝玉道：“此卿大有意趣。”宝玉推他道：“再胡说，我就打了！”说着，只见那丫头纺起纱来，果然好看！忽听那边老婆子叫道：“二丫头，快过来！”那丫头丢了纺车，一径去了。

宝玉怅然无趣。只见凤姐打发人来叫他两个进去。凤姐洗了手，换了衣服，问他换不换，宝玉道：“不换。”也就罢了。仆妇们端上茶食果品来，又倒上香茶来。凤姐等吃过茶，待他们收拾完备，便起身上车。外面旺儿预备赏封赏了那庄户人家。那庄妇人等来谢赏，宝玉留心看时，并不见纺纱之女；走不多远，却见这二丫头怀里抱了个小孩子，想是他的兄弟，同着几个小女孩子说笑而来。宝玉情不自禁，然身在车上，只得以目相送。一时电卷风驰，回头已无踪迹了。

说笑间，忽已赶上大殡。早又前面法鼓金铙，幢幡宝盖，铁槛寺中僧众摆列路旁。少时到了寺中，另演佛事，重设香坛，安灵于内殿偏室之中，宝珠安于里寝室为伴。外面贾珍款待一应亲友，也有扰饭的，也有就告辞的，一一谢过乏，从公、侯、伯、子、男，一起一起的，散至未末方散尽了。里面的堂客，皆是凤姐陪伴接待，先从诰命散起，直到晌午方散完了。只有几个近亲本族，等做过三日道场后方去。那时邢、王二夫人知凤姐必不能回家，便要进城。王夫人要带了宝玉同去，宝玉乍到郊外，那里肯回去？只要跟凤姐住着，王夫人只得交与凤姐而去。

原来这铁槛寺当日是宁、荣二公修造的，现今还有香火地亩，以备京中老少人口在此停灵。其中内外两宅俱是预备妥贴的，好为送灵人口寄居。不想如今后人繁盛，其中贫富不一，或情性参商，有那家道艰难安分的，便住在这里了；有那有钱势尚排场的，只说这里不方便，一定另外或村庄或尼庵寻个下处，为事毕宴退之所。即今秦氏之丧，族中诸人皆权在铁槛寺下榻，独凤姐嫌不方便，因遣人来和馒头庵的姑子净虚说了，腾出两间房子来做下处。

原来这馒头庵就是水月庵，因他庵里做的馒头好，就起这个浑名，离铁槛寺不远。当下和尚工课已完，奠过晚茶，贾珍便命贾蓉请凤姐歇息。凤姐见还有几个妯娌陪着女亲，便辞了众人，带了宝玉、秦钟往水月庵来。原来秦邦业因年迈多病，不能在此，只命秦钟等待安灵罢，那秦钟便只跟着凤姐、宝玉。一时到了水月庵，净虚带领智善、智能两个徒弟出来迎接，大家见过。凤姐等至净室更衣洗手毕，因见智能儿越发长高了，模样儿越发出息了，因说道：“你们师徒怎么这些日子也不往我们那里去？”净虚道：“可是，这几日都没工夫：因胡老爷府里产了公子，太太送了十两银子来这里，叫请几位师父念三日血盆经，忙的没个空儿，就没来请奶奶的安。”

不言老尼陪着凤姐，且说宝玉、秦钟二人正在殿上玩耍，因见智能过来，宝玉笑道：“能儿来了。”秦钟说：“理那东西作什么！”宝玉笑道：“你别弄鬼！那一日在老太太房里，一个人没有，你搂着他作什么？这会子还哄我！”秦钟笑道：“这可是没有的话。”宝玉道：“有没有也不管你，你只叫住他，倒碗茶来我吃，就丢开手。”秦钟笑道：“这又奇了。你叫他倒去，还怕他不倒？何必要我说呢？”宝玉道：“我叫他倒的是无情意的，不及你叫他倒的是有情意的。”秦钟只得说道：“能儿，倒碗茶来。”那能儿自幼在荣府走动，无人不识，常与宝玉、秦钟顽笑，如今长大了，渐知风月，便看上了秦钟人物风流，那秦钟也爱他妍媚。二人虽未上手，却已情投意合了。智能走去倒了茶来，秦钟说道：“给我。”宝玉又叫：“给我。”智能儿抿嘴笑道：“一碗茶也争！难道我手上有蜜？”宝玉先抢得了，喝着，方要问话，只见智善来叫智能去摆果碟子。一时，来请他两个去吃茶果。他两个那里要吃甚东西，略坐一坐，仍出来顽耍。

凤姐也略坐片时便回至净室歇息，老尼相伴。此时众婆娘媳妇见无事，都陆续散了，自去歇息，跟前不过几个心腹小婢。老尼便趁机说道：“我有一事，要到府里求太太，先请奶奶一个示下。”凤姐问何事，老尼道：“阿弥陀佛！只因当日我先在长安县善才庵内出家的时节，那时有个施主，姓张，是大财主。他有个女娃，小名金哥，那年都往我庙里来进香，不想遇见了长安府太爷的小舅子李衙内。那李衙内一心看上，要娶金哥，打发人来求亲，不想金哥已受了原任长安守备的公子的聘定。张家若退亲，又怕守备不依，因此说已有了人家，谁知李公子执意要娶他女儿。张家正无计策，两处为难，不料守备家一知此信，也不问青红皂白，便来作践辱骂，说一个女儿许几家人家，偏不许退定礼，就打官司告状起来。那家急了，只得着人上京来寻门路，赌气偏要退定礼。我想，如今长安节度使云老爷与府上相契，要求太太与老爷说声，发一封书求云老爷和那守备说一声，不怕他不依。若是肯行，张家连倾家孝顺也都情愿。”凤姐听了笑道：“这事倒不大，只是太太再不管这样的事。”老尼道：“太太不管，奶奶可以主张了。”凤姐笑道：“我也不等银子使，也不做这样的事。”

净虚听了，攒眉凝神半晌，叹道：“虽如此说，只是张家也知我来求府里。如今不管这事，张家不知道没工夫管这事、不希罕他的谢礼，倒像府里连这点子手段也没有的一般。”凤姐听了这话，便发了兴头，说道：“你是素日知道我的，从来不信什么阴司地狱报应的。凭说什么事，我说要行就行。你叫他送二三千两银子来，我就替他出这口气。”老尼听说，喜之不胜，忙说：“有，有，这个不难。”凤姐又道：“我比不得他们扯篷拉纤的图银子。这三千两银子，不过是给打发去说的小厮们作盘缠，使他赚几个辛苦钱；我一个钱也不要。便是三万两，我此刻还拿的出来！”老尼忙答应道：“既如此，奶奶明日就开恩也罢了。”凤姐道：“你瞧瞧我忙的，那一处少的了我？既应了你，自然快快的了结。”老尼道：“这点子事，在别人跟前就忙的不知怎么样；若是奶奶跟前，再添上些，也不够奶奶一发挥的。只是俗语说的：‘能者多劳。’太太见奶奶大小事都妥贴，越发都推给奶奶了。奶奶也要保重贵体才是。”一路奉承的话，凤姐越发受用，也不顾劳乏，更攀谈起来。

谁想秦钟趁黑晚无人，来寻智能。刚至后面房中，只见智能独在那里洗茶碗，秦钟便搂着亲嘴。智能急得跺脚，说：“做什么！”就要叫喊。秦钟道：“好人，我已急死了！你今日再不依我，我就死在这里！”智能道：“你想怎么样，除非等我出这牢坑，离了这些人，才依你。”秦钟道：“这也容易，只是远水解不得近渴。”说着，一口吹了灯，满屋漆黑，将智能抱到炕上，就云雨起来。那智能百般挣挫不起，又不好叫的，少不得依了。

正在得趣，只见一人进来，将他二人按住，也不出声，二人吓得魂飞魄散！倒是那人嗤的一声笑了，方知是宝玉。秦钟连忙起来，抱怨道：“这算什么？”宝玉道：“你倒不依？咱们就叫喊起来。”羞得智能趁暗中跑了。宝玉拉了秦钟出来，道：“你可还和我强？”秦钟笑道：“好人，你只别嚷的众人知道，你要怎样我都依你。”宝玉笑道：“这会子也不用说，等一会睡下再细细的算帐。”一时宽衣安歇的时节，凤姐在里间，秦钟、宝玉在外间，满地下皆是家下婆子打铺坐更。凤姐因怕通灵玉失落，便等宝玉睡下，令人拿来塞在自己枕边。宝玉不知与秦钟算何帐目，未见真切，此系疑案，不敢纂创。

一宿无语。至次日一早，便有贾母、王夫人打发了人来看宝玉，又命多穿两件衣服，无事宁可回去。宝玉那里肯回去？又有秦钟恋着智能，挑唆宝玉求凤姐再住一天。凤姐想了一想：丧仪大事虽妥，还有些小事未安排，可以借此再住一日，岂不又在贾珍跟前送了满情，二则又可以完了净虚的那件事，三则顺了宝玉的心。因有此三益，便向宝玉道：“我的事都完了，你要在这里逛，少不得越发辛苦了。明日是一定要走的了。”宝玉听说，千姐姐万姐姐的央求：“只住一日，明日必回去的。”于是又住了一夜。

凤姐便将昨日老尼之事，悄悄的说与来旺儿。旺儿心中俱已明白，急忙进城找着主文的相公，假托贾琏所嘱，修书一封，连夜往长安县来。不过百里之遥，两日工夫，俱已妥协。那节度使名唤云光，久欠贾府之情，这些小事，岂有不允之理？给了回书，旺儿回来，不在话下。

且说凤姐又过了一日，次日方别了老尼，着他三日后往府里去讨信。那秦钟与智能百般不忍分离，背地里多少幽期密约，俱不用细述，只得含恨而别。凤姐又到铁槛寺中照望一番。宝珠执意不肯回家，贾珍只得派妇女相伴。后事如何，且听下回分解。

第十六回　贾元春才选凤藻宫　秦鲸卿夭逝黄泉路

且说秦钟、宝玉二人，跟着凤姐自铁槛寺照应一番，坐车进城，到家见过贾母、王夫人等，回到自己房中，一夜无话。至次日，宝玉见收拾了外书房，约定了与秦钟读夜书。偏生那秦钟秉性最弱，因在郊外受了些风霜，又与智能儿偷期缱绻，未免失于调养，回来时便咳嗽伤风，懒怠进饮食，大有不胜之态，只在家中调养，不能上学。宝玉便扫了兴，然亦无法，只得候他病痊再议了。那凤姐却已得了云光的回信，俱已妥协，老尼达知张家，果然那守备忍气吞声受了前聘之物。谁知爱势贪财之父母，却养了一个知义多情的女儿，闻得退了前夫、另许李门，他便一条汗巾悄悄的寻了个自尽。那守备之子闻知金哥自缢，他也是个情种，遂投河而死。可怜张、李二家没趣，真是人财两空。这里凤姐却安享了三千两，王夫人连一点消息也不知道。自此凤姐胆识愈壮，以后所作所为诸如此类，不可胜数。

一日，正是贾政的生辰，宁、荣二处人丁都齐集庆贺，热闹非常。忽有门吏报道："有六宫都太监夏老爷特来降旨。"吓的贾赦、贾政一干人不知何事，忙止了戏文，撤去酒席，摆香案、启中门跪接。早见都太监夏秉忠乘马而至，又有许多跟从的内监。那夏太监也不曾负诏捧敕，直至正厅下马，满面笑容走至厅上，南面而立，口内说："奉特旨：立刻宣贾政入朝，在临敬殿陛见。"说毕，也不吃茶，便乘马去了。贾政等也猜不出是何兆头，只得即忙更衣入朝。贾母等合家人，心俱惶惶不定，不住的使人飞马来往报信。有两个时辰，忽见赖大等三四个管家喘吁吁跑进仪门报喜，又说："奉老爷命：就请老太太率领太太等进宫谢恩呢。"

那时贾母心神不定，在大堂廊下伫候；邢、王二夫人，尤氏、李纨、凤姐、迎春姊妹以及薛姨妈等，皆聚在一处打听信息。贾母又唤进赖大来细问端的，赖大禀道：“小的们只在临敬门外伺候，里头的信息一概不知。后来夏太监出来道喜，说咱们家的大小姐晋封为凤藻宫尚书，加封贤德妃。后来老爷出来，亦如此分付小的。如今老爷又往东宫去了，速请老太太领着太太们去谢恩。”贾母等听了方安心，一时皆喜见于面，于是都按品大妆起来。贾母率领邢、王二夫人并尤氏，一共四乘大轿，鱼贯入朝；贾赦、贾珍亦换了朝服，带了贾蔷、贾蓉，奉侍贾母前往。

于是宁、荣两处上下内外人等，莫不欣喜，独有宝玉置若罔闻。你道什么缘故？原来近日水月庵的智能私逃入城，来找秦钟，不意被秦邦业知觉，将智能逐去，将秦钟打了一顿，自己气的老病发了，三五日光景，呜呼哀哉了。秦钟本自怯弱，又带病未痊，受了笞杖，今见老父气死，此时悔痛无及，又添了许多病证。因此宝玉心中怅怅不乐，虽有元春晋封之事，那解得他愁闷？贾母等如何谢恩，如何回家，亲友如何来庆贺，宁、荣两府近日如何热闹，众人如何得意，独他一个皆视有如无，毫不介意。因此众人嘲他越发呆了。

且喜贾琏与黛玉回来，先遣人来报信：明日可就到家了。宝玉听了，方才有些喜意。细问原由，方知贾雨村亦进京陛见，皆由王子腾累上保本，此来候补京缺，与贾琏是同宗兄弟，又与黛玉有师徒之谊，故同路作伴而来。林如海已葬入祖茔了，诸事停妥。贾琏此番进京，若按站而走，本该出月到家，因闻元春喜信，遂昼夜兼程而进，一路俱各平安。宝玉只问了黛玉“平安”二字，余者也就不在意了。好容易盼到明日午错，果报：“琏二爷和林姑娘进府了。”见面时，彼此悲喜交集，未免大哭一场，又致慰庆之词。宝玉细看那黛玉时，越发出落的超逸了。黛玉又带了许多书籍来，忙着打扫卧室，安排器具；又将些纸笔等物，分送与宝钗、迎春、宝玉等。宝玉又将北静王所赐苓苓香串珍重取出来，转送黛玉。黛玉道：“什么臭男人拿过的？我不要这东西。”遂掷而不取。宝玉只得收回。暂且无话。

且说贾琏自回家见过众人，来至房中，正值凤姐事繁，无片刻闲空，见贾琏远路归来，少不得拨冗接待。房内无外人，便笑道：“国舅老爷大喜！国舅老爷一路风尘辛苦！小的听见昨日的头起报马来报，说今日大驾归府，略预备了一杯水酒掸尘，不知可赐光谬领否？”贾琏笑道：“岂敢，岂敢！多承，多承！”一面平儿与众丫鬟参见毕，献茶。贾琏遂问别后家中诸事，又谢凤姐的操持辛苦。凤姐道：“我那里管得这些事来！见识又浅，口角又笨，心肠又直率，人家给个棒槌，我就认作针。脸又软，搁不住人给两句好话，心里就慈悲了。况且又没经过大事，胆子又小，太太略有些不自在，就连觉也睡不着了。我苦辞过几回，太太又不许，倒说我图受用，不肯学习，那里知道我是捏着一把汗呢！一句也不敢多说，一步也不敢妄行。你是知道的，咱们家所有的这些管家奶奶，那一个是好缠的？错一点儿他们就笑话打趣，偏一点儿他们就指桑说槐的抱怨。‘坐山看虎斗’，‘借刀杀人’，‘引风吹火’，‘站干岸儿’，‘推倒油瓶不扶’：都是全挂子的武艺。况且我年纪轻，不压人，怨不得不放我在眼里。更可笑那府里蓉儿媳妇死了，珍大哥再三在太太跟前跪着讨情，只要请我帮他几日。我是再四推辞，太太做情允了，只得从命，依旧被我闹了个马仰人翻，更不成个体统，至今珍大哥还抱怨后悔呢。你明儿见了他，好歹描补描补，就说我年纪小，原没见过世面，谁叫大爷错委了他！”

说着，只听外间有人说话。凤姐便问：“是谁？”平儿进来回道：“姨太太打发了香菱妹子来问我一句话，我已经说了，打发他回去了。”贾琏笑道：“正是呢。我方才见姨妈去，和一个年轻的小媳妇子撞了个对面，生得好齐整模样！我疑惑咱家并无此人，说话时问姨妈，方知是上京买来的那小丫头，名唤香菱的，竟与薛大傻子作了房里人，开了脸，越发出挑的标致了。那薛大傻子真玷辱了他。”凤姐道：“呀，往苏杭走了一次回来，也该见些世面了，还是这样眼馋肚饱的！你要爱他，不值什么，我拿平儿去换了他来如何？那薛老大也是‘吃着碗里瞧着锅里’的，这一年来的光景，他为香菱儿不能到手，和姨妈打了多少饥荒！那姨妈看着香菱模样儿好还是小事，其为人行事，更又比别的女孩子不同，温柔安静，差不多的主子姑娘还跟不上他，故此摆酒请客的费事，明堂正道与他做了妾。过了没半月，也看的没事人一大堆了，我倒心里可惜他。”一语未了，二门上小厮传报：“老爷在大书房等二爷呢。”贾琏听了，忙忙整衣出去。

这里凤姐乃问平儿：“方才姨妈有什么事，巴巴儿的打发香菱来？”平儿道：“那里来的香菱！是我借他暂撒个谎儿。奶奶你说，旺儿嫂子越发连个成算也没了。”说着又走至凤姐身边，悄悄说道：“奶奶的那利银，迟不送来，早不送来，这会子二爷在家，他偏送这个来了！幸亏我在堂屋里碰见，不然他走了来回奶奶，二爷少不得要知道。我们二爷那脾气，油锅里的还要捞出来化呢，知道奶奶有了体己，他还不大着胆子化么？所以我赶着接过来，教我说了他两句，谁知奶奶偏听见了，我故此当着二爷跟前，只说香菱儿来了。”凤姐听了笑道：“我说呢，姨妈知道你二爷来了，忽剌巴的反打发个房里人来了！原来是你这蹄子肏鬼！”说着，贾琏已进来了，凤姐命摆上酒馔来。夫妻对坐，凤姐虽善饮，却不敢任兴，只陪侍着。

贾琏的乳母赵嬷嬷走来，贾琏、凤姐忙让吃酒，令其上炕去，赵嬷嬷执意不肯。平儿等早于炕后设一杌，又有小脚踏，赵嬷嬷在脚踏上坐了。贾琏向桌上拣两盘肴馔，与他放在杌上自吃。凤姐又道：“妈妈很嚼不动那个，没的倒嵌了他的牙。”因问平儿道：“早起我说那一碗火腿炖肘子很烂，正好给妈妈吃，你怎么不拿了去赶着叫他们热来？”又道：“妈妈，你尝一尝你儿子带来的惠泉酒。”赵嬷嬷道：“我喝呢，奶奶也喝一钟，怕什么？只不要过多了就是了。我这会子跑了来，倒也不为酒饭，倒有一件正经事，奶奶好歹记在心里，疼顾我些罢。我们这爷只是嘴里说的好，到了跟前就忘了我们。幸亏我从小儿奶了你这么大。我也老了，有的是那两个儿子，你就另眼照看他们些，别人也不敢呲牙儿的。我还再三的求了你几遍，你答应的倒好，如今还是燥屎。这如今又从天上跑出这样一件大喜事来，那里用不着人？所以倒是来和奶奶说是正经。靠着我们爷，只怕我还饿死了呢。”凤姐笑道：“妈妈，你的两个奶哥哥都交给我。你从小儿奶的儿子，还有什么不知他那脾气的？拿着皮肉倒往那不相干的外人身上贴！可是现放着奶哥哥，那一个不比人强？你疼顾照看他们，谁敢说个‘不’字儿？没的白便宜了外人。我这话也说错了，我们看着是‘外人’，你却看着是‘内人’一样呢！”说着，满屋里人都笑了。赵嬷嬷也笑个不住，又念佛道：“可是屋子里跑出青天来了。若说‘内人’‘外人’这些混帐缘故，我们爷是没有，不过是脸软心慈，搁不住人求两句罢了。”凤姐笑道：“可不是呢，有‘内人’的他才慈软呢，他在咱们娘儿们跟前才是刚硬呢。”赵嬷嬷道：“奶奶说的太尽情了，我也乐了，再吃一杯好酒。从此我们奶奶做了主，我就没的愁了。”

贾琏此时没好意思，只是讪笑道：“你们别胡说了，快盛饭来吃，还要往珍大爷那边去商议事呢。”凤姐道：“可是，别误了正事。刚才老爷叫你说什么？”贾琏道：“就为省亲的事。”凤姐忙问道：“省亲的事竟准了？”贾琏笑道：“虽不十分准，也有八九分了。”凤姐笑道：“可见当今的隆恩也。历来听书看戏，古时从来未有的。”赵嬷嬷又接口道：“可是呢，我也老糊涂了。我听见上上下下吵嚷了这些日子，什么省亲不省亲，我也不理论他去。如今又说省亲，到底是怎么个缘故？”贾琏道：“如今当今体贴万人之心，世上至大，莫如‘孝’字，想来父母儿女之性，皆是一理，不在贵贱上分的。当今自为日夜侍奉太上皇、皇太后，尚不能略尽孝意，因见宫里嫔妃、才人等，皆是入宫多年，抛离父母，岂有不思想之理？且父母在家思想女儿不能一见，倘因此成疾，亦大伤天和之事。故启奏太上皇、皇太后，每月逢二六日期，准其椒房眷属入宫请候省视。于是太上皇、皇太后大喜，深赞当今至孝纯仁，体天格物，因此二位老圣人又下旨谕说：椒房眷属入宫，未免有关国体仪制，母女尚未能惬怀。竟大开方便之恩，特降谕诸椒房贵戚，除二六日入宫之恩外，凡有重宇别院之家，可以驻跸关防者，不妨启请内廷銮舆入其私第，庶可尽骨肉私情，共享天伦之乐事。此旨下了，谁不踊跃感戴！现今周贵妃的父亲已在家里动了工，修盖省亲的别院呢。又有吴贵妃的父亲吴天祐家，也在城外踏看地方去了。这岂非有八九分了？”

赵嬷嬷道：“阿弥陀佛！原来如此。这样说起，咱们家也要预备接大小姐了？”贾琏道：“这何用说！不然，这会子忙的是什么？”凤姐笑道：“果然如此，我可以见个大世面了。可恨我小几岁年纪，若早生二三十年，如今这些老人家也不薄我没见世面了。说起当年太祖皇帝仿舜巡的故事，比一部书还热闹，我偏没造化赶上。”赵嬷嬷道：“阿呀呀，那可是千载希逢的。那时候我才记事儿，咱们贾府正在姑苏、扬州一带监造海船，修理海塘，只预备接驾一次，把银子化的像淌海水似的！说起来——”凤姐忙接道：“我们王府里也预备过一次，那时我爷爷专管各国进贡朝贺的事，凡有外国人来，都是我们家养活。粤、闽、滇、浙所有的洋船货物，都是我们家的。”赵嬷嬷道：“那是谁不知道的？如今还有个口号儿呢，说‘东海少了白玉床，龙王来请金陵王’，这说的就是奶奶府上了。如今还有现在江南的甄家，阿呀呀，好势派！独他家接驾四次！若不是我们亲眼看见，告诉谁也不信的。别讲银子成了土泥，凭是世上有的，没有不是堆山积海的，‘罪过可惜’四个字，竟顾不得了。”凤姐道：“我常听见我家大爷说，也是这样的，岂有不信的？只纳罕他家怎么就这样富贵呢？”赵嬷嬷道：“告诉奶奶一句话：也不过拿着皇帝家的银子往皇帝身上使罢了，谁家有那些钱买这个虚热闹去？”

正说着，王夫人又打发人来瞧凤姐吃完了饭不曾，凤姐便知有事等他，忙忙的吃了饭，漱口要走，又有二门上小厮们回：“东府里蓉、蔷二位哥儿来了。”贾琏才漱了口，平儿捧着盆盥手，见他二人来了，便问：“说什么话？”凤姐因亦止步，只听贾蓉先回说：“我父亲打发我来回叔叔:老爷们已经议定了，从东边一带，借着东府里花园起至西北，丈量了，一共三里半，大可以盖造省亲别院了。已经传人画图样去，明日就得。叔叔才回家，未免劳乏，不用过我们那边去，有话明日一早再请过去面议。”贾琏笑说：“多谢大爷费心体谅，我就从命不过去了。正经是这个主意才省事，盖造也容易；若采置别的地方去，那更费事，且倒不成体统。你回去说：这样很好，若老爷们再要改时，全仗大爷谏阻，万不可另寻地方。明日一早我给大爷请安去，再议细话。”贾蓉忙应几个“是”。

贾蔷又近前回说：“下姑苏聘请教习，采买女孩子，置办乐器、行头等事，大爷派了侄儿，带领着来管家两个儿子，还有单聘仁、卜固修两个清客相公一同前往，所以命我来见叔叔。”贾琏听了，将贾蔷打量了一回，笑道：“你能够在行么？这个事虽不甚大，里头却有藏掖的。”贾蔷笑道：“只好习学着办罢了。”贾蓉在身旁灯影下悄拉凤姐的衣襟，凤姐会意，因笑道：“你也太操心了，难道大爷比咱们还不会用人，偏你又怕他不在行了！谁都是在行的？孩子们已长的这么大了，‘没吃过猪肉，也看见过猪跑’，大爷派他去，原不过是个坐纛旗儿，难道认真的叫他去讲价钱会经纪去呢！依我说，很好。”贾琏道：“自然是这样。并不是我要驳回，少不得替他筹算筹算。”因问：“这一项银子，动那一处的？”贾蔷道：“刚才也议到这里，赖大爷说：竟不用从京里带银子去，江南甄家还收着我们五万银子，明日写一封书信会票，我们带去，先支三万两，剩二万两存着，等置办彩灯花烛并各色帘帜帐幔的使用。”贾琏点头道：“这个主意好。”凤姐忙向贾蔷道：“既这样，我有两个在行妥当人，你就带他们去办，这倒便宜了你呢。”贾蔷忙陪笑道：“正要和婶娘讨两个人呢，这可巧了。”因问名字，凤姐便问赵嬷嬷。彼时赵嬷嬷已听话听呆了，平儿忙笑推他，他才醒悟过来，忙说：“一个叫赵天梁，一个叫赵天栋。”凤姐道：“可别忘了，我干我的去了。”说着便出去了。贾蓉忙跟出来，悄悄的向凤姐道：“婶娘要什么东西，分付了，开个帐儿，给我兄弟带去，按帐置办了来。”凤姐笑道：“别放你娘的屁！我的东西还没处撂呢，希罕你们鬼鬼祟祟的！”说着，一径去了。

这里贾蔷也是问贾琏：“要什么东西，顺便带来孝敬。”贾琏笑道：“你别兴头，未学过办事，倒先学会了这把戏。短了什么，少不得写信来告诉你，且不要论到这里。”说毕，打发他二人去了。接着回事的人不止三四起，贾琏乏了，便传与二门上：一应不许传报，俱待明日料理。凤姐直至三更时分，方得安歇。一宿无话。

次早贾琏起来，见过贾赦、贾政，便往宁国府中来，合同老管事人等并几位世交门下清客相公，审察两府地方，绘画省亲殿宇，一面参度办理的人。自此后，各行匠役齐全，金银铜锡以及土木砖瓦之物，搬运移送不歇。先令匠役拆宁府会芳园的墙垣楼阁，直接入荣府东大院中。荣府东边所有下人一带群房，尽行拆去。当日宁、荣二宅，虽有一小巷界断不通，然这小巷亦系私地，并非官道，故可以连络。会芳园本是从北墙角下引来一股活水，今亦无烦再引。其山树木石，虽不敷用，贾赦住的乃是荣府旧第，其中竹树山石以及亭榭栏杆等物，皆可拿来配用。如此两处又甚近，凑来一处，省许多财力。纵有不敷，所添有限。全亏一个胡老名公号山子野者，一一筹画起造。

贾政不惯于俗务，只凭贾赦、贾珍、贾琏、赖大、来升、林之孝、吴新登、詹光、程日兴等几人安插摆布。堆山凿池，起楼竖阁，种竹栽花，一应点景，又有山子野制度。下朝闲暇，不过各处看望看望，最要紧处和贾赦等商议商议便罢了。贾赦只在家高卧，有芥豆之事，贾珍等或自去回明，或写略节，或有话说，便传呼贾琏、赖大等来领命。贾蓉单管打造金银器皿，贾蔷已起身往姑苏去了。贾珍、赖大等又点人丁，开册籍，监工等事。一笔不能写到，不过是喧阗热闹而已。暂且无话。

且说宝玉近因家中有这等大事，贾政不来问他的书，心中自是畅快。无奈秦钟之病，日重一日，也着实悬心，不能快乐。这日一早起来，才梳洗了，意欲回了贾母去望候秦钟，忽见茗烟在二门照壁前探头缩脑，宝玉忙出来问他：“做什么？”茗烟道：“秦相公不中用了。”宝玉听了，吓了一跳，忙问道：“我昨儿才瞧了他，还明明白白，怎么就不中用了？”茗烟道：“我也不知道，刚才是他家的老头子特来告诉我的。”宝玉听说，忙转身回明贾母。贾母分付派妥当人跟去，“到那里尽一尽同窗之情就回来，不许多耽搁了”。宝玉忙出来更衣，到外边车犹未备，急的满厅乱转。一时催促的车到，忙上了车，李贵、茗烟等陪随。来至秦家门首，悄无一人，遂蜂拥至内室，吓的秦钟的两个远房婶母并几个弟兄都藏之不迭。

此时秦钟已发过两三次昏了，已易箦多时矣。宝玉一见，便不禁失声。李贵忙劝道：“不可，不可。秦相公是弱证，未免炕上挺扛的骨头不受用，所以暂且挪下来松散些。哥儿如此，岂不反添了他的病！”宝玉听了方忍住。近前，见秦钟面如白蜡，合目呼吸，展转枕上，宝玉忙叫道：“鲸哥，宝玉来了。”连叫了两三声，秦钟不睬。宝玉又叫道：“宝玉来了！”那秦钟早已魂魄离身，只剩得一口悠悠余气在胸，正见许多鬼判持牌提索来捉他。那秦钟魂魄那里肯就去？又记念着家中无人掌管家务，又记挂着智能尚无下落，因此百般求告鬼判。无奈这些鬼判都不肯徇私，反叱咤秦钟道：“亏你还是读过书的人！岂不知俗语说的：‘阎王叫你三更死，谁敢留人到五更！’我们阴间上下，都是铁面无私的，不比阳间瞻情顾意，有许多的关碍处。”

正闹着，那秦钟魂魄忽听见“宝玉来了”四字，便忙又央求道：“列位神差略发慈悲，让我回去和一个好朋友说一句话，就来的。”众鬼道：“又是什么好朋友？”秦钟道：“不瞒列位：就是荣国公孙子，小名宝玉的。”那判官听了，先就吓慌起来，忙喝骂鬼使道：“我教你们放了他回去走走罢，你们不肯依我的话。如今闹的请出个运旺时盛的人来才罢！”众鬼见都判如此，也皆忙了手脚，一面又抱怨道：“你老人家先是那等雷霆电雹，原来见不得‘宝玉’二字！依我们愚见，他是阳，我们是阴，怕他亦无益于我们。”那都判越发着急，吆喝起来。毕竟秦钟死活如何，且听下回分解。

第十七回　大观园试才题对额　荣国府归省庆元宵

话说秦钟既死，宝玉痛哭不止，李贵等好容易劝解半日方住，归时还带余哀。贾母帮了几十两银子外，又另备奠仪，宝玉去吊祭。七日后便送殡掩埋了。别无记述，只有宝玉日日感悼思念不已，然亦无可如何了。又不知过了几时才罢。

这日贾珍等来回贾政：“园内工程，俱已告竣，大老爷已瞧过了，只等老爷瞧了。或有不妥之处，再行改造，好题匾额对联。”贾政听了，沉思一会，说道：“这匾对倒是一件难事。论礼该请贵妃赐题才是，然贵妃若不亲观其景，亦难悬拟；若直待贵妃游幸时再请题，偌大景致，若干亭榭，无字标题，任是花柳山水，也断不能生色。”众清客在旁笑答道：“老世翁所见极是。如今我们有个主意：各处匾对断不可少，亦断不可定。如今且按其景致，或两字三字四字，虚合其意拟了来，暂且做出灯匾联悬了，待贵妃游幸时再请定名，岂不两全？”贾政听了道：“所见不差。我们今日且看看去，只管题了，若妥便用；若不妥，再将雨村请来，令他再拟。”众人笑道：“老爷今日一拟定佳，何必又待雨村。”贾政笑道：“你们不知，我自幼于花鸟山水题咏上就平平，如今上了年纪，且案牍劳烦，于这怡情悦性文章上更生疏了，纵拟出来，不免迂腐古板，反使花柳园亭，因而减色，转没意思。”众清客道：“这也无妨，我们大家看了公拟，各举所长，优则存之，劣则删之，未为不可。”贾政道：“此论极是。且喜今日天气和暖，大家去逛逛。”说着，起身引众人前往。贾珍先去园中知会众人。

可巧近日宝玉因思念秦钟，忧伤不已，贾母常命人带他到新园中来戏耍。此时方才进去，忽见贾珍来了，向他笑道：“你还不快出去，一会子老爷来了。”宝玉听了，带着奶娘小厮们一溜烟就出来了。方转过湾，顶头撞见贾政引着众客来了，躲之不及，只得一旁站了。贾政近因闻得塾师称赞他专能对对，虽不喜读书，偏有些歪才，所以此时便命他跟入园中，意欲试他一试。

宝玉未知何意，只得随往。刚至园门，只见贾珍带领许多执事旁边侍立，贾政道：“你且把园门闭了，我们先瞧外面再进去。”贾珍命人将门关上。贾政先秉正看门：只见正门五间，上面桶瓦泥鳅脊，那门栏、窗槅俱是细雕时新花样，并无朱粉涂饰，一色水磨砖墙；下面白石台阶，凿成西番莲花样。左右一望，皆雪白粉墙，下面虎皮石随势砌去，自成纹理，不落富丽俗套，自是欢喜。遂命开门，只见一带翠嶂挡在面前。众清客都道：“好山！好山！”贾政道：“非此一山，一进来园中所有之景悉入目中，则有何趣？”众人都道：“极是！非胸中大有邱壑，焉能想到这里！”说毕，往前一望，见白石崚嶒，或如鬼怪，或似猛兽，纵横拱立；上面苔藓斑驳，或藤萝掩映其中，微露羊肠小径。贾政道：“我们就从此小径游去，回来由那一边出去，方可遍览。”

说毕，命贾珍前导，自己扶了宝玉，逶迤走进山口。抬头忽见山上有镜面白石一块，正是迎面留题处。贾政回头笑道：“诸公请看：此处题以何名方妙？”众人听说，也有说该题“叠翠”二字的，也有说该题“锦嶂”的，又有说“赛香炉”的，又有说“小终南”的：种种名色，不止几十个。原来，众客心中早知贾政要试宝玉的才，故此只将些俗套来敷衍，宝玉亦知此意。贾政听了，便回头命宝玉拟来。宝玉道：“尝闻古人云：‘编新不如述旧，刻古终胜雕今。’况此处并非主山正景，原无可题之处，不过是探景一进步耳，莫如直书古人‘曲径通幽’这旧句在上，倒也大方。”众人听了，赞道：“是极！妙极！二世兄天分高，才情远，不似我们读腐了书的。”贾政笑道：“不当过奖他。他年小的人，不过以一知充十用，取笑罢了。再俟选拟。”

说着，进入石洞来。只见佳木葱茏，奇花烂灼，一带清流，从花木深处泻于石隙之下。再进数步，渐向北边，平坦宽豁，两边飞楼插空，雕甍绣槛，皆隐于山坳树杪之间。俯而视之，则青溪泻玉，石磴穿云，白石为栏，环抱池沼，石桥三港，兽面衔吐。桥上有亭。贾政与诸人到亭内坐了，问："诸公以何题此？"诸人都道："当日欧阳公《醉翁亭记》有云：'有亭翼然'，就名'翼然'罢。"贾政笑道："'翼然'虽佳，但此亭压水而成，还须偏于水题为称。依我拙裁，欧阳公句：'泻于两峰之间'，竟用他这一个'泻'字。"有一客道："是极，是极。竟是'泻玉'二字妙。"贾政拈须寻思，因叫宝玉也拟一个来。宝玉回道："老爷方才所说已是，但如今追究了去，似乎当日欧阳公题酿泉，用一'泻'字则妥；今日此泉也用'泻'字，似乎不妥。况此处既为省亲别墅，亦当依应制之体，用此等字亦似粗陋不雅。求再拟蕴藉含蓄者。"贾政笑道："诸公听此论何如？方才众人编新，你说不如述古；如今我们述古，你又说粗陋不妥。你且说你的。"宝玉道："用'泻玉'二字，则不若'沁芳'二字，岂不新雅？"贾政拈须点头不语。众人都忙迎合，称赞宝玉才情不凡。贾政道："匾上二字容易，再作一副七言对来。"宝玉四顾一望，机上心来，乃念道：

绕堤柳借三篙翠　隔岸花分一脉香

贾政听了，点头微笑，众人又称赞个不已。

于是出亭过池，一山一石、一花一木，莫不着意观览。忽抬头见前面一带粉垣，数楹修舍，有千百竿翠竹遮映，众人都道："好个所在！"于是大家进入。只见进门便是曲折游廊，阶下石子漫成甬路；上面小小三间房舍，两明一暗，里面都是合着地步打的床、几、椅、案。从里间房里，又有一小门，出去却是后园，有大株梨花并芭蕉；又有两间小小退步，后院墙下忽开一隙，得泉一脉，开沟仅尺许，灌入墙内，绕阶缘屋至前院，盘旋竹下而出。贾政笑道："这一处倒还好，若能月夜坐此窗下读书，也不枉虚生一世。"说着，便看宝玉，吓的宝玉忙垂了头。众人忙用闲话解说。又二客说："此处的匾该题四个字。"贾政笑问："那四字？"一个道是："淇水遗风。"贾政道："俗。"又一个道是："睢园遗迹。"贾政道："也俗。"贾珍在旁说道："还是宝兄弟拟一个来。"贾政道："他未曾做，先要议论人家的好歹，可见就是个轻薄人。"众客道："议论的极是，其奈他何！"贾政道："休如此纵了他。"因向宝玉道："今日任你狂为乱道，先说出议论来，方许你做。方才众人说的，可有使得的否？"宝玉见问，便答道："都似不妥。"贾政冷笑道："怎么不妥？"宝玉道："这是第一处行幸之所，必须颂圣方可。若用四字的匾，又有古人现成的，何必再做。"贾政道："难道'淇水'、'睢园'，不是古人的？"宝玉道："这太板了。莫若'有凤来仪'四字。"众人都哄然叫妙。贾政点头道："畜生，畜生，可谓管窥蠡测矣。"

因命："再题一联来。"宝玉便念道：

宝鼎茶闲烟尚绿　幽窗棋罢指犹凉

贾政摇头道："也未见长。"说毕，引人出来。

方欲走时，忽想起一事来，问贾珍道："这些院落屋宇并几案桌椅，都算有了。还有那些帐幔帘子并陈设玩器古董，可也都是一处一处合式配就的么？"贾珍回道："那陈设的东西早已添了许多，自然临期合式陈设。帐幔帘子，昨日听见琏兄弟说还不全，那原是一起工程之时就画了各处的图样，量准尺寸，就打发人办去的，想必昨日得了一半。"贾政听了，便知此事不是贾珍的首尾，便叫人去唤贾琏。一时来了，贾政问他共有几种，现今得了几种，尚欠几种。贾琏见问，忙向靴统内取出靴掖内装的一个纸折略节来，看了一看，回道："妆蟒绣堆、刻丝弹墨并各色绸绫大小幔子一百二十架，昨日得了八十架，尚欠四十架；帘子二百挂，昨俱得了。外有猩猩毡帘二百挂，湘妃竹帘二百挂，金丝藤红漆竹帘二百挂，黑漆竹帘二百挂，五彩线络盘花帘二百挂：每样得了一半，也不过秋天都全了。椅搭、桌围、床裙、杌套，每分一千二百件，也有了。"

一面说，一面走着，忽见青山斜阻。转过山限中，隐隐露出一带黄泥墙，墙上皆用稻茎掩护。有几百枝杏花，如喷火蒸霞一般。里面数楹茅屋，外面却是桑、榆、槿、柘，各色树稚新条，随其曲折，编成两溜青篱。篱外白坡之下有一土井，旁有桔槔、轳辘之属；下面分畦列亩，佳蔬菜花，一望无际。贾政笑道："倒是此处有些道理。虽系人力穿凿，而入目动心，未免勾引起我归农之意。我们且进去歇息歇息。"说毕，方欲进去，忽见篱门外路旁有一石，亦为留题之所。众人笑道："更妙，更妙！此处若悬匾待题，则田舍家风，一洗尽矣。立此一碣，又觉许多生色，非范石湖田家之咏，不足以尽其妙。"贾政道："诸公请题。"众人云："方才世兄云'编新不如述旧'，此处古人已道尽矣，莫若直书'杏花村'为妙。"贾政听了，笑向贾珍道："正亏提醒了我：此处都好，只是还少一个酒幌，明日竟做一个来，就依外面村庄的式样，不必华丽，用竹竿挑在树梢头。"贾珍应了，又回道："此处竟不必养别的雀鸟，只养些鹅鸭鸡之类才相称。"贾政与众人都说："妙极。"贾政又向众人道："'杏花村'固佳，只是犯了正村名，须用虚的方可。"众客都道："是呀，如今虚的，却是何字样好？"大家想着。宝玉却等不得了，也不等贾政的话，便说道："旧诗有云：'红杏梢头挂酒旗'，如今莫若且题以'杏帘在望'四字。"众人都道：

“好个‘在望’！又暗合‘杏花村’意思。”宝玉冷笑道：“村名若用‘杏花’二字，则俗陋不堪了。又有唐人诗云：‘柴门临水稻花香’，何不用‘稻香村’的妙？”众人听了，越发同声拍手道：“妙！”贾政一声断喝：“无知的业障！你能知道几个古人，能记得几首旧诗？也敢在老先生前卖弄！你方才那些胡说，也不过是试你清浊，取笑而已，你就认真了！”

说着，引众人步入茆堂，里面纸窗木榻，富贵气象一洗皆尽。贾政心中自是欢喜，却觑宝玉道：“此处如何？”众人见问，都忙悄悄的推宝玉，教他说好。宝玉不听人言，便应声道：“不及‘有凤来仪’多矣。”贾政听了道：“无知的蠢物！你只知朱楼画栋、恶赖富丽为佳，那里知道他清幽气象？终是不读书之过。”宝玉忙答道：“老爷教训的固是，但古人尝云‘天然’，此二字不知何意？”众人见宝玉牛心，都怕他讨了没趣，今见问“天然”二字，众人忙道：“别的都明白，如何‘天然’反不明白？天然者，天之自成，而非人力之所为也。”宝玉道：“却又来！此处置一田庄，分明是人力造作而成：远无邻村，近不负郭，背山山无脉，临水水无源，高无隐寺之塔，下无通市之桥，峭然孤出，似非大观，争似先处有自然之理、得自然之趣？虽种竹引泉，亦不伤穿凿。古人云‘天然图画’四字，正畏非其地而强为其地，非其山而强为其山，即百般精巧，终不相宜。”未及说完，贾政气得喝命：“叉出去！”才出去，又喝命：“回来！”命再题一联，若不通，一并打嘴。宝玉只得念道：

新涨绿添浣葛处　好云香护采芹人

贾政听了，摇头道：“更不好。”一面引人出来，转过山坡，穿花度柳，抚石依泉，过了荼蘼架，入木香棚，越牡丹亭，度芍药圃，入蔷薇院，出芭蕉坞，盘旋曲折。忽闻水声潺潺，出于石洞，上则萝薜倒垂，下则落花浮荡。众人都道：“好景，好景！”贾政道：“诸公题以何名？”众人道：“再不必拟了：恰恰乎是‘武陵源’三字。”贾政笑道：“又落实了，而且陈旧。”众人笑道：“不然，就用‘秦人旧舍’四字也罢。”宝玉道：“越发过露了。‘秦人旧舍’说避乱之意，如何使得？莫若‘蓼汀花溆’四字。”贾政听了道：“更是胡说。”

于是贾政进了港洞，又问贾珍：“有船无船？”贾珍道：“采莲船共四只，坐船一只，如今尚未造成。”贾政笑道：“可惜不得入了。”贾珍道：“从山上盘道，亦可以进去。”说毕，在前导引。大家攀藤抚树过去。只见水上落花愈多，其水愈清，溶溶荡荡，曲折萦纡；池边两行垂柳，杂以桃杏，遮天蔽日，真无一些尘土。忽见柳阴中又露出一个折带朱栏板桥来，度过桥去，路路可通，便见一所清凉瓦舍，一色水磨砖墙，清瓦花堵。那大主山所分之脉，皆穿墙而过。贾政道："此处这一所房子，无味的很。"因而步入门时，忽迎面突出插天的大玲珑山石来，四面群绕各式石块，竟把里面所有房屋悉皆遮住。且一株花木也无，只见许多异草：或有牵藤的，或有引蔓的，或垂山巅，或穿石脚，甚至垂檐绕柱，萦砌盘阶，或如翠带飘摇，或如金绳蟠屈，或实若丹砂，或花如金桂，味香气馥，非凡花之可比。贾政不禁道："有趣，只是不大认识。"有的说："是薜荔藤萝。"贾政道："薜荔藤萝那得有此异香？"宝玉道："果然不是。这众草中也有藤萝薜荔，那香的是杜若蘅芜，那一种大约是茝兰，这一种大约是金葛，那一种是金䔲草，这一种是玉蕗藤，红的自然是紫芸，绿的定是青芷。想来那《离骚》《文选》所有的那些异草，有叫作什么藿蒳姜汇的，也有叫做什么纶组紫绛的，还有什么石帆、水松、扶留等样的，见于左太冲《吴都赋》；又有叫做什么绿荑的，还有什么丹椒、蘼芜、风连，见于《蜀都赋》。如今年深岁改，人不能识，故皆像形夺名，渐渐的唤差了，也是有的。"未及说完，贾政喝道："谁问你来！"吓的宝玉倒退，不敢再说。

贾政因见两边俱是超手游廊，便顺着游廊步入。只见上面五间清厦连着卷棚，四面出廊，绿窗油壁，更比前清雅不同。贾政叹道："此轩中煮茶操琴，亦不必再焚香矣。此造却出意外，诸公必有佳作新题，以颜其额，方不负此。"众人笑道："莫若'兰风蕙露'贴切了。"贾政道："也只好用这四字。其联云何？"一人道："我想了一对，大家批削改正。"道是：

麝兰芳霭斜阳院　杜若香飘明月洲

众人道："妙则妙矣，只是'斜阳'二字不妥。"那人引古诗"蘼芜满院泣斜阳"句，众人云："颓丧，颓丧。"又一人道："我也有一联，诸公评阅评阅。"笑道：

三径香风飘玉蕙　一庭明月照金兰

贾政拈须沉吟，意欲也题一联，忽抬头见宝玉在旁不敢作声，因喝道："怎么，你应说话时又不说了？还要等人请教你不成？"宝玉听了，回道："此处并没有什么'兰麝'、'明月'、'洲渚'之类，若这样着迹说来，就题二百联也不能完。"贾政道："谁按着你的头，教你必定说这些字样呢？"宝玉道："如此说，则匾上莫若'蘅芷清芬'四字。"对联则是：

吟成豆蔻诗犹艳　睡足荼蘼梦亦香

贾政笑道："这是套的'书成蕉叶文犹绿'，不足为奇。"众人道："李太白《凤凰台》之作，全套《黄鹤楼》：只要套得妙。如今细评起来，方才这一联竟比

‘书成蕉叶’尤觉幽雅活动。”贾政笑道：“岂有此理。”

说着，大家出来。走不多远，则见崇阁巍峨，层楼高起，面面琳宫合抱，迢迢复道萦纡；青松拂檐，玉兰绕砌，金辉兽面，彩焕螭头。贾政道：“这是正殿了，只是太富丽了些。”众人都道：“要如此方是。虽然贵妃崇尚节俭，然今日之尊，礼仪如此，不为过也。”一面说，一面走，只见正面现出一座玉石牌坊，上面龙蟠螭护，玲珑凿就。贾政道：“此处书以何文？”众人道：“必是‘蓬莱仙境’方妙。”贾政摇头不语。宝玉见了这个所在，心中忽有所动，寻思起来，倒像在那里见过的一般，却一时想不起那年月日的事了。贾政又命他题咏，宝玉只顾细思前景，全无心于此了。众人不知其意，只当他受了这半日折磨，精神耗散，才尽词穷了，再要牛难逼迫，着了急，或生出事来，倒为不便，遂忙都劝贾政道：“罢了，明日再题罢。”贾政心中也怕贾母不放心，遂冷笑道：“你这畜生，也竟有不能之时了！也罢，限你一日，明日题不来，定不饶你！这是第一要紧处所，要好生作来！”

说着引人，出来。再一观望，原来自进门至此，才游了十之五六。又值人来回：“有雨村处遣人回话。”贾政笑道：“此数处不能游了。虽如此，到底从那一边出去，也可略观大概。”说着，引客行来。至一大桥，水如晶帘一般奔入：原来这桥便是通外河之闸，引泉而入者。贾政因问：“此闸何名？”宝玉道：“此乃沁芳源之正流，即名‘沁芳闸’。”贾政道：“胡说！偏不用‘沁芳’二字。”

于是一路行来，或清堂，或茅舍，或堆石为垣，或编花为门，或山下得幽尼佛寺，或林中藏女道丹房，或长廊曲洞，或方厦圆亭：贾政皆不及进去。因半日未尝歇息，腿酸脚软，忽又见前面露出一所院落来，贾政道：“到此可要歇息歇息了。”说着，一径引入，绕着碧桃花，穿过竹篱花障编就的月洞门。俄见粉垣环护，绿柳周垂。贾政与众人进了门，两边尽是游廊相接，院中点衬几块山石，一边种几本芭蕉；那一边是一株西府海棠，其势若伞，丝垂金缕，葩吐丹砂。众人都道：“好花，好花！海棠也有，从没见过这样好的！”贾政道：“这叫做‘女儿棠’，乃是外国之种，俗传出女儿国，故花最繁盛。亦荒唐不经之说耳。”众人道：“毕竟此花不同，女国之说，想亦有之。”宝玉云：“大约骚人咏士，以此花红若施脂，弱如扶病，近乎闺阁风度，故以‘女儿’命名。世人以讹传讹，都未免认真了。”众人都说：“领教！妙解！”

一面说话，一面都在廊下榻上坐了。贾政因道：“想几个什么新鲜字来题？”

一客道："'蕉鹤'二字妙。"又一个道："'崇光泛彩'方妙。"贾政与众人都道："好个'崇光泛彩！'"宝玉也道："妙！"又说："只是可惜了。"众人问："如何可惜？"宝玉道："此处蕉、棠两植，其意暗蓄'红绿'二字在内。若说一样，遗漏一样，便不足取。"贾政道："依你如何？"宝玉道："依我，题'红香绿玉'四字，方两全其美。"贾政摇头道："不好，不好。"

说着，引人进入房内。只见其中收拾的与别处不同，竟分不出间隔来。原来四面皆是雕空玲珑木板，或"流云百蝠"，或"岁寒三友"，或山水人物，或翎毛花卉，或集锦，或博古，或万福万寿，各种花样，皆是名手雕镂，五彩销金嵌玉的。一槅一槅，或贮书，或设鼎，或安置笔砚，或供设瓶花，或安放盆景。其槅式样，或圆或方，或葵花蕉叶，或连环半璧，真是花团锦簇，玲珑剔透。倏尔五色纱糊，竟系小窗；倏尔彩绫轻覆，竟如幽户。且满墙皆是随依古董玩器之形抠成的槽子，如琴、剑、悬瓶之类，俱悬于壁，却都是与壁相平的。众人都赞："好精致！难为怎么做的！"

原来贾政等走了进来，未到两层，便都迷了旧路，左瞧也有门可通，右瞧也有窗间隔，及到跟前，又被一架书挡住。回头再走，又有窗纱明透，门径可行；及至门前，忽见迎面也进来了一起人，与自己形相一样：却是一架玻璃镜。转过镜去，一发见门多了。贾珍笑道："老爷随我来。从此门出去，便是后院，出了后院，倒比先近了。"引着贾政及众人转了两层纱厨，果得一门出去，院中满架蔷薇。转过花障，只见青溪前阻。众人诧异："这水又从何处来？"贾珍遥指道："原从那闸起流至那洞口，从东北山坳里引到那村庄里，又开一道岔口，引至西南上，共总流到这里，仍旧合在一处，从那墙下出去。"众人听了都道："神妙之极！"说着，忽见大山阻路，众人都迷了路。贾珍笑道："随我来。"乃在前引导，众人随着，由山脚下一转，便是平坦大路，豁然大门现于面前。众人都道："有趣，有趣！搜神夺巧，至于此极！"于是大家出来。

那宝玉一心只记挂着里边姊妹们，又不见贾政分付，只得跟到书房。贾政忽想起来道："你还不去，恐老太太记念你。难道还逛不足么？"宝玉方退了出来。至院外，就有跟贾政的小厮上来抱住，说道："今日亏了老爷喜欢！方才老太太打发人出来问了几次，我们回说老爷喜欢；若不然，老太太叫你进去了，就不得展才了。人人都说你才那些诗比众人都强，今儿得了彩头，该赏我们了。"宝玉笑道："每人一吊。"众人道："谁没见那一吊钱！把这荷包赏了罢。"说着，一个个都上来解荷包，解扇袋，不容分说，将宝玉所佩之物尽行解去。又道："好生送上去罢。"一个个围绕着，送至贾母门前。那时贾母正等着他，见他来了，知道不曾难为他，心中自是欢喜。

少时，袭人倒了茶来，见身边佩物一件不存，因笑道："带的东西又是那起没脸的东西们解了去了。"黛玉听说，走过来一瞧，果然一件无存，因向宝玉道："我给你的那个荷包也给他们了？你明儿再想我的东西可不能够了！"说毕，生气回房，将前日宝玉嘱咐他没做完的香袋儿，拿起剪子来就铰。宝玉见他生气，便忙赶过来，早已剪破了。宝玉曾见过这香袋，虽未完工，却也十分精巧，无故剪了，却也可气。因忙把衣领解了，从里面衣襟上将所系荷包解了下来，递与黛玉道："你瞧瞧，这是什么东西？我可曾把你的东西给人？"黛玉见他如此珍重，带在里面，可知是怕人拿去之意，因此又自悔莽撞剪了香袋，低着头一言不发。宝玉道："你也不用剪，我知你是懒怠给我东西。我连这荷包奉还如何？"说着，掷向他怀中而去。黛玉越发气得哭了，拿起荷包又剪。宝玉忙回身抢住，笑道："好妹妹，饶了他罢。"黛玉将剪子一摔，拭泪说道："你不用合我好一阵歹一阵的，要恼就撩开手！"说着，赌气上床，面向里倒下拭泪。禁不住宝玉上来"妹妹"长、"妹妹"短赔不是。

前面贾母一片声找宝玉，众人回说："在林姑娘房里。"贾母听说，道："好，好，好。让他姊妹们一处顽顽罢。才他老子拘了他这半天，让他开心一会子罢，只别叫他们拌嘴。"众人答应着。黛玉被宝玉缠不过，只得起来道："你的意思不叫我安生，我就离了你。"说着，往外就走。宝玉笑道："你到那里，我跟到那里。"一面仍拿荷包来带上。黛玉忙伸手抢道："你说不要，这会子又带上，我也替你怪臊的！"说着嗤的一声笑了。宝玉道："好妹妹，明儿另替我做个香袋儿罢。"黛玉道："那也瞧我的高兴罢了。"一面说，一面二人出房，到王夫人上房中去了。可巧宝钗亦在那里。

此时王夫人那边热闹非常。原来，贾蔷已从姑苏采买了十二个女孩子并聘了教习以及行头等事来了。那时薛姨妈另迁于东北上一所幽静房舍居住，将梨香院另行修理了，就令教习在此教演女戏；又另派家中旧曾学过歌唱的众女人们，如今皆是皤然老妪，着他们带领管理。就令贾蔷总理其日月出入银钱等事，以及诸凡大小所需之物料帐目。

又有林之孝家的来回："采访聘买得十二个小尼姑、小道姑，都到了。连新做的二十分道袍也有了。外又有一个带发修行的，本是苏州人氏，祖上也是读书仕宦之家，因自幼多病，买了许多替身，皆不中用，到底这姑娘入了空门方才好了，所以带发修行。今年十八岁，取名妙玉。如今父母俱已亡故，身边只有两个老嬷嬷、一个小丫头伏侍。文墨也极通，经典也极熟，模样又极好。因听说长安都中有观音遗迹并贝叶遗文，去年随了师父上来，现在西门外牟尼院住着。他师父精演先天神数，于去冬圆寂了。遗言说他：‘不宜回乡，在此静候，自有结果。’所以未曾扶灵回去。”王夫人便道：“这样，我们何不接了他来？”林之孝家的回道：“若接他，他说：‘侯门公府，必以贵势压人，我再不去的。’”王夫人道：“他既是宦家小姐，自然要傲些。就下个请帖请他何妨？”

林之孝家的答应着出去，叫书启相公写个请帖去请妙玉。次日，遣人备车轿去接。不知后事如何，且听下回分解。

第十八回　皇恩重元妃省父母　天伦乐宝玉呈才藻

话说彼时有人回，工程上等着糊东西的纱绫，请凤姐去开库拿纱绫；又有人来回，请凤姐开库，收金银器皿。王夫人并上房丫鬟等，皆不得空闲。宝钗说：“咱们别在这里碍手碍脚。”说着，同宝玉等往迎春房中来。

王夫人等日日忙乱，直到十月里才全备了：监办的都交清帐目，各处古董、文玩，俱已陈设齐备；采办鸟兽，自仙鹤、鹿、兔以及鸡、鹅等俱买全，交于园中各处饲养；贾蔷那边也演出二三十出杂戏来；一班小尼姑、道姑，也都学会念佛诵经。于是贾政方略心安意畅，又请贾母等到园中，色色斟酌，点缀妥当，再无些微不当之处。贾政才敢题本。本上之日，奉旨：“于明年正月十五日上元之日，贵妃省亲。”贾府奉了此旨，一发日夜不闲，连年亦不曾好生过的。

转眼元宵在迩，自正月初八，就有太监出来，先看方向：何处更衣，何处燕坐，何处受礼，何处开宴，何处退息。又有巡察地方总理关防太监，带了许多小太监来各处关防，挡围幕，指示贾宅人员何处出入，何处进膳，何处启事，种种仪注。外面又有工部官员并五城兵马司打扫街道，撵逐闲人。贾赦等监督匠人扎花灯烟火之类，到十四日俱已停妥。这一夜，上下通不曾睡。

至十五日五鼓，自贾母等，有爵者俱各按品大妆。此时园内帐舞蟠龙，帘飞彩凤，金银焕彩，珠玉生辉；鼎焚百合之香，瓶插长春之蕊，静悄悄无一人咳嗽。贾赦等在西街门外，贾母等在荣府大门外。街头巷口，用围幕挡严。正等的不耐烦，忽然一个太监骑匹马来了。贾政接着，问其消息，太监云：“早得多哩。未初用晚膳，未正还到宝灵宫拜佛，酉初进大明宫领宴看灯方请旨，只怕戌初才起身呢。”凤姐听了道：“既这样，老太太与太太且请回房，等到了时候再来，也未为晚。”于是贾母等且自便去了，园中赖凤姐照料。命执事人等带领太监们去吃酒饭，一面传人挑进蜡烛，各处点起灯来。

忽听外面马跑之声不一，有十来个太监喘吁吁跑来拍手儿。这些太监都会意，知道是来了，各按方向站立。贾赦领合族子弟在西街门外，贾母领合族女眷在大门外迎接。半日静悄悄的。忽见两个太监骑马缓缓而行，到西街门下了马，将马赶出围幕之外，便面西站立。半日又是一对，亦是如此。少时便来了十来对，方闻隐隐鼓乐之声。一对对龙旌凤翣、雉羽宫扇，又有销金提炉焚着御香，然后一把曲柄七凤金黄伞过来，便是冠袍带履，又有执事太监捧着香巾、绣帕、漱盂、拂尘等物。一队队过完，后面方是八个太监抬着一顶金顶鹅黄绣凤鸾舆，缓缓行来。贾母等连忙跪下，早有太监过来扶起贾母等。那鸾舆抬入大门仪门往东一所院落门前，有太监跪请下舆更衣。于是抬舆入门，太监散去，只有昭容、彩嫔等引元春下舆。只见园内各色花灯闪灼，皆系纱绫扎成，精致非常。上面有一匾灯，写着“体仁沐德”四个字。元春入室，更衣复出，上舆进园。只见园中香烟缭绕，花影缤纷，处处灯光相映，时时细乐声喧：说不尽这太平景象，富贵风流。

却说贾妃在轿内看了此园内外光景，因点头叹道：“太奢华过费了。”忽又见太监跪请登舟，贾妃下舆登舟。只见清流一带，势若游龙，两边石栏上皆系水晶玻璃各色风灯，点的如银光雪波；上面柳、杏诸树，虽无花叶，却用各色细绫纸绢及通草为花，粘于枝上，每一株悬灯数盏；更兼池中荷、荇、凫、鹭之属，亦皆系螺蚌羽毛做就的。诸灯上下争辉，真是琉璃世界，珠宝乾坤。船上又有各种盆景灯，珠帘绣幕，桂楫兰桡，自不必说。已而入一石港，港上一面匾灯，明现着“蓼汀花溆”四字。

看官听说：这“蓼汀花溆”四字及“有凤来仪”等字，皆系上回贾政偶试宝玉之才，何至便认真用了？想贾府世代诗书，自有一二名手题咏，岂似暴发之家，竟以小儿语搪塞了事呢？只缘当日这贾妃未入宫时，自幼亦系贾母教养；后来添了宝玉，贾妃乃长姊，宝玉为幼弟，贾妃念母年将迈始得此弟，是以独爱怜之，且同侍贾母，刻不相离。那宝玉未入学之先，三四岁时，已得贾妃口传教授了几本书，识了数千字在腹中，虽为姊弟，有如母子。自入宫后，时时带信出来与父兄说：“千万好生扶养！不严不能成器，过严恐生不虞，且致祖母之忧。”眷念之心，刻刻不忘。前日贾政闻塾师赞他尽有才情，故于游园时聊一试之，虽非名公大笔，却是本家风味，且使贾妃见之，知爱弟所为，亦不负其平日切望之意：因此故将宝玉所题用了。那日未题完之处，后日又补题了许多。

且说贾妃看了四字，笑道：“‘花溆’二字便好，何必‘蓼汀’？”侍座太监听了，忙下舟登岸，飞传与贾政，贾政即刻换了。彼时舟临内岸，去舟上舆，便见琳宫绰约，桂殿巍峨。石牌坊上“天仙宝境”四大字，贾妃命换了“省亲别墅”四字。于是进入行宫。只见庭燎烧空，香屑布地，火树琪花，金窗玉槛。说不尽帘卷虾须，毡铺鱼獭，鼎飘麝脑之香，屏列雉尾之扇。真是：金门玉户神仙府，桂殿兰宫妃子家。贾妃乃问：“此殿何无匾额？”随侍太监跪启道：“此系正殿，外臣未敢擅拟。”贾妃点头不语。礼仪太监请升座受礼。两阶乐起，二太监引贾赦、贾政等于月台下排班上殿，昭容传谕曰：“免。”乃退出。又引荣国太君及女眷等自东阶升月台上排班，昭容再谕曰：“免。”于是亦退。

茶三献，贾妃降座，乐止，退入侧室更衣，方备省亲车驾出园。至贾母正室，欲行家礼，贾母等俱跪止之。贾妃垂泪，彼此上前厮见，一手挽贾母，一手挽王夫人，三个人满心皆有许多话，俱说不出，只是呜咽对泣而已。邢夫人、李纨、王熙凤、迎春、探春、惜春等，俱在旁垂泪无言。半日，贾妃方忍悲强笑，安慰贾母、王夫人道：“当日既送我到那不得见人的去处，好容易今日回家娘儿们一会，不说不笑，反倒哭个不了；一会子我去了，又不知多早晚才能一见呢！”说到这句，不禁又哽咽起来。邢夫人忙上来劝解。贾母等贾妃归坐，又逐次一一见过，又不免哭泣一番。然后东西两府执事人等在外厅行礼。其媳妇丫鬟行礼毕，贾妃叹道：“许多亲眷，可惜都不能见面！”王夫人启道：“现有外亲薛王氏及宝钗、黛玉，在外候旨。外眷无职，不敢擅入。”贾妃命请来相见。一时薛姨妈等进来，欲行国礼，命免过，上前各叙阔别。又有贾妃原带进宫的丫鬟抱琴等叩见，贾母连忙扶起，命入别室款待。执事太监及彩嫔、昭容各侍从人等，宁府及贾赦那宅两处自有人款待，只留三四个小太监答应。母女姊妹叙些久别情景，及家务私情。

又有贾政至帘外问安，贾妃垂帘行参等事。元妃又向其父说道：“田舍之家，虽齑盐布帛，得遂天伦之乐。今虽富贵，骨肉分离，终无意趣。”贾政亦含泪启道：“臣草芥寒门，鸠群鸦属之中，岂意得征凤鸾之瑞。今贵人上锡天恩，下昭祖德，此皆山川日月之精奇、祖宗之远德钟于一人，幸及政夫妇。且今上体天地生生之大德，垂古今未有之旷恩，虽肝脑涂地，岂能报效于万一！惟朝乾夕惕，忠于厥职。伏愿圣君万岁千秋，乃天下苍生之福也。贵妃切勿以政夫妇残年为念，更祈自加珍爱，惟勤慎肃恭以侍上，庶不负上眷顾隆恩也。”贾妃亦嘱以“国事宜勤，暇时保养，切勿记念”。

贾政又启：“园中所有亭台轩馆，皆系宝玉所题。如果有一二可寓目者，请即赐名为幸。”元妃听了宝玉能题，便含笑说道：“果进益了。”贾政退出，贾妃因问：“宝玉因何不见？”贾母乃启道：“无职外男，不敢擅入。”元妃命引进来。小太监引宝玉进来，先行国礼毕，命他近前，携手揽在怀内，又抚其头颈笑道：“比先长了好些。”一话未终，泪如雨下。

尤氏、凤姐等上来启道：“筵宴齐备，请贵妃游幸。”元妃起身，命宝玉导引，遂同诸人步至园门前。早见灯光之中，诸般罗列。进园先从“有凤来仪”、“红香绿玉”、“杏帘在望”、“蘅芷清芬”等处，登楼步阁，涉水缘山，眺览徘徊。一处处铺陈不一，一桩桩点缀新奇。贾妃极加奖赞，又劝：“以后不可太奢了，此皆过分。”既而来至正殿，谕免礼归坐。大开筵宴，贾母等在下相陪，尤氏、李纨、凤姐等捧羹把盏。

元妃乃命笔砚伺候，亲拂罗笺，择其喜者赐名。题其园之总名曰“大观园”；正殿匾额云“顾恩思义”，两旁对联云：

天地启宏慈，赤子苍生同感戴
古今垂旷典，九州万国被恩荣

又改题：“有凤来仪”赐名“潇湘馆”；“红香绿玉”改作“怡红快绿”，赐名“怡红院”；“蘅芷清芬”赐名“蘅芜院”；“杏帘在望”赐名“浣葛山庄”。正楼曰“大观楼”，东面飞楼曰“缀锦阁”，西面斜楼曰“含芳阁”。更有“蓼风轩”、“藕香榭”、“紫菱洲”、“荇叶渚”等名。又有四字匾额，如“梨花春雨”、“桐剪秋风”、“荻叶夜雪”等名，不可胜纪。又命旧有匾联不可摘去。于是先题一绝句云：

衔山抱水建来精，多少工夫筑始成。
天上人间诸景备，芳园应锡大观名。

写毕，向诸姊妹笑道：“我素乏捷才，且不长于吟咏，姊妹辈素所深知。今夜聊以塞责，不负斯景而已。异日少暇，必补撰《大观园记》并《省亲颂》等文，以记今日之事。妹等亦各题一匾一诗，随意发挥，不可为我微才所缚。且知宝玉竟能题咏，一发可喜。此中潇湘馆、蘅芜院二处，我所极爱；次之怡红院、浣葛山庄。此四大处，必得别有章句题咏方妙。前所题之联虽佳，如今再各赋五言律一首，使我当面试过，方不负我自幼教授之苦心。”

宝玉只得答应了，下来自去构思。迎春、探春、惜春三人中，要算探春又出于姊妹之上，然自忖亦难与薛、林争衡，只得勉强随众塞责而已。李纨也勉强凑成一律。贾妃挨次看姊妹们的题咏，写道是：

旷性怡情匾额　迎春

园成景备特精奇，奉命羞题额旷怡。
谁信世间有此境，游来宁不畅神思？

万象争辉匾额　探春

名园筑就势巍巍，奉命多惭学浅微。
精妙一时言不尽，果然万物有光辉！

文章造化匾额　惜春

山水横拖千里外，楼台高起五云中。
园修日月光辉里，景夺文章造化功。

文采风流匾额　李纨

秀水明山抱复回，风流文采胜蓬莱。绿裁歌扇迷芳草，
红衬湘裙舞落梅。珠玉自应传盛世，神仙何幸下瑶台！
名园一自邀游赏，未许凡人到此来。

凝晖钟瑞匾额　薛宝钗

芳园筑向帝城西，华日祥云笼罩奇。高柳喜迁莺出谷，
修篁时待凤来仪。文风已着宸游夕，孝化应隆归省时。
睿藻仙才瞻仰处，自惭何敢再为辞？

世外仙源匾额　林黛玉

宸游增悦豫，仙境别红尘。借得山川秀，添来气象新。
香融金谷酒，花媚玉堂人。何幸邀恩宠，宫车过往频。

贾妃看毕，称赏一番。又笑道：“终是薛、林二妹之作与众不同，非愚姊妹所及。”原来林黛玉安心今夜大展奇才，将众人压倒，不想贾妃只命一匾一咏，倒不好违谕多做，只胡乱做一首五言律应命罢了。

彼时宝玉尚未做完，才做了“潇湘馆”与“蘅芜院”两首，正做“怡红院”一首，起稿内有“绿玉春犹卷”一句。宝钗转眼瞥见，便趁众人不理论，推他道：“贵人因不喜‘红香绿玉’四字，才改了‘怡红快绿’，你这会子偏又用‘绿玉’二字，岂不是有意和他分驰了？况且蕉叶之典故颇多，再想一个改了罢。”宝

玉见宝钗如此说，便拭汗说道：“我这会子总想不起什么典故出处来。”宝钗笑道：“你只把‘绿玉’的‘玉’字，改作‘蜡’字就是了。”宝玉道：“‘绿蜡’可有出处？”宝钗悄悄的抿嘴点头，笑道：“亏你今夜不过如此，将来金殿对策，你大约连‘赵钱孙李’都忘了呢。唐朝钱珝咏芭蕉诗头一句：‘冷烛无烟绿蜡干’，都忘了么？”宝玉听了，不觉洞开心臆，笑道：“该死！眼前现成之句，一时竟想不到。姐姐真可谓‘一字师’了。从此只叫你师傅，再不叫姐姐了。”宝钗亦悄悄的笑道：“还不快做上去！只‘姐姐’‘妹妹’的，谁是你姐姐？那上头穿黄袍的才是你姐姐呢！”一面说笑，因怕他耽延工夫，遂抽身走开了。

宝玉续成了此首，共有三首。此时黛玉未得展才，心上不快，因见宝玉构思太苦，走至案旁，知宝玉只少“杏帘在望”一首，因叫他抄录前三首，却自己吟成一律，写在纸条上，搓成个团子，掷向宝玉跟前。宝玉打开一看，觉比自己做的三首高得十倍，遂忙恭楷誊完呈上。贾妃看是：

有凤来仪　宝玉

秀玉初成实，堪宜待凤凰。竿竿青欲滴，个个绿生凉。
迸砌妨阶水，穿帘碍鼎香。莫摇分碎影，好梦正初长。

蘅芷清芬

蘅芜满静苑，萝薜助芬芳。软衬三春草，柔拖一缕香。
轻烟迷曲径，冷翠湿衣裳。谁谓池塘曲，谢家幽梦长。

怡红快绿

深庭长日静，两两出婵娟。绿蜡春犹卷，红妆夜未眠。
凭栏垂绛袖，倚石护青烟。对立东风里，主人应解怜。

杏帘在望

杏帘招客饮，在望有山庄。菱荇鹅儿水，桑榆燕子梁。
一畦春韭绿，十里稻花香。盛世无饥馁，何须耕织忙。

贾妃看毕，喜之不尽，说：“果然进益了！”又指“杏帘”一首为四首之冠，遂将“浣葛山庄”改为“稻香村”。又命探春将方才十数首诗，另以锦笺誊出，令太监传与外厢。贾政等看了，都称颂不已。贾政又进《归省颂》。元春又命以琼酪金脍等物，赐与宝玉并贾兰。此时贾兰尚幼，未谙诸事，只不过随母依叔行礼而已。

那时贾蔷带领一班女戏子在楼下，正等得不耐烦，只见一个太监飞跑下来说：“做完了诗了，快拿戏目来！”贾蔷忙将戏目呈上，并十二个人的花名册子。少时，点了四出戏：

第一出《豪宴》　第二出《乞巧》

第三出《仙缘》　第四出《离魂》

贾蔷忙张罗扮演起来。一个个歌有裂石之音,舞有天魔之态,虽是妆演的形容,却做尽悲欢的情状。

刚演完了，一太监执一金盘糕点之属进来，问：“谁是龄官？”贾蔷便知是赐龄官之物，连忙接了，命龄官叩头。太监又道:“贵妃有谕，说龄官极好，再做两出戏,不拘那两出就是了。”贾蔷忙答应了,因命龄官做《游园》《惊梦》两出。龄官自为此二出原非本色之戏，执意不从，定要做《相约》《相骂》两出。贾蔷扭他不过，只得依他做了。贾妃甚喜，命：“莫难为了这女孩子，好生教习。”额外赏了两匹宫绸，两个荷包，并金银锞子、食物之类。然后撤筵，将未到之处复又游玩。忽见山环佛寺，忙盥手进去焚香拜佛，又题一匾云:“苦海慈航”；又额外加恩与一班幽尼女道。

少时,太监跪启:“赐物俱齐,请验按例行赏。”乃呈上略节。贾妃从头看了，无话，即命照此而行。太监下来，一一发放。原来贾母的是金玉如意各一柄，沉香拐杖一根,伽楠念珠一串,“富贵长春”宫缎四匹,“福寿绵长”宫绸四匹，紫金“笔锭如意”锞十锭，“吉庆有鱼”银锞十锭；邢夫人、王夫人二分，只减了如意、拐、珠四样；贾敬、贾赦、贾政等每分御制新书二部，宝墨二匣，金银盏各二只，表礼按前；宝钗、黛玉诸姊妹等，每人新书一部，宝砚一方，新样格式金银锞二对;宝玉亦同;贾兰是金银项圈二个，金锞二对;尤氏、李纨、凤姐等，皆金银锞四锭，表礼四端。另有表礼二十四端、青钱一千串，是赏与贾母、王夫人及各姊妹房中奶娘、众丫鬟的。贾珍、贾琏、贾环、贾蓉等，皆是表礼一端，金银锞一对。其余彩缎百匹，白银千两，御酒数瓶，是赐东、西两府及园中管理工程、陈设、答应及司戏、掌灯诸人的。外又有清钱五百串，是赐厨役、优伶、百戏、杂行人等的。

众人谢恩已毕，执事太监启道：“时已丑正三刻，请驾回銮。”贾妃不由的满眼又滚下泪来，却又勉强笑着，拉了贾母、王夫人的手不忍放，再四叮嘱：“不须记挂，好生保养。如今天恩浩荡，一月许进内省视一次，见面尽容易的，何必过悲。倘明岁天恩仍许归省，不可如此奢华糜费了。”贾母等已哭的哽噎难言了。贾妃虽不忍别，奈皇家规矩，违错不得的，只得忍心上舆去了。这里诸人好容易将贾母、王夫人安慰解劝，搀扶出园去了。未知如何，下回分解。

第十九回　情切切良宵花解语　意绵绵静日玉生香

话说贾妃回宫，次日见驾谢恩，并回奏归省之事。龙颜甚悦，又发内帑彩缎金银等物，以赐贾政及各椒房等员，不必细说。

且说荣、宁二府中连日用尽心力，真是人人力倦，各各神疲；又将园中一应陈设动用之物收拾了两三天方完。第一个凤姐事多任重，别人或可偷闲躲静，独他是不能脱得的；二则本性要强，不肯落人褒贬，只扎挣着与无事的人一样。第一个宝玉是极无事最闲暇的。偏这日一早，袭人的母亲又亲来回过贾母，接袭人家去吃年茶，晚间才得回来。因此，宝玉只和众丫头们掷骰子、赶围棋作戏。正在房内顽得没兴头，忽见丫头们来回说："东府里珍大爷来请过去看戏，放花灯。"宝玉听了，便命换衣裳。才要去时，忽又有贾妃赐出糖蒸酥酪来，宝玉想上次袭人喜吃此物，便命留与袭人了，自己回过贾母，过去看戏。

谁想贾珍这边唱的是《丁郎认父》《黄伯央大摆阴魂阵》，更有《孙行者大闹天宫》《姜太公斩将封神》等类的戏文，倏尔神鬼乱出，忽又妖魔毕露，内中扬幡过会，号佛行香，锣鼓喊叫之声远闻巷外。满街上个个都赞："好热闹戏！别人家断不能有的。"宝玉见繁华热闹到如此不堪的田地，只略坐了一坐，便走往各处闲耍。先是进内去和尤氏并丫头、姬妾说笑了一回，便出二门来。尤氏等仍料他出来看戏，遂也不曾照管；贾珍、贾琏、薛蟠等只顾猜谜行令，百般作乐，纵一时不见他在座，只道在里边去了，也不理论。至于跟宝玉的小厮们，那年纪大些的，知宝玉这一来了，必是晚间才散，因此偷空也有会赌钱的，也有往亲友家去吃年茶的，或赌或饮，都私自散了，待晚间再来；那小些的，都钻进戏房里瞧热闹去了。

宝玉见一个人没有，因想："素日这里有个小书房，内曾挂着一轴美人，极画的得神。今日这般热闹，想那里自然无人，那美人也自然是寂寞的，须得我去望慰他一回。"想着，便往那厢来。刚到窗前，闻得房内呻吟之声，宝玉倒吓了一跳：敢是美人活了不成？乃大着胆子，舔破窗纸，向内一看：那轴美人却不曾活，却是茗烟按着一个女孩子，也干那警幻所训之事。宝玉禁不住大叫："了不得！"一脚踹进门去，将那两个吓开了，抖衣而颤。

茗烟见是宝玉，忙跪下哀求。宝玉道："青天白日，这是怎么说？珍大爷知道，你是死是活？”一面看那丫头：虽不标致，倒还白净，些微亦有动人心处，羞的脸红耳赤，低首无言。宝玉跺脚道：“还不快跑！”一语提醒了那丫头，飞也似的去了。宝玉又赶出去叫道：“你别怕，我是不告诉人的！”急得茗烟在后叫：“祖宗，这是分明告诉人了！”

宝玉因问：“那丫头十几岁了？”茗烟道：“大不过十六七岁了。”宝玉道：“连他的岁数也不问问，别的自然越发不知了，可见他白认得你了。可怜，可怜！”又问：“名字叫什么？”茗烟笑道：“若说出名字来话长，真正新鲜奇文！他说他母亲养他的时节，做了一个梦，梦得了一匹锦，上面是五色富贵不断头的‘卍’字花样，所以他的名字就叫做卍儿。”宝玉听了笑道：“真也新奇，想必他将来有些造化。”说着，沉思一会。

茗烟因问：“二爷为何不看这样的好戏？”宝玉道：“看了半日，怪烦的。出来逛逛，就遇见你们了。这会子做什么呢？”茗烟微微笑道：“这会子没人知道，我悄悄的引二爷往城外去逛一会儿，再往这里来，他们就不知道了。”宝玉道：“不好，仔细化子拐了去。且是他们知道了，又闹大了。不如往近些的地方去，还可就来。”茗烟道：“就近地方，谁家可去？这却难了。”宝玉笑道：“依我的主意，咱们竟找花大姐姐去，瞧他在家做什么呢。”茗烟笑道：“好，好，倒忘了他家。”又道：“他们知道了，说我引着二爷胡走，要打我呢。”宝玉道：“有我呢。”茗烟听说，拉了马，二人从后门就走了。

幸而袭人家不远，不过一半里路程，转眼已到门前，茗烟先进去叫袭人之兄花自芳。此时袭人之母接了袭人与几个外甥女儿、几个侄女儿来家，正吃果茶。听见外面有人叫“花大哥”，花自芳忙出去看时，见是他主仆两个，吓的惊疑不定，连忙抱下宝玉来，至院内嚷道：“宝二爷来了！”别人听见还可，袭人听了，也不知为何，忙跑出来迎着宝玉，一把拉着，问：“你怎么来了？”宝玉笑道：“我怪闷的，来瞧瞧你作什么呢。”袭人听了，才把心放下来，说道：“你也胡闹了，可作什么来呢？”一面又问茗烟：“还有谁跟来？”茗烟笑道：“别人都不知，就只我们两个。”袭人听了，复又惊慌，说道：“这还了得！倘或撞见了人，或是遇见了老爷，街上人挤马碰，有个闪失，也是顽得的？你们的胆子比斗还大！都是茗烟挑唆的，回去我定告诉嬷嬷们打你！”茗烟撅了嘴道：“二爷骂着打着叫我引了来的，这会子推到我身上！我说别要来罢，不然我们还去罢。”花自芳忙劝道：“罢了，也不用多说了。只是茅檐草舍，又窄又不干净，爷怎么坐呢？”

袭人之母也早迎了出来。袭人拉了宝玉进去。宝玉见房中三五个女孩儿，见他进来，都低了头，羞的脸上通红。花自芳母子两个恐怕宝玉寒冷，又让他上炕，又忙另摆果桌，又忙倒好茶。袭人笑道:“你们不用白忙，我自然知道。果子也不用摆了，不敢乱给东西吃。”一面说，一面将自己的坐褥拿了铺在一个杌子上，宝玉坐了;用自己的脚炉垫了脚;向荷包内取出两个梅花香饼儿来，又将自己的手炉掀开焚上，仍盖好，放在宝玉怀内;然后将自己的茶杯斟了茶，送与宝玉。彼时，他母、兄已是忙着齐齐整整的摆上一桌子果品来，袭人见总无可吃之物，因笑道：“既来了，没有空回去的理，好歹尝一点儿，也是来我家一次。”说着，便拈了几个松子瓤，吹去细皮，用手帕托着送与宝玉。

宝玉看见袭人两眼微红，粉光融滑，因悄问袭人道：“好好的哭什么？”袭人笑道：“何尝哭？才迷了眼揉的。”因此便遮掩过了。因见宝玉穿着大红金蟒狐腋箭袖，外罩石青貂裘排穗褂，说道：“你特为往这里来，又换新衣服，他们就不问你往那里去吗？”宝玉笑道：“原是珍大爷请过去看戏换的。”袭人点头，又道：“坐一坐就回去罢，这个地方不是你来的。”宝玉笑道：“你就家去才好呢，我还替你留着好东西呢。”袭人笑道：“悄悄的，叫他们听着，什么意思。”一面又伸手从宝玉项上将通灵玉摘下来，向他姊妹们笑道：“你们见识见识。时常说起来都当稀罕，恨不能一见，今儿可尽力瞧了再瞧。什么稀罕物儿，也不过是这么个东西。”说毕，递与他们传看了一遍，仍与宝玉挂好。又命他哥哥去或雇一乘小轿，或雇一辆小车，送宝玉回去。花自芳道：“有我送去，骑马也不妨了。”袭人道：“不为不妨，为的是碰见人。”

花自芳忙去雇了一顶小轿来，众人也不好相留，只得送宝玉出去。袭人又抓些果子与茗烟，又把些钱与他买花炮放，教他：“不可告诉人，连你也有不是。”一面说着，一直送宝玉至门前，看着上轿，放下轿帘，茗烟二人牵马跟随。来至宁府街，茗烟命住轿，向花自芳道：“须得我同二爷还到东府里混一混，才好过去的。不然，人家就疑惑了。”花自芳听说有理，忙将宝玉抱出轿来，送上马去。宝玉笑说：“倒难为你了。”于是仍进后门来。俱不在话下。

却说宝玉自出了门，他房中这些丫鬟们都越性恣意的顽笑，也有赶围棋的，也有掷骰抹牌的，磕了一地的瓜子皮。偏奶母李嬷嬷拄拐进来请安，瞧瞧宝玉；见宝玉不在家，丫鬟们只顾顽闹，十分看不过，因叹道：“只从我出去了，不大进来，你们越发没了样儿了！别的嬷嬷越不敢说你们了！那宝玉是个‘丈八的灯台，照见人家，照不见自己’的，只知嫌人家肮脏。这是他的屋子，由着你们遭塌，越不成体统了！”这些丫头们明知宝玉不讲究这些，二则李嬷嬷已是告老卸事出去的了，如今管不着他们，因此只顾顽笑，并不理他。那李嬷嬷还只管问：“宝玉如今一顿吃多少饭？什么时候睡觉？”丫头们总胡乱答应，有的说：“好个讨厌的老货！”

李嬷嬷又问道：“这盖碗里是酥酪，怎不送与我吃？”说毕，拿起就吃。一个丫头道：“快别动！那是说了给袭人留着的。回来又惹气了，你老人家自己承认，别带累我们受气。”李嬷嬷听了，又气又愧，便说道：“我不信他这样坏了肠子！别说我吃了一碗牛奶，就是再比这个值钱的，也是应该的！难道待袭人比我还重？难道他不想想怎么长大了？我的血变的奶，吃的这么长大，如今我吃他一碗牛奶，他就生气了？我偏吃了，看他怎么着！你们看袭人不知怎样，那是我手里调理出来的毛丫头，什么阿物儿！”一面说，一面赌气将酥酪吃尽了。又一个丫头笑道：“他们不会说话，怨不得你老人家生气。宝玉还送东西孝敬你老人家去，岂有为这个不自在的？”李嬷嬷道：“你们也不必装狐媚子哄我，打量上次为茶撵茜雪的事我不知道么？明儿有了不是，我再来领！”说着，赌气去了。

少时，宝玉回来，命人去接袭人。只见晴雯躺在床上不动，宝玉因问：“敢是病了？再不然输了？”秋纹道：“他倒是赢的。适才李老太太来了，混输了，他气的睡去了。”宝玉笑道：“你们别和他一般见识，由他去就是了。”说着，袭人已来，彼此相见。袭人又问宝玉何处吃饭，多早晚回来，又代母、妹问诸同伴姊妹好。一时换衣卸妆。宝玉命取酥酪来，丫鬟们回说：“李奶奶吃了。”宝玉才要说话，袭人便忙笑说道：“原来是留的这个，多谢费心。前日我吃的时候好吃，吃过了好肚子疼，闹的吐了才好了。他吃了倒好，搁在这里白遭塌了。我只想风干栗子吃，你替我剥栗子，我去铺床。”

宝玉听了，信以为真，方把酥酪丢开，取栗子来，自向灯前检剥。一面见众人不在房中，乃笑问袭人道：“今儿那个穿红的是什么人？”袭人道：“那是我的两姨妹子。”宝玉听了，赞叹了两声。袭人道：“叹什么？我知道你心里的缘故：想是说他那里配穿红的。”宝玉笑道：“不是，不是。那样的人不配穿红的，谁还敢穿？我因为见他实在好得很，怎么也得他在咱们家就好了。”袭人冷笑道：“我一个人是奴才命罢了，难道连我的亲戚都是奴才命不成？定还要拣‘实在好的’丫头才往你家来？”宝玉听了，忙笑道：“你又多心了。我说往咱们家来，必定是奴才不成？说亲戚就使不得？”袭人道：“那也搬配不上。”宝玉便不肯再说，只是剥栗子。袭人笑道：“怎么不言语了？想是我才冒撞冲犯了你？明儿赌气化几两银子买他们进来就是了。”宝玉笑道：“你说的话，怎么叫人答言呢？我不过是赞他好，正配生在这深堂大院里，没的我们这种浊物倒生在这里！”袭人道：“他虽没这造化，倒也是娇生惯养的，我姨父、姨娘的宝贝。如今十七岁，各样的嫁妆都齐备了，明年就出嫁。”

宝玉听了“出嫁”二字，不禁又嗐了两声。正不自在，又听袭人叹道：“只从我来这几年，姊妹们都不得在一处；如今我要回去了，他们又都去了！”宝玉听这话内有文章，不觉吃一惊，忙丢下栗子问道：“怎么，你如今要回去了？”袭人道：“我今儿听见我妈和哥哥商议，教我再耐一年，明年他们上来就赎我出去呢。”宝玉听了这话，越发忙了，因问：“为什么要赎你？”袭人道：“这话奇了：我又比不得是你这里的家生子儿，我一家都在别处，独我一个人在这里，怎么是个了局？”宝玉道：“我不叫你去也难。”袭人道：“从来没有这理！便是朝廷宫里，也有定例：或几年一选，几年一入，没有长远留下人的理，别说你家。”

宝玉想一想，果然有理，又道：“老太太不放你也难。”袭人道：“为什么不放？我果然是个最难得的，或者感动了老太太、太太，不肯放我出去，设或多给我家几两银子留下，然或有之。其实我也不过是个最平常的人，比我强的，多而且多。自我从小儿来跟着老太太，先伏侍了史大姑娘几年，如今又伏侍了你几年。如今我们家来赎，正是该叫去的，只怕连身价也不要，就开恩叫我去呢。若说为伏侍得你好不叫我去，断然没有的事。那伏侍得你好，分内应当的，不是什么奇功，我去了仍旧又有好的了，不是没了我就成不得的。”宝玉听了这些话，竟是有去的理，无留的理，心里越发急了。因又道：“虽然如此说，我只一心要留下你，不怕老太太不和你母亲说。多多给你母亲些银子，他也不好意思接你了。”袭人道：“我妈自然不敢强。且慢说和他好说，又多给银子；就便不好和他说，一个钱也不给，安心要强留下我，他也不敢不依。但只是咱们家从没干过这倚势仗贵霸道的事。这比不得别的东西，因为喜欢，加十倍利弄了来给你，那卖的人不得吃亏，可以行得。如今无故平空留下我，于你又无益，反叫我们骨肉分离，这件事老太太、太太断不肯行的。”宝玉听了，思忖半晌，乃说道：“依你说来说去，是去定了？”袭人道：“去定了。”宝玉听了自思道：“谁知这样一个人，这样薄情无义呢。”乃叹道：“早知道都是要去的，我就不该弄了来。临了，剩我一个孤鬼尔。”说着，便赌气上床睡了。

原来袭人在家听见他母、兄要赎他回去，他就说："至死也不回去的。"又说："当日原是你们没饭吃，就剩我还值几两银子，若不叫你们卖，没有个眼看着这老子、娘饿死的理；如今幸而卖到这个地方，吃穿和主子一样，又不朝打暮骂。况如今爹虽没了，你们却又整理的家成业就，复了元气，若果然还艰难，把我赎出来，再多掏澄几个钱，也还罢了；其实又不难了，这会子又赎我做什么？权当我死了，再不必起赎我的念头！"因此哭闹了一阵。他母、兄见他这般坚执，自然必不出来的了，况且原是卖倒的死契，明仗着贾宅是慈善宽厚之家，不过求一求，只怕连身价银一并赏了，还是有的事呢；二则贾府中从不曾作践下人，只有恩多威少的，且凡老少房中所有亲侍的女孩子们，更比待家下众人不同，平常寒薄人家的小姐也不能那样尊重的：因此他母子两个就死心不赎了。此后忽然宝玉去了，他二人又是那般景况，他母子二人心中更明白了，越发一块石头落了地，而且是意外之想，彼此放心，再无赎念了。

且说袭人自幼见宝玉性格异常，其淘气憨顽自是出于众小儿之外，更有几件千奇百怪、口不能言的毛病儿。近来仗着祖母溺爱，父母亦不能十分严紧拘管，更觉放纵弛荡，任情恣性，最不喜务正。每欲劝时，谅不能听。今日可巧有赎身之论，故先用骗词以探其情，以压其气，然后好下箴规。今见宝玉默默睡去了，知其情有不忍，气已馁堕。自己原不想栗子吃，只因怕为酥酪生事，又像那茜雪之茶，是以假要栗子为由混过，宝玉不提就完了。于是命小丫头们将栗子拿去吃了，自己来推宝玉。只见宝玉泪痕满面，袭人便笑道："这有什么伤心的？你果然留我，我自然不出去了。"宝玉见这话有因，便说道："你倒说说：我还要怎样留你？我自己也难说了。"袭人笑道："咱们素日好处，自不用说。但今日你安心留我，不在这上头。我另说出三件事来，你果然依了我，就是你真心留我了，刀搁在脖子上我也是不出去的了。"

宝玉忙笑道："你说那几件？我都依你。好姐姐，好亲姐姐，别说两三件，就是二三百件我也依的，只求你们同看着我，守着我，等我有一日化成了飞灰，飞灰还不好，有形有迹，还有知识；等我化成一股轻烟，风一吹便散了，那时候你们也管不得我，我也顾不得你们了。那时凭我去，我也凭你们爱那里去就去了。"急得袭人忙握他的嘴，说："好，好，我正为劝你这些，更说的狠了！"宝玉忙说道："再不说这话了。"袭人道："这是第一件要改的。"宝玉道："改了。再说，你就拧嘴。还有什么？"

袭人道："第二件，你真喜读书也罢，假喜也罢，只在老爷跟前，或在别人跟前，你别只管批驳诮谤，只作出个喜读书的样子来，也叫老爷少生些气，在人前也好说嘴。老爷心里想着：我家世代读书，只从有了你，不承望你不但不喜读书，已经他心里又气又恼了，而且背前面后乱说那些混话。凡读书上进的人，你就起个名字叫做‘禄蠹’，又说只除‘明明德’外无书，都是前人自己不能解圣人之书，便另出己意混编纂出来的。这些话，怎怨得老爷不气、不时时打你？叫别人怎么想你？”宝玉笑道：“再不说了。那是我小时不知天高地厚，信口胡说，如今再不敢说了。还有什么？”

袭人道：“再不可谤僧毁道，调脂弄粉。还有更要紧的一件事：只不许吃人嘴上擦的胭脂了，与那爱红的毛病儿。”宝玉道：“都改，都改。再有什么？快说。”袭人道：“再也没有了，只有百事检点些，不任意任情的就是了。你若果然都依了，就是拿八人轿子九人抬，我也不出去了。”宝玉笑道：“你这里长远了，不怕没八人轿你坐。”袭人冷笑道：“这我可不希罕的。有那个福气，没有那个道理，纵坐了也没甚趣。”

二人正说着，只见秋纹走进来说：“三更天了，该睡了。方才老太太打发嬷嬷来问，我答应睡了。”宝玉命取表来看时，果然针已指到亥正，方从新盥漱，宽衣安歇。不在话下。

至次日清晨，袭人起来便觉身体发重，头疼目胀，四肢火热。先时还扎挣的住，次后捱不住，只要睡着，因而和衣躺在炕上。宝玉忙回了贾母。传医诊视，说道：“不过偶感风寒，吃一两剂药，疏散疏散就好了。”开方去后，令人取药来煎好，刚服下去，命他盖上被窝取汗，宝玉自去黛玉房中来看视。

彼时黛玉自在床上歇午，丫鬟们皆出去自便，满屋内静悄悄的。宝玉揭起绣线软帘，进入里间，只见黛玉睡在那里，忙走上来推他道：“好妹妹，才吃了饭，又睡觉。”将黛玉唤醒。黛玉见是宝玉，因说道：“你且出去逛逛，我前儿闹了一夜，今儿还没有歇过来，浑身酸疼。”宝玉道：“酸疼事小，睡出来的病大。我替你解闷儿，混过困去就好了。”黛玉只合着眼说道：“我不困，只略歇歇儿。你且别处去闹会子再来。”宝玉推他道：“我往那里去？见了别人就怪腻的。”黛玉听了，嗤的一声笑道：“你既要在这里，那边去老老实实的坐着，咱们说话儿。”宝玉道：“我要歪着。”黛玉道：“你就歪着。”宝玉道：“没有枕头，咱们在一个枕头上。”黛玉道：“放屁！外面不是枕头？拿一个来枕着。”宝玉出至外间，看了一看，回来笑道：“那个我不要，也不知是那个肮脏老婆子的。”黛玉听了，睁开眼，起身笑道：“真真你就是我命中的天魔星！请枕这一个。”说着，将自己枕的推与宝玉，又起身将自己的再拿了一个来，自己枕了，二人对面倒下。

黛玉一回眼，看见宝玉左边腮上有钮扣大小的一块血渍，便欠身凑近前来，以手抚之，细看又道：“这又是谁的指甲刮破了？”宝玉倒身，一面躲，一面笑道：“不是刮的，只怕是刚才替他们淘漉胭脂膏子擓上了一点儿。”说着，便找手帕儿要揩拭。黛玉便用自己的帕儿替他揩拭了，口内说道：“你又干这些事了。干也罢了，必定还要带出幌子来。便是舅舅看不见，别人看见了，又当奇事新鲜话儿去学舌讨好，吹到舅舅耳朵里，又大家不干净惹气。”

宝玉总未听见这些话，只闻得一股幽香，却是从黛玉袖中发出，闻之令人醉魂酥骨。宝玉一把便将黛玉的衣袖拉住，要瞧笼着何物。黛玉笑道：“这等时候，谁带什么香呢？”宝玉笑道：“既如此，这香是那里来的？”黛玉道：“连我也不知道，想必是柜子里头的香气，衣服上薰染的也未可知。”宝玉摇头道：“未必。这香的气味奇怪，不是那些香饼子、香球子、香袋子的香。”黛玉冷笑道：“难道我也有什么‘罗汉’‘真人’给我些奇香不成？便是得了奇香，也没有亲哥哥亲兄弟弄了花儿朵儿霜儿雪儿替我炮制。我有的是那些俗香罢了！”宝玉笑道：“凡我说一句，你就拉上这些！不给你个利害也不知道，从今儿可不饶你了！”说着翻身起来，将两只手呵了两口，便伸向黛玉膈肢窝内两胁下乱挠。黛玉素性触痒不禁，见宝玉两手伸来乱挠，便笑的喘不过气来，口里说：“宝玉，你再闹，我就恼了。”宝玉方住了手，笑问道：“你还说这些不说了？”黛玉笑道：“再不敢了。”一面理鬓，笑道：“我有奇香，你有暖香没有？”

宝玉见问，一时解不来，因问：“什么‘暖香’？”黛玉点头笑叹道：“蠢才，蠢才！你有玉，人家就有金来配你；人家有‘冷香’，你就没有‘暖香’去配？”宝玉方听出来，因笑道：“方才求饶，如今更说狠了！”说着又去伸手。黛玉忙笑道：“好哥哥，我可不敢了。”宝玉笑道：“饶便饶你，只把袖子我闻一闻。”说着，便拉了袖子笼在面上，闻个不住。黛玉夺了手道：“这可该去了。”宝玉笑道：“要去不能。咱们斯斯文文的躺着说话儿。”说着，复又倒下。黛玉也倒下，用手帕盖上脸。宝玉有一搭没一搭的说些鬼话，黛玉只不理。宝玉问他几岁上京，路上见何景致古迹，扬州有何遗迹故事、土俗民风。黛玉只不答。

宝玉只怕他睡出病来，便哄他道：“阿呀，你们扬州衙门里有一件大故事，你可知道？”黛玉见他说的郑重，又且正言厉色，只当是真事，因问：“什么事？”宝玉见问，便忍着笑顺口诌道：“扬州有一座黛山，山上有个林子洞。”黛玉笑道：“这就扯谎，自来也没有听见这山。”宝玉道：“天下山水多着呢，你那里知道这些不成。等我说完了，你再批评。”黛玉道：“你且说。”宝玉又诌道：“林子洞里，原来有一群耗子精。那一年腊月初七日，老耗子升座议事，说：‘明日乃是腊八日，世上人都熬腊八粥。如今我们洞中果品短少，须得趁此打劫些来方好。’乃拔令箭一枝，遣一能干小耗前去打听一巡。小耗回报：‘各处察访打听已毕，惟有山下庙里果米最多。’老耗问：‘米有几样？果有几品？’小耗道：‘米豆成仓，不可胜记。果品有五种：一红枣，二栗子，三落花生，四菱角，五香芋。’老耗听了大喜，即时点耗前去。乃拔令箭，问：‘谁去偷米？’一耗便接令去偷米。又拔令箭问：‘谁去偷豆？’又一耗接令去偷豆。然后一一的都各领令去了，只剩香芋一种。因又拔令箭，问：‘谁去偷香芋？’只见一个极小极弱的小耗应道：‘我愿去偷香芋。’老耗并众耗见他这样，恐不谙练，又恐怯懦无力，都不准他去。小耗道：‘我虽年小身弱，却是法术无边，口齿伶俐，机谋深远。此去管比他们偷得还巧呢。’众耗忙问：‘如何得比他们巧呢？’小耗道：‘我不学他们直偷，我只摇身一变，也变成个香芋，滚在香芋堆里，使人看不出、听不见，却暗暗的用分身法搬运，渐渐的就搬运尽了：岂不比直偷硬取的巧些？’众耗听了，都道：‘妙却妙，只是不知怎样个变法。你先变个我们瞧瞧。’小耗听了笑道：‘这个不难，等我变来。’说毕摇身说‘变’，竟变了一个最标致美貌的一位小姐。众耗忙笑道：‘变错了！原说变果子的，如何变出小姐来？’小耗现形笑道：‘我说你们没见世面，只认得这果子是香芋，却不知盐课林老爷的小姐才是真正的香玉呢。’”黛玉听了，翻身爬起来，按着宝玉笑道：“我把你这个烂了嘴的！我就知道你是编派我呢。”说着便拧。宝玉连忙央告：“好妹妹，饶我罢，再不敢了！我因为闻见你的香气，忽然想起这个故典来。”黛玉笑道：“饶骂了人，还说是故典呢。”

一语未了，只见宝钗走来，笑问：“谁说故典呢？我也听听。”黛玉忙让坐，笑道：“你瞧瞧还有谁！他饶骂了，还说是故典！”宝钗道：“原来是宝兄弟，怪不得他。他肚子里的故典原来多，只是可惜一件：凡该用故典之时，他偏就忘了。有今日记得的，前儿夜里的芭蕉诗就该记得。眼面前的倒想不起来，别人冷的那样，他急得只出汗。这会子偏又有记性了。”黛玉听了笑道：“阿弥陀佛！到底是我的好姐姐。你一般也遇见对子了。可知一报还一报，不爽不错的。”刚说到这里，只听宝玉房中一片声吵嚷起来。未知何事，下回分解。

第二十回　王熙凤正言弹妒意　林黛玉俏语谑娇音

话说宝玉在黛玉房中说“耗子精”，宝钗撞来，讽刺宝玉元宵不知“绿蜡”之典，三人正在房中互相讥刺取笑。那宝玉正恐黛玉饭后贪眠，一时存了食或夜间走了困，皆非保养身体之法；幸而宝钗走来，大家谈笑，那黛玉方不欲睡，自己才放了心。忽听他房中嚷起来，大家侧耳听了一听，黛玉先笑道：“这是你妈妈和袭人叫唤呢。那袭人待他也罢了，你妈妈再要认真排揎他，可见老背晦了。”

宝玉忙欲赶过去，宝钗一把拉住道：“你别和你妈妈吵才是。他老糊涂了，倒要让他一步为是。”宝玉道：“我知道了。”说毕走来，只见李嬷嬷拄着拐杖在当地骂袭人：“忘了本的小倡妇！我抬举你起来，这会子我来了，你大模大样的躺在炕上，见了我也不理一理，一心只想妆狐媚子哄宝玉，哄得宝玉不理我，只听你们的话！你不过是几两银子买来的毛丫头，这屋里你就作耗，如何使得！好不好，拉出去配一个小子，看你还妖精似的哄人不哄人！”袭人先只道嬷嬷不过为他躺着生气，少不得分辨说：“病了，才出汗，蒙着头，原没看见你老人家。”后来听见他说“哄宝玉”，又说“配小子”，由不得又羞又委曲，禁不住哭起来了。宝玉虽听了这些话，也不好怎样，少不得替他分辨：“病了，吃药。”又说：“你不信，只问别的丫头们。”李嬷嬷听了这话，越发气起来了，说道：“你只护着那起狐狸，那里还认得我了！叫我问谁去？谁不帮着你呢？谁不是袭人拿下马来的？我都知道那些事，我只和你在老太太、太太跟前去讲！把你奶了这么大，到如今吃不着奶了，把我丢在一旁，逞着丫头们要我的强！”一面说，一面也哭起来。彼时黛玉、宝钗等也走过来，劝道：“妈妈，你老人家担待他们些就完了。”李嬷嬷见他二人来了，便诉委曲，将当日吃茶，茜雪出去，与昨日酥酪等事，唠唠叨叨，说个不了。

可巧凤姐正在上房算了输赢帐，听得后面一片声嚷闹，便知是李嬷嬷老病发了，排揎宝玉的人。正值他今儿输了钱，迁怒于人，便连忙赶过来，拉了李嬷嬷笑道：“嬷嬷别生气，大节下，老太太刚喜欢了一日。你是个老人家，别人吵嚷还要你管他们才是，难道你反不知规矩？在这里嚷起来，叫老太太生气不成？你说谁不好，我替你打他。我屋里烧的滚热的野鸡，快跟我来，吃酒去。”一面说，一面拉着走，又叫：“丰儿，替你李奶奶拿着拐棍子、擦眼泪的手帕子。”那李嬷嬷脚不沾地，跟了凤姐儿走了，一面还说：“我也不要这老命了，索性今儿没了规矩，闹一场子，讨个没脸，强似受那倡妇的气！”后面宝钗、黛玉见凤姐儿这般，都拍手笑道：“亏他这一阵风来，把个老婆子撮了去了。”

宝玉点头叹道：“这又不知是那里的帐，只拣软的欺负。又不知是那个姑娘得罪了，上在他帐上了。”一句未完，晴雯在旁说道：“谁又不疯了，得罪他做什么？便得罪了他，就有本事承任，犯不着带累别人！”袭人一面哭，一面拉着宝玉道：“为我得罪了一个老奶奶，你这会子又为我得罪这些人，这还不够我受的，还只是拉别人。”宝玉见他这般病势，又添了这些烦闷，连忙忍气吞声，安慰他仍旧睡下出汗。又见他汤烧火热，自己守着他，歪在旁边劝他：“只养病，别想那些没要紧的事生气。”袭人冷笑道：“要为这些事生气，这屋里一刻还住得了？但只是天长日久，只管如此吵闹，可叫人怎么样过呢？你只顾一时为我们得罪了人，他们都记在心里，遇着坎儿，说得好说不好听，大家什么意思！”一面说，一面禁不住流泪。又怕宝玉烦闷，只得又勉强忍着。

一时，杂使的老婆子端了二和药来。宝玉见他才有汗意，不叫他起来，便自己端着，与他就枕上吃了，即令小丫鬟们铺炕。袭人道：“你吃饭不吃饭，到底老太太、太太跟前坐一会子，和姑娘们顽一会子再回来。我就静静的躺一躺也好。”宝玉听说，只得依他，去了簪环，看他躺下，自往上房来，同贾母吃饭。

饭毕，贾母犹欲同那几个老管家嬷嬷斗牌，宝玉记着袭人，便回至房中。见袭人朦朦睡去，自己要睡，天气尚早。彼时晴雯、绮霞、秋纹、碧痕都寻热闹，找鸳鸯、琥珀等耍戏去了。见麝月一人在外间房里灯下抹骨牌，宝玉笑道：“你怎么不同他们去？”麝月道：“没有钱。”宝玉道：“床底下堆着那么些，还不够你输的？”麝月道：“都顽去了，这屋子交给谁呢？那一个又病了，满屋里上头是灯，下头是火，那些老婆子们都老天拔地，伏侍了一天，也该叫他们歇歇；小丫头们也伏侍了一天，这会子还不叫他们顽顽去？所以我在这里看着。”宝玉听了这话，公然又是一个袭人。因笑道：“我在这里坐着，你放心去罢。”麝月道：“你既在这里，越发不用去了，咱们两个说话顽笑，岂不好？”宝玉道：“咱们两个做什么呢？怪没意思的。也罢了，早上你说头痒，这会子没什么事，我替你篦头罢。”麝月听了便道：“就是这样。”说着，将文具镜匣搬出来，卸去钗钏，打开头发。宝玉拿了篦子，替他一一梳篦。只篦了三五下，见晴雯忙忙走进来取钱，一见了他两个，便冷笑道：“哦，交杯盏还没吃，倒上了头了。”宝玉笑道:“你来,我也替你篦一篦。”晴雯道:“我没这么样大福！”说着，拿了钱，便摔了帘子出去了。

宝玉在麝月身后，麝月对镜，二人在镜内相视。宝玉便向镜内笑道：“满屋里就只是他磨牙。”麝月听说,忙向镜中摆手,宝玉会意。忽听豁一声帘子响，晴雯又跑进来，问道：“我怎么磨牙了？咱们倒得说说！”麝月笑道：“你去你的罢，何苦来问人了？”晴雯笑道：“你又护着！你们那瞒神弄鬼的，我都知道。等我捞回本儿来再说话！”说着，一径出去了。这里宝玉通了头，命麝月悄悄的伏侍他睡下，不肯惊动袭人。一宿无话。

次日清晨起来，袭人已是夜间发了汗，觉得轻松了些，只吃些米汤静养。宝玉放了心，因饭后走到薛姨妈这边来闲逛。彼时正月内，学房中放年学，闺阁中忌针黹，都是闲时。贾环也过来顽，正遇见宝钗、香菱、莺儿三个赶围棋作耍，贾环见了也要顽。宝钗素昔看他也如宝玉，并没他意；今儿听他要顽，让他上来坐了一处顽。十个钱一盘。头一回自己赢了，心中十分欢喜；谁知后来接连输了几盘，便有些着急。赶着这盘正该自己掷骰子，若掷个七点便赢，若掷个六点亦该赢，掷个三点就输了。因拿起骰子来狠命一掷，一个坐定了二,那一个乱转。莺儿拍着手,只叫:“幺！”贾环便瞪着眼,“六！七！八！”混叫,那骰子偏生转出幺来。贾环急了,伸手便抓起骰子,然后就拿钱,说是个四点。莺儿便说:“分明是个幺！”宝钗见贾环急了,便瞅莺儿说道:“越大越没规矩！难道爷们还赖你？还不放下钱来么！”莺儿满心委曲,见宝钗说,不敢出声，只得放下钱来，口内咕唧说：“一个做爷们的，还赖我们！这几个钱我也不放在眼里！前儿和宝二爷顽，他输了那些也没有着急，剩的钱还是几个小丫头子们一抢，他一笑就罢了。”宝钗不等说完，连忙喝住了。贾环道:“我拿什么比宝玉？你们怕他,都和他好,都欺负我不是太太养的。”说着便哭。宝钗忙劝他：“好兄弟，快别说这话，人家笑话你。”又骂莺儿。

正值宝玉走来，见了这般形况，问是怎么了。贾环不敢则声。宝钗素知他家规矩：凡做兄弟的怕哥哥。却不知那宝玉是不要人怕他的，他想着：“兄弟们一并都有父母教训，何必多事，反生疏了呢？况且我是正出，他是庶出，照这样看待，还有人背后谈论，还禁得辖治了他？”更有个呆意思存在心里，你道是何呆意？因他自幼姐妹丛中长大，亲姊妹有元春、探春，叔伯的有迎春、惜春，亲戚中又有史湘云、林黛玉、薛宝钗等人，他便料定天地间灵淑之气，只钟于女子，男儿们不过是些渣滓浊沫而已。因此把一切男子都看成浊物，可有可无，只是父亲伯叔兄弟之伦，因是圣人遗训，不敢违忤，只得听他几句。所以弟兄之间，不过尽其大概的情理就罢了，并不想自己是男子，须要为子弟之表率。是以贾环等都不怕他，却怕贾母不依，才让他三分。现今宝钗生怕宝玉教训他，倒没意思，便连忙替贾环掩饰。宝玉道："大正月里哭什么？这里不好，到别处顽去！你天天念书，倒念糊涂了。譬如这件东西不好，横竖那一件好，就舍了这件取那件。难道你守着这件东西哭会子就好了不成？你原来是取乐的，倒招的自己烦恼，不如快去罢！"贾环听了，只得回来。

赵姨娘见他这般，因问："是那里垫了踹窝来了？"贾环便说："同宝姐姐顽来着，莺儿欺负我，赖我的钱，宝玉哥哥撵我来了。"赵姨娘啐道："谁叫你上高台盘了？下流没脸的东西，那里顽不得，谁叫你跑了去讨这没意思？"

正说着，可巧凤姐在窗外过，都听在耳内，便隔窗说道："大正月里怎么了？环兄弟小孩子家，一半点儿错了，你只教导他，说这样话做什么？凭他怎么去，还有太太、老爷管他呢，就大口家啐他！他现是主子，不好，横竖有教导他的人，与你什么相干？环兄弟出来，跟我顽去！"

贾环素怕凤姐，比怕王夫人更甚，听见叫他，忙的出来，赵姨娘也不敢出声。凤姐向贾环说道："你也是个没性气的东西！时常说给你：要吃要喝要顽要笑，你爱同那一个姐姐妹妹哥哥嫂子顽，就同那个顽。你总不听我的话，反教这些人教的歪心邪意，狐媚子霸道的。自己不尊重，要往下流里走，安着坏心，还只怨人家偏心呢。输了几个钱，就这么个样儿！"因问贾环："你输了多少钱？"贾环见问，只得诺诺的说道："输了一二百钱。"凤姐道："亏你还是爷，输了一二百钱就这样！"回头叫丰儿："去取一吊钱来，姑娘们都在后头顽呢，把他送了顽去。你明儿再这样下流狐媚子，我先打了你，再叫人告诉学里，皮不揭了你的！为你这个不尊重，你哥哥恨得牙痒痒！不是我拦着，窝心脚把你的肠子还窝出来呢！"喝令："去罢！"贾环诺诺的跟了丰儿，得了钱，自己和迎春等顽去，不在话下。

且说宝玉正和宝钗顽笑，忽见人说："史大姑娘来了。"宝玉听了，抬身就走。宝钗笑道："等着，咱们两个一齐走，瞧瞧他去。"说着，下了炕，同宝玉来至贾母这边。只见史湘云大笑大说的，见了他两个，忙问好厮见。正值黛玉在旁，因问宝玉："打那里来？"宝玉便说："在宝姐姐家来。"黛玉冷笑道："我说呢，亏在那里绊住，不然早就飞了来了。"宝玉道："只许同你顽，替你解闷儿！不过偶然去他那里一遭，就说这话。”黛玉道：“好没意思的话！去不去，干我什么事？又没叫你替我解闷儿！可许你从此不理我呢！”说着，便赌气回房去了。宝玉忙跟了来，问道：“好好的，又生气了？就是我说错句话，你到底也还坐在那里，和别人说笑一会子，又自己来纳闷。”黛玉道：“你管我呢！”宝玉笑道：“我自然不敢管你，只是你自己作践了身子呢。”黛玉道：“我作践了我的身子，我死我的，与你何干！”宝玉道：“何苦来！大正月里，死了活了的。”黛玉道：“偏说‘死’！我这会子就死！你怕死，你长命百岁的活着，何如？”宝玉笑道：“要像只管这样的闹，我还怕死么！倒不如死了干净！”黛玉忙道：“正是了，要是这样闹，不如死了干净。”宝玉道：“我说自家死了干净，别错听了话赖人。”正说着，宝钗走来说：“史大妹妹等你呢。”说着，便推宝玉走了。这里黛玉越发生气，只向窗前流泪。

没两盏茶时，宝玉仍来了。黛玉见了，越发抽抽噎噎的哭个不住。宝玉见了这样，知难挽回，打叠起千百样的款语温言来劝慰。不料自己未张口，只听黛玉先说道：“你又来作什么？死活凭我去罢了，横竖如今有人和你顽耍，比我强多呢：又会作又会写，又会说又会笑，又怕你生气，拉了你去，你又来做什么？”宝玉听了，忙上前悄悄的说道：“你这个明白人，难道连‘亲不隔疏’、‘后不僭先’也不知道？我虽糊涂，却明白这两句话。头一件，咱们是姑舅姊妹，宝姐姐是两姨姊妹，论亲戚，他比你疏；第二件，你先来，咱们两个一桌吃，一床睡，自小儿一处长大的，他是才来的，岂有个为他疏你的？”黛玉啐道：“我难道叫你疏他？我成了什么人了呢？我为的是我的心！”宝玉道：“我也为的是我的心。你难道就知道你的心，不知道我的心不成？”

黛玉听了，低头不语。半日，说道：“你只怨人行动嗔怪了你，你再不知道你自己呕人难受！就拿今日天气比，分明今儿冷的这样，你怎么反倒把个青肷披风脱了呢？”宝玉笑道：“何尝不穿着，见你一恼，我一炮燥，就脱了。”黛玉叹道：“回来伤了风，又该饿着吵吃的了。”

二人正说着，只见湘云走来，笑道：“爱哥哥，林姐姐，你们天天一处顽，我好容易来了，也不理我一理儿！”黛玉笑道：“偏你咬舌子爱说话，连个‘二’哥哥也叫不上来，只是‘爱’哥哥、‘爱’哥哥的。回来赶围棋儿，又该你闹幺‘爱’三了。”宝玉笑道：“你学惯了，明儿连你还咬起来呢。”湘云道：“他再不放人一点儿，专挑人的不是。你自己便比世人好，也不犯着见一个打趣一个。我指出一个人来，你敢挑他呢，我就服你。”黛玉便问：“是谁？”湘云道："你敢挑宝姐姐的短处，就算你是个好的。"黛玉听了，冷笑道："我当是谁，原来是他。我那里敢挑他呢？"宝玉不等说完，忙用话分开。湘云笑道："这一辈子我自然比不上你，我只保佑着明儿得一个咬舌儿林姐夫，时时刻刻你可听'爱'呀'厄'的去！阿弥陀佛，那时才现在我眼里了。"说的众人大笑，湘云便回身跑了。要知端详，下回分解。

第二十一回　贤袭人娇嗔箴宝玉　俏平儿软语救贾琏

话说史湘云跑了出来，怕黛玉赶上，宝玉在后忙说："绊倒了！那里就赶上了？"黛玉赶到门前，被宝玉叉手在门框上拦住，笑道："饶他这一遭儿罢。"黛玉拉着手说道："我要饶了云儿，再不活着！"湘云见宝玉拦着门，料黛玉不能出来，便立住脚，笑道："好姐姐，饶我这遭儿罢。"却值宝钗来在湘云身背后，也笑道："我劝你两个看宝兄弟面上，都丢开手罢。"黛玉道："我不依。你们是一气的，都戏弄我不成！"宝玉劝道："谁敢戏弄你？你不打趣他，他焉敢说你？"

四人正难分解，有人来请吃饭，方往前边来。那天已掌灯时分，王夫人、李纨、凤姐，迎春、探春、惜春姊妹等，都往贾母这边来。大家闲话了一回，各自归寝。湘云仍往黛玉房中安歇。宝玉送他二人到房，那天已二更多了，袭人来催了几次，方回自己房中来睡。次早天方明时，便披衣靸鞋，往黛玉房中来。却不见紫鹃、翠缕二人，只有他姊妹两个尚卧在衾内。那黛玉严严密密裹着一幅杏子红绫被，安稳合目而睡；那史湘云却一把青丝拖于枕畔，被只齐胸，一弯雪白的膀子撩于被外，又带着两个金镯子。宝玉见了，叹道："睡觉还是不老实。回来风吹了，又嚷肩窝疼了。"一面说，一面轻轻的替他盖上。黛玉早已醒了，觉得有人，就猜着定是宝玉，因翻身一看，果不出所料。因说道："这早晚就跑过来作什么？"宝玉说："这早晚还早么？你起来瞧瞧。"黛玉道："你先出去，让我们起来。"宝玉听了，转身出至外间。

黛玉起来，叫醒湘云，二人都穿了衣裳。宝玉复又进来，坐在镜台旁边。只见紫鹃、雪雁进来伏侍梳洗。湘云洗了脸，翠缕便拿残水要泼，宝玉道："站着，我趁势洗了就完了，省得又过去费事。"说着，便走过来弯腰洗了两把。紫鹃递过香皂去，宝玉道："这盆里就不少，不用搓了。"再洗了两把，便要手巾。翠缕道："还是这个毛病儿！多早晚才改呢？"宝玉也不理他，忙忙的要青盐擦了牙，漱了口，完毕，见湘云已梳完了头，便走过来笑道："好妹妹，替我梳上头。”湘云道：“这可不能了。”宝玉笑道：“好妹妹，你先时怎么替我梳了呢？”湘云道：“如今我忘了怎样梳呢。”宝玉道：“横竖我不出门，又不戴冠子勒子，不过打几根辫子就完了。”说着，又“千妹妹”“万妹妹”的央告。湘云只得扶过他的头来，一一梳篦。在家不戴冠子，并不总角，只将四围短发编成小辫，往顶心发上归了总，编一根大辫，红绦结住。自发顶至辫梢，一路四颗珍珠，下面有金坠脚。湘云一面编着，一面说道：“这珠子只三颗了，这一颗不是的。我记得是一样的，怎么少了一颗？”宝玉道：“丢了一颗。”湘云道：“必定是外头去掉下来，不防被人拾了去，倒便宜他。”黛玉旁边冷笑道：“也不知是真丢，也不知是给了人镶什么戴去了！”宝玉不答，因镜台两边都是妆奁等物，顺手拿起来赏玩，不觉顺手拈了胭脂，意欲往口边送，又怕湘云说。正犹豫间，湘云在身后伸过手来，拍的一下，将胭脂从他手中打落，说道：“不长进的毛病儿，多早才改！”

一语未了，只见袭人进来，见这光景，知是梳洗过了，只得回来自己梳洗。忽见宝钗走来，因问：“宝兄弟那里去了？”袭人冷笑道：“宝兄弟那里还有在家的工夫！”宝钗听说，心中明白。又听袭人叹道：“姊妹们和气，也有个分寸、礼节，也没有黑夜白日闹的！凭人怎么劝，都是耳旁风！”宝钗听了，心中暗忖道：“倒别错看了这个丫头，听他这话，倒有些见识。”宝钗便在炕上坐下，慢慢的闲言中套问他年纪、家乡等语，留神窥察，其言语、志量深可敬爱。

一时宝玉来了，宝钗方出去。宝玉便问袭人道：“怎么宝姐姐和你说的这么热闹，见我进来就跑了？”问一声不答。再问时，袭人方道：“你问我么？我那里知道你们的原故！”宝玉听了这话，见他脸上气色非往日可比，便笑道：“怎么，又动了真气了？”袭人冷笑道：“我那里敢动气！只是你从今别进这屋子了，横竖有人伏侍你，再不必来支使我。我仍旧还伏侍老太太去。”一面说，一面便在炕上合眼倒下。宝玉见了这般景况，深为骇异，禁不住赶来劝慰。那袭人只管合着眼不理，宝玉无了主意。因见麝月进来，便问道：“你姐姐怎么了？”麝月道：“我知道么？问你自己便明白了。”宝玉听说，呆了一回，自觉无趣，便起身叹道：“不理我罢，我也睡去。”说着，便起身下炕，到自己床上睡下。袭人听他半日无动静，微微的打鼾，料他睡着，便起来，拿一领斗篷来替他盖上。只听嘧的一声儿，宝玉便掀过去，仍合目妆睡。袭人明知其意，便点头冷笑道：“你也不用生气，从此后我只当哑子，再不说你一声，何如？”宝玉禁不住起身问道：“我又怎么了，你又劝我？你劝也罢了，刚才又没劝，我一进来你就不理我，赌气睡了，我还摸不着是为什么；这会子你又说我恼了！我何尝听见你劝我的是什么话儿！”袭人道：“你心里还不明白，还等我说么？”

正闹着，贾母遣人来叫他吃饭，方往前边来。胡乱吃了几碗饭，仍回至自己房中。只见袭人睡在外头炕上，麝月在旁抹骨牌。宝玉素知麝月与袭人亲厚，一并连麝月也不理，揭起软帘，自往里间来，麝月只得跟进来。宝玉便推他出去，说：“不敢惊动你们。”麝月只得笑着出来，唤两个小丫头进去。宝玉拿了本书，歪着看了半天。因要茶，抬头见两个小丫头在地下站着，一个大些的生得十分清秀。宝玉便问：“你叫什么名字？”那丫头答道：“叫蕙香。”宝玉又问：“是谁起的这个名字？”蕙香道：“我原叫芸香，是花大姐姐改的。”宝玉道：“正经该叫‘晦气’罢咧，什么‘蕙香’呢！”又问：“你姊妹几个？”蕙香道：“四个。”宝玉道：“你第几个？”蕙香道：“第四。”宝玉道：“明日就叫‘四儿’，不必什么‘蕙香’‘兰气’的！那一个配比这些花？没的玷辱了好名好姓的！”一面说，一面命他倒了茶来吃。袭人和麝月在外间听了半日，抿嘴儿笑。

这一日，宝玉也不出房门，自己闷闷的，只不过拿书解闷，或弄笔墨；也不使唤家人，只叫四儿答应。谁知这个四儿是个乖巧不过的丫头，见宝玉用他，他便变尽方法笼络宝玉。至晚饭后，宝玉因吃了两杯酒，眼饧耳热之余，若往日则有袭人等，大家喜笑有兴；今日却冷清清的，一人对灯，好没兴趣！待要赶了他们去，又怕他们得了意，以后越来劝了；若拿出作上人的模样镇吓他们，似乎无情太甚。说不得横了心，只当他们死了，横竖自家也要过的。便权当他们死了，毫无牵挂，反能怡然自悦。因命四儿剪烛烹茶，自己看了一回《南华经》。至《外篇·胠箧》一则，其文曰：

> 故绝圣弃智，大盗乃止；擿玉毁珠，小盗不起；焚符破玺，而民朴鄙；剖斗折衡，而民不争；殚残天下之圣法，而民始可与论议。擢乱六律，铄绝竽瑟，塞瞽旷之耳，而天下始人含其聪矣；灭文章，散五彩，胶离朱之目，而天下始人含其明矣；毁绝钩绳而弃规矩，攦工倕之指，而天下始人含其巧矣。

看至此，意趣洋洋，趁着酒兴，不禁提笔续曰：

> 焚花散麝，而闺阁始人含其劝矣；戕宝钗之仙姿，灰黛玉之灵窍，

丧灭情意，而闺阁之美恶始相类矣。彼含其劝，则无参商之虞矣；戕其仙姿，无恋爱之心矣；灰其灵窍，无才思之情矣。彼钗、玉、花、麝者，皆张其罗而穴其隧，所以迷眩缠陷天下者也。

续毕，掷笔就寝。头刚着枕，便忽然睡去，一夜竟不知所之，直至天明方醒。翻身看时，只见袭人和衣睡在衾上。宝玉将昨日的事已付之度外，便推他说道："起来好生睡，看冷着了。"

原来袭人见他无晓夜和姊妹厮闹，若真劝他，料不能改，故用柔情以警之，料他不过半日片刻仍复好了。不想宝玉一日夜竟不回转，自己反不得主意，直一夜没好生睡。今忽见宝玉如此，料是他心意回转，便索性不睬他。宝玉见他不应，便伸手替他解衣。刚解开了钮子，被袭人将手推开，又自扣了。宝玉无法，只得拉他的手笑道："你到底怎么了？"连问几声，袭人睁眼说道："我也不怎么。你睡醒了，你自过那边房里去梳洗。再迟了，就赶不上了。"宝玉道："我过那里去？"袭人冷笑道："你问我，我知道么？你爱那里去就过那里去，从今咱们两个丢开手，省得鸡争鹅斗，叫别人笑话。横竖那边腻了过来，这边又有个什么'四儿''五儿'伏侍！我们这起东西，可是'白玷辱了好名好姓'的！"宝玉笑道："你今儿还记着么？"袭人道："一百年还记着呢。比不得你，拿着我的话当耳旁风，夜里说了，早起就忘了。"宝玉见他娇嗔满面，情不可禁，便向枕边拿出一根玉簪来，一跌两段，说道："我再不听你说，就同这簪一样！"袭人忙的拾了簪子，说道："大早起，这是何苦来！听不听，什么要紧？也值得这个样子！"宝玉道："你那里知道我心里急！"袭人笑道："你也知道着急么？可知我心里怎么样。快起来洗脸去罢。"说着，二人方起来梳洗。

宝玉往上房去后，谁知黛玉走来，见宝玉不在房中，因翻弄案上书看，可巧便翻出昨儿的《庄子》来。看见宝玉所续之处，不觉又气又笑，不禁也提笔续了一绝云：

无端弄笔是何人，剿袭南华庄子文。
不悔自家无见识，却将丑语诋他人。

题毕，也往上房来见贾母，后往王夫人处来。

谁知凤姐之女大姐儿病了，正乱着请大夫诊脉。大夫说："替夫人、奶奶们道喜：姐儿发热，是见喜了，并非别证。"王夫人、凤姐听了，忙遣人问："可好不好？"大夫回道："证虽险，却顺，倒还不妨。预备桑虫、猪尾要紧。"凤姐听了，登时忙将起来：一面打扫房屋供奉痘疹娘娘，一面传与家人忌煎炒等物，一面命平儿打点铺盖衣服与贾琏隔房，一面又拿大红尺头与奶子、丫头亲近人等裁衣。外面又打扫净室，款留两位医生，轮流斟酌诊脉下药，十二日不放家去。贾琏只得搬出外书房来安歇。风姐与平儿都随王夫人，日日供奉娘娘。

那贾琏只离了凤姐，便要寻事。独寝了两夜，十分难熬，只得暂将小厮内清俊的选来出火。不想荣国府内，有一个极不成材破烂酒头厨子，名唤多官儿，因他懦弱无能，人都唤他作“多浑虫”。因他父母给他娶了一个媳妇，今年方二十岁，也有几分人材，又兼生性轻薄，最喜拈花惹草，多浑虫又不理论，只是有酒有肉有钱，便诸事不管了，所以宁、荣二府之人，都得入手。因这媳妇妖娆异常，轻浮无比，众人都呼他作“多姑娘儿”。如今贾琏在外熬煎，往日也见过这媳妇，垂涎久了，只是内惧娇妻，外惧娈童，不曾下得手。那多姑娘儿也有意于贾琏，只恨没空。今闻贾琏搬在外书房来，他便没事也要走三四回去招惹。贾琏似饥鼠一般，少不得和心腹的小厮们计议，多以金帛相许，焉有不允之理？况都和这媳妇是旧友，一说便成。

是夜，多浑虫醉倒在炕。二鼓人定，贾琏便溜进来相会。一见面早已神魂失据，也不及情谈款叙，便宽衣动作起来。谁知这媳妇有天生的奇趣：一经男子挨身，便觉遍体筋骨瘫软，使男子如卧绵上；更兼淫态浪言，压倒娼妓，贾琏此时恨不得浑身化在他身上。那媳妇故作浪语，在下说道：“你家女儿出花儿，供着娘娘，你也该忌两日，倒为我肮脏了身子。快离了我这里罢。”贾琏一面大动，一面喘吁吁答道：“你就是娘娘！那里还管什么娘娘！”那媳妇越浪起来，贾琏不禁丑态毕露。一时事毕，两个又盟山誓海，难舍难分。自此后遂成相契。

一日，大姐毒尽瘢回，十二日后送了娘娘，合家祭天祀祖宗，还愿焚香。庆贺放赏已毕，贾琏仍复搬进卧室。见了凤姐，正是俗语云“新婚不如远别”，更有无限恩爱，自不必细说。

次日早起，凤姐往上房里去后，平儿收拾外边拿进来的衣服铺盖，不承望枕套中抖出一绺青丝来。平儿会意，忙藏在袖内，便走至这边房内，拿出头发来向贾琏笑道：“这是什么？”贾琏一见，连忙抢上来要夺，平儿便跑，被贾琏一把揪住，按在炕上，掰手要夺。平儿笑道：“你这个没良心的！我好意瞒着他来问你，你倒赌狠！等他回来，我告诉了，看你怎么样！”贾琏听说，忙陪笑央求道：“好人，你赏我罢，我再不敢赌狠了。”

一语未了，只听凤姐声音进来。贾琏听见，松又不是，抢又不是，只叫："好人，别叫他知道！"平儿才起身，凤姐已走进来，命平儿："快开匣子，替太太找样子。"平儿忙答应了找时，凤姐见了贾琏，忽然想起来，便问平儿："前日拿出去的东西，都收进来没有？"平儿道："收进来了。"凤姐道："可少什么没有？"平儿道："细细查了，并没少一件儿。"凤姐又道："可多什么没有？"平儿笑道："不少就是了，怎么还有得多出来？"凤姐又笑道："这半个月，难保干净，或者有相厚的丢下什么戒指儿、汗巾儿，亦未可定。"一席话，说的贾琏脸都黄了，在凤姐身背后，只望着平儿杀鸡抹脖使眼色，求他遮盖。平儿只作不看见，因笑道："怎么我的心就和奶奶一样：我就怕有什么的，留神搜了一搜，竟一点破绽也没有。奶奶不信，亲自搜一搜。"凤姐笑道："傻丫头，他便有这些东西，那里就叫咱们搜着！"说着，拿了样子出去了。

平儿指着鼻子，摇着头儿，笑道："这件事，你该怎么谢我呢？"喜得贾琏眉开眼笑，跑过来搂着，"心肝肠儿肉儿"乱叫。平儿手里拿着头发，笑道："这是一辈子的把柄儿。好就好，不好咱们就抖出这个来。"贾琏笑着央告道："你好生收着罢，千万可别叫他知道。"口里说着，觑他不提防，一把便抢过来，笑道："你拿着终是祸胎，不如我烧了，就完了事了。"一面说，一面藏在靴掖子内。平儿咬牙道："没良心的！过了河儿就拆桥，明儿还想我替你撒谎呢！"贾琏见他娇俏动情，便搂着求欢，平儿夺手跑了出来，急得贾琏弯着腰恨道："死促狭小娼妇儿！一定浪上人的火来，他又跑了！"平儿在窗外笑道："我浪我的，谁叫你动火？难道图你受用，叫他知道了，又不待见我。"贾琏道："你不用怕他！等我性子上来，把这醋罐子打个稀烂，他才认得我呢！他防我像防贼似的，只许他同男子说话，不许我和女人说话。我和女人说话略近些，他就疑惑；他不论小叔子、侄儿、大的、小的，说说笑笑，就不怕我吃醋了？以后我也不许他见人！"平儿道："他醋你使得，你醋他使不得：他原行的正，走的正；你行动便有坏心，连我也不放心，别说是他。"贾琏道："你两个一口贼气！都是你们行的是，我凡行动，都存坏心。多早晚才叫你们都死在我手里呢！"

一句未了，凤姐走进院来。因见平儿在窗外，就问道："要说话，怎么不在屋里？跑出来隔着窗子，是什么意思？"贾琏在内接嘴道："你可问他，倒像屋里有老虎吃他呢。"平儿道："屋里一个人没有，我在他跟前作什么？"凤姐笑道："正是没人才好呢。"平儿听说，便道："这话是说我么？"凤姐便笑道："不说你，说谁？"平儿道："别叫我说出好话来了！"说着，也不打帘子，一径往那边去了。

凤姐自掀帘子进来，说道："平儿丫头疯魔了，这蹄子认真要降伏起我来了！仔细你的皮要紧。"贾琏听了，已绝倒在炕上，拍手笑道："我竟不知平儿这么利害，从此倒服了他了。"凤姐道："都是你兴的他，我只和你算帐就完了。"贾琏听了，啐道："你两个不卯，又拿我来垫踹儿。我躲开你们就完了。"凤姐道："我看你躲到那里去！"贾琏道："我有处去。"说着就走。凤姐道："你别走，我有话和你说呢。"不知何事，且听下回分解。

第二十二回　听曲文宝玉悟禅机　制灯谜贾政悲谶语

话说贾琏听凤姐儿说有话商量，因止步问是何话，凤姐道："二十一是薛妹妹的生日，你到底怎么样？"贾琏道："我知道怎么样？你连多少大生日都料理过了，这会子倒没有主意了？"凤姐道："大生日是有一定的则例。如今他这生日，大又不是，小又不是，所以和你商量。"贾琏听了，低头想了半日，道："你竟糊涂了，现有比例：那林妹妹就是例，往年怎么给林妹妹做的，如今也照依给薛妹妹做就是了。"凤姐听了冷笑道："我难道这个也不知道？我原也这么想定了，但昨日听见老太太说，问起大家的年纪生日来，听见薛大妹妹今年十五岁，虽不是整生日，也算得将笄之年。老太太说要替他做生日，自然与往年给林妹妹的不同了。"贾琏道："既如此，就比林妹妹的多增些。"凤姐道："我也这么想着，所以讨你的口气。我若私自添了东西，你又怪我不告诉你明白了。"贾琏笑道："罢，罢，这空头情我不领，你不盘察我就够了，我还怪你？"说着，一径去了，不在话下。

且说史湘云住了两日，因要回去，贾母因说："等过了你宝姐姐的生日，看了戏再回去。"史湘云听了，只得住下，又一面遣人回去，将自己旧日作的两件针线活计取来，为宝钗生辰之仪。

谁想贾母自见宝钗来了，喜他稳重和平，正值他才过第一个生辰，便自己蠲资二十两，唤了凤姐来，交与他备酒戏。凤姐凑趣笑道："一个老祖宗，给孩子们做生日，不拘怎样，谁还敢争？又办什么酒席？既高兴，要热闹，就说不得自己化费几两老库里的体己。这早晚找出这霉烂的二十两银子来做东，意思还叫我们赔上。果然拿不出来也罢了，金的银的圆的扁的，压塌了箱子底，只是累掯我们！举眼看看，谁不是你老人家的儿女？难道将来只有宝兄弟顶你老人家上五台山不成？那些东西只留与他，我们如今虽不配使，也别苦了我们。这个够酒的？够戏的？”说的满屋里都笑起来。贾母亦笑道：“你们听听这嘴，我也算会说的了，怎么说不过这猴儿！你婆婆也不敢强嘴，你就和我啷阿啷的！”凤姐笑道：“我婆婆也是一样的疼宝玉，我也没处去诉冤，倒说我强嘴。”说着，又引贾母笑了一会，贾母十分喜悦。

到晚上，众人都在贾母前，定省之余，大家娘儿姊妹等说笑时，贾母因问宝钗：“爱听何戏？爱吃何物？”宝钗深知贾母年老人，喜热闹戏文，爱吃甜烂之物，便总依贾母素喜的说了一遍，贾母更加喜欢。次日，先送过衣服玩物去，王夫人、凤姐、黛玉等诸人皆有随分的，不须细说。

至二十一日，就贾母内院搭了家常小巧戏台，定了一班新出小戏，昆、弋两腔俱有，就在贾母上房摆了几席家宴酒席，并无一个外客，只有薛姨妈、史湘云、宝钗是客，余者皆是自己人。这日早起，宝玉因不见黛玉，便到他房中来寻，只见黛玉歪在炕上。宝玉笑道：“起来，吃饭去，就开戏了。你爱听那一出，我好点。”黛玉冷笑道：“你既这样说，你就特叫一班戏，拣我爱的唱与我听，这会子犯不上借着光儿问我！”宝玉笑道：“这有什么难的？明儿就这样行，也叫他们借着咱们的光儿。”一面说，一面拉他起来，携手出去。

吃了饭点戏时，贾母一面先叫宝钗点，宝钗推让一遍，无法，只得点了一出《西游记》。贾母自是欢喜，然后便命凤姐点。凤姐虽有王夫人在前，但因贾母之命，不敢违拗，且知贾母喜热闹，更喜谑笑科诨，便先点了一出，却是《刘二当衣》。贾母果真更又欢喜，然后便命黛玉点。黛玉又让王夫人等先点，贾母道：“今儿原是我特带着你们取乐，咱们只管咱们的，别理他们。我巴巴的唱戏摆酒，为他们不成？他们在这里白听白吃，已经便宜了，还让他们点戏么！”说着，大家都笑。黛玉方点了一出，然后宝玉、史湘云、迎春、探春、惜春、李纨等，俱各点了，按出扮演。

至上酒席时，贾母又命宝钗点，宝钗点了一出《鲁智深醉闹五台山》。宝玉道：“你只好点这些戏。”宝钗道：“你白听了这几年戏，那里知道这出戏的好处：排场又好，词藻更妙。”宝玉道：“我从来怕这些热闹戏。”宝钗笑道：“要说这一出热闹，还算你不知戏呢。你过来，我告诉你。这一出戏，是一套《北点绛唇》，铿锵顿挫，那音律不用说是好的了；只那词藻中有一只《寄生草》，填得极妙，你何曾知道！”宝玉见说的这般好，便凑近来央告：“好姐姐，念与我听听。”宝钗便念道：

漫揾英雄泪，相离处士家。谢慈悲，剃度在莲台下。没缘法，转眼分离乍。赤条条，来去无牵挂。那里讨，烟蓑雨笠卷单行？一任俺，芒鞋破钵随缘化！

宝玉听了，喜的拍膝摇头，称赏不已，又赞宝钗无书不知。黛玉道："安静看戏罢！还没唱《山门》,你就《妆疯》了！"说的湘云也笑了。于是大家看戏，到晚方散。

贾母深爱那做小旦的与一个做小丑的，因命人带进来。细看时，一发可怜见，因问年纪，那小旦才十一岁，小丑才九岁，大家叹息了一回。贾母令人另拿些肉果与他两个，又另赏钱两吊。凤姐笑道："这个孩子，扮上活像一个人，你们再看不出。"宝钗心内也知道，只点点头不说。宝玉也点了点头，亦不敢说。史湘云便接口道："倒像林姐姐的模样。"宝玉听了，忙把湘云觑了一眼，使个眼色。众人听了这话，留神细看，都笑起来了，说："果然像得很！"一时散了。

晚间，湘云便命翠缕把衣包收拾了。翠缕道："忙什么？等去的那日包也不迟。"湘云道："明早就走。还在这里做什么？看人家的嘴脸！"宝玉听了这话，近前说道："好妹妹，你错怪了我。林妹妹是个多心的人，别人分明知道，不肯说出来，也皆因怕他恼。谁知你不防头就说了出来，他岂不恼？我怕你得罪了人，所以才使眼色。你这会子恼了我，岂不孤负了我？若是别个，那怕他得罪了十个人，与我何干呢？"湘云摔手道："你那花言巧语别望着我说。我也原不如你林妹妹，别人拿他取笑都使得，只我说了就有不是！我原不配说他，他是主子小姐，我是奴才丫头，得罪了他了！"宝玉急的说道："我倒是为你为出不是来了！我要有坏心，立刻化成灰，教万人践踏！"湘云道："大正月里，少信口胡说。这些没要紧的恶誓、散语、歪话，说给那些小性儿、行动爱恼人、会辖治你的人听去，别叫我啐你！"说着，至贾母里间屋里，忿忿的躺着去了。

宝玉没趣，只得又来寻黛玉。谁知才进门，便被黛玉推出来，将门关上了。宝玉又不解何故，在窗外只是低声叫："好妹妹！"黛玉总不理他。宝玉闷闷的，垂头不语。袭人早知端的，当此时，再不能劝。那宝玉只呆呆的站着。黛玉只当他回去了，却开了门，只见宝玉还站在那里，黛玉不好再闭门。宝玉因随进来，问道："凡事都有个缘故，说来人也不委曲。好好的就恼了，到底是为什么起？"黛玉冷笑道："问的我倒好，我也不知为什么！我原是给你们取笑的，拿着我比戏子，给众人取笑儿！"宝玉道："我并没有比你，也并没有笑你，为什么恼我呢？”黛玉道：“你还要比！你还要笑！你不比不笑，比人家比了笑了的还利害呢！”宝玉听说，无可分辨。

黛玉又道：“这一节还可恕。再者，你为什么又和云儿使眼色？这安的是什么心？莫不是他和我顽，他就自轻自贱了？他是公侯的小姐，我原是贫民家的丫头。他和我顽，设如我回了口，岂不是他自惹轻贱？你是这个主意不是？你却也是好心，只是那一个不领你的情，一般也恼了。你又拿我作情，倒说我‘小性儿，行动爱恼人’，你又怕他得罪了我。我恼他，与你何干？他得罪了我，又与你何干？”

宝玉听了，知方才与湘云私谈，他也听见了。细想自己原为怕他二人生隙，故在中间调停，不料自己反落了两处的贬谤，正合着前日所看《南华经》内：“巧者劳而智者忧，无能者无所求，蔬食而遨游，汎若不系之舟。”又曰：“山木自寇，源泉自盗”等句，因此越想越无趣。再细想来，如今不过这几个人，尚不能应酬妥协，将来犹欲何为？想到其间，也无庸分辨，自己转身回房。黛玉见他去了，便知回思无趣，赌气去了，一言也不曾发，不禁自己越添了气，便说：“这一去，一辈子也别来了，也别说话！”

那宝玉不理，竟回来躺在床上，只是闷闷的。袭人深知原委，不敢就说，只得以他事来解说，因笑道：“今儿看了戏，又勾出几天戏来。宝姑娘一定要还席呢。”宝玉冷笑道：“他还不还，与我什么相干！”袭人见这话不似往日口吻，因又笑道：“这是怎么说？好好的大正月里，娘儿们姊妹们都喜喜欢欢，你又怎么这个形景了？”宝玉冷笑道：“他们娘儿们姊妹们欢喜不欢喜，也与我无干！”袭人笑道：“他们既随和，你也随和，岂不大家彼此有趣？”宝玉道：“什么‘大家彼此’！他们有‘大家彼此’，我只是‘赤条条无牵挂’的！”言及此句，不觉泪下。袭人见此景况，不敢再说。

宝玉细想这一句意味，不禁大哭起来。翻身站起来，至案边，提笔立占一偈云：

你证我证，心证意证。是无有证，斯可云证。无可云证，是立足境。

写毕，自己虽解悟，又恐人看此不解，因又填一只《寄生草》写在偈后；又念一过，自觉心中无有挂碍，便上床睡了。

谁知黛玉见宝玉此番果断而去，假以寻袭人为由来视动静。袭人回道：“已经睡了。”黛玉听了，就欲回去。袭人笑道：“姑娘请站着，有一个字帖儿，瞧瞧是什么话。”便将宝玉方才所写的与黛玉看。黛玉看了，知宝玉为一时感忿而作，不觉可笑可叹。便向袭人道：“作的是顽意儿，无甚关系。”说毕，便拿了回房去，与湘云同看。次日，又与宝钗看。宝钗念其词曰：

无我原非你，从他不解伊。肆行无碍凭来去。茫茫着甚悲愁喜？纷纷说甚亲疏密？从前碌碌却因何？到如今，回头试想真无趣！

看毕，又看那偈语，又笑道：“这个人悟了。都是我的不是，是我昨儿一支曲子惹出来的。这些道书机锋，最能移性。明儿认真起来，说些疯话，存了这个念头，岂不是从我这一支曲子起？我成了个罪魁了。”说着，便撕了个粉碎，递与丫头们，叫：“快烧了！”黛玉笑道：“不该撕了，等我问他。你们跟我来，包管叫他收了这个痴心邪说。”

三人果往宝玉屋里来。黛玉先笑道：“宝玉，我问你：至贵者‘宝’，至坚者‘玉’。尔有何贵？尔有何坚？”宝玉竟不能答。二人笑道：“这样愚钝，还参禅么！”湘云也拍手笑道：“宝哥哥可输了！”黛玉又道：“你那偈末云，‘无可云证，是立足境’，固然好了，只是据我看来，还未尽善，我还续两句在后。”因念云：

无立足境，方是干净。

宝钗道：“实在这方悟彻。当日南宗六祖惠能初寻师至韶州，闻五祖弘忍在黄梅，他便充役火头僧。五祖欲求法嗣，令徒弟诸僧各出一偈。上座神秀说道：‘身是菩提树，心如明镜台，时时勤拂拭，莫使有尘埃。’彼时惠能在厨房碓米，听了这偈，说道：‘美则美矣，了则未了。’因自念一偈曰：‘菩提本非树，明镜亦非台，本来无一物，何处染尘埃？’五祖便将衣钵传他。今儿这偈语亦同此意了，只是方才这句机锋，尚未完全了结，这便丢开手不成？”黛玉笑道：“他不能答，就算输了；这会子答上了，也不为出奇了。只是以后再不许谈禅了：连我们两个所知所能的，你还不知不能呢，还去参禅么？”宝玉自己以为觉悟，不想忽被黛玉一问，便不能答；宝钗又比出“语录”来：此皆素不见他们能者。自己想了一想：“原来他们比我的知觉在先，尚未解悟，我如今何必自寻苦恼？”想毕，便笑道：“谁又参禅？不过是一时的顽话儿罢了。”说毕，四人仍复如旧。

忽然人报娘娘差人送出一个灯谜来，命他们大家去猜，猜后每人也作一个送进去。四人听说，忙出来至贾母上房，只见一个小太监拿了一盏四角平头白纱灯，专为灯谜而制，上面已有了一个，众人都争着乱猜。小太监又下谕道：“众小姐猜着，不要说出来，每人只暗暗的写了，一齐封送进去，候娘娘自验是否。”宝钗听了，近前一看，是一首七言绝句，并无新奇，口中少不得称赞，只说难猜，故意寻思，其实一见早猜着了。宝玉、黛玉、湘云、探春四个人，也都解了，各自暗暗的写了。一并将贾环、贾兰等传来，一齐各揣心机猜了，写在纸上；然后各人拈一物，作成一谜，恭楷写了，挂于灯上。

太监去了，至晚出来，传谕道："前日娘娘所制，俱已猜着，惟二小姐与三爷猜的不是。小姐们作的，也都猜了，不知是否？"说着，也将写的拿出来：也有猜着的，也有猜不着的。太监又将颁赐之物，送与猜着之人：每人一个宫制诗筒，一柄茶筅。独迎春、贾环二人未得，迎春自以为顽笑小事，并不介意；贾环便觉得没趣。且又听太监说："三爷所作这个不通，娘娘也没猜着，叫我带回问三爷是个什么。"众人听了，都来看他作的什么，写道是：

大哥有角只八个，二哥有角只两根。

大哥只在床上坐，二哥爱在房上蹲。

众人看了，大发一笑。贾环只得告诉太监说："是一个枕头，一个兽头。"太监记了，领茶而去。

贾母见元春这般有兴，自己一发喜乐，便命速作一架小巧精致围屏灯来，设于堂屋，命他姊妹们各自暗暗的做了，写出来黏在屏上，然后预备下香茶细果以及各色玩物，为猜着之贺。贾政朝罢，见贾母高兴，况在节间，晚上也来承欢取乐。上面贾母、贾政、宝玉一席；王夫人、宝钗、黛玉、湘云又一席，迎春、探春、惜春三人又一席，俱在下面。地下婆子、丫鬟站满。李宫裁、王熙凤二人在里间又一席。贾政因不见贾兰，便问："怎么不见兰哥儿？"地下女人们忙进里间问李氏，李氏起身，笑着回道："他说方才老爷并没去叫他，他不肯来。"婆子回复了贾政，众人都笑说："天生的牛心古怪！"贾政忙遣贾环与两个婆子将贾兰唤来。贾母命他在身边坐了，抓果子与他吃。大家说笑取乐。

往常间只有宝玉长谈阔论，今日贾政在这里，便唯唯而已。余者，湘云虽系闺阁弱质，却素喜谈论，今日贾政在席，也自缄口禁言；黛玉本性娇懒，不肯多话；宝钗素不妄言轻动，便此时亦是坦然自若：故此一席，虽是家常取乐，反见拘束。贾母亦知因贾政一人在此所致，酒过三巡，便撵贾政去歇息。贾政亦知贾母之意：撵了他去，好让他姊妹兄弟们取乐，因陪笑道："今日原听见老太太这里大设春灯雅谜，故也备了彩礼酒席，特来入会。何疼孙子孙女之心，便不略赐与儿子半点？"贾母笑道："你在这里，他们都不敢谈笑，没的倒教我闷的慌。你要猜谜，我便说一个你猜；猜不着，是要罚的。"贾政忙笑道："自然受罚。若猜着了，也要领赏呢。"贾母道："这个自然。"便念道：

猴子身轻站树梢。　打一果名

贾政已知是荔枝，故意乱猜，罚了许多东西，然后方猜着了，也得了贾母的东西。然后也念一个灯谜与贾母猜，念道：

身自端方，体自坚硬。虽不能言，有言必应。　打一用物

说毕，便悄悄的说与宝玉。宝玉会意，又悄悄的告诉了贾母。贾母想了一想，果然不差，便说："是砚台。"贾政笑道："到底是老太太，一猜就是。"回头说："快把贺彩献上来！"地下妇女答应一声，大盘小盒一齐捧上。贾母逐件看去，都是灯节下所用所顽新巧之物，心中甚喜，遂命："给你老爷斟酒。"宝玉执壶，迎春送酒。

贾母因说："你瞧瞧那屏上，都是他姐儿们做的，再猜一猜我听。"贾政答应，起身走至屏前。只见第一个是元妃的，写着道：

能使妖魔胆尽摧，身如束帛气如雷。

一声震得人方恐，回首相看已化灰。

贾政道："这是爆竹么？"宝玉答道："是。"贾政又看迎春的，道：

天运人功理不穷，有功无运也难逢。

因何镇日纷纷乱？只为阴阳数不同。

贾政道："是算盘。"迎春笑道："是。"又往下看，是探春的，道：

阶下儿童仰面时，清明妆点最堪宜。

游丝一断浑无力，莫向东风怨别离。

贾政道："好像风筝。"探春道："是。"又看道是：

前身色相总无成，不听菱歌听佛经。

莫道此生沉黑海，性中自有大光明。

贾政道："这是佛前海灯嗄。"惜春笑答道："是海灯。"

贾政心内沉思道："娘娘所作爆竹，此乃一响而散之物；迎春所作算盘，是打动乱如麻；探春所作风筝，乃飘飘浮荡之物；惜春所作海灯，一发清净孤独。今乃上元佳节，如何皆作此不祥之物为戏耶？"心内愈思愈闷，因在贾母之前，不敢形于色，只得仍勉强往下看去。只见后面写着七言律诗一首，却是黛玉所作，随念道：

朝罢谁携两袖烟，琴边衾里两无缘。晓筹不用鸡人报，

五夜无烦侍女添。焦首朝朝还暮暮，煎心日日复年年。

光阴荏苒须当惜，风雨阴晴任变迁。

贾政道：“这个莫非更香？”宝玉代言道：“是。”贾政又看道：

南面而坐，北面而朝，象忧亦忧，象喜亦喜。

贾政道：“好，好！如猜镜子，妙极！”宝玉笑回道：“是。”贾政道：“这一个却无名字，是谁做的？”贾母道：“这个大约是宝玉做的。”贾政就不言语。往下再看宝钗的，道是：

有眼无珠腹内空，荷花出水喜相逢。

梧桐叶落分离别，恩爱虽浓不到冬。

贾政看完，心内自忖道：“此物还倒有限，只是小小年纪作此等言语，更觉不祥。看来皆非福寿之辈。”想到此处，愈觉烦闷，大有悲戚之状，只是垂头沉思。贾母见贾政如此光景，想到他身体劳乏，又恐拘束了他众姊妹不得高兴顽笑，即对贾政道：“你竟不必在这里了，安歇去罢，让我们再坐一会子，也就散了。”贾政一闻此言，连忙答应几个“是”，又勉强劝了贾母一回酒，方才退出去了。回至房中，只是思索，翻来覆去，甚觉凄惋。

这里贾母因贾政去了，便道：“你们乐一乐罢。”一语未了，只见宝玉跑至围屏灯前，指手画脚，信口批评：“这个这一句不好。那个破的不恰当。”如同开了锁的猴子一般。黛玉便道：“还像方才大家坐着，说说笑笑，岂不斯文些儿？”凤姐自里间屋里出来，插口说道：“你这个人，就该老爷每日合你寸步不离方好。刚才我忘了：为什么不当着老爷，撺掇叫你作诗谜儿？这会子不怕你不出汗呢。”说的宝玉急了，拉着凤姐儿厮缠了一会。贾母又与李宫裁并众姊妹等说笑了一会子，也觉有些困倦，听了听，已交四鼓了，因命将食物撤去，赏与众人，随起身道：“我们安歇罢。明日还是节呢，该当早起，明日晚上再顽罢。”于是众人方慢慢的散去。未知次日如何，且听下回分解。

第二十三回　西厢记妙词通戏语　牡丹亭艳曲警芳心

话说贾母次日仍领众人过节。那元妃却自幸大观园回宫去后，便命将那日所有的题咏，命探春依次抄录妥协，自己编次，叙其优劣；又令在大观园勒石，为千古风流雅事。因此贾政命人各处选拔精工名匠，大观园磨石镌字。贾珍率领贾蓉、贾萍等监工。因贾蔷又管理着文官等十二个女戏子并行头等事，不得空闲，因此又将贾菖、贾菱唤来监工。一日烫蜡钉朱，动起手来。这也不在话下。

且说那玉皇庙并达摩庵两处，一班的十二个小沙弥并十二个小道士，如今挪出大观园来，贾政正想发到各庙去分住。不想后街上住的贾芹之母周氏，正打算到贾政这边谋一个大小事件与儿子管管，也好弄些银钱使用，可巧听见这边有事，便坐车来求凤姐。凤姐因见他素日不大拿班做势的，便依允了。想了几句话，便回王夫人说："这些小和尚道士，万不可打发到别处去，一时娘娘出来，就要应承的。倘或散了，若再用时，可又费事。依我的主意，不如将他们都送到家庙铁槛寺去，月间不过派一个人拿几两银子去买柴米就是了。说声用，走去叫一声就来，一点儿不费事。"王夫人听了，便商之于贾政。贾政听了笑道："倒是提醒了我，就是这样。"即时唤贾琏。

贾琏正同凤姐吃饭，一闻呼唤，放下饭便走。凤姐一把拉住，笑道："你且站住，听我说话。若是别的事，我不管；若是为小和尚小道士们的那事，好歹依我这么着。"如此这般教了一套话。贾琏笑道："我不知道。你有本事，你说去。"凤姐听说，把头一梗，把筷子一放，脸上带笑不笑的，瞪着贾琏道："你当真，还是顽话儿？"贾琏笑道："西廊下五嫂子的儿子芸儿来求了我两三遭，要件事管管，我应了，叫他等着。好容易出来这件事，你又夺了去！"凤姐儿笑道："你放心，园子东北角上，娘娘说了，还叫多多的种松柏树，楼底下还叫种些花草等，这件事出来，我包管叫芸儿管这工程。"贾琏道："果然这样，也倒罢了。"因又悄悄的笑道："我问你，昨日晚上我不过是要改个样儿，你就扭手扭脚的。"凤姐听了，嗤的一声笑了，向贾琏啐了一口，低下头便吃饭。

贾琏一径笑着去了。走到前面，见了贾政，果然是为小和尚的事，贾琏便依了凤姐的主意，说道："看来，芹儿倒大大的出息了，这件事竟交与他去管办，横竖照在里头的规例，每日叫芹儿支领就是了。"贾政原不大理论这些小事，听贾琏如此说，便依允了。贾琏回至房中告诉凤姐，凤姐即命人去告诉周氏。贾芹便来见贾琏夫妻，感谢不尽。凤姐又做情，先支三个月的费用，叫他写了领字，贾琏批票画了押，登时发了对牌出去，银库上按数发出三个月的供给来：白花银三百两。贾芹随手拈了一块与掌平的人，叫他们吃了茶罢。于是命小厮拿了回家，与母亲商议。登时雇个脚驴自己骑，又雇几辆车子，至荣国府角门前，唤出二十四个人来，坐上车子，一径往城外铁槛寺去了。当下无话。

如今且说贾元春在宫中编大观园题咏之后，忽想起那园中的景致，自从幸过之后，父亲必定敬谨封锁，不叫人进去，岂不孤负此园？况家中现有几个能诗会赋的姊妹们，何不叫他们进去居住，也不使佳人落魄，花柳无颜。

却又想宝玉自幼在姊妹丛中长大，不比别的兄弟，若不叫他进去，又怕冷落了他，恐祖母与母亲心上不喜，须得也叫他进去居住方妥。想毕，遂命太监夏忠到荣府下一道谕，命宝钗等在园中居住，不可封锢；命宝玉也随进去读书。

贾政、王夫人接了谕，俟夏忠去后，便回明贾母，遣人进去各处收拾打扫，安设帘幔床帐。别人听了还犹可，惟宝玉则喜之不胜。正和贾母盘算，要这个要那个，忽见丫鬟来说："老爷叫宝玉。"宝玉呆了半晌，登时扫了兴，脸上转了色，便拉着贾母，扭的扭股儿糖似的，死也不敢去。贾母只得安慰他道："好宝贝，你只管去，有我呢，他不敢委曲了你。况你做了这篇好文章，想是娘娘叫你进园去住，他分付你几句话，不过是怕你在里头淘气。他说什么，你只好生答应着就是了。"一面安慰，一面唤了两个老嬷嬷来，分付："好生带了宝玉去，别叫他老子吓着他。"老嬷嬷答应了。

宝玉只得前去，一步走不了三寸，蹭到这边来。可巧贾政在王夫人房中商议事情，金钏儿、彩云、彩凤、绣鸾、绣凤等众丫头都在廊檐下站着呢，一见宝玉来，都抿着嘴儿笑他。金钏一把拉住宝玉，悄悄的说道："我这嘴上是才擦的香浸的胭脂，你这会子可吃不吃了？"彩云一把推开金钏，笑道："人家心里正不自在，你还要奚落他！趁这会子喜欢，快进去罢。"宝玉只得挨进门去。原来贾政和王夫人都在里间呢。赵姨娘打起帘子，宝玉挨身而入。只贾政和王夫人对坐在炕上说话，地下一溜椅子，迎春、探春、惜春、贾环四人都坐在那。一见他进来，探春、惜春和贾环站了起来。

贾政一举目，见宝玉站在跟前，神彩飘逸，秀色夺人；又看见贾环人物委琐，举止粗糙；忽又想起贾珠来，再看看王夫人只有这一个亲生的儿子，素爱如珍，自己的胡须将已苍白：因这几件上，把平日嫌恶宝玉之心不觉减了八九分。半晌说道："娘娘分付你，说日日在外游嬉，渐次疏懒，如今叫禁管你，同姊妹们在园里读书，你可好生用心习学。再不守分安常，你可仔细。"宝玉连连答应了几个"是"。王夫人便拉他在身边坐下。他姊弟三人依旧坐下。王夫人摸索着宝玉的脖项说道："前儿的丸药，都吃完了没有？"宝玉答应道："还有一丸。"王夫人说："明早再取十丸来，天天临睡时候，叫袭人伏侍你吃了再睡。"宝玉道："自从太太分付了，袭人天天临睡打发我吃的。"

贾政便问道："谁叫袭人？"王夫人道："是个丫头。"贾政道："丫头不拘叫个什么罢了，是谁起这样刁钻的名字？"王夫人见贾政不自在了，便替宝玉掩饰道："是老太太起的。"贾政道："老太太如何晓得这样的话？一定是宝玉！"

宝玉见瞒不过，只得起身回道："因素日读诗，曾记古人有句诗云：'花气袭人知昼暖'，因这丫头姓花，便随意起的。"王夫人忙向宝玉说道："你回去改了罢。老爷也不用为这小事生气。"贾政道："其实也无妨碍，不用改。只可见宝玉不务正，专在这些浓词艳诗上做工夫。"说毕，断喝了一声："作孽的畜生！还不出去！"王夫人也忙道："去罢，去罢，怕老太太等吃饭呢。"宝玉答应了，慢慢的退出去，向金钏儿笑着伸伸舌头，带着两个老嬷嬷一溜烟去了。

刚刚至穿堂门前，只见袭人倚门而立，见宝玉平安回来，堆下笑来问道："叫你做什么？"宝玉告诉："没有什么，不过怕我进园淘气，分付分付。"一面说，一面回至贾母跟前，回明原委。只见黛玉正在那里，宝玉便问道："你住在那一处好？"黛玉正盘算这事，忽见宝玉一问，便笑道："我心里想着潇湘馆好，我爱那几竿竹子，隐着一道曲栏，比别处幽静。"宝玉听了，拍手笑道："正合我的主意。我也想叫你那里去住，我就在怡红院，咱们两个又近，又都清幽。"

二人正计议，就有贾政遣人来回贾母说："二月二十二日是好日子，哥儿姐儿们就搬进去罢。这几日内遣人进去分派收拾。"宝钗住了蘅芜院，黛玉住了潇湘馆，迎春住了缀锦楼，探春住了秋爽斋，惜春住了蓼风轩，李氏住了稻香村，宝玉住了怡红院。每一处添两个老嬷嬷、四个丫头，除各人奶娘、亲随丫头外，另有专管收拾打扫的。到二十二日，一齐进去，登时园内花招绣带，柳拂香风，不似前番那等寂寞了。

闲言少叙。且说宝玉自进园来，心满意足，再无别项可生贪求之心，每日只和姊妹、丫鬟们一处，或读书，或写字，或弹琴下棋，作画吟诗，以至描鸾刺凤，斗草簪花，低吟悄唱，拆字猜谜，无所不至，倒也十分快意。他曾有几首四时即事诗，虽不算好，却是真情真景：

春夜即事

霞绡云幄任铺陈，隔巷蛙声听未真。枕上轻寒窗外雨，
眼前春色梦中人。盈盈烛泪因谁泣，点点花愁为我嗔。
自是小鬟娇懒惯，拥衾不耐笑言频。

夏夜即事

倦绣佳人幽梦长，金笼鹦鹉唤茶汤。窗明麝月开宫镜，
室霭檀云品御香。琥珀杯倾荷露滑，玻璃屏纳柳风凉。
水亭处处齐纨动，帘卷朱楼罢晚妆。

秋夜即事

绛云轩里绝喧哗，桂魄流光浸茜纱。苔锁石纹容睡鹤，
井飘桐露湿栖鸦。抱衾婢至舒金凤，倚槛人归落翠花。
静夜不眠因酒渴，沉烟重拨索烹茶。

冬夜即事

梅魂竹梦已三更，锦罽鹴衾睡未成。松影一庭惟见鹤，
梨花满地不闻莺。女奴翠袖诗怀冷，公子金貂酒力轻。
却喜侍儿知试茗，扫将新雪及时烹。

不说宝玉闲吟。且说这几首诗，当时有一等势利人，见是荣国府十二三岁的公子做的，抄录出来，各皆称颂；再有等轻薄子弟，爱上那风流妖艳之句，也写在扇头壁上，不时吟哦赏赞：因此上竟有人来寻诗觅字，倩画求题的。宝玉一发得意，每日家做这些外务。谁想静中生动，忽一日不自在起来，这也不好，那也不好，出来进去，只是闷闷的。园中那些女孩子，正是混沌世界，天真烂漫之时，坐卧不避，嬉笑无心，那里知宝玉此时的心事？那宝玉心内不自在，便懒在园内，只在外头鬼混，却又痴痴的，又说不出什么滋味来。茗烟见他这样，因想与他开心，左思右想，皆是宝玉顽烦了的，只有这件，宝玉不曾看见过。想毕，便走到书坊内，把那古今小说，并那飞燕、合德、武则天、杨贵妃的外传，与那传奇角本，买了许多来，引宝玉看。宝玉一看，如得珍宝。茗烟又嘱付道：“不可拿进园去。若叫人知道了，我就吃不了兜着走呢。”宝玉那里肯不拿进去？踟蹰再四，单把那文理雅道些的拣了几种进去，放在床顶上，无人时方看；那粗俗过露的，都藏于外面书房内。

那日正当三月中浣，早饭后，宝玉携了一套《会真记》，走到沁芳闸桥那边桃花岸下一块石上坐着，展开《会真记》，从头细看。正看到“落红成阵”，只见一阵风过，树上桃花吹下一大斗来，落得满身满书满地皆是花片。宝玉要抖将下来，恐怕脚步践踏了，只得兜了那花瓣，来至池边，抖在池内。那花瓣浮在水面，飘飘荡荡，竟流出沁芳闸去了。

回来只见地下还有许多花瓣，宝玉正踟蹰间，只听背后有人说道：“你在这里做什么？”宝玉一回头，却是黛玉来了：肩上担着花锄，花锄上挂着纱囊，手内拿着花帚。宝玉笑道：“好，好。来，把这个花扫起来，倒在那水里去罢。我才倒了好些在那里呢。”黛玉道：“倒在水里不好，你看这里的水干净，只一流出去，有人家的地方什么没有？仍旧把花遭蹋了。那畸角上我有一个花冢，

如今把他扫了，装在这绢袋里，埋在那里，日久随土化了，岂不干净！”

宝玉听了，喜不自禁，笑道：“待我放下书，帮你来收拾。”黛玉道：“什么书？”宝玉见问，慌的藏之不迭，便说道：“不过是《中庸》《大学》。”黛玉道：“你又在我跟前弄鬼！趁早儿给我瞧瞧，好多着呢。”宝玉道：“妹妹，若论你，我是不怕的。你看了，好歹别告诉别人。真正这是好文章！你若看了，连饭也不想吃呢。”一面说，一面递了过去。黛玉把花具放下，接书来瞧，从头看去，越看越爱，不顿饭时，将十六出俱已看完。但觉词句警人，余香满口。虽看完了，却只管出神，心内还默默记诵。宝玉笑道：“妹妹，你说好不好？”黛玉笑道：“果然有趣。”宝玉笑道：“我就是个‘多愁多病的身’，你就是那‘倾国倾城的貌’。”黛玉听了，不觉带腮连耳通红，登时竖起两道似蹙非蹙的眉，瞪了两只似睁非睁的眼，桃腮带怒，薄面含嗔，指着宝玉道：“你这该死的胡说！好好的把这淫词艳曲弄了来，说这些混帐话来欺负我！我告诉舅舅、舅母去！”说到“欺负”二字，就把眼圈儿红了，转身就走。

宝玉着了忙，向前拦住道：“好妹妹，千万饶我这一遭！原是我说错了，若有心欺负你，明儿我掉在池子里，叫个癞头鼋吃了去，变个大忘八，等你明儿做了‘一品夫人’病老归西的时候，我往你坟上替你驮一辈子碑去。”说的黛玉扑嗤的一声笑了，一面揉着眼，一面笑道：“一般吓的这个调儿，还只管胡说。呸！原来也是个‘银样镴枪头’！”宝玉听了笑道：“你说的是什么呢？我也告诉去。”黛玉笑道：“你说你会过目成诵，难道我就不能一目十行么？”

宝玉一面收书，一面笑道：“正经快把花埋了罢，别提那个了。”二人便收拾了落花。正才掩埋妥协，只见袭人走来，说道：“那里没找到，摸在这里来了！那边大老爷身上不好，姑娘们都过去请安，老太太叫打发你去呢。快回去换衣服罢。”宝玉听了，忙拿了书，别了黛玉，同袭人回房换衣，不提。

这里黛玉见宝玉去了，听见众姊妹也不在房中，自己闷闷的。正欲回房，刚走到梨香院墙角边，只听见墙内笛韵悠扬，歌声婉转，黛玉便知是那十二个女孩子演习戏文。虽未留心去听，偶然两句吹到耳内，明明白白一字不落，道：

> 原来是姹紫嫣红开遍，似这般，都付与断井颓垣。

黛玉听了，倒也十分感慨缠绵，便止步侧耳细听，又唱道是：

> 良辰美景奈何天，赏心乐事谁家院。

听了这两句，不觉点头自叹，心下自思：“原来戏上也有好文章，可惜世人只知看戏，未必能领略戏中的趣味。”想毕，又后悔不该胡想，耽误了听曲子。

再听时，恰唱道：

只为你如花美眷，似水流年。

黛玉听了这两句，不觉心动神摇。又听道“你在幽闺自怜”等句，越发如醉如痴，站立不住，便一蹲身坐在一块山子石上，细嚼“如花美眷，似水流年”八个字的滋味。忽又想起前日见古人诗中，有“水流花谢两无情”之句，再词中又有“流水落花春去也，天上人间”之句，又兼方才所见《西厢记》中“花落水流红，闲愁万种”之句：都一时想起来，凑聚在一处，仔细忖度，不觉心痛神驰，眼中落泪。

正没个开交，忽觉背后有人击他一下，及回头看时，原来是一个女子。未知是谁，下回分解。

第二十四回　醉金刚轻财尚义侠　痴女儿遗帕惹相思

话说黛玉正在情思萦逗、缠绵固结之时，忽有人从背后击了他一下，说道：“你做什么一个人在这里？”黛玉吓了一跳，回头看时，不是别人，却是香菱。黛玉道：“你这个傻丫头，冒冒失失的，吓我一跳。你这会子打那里来？”香菱嘻嘻的笑道：“我来寻我们姑娘的，总找不着他。你们紫鹃也找你呢，说琏二奶奶送了什么茶叶来给你的。回家去坐着罢。”一面说，一面拉着黛玉的手回潇湘馆来，果然凤姐送了两小瓶上用新茶来。黛玉和香菱坐了，谈讲些这一个绣的好，那一个刺的精，又下一回棋，看两句书，香菱便走了，不在话下。

如今且说宝玉因被袭人找回房去，只见鸳鸯歪在床上看袭人的针线呢。见宝玉来了，便说道：“你往那里去了？老太太等着你呢，叫你过那边请大老爷安去。还不快去换了衣服走呢！”袭人便进房去取衣服。宝玉坐在床沿上，褪了鞋等靴子穿的工夫，回头见鸳鸯穿着水红绫子袄儿，青缎子背心，束着白绉绸汗巾儿，脸向那边，低着头看针线，脖子上带着扎花领子。宝玉便把脸凑在脖项上闻那香气，不住用手摩挲，其白腻不在袭人以下，便猴上身去，涎脸笑道：“好姐姐，把你嘴上的胭脂赏我吃了罢。”一面说，一面扭股糖似的黏在身上。鸳鸯便叫道：“袭人，你出来瞧瞧！你跟他一辈子，也不劝劝他，还是这么着！”袭人抱了衣服出来，向宝玉道：“左劝也不好，右劝也不改，你倒是怎么样？你再这么着，这个地方可也就难住了！”一边说，一边催他穿衣服，同鸳鸯往前面来。见过贾母，出至外面，人马俱已齐备。

刚欲上马，只见贾琏请安回来，正下马，二人对面，彼此问了两句话。

只见旁边转出一个人来，说："请宝叔安。"宝玉看时，只见这人生的容长脸面，长挑身材，年纪只有十八九岁，生得着实斯文清秀，倒也十分面善，只是想不起是那一房的，叫什么名字。贾琏笑道："你怎么发呆？连他也认不得？他是后廊上住的五嫂子的儿子芸儿。"宝玉笑道："是了，是了。我怎么就忘了？"因问他母亲好，这会子什么勾当，贾芸指贾琏道："找二叔说句话。"宝玉笑道："你倒比先越发出挑了，倒像我的儿子。"贾琏笑道："好不害臊！人家比你大四五岁呢，就给你做儿子了？"宝玉笑道："你今年十几岁？"贾芸道："十八了。"

原来这贾芸最伶俐乖巧的，听宝玉说像他的儿子，便笑道："俗语说的好：'摇车儿里的爷爷，拄拐棍儿的孙子。'虽然年纪大，山高遮不住太阳。只从我父亲死了，这几年也没人照管，若宝叔不嫌侄儿蠢，认做儿子，就是侄儿的造化了。"贾琏笑道："你听见了？认了儿子，不是好开交的。"说着就进去了。宝玉笑道："明儿你闲了，只管来找我，别和他们鬼鬼祟祟的。这会子我不得闲儿，明日你到书房里来，和你说一天话儿，我带你园里顽去。"说着，扳鞍上马，众小厮随往贾赦这边来。

见了贾赦，不过是偶感些风寒。先述了贾母问的话，然后自己请了安。贾赦先站起来，回了贾母问的话，便唤人来："带进哥儿去太太屋里坐着。"宝玉退出来，至后面，到上房，邢夫人见了，先站了起来请过贾母的安，宝玉方请安。邢夫人拉他上炕坐了，方问别人，又命人倒茶。茶未吃完，只见贾琮来问宝玉好。邢夫人道："那里找活猴儿去！你那奶妈子死绝了？也不收拾收拾，弄得你黑眉乌嘴的，那里还像个大家子念书的孩子！"

正说着，只见贾环、贾兰小叔侄两个也来请安，邢夫人叫他两个在椅子上坐着。贾环见宝玉同邢夫人坐在一个坐褥上，邢夫人又百般摸索抚弄他，早已心中不自在了。坐不多时，便向贾兰使个眼色儿要走，贾兰只得依他，一同起身告辞。宝玉见他们起身，也就要一同回去。邢夫人笑道："你且坐着，我还和你说话。"宝玉只得坐了。邢夫人向他两个道："你们回去，各人替我问各人母亲好罢。你姑姑、姐姐们都在这里呢，闹的我头昏。今儿不留你们吃饭了。"贾环等答应着，便出去了。

宝玉笑道："可是姊妹们都过来了？怎么不见？"邢夫人道："他们坐了会子，都往后头不知那屋里去了。"宝玉道："大娘说有话说，不知是什么话？"邢夫人笑道："那里有什么话，不过叫你等着同姊妹们吃了饭去。还有一个好顽的东西，给你带回去顽儿。"娘儿两个说着，不觉又晚饭时候。请过众位姑娘们来，调开桌椅，罗列杯盘，母女姊妹们吃毕了饭，宝玉辞别贾赦，同众姊妹回家。见过贾母、王夫人等，各自回房安歇。不在话下。

且说贾芸进去见了贾琏，因打听可有什么事情。贾琏告诉他说：“前儿倒有一件事情出来，偏生你婶娘再三求了我，给了芹儿了。他许我说：明儿园里还有几处要栽花木的地方，等这个工程出来，一定给你就是了。”那贾芸听了，半晌说道：“既是这样，我就等着罢。叔叔也不必先在婶娘跟前提我今儿来打听的话，到跟前再说也不迟。”贾琏道：“提他做什么？我那里有这工夫说闲话儿呢。明日还要到兴邑去走一走，必须当日赶回来方好。你先去等着，后日起更以后你来讨信，早了我不得闲。”说着，便向后面换衣服去了。

贾芸出了荣国府回家，一路思量，想出一个主意来，便一径往他母舅卜世仁家来。原来卜世仁现开香料铺，方才从铺子里回来，一见贾芸，便问为什么事来。贾芸道：“有件事求舅舅帮衬：要用冰片、麝香，好歹舅舅每样赊四两给我，八月节按数送了银子来。”卜世仁冷笑道：“再休提赊欠一事！前日也是我们铺子里一个伙计，替他的亲戚赊了几两银子的货，至今总未还上，因此我们大家赔上，立了合同，再不许替亲友赊欠。谁要犯了，就罚他二十两银子的东道。况且如今这个货也短，你就拿现银子到我们这小铺子里来买，也还没有这些，只好倒扁儿去。这是一件。二则你那里有正经事？不过赊了去又是胡闹。你只说舅舅见你一遭儿就派你一遭儿不是，你小人家很不知好歹！也要立个主意，赚几个钱，弄弄穿的吃的，我看看也喜欢。”

贾芸笑道：“舅舅说的有理。但我父亲没的时节，我年纪又小，不知事体；后来听我母亲说，都还亏舅舅们在我们家出主意，料理的丧事。难道舅舅是不知道的，还是有一亩地两间房子，在我手里化了不成？巧媳妇做不出没米的饭来，叫我怎么样呢？还亏是我呢，要是别个，死皮赖脸的三日两头儿来缠舅舅，要三升米二升豆子的，舅舅也就没有法儿呢。”卜世仁道：“我的儿，舅舅要有，还不是该的？我天天和你舅母说，只愁你没个算计。你但凡立得起来，到你大房里，就是他们爷儿们见不着，便下个气，和他们的管家或者管事的爷们嬉和嬉和，也弄个事儿管管。前儿我出城去，撞见你三房里的老四骑着大叫驴，带着四五辆车，有四五十和尚道士，往家庙里去了。他那不亏能干，就有这样的事到他了。”贾芸听他韶刀的不堪，便起身告辞。卜世仁道：“怎么急的这样？吃了饭去罢。”一句话尚未说完，只见他娘子说道：“你又糊涂了！说着没有米，这里买了半斤面来下给你吃，这会子还妆胖呢！留下外甥挨饿不成？”卜世仁道：“再买半斤来添上就是了。”他娘子便叫女儿：“银姐，往对门王奶奶家去问：有钱借二三十个，明日就送来还的。”夫妻两个说话，那贾芸早说了几个“不用费事”，去的无影无踪了。

不言卜家夫妇。且说贾芸赌气离了母舅家门，一径回来，心下正自烦恼，一边想，一边走，低着头，不想一头就撞在一个醉汉身上，把贾芸一把拉住，骂道：“你瞎了眼？撞起我来了！”贾芸听声音像是熟人，仔细一看，原来是紧邻倪二。这倪二是个泼皮，专放重利债，在赌博场吃闲钱，专爱喝酒打降。此时正从欠钱人家索债归来，已在醉乡，不料贾芸撞了他，就要动手。贾芸叫道：“老二住手，是我冲撞了你。”倪二一听他的语音，将醉眼睁开一看，见是贾芸，忙松了手，趔趄着笑道：“原来是贾二爷，这会子那里去？”贾芸道：“告诉不得你，平白的又讨了个没趣儿。”倪二道：“不妨，有什么不平的事，告诉我，我替你出气。这三街六巷，凭他是谁，若得罪了我醉金刚倪二的街邻，管叫他人离家散！”贾芸道：“老二，你别生气，听我告诉你这缘故。”便把卜世仁一段事告诉了倪二。倪二听了大怒道：“要不是二爷的亲戚，我便骂出来！真正气死我也！罢，你也不必愁，我这里现有几两银子，你要用，只管拿去。我们好街坊，这银子是不要利钱的！”一头说，一头从搭包内掏出一包银子来。

贾芸心下自思：“倪二素日虽然是泼皮，却也因人而施，颇有义侠之名。若今日不领他这情，怕他臊了，倒恐不美。不如用了他的，改日加倍还他就是了。”因笑道：“老二，你果然是个好汉！既蒙高情，怎敢不领？回家照例写了文约，送过来便了。”倪二大笑道：“这不过是十五两三钱银子，你若要写文契，我就不借了。”贾芸听了，一面接银子，一面笑道：“我便遵命罢了，何必着急。”倪二笑道：“这才是了。天气黑了，也不让茶让酒，我还有点事情到那边去，你竟请回。我还求你带个信儿与我们家，叫他们闭门睡罢，我不回家了。倘或有事，叫我们女孩儿明儿一早到马贩子王短腿家找我。”一面说，一面趔趄着脚儿去了，不在话下。

且说贾芸偶然碰了这件事，心下也十分稀罕，想：“那倪二倒果然有些意思，只是怕他一时醉中慷慨，到明日加倍来要，便怎么处？”忽又想道：“不妨，等那件事成了，可也加倍还得起他。”因走到一个钱铺内，将那银子称一称，分两不错，心中越发欢喜。到家先将倪二的话告诉他娘子，方回家来。见他母亲自在炕上拈线，见他进来，便问：“那里去了一天？”贾芸恐他母亲生气，便不提卜世仁的事来，只说：“在西府里等琏二叔的。”问他母亲吃了饭不曾，他母亲说吃了，还留饭在那里，叫小丫头拿过来与他吃。

那天已是掌灯时候，贾芸吃了饭，收拾安歇，一宿无话。次日一早起来，洗了脸，便出南门大街，在香铺买了冰麝，便往荣府来。打听贾琏出了门，贾芸便往后面来。到贾琏院门前，只见几个小厮拿着大高的笤帚在那里扫院子呢。忽见周瑞家的从门里出来，叫小厮们："先别扫，奶奶出来了。"贾芸忙上去笑道："二婶娘那里去？"周瑞家的道："老太太叫，想必是裁什么尺头。"

正说着，只见一群人簇拥着凤姐出来了。贾芸深知凤姐是喜奉承爱排场的，忙把手逼着，恭恭敬敬抢上来请安。凤姐连正眼也不看，仍往前走，只问他母亲好："怎么不来我们这里逛逛？"贾芸道："只是身上不好，倒时常记挂着婶娘，要瞧瞧，总不能来。"凤姐笑道："可是你会撒谎！不是我提起，他就不想我了。"贾芸笑道："侄儿不怕雷打，就敢在长辈跟前撒谎？昨日晚上还提起婶娘来，说婶娘身上生得单弱，事情又多，亏婶娘好大精神，竟料理的周周全全；要是差一点儿的，早累的不知怎么样了。"

凤姐儿听了，满脸是笑，不由的止了步问道："怎么好好的，你娘儿两个在背地里嚼说起我来？"贾芸道："有个缘故：只因我有个极好的朋友，家里有几个钱，现开香铺，因他身上捐了个通判，前日选了云南不知那一府，连家眷一齐去。他这香铺也不开了，便把货物攒了一攒，该给人的给人，该贱发的贱发，像这贵重的，都送与亲友，所以我得了些冰片、麝香。我就和我母亲商量：贱卖了可惜；若送人，也没有人家配使这些香料。因想婶娘往年间还拿大包的银子买这东西呢，别说今年贵妃宫中，就是这个端阳节，所用也一定比往常要加上十几倍：所以拿来孝敬婶娘。"一边将一个锦匣递过去。

凤姐正是办节礼用香料，便笑了一笑，命丰儿："接过芸哥儿的来，送了家去，交给平儿。"因又说道："看着你这样知道好歹，怪道你叔叔常提起你来，说你好，说话明白，心里有见识。"贾芸听这话入港，便打进一步来，故意问道："原来叔叔也常提我的？"凤姐见问，便要告诉给他事情管的话，一想，又恐被他看轻了，只说得了这点儿香料，便混许他管事了，因又止住。且把派他种花木工程的事，都一字不提，随口说了几句淡话，便往贾母房里去了。

贾芸也不好提及，只得回来。因昨日见了宝玉，叫他到外书房等着，故此吃了饭，便又进来，到贾母那边仪门外绮散斋书房里来。只见茗烟，改名焙茗的，并锄药两个小厮下象棋，为夺"车"正拌嘴呢；还有引泉、扫花、挑云、伴鹤四五个，在房檐下掏小雀儿顽。贾芸进入院内，把脚一跺，说道：

“猴儿们淘气，我来了！”众小厮看见了他，都才散了。贾芸进书房内，便坐在椅子上，问：“宝二爷下来没有？”焙茗道：“今日还没下来。二爷说什么，我替你哨探哨探去。”说着便出去了。

这里贾芸便看字画古玩。有一顿饭工夫，还不见来。再看看别的小子，都顽去了。正在烦闷，只听门前娇音嫩语的叫了一声：“哥哥。”贾芸往外瞧时，只见是一个十五六岁的丫头，生的倒也十分精细干净。那丫头见了贾芸，便抽身躲了。恰值焙茗走来，见那丫头在门前，便说道：“好，好。正抓不着个信儿。”贾芸见了焙茗，也就赶出来，问：“怎么样？”焙茗道：“等了这一日，也没个人儿过来。这就是宝二爷房里的。”便说道：“好姑娘，你进去带个信儿，就说廊上二爷来了。”那丫头听见，方知是本家的爷们，便不似从前那等回避，下死眼把贾芸钉了两眼。听那贾芸说道：“什么‘廊上’‘廊下’的？你只说芸儿就是了。”半晌，那丫头冷笑道：“依我说，二爷且请回去罢，明日再来。今日晚上得空儿，我回一声。”焙茗道：“这是怎么说？”那丫头道：“他今儿也没睡中觉，自然吃的晚饭早，晚上又不下来，难道只是要二爷在这里等着挨饿不成？不如家去，明儿来是正经。就便回来有人带信，不过口里答应着，他肯给带到么？”贾芸听这丫头说话简便俏丽，待要问他名字，因是宝玉房里的，又不便问，只得说道：“这话倒是，我明日再来。”说着，便往外去了。焙茗道：“我倒茶去，二爷吃茶再去。”贾芸一面走，一面回头说：“不吃茶，我还有事呢。”口里说话，眼睛瞧那丫头还站在那里呢。

那贾芸一径回来。至次日，来到大门前，可巧遇见凤姐往那边去请安，才上了车。见贾芸来，便命人唤住，隔窗子笑道：“芸儿，你竟有胆子在我跟前弄鬼！怪道你送东西给我，原来你有事求我。昨日你叔叔才告诉我，说你求他。”贾芸笑道：“求叔叔的事，婶娘休提，我这里正后悔呢。早知这样，我一起头就求婶娘，这会子也早完了。谁承望叔叔竟不能的！”凤姐笑道：“怪道你那里没成儿，昨日又来寻我。”贾芸道：“婶娘孤负了我的孝心，我并没有这个意思。若有这意，昨儿还不求婶娘？如今婶娘既知道了，我倒要把叔叔丢下，少不得求婶娘好歹疼我一点儿。”凤姐冷笑道：“你们要拣远路儿走，叫我也难。早告诉我一声儿，什么不成了？多大点儿事，耽误到这会子！那园子里还要种树种花，我只想不出个人来。早说不早完了？”贾芸笑道：“这样，明日婶娘就派我罢。”凤姐半晌道：“这个我看着不大好。等明年正月里的烟火灯烛那个大宗儿下来，再派你罢。”贾芸道：“好婶娘，先把这个派了我罢。

果然这件办的好，再派我那件。”凤姐笑道：“你倒会拉长线儿。罢了，若不是你叔叔说，我不管你的事。我不过吃了饭就过来，你到午初时候来领银子，后日就进去种花。”说着，命人驾起香车径去了。

贾芸喜不自禁，来至绮散斋打听宝玉，谁知宝玉一早便往北静王府里去了，贾芸便呆呆的坐到晌午。打听凤姐回来，便写个领票来领对牌，至院外命人通报了，彩明走了出来，单要了领票进去，批了银数、年月，一并连对牌交与贾芸。贾芸接来看，那批上批着二百两银子，心中喜悦，翻身走到银库上，领了银子。回家告诉他母亲，自是母子俱喜。次日五更，贾芸先找了倪二还了银子，又拿了五十两银子出西门，找到花儿匠方椿家里去买树，不在话下。

且说宝玉自这日见了贾芸，曾说过明日着他进来说话。这原是富贵公子的口角，那里还记在心上，因而便忘怀了。这日晚上，却从北静王府里回来，见过贾母、王夫人等，回至园内，换了衣服，正要洗澡。袭人因被宝钗烦了去打结子；秋纹、碧痕两个去催水；檀云又因他母亲病了，接了出去；麝月又现在家中病着；还有几个做粗活听使唤的丫头，料是叫他不着，都出去寻伙觅伴的去了。不想这一刻的工夫，只剩了宝玉在房内。偏生的宝玉要吃茶，一连叫了两三声，方见两三个老婆子走进来。宝玉见了，连忙摇手说：“罢，罢，不用了。”老婆子们只得退出。

宝玉见没丫头们，只得自己下来拿了碗，向茶壶去倒茶。只听背后有人说道：“二爷，仔细烫了手，等我来倒。”一面说，一面走上来，接了碗去。宝玉倒吓了一跳，问：“你在那里的？忽然来了，吓我一跳。”那丫头一面递茶，一面笑着回道：“我在后院里，才从里间后门进来。难道二爷就没听见脚步响？”宝玉一面吃茶，一面仔细打量那丫头：穿着几件半新不旧的衣裳，倒是一头黑鸦鸦的好头发，挽着髻儿，容长脸面，细巧身材，却十分俏丽甜净。宝玉便笑问道：“你也是我这屋里的人么？”那丫头道：“是的。”宝玉道：“既是这屋里的，我怎么不认得？”那丫头听说，便冷笑一声道：“不认得的也多呢，岂止我一个！从来我又不递茶递水拿东拿西，眼前的事一件也做不着，那里认得呢？”宝玉道：“你为什么不做那眼前的事？”那丫头道：“这话我也难说。只是有一句话回二爷：昨日有个什么芸儿来找二爷，我想二爷不得空儿，便叫焙茗回他。今日早起来，不想二爷又往北府里去了。”

刚说到这句话，只见秋纹、碧痕唏唏哈哈的笑着进来，两个人共提着一桶水，一手撩衣裳，趔趔趄趄泼泼撒撒的。那丫头便忙迎出去接。那秋纹、碧痕正对着抱怨："你湿了我的衣裳。"那个又说："你踹了我的鞋。"忽见走出一个人来接水，二人看时，不是别人，原来是小红。二人便都诧异，将水放下，忙进房看时，并没别人，只有宝玉，便心中俱不自在。只得且预备下洗澡之物，待宝玉脱了衣裳，二人便带上门出来，走到那边房内找着小红，问他："方才在屋里做什么？"小红道："我何曾在屋里呢。只因我的手帕子不见了，往后头找去，不想二爷要吃茶，叫姐姐们一个也没有，是我进去倒了碗茶，姐姐们便来了。"

秋纹兜脸啐了一口，道："没脸面的下流东西！正经叫你催水去，你说有事，倒叫我们去，你可等着做这个巧宗儿，一点一点儿要爬上来了！难道我们倒跟不上你么？你也拿那镜子照照，配递茶递水不配！"碧痕道："明儿我说给他们：凡要茶要水拿东西的事，咱们都别动，只叫他去便是了。"秋纹道："这么说，还不如我们散了，单让了他在这屋里罢。"二人你一句，我一句，正闹着，只见有个老嬷嬷进来，传凤姐的话说："明日有人带花儿匠来种树，叫你们严禁些，衣服裙子别混晒混晾的。那土山一带都拦着围幕，可别混跑。"秋纹便问："明日不知是谁带进匠人来监工？"那老婆子道："什么后廊上的芸哥儿。"秋纹、碧痕俱不知道，只管混问别的话；那小红心内明白，知是昨日外书房所见的那人了。

原来这小红本姓林，小名红玉，因"玉"字犯了宝玉、黛玉的名，便单唤他做小红。原来是府中世仆，他父亲现在收管各处田房事务。这红玉年方十四，进府当差，把他派在怡红院中，倒也清幽雅静。不想后来命姊妹及宝玉等进大观园居住，偏生这一所儿又被宝玉点了。这小红虽然是个不谙事体的丫头，因他原有三分容貌，心内便想向上攀高，每每要在宝玉面前卖弄卖弄，只是宝玉身边一干人都是伶牙俐爪的，那里插得下手去。不想今日才有些消息，又遭秋纹等一场恶话，心内早灰了一半。正闷闷的，忽然听见老嬷嬷说起贾芸来，不觉心中一动，便闷闷的回房。睡在床上，暗暗思量，翻来掉去，正没个抓寻。忽听窗外低低的叫道："小红，你的手帕子我拾在这里呢。"小红听了，忙走出来看：不是别人，正是贾芸。小红不觉粉面含羞，问道："二爷在那里拾着的？"贾芸笑道："你过来，我告诉你。"一面说，一面就上来拉他。那小红臊的转身要跑，却被门槛子绊倒。要知端的，下回分解。

第二十五回　魇魔法叔嫂逢五鬼　通灵玉蒙蔽遇双真

话说小红心神恍惚，情思缠绵，忽朦胧睡去，遇见贾芸要拉他，却回身要跑，被门槛绊了一跤，吓醒过来，方知是梦。因此翻来覆去，一夜无眠。至次日天明方才起来，就有几位丫头来会他去打扫房子地面，提洗面水。这小红也不梳洗，向镜中胡乱挽了一挽头发，洗了手，腰中束一条汗巾，便来打扫房屋。谁知宝玉昨儿见了他，也就留心，若要指名唤他来使用，一则怕袭人等多心，二则又不知他是何性情，因而纳闷。早晨起来，也不梳洗，只坐着出神。一时下了窗子，隔着纱屉子向外看的真切，只见几个丫头在那里打扫院子，都擦脂抹粉、插花带柳的，独不见昨儿那一个。宝玉便靸了鞋，走出了房门，只妆做看花，东瞧西望。一抬头，只见西南角上游廊下栏干旁，有一个人倚在那里，却为一株海棠花所遮，看不真切。前进一步仔细一看，正是昨日那个丫头在那里出神。要迎上去，又不好意思。正想着，忽见碧痕来请他洗脸，只得进去了，不在话下。

却说小红正自出神，忽见袭人招手叫他，只得走上前来。袭人笑道："我们的喷壶坏了，你到林姑娘那边借来一用。"小红便走向潇湘馆去。到了翠烟桥，抬头一望，只见山坡高处都拦着帷幕，方想起今日有匠役在此种树。原来远远的一簇人在那里掘土，贾芸正坐在山子石上监工。小红待要过去，又不敢过去，只得悄悄向潇湘馆取了喷壶而回，无精打彩，自向房内倒着。众人只说他是身子不快，也不理论。

过了一日，原来次日是王子腾夫人的寿诞，那里原打发人来请贾母、王夫人的，王夫人见贾母不去，也便不去了。倒是薛姨妈同着凤姐儿并贾家三个姊妹、宝钗、宝玉一齐都去了，至晚方回。王夫人正过薛姨妈房里坐着，见贾环下了学，命他去抄《金刚经咒》唪诵。那贾环便来到王夫人炕上坐着，命人点了蜡烛，拿腔做势的抄写。一时又叫彩云倒杯茶来，一时又叫玉钏剪蜡花，又说金钏挡了灯亮儿。众丫鬟们素日厌恶他，都不答理他。只有彩霞还和他合得来，倒了茶与他，因向他悄悄的道："你安分些罢，何苦讨人厌！"贾环把眼一瞅道："我也知道，你别哄我。如今你和宝玉好，不大理我，我也看出来了。"彩霞咬着牙，向他头上戳了一指头，道："没良心的！狗咬吕洞宾，不识好歹！"

两人正说着，只见凤姐同着王夫人都过来了。王夫人便一长一短问他：今日是那几位堂客，戏文好歹，酒席如何。不多时，宝玉也来了，见了王夫人，也规规矩矩说了几句话，便命人除去了抹额，脱了袍服，拉了靴子，便一头滚在王夫人怀里。王夫人便用手摩挲抚弄他，宝玉也扳着王夫人的脖子说长说短。王夫人道："我的儿，又吃多了酒，脸上滚热的。你还只是揉搓，一会子闹上酒来！还不在那里静静的躺一会子去呢。"说着，便叫人拿枕头。宝玉因就在王夫人身后倒下，又叫彩霞来替他拍着。宝玉便和彩霞说笑，只见彩霞淡淡的，不大答理，两眼只向着贾环。宝玉便拉他的手，说道："好姐姐，你也理我理儿。"一面说，一面扯他的手。彩霞夺手不肯，便说："再闹，就嚷了。"

二人正闹着，原来贾环听见了，素日原恨宝玉，今见他和彩霞顽耍，心上越发按不下这口气，因一沉思，计上心来，故作失手，将那一盏油汪汪的蜡烛向宝玉脸上只一推。只听宝玉嗳哟的一声，满屋里人都吓一跳。连忙将地下的羼灯移过来一照，只见宝玉满脸是油。王夫人又气又急，一面命人替宝玉擦洗，一面骂贾环。凤姐三步两步上炕去，替宝玉收拾着，一面说道："老三！还是这样毛脚鸡似的，我说你上不得台盘！赵姨娘平时也该教导教导他！"一句话提醒了王夫人，遂叫过赵姨娘来骂道："养出这样黑心种子来，也不教训教训！几番几次，我都不理论，你们一发得了意了，一发上来了！"

那赵姨娘只得忍气吞声，也上去帮着他们替宝玉收拾。只见宝玉左边脸上起了一溜燎泡，幸而没伤眼睛。王夫人看了又心疼，又怕贾母问时难以回答，急的又把赵姨娘骂一顿，又安慰了宝玉，一面取了败毒散来敷上。宝玉说："有些疼，还不妨事。明日老太太问，只说我自己烫的就是了。"凤姐道："便说自己烫的，也要骂人不小心，横竖有一场气生的！"王夫人命人好生送了宝玉回房去。袭人等见了，都慌的了不得。

那黛玉见宝玉出了一天的门，便闷闷的，晚间打发人来问了两三遍，知道烫了，便亲自赶过来瞧。只见宝玉自己拿镜子照呢，左边脸上满满的敷了一脸药。黛玉只当十分烫得利害，忙近前瞧瞧，宝玉却把脸遮了，摇手叫他出去：知他素性好洁，故不要他瞧。黛玉也就罢了，但问他："疼的怎样？"宝玉道："也不很疼，养一两日就好了。"黛玉坐了一会回去了。次日宝玉见了贾母，虽自己承认自己烫的，贾母免不得又把跟从的人骂了一顿。

过了一日，有宝玉寄名的干娘马道婆到府里来，见了宝玉，吓了一大跳，问其缘由，说是烫的，便点头叹息，一面向宝玉脸上用指头画了几画，口内咕咕唧唧的又咒诵了一回，说道：“包管好了，这不过是一时飞灾。”又向贾母道：“老祖宗，老菩萨，那里知道那佛经上说的利害！大凡王公卿相人家的子弟，只一生长下来，暗里便有许多促狭鬼跟着他，得空便拧他一下，或掐他一下，或吃饭时打下他的饭碗来，或走着推他一跤：所以往往的那些大家子弟多有长不大的。”贾母听如此说，便问：“这有什么佛法解救没有呢？”马道婆便说道：“这个容易，只是替他多做些因果善事也就罢了。再那经上还说，西方有位大光明普照菩萨，专管照耀阴暗邪祟，若有善男信女虔心供奉者，可以永保儿孙康宁，再无撞客邪祟之灾。”

贾母道：“倒不知怎样供奉这位菩萨？”马道婆道：“也不值什么，不过除香烛供奉以外，一天多添几斤香油，点个大海灯。这海灯便是菩萨现身法像，昼夜不敢息的。”贾母道：“一天一夜也得多少油？我也做个好事。”马道婆道：“这也不拘多少，随施主愿心。像我家里就有好几处的王妃诰命供奉的：南安郡王府里太妃，他许的愿心大，一天是四十八斤油、一斤灯草，那海灯也只比缸略小些；锦乡侯的诰命次一等，一天不过二十斤油；再有几家，或十斤八斤、三斤五斤的不等，也少不得要替他点。”贾母点头思忖。马道婆道：“还有一件：若是为父母尊长的，多舍些不妨；若老祖宗为宝玉，若舍多了，怕哥儿担不起，反折了福。要舍，大则七斤，小则五斤，也就是了。”贾母道：“既是这样说，便一日五斤，每月打趸来关了去。”马道婆道：“阿弥陀佛慈悲大菩萨！”贾母又叫人来分付：“以后宝玉出门，拿几串钱交给他的小子们，一路施舍与僧道贫苦之人。”

说毕，那道婆便往各房问安闲逛去了。一时来到赵姨娘房里，二人见过，赵姨娘命小丫头倒茶给他吃。赵姨娘正黏鞋儿，马道婆见炕上堆着些零星绸缎，因说：“我正没有鞋面子，奶奶给我些零碎绸子缎子，不拘颜色，做双鞋穿罢。”赵姨娘叹口气道：“你瞧，那里头还有块成样的么？就有好东西，也到不了我这里。你不嫌不好，挑两块去就是了。”马道婆便挑了几块，掖在怀里。

赵姨娘又问：“前日我打发人送了五百钱去，你可在药王面前上了供没有？”马道婆道：“早已替你上了供了。”赵姨娘叹气道：“阿弥陀佛！我手里但能从容些，也时常来上供，只是心有余而力不足。”马道婆道：“你只放心，将来熬的环哥大了，得了一官半职，那时你要做多大功德，还怕不能么？”赵姨娘听了笑道：“罢，罢，再别提起。如今就是榜样儿，我们娘儿们跟的上这屋里那一个儿？宝玉儿还是小孩子家，长的得人意儿，大人偏疼他些儿，也还罢了；我只不伏这个主儿。”一面说，一面伸了两个指头。马道婆会意，便问道：“可是琏二奶奶？”赵姨娘吓的忙摇手，起身掀帘子一看，见无人，方回身向道婆说：“了不得，了不得！提起这个主儿，这一分家私要不都叫他搬了娘家去，我也不是个人！”

马道婆见说，便探他的口气道：“我还用你说，难道都看不出来？也亏你们心里也不理论。只凭他去倒也好。”赵姨娘道：“我的娘！不凭他去，难道谁还敢把他怎么样吗？”马道婆道：“不是我说句造孽的话，你们没本事，也难怪。明里不敢怎样，暗里也算计了，还等到如今？”赵姨娘闻听这话里有话，心内暗暗的欢喜，便说道：“怎么暗里算计？我倒有这个心，只是没这样的能干人。你若教给我这法子，我大大的谢你！”马道婆听了这话打拢了一处，便又故意说道：“阿弥陀佛！你快休问我，我那里知道这些事，罪罪过过的。”赵姨娘道：“你又来了！你是最肯济困扶危的人，难道就眼睁睁的看着人家来摆布死了我们娘儿两个不成？难道还怕我不谢你么？”马道婆听如此，便笑道：“若说我不忍你们娘儿两个受别人委曲还犹可，若说谢我的这两个字，可是你错打算盘了。就便是我希图你谢，靠你有些什么东西能打动我？”

赵姨娘听这话松动了些，便说：“你这么个明白人，怎么糊涂了？果然法子灵验，把他两人绝了，这家私还怕不是我们的？那时候，你要什么不得呢？”马道婆听了，低头半日，说：“那时节事情妥当了，又无凭据，你还理我么？”赵姨娘说：“这有何难？我攒了几两体己，还有些衣服首饰，你先拿几样去；我再写个欠银文契给你，到那时我照数给你。”马道婆道：“也罢了，我少不得先垫上了。”赵姨娘不及再问，忙将一个小丫头也支开，连忙开了箱柜，将衣服首饰拿了些出来，并体己散碎银子，又写了五十两一张欠约，递与马道婆道：“你先拿去作个供养。”马道婆见了这些东西，又有欠字，遂不顾青红皂白，满口应承，伸手先将银子拿了，然后收了欠契。向赵姨娘要了张纸，拿剪子铰了两个纸人儿，递与赵姨娘，教把他二人的年庚写在上面；又找了一张蓝纸，铰了五个青面鬼，叫他并在一处，拿针钉了：“我在家中作法，自有效验的。”说完，忽见王夫人的丫头进来道：“奶奶可在这里？太太等你呢。”二人散了，不在话下。

却说黛玉因见宝玉烫了脸，不大出门，倒时常在一处说闲话儿。这日饭后，看了两篇书，又同紫鹃等作了一会针线，总闷闷不舒，便出来看庭前才进出的新笋。不觉出了院门，来到园中，四望无人，惟见花光鸟语，信步便往怡红院来。只见几个丫头舀水，都在回廊上看画眉洗澡呢。听见房内笑声，原来是李宫裁、凤姐、宝钗都在这里。一见他进来，都笑道："这不又来了一个？"黛玉笑道："今儿齐全，谁下帖子请的？"凤姐道："我前日打发人送两瓶茶叶与姑娘，可还好么？"黛玉道："我正忘了，多谢想着。"宝玉道："我尝了不好，不知别人尝了怎么样？"宝钗道："味倒好，只是没甚颜色。"凤姐道："那是暹罗国进贡的，我尝了也不甚觉好，还不如我们常吃的呢。"黛玉道："我吃着却好，不知你们的脾胃是怎样的。"宝玉道："你说好，把我的都拿了去吃罢。"凤姐道："我那里还多着呢。"黛玉道："我叫丫头取去。"凤姐道："不用，我打发人送来。我明日还有一事求你，一同叫人送来。"

黛玉听了笑道："你们听听，这是吃了他家一点子茶叶，就使唤起人来了。"凤姐笑道："你既吃了我家的茶，怎么还不给我们家作媳妇儿？"众人都大笑不止。黛玉红了脸，回过头去，一声儿不言语。宝钗笑道："我们二嫂子的诙谐是好的。"黛玉道："什么诙谐？不过是贫嘴贱舌的，讨人厌罢了。"说着，又啐了一口。凤姐儿道："你给我们家做了媳妇，还亏负你么？"指着宝玉道："你瞧瞧：人物儿配不上？门第儿配不上？根基、家私配不上？那一点儿玷辱了你？"黛玉起身便走。

宝钗叫道："颦儿急了，还不回来呢！走了倒没意思。"说着，站起来拉住。才至房门，只见赵姨娘和周姨娘两个人都来瞧宝玉，宝玉与众人都起身让坐，独凤姐不理。宝钗正欲说话，只见王夫人房里的丫头来说："舅太太来了，请奶奶、姑娘们出去呢。"李宫裁连忙同着凤姐儿走了，赵、周二人也辞了出去。宝玉道："我不能出去，你们好歹别叫舅母进来。"又说："林妹妹，你略站一站，与你说句话。"凤姐听了，回头向黛玉道："有人叫你说话呢。"便把黛玉往后一推，和李纨一同去了。

这里宝玉拉了黛玉的手只是笑，又不说话。黛玉不觉又红了脸，挣着要走。宝玉道："嗳哟，好头疼！"黛玉道："该！阿弥陀佛！"宝玉大叫一声，将身一跳，离地有三四尺高，口内乱嚷，尽是胡话。黛玉并众丫鬟都吓慌了，忙报知王夫人与贾母。此时王子腾的夫人也在这里，都一齐来看。宝玉一发拿刀弄杖、寻死觅活的，闹的天翻地覆。贾母、王夫人一见，唬的抖衣乱战，"儿"一声"肉"一声，放声大哭。于是惊动了众人，连贾赦、邢夫人、贾政、贾珍、贾琏、贾蓉、贾芸、贾萍、薛姨妈、薛蟠并周瑞家的，一干家中上下人等及丫鬟、媳妇们都来园内看视，登时乱麻一般。

正没个主意，只见凤姐手持一把明晃晃的刀砍进园来，见鸡杀鸡，见犬杀犬，见了人，瞪着眼就要杀人，众人一发慌了。周瑞家的带着几个力大的女人上前抱住，夺了刀，抬回房中。平儿、丰儿等哭的哀天叫地，贾政也心中也有些烦难，顾了这里，丢不下那里。

别人慌张都不必讲，独有薛蟠更比诸人忙到十分：走开罢，又恐薛姨妈被人挤倒，又恐薛宝钗被人瞧见，又恐香菱被人臊皮——知道贾珍等是在女人身上做功夫的，因此忙的不堪。忽一眼瞥见了林黛玉风流婉转，早已酥倒在那里。

当下众人七言八语，有说送祟的，有说跳神的，有荐玉皇阁张道士捉怪的，整闹了半日，祈求祷告，百般医治，并不见好。日落后，王子腾夫人告辞去了。次日，王子腾也来问候。接着小史侯家，邢夫人弟兄并各亲戚，都来瞧看。也有送符水的，也有荐僧道的，也有荐医的。他叔嫂二人一发糊涂，不省人事，身热如火，在床上乱说，到夜里更甚。因此那些婆子丫鬟，不敢上前，故将他叔嫂二人都搬到王夫人的上房内，着人轮班守视。贾母、王夫人、邢夫人并薛姨妈寸步不离，只围着哭。此时贾赦、贾政又恐哭坏了贾母，日夜熬油费火，闹的上下不安。贾赦还各处去寻觅僧道。贾政见不效验，因阻贾赦道："儿女之数，总由天命，非人力可强。他二人之病，百般医治不效，想是天意该如此，也只好由他去。"贾赦不理，仍是百般忙乱。

看看三日的光阴，那凤姐、宝玉躺在床上，连气息都微了，合家都说没了指望了，忙的将他二人的后事都治备下了。贾母、王夫人、贾琏、平儿、袭人等，更哭的死去活来。只有赵姨娘外面假作忧愁，心中称愿。至第四日早，宝玉忽睁开眼向贾母说道："从今以后，我可不在你家了。快打发我走罢！"贾母听见这话，如同摘了心肝一般。赵姨娘在旁劝道："老太太也不必过于悲痛，哥儿已是不中用了，不如把哥儿的衣服穿好，让他早些回去，也免他受些苦；只管舍不得他，这口气不断，他在那里也受罪不安。"这些话没说完，被贾母照脸啐了一口唾沫，骂道："烂了舌头的混帐老婆！怎么见得不中用了？你愿意他死了，有什么好处？你别作梦！他死了，我只合你们要命！都是你们素日调唆着，逼着他念书写字，胆子吓破了，见了他老子就像个避猫鼠儿一样。都不是你们这起小妇调唆的！这会子逼死他了，你们就随了心了！我饶那一个！"一面哭，一面骂。贾政在旁听见这些话，心里越发着急，忙喝退了赵姨娘，委婉劝解了一番。忽有人来回："两口棺木都做齐了。"贾母闻之，如刀刺心，一发哭着大骂，问："是谁叫做的棺材？快把做棺材的人拿来打死！"闹了个天翻地覆。

忽听见空中隐隐有木鱼声，念了一句："南无解冤解结菩萨！有那人口不利、家宅不安、中邪祟逢凶险的，我们善医治。"贾母、王夫人便命人向街上找寻去，原来是一个癞和尚同一个跛道士。那和尚是怎的模样？但见：

鼻如悬胆两眉长，目似明星有宝光。

破衲芒鞋无住迹，肮脏更有一头疮。

那道人是如何模样？看他时：

一足高来一足低，浑身带水又拖泥。

相逢若问家何处，却在蓬莱弱水西。

贾政因命人请了进来，问他二人："在何山修道？"那僧笑道："长官不消多话。因知府上人口欠安，特来医治的。"贾政道："有两个人中了邪，不知有何方可治？"那道人笑道："你家现有希世之宝，可治此病，何须问方！"贾政心中便动了，因道："小儿生时，虽带了一块玉来，上面刻着'能除凶邪'，然亦未见灵效。"那僧道："长官有所不知：那宝玉原是灵的，只因为声色货利所迷，故此不灵了。你今将此宝取出来，待我持诵持诵，就依旧灵了。"

贾政便向宝玉项上取下那块玉来，递与他二人。那和尚擎在掌上，长叹一声道："青埂峰下别来，十五载矣！人世光阴迅速，尘缘未断，奈何奈何！可羡你当日那段好处呵：

天不拘兮地不羁，心头无喜亦无悲。

只因锻炼通灵后，便向人间惹是非。

可惜今日这番经历呵：

粉渍脂痕污宝光，房栊日夜困鸳鸯。

沉酣一梦终须醒，冤债偿清好散场。"

念毕，又摩弄了一回，说了些疯话，递与贾政道："此物已灵，不可亵渎。悬于卧室槛上，除自己亲人外，不可令阴人冲犯。三十三日之后，包管好了。"贾政忙命人让茶，那二人已经走了。只得依言而行。

凤姐、宝玉果一日好似一日的，渐渐醒来，知道饿了，贾母、王夫人才放了心。众姊妹都在外间听消息，黛玉先念一声佛，宝钗笑而不言。惜春道："宝姐姐笑什么？"宝钗道："我笑如来佛比人还忙：又要度化众生；又要保佑人家病痛，都叫他速好；又要管人家的婚姻，叫他成就。你说可忙不忙？可好笑不好笑？”一时黛玉红了脸，啐了一口道：“你们都不是好人！再不跟着好人学，只跟着凤丫头学的贫嘴贱舌的！”一面说，一面掀帘子出去了。欲知端的，下回分解。

第二十六回　蜂腰桥设言传心事　潇湘馆春困发幽情

话说宝玉养过了三十三天之后，不但身体强壮，亦且连脸上疮痕平复，仍回大观园去。这也不在话下。

且说近日宝玉病的时节，贾芸带着家下小厮坐更看守，昼夜在这里；那小红同众丫鬟也在这里守着宝玉：彼此相见多日，都渐渐混熟了。小红见贾芸手里拿的手帕子，倒像是自己从前失掉的，待要问他，又不好问的。不料那和尚道士来过，用不着一切男人，贾芸仍种树去了。这件事待放下，又放不下;待要问去，又怕人猜疑。正是犹豫不决、神魂不定之际，忽听窗外问道：“姐姐在屋里没有？”小红闻听，在窗眼内望外一看，原来是本院的个小丫头名唤佳蕙的，因答道:“在家里呢，你进来罢。”佳蕙听了跑进来，就坐在床上，笑道：“我好造化：才在院子里洗东西，宝玉叫往林姑娘那里送茶叶，花大姐姐交给我送去，可巧老太太给林姑娘送钱来，正分给他们的丫头们呢。见我去了，林姑娘就抓了两把给我，也不知多少，你替我收着。”便把手帕子打开，把钱倒了出来。小红就替他一五一十的数了收起。

佳蕙道：“你这一阵子心里到底觉怎么样？依我说，你竟家去住两日，请一个大夫来瞧瞧，吃两剂药就好了。”小红道：“说那里的话！好好的，家去做什么？”佳蕙道：“我想起来了：林姑娘生的弱，时常他吃药，你就和他要些来吃，也是一样。”小红道：“胡说！药也是混吃的？”佳蕙道：“你这也不是个长法儿，又懒吃懒喝的，终久怎么样？”小红道：“怕什么？还不如早些死了倒干净。”佳蕙道：“好好的，怎么说这些话？”小红道：“你那里知道我心中的事！”

佳蕙点头，想了一会道:“可也怨不得你，这个地方，本也难站。就像昨儿，老太太因宝玉病了这些日子，说伏侍的人都辛苦了，如今身上好了，各处还香了愿，叫把跟着的人都按着等儿赏他们。我们算年纪小，上不去，我也不抱怨；像你怎么也不算在里头？我心里就不服！袭人那怕他得十分儿也不恼他，原该的。说句良心话，谁还能比他呢？别说他素日殷勤小心，便是不殷勤小心，也拚不得。只可气晴雯、绮霞他们这几个，都算在上等里去，仗着老子娘的脸面，众人倒捧着他去。你说可气不可气？”小红道：“也不犯着气他们。俗语说的：‘千里搭长棚，没有个不散的筵席。’谁守一辈子呢？不过三年五载，各人干各人的去了。那时谁还管谁呢？”这两句话不觉感动了佳蕙心肠，由不得眼圈儿红了，又不好意思无端的哭，只得勉强笑道：“你这话说的是。昨儿宝玉还说，明儿怎么样收拾房子，怎么样做衣裳，倒像有几百年的熬煎。”

小红听了，冷笑两声，方要说话，只见一个未留头的小丫头走进来，手里拿着些花样子并两张纸，说道：“这两个花样子叫你描了出来。”说着向小红撂下，回转身就跑了。小红向外问道：“到底是谁的？也等不得说完就跑！谁蒸下馒头等着你，怕冷了不成？”那小丫头在窗外只说得一声：“是绮大姐姐的。”提起脚来蹭蹬蹭蹬又跑了。小红便赌气把那样子撂在一边，向抽屉内找笔，找了半天，都是秃了的，因说道：“前儿一枝新笔放在那里了？怎么想不起来？”一面说，一面出神。想了一回，方笑道：“是了，前儿晚上莺儿拿了去了。”便向佳蕙道：“你替我取了来。”佳蕙道：“花大姐姐还等着我替他拿箱子，你自取去罢。”小红道：“他等着你，你还坐着闲打牙儿？我不叫你取去，他也不等你了。坏透了的小蹄子！”说着，自己便出房来，出了怡红院，一径往宝钗院内来。

刚至沁芳亭畔，只见宝玉的奶娘李嬷嬷从那边来，小红立住笑问道：“李奶奶，你老人家那里去了？怎么打这里来？”李嬷嬷站住，将手一拍道：“你说说，好好儿的，又看上了那个什么云哥儿雨哥儿的！这会子逼着我叫了他来，明儿叫上房里听见，可又是不好。”小红笑道：“你老人家当真的就信着他去叫么？”李嬷嬷道：“可怎么样呢？”小红笑道：“那一个要是知好歹，就回‘不进来’才是。”李嬷嬷道：“他又不傻，为什么不进来？”小红道：“既是进来，你老人家该别同他一齐儿来，回来叫他一个人乱碰，可是不好么？”李嬷嬷道：“我有那么大工夫和他走？不过告诉了他，回来打发个小丫头子或是老婆子，带进他来就完了。”说着，拄着拐一径去了。小红听说，便站着出神，且不去取笔。

不多时，只见一个小丫头跑来，见小红站在那里，便问道：“红姐姐，你在这里作什么呢？”小红抬头，见是小丫头子坠儿，小红道：“那里去？”坠儿道：“叫我带进芸二爷来。”说着，一径跑了。这里小红刚走至蜂腰桥门前，只见那边坠儿引着贾芸来了。那贾芸一面走，一面拿眼把小红一溜。那小红只妆着和坠儿说话，也把眼去一溜贾芸，四目恰好相对，小红不觉把脸一红，一扭身往蘅芜院去了，不在话下。

这里贾芸随着坠儿，逶迤来至怡红院中。坠儿先进去回明了，然后方领贾芸进去。贾芸看时，只见院内略略有几点山石，种着芭蕉，那边有两只仙鹤，在松树下剔翎。一溜回廊上吊着各色笼子，笼着仙禽异鸟。上面小小五间抱厦，一色雕镂新鲜花样槅扇，上面悬着一个匾，四个大字，题道是“怡红快绿”。贾芸想道：“怪道叫‘怡红院’，原来匾上是这四个字。”正想着，只听里面隔着纱窗子笑说道：“快进来罢！我怎么就忘了你两三个月？”贾芸听见是宝玉的声音，连忙进入房内。抬头一看，只见金碧辉煌，文章闪烁，却看不见宝玉在那里。一回头，只见左边立着一架大穿衣镜，从镜后转出两个一对儿十五六岁的丫头来，说：“请二爷里头屋里坐。”贾芸连正眼也不敢看，连忙答应了，又进一道碧纱厨，只见小小一张填漆床上，悬着大红销金撒花帐子。宝玉穿着家常衣服，靸着鞋，倚在床上，拿着本书；看见他进来，将书掷下，早带笑立起身来。贾芸忙上前请了安，宝玉让坐，便在下面一张椅子上坐了。宝玉笑道：“只从那个月见了你，我叫你往书房里来，谁知接接连连许多事情，就把你忘了。”贾芸笑道：“总是我没福，偏偏又遇着叔叔欠安。叔叔如今可大安了？”宝玉道：“大好了。我倒听见说你辛苦了好几天。”贾芸道：“辛苦也是该当的。叔叔大安了，也是咱们一家子的造化。”

说着，只见有个丫头端了茶来与他。那贾芸口里和宝玉说话，眼睛却瞧那丫鬟：细挑身子，容长脸儿，穿着银红袄儿，青缎子背心，白绫细褶儿裙子。那贾芸只从宝玉病了，他在里头混了两天，都把有名人口记了一半。他看见这丫鬟，知道是袭人，他在宝玉房中比别人不同，如今端了茶来，宝玉又在傍边坐着，便忙站起来，笑道：“姐姐怎么替我倒起茶来？我来到叔叔这里，又不是客，让我自己倒罢了。”宝玉道：“你只管坐着吧。丫头们跟前也是这样。”贾芸笑道：“虽如此说，叔叔房里姐姐们，我怎么敢放肆呢？”一面说，一面坐下吃茶。那宝玉便和他说些没要紧的闲话，又说道谁家的戏子好，谁家的花园好，又告诉他谁家的丫头标致，谁家的酒席丰盛，又是谁家有奇货，又是谁家有异物。那贾芸口里只得顺着他说。说了一回，见宝玉有些懒懒的了，便起身告辞。宝玉也不甚留，只说：“你明儿闲了只管来。”仍命小丫头子坠儿送出去了。

贾芸出了怡红院，见四顾无人，便脚步慢慢的停着些走，口里一长一短和坠儿说话。先问他："几岁了？名字叫什么？你父母在那行上？在宝叔房内几年了？一个月多少钱？共总宝玉房内有几个女孩子？"那坠儿见问，便一桩桩的都告诉他了。贾芸又道："刚才那个与你说话的，他可是叫小红？"坠儿笑道："他就叫小红。你问他作什么？"贾芸道："方才他问你什么手帕子，我倒拣了一块。"坠儿听了笑道："他问了我好几遍，可有看见他的帕子的。我有那么大工夫管这些事！今儿他又问我，他说我替他找着了，他还谢我呢。才在蘅芜院门口说的，二爷也听见了，不是我撒谎。好二爷，你既拣了，给我罢，我看他拿什么谢我。"

原来上月贾芸进来种树之时，便拣了一块罗帕，知是这园内的人失落的，但不知是那一个人的，故不敢造次。今听见小红问坠儿，知是他的，心内不胜喜幸。又见坠儿追索，心中早得了主意，便向袖内将自己的一块取了出来，向坠儿笑道："我给是给你，你若得了他的谢礼，可不许瞒我的。"坠儿满口里答应了，接了手帕子，送出贾芸，回来找小红，不在话下。

如今且说宝玉打发贾芸去后，意思懒懒的，歪在床上，似有朦胧之态。袭人便走上来，坐在床沿上推他，说道："怎么又要睡觉？你闷的很，出去逛逛不好？"宝玉见说，携着他的手笑道："我要去，只是舍不得你。"袭人笑道："快起来罢。"一面说，一面拉了宝玉起来。宝玉道："可往那里去呢？怪腻腻烦烦的。"袭人道："你出去了就好了，只管这么葳蕤，越发心里腻烦了。"

宝玉无精打采，只得依他。晃出了房门，在回廊上调弄了一回雀儿；出至院外，顺着沁芳溪看了一回金鱼。只见那边山坡上两只小鹿箭也似的跑来，宝玉不解何意。正自纳闷，只见贾兰在后面拿着一张小弓儿追了下来。一见宝玉在前，便站住了，笑道："二叔叔在家里么？我只当出门去了。"宝玉道："你又淘气了！好好的射他做什么？"贾兰笑道："这会子不念书，闲着做什么？所以演习演习骑射。"宝玉道："把牙磕了，那时候才不演呢。"说着，顺着脚一径来至一个院门前，看那凤尾森森，龙吟细细：正是潇湘馆。宝玉信步走入，只见湘帘垂地，悄无人声。走至窗前，觉得一缕幽香，从碧纱窗中暗暗透出。宝玉便将脸贴在纱窗上，往里看时，耳内忽听得细细的长叹了一声道："每日家情思睡昏昏！"宝玉听了，不觉心内痒将起来。再看时，只见黛玉在床上伸懒腰。宝玉在窗外笑道："为什么'每日家情思睡昏昏'的？"一面说，一面掀帘子进来了。

黛玉自觉忘情，不觉红了脸，拿袖子遮了脸，翻身向里妆睡着了。宝玉才走了来要扳他的身子，只见黛玉的奶娘并两个婆子都跟了进来，说："妹妹睡觉呢，等醒来再请罢。"刚说着，黛玉便翻身坐了起来，笑道："谁睡觉呢。"那两三个婆子见黛玉起来，便笑道："我们只当姑娘睡着了。"说着，便叫紫鹃，说："姑娘醒了，进来伺候。"一面说，一面都去了。黛玉坐在床上，一面抬手整理鬓发，一面笑向宝玉道："人家睡觉，你进来做什么？"宝玉见他星眼微饧，香腮带赤，不觉神魂早荡，一歪身坐在椅子上，笑道："你才说什么？"黛玉道："我没说什么。"宝玉笑道："给你个榧子吃呢！我都听见了。"

二人正说话，只见紫鹃进来，宝玉笑道："紫鹃，把你们的好茶倒碗我吃。"紫鹃道："那里有好的呢？要好的，只好等袭人来。"黛玉道："别理他，你先给我舀水去罢。"紫鹃道："他是客，自然先倒了茶来才舀水去。"说着，倒茶去了。宝玉笑道："好丫头！'若共你多情小姐同鸳帐，怎舍得叫你叠被铺床！'"黛玉登时撂下脸来，说道："二哥哥，你说什么？"宝玉笑道："我何尝说什么？"黛玉便哭道："如今新兴的，外头听了村话来，也说给我听；看了混帐书，也拿我取笑儿！我成了替爷们解闷儿的了。"一面哭，一面下床来，往外就走。宝玉不知要怎样，心下慌了，忙赶上来说："好妹妹，我一时该死。你别告诉去，我再敢说这些话，嘴上就长个疔，烂了舌头！"

正说着，只见袭人走来，说道："快回去穿衣服，老爷叫你呢。"宝玉听了，不觉打了个焦雷一般，也顾不得别的，疾忙回来穿衣服。出园来，只见焙茗在二门前等着。宝玉问道："你可知道叫我是为什么？"焙茗道："爷快出来罢，横竖是见去的，到那里就知道了。"一面说，一面催着宝玉。转过大厅，宝玉心里还自狐疑。只听墙角边一阵呵呵大笑，回头见薛蟠拍着手跳了出来，笑道："要不说姨父叫你，你那里肯出来的这么快！"焙茗也笑着跪下了。宝玉怔了半天，方解过来是薛蟠哄他出来。薛蟠连忙打恭作揖陪不是，又求不要难为了小子，"都是我央他去的"。宝玉也无法了，只好笑问道："你哄我也罢了，怎么说我父亲呢？我告诉姨妈去，评评这个理，可使得么？"薛蟠忙道："好兄弟，我原为求你快些出来，就忘了忌讳这句话。改日你要哄我，也说我父亲就完了。"宝玉道："嗳哟，越发的该死了！"又向焙茗道："反叛肏的，还跪着做什么！"焙茗连忙叩头起来。

薛蟠道："要不是我也不敢惊动：只因明儿五月初三日，是我的生日，谁知古董行的程日兴，他不知那里寻了来的，这么粗、这么长粉脆的鲜藕，这么大的大西瓜，这么长一尾新鲜的鲟鱼，这么大的一个暹罗国进贡的灵柏香熏的暹猪。你说这四样礼物可难得不难得？那鱼、猪不过贵而难得，这藕和瓜，亏他怎么种出来的！我连忙孝敬了母亲，赶着给你们老太太、姨母送了些去。如今留了些，我要自己吃，恐怕折福。左思右想，除我之外，惟你还配吃，所以特请你来。可巧唱曲儿的一个小子又来了，我同你乐一日何如？”

一面说，一面来至他书房里。只见詹光、程日兴、胡斯来、单聘仁等并唱曲儿的，都在这里。见他进来，请安的，问好的，都彼此见过了。吃了茶，薛蟠即命人：“摆酒来。”说犹未了，众小厮七手八脚，摆了半天，方才停当归坐。宝玉果见瓜、藕新异，因笑道：“我的寿礼还未送来，倒先扰了。”薛蟠道：“可是呢。你明儿来拜寿，打算送什么新鲜礼物？”宝玉道：“我没有什么送的。若论银钱穿吃等类的东西，究竟还不是我的；惟有写一张字，或画一张画，这才是我的。”薛蟠笑道：“你提画儿，我才想起来了：昨儿我看人家一本春宫儿，画的着实好。上面还有许多的字，我也没细看，只看落的款，原来是什么‘庚黄’的。真好的了不得！”宝玉听了，心下猜疑道：“古今字画也都见过些，那里有个‘庚黄’？”想了半天，不觉笑将起来，命人取过笔来，在手心里写了两个字，又问薛蟠道：“你看真了，是‘庚黄’么？”薛蟠道：“怎么看不真？”宝玉将手一撒，与他看道：“可是这两个字罢？其实与‘庚黄’相去不远。”众人都看时，原来是“唐寅”两个字，都笑道：“想必是这两个字，大爷一时眼花了，也未可知。”薛蟠自觉没意思，笑道：“谁知他是‘糖银’是‘果银’的！”

正说着，小厮来回：“冯大爷来了。”宝玉便知是神武将军冯康之子冯紫英来了。薛蟠等一齐连叫：“快请！”说犹未了，只见冯紫英一路说笑，已进来了。众人忙起席让坐，冯紫英笑道：“好呀，也不出门了，在家里高乐罢。”宝玉、薛蟠都笑道：“一向少会，老世伯身上康健？”紫英答道：“家父倒也托庇康健。近来家母偶着了些风寒，不好了两天。”薛蟠见他面上有些青伤，便笑道：“这脸上又和谁挥拳来？挂了幌子了。”冯紫英笑道：“从那一遭把仇都尉的儿子打伤了，我记了，再不呕气，如何又挥拳！这脸上是前日打围，在铁网山教兔鹘捎了一翅膀。”宝玉道：“几时的话？”紫英道：“三月二十八日去的，前儿也就回来了。”宝玉道：“怪道前月初三四儿，我在沈世兄家赴席，没有见你。我要问，不知怎么忘了。单你去的，还是老世伯也去的？”紫英道：“可不是家父去！我也没法儿，去罢了。难道我闲疯了？咱们几个人吃酒听唱的不乐，寻那个苦恼去？这一次大不幸之中，却有大幸。”

薛蟠众人见他吃完了茶，都说道：“且入席，有话慢慢的说。”冯紫英听说，便立起身来，说道：“论理我该陪饮几杯才是，只是今儿有一件大大要紧的事，回去还要见家父面回，实不敢领。”薛蟠、宝玉众人那里肯依，死拉着不放。冯紫英笑道：“这又奇了。你我这些年，那一回有这个道理的？果然不能遵命。若必定叫我饮，拿大杯来，我领两杯就是了。”众人听说，只得罢了。薛蟠执壶，宝玉把盏，斟了两大海，那冯紫英站着一气而尽。宝玉道：“你到底把这个不幸之幸说完了再走。”冯紫英笑道：“今儿说的也不尽兴。我为这个，还要特治一个东儿，请你们去细谈一谈；二则还有奉恳之处。”说着，撒手就走。薛蟠道：“越发说的人热剌剌的丢不下！多早晚才请我们？告诉了，也免的人犹豫。”冯紫英道：“多则十日，少则八天。”一面说，一面出门上马去了。众人回来，依旧又饮了一回方散。

宝玉回至园中，袭人正记挂着他去见贾政，不知是祸是福。只见宝玉醉醺醺回来，因问其原故，宝玉一一向他说了。袭人道：“人家牵肠挂肚的等着，你且高乐去！也到底打发个人来给个信儿。”宝玉道：“我何尝不要送信儿？因冯世兄来了，就混忘了。”正说着，只见宝钗走进来，笑道：“偏了我们新鲜东西了？”宝玉笑道：“姐姐家的东西，自然先偏了我们了。”宝钗摇头笑道：“昨儿哥哥倒特特的请我吃，我不吃，我叫他留着送与别人罢。我知道我的命小福薄，不配吃那个。”说着，丫鬟倒了茶来，吃茶说闲话儿。不在话下。

却说那黛玉听见贾政叫了宝玉去了，一日不回来，心上也替他忧虑。至晚饭后，闻得宝玉来了，心里要找他问问是怎么样了，一步步行来。见宝钗进宝玉的房内去了，自己也随后走了来。刚到了沁芳桥，只见各色水禽尽都在池中浴水，也认不出名色来，但见一个个文彩闪灼，好看异常，因而站住，看了一回。再往怡红院来，门已关了，黛玉即便叩门。谁知晴雯和碧痕二人正拌了嘴，没好气，忽见宝钗来了，那晴雯却把气移在宝钗身上，正在那里抱怨说：“有事没事，跑了来坐着，叫我们三更半夜的不得睡觉！”忽听又有人叫门，晴雯越发动了气，也并不问是谁，便说道：“都睡下了，明儿再来罢！”黛玉素知丫头们的情性，他们彼此顽耍惯了，恐怕院内的丫头没听见是他的声音，只当别的丫头们了，所以不开门，因而又高声说道：“是我，还不开门么？”晴雯偏生还没听见，便使性子说道：“凭你是谁，二爷分付的：一概不许放人进来了！”黛玉听了，不觉气怔在门外。待要高声问他，逗起气来，自己又回想一番："虽说是舅母家如同自己家一样，到底是客边。如今父母双亡，无依无靠，现在他家依栖，如今认真呕气，也觉没趣。"一面想，一面又滚下泪珠来了。真是回去不是，站着不是。

正没主意，只听里面一阵笑语之声，细听一听，竟是宝玉、宝钗二人。黛玉心中越发动了气，左思右想，忽然想起早起的事来："必竟是宝玉恼我告他的缘故。但只我何尝告你去了？你也不打听打听，就恼我到这步田地！你今儿不叫我进来，难道明儿就不见面了？"越想越伤感起来，也不顾苍苔露冷、花径风寒，独立墙角边花阴之下，悲悲切切呜咽起来。

原来这黛玉秉绝代之姿容，具稀世之俊美，不期这一哭，那附近柳枝花朵上宿鸟栖鸦一闻此声，俱忒楞楞飞起远避，不忍再听。正是花魂点点无情绪，鸟梦痴痴何处惊。因有一首诗道：

颦儿才貌世应稀，独抱幽芳出绣闺。

呜咽一声犹未了，落花满地鸟惊飞。

那黛玉正自啼哭，忽听吱喽的一声，院门开处，不知是那一个出来。要知端的，下回分解。

第二十七回　滴翠亭杨妃戏彩蝶　埋香冢飞燕泣残红

话说黛玉正自悲泣，忽听院门响处，只见宝钗出来了，宝玉、袭人一群人送了出来。待要上去问着宝玉，又恐当着众人问羞了宝玉不便，因而闪过一旁，让宝钗去了，宝玉等进去关了门，方转过来，尚望着门洒了几点泪。自觉无味，转身回来，无精打彩的卸了残妆。

紫鹃、雪雁素日知道黛玉的情性：无事闷坐，不是愁眉，便是长叹，且好端端的不知为了什么，常常的便自泪不干的。先时还有人解劝，或怕他思父母，想家乡，受委曲，用话来宽慰解劝；谁知后来一年一月的，竟常常如此，把这个样儿看惯了，也都不理论了：所以也没人去理，由他闷坐，只管睡觉去了。那黛玉倚着床阑杆，两手抱着膝，眼睛含着泪，好似木雕泥塑的一般，直坐到二更多天，方才睡了。一宿无话。

至次日乃是四月二十六日，原来这日未时交芒种节。尚古风俗：凡交芒种节的这日，都要摆设各色礼物，祭饯花神，言芒种一过，便是夏日了，众花皆卸，花神退位，须要饯行。闺中更兴这件风俗，所以大观园中之人都早起来了。那些小孩子们，或用花瓣柳枝编成轿马的，或用绫锦纱罗叠成干旄旌幢的，都用彩线系了，每一棵树头、每一枝花上，都系了这些物事，满园里绣带飘摇，花枝招展。更兼这些人打扮的桃羞杏让、燕妒莺惭，一时也道不尽。

且说宝钗、迎春、探春、惜春、李纨、凤姐等，并大姐儿、香菱与众丫鬟们，都在园内顽耍，独不见黛玉。迎春因说道：“林妹妹怎么不见？好个懒丫头，这会子还睡觉不成？”宝钗道：“你们等着，等我去闹了他来。”说着，便丢了众人，一直往潇湘馆来。正走着，只见文官等十二个女孩子也来了，上来问了好，说了一回闲话。宝钗回身指道：“他们都在那里呢，你们找他们去。我找林姑娘去就来。”说着，逶迤往潇湘馆来。忽然抬头见宝玉进去了，宝钗便站住，低头想了一想：“宝玉和黛玉是从小儿一处长大的，他兄妹间多有不避嫌疑之处，嘲笑不忌，喜怒无常；况且黛玉素多猜忌，好弄小性儿的，此刻自己也跟了进去，一则宝玉不便，二则黛玉嫌疑，倒是回来的妙。”想毕，抽身回来。

刚要寻别的姊妹去，忽见面前一双玉色蝴蝶，大如团扇，一上一下迎风翩跹，十分有趣。宝钗意欲扑了来顽耍，遂向袖中取出扇子来，向草地下来扑。只见那一双蝴蝶忽起忽落，来来往往，将欲过河去了，倒引的宝钗蹑手蹑脚的，一直跟到池边滴翠亭上，香汗淋漓，娇喘细细，宝钗也无心扑了。刚欲回来，只听那亭里边嘁嘁喳喳有人说话。原来这亭子四面俱是游廊曲栏，盖在池中水上，四面雕镂槅子糊着纸。宝钗在亭外听见说话，便顿住脚，往里细听。只听说道：“你瞧瞧这手帕子，果然是你丢的那块，你就拿着；要不是，就还芸二爷去。”又有一人说话：“可不是我那块！拿来给我罢。”又听道：“你拿什么谢我呢？难道白找了来不成？”又答道：“我已经许了谢你，自然不是哄你的。”又听说道：“我找了来给你，自然谢我。但只是那拣的人，你就不谢他么？”那一个又说道：“你别胡说！他是个爷们家，拣了我们的东西自然该还的，叫我拿什么谢他呢？”又听说道：“你不谢他，我怎么回他呢？况且他再三再四的和我说了:若没谢的，不许我给你呢。”半晌，又听说道:“也罢，拿我这个给他，算谢他的罢。你要告诉别人么？须说一个誓。”又听说道:“我要告诉人，嘴上就长一个疔，日后不得好死！”又听说道：“嗳哟，咱们只顾说话，看有人来悄悄的在外头听见。不如把这槅子都推开了，便是人见咱们在这里，他们只当我们说顽话呢。若是到跟前，咱们也看的见，就别说了。”

宝钗外面听见这话，心中吃惊，想道：“怪道从古至今，那些奸淫狗盗的人心机都不错。这一开，见我在这里，他们岂不臊了？且说话的语音，大似宝玉房里红儿的言语。他素日眼空心大，是个头等刁钻古怪东西，今儿我听了他的短儿，‘人急造反，狗急跳墙’，不但生事，而且我还没趣。如今便赶着躲了，料也躲不及，少不得要使个‘金蝉脱壳’的法子。”犹未想完，只听咯吱一声，宝钗便故意放重了脚步，笑着叫道：“颦儿，我看你往那里藏！”一面说，一面故意往前赶。那亭内的小红、坠儿刚一推窗，只听宝钗如此说着往前赶，两个人都吓怔了。宝钗反向他二人笑道：“你们把林姑娘藏在那里了？”坠儿道：“何曾见林姑娘呢？”宝钗道：“我才在河那边，看着林姑娘在这里蹲着弄水儿呢。我要悄悄的吓他一跳，还没有走到跟前，他倒看见我了，朝东一绕，就不见了。别是藏在里头了？”一面说，一面故意进去寻了一寻，抽身就走，口内说道：“一定又钻在山洞子里去了，遇见蛇，咬一口也罢了。”一面说，一面走，心中又好笑：“这件事算遮过去了，不知他二人是怎样？”

谁知小红听了宝钗的话，便信以为真，让宝钗去远，便拉坠儿道：“了不得了！林姑娘蹲在这里，一定听了话去了！”坠儿听说，也半日不言语。小红又道：“这可怎么样呢？”坠儿道：“便听见了，管谁筋疼！各人干各人的就完了。”小红道：“若是宝姑娘听见，倒还罢了；林姑娘嘴里又爱克薄人，心里又细，他一听见了，倘或走露了，怎么样呢？”

二人正说着，只见文官、香菱、司棋、侍书等上亭子来了。二人只得掩住这话，且和他们顽笑。只见凤姐儿站在山坡上招手叫小红，小红连忙弃了众人，跑至凤姐前，堆着笑问道：“奶奶使唤做什么事？”凤姐打量了一回，见他生的干净俏丽，说话知趣，因笑道：“我的丫头今儿没有跟我进来，我这会子想起一件事来，要使唤个人出去，不知你能干不能干？说的齐全不齐全？”小红笑道：“奶奶有什么话，只管分付我说去。若说的不齐全，误了奶奶的事，任凭奶奶责罚就是了。”凤姐笑道：“你是那位姑娘房里的？我使你出去，他回来找你，我好替你说。”小红道：“我是宝二爷房里的。”凤姐听了笑道：“嗳哟，你原来是宝玉房里的，怪道呢。也罢了，等他问，我替你说。你到我们家告诉你平姐姐：外头屋里桌子上汝窑盘子架儿底下放着一包银子，那是一百二十两，给绣匠的工价，等张材家的来要，当面称给他瞧了，再给他拿去。再里边床头上有一个小荷包，拿了来。”

小红听说，转身去了。不多时回来了，只见凤姐不在这山坡上了。因见司棋从山洞里出来，站着系裙子，便赶来问道：“姐姐，不知道二奶奶往那里去了？”司棋道：“没理论。”小红听了，回身又往四下里一看，只见那边探春、宝钗在池边看鱼，小红上来陪笑道：“姑娘们可知道二奶奶刚才那里去了？”探春道：“你往大奶奶院里找去。”小红听了，再往稻香村来，顶头只见晴雯、绮霞、碧痕、秋纹、麝月、侍书、入画、莺儿等一群人来了。晴雯一见小红，便说道：“你只是疯罢，院子里花儿也不浇，雀儿也不喂，茶炉子也不烧，就在外头逛！”小红道：“昨儿二爷说了：今儿不用浇花，过一日浇一回罢。我喂雀儿的时候，姐姐还睡觉呢。”碧痕道：“茶炉子呢？”小红道：“今日不该我的班儿，有茶没茶休问我！”绮霞道：“你听听他的嘴！你们别说了，让他逛罢！”小红道：“你们再问问，我逛了没逛？二奶奶才使唤我说话取东西去的！”说着，将荷包举给他们看，方没言语了，大家走开。晴雯冷笑道：“怪道呢，原来爬上高枝儿去了，把我们不放在眼里了！不知说了一句话半句话，名儿姓儿知道了不曾，就把他兴头的这个样！这一遭儿半遭儿的算不得什么，过了后儿还得听呵！有本事，从今儿出了这园子，长长远远的在高枝儿上才算得！”一面说着去了。

这里小红听说，不便分证，只得忍着气来找凤姐儿。到李氏房中，果见凤姐儿在这里，和李氏说话儿呢。小红上来回道：“平姐姐说：奶奶刚出来了，他就把银子收起来了；才张材家的来取，当面称了给他拿去了。”说着，将荷包递了上去，又道：“平姐姐叫我来回奶奶：才旺儿进来，要讨奶奶的示下，好往那家子去。平姐姐就把那话，按着奶奶的主意打发他去了。”凤姐笑道：“他怎么按我的主意打发去了？”小红道：“平姐姐说：‘我们奶奶问这里奶奶好。原是我们二爷不在家，虽然迟了两天，只管请奶奶放心。等五奶奶好些，我们奶奶还会了五奶奶来瞧奶奶呢。五奶奶前儿打发了人来说：舅奶奶带了信来了，问奶奶好，还要和这里的姑奶奶寻两丸延年神验万金丹。若有了，奶奶打发人来，只管送在我们奶奶这里，明儿有人去，就顺路给那边舅奶奶带去的。’”

话未话完，李氏道：“嗳哟哟，这话我就不懂了，什么‘奶奶’‘爷爷’的一大堆！”凤姐笑道：“怪不得你不懂，这是四五门子的话呢。”说着，又向小红笑道：“好孩子，难为你说的齐全，不像他们扭扭捏捏蚊子似的。嫂子不知道，如今除了我随手使的这几个丫头、老婆子之外，我就怕和别人说话：他们必定把一句话拉长了，作两三截儿，咬文嚼字，拿着腔儿哼哼唧唧的，急的我冒火，他们那里知道？先是我们平儿也是这么着，我就问着他：‘难道必定妆蚊子哼哼就是美人了？’说了几遭，才好些了。”李宫裁笑道：“都像你泼辣货才好！”凤姐道：“这一个丫头就好：方才两遭，说话虽不多，听那口角就很简捷。”说着，又向小红笑道：“明儿你伏侍我去罢，我认你做女儿。我一调理，你就出息了。”

小红听了，扑嗤一笑。凤姐道：“你怎么笑？你说我年轻，比你能大几岁，就做你的妈了？你做春梦呢！你打听打听，这些人比你大的，赶着我叫妈，我还不理他呢。今儿抬举了你了。”小红笑道：“我不是笑这个，我笑奶奶认错了辈数儿了：我妈是奶奶的女儿，这会子又认我做女儿！”凤姐道：“谁是你妈？”李宫裁笑道：“你原来不认得他。他是林之孝的女儿。”凤姐听了，十分诧异，因说道：“哦，原来是他的丫头。”又笑道：“林之孝两口子，都是锥子扎不出一声儿来的。我成日家说，他们倒是配就了的一对夫妻：一个天聋，一个地哑。那里承望养出这么个伶俐丫头来！你十几岁了？”小红道：“十七岁了。”又问名字，小红道：“原叫红玉的，因为重了宝二爷，如今只叫小红了。”

凤姐听说，将眉一皱，把头一回，说道：“讨人嫌的很。得了玉的便宜似的，你也玉，我也玉！”因说：“嫂子不知道，我和他妈说：‘赖大家的如今事多，也不知这府里谁是谁，你替我好好的挑两个丫头我使。’他一般的答应着。他饶不挑，倒把他这女孩子送了别处去！难道跟我必定不好？”李纨笑道：“你可是又多心了：他进来在先，你说在后，怎么怨着他妈？”凤姐说道：“你这么着：明儿我和宝玉说，叫他再要人，叫这丫头跟我去。可不知本人愿意不愿意？”小红笑道：“愿意不愿意，我们也不敢说。只是跟着奶奶，我们学些眉眼高低，出入上下，大小的事儿也得见识见识。”刚说着，只见王夫人的丫头来请，凤姐便辞了李宫裁去了。小红回怡红院去，不在话下。

如今且说黛玉因夜间失寐，次日起来迟了，闻得众姊妹都在园中做饯花会，恐人笑他痴懒，连忙梳洗了出来。刚到了院中，只见宝玉进门来了，便笑道：“好妹妹，你昨儿可告了我了不曾？我悬了一夜心！”黛玉便回头叫紫鹃道：“把屋子收拾了，下一扇纱屉；看那大燕子回来，把帘子放了下来，拿狮子倚住。烧了香，就把炉罩上。”一面说，一面又往外走。宝玉见他这样，还认作是昨日晌午的事，那知晚间的这件公案？还打恭作揖的。黛玉正眼也不看，竟自出了院门，一直找别的姊妹去了。宝玉心中纳闷，自己猜疑：“看起这样光景来，不像是为昨儿的事。但只昨日我回来得晚了，又没有见他，再没有冲撞了他的去处了。”一面想，一面由不得随后追了来。

只见宝钗、探春正在那边看鹤舞，见黛玉来了，三个一同站着说话儿。又见宝玉来了，探春便笑道："宝哥哥身上好？我整整的三天没见你了。"宝玉笑道："妹妹身上好？我前儿还在大嫂子跟前问你呢。"探春道："宝哥哥，你往这里来，我和你说话。"宝玉听说，便跟了他，离了钗、玉两个，到了一棵石榴树下。探春因说道："这几天老爷可曾叫你？"宝玉笑道："没有叫。"探春道："昨儿我恍惚听见说，老爷叫你出去的。"宝玉笑道："那想是别人听错了，并没有叫。"探春又笑道："这几个月，我又攒下有十来串钱了。你还拿了去，明儿出门逛去的时候，或是好字画、好轻巧顽意儿，替我带些来。"宝玉道："我怎么逛去？城里城外大廊大庙的逛，也没见个新奇精致东西，总不过是那些金、玉、铜、磁器，没处撂的古董；再就是绸缎、吃食、衣服了。"探春道："谁要这些！怎么像你上回买的那柳枝儿编的小篮子、整竹子根抠的香盒儿、胶泥垛的风炉儿：这就好了。我喜欢的什么似的，谁知他们都爱上了，都当宝贝似的抢了去了。"宝玉笑道："原来要这个。这不值什么，拿几百钱出来给小子们，管拉两车来。"探春道："小厮们知道什么？你拣那朴而不俗、直而不拙的，这些东西，你多多替我带了来，我还像上回的鞋做一双你穿，比你那双还加工夫，如何呢？"

宝玉笑道："你提起鞋来，我想起故事来了：那回穿着，可巧遇见了老爷，老爷就不受用，问：'是谁做的？'我这时那里敢提'三妹妹'三个字？我就回说是前儿我生日，是舅母给的。老爷听见是舅母给的，才不好说什么了。半日还说：'何苦来？虚耗人力，作践绫罗，做这样的东西！'我回来告诉了袭人，袭人说：这还罢了。赵姨娘气的抱怨的了不得：'正经兄弟，鞋搭拉袜搭拉的没人看得见，且做这些东西！'"探春听说，登时沉下脸来，道："你说，这话糊涂到什么田地！怎么我是该做鞋的人么？环儿难道没有分例的？衣裳是衣裳，鞋袜是鞋袜，丫头老婆子一屋子，怎么抱怨这些话？给谁听呢？我不过闲着没事，作一双半双，爱给那个哥哥兄弟，随我的心，谁敢管我不成？这也是他瞎气。"宝玉听了，点头笑道："你不知道，他心里自然又有个想头了。"探春听说，益发动了气，将头一扭，说道："连你也糊涂了？他那想头，自然是有的，不过是那阴微鄙贱的见识！他只管这么想，我只管认得老爷、太太两个人，别人我一概不管！就是姊妹兄弟跟前，谁和我好，我就和谁好！什么偏的，庶的，我也不知道。论理，我不该说他，但他忒昏聩得不像了！还有笑话儿呢：就是上回我给你那钱，替我带那顽要的东西，过了两天，他见了我，也是说没钱使，怎么难处，我也不理他。谁知后来丫头们出去了，他就抱怨起我来，说我攒的钱为什么给你使，倒不给环儿使了？我听见这话，又好笑又好气，我就出来，往太太跟前去了。”

正说着，只见宝钗那边笑道：“说完了？来罢。显见得是哥哥妹妹了，丢下别人，且说体己去。我们听一句儿，就使不得了？”说着，探春、宝玉二人方笑着来了。宝玉因不见了黛玉，便知他躲了别处去了，想了一想，索性迟两天，等他的气息一息再去也罢了。因低头看见许多凤仙、石榴等各色落花，锦重重的落了一地，因叹道：“这是他心里生了气，也不收拾这花儿来了。待我送了去，明儿再问着他。”说着，只见宝钗约着他们往外头去，宝玉道：“我就来。”等他二人去远，把那花兜了起来，登山渡水，过树穿花，一直奔了那日同黛玉葬桃花的去处来。

将已到了花冢，犹未转过山坡，只听山坡那边有呜咽之声，一面数落着，哭的好不伤心！宝玉心下想道：“这不知是那房里的丫头，受了委曲，跑到这个地方来哭？”一面想，一面煞住脚步，听他哭道是：

花谢花飞飞满天，红消香断有谁怜？游丝软系飘春榭，
落絮轻沾扑绣帘。闺中女儿惜春暮，愁绪满怀无释处。
手把花锄出绣帘，忍踏落花来复去。柳丝榆荚自芳菲，
不管桃飘与李飞。桃李明年能再发，明年闺中知有谁？
三月香巢已垒成，梁间燕子太无情！明年花发虽可啄，
却不道人去梁空巢亦倾！一年三百六十日，风刀霜剑严相逼。
明媚鲜妍能几时，一朝飘泊难寻觅。花开易见落难寻，
阶前闷煞葬花人。独把花锄泪暗洒，洒上空枝见血痕。
杜鹃无语正黄昏，荷锄归去掩重门。青灯照壁人初睡，
冷雨敲窗被未温。怪侬底事倍伤神，半为怜春半恼春：
怜春忽至恼忽去，至又无言去不闻。昨宵庭外悲歌发，
知是花魂与鸟魂？花魂鸟魂总难留，鸟自无言花自羞。
愿侬胁下生双翼，随花飞到天尽头！天尽头，何处有香丘？
未若锦囊收艳骨，一抔净土掩风流。质本洁来还洁去，
强于污淖陷渠沟。尔今死去侬收葬，未卜侬身何日丧？
侬今葬花人笑痴，他年葬侬知是谁？试看春残花渐落，
便是红颜老死时。一朝春尽红颜老，花落人亡两不知！

正是一面低吟，一面哽咽，那边哭的自己伤心，却不道这边听的早已痴倒了。要知端详，下回分解。

第二十八回　蒋玉函情赠茜香罗　薛宝钗羞笼红麝串

话说林黛玉只因昨夜晴雯不开门一事，错疑在宝玉身上；次日又可巧遇见饯花之期，正是一腔无明未曾发泄，又勾起伤春愁思，因把些残花落瓣去掩埋，由不得感花伤己，哭了几声，便随口念了几句。不想宝玉在山坡上听见，先不过点头感叹，次又听到“侬今葬花人笑痴，他年葬侬知是谁”，“一朝春尽红颜老，花落人亡两不知”等句，不觉恸倒山坡上，怀里兜的落花撒了一地。试想林黛玉的花颜月貌，将来亦到无可寻觅之时，宁不心碎肠断！既黛玉终归无可寻觅之时，推之于他人，如宝钗、香菱、袭人等，亦可以到无可寻觅之时矣；宝钗等终归无可寻觅之时，则自己又安在哉？且自身尚不知何在何往，则斯处斯园斯花斯柳，又不知当属谁姓矣。因此一而二，二而三，反复推求了去，真不知此时此际，如何解释这段悲伤！正是：花影不离身左右，鸟声只在耳东西。

那黛玉正自伤感，忽听山坡上也有悲声，心下想道：“人人都笑我有痴病，难道还有一个痴子不成？”抬头一看，见是宝玉，黛玉便道：“啐！我当是谁，原来是这个狠心短命的！”刚说到“短命”二字，又把口掩住，长叹一声，自己抽身便走了。

这里宝玉悲恸了一回，见黛玉去了，便知黛玉看见他躲开了，自己也觉无味。抖抖土起来，下山寻归旧路，往怡红院来。可巧看见黛玉在前头走，连忙赶上去，说道：“你且站着，我知你不理我，我只说一句话，从今已后撩开手。”黛玉回头见是宝玉，待要不理他，听他说只说一句话，便道：“请说来。”宝玉笑道：“两句话说了，你听不听？”黛玉听说，回头就走。宝玉在背后面叹道：“既有今日，何必当初？”黛玉听见这话，由不得站住，回头道：“当初怎么样？今日怎么样？”宝玉道：“唉，当初姑娘来了，那不是我陪着顽笑？凭我心爱的，姑娘要，就拿去；我爱吃的，听见姑娘也爱吃，连忙收拾的干干净净收着，等了姑娘到来。一桌子吃饭，一床儿上睡觉。丫头们想不到的，我怕姑娘生气，我替丫头们想到。我心里想着：姊妹们从小儿长大，亲也罢，热也罢，和气到了底，才见得比人好。如今谁承望姑娘人大心大，不把我放在眼睛里，倒把外四路的什么宝姐姐、凤姐姐的放在心坎上，倒把我三日不理、四日不见的！我又没个亲兄弟、亲妹妹。虽然有两个，你难道不知道是我隔母的？我也和你似的独出，只怕同我的心一样，谁知我是白操了这一番心，有冤无处诉！”说着，不觉滴下泪来。

那时黛玉耳内听了这话，眼内见了这形景，心内不觉灰了大半，也不觉滴下泪来，低头不语。宝玉见这般形像，遂又说道：“我也知道，我如今不好了。但只任凭着我怎么不好，万不敢在妹妹跟前有错处。便有一二分错处，你或教导我，戒我下次，或骂我几句，打我几下，我都不灰心。谁知你总不理我，叫我摸不着头脑，少魂失魄，不知怎么样才是。就便死了，也是个屈死鬼，任凭高僧高道忏悔，也不能超脱；还得你申明了缘故，我才得托生呢。”

黛玉听了这话，不觉将昨晚的事都忘在九霄云外了，便说道：“你既这么说，昨儿为什么我去了，你不叫丫头开门？”宝玉诧异道：“这话从那里说起！我要是这样，立刻就死了！”黛玉啐道：“大清早起死呀活的，也不忌讳。你说有呢就有，没有就没有，起什么誓呢？”宝玉道：“实在没有见你来。就是宝姐姐坐了一坐，就出来的。”黛玉想了一想，笑道：“是了。想必是你的丫头们懒待动，丧声歪气的，也是有的。”宝玉道：“想必是这个缘故。等我回去，问了是谁，教训教训他们就好了。”黛玉道：“你的那些姑娘们也该教训教训，只是论理我不该说。今儿得罪了我的事小，倘或明儿宝姑娘来，什么贝姑娘来，也得罪了，事情岂不大了？”说着，抿着嘴笑。宝玉听了，又是咬牙，又是笑。

二人正说话，见丫头来请吃饭，遂都往前头来了。王夫人见了黛玉，因问道：“大姑娘，你吃那鲍太医的药可好些？”黛玉道：“也不过这么着。老太太还叫我吃王大夫的药呢。”宝玉道：“太太不知道，林妹妹是内证，先天生的弱，所以禁不住一点儿风寒，不过吃两剂煎药，疏散了风寒，还是吃丸药的好。”王夫人道：“前儿大夫说了个丸药的名字，我也忘了。”宝玉道：“我知道那些丸药，不过叫他吃什么人参养荣丸。”王夫人道：“不是。”宝玉又道：“八珍益母丸？左归？右归？再不就是八味地黄丸。”王夫人道：“都不是。我只记得有什么‘金刚’两个字的。”宝玉拍手笑道：“从来没听见有什么‘金刚丸’！若有了‘金刚丸’，自然有‘菩萨散’了。”说的满屋里人都笑了。宝钗抿嘴笑道：“想是天王补心丹。”王夫人笑道：“是这个名儿，如今我也糊涂了。”宝玉道：“太太倒不糊涂，都是叫‘金刚’‘菩萨’支使糊涂了。”王夫人道：“扯你娘的臊！又欠你老子捶你了。”宝玉笑道：“我老子再不为这个捶我。”

王夫人又道：“既有这个名儿，明儿就叫人买些来吃。”宝玉道：“这些药都是不中用的。太太给我三百六十两银子，我替妹妹配一料丸药，包管一料不完就好了。”王夫人道：“放屁！什么药就这样贵？”宝玉笑道：“当真的呢。我这个方子，比别的不同，那个药名儿也古怪，一时也说不清。只讲那头胎紫河车，人形带叶参，三百六十两不足。龟大何首乌，千年松根茯苓胆，诸如此类的药，不算为奇，只在群药里算；那为君的药，说起来吓人一跳。前年薛大哥哥求了我一二年，我才给了他这方子。他拿了方子去，又寻了二三年，化了有上千两银子，才配成了。太太不信，只问宝姐姐。”宝钗听说，笑着摇手儿说道：“我不知道，也没听见，你别叫姨娘问我。”王夫人笑道：“到底是宝丫头好孩子，不撒谎。”宝玉站在当地，听见如此说，一回身把手一拍，说道：“我说的倒是真话呢，倒说撒谎。”口里说着，忽一回身，只见黛玉坐在宝钗身后抿着嘴笑，用手指头在脸上画着羞他。

凤姐因在里间房里，看着人放桌子，听如此说，便走来笑道：“宝兄弟不是撒谎，这倒是有的。前日薛大哥亲自和我来寻珍珠，我问他做什么，他说配药。他还抱怨说：‘不配也罢了，如今那里知道这么费事。’我问什么药，他说是宝兄弟的方子，说了多少药，我也不记得。他又说：‘不然，我也买几颗珍珠了，只是定要头上带过的，所以来和妹妹寻。妹妹就没散的，花儿上也得，掐下来，过后儿我拣好的再给妹妹穿了来。’我没法儿，把两支珠花现拆了给他。还要一块三尺长上用的大红纱，拿乳钵乳了隔面子呢。”凤姐说一句，宝玉念一句佛，说：“太阳在屋子里呢。”凤姐说完了，宝玉又道：“太太想，这不过是将就呢。正经按那方子，这珍珠、宝石定要在古坟里的。有那古时富贵人家妆里的头面拿了来才好。如今那里为这个去挖坟掘墓？所以只是活人带过的，也可以使得。”王夫人听了道：“阿弥陀佛！不当家花拉的，就是坟里有，人家死了几百年，这会子翻尸倒骨的，作了药也不灵！”

宝玉因向黛玉说：“你听见了没有？难道二姐姐也跟着我撒谎不成？”脸望着黛玉说，却拿眼睛瞟着宝钗。黛玉便拉王夫人道：“舅母听听，宝姐姐不替他圆谎，他只问着我。”王夫人又道：“宝玉很会欺负你妹妹。”宝玉笑道：“太太不知道这原故。宝姐姐先在家里住着，那薛大哥哥的事他也不知道，何况如今在这里头住着呢？自然是越发不知道了。林妹妹才在背后，以为是我撒谎，就羞我。”

正说着，见贾母房里的丫头找宝玉、黛玉去吃饭。黛玉也不叫宝玉，便起身拉了那丫头就走。那丫头道：“等着宝二爷一块儿走。”黛玉道：“他不吃饭，不同咱们走。我先走了。”说着，便出去了。宝玉道：“我今儿还跟着太太吃罢。”王夫人道：“罢，罢。我今儿吃斋，你正经吃你的去罢。”宝玉道：“我也跟着吃斋。”说着，便叫那丫头：“去罢。”自己跑到桌子上坐了。王夫人向宝钗等笑道：“你们只管吃你们的，由他去罢。”宝钗因笑道：“你正经去罢。吃不吃，陪着林妹妹走一趟，他心里打紧的不自在呢。”宝玉道：“理他呢，过一会子就好了。”

一时吃过饭，宝玉一则怕贾母记挂着，二则也记挂着黛玉，忙忙的要茶漱口。探春、惜春都笑道：“二哥哥，你成日家忙些什么？吃饭吃茶，也是这么忙碌碌的。”宝钗笑道：“你叫他快吃了，瞧瞧林妹妹去罢。叫他在这里胡闹些什么！”宝玉吃了茶，便出来，一直往西院来。可巧走到凤姐儿院前，只见凤姐在门前站着，倚着门槛子拿耳挖子剔牙，看着十来个小厮们挪花盆儿。见宝玉来了，笑道：“你来的好，进来，进来，替我写几个字儿。”宝玉只得跟了进来。到了房里，凤姐命人取过笔、砚、纸来，向宝玉道：“大红妆缎四十匹，蟒缎四十匹，各色上用纱一百匹，金项圈四个。”宝玉道：“这算什么？又不是帐，又不是礼物，怎么个写法？”凤姐笑道：“你只管写上，横竖我自己明白就罢了。”宝玉听说，只得写了。凤姐一面收起来，一面笑道：“还有句话告诉你，不知依不依？你屋里有个丫头，叫小红的，我要叫了来使唤，明儿我再替你挑几个。可使得么？”宝玉道：“我屋里的人也多得很，姐姐喜欢谁，只管叫了来，何必问我？”凤姐笑道：“既这么着，我就叫人带他去了。”宝玉道：“只管带去。”说着，便要走。凤姐道：“你回来，我还有一句话呢。”宝玉道：“老太太叫我呢，有话等回来罢。”说着，便至贾母这边，只见都已吃完饭了。贾母因问他：“跟着你娘吃了什么好的？”宝玉笑道：“也没什么好的，我倒多吃了一碗饭。”因问：“林妹妹在那里？”贾母道：“里头屋里呢。”

宝玉进来，只见地下一个丫头吹熨斗，炕上两个丫头打粉线，黛玉弯着腰拿剪子裁什么呢。宝玉走进来，笑道：“呀，这是做什么呢？才吃了饭，这么控着头，一会子又头疼了。”黛玉并不理，只管裁他的。有一个丫头说道：“那块绸子角儿还不好呢，再熨他一熨。”黛玉便把剪子一撂，说道：“理他呢，过一会子就好了。”宝玉听了，自是纳闷。只见宝钗、探春等也来了，和贾母说了一回话。宝钗也进来问：“妹妹做什么呢？”因见黛玉裁剪，笑道：“越发能干了，连裁剪都会了。”黛玉笑道：“这也不过是撒谎哄人罢了。”宝钗笑道：“我告诉你个笑话儿：刚才为那个药，我说了个不知道，宝兄弟心里就不受用了。”黛玉道：“理他呢，过会子就好了。”宝玉向宝钗道：“老太太要抹骨牌，正没人，你抹骨牌去罢。”宝钗听说，便笑道：“我是为抹骨牌才来么？”说着便走了。黛玉道：“你倒是去罢。这里有老虎，看吃了你！”说着又裁。宝玉见他不理，只得还陪笑说道：“你也去逛逛，再裁不迟。”黛玉总不理。宝玉便问丫头们：“这是谁教他裁的？”黛玉见问丫头们，便说道：“凭他谁教我裁，也不干二爷的事。”宝玉方欲说话，只见有人进来，回说：“外头有人请。”宝玉听了，忙回身出来。黛玉向外头说道：“阿弥陀佛！赶你回来，我死了也罢了！”

宝玉出来外面，只见焙茗说：“冯大爷家请。”宝玉听了，知道是昨日的话，便说：“要衣裳去。”就自己往书房里来。焙茗一直到了二门前等人，只见出来了一个老婆子，焙茗上去说道：“宝二爷在书房里等出门的衣裳，你老人家进去带个信儿。”那婆子道：“放你娘的屁！倒好，宝二爷如今在园里住着，跟他的人都在园里，你又跑了这里来带信儿！”焙茗听了，笑道：“骂的是，我也糊涂了。”说着，一径往东边二门前来。可巧门上小厮在甬路底下踢球。焙茗将原故说了，有个小厮跑了进去。半日，才抱了一个包袱出来，递与焙茗。回到书房里，宝玉换了，命人备马，只带着焙茗、锄药、双瑞、寿儿四个小厮去了。

一径到了冯紫英门口，有人报与冯紫英，出来迎接进去。只见薛蟠早已在那里久候了，还有许多唱曲儿的小厮们，并唱小旦的蒋玉函，锦香院的妓女云儿。大家都见过了，然后吃茶。宝玉擎茶笑道：“前儿所言幸与不幸之事，我昼夜悬想。今日一闻呼唤即至。”冯紫英笑道：“你们令姑表弟兄倒都心实。前日不过是我的设辞，诚心请你们一饮，恐有推托，故说下这句话。今日一邀即至，谁知都信了真了！”说毕，大家一笑。然后摆上酒来，依次坐定。冯紫英先命唱曲儿的小厮过来让酒，然后命云儿也来敬。

那薛蟠三杯下肚，不觉忘了情，拉着云儿的手笑道：“你把那体己新样儿的曲子唱个我听，我吃一坛如何？”云儿听说，只得拿起琵琶来，唱道：

> 两个冤家，都难丢下，想着你来又记挂着他。两个人形容俊俏，都难描画。想昨宵幽期私订在荼蘼架，一个偷情，一个寻拿。拿住了三曹对案，我也无回话。

唱毕，笑道：“你喝一坛子罢了。”薛蟠听说，笑道：“不值一坛。再唱好的来。”

宝玉笑道：“听我说来：如此滥饮，易醉而无味。我先喝一大海，发一个新令，有不遵者，连罚十大海，逐出席外，与人斟酒。”冯紫英、蒋玉函等都道：“有理，有理。”宝玉拿起海来，一气饮尽，说道：“如今要说悲、愁、喜、乐四字，却要说出女儿来，还要注明这四字原故。说完了，饮门杯。酒面要唱一个新鲜时样曲子，酒底要席上生风一样东西：或古诗、旧对、四书五经、成语。”薛蟠未等就完，先站起来拦道：“我不来，别算我。这竟是捉弄我呢！”云儿也站起来，推他坐下，笑道：“怕什么？这还亏你天天吃酒呢，难道连我也不如？我回来还说呢。说是了，罢；不是了，不过罚上几杯，那里就醉死了？你如今一乱令，倒喝十大海，下去斟酒不成？”众人都拍手道：“妙！”薛蟠听说无法，只得坐了。

宝玉说道：“女儿悲，青春已大守空闺；女儿愁，悔教夫婿觅封侯；女儿喜，对镜晨妆颜色美；女儿乐，秋千架下春衫薄。”众人听了，都说道：“好！”薛蟠独扬着脸摇头说：“不好，该罚！”众人问：“如何该罚？”薛蟠道：“他说的我全不懂，怎么不该罚？”云儿便拧他一把，笑道：“你悄悄的想你的罢，回来说不出，又该罚了。”于是拿琵琶听宝玉唱道：

滴不尽相思血泪抛红豆，开不完春柳春花满画楼，睡不稳纱窗风雨黄昏后，忘不了新愁与旧愁，咽不下玉粒金莼噎满喉，照不尽菱花镜里形容瘦。展不开的眉头，捱不明的更漏。呀，恰便似遮不住的青山隐隐，流不断的绿水悠悠。

唱完，大家齐声喝彩，独薛蟠说无板。宝玉饮了门杯，便拈起一片梨来，说道：“雨打梨花深闭门。”完了令。

下该冯紫英，说道：“女儿悲，儿夫染病在垂危；女儿愁，大风吹倒了梳妆楼；女儿喜，头胎养了双生子；女儿乐，私向花园掏蟋蟀。”说毕，端起酒来唱道：

你是个可人，你是个多情，你是个刁钻古怪鬼灵精，你是个神仙也不灵。我说的话儿你全不信，只叫你去背地里细打听，才知道我疼你不疼！

唱完，饮了门杯，说道：“鸡声茅店月。”令完。

下该云儿。云儿便说道：“女儿悲，将来终身倚靠谁？”薛蟠笑道：“我的儿，有你薛大爷在，你怕什么？”众人都道：“别混他，别混他。”云儿又道：“女儿愁，妈妈打骂何时休！”薛蟠道：“前儿我见了你妈，还分付他，不叫他打你呢。”众人都道：“再多嘴者，罚酒十杯！”薛蟠连忙自己打了一个嘴巴子，说道：“没耳性，再不许说了。”云儿又道：“女儿喜，情郎不舍还家里；女儿乐，住了箫管弄丝索。”说完，便唱道：

豆蔻花开三月三，一个虫儿往里钻。钻了半日钻不进去，爬到花儿上打秋千。肉儿小心肝，我不开了，你怎么钻！

唱毕，饮了门杯，说道：“桃之夭夭。”令完。

下该薛蟠。薛蟠道：“我可要说了：女儿悲。”说了半日，不见说底下的。冯紫英笑道：“悲什么？快说！”薛蟠登时急的眼睛铃儿一般，便说道：“女儿悲。”又咳嗽了两声，方说道：“女儿悲，嫁了个男人是乌龟。”众人听了，都大笑起来。薛蟠道：“笑什么？难道我说的不是？一个女子嫁了汉子，要做忘八，怎么不伤心呢！”众人笑得弯腰，忙说道：“你说的是，快说底下的罢。”薛蟠瞪了瞪眼，又说道：“女儿愁。”说了这句，又不言语了。众人道：“怎么愁？”薛蟠道：“绣房钻出个大马猴！”众人哈哈笑道：“该罚，该罚！先还可恕，这句更不通！”说着，便要斟酒。宝玉笑道：“押韵就好。”薛蟠道：“令官都准了，你们闹什么！”众人听说，方罢了。云儿笑道：“下两句越发难说了，我替你说罢。”薛蟠道：“胡说！当真我就没好的了？听我说罢：女儿喜，洞房花烛朝慵起。”众人听了，都诧异道：“这句何其太雅？”薛蟠道：“女儿乐，一根鸡巴往里戳。”众人听了，都回头说道：“该死，该死！快唱了罢。”薛蟠便唱道：“一个蚊子哼哼哼。”众人都怔了，说道：“这是个什么曲儿？”薛蟠还唱道：“两个苍蝇嗡嗡嗡。”众人都道：“罢，罢，罢。”薛蟠道：“爱听不爱听，这是新鲜曲儿，叫做‘哼哼韵’儿。你们要懒待听，连酒底都免了，我就不唱。”众人都道：“免了罢，倒别耽误了别人家。”

于是蒋玉函说道：“女儿悲，丈夫一去不回归；女儿愁，无钱去打桂花油；女儿喜，灯花并头结双蕊；女儿乐，夫唱妇随真和合。”说毕，唱道：

可喜你天生成百媚娇，恰便似活神仙离碧霄。度青春，年正小；配鸾凤，真也巧。呀，看天河正高，听谯楼鼓敲，剔银灯同入鸳帏悄。

唱毕，饮了门杯，笑道：“这诗词上我倒有限，幸而昨日见了一副对子，只记得这句，可巧席上还有这件东西。”说毕，便干了酒，拿起一朵木樨来，念道：“花气袭人知昼暖。”众人都依了，完令。

薛蟠又跳起来喧嚷道：“了不得，了不得！该罚，该罚！这席上并没有宝贝，你怎么说起宝贝来？”蒋玉函忙说道：“何曾有宝贝？”薛蟠道：“你还赖么？你再念来。”蒋玉函只得又念一遍。薛蟠道：“袭人可不是宝贝是什么？你们不信，只问他。”说毕，指着宝玉。宝玉没好意思起来，说：“薛大哥，你该罚多少？”薛蟠道：“该罚，该罚！”说着，拿起酒来，一饮而尽。冯紫英与蒋玉函等独问他原故，云儿便告诉了出来。蒋玉函忙起身陪罪，众人都道：“不知者不作罪。”

少刻，宝玉出席解手，蒋玉函随了出来。二人站在廊檐下，蒋玉函又陪个不是。宝玉见他妩媚温柔，心中十分留恋，便紧紧的搭着他的手，叫他：“闲了，往我们那里去。还有一句话问你：也是你们贵班中，有一个叫琪官儿的，他如今名驰天下，可惜我独无缘一见。”蒋玉函笑道：“就是我的小名儿。”宝玉听说，不觉欣然，跌足笑道：“有幸，有幸！果然名不虚传！今儿初会，便怎么样呢？”想了一想，向袖中取出扇子，将一个玉玦扇坠解下来，递与琪官道：“微物不堪，略表今日之谊。”琪官接了，笑道：“无功受禄，何以克当？也罢，我这里也得了一件奇物，今日早起方系上，还是簇新的，聊可表我一点亲热之意。”说毕，撩衣将系小衣儿的一条大红汗巾子解下来，递与宝玉道：“这汗巾子是茜香国女国王所贡之物，夏天系着，肌肤生香，不生汗渍。昨日北静王给的，今日才上身。若是别人，我断不肯相赠。二爷请把自己系的解下来，给我系着。”宝玉听说，喜不自禁，连忙接了，将自己一条松花汗巾解下来，递与琪官。二人方束好，只听一声大叫：“我可拿住了！”只见薛蟠跳了出来，拉着二人道：“放着酒不吃，两个人逃出席来干什么？快拿出来我瞧瞧！”二人都道：“没有什么。”薛蟠那里肯依。还是冯紫英出来，才解开了。于是复又归坐，饮酒至晚方散。

宝玉回至园中，宽衣吃茶。袭人见扇子上的扇坠儿没了，便问他：“往那里去了？”宝玉道：“马上丢了。”睡觉时，只见腰里一条血点似的大红汗巾子，袭人便猜了八九分，因说道：“你有了好的系裤子，把我那条还我罢。”宝玉听说，方想起那条汗巾子原是袭人的，不该给人才是。心里后悔，口里说不出来，只得笑道：“我赔你一条罢。”袭人听了，点头叹道：“我就知道又干这些事！也不该拿我的东西给那起混帐人。也难为你，心里没个算计儿。”欲再说几句，又恐呕上他的酒来，少不得也睡了。一宿无话。

至次日天明，方才醒了，只见宝玉笑道：“夜里失了盗也不晓得，你瞧瞧裤子上。”袭人低头一看，只见昨日宝玉系的那条汗巾子系在自己腰间呢，便知是宝玉夜间换了，忙一顿就解下来，说道：“我不稀罕这行子，趁早儿拿了去！”宝玉见他如此，只得委婉解劝了一回。袭人无法，只得系上。过后宝玉出去，终久解下来，掷在个空箱子里，自己又换了一条系着。

宝玉并不理论。因问起："昨日可有什么事情？"袭人便回说："二奶奶打发人叫了小红去了。他原要等你来的，我想什么要紧，我就做了主，打发他去了。"宝玉道："很是。我已知道了，不必等我罢了。"袭人又道："昨儿贵妃打发夏太监出来，送了一百二十两银子，叫在清虚观初一到初三打三天平安醮，唱戏献供，叫珍大爷领着众位爷们去跪香拜佛呢。还有，端午儿的节礼也赏了。"说着，命小丫头来，将昨日的所赐之物取了出来，只见上等宫扇两柄，红麝香珠二串，凤尾罗二端，芙蓉簟一领。宝玉见了，喜不自胜，问："别人的也是这个么？"袭人道："老太太多着一个香玉如意，一个玛瑙枕。老爷、太太、姨太太的，只多着一个香玉如意。你的同宝姑娘一样。林姑娘同二姑娘、三姑娘、四姑娘只单有扇子同数珠儿，别的都没有。大奶奶、二奶奶他两个，是每人两匹纱、两匹罗、两个香袋儿、两个锭子药。"宝玉听了，笑道："这是什么个缘故？怎么林妹妹的倒不同我的一样，倒是宝姐姐的同我一样？别是传错了罢？"袭人道："昨儿拿出来，都是一分一分的写着签子，怎么就错了？你的是在老太太屋里的，我去拿了来了。老太太说道：明儿叫你一个五更天进去谢恩呢。"宝玉道："自然要走一趟。"说着，便叫了紫鹃来："拿了这个到你们姑娘那里去，就说是昨儿我得的，爱什么留下什么。"紫鹃答应了，拿了去。不一时回说："姑娘说的：昨儿也得了，二爷留着罢。"

宝玉听说，便命人收了。刚洗了脸出来，要往贾母那里请安去，只见黛玉顶头来了。宝玉赶上去，笑道："我的东西叫你拣，你怎么不拣？"黛玉昨日所恼宝玉的心事早又丢开，只顾今日的事了，因说道："我没这么大福禁受，比不得宝姑娘，什么'金'什么'玉'的，我们不过是个草木之人罢了！"宝玉听他提出"金玉"二字来，不觉心动疑猜，便说道："除了别人说什么'金'什么'玉'，我心里要有这个想头，天诛地灭，万世不得人身！"黛玉听他这话，便知他心里动了疑，忙又笑道："好没意思，白白的说什么誓？管你什么'金'什么'玉'的呢。"宝玉道："我心里的事，也难对你说，日后自然明白。除了老太太、老爷、太太这三个人，第四个就是妹妹了。要有第五个人，我也起个誓。"黛玉道："你也不用起誓，我很知道你心里有'妹妹'，但只是见了'姐姐'，就把'妹妹'忘了。"宝玉道："那是你多心，我再不是这样的。"黛玉道："昨儿宝丫头不替你圆谎，为什么问着我呢？那要是我，你又不知怎么样了。"

正说着，只见宝钗从那边来了，二人便走开了。宝钗分明看见，只妆看不见，低头过去了。到了王夫人那里，坐了一回，然后到了贾母这边，只见宝玉也在这里了。宝钗因往日母亲对王夫人等曾提过“金锁是个和尚给的，等日后有玉的方可结为婚姻”等话，所以总远着宝玉。昨日见元春所赐的东西独他与宝玉一样，心里越发没意思起来，幸亏宝玉被一个黛玉缠绵住了，心心念念只记挂着黛玉，并不理论这事。此刻忽见宝玉笑道：“宝姐姐，我瞧瞧你的那香串子。”可巧宝钗左腕上笼着一串，见宝玉问他，少不得褪了下来。宝钗原生的肌肤丰泽，不容易褪下来，宝玉在傍边看着雪白的臂膊，不觉动了羡慕之心，暗暗想道：“这个膀子若长在林妹妹身上，或者还得摸一摸；偏长在他身上，正是恨我没福。”忽然想起“金玉”一事来，再看看宝钗形容，只见面若银盆，眼同水杏，唇不点而红，眉不画而翠，比黛玉另具一种妩媚风流，不觉就呆了。宝钗褪下串子来递与他，也忘了接。

宝钗见他呆了，自己倒觉不好意思，丢下串子，回身才要走，只见黛玉蹬着门槛子，嘴里咬着手帕子在那里笑呢。宝钗道：“你又禁不得风吹，怎么又站在那风口里？”黛玉笑道：“何曾不是在房里的？只因听见天上一声叫，出来瞧了瞧，原来是个呆雁。”宝钗道：“呆雁在那里呢？我也瞧瞧。”黛玉道：“我才出来，他就忒儿一声飞了。”口里说着，将手里帕子一甩，向宝玉脸上甩来。宝玉不知，正打在眼上，“嗳哟”了一声。要知端的，且看下回分解。

第二十九回　享福人福深还祷福　多情女情重愈斟情

话说宝玉正自发怔，不想黛玉将手帕子甩了来，正碰在眼睛上，倒吓了一跳，问：“是谁？”黛玉摇着头儿笑道：“不敢，是我失了手。因为宝姐姐要看呆雁，我比给他看，不想失了手。”宝玉揉着眼睛待要说什么，又不好说的。

一时，凤姐儿来了，因说起初一日在清虚观打醮的事来，约着宝钗、宝玉、黛玉等看戏去。宝钗笑道：“罢，罢。怪热的，什么没看过的戏，我不去了。”凤姐道：“他们那里凉快，两边又有楼。咱们要去，我头几天打发人去，把那些道士都赶出去，把楼上打扫了，挂起帘子来，一个闲人不许放进庙去，才是好呢。我已经回了太太了，你们不去，我自家去。这些日子也闷的很了，家里唱动戏，我又不得舒舒服服的看。”

贾母听说，就笑道：“既这么着，我同你去。”凤姐听说，笑道：“老祖宗也去敢仔好，可就是我又不得受用了。”贾母道：“到明儿我在正面楼上，你在旁边楼上，你也不用到我这边来立规矩，可好不好？”凤姐笑道：“这就是老祖宗疼我了。”贾母因向宝钗道：“你也去，连你母亲也去。长天老日的，在家里也是睡觉。”宝钗只得答应着。贾母又打发人去请了薛姨妈，顺路告诉王夫人，要带了他们姊妹去。王夫人因一则身上不好，二则预备元春有人出来，早已回了不去的。听贾母如此说，笑道：“还是这么高兴。”因打发人去到园里告诉：“有要逛去的，只管初一跟老太太逛去。”这个话一传开了，别人都还可已，只是那些丫头们，天天不得出门槛儿，听了这话，谁不要去？便是各人的主子懒怠去，他也百般的撺掇了去，因此李宫裁等都说去。贾母越发心中喜欢，早已分付人去打扫安置，都不必细说。

单表到了初一这一日，荣国府门前车辆纷纷，人马簇簇，那底下凡执事人等，闻得是贵妃做好事，贾母亲去拈香，正是初一日乃月之首日，况是端阳节间，因此凡动用的什物，一色都是齐全的，不同往日。少时贾母等出来，贾母坐一乘八人大轿，李氏、凤姐、薛姨妈每人一乘四人轿，宝钗、黛玉二人共坐一辆翠盖珠缨八宝车，迎春、探春、惜春三人共坐一辆朱轮华盖车。然后贾母的丫头鸳鸯、鹦鹉、琥珀、珍珠，黛玉的丫头紫鹃、雪雁、鹦哥，宝钗的丫头莺儿、文杏，迎春的丫头司棋、绣橘，探春的丫头侍书、翠墨，惜春的丫头入画、彩屏，薛姨妈的丫头同喜、同贵，外带香菱，香菱的丫头臻儿，李氏的丫头素云、碧月，凤姐儿的丫头平儿、丰儿、小红，并王夫人的两个丫头金钏、彩云，也跟了凤姐儿来。奶子抱着大姐儿，另在一辆车上。还有几个粗使的丫头，连上各房的老嬷嬷、奶娘并跟出门的家人媳妇们，黑压压的站了一街的车。

贾母等已经坐轿去了多远，这门前尚未坐完。这个说：“我不同你在一处。”那个说：“你压了我们奶奶的包袱。”那边车上又说：“蹭了我的花儿。”这边又说：“碰了我的扇子。”咭咭呱呱，说笑不绝。周瑞家的走来过去的说道：“姑娘们，这是街上，看人笑话。”说了两遍，方见好了。前头的全副执事摆开，早已到了清虚观门口。宝玉骑着马，在贾母轿前。街上人都站在两边。

将至观前，只听钟鸣鼓响，早有张法官执香披衣，带领众道士在路旁迎接。贾母的轿刚至山门以内，见了本境城隍土地各位泥塑圣像，便命住轿。贾珍带领各子弟上来迎接。凤姐儿知道鸳鸯等在后面，赶不上贾母，自己下了轿，忙要上来搀，可巧有个十二三岁的小道士儿拿着剪筒，照管剪各处烛花，正欲得便躲闪出去，不想一头撞在凤姐儿怀里。凤姐便一扬手，照脸一下，把那小孩子打了一个筋斗，骂道：“小野杂种！往那里跑？”那小道士也不顾拾烛剪，爬起来往外还要跑，正值宝钗等下车，众婆娘、媳妇正围随的风雨不透，但见一个小道士滚了出来，都喝声叫：“拿，拿！打，打！”

贾母听了，忙问：“是什么事？”贾珍忙出来问。凤姐上去搀住贾母，就回说：“一个小道士儿，剪烛花的，没躲出去，这会子混钻呢。”贾母听说，忙道：“快带了那孩子来，别吓着他。小门小户的孩子，都是娇生惯养惯了的，那里见过这个势派？倘或吓着他，倒怪可怜见儿的，他老子娘岂不疼的慌！”说着，便叫贾珍去好生带了来。贾珍只得去拉了那孩子来。那孩子还一手拿着烛剪，跪在地下乱颤。贾母命贾珍拉起来，叫他不要怕，问他：“几岁了？”那孩子总说不出话来。贾母还说：“可怜见儿的！”又向贾珍道：“珍哥儿带他去罢。给他些钱买果子吃，叫人别难为了他。”贾珍答应，领他去了。这里贾母带着众人，一层层的瞻拜观玩。外面小厮们见贾母等进入二层山门，忽见贾珍领了一个小道士出来，叫人来带去，给他几百钱，不要难为了他。家人听说，忙上来领了下去。

贾珍站在台矶上，因问：“管家在那里？”底下站的小厮们见问，都一齐喝声说：“叫管家！”登时，林之孝一手整理着帽子跑了来，到贾珍跟前。贾珍道：“虽说这里地方大，今儿咱们人多，你使的人你就带了在这院里罢，使不着的打发到那院里去，把小幺儿们多挑几个在这二层门上同两边角门上，伺候着要东西传话。你可知道不知道？今儿姑娘、奶奶们都出来，一个闲人也不许到这里来！”林之孝忙答应：“晓得。”又说了几个“是”。贾珍道：“去罢。”又问：“怎么不见蓉儿？”一声未了，只见贾蓉从钟楼里跑了出来。贾珍道：“你瞧瞧他，我这里也没热，他倒乘凉去了！”喝命家人啐他。那小厮们都知道贾珍素日的性子，违拗不得，便有个小厮上来，向贾蓉脸上啐了一口。贾珍还瞪着他，那小厮便问贾蓉道：“爷还不怕热，哥儿怎么先乘凉去了？”贾蓉垂着手，一声不敢说。那贾芸、贾萍、贾芹等听见了，不但他们慌了，亦且连贾琏、贾瑞、贾琼等也都忙了，一个一个从墙根下慢慢的溜上来。贾珍又向贾蓉道：“你站着做什么？还不骑了马，跑到家里告诉你娘母子去？老太太同姑娘们都来了，叫他们快来伺候！”贾蓉听说，忙跑了出来，一叠连声的要马，一面抱怨道：“早都不知做什么的，这会子寻趁我！”一面又骂小子：“捆着手呢么？马也拉不来！”要打发小厮去，又恐怕后来对出来，说不得亲自走一趟，骑马去了。

且说贾珍方要抽身进来，只见张道士站在旁边，陪笑说道：“论理，我不比别人，应该里头伺候；只因天气炎热，众位千金都出来了，法官不敢擅入，请爷的示下。恐老太太问，或要随喜那里，我只在这里伺候罢了。”贾珍知道，这张道士虽然是当日荣国公的替身，曾经先皇御口亲呼为“大幻仙人”，如今现掌“道录司”印，又是当今封为“终了真人”，现今王公藩镇都称为神仙，所以不敢轻慢；二则他又常往两个府里去，凡夫人小姐都是见的。今见他如此说，便笑道：“咱们自己，你又说起这话来。再多说，我把你这胡子还揪了你的呢。还不跟我进来！”那张道士呵呵大笑着，跟了贾珍进来。

贾珍到贾母跟前，控身陪笑说道：“张爷爷进来请安。”贾母听了，忙道：“搀他来。”贾珍忙去搀了过来。那张道士先呵呵笑道：“无量寿佛！老祖宗一向福寿康宁？众位奶奶小姐纳福！一向没到府里请安，老太太气色越发好了。”贾母笑道:“老神仙，你好？”张道士笑道:“托老太太的万福，小道也还康健。别的倒罢了，只记挂着哥儿，一向身上好？前日四月二十六，我这里做遮天大王的圣诞，人也来的少，东西也很干净，我说请哥儿来逛逛，怎么说不在家？”贾母说道:“果真不在家。”一面回头叫宝玉，谁知宝玉解手去了，才来，忙忙上前问：“张爷爷好？”张道士忙抱住问了好，又向贾母笑道：“哥儿越发发福了。”贾母道：“他外头好，里头弱，又搭着他老子逼着他念书，生生的把个孩子逼出病来了。”张道士道：“前日我在好儿处看见哥儿写的字、做的诗，都好的了不得！怎么老爷还抱怨说哥儿不大喜欢念书呢？依小道看来，也就罢了。”又叹道：“我看见哥儿的这个形容身段、言谈举动，怎么就同当日国公爷一个稿子！”说着，两眼流下泪来。

贾母听了，也由不得满脸泪痕，说道：“正是呢，我养了这些儿子孙子，也没有一个像他爷爷的，就只这玉儿像他爷爷。”那张道士又向贾珍道：“当日国公爷的模样儿，爷们一辈的不用说，自然没赶上；大约连大老爷、二老爷也记不清楚了。”说毕，又呵呵大笑，道：“前日在一个人家看见一位小姐，今年十五岁了，生的倒也好个模样儿。我想着，哥儿也该寻亲事了。若论这个小姐模样儿、聪明智慧、根基家当，倒也配得过，但不知老太太怎么样，小道也不敢造次。等请了老太太示下，才敢向人去张口呢。”贾母道：“上回有个和尚说了:这孩子命里不该早娶，等再大一大儿再定罢。你如今也随听着，不管他根基、富贵，只要模样儿配得上，就来告诉我。便是那家子穷，不过给他几个银子。只是模样儿、性格儿难得好的。”

说毕，只见凤姐儿笑道：“张爷爷，我们丫头的寄名符儿，你也不换去。

前儿亏你还有那么大脸，打发人和我要鹅黄缎子去！要不给你，又恐怕你那老脸上过不去。”张道士呵呵大笑道：“你瞧我眼花了，也没见奶奶在这里，也没道谢。寄名符早已有了，前日原想送去的，不承望娘娘来做好事，也就混忘了。还在佛前镇着，待我取来。”说着，跑到大殿上去，一时拿了一个茶盘，搭着大红蟒缎经袱子，托出符来。大姐儿的奶子接了符，张道士方欲抱过大姐儿来，只见凤姐笑道：“你就手里拿出来罢了，又用个盘子托着！”张道士道：“手里不干不净的，怎么拿？用盘子洁净些。”凤姐笑道：“你只顾拿出盘子，倒吓我一跳：我不说你是为送符，倒像是和我们化布施来了。”众人听说，哄然大笑，连贾珍也掌不住笑了。贾母回头道：“猴儿，猴儿，你不怕下割舌地狱？”凤姐笑道：“我们爷儿们不相干，他怎么常常的说我该积阴骘、迟了就短命呢？”

张道士也笑道：“我拿出盘子来，一举两用：却不为化布施，倒要将哥儿的这玉请了下来，托出去给那些远来的道友并徒子徒孙们见识见识。”贾母道：“既这么着，你老人家老天拔地的跑什么？就带他去瞧了叫他进来，岂不省事？”张道士道：“老太太不知道：看着小道是八十岁的人，托老太太的福，倒也健朗；二则外面的人多，气味难闻，况是个暑热的天，哥儿受不惯，倘或哥儿中了肮脏气味，倒值多了。”贾母听说，便命宝玉摘下通灵玉来，放在盘内。那张道士兢兢业业的用蟒袱子垫着，捧了出去。

这里贾母与众人各处游玩一回。方去上楼，只见贾珍回说：“张爷爷送了玉来。”刚说着，只见张道士捧了盘子，走到跟前，笑道：“众人托小道的福，见了哥儿的玉，实在稀罕。都没什么敬贺，这是他们各人传道的法器，都愿意为敬贺之礼。哥儿便不稀罕，只留着顽耍赏人罢。”贾母听说，向盘内看时，只见也有金璜，也有玉玦，或有“事事如意”，或有“岁岁平安”，皆是珠穿宝嵌，玉琢金镂，共有三五十件。因说道：“你也胡闹。他们出家人是那里来的？何必这样？这断不能收。”张道士笑道：“这是他们一点敬意，小道也不能阻挡。老太太若不留下，岂不叫他们看着小道微薄、不像是门下出身了？”贾母听如此说，方命人接下了。宝玉笑道：“老太太、张爷爷既这么说，又推辞不得，我要这个也无用，不如叫小子捧了这个跟着我出去，散给穷人罢。”贾母笑道：“这话说的是。”张道士又忙拦道：“哥儿虽要行好事，但这些东西虽说不甚稀罕，到底也是几件器皿。若给了乞丐，一则与他们也无益，二则反倒遭蹋了这些东西。要舍给穷人，何不就散钱与他们？”宝玉听说，便命：“收下，等晚间拿钱施舍罢。”说毕，张道士方才退出。

这里贾母与众人上了楼，在正面楼上归坐。凤姐等上了东楼。众丫头等在西楼，轮流伺候。贾珍一时来回道：“神前点了戏，头一本《白蛇记》。”贾母问：“《白蛇记》是什么故事呢？”贾珍道：“汉高祖斩蛇起义的故事。第二本是《满床笏》。”贾母道：“这倒是第二本？也还罢了，神佛要这样，也只得罢了。”又问第三本，贾珍道：“第三本是《南柯梦》。”贾母听了，便不言语。贾珍退了下来，至外边预备着申表、焚钱粮、开戏。不在话下。

且说宝玉在楼上，坐在贾母旁边，因叫个小丫头子捧着方才那一盘子贺物，将自己的玉带上，用手翻弄寻拨，一件一件的挑与贾母看。贾母因看见有个赤金点翠的麒麟，便伸手拿起来，笑道：“这件东西，好像是我看见谁家的孩子也带着一个的。”宝钗笑道：“史大妹妹有一个，比这个小些。”贾母道：“原来是云儿有这个。”宝玉道：“他这么往我们家去住着，我也没看见。”探春笑道：“宝姐姐有心，不管什么他都记得。”黛玉冷笑道：“他在别的上头心还有限，惟有这些人带的东西上越发留心。”宝钗听说，便回头妆没听见。宝玉听见史湘云有这件东西，自己便将那麒麟忙拿起来，揣在怀里。一面心里又想到怕人看见他听是史湘云有了，他就留着这件，因此手里揣着，却拿眼睛瞟人。只见众人倒都不理论，惟有黛玉瞧着他点头儿，似有赞叹之意，宝玉不觉心里没意思起来。又掏出来瞅着黛玉讪笑道：“这个东西倒好顽，我替你留着，到家穿上你带。”黛玉将头一扭，道：“我不稀罕。”宝玉笑道：“你既不稀罕，我少不得就拿着。”说着，又揣了起来。

刚要再说，只见贾珍之妻尤氏，和贾蓉新近续娶的媳妇胡氏，婆媳两个来了。见过贾母，贾母道：“你们又来做什么？我不过没事来逛逛。”一句话说了，只见人报：“冯将军家有人来了。”原来冯紫英家听见贾府在庙里打醮，连忙预备猪、羊、香烛、茶食之类的东西送礼。凤姐听了，忙赶过正楼来，拍手笑道：“嗳呀，我却不防这个。只说咱们娘儿们来闲逛逛，人家只当咱们大摆斋坛的来送礼。都是老太太闹的，这又不曾预备赏封儿。”刚说了，只见冯家的两个管家娘子上楼来了。冯家两个未去，接着赵侍郎家也有礼来了。于是接二连三，都听见贾府打醮，女眷都在庙里，凡一应远亲近友、世家相与都来送礼。贾母才后悔起来，说：“又不是什么正经斋事，我们不过闲逛逛，没的惊动人。”因此虽看了一天戏，至下午便回来了。次日便懒怠去。凤姐又说：“打墙也是动土，已经惊动了人，今儿乐得还去逛逛。”贾母因昨日见张道士提起宝玉说亲的事来，谁知宝玉一日心中不自在，回家来生气，嗔着张道士与他说了亲，口口声声说从今以后再不见张道士了，别人也并不知为什么原故；二则黛玉昨日回家，又中了暑：因此二事，贾母便执意不去了。凤姐见不去，自己带了人去，也不在话下。

且说宝玉因见黛玉病了，心里放不下，饭也懒怠吃，不时来问。黛玉又怕他有个好歹，因说道："你只管看你的戏去，在家里做什么？"宝玉因昨日张道士提亲事，心中不大受用，今听见黛玉如此说，心里因想道："别人不知道我的心还可恕，连他也奚落起我来！"因此心中更比往日的烦恼加了百倍。若是别人跟前，断不能动这肝火，只是黛玉说了这话，倒又比往日别人说这话不同，由不得立刻沉下脸来，说道："我白认得了你！罢了，罢了！"黛玉听说，便冷笑了两声道："白认得了？我那里像人家有什么配得上的呢！"宝玉听了，便向前来，直问到脸上道："你这么说，是安心咒我天诛地灭？"黛玉一时解不过这话来。宝玉又道："昨儿还为这个赌了几回咒，今儿你到底又重我一句！我便天诛地灭，你可有什么益处？"黛玉一闻此言，方想起上日的话来。今日原是自己说错了，又是着急，又是羞愧，便战战兢兢的说道："我要安心咒你，我也天诛地灭！何苦来？我知道昨日张道士说亲，你怕拦了你的好姻缘，你心里生气，来拿我杀性子。"

原来那宝玉自幼生成一种下流痴病，况从幼时和黛玉耳鬓厮磨，心情相对；及如今稍明时事，又看了那些邪书僻传，凡远亲近友之家所见的那些闺英闱秀，皆未有稍及黛玉者，所以早存一段心事，只不好说出来。故每每或喜或怒，变尽法子，暗中试探。那黛玉偏生也是个有些痴病的，也每用假情试探。因你既将真心真意瞒了起来，只用假意，我也将真心真意瞒了起来，只用假意：如此两假相逢，终有一真，其间琐琐碎碎，难保不有口角之争。即如此刻，宝玉的心内想的是："别人不知我的心还可恕，难道你就不想我的心里眼里只有你？你不能为我解烦恼，反来以这话奚落堵噎我，可见我心里一时一刻皆有你，你心里竟没我了。"宝玉是这个意思，只口里说不出来。那黛玉心里想着："你心里自然有我，虽有'金玉相对'之说，你岂是重这邪说不重我的？我便时常提这'金玉'，你只管了然无闻的，方见得是待我重，无毫发私心了。如何我只一提'金玉'的事，你就着急？可知你心里时时有'金玉'，见我一提，你又怕我多心，故意着急，安心哄我。"看来两个人原本是一个心，却多生了枝叶，反弄成两个心了。

那宝玉心中又想着："我不管怎么样都好，只要你随意，我就立刻因你死了也情愿！你知也罢，不知也罢，只由我的心，那才是你和我近，不和我远。"黛玉心里又想着："你只管你，你好我自好，你何必为我而自失？殊不知你失我也失。可见你不叫我近你，竟叫我远你了。"如此看来，却都是求近之心，反弄成疏远之意。此皆他二人素昔所存私心，难以备述。

如今只述他们外面的形容。那宝玉又听见他说"好姻缘"三个字，越发逆了己意，心里干噎，口里说不出话来，便赌气向颈上摘下通灵玉来，咬咬牙，狠命往地下一摔，道："什么劳什子！我砸了你，就完了事了！"偏生那玉坚硬非常，摔了一下，竟文风不动。宝玉见不破，便回身找东西来砸。黛玉见他如此，早已哭起来，说道："何苦来，你摔砸那哑吧东西。有砸他的，不如来砸我！"二人闹着，紫鹃、雪雁等忙解劝。后来见宝玉下死砸玉，忙上来夺，又夺不下来。见比往日闹的大了，少不得去叫袭人。

袭人忙赶了来，才夺了下来。宝玉冷笑道："我是砸我的东西，与你们什么相干？"袭人见他脸都气黄了，眼睛都变了，从来没气得这样，便拉着他的手笑道："你合妹妹拌嘴，不犯着砸他。倘砸坏了，叫他心里脸上怎么过的去？"黛玉一行哭着，一行听了这话说到自己心坎儿上来，可见宝玉连袭人不如，越发伤心大哭起来。心里一烦恼，方才吃的香薷饮解暑汤便承受不住，哇的一声，都吐了出来。紫鹃忙上来用手帕子接住，登时一口一口的，把块手帕子吐湿。雪雁忙上来捶，紫鹃道："虽然生气，姑娘到底也该保重着些。才吃了药好些，这会子因和宝二爷拌嘴，又吐了出来，倘或犯了病，宝二爷怎么过的去呢？"宝玉听了这话说到自己心坎儿上来，可见黛玉不如一紫鹃。又见黛玉脸红头胀，一行啼哭，一行气凑，一行是泪，一行是汗，不胜怯弱。宝玉见了这般，又自己后悔："方才不该同他较证，这会子他这样光景，我又替不了他。"心里想着，也由不得滴下泪来了。

袭人见他两个哭，由不得守着宝玉也心酸起来，又摸着宝玉的手冰冷，待要劝宝玉不哭罢，一则又恐宝玉有什么委曲闷在心里，二则又恐薄了黛玉。不如大家一哭，就丢开手了，因此也流下泪来。紫鹃一面收拾了吐的药，一面拿扇子替黛玉轻轻的扇着，见三个人都鸦雀无声，各自哭各自的，也由不得伤心起来，也拿手帕子拭泪。四个人都无言对泣。

一时，袭人勉强笑向宝玉道："你不看别的，你看看这玉上穿的穗子，也不该同林姑娘拌嘴。"黛玉听了，也不顾病，赶来夺过去，顺手抓起一把剪子来就剪。袭人、紫鹃刚要夺，已经剪了几段。黛玉哭道："我也是白效力，他也不稀罕，自有别人替他再穿好的去！"袭人忙接了玉道："何苦来！这是我才多嘴的不是了。"宝玉向黛玉道："你只管剪，我横竖不带他，也没什么。"

里头只顾闹，谁知那些老婆子们见黛玉大哭大吐，宝玉又砸玉，不知道要闹到什么田地，倘或连累了他们，便一齐往前头回贾母、王夫人知道，好不干连了他们。那贾母、王夫人见他们忙忙的做一件正经事来告诉，也都不知有了什么大祸，便一齐进园来瞧他兄妹。急的袭人抱怨紫鹃："为什么惊动了老太太、太太？"紫鹃又只当是袭人去告诉的，也抱怨袭人。那贾母、王夫人进来，见宝玉也无言，黛玉也无话，问起来，又没为什么事，便将这祸移到袭人、紫鹃两个人身上，说："为什么你们不小心伏侍？这会子闹起来，都不管了！"因此，将二人连骂带说，教训了一顿。二人都没话，只得听着。还是贾母带出宝玉去了，方才平服。

过了一日，至初三日，乃是薛蟠生日，家里摆酒唱戏，贾府诸人都去了。宝玉因得罪了黛玉，二人总未见面，心中正自后悔，无精打彩的，那里还有心肠去看戏？因而推病不去。黛玉不过前日中了些暑溽之气，本无甚大病，听见他不去，心里想："他是好吃酒看戏的，今日反不去，自然是因为昨儿着了气；再不然他见我不去，他也没心肠去。只是昨儿千不该万不该剪了那玉上的穗子。管定他再不带了，还得我穿了他才带。"因而心中十分后悔。

那贾母见他两个都生气了，只说趁今儿那边去看戏，他两个见了，也就完了，不想又都不去。老人家急的抱怨说："我这老冤家，是那世里造下的孽障？偏生遇见这么两个不省事的小冤家，没有一天不叫我操心！真是俗语说的，'不是冤家不聚头'，几时我闭了眼、断了这口气，凭这两个冤家闹上天去，我眼不见、心不烦，也就罢了。偏又不咽这口气！"自己抱怨着，也哭了。这话传入宝、黛两人耳内，他二人竟从未听见过"不是冤家不聚头"的这句俗语，如今忽然得了这句话，好似参禅的一般，都低头细嚼这句话的滋味，都不觉潸然泣下。虽不曾会面，然一个在潇湘馆临风洒泪，一个在怡红院对月长吁，却不是人居两地、情发一心么？

袭人因劝宝玉道："千万不是，都是你的不是。往日家里小厮们和他的姊妹拌嘴，或是两口子分争，你听见了，还骂小厮们蠢，不能体贴女孩儿们的心肠。今儿你也这么着了？明儿初五，大节下的，你们两个再这么仇人似的，老太太越发要生气，一定弄的不安生。依我劝，你正经下个气，陪个不是，大家还是照常一样，这么也好，那么也好。”宝玉听了，不知依与不依。要知端详，下回分解。

第三十回　宝钗借扇机带双敲　椿龄画蔷痴及局外

话说林黛玉自与宝玉口角后，也自后悔，但又无去就他之理，因此日夜闷闷，如有所失。紫鹃度其意，乃劝道：“论前日之事，竟是姑娘太浮躁了些。别人不知那宝玉脾气，难道咱们也不知道的？为那玉，也不是闹了一遭两遭了。”黛玉啐道：“你倒来替人派我的不是！我怎么浮躁了？”紫鹃笑道：“好好的，为什么剪了那穗子？岂不是宝玉只有三分不是，姑娘倒有七分不是？我看他素日在姑娘身上就好，皆因姑娘小性儿，常要歪派他，才这么样。”

黛玉欲答话，只听院外叫门。紫鹃听了一听，笑道：“这是宝玉的声音，想必是来赔不是来了。”黛玉听了，说：“不许开门。”紫鹃道：“姑娘又不是了：这么热天，毒日头地下，晒坏了他，如何使得呢？”口里说着，便出去开门，果然是宝玉。一面让他进来，一面笑着说道：“我只当宝二爷再不上我们的门了，谁知道这会子又来了。”宝玉笑道：“你们把极小的事倒说大了。好好的，为什么不来？我便死了，魂也要一日来一百遭。妹妹可大好了？”紫鹃道：“身上病好了，只是心里气还不大好。”宝玉笑道：“我晓得有什么气。”一面说着，一面进来，只见黛玉又在床上哭。

那黛玉本不曾哭，听见宝玉来，由不得伤心了，止不住滚下泪来。宝玉笑着走近床来，道：“妹妹身上可大好了？”黛玉只顾拭泪，并不答应。宝玉因便挨在床沿上坐了，一面笑道：“我知道你不恼我，但只是我不来，叫旁人看见，倒像是咱们又拌了嘴儿似的。若等他们来劝咱们，那时节岂不咱们倒觉生分了？不如这会子你要打要骂，凭着你怎么样，千万别不理我！”说着，又把“好妹妹”叫了几十声。黛玉心里原是再不理宝玉的，这会子听见宝玉说“别叫人知道咱们拌了嘴，就生分了似的”这一句话，又可见得比别人原亲近，因又掌不住，便哭道：“你也不用来哄我，从今以后我也不敢亲近二爷，权当我去了。”宝玉听了，笑道：“你往那里去呢？”黛玉道：“我回家去。”宝玉笑道：“我跟了去。”黛玉道：“我死了呢？”宝玉道：“你死了，我做和尚。”黛玉一闻此言，登时把脸放下来，问道：“想是你要死了！胡说的是什么？你家倒有几个亲姐姐、亲妹妹呢！明日都死了，你几个身子去做和尚？明日我倒把这话告诉别人去评评！”

宝玉自知这话说的造次了，后悔不来，登时脸上红涨，低了头不敢则一声。幸而屋里没人，黛玉两眼直瞪瞪的瞅了他半天，气的喉了一声，说不出话来。见宝玉憋的脸上紫涨，便咬着牙，用指头狠命的在他额上戳了一下子，哼了一声，说道："你这个——"刚说了三个字，便又叹了一口气，仍拿起手帕子来擦眼泪。宝玉心里原有无限心事，又兼说错了话，正自后悔；又见黛玉戳他一下，要说也说不出来，自叹自泣，因此自己也有所感，不觉滚下泪来。要用帕子揩拭，不想又忘了带来，便用衫袖去擦。黛玉虽然哭着，却一眼看见了他穿着簇新藕合纱衫，竟去拭泪，便一面自己拭着泪，一面回身将枕上搭的一方绡帕拿起来，向宝玉怀里一摔，一语不发，仍掩面而泣。宝玉见他摔了帕子来，忙接住，拭了泪，又挨近了些，伸手挽了黛玉一只手，笑道："我的五脏都碎了，你还只是哭。走罢，我同你往老太太跟前去。"黛玉将手一摔道："谁同你拉拉扯扯的！一天大似一天了，还这么涎皮赖脸的，连个理也不知道。"

一句话没说完，只听嚷道："好了！"宝、黛两个不防，都吓了一跳，回头看时，只见凤姐儿跑了进来，笑道："老太太在那里抱怨天抱怨地，只叫我来瞧瞧你们好了没有。我说：'不用瞧，过不了三天，他们自己就好了。'老太太骂我，说我懒。我来了，果然应了我的话！也没见你们两个有些什么可拌的，三日好了，两日恼了，越大越成了孩子了！有这会子拉着手哭的，昨儿为什么又成了乌眼鸡呢？还不跟我走，到老太太跟前，叫老人家也放些心！"说着，拉了黛玉就走。黛玉回头叫丫头们，一个也没有。凤姐道："又叫他们做什么？有我伏侍呢。"一面说，一面拉了就走。宝玉在后面跟着，出了园门。

到了贾母跟前，凤姐笑道："我说他们不用人费心，自己就会好的，老祖宗不信，一定叫我去说和。我及至到那里要说和，谁知两个人倒在一处对赔不是，对笑对说的，倒像'黄鹰抓住鹞子的脚'，两个都扣了环了，那里还要人去说和！"说的满屋里都笑起来。

此时宝钗正在这里。那黛玉只一言不发，挨着贾母坐下。宝玉没甚说的，便向宝钗笑道："大哥哥好日子，偏生我又不好，没别的礼送，连个头也不去磕。大哥哥不知我病，倒像我懒，推故不去呢。倘或明儿恼了，姐姐替我分辨分辨。"宝钗笑道："这也多事。你便要去，也不敢惊动，何况身上不好？弟兄们终日一处，要存这个心，倒生分了。"宝玉又笑道："姐姐知道体谅我就好了。"又道："姐姐怎么不看戏去？"宝钗道："我怕热。看了两出，热得很，要走，客又不散，我少不得推身上不好，就来了。"宝玉听说，自己由不得脸上没意思，只得又搭讪笑道："怪不得他们拿姐姐比杨贵妃，原来也体丰怯热。"宝钗听说，不由的大怒，待要怎样，又不好怎样。回思了一回，脸红起来，便冷笑了两声，说道："我倒像杨贵妃，只是没一个好哥哥、好兄弟可以做得杨国忠的！"

二人正说着，可巧小丫头靓儿因不见了扇子，和宝钗笑道："必是宝姑娘藏了我的。好姑娘，赏我罢。"宝钗指他道："你要仔细！我和谁顽过，你来疑我！和你素日嘻皮笑脸的那些姑娘们，你该问他们去！"说的靓儿跑了。宝玉自知又把话说造次了，当着许多人，比才在黛玉跟前更不好意思，便急回身，又同别人搭讪去了。

黛玉听见宝玉奚落宝钗，心中着实得意。才要搭言，也趁势取个笑，不想靓儿因找扇子，宝钗又发了两句话，他便改口说道："宝姐姐，你听了两出什么戏？"宝钗因见黛玉面上有得意之态，一定是听了宝玉方才奚落之言，遂了他的心愿，忽又见问他这话，便笑道："我看的是：李逵骂了宋江，后来又赔不是。"宝玉便笑道："姐姐通今博古，色色都知道，怎么连这一出戏的名儿也不知道，就说了这么一串？这叫'负荆请罪'。"宝钗笑道："原来这叫'负荆请罪'！你们通今博古，才知道'负荆请罪'，我不知什么是'负荆请罪'！"一句话未说完，宝玉、黛玉二人心里有病，听了这话，早把脸羞红了。凤姐这些上虽不通，但只看他三人形景，便知其意，也笑问道："这么大热天，谁还吃生姜呢？"众人不解其意，便说道："没有吃生姜的。"凤姐故意用手摸着腮，诧异道："既没人吃生姜，怎么这样辣辣的？"宝玉、黛玉二人听见这话，越发不好意思了。宝钗再欲说话，见宝玉十分羞愧，形景改变，也就不好再说，只得一笑收住。别人总未解得他四个人的言语，因此付之一笑。

一时宝钗、凤姐去了，黛玉笑向宝玉道："你也试着比我利害的人了，谁都像我心拙口笨的，由着人说呢！"宝玉正因宝钗多心，自己没趣，又见黛玉来问着他，越发没好气起来。欲待要说两句，又恐黛玉多心，说不得忍气，无精打彩，一直出来。

谁知目今盛暑之际，又当早饭已过，各处主仆人等，大半都因日长神倦。宝玉背着手，到一处，一处鸦雀无声。从贾母这里出来，往西走过了穿堂，便是凤姐的院落。到他院门前，只见院门掩着。知道凤姐素日的规矩，每到天热，午间要歇一个时辰的，进去不便，遂进角门，来到王夫人上房内。只见几个丫头手里拿着针线，却打盹儿。王夫人在里间凉榻上睡着，金钏儿坐在旁边捶腿，也乜斜着眼乱恍。

宝玉轻轻的走到跟前，把他耳上带的坠子一摘，金钏儿睁眼，见是宝玉。宝玉便悄悄的笑道：“就困的这么着？”金钏抿嘴一笑，摆手令他出去，仍合上眼。宝玉见了他，就有些恋恋不舍的，悄悄的探头瞧瞧王夫人合着眼，便自己向身边荷包里带的香雪润津丹掏了一丸出来，便向金钏儿口里一送。金钏儿并不睁眼，只管噙了。宝玉上来，便拉着手，悄悄的笑道：“我明日和太太讨你，咱们在一处罢。”金钏儿不答。宝玉又道：“不然，等太太醒来我就讨。”金钏儿睁开眼，将宝玉一推，笑道：“你忙什么？‘金簪儿掉在井里头，有你的只是有你的。’连这句俗语难道也不明白？我倒告诉你个巧宗儿：你往东小院子里拿环哥儿同彩云去。”宝玉笑道：“凭他怎么去罢，我只守着你。”只见王夫人翻身起来，照金钏儿脸上就打了一个嘴巴子，指着骂道：“下作小娼妇！好好的爷们，都叫你们教坏了！”宝玉见王夫人起来，早一溜烟去了。

这里金钏儿半边脸火热，一声不敢言语。登时众丫头们听见王夫人醒了，都忙进来。王夫人便叫玉钏儿：“把你妈叫上来，带出你姐姐去！”金钏儿听见，忙跪下哭道：“我再不敢了。太太要打要骂，只管发落，别叫我出去，就是天恩了。我跟了太太十来年，这会子撵出去，我还见人不见人呢！”王夫人固然是个宽仁慈厚的人，从来不曾打过丫头们一下，今忽见金钏儿行此无耻之事，此乃平生最恨者，故气忿不过，打了一下，骂了几句。虽金钏儿苦求，亦不肯收留，到底唤了金钏儿之母白老媳妇来领了下去。那金钏儿含羞忍辱的出去，不在话下。

且说宝玉见王夫人醒了，自己没趣，忙进大观园来。只见赤日当天，树阴合地，满耳蝉声，静无人语。刚到了蔷薇架，只听见有人哽噎之声。宝玉心中疑惑，便站住细听，果然架下那边有人。此时正是五月，那蔷薇花叶茂盛之际。宝玉悄悄的隔着篱笆洞儿一看，只见一个女孩子蹲在花下，手里拿着根绾头的簪子在地上抠土，一面悄悄的流泪呢。宝玉心中想道：“难道这也是个痴丫头，又像颦儿来葬花不成？”因又自笑道：“若真也葬花，可谓‘东施效颦’，不但不为新特，且更可厌了。”想毕，便要叫那女子，说：“你不用跟着林姑娘学了。”话未出口，幸而再看时，这女孩子面生，不是个侍儿，倒像是那十二个学戏的女孩子之内的，却辨不出他是生、旦、净、丑那一个脚色来。宝玉忙忙把舌头一伸，将口掩住，自己想道：“幸而不曾造次。上两回皆因造次了，颦儿也生气，宝儿也多心。如今再得罪了他们，越发没意思了。”一面想，一面又恨认不得这个是谁。

再留神细看，只见这女孩子眉蹙春山，眼颦秋水，面薄腰纤，袅袅婷婷，大有黛玉之态。宝玉早又不忍弃他而去，只管痴看，只见他虽然用金簪画地，并不是掘土埋花，竟是向土上画字。宝玉用眼随着簪子的起落，一直、一画、一点、一勾的看了去，数一数，十八笔；自己又在手心里用指头按着他方才下笔的规矩写了，猜是个什么字。写成一想，原来就是个蔷薇花的“蔷”字。宝玉想道：“必定是他也要做诗填词，这会子见了这花，因有所感，或者偶成了两句，一时兴至恐忘，在地下画着推敲，也未可知。且看他底下再写什么。”一面想，一面又看。只见那女孩子还在那里画呢，画来画去还是个“蔷”字。再看，仍是个“蔷”字。里面的原是早已痴了，画完一个“蔷”，又画一个“蔷”，已经画了有几十个；外面的不觉也看痴了，两个眼睛珠儿只管随着簪子动，心里却想：“这女孩子一定有什么话说不出的大心事，才这么个形景。外面他既是这个形景，心里不知怎么熬煎呢。看他的模样儿这般单薄，心里那里还搁得住熬煎？可恨我不能替你分些过来！”

却说伏中阴晴不定，片云可以致雨，忽一阵凉风过了，飒飒的落下一阵雨来。宝玉看那女子头上滴下水来，纱衣裳登时湿了。宝玉想道：“这是下雨了。他这个身子，如何禁得骤雨一激！”因此禁不住便说道：“不用写了。你看下大雨，身上都湿了。”那女孩子听说，倒吓了一跳，抬头一看，只见花外一个人叫他不要写了，下大雨了。一则宝玉脸面俊秀；二则花叶繁茂，上下俱被枝叶隐住，刚露着半边脸，那女孩子只当是个丫头，再不想是宝玉，因笑道：“多谢姐姐提醒了我。难道姐姐在外头有什么遮雨的？”一句提醒了宝玉，嗳哟了一声，才觉得浑身冰凉，低头看看自己身上，也都湿了，说：“不好！”只得一气跑回怡红院去了，心里却还记挂着那女孩子没处避雨。

原来明日是端阳节，那文官等十二个女孩子都放了学，进园来各处顽耍。可巧小生宝官、正旦玉官两个女孩子，正在怡红院和袭人顽笑，被雨阻住。大家把沟堵了，水积在院内，把些绿头鸭、花鸂鶒、彩鸳鸯，捉的捉，赶的赶，缝了翅膀，放在院内顽耍，将院门关了。袭人等都在游廊上嘻笑。

宝玉见关着门，便用手扣门。里面诸人只顾笑，那里听见？叫了半日，拍得门山响，里面方听见了。料着宝玉这会子再不回来的，袭人笑道：“谁这会子叫门？没人开去。”宝玉道：“是我。”麝月道：“是宝姑娘的声音。”晴雯道：“胡说！宝姑娘这会子来做什么？”袭人道：“让我隔着门缝儿瞧瞧，可开就开，别叫他淋着回去。”说着，便顺着回廊到门前，向外一瞧，只见宝玉淋得雨打鸡一般。袭人见了，又是着忙，又是可笑，忙开了门，笑得弯腰拍手道：“那里知道是爷回来了！你怎么大雨里跑了来？”

宝玉一肚子没好气，满心里要把开门的踢几脚，方开了门，并不看真是谁，还只当是那些小丫头们，便抬腿踢在肋上。袭人“嗳哟”了一声。宝玉还骂道：“下流东西们！我素日担待你们得了意，一点儿也不怕，越发拿着我取笑儿了！”口里说着，一低头见是袭人哭了，方知踢错了，忙笑道：“嗳哟，是你来了。踢在那里了？”袭人从来不曾受过一句大话的，今忽见了宝玉生气踢他一下，又当着许多人，又是羞，又是气，又是疼，真一时置身无地。待要怎么样，料着宝玉未必是安心踢他，少不得忍着说道：“没有踢着。还不换衣裳去？”宝玉一面进房来解衣，一面笑道：“我长了这么大，今日是头一遭儿生气打人。不想偏生遇见了你。”袭人一面忍痛换衣裳，一面笑道：“我是个起头儿的人，也不论事大事小，是好是歹，自然也该从我起。但只是别说打了我，明日顺了手，也打起别人来。”宝玉道：“我才也不是安心。”袭人道：“谁说是安心呢？素日开门关门的，都是那起小丫头们的事，他们是憨皮惯了的，早已恨得人牙痒痒，他们也没个怕惧。你原打谅是他们，踢一下子，吓吓也好。刚才是我淘气，不叫开门的。”

说着，那雨已住了，宝官、玉官也早去了。袭人只觉肋上疼得心里发恼，晚饭也不曾好生吃。至晚间洗澡时脱了衣服，只见肋上青了碗大一块，自己倒吓了一跳，又不好声张。一时睡下，梦中作痛，由不得嗳哟之声从睡中哼出。宝玉虽说不是安心，因见袭人懒懒的，也不安稳。忽夜间闻得“嗳哟”，便知踢重了，自己下床来，悄悄的秉灯来照。刚到床前，只见袭人嗽了两声，吐出一口痰来，“嗳哟”一声，睁眼见了宝玉，倒吓一跳，道：“做什么？”宝玉道：“你梦里‘嗳哟’，必定踢重了，我瞧瞧。”袭人道：“我头上发晕，嗓子里又腥又甜，你倒照一照地下看。”

宝玉听说，果然持灯向地下一照，只见一口鲜血在地。宝玉慌了，只说：“了不得了！”袭人见了，也就心冷了半截。要知端的，下回分解。

第三十一回　撕扇子作千金一笑　因麒麟伏白首双星

话说袭人见了自己吐的鲜血在地，也就冷了半截，想着往日常听人言：“少年吐血，年月不保，纵然命长，终是废人了。”想起此言，不觉将素日想着后来争荣夸耀之心，尽皆灰了，眼中不觉的滴下泪来。宝玉见他哭了，也不觉心酸起来，因问道："你心里觉得怎么样？"袭人勉强笑道："好好的，觉怎么呢。"宝玉的意思，即刻便要叫人烫黄酒、要山羊血𠉀峒丸来。袭人拉住他的手笑道："你这一闹不打紧，闹起多少人来，倒抱怨我轻狂。分明人不知道，倒闹得人知道了，你也不好，我也不好。正经你明日打发小子问问王太医去，弄点子药吃吃就好了。人不知鬼不觉的，可不好？"宝玉听了有理，也只得罢了，向案上斟了茶来，给袭人漱了口。袭人知宝玉心内是不安稳的，待要不叫他伏侍，他又必不依；二则定要惊动别人，不如由他去罢：因此倚在榻上，由宝玉去伏侍。

一交五更，宝玉顾不得梳洗，忙穿衣出来，将王济仁叫来，亲自确问。王济仁问其原故，不过是伤损，便说了个丸药的名字，怎么服，怎么敷。宝玉记了，回园来，依方调治。不在话下。

这日正是端阳佳节，蒲艾簪门，虎符系臂。午间，王夫人治了酒席，请薛家母女等赏午。宝玉见宝钗淡淡的，也不和他说话，自知是昨日的原故。王夫人见宝玉没精打彩，也只当是昨日金钏儿之事，他没好意思的，越发不理他。黛玉见宝玉懒懒的，只当是他因为得罪了宝钗的缘故，心中不自在，形容也就懒懒的。凤姐昨日晚间王夫人就告诉了他宝玉、金钏的事，知道王夫人不自在，自己如何敢说笑，也就随着王夫人的气色行事，更觉淡淡的。迎春姐妹见众人无意思，也都无意思了。因此大家坐了一坐就散了。

那黛玉天性喜散不喜聚。他想的也有个道理，他说："人有聚就有散。聚时欢喜，到散时岂不冷清？既冷清，则生感伤，所以不如倒是不聚的好。比如那花，开时令人爱慕，谢时则增惆怅，所以倒是不开的好。"故此人以为欢喜时，他反以为悲。那宝玉的性情只愿常聚，生怕一时散了；那花只愿常开，生怕一时谢了。及到筵散花谢，虽有万种悲伤，也就无可如何了。因此今日之筵，大家无兴散了，黛玉倒不觉得，倒是宝玉心中闷闷不乐。回至自己房中，长吁短叹。

偏生晴雯上来换衣服，不防又把扇子失了手，跌在地下，将骨子跌折。宝玉因叹道："蠢才，蠢才！将来怎么样？明日你自己当家立业，难道也是这么顾前不顾后的？"晴雯冷笑道："二爷近来气大的很，行动就给脸子瞧！前日连袭人都打了，今日又来寻我们的不是。要踢要打凭爷去。就是跌了扇子，也是平常的事，先时连那么样的玻璃缸、玛瑙碗，不知弄坏了多少，也没见个大气儿，这会一把扇子就这么着急了？何苦来！嫌我们，就打发了我们，再挑好的使。好离好散的，倒不好？”宝玉听了这些话，气的浑身乱战，因说道：“你不用忙，将来横竖有散的日子！”

袭人在那边早已听见，忙赶过来向宝玉道：“好好的，又怎么了？可是我说的：‘一时我不到，就有事故儿。’”晴雯听了冷笑道：“姐姐既会说，就该早来，也省了爷生气。自古以来，就只是你一个人会伏侍，我们原不会伏侍。因为你伏侍的好，昨日才挨窝心脚；我们不会伏侍的，明日还不知是个什么罪呢。”袭人听了这话，又是恼，又是愧，待要说几句话，又见宝玉已经气的黄了脸，少不得自己忍了性子，推晴雯道：“好妹妹，你出去逛逛，原是我们的不是。”

晴雯听了他说“我们”二字，自然是他和宝玉了，不觉又添了醋意，冷笑几声道：“我倒不知道你们是谁！别叫我替你们害臊了，便是你们鬼鬼祟祟干的那事，也瞒不过我去，那里就称起‘我们’来了！明公正道，连个姑娘还没挣上去呢，也不过和我似的，那里就称上‘我们’了！”袭人羞的脸紫涨起来，想一想，原是自己把话说错了。宝玉一面说道：“你们气不忿，我明日偏抬举他。”袭人忙拉了宝玉的手道：“他是一个糊涂人，你和他分证什么？况且你素日又是有担待的，比这大的过去了多少，今日是怎么了？”晴雯冷笑道：“我原是糊涂人，那里配和我说话？我不过奴才罢咧。”袭人听说，道：“姑娘到底是和我拌嘴，是和二爷拌嘴呢？要是心里恼我，你只和我说，不犯着当着二爷吵；要是恼二爷，不该这么吵的万人知道。我才也不过为了事，进来劝开了，大家保重。姑娘倒寻上我的晦气！又不像是恼我，又不像是恼二爷，夹枪带棒，终久是个什么主意？我就不说，让你说去！”说着，便往外走。

宝玉向晴雯道：“你也不用生气，我也猜着你的心事了。我回太太去，你也大了，打发你出去，可好不好？”晴雯听了这话，不觉又伤起心来，含泪说道：“我为什么出去？要嫌我，变着法儿打发我去，也不能够的。”宝玉道：“我何曾经过这样吵闹？一定是你要出去了。不如回太太，打发你去罢。”说着，站起来就要走。袭人忙回身拦住，笑道：“往那里去？”宝玉道：“回太太去。”袭人笑道：“好没意思！认真的去回，你也不怕臊了他？便是他认真要去，也等把这气下去了，等无事中说话儿回了太太也不迟。这会子急急的当一件正经事去回，岂不叫太太犯疑？”宝玉道：“太太必不犯疑，我只明说是他闹着要去的。”晴雯哭道：“我多早晚闹着要去了？饶生了气，还拿话压派我。只管去回，我一头碰死了，也不出这门儿！”宝玉道：“这又奇了：你又不去，你又闹些什么？我经不起这么吵，不如去了倒干净。”说着，一定要去回。袭人见拦不住，只得跪下了。碧痕、秋纹、麝月等众丫鬟见吵闹得利害，都鸦雀无闻的在外头听消息，这会子听见袭人跪下央求，便一齐进来，都跪下了。宝玉忙把袭人拉起来，叹了一声，在床上坐下，叫众人起去，向袭人道："叫我怎么样才好！这个心便碎了，也没人知道！"说着，不觉滴下泪来。袭人见宝玉流下泪来，自己也就哭了。

晴雯在旁哭着，方欲说话，只见黛玉进来，便出去了。黛玉笑道："大节下，怎么好好的哭起来？难道是为争粽子争恼了不成？"宝玉和袭人嗤的一笑。黛玉道："二哥哥不告诉我，我只问你也就知道了。"一面说，一面拍着袭人的肩笑道："好嫂子，你告诉我。必定是你们两个拌了嘴。告诉妹妹，替你们和劝和劝。"袭人推他道："林姑娘，你闹什么？我们一个丫头，姑娘只是混说。"黛玉笑道："你说你是丫头，我只拿你当嫂子待。"宝玉道："你何苦来替他招骂名儿。饶这么着，还有人说闲话，还搁得住你来说这话！"袭人笑道："林姑娘，你不知道我的心事。除非一口气不来死了，倒也罢了。"黛玉笑道："你死了，别人不知怎么样，我先就哭死了。"宝玉笑道："他死了，我做和尚去。"袭人笑道："你老实些罢，何苦还说这些话。"黛玉将两个指头一伸，抿嘴笑道："做了两个和尚了。我从今以后，都记着你做和尚的遭数儿。"宝玉听了，知道是他点前日的话，自己一笑，也就罢了。

一时黛玉去了，就有人来说："薛大爷请。"宝玉只得去了。原来是吃酒，不能推辞，只得尽席而散。晚间回来，已带了几分酒，踉跄来至自己院内，只见院中早把乘凉的枕榻设下，榻上有个人睡着。宝玉只当是袭人，一面在榻沿上坐下，一面推他，问道："疼得好些了？"只见那人翻身起来，说："何苦来，又招我！"宝玉一看，原来不是袭人，却是晴雯。宝玉将他一拉，拉在身旁坐下，笑道："你的性子越发惯娇了。早起就是跌了扇子，我不过说了你两句，你就说上那些话。你说我也罢了，袭人好意来劝，你又括拉上他。你自己想想该不该？"晴雯道："怪热的，拉拉扯扯做什么！叫人来看见像什么？我这身子也不配坐在这里。"宝玉笑道："你既知道不配，为什么睡着呢？"晴雯没的说，嗤的又笑了，说道："你不来使得，你来了就不配了。起来，让我洗澡去。袭人、麝月都洗了澡，我叫了他们来。"

宝玉笑道："我才又吃了好些酒，还得洗一洗。你既没有洗，拿了水来咱们两个洗。"晴雯摇手笑道："罢，罢。我不敢惹爷。还记得碧痕打发你洗澡，足有两三个时辰，也不知道做什么呢，我们也不好进去的。后来洗完了，进去瞧瞧，地下的水淹着床腿，连席子上都汪着水，也不知是怎么洗的。笑了几天！我也没工夫收拾水，也不用同我洗去。今日也凉快，那会子洗了，这会子可以不用。我倒舀一盆水来，你洗洗脸，通通头。才鸳鸯送了好些果子来，都湃在那水晶缸里呢，叫他们打发你吃去。”宝玉笑道：“既这么着，你也不许洗去，只洗洗手，拿果子来吃罢。”

晴雯笑道：“我慌张的很，连扇子还跌折了，那里还配打发吃果子？倘或再打破盘子，还更了不得。”宝玉便笑道：“你爱打就打。这些东西，原不过是供人所用，你爱这样他爱那样，各自性情不同。比如那扇子，原是扇的，你要撕着顽，也可以使得，只是不可生气时拿他出气。就如杯盘，原是盛东西的，你喜欢听那一声响，就故意砸了，也可以使得，只别在生气时拿他出气。这就是爱物了。”晴雯听了，笑道：“既这么说，你就拿了扇子来我撕，我最喜欢撕的。”宝玉听了，便笑着递与他。晴雯果然接过来，嗤的一声撕了两半。接着又听嗤嗤几声。宝玉在旁笑着说：“响的好，再撕响些。”

正说着，只见麝月走过来，笑道：“少作些孽罢。”宝玉赶上来，一把将他手里扇子也夺了，递与晴雯。晴雯接了，也就撕作两半了。二人都大笑。麝月道：“这是怎么说？拿我的东西开心儿！”宝玉道：“打开扇子匣子你拣去，是什么好东西！”麝月道：“既这么说，就把扇子都搬出来，让他尽力撕，岂不好？”宝玉笑道：“你就搬去。”麝月道：“我可不造这样孽。他没撕折了手，叫他自己搬去。”晴雯笑着，便倚在床上说道：“我也乏了，明日再撕罢。”宝玉笑道：“古人云：‘千金难买一笑。’几把扇子，能值几何！”一面说着，一面叫袭人。袭人才换了衣服走出来，小丫头佳蕙过来拾去破扇，大家乘凉，不消细说。

至次日午间，王夫人、宝钗、黛玉众姐妹正在贾母房内坐着，就有人回：“史大姑娘来了。”一时，果见史湘云带领众多丫鬟、媳妇走进院来。宝钗、黛玉等忙迎至阶下相见。青年姊妹间经月不见，一旦相逢，其亲密自不消说得。一时进入房中，请安问好，都见过了。贾母因说：“天热，把外头的衣服脱脱罢。”湘云忙起来宽衣。王夫人因而笑道：“也没见穿上这些做什么！”湘云说道：“都是二婶娘叫穿的，谁愿意穿这些！”宝钗在旁笑道：“姨妈不知道，他穿衣裳，还更爱穿别人的衣裳。可记得旧年三四月里，他在这里住着，把宝兄弟的袍子穿上，靴子也穿上，额子也勒上，猛一瞧，倒像是宝兄弟，就是多两个耳坠子。他站在那椅子背后，哄的老太太只是叫：‘宝玉，你过来，仔细那上头挂的灯穗子招下灰来，迷了眼。’他只是笑，也不过去。后来大家忍不住笑了，老太太才笑了，说：‘扮作男人，更好看了。’”黛玉道：“这算什么？惟有前年正月里，接了他来，住了没两日，下起雪来，老太太和舅母那日想是才拜了影回来，老太太的一个新新的大红猩猩毡斗篷放在那里，谁知眼不见他就披了，又大又长，他就拿了条汗巾子拦腰系上，和丫头们在后院子扑雪人儿去，一跤跌到沟跟前，弄了一身泥！”说着，大家都想着前情，笑了一场。

宝钗笑问那周奶妈道：“周妈，你们姑娘还那么淘气不淘气了？”周奶妈也笑了。迎春笑道：“淘气也罢了，我就嫌他爱说话：也没见睡在那里，还是咭咭呱呱的笑一阵，说一阵，也不知是那里来的那些谎话！”王夫人道：“只怕如今好了：前日有人家来相看，眼见有婆婆家了，还是那么着？”贾母因问：“今日还是住着，还是家去呢？”周奶妈笑道：“老太太没有看见衣服都带了来了？可不住两天。”湘云问道：“宝玉哥哥不在家么？”宝钗笑道：“他再不想着别人，只想宝兄弟，两个人好顽的，这可见还没改了淘气。”贾母道：“如今你们大了，别提小名儿了。”

刚说着，只见宝玉来了，笑道：“云妹妹来了？怎么前日打发人接你去不来？”王夫人道：“这里老太太才说这一个，你却又来提名道姓了。”黛玉道：“你哥哥有好东西等着你呢。”湘云道：“什么好东西？”宝玉笑道：“你信他！几日不见，越发高了。”湘云道：“袭人姐姐好么？”宝玉道：“好，多谢你想着。”湘云道：“我给他带了好东西来了。”说着，拿出手帕子来，挽着一个疙搭。宝玉道：“什么好的？你倒不如把前日送来的那种绛纹石的戒指儿带两个给他。”湘云笑道：“这是什么？”说着，便打开。众人看时，果然是上次送来的那绛纹戒指，一包四个。黛玉笑道：“你们瞧瞧他这个人，前日一般的打发人给我们送来，你就把他的也带了来，岂不省事？今日巴巴的自己带了来！我当又是什么新奇东西，原来还是他。真真你是个糊涂人！”

湘云笑道：“你才糊涂呢！我把这理说出来，大家评一评，看谁糊涂：给你们送东西，就是使来的人不用说话，拿进来一看，自然就知是送姑娘们的了；若带他们的这东西，须得我告诉来人，这是那一个丫头的，那是那一个丫头的。那使来的人明白还好，再糊涂些，丫头的名字他也记不得，混闹胡说的，反连你们的东西都搅糊涂了。若是打发个女人来还罢了，偏前日又打发小子来，可怎么说丫头们的名字呢？还是我来给他们带来，岂不清白！”说着，把四个戒指放下，说道：“袭人姐姐一个，鸳鸯姐姐一个，金钏儿姐姐一个，平儿姐姐一个：这倒是四个人的，难道小子们也记得这么清楚？”众人听了，都笑道：“果然明白。”宝玉笑道：“还是这么会说话，不让人。”

黛玉听了，冷笑道：“他不会说话，就配带金麒麟了？”一面说着，便起身走了。幸而诸人都不曾听见，只有宝钗抿嘴一笑。宝玉听见了，倒自己后悔又说错了话，忽见宝钗一笑，由不得也一笑。宝钗见宝玉笑了，忙起身走开，找了黛玉说笑去了。

贾母因向湘云道：“吃了茶，歇一歇，瞧瞧你嫂子们去。园里也凉快，同你姐姐们去逛逛。”湘云答应了，因将三个戒指包上，歇了一歇，便起身要瞧凤姐等去。众奶娘、丫头跟着，到了凤姐那里，说笑了一回，出来便往大观园来，见过了李宫裁，少坐片时，便往怡红院来找袭人。因回头说道：“你们不必跟着，只管瞧你们的朋友亲戚去，留下翠缕伏侍就是了。”众人听了，自去寻姑觅嫂，单剩下湘云、翠缕两个。翠缕道：“这荷花怎么还不开？”湘云道：“时候还没到呢。”翠缕道：“这也和咱们家池子里的一样，也是楼子花？”湘云道：“他们这个，还不如咱们的。”翠缕道：“他们那边有棵石榴，接连四五枝，真是楼子上起楼子，这也难为他长。”湘云道：“花草也是同人一样，气脉充足，长的就好。”翠缕把脸一扭，说道：“我不信这话。若说同人一样，我怎么不见头上又长出一个头来的人？”

湘云听了，由不得一笑，说道：“我说你不用说话，你偏好说。这叫人怎么好答言？天地间都赋阴阳二气所生，或正或邪，或奇或怪，千变万化，都是阴阳顺逆。就是一生出来，人人罕见的，究竟道理还是一样。”翠缕道：“这么说起来，从古至今，开天辟地，都是些阴阳了？”湘云笑道：“糊涂东西，越说越放屁！什么‘都是些阴阳’，难道还有个阴阳不成？况且‘阴’‘阳’两个字，还只是一个字：阳尽了就成阴，阴尽了就成阳，不是阴尽了又有一个阳生出来，阳尽了又有个阴生出来。”翠缕道：“这就糊涂死了我！什么是个阴阳，没影没形的？我只问姑娘：这阴阳是怎么个样儿？”湘云道：“这阴阳不过是个气罢了，器物赋了，才成形质。譬如天是阳，地就是阴；水是阴，火就是阳；日是阳，月就是阴。”翠缕听了，笑道：“是了，是了。我今日可明白了，怪道人都管着日头叫‘太阳’呢，算命的管着月亮叫什么‘太阴星’，就是这个理了。”湘云笑道：“阿弥陀佛！刚刚明白了。”

翠缕道：“这些东西有阴阳也罢了，难道那些蚊子、蛇蚤、蠓虫儿、花儿、草儿、瓦片儿、砖头儿，也有阴阳不成？”湘云道：“怎么没有呢！比如那一个树叶儿，还分阴阳呢：那边向上朝阳的，就是阳；这边背阴覆下的，就是阴。”翠缕听了，点头笑道：“原来这样，我可明白了。只是咱们这手里的扇子，怎么是阳，怎么是阴呢？”湘云道：“这边正面就是阳，那边反面就是阴。”翠缕又点头笑了。还要拿几件东西来问，因想不起什么来，猛低头看见湘云宫绦上的金麒麟，便提起来，笑道：“姑娘，这个难道也有阴阳？”湘云道：“走兽飞禽，雄为阳，雌为阴；牝为阴，牡为阳：怎么没有呢？”翠缕道：“这是公的，还是母的呢？”湘云啐道：“什么公的母的，又胡说了！”翠缕道：“这也罢了。怎么东西都有阴阳，咱们人倒没有阴阳呢？”湘云沉了脸，说道：“下流东西，好生走罢！越问越说出好的来了！”翠缕道：“这有什么不告诉我的呢？我也知道了，不用难我。”湘云扑嗤的笑道：“你知道什么？”翠缕道：“姑娘是阳，我就是阴。”湘云拿手帕子掩着嘴笑起来。翠缕道：“说的是了，就笑的这么样儿。”湘云道：“很是，很是。”翠缕道：“人家说‘主子为阳，奴才为阴’，我连这个大道理也不懂得？”湘云笑道：“很懂得。”

正说着，只见蔷薇架下金晃晃的一件东西，湘云指着问道：“你看那是什么？”翠缕听了，忙赶去拾起来，看着笑道：“这可分出阴阳来了！”说着，先拿湘云的麒麟瞧。湘云要他拣的瞧，翠缕只管不放手，笑道：“是件宝贝，姑娘瞧不得！这是从那里来的？好奇怪！我从来在这里，没见人有这个。”湘云道：“拿来我瞧瞧。”翠缕将手一撒，笑道：“姑娘请看。”湘云举目一看，却是文彩辉煌的一个金麒麟，比自己佩的又大又有文彩。湘云伸手擎在掌上，只是默默不语。正在出神，忽见宝玉从那边来了，笑道：“你们两个在这日头底下做什么呢？怎么不找袭人去呢？”湘云连忙将那麒麟藏起来，道：“正要去呢，咱们一处走罢。”说着，大家进入怡红院来。

袭人正在阶下倚槛迎风，忽见湘云来了，连忙迎下来，携手笑说一回别情，一面进来归坐。宝玉因问道：“你该早来，我得了一件好东西，专等你呢。”说着，一面在身上掏了半天，嗳哟了一声，便问袭人：“那个东西你收起来了么？”袭人道：“什么东西？”宝玉道：“前日得的麒麟。”袭人道：“你天天带在身上的，怎么问我？”宝玉听了，将手一拍，说道：“这可丢了，往那里找去！”就要起身自己寻去。湘云听了，方知是他遗落的，便笑问道：“你几时又有个麒麟了？”宝玉道：“前日好容易得的呢，不知多早晚丢了，我也糊涂了。”湘云笑道：“幸而是个顽的东西，还是这么慌张。”说着，将手一撒，笑道：“你瞧瞧，是这个不是？”宝玉一见，由不得欢喜非常。要知后事，下回分解。

第三十二回　诉肺腑心迷活宝玉　含耻辱情烈死金钏

话说宝玉见了麒麟，心中甚是欢喜，便伸手来拿，笑道："亏你拾着了。你是何时拾的？"湘云笑道："幸而是这个，明日倘或把印也丢了，难道也就罢了不成？"宝玉笑道："倒是丢了印平常，若丢了这个，我就该死了。"袭人斟了茶来与湘云吃，一面笑道："大姑娘，我前日听见你大喜呀。"湘云红了脸吃茶，一声也不答应。袭人笑道："这会子又害臊了？你还记得那几年，咱们在西边暖阁上住着，晚上你同我说的话儿？那会子不害臊，这会子怎么又臊了？"湘云的脸越发红了，勉强一笑道："你还说呢。那会子咱们那么好，后来我们太太没了，我家去住了一程子，怎么就把你派了跟二哥哥，我来了，你就不像先待我了。"袭人也红了脸，笑道："你还说呢。先姐姐长姐姐短哄着我替你梳头洗脸，做这个弄那个，如今大了，就拿出小姐的款儿来！你既拿小姐的款，我怎么敢亲近呢！"湘云道："阿弥陀佛，冤哉枉哉！我要这样，就立刻死了。你瞧瞧，这么大热天，我来了，必定赶来先瞧你。你不信，你问缕儿，我在家时时刻刻，那一回不念你几声！"

话犹未了，袭人和宝玉都劝道："说顽话儿，你又认真了，还是这么性儿急。"湘云道："你不说你的话咽人，倒说人性急。"一面说，一面打开手帕子，将戒指递与袭人。袭人感谢不尽，因笑道："你前日送你姐姐们的，我已得了；今日你亲自又送了来，可见是没忘了我，只这个就试出你来了。戒指儿能值多少？可见你的心真。"湘云道："是谁给你的？"袭人道："是宝姑娘给我的。"湘云叹道："我只当林姐姐送你的，原来是宝姐姐给了你。我天天在家里想着这些姐姐们，再没一个比宝姐姐好的，可惜我们不是一个娘养的。我但凡有这么个亲姐姐，就是没了父母，也没妨碍的。"说着，眼圈儿就红了。宝玉道："罢，罢，罢。不用提起这话了。"湘云道："提这话便怎么？我知道你的心病：恐怕你的林妹妹听见，又嗔我赞了宝姐姐了。可是为这个不是？"袭人在旁，嗤的一笑，说道："云姑娘，你如今大了，越发心直口快了。"宝玉笑道："我说你们这几个人难说话，果然不错。"湘云笑道："好哥哥，你不必说话叫我恶心。只会在我跟前说话，见了你林妹妹，又不知怎么好了。"

袭人道："且别说顽话，正有一件事要求你呢。"湘云便问："什么事？"袭人道："有一双鞋，抠了垫心子，我这两日身上不好，不得做。你可有工夫替我做做？”湘云道：“这又奇了，你家放着这些巧人不算，还有什么针线上的，裁剪上的，怎么叫我做起来？你的活计叫人做，谁好意思不做呢。”袭人笑道：“你又糊涂了。你难道不知道，我们这屋里的针线，是不要那些针线上的人做的？”湘云听了，便知是宝玉的鞋，因笑道：“既这么说，我就替你做做罢。只是一件：你的我才做，别人的我可不能。”袭人笑道：“又来了。我是个什么儿，就敢烦你做鞋子！实告诉你，可不是我的。你别管是谁的，横竖我领情就是了。”湘云道：“论理，你的东西也不知烦我做了多少。今日我倒不做的原故，你必定也知道。”袭人道：“倒也不知道。”湘云冷笑道：“前日我听见把我做的扇套儿拿着和人家比，赌气又铰了。我早就听见了，你还瞒我！这会子又叫我做，我倒成了你们奴才了。”宝玉忙笑道：“前日的那事，本不知是你做的。”袭人也笑道：“他本不知是你做的，是我哄他的话，说是新近外头有个会做活的，扎的绝出奇的好花儿。我叫他拿了一个扇套儿试试看好不好，他就信了，拿出去给这个瞧那个看的。不知怎么，又惹恼了那一位，铰了两段。回来他还叫赶着做去，我才说了是你做的，他后悔得什么似的。”湘云道：“这越发奇了。林姑娘也犯不上生气，他既会剪，就叫他做！”袭人道：“他可不做呢。饶这么着，老太太还怕他劳碌着了。大夫又说好生静养才好，谁还肯烦他做呢？旧年好一年的工夫，做了个香袋儿；今年半年，还没见拿针线呢。”

正说着，有人来回说：“兴隆街的大爷来了，老爷叫二爷出去会。”宝玉听了，便知贾雨村来了，心中好不自在。袭人忙去拿衣服。宝玉一面登着靴子，一面抱怨道：“有老爷和他坐着就罢了，回回定要见我！”湘云一边摇着扇子，笑道：“自然你能会宾接客，老爷才叫你出去呢。”宝玉道：“那里是老爷！都是他自己要请我见的。”湘云笑道：“主雅客来勤。自然你有些警动他的好处，他才要会你。”宝玉道：“罢，罢，我也不敢称雅，我乃俗中又俗的一个俗人，并不愿同这些人往来！”湘云笑道：“还是这个情性，改不了。如今大了，你就不愿读书去考举人进士的，也该常会会这些为官作宰的，谈谈讲讲那些仕途经济的学问，也好将来应酬庶务，日后也有个正经朋友。没见你成年家只在我们队里，搅些什么？”

宝玉听了，大觉逆耳，便道：“姑娘，请别的姐妹屋里坐坐，我这里仔细肮脏了你知经济学问的人！”袭人道：“云姑娘快别说这话。上回也是，宝姑娘也说过一回，他也不管人脸上过得去过不去，他就咳了一声，拿起脚来走了。这里宝姑娘的话也没说完，见他走了，登时羞得满脸通红，说又不是，不说又不是。幸而是宝姑娘，那要是林姑娘，不知又闹得怎么样，哭得怎么样呢。提起这些话来，宝姑娘叫人敬重：自己讪了一会子去了。我倒过不去，只当他恼了，谁知过后还是照旧一样，真真是有涵养、心地宽大的。谁知这一个反倒同他生分了。那林姑娘见他赌气不理，他后来不知赔多少不是呢。”宝玉道：“林姑娘从来说过这些混帐话不曾？若他也说过这些混帐话，我早和他生分了。”袭人和湘云都点头笑道：“这原是混帐话。”

原来黛玉知道史湘云在这里，宝玉一定又赶来说麒麟的原故，因心下忖度着，近日宝玉弄来的外传野史，多半才子佳人，都因小巧玩物上撮合：或有鸳鸯，或有凤凰，或玉环金佩，或鲛帕鸾绦，皆由小物而遂终身之愿。今忽见宝玉亦有麒麟，便恐借此生隙，同湘云也做出那些风流佳事来，因而悄悄走来，见机行事，以察二人之意。不想刚走来，正听见湘云说经济一事，宝玉又说：“林妹妹不说这样混帐话，若说这话，我也同他生分了。”黛玉听了这话，不觉又惊又喜，又悲又叹：所喜者，果然自己眼力不错，素日认他是个知己，果然是个知己；所惊者，他在人前一片私心，称扬于我，其亲热厚密，竟不避嫌疑；所叹者，你既为我知己，自然我亦可为你知己，既你我是为知己，则又何必有金玉之论？既有金玉之论，也该你我有之，而又何必来一宝钗呢？所悲者，父母早逝，虽有铭心刻骨之言，无人为我主张；况近日每觉神思恍惚，病已渐成，医者更云：“气弱血亏，恐致劳怯之证。”我虽为你的知己，但恐自不能久待；你纵为我的知己，奈我薄命何！想到此间，不禁滚下泪来。待要进去相见，自觉无味，便一面拭泪，一面抽身回去了。

这里宝玉忙忙的穿了衣裳出来，忽见黛玉在前面慢慢的走，似乎有拭泪之状，便忙赶上来，笑道：“妹妹往那里去？怎么又哭了？又是谁得罪了你？”黛玉回头见是宝玉，便勉强笑道：“好好的，我何曾哭呢。”宝玉笑道：“你瞧瞧，眼睛上的泪珠儿未干，还撒谎么！”一面说，一面禁不住抬起手来替他拭泪。黛玉忙向后退了几步，说道：“你又要死了！做什么这般动手动脚的！”宝玉笑道：“说话忘了情，不觉的就动了手，也就顾不得死活。”黛玉道：“死了倒不值什么，只是丢下了什么‘金’、什么‘麒麟’，可怎么好呢？”一句话，又把宝玉说急了，赶上来问道：“你还说这话，到底是咒我还是气我呢？”黛玉见问，方想起前日的事来，遂自悔自己又说造次了，忙笑道：“你别着急，我原说错了。这有什么？筋都叠暴起来，急得一脸汗！”一面说，一面禁不住近前伸手替他拭面上的汗。

宝玉瞅了半天，方说道："你放心。"黛玉听了，怔了半天，说道："我有什么不放心？我不明白这话。你倒说说:怎么放心不放心？"宝玉叹了一口气，问道："你果然不明白这话？难道我素日在你身上的心都用错了？连你的意思都体贴不着，就难怪你天天为我生气了！"黛玉道："果然我不明白放心不放心的话。"宝玉点头叹道："好妹妹，你别哄我。果然不明白这话，不但我素日之意白用了，且连你素日待我之意也都孤负了。你皆因多是不放心的原故，才弄了一身的病。但凡宽慰些，这病也不得一日重似一日。"黛玉听了这话，如轰雷掣电，细细思之，竟比自己肺腑中掏出来的还觉恳切，竟有万句言语，满心要说，只是半个字也不能吐，却怔怔的望着他。此时宝玉心中也有万句言词，不知从那里一句说起，却也怔怔的望着黛玉。两个人怔了半天，黛玉只唉了一声，两眼不觉滚下泪来，回身便要走。宝玉忙上前拉住道："好妹妹，且略站住，我说一句话再走。"黛玉一面拭泪，一面将手推开，说道："有什么可说的？你的话，我都知道了。"口里说着，却头也不回竟去了。

宝玉望着，只管发起呆来。原来方才出来慌忙，不曾带得扇子，袭人怕他热，忙拿了扇子赶来送与他。忽抬头见了黛玉和他站着，一时黛玉走了，他还站着不动，因而赶上来说道："你也不带了扇子去，亏我看见了，赶着送来。"宝玉出了神，见袭人和他说话，并未看出是何人来，便一把拉住，说道："好妹妹，我的这心事从来也不敢说，今日我大胆说出来，死也甘心！我为你，也弄了一身的病，在这里又不敢告诉人，只好捱着。等你的病好了，只怕我的病才得好呢。睡里梦里也忘不了你！"袭人听了，吓得魂消魄散，只叫："神天菩萨，坑死我了！"便推他道："这是那里的话？敢是中了邪？还不快去！"宝玉一时醒过来，方知是袭人送扇子来，羞得满脸紫涨，夺了扇子，便忙忙的抽身跑了。

这里袭人见他去了，自思方才之言，一定是因黛玉而起，如此看来，将来难免不才之事，令人可惊可畏。想到此间，不觉怔怔的滴下泪来，心下暗度，如何处治方免此丑祸。正裁疑间，忽见宝钗从那里进来，笑道："大毒日头地下，出什么神呢？"袭人见问，忙笑道："那两个雀儿打架，倒也好顽，我就看住了。"宝钗道："宝兄弟这会子穿了衣服，忙忙的那去？我才看见走过去，倒要叫住问他呢。他如今说话越发没了经纬，我故此没叫他，由他过去罢。"袭人道："老爷叫他出去。"宝钗听了，忙说道："嗳哟，这么黄天暑热的，叫他做什么？别是想起什么来，生了气，叫他出去教训一场么？"袭人笑道："不是这个，想是有客要会。”宝钗笑道：“这个客也没意思：这么热天，不在家里凉快，还跑些什么！”袭人笑道：“你可说么！”

宝钗因而问道：“云丫头在你们家做什么呢？”袭人笑道：“才说了一会子闲话。你瞧，我前日黏的那双鞋子，明日求他做去。”宝钗听见这话，便两边回头，看无人来往，笑道：“你这么个明白人，怎么一时半刻的就不会体谅人情？近来我看湘云姑娘的神情，风里言风里语的，听起来，在家里一点点做不得主。他们家嫌费用大，竟不用那些针线上的人，差不多的东西都是他们娘儿们动手。为什么这几次他来了，他和我说话儿，见没人在眼前，他就说家里累得很？我再问他两句家常过日子的话，他就连眼圈儿都红了，口里含含糊糊，待说不说的。想其形景，自然从小没了爹娘的苦。我看着他，也不觉的伤起心来。”

袭人见说这话，将手一拍道：“是了，是了，怪道上月我求他打十根蝴蝶儿结子，过了那些日子才打发人送来，还说：‘这是粗打的，且在别处将就使罢；要匀净的，等明日来住着再好生打罢。’如今听姑娘这话，想来我们求他，他不好推辞，不知他在家里怎么三更半夜的做呢。可是我也糊涂了，早知道是这样，我也不该求他的。”宝钗道：“上次他告诉我，说在家里做活做到三更天，若是替别人家做一点半点，他家的那些奶奶、太太们还不受用呢。”袭人道：“偏生我们那个牛心左性的小爷，凭着小的大的活计，一概不要家里这些活计上的人做，我又弄不开这些。”宝钗笑道：“你理他呢，只管叫人做去就是了。”袭人道：“那里哄得过他！他才是认得出来呢。说不得，我只好慢慢的累去罢了。”宝钗笑道：“你不必忙，我替你做些如何？”袭人笑道：“当真的？这样，就是我的造化了。晚上我亲自过来。”

一句话未了，忽见一个老婆子忙忙走来，说道：“这是那里说起！金钏儿姑娘好好的投井死了！”袭人听得，吓了一跳，忙问：“那个金钏儿？”那老婆子道：“那里还有两个金钏儿呢？就是太太房里的。前日不知为什么撵他出去，在家里哭天哭地的，也都不理会他，谁知找不着他。才有打水的人说：‘那东南角上井里打水，见一个尸首。’赶着叫人打捞起来，谁知是他！他们还只管乱着要救活，那里中用了！”宝钗道：“这也奇了。”袭人听说，点头嗟叹，想素日同气之情，不觉流下泪来。宝钗听见这话，忙向王夫人处来道安慰。这里袭人回去不提。

却说宝钗来至王夫人房里，只见鸦雀无闻，独有王夫人在里间房内坐着垂泪。宝钗便不好提这事，只得一旁坐了。王夫人便问："你从那里来？"宝钗道："从园里来。"王夫人道："你从园里来，可曾见你宝兄弟？"宝钗道："才倒看见了。他穿着衣服出去了，不知那里去。"王夫人点头叹道："你可知道一桩奇事？金钏儿忽然投井死了！"宝钗道："怎么好好的投井？这也奇了。"王夫人道："原是前日他把我一件东西弄坏了，我一时生气，打了一下，撵了他下去。我只说气他几天，还叫他上来，谁知他这么气性大，就投井死了！岂不是我的罪过？"宝钗笑道："姨妈是慈善人，固然是这样想。据我看来，他并不是赌气投井，多半是下去住着，或是在井跟前顽，失了脚，掉下去的。他在上头拘束惯了，这一出去，自然要到各处去顽顽逛逛。岂有这样大气性呢？纵然有这样大气，也不过是个糊涂人，也不为可惜。"王夫人点头叹道："这话虽然如此，到底我心不安。"

宝钗笑道："姨娘也不劳关心。十分过不去，不过多赏他几两银子发送他，也就尽了主仆之情了。"王夫人道："刚才我赏了五十两银子与他娘，原要还把你姊妹们的新衣服给他两件妆裹，谁知凤丫头说可巧都没有什么新做的衣服，只有你林妹妹做生日的两套。我想你林妹妹那个孩子，素日是个有心的，况且他原也三灾八难的，既说了给他做生日，这会子又给人去妆裹，岂不忌讳？因为这么着，我才现叫裁缝赶着做一套给他。要是别的丫头，赏他几两银子也就完了。金钏儿虽然是个丫头，素日在我跟前，比我的女儿也差不多。"口里说着，不觉流下泪来。宝钗忙道："姨娘这会子又何用叫裁缝赶去，我前日倒做了两套，拿来给他，岂不省事？况且他活的时候，也穿过我的旧衣服，身量又相对。"王夫人道："虽然这样，难道你不忌讳？"宝钗笑道："姨娘放心，我从来不计较这些。"一面说，一面起身就走。王夫人忙叫了两个人跟宝姑娘去。

一时宝钗取了衣服回来，只见宝玉在王夫人旁边坐着垂泪，王夫人正在说他。因见宝钗来了，就掩住口不说了。宝钗见此景况，察言观色，早已知觉了七八分，便将衣服交明。王夫人便将金钏儿的母亲叫来拿了去了。后事如何，下回分解。

第三十三回　手足耽耽小动唇舌　不肖种种大受笞挞

却说王夫人唤上金钏儿的母亲来，拿几件簪环当面赏了，又分付："请几个僧人，念经超度他。"金钏儿的母亲叩了头，谢了出去。

原来宝玉会过雨村回来，听见了金钏儿含羞自尽，心中早已五内摧伤，进来又被王夫人数说教训了一番，也无可回说。看见宝钗进来，方得便走出，茫然不知何往，背着手，低着头，一面感叹，一面慢慢的信步来至厅上。刚转过屏门，不想对面来了一人，正往里走，可巧撞了一个满怀。只听那人喝一声："站住！"宝玉吓了一跳，抬头看时，不是别人，却是父亲，早不觉倒抽了一口气，只得垂手一旁站住了。贾政道："好端端的，你垂头丧气嗐些什么？方才雨村来了，要见你，叫你那半天你才出来；既出来了，全无一点慷慨挥洒的谈吐，仍是葳葳蕤蕤的！我看你脸上一团私欲愁闷气色！这会子又嗐声叹气，你那些还不足，还不自在？无故这样，却是为何？"宝玉素日虽然口角伶俐，只是此时一心总为金钏儿感伤，恨不得此时也身亡命殒，跟了金钏儿去。如今见他父亲说这些话，究竟不曾听明白了，只是怔怔的站着。

贾政见他惶悚，应对不似往日，原本无气的，这一来倒生了三分气。方欲说话，忽有回事人来回："忠顺亲王府里有人来，要见老爷。"贾政听了，心下疑惑，暗暗思忖道："素日并不与忠顺府来往，为什么今日打发人来？"一面想，一面命："快请厅上坐。"急忙进内更衣。出来接见时，却是忠顺府长史官，一面彼此见了礼，归坐献茶。未及叙谈，那长史官就先说道："下官此来，并非擅造潭府，皆因奉命而来，有一件事相求。看王爷面上，敢烦老先生做主。不但王爷知情，且连下官辈亦感谢不尽。"贾政听了这话，找不着头脑，忙陪笑起身，问道："大人既奉王命而来，不知有何见谕？望大人宣明，学生好遵命承办。"那长史官冷笑道："也不必承办，只用老先生一句话，就完了。我们府里有一个做小旦的琪官，一向好好在府，如今竟三五日不见回去，各处去找，又摸不着他的道路，因此各处察访。这一城内，十停人倒有八停人都说：他近日和衔玉的那位令郎相与甚厚。下官辈听了，尊府不比别家，可以擅来索取，因此启明王爷。王爷亦说：'若是别的戏子呢，一百个也罢了；只是这琪官，随机应答，谨慎老成，甚合我老人家的心境，断断少不得此人。'故此求老先生转达令郎，请将琪官放回：一则可慰王爷谆谆奉恳之意，二则下官辈可免操劳求觅之苦。"说毕，忙打了一躬。

贾政听了这话，又惊又气，即命："唤宝玉出来！"宝玉也不知是何原故，忙忙赶来。贾政便问："该死的奴才！你在家不读书也罢了，怎么又做出这些无法无天的事来？那琪官现是忠顺王爷驾前承奉的人，你是何等草莽，无故引逗他出来，如今祸及于我！"宝玉听了，吓了一跳，忙回道："实在不知此事。究竟连'琪官'两个字不知为何物，况更加以'引逗'二字！"说着便哭。贾政未及开口，只见那长史官冷笑道：“公子也不必隐饰，或隐藏在家，或知其下落，早说了出来，我们也少受些辛苦，岂不念公子之德？”宝玉连说：“实在不知。恐有讹传，也未见得。”那长史官冷笑两声道：“现有证据，必定当着老大人说出来，公子岂不吃亏？既说不知此人，那红汗巾子怎得到了公子腰里？”宝玉听了这话，不觉轰了魂魄，目瞪口呆，心下自思：“这话他如何得知？他既连这样机密事都知道了，大约别的瞒他不过，不如打发他去了，免得再说出别的事来。”因说道：“大人既知底细，如何连他置买房舍这样大事倒不晓得了？听得说，他如今在东郊离城二十里有个什么紫檀堡，他在那里置了几亩田地，几间房舍。想是在那里，也未可知。”那长史官听了，笑道：“这样说，一定是在那里，我且去找一回。若有了，便罢；若没有，还要来请教。”说着，便忙忙的告辞走了。

贾政此时气得目瞪口呆，一面送那官员，一面回头命宝玉：“不许动！回来有话问你！”一直送那官员去了。才回身，忽见贾环带着几个小厮一阵乱跑，贾政喝命小厮：“给我快打！”贾环见了他父亲，吓得骨软筋酥，忙低头站住。贾政便问：“你跑什么？带着你的那些人都不管你，不知往那里去，由你野马一般！”喝叫：“跟上学的人呢？”贾环见他父亲甚怒，便乘机说道：“方才原不曾跑，只因从那井边经过，那井里淹死了一个丫头，我看人头这样大，身子这样粗，泡得实在可怕，所以才赶着跑了过来。”贾政听了惊疑，问道：“好端端的，谁去投井？我家从无这样事情，自祖宗以来，皆是宽柔待下。大约我近年于家务疏懒，自然执事人操克夺之权，致使弄出这暴殄轻生的祸患。若是外人知道，祖宗的颜面何在？”喝令：“叫贾琏、赖大来！”小厮们答应了一声，方欲去叫，贾环忙上前拉住贾政袍襟，贴膝跪下道：“父亲不用生气。此事除太太房里的人，别人一点也不知道。我听见我母亲说——”说到这句，便回头四顾一看。贾政知其意，将眼色一丢，小厮们明白，都往两边后面退去。贾环便悄悄说道：“我母亲告诉我说：宝玉哥哥前日在太太房里，拉着太太的丫头金钏儿，强奸不遂，打了一顿，金钏儿便赌气投井死了。”

话未说完，把个贾政气得面如金纸，大喝：“拿宝玉来！”一面说，一面便往书房去，喝道：“今日再有人来劝我，我把这冠带家私，一应就交与他，与宝玉过去！我免不得做个罪人，把这几根烦恼鬓毛剃去，寻个干净去处自了，也免得上辱先人、下生逆子之罪！”众门客、仆从见贾政这个形景，便知又是为宝玉了，一个个咬指吐舌，连忙退出。贾政喘吁吁直挺挺的坐在椅子上，满面泪痕，一叠连声：“拿宝玉！拿大棍！拿绳捆上！把门都关上！有人传信到里头去，立刻打死！”众小厮们只得齐声答应着，有几个来找宝玉。

那宝玉听见贾政分付他“不许动”，早知凶多吉少，那里知道贾环又添了许多的话？正在厅上干转，怎得个人来往里头通信，偏生没个人来，连焙茗也不知在那里。正盼望时，只见一个老妈妈出来，宝玉如得了珍宝，便赶上来拉住他，说道：“快进去告诉：老爷要打死我呢！快去，快去！要紧，要紧！”宝玉一则急了，说话不明白；二则老婆子偏生又是耳聋，不曾听见是什么话，把“要紧”二字只听做“跳井”二字，便笑道：“跳井？让他跳去，二爷怕什么？”宝玉见是个聋子，便着急道：“你出去叫我的小厮来罢！”那婆子道：“有什么不了的事？老早的完了，太太又赏了银子，怎么不了事呢？”

宝玉急得手脚正没抓寻处，只见贾政的小厮走来，逼着他出去了。贾政一见，眼都红了，也不暇问他在外流荡优伶、表赠私物，在家荒疏学业、淫逼母婢，只喝令：“堵起嘴来，着实打死！”小厮们不敢违，只得将宝玉按在凳上，举起大板打了十来下。宝玉自知不能讨饶，只是呜呜的哭。贾政还嫌打的轻，一脚踢开掌板的，自己夺过板子来，狠命的又打了十几下。宝玉生来未经过这样苦楚，起先觉得打的疼，不过还乱嚷乱哭，后来渐渐气弱声嘶，哽咽不出。众门客见打的不祥了，赶着上来恳求夺劝。贾政那里肯听，说道：“你们问问他干的勾当，可饶不可饶！素日皆是你们这些人把他酿坏了，到这步田地，还来劝解！明日酿到他弑父弑君，你们才不劝不成！”

众人听这话不好听，知道气急了，忙乱着觅人进去给信。王夫人听了，不及去回贾母，便忙穿衣出来，也不顾有人没人，忙忙扶了一个丫头赶往书房中来，慌得众门客、小厮等避之不及。贾政方要再打，一见王夫人进来，更加火上浇油，那板子越下去的又狠又快。按宝玉的两个小厮忙松手走开，宝玉早已动弹不得了。贾政还欲打时，早被王夫人抱住板子。贾政道：“罢了，罢了！今日必定要气死我了！”王夫人哭道：“宝玉虽然该打，老爷也要保重。且炎暑天气，老太太身上又不大好，打死宝玉事小，倘或老太太一时不自在了，岂不事大？”贾政冷笑道：“倒休提这话！我养了这不肖的孽障，我已不孝；平昔教训一番，又有众人护持他，不如趁今日结果了他的狗命，以绝将来之患！”说着，便要绳来勒死。王夫人连忙抱住，哭道：“老爷虽然应当管教儿子，也要看夫妻分上。我如今已将五十岁的人，只有这个孽障，必定苦苦的以他为法，我也不敢深劝。今日越发要他死了，岂不是有意绝我？既要勒死他，快拿绳先勒死我，再勒死他！我们娘儿们不如一同死了，在阴司里也得个倚靠！”说毕，抱住宝玉放声大哭起来。

贾政听了此话，不觉长叹一声，向椅子上坐了，泪如雨下。王夫人抱着宝玉，只见他面白气弱，底下穿着一条绿纱小衣，一片皆是血渍，禁不住解下了汗巾，由腿看至臀胫，或青或紫，或整或破，竟无一点好处，不觉失声大哭起“苦命的儿”来。因哭出“苦命的儿”来，又想起贾珠来，便即叫着贾珠哭道："若有你活着，便死一百个，我也不管了！”

此时里面的人闻得王夫人出来，那李宫裁、王熙凤与迎春姊妹早已出来了。王夫人哭着贾珠的名字，别人还可，惟有李宫裁禁不住也放声哭了。贾政听了，那泪更似走珠一般滚了下来。

正没开交处，忽听丫鬟来说："老太太来了！”一句话未了，只听窗外颤巍巍的声气说道："先打死我，再打死他，岂不干净了！”贾政听见母亲来了，又急又痛，连忙迎出来。只见贾母扶着丫头，摇头喘气的走来。贾政上前躬身陪笑说道："大暑热的天，母亲有何生气自己走来？有话只该叫了儿子进去分付。”贾母听了，便止步喘息，一面厉声道："你原来和我说话！我倒有话分付，只是我一生没养个好儿子，却叫我和谁说去！”贾政听了这话不像，忙跪下，含泪说道："为儿的教训儿子，也为的是光宗耀祖。母亲这话，我做儿的如何当得起？”贾母听说，便啐了一口，说道："我说了一句话，你就禁不起，你那样下死手的板子，难道宝玉就禁得起了？你说教训儿子是光宗耀祖，当日你父亲是怎么教训你来？”说着，也不觉滚下泪来。贾政又陪笑道："母亲也不必伤感，皆是做儿子的一时性急。从此以后，再不打他了。”贾母便冷笑几声，说道："你也不必和我赌气，你的儿子，自然你要打就打。想来你也厌烦我们娘儿们，不如我们早离了你，大家干净！”说着，便命人去看轿："我和你太太、宝玉立刻回南京去！”家下人只得答应着。贾母又叫王夫人道："你也不必哭了。如今宝玉年纪小，你疼他，他将来长大，为官作宦时，也未必想着你是他母亲了！你如今倒不要疼他，只怕将来还少生一口气呢！”贾政听说，忙叩头说道："母亲如此说，儿子无立足之地了！”贾母冷笑道："你分明使我无立足之地，你反说起你来！只是我们回去了，你心里干净，看有谁来不许你打！”一面说，一面只命快打点行李车辆轿马回去。贾政直挺挺跪着，叩头认罪。

贾母一面说，一面来看宝玉。只见今日这顿打，不比往日，又是心疼，又是生气，也抱着哭个不了。王夫人与凤姐等解劝了一会，方渐渐的止住。早有丫鬟媳妇等上来，要搀宝玉。凤姐便骂：“糊涂东西！也不睁开眼瞧瞧：这个样儿，如何搀着走得？还不快进去，把那藤屉子春凳抬出来呢！”众人听了，连忙进去。果然抬出春凳来，将宝玉抬放凳上，随着贾母、王夫人等进去，送至贾母房中。

彼时贾政见贾母怒气未消，不敢自便，也跟了进来。看看宝玉，果然打重了。再看看王夫人，一声“肉”一声“儿”的哭道：“你替珠儿早死了，留着珠儿，也免你父亲生气，我也不白操这半世的心了！这会子你倘或有个好歹，丢下我，叫我靠那一个？”数落一场，又哭“不争气的儿”。贾政听了，也就灰心，自悔自己不该下毒手，打到如此地步。先劝贾母，贾母含泪说道：“儿子不好，原是要管的，不该打到这个分儿！你不出去，还在这里做什么！难道于心不足，还要眼看着他死了才去不成？”贾政听说，方退了出来。

此时薛姨妈同宝钗、香菱、袭人、湘云等，也都在这里。袭人满心委屈，只不好十分使出来，见众人围着，灌水的灌水，打扇的打扇，自己插不下手去，便越性走出来，到二门前，命小厮们找了焙茗来，细问：“方才好端端的，为什么事打起来？你也不早来透个信儿！”焙茗急的说：“偏生我没在跟前，打到中间，我才听见了，忙打听原故，却是为琪官同金钏姐姐的事。”袭人道：“老爷怎么知道的？”焙茗道：“那琪官的事，多半是薛大爷素昔吃醋，没法儿出气，不知在外头挑唆了谁来，在老爷跟前下的火；那金钏儿的事，大约是三爷说的。我也是听见跟老爷的人说。”

袭人听了这两件事都对景，心中也就信了七八分，然后回来，只见众人都替宝玉疗治。调停完备，贾母命：“好生抬到他房内去。”众人一声答应，七手八脚，忙把宝玉送入怡红院内自己床上卧好。又乱了半日，众人渐渐散去，袭人方进前来，经心服侍细问。要知端的，且听下回分解。

第三十四回　情中情因情感妹妹　错里错以错劝哥哥

话说袭人见贾母、王夫人等去后，便走来宝玉身边坐下，含泪问他：“怎么就打到这步田地？”宝玉叹气说道：“不过为那些事情，问他做什么！只是下半截疼得很，你瞧瞧，打坏了那里？”袭人听说，便轻轻的伸手进去，将中衣脱下，略动一动，宝玉便咬着牙叫：“嗳哟！”袭人连忙住手，如此三四次，才褪下来了。袭人看时，只见腿上半段青紫，都有四指阔的僵痕高起来。

袭人咬着牙说道："我的娘！怎么下这般的狠手！你但凡听我一句话，也不到得这步田地。幸而没动筋骨，倘或打出个残疾来，可叫人怎么样呢！"

正说着，只见丫鬟们说："宝姑娘来了。"袭人听见，知道穿不及中衣，便拿了一床袷纱被替宝玉盖了。只见宝钗手里托着一丸药走进来，向袭人说道："晚上把这药用酒研开，替他敷上，把那瘀血的热毒散开，可以就好了。"说毕，递与袭人。又问："这会子可好些？"宝玉一面道谢，说"好些了"，又让坐。宝钗见他睁开眼说话，不像先时，心中也宽慰好些，便点头叹道："早听人一句话，也不至有今日。别说老太太、太太心疼，就是我们看着，心里也——"刚说了半句，又忙咽住，自悔说的话太急了，不觉红了脸，低下头来。宝玉听得这话如此亲切稠密，大有深意，忽见他又咽住不往下说，红了脸，低下头只管弄衣带，那一种软怯娇羞、轻怜痛惜之情，竟难以言语形容，越觉心中感动，将疼痛早已丢在九霄云外去了，想道："我不过挨了几下打，他们一个个就有这些怜惜之态，令人可亲可敬。假若我一时竟遭殃横死，他们还不知是何等悲感呢。既是他们这样，我便一时死了，得他们如此，一生事业纵然尽付东流，亦无足叹惜矣！"

正想着，只听宝钗问袭人道："怎么好好的，动了气，就打起来了？"袭人便把焙茗的话说出来了。宝玉原来还不知贾环的话，见袭人说出，方才知道；又听拉上薛蟠，惟恐宝钗沉心，忙又止住袭人道："薛大哥从来不这样的，你们别混猜度。"宝钗听说，便知宝玉是怕他多心，用话拦袭人，因心中暗暗想道："打得这个形像，疼还顾不过来，还这样细心，怕得罪了人。你既这样用心，何不在外头大事上做工夫，老爷也欢喜了，也不致吃这样亏。你虽然怕我沉心，所以拦袭人的话，难道我就不知我哥哥素日恣心纵欲毫无防范的那种心性？当日为一个秦钟，还闹的天翻地覆，自然如今比先又加利害了。"想毕，因说道："你们也不必怨这个，怨那个。据我想，终是宝兄弟素日肯和那些人来往，老爷才生气。就是我哥哥说话不防头，一时说出宝兄弟来，也不是有心挑唆：一则也是本来的实话，二则他原不理论这些防嫌小事。袭姑娘从小儿只见过宝兄弟这样细心的人，你何尝见过我哥哥那天不怕地不怕、心里有什么口里说什么的人呢？"袭人因说出薛蟠来，见宝玉拦他的话，早已明白自己说造次了，恐宝钗没意思；听宝钗如此说，更觉羞愧无言。

宝玉又听宝钗这番话，一半是堂皇正大，一半是去己的疑心，更觉比先心动神移。方欲说话时，只见宝钗起身说道："明日再来看你，好生养着罢。

方才我拿了药来，交给袭人，晚上敷上，管就好了。”说着，便走出门去。袭人赶着送出院外，说：“姑娘倒费心了。改日宝二爷好了，亲自来谢。”宝钗回头笑道：“有什么谢处。你只劝他好生静养，别胡思乱想的就好。要想什么吃的、顽的，悄悄的往我那里去取了，不必惊动老太太、太太众人。倘或吹到老爷耳朵里，虽然彼时不怎么样，将来对景，终是要吃亏的。”说着去了。

袭人抽身回来，心内着实感激宝钗。进来见宝玉沉思默默，似睡非睡的模样，因而退出房外栉沐。宝玉默默的躺在床上，无奈臀上作痛，如针挑刀挖一般，更热如火炙，略展转时，禁不住嗳哟之声。那时天色将晚，因见袭人去了，却有两三个丫头伺候，此时并无呼唤之事，因说道：“你们且去梳洗，等我叫时再来。”众人听了，也都退出。

这里宝玉昏昏默默，只见蒋玉函走了进来，诉说忠顺府拿他之事；一时又见金钏儿进来，哭说为他投井之情。宝玉半梦半醒，刚要诉说前情，忽又觉有人推他，恍恍惚惚，听得有人悲戚之声。宝玉从梦中惊醒，睁眼一看，不是别人，却是黛玉。犹恐是梦，忙又将身子欠起来，向脸上细细一看，只见他两个眼睛肿得桃儿一般，满面泪光，不是黛玉，却是那个？宝玉还欲看时，怎奈下半截疼痛难禁，支持不住，便嗳哟一声，仍旧倒下，叹了一声，说道：“你又做什么跑来？虽然太阳落下去，那地上的余热未散，走来倘又受了暑呢？我虽然捱了打，却也不很觉疼痛。我这个样儿是妆出来哄他们，好在外头布散与老爷听，其实是假的，你不可真信。”此时黛玉虽不是嚎啕大哭，然越是这等无声之泣，气噎喉堵，更觉利害。听了宝玉这番话，心中虽然有万句言词，只是不能说得。半日，方抽抽噎噎的说道：“你从此可都改了罢。”宝玉听说，便长叹一声道：“你放心，别说这样话。我便为这些人死了，也是情愿的。”

一句话未了，只闻院外人说：“二奶奶来了。”黛玉便知是凤姐来了，连忙立起身来，说道：“我从后院子里去罢，回来再来。”宝玉一把拉住道：“这又奇了：好好的，怎么怕起他来？”黛玉急得跺脚，悄悄的说道：“你瞧瞧我的眼睛，又该他们取笑开心了。”宝玉听说，赶忙的放了手。黛玉三步两步转过床后，刚出了后院，凤姐从前头已进来了，问宝玉：“可好些了？想什么吃，叫人往我那里去取。”接着薛姨妈又来了。一时，贾母又遣人送了汤来。

至掌灯时分，宝玉只呷了两口汤，便昏昏沉沉的睡去。接着周瑞媳妇、吴新登媳妇、郑好时媳妇，这几个有年纪常往来的，听见宝玉捱了打，也都进来。袭人忙迎出来，悄悄的笑道：“婶娘们略来迟了一步，二爷睡着了。”说着，一面带他们到那边房里坐了，倒茶与他们吃。那几个媳妇子都悄悄的坐了一回，向袭人说："等二爷醒了，你替我们说罢。"袭人答应了，送他们出去。刚要回来，只见王夫人使个婆子来，口称："太太叫一个跟二爷的人去。"袭人见说，想了一想，便回身悄悄的告诉晴雯、麝月、秋纹等人说："太太叫人，你们好生在房里，我去了就来。"说毕，同那婆子一径出了园子，来至上房。

王夫人坐在凉榻上摇着芭蕉扇子，见他来了，说道："你不管叫个谁来也罢了，又丢下他，教谁伏侍呢？"袭人见说，连忙陪笑说道："二爷才睡安稳了，那四五个丫头如今也好了，会伏侍二爷了，太太请放心。恐怕太太有什么话分付，打发他们来，一时听不明白，倒耽误了事。"王夫人道："也没甚话，不过问他这会子疼的怎么样。"袭人道："宝姑娘送来的药我给二爷敷上了，比先好些了：先疼的躺不稳，这会子倒睡沉了，可见好些。"王夫人又问："吃了什么没有？"袭人道："老太太给的一碗汤，呷了两口，只嚷干渴，要吃酸梅汤。我想酸梅是个收敛东西，刚才捱打，又不许叫喊，自然急的热毒热血未免存在心里，倘或吃下这个去，激在心里，再弄出大病来，那可怎么样呢？因此我劝了半天，才没吃，只拿那糖腌的玫瑰卤子和了，吃了小半碗，又嫌吃絮了，不香甜。"王夫人道："嗳哟，你何不早来和我说？前日有人送了几瓶子香露来，原要给他一点子的，我怕胡遭蹋了，就没给。既是他嫌那玫瑰膏子吃絮了，你把这个拿两瓶去。一碗水里，只用茶匙挑些，就香的了不得呢。"说着，即忙就唤彩云来："把前日的那几瓶香露拿了来。"袭人道："只拿两瓶来罢，多也白遭蹋，等不够再来取，也是一样。"彩云听了，去了半日，果然拿了两瓶来，付与袭人。袭人看时，只见两个玻璃小瓶，却有三寸大小，上面螺蛳银盖，鹅黄笺上写着"木樨清露"，那一个写着"玫瑰清露"。袭人笑道："好金贵东西！这么个小瓶儿，能有多少？"王夫人道："那是进上的，你没看见鹅黄笺子？你好生替他收着，别遭蹋了。"

袭人答应着，方要走时，王夫人又叫："站住，我想起一句话来问你。"袭人忙又回来。王夫人见房内无人，便问道："我恍惚听见，宝玉今日捱打，是环儿在老爷跟前说了什么话？你可曾听见这个话没有？你要听见，告诉我，我也不吵出来叫人知道是你说的。"袭人道："我倒没听见这话，只听见说：为二爷认得什么王府的戏子，人家来和老爷说了，为这个打的。"王夫人摇头说道："也为这个。还有别的缘故。"袭人道："别的缘故，实在不知道了。我今日大胆在太太跟前说句不知好歹的话：论理——"说了半截，忙又咽住。

王夫人道："你只管说。"袭人道："太太别生气，我就说了。"王夫人道："我有什么生气的？你只管说来。"袭人道："论理，我们二爷也得老爷教训教训。若老爷再不管，不知将来做出什么事来呢。"王夫人一闻此言，便合掌念声"阿弥陀佛"，由不得赶着袭人叫了一声："我的儿，亏了你也明白这话，和我的心一样。我何曾不知管儿子？先时你珠大爷在，我是怎么样管他，难道我如今倒不知管儿子了？只是有个缘故：如今我想，我已经快五十岁的人了，通共剩了他一个，他又长得单弱，况且老太太宝贝似的，若管紧了他，倘或再有个好歹，或是老太太气坏了，那时上下不安，岂不倒坏了？所以就纵坏了他。我常常掰着口儿说一阵，劝一阵，哭一阵，彼时他好，过后来还是不相干，端的吃了亏才罢。设若打坏了，将来我靠谁呢？"说着，由不得滚下泪来。

袭人见王夫人这般悲感，自己也不觉伤了心，陪着落泪。又道："二爷是太太养的，太太岂不心疼？便是我们做下人的，伏侍一场，大家落个平安，也算是造化了。要这样起来，连平安都不能了。那一日、那一时我不劝二爷？只是再劝不醒。偏生那些人又肯亲近他，也怨不得他这样，总是我们劝的倒不好了。今日太太提起这话来，我还记挂着一件事，每要来回太太，讨太太个主意，只是我怕太太疑心，不但我的话白说了，且连葬身之地都没了！"王夫人听了这话内有因，忙问道："我的儿，你只管说。近来我因听见众人背前面后都夸你，我只说你不过在宝玉身上留心，或是诸人跟前和气这些小意思，谁知你方才和我说的话，全是大道理，正合我的心事。你有什么，只管说什么，只别叫别人知道就是了。"袭人道："我也没什么别的说，我只想着讨太太一个示下：怎么变个法儿，以后竟还叫二爷搬出园外来住就好了。"

王夫人听了，吃一大惊，忙拉了袭人的手，问道："宝玉难道和谁作怪了不成？"袭人连忙回道："太太别多心，并没有这话，这不过是我的小见识。如今二爷也大了，里头姑娘们也大了，况且林姑娘、宝姑娘又是两姨姑表姊妹，虽说是姊妹们，到底是男女之分，日夜一处，起坐不方便，由不得叫人悬心，便是外人看着，也不像大家子的体统。俗语说的好：'没事常思有事。'世上多少没头脑的事，多半因为无心中做出，有心人看见，当做有心事，反说坏了。只是预先不防着，断然不好。二爷素日性格，太太是知道的：他又偏好在我们队里闹。倘或不防，前后错了一点半点，不论真假，人多口杂，那起小人的嘴有什么避讳？心顺了，说的比菩萨还好；心不顺，就贬的连畜牲不如。二爷将来倘或有人说好，不过大家落个直过儿；设若叫人哼出一声不是来，我们不用说，粉身碎骨，罪有万重，都是平常小事，但后来二爷一生的声名品行岂不完了？二则太太也难见老爷。俗语又说：‘君子防未然。’不如这会子防避的为是。太太事情多，一时果然想不到；我们想不到则可，既想到了，若不回明太太，罪越重了。近来我为这事日夜悬心，又不好说与人，惟有灯知道罢了。”

王夫人听了这话，如雷轰电掣的一般，正触了金钏儿之事，心下越发感爱袭人不尽，忙笑道：“我的儿，你竟有这个心胸，想得这样周全！我何曾又不想到这里？只是这几次有事，就忘了。你今日这一番话提醒了我，难为你成全我娘儿两个声名体面，真真我竟不知道你这样好。罢了，你且去罢，我自有道理。只是还有一句话：你今既说了这样的话，我就把他交给你了，好歹留心，保全了他，就是保全了我，我自然不孤负你。”袭人低了一回头，方道：“太太分付，敢不尽心吗？”说着，慢慢的退出。

回到院中，正值宝玉睡醒。袭人回明香露之事，宝玉喜不自禁，即令调来吃，果然香妙非常。因心下记挂着黛玉，满心里要打发人去，只是怕袭人拦阻。便设一法，先使袭人往宝钗那里去借书。袭人去了，宝玉便令晴雯来，分付道：“你到林姑娘那里，看他做什么呢。他要问我，只说我好了。”晴雯道：“白眉赤眼儿的，做什么去呢？到底说句话儿，也像一件事。”宝玉道：“没有什么可说的。”晴雯道：“若不然，或是送件东西，或是取件东西，不然我去了，怎么样搭讪呢？”宝玉想了一想，便伸手拿了两条手帕子撂与晴雯，笑道：“也罢，就说我叫你送这个给他去了。”晴雯道：“这又奇了：他要这半新不旧的两条帕子？他又要恼了，说你打趣他。”宝玉笑道：“你放心，他自然知道。”

晴雯听了，只得拿了帕子往潇湘馆来。只见春纤正在阑杆上晾手帕子，见他进来，忙摇手儿说：“睡下了。”晴雯走进来，满屋漆黑，并未点灯。黛玉已睡在床上，问：“是谁？”晴雯忙答道：“晴雯。”黛玉道：“做什么？”晴雯道：“二爷送帕子来给姑娘。”黛玉听了，心中发闷，暗想：“做什么送手帕子来给我？”因问：“这帕子是谁送他的？必定是好的，叫他留着送别人去罢，我这会不用这个。”晴雯笑道：“不是新的，就是家常旧的。”黛玉听了，越发闷住了。着实细心搜求，思忖一时，方大悟过来，连忙说：“放下，去罢。”晴雯只得放下，抽身回去，一路盘算，不解何意。

这黛玉体贴出手帕子的意思来，不觉神魂驰荡：“宝玉这番苦心，能领会我这番苦意，又令我可喜；我这番苦意，不知将来如何，又令我可悲；忽然好好的送两块旧帕子来，若不是领我深意，单看了这帕子，又令我可笑；再想令人私相传递与我，又可惧；我自己每每好哭，想来也无味，又令我可愧。”如此左思右想，一时五内沸然，由不得余意缠绵，便命掌灯，也想不起嫌疑避讳等事，研墨蘸笔，便向那两块旧帕上走笔写道：

其一

眼空蓄泪泪空垂，暗洒闲抛却为谁？
尺幅鲛绡劳惠赠，教人焉得不伤悲！

其二

抛珠滚玉只偷潸，镇日无心镇日闲。
枕上袖边难拂拭，任他点点与斑斑。

其三

彩线难收面上珠，湘江旧迹已模糊。
窗前亦有千竿竹，不识香痕渍也无？

那黛玉还要往下写时，觉得浑身火热，面上作烧，走至镜台揭起锦袱一照，只见腮上通红，自羡压倒桃花，却不知病由此萌。一时方上床睡去，犹拿着帕子思索，不在话下。

却说袭人来见宝钗，谁知宝钗不在园内，往他母亲那里去了，袭人便空手回来。等至二更，宝钗方回来。原来宝钗素知薛蟠情性，心中已有一半疑是薛蟠挑唆了人来告宝玉的，谁知又听袭人说出来，越发信了。究竟袭人是听焙茗说的，那焙茗也是私心窥度，并未据实，大家都是一半猜度，竟认准是他说的。那薛蟠因素日有这个名声，其实这一次却不是他干的，被人生生的一口咬死是他，有口难分。这日正从外头吃了酒回来，见过母亲，只见宝钗在这里，说了几句闲话，因问：“听见宝兄弟吃了亏，是为什么？”薛姨妈正为这个不自在，见他问时，便咬着牙道：“不知好歹的冤家，都是你闹的！你还有脸来问！”薛蟠听说，便怔了，忙问道：“我何尝闹什么？”薛姨妈道：“你还妆腔呢！人人都知道是你说的，还赖呢！”薛蟠道：“人人说我杀了人，也就信了么！”薛姨妈道：“连你妹妹都知道是你说的，难道他也赖你不成？”宝钗忙劝道：“妈妈和哥哥且别叫喊，消消停停的，就有个青红皂白了。”向薛蟠道：“是你说的也罢，不是你说的也罢，事情也过去了，不必较正，倒把小事弄大了。我只劝你从此以后，少在外头胡闹，少管别人的事。天天一处，大家胡逛，你是个不防头的人，过后没事就罢了；倘或有事，不是你干的，人人都要疑惑说是你干的。不用别人，我先就疑惑你。”

薛蟠本是个心直口快的人，见不得这样藏头露尾的事，又是宝钗劝他不要逛去，他母亲又说他犯舌，宝玉之打是他治的，早已急得乱跳，赌神发誓的分辩。又骂众人：“谁这样编派我？我把那囚攮的牙敲了！分明是为打了宝玉，没的献勤儿，拿我做幌子！难道宝玉是天王？他父亲打了他一顿，一家子定要闹几天？那一回为他不好，姨父打了他两下子，过后老太太不知怎么知道了，说是珍大哥治的，好好的叫了去骂了一顿。今日越发拉上我了！既拉上，我也不怕，索性进去把宝玉打死了，我替他偿命，大家干净！”一面闹，一面抓起一根门闩来就跑，慌得薛姨妈拉住骂道：“作死的孽障！你打谁去？你先打我来！”薛蟠将眼急的铜铃一般，嚷道：“何苦来！又不叫我去，又好好的赖我！将来宝玉活一日，我耽一日的口舌，不如大家死了清净！”

宝钗忙也上前劝道：“你忍耐些儿罢。妈妈急的这个样儿，你不说来劝，你倒反闹得这样。别说是妈妈，便是旁人来劝你，也为你好，倒把你的性子劝上来了。”薛蟠道：“你这会子又说这话！都是你说的！”宝钗道：“你只怨我说，再不怨你那顾前不顾后的形景。”薛蟠道：“你这会怨我顾前不顾后，你怎么不怨宝玉在外头招风惹草的呢？别说别的，只拿前日琪官儿的事比给你们听：那琪官儿我们见了十来次，他并未和我说一句亲热话，怎么前日见了他，连姓名还不知，就把汗巾子给与他？难道这也是我说的不成？”薛姨妈和宝钗急的说道：“还提这个！可不是为这个打他呢！可见是你说的了。”薛蟠道：“真真的气死人了！赖我说的我不恼，我只为一个宝玉就闹得这样天翻地覆的！”宝钗道：“谁闹来着？你先持刀动杖的闹起来，倒说是别人闹！”

薛蟠见宝钗说的话句句有理，难以驳正，比母亲的话反难回答，因此便要设法拿话堵回他去，就无人敢拦自己的话了；也因正在气头上，未曾想话之轻重，便道：“好妹妹，你不用和我闹，我早知道你的心了。从前妈妈和我说，你这金锁要拣有玉的才可配，你留了心，见宝玉有那劳什子，你自然如今行动护着他。”话未说了，把个宝钗气怔了，拉着薛姨妈哭道：“妈妈，你听哥哥说的是什么话！”薛蟠见妹妹哭了，便知自己冒撞，便赌气走到自己房里安歇，不提。

这里薛姨妈气的乱战，一面又劝宝钗道：“你素日知那孽障说话没道理，明儿我叫他给你陪不是。”宝钗满心委屈气忿，待要怎么，又怕他母亲不安，少不得含泪别了母亲，各自回来，到房里整哭了一夜。次日一早起来，也无心梳洗，胡乱整理了衣裳，便出来瞧母亲。可巧遇见黛玉独立在花影之下，问他那里去，宝钗因说：“家去。”口里说着，便只管走。黛玉见他无精打彩的去了，又见眼上好似有哭泣之状，大非往日可比，便在后面笑道：“姐姐也自己保重些儿，就是哭出两缸泪来，也医不好棒疮！”不知宝钗如何答对，且听下回分解。

第三十五回　白玉钏亲尝莲叶羹　黄金莺巧结梅花络

话说宝钗分明听见黛玉克薄他，因记挂着母亲、哥哥，并不回头，一径去了。这里黛玉还是立于花阴之下，远远的却向怡红院内望着。只见李宫裁、迎春、探春、惜春并各项人等，都向怡红院内去过之后，一起一起的散尽了，只不见凤姐儿来，心里自己盘算道：“如何他不来瞧宝玉？便是有事缠住了，他必定也是要来打个花胡哨，讨老太太、太太的好儿才是，今儿这早晚不来，必有缘故。”一面猜疑，一面抬头再看时，只见花花簇簇一群人，又向怡红院内来了。定睛看时，只见贾母搭着凤姐儿的手，后头邢夫人、王夫人，跟着周姨娘并丫头、媳妇等人，都进院去了。黛玉看了，不觉点头，想起有父母的好处来，早又泪珠满面。少顷，只见宝钗、薛姨妈等也进去了。忽见紫鹃从背后走来，说道：“姑娘，吃药去罢，开水又冷了。”黛玉道：“你到底要怎么样？只是催！我吃不吃，与你什么相干？”紫鹃笑道：“咳嗽的才好了些，又不吃药了。如今虽是五月里，天气热，到底也还该小心些。大清早起，在这个潮地方站了半日，也该回去歇息歇息了。”一句话提醒了黛玉，方觉得有点腿酸，呆了半日，方慢慢的扶着紫鹃回潇湘馆来。

一进院门，只见满地下竹影参差，苔痕浓淡，不觉又想起《西厢记》中所云“幽僻处，可有人行？点苍苔，白露泠泠”二句来，因暗暗的叹道：“双文虽然命薄，尚有孀母弱弟；今日我黛玉之薄命，一并连孀母弱弟俱无！”想到这里，又欲滴下泪来，不防廊上的鹦鹉见黛玉来了，嘎的一声扑了下来，倒吓了一跳。因说道：“你作死呢，又扇了我一头灰。”那鹦鹉又飞上架去，便叫：“雪雁，快掀帘子，姑娘来了。”黛玉便止住步，以手扣架道：“添了食水不曾？”那鹦鹉便长叹一声，竟大似黛玉素日吁嗟音韵，接着念道：“侬今葬花人笑痴，他年葬侬知是谁？”黛玉、紫鹃听了，都笑起来。紫鹃笑道：“这都是姑娘素日念的，难为他怎么记了。”黛玉便命将架摘下来，另挂在月洞窗外的钩上，于是进了屋子，在月洞窗内坐了。吃毕药，只见窗外竹影映入纱窗，满屋内阴阴翠润，几簟生凉。黛玉无可释闷，便隔着纱窗调逗鹦哥作戏，又将素日所喜的诗词也教与他念。这且不在话下。

且说宝钗来至家中，只见母亲正自梳洗呢，一见他来了，便说道："你大清早起跑来做什么？"宝钗道："我瞧瞧妈妈身上好不好。昨儿我去了，不知他可又过来闹了没有？"一面说，一面在他母亲身旁坐了，由不得哭将起来。薛姨妈见他一哭，自己掌不住，也就哭了一场。一面又劝道："我的儿，你别委屈了。你等我处分那孽障！你要有个好歹，我指望那一个来？"薛蟠在外听见，连忙跑了过来，对着宝钗左一个揖右一个揖，只说："好妹妹，恕我这次罢。原是我昨儿吃了酒，回来的晚了，路上撞着客了，来家未醒，不知胡说了什么，连自己也不知道，怨不得你生气。"

宝钗原是掩面而哭，听如此说，由不得也笑了，遂抬头向地上啐了一口，说道："你不用做这些像生儿！我知道你的心里多嫌我们娘儿两个，你是变着法儿叫我们离了你，你就心净了！"薛蟠听说，连忙笑道："妹妹这从那里说起？妹妹从来不是这样多心说歪话的人。"薛姨妈忙又接着道："你只会听你妹妹的'歪话'，难道昨儿晚上你说的那话就该的不成？当真是你发昏了！"薛蟠道："妈妈也不必生气，妹妹也不用烦恼，从今以后，我再不同他们一处吃酒闲逛，如何？"宝钗笑道："这才明白过来了。"薛姨妈道："你要有这个横劲，那龙也下蛋了！"薛蟠道："我若再和他们一处逛，妹妹听见了只管啐我，再叫我畜生、不是人，如何？何苦来，为我一个人，娘儿两个天天操心！妈妈为我生气还犹可，若只管叫妹妹为我操心，我更不是人了！如今父亲没了，我不能多孝顺妈妈、多疼妹妹，反叫娘母子生气、妹妹烦恼，连个畜生不如了！"口里说着，眼睛里禁不住也滚下泪来。

薛姨妈本不哭了，听他一说，又勾起伤心来。宝钗勉强笑道："你闹够了，这会子又来招着妈妈哭了。"薛蟠听说，忙收了泪，笑道："我何曾招妈妈哭来？罢，罢，罢！丢下这个别提了，叫香菱来倒茶妹妹吃。"宝钗道："我也不吃茶，等妈妈洗了手，我们就进去了。"薛蟠道："妹妹的项圈我瞧瞧，只怕该炸一炸去了。"宝钗道："黄澄澄的，又炸他做什么？"薛蟠又道："妹妹如今也该添补些衣裳了。要什么颜色花样，告诉我。"宝钗道："连那些衣服还没穿遍了，又做什么？"一时薛姨妈换了衣裳，拉着宝钗进去，薛蟠方出去了。

这里薛姨妈和宝钗进园来看宝玉。到了怡红院中，只见抱厦里外回廊上，许多的丫头、老婆站着，便知贾母等都在这里。母女两个进来，大家见过了。

只见宝玉躺在榻上，薛姨妈问他："可好些？" 宝玉忙欲欠身，口里答应着"好些"，又说："只管惊动姨妈、姐姐，我当不起。" 薛姨妈忙扶他睡下，又问他："想什么，只管告诉我。" 宝玉笑道："我想起来，自然和姨妈要去的。" 王夫人又问："你想什么吃？回来好给你送来。" 宝玉笑道："也倒不想什么吃。倒是那一回做的那小荷叶儿、小莲蓬儿的汤还好些。" 凤姐一旁笑道："都听听！口味倒不算高贵，只是太磨牙了，巴巴的想这个吃！" 贾母便一叠连声的叫人做去。凤姐儿笑道："老祖宗别急，我想想这模子是谁收着呢？" 因回头分付个婆子问管厨房的去要。那婆子去了半天，来回说："管厨房的说：四付汤模子都缴上来了。" 凤姐儿听说，又想了一想，道："我记得也交上来了，就不记得交给谁了。多半在茶房里。" 又遣人去问管茶房的，也不曾收。次后还是管金银器的送了来了。

薛姨妈先接过来瞧时，原来是个小匣子，里面装着四付银模子，都有一尺多长，一寸见方，上面凿着有豆子大小，也有菊花的，也有梅花的，也有莲蓬的，也有菱角的：共有三四十样，打的十分精巧。因笑向贾母、王夫人道："你们府上也都想绝了，吃碗汤还有这些样子。若不说出来，我见了这个，也不认得这是做什么用的。" 凤姐也不等人说话，便笑道："姑妈那里晓得：这是去年备膳，他们想的个法儿，不知弄些什么面印出来，借点新荷叶的清香，全仗着好汤，我吃着究竟也没什么意思。谁家常吃他呢？那一回呈样，做了一回。他今儿怎么想起来了。" 说着，接了过来，递与个妇人，分付厨房里立刻拿几只鸡，另外添了东西，做出十碗汤来。王夫人道："要这些做什么？" 凤姐儿笑道："有个缘故：这一宗东西家常不大做，今儿宝兄弟提起来了，单做给他吃，老太太、姑妈、太太都不吃，似乎不大好，不如借势儿弄些大家吃，托赖着连我也尝个新儿。" 贾母听了笑道："猴儿，把你乖的，拿着官中的钱做人情！" 说的大家笑了。凤姐也忙笑道："这不相干，这个小东道我还孝敬的起。" 便回头分付妇人："说给厨房里：只管好生添补着做了，在我帐上领银子。" 婆子答应着去了。

宝钗一旁笑道："我来了这么几年，留神看起来，二嫂子凭他怎么巧，再巧不过老太太去。" 贾母听说，便答道："我的儿，我如今老了，那里还巧什么？当日我像凤哥儿这么大年纪，比他还来的呢。他如今虽说不如我们，也就算好了，比你姨娘强远了。你姨娘可怜见的，不大说话，和木头似的，在公婆跟前就不献好儿。凤儿嘴乖，怎么怨的人疼他！" 宝玉笑道："若这么说，不大说话的就不疼了？”贾母道：“不大说话的，又有不大说话的可疼之处；嘴乖的，也有一宗可嫌的：倒不如不说的好。”宝玉笑道：“这就是了：我说大嫂子倒不大说话呢，老太太也是和凤姐姐一样的疼。若说单是会说话的可疼，这些姐妹里头也只凤姐姐和林妹妹可疼了。”贾母道：“提起姐妹们，不是我当着姨太太的面奉承：千真万真，从我们家里四个女孩儿算起，都不如宝丫头。”薛姨妈听说，忙笑道：“这话是老太太说偏了。”王夫人忙又笑道：“老太太时常背地里和我说宝丫头好，这倒不是说假话。”宝玉勾着贾母，原为要赞黛玉，不想反赞起宝钗来，倒也意出望外，便看着宝钗一笑。宝钗早扭过头去和袭人说话去了。

忽有人来请吃饭，贾母方立起身来，命宝玉：“好生养着罢。”把丫头们嘱付了一回，方扶着凤姐儿，让着薛姨妈，大家出房去了。因问汤好了不曾，又问薛姨妈等：“想什么吃，只管告诉我，我有本事叫凤丫头弄了出来咱们吃。”薛姨妈道：“老太太也会呕他，时常他弄了东西来孝敬，究竟又吃不多。”凤姐儿笑道：“姑妈，你倒别这样说。我们老祖宗只是嫌人肉酸，若不嫌人肉酸，早已把我还吃了呢。”

一句话没说了，引的贾母众人都哈哈的笑起来。宝玉在房里也掌不住笑了。袭人笑道：“真真的，二奶奶的嘴怕死人。”宝玉伸手拉着袭人笑道：“你站了这半日，可乏了。”一面说，一面拉他身旁坐下了。袭人笑道：“可是又忘了：趁宝姑娘在院子内，你和他说，烦他们的莺儿来打上几根绦子。”宝玉笑道：“亏你提起来。”说着，便仰头向窗外道：“宝姐姐，吃过饭叫莺儿来，烦他打几根绦子，可得闲儿？”宝钗听见，回头道：“怎么不得闲儿？一会叫他来就是了。”贾母等尚未听真，都止步问宝钗，宝钗说明了。贾母便说道：“好孩子，你叫他来替你兄弟打几根罢。你要人使，我那里闲的丫头多着呢。你喜欢谁，只管叫来使唤。”薛姨妈、宝钗等都笑道：“只管叫他来做就是了，有什么使唤的去处！他天天也是闲着淘气。”

大家说着，往前正走，忽见湘云、平儿、香菱等在山石边掐凤仙花儿，见了他们走来，都迎上来了。少顷出至园外，王夫人恐贾母乏了，便欲让至上房内坐。贾母也觉的腿酸，便点头依允。王夫人便命丫头忙先去铺设坐位。那时赵姨娘推病，只有周姨娘与众婆娘、丫头们忙着打帘子、拿靠背、铺褥子。贾母扶着凤姐儿进来，与薛姨妈分宾主坐下，宝钗、湘云坐在下面。王夫人亲捧了茶来奉与贾母，李宫裁捧与薛姨妈。贾母向王夫人道：“让他们小妯娌伏侍，你在那里坐了，好说话儿。”王夫人方向一张小杌上坐下了，便分付凤姐儿道：“老太太的饭放在这里，添了东西来。”凤姐儿答应出去，便命人去贾母那边告诉。那边的婆娘们忙往外传了，丫头们忙都赶过来，王夫人便命：“请姑娘们去。”请了半天，只有探春、惜春两个来了；迎春身上不耐烦，不吃饭；黛玉是不消说，十顿饭只好吃五顿，众人也不着意了。

少顷饭至，众人调放了桌子。凤姐儿用手巾裹了一把牙箸，站在地下笑道：“老祖宗和姨妈不用让，还听我说就是了。”贾母笑向薛姨妈道：“我们就是这样。”薛姨妈笑着应了。于是凤姐放下四双箸：上面两双，是贾母、薛姨妈，两边是宝钗、湘云的。王夫人、李宫裁等都站在地下看着放菜。凤姐先忙着要干净家伙来，替宝玉拣菜。

少顷，荷叶汤来，贾母看过了。王夫人回头见玉钏儿在那里，便命玉钏：“与宝玉送去。”凤姐道：“他一个拿不去。”可巧莺儿和喜儿都来了，宝钗知道他们已吃了饭，便向莺儿道：“宝二爷正叫你去打绦子，你们两个一同去罢。”莺儿答应着，同玉钏儿出来。莺儿道：“这么远，怪热的，怎么端了去？”玉钏笑道：“你放心，我自有道理。”说着，便命一个婆子来，将汤饭等类放在一个捧盒里，命他端了跟着，他两个却空着手走，一直到了怡红院门口，玉钏儿方接了过来，同莺儿进入房中。

袭人、麝月、秋纹三个人正和宝玉顽笑呢，见他两个来了，都忙起来，笑道：“你们两个怎么来的碰巧，一齐来了？”一面说，一面接过来。玉钏儿便向一张小杌子上坐下，莺儿不敢坐；袭人便忙端了个脚踏来，莺儿还不敢坐。宝玉见莺儿来了，却倒十分欢喜；见了玉钏儿，便想起他姐姐金钏儿来，又是伤心，又是惭愧，便把莺儿丢下，且和玉钏儿说话了。袭人见把莺儿不理，恐莺儿没好意思的，又见莺儿不肯坐，便拉莺儿出来，到外边房里去吃茶说话去了。

这里麝月等预备了碗箸来，伺候吃饭。宝玉只是不肯吃，便问玉钏儿：“你母亲身上可好？”玉钏儿满脸怒色，正眼也不看宝玉，半日方说了一个“好”字。宝玉便觉没趣，半日，只得又陪笑问道：“谁叫你替我送来的？”玉钏儿道：“不过是奶奶、太太们。”宝玉见他还是哭丧着脸，便知他是为金钏儿的缘故，待要虚心下气的哄他，又见人多，不好下气的，因而便寻方法，将人都支出去，然后又陪笑问长问短。那玉钏儿先虽不欲理他，只因见宝玉一些性气也没有，凭他怎么丧谤，还是温存和气，自己倒不好意思的了，脸上方有三分喜色。宝玉便笑求他："好姐姐，你把那汤端了来我尝尝。"玉钏儿道："我从不会喂人东西，等他们来了再吃。"宝玉笑道："我不是要你喂我，我因为走不动，你递给我吃了，你好赶早回去交代了，你好吃饭的。我只管耽误了时候，你岂不饿坏了？你要懒怠动，我少不得忍了疼下去取来。"说着，便要下床来，硬撑起来，禁不住嗳哟之声。

玉钏儿见他这般，忍耐不住，起身说道："躺下去罢！那世里造下了业，这会子现世现报，叫我那一个眼睛看得上！"一面说，一面扑嗤的一声笑了，端过汤来。宝玉笑道："好姐姐，你要生气，只管在这里生罢，见了老太太、太太，可放和气些。若还这样，你就要捱骂了。"玉钏儿道："吃罢，吃罢！不用和我甜嘴蜜舌的，我可不信这样话！"说着，催宝玉呷了两口汤。宝玉故意说："不好吃，不吃了。"玉钏儿道："阿弥陀佛！这还不好吃，什么好吃呢？"宝玉道："一点味儿也没有。你不信，尝一尝就知道了。"玉钏儿果真赌气尝了一尝，宝玉笑道："这可好吃了。"玉钏儿听说，方解过他的意思来：原是宝玉哄他吃一口。便说道："你既说不吃，这会子说好吃也不给你吃了。"宝玉只管陪笑央求要吃，玉钏儿又不给他，一面又叫人打发吃饭。丫头方进来时，忽有人来回话说："傅二爷家的两个嬷嬷来请安，来见二爷。"

宝玉听说，便知是通判傅试家的嬷嬷来了。那傅试原是贾政的门生，原来都赖贾家的名势得意，贾政也着实看待，与别个门生不同，他那里常遣人来走动。宝玉素昔最厌勇男蠢妇的，今日却如何又命这两个婆子进来？其中原来有个缘故：只因那宝玉闻得傅试有个妹子，名唤秋芳，也是个琼闺秀玉，常闻人传说才貌俱全，虽自未亲睹，然遐思遥爱之心，十分诚敬，不命他们进来，恐薄了傅秋芳，因此连忙命让进来。那傅试原是暴发的，因傅秋芳有几分姿色，聪明过人，那傅试安心仗着妹子，要与豪门贵族结亲，不肯轻意许人，所以耽误到如今。目今傅秋芳已二十三岁，尚未许人。怎奈那些豪门贵族，又嫌他本是穷酸，根基浅薄，不肯求配。那傅试与贾家亲密，也自有一段心事。

今日遣来的两个婆子，偏生是极无知识的，闻得宝玉要见，进来只刚问了好，说了没两句话。那玉钏儿见生人来，也不和宝玉厮闹了，手里端着汤，却只顾听。宝玉又只顾和婆子说话，一面吃饭，伸手去要汤，两个人的眼睛都看着人，不想伸猛了手，便将碗碰翻，将汤泼了宝玉手上。玉钏儿倒不曾烫着，吓了一跳，忙笑道："这是怎么了？"慌的丫头们忙上来接碗。宝玉自己烫了手，倒不觉的，只管问玉钏儿："烫了那里了？疼不疼？"玉钏儿和众人都笑了。玉钏儿道：“你自己烫了，只管问我！”宝玉听了，方觉自己烫了。众人上来，连忙收拾。宝玉也不吃饭了，洗手吃茶，又和那两个婆子说了两句话。然后两个婆子告辞出去，晴雯等送至桥边方回。

那两个婆子见没人了，一行走，一行谈论。这一个笑道：“怪道有人说，他们家宝玉是相貌好，里头糊涂，中看不中吃的，果然竟有些呆气：他自己烫了手，倒问别人疼不疼，这可不是呆子！”那一个又笑道：“我前一回来，听见他家里许多人抱怨，千真万真的有些呆气：大雨淋的水鸡似的，他反告诉别人：‘下雨了，快避雨去罢。’你说可笑不可笑？时常没人在跟前，就自哭自笑的；看见燕子，就和燕子说话；河里看见了鱼，就和鱼儿说话；见了星星月亮，他便不是长吁短叹的，就是咕咕哝哝的。且一点刚性也没有，连那些毛丫头的气都受到了。爱惜起东西来，连个线头都是好的；遭蹋起来，那怕值千值万的都不管了。”两个人一面说，一面走出园子回去。不在话下。

如今且说袭人见人去了，便携了莺儿过来，问宝玉：“打什么绦子？”宝玉笑向莺儿道：“才只顾说话，就忘了你。烦你来，也不为别的，替我打几根络子。”莺儿道：“装什么的络子？”宝玉见问，便笑道：“不管装什么的，你都每样打几个罢。”莺儿拍手笑道：“这还了得！要这样，十年也打不完了！”宝玉笑道：“好姐姐，你闲着也没事，都替我打了罢。”袭人笑道：“那里一时都打得完？如今先拣要紧的打两个罢。”莺儿道：“什么要紧，不过是扇子、香坠儿、汗巾子。”宝玉道：“汗巾子就好。”莺儿道：“汗巾子是什么颜色？”宝玉道：“大红的。”莺儿道：“大红的须是黑络子才好看，或是石青的才压得住颜色。”宝玉道：“松花色配什么？”莺儿道：“松花色配桃红。”宝玉道：“这才姣艳。再要雅淡之中带些姣艳。”莺儿道：“葱绿、柳黄，我是最爱的。”宝玉道：“也罢了。也打一条桃红，再打一条葱绿。”莺儿道：“什么花样呢？”宝玉道：“也有几样花样？”莺儿道：“一炷香，朝天凳，象眼块，方胜，连环，梅花，柳叶。”宝玉道：“前儿你替三姑娘打的那花样是什么？”莺儿道：“是攒心梅花。”宝玉道：“就是那样好。”一面说，一面袭人刚拿了线来。窗外婆子说：“姑娘们的饭都有了。”宝玉道：“你们吃饭去，快吃了来罢。”袭人笑道：“有客在这里，我们怎好去的？”莺儿一面理线，一面笑道：“这话又打那里说起？正经快吃了饭来。”袭人等听说方去了，只留下两个小丫头呼唤。

宝玉一面看莺儿打络子，一面说闲话。因问他：“十几岁了？”莺儿手里打着，一面答话：“十六岁了。”宝玉道：“你本姓什么？”莺儿道：“姓黄。”

宝玉笑道：“这个名字倒对了：果然是个黄莺儿！”莺儿笑道：“我的名字，本来是两个字，叫作金莺。姑娘嫌拗口，就单叫莺儿，如今就叫开了。”宝玉道：“宝姐姐也算疼你了，到明日宝姐姐出嫁，少不得是你跟去了。”莺儿抿嘴一笑。宝玉笑道：“我常常和袭人说：明儿不知那一个有福的消受你们主儿两个呢。”莺儿笑道：“你还不知，我们姑娘有几样世上人都没有的好处呢，模样儿还在其次。”宝玉见莺儿姣腔婉转，语笑如痴，早不胜其情了，那堪更提起宝钗来！便问他道：“好处在那里？好姐姐，告诉我听。”莺儿道：“我告诉你，你可不许又告诉他去。”宝玉笑道：“这个自然。”

正说着，只听见外头说道：“怎么这样静悄悄的？”二人回头看时，不是别人，正是宝钗来了。宝玉忙让坐。宝钗坐了，因问莺儿：“打什么呢？”一面问，一面向他手里去瞧，才打了半截。宝钗笑道：“这有什么趣儿？倒不如打个络子，把玉络上呢。”一句话提醒了宝玉，便拍手笑道：“倒是姐姐说得是，我就忘了。只是配什么颜色才好？”宝钗道：“若用杂色断然使不得，用大红又犯了色，黄的又不起眼，黑的又太暗。等我想个法儿：把那金线拿来，配着黑珠儿线，一根一根的拈上，打成络子，这才好看。”宝玉听说，喜之不尽，一叠连声就叫袭人来取金线。

正值袭人端了两碗菜走进来，告诉宝玉道：“今儿奇怪：刚才太太打发人替我送了两碗菜来。”宝玉笑道：“必定是今儿菜多，送给你们大家吃的。”袭人道：“不是，说指名给我的，还不叫我过去叩头，这可是奇了。”宝钗笑道：“给你的，你就吃去，这有什么猜疑的？”袭人道：“从来没有的事，倒叫我不好意思的。”宝钗抿嘴一笑，说道：“这就不好意思了？明儿还有比这个更叫你不好意思的呢。”袭人听了话内有因，素知宝钗不是轻嘴薄舌奚落人的，自己想起上日王夫人的意思来，便再不提，将菜与宝玉看了，说：“洗了手来拿线。”说毕，便一直出去了。吃过饭，洗了手，进来拿金线与莺儿打络子。此时宝钗早被薛蟠遣人来请出去了。

这里宝玉正看着打络子，忽见邢夫人那边遣了两个丫头，送了两样果子来与他吃，问他：“可走得了？若走得动，叫哥儿明儿过来散散心，太太着实记挂着呢。”宝玉忙道：“若走得了，必定过来请太太的安去。疼的比先好些，请太太放心罢。”一面叫他两个坐下，一面又叫秋纹来，把才那果子拿一半送与林姑娘去。秋纹答应了，刚欲去时，只听黛玉在院内说话。宝玉忙叫：“快请。”要知端的，且看下回分解。

第三十六回　绣鸳鸯梦兆绛芸轩　识分定情悟梨香院

话说贾母自王夫人处回来，见宝玉一日好似一日，心中自是欢喜。因怕将来贾政又叫他，遂命人将贾政的亲随小厮头儿唤来，分付他："以后倘有会人待客诸样的事，你老爷要叫宝玉，你不用上来传话，就回他说我说的：一则打重了，要着实将养几个月才走得；二则他的星宿不利，祭了星，不见外人，过了八月才许出二门。"那小厮头儿听了，领命而去。贾母又命李嬷嬷、袭人等来，将此话说与宝玉，使他放心。

那宝玉素日本就懒与士大夫诸男人接谈，又最厌峨冠礼服贺吊往还等事，今日得了这句话，越发得了意，不但将亲戚朋友一概杜绝了，而且连家庭中晨昏定省一发都随他的便了，日日只在园中游玩坐卧，不过每日一清早到贾母、王夫人处走走就回来了。却每日甘心为诸丫头充役，竟也得十分消闲日月。或如宝钗辈有时见机劝导，反生起气来，只说："好好的一个清净洁白女子，也学的沽名钓誉，入了国贼禄鬼之流！这总是前人无故生事，立意造言，原为引导后世的须眉浊物。不想我生不幸，亦且琼闺绣阁中亦染此风，真真有负天地钟灵毓秀之德！"众人见他如此疯癫，也都不向他说正经话了。独有黛玉，自幼不曾劝他去立身扬名，所以深敬黛玉。

闲言少述。如今且说凤姐自见金钏儿死后，忽见几家仆人常来孝敬他些东西，又不时的来请安奉承，自己倒生了疑惑，不知何意。这日又见人来孝敬他东西，因晚间无人时笑问平儿，平儿冷笑道："奶奶连这个都想不起来了？我猜他们的女儿，都必是太太房里的丫头，如今太太房里有四个大的，一个月一两银子的分例，下剩的都是一个月只几百钱。如今金钏儿死了，必定他们要弄这一两银子的巧宗儿呢。"凤姐听了笑道："是了，是了，倒是你提醒了我。看来这起人也太不知足，钱也赚够了，苦事情又摊不着，弄个丫头搪塞身子也就罢了，又要想这个巧宗儿！他们几家的钱也不是容易花到我跟前的，这是他们自寻的，送什么来我就收什么，横竖我有主意。"凤姐儿安下这个心，所以只管耽延着，等那些人把东西送足了，然后乘空方回王夫人。

这日午间，薛姨妈母女两个与黛玉等正在王夫人房里，大家吃西瓜。凤姐儿得便回王夫人道："自从玉钏儿的姐姐死了，太太跟前少着一个人了。太太或看准了那个丫头，就分付了，下月好发放月钱。"王夫人听了，想了一想道：

“依我说，什么是例，必定四个五个的？够使就罢了，竟可以免了罢。”凤姐笑道：“论理，太太说的也是，只是原是旧例，别人屋里还有两个哩，太太倒不按例了？况且省下一两银子，也有限的。”王夫人听了，又想一想道：“也罢，这个分例只管关了来，不用补人，就把这一两银子给他妹妹玉钏儿罢。他姐姐伏侍了我一场，没个好结果，剩下他妹妹跟着我，吃个双分子也不为过。”凤姐答应着，回头望着玉钏儿笑道：“大喜，大喜！”玉钏儿过来叩了头。

王夫人又问道：“正要问你：如今赵姨娘、周姨娘的月例多少？”凤姐道：“那是定例：每人二两。赵姨娘有环兄弟的二两，共是四两，另外四串钱。”王夫人道：“月月可都按数给他们？”凤姐见问得奇，忙道：“怎么不按数给？”王夫人道：“前儿恍惚听见有人抱怨，说短了一串钱，是什么缘故？”凤姐忙笑道：“姨娘们的丫头，月例原是各人一吊钱。从旧年他们外头商议的，姨娘们每位丫头分例减半，人各五百钱。每位两个丫头，所以短了一吊钱。这也抱怨不着我，我倒乐得给他们呢。他们外头又扣着，我难道添上不成？这事我不过是接手儿，怎么来，怎么去，由不得我做主。我倒说了两三回：仍旧添上这两分的为是。他们说只有这个数，叫我难再说了。如今我手里，每月连日子都不错给他们呢。先时在外头关，那个月不打饥荒？何曾顺顺溜溜的得过一遭儿！”

王夫人听说，就停了半晌，又问：“老太太屋里几个一两的？”凤姐道：“八个。如今只有七个，那一个是袭人。”王夫人道：“这就是了。你宝兄弟也并没有一两的丫头，袭人还算老太太房里的人。”凤姐笑道：“袭人还是老太太的人，不过给了宝兄弟使，他这一两银子还在老太太的丫头分例上领。如今说因为袭人是宝玉的人，裁了这一两银子，断乎使不得。若说再添一个人给老太太，这个还可以裁他的。若不裁他的，须得环兄弟屋里也添上一个，才公道均匀了。就是晴雯、麝月等七个大丫头，每月人各月钱一吊，佳蕙等八个小丫头，每月人各月钱五百，还是老太太的话，别人如何恼得气得呢？”

薛姨妈笑道：“你们只听凤丫头的嘴，倒像倒了核桃车子似的，帐也清楚，理也公道。”凤姐笑道：“姑妈，难道我说错了不成？”薛姨妈笑道：“说的何尝错，只是你慢些说，岂不省力些！”凤姐才要笑，忙又忍住了，听王夫人示下。王夫人想了半日，向凤姐道：“明儿挑一个丫头，送给老太太使唤，补袭人。把袭人的一分裁了，把我每月的月例二十两银子里拿出二两银子、一吊钱来，给袭人去。以后凡事有赵姨娘、周姨娘的，也有袭人的，只是袭人的这一分都从我的分例上匀出来，不必动官中的就是了。”

凤姐一一的答应了，笑推薛姨妈道："姑妈听见了？我素日说的话如何？今儿果然应了我的话！"薛姨妈道："早就该如此。模样儿自然不用说的，他的那一种行事大方，说话见人和气里头带着刚硬要强，这个实在难得。"王夫人含泪说道："你们那里知道袭人那孩子的好处？比我的宝玉强十倍！宝玉果然是有造化的，能够得他长长远远的伏侍一辈子，也就罢了。"凤姐道："既这么样，就开了脸，明放他在屋里岂不好？"王夫人道："这不好。一则年轻，二则老爷也不许，三则那宝玉见袭人是他丫头，纵有放纵的事，倒能听他的劝，如今做了跟前人，那袭人该劝的，也不敢十分劝了。如今且浑着，等再过两三年再说。"

说毕，凤姐见无话，便转身出来。刚至廊檐下，只见有几个执事的媳妇子正等他回事呢，见他出来，都笑道："奶奶今儿回什么事？说了这半天，可不要热着。"凤姐把袖子挽了几挽，跐着那角门的门槛子笑道："这里过堂风倒凉快，吹一吹再走。"又告诉众人道："你们说我回了这半日的话，太太把二百年头里的事都想起来问我，难道我不说罢？"又冷笑道："我从今以后，倒要干几件刻薄事了！抱怨给太太听，我也不怕！糊涂油蒙了心、烂了舌头、不得好死的下作东西们，别做娘的春梦了！明儿一裹脑子扣的日子还有呢。如今裁了丫头的钱，就抱怨了咱们。也不想一想是奴儿，可配使三个丫头！"一面骂，一面方走了，自去挑人回贾母话去，不在话下。

却说薛姨妈等这里吃毕西瓜，又说一回闲话，各自方散去。宝钗与黛玉等回至园中，宝钗因约黛玉往藕香榭去，黛玉因说："立刻要洗澡。"便各自散了。宝钗独自行来，顺路进了怡红院，意欲寻宝玉去谈讲，以解午倦，不想一入院中，鸦雀无闻，一并连两只仙鹤在芭蕉下都睡着了。宝钗便顺着游廊，来至房中。只见外间床上横三竖四，都是丫头们睡觉。转过十锦槅子，来至宝玉房内，宝玉在床上睡着了，袭人坐在身旁，手里做针线，旁边放着一柄白犀麈。宝钗走近前去，悄悄的笑道："你也过于小心了，这个屋里还有苍蝇蚊子？还拿蝇刷子赶什么？"袭人不防，猛抬头见是宝钗，忙放下针线，起身悄悄笑道："姑娘来了，我倒不防，吓了一跳。姑娘不知道：虽然没有苍蝇蚊子，谁知有一种小虫子，从这纱眼里钻进来，人也看不见，只睡着了，咬一口，就像蚂蚁夹的。"宝钗道："怨不得。这屋子后头又近水，又都是香花儿，这屋子里头又香，这种虫子都是花心里长的，闻香就扑。"

说着，一面就瞧他手里的针线。原来是个白绫红里的兜肚，上面绣着鸳鸯戏莲的花样，红莲绿叶，五色鸳鸯。宝钗道：“嗳哟，好鲜亮活计！这是谁的，也值的费这么大工夫？”袭人向床上努嘴儿。宝钗笑道：“这么大了，还带这个？”袭人笑道：“他原是不带，所以特特的做的好了，叫他看见，由不得不带。如今天热，睡觉都不留神，哄他带上了，便是夜里纵盖不严些儿，也就罢了。你说这一个就用了工夫，还没看见他身上带的那一个呢。”宝钗笑道：“也亏你耐烦。”袭人道：“今儿做的工夫大了，脖子低的怪酸的。”又笑道：“好姑娘，你略坐一坐，我出去走走就来。”说着就走了。宝钗只顾看着活计，便不留心，一蹲身，刚刚的也坐在袭人方才坐的那个所在。因又见那个活计实在可爱，不由的拿起针来就替他做。

不想黛玉因遇见湘云，约他来与袭人道喜，二人来至院中，见静悄悄的，湘云便转身先到厢房里去找袭人。黛玉却来至窗外，隔着纱窗往里一看，只见宝玉穿着银红纱衫子，随便睡着在床上；宝钗坐在身旁做针线，旁边放着蝇刷子。黛玉见了这个景儿，连忙把身子一藏，手握着嘴不敢笑出来，招手儿叫湘云。湘云一见他这般光景，只当有什么新闻，忙也来一看，也要笑时，忽然想起宝钗素日待他厚道，便忙掩住口。知道黛玉口里不让人，怕他取笑，便忙拉过他来道：“走罢。我想起袭人来，他说午间要到池子里去洗衣裳，想必去了，咱们那里找他去。”黛玉心下明白，冷笑了两声，只得随他走了。

这里宝钗只刚做了两三个花瓣，忽见宝玉在梦中喊骂说：“和尚道士的话如何信得？什么是金玉姻缘，我偏说是木石姻缘！”宝钗听了这话，不觉怔了。忽见袭人走进来，笑道：“还没有醒呢？”宝钗摇头。袭人又笑道：“我才碰见林姑娘、史大姑娘，他们可曾进来？”宝钗道：“没见他们进来。”因向袭人笑道：“他们没告诉你什么？”袭人红了脸，笑道：“总不过是他们那些顽话，有什么正经说的。”宝钗笑道：“今儿他们说的可不是顽话，我正要告诉你呢，你又忙忙的出去了。”

一句话未完，只见凤姐打发人来叫袭人，宝钗笑道：“就是为那话了。”袭人只得唤起两个丫头来，一同宝钗出怡红院，自往凤姐这里来。果然是告诉他这话，又教他与王夫人叩头，且不必去见贾母，倒把袭人不好意思的。见过王夫人，急忙回来，宝玉已醒了。问起原故，袭人且含糊答应。至夜间人静，袭人方告诉了。宝玉喜不自禁，又向他笑道：“我可看你回家去不去了？那一回往家里走了一趟，回来就说你哥哥要赎你，又说在这里没着落，终久算什么，说那些无情无义的生分话吓我。从今以后，我可看谁来敢叫你去！”

袭人听了，便冷笑道：“你倒别这么说。从此以后，我是太太的人了，我要走，连你也不必告诉，只回了太太便走。”宝玉笑道：“便就算我不好，你回了太太竟去了，教别人听见，说我不好，你去了你也没意思。”袭人笑道：“有什么没意思？难道作了强盗贼，我也跟着罢？再不然，还有一个死呢。人活一百岁，横竖要死，这一口气不在，听不见，看不见，就罢了。”宝玉听见这话，便忙握他的嘴，说道：“罢，罢，罢！不用你说这些话了。”

袭人深知宝玉性情古怪，听见奉承吉利话，又厌虚而不实；听了这些尽情实话，又生悲感，便悔自己冒撞了，连忙笑着用话截开，只拣那宝玉素日喜欢的，说些春风秋月，再谈及那粉淡脂红，然后谈到女儿如何好，不觉又谈到女儿死，袭人忙掩住口。

宝玉听至浓快处，见他不说了，便笑道：“人谁不死？只要死的好。那些个须眉浊物，只知道文死谏，武死战，这二死，是大丈夫死名死节。竟何如不死的好。必定有昏君他方谏，他只顾邀名，猛拚一死，将来置君于何地？必定有刀兵他方战，他只顾图汗马之名，猛拚一死，将来弃国于何地？所以这皆非正死。”袭人道：“忠臣良将，皆出于不得已他才死。”宝玉道：“那武将不过仗血气之勇，疏谋少略，他自己无能，送了性命，这难道也是不得已？那文官更不比武官了：他念两句书记在心里，若朝廷少有瑕疵，他就胡弹乱谏，只顾他邀忠烈之名，倘有不合，浊气一涌，即时拚死，这难道也是不得已？还要知道：那朝廷是受命于天，若非圣人，那天也断断不把这万几重任与他了。可知那些死的，都是沽名，并不知大义。比如我此时若果有造化，该死于此时的，如今趁你们在，我就死了，再能够你们哭我的眼泪流成大河，把我的尸首漂起来，送到那鸦雀不到的幽僻之处，随风化了，自此再不要托生为人，就是我死的得时了。”袭人忽见说出这些疯话来，忙说困了，不理他，那宝玉方合眼睡着。次日也就丢开了。

一日，宝玉因各处游的烦腻，便想起《牡丹亭》曲子来。自己看了两遍，犹不惬怀，因闻得梨香院的十二个女孩儿中，有个小旦龄官最是唱的好，因着意出角门来找时，只见宝官、玉官都在院内，见宝玉来了，都笑迎让坐。宝玉因问：“龄官在那里？”都告诉他说：“在他房里呢。”宝玉忙至他房内，只见龄官独自倒在枕上，见他进来，文风不动。宝玉在身旁坐下，又素昔与别的女孩子顽惯了的，只当龄官也同别人一样，因进前来，陪笑央他起来唱《袅晴丝》一套。不想龄官见他坐下，忙抬身起来躲避，正色说道：“嗓子哑了。前儿娘娘传进我们去，我还没有唱呢。”宝玉见他坐正了，再一细看，原来就是那日蔷薇花下画“蔷”字的那一个。又见如此景况，从来未经过这样被人弃厌，自己便讪讪的红了脸，只得出来了。宝官等不解何故，因问其所以，宝玉便说了出来。宝官便说道：“只略等一等，蔷二爷来了，他叫他唱，是必唱的。”宝玉听了，心下纳闷，因问：“蔷哥儿那里去了？”宝官道：“才出去了，一定还是龄官要什么，他去变弄去了。”

宝玉听了，以为奇特。少站片时，果见贾蔷从外头来了，手里提着个雀儿笼子，上面扎着小戏台，并一个雀儿，兴兴头头往里来找龄官。见了宝玉，只得站住。宝玉问他：“是个什么雀儿？会衔旗串戏台？”贾蔷笑道：“是个玉顶金头。”宝玉道：“多少钱买的？”贾蔷道：“一两八钱银子。”一面说，一面让宝玉坐，自己往龄官房里来。

宝玉此刻把听曲子的心都没了，且要看他和龄官是怎么样。只见贾蔷进去，笑道：“你起来瞧这个顽意儿。”龄官起身问：“是什么？”贾蔷道：“买了个雀儿给你顽，省得天天闷的无个开心。我先顽个你看。”说着，便拿些谷子，哄的那个雀儿果然在那戏台上衔着鬼脸儿和旗帜乱串。众女孩子道：“有趣！”独龄官冷笑了两声，赌气仍睡着去了。贾蔷还只管陪笑问他：“好不好？”龄官道：“你们家把好好的人弄了来，关在这牢坑里学这个劳什子还不算，你这会子又弄个雀儿来，也偏生干这个！你分明弄了他来打趣形容我们，还问我好不好！”贾蔷听了，不觉慌起来，连忙赌神发誓。又道：“今儿我那里的香脂油蒙了心，费一二两银子买他来，原说解闷，就没有想到这上头。罢，罢！放了生，免你的灾病。”说着，果然将那雀儿放了，一顿把那笼子拆了。龄官还说：“那雀儿虽不如人，他也有个老雀儿在窝里，你拿了他来弄这个劳什子，也忍得？今儿我咳嗽出两口血来，太太打发人来找你，叫你请大夫来细问问，你且弄这个来取笑儿！偏是我这没人管没人理的，又偏爱害病！”贾蔷听说，连忙说道：“昨儿晚上我问了大夫，他说不相干，吃两剂药，后儿再瞧瞧。谁知今儿又吐了？这会子就请他去。”说着，便要请去。龄官又叫：“站住，这会子大毒日头地下，你赌气去请了来，我也不瞧。”贾蔷听如此说，只得又站住。

宝玉见了这般景况，不觉痴了，这才领会过画“蔷”深意，自己站不住，便抽身走了。贾蔷一心都在龄官身上，也不顾送人，倒是别的女孩子送了出来。那宝玉一心裁夺盘算，痴痴的回至怡红院中，正值黛玉和袭人坐着说话儿呢。宝玉一进来，就和袭人长叹，说道：“我昨儿晚上的话竟说错了，怪道老爷说我是‘管窥蠡测’。昨夜说你们的眼泪单葬我，这就错了，我竟不能全得了。从此后，只是各人得各人的眼泪罢了。”袭人只道昨夜不过是些顽话，已经忘了，不想宝玉又提起来，便笑道：“你可真真有些疯了。”宝玉默默不对。自此，深悟人生情缘，各有分定，只是每每暗伤：“不知将来葬我，洒泪者为谁？”

且说黛玉当下见了宝玉如此形像，便知是又从那里着了魔来，也不便多问，因说道：“我才在舅母跟前听见说，明儿是薛姨妈的生日，叫我顺便来问你出去不出去。你打发人前头说一声去。”宝玉道：“上回连大老爷的生日我也没去，这会子我又去，倘或碰见了人呢？我一概都不去。这么怪热的，又穿衣裳。我不去，姨妈也未必恼。”袭人忙道：“这是什么话？他比不得大老爷，这里又住的近，又是亲戚，你不去，岂不叫他思量？你怕热，只清早起来，到那里磕个头、吃钟茶再来，岂不好看？”宝玉尚未说话，黛玉便先笑道：“你看着人家赶蚊子的分上，也该去走走。”宝玉不解，忙问：“什么赶蚊子？”袭人便将昨日睡觉无人作伴，宝姑娘坐了一坐的话说了出来。宝玉听了，忙说：“不该！我怎么睡着了？就亵渎了他。”一面又说：“明日必去。”

正说着，忽见湘云穿得齐齐整整走来，辞说家里打发人来接他。宝玉、黛玉听说，忙站起来让坐，湘云也不坐。宝、黛两个只得送他至前面。那湘云只是眼泪汪汪的，见有他家人在跟前，又不敢十分委屈。少时宝钗赶来，愈觉缱绻难舍。还是宝钗心内明白，他家人若回去告诉了他婶娘，待他家去，又恐怕受气，因此倒催他走了。众人送至二门前，宝玉还要往外送他，倒是湘云拦住了。一时回身，又叫宝玉到跟前，悄悄的嘱付道：“便是老太太想不起我来，你时常提着，好等老太太打发人接我去。”宝玉连连答应了。眼看着他上车去了，大家方才进来。要知端的，且看下回分解。

第三十七回　秋爽斋偶结海棠社　蘅芜院夜拟菊花题

话说史湘云回家后，宝玉等仍不过在园中嬉游吟咏，不题。且说贾政自元妃归省之后，居官更加勤慎，以期仰答皇恩。皇上见他人品端方，风声清肃，虽非科第出身，却是书香世代，因特将他点了学差，也无非是选拔真才之意。这贾政只得奉了旨，择于七月二十日起身。是日拜别过宗祠及贾母，起身而去。宝玉等如何送行，以及贾政出差外面诸事，不及细述。

单表宝玉自贾政起身之后，每日在园中任意纵性游荡，真把光阴虚度，岁月空添。这日甚觉无聊，便往贾母、王夫人处来混了一混，仍旧进园来了。

刚换了衣服，只见翠墨进来，手里拿着一幅花笺送与他看。宝玉因道："可是我忘了，才说要瞧瞧三妹妹去的，可好些了？你偏走来。"翠墨道："姑娘好了，今儿也不吃药了，不过是着一点凉儿。"宝玉听说，便展开花笺，看时，上面写道：

> 妹探谨启二兄文几：前夕新霁，月色如洗，因惜清景难逢，未忍就卧，漏已三转，犹徘徊桐槛之下，竟为风露所欺，致获采薪之患。昨蒙亲劳抚嘱，已复数遣侍儿问切，兼以鲜荔并真卿墨迹见赐，抑何惠爱之深耶！今因伏几处默，忽思历来古人，处名攻利敌之场，犹置些山滴水之区，远招近揖，投辖攀辕，务结二三同志盘桓其中，或竖词坛，或开吟社，虽因一时之偶兴，每成千古之佳谈。妹虽不才，幸叨陪泉石之间，兼慕薛、林雅调。风庭月榭，惜未宴集诗人；帘杏溪桃，或可醉飞吟盏。孰谓雄才莲社，独许须眉；不教雅会东山，让余脂粉耶？若蒙踏雪而来，敢请扫花以俟。谨启。

宝玉看了，不觉喜的拍手笑道："倒是三妹妹高雅，我如今就去商议。"一面说，一面就走，翠墨跟在后面。

刚到了沁芳亭，只见园中后门上值日的婆子，手里拿着一个字帖儿走来，见了宝玉，便迎上去，口内说道："芸哥儿请安，在后门等着呢。这是叫我送来的。"宝玉拆开看时，写道：

> 不肖男芸恭请父亲大人万福金安：男思自蒙天恩，认于膝下，日夜思一孝顺，竟无可孝顺之处。前因买办花草，上托大人洪福，竟认得许多花儿匠，并认得许多名园。前因忽见有白海棠一种，不可多得，故变尽方法，只弄得两盆。大人若视男是亲生一般，便留下赏玩。因近日天气暑热，恐园中姑娘们不便，故不敢面见，谨奉书恭启，并叩台安。男芸跪书。

宝玉看了，笑问道："独他来了？还有什么人？"婆子道："还有两盆花儿。"宝玉道："你出去说我知道了，难得他想着，你便把花儿送到我屋里去就是了。"一面说，一面同翠墨往秋爽斋来。只见宝钗、黛玉、迎春、惜春已都在那里了。

众人见他进来，都大笑说："又来了一个！"探春笑道："我不算俗，偶然起了个念头，写了几个帖儿试一试，谁知一招皆到！"宝玉笑道："可惜迟了，早该起个社的。"黛玉说道："此时还不算迟，也没什么可惜。但是你们只管起社，可别算我，我是不敢的。"迎春笑道："你不敢，谁还敢呢？"宝玉道：

“这是一件正经大事，大家鼓舞起来，不要你谦我让的。各有主意，只管说出来，大家评论。宝姐姐也出个主意，林妹妹也说句话儿。”宝钗道：“你忙什么？人还不全呢。”一语未了，李纨也来了，进门笑道：“雅的很呀！要起诗社，我自举我掌坛。前儿春天，我原有这个意思的，我想了一想：我又不会做诗，瞎闹些什么？因而也忘了，就没有说。既是三妹妹高兴，我就帮你作兴起来。”

黛玉道：“既然定要起诗社，咱们就是诗翁了，先把这些姐妹叔嫂的字样改了，才不俗。”李纨道：“极是。何不起个别号？彼此称呼倒雅。我是定了‘稻香老农’，再无人占的。”探春笑道：“我就是‘秋爽居士’罢。”宝玉道：“居士、主人，到底不确，又累赘。这里梧桐芭蕉尽有，或指桐、蕉起个倒好。”探春笑道：“有了。我是喜芭蕉的，就称‘蕉下客’罢。”众人都道：“别致有趣。”黛玉笑道：“你们快牵了他去，炖了肉脯子来吃酒！”众人不解。黛玉笑道：“《庄子》云：‘蕉叶覆鹿。’他自称‘蕉下客’，可不是一只鹿么？快做了鹿脯来！”众人听了，都笑起来。探春因笑道：“你别忙中使巧话来骂人，我已替你想了个极当的美号了。”又向众人道：“当日娥皇女英洒泪在竹上成斑，故名斑竹，又名湘妃竹。如今他住的是潇湘馆，他又爱哭，将来他那竹子想来也是要变成斑竹的，以后都叫他做‘潇湘妃子’就完了。”大家听说，都拍手叫妙。黛玉低了头，也不言语。李纨笑道：“我替薛大妹妹也早已想了个好的，也只三个字。”众人忙问：“是什么？”李纨道：“我是封他为‘蘅芜君’，不知你们以为如何？”探春道：“这个封号极好。”

宝玉道：“我呢？你们也替我想一个。”宝钗笑道：“你的号早有了：‘无事忙’三字，恰当得很。”李纨道：“你还是你的旧号‘绛洞花主’就是了。”宝玉笑道：“小时候干的营生，还提他做什么！”探春道：“你的号多得很，又起什么？我们爱叫你什么，你就答应着就是了。”宝钗道：“还是我送你个号罢。有最俗的一个号，却于你最当：天下难得的是富贵，又难得的是闲散，这两样再不能兼有，不想你兼有了，就叫你‘富贵闲人’也罢了。”宝玉笑道：“当不起，当不起。倒是随你们混叫去罢。”黛玉道：“混叫如何使得。你既住怡红院，索性叫‘怡红公子’不好？”众人道：“也好。”李纨道：“二姑娘、四姑娘起个什么？”迎春道：“我们又不大会诗，白起个号做什么？”探春道：“虽如此，也起个才是。”宝钗道：“他住的是紫菱洲，就叫他菱洲；四丫头在藕香榭，就叫他藕榭就完了。”

李纨道：“就是这样好。但序齿我大，你们都要依我的主意，管教说了，大家合意。我们七个人起社，我和二姑娘、四姑娘都不会做诗，须得让出我们三个人去，我们三个人各分一件事。”探春笑道：“已有了号，还只管这样称呼，不如不有了。以后错了，也要立个罚约才好。”李纨道：“立定了社，再定罚约。我那里地方大，竟在我那里作社，我虽不能做诗，这些诗人竟不厌俗，容我做个东道主人，我自然也清雅起来了。若是要推我做社长，我一个社长自然不够，必要再请两位副社长，就请菱洲、藕榭二位学究来：一位出题限韵，一位誊录监场。亦不可拘定了我们三个不做，若遇见容易些的题目、韵脚，我们也随便做一首。你们四个，却是要限定的。若如此，便起；若不依我，我也不敢附骥了。”

迎春、惜春本性懒于诗词，又有薛、林在前，听了这话，深合己意，二人皆说:“是极。”探春等也知此意，见他二人悦服，也不好强，只得依了，因笑道:“这话罢了。只是自想好笑:好好的我起了个主意,反叫你们三个来管起我来了。”宝玉道:“既这样，咱们就往稻香村去。”李纨道:“都是你忙。今日不过商议了，等我再请。”宝钗道：“也要议定几日一会才好。”探春道：“若只管会的多，又没趣了。一月之中，只可两三次。”宝钗说道：“一月只要两次就够了 。拟定日期，风雨无阻。除这两日外，倘有高兴的，他情愿加一社的，或请到他那里去，或俯就了来，亦可使得。岂不活泼有趣？”众人都道：“这个主意最好。”

探春道：“这原系我起的主意，我须得先做个东道主人，方不负我这兴。”李纨道：“既这样说，明日你就先开一社如何？”探春道：“明日不如今日，就是此刻好。你就出题，菱洲限韵，藕榭监场。”迎春道：“依我说，也不必随一人出题限韵，竟是拈阄公道。”李纨道：“方才我来时，看见他们抬进两盆白海棠来，倒是好花。你们何不就咏起他来？”迎春道：“花还未赏，倒先做诗！”宝钗道：“不过是白海棠，又何必定要见了才做！古人的诗赋，也不过都是寄兴寓情耳，若等见了做，如今也没这些诗了。”迎春道：“既如此，待我限韵。”说着，走到书架前，抽出一本诗来，随手一揭，这首诗竟是一首七言律，递与众人看了，都该做七言律。迎春掩了诗，又向一个小丫头道：“你随口说一个字来。”那丫头正倚门立着，便说了个“门”字。迎春笑道：“就是门字韵，‘十三元’了。头一个韵定要这‘门’字。”说着，又要了韵牌匣子过来，抽出“十三元”一屉，又命那小丫头随手拿四块。那丫头便拿了“盆”“魂”“痕”“昏”四块来。宝玉道:“这‘盆’‘门’两个字不大好做呢。”

侍书一样预备下四份纸笔，便都悄然各自思索起来。独黛玉或抚弄梧桐，或看秋色，或又和丫鬟们嘲笑。迎春又命丫鬟点了一枝梦甜香。原来这梦甜香只有三寸来长，有灯草粗细，以其易烬，故以此为限：如香烬未成，便要受罚。一时探春便先有了，自己提笔写出，又改抹了一回，递与迎春。因问宝钗："蘅芜君，你可有了？"宝钗道："有却有了，只是不好。"宝玉背着手在回廊上踱来踱去，因向黛玉说道："你听，他们都有了。"黛玉道："你别管我。"宝玉又见宝钗已誊写出来，因说道："了不得！香只剩了一寸了，我才有了四句！"又向黛玉道："香要完了，只管蹲在那潮地下做什么？"黛玉也不理。宝玉道："我可顾不得你了，好歹也写出来罢。"说着，也走在案前写了。

李纨道："我们要看诗了。若看完了还不交卷，是必罚的。"宝玉道："稻香老农虽不善作，却善看，又最公道。你就评阅优劣，我们都服的。"众人都道："自然。"于是先看探春的稿，上写道：

咏白海棠 限门盆魂痕昏

斜阳寒草带重门，苔翠盈铺雨后盆。玉是精神难比洁，
雪为肌骨易销魂。芳心一点娇无力，倩影三更月有痕。
莫谓缟仙能羽化，多情伴我咏黄昏。

大家看了，称赏一回。又看宝钗的道：

珍重芳姿昼掩门，自携手瓮灌苔盆。胭脂洗净秋阶影，
冰雪招来露砌魂。淡极始知花更艳，愁多焉得玉无痕？
欲偿白帝宜清洁，不语婷婷日又昏。

李纨笑道："到底是蘅芜君。"说着，又看宝玉的道：

秋容浅淡映重门，七节攒成雪满盆。出浴太真冰作影，
捧心西子玉为魂。晓风不散愁千点，宿雨还添泪一痕。
独倚画阑如有意，清砧怨笛送黄昏。

大家看了，宝玉说探春的好，李纨终要推宝钗："这诗有身分。"因又催黛玉。黛玉道："你们都有了？"说着，提笔一挥而就，掷与众人。李纨等看他写道：

半卷湘帘半掩门，碾冰为土玉为盆。

看了这句，宝玉先喝起彩来，只说："从何处想来！"又看下面道：

偷来梨蕊三分白，借得梅花一缕魂。

众人看了，也都不禁叫好，说："果然比别人又是一样心肠！"又看下面道：

月窟仙人缝缟袂，秋闺怨女拭啼痕。
娇羞默默同谁诉？倦倚西风夜已昏。

众人看了，都道：“是这首为上。”李纨道：“若论风流别致，自是这首；若论含蓄浑厚，终让蘅稿。”探春道：“这评的有理，潇湘妃子当居第二。”李纨道：“怡红公子是压尾，你服不服？”宝玉道：“我的那首原不好，这评的最公。”又笑道：“只是蘅、潇二首，还要斟酌。”李纨道：“原是依我评论，不与你们相干。再有多说者必罚。”宝玉听说，只得罢了。

李纨道：“从此后，我定于每月初二、十六这两日开社，出题限韵，都要依我。这其间你们有高兴的，只管另择日子补开，那怕一个月每天都开社，我也不管。只是到了初二、十六这两日，是必往我那里去。”宝玉道：“到底要起个社名才是。”探春道：“俗了又不好，忒新了，刁钻古怪也不好。可巧才是海棠诗开端，就叫个‘海棠诗社’罢。虽然俗些，因真有此事，也就不碍了。”说毕，大家又商议了一回，略用些酒果，方各自散去。也有回家的，也有往贾母、王夫人处去的，当下无话。

且说袭人因见宝玉看了字帖儿，便慌慌张张同翠墨去了，也不知何事，后来又见后门上婆子送了两盆海棠花来，袭人问：“那里来的？”婆子们便将前番缘故说了。袭人听说，便命他们摆好，让他们在下房里坐了，自己走到房内，称了六钱银子封好，又拿了三百钱走来，都递与那两个婆子道：“这银子赏那抬花儿的小子们，这钱你们打酒吃罢。”那婆子们站起来，眉开眼笑，千恩万谢的不肯受，见袭人执意不收，方领了。袭人又道：“后门上外头可有该班的小子们？”婆子忙应道：“天天有四个，原预备里面差使的。姑娘有什么差使，我们分付去。”袭人笑道：“我有什么差使？今儿宝二爷要打发人到小侯爷家，与史大姑娘送东西去，可巧你们来了，顺便出去叫后门上小子们雇辆车来，回来你们就往这里拿钱，不用叫他们往前头混碰去。”婆子答应着去了。

袭人回至房中，拿碟子盛东西与湘云送去，却见槅子上碟槽空着，因回头见晴雯、秋纹、麝月等都在一处做针黹，袭人问道：“那个缠丝白玛瑙碟子那里去了？”众人见问，你看我，我看你，都想不起来。半日，晴雯笑道：“给三姑娘送荔枝去的，还没送来呢。”袭人道：“家常送东西的家伙也多，巴巴的拿这个去！”晴雯道：“我何尝不是这样说？他说这个碟子配上鲜荔枝才好看，我送去，三姑娘见了也说好看，叫连碟子放着，就没带来。你再瞧，那槅子尽上头的一对联珠瓶还没收来呢。”秋纹笑道：“提起这个瓶来，我又想起笑话来了。我们宝二爷的孝心一动，也孝敬到二十分：那日见园里桂花，折了两枝，原是自己要插瓶的，忽然想起来，说：‘这是自己园里才新开的鲜花儿，不敢自己先顽。’巴巴的把那一对瓶拿下来，亲自灌水插好了，叫个人拿着，亲自送一瓶进老太太，又进一瓶与太太。谁知他孝心一动，连跟的人都得了福了。可巧那日是我拿去的，老太太见了这样，喜的无可不可，见人就说：‘到底是宝玉孝顺我，连一枝花儿也想的到！别人还只抱怨我疼他。’你们知道，老太太素日不大同我说话，有些不入他老人家的眼，那日竟叫人拿几百钱给我，说我可怜见的，生得单弱。这可是再想不到的福气！几百钱是小事，难得这个脸面。及至到了太太那里，太太正和二奶奶、赵姨奶奶好些人翻箱子，找太太当日年轻的颜色衣裳，不知要给那一个。一见了，连衣裳也不找了，且看花儿。又有二奶奶在旁边凑趣儿，夸宝二爷又是怎样孝敬，又是怎样知好歹：有的没的，说了两车话，当着众人，太太脸上又增了光，堵了众人的嘴。太太越发喜欢了，现成的衣裳，就赏了我两件。衣裳也是小事，年年横竖也得，却不像这个彩头。”

晴雯笑道：“呸！好没见世面的小蹄子！那是把好的给了人，挑剩下的才给你，你还充有脸呢！”秋纹道：“凭他给谁剩的，到底是太太的恩典。”晴雯道：“要是我，我就不要。若是给别人剩的，给我也罢了；一样这屋里的人，难道谁又比谁高贵些？把好的给他，剩的才给我，我宁可不要！冲撞了太太，我也不受这口软气！”秋纹忙问道：“给这屋里谁的？我因为前日病了几天，家去了，不知是给谁的。好姐姐，你告诉我知道。”晴雯道：“我告诉了你，难道你这会退还太太去不成？”秋纹笑道：“胡说。我白听了喜欢喜欢，那怕给这屋里的狗剩下的，我只领太太的恩典，也不去管别的事。”众人听了都笑道：“骂的巧，可不是给了那西洋花点子哈巴儿了！”袭人笑道：“你们这起烂了嘴的！得了空就拿我取笑打牙儿，一个个不知怎么死呢。”秋纹笑道：“原来姐姐得了，我实不知道。我陪个不是罢。”

袭人笑道：“少轻狂罢。你们谁取了碟子来是正经。”麝月道：“那瓶也该得空收来了。老太太屋里还罢了，太太屋里人多手杂，别人还可已，赵姨奶奶那伙人见是这屋里的东西，又该使黑心弄坏了才罢。太太又不大管这些，不如早些收来是正经。”晴雯听说，便掷下针黹道：“这话倒是，等我取去。”秋纹道：“还是我去取罢，你取你的碟子去。”晴雯道：“我偏取一遭儿去！是巧宗儿你们都得了，难道不许我得一遭儿！”麝月笑道：“统共秋丫头得了一遭儿衣裳，那里今儿又巧，你也遇见找衣裳不成？”晴雯冷笑道：“虽然碰不见衣裳，或者太太看见我勤谨，也把太太的公费里，一个月分出二两银子来给我，也定不得。”说着，又笑道：“你们别和我装神弄鬼的，什么事我不知道！”一面说，一面往外跑了。秋纹也同他出来，自去探春那里取了碟子来。

袭人打点齐备东西，叫过本处的一个老宋嬷嬷来，向他说道：“你先好生梳洗了，换了出门的衣裳来，回来打发你与史大姑娘送东西去。”宋嬷嬷道：“姑娘只管交给我，有话说与我，我收拾了，就好一顺去。”袭人听说，便端过两个小掐丝盒子来，先揭开一个，里面装的是红菱、鸡头两样鲜果；又那一个，是一碟子桂花糖蒸的新栗粉糕。又说道：“这都是今年咱们这里园里新结的果子，宝二爷送来与姑娘尝尝。再前日姑娘说这玛瑙碟子好，姑娘就留下顽罢。这绢包儿里头，是姑娘上日叫我做的活计，姑娘别嫌粗糙，将就着用罢。替我们请安，替二爷问好就是了。”宋嬷嬷道：“宝二爷不知还有什么说的，姑娘再问问去，回来别又说忘了。”袭人因问秋纹：“方才可是在三姑娘那里么？”秋纹道：“他们都在那里商议起什么诗社呢，又都做诗，想来没话。你只管去罢。”宋嬷嬷听了，便拿了东西出去，穿戴了，袭人又嘱付他：“从后门出去，有小子和车等着呢。”宋嬷嬷去了，不在话下。

一时宝玉回来，先忙着看了一回海棠，到房内告诉袭人起诗社的事。袭人也把打发宋嬷嬷与史湘云送东西去的话告诉了宝玉。宝玉听了，拍手道：“偏忘了他！我自觉心里有件事，只是想不起来，亏你提起来，正要请他去。这诗社里若少了他，还有个什么意思！”袭人劝道：“什么要紧，不过顽意儿。他比不得你们自在，家里又作不得主儿。告诉他，他要来，又由不得他；若不来，他又牵肠挂肚的，没的叫他不受用。”宝玉道：“不妨事，我回老太太打发人接他去。”正说着，宋嬷嬷已经回来，回覆道生受，与袭人道乏，又说：“问二爷做什么呢，我说：‘和姑娘们起什么诗社做诗呢。’史姑娘道，他们做诗，也不告诉他去。急的了不得！”宝玉听了，转身便往贾母处来，立逼着叫人接去。贾母因说：“今儿天晚了，明日一早去。”宝玉只得罢了，回来闷闷的。

次日一早，便又往贾母处来，催逼人接去。直到午后，湘云才来了，宝玉方放了心。见面时，就把始末原由告诉他，又要与他诗看。李纨等因说道：“且别给他看。先说与他韵脚，他后来的，先罚他和了诗，若好，便请入社；若不好，还要罚他一个东道再说。”湘云笑道：“你们忘了请我，我还要罚你们呢。就拿韵来，我虽不能，只得勉强出丑。容我入社，扫地焚香我也情愿。”众人见他这般有趣，越发喜欢，都埋怨昨日怎么忘了他，遂忙告诉他诗韵。

湘云一心兴头，等不得推敲删改，一面只管和人说着话，心内早已和成，即用随便的纸笔录出，先笑说道：“我却依韵和了两首，好歹我都不知，不过应命而已。”说着，递与众人。众人道：“我们四首也算想绝了，再一首也不能了，你倒弄了两首！那里有许多话说？必要重了我们的。”一面说，一面看时，只见那两首诗写道：

其一

神仙昨日降都门，种得蓝田玉一盆。自是霜娥偏爱冷，
非关倩女欲离魂。秋阴捧出何方雪，雨渍添来隔宿痕。
却喜诗人吟不倦，肯令寂寞度朝昏？

其二

蘅芷阶通萝薜门，也宜墙角也宜盆。花因喜洁难寻偶，
人为悲秋易断魂。玉烛滴干风里泪，晶帘隔破月中痕。
幽情欲向嫦娥诉，无奈虚廊月色昏。

众人看一句，惊讶一句，看到了，赞到了，都说：“这个不枉做了海棠诗！真该要起海棠社了。”湘云道：“明日先罚我的东道，就让我先邀一社，可使得？”众人道：“这更妙了。”因又将昨日的诗与他评论了一回。

至晚，宝钗将湘云邀往蘅芜院去安歇。湘云灯下计议，如何设东拟题。宝钗听他说了半日，皆不妥当，因向他说道：“既开社，便要作东。虽然是个顽意儿，也要瞻前顾后：又要自己便宜，又要不得罪了人，然后方大家有趣。你家里你又做不得主，一个月统共那几吊钱，你还不够使。这会子又干这没要紧的事，你婶娘听见了，一发抱怨你了。况且你就都拿出来，做这个东也不够，难道为这个家去要不成？还是和这里要呢？”一席话提醒了湘云，倒踌躇起来。宝钗道：“这个我已经有个主意：我们当铺里有一个伙计，他家田里出的好螃蟹，前儿送了几个来。现在这里的人，从老太太起，连上屋里的人，有多一半都是爱吃螃蟹的。前日姨娘还说：要请老太太在园里赏桂花、吃螃蟹。因为有事，还没有请。你如今且把诗社别提起，只普统一请，等他们散了，咱们有多少诗做不得的？我和我哥哥说，要他几篓极肥极大的螃蟹来，再往铺子里取上几坛好酒来，再备四五桌果碟，岂不又省事又大家热闹了？”湘云听了，心中自是感服，极赞他想的周到。宝钗又笑道：“我是一片真心为你的话，你千万别多心，想着我小看了你，咱们两个就白好了。你若不多心，我就好叫他们办去。”湘云忙笑道：“好姐姐，你这样说，倒多心待我了。我凭他怎么糊涂，连个好歹也不知，还成个人么？我若不把姐姐当亲姐姐一样看待，上回那些家

常烦难事也不肯尽情告诉你了。”宝钗听说，便唤一个婆子来：“出去和大爷说：照前日的大螃蟹要几篓来，明日饭后请老太太、姨娘赏桂花。你说：大爷好歹别忘了，我今儿已请下了人了。”那婆子出去说明，回来无话。

这里宝钗又向湘云道：“诗题也不要过于新巧了。你看古人中，那里有那些刁钻古怪的题目和那极险的韵？若题目过于新巧、韵过于险，再不得好诗，终是小家子气。诗固然怕说熟话，然亦不可过于求生。只要头一件立意清新，措词就不俗了。究竟这也算不得什么，还是纺绩针黹是你我的本等。一时闲了，倒是于身心有益的书看几章是正经。”

湘云只答应着，因笑道：“我如今心里想着：昨日做了海棠诗，我如今要做个菊花诗，如何？”宝钗道：“菊花倒也合景，只是前人太多了。”湘云道：“我也是如此想着，恐怕落套。”宝钗想了一想说道：“我有了。如今以菊花为宾，以人为主，竟拟出几个题目来，都要两个字：一个虚字，一个实字。实字就用‘菊’字，虚字便用通用门的。如此又是咏菊，又是赋事，前人也没很做，也不能落套。赋景咏物两关着，又新鲜，又大方。”湘云笑道：“这却很好，只是不知用何等虚字才好？你先想一个我听听。”宝钗想了想笑道：“《菊梦》就好。”湘云笑道：“果然好！我也有一个：《菊影》可使得？”宝钗道：“也罢了，只是也有人做过。若题目多，这个也搭的上。我又有了一个。”湘云道：“快说出来。”宝钗道：“《问菊》如何？”湘云拍案叫妙，因接说道：“我也有了：《访菊》如何？”宝钗也赞有趣。因说道：“爽性拟出十个来，写上再来。”说着，二人研墨蘸笔，湘云便写，宝钗便念，一时凑了十个。湘云看了一遍，又笑道：“十个还不成幅，爽性凑成十二个，便全了，也如人家的字画册页一样。”宝钗听说，又想了两个，一共凑成十二个，说道：“既这样，一发编出他个次序先后来。”湘云道：“如此更妙，竟弄成个菊谱了。”

宝钗道：“起首是《忆菊》；忆之不得，故访，第二是《访菊》；访之既得，便种，第三是《种菊》；种既盛开，故相对而赏，第四是《对菊》；相对而兴有余，故折来供瓶为玩，第五是《供菊》；既供而不吟，亦觉菊无彩色，第六便是《咏菊》；既入词章，不可以不供笔墨，第七便是《画菊》；既为画菊，如是碌碌，究竟不知菊有何妙处，不禁有所问，第八便是《问菊》；菊如解语，使人狂喜不禁，便越要亲近他，第九竟是《簪菊》；如此人事虽尽，犹有菊之可咏者：《菊影》《菊梦》二首，续在第十、第十一；末卷便以《残菊》总收前题之盛：这便是三秋的妙景妙事都有了。”

湘云依言，将题录出，又看了一回，又问：“该限何韵？”宝钗道：“我平生最不喜限韵：分明有好诗，何苦为韵所缚？咱们别学那小家派，只出题，不拘韵。原为大家偶得了好句取乐，并不为以此难人。”湘云道：“这话很是。这样，大家的诗还进一层。但只咱们五个人，这十二个题目，难道每人做十二首不成？”宝钗道：“那也太难人了。将这题目誊好，都要七言律诗，明日贴在墙上。他们看了，谁能那一个就做那一个；有力量者，十二首都做也可；不能的，作一首也可。高才捷足者为尊。若十二首已全，便不许他赶着又做，罚他便完了。”湘云道：“这也罢了。”二人商议妥贴，方才息灯安寝。要知端的，且听下回分解。

第三十八回　林潇湘魁夺菊花诗　薛蘅芜讽和螃蟹咏

话说宝钗、湘云计议已定，一宿无话。湘云次日便请贾母等赏桂花。贾母等都说道：“倒是他有兴头，须要扰他这雅兴。”至午，果然贾母带了王夫人、凤姐，兼请薛姨妈等进园来。贾母因问：“那一处好？”王夫人道：“凭老太太爱在那一处，就在那一处。”凤姐道：“藕香榭已经摆下了。那山坡下两棵桂花开的又好，河里水又碧清，坐在河当中亭子上，岂不敞亮？看着水眼也清亮。”贾母听了，说：“这话很是。”说着，引了众人往藕香榭来。

原来这藕香榭盖在池中，四面有窗，左右有回廊，亦是跨水接峰，后面又有曲折竹桥暗接。众人上了竹桥，凤姐忙上来搀着贾母，口里说道：“老祖宗，只管迈大步走，不相干的，这竹子桥规矩是咯吱咯吱的。”一时进入榭中，只见阑杆外另放着两张竹案，一个上面设着杯箸酒具，一个上面设着茶筅茶具、各色盏碟。那边有两三个丫头扇风炉煎茶，这一边另外几个丫头也扇风炉烫酒呢。贾母忙笑问：“这茶想必很好，且是地方、东西都干净。”湘云笑道：“这是宝姐姐帮着我预备的。”贾母道：“我说这个孩子细致，凡事想的妥当。”一面说，一面又看见柱上挂的黑漆嵌蚌的对子，命湘云念道：

芙蓉影破归兰桨　菱藕香深泻竹桥

贾母听了，又抬头看匾，因回头向薛姨妈道：“我先小时，家里也有这么一个亭子，叫做什么‘枕霞阁’。我那时也只像他们这么大年纪，同姊妹们天天顽去。那日谁知我失了脚掉下去，几乎没淹死，好容易救了上来，到底被那木钉碰破了头。如今这鬓角上那指头顶大一块窝儿，就是那碰破的。众人都怕经了水，又怕冒了风，都说：‘了不得了！’谁知竟好了。”凤姐不等人说，先笑道："那时要活不得，如今这么大福可叫谁享呢！可知老祖宗从小儿的福寿就不小，神差鬼使碰出那个窝儿来，好盛福寿的。寿星老儿头上原是一个窝儿，因为万福万寿盛满了，所以倒凸高出些来了。"未及说完，贾母与众人都笑软了。贾母笑道："这猴儿惯的了不得了，只管拿我取笑儿起来，恨的我撕你那油嘴！"凤姐道："回来吃螃蟹，恐积了冷在心里，讨老祖宗笑一笑开开心，一高兴，多吃两个就无妨了。"贾母笑道："明日叫你日夜跟着我，我倒常笑笑觉的开心，不许回家去。"王夫人笑道："老太太因为喜欢他，才惯的他这样。还这样说，他明日越发无礼了。"贾母笑道："我倒喜欢他这样，况且他又真不是那不知高低的孩子。家常没人，娘儿们原该这样。横竖礼体不错就罢了，没的倒叫他们神鬼似的做什么。"

说着，一齐进入亭子。献过茶，凤姐忙着安放杯箸。上面一桌，贾母、薛姨妈、宝钗、黛玉、宝玉；东边一桌，湘云、王夫人、迎春、探春、惜春；西边靠门一小桌，李纨和凤姐，虚设坐位，二人皆不敢坐，只在贾母、王夫人两桌上伺候。凤姐分付："螃蟹不可多拿来，仍旧放在蒸笼里，拿十个来，吃了再拿。"一面又要水洗了手，站在贾母跟前剥蟹肉。头次让薛姨妈，薛姨妈道："我自己掰着吃香甜，不用人让。"凤姐便奉与贾母。二次的便与宝玉，又说："把酒烫得滚热的拿来。"又命小丫头们去取菊花叶儿桂花蕊熏的绿豆面子，预备洗手。湘云陪着吃了一个，便下座来让人，又出至外头，命人盛两盘子与赵姨娘送去。又见凤姐走来道："你不惯张罗，你吃你的去。我先替你张罗，等散了我再吃。"湘云不肯，又命人在那边廊上摆了两席，让鸳鸯、琥珀、彩霞、彩云、平儿去坐。鸳鸯因向凤姐笑道："二奶奶在这里伺候，我可吃去了。"凤姐儿道："你们只管去，都交给我就是了。"说着，湘云仍入了席。

凤姐和李纨也胡乱应个景儿。凤姐仍旧下来张罗，一时出至廊上，鸳鸯等正吃得高兴，见他来了，鸳鸯等站起来道："奶奶又出来做什么？让我们也受用一会子。"凤姐笑道："鸳鸯丫头越发坏了。我替你当差，倒不领情，还抱怨我！还不快斟一钟酒来我吃呢。"鸳鸯笑着，忙斟了一杯酒，送至凤姐唇边，凤姐一挺脖子吃了。琥珀、彩霞二人也斟上一杯，送至凤姐唇边，那凤姐也吃了。平儿早剔了一壳黄子送来，凤姐道："多倒些姜醋。"一回也吃了，笑道："你们坐着吃罢，我可去了。"鸳鸯笑道："好没脸！吃我们的东西！"凤姐儿笑道："你少和我作怪。你知道你琏二爷爱上了你，要和老太太讨了你做小老婆呢！"鸳鸯红了脸道："啐！这也是做奶奶说出来的话！我不拿腥手抹你一脸算不得！”说着，赶来就要抹。凤姐儿央道：“好姐姐，饶我这一遭儿罢。”琥珀笑道：“鸳丫头要去了，平丫头还饶他？你们看看他，没有吃了两个螃蟹，倒呷了一碟子醋呢！”平儿手里正剥了个满黄螃蟹，听如此奚落他，便拿着螃蟹照琥珀脸上来抹，口内笑骂：“我把你这嚼舌根的小蹄子！”琥珀也笑着往傍边一躲，平儿使空了，往前一撞，正恰恰的抹在凤姐腮上。凤姐正和鸳鸯嘲笑，不防吓了一跳，嗳哟了一声，众人掌不住都哈哈的大笑起来。凤姐也禁不住笑骂道：“死娼妇！吃花了眼，混抹你娘么！”平儿忙赶过来替他擦了，亲自去端水。鸳鸯道：“阿弥陀佛！这才是现报呢。”

贾母那边听见，一叠连声问：“见了什么了，这样乐？告诉我们也笑笑。”鸳鸯等忙高声笑回道：“二奶奶来抢螃蟹吃，平儿恼了，抹了他主子一脸螃蟹黄子，主子奴才打架呢。”贾母和王夫人等听了，也笑起来。贾母笑道：“你们看他可怜见儿的，那小腿子、脐子给他点子吃也就完了。”鸳鸯等笑着答应了，高声的说道：“这满桌子的腿子，二奶奶只管吃就是了。”凤姐笑着洗了脸，走来又伏侍贾母等吃了一回。黛玉弱，不敢多吃，只吃了一点夹子肉就下来了。

贾母一时也不吃了，大家方散，都洗了手。也有看花的，也有弄水看鱼的，游玩了一回。王夫人因问贾母说：“这里风大，才又吃了螃蟹，老太太还是回房去歇歇罢了。若高兴，明日再来逛罢。”贾母听了笑道：“正是呢。我怕你们高兴，我走了又怕扫了你们的兴。既这么说，你们就都去罢。”回头嘱付湘云：“别让你宝二哥、林姐姐多吃了。”湘云答应着。又嘱付湘云、宝钗二人说：“你们两个也别多吃。那东西虽好吃，不是什么好的，吃多了肚子疼。”二人忙应着，送出园外，仍旧回来，命将残席收拾了另摆。宝玉道：“也不用摆，你们且做诗。把那大团圆桌子放在当中，酒菜都放着，也不必拘定坐位，有爱吃的去吃，大家散坐，岂不便宜？”宝钗道：“这话极是。”湘云道：“虽如此说，还有别人。”因又命另摆一桌，拣了热螃蟹来，请袭人、紫鹃、司棋、侍书、入画、莺儿、翠墨等一处共坐。山坡桂树底下，铺下两条花毯，命支应的婆子并小丫头等也都坐了，只管随意吃喝，等使唤再来。

湘云便取了诗题，用针绾在墙上。众人看了，都说：“新奇！只怕做不出来。”湘云又把不限韵的缘故说了一番，宝玉道：“这才是正理，我也最不喜限韵。”黛玉因不大吃酒，又不吃螃蟹，自命人掇了一个绣墩倚阑坐着，拿着钓竿钓鱼。宝钗手里拿着一枝桂花，玩了一回，俯在窗槛上，掐了桂蕊，掷在水面，引的游鱼浮上来唼喋。湘云出一回神，又让一回袭人等，又招呼山坡下的众人只管放量吃。探春和李纨、惜春正立在垂柳阴中看鸥鹭。迎春又独在花阴下，拿着花针儿穿茉莉花。宝玉又看了一回黛玉钓鱼；一回又俯在宝钗傍边说笑两句；一回又看袭人等吃螃蟹，自己也陪他饮两口酒，袭人又剥一壳肉给他吃。

黛玉放下钓竿，走至坐间，拿起那乌银梅花自斟壶来，拣了一个小小的海棠冻石蕉叶杯，丫头看见，知他要饮酒，忙着走上来斟。黛玉道："你们只管吃去，让我自己斟才有趣儿。"说着，便斟了半盏，看时，却是黄酒，因说道："我吃了一点子螃蟹，觉得心口微微的疼，须得热热的吃口烧酒。"宝玉忙接道："有烧酒。"便命："将那合欢花浸的酒烫一壶来。"黛玉也只吃了一口，便放下了。宝钗也走过来，另拿了一只杯来，也饮了一口，放下，便蘸笔至墙上，把头一个《忆菊》勾了，底下又赘一个"蘅"字。宝玉忙道："好姐姐，第二个我已有了四句了，你让我做罢。"宝钗笑道："我好容易有了一首，你就忙的这样。"黛玉也不说话，接过笔来，把第八个《问菊》勾了，接着把第十一个《菊梦》也勾了，也赘上了一个"潇"字。宝玉也拿起笔来，将第二个《访菊》也勾了，也赘上一个"怡"字。探春起来看着道："竟没人作《簪菊》，让我作。"又指着宝玉笑道："才宣过总不许带出'闺阁'字样来，你可要留神。"

说着，只见湘云走来，将第四第五《对菊》《供菊》一连两个都勾了，也赘上一个"湘"字。探春道："你也该起个号。"湘云笑道："我们家里，如今虽有几处轩馆，我又不住着，借了来也没趣。"宝玉笑道："方才老太太说，你们家里也有一个水亭，叫做'枕霞阁'，难道不是你的？如今虽没了，你到底是旧主人。"众人都道："有理。"宝玉不待湘云动手，便代将"湘"字抹了，改了一个"霞"字。

没有顿饭工夫，十二题已全，各自誊出来，都交与迎春。另拿了一张雪浪笺过来，一并誊写出来，某人作的，底下赘明某人的号。李纨等从头看道：

忆菊　蘅芜君

怅望西风抱闷思，蓼红苇白断肠时。空篱旧圃秋无迹，
冷月清霜梦有知。念念心随归雁远，寥寥坐听晚砧迟。
谁怜我为黄花瘦，慰语重阳会有期。

访菊　怡红公子

闲趁霜晴试一游，酒杯药盏莫淹留。霜前月下谁家种？
槛外篱边何处秋？蜡屐远来情得得，冷吟不尽兴悠悠。
黄花若解怜诗客，休负今朝挂杖头。

种菊　怡红公子

携锄秋圃自移来，篱畔庭前处处栽。昨夜不期经雨活，
今朝犹喜带霜开。冷吟秋色诗千首，醉酹寒香酒一杯。
泉溉泥封勤护惜，好知井径绝尘埃。

对菊　枕霞旧友

别圃移来贵比金，一丛浅淡一丛深。萧疏篱畔科头坐，
清冷香中抱膝吟。数去更无君傲世，看来惟有我知音。
秋光荏苒休孤负，相对原宜惜寸阴。

供菊　枕霞旧友

弹琴酌酒喜堪俦，几案婷婷点缀幽。隔座香分三径露，
抛书人对一枝秋。霜清纸帐来新梦，圃冷斜阳忆旧游。
傲世也因同气味，春风桃李未淹留。

咏菊　潇湘妃子

无赖诗魔昏晓侵，绕篱欹石自沉音。毫端蕴秀临霜写，
口角噙香对月吟。满纸自怜题素怨，片言谁解诉秋心？
一从陶令平章后，千古高风说到今。

画菊　蘅芜君

诗余戏笔不知狂，岂是丹青费较量。聚叶泼成千点墨，
攒花染出几痕霜。淡浓神会风前影，跳脱秋生腕底香。
莫认东篱闲采掇，黏屏聊以慰重阳。

问菊　潇湘妃子

欲讯秋情众莫知，喃喃负手叩东篱。孤标傲世偕谁隐？
一样花开为底迟？圃露庭霜何寂寞？雁归蛩病可相思？
莫言举世无谈者，解语何妨话片时。

簪菊　蕉下客

瓶供篱栽日日忙，折来休认镜中妆。长安公子因花癖，
彭泽先生是酒狂。短鬓冷沾三径露，葛巾香染九秋霜。
高情不入时人眼，拍手凭他笑路傍。

菊影　枕霞旧友

秋光叠叠复重重，潜度偷移三径中。窗隔疏灯描远近，
篱筛破月锁玲珑。寒芳留照魂应驻，霜印传神梦也空。

珍重暗香踏碎处，凭谁醉眼认朦胧。

菊梦　潇湘妃子

篱畔秋酣一觉清，和云伴月不分明。登仙非慕庄生蝶，
忆旧还寻陶令盟。睡去依依随雁断，惊回故故恼蛩鸣。
醒时幽怨同谁诉，衰草寒烟无限情。

残菊　蕉下客

露凝霜重渐倾欹，宴赏才过小雪时。蒂有余香金淡泊，
枝无全叶翠离披。半床落月蛩声切，万里寒云雁阵迟。
明岁秋分知再会，暂时分手莫相思。

众人看一首，赞一首，彼此称扬不绝。

李纨笑道："等我从公评来。通篇看来，各人有各人的警句，今日公评：《咏菊》第一，《问菊》第二，《菊梦》第三，题目新，诗也新，立意更新了，只得要推潇湘妃子为魁了。然后《簪菊》《对菊》《供菊》《画菊》《忆菊》次之。"宝玉听说，喜的拍手叫道："极是！极公！"黛玉道："我那个也不好，到底伤于纤巧些。"李纨道："巧的却好，不露堆砌生硬。"黛玉道："据我看来，头一句好的是'圃冷斜阳忆旧游'，这句背面傅粉；'抛书人对一枝秋'，已经妙绝，将'供菊'说完，没处再说，故翻回来，想到未折未供之先，意思深远。"李纨笑道："固如此说，你的'口角噙香'一句，也敌得过了。"探春又道："到底要算蘅芜君沉着：'秋无迹'，'梦有知'，把个'忆'字竟烘染出来了。"宝钗笑道："你的'短鬓冷沾'，'葛巾香染'，也就把'簪菊'形容得一个缝儿也没了。"湘云笑道："'偕谁隐'，'为底迟'，真真把个菊花问得无言可对！"李纨笑道："你那'科头坐'，'抱膝吟'，竟一时也舍不得别开，菊花有知，也必腻烦了。"说的大家都笑了。

宝玉笑道："我又落第！难道'谁家种'，'何处秋'，'蜡屐远来'，'冷吟不尽'，都不是访不成？'昨夜雨'，'今朝霜'，都不是种不成？但恨敌不上'口角噙香对月吟'、'清冷香中抱膝吟'、'短鬓'、'葛巾'、'金淡泊'、'翠离披'、'秋无迹'、'梦有知'这几句罢了。"又道："明日闲了，我一个人做出十二首来！"李纨道："你的也好，只是不及这几句新巧就是了。"

大家又评了一回，复又要了热螃蟹来，就在大圆桌上吃了一回。宝玉笑道："今日持螯赏桂，亦不可无诗。我已吟成，谁还敢做？"说着，便忙洗了手，提笔写出。众人看道：

持螯更喜桂阴凉，泼醋擂姜兴欲狂。饕餮王孙应有酒，
横行公子竟无肠！脐间积冷馋忘忌，指上沾腥洗尚香。
原为世人美口腹，坡仙曾笑一生忙。

黛玉笑道：“这样的诗，一时要一百首也有。”宝玉笑道：“你这会子才力已尽，不说不能做了，还褒贬人！”

黛玉听了，并不答言，略一仰首微吟，提起笔来一挥，已有了一首。众人看道：

铁甲长戈死未忘，堆盘色相喜先尝。螯封嫩玉双双满，
壳凸红脂块块香。多肉更怜卿八足，助情谁劝我千觞。
对斯佳品酬佳节，桂拂清香菊带霜。

宝玉看了正喝彩，黛玉便一把撕了，令人烧去，因笑道：“我做的不及你的，我烧了他。你那个很好，比方才的菊花诗还好，你留着他给人看。”

宝钗笑道：“我也勉强了一首，未必好，写出来取笑儿罢。”说着，也写了出来。大家看时，写道：

佳霭桐阴坐举觞，长安涎口盼重阳。
眼前道路无经纬，皮里春秋空黑黄。

看到这里，众人不禁叫绝。宝玉道：“骂得痛快！我的诗也该烧了。”看底下道：

酒未涤腥还用菊，性防积冷定须姜。
于今落釜成何益，月浦空余禾黍香。

众人看毕，都说：“这方是食蟹绝唱！这些小题目，原要寓大意思，才算是大才。只是讽刺世人太毒了些！”说着，只见平儿复进园来。不知做什么，且听下回分解。

第三十九回　村老老是信口开河　情哥哥偏寻根究底

话说众人见平儿来了，都说：“你们奶奶做什么呢？怎么不来了？”平儿笑道：“他那里得空儿来？因为说没有好生吃得，又不得来，所以叫我来问还有没有，叫我要几个，拿了家去吃罢。”湘云道：“有，多着呢。”忙命人拿盒子装了十个极大的。平儿道：“多拿几个团脐的。”众人又拉平儿坐，平儿不肯，李纨拉着他笑道：“偏要你坐。”拉着他身傍坐下，端了一杯酒送到他嘴边。平儿忙喝了一口，就要走，李纨道：“偏不许你去！显见得你只有凤丫头，就不听我的话了。”说着，又命嬷嬷们：“先送了盒子去，就说我留下平儿了。”

那婆子一时拿了盒子回来，说："二奶奶说，叫奶奶和姑娘们别笑话要嘴吃。这个盒子里，方才舅太太那里送来的菱粉糕和鸡油卷儿，给奶奶、姑娘们吃的。"又向平儿说道："说使唤你来，你就贪住顽不去了。劝你少喝一钟儿罢。"平儿笑道："多喝了，又把我怎么样？"一面说，一面只管喝，又吃螃蟹。李纨揽着他笑道："可惜这么个好体面模样儿，命却平常，只落得屋里使唤。不知道的人，谁不拿你当做奶奶、太太看！"

平儿一面和宝钗、湘云等吃喝着，一面回头笑道："奶奶别这样摸着我，怪痒痒的。"李氏道："嗳哟！这硬的是什么？"平儿道："是钥匙。"李纨道："有什么要紧的东西怕人偷了去，却带在身上？我成日家和人说笑：有个唐僧取经，就有个白马来驮着他；刘智远打天下，就有个瓜精来送盔甲；有个凤丫头，就有个你。你就是你奶奶的一把总钥匙，还要这钥匙做什么！"平儿笑道："奶奶吃了酒，又拿我来打趣着取笑儿了。"宝钗笑道："这倒是真话。我们没事评论起来，你们这几个都是百个里头挑不出一个来的，妙在各人有各人的好处。"李纨道："大小都有个天理。比如老太太屋里要没那个鸳鸯，如何使得？从太太起，那一个敢驳老太太的回？他现敢驳回。偏老太太只听他一个人的话。老太太的那些穿戴的，别人不记得，他都记得。要不是他经管着，不知叫人诓骗了多少去呢！那孩子心也公道，虽然这样，倒常替人说好话儿，还倒不倚势欺人的。"惜春笑道："老太太昨日还说呢，他比我们还强呢。"平儿道："那原是个好的，我们那里比得上他？"宝玉道："太太屋里的彩霞，是个老实人。"探春道："可不是！外头老实，心里有数儿。太太是那么佛爷似的，事情上不留心，他都知道。凡一应事，都是他提着太太行，连老爷在家出外去的一应大小事，他都知道，太太忘了，他背后告诉太太。"

李纨道："那也罢了。"指着宝玉道："这一个小爷屋里要不是袭人，你们度量到个什么田地？凤丫头就是个楚霸王，也得两只膀子，好举千斤鼎；他不是这丫头，他就得这么周到了？"平儿道："先时陪了四个丫头来，死的死，去的去，只剩下我一个孤鬼儿了。"李纨道："你倒是有造化的，凤丫头也是有造化的。想当初珠大爷在日，何曾也没两个人？你们看我还是那容不下人的？天天只见他两个不自在，所以你珠大爷一没了，趁年轻我都打发了。若有一个好的，守得住，我到底也有个臂膀了。"说着，不觉眼圈儿红了。众人都道："这又何必伤心，不如散了倒好。"说着，便都洗了手。大家约着往贾母、王夫人处问安。众婆子丫头打扫亭子，收洗杯盘。袭人便和平儿一同往前去。

袭人因让平儿到房里坐坐，再吃一钟茶。平儿回说："不吃茶了，再来罢。"一面说，一面便要出去。袭人又叫住，问道："这个月的月钱，连老太太、太太还没放呢，是为什么？"平儿见问，忙转身至袭人跟前，又见左近无人，悄悄说道："你快别问，横竖再迟两天就放了。"袭人笑道："这是为什么？吓的你这个样儿！"平儿悄声告诉他道："这个月的月钱，我们奶奶早已支了，放给人使呢。等别处利钱收了来，凑齐了才放呢。因为是你，我才告诉你，可不许告诉一个人去！"袭人笑道："他难道还短钱使？还没个足厌？何苦还操这心？"平儿笑道："何曾不是呢。他这几年，只拿着这一项银子，翻出有几百来了。他的公费月例又使不着，十两八两零碎攒了，又放出去，只他这体己利钱，一年不到，有上千的银子呢。"袭人道："拿着我们的钱，你们主子奴才赚利钱，哄的我们呆等！"平儿道："你又说没良心的话！你难道还少钱使？"袭人道："我虽不少，只是我也没地方使去，就只预备我们那一个。"平儿道："你倘若有要紧事用银钱使时，我那里还有几两银子，你先拿来使，明日我扣下你的就是了。"袭人道："此时也用不着。怕一时要用起来，不够了，我打发人去取就是了。"

平儿答应着，一径出了园门。只见凤姐那边打发人来找平儿，说："奶奶有事等你。"平儿道："有什么事，这么要紧？我叫大奶奶拉扯住说话儿，我又不逃了，这么连三接四的叫人来找！"那丫头说道："你去不去由你，犯不上恼我。你自己敢与奶奶说去？"平儿啐了一口，急忙走来，只见凤姐儿不在房里。忽见上回来打抽丰的那刘老老和板儿又来了，坐在那边屋里，还有张材家的、周瑞家的陪着，又有两三个丫头在地下倒口袋里的枣子、倭瓜并些野菜。众人见他进来，都忙站起来了。刘老老因上次来过，知道平儿的身分，忙跳下地来，问："姑娘好？"又说："家里都问好。早要来请姑奶奶的安、看姑娘来的，因为庄家忙，好容易今年多打了两担粮食，瓜果菜蔬也丰盛。这是头一起摘下来的，并没敢卖呢，留的尖儿，孝敬姑奶奶、姑娘们尝尝。姑娘们天天山珍海味的，也吃腻了，吃个野菜儿，也算我们的穷心。"平儿忙道："多谢费心。"又让坐，自己也坐了。又让："张婶子、周大娘坐。"又命小丫头倒茶去。周瑞、张材两家的因笑道："姑娘今日脸上有些春色，眼睛圈儿都红了。"平儿笑道："可不是。我原是不吃的，大奶奶和姑娘们只是拉着死灌，不得已吃了两钟，脸就红了。"张材家的笑道："我倒想着要吃呢，又没人让我。明日再有人请姑娘，可带了我去罢。"说着，大家都笑了。

周瑞家的道：“早起我就看见那螃蟹了，一斤只好称两个三个，这么三大篓，想是有七八十斤呢。”周瑞家的道：“若是上上下下，只怕还不够。”平儿道：“那里都吃？不过都是有名儿的吃两个呢。那些散众的，也有摸得着的，也有摸不着的。”刘老老道：“这样螃蟹，今年就值五分一斤，十斤五钱，五五二两五，三五一十五，再搭上酒菜，一共倒有二十多两银子。阿弥陀佛！这一顿的钱，够我们庄家人过一年的了！”

平儿因问：“想是见过奶奶了？”刘老老道：“见过了，叫我们等着呢。”说着，又往窗外看天气，说道：“天好早晚了，我们也去罢，别出不去城，才是饥荒呢。”周瑞家的道：“这话倒是，我替你瞧瞧去。”说着，一径去了。半日方来，笑道：“可是你老的福来了，竟投了这两个人的缘了。”平儿等问：“怎么样？”周瑞家的笑道：“二奶奶在老太太跟前呢，我原是悄悄的告诉二奶奶：‘刘老老要家去了，怕晚了赶不出城去。’二奶奶说：‘大远的，难为他扛了些东西来，晚了就住一夜，明日再去。’这可不是投上二奶奶的缘了？这也罢了，偏生老太太又听见了，问：‘刘老老是谁？’二奶奶便回明白了。老太太又说：‘我正想个积古的老人家说话儿，请了来，我见一见。’这可不是想不到的投上缘了？”说着，催刘老老下来前去。刘老老道：“我这生像儿，怎好见的？好嫂子，你就说我去了罢。”平儿忙道：“你快去罢，不相干的。我们老太太最是惜老怜贫的，比不得那个诳三诈四的那些人。想是你怯上，我和周大娘送你去。”说着，同周瑞家的引了刘老老，往贾母这边来。

二门口该班的小厮们见了平儿出来，都站起来了，有两个又跑上来，赶着平儿叫“姑娘”。平儿问道：“又说什么？”那小厮笑道：“这会子也好早晚了，我妈病着，等我去请大夫。好姑娘，我讨半日假，可使得？”平儿道：“你们倒好，都商议定了，一天一个告假，又不回奶奶，只和我胡缠！前日住儿去了，二爷偏生叫他，叫不着，我应起来了，还说我做了情。你今日又来了。”周瑞家的道：“当真的他妈病了，姑娘也替他应着，放了他罢。”平儿道：“明日一早来。听着，我还要使你呢。再睡的日头晒着屁股再来！你这一去，带个信儿给旺儿，就说奶奶的话，问着他那剩的利钱，明日若不交了来，奶奶不要了，索性送他使罢。”那小厮欢天喜地，答应去了。

平儿等来至贾母房中，彼时大观园中姊妹们，都在贾母前承奉。刘老老进去，只见满屋里珠围翠绕、花枝招展的，并不知都系何人。只见一张榻上独歪着一位老婆婆，身后坐着一个纱罗裹的、美人一般的个丫鬟在那里捶腿，凤姐儿站着正说笑。刘老老便知是贾母了，忙上来，陪着笑福了几福，口里说："请老寿星安。"贾母亦忙欠身问好，又命周瑞家的端过椅子来坐着。那板儿仍是怯人，不知问候。贾母道："老亲家，你今年多大年纪了？"刘老老忙起身答道："我今年七十五了。"贾母向众人道："这么大年纪了，还这么硬朗！比我大好几岁呢。我要到这么大年纪，还不知怎么动不得呢。"刘老老笑道："我们生来是受苦的人，老太太生来是享福的，若我们也这样，那些庄家活也没人做了。"贾母道："眼睛牙齿都还好？"刘老老道："都还好，就是今年左边的槽牙活动了。"贾母道："我老了，都不中用了，眼也花，耳也聋，记性也没了。你们这些老亲戚，我都记不得了。亲戚们来了，我怕人笑我，我都不会。不过嚼得动的吃两口，睡一觉，闷了时，和这些孙子孙女儿顽笑一回就完了。"刘老老笑道："这正是老太太的福了，我们想这么着也不能。"贾母道："什么福，不过是个老废物罢了。"说的大家都笑了。

贾母又笑道："我才听见凤哥儿说，你带好些瓜菜来，我叫他快收拾去了。我正想个地里现结的瓜儿菜儿吃，外头买的，不像你们田地里的好吃。"刘老老笑道："这是野意儿，不过吃个新鲜。依我们，倒想鱼肉吃，只是吃不起。"贾母又道："今日既认着了亲，别空空的就去。不嫌我这里，就住一两天再去。我们也有个园子，园子里头也有果子，你明日也尝尝，带些家去，也算是看亲戚一趟。"凤姐儿见贾母喜欢，也忙留道："我们这里，虽不比你们的场院大，空屋子还有两间。你住两天，把你们那里的新闻故事儿说些与我们老太太听听。"贾母笑道："凤丫头，别拿他取笑儿。他是屯里人，老实，那里搁得住你打趣！"说着，又命人去先抓果子与板儿吃。板儿见人多了，又不敢吃。贾母又命拿些钱给他，叫小幺儿们带他外头顽去。刘老老吃了茶，便把些乡村中所见所闻的事情说与贾母听，贾母越发得了趣味。正说着，凤姐儿便命人请刘老老吃晚饭，贾母又将自己的菜拣了几样，命人送过去与刘老老吃。

凤姐知道合了贾母的心，吃了饭，便又打发过来。鸳鸯忙命老婆子带了刘老老去洗了澡，自己去挑了两件随常的衣服，命给刘老老换上。那刘老老那里见过这般行事？忙换了衣裳出来，坐在贾母榻前，又搜寻些话出来说。彼时，宝玉姊妹们也都在这里坐着，他们何曾听见过这些话，自觉比那些瞽目先生说的书还好听。那刘老老虽是个村野人，却生来有些见识，况且年纪老了，世情上都经历过的，见头一个贾母高兴，第二见这些哥儿姐儿们都爱听，便没话也编出些话来讲。因说道："我们村庄上种地种菜，每年每日，春夏秋冬，风里雨里，那里有个坐着的空儿？天天都是在那地头上做歇马凉亭，什么奇奇怪怪的事不见呢！就像去年冬天，接连下了几天雪，地下压了三四尺深。我那日起得早，还没出房门，只听外头柴草响，我想着：必定有人偷柴草来了。我巴着窗户眼儿一瞧，却不是我们村庄上的人。”贾母道：“必定是过路的客人们冷了，见现成的柴，抽些烤火去，也是有的。”刘老老笑道：“也并不是客人，所以说来奇怪。老寿星当个什么人？原来是一个十七八岁极标致的一个小姑娘，梳着溜油光的头，穿着大红袄儿，白绫裙儿——”

刚说到这里，忽听外面人吵嚷起来，又说：“不相干的，别唬着老太太！”贾母等听了，忙问：“怎么了？”丫鬟回说：“南院马棚子里走了火了，不相干，已经救下去了。”贾母最胆小的，听了这话，忙起身扶了人，出至廊上来瞧，只见东南上火光犹亮。贾母唬得口内念佛，又忙命人去火神跟前烧香。王夫人等也忙都过来请安，又回说：“已经救下去了，老太太请进房去罢。”贾母足的看着火光熄了，方领众人进来。宝玉且忙问刘老老：“那女孩儿大雪地里做什么抽柴草？倘或冻出病来呢？”贾母道：“都是才说抽柴草，惹出火来了，你还问呢。别说这个了，再说别的罢。”宝玉听说，心里虽不乐，也只得罢了。刘老老便又想了一篇，说道：“我们庄子东边庄上，有个老奶奶子，今年九十多岁了。他天天吃斋念佛，谁知就感动了观音菩萨夜里来托梦，说：‘你这样虔心，原来你该绝后的，如今奏了玉皇，给你个孙子。’原来这老奶奶只有一个儿子，这儿子也只一个儿子，好容易养到十七八岁上，死了，哭得什么似的。后果然又养了一个，今年才十三四岁，长得粉团儿似的，聪明伶俐非常。可见这些神佛是有的。”

这一席话暗合了贾母、王夫人的心事，连王夫人也都听住了。宝玉心中只记挂着抽柴的故事，因闷闷的，心中筹画。探春因问他：“昨日扰了史大妹妹，咱们回去商议着邀一社，又还了席，也请老太太赏菊花，何如？”宝玉笑道：“老太太说了，要摆酒还史妹妹的席，叫咱们做陪呢。等吃了老太太的，咱们再请不迟。”探春道：“越往前去越冷了，老太太未必高兴。”宝玉道：“老太太又喜欢下雨下雪的，不如咱们等下头场雪，请老太太赏雪，岂不好？咱们雪下吟诗，也更有趣了。”黛玉忙笑道：“咱们雪下吟诗？依我说，还不如弄一捆柴火，雪下抽柴，还更有趣儿呢。”说着，宝钗等都笑了。宝玉瞧了他一眼，也不答话。

一时散了，背地里宝玉到底拉了刘老老，细问：“那女孩儿是谁？”刘老老只得编了告诉他道：“那原是我们庄北沿地埂子上有一个小祠堂里供的，不是神佛，当先有个什么老爷。”说着，又想名姓。宝玉道：“不拘什么名姓，你不必想了，只说原故就是了。”刘老老道：“这老爷没有儿子，只有一位小姐，名叫若玉。小姐知书识字，老爷、太太爱如珍宝。可惜这若玉小姐生到十七岁，一病死了。”宝玉听了，跌足叹惜，又问：“后来怎么样？”刘老老道：“因为老爷、太太思念不尽，便盖了这祠堂，塑了这若玉小姐的像，派了人烧香拨火。如今日久年深的，人也没了，庙也烂了，那像也就成了精。”宝玉忙道：“不是成精，规矩这样人是虽死不死的。”刘老老道：“阿弥陀佛！原来如此。不是哥儿说，我们都当他成精。他时常变了人，出来各村庄店道上闲逛。我才说这抽柴火的，就是他了。我们村庄上的人还商议着，要打了这塑像，平了庙呢。”宝玉忙道：“快别如此！若平了庙，罪过不小！”刘老老道：“幸亏哥儿告诉我，我明日回去拦住他们就是了。”宝玉道：“我们老太太、太太都是善人，就是合家大小，也都好善喜舍，最爱修庙塑神的。我明日做一个疏头，替你化些布施，你就做香头，攒了钱，把这庙修盖，再装塑了泥像，每月给你香火钱烧香岂不好？”刘老老道：“若这样时，我托那小姐的福，也有几个钱使了。”宝玉又问他地名、庄名，来往远近，坐落何方，刘老老便顺口诌了出来。

宝玉信以为真，回至房中，盘算了一夜。次日一早便出来，给了焙茗几百钱，按着刘老老说的方向、地名，着焙茗去先踏看明白，回来再作主意。那焙茗去后，宝玉左等也不来，右等也不来，急的热锅上的蚂蚁一般。好容易等到日落，方见焙茗兴兴头头的回来。宝玉忙问：“可找着了？”焙茗笑道：“爷听得不明白，叫我好找！那地名、坐落，不似爷说的一样，所以找了一日，找到东北上田埂子上，才有一个破庙。”宝玉听说，喜的眉开眼笑，忙说道：“刘老老有年纪的人，一时错记了，也是有的。你且说你见的。”焙茗道：“那庙门却倒也朝南开，也是稀破的。我找的正没好气，一见这个，我说：‘可好了！’连忙进去。一看泥胎，唬的我又跑出来了：活似真的一般！”宝玉喜的笑道：“他能变化人了，自然有些生气。”焙茗拍手道：“那里是什么女孩儿！竟是一位青脸红发的瘟神爷。”宝玉听了，啐了一口，骂道：“真是一个无用的杀材！这点子事也干不来。”焙茗道：“爷又不知看了什么书，或者听了谁的混话，信真了，把这件没头没脑的事派我去碰头，怎么说我没用呢？”宝玉见他急了，忙抚慰他道：“你别急，改日闲了，你再找去。若是他哄我们呢，自然没了；

若竟是有的，你岂不也积了阴骘？我必重重的赏你呢。”

正说着，只见二门上的小厮来说：“老太太房里的姑娘们，在二门口找二爷呢。”不知何事，下回分解。

第四十回　史太君两宴大观园　金鸳鸯三宣牙牌令

话说宝玉听了，忙进来看时，只见琥珀站在屏风跟前说：“快去罢，立等你说话呢。”宝玉来至上房，只见贾母正和王夫人、众姊妹商议给史湘云还席。宝玉因说：“我有个主意：既没有外客，吃的东西也别定了样数，谁素日爱吃的，拣样儿做几样。也不要按桌席，每人跟前摆一张高几，各人爱吃的东西一两样，再一个什锦攒心盒子、自斟壶，岂不别致！”贾母听了说：“很是。”即命人传与厨房：“明日就拣我们爱吃的东西做了，按着人数，再装了盒子来。早饭也摆在园里吃。”商议之间，早又掌灯。一夕无话。

次日清早起来，可喜这日天气清朗。李纨清晨起来，看着老婆子、丫头们扫那些落叶，并擦抹桌椅、预备茶酒器皿。只见丰儿带了刘老老、板儿进来，说：“大奶奶倒忙的紧。”李纨笑道：“我说你昨儿去不成，只忙着要去。”刘老老笑道：“老太太留下我，叫我也热闹一天去。”丰儿拿了几把大小钥匙，说道：“我们奶奶说了：外头的高几恐不够使，不如开了楼，把那收的拿下来使一天罢。奶奶原该亲自来的，因和太太说话呢，请大奶奶开了，带着人搬罢。”李纨便命素云接了钥匙，又命婆子：“出去把二门上小厮叫几个来。”李纨站在大观楼下，往上看着，命人上去开了缀锦阁，一张一张的往下抬。小厮、老婆子、丫头一齐动手，抬了二十多张下来。李纨道：“好生着，别慌慌张张鬼赶着似的，仔细碰了牙子。”又回头向刘老老笑道：“老老也上去瞧瞧。”

刘老老听说，巴不得一声儿，拉了板儿登梯上去，进里面，只见乌压压的，堆着些围屏、桌、椅、大小花灯之类，虽不大认得，只见五彩炫耀，各有奇妙。念了几声佛，便下来了。然后锁上门，一齐才下来。李纨道：“恐怕老太太高兴，越发把船上划子、篙、桨、遮阳幔子，都搬了下来预备着。”众人答应，又复开了门，色色的搬了下来。命小厮传驾娘们，到船坞里撑出两只船来。

正乱着安排，只见贾母已带了一群人进来了。李纨忙迎上去，笑道：“老太太高兴，倒进来了。我只当还没梳头呢，才掐了菊花要送去。”一面说，一面碧月早已捧过一个大荷叶式的翡翠盘子来，里面养着各色折枝菊花。贾母便拣了一朵大红的簪在鬓上。因回头看见了刘老老，忙笑道：“过来带花儿。”

一语未完，凤姐儿便拉过刘老老来，笑道：“让我打扮你。”说着，把一盘子花横三竖四的插了一头。贾母和众人笑的了不得。刘老老也笑道：“我这头也不知修了什么福，今儿这样体面起来。”众人笑道：“你还不拔下来摔到他脸上呢，把你打扮的成了老妖精了！”刘老老笑道：“我虽老了，年轻时也风流，爱个花儿粉儿的，今儿索性作个老风流！”

说话间，已来至沁芳亭上。丫鬟们抱了一个大锦褥子来，铺在阑杆榻板上，贾母倚阑坐下，命刘老老也坐在旁边，因问他：“这园子好不好？”刘老老念佛说道：“我们乡下人到了年下，都上城来买画儿贴，时常闲了，大家都说：‘怎么得也到画儿上去逛逛！’想着那个画儿，也不过是假的，那里有这个真地方？谁知我今儿进这园里一瞧，竟比那画儿还强十倍！怎么得有人也照着这个园子画一张，我带了家去给他们见见，死了也得好处！”贾母听说，指着惜春笑道：“你瞧我这个小孙女儿，他就会画。等明儿叫他画一张，如何？”刘老老听了，喜的忙跑过来拉着惜春，说道：“我的姑娘，你这么大年纪儿，又这么个好模样儿，还有这个能干，别是个神仙托生的罢！”

贾母少歇一回，自然领着刘老老都见识见识。先到了潇湘馆。一进门，只见两边翠竹夹路，土地下苔苍布满，中间羊肠一条石子漫的路。刘老老让出路来与贾母众人走，自己却趄走土地。琥珀拉他道：“老老，你上来走，仔细青苔滑倒了。”刘老老道：“不相干的，我们走熟了的。姑娘们只管走罢，可惜你们的那绣鞋，别沾了泥。”他只顾上头和人说话，不防底下果跴滑了，咕咚一交跌倒，众人都拍手呵呵的大笑。贾母笑骂道：“小蹄子们！还不搀起来，只站着笑！”说话时，刘老老已爬了起来，自己也笑着说道：“才说嘴，就打了嘴。”贾母问他：“可扭了腰了不曾？叫丫头们捶一捶。”刘老老道：“那里说的我这么姣嫩了？那一天不跌两下子？都要捶起来，还了得呢。”

紫鹃早打起湘帘，贾母等进来坐下。黛玉亲自用小茶盘捧了一盖碗茶来，奉与贾母。王夫人道：“我们不吃茶，姑娘不用倒了。”黛玉听说，便命丫头把自己窗下常坐的一张椅子挪到下手，请王夫人坐了。刘老老因见窗下案上设着笔砚，又见书架上磊着满满的书，刘老老道：“这必定是那位哥儿的书房了。”贾母笑指黛玉道：“这是我这外孙女儿的屋子。”刘老老留神打量了黛玉一番，方笑道：“这那里像个小姐的绣房？竟比那上等的书房还好！”贾母因问：“宝玉怎么不见？”众丫头们答说：“在池子里船上呢。”贾母道：“谁又预备下船了？”李纨忙回说：“才开楼拿的。我恐怕老太太高兴，就预备下了。”

贾母听了，方欲说话时，有人回说："姨太太来了。"贾母等刚站起来，只见薛姨妈早进来了，一面归坐，笑道："今儿老太太高兴，这早晚就来了？"贾母笑道："我才说，来迟了的要罚他，不想姨太太就来迟了。"说笑一回。

贾母因见窗上纱颜色旧了，便和王夫人说道："这个纱新糊上好看，过了后就不翠了。这院子里头又没有个桃杏树，这竹子已是绿的，再拿这绿纱糊上，反不配。我记得咱们先有四五样颜色糊窗的纱呢，明儿给他把这窗上的换了。"凤姐儿忙道："昨儿我开库房，看见大板箱里还有好几匹银红蝉翼纱，也有各样折枝花样的，也有'流云蝙蝠'花样的，也有'百蝶穿花'花样的：颜色又鲜，纱又轻软，我竟没见这个样的。拿了两匹出来，做两床锦纱被，想来一定是好的。"贾母听了，笑道："呸！人人都说你没有没经过没见过的，连这个纱还不认得呢，明儿还说嘴。"薛姨妈等都笑说："凭他怎么经过见过，如何敢比老太太呢！老太太何不教导了他？连我们也听听。"凤姐儿也笑说："好祖宗，教给我罢。"

贾母笑向薛姨妈众人道："那个纱，比你们的年纪还大呢，怪不得他认做蝉翼纱，原也有些像，不知道的，都认做蝉翼纱。正经名字叫'软烟罗'。"凤姐笑道："这个名儿也好听，只是我这么大了，纱罗也见过几百样，从没听见过这个名色。"贾母笑道："你能活了多大，见过几样东西，就说嘴来了？那个软烟罗只有四样颜色：一样雨过天青，一样秋香色，一样松绿的，一样就是银红的。若是做了帐子，糊了窗屉，远远的看着，就似烟雾一样，所以叫做'软烟罗'。那银红的又叫做'霞影纱'。如今上用的府纱，也没有这样软厚轻密的了。"薛姨妈笑道："别说凤丫头没见，连我也没听见过。"

凤姐儿一面说话，早命人取了一匹来了，贾母说："可不是这个！先时原不过是糊窗屉，后来我们拿这个做被做帐子，试试也竟好。明日就找出几匹来，拿银红的替他糊窗子。"凤姐答应着。众人看了，都称赞不已。刘老老也觑着眼看，口里不住的念佛，说道："我们想做衣裳也不能，拿着糊窗子岂不可惜！"贾母道："倒是做衣裳不好看。"凤姐忙把自己身上穿的一件大红绵纱袄的襟子拉出来，向贾母、薛姨妈道："看我的这袄儿。"贾母、薛姨妈都说："这也是上好的了，这是如今上用内造的，竟比不上这个。"凤姐儿道："这个薄片子，还说是内造上用呢，竟连这个官用的也比不上了。"贾母道："再找一找，只怕还有。若有时，都拿出来，送这刘亲家两匹。有雨过天青的，做一个帐子我挂，下剩的配上里子，做些夹背心子给丫头们穿，白收着霉坏了。"凤姐儿忙答应了，仍命人送去。

贾母便笑道：“这屋里窄，再往别处逛去罢。”刘老老笑道：“人人都说大家子住大房。昨儿见了老太太正房，配上大箱、大柜、大桌子、大床，果然威武！那柜子比我们一间房子还大、还高，怪道后院子里有个梯子。我想：又不上屋晒东西，预备这梯子做什么？后来我想起来，定是为开顶柜收放东西，离了那梯子怎么得上去呢？如今又见了这小屋子，更比大的越发齐整了。满屋里东西都只好看，都不知叫什么，我越看越舍不得离了这里。”凤姐道：“还有好的呢，我都带你去瞧瞧。”

说着，一径离了潇湘馆。远远望见池中一群人在那里撑船，贾母道：“他们既备下船，咱们就坐一回。”说着，向紫菱洲蓼溆一带走来。未至池前，只见几个婆子手里都捧着一色捏丝戗金五彩大盒子走来，凤姐忙问王夫人：“早饭在那里摆？”王夫人道：“问老太太在那里，就在那里罢了。”贾母听说，便回头说：“你三妹妹那里好，你就带了人摆去，我们从这里坐了船去。”凤姐儿听说，便回身同了李纨、探春、鸳鸯、琥珀，带着端饭的人等，抄着近路到了秋爽斋，就在晓翠堂上调开桌案。鸳鸯笑道：“天天咱们说外头老爷们：吃酒吃饭，都有一个凑趣儿的，拿他取笑儿。咱们今儿也得一个女清客了。”李纨是个厚道人，听了不解。凤姐儿却知说的是刘老老了，也笑说道：“咱们今儿就拿他取个笑儿。”二人便如此这般商议。李纨笑劝道：“你们一点好事也不做！又不是个小孩儿，还这么淘气。仔细老太太说。”鸳鸯笑道：“很不与大奶奶相干，有我呢。”

正说着，只见贾母等来了，各自随便坐下。先有丫鬟端过两盘茶来，大家吃毕。凤姐手里拿着西洋布手巾，裹着一把乌木三镶银箸，敁敠人位，按席摆下。贾母说：“把那一张小楠木桌子抬过来，让刘亲家挨着我这边坐。”众人听说，忙抬了过来。凤姐一面递眼色与鸳鸯，鸳鸯便忙拉刘老老出去，悄悄的嘱付了刘老老一席话，又说：“这是我们家的规矩，若错了，我们就笑话呢。”调停已毕，然后归坐。薛姨妈是吃过饭来的，不吃，只坐在一边吃茶。贾母带着宝玉、湘云、黛玉、宝钗一桌，王夫人带着迎春姐妹三人一桌，刘老老挨着贾母一桌。贾母素日吃饭，皆有小丫鬟在旁边拿着漱盂、麈尾、巾帕之物，如今鸳鸯是不当这差的了，今日偏接过麈尾来拂着。丫鬟们知他要撮弄刘老老，便躲开让他。鸳鸯一面侍立，一面递眼色，刘老老道：“姑娘放心。”

那刘老老入了坐，拿起箸来，沉甸甸的不伏手。原是凤姐和鸳鸯商议定了，单拿了一双老年四楞象牙镶金的筷子与刘老老。刘老老见了，说道："这叉爬子比俺那里铁锨还沉，那里犟的过他！"说的众人都笑起来。只见一个媳妇端了一个盒子站在当地，一个丫鬟上来揭去盒盖，里面盛着两碗菜。李纨端了一碗，放在贾母桌上；凤姐偏拣了一碗鸽子蛋，放在刘老老桌上。贾母这边说声："请。"刘老老便站起身来，高声说道："老刘，老刘，食量大如牛，吃个老母猪不抬头。"说完，却鼓着腮帮子，两眼直视，一声不语。众人先还发怔，后来一想，上上下下都哈哈大笑起来。湘云掌不住，一口茶都喷了出来；黛玉笑岔了气，伏着桌子只叫"嗳哟"；宝玉滚到贾母怀里，贾母笑的搂着宝玉叫"心肝"；王夫人笑的用手指着凤姐儿，却说不出话来；薛姨妈也掌不住，口里的茶喷了探春一裙子；探春手里的茶碗都合在迎春身上；惜春离了坐位，拉着他的奶母叫"揉一揉肠子"。地下无一个不弯腰屈背，也有躲出去蹲着笑去的，也有忍着笑上来替他姐妹换衣裳的。独有凤姐、鸳鸯二人掌着，还只管让刘老老。刘老老拿起箸来，只觉不听使，又道："这里的鸡儿也俊，下的这蛋也小巧，怪俊的。我且肏攮一个。"众人方住了笑，听见这话又笑起来。贾母笑的眼泪出来，只忍不住，琥珀在后捶着。贾母笑道："这定是凤丫头促狭鬼儿闹的，快别信他的话了。"

那刘老老正夸鸡蛋小巧，要肏攮一个，凤姐儿笑道："一两银子一个呢。你快尝尝罢，冷了就不好吃了。"刘老老便伸筷子要夹，那里夹得起来？满碗里掏了一阵，好容易撮起一个来，才伸着脖子要吃，偏又滑下来，滚在地下，忙放下筷子要亲自去捡，早有地下的人捡了出去了。刘老老叹道："一两银子，也没听见个响声儿，就没了！"众人已没心吃饭，都看着他笑。贾母又说："谁这会子又把那个筷子拿了出来？又不请客摆大筵席。都是凤丫头支使的，还不换了呢。"地下的人原不曾预备这牙箸，本是凤姐同鸳鸯拿了来的，听如此说，忙收了过去，也照样换上一双乌木镶银的。刘老老道："去了金的，又是银的，到底不及俺们那个伏手。"凤姐儿道："菜里若有毒，这银子下去了，就试的出来。"刘老老道："这个菜里有毒，我们那些都成了砒霜了。那怕毒死了，也要吃尽了。"贾母见他如此有趣，吃的又香甜，把自己的菜也都端过来与他吃，又命一个老嬷嬷来，将各样的菜给板儿夹在碗上。

一时吃毕，贾母等都往探春卧室中去闲话，这里收拾残桌，又放了一桌。刘老老看着李纨与凤姐儿对坐着吃饭，叹道："别的罢了，我只爱你们家这行事。怪道说'礼出大家'。"凤姐儿忙笑道："你可别多心，刚才不过大家取乐儿。"

一言未了，鸳鸯也进来笑道：“老老别恼，我给你老人家赔个不是。”刘老老笑道：“姑娘说那里话！咱们哄着老太太开个心儿，可有什么恼的？你先嘱付我，我就明白了，不过大家取个笑儿。我要心里恼，也就不说了。”鸳鸯便骂人：“为什么不倒茶给老老吃？”刘老老忙道：“刚才那个嫂子倒了茶来，我吃过了。姑娘也该用饭了。”凤姐儿便拉鸳鸯坐下，道：“你和我们吃罢，省的回来又闹。”鸳鸯便坐下了，婆子们添上碗筷来。

三人吃毕，刘老老笑道：“我看你们这些人，都只吃这一点儿就完了，亏你们也不饿！怪道风儿都吹的倒。”鸳鸯便问：“今儿剩的菜不少，都那里去了？”婆子们道：“都还没散呢，在这里等着，一齐散与他们吃。”鸳鸯道：“他们吃不了这些，挑两碗给二奶奶屋里平丫头送去。”凤姐道：“他早吃了饭了，不用给他。”鸳鸯道：“他吃不了，喂你的猫。”婆子听了，忙拣了两样，拿盒子送去。鸳鸯道：“素云那里去了？”李纨道：“他们都在这里一处吃，又找他做什么？”鸳鸯道：“这就罢了。”凤姐道：“袭人不在这里，你倒是叫人送两样给他去。”鸳鸯听说，便命人也送两样去。鸳鸯又问婆子们：“回来吃酒的攒盒，可装上了？”婆子道：“想必还得一会子。”鸳鸯道：“催着些儿。”婆子答应了。

凤姐等来至探春房中，只见他娘儿们正说笑。探春素喜阔朗，这三间屋子并不曾隔断，当地放着一张花梨大理石大案，案上磊着各种名人法帖，并数十方宝砚，各色笔筒，笔海内插的笔如树林一般。那一边设着斗大的一个汝窑花囊，插着满满的一囊水晶球的白菊。西墙上当中挂着一大幅米襄阳《烟雨图》；左右挂着一副对联，乃是颜鲁公墨迹，其词云：

烟霞闲骨格　泉石野生涯

案上设着大鼎，左边紫檀架上放着一个大官窑的大盘，盘内盛着数十个娇黄玲珑大佛手；右边洋漆架上悬着一个白玉比目磬，旁边挂着小槌。那板儿略熟了些，便要摘那槌子去击，丫鬟们忙拦住他。他又要那佛手吃，探春拣了一个与他，说：“顽罢，吃不得的。”东边便设着卧榻，拔步床上悬着葱绿双绣花卉草虫的纱帐。板儿又跑来看，说：“这是蝼蝈！这是蚱蜢！”刘老老忙打了一个巴掌，道：“下作黄子！没干没净的乱闹！倒叫你进来瞧瞧，就上脸了！”打的板儿哭起来，众人忙劝解方罢。

贾母因隔着纱窗往后院内看了一回，因说：“后廊檐下的梧桐也好了，只是细些。”正说话，忽一阵风过，隐隐听得鼓乐之声。贾母问：“是谁家娶亲呢？

这里临街倒近。”王夫人等笑回道：“街上的那里听得见，这是咱们的那十来个女孩子们演习吹打呢。”贾母便笑道：“既他们演，何不叫他们进来演习？他们也逛一逛，咱们可又乐了。”凤姐听说，忙命人出去叫来，又一面分付摆下条桌，铺上红毡子。贾母道：“就铺排在藕香榭的水亭子上，借着水音更好听。回来咱们就在缀锦阁底下吃酒，又宽阔，又听的近。”众人都说：“那里好。”贾母向薛姨妈笑道：“咱们走罢，他们姊妹们都不大喜欢人来，生怕肮脏了屋子，咱们别没眼色，正经坐一回子船，喝酒去罢。”说着，大家起身便走。探春笑道：“这是那里的话？求着老太太、姨妈、太太来坐坐还不能呢。”贾母笑道：“我的这三丫头却好，只有两个玉儿可恶。回来吃醉了，咱们偏往他们屋里闹去。”

说着，众人都笑了，一齐出来。走不多远，已到了荇叶渚。那姑苏选来的几个驾娘，早把两只棠木舫撑来，众人扶了贾母、王夫人、薛姨妈、刘老老、鸳鸯、玉钏儿上了这一只船，落后李纨也跟上去。凤姐也上去，立在船头上，也要撑船。贾母在舱内道：“这不是顽的！虽不是河里，也有好深的。你快给我进来！”凤姐笑道：“怕什么？老祖宗只管放心。”说着，便一篙点开。到了池当中，船小人多，凤姐只觉乱晃，忙把篙子递与驾娘，方蹲下去。然后迎春姊妹等并宝玉上了那只，随后跟来，其余老嬷嬷、众丫头俱沿河随行。宝玉道：“这些破荷叶可恨！怎么还不叫人来拔去？”宝钗笑道：“今年这几日，何曾饶的这园子闲了一闲？天天逛，那里还有叫人来收拾的工夫。”黛玉道：“我最不喜欢李义山的诗，只喜他这一句：‘留得残荷听雨声。’偏你们又不留着残荷了。”宝玉道：“果然好句！以后咱们别叫拔去了。”

说着，已到了花溆的萝港之下，觉得阴森透骨，两滩上衰草残菱，更助秋兴。贾母因见岸上的清厦旷朗，便问：“这是薛姑娘的屋子不是？”众人道：“是。”贾母忙命拢岸，顺着云步石梯上去，一同进了蘅芜院，只觉异香扑鼻。那些奇草仙藤，愈冷愈苍翠，都结了实，似珊瑚豆子一般，累垂可爱。及进了房屋，云洞一般，一色的玩器全无，案上止有一个土定瓶，瓶中供着数枝菊花，并两部书、茶奁、茶杯而已。床上只吊着青纱帐幔，衾褥也十分朴素。贾母叹道：“这孩子太老实了。你没有陈设，何妨和你姨娘要些？我也没理论，也没想到，你们的东西自然在家里没带了来。”说着，命鸳鸯去取些古董来，又嗔着凤姐儿：“为什么不送些玩器来与你妹妹？这样小器！”王夫人、凤姐等都笑回说：“他自己不要的。我们原送了来，都退回去了。”薛姨妈也笑说道：“他在家里，也不大弄这些东西的。”

贾母摇头道：“使不得。虽然他省事，倘来一个亲戚，看着不像；二则年轻的姑娘们，房里这样素净，也忌讳。我们这老婆子，越发该住马圈去了。你们听那些书上戏上说的小姐们的绣房，精致的还了得呢。他们姊妹们虽不敢比那些小姐们，也不要很离了格儿。有现成的东西，为什么不摆？若很爱素净，少几样倒使得。我最会收拾屋子的，如今老了，没这闲心了。他们姊妹们也还学着收拾的好。只怕俗气，有好东西也摆坏了。我看他们还不俗。如今让我替你收拾，包管又大方又素净。我的两件体己，收到如今，没给宝玉看见过，若经了他的眼，也没了。”说着，叫过鸳鸯来分付道：“你把那石头盆景儿和那架纱照屏，还有个墨烟冻石鼎拿来。这三样摆在这案上就够了。再把那水墨字画、白绫帐子拿来，把这帐子也换了。”鸳鸯答应着，笑道：“这些东西都搁在东楼上的不知那个箱子里，还得慢慢找去。明儿再拿去也罢了。”贾母道：“明日后日都使得，只别忘了。”说着，坐了一回方出来，一径来至缀锦阁下。文官等上来请过安，因问演习何曲，贾母道：“只拣你们熟的演习几套罢。”文官等下来，往藕香榭去不提。

这里凤姐儿已带着人摆设齐整，上面左右两张榻，榻上都铺着锦裀蓉簟，每一榻前两张雕漆几，也有海棠式的，也有梅花式的，也有荷叶式的，也有葵花式的，也有方的，也有圆的：其式不一。一个上面放着一分炉瓶，一个攒盒。上面二榻四几，是贾母、薛姨妈；下面一椅两几，是王夫人的；余者都是一椅一几。东边刘老老，刘老老之下便是王夫人。西边便是湘云，第二便是宝钗，第三便是黛玉，第四迎春、探春、惜春，挨次下去，宝玉在末。李纨、凤姐二人之几，设于三层槛内、二层纱厨之外。攒盒式样，亦随几之式样。每人一把乌银洋錾自斟壶，一个十锦珐琅杯。

大家坐定，贾母先笑道：“咱们先吃两杯。今日也行一个令，才有意思。”薛姨妈笑说道：“老太太自然有好酒令，我们如何会呢？安心要我们醉了。我们都多吃两杯就有了。”贾母笑道：“姨太太今儿也过谦起来，想是厌我老了。”薛姨妈笑道：“不是谦，只怕行不上来，倒是笑话了。”王夫人忙笑道：“便说不上来，只多吃了一杯酒，醉了睡觉去，还有谁笑话咱们不成？”薛姨妈点头笑道：“依令。老太太到底吃一杯令酒才是。”贾母笑道：“这个自然。”说着，便吃了一杯。

凤姐儿忙走至当地，笑道：“既行令，还叫鸳鸯姐姐来行更好。”众人都知贾母所行之令，必得鸳鸯提着，故听了这话，都说：“很是。”凤姐便拉了鸳鸯过来。王夫人笑道："既在令内，没有站着的理。"回头命小丫头子："端一张椅子，放在你二位奶奶的席上。"鸳鸯也半推半就，谢了坐，便坐下，也吃了一钟酒，笑道："酒令大如军令，不论尊卑，惟我是主。违了我的话，是要受罚的。"王夫人等都笑道："一定如此，快些说来。"鸳鸯未开口，刘老老便下席，摆手道："别这样捉弄人家，我家去了。"众人都笑道："这却使不得！"鸳鸯喝令小丫头子们："拉上席去！"小丫头子们也笑着，果然拉入席中。刘老老只叫："饶了我罢！"鸳鸯道："再多言的，罚一壶！"刘老老方住了。

鸳鸯道："如今我说骨牌副儿，从老太太起，顺领说下去，至刘老老止。比如我说一副儿，将这三张牌拆开，先说头一张，次说第二张，再说第三张，说完了，合成这一副儿的名字，无论诗词歌赋、成语俗语，比上一句，都要合韵。错了的罚一杯。"众人笑道："这个令好，就说出来。"鸳鸯道："有了一副了：左边是张'天'。"贾母道："头上有青天。"众人道："好。"鸳鸯道："当中是个'五合六'。"贾母道："六桥梅花香彻骨。"鸳鸯道："剩了一张'六合幺'。"贾母道："一轮红日出云霄。"鸳鸯道："凑成便是个'蓬头鬼'。"贾母道："这鬼抱住钟馗腿。"说完，大家笑着喝彩。贾母饮了一杯。

鸳鸯又道："又有一副了：左边是个'大长五'。"薛姨妈道："梅花朵朵风前舞。"鸳鸯道："右边是个'大五长'。"薛姨妈道："十月梅花岭上香。"鸳鸯道："当中'二五'是杂七。"薛姨妈道："织女牛郎会七夕。"鸳鸯道："凑成'二郎游五岳'。"薛姨妈道："世人不及神仙乐。"说完，大家称赏，饮了酒。

鸳鸯又道："有了一副了：左边'长幺'两点明。"湘云道："双悬日月照乾坤。"鸳鸯道："右边'长幺'两点明。"湘云道："闲花落地听无声。"鸳鸯道："中间还得'幺四'来。"湘云道："日边红杏倚云栽。"鸳鸯道："凑成一个'樱桃九熟'。"湘云道："御园却被鸟衔出。"说完，饮了一杯。

鸳鸯道："有了一副了：左边是'长三'。"宝钗道："双双燕子语梁间。"鸳鸯道："右边是'三长'。"宝钗道："水荇牵风翠带长。"鸳鸯道："当中'三六'九点在。"宝钗道："三山半落青天外。"鸳鸯道："凑成'铁锁练孤舟'。"宝钗道："处处风波处处愁。"说完饮毕。

鸳鸯又道："左边一个'天'。"黛玉道："良辰美景奈何天。"宝钗听了，回头看着他，黛玉只顾怕罚，也不理论。鸳鸯道："中间'锦屏'颜色俏。"黛玉道："纱窗也没有红娘报。"鸳鸯道："剩了'二六'八点齐。"黛玉道："双瞻玉座引朝仪。"鸳鸯道："凑成'篮子'好采花。"黛玉道："仙杖香挑芍药花。"

说完，饮了一口。

鸳鸯道：“左边‘四五’成花九。”迎春道：“桃花带雨浓。”众人笑道：“该罚！错了韵，而且又不像。”迎春笑着饮了一口。

原是凤姐和鸳鸯都要听刘老老的笑话，故意都令说错，都罚了。至王夫人，鸳鸯代说了一个，下便该刘老老。刘老老道：“我们庄家人闲了，也常会几个人弄这个，但不如这么说的好听。少不得我也试一试。”众人都笑道：“容易说的。你只管说，不相干。”鸳鸯笑道：“左边‘大四’是个人。”刘老老听了，想了半日，说道：“是个庄家人罢。”众人哄堂笑了。贾母笑道：“说的好，就是这样说。”刘老老也笑道：“我们庄家人，不过是现成的本色，众位别笑。”鸳鸯道：“中间‘三四’绿配红。”刘老老道：“大火烧了毛毛虫。”众人笑道：“这是有的。还说你的本色。”鸳鸯笑道：“右边‘幺四’真好看。”刘老老道：“一个萝卜一头蒜。”众人又笑了。鸳鸯笑道：“凑成便是‘一枝花’。”刘老老两只手比着，就说道：“花儿落了结个大倭瓜。”众人又大笑起来。要知席间再有何话，且听下回分解。

第四十一回　宝哥哥品茶栊翠庵　刘老老醉卧怡红院

话说刘老老两只手比着说道：“花儿落了结个大倭瓜。”众人听了，哄堂大笑起来。于是吃过门杯，因又斗趣笑道：“今儿实说罢，我的手脚儿粗，又吃了酒，仔细失手打了这磁杯。有木头的杯取个来，我便失了手，掉了地下也无碍。”众人听了，又笑起来。凤姐儿听如此说，便忙笑道：“果真要木头的，我就取了来。可有一句话先说下：这木头的可比不得磁的，那都是一套，定要吃遍一套方使得。”刘老老听了，心下战敪道：“我方才不过是趣话取笑儿，谁知他果真竟有。我时常在乡绅大家也赴过席，金杯银杯倒都也见过，从没见有木头杯的。哦，是了！想必是小孩子们使的木碗儿，不过诓我多吃两碗。别管他，横竖这酒蜜水儿似的，多吃点子也无妨。”想毕，便说：“取来再商量。”凤姐乃命丰儿：“前面里间书架子上，有十个竹根套杯，取来。”丰儿听了，才要去取，鸳鸯笑道：“我知道你那十个杯还小，况且你才说木头的，这会子又拿了竹根的来，倒不好看。不如把我们那里的黄杨根子整刓的十个大套杯拿来，灌他十下子。”凤姐儿笑道：“更好了。”鸳鸯果命人取来。

刘老老一看，又惊又喜：惊的是一连十个，挨次大小分下来，那大的足足的似个小盆子，极小的还比手里的杯子两个大；喜的是雕镂奇绝，一色山水树木人物，并有草字以及图印。因忙说道："拿了那小的来就是了。"凤姐儿笑道："这个杯没有喝一个的理。我们家因没有这大量的，所以没人敢使他。老老既要，好容易找出来，必定要挨次吃一遍才使得。"刘老老吓的忙道："这个不敢！好姑奶奶，饶了我罢。"贾母、薛姨妈、王夫人知道他有年纪的人禁不起，忙笑道："说是说，笑是笑，不可多吃了，只吃这头一杯罢。"刘老老道："阿弥陀佛！我还是小杯吃罢。把这大杯收着，我带了家去，慢慢的吃罢。"说的众人又笑起来。

鸳鸯无法，只得命人满斟了一大杯，刘老老两手捧着喝。贾母、薛姨妈都道："慢些，不要呛了。"薛姨妈又命凤姐儿布个菜，凤姐笑道："老老要吃什么？说出名儿来，我夹了喂你。"刘老老道："我知道什么名儿？样样都是好的。"贾母笑道："把茄鲞夹些喂他。"凤姐儿听说，依言夹些茄鲞，送入刘老老口中，因笑道："你们天天吃茄子，也尝尝我们这茄子，弄的可口不可口？"刘老老笑道："别哄我了，茄子跑出这个味儿了？我们也不用种粮食，只种茄子了。"众人笑道："真是茄子，我们再不哄你。"刘老老诧异道："真是茄子？我白吃了半日！姑奶奶再喂我些，这一口细嚼嚼。"凤姐儿果又夹了些，放入他口内。刘老老细嚼了半日，笑道："虽有一点茄子香，只是还不像是茄子。告诉我是个什么法子弄的，我也弄着吃去。"凤姐笑道："这也不难：你把才下来的茄子，把皮刨了，只要净肉，切成碎钉子，用鸡油炸了，再用鸡肉脯子合香菌、新笋、麻菇、五香豆腐干子、各色干果子，都切成钉儿，拿鸡汤煨干了，将香油一收，外加糟油一拌，盛在磁罐子里封严，要吃时拿出来，用炒的鸡瓜子一拌就是了。"

刘老老听了，摇头吐舌，说："我的佛祖！倒得十来只鸡来配他，怪道这个味儿！"一面笑，一面慢慢的吃完了酒，还只管细玩那杯子。凤姐儿笑道："还是不足兴，再吃一杯罢？"刘老老忙道："了不得！那就醉死了！我因为爱这样范好看，亏他怎么做来着！"鸳鸯笑道："酒吃完了，到底这杯子是什么木头的？"刘老老笑道："怨不得姑娘不认得。你们在这金门绣户的，如何认得木头？我们成日家和树林子做街坊，困了枕着他睡，乏了靠着他坐，荒年间饿了还吃他，眼睛里天天见他，耳朵里天天听他，嘴儿里天天说他，所以好歹真假我是认得的。让我认一认。"一面说，一面细细端详了半日，道："你们这样人家，断没有那贱东西。那容易得的木头，你们也不收着了。我掂着这么体沉，断乎不是杨木，一定是黄松做的。"众人听了，哄堂大笑起来。

只见一个婆子走来，请问贾母说："姑娘们都到了藕香榭，请示下：就演罢，还是再等一回子？”贾母忙笑道：“可是倒忘了他们，就叫他们演罢。”那个婆子答应去了。不一时，只听得箫管悠扬，笙笛并发。正值风清气爽之时，那乐声穿林度水而来，自然使人神怡心旷。宝玉先禁不住，拿起壶来斟了一杯，一口饮尽。复又斟上，才要饮，只见王夫人也要饮，命人换暖酒，宝玉连忙将自己的杯捧了过来，送到王夫人口边，王夫人便就他手内吃了两口。一时暖酒来了，宝玉仍旧归坐，王夫人提了暖壶下席来，众人都出了席，薛姨妈也站起来，贾母忙命李、凤二人接过壶来：“让你姑妈坐了，大家才便。”王夫人见如此说，方将壶递与凤姐儿，自己归坐。贾母笑道：“大家吃上两杯，今日着实有趣。”说着，擎杯让薛姨妈，又向湘云、宝钗道：“你姐妹两个也吃一杯。你林妹妹不大会吃，也别扰他。”说着，自己也干了。湘云、宝钗、黛玉也都吃了。当下刘老老听见这般音乐，且又有了酒，越发喜的手舞足蹈起来。宝玉因下席过来，向黛玉笑道：“你瞧刘老老的样子。”黛玉笑道：“当日圣乐一奏，百兽率舞，如今才一牛耳。”众姐妹都笑了。

须臾乐止，薛姨妈笑道：“大家的酒也都有了，且出去散散再坐罢。”贾母也正要散散，于是大家出席，都随着贾母游玩。贾母因要带着刘老老散闷，遂携了刘老老，至山前树下盘桓了半晌，又说与他这是什么树，这是什么石，这是什么花。刘老老一一领会，又向贾母道：“谁知城里不但人尊贵，连雀儿也是尊贵的：偏这雀儿到了你们这里，他也变俊了，也会说话了。”众人不解，因问：“什么雀儿变俊了、会说话？”刘老老道：“那廊上金架子上站的，绿毛红嘴，是鹦哥儿，我是认得的。那笼子里的黑老鸹子，又长出凤头来，也会说话呢！”众人听了，又都笑将起来。

一时，只见丫头们来请用点心，贾母道：“吃了两杯酒，倒也不饿。也罢，就拿了这里来，大家随便吃些罢。”丫头听说，便去抬了两张几来。又端了两个小捧盒，揭开看时，每个盒内两样。这盒内是两样蒸食：一样是藕粉桂花糖糕，一样是松瓤鹅油卷。那盒内是两样炸的：一样是只有一寸来大的小饺儿。贾母因问：“什么馅子？”婆子们忙回：“是螃蟹的。”贾母听了，皱眉说道：“这会子油腻腻的，谁吃这个！”又看那一样，是奶油炸的各色小面果，也不喜欢。因让薛姨妈吃，薛姨妈只拣了一块糕；贾母拣了一个卷子，只尝了一尝，剩的半个递与丫头了。

刘老老因见那小面果子都玲珑剔透，各色各样，便拣了一朵牡丹花样的，笑道：“我们乡里最巧的姐儿们，剪子也不能铰出这样个纸的来！我又爱吃，又舍不得吃，包些家去，给他们做花样子去倒好。”众人都笑了。贾母笑道：“家去我送你一磁坛子，你先趁热吃这个罢。”别人不过拣各人爱吃的拣了一两样就算了；刘老老原不曾吃过这些东西，且都做的小巧，不显堆垛的，他和板儿每样吃了些，就去了半盘了。剩的，凤姐又命攒了两盘并一个攒盒，与文官等吃去。

忽见奶子抱了大姐儿来，大家哄他顽了一会。那大姐儿因抱着一个大柚子顽，忽见板儿抱着一个佛手，大姐便要，丫鬟哄他取去，大姐儿等不得，便哭了。众人忙把柚子给了板儿，将板儿的佛手哄过来与他才罢。那板儿因顽了半日佛手，此刻又两手抓着些果子吃，又忽见这个柚子又香又圆，更觉好顽，且当球踢着顽去，也就不要佛手了。

当下贾母等吃过了茶，又带了刘老老至栊翠庵来。妙玉忙接了进去。众人至院中，见花木繁盛，贾母笑道：“到底是他们修行的人，没事常常修理，比别处越发好看。”一面看，一面便往东禅堂来。妙玉笑往里让，贾母道：“我们才都吃了酒肉，你这里头有菩萨，冲了罪过。我们这里坐坐，把你的好茶拿来，我们吃一杯就去了。”宝玉留神看他是怎么行事，只见妙玉亲自捧了一个海棠花式雕漆填金“云龙献寿”的小茶盘，里面放一个成窑五彩小盖钟，捧与贾母。贾母道：“我不吃六安茶。”妙玉笑说：“知道，这是‘老君眉’。”贾母接了，又问：“是什么水？”妙玉道：“是旧年蠲的雨水。”贾母便吃了半盏，笑着递与刘老老说：“你尝尝这个茶。”刘老老便一口吃尽，笑道：“好是好，就是淡些，再熬浓些更好了。”贾母众人都笑起来。然后众人都是一色的官窑脱胎填白盖碗。

那妙玉便把宝钗、黛玉的衣襟一拉，二人随他出去，宝玉悄悄的随后跟了来。只见妙玉让他二人在耳房内，宝钗便坐在榻上，黛玉便坐在妙玉的蒲团上，妙玉自向风炉上扇滚了水，另泡了一壶茶。宝玉便走了进来，笑道：“偏你们吃体己茶呢。”二人都笑道：“你又赶了来餮茶吃！这里并没你吃的。”妙玉刚要去取杯，只见道婆收了上面茶盏来，妙玉忙命：“将那成窑的茶杯别收了，搁在外头去罢。”宝玉会意，知为刘老老吃了，他嫌肮脏，不要了。又见妙玉另拿出两只杯来。一个旁边有一耳，杯上镌着“𤫩瓟斝”三个隶字，后有一行小真字，是“王恺珍玩”，又有“宋元丰五年四月眉山苏轼见于秘府”一行小字。妙玉斟了一斝递与宝钗。那一只形似钵而小，也有三个垂珠篆字，镌着“点犀盉”。妙玉斟了一盉与黛玉。仍将前番自己常日吃茶的那只绿玉斗来斟与宝玉。宝玉笑道：“常言‘世法平等’，他两个就用那样古玩奇珍，我就是个俗器了。”妙玉道：“这是俗器？不是我说狂话，只怕你家里未必找的出这么一个俗器来呢！”宝玉笑道：“俗语说‘随乡入乡’，到了你这里，自然把这金玉珠宝一概贬为俗器了。”

妙玉听如此说，十分欢喜，遂又寻出一只九曲十环一百二十节蟠虬整雕竹根的一个大盒出来，笑道：“就剩了这一个，你可吃的了这一海？”宝玉喜的忙道:“吃的了。”妙玉笑道:“你虽吃的了，也没这些茶你遭蹋。岂不闻:‘一杯为品,二杯即是解渴的蠢物,三杯便是饮牛饮驴了。’你吃这一海更成什么？”说的宝钗、黛玉、宝玉都笑了。妙玉执壶，只向海内斟了约有一杯，宝玉细细吃了，果觉清淳无比，赏赞不绝。妙玉正色道：“你这遭吃茶，是托他两个的福。独你来了，我是不能给你吃的！”宝玉笑道：“我深知道，我也不领你的情，只谢他二人便了。”妙玉听了，方说：“这话明白。”

黛玉因问:“这也是旧年的雨水？”妙玉冷笑道:“你这么个人,竟是大俗人,连水也尝不出来！这是五年前我在玄墓蟠香寺住着，收的梅花上的雪，统共得了那一鬼脸青的花瓮一瓮，总舍不得吃，埋在地下，今年夏天才开了。我只吃过一回,这是第二回了。你怎么尝不出来？隔年蠲的雨水,那有这样清淳？如何吃得？”黛玉知他天性怪僻，不好多话，亦不好多坐，吃过茶，便约着宝钗走了出来。

宝玉和妙玉陪笑道：“那茶杯虽然肮脏了，白撂了岂不可惜？依我说，不如就给了那贫婆子罢,他卖了也可以度日,你道使得么？”妙玉听了,想了一想，点头说道：“这也罢了。幸而那杯子是我没吃过的，若是我吃过的，我就砸碎了也不能给他。你要给他,我也不管你,只交给你,快拿了去罢！”宝玉道:“自然如此。你那里和他说话去？越发连你都肮脏了。只交与我就是了。”妙玉便命人拿来，递与宝玉。宝玉接了，又道:“等我们出去了，我叫几个小幺儿来，河里打几桶水来洗地，如何？”妙玉笑道：“这更好了，只是你嘱咐他们，抬了水只搁在山门外头墙根下，别进门来。”宝玉道：“这是自然的。”说着，便袖着那杯，递与贾母房中的小丫头子拿着，说：“明日刘老老家去，给他带去罢。”交代明白，贾母已经出来，要回去。妙玉亦不甚留，送出山门，回身便将门闭了，不在话下。

且说贾母因觉身上乏倦，便命王夫人和迎春姊妹陪了薛姨妈去吃酒，自己便往稻香村来歇息。凤姐忙命人将小竹椅抬来，贾母坐上，两个婆子抬起，凤姐、李纨和众丫头婆子围随去了，不在话下。这里薛姨妈也就辞出。王夫人打发文官等出去，将攒盒散与众丫头们吃去，自己便也乘空歇着，随便歪在方才贾母坐的榻上，命一个小丫头放下帘子来，又命捶着腿，吩咐他："老太太那里有信，你就叫我。"说着，也歪着睡着了。

宝玉、湘云等看着丫头们将攒盒搁在山石上，也有坐在山石上的，也有坐在草地下的，也有靠着树的，也有傍着水的，倒也十分热闹。一时又见鸳鸯来了，要带着刘老老逛，众人也都跟着取笑。一时来至省亲别墅的牌坊底下，刘老老道："嗳呀！这里还有大庙呢。"说着，便爬下叩头。众人笑弯了腰。刘老老道："笑什么？这牌楼上的字我都认得。我们那里这样的庙宇最多，都是这样的牌坊，那字就是庙的名字。"众人笑道："你认得这是什么庙？"刘老老便抬头指那字道："这不是'玉皇宝殿'四字？"众人笑的拍手打脚，还要拿他取笑。刘老老觉得腹内一阵乱响，忙的拉着一个丫头，要了两张纸就解衣。众人又是笑，又忙喝他："这里使不得！"忙命一个婆子带了东北角上去了。那婆子指与他地方，便乐得走开去歇息。

那刘老老因吃了些酒，他脾胃不与黄酒相宜，且吃了许多油腻饮食，发渴多吃了几碗茶，不免通泻起来，蹲了半日方完。及出厕来，酒被风吹，且年迈之人，蹲了半天，忽一起身，只觉得眼花头晕，辨不出路径。四顾一望，皆是树木山石，楼台房舍，却不知那一处是往那一路去的了，只得顺着一条石子路，慢慢的走来。及至到了房舍跟前，又找不着门。再找了半日，忽见一带竹篱，刘老老心中自忖道："这里也有扁豆架子。"一面想，一面顺着花障走了来，得了一个月洞门进去。只见迎面一带水池，只有七八尺宽，石头砌岸，里面碧浏清水流往那边去了，上面有一块白石横架在上面。

刘老老便踱过石去，顺着石子甬路走去。转了两个弯子，只见有个房门。于是进了房门，便见迎面一个女孩儿，满面含笑迎出来。刘老老忙笑道："姑娘们把我丢下了，叫我碰头碰到这里来了。"说了，只觉那女孩儿不答，刘老老便赶来拉他的手，咕咚一声，便撞到板壁上，把头碰的生疼。细瞧了一瞧，原来是一幅画儿。刘老老自忖道："原来画儿有这样凸出来的。"一面想，一面看，一面又用手摸去，却是一色平的，点头叹了两声。一转身，方得了一个小门，门上挂着葱绿撒花软帘。刘老老掀帘进去，抬头一看，只见四面墙壁玲珑剔透，琴剑瓶炉皆贴在墙上，锦笼纱罩，金彩珠光，连地下踩的砖皆是碧绿凿花，竟越发把眼花了。找门出去，那里有门？左一架书，右一架屏。刚从屏后得了一个门，只见一个老婆子也从外面迎了进来。刘老老诧异，心中恍惚想道：莫非是他亲家母？因连忙问道："你也来了？想是见我这几日没家去。亏你找我来！那位姑娘带你进来的？"又见他戴着满头花，便笑道："你好没见世面！见这园里的花好，你就没死活戴了一头！"说着，那老婆子只是笑，也不答言。刘老老便伸手去羞他的脸，他也伸手来挡，两个对闹着。刘老老一下子却摸着了，但觉那老婆子的脸冰凉挺硬的，倒把刘老老唬了一跳。猛想起："常听见富贵人家有一种穿衣镜，这别是我在镜子里头么！"想毕，伸手一摸，再细一看，可不是，四面雕空紫檀板壁将这镜子嵌在中间的！不觉也笑了。因说："这已经拦住，如何走出去呢？"一面说，一面只管用手摸。这镜子原是西洋机括，可以开合，不意刘老老乱摸之间，其力巧合，便撞开消息，掩过镜子，露出门来。刘老老又惊又喜，遂走出来，忽见有一副最精致的床帐。他此时又带了七八分的酒，又走乏了，便一屁股坐在床上，只说歇歇，不承望身不由己，便前仰后合的，朦胧着两眼，一歪身就睡熟在床上。

且说众人等他不见，板儿没了他老老，急的哭了。众人都笑道："别是掉在茅厕里了？快叫人去瞧瞧！"因命两个婆子去找，回来说没有。众人纳闷。袭人战敠道："一定他醉了，迷了路，顺着这一条路往我们后院子里去了。若进了花障子，打后房门进去，虽然碰头，还有小丫头子们知道；若不进花障子，再往西南上去，若绕出去还好，若绕不出去，可够他绕会子好的。我且瞧瞧去。"一面说着，一面回来。进了怡红院，便叫人，谁知那几个在房里的小丫头，已偷空顽去了。

袭人一直进了房门，转过集锦槅子，就听的鼾齁如雷，忙进来，只闻见酒屁臭气满屋，一瞧，只见刘老老扎手舞脚的仰卧在床上！袭人这一惊不小，慌忙的赶上来，将他没死活的推醒。那刘老老惊醒，睁眼见了袭人，连忙爬起来道："姑娘，我该死了！好歹并没弄肮脏了床。"一面说，一面用手去掸。袭人恐惊动了人，被宝玉知道了，只向他摇手，不叫他说话；忙将当地大鼎内贮了三四把百合香，仍用罩子罩上。些须收拾收拾，所喜不曾呕吐，忙悄悄的笑道："不相干，有我呢。你随我出来。"刘老老答应着，跟了袭人，出至小丫头子们房中，命他坐下，向他道："你就说醉倒在山子石上，打了个盹儿。"刘老老答应"是"。又与他两碗茶吃，方觉酒醒了，因问道："这是那个小姐的绣房，这样精致？我就像到了天宫里的一样。"袭人微微笑道："这个么，是宝二爷的卧室。"那刘老老吓的不敢做声。袭人带他从前面出去，见了众人，只说他在草地下睡着了，带了他来的。众人都不理会，也就罢了。

一时贾母醒了，就在稻香村摆晚饭。贾母因觉懒懒的，也没吃饭，便坐了竹椅小敞轿，回至房中歇息，命凤姐儿等去吃饭。他姊妹方复进园来。未知如何，且看下回分解。

第四十二回　蘅芜君兰言解疑癖　潇湘子雅谑补余音

话说贾母、王夫人去后，他姊妹复进园来，吃过饭，大家散出，都无别话。

且说刘老老带着板儿，先来见凤姐儿，说："明日一早，定要家去了。虽然住了两三天，日子却不多，把古往今来没见过的，没吃过的，没听见的，都经验了。难得老太太和姑奶奶并那些小姐们，连各房里的姑娘们，都这样怜贫惜老照看我。我这一回去，没别的报答，惟有请些高香，天天给你们念佛，保佑你们长命百岁的，就算我的心了。"凤姐儿笑道："你别喜欢，都是为你，老太太也被风吹病了，睡着嚷不舒服；我们大姐儿也着了凉，在那里发热呢。"刘老老听了，忙叹道："老太太有了年纪，不惯十分劳乏的。"凤姐儿道："从来没像昨儿高兴。往常也进园子逛去，不过到一两处坐坐就回来了。昨儿因为你在这里，要叫都逛逛，一个园子倒走了多半个。大姐儿因为我找你去，太太递了一块糕给他，谁知风地里吃了，就发起热来。"刘老老道："小姐儿只怕不大进园子，生地方儿，小人儿家原不该去。比不得我们的孩子，会走了，那个坟圈子里不跑去？一则风扑了也是有的；二则只怕他身上干净，眼睛又净，或是遇见什么神了。依我说，给他瞧瞧祟书本子，仔细撞客着。"

一语提醒了凤姐儿，便叫平儿拿出《玉匣记》来，着彩明来念。彩明翻了一回，念道："八月二十五日病者，在东南方得遇花神。用五色纸钱四十张，向东南方四十步送之，大吉。"凤姐儿笑道："果然不错！园子里头可不是花神？只怕老太太也是遇见了。"一面命人请两分纸钱来，着两个人来，一个与贾母送祟，一个与大姐儿送祟。

果见大姐儿安稳睡了。凤姐儿笑道："到底是你们有年纪的，经历的多。我这大姐儿时常要病，也不知是什么原故。"刘老老道："这也有的。富贵人家养的孩子，多太娇嫩，自然禁不得一些儿委屈。再他小人儿家，过于尊贵了，也禁不起。以后姑奶奶倒少疼他些就好了。"凤姐儿道："这也有理。我想起来，他还没个名字，你就给他起个名字。一则借借你的寿；二则你们是庄家人，不怕你恼，到底贫苦些，你贫苦人起个名字，只怕压的住他。"刘老老听说，便想了一想，笑道："不知他是几时生的？"凤姐儿道："正是生的日子不好呢，可巧是七月初七日。"刘老老忙笑道："这个正好，就叫做巧姐儿好。这个叫做'以毒攻毒，以火攻火'的法子。姑奶奶定要依我这名字，必然长命百岁。日后大了，各人成家立业，或一时有不遂心的事，必然遇难成祥、逢凶化吉，都从这'巧'字儿来。"凤姐儿听了，自是欢喜，忙谢道："只保佑他应了你的话就好了！"

说着，叫平儿来吩咐道："明儿咱们有事，恐怕不得闲儿。你这会子闲着，把送老老的东西打点了，他明儿一早就好走得便宜了。"刘老老道："不敢多破费了。已经遭扰了几日，又拿着走，越觉心里不安起来。"凤姐儿道："也没有什么，不过随常的东西。好也罢，歹也罢，带了去，你们街坊邻舍看着，也热闹些，也是上城一次。"说着，只见平儿走来，说："老老过这边瞧瞧。"刘老老忙跟了平儿，到那边屋里，只见堆着半炕东西。平儿一一的拿与他瞧着，又说道："这是昨日你要的青纱一匹，奶奶另外送你一个实地子月白纱做里子。这是两个茧绸，做袄儿裙子都好。这包袱里是两匹绸子，年下做件衣裳穿。这是一盒各样内造点心，也有你吃过的，也有没吃过的，拿去摆碟子请客，比你们买的强些。这两条口袋，是你昨日装瓜果子来的，如今这一个里头装了两斗御田粳米，熬粥是难得的；这一个里是园子里的果子和各样干果子。这一包是八两银子。这都是我们奶奶的。这两包，每包五十两，共是一百两，是太太给的，叫你拿去，或者做个小本买卖，或者置几亩地，以后再别求亲靠友的。"说着，又悄悄笑道："这两件袄儿和两条裙子，还有四块包头，一包绒线，这是我送老老的。那衣裳虽是旧的，我也没大很穿，你要弃嫌，我就不敢说了。"

平儿说一样，刘老老就念一句佛，已经念了几千声佛了。又见平儿也送他这些东西，又如此谦逊，忙笑说道："姑娘说那里话！这样好东西我还弃嫌？我便有银子，没处买这样的去呢。只是我怪臊的，收了又不好，不收又孤负了姑娘的心。"平儿笑道："休说外话，咱们都是自己，我才这样。你放心收了罢，我还和你要东西呢。到年下，你只把你们晒的那个灰条菜干子和豇豆、扁豆、茄子、葫芦条儿各样干菜带些来，我们这里上上下下都爱吃。这个就算了，别的一概不要，别罔费了心。"刘老老千恩万谢的答应了。平儿道："你只管睡你的去，我替你收拾妥当了，就放在这里。明儿一早打发小厮们雇辆车装上，不用你费一点心的。"

刘老老越发感激不尽，过来又千恩万谢的辞了凤姐儿，过贾母这边睡了一夜。次早梳洗了，就要告辞。因贾母欠安，众人都过来请安，出去传请大夫。一时婆子回："大夫来了。"老嬷嬷请贾母进幔子去坐，贾母道："我也老了，那里养不出那阿物儿来，还怕他不成！不要放幔子，就这样瞧罢。"众婆子听了，便拿过一张小桌子来，放下一个小枕头，便命人请。

一时只见贾珍、贾琏、贾蓉三个人将王太医领来。王太医不敢走甬路，只走旁阶，跟着贾珍到了台阶上。早有两个婆子在两边打起帘子，两个婆子在前引导进去，又见宝玉迎了出来。只见贾母穿着青绉绸一斗珠的羊皮褂子，端坐在榻上，两边四个未留头的小丫鬟，都拿着蝇拂、漱盂等物；又有五六个老嬷嬷雁翅摆在两旁，碧纱厨后隐隐约约有许多穿红着绿、戴宝插金的人。王太医便不敢抬头，忙上来请了安。贾母见他穿着六品服色，便知是御医了，含笑问："供奉好？"因问贾珍："这位供奉贵姓？"贾珍等忙回："姓王。"贾母笑道："当日太医院正堂有个王君效，好脉息。"王太医忙躬身低头，含笑回说："那是晚晚生家叔祖。"贾母听了，笑道："原来这样，也算是世交了。"一面说，一面慢慢的伸手，放在小枕头上。嬷嬷端着一张小杌子，放在小桌前面，略偏些。王太医便屈一膝坐下，歪着头诊了半日，又诊了那只手，忙欠身低头退出。贾母笑说："劳动了。珍哥让出去，好生看茶。"

贾珍、贾琏等忙答应了几个"是"，复领王太医到外书房中。王太医说："太夫人并无别证，偶感一点风寒，究竟不用吃药，不过略清淡些，常暖着一点儿就好了。如今写个方子在这里，若老人家爱吃，便按方煎一剂吃；若懒怠吃，也就罢了。"说着吃茶，写了方子。

刚要告辞，只见奶子抱了大姐儿出来，笑说："王老爷，也瞧瞧我们姐儿。"王太医听说忙起身，就奶子怀中，左手托着大姐儿的手，右手诊了一诊，又摸了一摸头，又叫伸出舌头来瞧瞧，笑道："我要说了，姐儿该骂我了：只是要清清净净的饿两顿就好了，不必吃煎药。我送丸药来，临睡时，用姜汤研开吃下去就是了。"说毕，告辞而去。贾珍等拿了药方，来回明贾母原故，将药方放在案上出去，不在话下。

这里王夫人和李纨、凤姐儿、宝钗姊妹等，见大夫出去，方从厨后出来。王夫人略坐一坐，也回房去了。

刘老老见无事，方上来和贾母告辞。贾母说："闲了再来。"又命鸳鸯来："好生打发刘老老出去。我身上不好，不能送你。"刘老老道了谢，又作辞，方同鸳鸯出来。到了下房，鸳鸯指炕上一个包袱说道："这是老太太的几件衣裳，都是往年间生日节下众人孝敬的。老太太从不穿人家做的，收着也可惜，却是一次也没穿过的。昨日叫我拿出两套儿送你带去，或送人，或自己家里穿罢，别见笑。这盒子里是你要的面果子。这包儿里是你前儿说的药：梅花点舌丹也有，紫金锭也有，活络丹也有，催生保命丹也有，每一样是一张方子包着，总包在里头了。这是两个荷包，带着顽罢。”说着，便抽开系子，掏出两个“笔锭如意”的锞子来与他瞧，又笑道：“荷包拿去，这个留下给我罢。”刘老老已喜出望外，早又念了几千声佛，听鸳鸯如此说，便说道：“姑娘只管留下罢。”鸳鸯见他信以为真，笑着仍与他装上，笑道：“哄你顽呢。我有好些呢，留着年下给小孩子们罢。”说着，只见一个小丫头拿了个成窑钟子来递与刘老老：“这是宝二爷给你的。”刘老老道：“这是那里说起！我那一世修来的，今儿这样？”说着，便接了过来。鸳鸯道：“前儿我叫你洗澡，换的衣裳是我的，你不弃嫌，我还有几件，也送你罢。”刘老老又忙道谢。鸳鸯果然又拿出几件来，与他包好。

刘老老又要到园中辞谢宝玉和众姊妹、王夫人等去，鸳鸯道：“不用去了。他们这会子也不见人，回来我替你说罢。闲了再来。”又命了一个老婆子，吩咐他：“二门上叫两个小厮来，帮着老老拿了东西送去。”婆子答应了，又和刘老老到了凤姐儿那边，一并拿了东西，在角门上命小厮们搬了出去，直送刘老老上车去了，不在话下。

且说宝钗等吃过早饭，又往贾母处问安。回园至分路之处，宝钗便叫黛玉道：“颦儿，跟我来，有一句话问你。”黛玉便同了宝钗来至蘅芜院中。进了房，宝钗便坐了，笑道：“你跪下，我要审你。”黛玉不解何故，因笑道：“你瞧，宝丫头疯了！审问我什么？”宝钗冷笑道：“好个千金小姐！好个不出闺门的女孩儿！满嘴里说的是什么？你只实说便罢。”黛玉不解，只管发笑，心里也不免疑惑起来，口里只说：“我何曾说什么？你不过要捏我的错儿罢了。你倒说出来我听听。”宝钗笑道：“你还妆憨儿！昨儿行酒令，你说的是什么？我竟不知是那里来的。”黛玉一想，方想起来昨儿失于检点，那《牡丹亭》《西厢记》说了两句，不觉红了脸，便上来搂着宝钗，笑道：“好姐姐，原是我不知道，随口说的。你教给我，再不说了。”宝钗笑道：“我也不知道，听你说的怪生的，所以请教你。”黛玉道：“好姐姐，你别说与别人，我以后再不说了。”

宝钗见他羞的满脸飞红，满口央告，便不肯再往下追问。因拉他坐下吃茶，款款的告诉他道：“你当我是谁？我也是个淘气的，从小儿七八岁上，也够个人缠的。我们家也算是个读书人家，祖父手里也极爱藏书。先时人口多，姊妹兄弟也在一处，都怕看正经书。弟兄们也有爱诗的，也有爱词的，诸如这些《西厢》《琵琶》以及《元人百种》，无所不有。他们是偷背着我们看，我们也偷背着他们看。后来大人知道了，打的打，骂的骂，烧的烧，才丢开了。所以咱们女孩儿家，不认得字的倒好。男人们读书不明理，尚且不如不读书的好，何况你我。连做诗写字等事，这也不是你我分内之事，究竟也不是男人分内之事。男人们读书明理，辅国治民，这便好了。只是如今并听不见有这样的人，读了书倒更坏了。这并不是书误了他，可惜他把书遭蹋了。所以竟不如耕种买卖，倒没有什么大害处。至于你我，只该做些针线纺绩的事才是，偏又认得几个字。既认得了字，不过拣那正经书看也罢了，最怕见些杂书，移了情性，就不可救了。"一席话，说的黛玉垂头吃茶，心下暗服，只有答应"是"的一字。

忽见素云进来说："我们奶奶请二位姑娘商议要紧的事呢。二姑娘、三姑娘、四姑娘、史姑娘、宝二爷都等着呢。"宝钗道："又是什么事？"黛玉道："咱们到了那里就知道了。"说着，便和宝钗往稻香村来。果见众人都在那里。

李纨见了他两个，笑道："社还没起，就有脱滑儿的了：四丫头要告一年的假呢。"黛玉笑道："都是老太太昨儿一句话，又叫他画什么园子图儿，惹得他乐得告假了。"探春笑道："也别怪老太太，都是刘老老一句话。"黛玉忙笑接道："可是呢，都是他的一句话。他是那一门子的老老？直叫他是个'母蝗虫'就是了。"说着，大家都笑起来。宝钗笑道："世上的话到了凤丫头嘴里，也就尽了。幸而凤丫头不认得字，不大通，不过一概是市俗取笑。更有颦儿这促狭嘴，他用《春秋》的法子，市俗的粗话，撮其要，删其繁，再加润色比方出来，一句是一句。这'母蝗虫'三字，把昨儿那些形景都现出来了，亏他想得倒也快！"众人听了，都笑道："你这一注解，也就不在他两个以下了。"

李纨道："我请你们大家商议：给他多少日子的假？我给了他一个月的假，他嫌少。你们怎么说？"黛玉道："论理，一年也不多。这园子盖就盖了一年，如今要画，自然得一年的工夫呢：又要研墨，又要蘸笔，又要铺纸，又要着颜色，又要——"刚说到这里，黛玉也自掌不住，笑道："又要照着这样儿慢慢的画，可不得一年的工夫！"众人听了，都拍手笑个不住。宝钗笑道："有趣。最妙落后一句是'慢慢的画'。他可不画去，怎么就有了呢？所以，昨儿那些笑话儿虽然可笑，回想是没味的。你们细想颦儿这几句话，虽没什么，回想却有滋味。我倒笑的动不得了。"惜春道："都是宝姐姐，赞的他越发逞强，这会子又拿我取笑儿。”黛玉忙拉他笑道：“我且问你：还是单画这园子呢，还是连我们众人都画在上头呢？”惜春道：“原是只画这园子的，昨儿老太太又说：‘单画园子，成个房样子了。’叫连人都画上，就像‘行乐’似的才好。我又不会这工细楼台，又不会画人物，又不好驳回，正为这个为难呢。”

黛玉道：“人物还容易，你草虫上不能。”李纨道：“你又说不通的话了。这个上头，那里又用的着草虫？或者翎毛倒要点缀一两样。”黛玉笑道：“别的草虫不画罢了，昨儿‘母蝗虫’不画上，岂不缺了典？”众人听了，又都笑起来。黛玉一面笑的两手捧着胸口，一面说道：“你快画罢，我连题跋都有了，起个名字，就叫做《携蝗大嚼图》。”众人听了，越发哄然大笑，前仰后合。只听咕咚一声响，不知什么倒了，急忙看时，原来是湘云伏在椅子背儿上，那椅子原不曾放稳，被他全身伏着背子大笑，他又不防，两下里错了榫，向东一歪，连人带椅子都歪倒了，幸有板壁挡住，不曾落地。众人一见，越发笑个不住。宝玉忙赶上去，扶住了起来，方渐渐止了笑。

宝玉和黛玉使个眼色儿，黛玉会意，便走至里间，将镜袱揭起，照了照，只见两鬓略松了些，忙开了李纨的妆奁，拿出抿子来，对镜抿了两抿；仍旧收拾好了，方出来，指着李纨道：“这是叫你带着我们做针线、教道理呢，你反招了我们来大顽大笑的。”李纨笑道：“你们听他这刁话！他领着头儿闹，引着人笑了，倒赖我的不是。真真恨的我只保佑你明儿得一个利害婆婆，再得几个千刁万恶的大姑子、小姑子，试试你那会子还这么刁不刁了！”

黛玉早红了脸，拉着宝钗说：“咱们放他一年的假罢。”宝钗道：“我有一句公道话你们听听。藕丫头虽会画，不过是几笔写意。如今画这园子，非离了肚子里头有些丘壑的，如何成画？这园子却是像画儿一般，山石树木，楼阁房屋，远近疏密，也不多，也不少，恰恰的是这样。你若照样儿往纸上一画，是必不能讨好的。这要看纸的地步远近，该多该少，分主分宾，该添的要添，该藏该减的要藏要减，该露的要露。这一起了稿子，再端详斟酌，方成一幅图样。第二件，这些楼台房舍，是必要用界划的，一点儿不留神，阑杆也歪了，柱子也塌了，门窗也倒竖过来，阶砌也离了缝，甚至桌子挤到墙里头去，花盆放在帘子上来，岂不倒成了一张笑话儿了？第三，要安插人物，也要有疏密，有高低。衣褶裙带，手指足步，最是要紧，一笔不细，不是肿了手，就是瘸了脚，染脸撕发，倒是小事。依我看来，竟难的很。如今一年的假也太多，一月的假也太少，竟给他半年的假，再派了宝兄弟帮着他。并不是为宝兄弟知道教着他画，那就更误了事；为的是有不知道的，或难安插的，宝兄弟好拿出去问问那会画的相公，就容易了。”

宝玉听了，先喜的说：“这话极是。詹子亮的工细楼台就极好，程日兴的美人是绝技，如今就问他们去。”宝钗道：“我说你是‘无事忙’，说了一声，你就问他去。也等着商议定了再去。如今且说拿什么画？”宝玉道：“家里有雪浪纸，又大又托墨。”宝钗冷笑道：“我说你不中用！那雪浪纸写字、画写意画儿，或是会山水的画南宗山水，托墨，禁得皴染；拿了画这个，又不托色，又难滃，画也不好，纸也可惜。我教给你一个法子：原先盖这园子就有一张细致图样，虽是画工描的，那地步、方向是不错的。你和太太要了出来，也比着那纸大小，和凤丫头要一块重绢，交给外边相公们，叫他照着这图样删补着立了稿子，添了人物就是了。就是配这些青绿颜色并泥金泥银，也得他们配去。你们也得另拢上风炉子，预备化胶、出胶、洗笔。还得一个粉油大案，铺上毡子。你们那些碟子也不全，笔也不全，都从新再弄一分儿才好。”惜春道：“我何曾有这些画器？不过随手写字的笔画画罢了。就是颜色，只有赭石、广花、藤黄、胭脂这四样。再有不过是两支着色的笔就完了。”宝钗道：“你何不早说？这些东西我却还有，只是你用不着，给你也白放着。如今我且替你收着，等你用着这个的时候我送你些。也只可留着画扇子，若画这大幅的，也就可惜了。今儿替你开个单子，照着单子和老太太要去。你们也未必知道的全，我说着，宝兄弟写。”宝玉早已预备下笔砚了，原怕记不清楚，要写了记着，听宝钗如此说，喜的提起笔来静听。

宝钗说道：“头号排笔四支，二号排笔四支，三号排笔四支，大染四支，中染四支，小染四支，大南蟹爪十支，小蟹爪十支，须眉十支，大着色二十支，小着色二十支，开面十支，柳条二十支；箭头朱四两，南赭四两，石黄四两，石青四两，石绿四两，管黄四两，广花八两，铅粉十四匣，胭脂十二帖，大赤飞金二百帖，青金二百帖，广匀胶四两，净矾四两。矾绢的胶矾在外，别管他们，只把绢交出去叫他们矾去。这些颜色，咱们淘澄飞跌着，又顽了，又使了，包你一辈子都够使了。再要顶细绢箩四个，粗箩二个，担笔四支，大小乳钵四个，大粗碗二十个，五寸粗碟十个，三寸粗白碟子二十个，风炉两个，沙锅大小四个，新磁缸二口，新水桶四只，一尺长白布口袋四个，浮炭二十斤，柳木炭一二斤，三屉木箱一个，实地纱一丈，生姜二两，酱半斤。”黛玉忙笑道：“铁锅一口，铁铲一个。”宝钗道：“这做什么？”黛玉道：“你要生姜和酱这些作料，我替你要铁锅来，好炒颜色吃啊。”众人都笑起来。宝钗笑道：“颦儿，你知道什么？那粗磁碟子，保不住不上火烘，不拿姜汁子和酱预先抹在底子上烘过，一经了火，是要炸的。”众人听说，都道：“原来如此。”

黛玉又看了一回单子，笑着拉探春，悄悄的道：“你瞧瞧，画个画儿，又要起这些水缸箱子来！想必糊涂了，把他的嫁妆单子也写上了。”探春听了，笑个不住，说道：“宝姐姐，你还不拧他的嘴？你问问他编派你的话。”宝钗笑道：“不用问，狗嘴里还有象牙不成！”一面说，一面走上来把黛玉按在炕上，便要拧他的脸。黛玉笑着，忙央告道：“好姐姐，饶了我罢！颦儿年纪小，只知说，不知道轻重，做姐姐的教导我。姐姐不饶我，我还求谁去呢？”众人不知话内有因，都笑道：“说的好可怜见儿的，连我们也软了，饶了他罢。”宝钗原是和他顽的，忽听他又拉扯上前番说他胡看杂书的话，便不好再和他闹了，放起他来。黛玉笑道：“到底是姐姐，要是我，再不饶人的。”宝钗笑指他道：“怪不得老太太疼你，众人爱你，今儿我也怪疼你的了。过来，我替你把头发拢拢罢。”黛玉果然转过身来，宝钗用手拢上去。宝玉在旁看着，只觉更好，不觉后悔不该令他抿上鬓去，也该留着，此时叫他替他抿上去。正自胡思，只见宝钗说道：“写完了，明儿回老太太去。若家里有的就罢，若没有的，就拿些钱去买了来，我帮着你们配。”宝玉忙收了单子。

大家又说了一回闲话。至晚饭后，又往贾母处来请安。贾母原没有大病，不过是劳乏了，兼着了些凉，温存了一日，又吃了一两剂药，发散了发散，至晚也就好了。不知次日又有何话，下回分解。

第四十三回　闲取乐偶攒金庆寿　不了情暂撮土为香

话说王夫人因见贾母那日在大观园不过着了些风寒，不是什么大病，请医生吃了两剂药也就好了，便放了心，因命凤姐来，分付他预备给贾政带送东西。正商议着，只见贾母打发人来叫，王夫人忙引着凤姐儿过来。王夫人又请问：“这会子可又觉大安些？”贾母道：“今日可大好了。方才你们送来野鸡崽子汤，我尝了一尝，倒有味儿，又吃了两块肉，心里很受用。”王夫人笑道：“这是凤丫头孝敬老太太的，算他的孝心虔，不枉了素日老太太疼他。”贾母点头笑道：“难为他想着。若是还有生的，再炸上两块，咸浸浸的，吃粥有味儿。那汤虽好，就只不对稀饭。”凤姐听了，连忙答应，命人去厨房传话。

这里贾母又向王夫人笑道：“我打发人找你来，不为别的，初二日是凤丫头的生日，上两年我原早想着替他做生日，偏到跟前又有大事，就混过去了。今年人又齐全，料着又没事，咱们大家好生乐一日。”王夫人笑道：“我也想着呢。既是老太太高兴，何不就商议定了？”贾母笑道：“我想，往年不拘谁做生日，都是各自送各自的礼，这个也俗了，也觉太生分似的。今儿我出个新法子，又不生分，又可取乐。”王夫人忙道：“老太太怎么想着好，就是怎么样行。”贾母笑道：“我想着，咱们也学那小家子：大家凑分子，多少尽着这钱去办。你道好不好？”王夫人道：“这个很好，但不知怎么凑法？”贾母听说，一发高兴起来，忙遣人去请薛姨妈、邢夫人等，又叫请姑娘们并宝玉。那府里贾珍的媳妇，并赖大家的等有些头脸管事的媳妇，也都叫了来。

众丫头婆子见贾母十分高兴，也都高兴，忙忙的各自分头去请的请，传的传。没顿饭的工夫，老的少的，上的下的，乌压压挤了一屋子。只薛姨妈和贾母对坐，邢夫人、王夫人只坐在房门前两张椅子上，宝钗姊妹等五六个人坐在炕上，宝玉坐在贾母怀前，底下满满的站了一地。贾母忙命拿几张小杌子来，给赖大母亲等几个高年有体面的嬷嬷坐了。贾府风俗：年高伏侍过父母的家人，比年轻的主子还有体面。所以尤氏、凤姐儿等只管地下站着，那赖大的母亲等三四个老嬷嬷告了罪，都坐在小杌子上了。

贾母笑着，把方才一夕话说与众人听了，众人谁不凑这趣儿？再也有和凤姐儿好，情愿这样的；也有畏惧凤姐儿，巴不得奉承的：况且都是拿得出来的，所以一闻此言，都欣然应诺。贾母先道：“我出二十两。”薛姨妈笑道：“我随着老太太，也是二十两。”邢夫人、王夫人笑道：“我们不敢和老太太并肩，自然矮一等：每人十六两罢了。”尤氏、李纨也笑道：“我们自然又矮一等，每人十二两罢。”贾母忙和李纨道：“你寡妇失业的，那里还拉你出这个钱？我替你出了罢。”凤姐忙笑道：“老太太别高兴，且算一算帐再揽事。老太太身上已有两分呢，这会子又替大嫂子出十二两，说着高兴，一会子回想，又心疼了。过后儿又说：‘都是为凤丫头化了钱。’使个巧法子，哄着我拿出三四倍子来暗里补上，我还做梦呢！”说的众人都笑了。

贾母笑道：“依你怎么样呢？”凤姐笑道：“生日没到，我这会子已经折受的不受用了。我一个钱也不出，惊动这些人，实在不安。不如大嫂子这分我替他出了罢，我到那一日多吃些东西，就享了福了。”邢夫人等听了，都说：“很是。”贾母方允了。凤姐儿又笑道：“我还有一句话呢。我想老祖宗自己二十两，又有林妹妹、宝兄弟的两分子；姨妈自己二十两，又有宝妹妹的一分子：

这倒也公道。只是二位太太每位十六两，自己又少，又不替人出，这有些不公道。老祖宗吃了亏了。”贾母听了，呵呵大笑道：“到底是我的凤丫头向着我，这说的很是。要不是你，我叫他们又哄了去了！”凤姐笑道：“老祖宗只把他哥儿两个交给两位太太，一位占一个罢，派每位替出一分就是了。”贾母忙说：“这很公道，就是这样。”赖大的母亲忙站起来，笑道：“这可反了！我替二位太太生气。在那边是儿子媳妇，在这边是内侄女儿，倒不向着婆婆姑姑，倒向着别人，这儿媳妇倒成了陌路人，内侄女儿竟成了外侄女儿了！”说的贾母与众人都大笑起来了。

赖大之母因又问道：“少奶奶们十二两，我们自然也该矮一等了。”贾母听说，道：“这使不得。你们虽该矮一等，我知道你们这几个都是财主，位虽低些，钱却比他们多。你们和他们一例才使得。”众嬷嬷听了，连忙答应。贾母又道：“姑娘们不过应个景儿，每人照一个月的月例就是了。”又回头叫鸳鸯来：“你们也凑几个人，商议凑了来。”鸳鸯答应着，去不多时，带了平儿、袭人、彩霞等，还有几个丫头来，也有二两的，也有一两的。贾母因问平儿：“你难道不替你主子做生日，还入在这里头？”平儿笑道：“我那个私自另外的有了，这是公中的，也该出一分。”贾母笑道：“这才是好孩子。”

凤姐又笑道：“上下都全了。还有二位姨奶奶，他出不出，也问一声儿，尽到他们是理，不然，他们只当小看了他们了。”贾母听说，忙说：“可是呢，怎么倒忘了他们！只怕他们不得闲儿，叫一个丫头问问去。”说着，早有丫头去了。半日回来，说道：“每位也出二两。”贾母喜道：“拿笔砚来，算明共计多少。”尤氏因悄骂凤姐道：“我把你这没足厌的小蹄子！这么些婆婆婶子来凑银子给你做生日，你还不足，又拉上两个苦瓠子做什么！”凤姐也悄笑道：“你少胡说，一会子离了这里，我才和你算帐。他们两个为什么苦呢？有了钱，也是白填送别人，不如拘了来咱们乐。”

说着，早已合算了：共凑了一百五十两有余。贾母道：“一天戏酒用不了。”尤氏道：“既不请客，酒席又不多，两三日的用度都够了。头等，戏不用钱，省在这上头。”贾母道：“凤丫头说那一班好，就传那一班。”凤姐道：“咱们家的班子都听熟了，倒是化几个钱叫一班来听听罢。”贾母道：“这件事我交给珍哥媳妇了，越性叫凤丫头别操一点心，受用一日才算。”尤氏答应着。又说了一回话，都知贾母乏了，才渐渐的散出来。

尤氏等送出邢夫人、王夫人二人散去，他往凤姐房里来，商议怎么办生日的话。凤姐儿道：“你不用问我，你只看老太太的眼色行事就完了。”尤氏笑道：“你这阿物儿也忒行了大运了！我当有什么事叫我们去，原来单为这个。出了钱不算，还要我操心！你怎么谢我？”凤姐笑道：“别扯臊！我又没叫你来，谢你什么？你怕操心，你这会子就回老太太去，再派一个就是了。”尤氏笑道：“你瞧他兴的这个样儿！我劝你收着些儿好，太满了，就出来了。”二人又说了一回方散。

次日，将银子送到宁国府来，尤氏方才起来梳洗，因问：“是谁送过来的？”丫头们回说：“是林大娘。”尤氏便命叫了他来。丫头们走至下房，叫了林之孝家的过来。尤氏命他脚踏上坐下，一面忙着梳洗，一面问他：“这一包银子共多少？”林之孝家的回说：“这是我们底下人的银子，凑了先送过来。老太太和太太们的还没有呢。”正说着，丫头们回说：“那府里太太和姨太太打发人送分子来了。”尤氏笑骂道：“小蹄子们，专会记得这些没要紧的话！昨儿不过老太太一时高兴，故意的要学那小家子凑分子，你们就记得，到了你们嘴里当正经的说！还不快接了进来，好生待茶，再打发他们去。”丫头们笑着，忙接银子进来。一共两封，连宝钗、黛玉的都有了。尤氏问：“还少谁的？”林之孝家的道：“还少老太太、太太、姑娘们的和底下姑娘们的。”尤氏道：“还有你们大奶奶的呢？”林之孝家的道：“奶奶过去，这银子都从二奶奶手里发，一共都有了。”

说着，尤氏已梳洗了，命人伺候车辆。一时来至荣府，先来见凤姐，只见凤姐已将银子封好，正要送去。尤氏问：“都齐了么？”凤姐笑道：“都有了，快拿去罢，丢了我不管。”尤氏笑道：“我有些儿不信，倒要当面点一点。”说着，果然按数一点，只没有李纨的一分。尤氏笑道：“我说你肏鬼呢，怎么你大嫂子的没有？”凤姐笑道：“那么些还不够？便短一分儿，也罢了。等不够了，我再找给你。”尤氏道：“昨儿你在人跟前做情，今儿又来和我赖！这个断不依你，我只和老太太要去。”凤姐笑道：“我看你利害！明儿有了事，我也丁是丁卯是卯的，你也别抱怨。”尤氏笑道：“只这一分儿不给也罢了。不看你素日孝敬我，我本来依你么？”说着，把平儿的一分子拿了出来，说道：“平儿，来！把你的收了去，等不够了，我替你添上。”平儿会意，笑说道：“奶奶先使着，若剩下了，再赏我一样。”尤氏笑道：“只许你主子作弊，就不许我做情儿？”平儿只得收了。尤氏又道：“我看着你主子这么细致，弄这些钱那里使去？使不了，明儿带了棺材里使去！”

一面说着，一面又往贾母处来。先请了安，大概说了两句话，便走到鸳鸯房中和鸳鸯商议，只听鸳鸯的主意行事，何以讨贾母欢喜。二人计议妥当。尤氏临走时，便把鸳鸯的二两银子还他，说:“这还使不了呢。”说着，一径出来。又至王夫人跟前，说了一回话。因王夫人进了佛堂，把彩云的一分也还了他。凤姐儿不在跟前，一时把周、赵二人的也还了。他两个还不敢收，尤氏道:“你们可怜见的，那里有这些闲钱？凤丫头便知道了，有我应着呢。”二人听说，千恩万谢的收了。

转眼已是九月初二日，园中人都打听得尤氏办得十分热闹：不但有戏，连耍百戏并说书的女先儿全有，都打点着取乐顽耍。李纨又向众姊妹道：“今儿是正经社日，可别忘了。宝玉也不来，想必他只图热闹，把清雅就丢了。”说着，便命丫头：“去瞧做什么呢，快请了来。”丫头去了半日，回说：“花大姐姐说，今儿一早就出门去了。”众人听了都诧异，说：“再没有出门之理！这丫头糊涂，不知说话。”因又命翠墨去。一时翠墨回来，说：“可不，真出门了。说有个朋友死了，出去探丧去了。”探春道:“断然没有的事。凭他什么，再没有今日出门之理。你叫袭人来，我问他。”刚说着，只见袭人走来，李纨等都说道：“今儿凭他有什么事，也不该出门。头一件，你二奶奶的生日，老太太都这么高兴，两府上下众人来凑热闹，他倒去了？第二件，又是头一社的正日子，他也不告假，就私自去了！”袭人叹道：“昨儿晚上就说了，今儿一早有要紧的事到北静王府里去，就赶回来的。劝他不要去，他必不依。今儿一早起来，又要素衣裳穿，想必是北静王府里的要紧姬妾没了，也未可知。”李纨等道:“若果如此，也该去走走。只是也该回来了。”说着，大家又商议:“咱们只管做诗，等他回来罚他。”刚说着，只见贾母已打发人来请，便都往前头去了。袭人回明宝玉的事，贾母不乐，便命人接去。

原来宝玉心里有件心事，于头一日就分付焙茗：“明日一早要出门，备两匹马在后门口等着，不要别一个跟着。说给李贵：我往北府里去了，倘或要有人找我，叫他拦住不用找，只说北府里留下了，横竖就来的。”焙茗也摸不着头脑，只得依言说了。今日一早，果然备了两匹马在后园门等着。天亮了，只见宝玉遍体纯素，从角门出来，一语不发，跨上马，一弯腰，顺着街就趱下去了。焙茗也只得跨上马，加鞭赶上，在后面忙问:“往那里去？”宝玉道:“这条路是往那里去的？”焙茗道：“这是出北门的大道。出去了，冷清清没有可顽的。”宝玉听说，点头道：“正要冷清清的地方好。”说着，越发加了两鞭，那马早已转了两个湾子，出了城门。

焙茗越发不得主意，只得紧紧的跟着。一气跑了七八里路出来，人烟渐渐稀少，宝玉方勒住马，回头问焙茗道:“这里可有卖香的？”焙茗道:“香倒有，不知是那一样？”宝玉想道:“别的香不好，须得檀、芸、降三样。”焙茗笑道:“这三样可难得。”宝玉为难。焙茗见他为难，因问道：“要香做什么使？我见二爷时常带的小荷包有散香，何不找一找？”一句提醒了宝玉，便回手向衣襟上拉出一个荷包来，摸了一摸，竟有两星沉速，心内欢喜：“只是不恭些。”再想：“自己亲身带的，倒比买的又好些。”于是又问炉炭，焙茗道：“这可罢了！荒郊野外，那里有？既用这些，何不早说？带了来，岂不便宜？”宝玉道:“糊涂东西！若可带了来，又不这样没命的跑了！”焙茗想了半日，笑道:“我得了个主意,不知二爷心下如何。我想来二爷不止用这个呢,只怕还要用别的。这也不是事。如今我们就往前再走二里地，就是水仙庵了。”宝玉听了，忙问:“水仙庵就在这里？更好了，我们就去。”

说着，就加鞭前行，一面回头向焙茗道:“这水仙庵的姑子常往咱们家去，这一去到那里，和他借香炉使使，他自然是肯的。”焙茗道：“别说是咱们家的香火，就是平白不认识的庙里，和他借，他也不敢驳回。只是一件：我常见二爷最厌这水仙庵的，如何今儿又这样喜欢了？”宝玉道：“我素日最恨俗人不知原故混供神、混盖庙，这都是当日有钱的老公们和那些有钱的愚妇们，听见有个神,就盖起庙来供着,也不知那神是何人,因听些野史小说,便信真了。比如这水仙庵，里面因供的是洛神，故名水仙庵，殊不知古来并没有个洛神，那原是曹子建的谎话，谁知这起愚人就塑了像供着！今儿却合我的心事，故借他一用。”

说着，早已来至门前。那老姑子见宝玉来了，事出意外，竟像天上掉下个活龙来的一般，忙上来问好，命老道来接马。宝玉进去，也不拜洛神像，却只管赏鉴。虽是泥塑的，却真有“翩若惊鸿，婉若游龙”之态，“荷出绿波，日映朝霞”之姿。宝玉不觉滴下泪来。老姑子献了茶,宝玉因和他借香炉烧香。那姑子去了半日，连香供纸马都预备了来。宝玉说道：“一概不用。”命焙茗捧着炉，出至后园中，拣一块干净地方儿，竟拣不出。焙茗道：“那井台上如何？”宝玉点头，一齐来至井台上，将炉放下，焙茗站过一旁。

宝玉掏出香来焚上,含泪施了半礼,回身命:“收了去。”焙茗答应,且不收,忙爬下去叩了几个头，口内祝道：“我焙茗跟二爷这几年，二爷的心事我没有不知道的，只有今儿这一祭祀没有告诉我，我也不敢问。只是受祭的阴魂虽不知名姓，想来自然是那人间有一、天上无双的极聪敏极清雅的一位姐姐妹妹了。二爷心事不能出口，让我代祝：你若有灵有圣，我们二爷这样想着你，你也时常来望候望候二爷，未尝不可。你在阴间，保佑二爷来生也变个女孩儿，和你们一处顽耍，岂不两下里都有趣了？”说毕，又叩了几个头才爬起来。

宝玉听他没说完，便掌不住笑了，因踢他道：“休胡说！防人听见笑话！”焙茗起来，收过香炉，和宝玉走着，因道：“我已经合姑子说了：二爷还没用饭，叫他收拾了些东西，二爷勉强吃些。我知道今儿里头大排筵宴，热闹非常，二爷为此才躲了来的。横竖在这里清净一天，也就尽礼了。若不吃东西，断使不得。”宝玉道：“戏酒既不吃，这随便素的吃些何妨。”焙茗道：“这才是。还有一说：咱们来了，必有人不放心。若没有人不放心，便晚些进城何妨？若有人不放心，二爷须得进城回家去才是，第一老太太、太太也放了心，第二礼也尽了。不过如此。就是家去了看戏吃酒，也并不是爷有意，原不过陪着父母尽孝道。若单为了这个，不顾老太太、太太悬心，就是方才那受祭的阴魂也不安稳。二爷想我这话如何？”宝玉笑道：“你的意思我猜着了。你想着：只你一个跟了我出来，回来你怕担不是，所以拿这大题目来劝我。我才来了，不过为尽个礼，再去吃酒看戏，并没说一日不进城。这已完了心愿，赶着进城，大家放心，岂不两尽其道？”焙茗道：“这更好。”说着，二人来至禅堂，果然那姑子收拾了一桌素菜，宝玉胡乱吃了些，焙茗也吃了。

二人便上马，仍回旧路。焙茗在后面只嘱付：“二爷好生骑着，这马总没大骑，手提紧着些。”一面说着，早已进了城，仍从后门进去，忙忙来至怡红院中。袭人等都不在房中，只有几个老婆子看屋子，见他来了，都喜的眉开眼笑，道：“阿弥陀佛！可来了！没把花姑娘急疯了呢。上头正坐席呢，二爷快去罢。”宝玉听说，忙将素服脱了，自己找了颜色吉服换上，便问道：“都在什么地方坐席呢？”老婆子们回道：“在新盖的大花厅上呢。”

宝玉听了，一径往花厅上来，耳内早隐隐闻得箫管歌吹之声。刚到穿堂那边，只见玉钏儿独坐在廊檐下垂泪，一见宝玉来了，便长叹了一口气，背着脸儿说道：“咳，凤凰来了，快进去罢。再一会子不来，可就都反了。”宝玉陪笑道：“你猜我往那里去了？”玉钏儿把身一扭，也不理他，只管拭泪。宝玉只得快快的进去了。到了花厅上，见了贾母、王夫人等，众人真如得了凤凰一般。贾母先问道：“你往那里去了？这早晚才来！还不给你姐姐行礼去呢。”因笑着又向凤姐儿道：“你兄弟不知好歹。就有要紧的事，怎么也不说一声儿，就私自跑了，这还了得！明儿再这样，等你老子回家，必告诉他打你！”凤姐儿笑着道：“行礼倒是小事，宝兄弟明儿断不可不言语一声儿，也不传人跟着就出去。街上车马多，头一件叫人不放心；再，也不像咱们这样人家出门的规矩。”这里贾母又骂跟的人：“为什么都听他的话，说往那里去就去了？也不回一声儿！”一面又问他：“到底是往那里去了？可吃了些什么没有？吓着了没有？”宝玉只回说：“北静王的一个爱妾昨日没了，今日给他道恼去。我见他哭的那样，不好撇下他就回来，所以多等了一会子。”贾母道：“以后再私自出门，不先告诉我，一定叫你老子打你！”宝玉连忙答应着。贾母又要打跟的人，众人又劝道：“老太太也不必生气了。他已经答应不敢了，况且回来又没事，大家该放心乐一会子了。”贾母先不放心，自然着急发狠；今见宝玉回来，也就不提了。还怕他不受用，或者别处没吃饭，路上着了惊恐，反又百般的哄他。袭人早已过来伏侍。

大家仍旧看戏。当日演的是《荆钗记》，贾母、薛姨妈等都看的心酸落泪，也有笑的，也有恨的，也有骂的。要知端的，下回分解。

第四十四回　变生不测凤姐泼醋　喜出望外平儿理妆

话说众人看演《荆钗记》，宝玉和姊妹一处坐着。黛玉因看到“男祭”这出上，便和宝钗说道：“这王十朋也不通的很：不管在那里祭一祭罢了，必定跑到江边上来做什么？俗语说：‘睹物思人’，天下的水总归一源，不拘那里的水舀一碗看着哭去，也就尽情了。”宝钗不答。宝玉听了，却又发起呆来。

原来贾母说今日不比往日，定要教凤姐痛乐一日。本来自己懒怠坐席，只在里间屋里榻上歪着，和薛姨妈看戏，随心爱吃的拣几样放在小几上，随意吃着说话儿。将自己两桌席面，赏那没有席面的大小丫头并那应差听差的妇人等，命他们在窗外廊檐下，也只管坐着随意吃去，不必拘礼。王夫人和邢夫人在地下高桌上坐着，外面几席是他们姊妹们坐。贾母不时分付尤氏等：“让凤丫头坐上面，你们好生替我待东，难为他一年到头辛苦。”尤氏答应了，又笑回道：“他说坐不惯首席，坐在上头横不是竖不是的，酒也不肯吃。”贾母听了，笑道：“你不会，等我亲自让他去。”凤姐儿忙也进来，笑说：“老祖宗，别信他们的话，我吃了好几钟了。”贾母笑着命尤氏：“快拉他出去，按在椅子上，你们都轮流敬他。他再不吃，我当真的就亲自去了。”

尤氏听说，忙笑着又拉他出来坐下，命人拿了台盏斟了酒，笑道："一年到头，难为你孝顺老太太、太太和我。我今儿没什么疼你的，亲自斟杯酒，乖乖儿的在我手里吃一口罢。"凤姐儿笑道："你要安心孝敬我，跪下我就吃。"尤氏笑道："说的你不知是谁！我告诉你说罢，好容易今儿这一遭，过了后儿，知道还得像今儿这样的不得了？趁着尽力灌两钟子罢！"凤姐儿见推不过，只得吃了两钟。接着众姊妹也来，凤姐也只得每人的吃一口。赖大嬷嬷见贾母尚且这等高兴，也少不得来凑趣儿，领着些嬷嬷们也来敬酒。凤姐儿也难推脱，只得吃了两口。鸳鸯等也都来敬，凤姐儿真不能了，忙央告道："好姐姐们，饶了我罢，我明儿再吃罢。"鸳鸯笑道："真个的我们是没脸的了！就是我们在太太跟前，太太还赏个脸儿呢。往常倒有些体面，今儿当着这些人，倒做起主子的款儿来了！我原不该来，不吃，我们就走。"说着，真个回去了。凤姐儿连忙拉住，笑道："好姐姐，我吃就是了。"说着，拿过酒来，满满的斟了一杯吃干。鸳鸯方笑了散去。

然后又入席，凤姐儿自觉酒沉了，心里突突的往上撞，要往家去歇歇，只见那耍百戏的上来，便和尤氏说："预备赏钱。我要洗洗脸去。"尤氏点头。凤姐儿觑人不防，便出了席，往房门后檐下走来。平儿留心，也忙跟了来，凤姐便扶着他。才至穿廊下，只见他房里的一个小丫头子正在那里站着，见他两个来了，回身就跑。凤姐儿便疑心，忙叫，那丫头先只妆听不见，无奈后面连平儿也叫，只得回来。凤姐儿越发起了疑心，忙和平儿进了穿廊，叫那小丫头子也进来，把槅扇关了，凤姐坐在小院子的台阶上，命那小丫头跪了，喝命平儿："叫两个二门上的小厮来，拿绳子鞭子，把眼睛里没主子的小蹄子打烂了！"那小丫头子已经吓的魂飞魄散，哭着只管磕头求饶。凤姐儿问道："我又不是鬼，你见了我，不说规规矩矩站住，怎么倒往前跑？"小丫头子哭道："我原没看见奶奶来，我又记挂着房里无人，所以跑了。"凤姐儿道："房里既无人，谁叫你出来的？你便没看见，我和平儿在后头扯着脖子叫了你十来声，越叫越跑！离的又不远，你聋了不成？你还和我强嘴！"说着，便扬手一掌打在脸上，打的那小丫头子一栽；这边脸上又一下，登时，小丫头子两腮紫胀起来。平儿忙劝："奶奶仔细手疼。"凤姐便说："你再打着问他跑什么！他再不说，把嘴撕烂了他的！"

那小丫头子先还强嘴，后来听见凤姐儿要烧了红烙铁来烙嘴，方哭道："二爷在家里，打发我来这里瞧着奶奶的，若见奶奶散了，先叫我送信去的。

不承望奶奶这会子就来了。”凤姐儿见话中有文章，便又问道：“叫你瞧着我做什么？难道怕我家去不成？必有别的原故。快告诉我，我从此以后疼你；你若不细说，立刻拿刀子来割你的肉！”说着，回头向头上拔下一根簪子来，向那丫头嘴上乱戳，吓的那丫头一行躲，一行哭，求道：“我告诉奶奶，可别说我说的。”平儿一旁劝，一面催他，叫他快说。丫头便说道：“二爷也是才来，来了就开了箱子，拿了两块银子，还有两支簪子、两匹缎子，叫我悄悄的送与鲍二的老婆去，叫他进来。他收了东西，就往咱们家里来了。二爷叫我瞧着奶奶。底下的事，我就不知道了。”

凤姐听了，已气的浑身发软，忙立起身来，一径来家。刚至院门，只见又有一个小丫头在门前探头儿，一见了凤姐，也缩头就跑，凤姐儿提着名字喝住。那丫头本来伶俐，见躲不过了，越发的跑了出来，笑道：“我正要告诉奶奶去呢，可巧奶奶来了。”凤姐道：“告诉我什么？”那丫头便说二爷在家这般如此，将方才的话也说了一遍。凤姐啐道：“你早做什么了？这会子我看见你了，你来推干净儿！”说着，扬手一下，打的那丫头一个趔趄，便蹑脚儿走了。

凤姐来至窗前，往里听时，只听里头说笑。那妇人道：“多早晚你那阎王老婆死了就好了。”贾琏道：“他死了，再娶一个也是这样，又怎么样呢？”那妇人道：“他死了，你倒是把平儿扶了正，只怕还好些。”贾琏道：“如今连平儿他也不叫我沾一沾了。平儿也是一肚子委屈，不敢说。我命里怎么就该犯了夜叉星！”凤姐听了，气的浑身乱战。又听他们都赞平儿，便疑平儿素日背地里自然也有怨语了，那酒越发涌了上来，也并不忖夺，回身把平儿先打两下；一脚踢开了门进去，也不容分说，抓着鲍二家的撕打一顿；又怕贾琏走出去，便堵着门站着，骂道：“好娼妇！你偷主子汉子，还要治死主子老婆！平儿过来！你们娼妇忘八一条藤儿，多嫌着我，外面儿你哄我！”说着，又把平儿打了几下，打的平儿有冤无处诉，只气得干哭，骂道：“你们做这些没脸的事，好好的又拉上我做什么！”说着，也把鲍二家的撕打起来。

贾琏也因吃多了酒，进来高兴，未曾做的机密，一见凤姐来了，已没了主意，又见平儿也闹起来，把酒也气上来了。凤姐儿打鲍二家的，他已又气又愧，只不好说的；今见平儿也打，便上来踢骂道：“好娼妇！你也动手打人！”平儿气怯，忙住了手，哭道：“你们背地里说话，为什么拉我呢！”凤姐见平儿怕贾琏，越发气了，又赶上来打着平儿，偏叫他打鲍二家的。平儿急了，便跑出来找刀子，要寻死。外面众婆子、丫头忙拦住解劝。这里凤姐见平儿寻死去，便一头撞在贾琏怀里，叫道：“你们一条藤儿害我，被我听见，倒都吓起我来！你也勒死我罢！”贾琏气的墙上拔出剑来，说道：“不用寻死！我也急了，一齐杀了，我偿了命，大家干净！”

正闹的不开交，只见尤氏等一群人来了，说：“这是怎么说？才好好的，就闹起来！”贾琏见了人，越发“倚酒三分醉”，逞起威风来，故意要杀凤姐儿。凤姐儿见人来了，便不似先前那般泼了，丢下众人，便哭着往贾母那边跑。

此时戏已散了，凤姐跑到贾母跟前，爬在贾母怀里，只说：“老祖宗救我！琏二爷要杀我呢！”贾母、邢夫人、王夫人等忙问：“怎么了？”凤姐儿哭道：“我才家去换衣裳，不防琏二爷在家和人说话，我只当是有客来了，吓的我不敢进去。在窗户外头听了一听，原来是和鲍二家的媳妇商议，说我利害，要拿毒药给我吃了治死我，把平儿扶了正。我原生了气，又不敢和他吵，原打了平儿两下，问他为什么害我。他臊了，就要杀我。”贾母听了，都信以为真，说：“这还了得！快拿了那下流种子来！”

一语未完，只见贾琏拿着剑赶来，后面许多人跟着。贾琏明仗着贾母素昔疼他们，连母亲、婶娘也无碍，故逞强闹了来。邢夫人、王夫人见了，气的忙拦住骂道：“这下流东西，你越发反了！老太太在这里呢！”贾琏乜斜着眼道：“都是老太太惯的他，他才这样，连我也骂起来了！”邢夫人气的夺下剑来，只管喝他：“快出去！”那贾琏撒娇撒痴，涎言涎语的，还只乱说。贾母气的说道：“我知道你不把我们放在眼里！叫人把他老子叫来，看他去不去！”贾琏听见这话，方趔趄着脚儿出去了，赌气也不往家去，便往外书房来。

这里邢夫人、王夫人也说凤姐。贾母道：“什么要紧的事！小孩子们年轻，馋嘴猫儿似的，那里保的住不这么着？从小儿是人都打这么过的。都是我的不是，叫你多吃了两口酒，又吃起醋来了。”说的众人都笑了。贾母又道：“你放心，明儿我叫他来替你赔不是。你今儿别过去臊着他。”因又骂：“平儿那蹄子，素日我倒看他好，怎么暗地里这么坏！”尤氏等笑道：“平儿没有不是，是凤丫头拿着人家出气。两口子不好对打，都拿着平儿杀性子。平儿委屈的什么似的呢，老太太还骂人家。”贾母道：“原来这样，我说那孩子倒不像那狐媚魇道的。既这么着，可怜见的，白受他们的气。”因叫琥珀来：“你去告诉平儿，就说我的话：我知道他受了委曲，明儿我叫他主子来替他赔不是。今儿是他主子的好日子，不许他胡闹。”

原来平儿早被李纨拉入大观园去了。平儿哭的哽噎难言。宝钗劝道："你是个明白人，你们奶奶素日何等待你，今儿不过他多吃了一口酒。他可不拿你出气，难道拿别人出气不成？别人又笑话他是假的了！"正说着，只见琥珀走来，说了贾母的话。平儿自觉面上有了光辉，方才渐渐的好了，也不往前头来。宝钗等歇息了一回，方来看贾母、凤姐。

宝玉便让了平儿到怡红院中来，袭人忙接着，笑道："我先原要让你的，只因大奶奶和姑娘们都让你，我就不好让的了。"平儿也陪笑说："多谢。"因又说道："好好儿的，从那里说起！无缘无故白受了一场气。"袭人笑道："二奶奶素日待你好，这不过是一时气急了。"平儿道："二奶奶倒没说的，只是那倡妇治的我，他又偏拿我凑趣儿！还有我们那糊涂爷，倒打我！"说着，便又委屈，禁不住流下泪来。宝玉忙劝道："好姐姐，别伤心，我替他两个赔个不是罢。"平儿笑道："与你什么相干！"宝玉笑道："我们兄弟姊妹都一样，他们得罪了人，我替他赔个不是，也是应该的。"又道："可惜这新衣裳也沾了。这里有你花妹妹的衣裳，何不换了下来，拿些烧酒喷了熨一熨，把头也另梳一梳。"一面说，一面便分付了小丫头子们舀洗脸水，烧熨斗来。

平儿素昔只闻人说，宝玉专能和女孩儿们接交。宝玉素日因平儿是贾琏的爱妾，又是凤姐儿的心腹，故不肯和他厮近，因不能尽心，也常为恨事。平儿如今见他这般，心中也暗暗的敁敠："果然话不虚传，色色想得周到。"又见袭人特特的开了箱子，拿出两件不大穿的衣服，忙来洗了脸。宝玉在旁笑劝道："姐姐还该擦上些脂粉，不然倒像是和凤姐姐赌气了似的。况且又是他的好日子，而且老太太又打发了人来安慰你。"平儿听了有理，便去找粉，只不见粉。宝玉忙走至妆台前，将一个宣窑磁盒揭开，里面盛着一排十根玉簪花棒儿，拈了一根递与平儿，又笑说道："这不是铅粉，这是紫茉莉花种，研碎了兑上香料制的。"平儿倒在掌上看时，果见轻白红香，四样俱美，扑在面上也容易匀净，且能润泽，不像别的粉涩滞。然后看见胭脂，也不是一张，却是一个小小的白玉盒子，里面盛着一盒，如玫瑰膏子一样。宝玉笑道："那市卖的胭脂都不干净，颜色也薄。这是上好的胭脂拧出汁子来，淘澄净了，配了花露蒸成的。只要细簪子挑一点儿抹在唇上就够了，用一点水化开，抹在手心里，就够拍脸的了。"平儿依言妆饰，果见鲜艳异常，且又甜香满颊。宝玉又将盆内开的一支并蒂秋蕙用竹剪刀铰了下来，与他簪在鬓上。忽见李纨打发丫头来唤他，方忙忙的去了。

宝玉因自来从未在平儿前尽过心，且平儿又是个极聪明、极清俊的上等女孩儿，比不得那起俗拙蠢物，深为恨怨。今日是金钏儿生日，故一日不乐。不想落后闹出这件事来，竟得在平儿前稍尽片心，也算今生意中不想之乐。因歪在床上，心内怡然自得。忽又思及贾琏惟知以淫乐悦己，并不知作养脂粉；又思平儿并无父母兄弟姊妹，独自一人，供应贾琏夫妇二人，贾琏之俗，凤姐之威，他竟能周全妥贴，今儿还遭荼毒，也就薄命的很了。想到此间，便又伤感起来。复又起身，见方才的衣裳上喷的酒已半干，便拿熨斗熨了叠好；见他的手帕子上面犹有泪痕，又替他放在盆中洗了晾上。又喜又悲，闷了一回，也往稻香村来。说了回闲话，掌灯后方散。

平儿就在李纨处歇了一夜。凤姐儿只跟着贾母睡。贾琏晚间归房，冷清清的，又不好去叫，只得胡乱睡了一夜。次日醒了，想昨日之事，大没意思，后悔不来。邢夫人记挂着昨日贾琏醉了，忙一早过来，叫了贾琏过贾母这边来。贾琏只得忍愧前来，在贾母面前跪下。贾母问他："怎么了？"贾琏忙陪笑说："昨儿原是吃了酒，惊了老太太的驾，今儿来领罪。"贾母啐道："下流东西！灌了黄汤，不说安分守己的挺尸去，倒打起老婆来了！凤丫头成日家说嘴，霸王似的一个人，昨儿吓的可怜！要不是我，你要伤他的命了！这会子怎么样？"贾琏一肚子的委屈，不敢分辩，只认不是。贾母又道："凤丫头和平儿还不是个美人胎子？你还不足？成日家偷鸡摸狗，腥的臭的，都拉了你屋里去，为这起倡妇打老婆，又打屋里的人！你还亏是大家子的公子出身，活打了嘴了！你若眼睛里有我，你起来，我饶了你，乖乖的替你媳妇赔个不是儿，拉了他家去，我就喜欢了。要不然，你只管出去，我也不敢受你的跪！"贾琏听如此说，又见凤姐儿站在那边，也不盛妆，哭的眼睛肿着，也不施脂粉，黄黄脸儿，比往常更觉可怜可爱，想着："不如赔了不是，彼此也好了，又讨老太太的喜欢。"想毕，便笑道："老太太的话我不敢不依，只是越发纵了他了。"贾母笑道："胡说！我知道他最有礼的，再不会冲撞人。他日后得罪了你，我自然也做主，叫你降伏就是了。"

贾琏听说，爬起来便与凤姐儿作了一个揖，笑道："原是我的不是，二奶奶别生气了。"满屋里的人都笑了。贾母笑道："凤丫头，不许恼了，再恼，我就恼了。"说着，又命人去叫了平儿来，命凤姐儿和贾琏安慰平儿。贾琏见了平儿，越发顾不得了，所谓"妻不如妾"，听贾母一说，便赶上来说道："姑娘昨日受了屈了，都是我的不是；奶奶得罪了你，也是因我而起。我赔了不是不算外，还替你奶奶赔个不是。”说着，也作了一个揖，引的贾母笑了，凤姐儿也笑了。贾母又命凤姐来安慰平儿，平儿忙走上来给凤姐儿磕头，说：“奶奶的千秋，我惹了奶奶生气，是我该死。”凤姐儿正自愧悔昨日酒吃多了，不念素日之情，浮躁起来，听了旁人话，无故给平儿没脸；今反见他如此，又是惭愧，又是心酸，忙一把拉起来，落下泪来。平儿道：“我伏侍了奶奶这么几年，也没弹我一指甲。就是昨儿打我，我也不怨奶奶，都是那倡妇治的，怨不得奶奶生气。”说着，也滴下泪来了。贾母便命人：“将他三人送回房去。有一个再提此话，即刻来回我！我不管是谁，拿拐棍子给他一顿！”三个人从新给贾母、邢王二位夫人叩了头。老嬷嬷答应了，送他三人回去。

至房中，凤姐儿见无人，方说道：“我怎么像个阎王，又像夜叉？那倡妇咒我死，你也帮着咒我。千日不好，也有一日好。可怜我熬的连个混帐女人也不如了，我还有什么脸来过这日子！”说着又哭了。贾琏道：“你还不足！你细想想：昨儿谁的不是多？今儿当着人还是我跪了一跪，又赔不是，你也争足了光了！这会子还唠叨，难道你还叫我替你跪下才罢？太要足了强，也不是好事！”说的凤姐儿无言可对，平儿嗤的一声又笑了。贾琏也笑道：“可好了，真真的我也没法了。”

正说着，只见一个媳妇来回说：“鲍二媳妇吊死了。”贾琏、凤姐儿都吃了一惊。凤姐忙收了怯色，反喝道：“死了罢了，有什么大惊小怪的！”一时只见林之孝家的进来，悄回凤姐道：“鲍二媳妇吊死了，他娘家的亲戚要告呢。”凤姐儿冷笑道：“这倒好了，我正想要打官司呢。”林之孝家的道：“我才和众人劝了他们，又威吓了一阵，又许了他几个钱，也就依了。”凤姐儿道：“我没一个钱！有钱也不给，只管叫他告去！也不许劝他，也不用镇吓他，只管让他告去！他告不成，我还问他个‘以尸讹诈’呢！”林之孝家的正在为难，见贾琏和他使眼色儿，心下明白，便出来等着。贾琏道：“我出去瞧瞧，看是怎么样。”凤姐儿道：“不许给他钱！”贾琏一径出来，和林之孝来商议，着人去做好做歹，许了二百两发送才罢。贾琏生恐有变，又命人去和坊官等说了，将衙役仵作人等叫了几名来，帮着办丧事。那些人见了如此，纵要复辨亦不敢辨，只得忍气吞声罢了。贾琏又命林之孝将那二百银子入在流年帐上，分别添补开消过去。又体已给鲍二些银两，安慰他说：“另日再挑个好媳妇给你。”鲍二又有体面，又有银子，有何不依？便仍然奉承贾琏，不在话下。

里面凤姐心中虽不安，面上只管佯不理论。因屋里无人，便和平儿笑道：“我昨儿多吃了一口酒，你别埋怨。打了那里？让我瞧瞧。”平儿听了，眼圈儿一红，连忙忍住了，说道：“也没打重。”只听得外面说：“奶奶、姑娘们都进来了。”要知后来端的，且看下回分解。

第四十五回　金兰契互剖金兰语　风雨夕闷制风雨词

话说凤姐儿正抚恤平儿，忽见众姊妹进来，忙让了坐，平儿斟上茶来。凤姐儿笑道：“今儿来的这些人，倒像下帖子请了来的。”探春先笑道：“我们有两件事：一件是我的，一件是四妹妹的，还夹着老太太的话。”凤姐儿笑道：“有什么事，这么要紧？”探春笑道：“我们起了个诗社，头一社就不齐全，众人脸软，所以就乱了例了。我想必得你去做个监社御史，铁面无私才好。再四妹妹为画园子，用的东西这般那般不全，回了老太太，老太太说：‘只怕后头楼底下还有当年剩下的，找一找。若有呢，拿出来；若没有，叫人买去。’”凤姐儿笑道：“我又不会做什么‘湿’的‘干’的，要我吃东西去不成？”探春道：“你虽不会做，也不要你做。你只监察着我们里头有偷安怠惰的，该怎么样罚他就是了。”凤姐儿笑道：“你们别哄我，我早猜着了，那里是请我做监社御史，分明是叫我做个进钱的铜商！你们弄什么社，必是要轮流做东道的。你们的钱不够化，想出这个法子来，勾了我去，好和我要钱。可是这个主意？”一席话，说的众人都笑起来了。李纨笑道：“真真你是个水晶心肝玻璃人儿！”

凤姐儿笑道：“亏你是个大嫂子呢，姑娘们原叫你带着念书，学规矩、针线的，他们不好，你要劝。这会子他们起诗社，能用几个钱，你就不管了？老太太、太太罢了，原是老封君。你一个月十两银子的月钱，比我们多两倍银子。老太太、太太还说你寡妇失业的，可怜，不够用，又有个小子，足足的又添了十两银子，和老太太、太太平等；又给你园子里的地，各人取租子。年终分年例，你又是上上分儿。你娘儿们主子、奴才，共总没有十个人，吃的穿的仍旧是官中的。一年通共算起来，也有四五百银子。这会子，你就每年拿出一二百两来陪他们顽顽，能有几年呢？他们明儿出了阁，难道还要你赔不成？这会子你怕化钱，挑唆他们来闹我，我乐得去吃一个河涸海干，我还通不知道呢！”

李纨笑道：“你们听听，我说了一句，他就说了两车无赖的话，真真泥腿市俗专会打细算盘分金掰两的！你这个东西，亏了还托生在诗书仕宦人家做小姐，现在既已出了嫁，还是这么着！若生在贫寒小门小户人家，做了小子、丫头，还不知怎么下作呢！天下人都叫你算计了去！昨儿还打平儿，亏你伸得出手来！那黄汤难道灌丧了狗肚子里去了？气的我只要替平儿打抱不平儿。忖夺了半日，好容易‘狗长尾巴尖儿’的好日子，又怕老太太心里不受用，因此没来，究竟气还不平！你今儿倒招我来了。给平儿拾鞋还不要呢，你们两个很该换一个过儿才是！”说的众人都笑了。凤姐忙笑道：“哦，我知道了，竟不是为诗为画来找我，竟是为平儿报仇来了。我竟不知道平儿有你这一位仗腰子的人。早知道，便有鬼拉着我的手，我也不敢打他了。平姑娘，过来，我当着你大奶奶、姑娘们，替你赔个不是，担待我‘酒后无德’罢！”说着，众人都笑了。李纨笑问平儿道：“如何？我说必要给你争争气才罢。”平儿笑道：“虽如此，奶奶们取笑，我可禁不起呢。”李纨道：“什么禁的起禁不起，有我呢。快拿钥匙，叫你主子开门找东西去罢。”

凤姐儿笑道：“好嫂子，你且同他们回园子里去。才要把这米帐合他们算一算，那边大太太又打发人来叫，又不知有什么话说，须得过去走一走。还有，你们年下添补的衣服，打点给人做去呢。”李纨笑道：“这些事情我都不管，你只把我的事完了，我好歇着去，省得这些姑娘小姐闹我。”凤姐忙笑道：“好嫂子，赏我一点空儿。你是最疼我的，怎么今儿为平儿就不疼我了？往常你还劝我，说：‘事情虽多，也该保全身子，检点着偷空儿歇歇。’你今儿倒反逼起我的命来了！况且误了别人年下的衣裳无碍，他姐儿们的若误了，却是你的责任，老太太岂不怪你不管闲事，连一句现成的话也不说？我宁可自己落不是，也不敢累你呀。”李纨笑道：“你们听听，说的好不好？把他会说话的！我且问你：这诗社到底管不管？”凤姐儿笑道：“这是什么话！我不入社化几个钱，我不成了大观园的反叛了么？还想在这里吃饭不成？明日一早就到任，下马拜了印，先放下五十两银子，给你们慢慢的做会社东道。过后几天，我又不作诗作文，只不过是个俗人罢了。‘监察’也罢，不‘监察’也罢，有了钱了，愁着你们还不撵出我来！”说的众人又都笑起来。

凤姐儿道：“这会子我开了楼房，凡有这些东西，叫人搬出来你们看：若使得，留着使；若少什么，照你们单子，我叫人替你们买去就是了。画绢我就裁出来。那图样没有在太太跟前，还在那边珍大爷那里。说给你们，省了太太那边碰钉子去。我去打发人取了来，一并叫人连绢交给相公们矾去，如何？”李纨点头笑道：“这难为你，果然这样还罢了。既如此，咱们家去罢，等着他不送了去再来闹他。”说着，便带了他姐妹们就走。凤姐儿道：“这些事再没别人，都是宝玉生出来的。”李纨听了，忙回身笑道：“正是为宝玉来，反忘了他。头一社是他误了，我们脸软，你说该怎么罚他？”凤姐儿想了一想，说道：“没有别的法子，只叫他把你们各人屋子里的地罚他扫一遍才好。”众人都笑道：“这话不差。”

说着，才要回去，只见一个小丫头扶了赖嬷嬷进来。凤姐儿等忙站起来，笑道：“大娘坐。”又都向他道喜。赖嬷嬷向炕沿上坐了，笑道：“我也喜，主子们也喜。若不是主子们的恩典，我这喜从何来？昨儿奶奶又打发彩哥儿赏东西，我孙子在门上朝上磕了头了。”李纨笑道：“多早晚上任去？”赖嬷嬷叹道：“我那里管他们，由他们去罢。前儿在家里给我磕头，我没好话，我说：‘哥儿，别说你是官了，横行霸道的！你今年活了三十岁，虽然是人家奴才，一落娘胎胞，主子恩典，放你出来，上托着主子的洪福，下托着你老子娘，也是公子哥儿似的读书、写字，也是丫头、老婆、奶子捧凤凰似的长了这么大。你那里知道那“奴才”两字是怎么写？只知道享福，也不知你爷爷和你老子受的那苦恼，熬了两三辈子，好容易挣出你这个东西，从小儿三灾八难，化的银子照样也打出你这个银人儿来了！到二十岁上，又蒙主子的恩典，许你捐了前程在身上。你看那正根正苗的，忍饥挨饿的要多少？你一个奴才秧子，仔细折了福！如今乐了十年，不知怎么弄神弄鬼，求了主子，又选了出来。州县官儿虽小，事情却大，为那一州的官，就是那一方的父母。你不安分守己，尽忠报国，孝敬主子，只怕天也不容你！’”李纨、凤姐儿都笑道：“你也多虑，我们看他也就好。先那几年还进来了两次，这有好几年没来了。年下生日，只见他的名字就罢了。前儿给老太太、太太磕头来，在老太太那院里，见他又穿着新官的服色，倒越发的威武了，比先时也胖了。他这一得了官，正该你乐呢，反倒愁起这些来。他不好，还有他的父母呢，你只受用你的就完了。闲时坐个轿子进来，和老太太斗斗牌，说说话儿，谁好意思的委屈了你。家去一般也是楼房厦厅，谁不敬你？自然也是老封君似的了。”

平儿斟上茶来，赖嬷嬷忙站起来道：“姑娘不管叫那个孩子倒来罢了，又生受你。”说着，一面吃茶，一面又道：“奶奶不知道，这小孩子们全要管的严。饶这么严，他们还偷空儿闹个乱子来，叫大人操心。知道的，说小孩子们淘气；不知道的，人家就说仗着财势欺人，连主人名声也不好。恨的我没法子，常把他老子叫了来骂一顿，才好些。”因又指宝玉道：“不怕你嫌我，如今老爷不过这么管你一管，老太太就护在头里。当日老爷小时，你爷爷那个打，谁没看见的？老爷小时，何曾像你这么天不怕地不怕的呢。还有那边大老爷，虽然淘气，也没像你这扎窝子的样儿，也是天天打。还有东府里你珍大哥哥的爷爷，那才是火上浇油的性子，说声恼了，什么儿子，竟是审贼！如今我眼里看着，耳朵里听着，那珍大爷管儿子，倒也像当日老祖宗的规矩，只是着三不着两的。他自己也不管一管自己，这些兄弟侄儿怎么怨的不怕他？你心里明白，喜欢我说；不明白，嘴里不好意思，心里不知怎么骂我呢。”

说着，只见赖大家的来了，接着周瑞家的、张材家的都进来回事情。凤姐儿笑道：“媳妇来接婆婆来了。”赖大家的笑道：“不是接他老人家来的，倒是打听打听奶奶、姑娘们赏脸不赏脸？”赖嬷嬷听了笑道：“可是我糊涂了！正经说的话俱不说，但说陈谷子烂芝麻的。因为我们小子选了出来，众亲友要给他贺喜，少不得家里摆个酒。我想，摆一日酒，请这个不请那个也不是。又想了一想，托主子的洪福，想不到的这么荣耀光彩，就倾了家，我也愿意的。因此分付了他老子，连摆三日酒：头一日，在我们破花园子里摆几席酒、一台戏，请老太太、太太们、奶奶、姑娘们去散一日闷；外头大厅上一台戏、几席酒，请老爷们、爷们去增增光。第二日再请亲友，第三日再把我们两府里的伴儿请一请。热闹三天，也是托着主子的洪福一场，光辉光辉。”李纨、凤姐儿都笑道：“多早晚的日子？我们必去。只怕老太太高兴要去，也说不定。”赖大家的忙道：“择的日子是十四，只看我们奶奶的老脸罢了。”凤姐儿笑道：“别人我不知道，我是一定去的。先说下：我可没有贺礼，也不知道放赏的，吃了就走，可别笑话。”赖大家的笑道：“奶奶说那里话？奶奶一喜欢，要赏我们，三二万银子就有了。”赖嬷嬷笑道：“我才去请老太太，老太太也说去，可算我这脸还好。”

说毕，叮嘱了一回。方起身要走，因看见周瑞家的，便想起一事来，因说道：“可是还有一句话问奶奶：这周嫂子的儿子犯了什么不是，撵了他不用？”凤姐儿听了，笑道：“正是，我要告诉你媳妇儿呢，事情多也忘了。赖嫂子回去，说给你老头子：两府里不许收留他儿子，叫他各人去罢。”赖大家的只得答应着。周瑞家的忙跪下央求。赖嬷嬷忙道：“什么事？说给我评评。”凤姐儿道：“前儿我的生日，里头还没吃酒，他小子先醉了。老娘那边送了礼来，他不在外头张罗，倒坐着骂人，礼也不送进来。两个女人进来了，他才带领小幺儿们往里抬。小幺儿们倒好好的，他拿的一盒子倒失了手，撒了一院子馒头。人去了，我打发彩明去说他，他倒骂了彩明一顿。这么无法无天的忘八羔子，还不撵了做什么！”赖嬷嬷道：“我当什么事情，原来为这个。奶奶听我说：他有不是，打他骂他，使他改过就是了；撵了出去，断乎使不得。他又比不得是咱家的家生子儿，他现是太太的陪房，奶奶只顾撵了他，太太脸上不好看。依我说，奶奶教导他几板子，以戒下次，仍旧留着才是。不看他娘，也看太太。”凤姐儿听了，便向赖大家的说道：“既这样，明儿叫了他来，打他四十棍，以后不许他吃酒。”赖大家的答应了。周瑞家的才磕头起来；又要与赖嬷嬷磕头，赖大家的拉着方罢。然后他三人去了，李纨等也就回园中来。

至晚，果然凤姐命人找了许多旧收的画具出来，送至园中。宝钗等选了一回，各色东西可用的只有一半，将那一半开了单，与凤姐儿去照样置买，不必细说。

一日，外面矾了绢，起了稿子进来。宝玉每日便在惜春那边帮忙，探春、李纨、迎春、宝钗等，也都往那里来闲坐，一则观画，二则便于会面。宝钗因见天气凉爽，夜复渐长，遂至母亲房中，商议打点些针线来。日间至贾母处、王夫人处两次省候，不免又承色陪坐，闲时园中姐妹处也要不时闲话一回，故日间不大得闲，每夜灯下女工必至三更方寝。黛玉每岁至春分、秋分之后，必犯旧疾。今秋又遇贾母高兴，多游玩了两次，未免过劳了神，近日又复嗽起来，觉得比往常又重，所以总不出门，只在自己房中将养。有时闷了，又盼个姐妹来说些闲话排遣；及至宝钗等来望候他，说不得三五句话，又厌烦了。众人都体谅他病中，且素日形体姣弱，禁不得一些委屈，所以他接待不周，礼数疏忽，也都不责他。

这日宝钗来望他，因说起这病证来，宝钗道：“这里走的几个太医虽都还好，只是你吃他们的药总不见效，不如再请一个高明的人来瞧一瞧，治好了，岂不好？每年间闹一春一夏，又不老又不小，成什么？也不是个常法儿。”黛玉道：“不中用。我知道，我的病是不能好的了。且别说病，只论好的时候我是怎么个形景儿，就可知了。”宝钗点头道：“可正是这话。古人说‘食谷者生’，你素日吃的，竟不能添养精神气血，也不是好事。”黛玉叹道：“‘死生有命，富贵在天’，也不是人力可强的。今年比往年，反觉又重了些似的。”说话之间，已咳嗽了两三次。宝钗道：“昨儿我看你那药方上，人参、肉桂觉得太多了。虽说益气补神，也不宜太热。依我说，先以平肝养胃为要，肝火一平，不能克土，胃气无病，饮食就可以养人了。每日早起，拿上等燕窝一两，冰糖五钱，用银吊子熬出粥来，若吃惯了，比药还强，最是滋阴补气的。”

黛玉叹道："你素日待人，固然是极好的。然我最是个多心的人，只当你有心藏奸。从前日你说看杂书不好，又劝我那些好话，竟大感激你。往日竟是我错了，实在误到如今。细细算来，我母亲去世的时候，又无姐妹兄弟，我长了今年十五岁，竟没一个人像你前日的话教导我，怪不得云丫头说你好。我往日见他赞你，我还不受用;昨儿我亲自经过，才知道了。比如你说了那个，我再不轻放过你的，你竟不介意，反劝我那些话，可知我竟自误了。若不是前日看出来，今日这话，再不对你说。你方才叫我吃燕窝粥的话，虽然燕窝易得，但只我因身子不好了，每年犯了这病，也没什么要紧的去处。请大夫，熬药，人参、肉桂，已经闹了个天翻地覆了，这会子我又兴出新文来，熬什么燕窝粥，老太太、太太、凤姐姐这三个人便没说话，那些底下老婆子丫头们，未免嫌我太多事了。你看这里这些人，因见老太太多疼了宝玉和凤姐姐两个，他们尚虎视眈眈，背地里言三语四的，何况于我？况我又不是正经主子，原是无依无靠投奔了来的，他们已经多嫌着我了。如今我还不知进退，何苦叫他们咒我！"

宝钗道："这样说，我也是和你一样。"黛玉道："你如何比我？你又有母亲，又有哥哥，这里又有买卖地土，家里又仍旧有房有地。你不过亲戚的情分，白住在这里，一应大小事情又不沾他们一文半个，要走就走了。我是一无所有，吃穿用度、一草一木皆是和他们家的姑娘一样，那起小人岂有不多嫌的！"宝钗笑道："将来也不过多费得一副嫁妆罢了，如今也愁不到那里。"

黛玉听了，不觉红了脸，笑道："人家把你当个正经人，才把心里的烦难告诉你听，你反拿我取笑儿！"宝钗笑道："虽是取笑儿，却也是真话。你放心，我在这里一日，我与你消遣一日。你有什么委屈烦难，只管告诉我，我能解的自然替你解。我虽有个哥哥，你也是知道的;只有个母亲，比你略强些。咱们也算同病相怜。你也是个明白人，何必作'司马牛之叹'？你才说的也是，多一事不如省一事。我明日家去，和妈妈说了，只怕燕窝我们家里还有，与你送几两，每日叫丫头们就熬了，又便宜，又不惊师动众的。"黛玉忙笑道："东西事小，难得你多情如此。"宝钗道："这有什么放在嘴里的？只愁我人人跟前失于应候罢了。这会子只怕你烦了，我且去了。"黛玉道："晚上再来和我说句话儿。"宝钗答应着便去了，不在话下。

这里黛玉吃了两口稀粥，仍歪在床上。不想日未落时，天就变了，淅淅沥沥下起雨来。秋霖脉脉，阴晴不定，那天渐渐的黄昏，且阴的沉黑，兼着那雨滴竹梢，更觉凄凉。知宝钗不能来，便在灯下随便拿了一本书，却是《乐府杂稿》，有《秋闺怨》《别离怨》等词。黛玉不觉心有所感，亦不禁发于章句，遂成《代别离》一首，拟《春江花月夜》之格，乃名其词曰《秋窗风雨夕》。词曰：

秋花惨淡秋草黄，耿耿秋灯秋夜长。已觉秋窗秋不尽，
那堪风雨助凄凉！助秋风雨来何速？惊破秋窗秋梦续。
抱得秋情不忍眠，自向秋屏挑泪烛。泪烛摇摇爇短檠，
牵愁照恨动离情。谁家秋院无风入？何处秋窗无雨声？
罗衾不奈秋风力，残漏声催秋雨急。连宵脉脉复飕飕，
灯前如伴离人泣。寒烟小院转萧条，疏竹虚窗时滴沥。
不知风雨几时休，已教泪洒窗纱湿！

吟罢搁笔，方欲安寝，丫鬟报说："宝二爷来了。"一语未尽，只见宝玉头上戴着大箬笠，身上披着蓑衣，黛玉不觉笑道："那里来的这么个渔翁？"宝玉忙问："今儿好些？吃了药没有？今儿一日吃了多少饭？"一面说，一面摘了笠，脱了蓑衣，忙一手举起灯来，一手遮住灯光，向黛玉脸上照了一照，觑着眼细瞧了一瞧，笑道："今儿气色好了些。"

黛玉看他脱了蓑衣，里面只穿半旧红绫短袄，系着绿汗巾子，膝上露出绿绸撒花裤子，底下是掐金满绣的绵纱袜子，靸着蝴蝶落花鞋。黛玉问道："上头怕雨，底下这鞋袜子是不怕雨的？也倒干净。"宝玉笑道："我这一套是全的。有一双棠木屐，才穿了来，脱在廊檐下了。"黛玉又看那蓑衣斗笠不是寻常市卖的，十分细致轻巧，因说道："是什么草编的？怪道穿上不像那刺猬似的。"宝玉道："这三样都是北静王送的。他闲常下雨时，在家里也是这样。你喜欢这个，我也弄一套来送你。别的都罢了，惟有这斗笠有趣：上头这顶儿是活的，冬天下雪，戴上帽子，就把竹信子抽了去，拿下顶子来，只剩了这个圈子。下雪时男女都带得，我送你一顶，冬天下雪戴。"黛玉笑道："我不要他。戴上那个，倒成画儿上画的和戏上扮的渔婆儿了。"及说了出来，方想起来这话恰与方才说宝玉的话相连了，后悔不迭，羞的脸飞红，伏在桌上嗽个不止。

宝玉却不留心，因见案上有诗，遂拿起来看了一遍，又不觉叫好。黛玉听了，忙起来夺在手内，灯上烧了。宝玉笑道："我已背熟了，烧也无碍。"黛玉道："我也好了许多，谢你一天来几次瞧我，下雨还来。这会子夜深了，我也要歇着，你且请回去，明日再来。"宝玉听了，回手向怀内掏出一个核桃大的金表来，

瞧了一瞧，那针已指到戌末亥初之间，忙又揣了，说道："原该歇了，又搅的你劳了半日神。"说着，披蓑戴笠出去了。又翻身进来，问道："你想什么吃？你告诉我，我明儿一早回老太太，岂不比老婆子们说的明白？"黛玉笑道："等我夜里想着了，明日一早告诉你。你听，雨越发紧了，快去罢。可有人跟没有？"两个婆子答应："有，在外面掌着伞、点着灯笼儿。"黛玉笑道："这个天点灯笼？"宝玉道："不相干，是羊角的，不怕雨。"黛玉听说，回手向书架上把个玻璃绣球灯拿了下来，命点一枝小蜡儿来，递与宝玉，道："这个又比那个亮，正是雨里点的。"宝玉道："我也有这么一个，怕他们失脚滑倒了打破了，所以没点来。"黛玉道："跌了灯值钱呢，是跌了人值钱？你又穿不惯木屐子。那灯笼命他们前头点着，这个又轻巧，又亮，原是雨里自己拿着的，你自己手里拿着这个，岂不好？明儿再送来。就失了手，也有限的，怎么忽然又变出这剖腹藏珠的脾气来？"宝玉听了，随过来接了。前头两个婆子打着伞，拿着羊角灯，后头还有两个小丫鬟打着伞。宝玉便将这个灯递与一个小丫头提着，宝玉扶着他的肩，一径去了。

就有蘅芜院的一个婆子，也打着伞，提着灯，送了一大包燕窝来，还有一包子洁粉梅片雪花洋糖。说："这比买的强。我们姑娘说：'姑娘先吃着，完了再送来。'"黛玉道："回去说'费心'。"命他外头坐了吃茶。婆子笑道："不吃茶了，我还有事呢。"黛玉笑道："我也知道你们忙，如今天又凉，夜又长，越发该会个夜局痛赌两场了。"婆子笑道："不瞒姑娘说，今年我大沾光儿了。横竖每夜有几个上夜的人，误了更也不好，不如会个夜局，又坐了更，又解了闷。今儿又是我的头家，如今园门关了，就该上场儿了。"黛玉听了，笑道："难为你，误了你发财，冒雨送来。"命人给他几百钱，打些酒吃，避避雨气。那婆子笑道："又破费姑娘赏酒吃。"说着，磕了一个头，外面接了钱，打伞去了。

紫鹃收起燕窝，然后移灯下帘，伏侍黛玉睡下。黛玉自在枕上感念宝钗，一时又羡他有母有兄，一回又想宝玉虽素昔和睦，终有嫌疑。又听见窗外竹梢、蕉叶之上，雨声淅沥，清寒透幕，不觉又滴下泪来。直到四更，方渐渐的睡熟了。暂且无话。要知端的，且看下回分解。

第四十六回　尴尬人难免尴尬事　鸳鸯女誓绝鸳鸯偶

话说黛玉直到四更将阑，方渐渐的睡去，暂且无话。如今且说凤姐儿因见邢夫人叫他，不知何事，忙另穿戴了一番，坐车过来。邢夫人将房内人遣出，悄向凤姐儿道："叫你来不为别的，有一件为难的事，老爷托我，我不得主意，先和你商议：老爷因看上了老太太屋里的鸳鸯，要他在房里，叫我和老太太讨去。我想这倒是常有的事，就是怕老太太不给。你可有法子办这件事么？"凤姐儿听了，忙道："依我说，竟别碰这个钉子去。老太太离了鸳鸯，饭也吃不下去的，那里就舍得了？况且平日说起闲话来，老太太常说老爷：'如今上了年纪，做什么左一个小老婆右一个小老婆放在屋里，耽误了人家？放着身子不保养，官儿也不好生做去，成日和小老婆吃酒！'太太听听，很喜欢咱们老爷么？这会子回避还恐回避不及，倒拿草棍儿戳老虎的鼻子眼儿去了。太太别恼，我是不敢去的。明放着不中用，而且反招出没意思来。老爷如今上了年纪，行事不免有点儿背晦，太太劝劝才是。比不得年轻，做这些事无碍。如今兄弟、侄儿、儿子、孙子一大群，还这么闹起来，怎么见人呢？"

邢夫人冷笑道："大家子三房四妾的也多，偏咱们就使不得？我劝了也未必依。就是老太太心爱的丫头，这么胡子苍白了、又做了官的一个大儿子，要了做房里人，也未必好驳回的。我叫了你来，不过商议商议，你先派上了一篇不是。也有叫你去的理？自然是我说去。你倒说我不劝，你还是不知道那性子的？劝不成，先和我恼了！"

凤姐儿知道邢夫人禀性愚弱，只知承顺贾赦以自保，次则婪取财货为自得，家下一应大小事务，俱由贾赦摆布。凡出入银钱事务，一经他手，便克啬异常，以贾赦浪费为名，"须得我就中俭省，方可偿补"，儿女奴仆，一人不靠，一言不听的。如今又听邢夫人如此的话，便知他又弄左性，劝了不中用，连忙陪笑说道："太太这话说的极是。我能活了多大，知道什么轻重？想来父母跟前，别说一个丫头，就是那么大的一个活宝贝，不给老爷给谁？背地里的话那里信得？我竟是个呆子。拿着二爷说起，或有日得了不是，老爷、太太恨得那样，恨不得立刻拿来一下子打死；及至见了面，也罢了，依旧拿着老爷、太太心爱的东西赏他。如今老太太待老爷，自然也是那样了。依我说，老太太今儿喜欢，要讨，今儿就讨去。我先过去哄着老太太，等太太过去了，我搭讪着走开，把屋子里的人我也带开，太太好和老太太说。给了更好，不给也没妨碍，众人也不得知道。"

邢夫人见他这般说，便又喜欢起来，又告诉他道："我的主意，先不和老太太说，老太太说不给，这事便死了。我心里想着，先悄悄的和鸳鸯说。他虽害臊，我细细的告诉了他，他要是不言语，就妥了。那时再和老太太说，老太太虽不依，搁不住他愿意。常言‘人去不中留’，自然这就妥了。”凤姐儿笑道：“到底是太太有智谋，这是千妥万妥的。别说是鸳鸯，凭他是谁，那一个不想巴高望上，不想出头的？放着半个主子不做，倒愿意做丫头？将来配个小子，就完了呢。”邢夫人笑道：“正是这个话了。别说鸳鸯，就是那些执事的大丫头，谁不愿意这样呢？你先过去，别露一点风声，我吃了晚饭就过来。”

凤姐儿暗想：“鸳鸯素昔是个极有心胸气性的丫头，虽如此说，保不严他愿意不愿意。我先过去了，太太后过去，若他依了，便没的话说；倘或不依，太太是多疑的人，只怕疑我走了风声，使他拿腔作势的。那时太太又见应了我的话，羞恼变成怒，拿我出起气来，倒没意思。不如同着一齐过去了，他依也罢，不依也罢，就疑不到我身上了。”想毕，因笑道：“才我临来，舅母那边送了两笼子鹌鹑，我分付他们炸了，原要赶太太晚饭上送过来的。我才进大门时，见小子们抬车，说太太的车拔了缝，拿去收拾去了。不如这会子坐了我的车，一齐过去倒好。”邢夫人听了，便命人来换衣服。凤姐忙着伏侍了一回，娘儿两个坐车过来。凤姐儿又说道：“太太过老太太那里去，我若跟了去，老太太若问起我过来做什么的，倒不好。不如太太先去，我脱了衣裳再来。”

邢夫人听了有理，便自往贾母处来。和贾母说了一回闲话，便出来，假托往王夫人房里去，从后房门出去，打鸳鸯的卧房门前过。只见鸳鸯正坐在那里做针线，见了邢夫人，忙站起来。邢夫人笑道：“做什么呢？我瞧瞧。你扎的花儿越发好了。”一面说，一面便进来接他手内的针线，看了一看，只管赞好。放下针线，又浑身打量：只见他穿着半新的藕色绫袄，青缎掐牙背心，下面水绿裙子；蜂腰削肩，鸭蛋脸面，乌油头发，高高的鼻子，两边腮上微微的几点雀瘢。鸳鸯见这般看他，自己倒不好意思起来，心里便觉诧异，因笑问道：“太太，这会子不早不晚的，过来做什么？”邢夫人使个眼色儿，跟的人退出，邢夫人便坐下，拉着鸳鸯的手笑道：“我特来给你道喜来的。”

鸳鸯听了，心中已猜着三分，不觉红了脸，低了头不发一言。听邢夫人道：“你知道，老爷跟前竟没有个可靠的人，心里再要买一个，又怕那些牙子家出来的不干不净，也不知道毛病儿，买了来家，三日两日又肏鬼吊猴的。因满府里要挑一个家生女儿，又没个好的：不是模样儿不好，就是性子不好，有了这个好处，没了那个好处。因此冷眼选了半年，这些女孩子里头，就只你是个尖儿，模样儿，行事做人，温柔可靠，一概是齐全的。意思要和老太太讨了你去，收在屋里。你不比外头新买新讨的，你这一进去了，就开了脸，就封你作姨娘，又体面，又尊贵。你又是个要强的人，俗语说的，'金子还是金子换'，谁知竟被老爷看中了你！如今这一来，你可遂了素日心高志大的愿了，也堵一堵那些嫌你的人的嘴。跟了我回老太太去！"说着，拉了他的手就要走。

鸳鸯红了脸，夺手不行。邢夫人知他害臊，便又说道："这有什么臊处？你又不用说话，只跟着我就是了。"鸳鸯只低了头不动身。邢夫人见他这般，便又说道："难道你还不愿意不成？若果然不愿意，可真是个傻丫头了，放着主子奶奶不做，倒愿意做丫头！三年两年，不过配上个小子，还是奴才。你跟了我们去，你知道我的性子又好，又不是那不容人的人。老爷待你们又好，过一年半载，生下个一男半女，你就和我并肩了。家里的人，你要使唤谁，谁还不动？现成主子不去做，错过了机会，后悔就迟了！"鸳鸯只管低头，仍是不语。邢夫人又道："你这么个爽快人，怎么又这样积黏起来？有什么不称心之处，只管说与我，我管保你遂心如意就是了。"鸳鸯仍不语。邢夫人又笑道："想必你有老子娘，你自己不肯说话，怕臊，你等他们问你。这也是理。让我问他们去，叫他们来问你，有话只管告诉他们。"说毕，便往凤姐儿房中来。

凤姐儿早换了衣服，因房里无人，便将此话告诉了平儿。平儿也摇头笑道："据我看来，未必妥当。平常我们背着人说起话来，听他那主意，未必是肯的。也只说着瞧罢了。"凤姐儿道："太太必来这屋里商议。依了还可，若是不依，白讨个没趣儿，当着你们，岂不脸上不好看？你说给他们炸些鹌鹑，再有什么配几样，预备吃饭。你且别处逛逛去，估量着走了，你再来。"平儿听说，照样传与婆子们，便逍遥自在的往园子里来。

这里鸳鸯见邢夫人去了，必到凤姐房里商议去了，必定有人来问他的，不如躲了这里。因找了琥珀，道："老太太要问我，只说我病了，没吃早饭，往园子里逛逛就来。"琥珀答应了。鸳鸯便往园子里来，各处游玩，不想正遇见平儿。平儿见无人，便笑道："新姨娘来了？"鸳鸯听了，便红了脸，说道："怪道你们串通一气来算计我！等着我和你主子闹去就是了。"平儿见鸳鸯满脸恼意，自悔失言，便拉到枫树底下，坐在一块石上，越性把方才凤姐过去回来所有的形景言词、始末原由告诉与他。鸳鸯红了脸，向平儿冷笑道："我只想咱们好，比如袭人、琥珀、素云、紫鹃、彩霞、玉钏、麝月、翠墨，跟了史姑娘去的翠缕，死了的可人和金钏，去了的茜雪，连上你我，这十来个人，从小儿什么话儿不说？什么事儿不做？这如今因都大了，各自干各自的去了，然我心里仍是照旧，有话有事并不瞒你们。这话我先放在你心里，且别和二奶奶说：别说大老爷要我做小老婆，就是太太这会子死了，他三媒六聘的娶我去做大老婆，我也不能去！”

平儿方欲说话，只听山石背后哈哈的笑道：“好个没脸的丫头，亏你不怕牙碜！”二人听了，不觉吃了一惊，忙起身向山后找寻，不是别个，却是袭人，笑着走了出来，问：“什么事情？告诉我。”说着，三人坐在石上，平儿又把方才的话说与袭人。袭人听了，说道：“这话论理不该我们说：这个大老爷，真真太下作了，略平头整脸的，他就不能放手了。”平儿道：“你既不愿意，我教你个法儿。”鸳鸯道：“什么法儿？”平儿笑道：“你只和老太太说，就说已经给了琏二爷了，大老爷就不好要了。”鸳鸯啐道：“什么东西！你还说呢！前儿你主子不是这么混说的？谁知应到今儿了！”袭人笑道：“他两个都不愿意，依我说，就和老太太说，叫老太太就说把你已经许了宝二爷了，大老爷也就死了心了。”鸳鸯又是气，又是臊，又是急，骂道：“两个坏蹄子，再不得好死的！人家有为难的事，拿着你们当做正经人，告诉你们，与我排解排解，饶不管，你们倒替换着取笑儿！你们自以为都有了结果了，将来都是作姨娘的。据我看来，天底下的事未必都那么遂心如意的。你们且收着些儿罢，别忒乐过了头儿！”

二人见他急了，忙陪笑道：“好姐姐，别多心，咱们从小儿都是亲姊妹一般，不过无人处偶然取个笑儿。你的主意告诉我们知道，也好放心。”鸳鸯道：“什么主意！我只不去就完了！”平儿摇头道：“你不去未必得干休。大老爷的性子你是知道的，虽然你是老太太房里的人，此刻不敢把你怎么样，难道你跟老太太一辈子不成？也要出去的。那时落了他的手，倒不好了。”鸳鸯冷笑道：“老太太在一日，我一日不离这里；若是老太太归西去了，他横竖还有三年的孝呢，没有娘才死了，他先弄小老婆的。等过了三年，知道又是怎么个光景儿呢！那时再说。纵到了至急为难，我剪了头发做姑子去。不然，还有一死！一辈子不嫁男人又怎么样？乐得干净呢。”平儿、袭人笑道：“真个这蹄子没了脸，越发信口儿都说出来了！”鸳鸯道：“事到如此，臊一回子怎么样？你们不信，慢慢的看着就是了。太太才说了，找我老子娘去。我看他南京找去！”平儿道：“你的父母都在南京看房子，没上来，终久也寻的着；现在还有你哥哥、嫂子在这里。可惜你是这里的家生女儿，不如我们两个只单在这里。”鸳鸯道：“家生女儿怎么样？‘牛不吃水强按头’吗？我不愿意，难道杀我的老子娘不成！”

正说着，只见他嫂子从那里走来。袭人道：“他们当时找不着你的爹娘，一定和你嫂子说了。”鸳鸯道：“这个娼妇，专管是个‘六国贩骆驼’的，听了这话，他有个不奉承去的！”说话之间，已来到跟前。他嫂子笑道：“那里没找到，姑娘跑了这里来！你跟了我来，我和你说话。”平儿、袭人都忙让坐，他嫂子只说：“姑娘们请坐，找我们姑娘说句话。”袭人、平儿都装不知道，笑说：“因甚这么忙？我们这里猜谜儿呢。等猜了这个再去。”鸳鸯道：“什么话？你说罢。”他嫂子笑道：“你跟我来，到那边告诉你。横竖有好话儿。”鸳鸯道：“可是太太和你说的那话？”他嫂子笑道：“姑娘既知道，还奈何我！快来，我细细的告诉你。可是天大的喜事！”

鸳鸯听说，立起身来，照他嫂子脸上下死劲啐了一口，指着骂道：“你快夹着你那屄嘴离了这里，好多着呢！什么‘好话’，又是什么‘喜事’！怪道成日家羡慕人家的女儿做了小老婆，一家子都仗着他横行霸道的，一家子都成了小老婆了！看的眼热了，也把我送在火坑里去。我若得脸呢，你们外头横行霸道，自己就封了自己是舅舅；我若不得脸败了时，你们把忘八脖子一缩，生死由我去！”一面骂，一面哭，平儿、袭人拦着劝他。他嫂子脸上下不来，因说道：“愿意不愿意，你也好说，不犯着拉三扯四的！俗语说的好：‘当着矮人，别说矮话。’姑娘骂我，我不敢还言；这二位姑娘并没惹着你，‘小老婆’长，‘小老婆’短，人家脸上怎么过的去！”袭人、平儿忙道：“你倒别说这话，他也并不是说我们，你倒别拉三扯四的。你听见那位太太、大爷们封了我们做小老婆？况且我们两个也没有爹娘、哥哥、兄弟在这门子里，仗着我们横行霸道的。他骂的人自由他骂去，我们犯不着多心！”鸳鸯道：“他见我骂了他，他臊了，没的盖脸，又拿话调唆你们两个，幸亏你们两个明白。原是我急了，也没分别出来，他就挑出这个空儿来！”他嫂子自觉没趣，赌气去了。

鸳鸯气的还骂，平儿、袭人劝他一回方罢了。平儿因问袭人道：“你在那里藏着做什么？我们竟没有看见你。”袭人道：“我因为往四姑娘房里看我们宝二爷去的，谁知迟了一步，说是家去了。我疑惑怎么没遇见呢？想要往林姑娘家找去，及遇见他的人说也没去，我这里正疑惑是出园子去了，可巧你从那里来了。我一闪，你也没看见。后来他又来了，我从这树后头走到山子石后，我却见你两个说话来了，谁知你们四个眼睛没见我。”

一语未了，又听身后笑道：“四个眼睛没见你，你们六个眼睛还没见我呢。”三人吓了一跳，回身一看，不是别人，正是宝玉。袭人先笑道：“叫我好找！你在那里来着？”宝玉笑道：“我从四妹妹那里出来，迎头看见你走来了，我就知道是找我去的，我就藏了起来哄你。看你扬着头过去了，进了院子，又出来了，逢人就问。我在那里好笑，只等你到我跟前吓你一跳的，后来见你也藏藏躲躲的，我就知道也是要哄人了。我探头往前看了一看，却是他两个，所以我就绕到你身后。你出去，我就躲在你躲的那里了。”平儿笑道：“咱们再往后找找去罢，只怕还找出两个人来，也未可知。”宝玉笑道：“这可再没有了。”鸳鸯已知这话俱被宝玉听了，只伏在石头上装睡。宝玉推他笑道：“这石头上冷，咱们回房里去睡，岂不好？”说着，拉起鸳鸯来，又忙让平儿来家吃茶，和袭人都劝鸳鸯走，鸳鸯方立起身来。四人竟往怡红院来。宝玉将方才的话俱已听见，心中着实替鸳鸯不快，只默默的歪在床上，任他三人在外间说笑。

那边邢夫人因问凤姐儿鸳鸯的父亲，凤姐因说：“他爹的名字叫金彩，两口子都在南京看房子，不大上来。他哥哥文翔，现在是老太太的买办；他嫂子也是老太太那边浆洗上的头儿。”邢夫人便命人叫了他嫂子金文翔媳妇来，细细说与他。金家媳妇自是喜欢，兴兴头头去找鸳鸯，指望一说必妥。不想被鸳鸯抢白了一顿，又被袭人、平儿说了几句，羞恼回来，便对邢夫人说：“不中用，他倒骂了我一场！”因凤姐儿在旁，不敢提平儿，说：“袭人也帮着抢白我，说了我许多不知好歹的话，回不得主子的。太太和老爷商议再买罢，谅那小蹄子也没有这么大福，我们也没有这么大造化。”

邢夫人听了，说道：“又与袭人什么相干？他们如何知道的？”又问：“还有谁在跟前？”金家的道：“还有平姑娘。”凤姐儿忙道：“你不该拿嘴巴子打他回来？我一出了门儿，他就逛去了，回家来连一个影儿也摸不着他！他必定也帮说什么来着？”金家的道：“平姑娘没在跟前，远远的看着，倒像是他，可也不真切。不过是我白忖度。”凤姐便命人去：“快找了他来！告诉我家来了，太太也在这里，叫他来帮个忙儿。”丰儿忙上来回道：“林姑娘打发了人下请字儿，请了三四次他才去了。奶奶一进门，我就叫他去的。林姑娘说：‘告诉你奶奶，我烦他有事呢。’”凤姐儿听了方罢，故意的还说：“天天烦他！有什么事情？”

邢夫人无计，吃了饭回家，晚间告诉了贾赦。贾赦想了一想，即刻叫贾琏来，说："南京的房子还有人看着，不止一家，即刻叫上金彩来。"贾琏回道："上次南京信来，金彩已经得了痰迷心窍，那边连棺材银子都赏了，不知如今是死是活。即便活着，人事不知，叫来无用。他老婆子又是个聋子。"贾赦听了，喝了一声，又骂："混帐！没天理的囚攮的，偏你这么知道！还不离了我这里！"吓的贾琏退出。一时又叫传金文翔。贾琏在外书房伺候着，又不敢家去，又不敢见他父亲，只得听着。一时金文翔来了，小幺儿们直带入二门里去。隔了四五顿饭的工夫，才出来去了。贾琏暂且不敢打听，隔了一会，又打听贾赦睡了，方才过来。至晚间，凤姐儿告诉他，方才明白。

且说鸳鸯一夜没睡，至次日，他哥哥回贾母，接他家去逛逛，贾母允了，叫他家去。鸳鸯意欲不去，只怕贾母疑心，只得勉强出来。他哥哥只得将贾赦的话说与他，又许他怎么体面，又怎么当家做姨娘。鸳鸯只咬定牙不愿意。他哥哥无法，少不得回去回覆了贾赦。贾赦怒起来，因说道："我说与你，叫你女人向他说去，就说我的话：'自古嫦娥爱少年'，他必定嫌我老了，大约他恋着少爷们，多半是看上了宝玉，只怕也有琏儿。果有此心，叫他早早歇了：我要他不来，以后谁敢收他！这是一件。第二件，想着老太太疼他，将来外边聘个正头夫妻去。叫他细想：凭他嫁到了谁家，也难出我的手心！除非他死了，或是终身不嫁男人，我就伏了他；若不然时，叫他趁早回心转意，有多少好处！"贾赦说一句，金文翔应一声"是"。贾赦道："你别哄我，明儿我还打发你太太过去问鸳鸯。你们说了，他不依，便没你们的不是；若问他，他再依了，仔细你们的脑袋！"

金文翔忙应了又应，退出回家，也等不得告诉他女人转说，竟自己对面说了这话。把个鸳鸯气的无话可回，想了一想，便说道："我便愿意去，也须得你们带了我回声老太太去。"他哥嫂只当回想过来，都喜之不尽。他嫂子即刻带了他上来见贾母。

可巧王夫人、薛姨妈、李纨、凤姐儿、宝钗等姊妹并外头的几个执事有头脸的媳妇，都在贾母跟前凑趣儿呢。鸳鸯看见，忙拉了他嫂子，到贾母跟前跪下，一面哭，一面说，把邢夫人怎么来说，园子里嫂子又如何说，今儿他哥哥又如何说，"因为不依，方才大老爷越性说我恋着宝玉，不然，要等着往外聘，凭我到天上，这一辈子也跳不出他的手心去，终久要报仇。我是横了心的，当着众人在这里，我这一辈子别说是'宝玉'，便是'宝金'、'宝银'、

‘宝天王’、‘宝皇帝’，横竖不嫁人就完了！就是老太太逼着我，一刀子抹死了，也不能从命！伏侍老太太归了西，我也不跟着我老子娘、哥哥去！或是寻死，或是剪了头发当姑子去。若说我不是真心，暂且拿话支吾，日后再图别的，这不是天地鬼神、日头月亮照着！嗓子里头长疔”！原来这鸳鸯一进来时，便袖内带了一把剪子，一面说着，一面回手打开头发就剪。众婆子丫鬟看见，忙来拉住，已剪下半绺来了。众人看时，幸而他的头发极多，剪的不透，连忙替他挽上。

贾母听了，气的浑身打战，口内只说：“我通共剩了这么一个可靠的人，他们还要来算计！”因见王夫人在旁，便向王夫人道：“你们原来都是哄我的！外头孝顺，暗地里盘算我！有好东西也来要，有好人也来要，剩了这么个毛丫头，见我待他好了，你们自然气不过，弄开了他，好摆弄我！”王夫人忙站起来，不敢还一言。薛姨妈见连王夫人怪上，反不好劝的了。李纨一听见鸳鸯这话，早带了姊妹们出去。探春有心的人，想王夫人虽有委屈，如何敢辩？薛姨妈现是亲姊妹，自然也不好辩；宝钗也不便为姨母辩；李纨、凤姐、宝玉一发不敢辩：这正用着女孩儿之时，迎春老实，惜春小，因此窗外听了一听，便走进来，陪笑向贾母道：“这事与太太什么相干？老太太想一想：也有大伯子要收屋里的人，小婶子如何知道？”

话未说完，贾母笑道：“可是我老糊涂了，姨太太别笑话我。你这个姐姐他极孝顺我，不像我那大太太，一味怕老爷，婆婆跟前不过应景儿。可是我委屈了他。”薛姨妈只答应“是”，又说：“老太太偏心，多疼小儿子媳妇，也是有的。”贾母道：“不偏心。”因又说：“宝玉，我错怪了你娘，你怎么也不提我，看着你娘受委屈？”宝玉笑道：“我偏着母亲说大爷、大娘不成？通共一个‘不是’，我母亲要不认，却推谁去？我倒要认是我的不是，老太太又不信。”贾母笑道：“这也有理，你快给你娘跪下，你说：‘太太别委屈了，老太太有年纪了，看着宝玉罢。’”宝玉听了，忙走过来，便跪下要说。王夫人忙笑着拉他起来，说：“快起来，断乎使不得！难道替老太太给我陪不是不成？”宝玉听说，忙站起来。

贾母又笑道：“凤姐儿也不提我。”凤姐笑道：“我倒不派老太太的不是，老太太倒寻上我了？”贾母听了，与众人都笑道：“这可奇了，倒要听听这不是。”凤姐儿道：“谁叫老太太会调理人？调理得水葱儿似的，怎么怨得人要？我幸亏是孙子媳妇，我若是孙子，我早要了，还等到这会子呢。”贾母笑道：

“这倒是我的不是了？”凤姐笑道：“自然是老太太的不是了。”贾母笑道：“这样我也不要了，你带了去罢。”凤姐儿道：“等着修了这辈子，来生托生男人，我再要罢。”贾母笑道：“你带了去，给琏儿放在屋里，看你那没脸的公公还要不要了！”凤姐儿道：“琏儿不配，就只配我和平儿这一对‘烧糊了的卷子’和他混罢咧。”说的众人都笑起来了。丫头回说：“大太太来了。”王夫人忙迎了出去。要知端的，下回分解。

第四十七回　呆霸王调情遭苦打　冷郎君惧祸走他乡

话说王夫人听见邢夫人来了，连忙迎了出去。邢夫人犹不知贾母已知鸳鸯之事，正还又来打听信息，进了院门，早有几个婆子悄悄的回了他，他才知道。待要回去，里面已知，又见王夫人接了出来，少不得进来。先与贾母请安，贾母一声儿不言语，自己也觉得愧悔。凤姐儿早指一事回避了，鸳鸯也自回房去生气。薛姨妈、王夫人等恐碍着邢夫人的脸面，也都渐渐退了。邢夫人且不敢出去。

贾母见无人，方说道：“我听见你替你老爷说媒来了？你倒也‘三从四德’的，只是这贤惠也太过了！你们如今也是孙子儿子满眼了，你还怕他使性子？我听见，你还由着你老爷的那性儿闹。”邢夫人满面通红，回道：“我劝过几次不依。老太太还有什么不知道的呢，我也是不得已儿。”贾母道：“他逼着你杀人，你也杀去？如今你也想想：你兄弟媳妇本来老实，又生的多病多痛，上上下下那不是他操心？你一个媳妇虽然帮着，也是天天‘丢下笆儿弄扫帚’。凡百事情，我如今都自己减了。他们两个就有些不到的去处，有鸳鸯那孩子还心细些，我的事情他还想着一点子：该要的，他就要了来；该添什么，他就趁空儿告诉他们添了。鸳鸯再不这样，他娘儿两个，里头外头，大的小的，那里不忽略一件半件？我如今反倒自己操心去不成？还是天天盘算和他们要东要西去？我这屋里，有的没的，剩了他一个，年纪也大些，我凡百的脾气性格儿他还知道些。他二则也还投主子的缘法，他也并不指着我和那位太太要衣裳去，又和那位奶奶要银子去。所以这几年，一应事情他说什么，从你小婶和你媳妇起，至家下大大小小，没有不信的。所以不单我得靠，连你小婶、媳妇也都省心。我有了这么个人，便是媳妇、孙子媳妇想不到的，我也不得缺了，也没气可生了。这会子他去了，你们又弄个什么人来我使？你们就弄他那么个真珠儿似的人来，不会说话也无用。我正要打发人和你老爷说去:他要什么人，我这里有钱，叫他只管一万八千的买去，就只这个丫头不能，留下他伏侍我几年,就比他日夜伏侍我尽了孝的一般。你来的也巧,你就去说,更妥当了。”

说毕，命人来："请了姨太太你姑娘们来，才高兴说着话儿，怎么又都散了？”丫头忙答应找去了。众人赶忙的又来，只有薛姨妈向那丫鬟道："我才来了，又做什么去？你就说我睡了。”那丫头道:"好亲亲的姨太太，姨祖宗！我们老太太生气呢,你老人家不去,没个开交了。只当疼我们罢。你老人家怕走，我背了你老人家去。”薛姨妈笑道："小鬼头儿！你怕些什么？不过骂几句就完了。”说着，只得和这小丫头子走来。贾母忙让坐，又笑道："咱们斗牌罢。姨太太的牌也生，咱们一处坐着，别叫凤姐儿混了我们去。”薛姨妈笑道:"正是呢，老太太替我看着些儿。就是咱们娘儿四个斗呢，还是添一两个人呢？”王夫人笑道:"可不只四个人。”凤姐儿道:"再添一个人热闹些。”贾母道:"叫鸳鸯来，叫他在这下手里坐着。姨太太眼花了，咱们两个的牌都叫他看着些儿。”凤姐笑了一声，向探春道："你们知书识字的，倒不学算命？”探春道："这又奇了。这会子你不打点精神赢老太太几个钱,又想算命？”凤姐儿道:"我正要算算今儿该输多少，我还想赢呢！你瞧瞧，场儿没上，左右都埋伏下了。”说的贾母、薛姨妈都笑起来。

一时鸳鸯来了，便坐在贾母下手；鸳鸯之下，便是凤姐儿。铺下红毡，洗牌告幺，五人起牌。斗了一回，鸳鸯见贾母的牌已十成，只等一张二饼，便递了暗号儿与凤姐儿。凤姐儿正该发牌，便故意踌躇了半晌，笑道："我这一张牌,定在姨妈手里扣着呢,我若不发这一张牌,再顶不下来的。”薛姨妈道:"我手里并没有你的牌。”凤姐儿道:"我回来是要查的。”薛姨妈道:"你只管查。你且发下来我瞧瞧，是张什么？”凤姐儿便送在薛姨妈跟前。薛姨妈一看是个二饼，便笑道:"我倒不稀罕他，只怕老太太满了。”凤姐听了，忙笑道:"我发错了！”贾母笑的已掷下牌来，说："你敢拿回去！谁叫你错的不成？”凤姐儿道："可是我要算一算命呢。这是自己发的，也怨不得人了。”贾母笑道："可是你自己该打着你那嘴，问着你自己才是。”又向薛姨妈笑道："我不是小器爱赢钱，原是个彩头儿。”薛姨妈笑道："我们可不是这样想？那里有那样糊涂人，说老太太爱钱呢？”

凤姐儿正数着钱，听了这话，忙又把钱穿上了，向众人笑道："够了我的了。竟不为赢钱，单为赢彩头儿。我到底小器，输了就数钱，快收起来罢。”

贾母规矩是鸳鸯代洗牌的，因和薛姨妈说笑，不见鸳鸯动手，贾母道：“你怎么，恼了连牌也不替我洗？”鸳鸯拿起牌来笑道：“二奶奶不给钱。”贾母道：“他不给钱，那是他交运了！”便命小丫头子：“把他那一吊钱都拿过来！”小丫头子真就拿了，搁在贾母旁边。凤姐儿忙笑道：“赏我罢，照数儿给就是了。”薛姨妈笑道：“果然是凤姐儿小器，不过顽儿罢了。”凤姐儿听说，便站起来拉住薛姨妈，回头指着贾母素日放钱的一个木箱子笑道：“姨妈瞧瞧，那个里头不知顽了我多少去了。这一吊钱顽不了半个时辰，那里头的钱就招手儿叫他了。只等把这一吊也叫进去了，牌也不用斗了，老祖宗气也平了，又有正经事差我办去了！”话未说完，引的贾母众人笑个不止。正说着，偏平儿怕钱不够，又送了一吊来。凤姐儿道：“不用放在我跟前，也放在老太太的那一处罢。一齐叫进去倒省事，不用做两次，叫箱子里的钱费事。”贾母笑的手里的牌撒了一桌子，推着鸳鸯叫：“快撕他的嘴！”

平儿依言放下钱，也笑了一回方回来。至院门前，遇见贾琏，问他：“太太在那里呢？老爷叫我请过去呢。”平儿忙笑道：“在老太太跟前，站了这半日还没动呢。趁早儿丢开手罢。老太太生了半日气，这会子亏二奶奶凑了半日的趣儿，才略好了些。”贾琏道：“我过去，只说讨老太太示下，十四往赖大家去不去，好预备轿子。又请了太太，又凑了趣儿，岂不好？”平儿笑道：“依我说，你竟别过去罢。合家子连太太、宝玉都有了不是，这会子你又填限去了。”贾琏道：“已经完了，难道还找补不成？况且与我又无干。二则老爷亲自分付我请太太的，这会子我打发了人去，倘或知道了，正没好气呢，指着这个拿我出气罢。”说着就走。

平儿见他说的有理，也便跟了过去。贾琏到了堂屋里，便把脚步放轻了，往里间探头，只见邢夫人站在那里。凤姐儿眼尖，先瞧见了，便使眼色儿不命他进来，又使眼色与邢夫人。邢夫人不便就走，只得倒了一碗茶来放在贾母跟前。贾母一回身，贾琏不防，便没躲过。贾母便问：“外头是谁？倒像个小子一伸头的似的。”凤姐儿忙起身说：“我也恍惚看见有一个人影儿。”一面说，一面起身出来。贾琏忙进去，陪笑道：“打听老太太十四可出门？好预备轿子。”贾母道：“既这么样，怎么不进来？又做鬼做神的！”贾琏陪笑道：“见老太太顽牌，不敢惊动，不过叫媳妇出来问问。”贾母道：“就忙到这一时！等他家去，你问他多少问不得？那一遭儿你这么小心来着？又不知是来做耳报神的，也不知是来做探子的，鬼鬼祟祟，倒吓我一跳。什么好下流种子！你媳妇和我顽牌呢，还有半日的空儿，你家去再和那赵二家的商量治你媳妇去罢。”说着，众人都笑了。鸳鸯笑道：“鲍二家的，老祖宗又拉上赵二家的去。”贾母也笑道：“可是，我那里记得什么‘抱’着‘背’着的。提起这些事来，不由我不生气！我进了这门子，做重孙媳妇起到如今，我也有个重孙子媳妇了，连头带尾五十四年，凭着大惊大险、千奇百怪的事也经了些，从没经过这些事！还不离了我这里呢！”

贾琏一声儿不敢说，忙退了出来。平儿在窗外站着，悄悄笑道：“我说你不听，到底碰在网里了。”正说着，只见邢夫人也出来。贾琏道：“都是老爷闹的，如今都搬在我和太太身上！”邢夫人道：“我把你这没孝心雷打的下流种子！人家还替老子死呢，白说了几句，你就抱怨天抱怨地了。你还不好好的呢！这几日生气，仔细他捶你！”贾琏道：“太太快过去罢，叫我来请了好半日了。”说着，同他母亲出来，过那边去。

邢夫人将方才的话只略说了几句，贾赦无法，又且含愧，自此便告了病，且不敢见贾母，只打发邢夫人及贾琏每日过去请安。只得又各处遣人购求寻觅，终久费了八百两银子，买了一个十七岁女孩子来，名唤嫣红，收在屋里，不在话下。这里斗了半日牌，吃晚饭才罢。此一二日间无话。

转眼到了十四，黑早，赖大的媳妇又进来请。贾母高兴，便带了王夫人、薛姨妈及宝玉姊妹等，至赖大花园中坐了半日。那花园虽不及大观园，却也十分齐整宽阔，泉石树木，楼台亭轩，也有好几处动人的。外面大厅上，薛蟠、贾珍、贾琏、贾蓉并几个近族的都来了。那赖大家内，也请了几个现任的长官并几个大家子弟作陪。因其中有个柳湘莲，薛蟠自上次会过了一次，已念念不忘；又打听他最喜串戏，且都串的是生旦风月戏文，不免错会了意，误认他做了风月子弟，正要与他相交，恨没有个引进，这日可巧遇见，乐得无可不可。且贾珍等也慕他的名，酒盖住了脸，就求他串了两出戏。下来，移席和他一处坐着，问长问短，说东说西。

那柳湘莲原系世家子弟，读书不成，父母早丧，素性爽侠，不拘细事，酷好耍枪舞剑，赌博吃酒，以至眠花卧柳，吹笛弹筝，无所不为。因他年纪又轻，生得又美，不知他身分的人，都误认作优伶一类。那赖大之子赖尚荣与他素昔交好，故今日请来作陪。不想酒后别人犹可，独薛蟠又犯了旧病。他心中早已不快，得便意欲走开完事，无奈赖尚荣死也不放。赖尚荣又说：“方才宝二爷又嘱付我：才一进门，虽见了，只是人多不好说话，叫我嘱付你散的时候别走，他还有话说呢。你既一定要走，等我叫出他来，你两个见了再走，与我无干。”说着，便命小厮们：“到里头找一个老婆子，悄悄告诉，请出宝二爷来。”那小厮去了。没一杯茶时，果见宝玉出来了。赖尚荣向宝玉笑道：“好叔叔，把他交给你，我张罗人去了。”说着，一径去了。

宝玉便拉了柳湘莲，到厅侧书房中坐下，问他：“这几日可到秦钟的坟上去了？”湘莲道：“怎么不去？前日我们几个放鹰去，离他坟上还有二里，我想今年夏天雨水勤，恐怕他的坟站不住，我背着众人走到那里去瞧了一瞧，果然又动了一点子。回家来就便弄了几百钱，第三日一早，出去雇了两个人收拾好了。”宝玉说：“怪道呢。上月我们大观园的池子里头结了莲蓬，我摘了十个，叫焙茗出去，到坟上供他去。回来我也问他：‘可被雨冲坏了没有？’他说：‘不但没冲，更比上回新了些。’我想着，必是这几个朋友新收拾了。我只恨我天天圈在家里，一点儿做不得主，行动就有人知道，不是这个拦就是那个劝的，能说不能行。虽然有钱，又不由我使。”柳湘莲道：“这个事也用不着你操心，外头有我，你只心里有了就是了。眼前十月初一日，我已经打点下上坟的花消。你知道我一贫如洗，家里是没有积聚的，纵有几个钱来，随手就光的。不如趁空儿留下这一分，省的到了跟前扎煞手。”

宝玉道：“我也正为这个要打发焙茗找你，你又不大在家，知道你天天萍踪浪迹，没个一定的去处。”柳湘莲道：“你也不用找我，这个事也不过各尽其道。眼前我还要出门去走走，外头游逛三年五载再回来。”宝玉听了，忙问：“这是为何？”柳湘莲冷笑道：“我的心事，等到跟前你自然知道。我如今要别过了。”宝玉道：“好容易会着，晚上同散岂不好？”湘莲道：“你那令姨表兄还是那样，再坐着未免有事，不如我回避了倒好。”宝玉想一想，说道：“既是这么样，倒是回避他为是。只是你要果真远行，必须先告诉我一声，千万别悄悄的去了。”说着，便滴下泪来。柳湘莲道：“自然要辞你去，你只别和别人说就是了。”说着，就站起来要走，又道：“你就进去罢，不必送我。”一面说，一面出了书房。

刚至大门前，早遇见薛蟠在那里乱叫：“谁放了小柳儿走了？”柳湘莲听了，火星乱迸，恨不得一拳打死；复思酒后挥拳，又碍着赖尚荣的脸面，只得忍了又忍。薛蟠忽见他走出来，如得了珍宝，忙跟跄着走上去，一把拉住，笑道：“我的兄弟，你往那里去了？”湘莲道：“走走就来。”薛蟠笑道：“你一去，都没了兴头了，好歹坐一坐，就算疼我了。凭你什么要紧的事，交给哥，你只别忙。你有这个哥，你要做官发财都容易！”

湘莲见他如此不堪，心中又恨又恼，早生一计，拉他到僻净处，笑道："你真心和我好，还是假心和我好呢？"薛蟠听见这话，喜得心痒难挠，乜斜着眼笑道："好兄弟，你怎么问起我这话来！我要是假心，立刻死在眼前！"湘莲道："既如此，这里不便，等坐一坐，我先走，你随后出来，跟到我下处，咱们索性吃一夜酒。我那里还有两个绝好的孩子，从没出门的。你可连一个跟的人也不用带，到了那里，伏侍的人都是现成的。"薛蟠听如此说，喜的酒醒了一半，说："果然如此？"湘莲笑道："如何人拿真心待你，你倒不信了？"薛蟠忙笑道："我又不是呆子，怎么有个不信的呢！既如此，我又不认得，你先去了，我在那里找你？"湘莲道："我这下处在北门外头，你可舍得家，城外住一夜去？"薛蟠道："有了你，我还要家做什么！"湘莲道："既如此，我在北门外头桥上等你。咱们席上且吃酒去。你看我走了之后你再走，他们就不留神了。"薛蟠听了，连忙答应道："是。"二人复又入席，饮了一回。那薛蟠一发难熬，只拿眼看湘莲，心内越想越乐，左一壶右一壶，并不用人让，自己便吃了又吃，不觉酒已八九分了。

湘莲便起身出来，瞅人不防，出至门外，命小厮杏奴："先家去罢，我到城外就来。"说毕，已跨马直出北门，桥上等候薛蟠。一顿饭的工夫，只见薛蟠骑着一匹大马远远的赶了来，张着嘴，瞪着眼，头似拨浪鼓一般，不住左右乱瞧。及至从湘莲马前过去，只顾往远处瞧，不曾留心近处。湘莲又笑又恨，他便也撒马随后跟来。薛蟠往前看时，渐渐人烟稀少，便又圈马回来再找，不想一回头见了湘莲，如获奇珍，忙笑道："我说你是个再不失信的！"湘莲笑道："快往前走，仔细人看见跟了来，就不好了。"说着，先就撒马前去，薛蟠也就紧紧跟来。

湘莲见前面人烟已稀，且有一带苇塘，便下马，将马拴在树上，向薛蟠笑道："你下来，咱们先设个誓，日后要变了心、告诉人去的，便应誓。"薛蟠笑道："这话有理。"连忙下了马，也拴在树上，便跪下说道："我要日久变心，告诉人去的，天诛地灭！"一言未了，只听镗的一声，背后好似铁锤砸下来，只觉得一阵黑，满眼金星乱迸，身不由己，便倒下来。湘莲走上来瞧瞧，知道他是个笨家，不惯捱打，只使了三分气力，向他脸上拍了几下，登时便开了果子铺。薛蟠先还要挣挫起来，又被湘莲用脚尖点了一点，仍旧跌倒，口内说道："原是两家情愿，你不依，只管好说，为什么哄出我来打我？"一面说，一面乱骂。湘莲道："我把你这瞎了眼的！你认认柳大爷是谁！你不说哀求，你还伤我！我打死你也无益，只给你个利害罢！”说着，便取了马鞭过来，从背后至胫打了三四十下。

薛蟠的酒早已醒了大半，觉得疼痛难禁，不禁有嗳哟之声。湘莲冷笑道：“也只如此！我只当你是不怕打的。”一面说，一面又把薛蟠的左腿拉起来，向苇中泞泥处拉了几步，滚的满身泥水，又问道：“你可认得我了？”薛蟠不应，只伏着哼哼。湘莲又掷下鞭子，用拳头向他身上擂了几下。薛蟠便乱滚乱叫，说：“肋条折了！我知道你是正经人，因为我错听了旁人的话了。”湘莲道：“不用拉旁人，只说现在的。”薛蟠道：“现在也没什么说的，不过你是个正经人，我错了。”湘莲道：“还要说软些才饶你。”薛蟠哼哼的道：“好兄弟。”湘莲又一拳。薛蟠嗳哟了一声，便道：“好哥哥。”湘莲又连两拳。薛蟠忙嗳哟叫道：“好老爷，饶了我这没眼睛的瞎子罢！从今以后，我敬你怕你了。”湘莲道：“你把那水吃两口。”薛蟠一面听了，一面皱眉道：“这水实在肮脏，怎么吃得下去！”湘莲举拳就打，薛蟠忙道：“我吃，我吃！”说着，只得俯头向苇根下吃了一口，犹未咽下去，只听哇的一声，把方才吃的东西都吐了出来。湘莲道：“好肮脏东西！你快吃完了，饶你。”薛蟠听了，叩头不迭，说：“好歹积阴功饶我罢！这至死不能吃的。”湘莲道：“这样气息，倒熏坏了我。”说着，丢下薛蟠，便牵马认镫去了。这里薛蟠见他已去，方放下心来，懊悔自己不该误认了人。待要挣挫起来，无奈遍体疼痛难禁。

谁知贾珍等席上忽不见了他两个，各处找寻不见。有人说：“恍惚出北门去了。”薛蟠的小厮素日是惧他的，他分付了不许跟去，谁敢找去？后来还是贾珍不放心，命贾蓉带着小厮们寻踪问迹的，直找出北门，下桥二里多路，忽见苇坑旁边薛蟠的马拴在那里。众人都道：“好了，有马必有人。”一齐来至马前，只听苇中有人呻吟。大家忙走来一看，只见薛蟠衣衫零碎，面目肿破，没头没脸，遍身内外滚的似个泥母猪一般。贾蓉心内已猜着八九了，忙下马，命人搀了起来，笑道：“薛大叔天天调情，今日调到苇子坑里来了。必定是龙王爷也爱上你风流，要你招驸马去，你就碰到龙犄角上了。”薛蟠羞的恨没地缝儿钻不进去，那里爬的上马去？贾蓉命人赶到关厢里，雇了一乘小轿子，薛蟠坐了，一齐进城。贾蓉还要抬往赖家去赴席，薛蟠百般苦告，央及他不用告诉人，贾蓉方依允了，让他各自回家。贾蓉仍往赖家回覆贾珍，并说方才的形景。贾珍也知湘莲所打，也笑道：“他须得吃个亏才好。”至晚散了，便来问候。薛蟠自在卧房将养，推病不见。

贾母等回来，各自归家时，薛姨妈与宝钗见香菱哭的眼睛肿了，问起原故，忙来瞧薛蟠时，脸上身上虽见伤痕，并未伤筋动骨。薛姨妈又是心疼，又是发恨，骂一回薛蟠，又骂一回柳湘莲，意欲告诉王夫人，遣人寻拿柳湘莲。宝钗忙劝道："这不是什么大事，不过他们一处吃酒，酒后反脸常情。谁醉了，多挨几下子打，也是有的。况且咱们家的无法无天的人，也是人所共知的。妈妈不过是心疼的原故。要出气也容易，等三五天哥哥好了，出得去的时候，那边珍大爷、琏二爷这干人，也未必白丢开手，自然备个东道，叫了那个人来，当着众人，替哥哥赔不是认罪就是了。如今妈妈先当件大事，告诉众人，倒显的妈妈偏心溺爱，纵容他生事招人，今儿偶然吃了一次亏，妈妈就这样兴师动众，倚着亲戚之势欺压常人。"薛姨妈听了道："我的儿，到底是你想的到，我一时气糊涂了。"宝钗笑道："这才好呢。他又不怕妈妈，又不听人劝，一天纵似一天；吃过两三个亏，他倒罢了。"

薛蟠睡在炕上痛骂湘莲，又命小厮去拆他的房子，打死他，和他打官司。薛姨妈喝住小厮们，只说："柳湘莲一时酒后放肆，如今酒醒，后悔不及，惧罪逃走了。"薛蟠听见如此说了，气方渐平。要知端的，且看下回分解。

第四十八回　滥情人情误思游艺　慕雅女雅集苦吟诗

话说薛蟠听见如此说了，气方渐平。三五日后，疼痛虽愈，伤痕未平，只妆病在家，愧见亲友。转眼已到十月，因有各铺面伙计内有算年帐要回家的，少不得家内治酒饯行。内有一个张德辉，年过六十，自幼在薛蟠当铺内揽总，家内也有二三千金的过活，今岁也要回家，明春方来。因说起："今年纸札、香扇短少，明年必是贵的。明年先打发大小儿上来，当铺里照管。赶端阳前，我顺路就贩些纸札、香扇来卖。除去关税化消，亦可以剩得几倍利息。"薛蟠听了，心下忖度："如今我捱了打，正难见人，想着要躲个一年半载，又没处去躲。天天妆病也不是事。况且我长了这么大，文不文武不武，虽说做买卖，究竟戥子、算盘从没拿过；地土风俗、远近道路，又不知道。不如也打点几个本钱，和张德辉逛一年来。赚钱也罢，不赚钱也罢，且躲躲羞去；二则逛逛山水也是好的。"心内主意已定，至酒席散后，便和气平心，与张德辉说知，命他等一二日，一同前往 。

晚间薛蟠告诉他母亲，薛姨妈听了，虽是欢喜，但又恐他在外生事，化了本钱倒是末事，因此不命他去，只说："你好歹守着我，我还能放心些。况且也不用做这买卖，也不等着这几百银子用。你在家里安分守己的，就强似这几百银子了。”薛蟠主意已定，那里肯依，只说：“天天又说我不知世务，这个也不知，那个也不学。如今我发狠把那些没要紧的都断了，如今要成人立事，学习买卖，又不准我了。叫我怎么样呢？我又不是个丫头，把我关在家里，何日是个了手？况且那张德辉又是个有年纪的，咱们和他是世交，我同他去，怎么得有舛错？我就一时半刻有不好的去处，他自然说我劝我，就是东西贵贱行情，他是知道的，自然色色问他，何等顺利，倒不叫我去！过两日，我不告诉家里，私自打点走了，明年发了财回来，才知道我呢！”说毕，赌气睡觉去了。

薛姨妈听他如此说，因和宝钗商议。宝钗笑道：“哥哥果然要经历正事，倒也罢了；只是他在家里说着好听，到了外头旧病复发，难拘束他了。但也愁不得许多。他若是真改了，是他一生的福；若不改，妈妈也不能又有别的法子。一半尽人力，一半听天罢了。这么大人了，若只管怕他不知世路，出不得门，干不得事，今年关在家里，明年还是这个样儿。他既说的名正言顺，妈妈就打谅着丢了八百一千银子，竟交与他试一试。横竖有伙计帮着他，也未必好意思哄骗他的。二则他出去了，左右没了助兴的人，又没有倚仗的人，到了外头谁还怕谁？有了时吃，没了时饥着，举眼无靠，他见了这样，只怕比在家里省了事，也未可知。”薛姨妈听了，思忖半晌，道：“倒是你说的是，化两个钱叫他学些乖来，也值。”商议已定，一宿无话。

至次日，薛姨妈命人请了张德辉来，在书房中命薛蟠款待酒饭，自己在后廊下，隔着窗子，千言万语嘱托张德辉照管照管。张德辉满口应承。吃过饭告辞，又回说：“十四日是上好出行日期，大世兄即刻打点行李，雇下骡子，十四日一早就长行了。”薛蟠喜之不尽，将此话告诉薛姨妈。薛姨妈便和宝钗、香菱并两个年老的嬷嬷，连日打点行装，派下薛蟠之奶公老苍头一名，当年谙事旧仆二名，外有薛蟠随身常使小厮二名，主仆一共六人，雇了三辆大车，单拉行李使物，又雇了四个长行骡子。薛蟠自骑一匹家内养的铁青大走骡，外备一匹坐马。诸事完毕，薛姨妈、宝钗等连夜劝戒之言，自不必备说。

至十三日，薛蟠先去辞了他母舅，然后过来辞了贾宅诸人。贾珍等未免又有饯行之说，也不必细述。至十四日一早，薛姨妈、宝钗等直同薛蟠出了仪门，母女两个四只泪眼看他去了方回来。

薛姨妈上京，带来的家人不过四五房，并两三个老嬷嬷、小丫头，今跟了薛蟠一去，外面只剩了一两个男子，因此薛姨妈即日到书房，将一应陈设玩器并帘帐等物，尽行搬了进来收好，命两个跟去的男子之妻一并也进来睡觉。又命香菱将他屋里也收拾严紧，“将门锁了，晚间和我去睡”。宝钗道：“妈妈既有这些人作伴，不如叫菱姐姐和我做伴去。我们园里又空，夜长了，我每夜做活越多一个人，岂不越好？”薛姨妈笑道：“正是，我忘了，原该叫他同你去才是。我前日还合你哥哥说，文杏又小，道三不着两的；莺儿一个人不够伏侍的，还要买一个丫头来你使。”宝钗道：“买的不知底里，倘或走了眼，化了钱事小，没的淘气。倒是慢慢打听着，有知道来历的，买个还罢了。”一面说，一面命香菱收拾了衾褥妆奁，命一个老嬷嬷并臻儿送至蘅芜院去，然后宝钗和香菱才同回园中来。

香菱向宝钗道：“我原要和太太说的：等大爷去了，我和姑娘做伴去。我又恐怕太太多心，说我贪着园里来顽，谁知你竟说了。”宝钗笑道：“我知道，你心里羡慕这园子不是一日两日的了，只是没个空儿。就每日来一回，慌慌张张的，也没趣儿。所以趁着机会，越性住上一年，我也多个做伴的，你也遂了你的心。”香菱笑道：“好姑娘，趁着这个工夫，你教给我做诗罢 。”宝钗笑道：“我说你‘得陇望蜀’呢。我劝你且缓一缓，今儿头一日进来，先出园东角门，从老太太起，各处各人你都瞧瞧，问候一声儿，也不必特意告诉他们搬进园来。若有提起因由儿的，你只带口说我带了你进来做伴儿就完了。回来进了园，再到各姑娘房里走走。”

香菱应着，才要走时，只见平儿忙忙的走来。香菱忙问了好，平儿只得陪笑相问。宝钗因向平儿笑道：“我今儿把他带了来做伴儿，正要回你奶奶一声儿。”平儿笑道：“姑娘说的是那里的话？我竟没话答言了。”宝钗道：“这才是正理。店房有个主人，庙里有个住持。虽不是大事，到底告诉一声，就是园里坐更上夜的人，知道添了他两个，也好关门候户的了。你回去就告诉一声罢，我不打发人去说了。”平儿答应着，因又向香菱道：“你既来了，也不拜一拜街坊邻舍去？”宝钗笑道：“我正叫他去呢。”平儿道：“你且不必往我们家去，二爷病了，在家里呢。”香菱答应着去了，先从贾母处来，不在话下。

且说平儿见香菱去了，便拉宝钗，悄悄说道：“姑娘可听见我们的新闻了？”宝钗道：“我没听见新闻。因连日打发我哥哥出门，所以你们这里的事一概不知道，连姊妹们这两日也没见。”平儿笑道：“老爷把二爷打了个动不得，难道姑娘就没听见？”宝钗道：“早起恍惚听见了一句，也信不真。我也正要瞧你奶奶去呢，不想你来了。又是为了什么打他？”

平儿咬牙骂道：“都是那什么贾雨村，半路途中那里来的饿不死的野杂种！认了不到十年，生了多少事出来！今年春天，老爷不知在那个地方看见几把旧扇子，回家来，看家里所有收着的这些好扇子都不中用了，立刻叫人各处搜求。谁知就有个不知死的冤家，混号儿人都叫他做‘石呆子’，穷的连饭也没的吃，偏他家就有二十把旧扇子，死也不肯拿出大门来。二爷好容易烦了多少情，见了这个人，说之再三，他把二爷请了到他家里坐着，拿出这扇子来，略瞧了一瞧。据二爷说，原是不能再得的：全是湘妃、棕竹、麋鹿、玉竹的，皆是古人写画真迹。回来告诉了老爷，便叫买他的，要多少银子给他多少。偏那石呆子说：‘我饿死冻死，一千银子一把，我也不卖。’老爷没法了，天天骂二爷没能为。已经许了他五百银子，先兑银子，后拿扇子，他只是不卖，只说：‘要扇子，先要我的命！’姑娘想想：这有什么法子？谁知雨村那没天理的听见了，便设了法子，讹他拖欠官银，拿了他到衙门里去，说‘所欠官银，变卖家产赔补’，把这扇子抄了来，做了官价送了来。那石呆子如今不知是死是活，老爷拿着扇子问着二爷说：‘人家怎么弄了来了？’二爷只说了一句：‘为这点子小事，弄的人倾家败产，也不算什么能为。’老爷听了就生了气，说二爷拿话堵老爷呢。这是第一件大的。这几日还有几件小的，我也记不清，所以都凑在一处，就打起来了。也没拉倒用板子棍子，就站着，不知他拿什么混打了一顿，脸上打破了两处。我们听见姨太太这里有一种药，上棒疮的，姑娘快寻一丸子给我。”宝钗听了，忙命莺儿去找了两丸来与平儿。宝钗道：“既这样，你去替我问候罢，我就不去了。”平儿答应着去了，不在话下。

且说香菱见了众人之后，吃过晚饭，宝钗等都往贾母处去了，自己便往潇湘馆中来。此时黛玉已好了大半了，见香菱也进园来住，自是欢喜。香菱因笑道：“我这一进来了，也得空儿，好歹教给我作诗，就是我的造化了。”黛玉笑道：“既要学作诗，你就拜我为师，我虽不通，大略也还教的起你。”香菱笑道：“果然这样，我就拜你为师。你可不许腻烦的。”黛玉道：“什么难事，也值得去学！不过是起、承、转、合，当中承、转是两付对子，平声的对仄声，虚的对虚的，实的对实的，若是果有了奇句，连平仄、虚实不对都使得的。”香菱笑道：“怪道我常弄本旧诗，偷空儿看一两首，也有对的极工的，也有不对的。又听见说：‘一三五不论，二四六分明。’看古人的诗上，亦有顺的，亦有二四六上错了的，所以天天疑惑。如今听你一说，原来这些规矩竟是末事，只要词句新奇为上。”黛玉道：“正是这个道理。词句究竟还是末事，第一是立意要紧。若意趣真了，连词句不用修饰，自是好的。这叫做‘不以词害意。’”

香菱笑道：“我只爱陆放翁的‘重帘不卷留香久，古砚微凹聚墨多’，说的真切有趣。”黛玉道：“断不可看这样的诗！你们因不知诗，所以见了这浅近的就爱，一入了这个格局，再学不出来的。你只听我说：你若真心要学，我这里有《王摩诘全集》，你且把他的五言律读一百首，细心揣摩透熟了，然后再读一二百首老杜的七言律，次之再把李青莲的七言绝句读一二百首。肚子里先有了这三个人做了底子，然后再把陶渊明、应、刘、谢、阮、庾、鲍等人的一看。你又是这样一个极聪明伶俐的人，不用一年工夫，不愁不是诗翁了。”香菱听了笑道：“既这样，好姑娘，你就把这书给我拿出来，我带回去，夜里念几首也是好的。”黛玉听说，便命紫鹃将王右丞的五言律拿来，递与香菱道：“你只看有红圈的，都是我选的，有一首念一首。不明白的问你姑娘，或者遇见我，我讲与你就是了。”香菱拿了诗，回至蘅芜院中，诸事不管，只向灯下一首一首的读起来。宝钗连催他数次睡觉，他也不睡。宝钗见他这般苦心，只得随他去了。

一日，黛玉方梳洗完了，只见香菱笑吟吟的送了书来，又要换杜律。黛玉笑道：“共记得多少首？”香菱笑道：“凡红圈选的，我尽读了。”黛玉道：“可领略了些没有？”香菱笑道：“我倒领略了些，只不知是不是，说与你听听。”黛玉笑道：“正要讲究讨论，方能长进。你且说来，我听听。”香菱笑道：“据我看来，诗的好处，有口里说不出来的意思，想去却是逼真的；有似乎无理的，想去竟是有理有情的。”黛玉笑道：“这话有了些意思，但不知你从何处见得？”香菱笑道：“我看他《塞上》一首，内一联云：‘大漠孤烟直，长河落日圆。’想来烟如何直？日自然是圆的。这‘直’字似无理，‘圆’字似太俗。合上书一想，倒像是见了这景的。若说再找两个字换这两个，竟再找不出两个字来。再还有‘日落江湖白，潮来天地青’，这‘白’‘青’两个字，也似无理。想来，必得这两个字才形容的尽，念在嘴里，倒像有几千斤重的一个橄榄似的。还有‘渡头馀落日，墟里上孤烟’，这‘馀’字合‘上’字，难为他怎么想来！我们那年上京来，那日下晚便湾住船，岸上又没有人，只有几棵树，远远的几家人家作晚饭，那个烟竟是青碧连云。谁知我昨儿晚上看了这两句，倒像我又到了那个地方去了。”

正说着，宝玉和探春来了，都入坐听他讲诗。宝玉笑道：“既是这样，也不用看诗，会心处不在远，听你说了这两句，可知三昧你已得了。”黛玉笑道：“你说他这‘上孤烟’好，你还不知他这一句还是套了前人的来。我给你这一句瞧瞧，更比这个淡而现成。”说着，便把陶渊明的“暧暧远人村，依依墟里烟”翻了出来，递与香菱。香菱瞧了，点头叹赏，笑道：“原来‘上’字是从‘依依’两个字上化出来的。”宝玉大笑道：“你已得了，不用再讲。若再讲，倒学离了。你就做起来，必是好的。”探春笑道：“明儿我补一个柬来，请你入社。”香菱笑道：“姑娘何苦打趣我，我不过是心里羡慕，才学着顽罢了。”探春、黛玉都笑道：“谁不是顽？难道我们是认真做诗么？若说我们认真成了诗，出了这园子，把人的牙还笑掉了呢。”

宝玉道：“这也算自暴自弃了。前日我在外头，和相公们商量画儿，他们听见咱们起诗社，求我把稿子给他们瞧瞧，我就写了几首给他们看看，谁不是真心叹服！他们抄了刻去了。”探春、黛玉忙问道：“这是真的么？”宝玉笑道：“说谎的是那架上鹦鹉。”黛玉、探春听说，都道：“你真真胡闹！且别说都不成诗，便成诗，我们的笔墨也不该传到外头去！”宝玉笑道：“这怕什么？古来闺阁中笔墨不要传出去，如今也没人知道了。”说着，只见惜春打发了入画来请宝玉，宝玉方去了。香菱又逼着黛玉换出杜律来，又央黛玉、探春二人：“出个题目让我诌去，诌了来，替我改正。”黛玉道：“昨夜的月最好，我正要诌一首，未诌成。你就做一首来，‘十四寒’的韵，由你爱用那几个字去。”

香菱听了，喜的拿着诗回来，又苦思一回，做两句诗；又舍不得杜诗，又读两首：如此茶饭无心，坐卧不定。宝钗道：“何苦自寻烦恼？都是颦儿引的你，我和他算帐去！你本来呆头呆脑的，再添上这个，越发弄成个呆子了。”香菱笑道：“好姑娘，别混我。”一面说，一面做了一首，先与宝钗看。宝钗看了，笑道：“这个不好，不是这个做法。你别怕臊，只管拿了给他瞧去，看他是怎么说。”

香菱听了，便拿了诗找黛玉。黛玉看时，只见写道是：

月到中天夜色寒，清光皎皎影团团。诗人助兴常思玩，
野客添愁不忍观。翡翠楼边悬玉镜，珍珠帘外挂冰盘。
良宵何用烧银烛，晴彩辉煌映画栏。

黛玉笑道：“意思却有，只是措词不雅。皆因你看的诗少，被他缚住了。把这首诗丢开，再做一首。放开胆子，只管去做。”

香菱听了，默默的回来，越性连房也不进去，只在池边树下，或坐在山石上出神，或蹲在地下抠土，来往的人都诧异。李纨、宝钗、探春、宝玉等听见此言，都远远的站在山坡上瞧着他笑。只见他皱一回眉，又自己含笑一回。宝钗笑道："这个人定要疯了！昨夜唧唧哝哝，直闹到五更才睡下；没一顿饭的工夫，天就亮了，我就听见他起来了，忙忙碌碌梳了头，就找颦儿去。一回来了，呆了一日，做了一首又不好，自然这会子另做呢。"宝玉笑道："这正是'地灵人杰'，老天生人再不虚赋情性的。我们成日叹说：可惜他这么个人竟俗了，谁知到底有今日，可见天地至公。"宝钗听了，笑道："你能够像他这苦心就好了，学什么有个不成的！"宝玉不答。

只见香菱兴兴头头的，又往黛玉那边去了。探春笑道："咱们跟了去，看他有些意思没有。"说着，一齐都往潇湘馆来。只见黛玉正拿着诗和他讲究，众人因问黛玉："做的如何？"黛玉道："自然算难为他了，只是还不好。这一首过于穿凿了，还得另作。"众人因要诗看时，只见做道是：

非银非水映窗寒，试看晴空护玉盘。淡淡梅花香欲染，
丝丝柳带露初干。只疑残粉涂金砌，恍若轻霜抹玉栏。
梦醒西楼人迹绝，余容犹可隔帘看。

宝钗笑道："不像吟月了，月字底下添一个'色'字，倒还使得。你看，句句倒是月色。这也罢了，原是诗从胡说来，再迟几天就好了。"

香菱自为这首诗妙绝，听如此说，自己又扫了兴，不肯丢开手，便要思索起来。因见他姊妹们说笑，便自己走至阶前竹下闲步，挖心搜胆的，耳不旁听，目不别视。一时探春隔窗笑说道："菱姑娘，你闲闲罢。"香菱怔怔答道："'闲'字是'十五删'的，错了韵了。"众人听了，不觉大笑起来。宝钗道："可真是诗魔了，都是颦儿引的他。"黛玉笑道："圣人说'诲人不倦'，他又来问我，我岂有不说的理！"

李纨笑道："咱们拉了他往四姑娘房里去，引他瞧瞧画儿，叫他醒一醒才好。"说着，真个出来拉了他过藕香榭，至暖香坞中。惜春正乏倦，在床上歪着睡午觉，画缯立在壁间，用纱罩着。众人唤醒了惜春，揭纱看时，十停方有了三停。香菱见画上有几个美人，因指着笑道："这一个是我们姑娘，那一个是林姑娘。"探春笑道："凡会做诗的都画在上头，你快学罢。"说着，顽笑了一回，各自散去。

香菱满心中还是想诗，至晚间对灯出了一回神。至三更已后，上床躺下，

两眼鳏鳏，直到五更方才朦胧睡去了。一时天亮，宝钗醒了，听了一听，他安稳睡了，心下想："他翻腾了一夜，不知可做成了？这会子乏了，且别叫他。"正想着，只见香菱从梦中笑道："可是有了。难道这一首还不好？"宝钗听了，又是可叹，又是可笑，连忙唤醒了他，问他："得了什么？你这诚心，都通了仙了！学不成诗，弄出病来呢。"一面说，一面梳洗了，会同姊妹往贾母处来。

原来香菱苦志学诗，精血诚聚，日间不能做出，忽于梦中得了八句。梳洗已毕，便忙写出。来到沁芳亭，只见李纨与众姊妹方从王夫人处回来，宝钗正告诉他们，说他梦中做诗、说梦话。众人正笑，抬头见他来了，便都争着要诗看。要知端的，且看下回分解。

第四十九回　琉璃世界白雪红梅　脂粉香娃割腥啖膻

话说香菱见众人正说笑，他便迎上去，笑道："你们看这首诗：若使得，我便还学；若还不好，我就死了这做诗的心了。"说着，把诗递与黛玉及众人，看时，只见写道是：

精华欲掩料应难，影自娟娟魄自寒。一片砧敲千里白，
半轮鸡唱五更残。绿蓑江上秋闻笛，红袖楼头夜倚栏。
博得嫦娥应自问：缘何不使永团圞？

众人看了，笑道："这首不但好，而且新巧有意趣。可知俗语说：'世上无难事，只怕有心人。'社里一定请你了。"香菱听了，心下不信，料着是他们哄自己的话，还只管问黛玉、宝钗等。

正说之间，只见几个小丫头并老婆子忙忙的走来，都笑道："来了好些姑娘、奶奶们，我们都不认得。奶奶姑娘们，快认亲去。"李纨笑道："这是那里的话？你到底说明白了，是谁的亲戚？"那婆子、丫头都笑道："奶奶的两位妹子都来了。还有一位姑娘，说是薛大姑娘的妹子；还有一位爷，说是薛大爷的兄弟。我这会子请姨太太去呢，奶奶和姑娘们先上去罢。"说着，一径去了。宝钗笑道："我们薛蝌和他妹子来了不成？"李纨也笑道："或是我婶娘又上京来了。怎么他们都凑在一处？这可是奇事！"

大家来至王夫人上房，只见黑压压的一地。又有邢夫人的嫂子带了女儿岫烟，进京来投邢夫人的，可巧凤姐之兄王仁也正进京，两亲家一处搭帮来了。走至半路泊船时，正遇见李纨之寡婶，带着两个女儿，长名李纹，次名李绮，也上京。大家叙起来又是亲戚，因此三家一路同行。后有薛蟠之从弟薛蝌，

因当年父亲在京时，已将胞妹薛宝琴许配都中梅翰林之子为婚，正欲进京发嫁，闻得王仁进京，他也随后带了妹子赶来：所以今日会齐了，来访投各人亲戚。

于是大家见礼叙过，贾母、王夫人都欢喜非常。贾母因笑道："怪道昨日晚上，灯花爆了又爆，结了又结，原来应到今日。"一面叙些家常，收了带来的礼物，一面命留酒饭。凤姐儿自不必说，忙上加忙的。李纨、宝钗自然和婶母、姊妹叙离别之情。黛玉见了，先是欢喜，后想起众人都有亲眷，独自己孤单无倚，不免又去垂泪。宝玉深知其情，十分劝慰了一番方罢。

然后宝玉忙忙来至怡红院中，向袭人、麝月、晴雯笑道："你们还不快着看去：谁知宝姐姐的亲哥哥是那个样子，他这叔伯兄弟，形容举止另是个样子，倒像是宝姐姐同胞的兄弟似的。更奇在：你们成日家只说宝姐姐是绝色的人物，你们如今瞧见他这妹子，还有大嫂子的两个妹子，我竟形容不出来了！老天，老天，你有多少精华灵秀，生出这些人上之人来？可知我井底之蛙，成日家自说现在的这几个人是有一无二的，谁知不必远寻，就是本地风光，一个赛似一个！如今我又长了一层学问了。除了这几个，难道还有几个不成？"一面说，一面自笑自叹。袭人见他又有些魔意，便不肯去瞧。晴雯等早去瞧了一遍回来，带笑向袭人说道："你快瞧瞧去！大太太一个侄女儿，宝姑娘一个妹妹，大奶奶两个妹妹：倒像一把子四根水葱儿！"

一语未了，只见探春也笑着进来找宝玉，因说："咱们诗社可兴旺了！"宝玉笑道："正是呢。这是你一高兴起诗社，鬼使神差来了这些人。但只一件：不知他们可学过做诗不曾？"探春道："我才都问了问，虽是他们自谦，看其光景没有不会的。便是不会，也没难处，你看香菱就知道了。"晴雯笑道："他们里头，薛大姑娘的妹妹更好。三姑娘看着怎么样？"探春道："果然的话。据我看来，连他姐姐并这些人总不及他。"袭人听了，又是诧异，又笑道："这也奇了，还从那里再寻好的去呢？我倒要瞧瞧去。"探春道："老太太一见了，喜欢的无可不可的，已经逼着咱们太太认了干女孩儿了。老太太要养活，才刚已经定了。"宝玉喜的忙问："这话可真么？"探春道："我几时说过谎？"又笑道："老太太有了这个好孙女儿，就忘了你这孙子了！"

宝玉笑道："这倒不妨，原该多疼女孩儿些才是正理。明儿十六，咱们可该起社了。"探春道："林丫头刚起来了，二姐姐又病了：终是七上八下的。"宝玉道："二姐姐又不大做诗，没有他又何妨？"探春道："索性等几天，等他们新来的混熟了，咱们邀上他们岂不好？这会子大嫂子、宝姐姐心里自然没有诗兴的，况且湘云没来，颦儿才好了，人都不合式。不如等着云丫头来了，这几个新的也熟了，颦儿也大好了，大嫂子和宝姐姐心也闲了，香菱诗也长进了：如此邀一满社岂不好？咱们两个，如今且往老太太那里去听听，除宝姐姐的妹妹不算外，他一定是在咱们家住定了的。倘或那三个要不在咱们这里住，咱们央告着老太太留下他们，也在园子里住下，咱们岂不多添几个人？越发有趣了。”宝玉听了，喜的眉开眼笑，忙说道：“倒是你明白。我终久是个糊涂心肠，空喜欢了一会子，却想不到这上头。”说着，兄妹两个一齐往贾母处来。

果然王夫人已认了薛宝琴做干女儿，贾母欢喜非常，不命往园中住，晚上跟着贾母一处安寝。薛蝌自向薛蟠书房中住下了。贾母和邢夫人说：“你侄女儿也不必家去了。园里住几天，逛逛再去。”邢夫人兄嫂家中原艰难，这一上京，原仗的是邢夫人与他们治房舍，帮盘缠，听如此说，岂不愿意？邢夫人便将邢岫烟交与凤姐儿。凤姐儿算着园中姊妹多，性情不一，且又不便另设一处，莫若送到迎春一处去，倘日后邢岫烟有些不遂意的事，纵然邢夫人知道了，与自己无干。从此后，除邢岫烟家去住的日期不算，若在大观园住到一个月上，凤姐儿亦照迎春分例送一分与岫烟。凤姐儿冷眼敁敠：岫烟心性行为，竟不像邢夫人及他的父母一样，却是个极温厚可疼的人。因此凤姐儿反怜他家贫命苦，比别的姊妹多疼他些。邢夫人倒不大理论了。

贾母、王夫人等因素喜李纨贤慧，且年轻守节，令人敬服，今见他寡婶来了，便不肯叫他外头去住。那婶母虽十分不肯，无奈贾母执意不从，只得带着李纹、李绮在稻香村住下了。当下安插既定，谁知忠靖侯史鼎又迁委了外省大员，不日要带了家眷去上任。贾母因舍不得湘云，便留下他了，接到家中。原要命凤姐儿另设一处与他住，史湘云执意不肯，只要和宝钗一处住，因此也就罢了。

此时大观园中，比先又热闹了多少。李纨为首，余者迎春、探春、惜春、宝钗、黛玉、湘云、李纹、李绮、宝琴、邢岫烟，再添上凤姐儿和宝玉：一共十三人。叙起年庚，除李纨年纪最长，凤姐次之，余者不过十五六七岁，皆大半同年异月，连他们自己也不能记清谁长谁幼，并贾母、王夫人及家中婆子、丫头也不能细细分清，不过是“姊”“妹”“兄”“弟”四个字随便乱叫。

如今香菱正满心满意只想做诗，又不敢十分啰唆宝钗，可巧来了个史湘云。那史湘云极爱说话的，那里禁得香菱又请教他谈诗？越发高了兴，没昼没夜的高谈阔论起来。宝钗因笑道："我实在聒噪的受不得了。一个女孩儿家，只管拿着诗做正经事讲起来，叫有学问的人听了，反笑话说不守本分。一个香菱没闹清，又添上你这个话口袋子，满口里说的是什么：怎么是杜工部之沉郁、韦苏州之淡雅，又怎么是温八叉之绮靡、李义山之隐僻。痴痴颠颠，那里还像两个女儿家呢！"说得香菱、湘云二人都笑起来。

正说着，只见宝琴来了，披着一领斗篷，金翠辉煌，不知何物。宝钗忙问："这是那里的？"宝琴笑道："因下雪珠儿，老太太找了这一件给我的。"香菱上来瞧道："怪道这么好看！原来是孔雀毛织的。"湘云笑道："那里是孔雀毛！就是野鸭子头上的毛做的，可见老太太疼你了。这么样疼宝玉，也没给他穿。"宝钗笑道："真真俗语说的，'各人有各人缘法'，我也想不到他这会子来；既来了，又有老太太这么疼他。"湘云道："你除了在老太太跟前，就在园里来，这两处只管顽笑吃喝。到了太太屋里，若太太在屋里，只管和太太说笑，多坐一回无妨；若太太不在屋里，你别进去，那屋里人多心坏，都是要害咱们的。"说的宝钗、宝琴、香菱、莺儿等都笑了。宝钗笑道："说你没心，却又有心；虽然有心，到底嘴太直了。我们这琴儿就有些像你。你天天说要我作亲姐姐，我今儿竟叫你认他作亲妹妹罢了。"湘云又瞅了宝琴半日，笑道："这一件衣裳也只配他穿，别人穿了实在不配。"

正说着，只见琥珀走来，笑道："老太太说了，叫宝姑娘别管紧了琴姑娘。他还小呢，让他爱怎么样就怎么样，他要什么东西只管要，别多心。"宝钗忙起身答应了，又推宝琴，笑道："你也不知是那里来的这般福气！你倒去罢，仔细我们委屈了你。我就不信我那些儿不如你。"说话之间，宝玉、黛玉进来了，宝钗犹自嘲笑。湘云因笑道："宝姐姐，你这话虽是顽，却有人真心是这样想呢。"琥珀笑道："真心恼的再没别人，就只是他！"口里说，手指着宝玉。宝钗、湘云都笑道："他倒不是这样人。"琥珀又笑道："不是他，就是他。"说着，又指黛玉。湘云便不作声，宝钗笑道："更不是了。我的妹妹和他的妹妹一样，他喜欢的比我还甚呢，那里还恼？你信云儿混说！他那嘴有什么正经！"

宝玉素昔深知黛玉有些小性儿，尚不知近日黛玉和宝钗之事，正恐贾母疼宝琴他心中不自在，今见湘云如此说了，宝钗又如此答，再审度黛玉声色，亦不似往日，果然与宝钗之说相符，心中甚是不解。因想："他两个素日不是这样的。如今看来，竟更比他人好了十倍。"一时，又见黛玉赶着宝琴叫妹妹，并不提名道姓，直似亲姊妹一般。那宝琴年轻心热，且本性聪敏，自幼读书识字，今在贾府住了两日，大概人物已知；又见众姊妹都不是那轻薄脂粉，且又和姐姐皆和气，故也不肯怠慢。其中又见林黛玉是个出类拔萃的，便更与黛玉亲敬异常。宝玉看着，只是暗暗的纳罕。

一时宝钗姊妹往薛姨妈房内去后，湘云往贾母处来，黛玉回房歇着。宝玉便找了黛玉来，笑道："我虽看了《西厢记》，也曾有明白的几句，说了取笑，你还曾恼过。如今想来，竟有一句不解，我念出来，你讲讲我听。"黛玉听了，便知有文章，因笑道："你念出来我听听。"宝玉笑道："那《闹简》上，有一句说的最好：'是几时孟光接了梁鸿案？'这几个字不过是现成的典，难为他'是几时'三个虚字问的有趣。是几时接了？你说说我听听。"黛玉听了，禁不住也笑起来，因笑道："这原问的好。他也问的好，你也问的好。"宝玉道："先时你只疑我，如今你也没的说了，我反落了单。"黛玉笑道："谁知他竟真是个好人，我往日只当他藏奸。"因把说错了酒令，宝钗怎样说他，连送燕窝病中所谈之事，细细的告诉宝玉。宝玉方知原故，因笑道："我说呢！正纳闷'是几时孟光接了梁鸿案'，原来是从'小孩儿口没遮拦'就接了案了。"黛玉因又说起宝琴来，想起自己没有姊妹，不免又哭了。宝玉忙劝道："这又自寻烦恼了。你瞧瞧，今年比旧年越发瘦了，你还不保养！每天好好的，你必是自寻烦恼哭一会子，才算完了这一天的事。"黛玉拭泪道："近来我自觉心酸，眼泪却像比旧年少了些的。心里只管酸痛，眼泪却不多。"宝玉道："这是你哭惯了，心里疑惑，岂有眼泪会少的！"

正说着，只见他屋里的小丫头子送了猩猩毡斗篷来，又说："大奶奶才打发人来说：下了雪，要商议明日请人做诗呢。"一语未了，只见李纨的丫头走来请黛玉，宝玉便邀着黛玉同往稻香村来。黛玉换上掐金挖云红香羊皮小靴，罩了一件大红羽绉面白狐狸皮的鹤氅，系一条青金闪绿双环四合如意绦，头上罩了雪帽，二人一齐踏雪行来。

只见众姊妹都在那里，都是一色大红猩猩毡与羽毛缎斗篷，独李纨穿一件哆啰呢对襟褂子，薛宝钗穿一件莲青斗纹锦上添花洋线番羓丝的鹤氅。邢岫烟仍是家常旧衣，并没避雨之衣。一时史湘云来了，穿着贾母与他的一件貂鼠脑袋面子、大毛黑灰鼠里子、里外发烧大褂子，头上戴着一顶挖云鹅黄片金里子大红猩猩毡昭君套，又围着大貂鼠风领。黛玉先笑道："你们瞧瞧，孙行者来了，他一般的拿着雪褂子，故意装出个小骚达子样儿来。"湘云笑道："你们瞧我里头打扮的。"一面说，一面脱了褂子。只见他里头穿着一件半新的靠色三镶领袖秋香色盘金五色绣龙窄褃小袖掩襟银鼠短袄，里面短短的一件水红妆缎狐肷褶子，腰里紧紧束着一条蝴蝶结子长穗五色宫绦，脚下也穿着麀皮小靴：越显得蜂腰猿背，鹤势螂形。众人都笑道："偏他只爱打扮成个小子的样儿，原比他打扮女儿更俏丽了些。"

湘云笑道："快商议做诗！我听听是谁的东家？"李纨道："我的主意。想来昨日的正日已经过了，再等正日又太远，可巧又下雪，不如咱们大家凑个社，又给他们接风，又可以做诗。你们意思怎么样？"宝玉先道："这话很是，只是今日晚了。若到明日晴了，又无趣。"众人都道："这雪未必晴。纵晴了，这一夜下的，也够赏了。"李纨道："我这里虽然好，又不如芦雪庵好。我已经打发人笼地炕去了，咱们大家拥炉做诗。老太太想来未必高兴，况且咱们小顽意儿，单给凤丫头个信儿就是了。你们每人一两银子就够了，送到我这里来。"指着香菱、宝琴、李纹、李绮、岫烟："五个不算外，咱们里头，二丫头病了不算，四丫头告了假也不算。你们四分子送了来，我包管五六两银子也尽够了。"宝钗等一齐应诺。因又拟题限韵，李纨笑道："我心里早已定了。等到了明日临期，横竖知道。"说毕，大家又闲话了一回，方往贾母处来。本日无话。

到了次日一早，宝玉因心里记挂着这事，一夜没好生得睡。天亮了就爬起来，掀起帐子一看：虽然门窗尚掩，只见窗上光辉夺目，心内早踌躇起来，埋怨定是晴了，日光已出。一面忙起来揭起窗屉，从玻璃窗内往外一看，原来不是日光，竟是一夜大雪，下的将有一尺多厚，天上仍是搓绵扯絮一般。宝玉此时欢喜非常，忙唤起人来。盥漱已毕，只穿一件茄色哆啰呢狐狸皮袄，罩一件海龙小鹰膀褂子，束了腰，披上玉针蓑，戴了金藤笠，登上沙棠屐，忙忙的往芦雪庵来。出了院门，四顾一望，并无二色，远远的是乔松疏竹，自己却似装在玻璃盆内一般。于是走至山坡之下，顺着山脚，刚转过去，已闻得一股寒香扑鼻。回头一看，却是妙玉那边栊翠庵中，有十数株红梅，如胭脂一般，映着雪色，分外显得精神，好不有趣！宝玉便立住，细细的赏玩了一回方走。只见蜂腰板桥上，一个人打着伞走来，是李纨打发了请凤姐儿去的人。

宝玉来至芦雪庵，只见丫头、婆子正在那里扫雪开径。原来这芦雪庵盖在一个傍山临水河滩之上，一带几间，茅檐土壁，槿篱竹牖，推窗便可垂钓，四面皆是芦苇掩覆，一条去径逶迤穿芦度苇过去，便是藕香榭的竹桥了。众丫头、婆子见他披蓑戴笠而来，都笑道：“我们才说正少一个渔翁，如今果然全了！姑娘们吃了饭才来呢，你也太性急了。”宝玉听了，只得回来。刚至沁芳亭，见探春正从秋爽斋出来，围着大红猩猩毡的斗篷，戴着观音兜，扶着个小丫头，后面一个妇人打着一把青绸油伞。宝玉知道他往贾母处去，遂立在亭边，等他来到，二人一同出园前去。宝琴正在里间房内梳洗更衣。

一时众姊妹来齐，宝玉只说饿了，连连催饭。好容易等到摆上饭来，头一样菜是牛乳蒸羊羔，贾母便说：“这是我们有年纪的人的药，没见天日的东西，可惜你们小孩子吃不得。今儿另外有新鲜鹿肉，你们等着吃罢。”众人答应了。宝玉却等不得，只拿茶泡了一碗饭，就着野鸡瓜齑，忙忙的爬拉完了。贾母道：“我知道你们今儿又有事情，连饭也不顾吃了。”便叫：“留着鹿肉，与他晚上吃罢。”凤姐儿忙说：“还有呢，吃残了的倒罢了。”湘云便和宝玉计较道：“有新鲜鹿肉，不如咱们要一块，自己拿到园里弄着，又顽又吃。”宝玉听了，便真和凤姐要了一块，命婆子送入园去。

一时大家散后，进园齐往芦雪庵来，听李纨出题限韵，独不见湘云、宝玉二人。黛玉道：“他两个再到不得一处。若到了一处，生出多少故事来！这会子一定算计那块鹿肉去了。”正说着，只见李婶娘也走来看热闹，因问李纨道：“怎么那一个带玉的哥儿和那一个挂金麒麟的姐儿，那样干净清秀，又不少吃的，他两个在那里商议着要吃生肉呢，说的有来有去的。我只不信，肉也生吃得的？”众人听了，都笑道：“了不得！快拿他两个来！”黛玉笑道：“这可是云丫头闹的，我的卦再不错。”李纨即忙出来，找着他两个说道：“你们两个要吃生的，我送你们到老太太那里吃去，那怕吃一只生鹿，撑病了不与我相干。这么大雪，怪冷的，快替我做诗去罢！”宝玉忙笑道：“没有的事，我们烧着吃呢。”李纨道：“这还罢了。”只见老婆子们拿了铁炉、铁叉、铁丝蒙来，李纨道：“仔细，割了手，不许哭！”说着，方进去了。

那边凤姐打发了平儿来回覆不能来，为发放年例正忙。湘云见了平儿，那里肯放。平儿也是个好顽的，素日跟着凤姐儿，无所不至，见如此有趣，乐得顽笑，因而退去手上的镯子，三个人围着火，平儿便要先烧三块吃。那边宝钗、黛玉平素看惯了，不以为异，宝琴等及李婶娘深为罕事。探春与李纨等已议定了题、韵。探春笑道：“你们闻闻，香气这里都闻见了，我也吃去！”说着，也找了他们来。李纨也随来，说：“客已齐了，你们还吃不够？”湘云一面吃，又一面说道：“我吃这个方爱吃酒，吃了酒才有诗。若不是这鹿肉，今儿断不能做诗。”说着，只见宝琴披着凫靥裘站在那里笑。湘云笑道：“傻子！你来尝尝？”宝琴笑道：“怪肮脏的。”宝钗笑道：“你尝尝去，好吃的很呢。你林姐姐弱，吃了不消化，不然他也爱吃。”宝琴听了，便过去吃了一块，果然好吃，便也吃起来。

一时凤姐儿打发小丫头来叫平儿，平儿说：“史姑娘拉着我呢，你先去罢。”小丫头去了。一时，只见凤姐儿也披了斗篷走来，笑道：“吃这样好东西，也不告诉我！”说着，也凑在一处吃起来。黛玉笑道：“那里找这一群化子去！罢了，罢了，今日芦雪庵遭劫，生生被云丫头作践了，我为芦雪庵一大哭。”湘云冷笑道：“你知道什么。‘是真名士自风流’，你们都是假清高，最可厌的。我们这会子腥的膻的大吃大嚼，回来却是锦心绣口。”宝钗笑道：“你回来若做的不好了，把那肉掏出来，就把这雪压的芦苇子揌上些，以完此劫。”说着吃毕，洗漱了一回。

平儿带镯子时，却少了一个，左右前后乱找了一番，踪迹全无。众人都诧异，凤姐儿笑道：“我知道这镯子的去向。你们只管做诗去，我们也不用找，只管前头去。不出三日，包管就有了。”说着，又问：“你们今儿做什么诗？老太太说了：离年又近了，正月里还该做些灯谜儿大家顽笑。”众人听了，都笑道：“可是呢，倒忘了。如今赶着做几个好的，预备着正月里顽。”说着，一齐来至地炕屋内。

只见杯盘果菜俱已摆齐了，墙上已贴出诗题、韵脚、格式来了。宝玉、湘云二人忙看时，只见题目是：“即景联句，五言排律一首，限‘二萧’韵。”后面尚未列次序。李纨道：“我不大会做诗，我只起三句罢，然后谁先得了谁先联。”宝钗道：“到底分个次序。”要知端的，且看下回分解。

第五十回　芦雪庵争联即景诗　暖香坞雅制春灯谜

话说薛宝钗道：“到底分个次序，让我写出来。”说着，便令众人拈阄为序。起首恰是李氏，然后按次各各开出。凤姐儿道：“既这样说，我也说一句在上头。”众人都笑起来了，说：“这样更妙了。”宝钗便将“稻香老农”之上补了一个“凤”字，李纨又将题目讲与他听。凤姐儿想了半日，笑道：“你们别笑话我。我只有了一句粗话，可是五个字的，下剩的我就不知道了。”众人都笑道：“越是粗话越好。你说了，就只管干正事去罢。”凤姐儿笑道：“想下雪必刮北风，昨夜听见一夜的北风，我有一句，这一句就是：‘一夜北风紧。’使得使不得，我就不管了。”众人听说，都相视笑道：“这句虽粗，不见底下的，这正是会作诗的起法：不但好，而且留了写不尽的多少地步与后人。就是这句为首，稻香老农快写上，续下去。”凤姐和李婶娘、平儿又吃了两杯酒，自去了。

这里李纨便写了“一夜北风紧”，自己联道：“开门雪尚飘。入泥怜洁白，”香菱道：“匝地惜琼瑶。有意荣枯草，”探春道：“无心饰萎苗。价高村酿熟，”李绮道：“年稔府粱饶。葭动灰飞管，”李纹道：“阳回斗转杓。寒山已失翠，”岫烟道：“冻浦不闻潮。易挂疏枝柳，”湘云道：“难堆破叶蕉。麝煤融宝鼎，”宝琴道：“绮袖笼金貂。光夺窗前镜，”黛玉道：“香黏壁上椒。斜风仍故故，”宝玉道：“清梦转聊聊。何处梅花笛？”宝钗道：“谁家碧玉箫？鳌愁坤轴陷，”李纨笑道：“我替你们看热酒去罢。”

宝钗命宝琴续联，只见湘云起来道：“龙斗阵云销。野岸回孤棹，”宝琴也联道：“吟鞭指灞桥。赐裘怜抚戍，”湘云那里肯让人，且别人也不如他敏捷，都看他扬眉挺身的说道：“加絮念征徭。坳垤审夷险，”宝钗连声赞好，也便联道：“枝柯怕动摇。皑皑轻趁步，”黛玉忙联道：“翦翦舞随腰。苦茗成新赏，”一面说，一面推宝玉，命他联。

宝玉正看宝钗、宝琴、黛玉三人共战湘云，十分有趣，那里还顾得联诗，今见黛玉推他，方联道：“孤松订久要。泥鸿从印迹，”宝琴接着联道：“林斧或闻樵。伏象千峰凸，”湘云忙联道：“盘蛇一径遥。花缘经冷结，”宝钗与众人又都赞好。探春联道：“色岂畏霜凋。深院惊寒雀，”湘云正渴了，忙忙的吃茶，已被岫烟接着联道：“空山泣老鸮。阶墀随上下，”湘云忙丢了茶杯，联道：“池水任浮漂。照耀临清晓，”黛玉忙联道：“缤纷入永宵。诚忘三尺冷，”湘云忙笑联道：“瑞释九重焦。僵卧谁相问，”宝琴也忙笑联道：“逛游客喜招。天机断缟带，”湘云又忙道：“海市失鲛绡。”

黛玉不容他道出，接着便道：“寂寞对台榭，”湘云忙联道：“清贫怀箪瓢。”宝琴也不容情，也忙道：“烹茶水渐沸，”湘云见这般，自为得趣，又是笑，又忙联道：“煮酒叶难烧。”黛玉也笑道：“没帚山僧扫，”宝琴也笑道：“埋琴稚子挑。”

湘云笑弯了腰，忙念了一句。众人问道：“到底说的是什么？”湘云喊道：“石楼闲睡鹤，”黛玉笑得握着胸口，高声喊道：“锦罽暖亲猫。”宝琴也忙笑道：“月窟翻银浪，”湘云忙联道：“霞城隐赤标。”黛玉忙笑道：“沁梅香可嚼，”宝钗笑称：“好句！”也忙联道：“淋竹醉堪调。”宝琴也忙道：“或湿鸳鸯带，”湘云忙联道：“时凝翡翠翘。”黛玉又忙道：“无风仍脉脉，”宝琴又忙笑联道：“不雨亦潇潇。”

湘云伏着，已笑软了。众人看他三人对抢，也都不顾作诗，看着也只是笑。黛玉还推他往下联，又道：“你也有才尽力穷之时？我听听，还有什么舌头嚼了！”湘云只伏在宝钗怀里，笑个不住。宝钗推他起来，道：“你有本事，把‘二萧’的韵全用完了，我才服你。”湘云起身笑道：“我也不是做诗，竟是抢命呢。”众人笑道：“倒是你自己说罢。”探春早已料定没有自己联的了，便早写出来，因说：“还没收住呢。”李纹听了，接过来便联了一句道：“欲志今朝乐，”李绮收了一句道：“凭诗祝舜尧。”

李纨道：“够了，够了。虽没做完了韵，腾挪的字若生扭用了，倒不好了。”说着，大家来细细评论一回，独湘云的多，都笑道：“这都是那块鹿肉的功劳。”李纨笑道：“逐句评去，却还一气，只是宝玉又落了第了。”宝玉笑道：“我原不会联句，只好担待我罢。”李纨笑道：“也没有社社担待你的：又说韵险了，又整误了，又不会联句了，今日必罚你。我才看见栊翠庵的红梅有趣，我要折一枝来插瓶，可厌妙玉为人，我不理他。如今罚你去取一枝来。”众人都道：“这罚的又雅又有趣！”宝玉也乐为，答应着就要走，湘云、黛玉一齐说道：“外头冷得很，你且吃杯热酒再去。”于是湘云早执起壶来，黛玉递了一个大杯，满斟了一杯。湘云笑道：“你吃了我们这酒，要取不来，加倍罚你！”宝玉忙吃了一杯，冒雪而去。

李纨命人好好跟着，黛玉忙拦说：“不必。有了人，反不得了。”李纨点头道是，一面命丫鬟将一个美女耸肩瓶拿来，贮了水，准备插梅，因又笑道：“回来该吟红梅了。”湘云忙道：“我先做一首。”宝钗笑道：“今日断不容你再做了。你都抢了去，别人都闲着，也没趣。回来罚宝玉。他说不会联句，如今就叫他自己做去。”黛玉笑道：“这话很是。我还有个主意：方才联句不够，莫若拣那联得少的人做红梅诗。”宝钗笑道：“这话是极。方才邢、李三位屈才，且又是客。琴儿和颦儿、云儿他们也抢了许多，我们一概都别做，只他们三人做才是。”李纨因说：“绮儿也不大会做，还是让琴妹妹罢。”宝钗只得依允，又道：“就用‘红梅花’三个字做韵，每人一首七言律：邢大妹妹做‘红’字，你们李大妹妹做‘梅’字，琴儿做‘花’字。”李纨道：“饶过宝玉去，我不服。”湘云忙道：“有个好题目命他做。”众人问何题，湘云道：“命他就做《访妙玉乞红梅》，岂不有趣？”众人听了，都说有趣。

一语未了，只见宝玉笑欣欣擎了一枝红梅进来，众丫鬟忙已接过，插入瓶内。众人都过来赏玩，宝玉笑道："你们如今赏罢，也不知费了我多少精神呢。"说着，探春早又递过一钟暖酒来。众丫鬟上来接了蓑笠掸雪。各人房中丫鬟都添送衣服来，袭人也遣人送了半旧的狐腋褂来。李纨命人将那蒸的大芋头盛了一盘，又将朱橘、黄橙、橄榄等物盛了两盘，命人带与袭人去。湘云且告诉宝玉方才的诗题，又催宝玉快做。宝玉道："好姐姐好妹妹们，让我自己用韵罢，别限韵了。"众人都说："随你做去罢。"一面说，一面大家看梅花。

原来这一枝梅花，只有二尺来高，旁有一枝纵横而出，约有二三尺长，其间小枝分歧，或如蟠螭，或如僵蚓，或孤削如笔，或密聚如林，真乃花吐胭脂，香欺兰蕙，各各称赏。

谁知岫烟、李纹、宝琴三人都已吟成，各自写了出来。众人便依"红梅花"三字之序看去，写道：

赋得红梅花　得"红"字　邢岫烟

桃未芳菲杏未红，冲寒先喜笑东风。魂飞庾岭春难辨，
霞隔罗浮梦未通。绿萼添妆融宝炬，缟仙扶醉跨残虹。
看来岂是寻常色，浓淡由他冰雪中。

赋得红梅花　得"梅"字　李纹

白梅懒赋赋红梅，逞艳先迎醉眼开。冻脸有痕皆是血，
酸心无恨亦成灰。误吞丹药移真骨，偷下瑶池脱旧胎。
江北江南春灿烂，寄言蜂蝶漫疑猜。

赋得红梅花　得"花"字　薛宝琴

疏是枝条艳是花，春妆儿女竞奢华。闲庭曲槛无余雪，
流水空山有落霞。幽梦冷随红袖笛，游仙香泛绛河槎。
前身定是瑶台种，无复相疑色相差。

众人看了，都笑着称赞了一回，又指末一首说更好。宝玉见宝琴年纪最小，才又敏捷，深为奇异。黛玉、湘云二人斟了一小杯酒，齐贺宝琴。宝钗笑道："三首各有好处。你们两个天天捉弄厌了我，如今又捉弄他来了。"

李纨又问宝玉："你可有了？"宝玉忙道："我倒有了，才一看见这三首，又吓忘了。等我再想。"湘云听说，便拿了一支铜火箸击着手炉，笑道："我击鼓了。若鼓绝不成，是要罚的。"宝玉笑道："我已有了。"黛玉提起笔来，笑道："你念我写。"湘云便击了一下，笑道："一鼓绝。"宝玉笑道："有了，

你写罢。”众人听他念道：

酒未开樽句未裁，

黛玉写了，摇头笑道：“起得平平。”湘云又道：“快着！”宝玉笑道：

寻春问腊到蓬莱。

黛玉、湘云都点头笑道：“有些意思了。”宝玉又道：

不求大士瓶中露，为乞嫦娥槛外梅。

黛玉写了，摇头说：“小巧而已。”湘云将手又敲了一下，宝玉笑道：

入世冷挑红雪去，离尘香割紫云来。

桠杈谁惜诗肩瘦？衣上犹沾佛院苔。

黛玉写毕，湘云大家才评论诗时，只见几个丫鬟跑进来道：“老太太来了！”众人忙迎出来。大家又笑道：“怎么这等高兴！”说着，远远见贾母围了大斗篷，戴着灰鼠暖兜，坐着小竹轿，打着青绸油伞，鸳鸯、琥珀等五六个丫鬟，每人都是打着伞，拥轿而来。李纨等忙往上迎，贾母命人止住道：“只站在那里就是了。”来至跟前，贾母笑道：“我瞒着你太太和凤丫头来了。大雪地下，我坐着这个无妨，没的叫他娘儿们踩雪。”众人忙一面上前接斗篷，搀扶着，一面答应着。

贾母来至室中，先笑道：“好俊梅花！你们也会乐，我也不饶你们。”说着，李纨早命人拿了一个大狼皮褥子来铺在当中，贾母坐了，因笑道：“你们只管照旧顽笑吃喝。我因为天短了，不敢睡中觉，抹了一会牌，想起你们来了，我也来凑个趣儿。”李纨早又捧过手炉来。探春另拿了一副杯箸来，亲自斟了暖酒，奉与贾母。贾母便饮了一口，问：“那个盘里是什么东西？”众人忙捧了过来，回说：“是糟鹌鹑。”贾母道：“这倒罢了，撕一点子腿儿来。”李纨忙答应了，要水洗手，亲自来撕。贾母道：“你们仍旧坐下说笑，我听着才喜欢。”又命李纨：“你也只管坐下，就如同我没来的一样才好，不然，我就走了。”众人听了，方才依次坐下，这李纨便挪到尽下边。贾母因问：“你们作什么顽呢？”众人便说：“做诗呢。”贾母道：“有做诗的，不如做些灯谜儿，大家正月里好顽。”众人答应。说笑了一会，贾母便说：“这里潮湿，你们别久坐，仔细着了凉。倒是你四妹妹那里暖和，我们到那里瞧瞧他的画儿，赶年可能有了不能？”众人笑道：“那里能年下就有了？只怕明年端阳才有呢。”贾母道：“这还了得？他竟比盖这园子还费工夫了！”

说着，仍坐了竹椅轿，大家围随，过了藕香榭，穿入一条夹道，东西两边皆是过街门，门楼上里外都嵌着石头匾。如今进的是西门，向外的匾上凿着“穿云”二字，向里的凿着“度月”两字。来至堂中，进了向南的正门，贾母下了轿，惜春已接了出来。从里面游廊过去，便是惜春卧房，门斗上有“暖香坞”三字。早有几个人打起猩红毡帘，已觉温香拂脸。大家进入房中，贾母并不归坐，只问惜春：“画在那里？”惜春因笑回：“天气寒冷了，胶性皆凝涩不润，画了恐不好看，故此收起来了。”贾母笑道：“我年下就要的，你别托懒儿。快拿出来，给我快画！”

一语未了，忽见凤姐儿披着紫羯绒褂，笑嘻嘻来了，口内说道：“老祖宗今儿也不告诉人，私自就来了，叫我好找！”贾母见他来了，心中喜欢道：“我怕你们冷着了，所以不许人告诉你们去。你真是个鬼灵精儿，到底找了我来！论礼，孝敬也不在这上头。”凤姐儿笑道：“我那里是孝敬的心找了来？我因为到了老祖宗那里，鸦没雀静的，问小丫头子们，他又不肯说，叫我找到园里来。我正疑惑，忽然又来了两三个姑子，我心里才明白了：那姑子必是来送年疏，或要年例香例银子，老祖宗年下的事也多，一定是躲债来了。我赶忙问了那姑子，果然不错！我连忙把年例给了他们去了。如今来回老祖宗：债主儿已去了，不用躲着了。已预备下稀嫩的野鸡，请用晚饭去罢，再迟一回就老了。”他一行说，众人一行笑。

凤姐儿也不等贾母说话，便命人抬过轿来，贾母笑着，挽了凤姐儿的手，仍上了轿，带着众人，说笑出了夹道东门。一看，四面粉妆银砌。忽见宝琴披着凫靥裘，站在山坡上遥等；身后一个丫鬟，抱着一瓶红梅。众人都笑道：“怪道少了两个，他却在那里等着，也弄梅花去了。”贾母喜的忙笑道：“你们瞧，这雪坡儿上配上他这个人物儿，又是这件衣裳，后头又是这梅花，像个什么？”众人都笑道：“就像老太太房里挂的仇十洲画的《艳雪图》。”贾母摇头笑道：“那画的那里有这件衣裳？人也不能这样好。”一语未了，只见宝琴身后又转出一个穿大红猩猩毡的人来。贾母道：“那又是那个女孩儿？”众人笑道：“我们都在这里，那是宝玉。”贾母笑道：“我的眼越发花了！”说话之间，来至跟前：可不是宝玉和宝琴两个？宝玉笑向宝钗、黛玉等道：“我才又到了栊翠庵，妙玉竟每人送你们一枝梅花。我已经打发人送去了。”众人都笑道：“多谢你费心。”

说话之间，已出了园门，来至贾母房中。吃毕饭，大家又说笑了一回。忽见薛姨妈也来了，说：“好大雪，一日也没过来望候老太太。今日老太太倒不高兴？正该赏雪才是。”贾母笑道：“何曾不高兴了？我找了他们姊妹去顽了一会子。”薛姨妈笑道：“昨日晚上我原想着，今日要和我们姨太太借一日园子，摆两桌粗酒，请老太太赏雪的；又见老太太安息的早，我听得宝儿说：‘老太太心下不大爽。’因此今日也不敢惊动。早知如此，我竟该请了才是呢。”贾母笑道：“这才是十月，是头场雪，往后下雪的日子多着呢，再破费姨太太不迟。”薛姨妈笑道：“果然如此，算我的孝心虔了。”

凤姐儿笑道：“姨妈仔细忘了！如今现称五十两银子来交给我收着，一下雪，我就预备下酒，姨妈也不用操心，也不得忘了。”贾母笑道：“既这么说，姨太太给他五十两银子收着，我和他每人分二十五两，到下雪的日子我装心里不快，混过去了，姨太太更不用操心，我和凤丫头倒得实惠！”凤姐将手一拍，笑道：“妙极了！这和我的主意一样！”众人都笑了。贾母笑道：“呸！没脸的，就顺着竿子爬上来了！你不说姨太太是客，在咱们家受屈，我们该请姨太太才是，那里有破费姨太太的理？不这样说呢，还有脸先要五十两银子，真不害臊！”凤姐笑道：“我们老祖宗最是有眼色的，试一试，姨妈若松呢，拿出五十两来，就和我分；这会子估量着不中用了，翻过来拿我做法子，说出这些大方话来。如今我也不和姨妈要银子了，我竟替姨妈出银子，治了酒，请老祖宗吃了，我另外再封五十两银子孝敬老祖宗，算是罚我个包揽闲事，这可好不好？”话未说完，众人已笑倒在炕上。

贾母因又说及，宝琴雪下折梅，比画儿上还好；又细问他的年庚、八字并家内景况。薛姨妈度其意思，大约是要与他求配。薛姨妈心中固也遂意，只是已许配梅家了，因贾母尚未明说，自己也不好拟定，遂半吐半露告诉贾母道：“可惜了这孩子没福，前年他父亲就没了。他从小儿见的世面倒多，跟他父亲四山五岳都走遍了。他父亲好乐的，各处因有买卖，带了家眷，这一省逛一年，明年又到那一省逛半年，所以天下十停走了有五六停了。那年在这里，把他许了梅翰林的儿子，偏第二年他父亲就辞世了。如今他母亲又是痰证。”凤姐儿也不等说完，便嗐声跺脚的说道：“偏不巧，我正要做个媒呢，又已经许了人家！”贾母笑道：“你要给谁说媒？”凤姐儿笑道：“老祖宗别管，我心里看准了他们两个是一对。如今已许了人，说也无益，不如不说罢了。”贾母也知凤姐儿之意，听见已有人家，也就不提了。大家又闲话了一回方散。一宿无话。

次日雪晴。饭后，贾母又嘱付惜春：“不管冷暖，你只画去，赶到年下十分不能，便罢了。第一要紧，把昨日琴儿和丫头、梅花，照样一笔别错，快快添上。”惜春听了，虽是为难的事，只得应了。一时，众人都来看他如何画，惜春只是出神。李纨因笑向众人道：“让他自己想去，咱们且说话儿。昨儿老太太只叫做灯谜儿，回到家和绮儿、纹儿睡不着，我就编了两个四书的，他两个每人也编了两个。”众人听了，都笑道：“这倒该做的。先说了，我们猜猜。”李纨笑道：“‘观音未有世家传’，打四书一句。”湘云接着就说道：“在止于至善。”宝钗笑道：“你也想一想‘世家传’三个字的意思再猜。”李纨笑道：“再想。”黛玉笑道：“我猜罢。可是‘虽善无征’？”众人都笑道：“这句是了。”李纨又说：“一池青草草何名？”湘云又忙道：“这一定是‘蒲芦也’。再不是不成？”李纨笑道：“这难为你猜。纹儿的是‘水向石边流出冷’，打一古人名。”探春笑着问道：“可是山涛？”李纹道：“是。”李纨又道：“绮儿的是个‘萤’字，打一个字。”众人猜了半日，宝琴道：“这个意思却深，不知可是花草的‘花’字？”李绮笑道：“恰是了。”众人道：“萤与花何干？”黛玉笑道：“妙的很！萤可不是草化的？”众人会意，都笑了，说：“好！”

宝钗道：“这些虽好，不合老太太的意，不如做些浅近的物儿，大家雅俗共赏才好。”众人都道：“也要做些浅近的俗物才是。”湘云想了一想，笑道：“我编了一支《点绛唇》，却真是个俗物，你们猜猜。”说着，便念道：

溪壑分离，红尘游戏，真何趣？名利犹虚，后事终难继。

众人都不解，想了半日，也有猜是和尚的，也有猜是道士的，也有猜是偶戏人的。宝玉笑了半日，道：“都不是。我猜着了，必定是耍的猴儿。”湘云道：“正是这个了。”众人道：“前头都好。末后一句，怎么样解？”湘云道：“那一个耍的猴儿，不是剁了尾巴去的？”众人听了，都笑起来说：“偏他编个谜儿，也刁钻古怪的。”

李纨道：“昨日姨妈说琴妹妹见的世面多，走的道路也多，你正该编谜儿。况且你的诗又好，为什么不编几个儿，我们猜一猜？”宝琴听了，点头含笑，自去寻思。

宝钗也有一个，念道：

镂檀镌梓一层层，岂系良工堆砌成？
虽是半天风雨过，何曾闻得梵铃声？

打一物。众人猜时，宝玉也有了一个，念道：

天上人间两渺茫，琅玕节过谨提防。
鸾音鹤信须凝睇，好把唏嘘答上苍。

黛玉也有了一个，念道：

骒骃何劳缚紫绳？驰城逐堑势狰狞。

主人指示风云动，鳌背三山独立名。

探春也有了一个，方欲念时，宝琴走来笑道："从小儿所走的地方的古迹不少，我如今拣了十个地方古迹，做了十首怀古诗。诗虽粗鄙，却怀往事，又暗隐俗物十件，姐姐们请猜一猜。"众人听了，都说："这倒巧，何不写出来大家一看？"要知端的，且看下回分解。

第五十一回　薛小妹新编怀古诗　胡庸医乱用虎狼药

话说众人闻得宝琴将素昔所经过各省内古迹为题，做了十首怀古绝句，内隐十物，皆说："这自然新巧。"都争着看时，只见写道是：

赤壁怀古

赤壁沉埋水不流，徒留名姓载空舟。

喧阗一炬悲风冷，无限英魂在内游。

交趾怀古

铜铸金镛振纪纲，声传海外播戎羌。

马援自是功劳大，铁笛无烦说子房。

钟山怀古

名利何曾伴汝身，无端被诏出凡尘。

牵连大抵难休绝，莫怨他人嘲笑频。

淮阴怀古

壮士须防恶犬欺，三齐位定盖棺时。

寄言世俗休轻鄙，一饭之恩死也知。

广陵怀古

蝉噪鸦栖转眼过，隋堤风景近如何？

只缘占得风流号，惹得纷纷口舌多。

桃叶渡怀古

衰草残花映浅池，桃枝桂叶总分离。

六朝梁栋多如许，小照空悬壁上题。

青冢怀古

黑水茫茫咽不流，冰弦拨尽曲中愁。

汉家制度诚堪笑，樗栎应惭万古羞。

马嵬怀古

寂寞脂痕渍汗光，温柔一旦付东洋。
只因遗得风流迹，此日衣衾尚有香。

蒲东寺怀古

小红骨贱一身轻，私掖偷携强撮成。
虽被夫人时吊起，已经勾引彼同行。

梅花观怀古

不在梅边在柳边，个中谁拾画婵娟？
团圆莫忆春香到，一别西风又一年。

众人看了，都称奇道妙。宝钗先说道：“前八首都是史鉴上有据的。后二首却无考，我们也不大懂得，不如另做两首为是。”黛玉忙拦道：“这宝姐姐也忒胶柱鼓瑟、矫揉造作了。两首虽于史鉴上无考，咱们虽不曾看这些外传，不知底里，难道咱们连两本戏也没见过不成？那三岁的孩子也知道，何况咱们！”探春便道：“这话正是了。”李纨又道：“况且他原是到过这个地方的。这两件事虽无考，古往今来，以讹传讹，好事者竟故意的弄出这古迹来以愚人。比如那年上京的时节，单是关夫子的坟，倒见了三四处。关夫子一身事业，皆是有据的，如何又有许多的坟？自然是后来人敬爱他生前为人，只怕从这敬爱上穿凿出来，也是有的。及至看那《广舆记》上，不止关夫子的坟多，自古来有些名望的人，那坟就不少，无考的古迹更多。如今这两首诗虽无考，凡说书唱戏，甚至于求的签上都有，老少男女，俗语口头，人人皆知皆说的。况且又并不是看了《西厢》《牡丹》的词曲，怕看了邪书了。这竟无妨，只管留着。”宝钗听说，方罢了。大家猜了一回，皆不是。

冬日天短，不觉又是吃晚饭时候，一齐往前头来吃晚饭。因有人回王夫人说：“袭人的哥哥花自芳进来说，他母亲病重了，想他女儿。他来求恩典，接袭人家去走走。”王夫人听了，便说：“人家母女一场，岂有不许他去的！”一面就叫了凤姐来告诉了，命他酌量办理。

凤姐儿答应了，回至房中，便命周瑞家的去告诉袭人原故。又分付周瑞家的：“再将跟着出门的媳妇传一个，你们两个人再带两个小丫头儿，跟了袭人去。外头派四个有年纪的跟车。要一辆大车，你们带着坐；一辆小车，给丫头们坐。”周瑞家的答应了，才要去，凤姐又道：“那袭人是个省事的，你告诉他说我的话：叫他穿几件颜色好衣裳，大大的包一包袱衣裳拿着，包袱也要好好的，手炉也拿好的。临走时，叫他先到这里来我瞧。”周瑞家的答应去了。

半日，果见袭人穿戴来了，两个丫头与周瑞家的拿着手炉与衣包。凤姐看袭人头上戴着几枝金钗珠钏，倒也华丽；又看身上穿着桃红百花刻丝银鼠袄，葱绿盘金彩绣绵裙，外面穿着青缎灰鼠褂。凤姐笑道：“这三件衣裳都是老太太的，赏了你，倒是好的。但这件褂子太素了些，如今穿着也冷，你该穿一件大毛的。”袭人笑道：“太太就给了这灰鼠的，还有一件银鼠的，说赶年下再给大毛的呢。”凤姐笑道：“我倒有一件大毛的，我嫌风毛儿出的不好了，正要改去。也罢，先给你穿去罢，等年下太太给你做的时节我再改罢，只当你还我的一样。”众人都笑道：“奶奶惯会说这话。成年家大手大脚的，替太太背地里不知赔垫了多少东西，真真赔的是说不出来的，那里又和太太算去？偏这会子又说这小气话取笑儿来了。”凤姐儿笑道：“太太那里想得到这些？究竟这又不是正经事，再不照管，也是大家的体面。说不得我自己吃些亏，把众人打扮体统了，宁可我得个好名儿也罢了。一个一个‘烧糊了的卷子’似的，人先笑话我，说我当家，倒把人弄出个花子来了。”众人听了，都叹说：“谁似奶奶这样圣明！在上体贴太太，在下又疼顾下人。”

一面说，一面只见凤姐命平儿将昨日那件石青刻丝八团天马皮褂子拿出来，与了袭人。又看包袱，只得一个弹墨花绫水红绸里的夹包袱，里面只包着两件半旧绵袄与皮褂子。凤姐又命平儿把一个玉色绸里的哆啰呢包袱拿出来，又命包上一件雪褂子。平儿走去拿了出来，一件是半旧大红猩猩毡的，一件是半旧大红羽缎的。袭人道：“一件就当不起了。”平儿笑道：“你拿这猩猩毡的。把这件顺手带出来，叫人给邢大姑娘送去。昨儿那么大雪，人人都穿着不是猩猩毡就是羽缎的，十来件大红衣裳，映着大雪，好不齐整！只有他穿着那几件旧衣服，越发显的拱肩缩背，好不可怜见的。如今把这件给他罢。”凤姐笑道：“我的东西，他私自就要给人。我一个还花不够，再添上你提着，更好了！”众人笑道：“这都是奶奶素日孝敬太太，疼爱下人；若是奶奶素日是小气的，只以东西为事，不顾下人的，姑娘那里敢这样？”凤姐笑道：“所以，知道我的心的，也就是他还知三分罢了。”说着，又嘱付袭人道：“你妈要好了就罢，要不中用了，只管住下，打发人来回我，我再另打发人给你送铺盖去。可别使他们的铺盖和梳头的家伙。”又分付周瑞家的道：“你们自然是知道这里的规矩的，也不用我分付了。”周瑞家的答应：“都知道。我们这去到那里，总叫他们的人回避。若住下，必是另要一两间内房的。”说着，跟了袭人出去，又分付小厮预备灯笼，遂坐车往花自芳家来，不在话下。

这里凤姐又将怡红院的嬷嬷唤了两个来，分付道：“袭人只怕不来家了。你们素日知道那大丫头们，那两个知好歹，派出来在宝玉屋里上夜。你们也好生照管着，别由着宝玉胡闹。”两个嬷嬷答应着去了。一时来回说：“派了晴雯和麝月在屋里，我们四个人原是轮流着带管上夜的。”凤姐听了点头，又说道：“晚上催他早睡，早晨催他早起。”老嬷嬷们答应了，自回园去。一时，果有周瑞家的带了信回凤姐说：“袭人之母业已停床，不能回来。”凤姐回明了王夫人，一面着人往大观园去取他的铺盖、妆奁。

宝玉看着晴雯、麝月二人打点妥当，送去之后，晴雯、麝月皆卸罢残妆，脱换过裙袄。晴雯只在薰笼上围坐，麝月笑道：“你今儿别妆小姐了，我劝你也动一动儿。”晴雯道：“等你们都去净了，我再动不迟。有你们一日，我且受用一日。”麝月笑道：“好姐姐，我铺床，你把那穿衣镜的套子放下来，上头的划子划上，你的身量比我高些。”说着，便去与宝玉铺床。晴雯嗐了一声，笑道：“人家才坐暖和了，你就来闹。”此时宝玉正坐着纳闷，想袭人之母不知是死是活，忽听见晴雯如此说，便自己起身出去，放下镜套，划上消息，进来笑道：“你们暖和罢，我都弄完了。”晴雯笑道：“终久暖和不成，我又想起来汤婆子还没拿来呢。”麝月道：“这难为你想着！他素日又不要汤壶，咱们那薰笼上又暖和，比不得那屋里炕冷，今儿可以不用。”宝玉笑道：“你们两个都在那上头睡了，我这外边没个人，我怪怕的，一夜也睡不着。”晴雯道：“我是在这里睡的。麝月，你叫他往外边睡去。”说话之间，天已一更，麝月早已放下帘幔，移灯炷香，伏侍宝玉卧下，二人方睡。晴雯自在薰笼上，麝月便在暖阁外边。

至三更以后，宝玉睡梦之中，便叫袭人。叫了两声无人答应，自己醒了，方想起袭人不在家，自己也好笑起来。晴雯已醒，因唤麝月道：“连我都醒了，他守在旁边还不知道，真是挺死尸呢！”麝月翻身打个哈什，笑道：“他叫袭人，与我什么相干！”因问：“做什么？”宝玉说：“要吃茶。”麝月忙起来，单穿着红绸小棉袄儿。宝玉道：“披了我的皮袄再去，仔细冷着。”麝月听说，回手便把宝玉披着起来的一件貂颏满襟暖袄披上，下去向盆内洗洗手，先倒了一钟温水，拿了大漱盂，宝玉漱了口，然后才向茶桶上取了茶碗，先用温水过了，向暖壶中倒了半碗茶，递与宝玉吃了；自己也漱了一漱，吃了半碗。

晴雯笑道:“好妹妹,也赏我一口儿罢。”麝月笑道:“越发上脸儿了!”晴雯道:“好妹妹，明儿晚上你别动，我伏侍你一夜如何?”麝月听说，只得也伏侍他漱了口，倒了半碗茶与他吃了。麝月笑道：“你们两个别睡，说着话儿，我出去走走回来。”晴雯笑道：“外头有个鬼等着呢。”宝玉道：“外头自然有大月亮的，我们说话，你只管去。”一面说，一面便嗽了两声。

麝月便开了后房门，揭起毡帘一看，果然好月色。晴雯等他出去，便欲吓他顽耍，仗着素日比别人气壮、不畏寒冷，也不披衣，只穿着小袄，便蹑手蹑脚的下了薰笼，随后出来。宝玉笑劝道：“罢呀，冻着不是顽的！”晴雯只摆手，随后出了房门。只见月光如水，忽然一阵微风，只觉侵肌透骨，不禁毛骨悚然。心下自思道:“怪道人说热身子不可被风吹，这一冷果然利害！”一面正要吓他,只听宝玉在内高声说道:“晴雯出来了。”晴雯忙回身进来,笑道:“那里就吓死了他了？偏你惯会这么蝎蝎螫螫老婆子样儿！”宝玉笑道：“倒不为吓坏了他。头一件，你冻着也不好；二则他不防，不免一喊，倘或惊醒了别人，不说咱们是顽意儿，倒反说‘袭人才去了一夜，你们就见神见鬼的’。你来，把我这边的被掖一掖罢。”晴雯听说，便上来掖了一掖，伸手进去就渥一渥。宝玉笑道：“好冷手！我说看冻着！”一面又见晴雯两腮如胭脂一般，用手摸了一摸，也觉冰冷。宝玉道：“快进被来渥渥罢。”

一语未了，只听得咯噔的一声门响，麝月慌慌张张的笑着进来，说道：“吓我一跳好的！黑影子里，山子石后头，只见一个人蹲着。我才要叫喊，原来是那个大锦鸡，见了人，一飞飞到亮处来，我才看真了。若冒冒失失一嚷，倒闹起人来。”一面说，一面洗手，又笑道：“说晴雯出去了，我怎么没见？一定是要吓我去了。”宝玉笑道:“这不是他？不在这里渥着么？我若不喊的快，可是倒吓一跳。”晴雯笑道：“也不用我吓去，这小蹄子已经自惊自怪的了。”一面说，一面仍回自己被中去了。麝月道：“你就这么‘跑解马’的打扮儿，伶伶俐俐的出去了不成？”宝玉笑道：“可不，就是这么出去了。”麝月道：“你死不拣好日子！你出去白站一站儿，把皮不冻破了你的！”说着，又将火盆上的铜罩揭起，拿灰锹重将热炭埋了一埋，拈了两块速香放上，仍旧罩了，至屏后重剔亮了灯，方才睡下。

晴雯因方才一冷，如今又一暖，不觉打了两个喷嚏。宝玉叹道：“如何？到底伤了风了。”麝月笑道：“他早起就说不受用，一日也没吃碗正经饭。他这会子倒不保养着些，还要捉弄人，明儿病了，叫他自作自受。”宝玉问道：

"头上可热？"晴雯嗽了两声，说道："不相干。那里这么娇嫩起来了？"说着，只听外间房内槅上的自鸣钟当当的两声，外间值宿的老嬷嬷嗽了两声，因说道："姑娘们睡罢，明儿再说笑罢。"宝玉方悄悄的笑道："咱们别说话了，看又惹他们说话。"说着，方大家睡了。

至次日起来，晴雯果觉有些鼻塞声重，懒怠动弹。宝玉道："快不要声张，太太知道了，又叫你搬了家去养息。家里纵好，到底冷些，不如在这里。你就在里间屋里躺着，我叫人请了大夫，悄悄的从后门进来瞧瞧就是了。"晴雯道："虽如此说，你到底要告诉大奶奶一声儿。不然，一时大夫来了，人问起来，怎么说呢？"宝玉听了有理，便唤一个老嬷嬷来分付道："你回大奶奶去，就说晴雯白冷着了些，不是什么大病。袭人又不在家，他若家去养病，这里更没有人了。传一个大夫，悄悄的从后门进来瞧瞧，别回太太罢了。"老嬷嬷去了半日，来回说："大奶奶知道了，说两剂药吃好了便罢；若不好时，还是出去为是。如今时气不好，沾染了别人事小，姑娘们的身子要紧。"晴雯睡在暖阁里，只管咳嗽，听了这话，气的嚷道："我那里就害瘟病了？生怕招了人！我离了这里，看你们这一辈子都别头疼脑热的！"说着，便真要起来。宝玉忙按他，笑道："别生气，这原是他的责任，生恐太太知道了说他，不过白说一句。你素昔又爱生气，如今肝火自然又盛了。"

正说时，人回："大夫来了。"宝玉便走过来，避在书架后面。只见两三个后门口的老婆子带了一个太医进来。这里的丫头都回避了，有三四个老嬷嬷，放下暖阁上的大红绣幔，晴雯从幔中单伸出手去。那太医见这只手上有两根指甲，足有二三寸长，尚有凤仙花染的通红的痕迹，便回过头来。有一个老嬷嬷忙拿了一块手帕掩了。那太医方诊了一回脉，起身到外间，向嬷嬷们说道："小姐的证是外感内滞，近日时气不好，竟算是个小伤寒。幸亏是小姐素日饮食有限，风寒也不大，不过是气血原弱，偶然沾染了些，吃两剂药疏散疏散就好了。"说着，便又随婆子们出去。

彼时，李纨已遣人知会过后门上的人及各处丫鬟回避，那太医只见了园中景致，并不曾见个女子。一时出了园门，就在守园门的小厮们的班房内坐了，开了药方。老嬷嬷道："老爷且别去，我们小爷啰嗦，恐怕还有话问。"那太医忙道："方才不是小姐，是位爷不成？那屋子竟是绣房，又是放下幔子来瞧的，如何是位爷呢？"老嬷嬷笑道："我的老爷！怪道小子才说：'今儿请了一位新太医来了。'真不知我们家的事。那屋子是我们小哥儿的，那人是屋里的丫头，倒是个大姐，那里是小姐的绣房？小姐病了，你那么容易就进去了？”说着，拿了药方进去了。

宝玉看时，上面有紫苏、桔梗、防风、荆芥等药，后面又有枳实、麻黄。宝玉道：“该死，该死！他拿着女孩儿们也像我们一样治，如何使得？凭他有什么内滞，这枳实、麻黄如何禁得！谁请了来的？快打发他去罢！再请一个熟的来罢。”老嬷嬷道：“用药好不好，我们不知道。如今再叫小厮去请王太医去倒容易，只是这个大夫又不是告诉总管房请的，这轿马钱是要给他的。”宝玉道：“给他多少？”婆子道：“少了不好看，也得一两银子，才是我们这样门户的礼。”宝玉道：“王太医来了，给他多少？”婆子笑道：“王太医和张太医每常来了，也并没个给钱的，不过每年四节，一大趸儿送礼，那是一定的年例。这个新来了一次，须得给他一两银子。”宝玉听说，便命麝月去取银子。麝月道：“还不知花大姐姐搁在那里呢。”宝玉道：“我常见他在那螺甸小柜子里拿钱，我和你找去。”

说着，二人来至袭人堆东西的房内，开了螺甸柜子，上一槅都是些笔墨、扇子、香饼、各色荷包、汗巾等类的东西，下一槅却有几串钱。于是开了抽屉，才看见一个小笸箩内放着几块银子，倒也有一把戥子。麝月便拿了一块银，提起戥子来问宝玉：“那是一两的星儿？”宝玉笑道：“你问的我有趣儿，你倒成了是才来的了。”麝月也笑了，又要去问人。宝玉道：“拣那大的给他一块就是了。又不做买卖，算这些做什么。”麝月听了，便放下戥子，拣了一块掂了一掂，笑道：“这一块只怕是一两了。宁可多些好，别少了，叫那穷小子笑话，不说咱们不认得戥子，倒说咱们有心小气似的。”婆子站在门口笑道：“那是五两的锭子夹了半个，这一块至少还有二两呢。这会子又没夹剪，姑娘收了这块，拣一块小些的。”麝月早关了柜子出来，笑道：“谁又找去，多少你拿了去就完了。”宝玉道：“你只快叫焙茗再请大夫去就是了。”婆子接了银子，自去料理。

一时焙茗果请了王太医来，先诊了脉，后说病证，也与前相仿，只是方子上果没有枳实、麻黄等药，倒有当归、陈皮、白芍等药；那分两较先又减了些。宝玉喜道：“这才是女孩儿们的药。虽疏散，也不可太过。旧年我病了，却是伤寒，内里饮食停滞，他瞧了，还说我禁不起麻黄、石膏、枳实等虎狼药。我和你们一比，我就如那野坟圈子里长的几十年的一棵老杨树，你们就如秋天芸儿送我的那才开的白海棠似的，我禁不起的药，你们如何禁得起？”麝月笑道：“野坟里只有杨树不成？难道就没有松柏？最讨人嫌的是杨树：那么大笨树，只一点儿叶子，没一点风儿他也是乱响。你偏要比他，你也太下流了。”宝玉笑道：“松柏不敢比。连孔夫子都说‘岁寒，然后知松柏之后凋’呢。可知这两件东西高雅，不害臊的才拿他混比呢。”

说着，只见老婆子取了药来。宝玉命把煎药的银吊子找了出来，就命在火盆上煎。晴雯因说：“正经给他们茶房里煎去，弄的这屋里药气，如何使得？”宝玉道：“药气比一切花香还香得雅呢。神仙采药烧药，再者高人逸士采药治药，最妙的一件东西！我正想：这屋里各色都齐了，就只少药香，如今恰全了。”一面说，一面早命人煨上。又嘱付麝月打点些东西，叫个老嬷嬷去看袭人，劝他少哭。一一妥当，方过前边来贾母、王夫人处问安吃饭。

正值凤姐儿和贾母、王夫人商议说：“天又短又冷，不如以后大嫂子带着姑娘们在园子里吃饭。等天暖和了，再来回的跑也不妨。”王夫人笑道：“这也是好主意，刮风下雪倒便宜。吃东西受了冷气也不好；空心走来，一肚子冷气，压上些东西也不好。不如园子后门里头的五间大房子，横竖有女人们上夜的，挑两个厨子、女人在那里，单给他姊妹弄饭。新鲜菜蔬是有分例的，在总管房里支了去，或要钱，或要东西；那些野鸡、獐、狍各样野味，分些给他们就是了。”贾母道：“我也正想着呢，就怕又添一个厨房事多些。”凤姐道：“并不事多：一样的分例，这里添了，那里减了。就便多费些事，小姑娘们冷风朔气的，别人还可，第一林妹妹如何禁得住？就连宝玉兄弟也禁不住。况兼众位姑娘，都不是结实身子。”凤姐说毕，未知贾母何言，且听下回分解。

第五十二回　俏平儿情掩虾须镯　勇晴雯病补雀金裘

话说贾母道：“正是这话了。上次我要说这话，我见你们大事多，如今又添出些事来，你们固然不敢抱怨，未免想着我只顾疼这些小孙子、孙女儿们，就不体贴你们这当家人了。你既这么说出来，更好了。”

因此时薛姨妈、李婶娘都在座，邢夫人及尤氏等也都过来请安，还未过去，贾母因向王夫人等说道：“今日我才说这话，素日我不说：一则怕逞了凤丫头的脸，二则众人不伏。今日你们都在这里，都是经过妯娌姑嫂的，还有他这样想得到的没有？”薛姨妈、李婶娘、尤氏齐笑道：“真个少有。别人不过是礼上面子情儿，实在他是真疼小姑子、小叔子。就是老太太跟前，也是真孝顺。”贾母点头，叹道：“我虽疼他，我又怕他太伶俐了，也不是好事。”凤姐儿忙笑道："这话老祖宗说差了。世人都说：'太伶俐聪明，怕活不长。'世人都说，世人都信，独老祖宗不当说，不当信。老祖宗只有伶俐聪明过我十倍的，怎么如今这样福寿双全的？只怕我明儿还胜老祖宗一倍呢。我活一千岁后，等老祖宗归了西，我才死呢。"贾母笑道："众人都死了，单剩咱们两个老妖精，有什么意思？"说的众人都笑了。

宝玉因记挂着晴雯、袭人等事，便先回园里来。到了屋中，药香满室，一人不见，只有晴雯独卧于炕上，脸上烧的飞红，又摸了一摸，只觉烫手。忙又向炉上将手烘暖，伸进被去摸了一摸，身上也是火热。因说道："别人去了也罢，麝月、秋纹也这样无情，各自去了？"晴雯道："秋纹是我撵了他去吃饭了。麝月是方才平儿来找他出去了，两个人鬼鬼祟祟的，不知说什么。必是说我病了，不出去。"宝玉道："平儿不是那样人，况且他并不知你病特来瞧你，想来一定是找麝月来说话，偶然见你病了，随口说特来瞧你的病，这也是人情乖觉取和儿的常事。便不出去，有不是，与他何干？你们素日又好，断不肯为这无干的事伤和气。"晴雯道："这话也是，只是疑他为什么忽然又瞒起我来。"宝玉笑道："等我从后门出去，到那窗根下听听他说些什么，来告诉你。"说着，果从后门出去，至窗下潜听。

只闻麝月悄问道："你怎么就得了的？"平儿道："那日洗手时不见了，二奶奶就不许吵嚷，出了园子，即刻就传给园里各处的妈妈们小心访查。我们只疑惑邢姑娘的丫头，本来又穷，只怕小孩子家没见过，拿了去也未可知，再不料定是你们这里的。幸而二奶奶没有在屋里，你们这里的宋妈去了，拿着这支镯子，说是小丫头坠儿偷了来的，被他看见，来回二奶奶的。我赶忙接了镯子，想了一想：宝玉是偏在你们身上留心用意、争胜要强的，那一年有一个良儿偷玉，刚冷了这一二年，闲时还常有人提起来趁愿；这会子又跑出一个偷金子的来了，而且更偷到街坊家去了。偏是他这样，偏是他的人打嘴，所以我倒忙叮嘱宋妈：千万别告诉宝玉，只当没有这事，总别和一个人提起；第二件，老太太、太太听了生气；三则袭人和你们也不好看。所以我回二奶奶，只说：'我往大奶奶那里去的，谁知镯子褪了口，丢在草根底下，前儿雪深了，没看见。今儿雪化尽了，黄澄澄的映着日头，还在那里呢，我就拣了起来。'二奶奶也就信了，所以我来告诉你们。你们以后防着他些，别使唤他到别处去。等袭人回来，你们商议着变个法子，打发出去就完了。"麝月道："这小倡妇也见过些东西，怎么这样眼浅？"平儿道："究竟这镯子能多重！原是二奶奶的，说这叫做‘虾须镯’，倒是这颗珠子重了。晴雯那蹄子是块爆炭，要告诉了他，他是忍不住的，一时气上来，或打或骂，依旧嚷出来，所以单告诉你留心就是了。”说着，便作辞而去。

宝玉听了，又喜又气又叹：喜的是平儿竟能体贴自己的心；气的是坠儿小窃；叹的是坠儿那样伶俐，做出这丑事来。因而回至房中，把平儿之话一长一短告诉了晴雯，又说：“他说你是个要强的，如今病了，听了这话，越发要添病的；等好了，再告诉你。”晴雯听了，果然气的蛾眉倒蹙、凤眼圆睁，即时就叫：“坠儿！”宝玉忙劝道：“这一喊出来，岂不孤负了平儿待你我的心呢！不如领他这个情，过后打发他出去就完了。”晴雯道：“虽如此说，只是这气如何忍得住！”宝玉道：“这有什么气的？你只养病就是了。”

晴雯服了药，至晚间又服了二和，夜间虽有些汗，还未见效，仍是发烧头疼、鼻塞声重。次日，王太医又来诊视，另加减汤剂。虽然稍减了烧，仍是头疼。宝玉便命麝月：“取鼻烟来给他嗅些，痛打几个嚏喷，就通了关窍。”麝月果真去取了一个金镶双扣金星玻璃小扁盒儿来，递与宝玉。宝玉便揭开盒盖，里面是个西洋珐琅的黄发赤身女子，两肋又有肉翅，里面盛着些真正上等洋烟。晴雯只顾看画儿，宝玉道：“嗅些，走了气，就不好了。”晴雯听说，忙用指甲挑了些嗅入鼻中。不见怎么，便又多多挑了些嗅入。忽觉鼻中一股酸辣透入囟门，接连打了五六个嚏喷，眼泪鼻涕登时齐流。晴雯忙收了盒子，笑道：“了不得！辣！快拿纸来！”早有小丫头子递过一搭子细纸，晴雯便一张一张的拿来揩鼻子。宝玉笑问：“如何？”晴雯笑道：“果然通快些，只是太阳还疼。”宝玉笑道：“越性尽用西洋药治一治，只怕就好了。”说着，便命麝月：“和二奶奶要去，就说我说了：姐姐那里常有那西洋贴头疼的膏子药，叫做‘依弗哪’，我寻一点儿。”

麝月答应去了。半日，果然拿了半节来。便去找了一块红缎子角儿，铰了两块指顶大的圆式，将那药烤和了，用簪挺摊上。晴雯自拿着一面靶儿镜子，贴在两太阳上。麝月笑道：“病的蓬头鬼一样，如今贴了这个，倒俏皮了。二奶奶贴惯了，倒不大显。”说毕，又向宝玉道：“二奶奶说：明日是舅老爷的生日，太太说了，叫你去呢。明儿穿什么衣裳？今儿晚上好打点齐备了，省的明儿早上费手。”宝玉道：“什么顺手就是什么罢了。一年闹生日也闹不清！”说着，便起身出房，往惜春房中去看画儿。

刚到院门外边，忽见宝琴的小丫头名小螺的从那边过去，宝玉忙赶上问：

"那里去？"小螺笑道："我们二位姑娘都在林姑娘房里呢，我如今也往那里去。"宝玉听了，转步也便同他往潇湘馆来。不但宝钗姊妹在此，且连邢岫烟也在那里，四人围坐在薰笼上叙家常。紫鹃倒坐在暖阁里，临窗做针线。一见他来，都笑说："又来了一个！没了你的坐处了。"宝玉笑道："好一幅《冬闺集艳图》！可惜我迟来了一步。横竖这屋子比各屋子暖，这椅子坐着并不冷。"说着，便坐在黛玉常坐的、搭着灰鼠椅搭的一张椅上。因见暖阁之中有一玉石条盆，里面攒三聚五栽着一盆单瓣水仙，宝玉便极口赞道："好花！这屋子越暖，这花香的越浓。怎么昨儿没见？"黛玉笑道："这是你家的大总管赖大奶奶送薛二姑娘的，两盆水仙，两盆腊梅。他送了我一盆水仙，送了云丫头一盆腊梅。我原不要的，又恐孤负了他的心。你若要，我转送你，如何？"宝玉道："我屋里却有两盆，只是不及这个。琴妹妹送你的，如何又转送人？这个断断使不得。"黛玉道："我一日药吊子不离火，我竟是药培着呢，那里还搁的住花香来薰？越发弱了。况且这屋子里一股药香，反把这花香搅坏了。不如你抬了去，这花儿倒清净了，没什么杂味来搅他。"宝玉笑道："我屋里今儿也有个病人煎药呢，你怎么知道的？"黛玉笑道："这话奇了。我原是无心话，谁知你屋里的事？你不早来听古记儿，这会子来了，自惊自怪的。"

宝玉笑道："咱们明儿下一社又有题目了，就咏水仙、腊梅。"黛玉听了，笑道："罢，罢，再不敢做诗了。做一回罚一回，没的怪羞的。"说着，便两手握起脸来。宝玉笑道："何苦来！又打趣我做什么？我还不怕臊呢，你倒握起脸来了。"宝钗因笑道："下次我邀一社，四个诗题，四个词题。每人四首诗，四首词。头一个诗题《咏太极图》，限'一先'的韵，五言排律。要把'一先'的韵都用尽了，一个不许剩。"宝琴笑道："这一说，可知是姐姐不是真心起社了，这分明是难人。若论起来，也强扭的出来，不过颠来倒去，弄些《易经》上的话生填，究竟有何趣味？我八岁的时节，跟我父亲到西海沿上卖洋货，谁知有个真真国的女孩子，才十五岁，那脸面就和那西洋画上的美人一样：也披着黄头发，打着联垂，满头带着都是玛瑙、珊瑚、猫儿眼、祖母绿，身上穿着金丝织的锁子甲，洋锦袄袖；带着倭刀，也是镶金嵌宝的，实在画儿上也没他那么好看。有人说他通中国的诗书，会讲五经，能做诗填词，因此我父亲央烦了一位通官，烦他写了一张字，就写他做的诗。"

众人都称奇道异。宝玉忙笑道："好妹妹，你拿出来我们瞧瞧。"宝琴笑道："在南京收着呢，此时那里去取？"宝玉听了，大失所望，便说："没福得见这世面。”黛玉笑拉宝琴道：“你别哄我们。我知道你这一来，你的这些东西未必放在家里，自然都是要带上来的。这会子又撒谎，说没带来。你们虽信，我是不信的。”宝琴便红了脸，低头微笑不答。宝钗笑道：“偏这颦儿惯说这些话，你就伶俐的太过了。”黛玉笑道：“带了来，就给我们见识见识也罢了。”宝钗笑道：“箱子笼子一大堆，还没理清，知道在那个里头呢？等过日收拾清了找出来，大家再看就是了。”又向宝琴道：“你若记得，何不念给我们听听？”宝琴答道：“记得他做的五言律一首。若论外国的女子，也就难为他了。”宝钗道：“你且别念，等我把云儿叫了来，也叫他听听。”说着，便叫小螺来分付道：“你到我那里去，就说我们这里有一个外国的美人来了，做的好诗，请你这‘诗疯子’来瞧去，再把我们‘诗呆子’也带来。”小螺笑着去了。

半日，只听湘云笑问：“那一个外国的美人来了？”一头说，一头走，和香菱来了。众人笑道：“人未见形，先已闻声。”宝琴等忙让坐，遂把方才的话重诉了一遍。湘云笑道：“快念来听听！”宝琴因念道：

昨夜朱楼梦，今宵水国吟。岛云蒸大海，岚气接丛林。

月本无今古，情缘自浅深。汉南春历历，焉得不关心？

众人听了，都道：“难为他！竟比我们中国人还强。”一语未了，只见麝月走来说：“太太打发了人来告诉二爷，明儿一早往舅舅那里去，就说太太身上不大好，不得亲身来。”宝玉忙站起来答应道：“是。”因问宝钗、宝琴：“你们二位可去？”宝钗道：“我们不去，昨儿单送了礼去了。”大家说了一回方散。

宝玉因让诸姊妹先行，自己在后面，黛玉便又叫住他，问道：“袭人到底多早晚回来？”宝玉道：“自然等送了殡才来呢。”黛玉还有话说，又不能出口，出了一回神，便说道：“你去罢。”宝玉也觉心里有许多话，只是口里不知要说什么，想了一想，也笑道：“明儿再说罢。”一面下台阶，低头正欲迈步，复又忙回身问道：“如今夜越发长了，你一夜咳嗽几次？醒几遍？”黛玉道：“昨儿夜里好了，只嗽了两遍，却只睡了四更一个更次，就再不能睡了。”宝玉又笑道：“正是有句要紧的话，这会子才想起来。”一面说，一面便挨近身来，悄悄道：“我想，宝姐姐送你的燕窝——”

一语未了，只见赵姨娘走进来瞧黛玉，问：“姑娘这几天可好了？”黛玉便知他从探春处来，从门前过，顺路的人情，忙陪笑让坐，说：“难得姨娘想着，怪冷的，亲自走来。”又忙命倒茶，一面又使眼色与宝玉。宝玉会意，便走了出来。正值吃晚饭时，见了王夫人，又嘱付他早去。宝玉回来，看晴雯吃了药。

此夕宝玉便不命晴雯搬出暖阁来，自己便在晴雯外边。又命将薰笼抬至暖阁前，麝月便在薰笼上睡。一宿无话。

至次日，天未明时，晴雯便叫醒麝月道："你也该醒了，只是睡不够。你出去叫人给他预备茶水，我叫醒他就是了。"麝月忙披衣起来，道："咱们叫他起来，穿好衣裳，抬过这火箱去，再叫他们进来。老妈妈们已经说过，不叫他在这屋里，怕过了病气。如今他们见咱们挤在一处，又该唠叨了。"晴雯道："我也是这么说。"二人才叫时，宝玉已醒了，忙起身披衣。麝月先叫进小丫头子来收拾妥了，才命秋纹等进来，一同伏侍。宝玉梳洗已毕，麝月道："天又阴阴的，只怕有雪，穿一套毡子的罢。"宝玉点头，即时换了衣裳。小丫头便用小茶盘捧了一盖碗建莲红枣汤来，宝玉喝了两口；麝月又捧过一小碟法制紫姜来，宝玉噙了一块；又嘱付了晴雯一回，便往贾母处来。

贾母犹未起来，知道宝玉出门，便开了房门，命宝玉进去。宝玉见贾母身后宝琴面向里睡着未醒。贾母见宝玉身上穿着荔枝色哆啰呢的天马箭袖，大红猩猩毡盘金彩绣石青妆缎沿边的排穗褂。贾母道："下雪呢么？"宝玉道："天阴着，还没下呢。"贾母便命："鸳鸯，来，把昨儿那一件孔雀毛的氅衣给他罢。"鸳鸯答应了走去，果取了一件来。宝玉看时，金翠辉煌，碧彩闪灼，又不似宝琴所披之凫靥裘。只听贾母笑道："这叫做'雀金呢'，这是俄罗斯国拿孔雀毛拈了线织的。前儿那件野鸭子的给了你小妹妹，这件给你罢。"宝玉磕了一个头，便披在身上。贾母笑道："你先给你娘瞧瞧去再去。"

宝玉答应了，便出来，只见鸳鸯站在地下揉眼睛。因自那日鸳鸯发誓绝婚之后，也总不合宝玉说话，宝玉正自日夜不安；此时见他又回避，宝玉便上来笑道："好姐姐，你瞧瞧，我穿着这个好不好？"鸳鸯一撒手，便进贾母房中来了。宝玉只得到了王夫人房中，与王夫人看了。然后又回至园中，与晴雯、麝月看过，来回覆贾母说："太太看了，只说可惜了的，叫我仔细穿，别遭蹋了。"贾母道："就剩了这一件，你遭蹋了，也再没了。这会子特给你做这个，也是没有的事。"说着又嘱付："不许多吃酒，早些回来。"

宝玉应了几个"是"。老嬷嬷跟至厅上，只见宝玉的乳兄李贵，和王荣、张若锦、赵亦华、钱启、周瑞六个人，带着焙茗、伴鹤、锄药、扫红四个小厮，背着衣包，拿着坐褥，笼着一匹雕鞍彩辔的白马，早已伺候多时了。老嬷嬷又嘱付他们些话，六个人忙应了几个"是"，忙捧鞍坠镫。宝玉慢慢的上了马，李贵和王荣笼着嚼环，钱启、周瑞二人在前引导，张若锦、赵亦华在两边，紧贴宝玉后身。宝玉在马上笑道：“周哥，钱哥，咱们打这角门走罢，省的到了老爷的书房门口又下来。”周瑞侧身笑道：“老爷不在书房里，天天锁着，爷可以不用下来罢了。”宝玉笑道：“虽锁着，也要下来的。”钱启、李贵都笑道：“爷说的是。便托懒不下来，倘或遇见赖大爷、林二爷，虽不好说爷，也要劝两句。所有的不是都派在我们身上，又说我们不教给爷礼了。”周瑞、钱启便一直往角门来。

正说话时，顶头见赖大进来，宝玉忙笼住马，意欲下来，赖大忙上来抱住腿。宝玉便在镫上站起来，笑着携手说了几句话。接着，又见个小厮带着二三十人，拿着扫帚畚箕进来，见了宝玉，都顺墙垂手立住，独那为首的小厮打了个千儿，说：“请爷安。”宝玉不知名姓，只微笑点点头儿。马已过去，那人方带人去了。于是出了角门，门外有李贵等六人的小厮并几个马夫，早预备下十来匹马专候。一出角门，李贵等各上马前引，一阵烟去了，不在话下。

这里晴雯吃了药，仍不见病退，急的乱骂大夫，说：“只会骗人的钱，一剂好药也不给人吃！”麝月笑劝他道：“你太性急了。俗语说‘病来如山倒，病去如抽丝’，又不是老君仙丹，那有这样灵药？你只静养几天，自然好了。你越急越着手。”晴雯又骂小丫头子们：“那里钻沙去了！瞧我病了，都大着胆子走了！明儿我好了，一个一个的才揭了你们的皮呢！”吓的小丫头子定儿忙进来问：“姑娘，做什么？”晴雯道：“别人都死了，就剩了你不成！”说着，只见坠儿也蹭了进来，晴雯道：“你瞧瞧这小蹄子！不问他还不来呢。这里又放月钱了，又散果子了，你该跑在头里了。你往前些，我是老虎，吃了你？”坠儿只得往前凑了几步，晴雯便冷不防欠身一把将他的手抓住，向枕边拿起一丈青，向他手上乱戳，口内骂道：“要这爪子做什么！拈不得针，拿不动线，只会贪嘴吃！眼皮子又浅，爪子又轻，打嘴现世的，不如戳烂了！”坠儿疼的乱喊。麝月忙拉开，按着晴雯躺下道：“你才出了汗，又作死！等你好了，要打多少打不得？这会子闹什么？”

晴雯便命人叫宋嬷嬷进来，说道：“宝二爷才告诉了我，叫我告诉你们：坠儿很懒，宝二爷当面使他，他拨嘴儿不动，连袭人使他，他也背地里骂他。今儿务必打发他出去，明儿宝二爷亲自回太太就是了。”宋嬷嬷听了，心下便知镯子事发，因笑道：“虽如此说，也等花姑娘回来知道了，再打发他。”晴雯说：“宝二爷今儿千叮嘱万叮嘱的，什么花姑娘草姑娘的！我们自然有道理，你只依我的话，快叫他家的人来领他出去！”麝月道：“这也罢了。早也是去，晚也是去，早带了去，早清净一日。”

宋嬷嬷听了，只得出去唤了他母亲来，打点了他的东西。又见了晴雯等，说道：“姑娘们怎么了？你侄女儿不好，你们教导他，怎么撵出去？也到底给我们留个脸儿。”晴雯道：“这话只等宝玉来问他，与我们无干。”那媳妇冷笑道：“我有胆子问他去？他那件事不是听姑娘们的调停？他纵依了，姑娘们不依，也未必中用。比如方才说话，虽背地里，姑娘就直叫他的名字，在姑娘们就使得，在我们就成了野人了！”

晴雯听说，越发急红了脸，说道：“我叫了他的名字了，你在老太太、太太跟前告我去，说我野，也撵我出去！”麝月道：“嫂子，你只管带了人出去，有话再说。这个地方，岂有你叫喊讲礼的？你见谁和我们讲过礼？别说嫂子你，就是赖大奶奶、林大娘，也得担待我们三分。便是叫名字，从小儿直到如今，都是老太太分付过的，你们也知道的：恐怕难养活，巴巴的写了他的小名儿各处贴着，叫万人叫去，为的是好养活，连挑水挑粪化子都叫得，何况我们！连昨儿林大娘叫了一声‘爷’，老太太还说呢。此是一件。二则我们这些人，常回老太太、太太的话去，可不叫着名回话，难道也称‘爷’？那一日不把‘宝玉’两字叫二百遍？偏嫂子又来挑这个了！过一日嫂子闲了，在老太太、太太跟前，听听我们当着面儿叫他就知道了。嫂子原也不得在老太太、太太跟前当些体统差使，成年家只在三门外头混，怪不得不知道我们里头的规矩。这里不是嫂子久站的，再一会，不用我们说话，就有人来问你了。有什么分证的话，且带了他去，你回了林大娘，叫他来找二爷说话。家里上千的人，他也跑来我也跑来，我们认人问姓还认不清呢！”说着，便叫小丫头子：“拿了擦地的布来擦地！”

那媳妇听了，无言可对，亦不敢久站，赌气带了坠儿就走。宋嬷嬷忙道：“怪道你这嫂子不知规矩：你女儿在屋里一场，临去时也给姑娘们磕个头。没有别的谢礼，他们也不希罕，不过磕个头，尽心罢咧，怎么说走就走？”坠儿听了，只得翻身进来，给他两个磕头。又找秋纹等，他们也并不睬他。那媳妇唉声叹气，口不敢言，抱恨而去。

晴雯方才又闪了风，着了气，反觉更不好了，翻腾至掌灯，刚安静了些，只见宝玉回来，进门就嗐声顿脚。麝月忙问原故，宝玉道：“今儿老太太欢欢喜喜的，给了这件褂子，谁知不防，后襟子上烧了一块！幸而天晚了，老太太、太太都不理论。”一面脱下来。麝月看时，果然有指头大的烧眼，说：“这必定是手炉里的火迸上了。这不值什么，赶着叫人悄悄拿出去，叫个能干织补匠人织上就是了。”说着，便用包袱包了，叫了一个嬷嬷送出去，说：“赶天亮就有才好。千万别给老太太、太太知道。”

婆子去了半日，仍就拿回来说：“不但织补匠，就连能干裁缝、绣匠并做女工的问了，都不认得这是什么，都不敢揽。”麝月道：“这怎么好呢？明儿不穿也罢了。”宝玉道：“明儿是正日子，老太太、太太说了，还叫穿过这个去呢。偏头一日就烧了，岂不扫兴！”

晴雯听了半日，忍不住翻身说道：“拿来我瞧瞧罢。没那福气穿，就罢了，这会子又着急。”宝玉笑道：“这话倒说的是。”说着，便递与晴雯，又移过灯来，细瞧了一瞧。晴雯说道：“这是孔雀金线织的。如今咱们也拿孔雀金线，就像界线似的界密了，只怕还可混得过去。”麝月笑道：“孔雀线现成的。但这里除你，还有谁会界线？”晴雯道：“说不得，我挣命罢了。”宝玉忙道：“这如何使得！才好了些，如何做得生活？”晴雯道：“不用你蝎蝎螫螫的，我自知道。”一面说，一面坐起来，挽了一挽头发，披了衣裳，只觉头重身轻，满眼金星乱迸，实实掌不住。待不做，又怕宝玉着急，少不得狠命咬牙捱着。便命麝月只帮着拈线。晴雯先拿了一根比一比，笑道：“这虽不很像，若补上，也不很显。”宝玉道：“这就很好，那里又找俄罗斯国的裁缝去？”

晴雯先将里子拆开，用茶杯口大小一个竹弓钉绷在背面，再将破口四边用金刀刮的散松松的，然后用针缝了两条，分出经纬，亦如界线之法，先界出地子来，后依本纹回来织补。补两针，又看看。无奈头晕眼黑，气喘神虚，织补不上三五针，便伏在枕上歇一会。宝玉在旁，一时又问：“吃些滚水不吃？”一时又命歇一歇，一时又拿一件灰鼠斗篷替他披在背上，一时又拿个枕头与他靠着。急的晴雯央道：“小祖宗！你只管睡罢！再熬上半夜，明儿把眼睛抠搂了，那可怎么好！”

宝玉见他着急，只得胡乱睡下，仍睡不着。一时只听自鸣钟已敲了四下，刚刚补完；又用小牙刷慢慢的剔出绒毛来。麝月道：“这就很好，若不留心，再看不出的。”宝玉忙要了瞧瞧，笑说：“真真一样了！”晴雯已嗽了几阵，好容易补完了，说了一声：“补虽补了，到底不像。我也再不能了。”嗳哟了一声，便身不由主倒下了。要知端的，且看下回分解。

第五十三回　宁国府除夕祭宗祠　荣国府元宵开夜宴

话说宝玉见晴雯将雀裘补完，已使得力尽神危，忙命小丫头来，替他捶着，彼此捶打了一会歇下。没一顿饭的工夫，天已大亮，且不出门，只叫:“快请大夫。”一时王太医来了，诊了脉，疑惑说道：“昨日已好了些，今日如何反虚微浮缩起来？敢是吃多了饮食，不然就是劳了神思。外感却倒清了，这汗后失了调养，非同小可。”一面说，一面出去开了药方进来。宝玉看时，已将疏散驱邪诸药减去，倒添了茯苓、地黄、当归等益神养血之剂。宝玉一面忙命人煎去，一面叹说：“这怎么处！倘或有个好歹，都是我的罪孽！”晴雯睡在枕上嗐道：“好二爷，你干你的去罢，那里就得了痨病了呢。”宝玉无奈，只得去了。至下半天，说身上不好，就回来了。晴雯此证虽重，幸亏他素昔是个使力不使心的；再者素昔饮食清淡，饥饱无伤。这贾宅中的秘法：无论上下，只一略有些伤风咳嗽，总以净饿为主；次则服药调养。故于前一日病时，就饿了两三日，又谨慎服药调养；如今虽劳碌了些，又加倍培养了几日，便渐渐的好了。近日，园中姐妹皆各在房中吃饭，炊爨饮食甚便，宝玉自能要汤要羹调停，不必细说。

袭人送母殡后，业已回来。麝月便将坠儿一事，并晴雯撵逐出去，也曾回过宝玉等语，一一的告诉袭人。袭人也没说别的，只说：“太性急了些。”只因李纨亦因时气感冒；邢夫人又正害火眼，迎春、岫烟皆过去朝夕侍药；李婶之弟又接了李婶娘、李纹、李绮家去住几日；宝玉又见袭人常常思母含悲，晴雯又未大愈:因此诗社一事皆未有人作兴，便空了几社。当下已是腊月，离年日近，王夫人与凤姐儿治办年事。王子腾升了九省都检点。贾雨村补授了大司马，协理军机，参赞朝政，不题。

且说贾珍那边开了宗祠，着人打扫，收拾供器，请神主；又打扫上房，以备悬供遗真影像。此时荣、宁二府内外上下，皆是忙忙碌碌。这日，宁府中尤氏正起来，同贾蓉之妻打点送贾母这边的针线礼物，正值丫头捧了一茶盘押岁锞子进来，回说：“兴儿回奶奶：前儿那一包碎金子，共是一百五十三两六钱七分，里头成色不等，总倾了二百二十个锞子。”说着递上去。尤氏看了一看，只见也有梅花式的，也有海棠式的，也有“笔锭如意”的，也有“八宝联春”的，尤氏命：“收拾起来，就叫兴儿将银锞子快快交了进来。”丫鬟答应去了。

一时贾珍进来吃饭，贾蓉之妻回避了。贾珍因问尤氏："咱们春祭的恩赏可领了不曾？"尤氏道："今儿我打发蓉儿关去了。"贾珍道："咱们家虽不等这几两银子使，多少是皇上天恩。早关了来，可以给那边老太太送过去，置办祖宗的供，上领皇上的恩，下托祖宗的福。咱们那怕用一万银子供祖宗，到底不如这个又体面，又是沾恩锡福的。除咱们这样一二家之外，那些世袭穷官儿家，若不仗着这银子，拿什么上供过年？真正皇恩浩荡，想得周到。"尤氏道："正是这话。"

二人正说着，只见人回："哥儿来了。"贾珍便命："叫他进来。"只见贾蓉捧了一个小黄布口袋进来。贾珍道："怎么去了这一日？"贾蓉陪笑回说："今儿不在礼部关领了，又分在光禄寺库上。因又到了光禄寺，才领下来了。光禄寺的官儿们都说问父亲好，多日不见，都着实想念。"贾珍笑道："他们那里是想我？这又到了年下了，不是想我的东西，就是想我的戏酒了。"一面说，一面瞧那黄布口袋，上有封条，就是"皇恩永锡"四个大字；那一边又有礼部祠祭司的印记，又写着一行小字，道是："宁国公贾演荣国公贾源恩赐永远春祭赏，共二分，净折银若干两，某年月日龙禁尉候补侍卫贾蓉当堂领讫。值年寺丞某人。"下面一个朱笔花押。

贾珍看了，吃过饭，盥漱毕，换了靴帽，命贾蓉捧着银子跟了，来回过贾母、王夫人，又至这边回过贾赦、邢夫人，方回家去，取出银子，命将口袋向宗祠大炉内焚了。又命贾蓉道："你去问问你那边二婶娘，正月里请吃年酒的日子拟了没有。若拟定了，叫书房里明白开了单子来，咱们再请时，就不能重复了。旧年不留神，重了几家人家，不说咱们不留心，倒像两宅商议定了送虚情怕费事的一样。"贾蓉忙答应去了。一时，拿了请人吃年酒的日期单子来了。贾珍看了，命："交与赖升去看了，请人别重了这单上的日子。"因在厅上看着小厮们抬围屏，擦抹几案、金银供器。只见小厮手里拿着一个禀帖并一篇帐目，回说："黑山村乌庄头来了。"贾珍道："这个老砍头的，今儿才来！"

贾蓉接过禀帖和帐目，忙展开捧着，贾珍倒背着两手，向贾蓉手内看去，那红禀帖上写着："门下庄头乌进孝叩请爷、奶奶万福金安，并公子、小姐金安。新春大喜大福，荣贵平安，加官进禄，万事如意。"贾珍笑道："庄家人，有些意思。"贾蓉也忙笑道："别看文法，只取个吉利儿罢。"一面忙展开单子看时，只见上面写着：

大鹿三十只，獐子五十只，狍子五十只，暹猪二十个，汤猪二十个，龙猪二十个，野猪二十个，家腊猪二十个，野羊二十个，青羊二十个，家汤羊二十个，家风羊二十个，鲟鳇鱼二百个，各色杂鱼二百斤，活鸡、鸭、鹅各二百只，风鸡、鸭、鹅二百只，野鸡、野猫各二百对，熊掌二十对，鹿筋二十斤，海参五十斤，鹿舌五十条，牛舌五十条，蛏干二十斤，榛、松、桃、杏瓤各二口袋，大对虾五十对，干虾二百斤，银霜炭上等选用一千斤、中等二千斤，柴炭三万斤，御田胭脂米二担，碧糯五十斛，白糯五十斛，粉粳五十斛，杂色粱、谷各五十斛，下用常米一千担，各色干菜一车，外卖粱、谷、牲口各项折银二千五百两。外门下孝敬哥儿顽意儿：活鹿两对，白兔四对，黑兔四对，活锦鸡两对，西洋鸭两对。

贾珍看完，说："带进他来。"一时，只见乌进孝进来，只在院内磕头请安。贾珍命人拉起他来，笑说："你还硬朗？"乌进孝笑回："托爷的福，还能走得动。"贾珍道："你儿子也大了，该叫他走走也罢了。"乌进孝笑道："不瞒爷说：小的们走惯了，不来也闷的慌。他们可不是都愿意来见见天子脚下世面？他们到底年轻，怕路上有闪失。再过几年就可以放心了。"贾珍道："你走了几日？"乌进孝道："回爷的话：今年雪大，外头都是四五尺深的雪，前日忽然一暖一化，路上竟难走得很，耽搁了几日。虽走了一个月零两日，因日子有限，怕爷心焦，可不赶着来了。"

贾珍道："我说呢，怎么今儿才来！我才看那单子上，今年你这老货又来打擂台来了。"乌进孝忙进前两步，回道："回爷说：今年年成实在不好。从三月下雨，接连着直到八月，竟没有一连晴过五六日。九月一场碗来大的雹子，方近二三百里地方，连人带房并牲口粮食，打伤了上千上万的，所以才这样，小的并不敢撒谎。"贾珍皱眉道："我算定你至少也有五千银子来，这够做什么的！如今你们一共只剩了八九个庄子，今来倒有两处报了旱潦，你们又打擂台：真真是叫别过年了！"乌进孝道："爷的这地方还算好呢。我兄弟离我那里只有一百多里，竟又大差了。他现管着那府八处庄地，比爷这边多着几倍，今年也只这些东西，不过二三千两银子，也是有饥荒打呢。"贾珍道："正是呢。我这边倒可已，没什么外项大事，不过是一年的费用费些。我若受用些就费些，我受些委曲就省些。再者，年例送人请人，我把脸皮厚些，也就完了。比不得那府里，这几年添了许多化钱的事，一定不可免是要花的，却又不添些银子产业。这一二年里，赔了许多，不和你们要，找谁去？"

乌进孝笑道："那府里如今虽添了事，有去有来，娘娘和万岁爷岂不赏么？"贾珍听了，笑向贾蓉等道："你们听听，他说的可笑不可笑！"贾蓉等忙笑道："你们山坳海沿子上的人，那里知道这道理？娘娘难道把皇上的库给我们不成？他心里纵有这心，他不能作主。岂有不赏之理？按时到节，不过是些彩缎、古董顽意儿。就是赏，也不过一百两金子，才值一千多两银子，够什么？这二年，那一年不赔出几千银子来？头一年，省亲连盖花园子，你算算那一注花了多少，就知道了。再二年，再省一回亲，只怕就精穷了！"贾珍笑道："所以他们庄客老实人，外明不知里暗的事。'黄柏木作了磬槌子，外头体面里头苦。'"

贾蓉又笑向贾珍道："果真那府里穷了：前儿我听见二婶娘和鸳鸯悄悄商议，要偷老太太的东西去当银子呢。"贾珍笑道："那又是凤姑娘的鬼，那里就穷到如此！他必定是见去路大了，实在赔得狠了，不知又要省那一项的钱，先设出这法子来使人知道，说穷到如此了。我心里却有个算盘，还不至此田地。"说着，便命人带了乌进孝出去，好生待他，不在话下。

这里贾珍分付，将方才各物留出供祖宗的来，将各样取了些，命贾蓉送过荣府里去。然后自己留了家中所用的，余者派出等第，一分一分的堆在月台底下，命人将族中子侄唤来，分与他们。接着荣国府也送了许多供祖之物及与贾珍之物。贾珍看着收拾完备供器，靸着鞋，披着一件猞猁狲大皮袄，命人在厅柱下石阶上太阳中铺了一个大狼皮褥子，负暄闲看各子弟们来领取年物。因见贾芹亦来领物，贾珍叫他过来，说道："你做什么也来了？谁叫你来的？"贾芹垂手回说："听见大爷这里叫我们领东西，我没等人去就来了。"贾珍道："我这东西，原是给你那些闲着无事没进益的叔叔、兄弟们的。那二年你闲着，我也给过你的。你如今在那府里管事，家庙里管和尚道士们，一月又有你的分例外，这些和尚的分例银钱都从你手里过，你还来取这个来，太也贪了！你自己瞧瞧，你穿的可像个手里使钱办事的？先前你说没进益，如今又怎么了？比先倒不像了！"贾芹道："我家里原人口多，费用大。"贾珍冷笑道："你又支吾我！你在家庙里干的事，打谅我不知么？你到了那里，自然是爷了，没人敢抗违你。你手里又有了钱，离着我们又远，你就为王称霸起来，夜夜招聚匪类赌钱，养老婆小子。这会子花得这个形像，你还敢领东西来？领不成东西，领一顿驮水棍去才罢！等过了年，我必和你琏二叔说，换回你来。"贾芹红了脸，不敢答言。人回："北府王爷送了对联、荷包来。"贾珍听说，忙命贾蓉："出去款待，只说我不在家。"贾蓉去了。这里贾珍撵走贾芹，看着领完东西，回房与尤氏吃毕晚饭，一宿无话。至次日更忙，不必细说。

已到了腊月二十九日了，各色齐备，两府中都换了门神、对联、挂牌，新油了桃符，焕然一新。宁国府从大门、仪门、大厅、暖阁、内厅、内三门、内仪门并内塞门，直到正堂，一路正门大开，两边阶下一色朱红大高烛，点的两条金龙一般。次日，由贾母有诰封者，皆按品级着朝服，先坐八人大轿，带领众人进宫朝贺行礼。领宴毕回来，便到宁府暖阁下轿。诸子弟有未随入朝者，皆在宁府门前排班伺候，然后引入宗祠。

且说宝琴是初次进贾祠观看，一面细细留神打谅这宗祠：原来宁府西边另一个院子，黑油栅栏内五间大门，上面悬一匾，写着是“贾氏宗祠”四个字，旁书“特晋爵太傅前翰林掌院事王希献书”。两边有一副长联，写道：

肝脑涂地兆姓赖保育之恩　功名贯天百代仰蒸尝之盛

也是王太傅所书。进入院中，白石甬路，两边皆是苍松翠柏，月台上设着古铜鼎彝等器。抱厦前面悬一块九龙金匾，写道是“星辉辅弼”，乃先皇御笔。两边一副对联，写道是：

勋业有光昭日月　功名无间及儿孙

也是御笔。五间正殿前，悬一块闹龙填青匾，写道是“慎终追远”。旁边一副对联，写道是：

已后儿孙承福德　至今黎庶念荣宁

俱是御笔。里边灯烛辉煌，锦帐绣幕，虽列着神主，却看不真。

只见贾府人分了昭穆，排班立定。贾敬主祭，贾赦陪祭，贾珍献爵，贾琏、贾琮献帛，宝玉捧香，贾菖、贾菱展拜垫，守焚池。青衣乐奏，三献爵，兴拜毕，焚帛，奠酒。礼毕，乐止，退出。众人围随贾母至正堂上。影前锦帐高挂，彩屏张护，香烛辉煌。上面正居中，悬着宁、荣二祖遗像，皆是披蟒腰玉；两边还有几轴列祖遗像。贾荇、贾芷等从内仪门挨次列站，直到正堂廊下。槛外方是贾敬、贾赦，槛内是各女眷。众家人、小厮皆在仪门之外。每一道菜至，传至仪门，贾荇、贾芷等便接了，按次传至阶下贾敬手中。贾蓉系长房长孙，独他随女眷在槛里。每贾敬捧菜至，传于贾蓉，贾蓉便传于他媳妇，又传于凤姐、尤氏诸人，直传至供桌前，方传与王夫人，王夫人传与贾母，贾母方捧放在桌上。邢夫人在供桌之西，东向立，同贾母供放。直至将菜饭汤点酒茶传完，贾蓉方退出去，归入贾芹阶位之首。当时，凡从“文”

旁之名者，贾敬为首；下则从“玉”者，贾珍为首；再下从“草头”者，贾蓉为首：左昭右穆，男东女西，俟贾母拈香下拜，众人方一齐跪下，将五间大厅，三间抱厦，内外廊檐，阶上阶下，两丹墀内，花团锦簇，塞的无一些空地。鸦雀无闻，只听铿锵叮当，金铃玉珮微微摇曳之声，并起跪靴履飒沓之响。

一时礼毕，贾敬、贾赦等便忙退出至荣府，专候与贾母行礼。尤氏上房早已袭地铺满红毡，当地放着象鼻三足泥鳅鎏金珐琅大火盆，正面炕上铺着新猩红毡，设着大红彩绣“云龙捧寿”的靠背、引枕、坐褥，外另有黑狐皮的袱子搭在上面，大白狐皮坐褥，请贾母上去坐了。两边又铺皮褥，让贾母一辈的两三个妯娌坐了。这边横头排插之后小炕上，也铺了皮褥，让邢夫人等坐了。地下两面相对十二张雕漆椅上，都是一色灰鼠椅搭小褥，每一张椅下一个大铜脚炉，让宝琴等姐妹坐。尤氏用茶盘亲捧茶与贾母，贾蓉媳妇捧与众老祖母，然后尤氏又捧与邢夫人等，贾蓉媳妇又捧与众姊妹，凤姐、李纨等只在地下伺候。

茶毕，邢夫人等便先起身来侍贾母吃茶。贾母与年老妯娌们闲话了两三句,便命看轿,凤姐儿忙上去搀起来。尤氏笑回说:“已经预备下老太太的晚饭。每年都不肯赏些体面用过晚饭再过去，果然我们就不济凤丫头不成？”凤姐儿搀着贾母，笑道：“老祖宗走罢，咱们家去吃罢，别理他。”贾母笑道：“你这边供着祖宗，忙得什么似的，那里还搁得住我闹？况且我每年不吃，你们也要送去的，不如还送了来，我吃不了，留着明儿再吃，岂不多吃些？”说的众人都笑了。又分付他：“好生派妥当人夜里坐着看香火，不是大意得的。”尤氏答应了。一面走出来，至暖阁前上了轿。尤氏等闪过屏风，小厮们才领轿夫，请了轿出大门。尤氏亦随邢夫人等同至荣府。这里轿出大门，这一条街上，东一边设列着宁国公的仪仗执事乐器，西一边设列着荣国公的仪仗执事乐器，把一条街都塞满了，来往行人皆屏退，不从此过。

一时来至荣府，也是大门正门一直开到里头。如今便不在暖阁下轿了，过了大厅，转湾向西，至贾母这边正厅上下轿。众人围随，同至贾母正室之中，亦是锦裀绣屏，焕然一新。当地火盆内，焚着松柏香、百合草。贾母归了坐，老嬷嬷来回：“老太太们来行礼。”贾母忙起身要迎，只见两三个老妯娌已进来了，大家挽手笑了一回，让了一回。茶罢回去，贾母只送至内仪门便回来。归了正坐，贾敬、贾赦等领了诸子弟进来，贾母笑道：“一年家难为你们，不行礼罢。”一面说着，一面男一起女一起，一起一起俱行过了礼。左右两旁设下交椅，然后又按长幼挨次归坐受礼。两府男女、小厮、丫鬟，亦按差役上、中、下行礼毕。然后散了押岁钱并荷包、金银锞等物，摆上合欢宴来，男东女西归坐，献屠苏酒、合欢汤、吉祥果、如意糕毕。贾母起身进内间更衣，众人方各散出。

那晚各处佛堂灶王前，焚香上供。王夫人正房院内，设着天地纸马香供。大观园正门上挑着角灯，两旁高照，各处皆有路灯。上下人等，打扮的花团锦簇。一夜人声杂沓，语笑喧阗，爆竹起火，络绎不绝。

至次日五鼓，贾母等人按品大妆，摆全副执事进宫朝贺，兼祝元春千秋。领宴回来，又至宁府祭过列祖方回来。受礼毕，便换衣歇息。所有贺节来的亲友一概不会，只和薛姨妈、李婶娘二人说话，取便或同宝玉、宝钗等姊妹赶围棋，抹牌作戏。王夫人与凤姐天天忙着请人吃年酒，那边厅上与院内皆是戏酒，亲友络绎不绝，一连忙了七八日才完了。早又元宵将近，宁、荣二府皆张灯结彩。十一日，是贾赦请贾母宴；次日，贾珍又请贾母。王夫人和凤姐儿也连日被人请去吃年酒，不能胜记。

至十五日之夕，贾母便在大花厅上命摆几席酒，定一班小戏，满挂各色花灯，带领荣、宁二府各子侄孙男孙媳等家宴。贾敬素不饮酒茹荤，因此不去请他，于后十七日祀祖已完，他便仍出城去修养。就是这几日在家，也只静室默处，一概无听无闻，不在话下。贾赦领了贾母之赏，告辞而去。贾母知他在此不便，也随他去了。贾赦到家中，与众门客赏灯吃酒，笙歌聒耳，锦绣盈眸，其取乐与这里不同。

这里贾母花厅之上，摆了十来席酒，每席旁边设一几，几上设炉瓶三事，焚着御赐百合宫香。又有八寸来长、四五寸宽、二三寸高的点缀着山石的小盆景，俱是新鲜花卉。又有小洋漆茶盘，放着旧窑十锦小茶杯。又有紫檀雕嵌的宫纱透绣花草诗字的缨络。各色旧窑小瓶中，都点缀着“岁寒三友”、“玉堂富贵”等鲜花。上面两席是李婶娘、薛姨妈坐。贾母于东边设一透雕夔龙护屏矮足短榻，靠背、引枕、皮褥俱全。榻上设一个轻巧洋漆描金小几，几上放着茶碗、漱盂、洋巾之类，又有一个眼镜匣子。

贾母歪在榻上，与众人说笑一回，又取眼镜向戏台上照一回，又说：“恕我老了，骨头疼，容我放肆些，歪着相陪罢。”又命琥珀坐在榻上，拿着美人拳捶腿。榻下并不摆席面，只一张高几，设着高架缨络、花瓶、香炉等物，外另设一小高桌，摆着杯箸。将自己一席设于榻旁，命宝琴、湘云、黛玉、宝玉四人坐着。每馔果菜来，先捧与贾母看，喜则留在小桌上，尝一尝，仍撤了放在他四人席上，只算他四人是跟着贾母坐。下面方是邢夫人、王夫人之位，下边便是尤氏、李纨、凤姐、贾蓉之妻，西边便是宝钗、李纹、李绮、岫烟、迎春姊妹等。两边大梁上，挂着一对联三聚五玻璃彩穗灯。每一席前竖着一柄漆杆倒垂荷叶，叶上有灯信插着彩烛。这荷叶乃是洋錾珐琅的，活信可以扭转向外，将灯影逼住，照着看戏，分外真切。窗槅门户，一齐摘下，全挂彩穗各种宫灯。廊檐内外及两边游廊罩棚，将羊角、玻璃、戳纱、料丝，或绣或画，或堆或抠，或绢或纸诸灯挂满。廊上几席，便是贾珍、贾琏、贾环、贾琮、贾蓉、贾芹、贾芸、贾菖、贾菱等。

贾母也曾差人去请众族中男女，奈他们有年老的，懒于热闹；有家内没有人，不便来；又有疾病淹留，欲来竟不能来；有一等妒富愧贫，不肯来的；更有憎畏凤姐之为人，赌气不来的；更有羞手羞脚，不惯见人，不敢来的：因此族众虽多，女眷来者不过贾蓝之母娄氏带了贾蓝来，男人只有贾芹、贾芸、贾菖、贾菱四个现在凤姐麾下办事的来了。当下人虽不全，在家庭小宴也算热闹的了。当下又有林之孝之妻带了六个媳妇，抬了三张炕桌，每一张上搭着一条红毡，放着选净一般大新出局的铜钱，用大红绳串穿着，每二人搭一张，共三张。林之孝家的叫将那两张摆至薛姨妈、李婶娘席下，将一张送至贾母榻下。贾母便说："放在当地罢。"这媳妇素知规矩，放下桌子，一并将钱都打开，将红绳抽去，堆在桌上。

此时正唱《西楼》。《楼会》这出将终，于叔夜赌气去了，那文豹便发科诨道："你赌气去了，恰好今日正月十五，荣国府中老祖宗家宴，待我骑了这马，赶进去讨些果子吃，是要紧的。"说毕，引得贾母等都笑了。薛姨妈等都说："好个鬼头孩子，可怜见的。"凤姐便说："这孩子才九岁了。"贾母笑说："难为他说得巧。"说了一个"赏"字。早有三个媳妇已经手下预备下小笸箩，听见一个"赏"字，走上去将桌上散堆钱每人撮了一笸箩，走出来，向戏台说："老祖宗、姨太太、亲家太太赏文豹买果子吃的！"说毕，向台上便一撒，只听豁啷啷满台的钱响。贾珍、贾琏已命小厮们抬了大笸箩的钱来，暗暗的预备在那里。未知怎生赏去，且听下回分解。

第五十四回　史太君破陈腐旧套　王熙凤效戏彩斑衣

却说贾珍、贾琏暗暗预备下大笸箩的钱，听见贾母说"赏"，忙命小厮们快撒钱。只听满台钱响，贾母大悦。二人遂起身，小厮们忙将一把新暖银壶捧来，递与贾琏手内，随了贾珍趋至里面。贾珍先到李婶娘席上，躬身取下杯来，回身，贾琏忙斟了一盏；然后便至薛姨妈席上，也斟了。二人忙起身笑说："二位爷，请坐着罢了，何必多礼。"于是除邢、王二夫人，满席都离了席，俱垂手旁侍。贾珍等至贾母榻前，因榻矮，二人便屈膝跪了，贾珍在前捧杯，贾琏在后捧壶。虽只二人捧酒，那贾琮弟兄等却也是排班按序，一溜随着他二人进来，见他二人跪下，都一溜跪下。宝玉也忙跪下，湘云悄推他笑道："你这会子又帮着跪下做什么？有这样，你也去斟一巡酒，岂不好？"宝玉悄笑道："再等一会再斟去。"说着，等他二人斟完起来，方起来。又与王、邢夫人斟过了，贾珍笑道："妹妹们怎么样呢？"贾母等都说道："你们去罢，他们倒便宜些。"说了，贾珍等方退出。

当下天未二鼓，戏演的是《八义·观灯》八出。正在热闹之际，宝玉因下席往外走。贾母问："往那里去？外头炮仗利害，仔细天上吊下火纸来烧着！"宝玉笑回说："不往远去，只出去就来。"贾母命婆子们："好生跟着。"于是宝玉出来，只有麝月、秋纹几个小丫头随着。贾母因说："袭人怎么不见？他如今也有些拿大了，单支使小女孩儿出来。"王夫人忙起身笑回道："他妈前日没了，因有热孝，不便前头来。"贾母点头，又笑道："跟主子，却讲不起这孝与不孝。若是他还跟我，难道这会子也不在这里？这些竟成了例了。"凤姐儿忙过来，笑回道："今晚便没孝，那园子里头也须得看着灯烛花爆，最是担险的。这里一唱戏，园子里的人谁不来偷瞧瞧？他还细心，各处照看照看。况且这一散后，宝兄弟回去睡觉，各色都是齐全的。若他再来了，众人又不经心，散了回去，铺盖也是冷的，茶水也不齐全，便各色都不便宜，所以我叫他不用来。老祖宗要叫他来，我就叫他就是了。"

贾母听了这话，忙说："你这话很是，比我想得周到，快别叫他了。但只他妈几时没了？我怎么不知道？"凤姐儿笑道："前儿袭人去，亲自回老太太的，怎么倒忘了？"贾母想了想，笑道："想起来了。我的记性竟平常了。"众人都笑说："老太太那里记得这些事。"贾母因又叹道："我想着他从小儿伏侍我一场，又伏侍了云儿，末后给了个魔王，与他魔了这好几年。他又不是咱们家根生土长的奴才，没受过咱们什么大恩典。他娘没了，我想着要给他几两银子发送他娘，也就忘了。"凤姐儿道："前儿太太赏了他四十两银子，就是了。"贾母听说，点头道："这还罢了。正好前儿鸳鸯的娘也死了，我想他老子娘都在南边，我也没叫他家去守孝。如今他两个都有孝，何不叫他二人一处作伴去？”又命婆子拿些果子、菜馔、点心之类，与他二人吃去。琥珀笑道：“还等这会子？他早就去了。”说着，大家又吃酒看戏。

且说宝玉一径来至园中，众婆子见他回房，便不跟去，只坐在园门里茶房内烤火，和管茶的女人偷空饮酒斗牌。宝玉至，院中虽是灯光灿烂，却无人声。麝月道：“他们都睡了不成？咱们悄悄进去，吓他们一跳。”于是大家蹑足潜踪的进了镜壁一看，只见袭人和一个人对歪在地炕上，那一头有两三个老嬷嬷打盹。宝玉只当他两个睡着了，才要进去，忽听鸳鸯叹了一声，说道：“天下事可知难定！论理，你单身在这里，父母在外头，每年他们东去西来没个定准，想来你是再不能送终的了。偏生今年就死在这里，你倒出去送了终！”袭人道：“正是。我也想不到能够看着父母殡殓。回了太太，又赏了四十两银子，这倒也算养我一场，我也不敢妄想了。”宝玉听了，忙转身悄向麝月等道：“谁知他也来了！我这一进去，他又赌气走了。不如咱们回去罢，让他两个清清净净的说一回。袭人正一个闷着，幸他来的好。”说着，仍悄悄出来。宝玉便走过山石之后去，站着撩衣。麝月、秋纹皆站住，背过脸去，口内笑说：“蹲下再解小衣，仔细风吹了肚子。”后面两个小丫头知是小解，忙先出去茶房内预备水去了。

这里宝玉刚过来，只见两个媳妇迎面来了，又问：“是谁？”秋纹道：“宝玉在这里呢，大呼小叫，仔细吓着罢！”那媳妇们忙笑道：“我们不知，大节下来惹祸了。姑娘们可连日辛苦了。”说着，已到跟前。麝月等问：“手里拿着什么？”媳妇道：“是送给金、花二姑娘的。”麝月又笑道：“外头唱的是《八义》，没唱《混元盒》，那里又跑出‘金花娘娘’来了？”宝玉命：“揭起来，我瞧瞧。”秋纹、麝月忙上去将两个盒子揭开，两个媳妇忙蹲下身子。宝玉看了两个盒内，都是席上所有的上等果品、茶点，点了一点头就走。麝月等忙胡乱盖了盒盖跟上来。宝玉笑道：“这两个女人倒和气，会说话：他们天天乏了，倒说你们连日辛苦，倒不是那矜功自伐的。”麝月道：“这好的也很好，那不知理的是太不知理。”宝玉道：“你们是明白人，担待他们是粗莽可怜的人就完了。”一面说，一面就走，出了园门。

那几个婆子虽吃酒斗牌，却不住出来打探，见宝玉出来，也都跟上。到了花厅后廊上，只见那两个小丫头一个捧着个小盆，又一个搭着手巾，又拿着沤子、小壶儿，在那里久等。秋纹先忙伸手向盆内试了试，说道：“你越大越粗心了！那里弄的这冷水？”小丫头笑道：“姑娘，你瞧瞧这个天，我怕水冷，倒的是滚水，这还冷了。”正说着，可巧见一个老婆子提着一壶滚水走来，小丫头便说：“好奶奶，过来给我倒上些。”那婆子道：“姐姐，这是老太太泡茶的。劝你走去舀来罢，那里就走大了脚呢？”秋纹道：“凭你是谁的，你不给，我管把老太太的茶吊子倒了洗手！”那婆子回头见了秋纹，忙提起壶来倒了些。秋纹道：“够了。你这么大年纪，也没个见识！谁不知是老太太的？要不着的人，就敢要了？”婆子笑道：“我眼花了，没认出这姑娘来。”宝玉洗了手，那小丫头子拿小壶儿倒了些沤子在他手内，宝玉沤了。秋纹、麝月也趁热水洗了一回，跟进宝玉来。

宝玉便要了一壶暖酒，也从李婶娘、薛姨妈斟起，他二人也笑让坐。贾母便说：“他小人家儿，让他斟去。大家倒要干过这杯。”说着，便自己干了。邢、王二夫人也忙干了，让他二人，薛姨妈、李婶娘也只得干了。贾母又命宝玉道：“你连姐姐妹妹的一齐斟上。不许乱斟，都要叫他干了。”宝玉听说，答应着，一一按次斟上了。至黛玉前，偏他不饮，拿起杯来放在宝玉唇边，宝玉一气饮干。黛玉笑说：“多谢。”宝玉替他斟上一杯。凤姐儿便笑道：“宝玉别吃冷酒，仔细手颤，明儿写不得字，拉不得弓！”宝玉道：“没有吃冷酒。”凤姐儿笑道：“我知道没有，不过白嘱付你。”然后宝玉将里面斟完，只除贾蓉之妻是命丫鬟们斟的。复出至廊下，又与贾珍等斟了，坐了一回方进来，仍归旧坐。

一时上汤之后，又接着献元宵。贾母便命将戏暂歇：“小孩子们可怜见的，也给他们些滚汤热菜的，吃了再唱。”又命将各样果子、元宵等物拿些与他们吃。一时歇了戏，便有婆子带了两个门下常走的女先儿进来，放了两张杌子在那一边，贾母命他们坐了，将弦子、琵琶递过去。贾母便问李、薛二人：“听什么书？”他二人都回说：“不拘什么都好。”贾母便问：“近来可又添些什么新书？”两个女先儿回说：“倒有一段新书，是残唐五代的故事。”贾母问是何名，女先儿回说：“这叫做《凤求鸾》。”贾母道：“这个名字倒好，不知因什么起的？你先说大概，若好再说。”女先儿道：“这书上乃是说：残唐之时，有一位乡绅，本是金陵人氏，名唤王忠，曾做两朝宰辅，如今告老还家，膝下只有一位公子，名唤王熙凤。”众人听了，笑将起来。贾母笑道：“这不重了我们凤丫头了？”媳妇忙上去推他，说：“是二奶奶的名字，少混说！”贾母道：“你只管说罢。”女先儿忙笑着站起来说：“我们该死了，不知是奶奶的讳。”凤姐儿笑道：“怕什么？你说罢。重名重姓多着呢。”女先儿又说道：“那年，王老爷打发了王公子上京赶考，那日遇了大雨，到了一个庄子上避雨。谁知这庄上也有个乡绅，姓李，与王老爷是世交，便留下这公子住在书房里。这李乡绅膝下无儿，只有一位千金小姐。这小姐芳名叫做雏鸾，琴棋书画，无所不通。”贾母忙道：“怪道叫做《凤求鸾》。不用说了，我已经猜着了：自然是王熙凤要求这雏鸾小姐为妻了。”女先儿笑道：“老祖宗原来听过这回书。”众人都道：“老太太什么没听见过！就是没听过，也猜着了。”

贾母笑道：“这些书就是一个套子，总不过是佳人才子，最没趣儿。把人家女儿说的这么坏，还说是佳人！编的连影儿也没有了。开口都是乡绅门第，父亲不是尚书就是宰相。一个小姐，必是爱如珍宝。这小姐必是通文知礼，无所不晓，竟是绝代佳人。只见了一个清俊男人，不管是亲是友，便想起他的终身大事来，父母也忘了，书礼也忘了，鬼不成鬼，贼不成贼，那一点像个佳人？就是满腹文章，做出这样事来，也算不得是佳人了。比如一个男人家，满腹的文章，去做贼，难道那王法就看他是个才子，就不入贼情一案了不成？可知那编书的是自己堵自己的嘴。再者，既说是世宦书香大家，小姐都知礼读书，连夫人都知书识礼，就是告老还家，自然这样大家人口不少，奶妈、丫鬟伏侍小姐的人也不少，怎么这些书上凡有这样的事，就只小姐和紧跟的一个丫头？你们想想：那些人都是管做什么的？可是前言不答后语了不是？”众人听了，都笑说：“老太太这一说，是谎都批出来了。”贾母笑道：“这有个原故：编这样书的人，有一等妒人家富贵的，或者有求不遂心，所以编出来遭蹋人家。再有一等人，他自己看了这些书，看魔了，想着得一个佳人才好，所以编出来取乐儿。何尝他知道那世宦读书家的道理？别说那书上那些世宦书礼大家，如今眼下就拿着咱们这中等人家说起，也没那样的事，别说是那些大家子。可知是诌掉了下巴的话。所以我们从不许说这些书，连丫头们也不懂这些话。这几年我老了，他们姊妹们住的远，我偶然闷了，说几句听听，他们一来就忙着止住了。”李、薛二人都笑说道：“这正是大家子的规矩。连我们家，也没有这些杂话叫孩子们听见。”

凤姐儿走上来斟酒，笑道：“罢，罢，酒冷了。老祖宗吃一口，润润嗓子再掰谎。这一回就叫做《掰谎记》，就出在本朝本地本年本月本日本时。老祖宗一张口难说两家话，花开两朵，各表一枝。是真是谎且不表，再整那观灯看戏的人。老祖宗且让这二位亲戚吃杯酒，看了两出戏，再从逐朝话言掰起如何？”一面说，一面斟酒，一面笑。未说完，众人俱已笑倒了。两个女先儿也笑个不住，都说：“奶奶好刚口！奶奶要一说书，真连我们吃饭的地方都没了。”薛姨妈笑道：“你少兴头些。外头有人，比不得往常。”凤姐儿笑道：“外头只有一位珍大哥哥，我们还是论哥哥妹妹，从小儿一处淘气淘了这么大。这几年因做了亲，我如今立了多少规矩了。便不是从小儿的兄妹，只论大伯子小婶儿，那《二十四孝》上‘斑衣戏彩’，他们不能来‘戏彩’，引老祖宗笑一笑，我这里好容易引得老祖宗笑一笑，多吃点东西，大家喜欢，都该谢我才是，难道反笑我不成？”贾母笑道：“可是，这两日我竟没有痛痛的笑一场，倒是亏他才一路说，笑的我心里痛快了些。我再吃钟酒。”吃着酒，又命：“宝玉，来，敬你姐姐一杯。”凤姐儿笑道：“不用他敬，我讨老祖宗的寿罢。”说着，便将贾母的杯拿起来，将半盏剩酒吃了，将杯递与丫鬟，另将温水浸的杯换一个上来。于是各席上的都撤去，另将温水浸着的代换，斟了新酒上来，然后归坐。

女先儿回说：“老祖宗不听这书，或者弹一套曲子听听罢。”贾母道：“你们两个对一套‘将军令’罢。”二人听说，忙合弦按调拨弄起来。贾母因问：“天有几更了？”众婆子忙回说：“三更了。”贾母道：“怪道寒浸浸起来。”早有众丫鬟拿了添换的衣裳送来。王夫人起身，陪笑说道：“老太太不如挪进暖阁里地炕上，倒也罢了。这二位亲戚也不是外人，我们陪着他就是了。”贾母听说，笑道：“既这样说，不如大家都挪进去，岂不暖和？”王夫人道：“恐里头坐不下。”贾母道：“我有道理：如今也不用这些桌子，只用两三张并起来，大家坐在一处挤着，又亲热，又暖和。”众人都道：“这才有趣儿。”说着，便起了席。众媳妇忙撤去残席，里面直顺并了三张大桌，又添换了果馔摆好。贾母便说：“都别拘礼，听我分派你们就坐才好。”说着，便让薛、李正面上坐，自己西向坐了，叫宝琴、黛玉、湘云三人皆紧依左右坐下，向宝玉说：“你挨着你太太。”于是邢夫人、王夫人之中夹着宝玉。宝钗等姐妹在西边，挨次下去，便是娄氏带着贾蓝，尤氏、李纨夹着贾兰，下面横头便是贾蓉之妻。

贾母便说：“珍哥儿，带着你兄弟们去罢，我也就睡了。”贾珍等忙答应，又都进来听分付。贾母道：“快去罢，不用进来。才坐了，又都起来。你快歇着罢，明儿还有大事呢。”贾珍忙答应了，又笑道：“留下蓉儿斟酒才是。”贾母笑道：“正是忘了他。”贾珍答应了一个“是”，便转身带领贾琏等出来。二人自是欢喜，便命人将贾琮、贾璜各自送回家去，便邀了贾琏去追欢买笑，不在话下。

这里贾母笑道：“我正想着：虽然这些人取乐，竟没一对双全的，就忘了蓉儿了。这可全了，蓉儿就合你媳妇坐在一处，倒也团圆了。”因有家人媳妇呈上戏单，贾母笑道：“我们娘儿们正说得兴头，又要吵起来！况且那孩子们熬夜怪冷的，也罢，且叫他们歇歇，把咱们的女孩子们叫了来，就在这台上唱两出罢，也给他们瞧瞧。”媳妇子们听了，答应出来，忙的一面着人往大观园去传人，一面二门口去传小厮们伺候。小厮们忙至戏房，将班中所有大人一概带出，只留下小孩子们。

一时，梨香院的教习带了文官等十二人，从游廊角门出来。婆子们抱着几个软包，因不及抬箱，料着贾母爱听的三五出戏的彩衣包了来。婆子们带了文官等进去见过，只垂手站着。贾母笑道：“大正月里，你师父也不放你们出来逛逛？你们如今唱什么？才刚八出《八义》，闹的我头疼，咱们清淡些好。你瞧瞧，薛姨太太，这李亲家太太，都是有戏的人家，不知听过多少好戏的；这些姑娘们，都比咱们家的姑娘见过好戏、听过好曲子。如今这小戏子又是那有名顽戏的人家的班子，虽是小孩子，却比大班子还强。咱们好歹别落了褒贬，少不得弄个新样儿的：叫芳官唱一出《寻梦》，只用箫和笙笛，余者一概不用。”文官笑道：“老祖宗说的是。我们的戏，自然不能入姨太太和亲家太太、姑娘们的眼，不过听我们一个发脱口齿，再听个喉咙罢了。”贾母笑道：“正是这话了。”李婶娘、薛姨妈喜的笑道：“好个灵透孩子！你也跟着老太太打趣我们？”贾母笑道：“我们这原是随便的顽意儿，又不出去做买卖，所以竟不大合时。”说着，又叫：“葵官唱一出《惠明下书》，也不用抹脸。只用这两出，叫他们二位太太听个助意儿罢了。若省了一点儿力，我可不依。”

文官等听了出来，忙去扮演上台。先是《寻梦》，次是《下书》，众人鸦雀无闻。薛姨妈笑道：“实在戏也看过几百班，从没见过只用箫管的。”贾母道：“也有。只是像方才《西楼·楚江情》一只，多有小生吹箫合的。这合大套的实在少。这也在人讲究罢了，不算什么出奇。”指湘云道：“我像他这么大的时候儿，他爷爷有一班小戏，偏有一个弹琴的，凑了《西厢记》的《听琴》，《玉簪记》的《琴挑》，《续琵琶》的《胡笳十八拍》，竟成了真的了，比这个更如何？”众人都道：“这更难得了。”贾母于是叫过媳妇们来，分付文官等，叫他们吹弹一套《灯月圆》。媳妇们领命而去。

当下贾蓉夫妻二人捧酒一巡。凤姐儿因见贾母十分高兴，便笑道：“趁着女先儿们在这里，不如咱们传梅，行一套‘春喜上眉梢’的令如何？”贾母笑道：“这是个好令，正对时景。”忙命人取了一面黑漆铜钉花腔令鼓来，与女先儿们击着，席上取了一枝红梅。贾母笑道："若到了谁手里住了鼓，吃一杯，也要说些什么才好。"凤姐儿笑道："依我说，谁像老祖宗要什么有什么呢？我们这不会的，岂不没意思？依我说，也要雅俗共赏，不如谁住了，谁说个笑话儿罢。"众人听了，都知道他素日善说笑话，最是他肚内有无限的新鲜趣谈；今儿如此说，不但在席的诸人欢喜，连地下伏侍的老小人等无不欢喜。那小丫头子们都忙去找姐姐唤妹妹的，告诉他们："快来听，二奶奶又说笑话儿了。"众丫头子们便挤了一屋子。

于是戏完乐罢，贾母将些汤点细果与文官等吃去，便命响鼓。那女先儿们都是惯熟的，或紧或慢，或如残漏之滴，或如迸豆之急，或如惊马之驰，或如疾电之光而忽暗。其鼓声慢，传梅亦慢；鼓声疾，传梅亦疾。那梅方递至贾母手中，鼓声恰住，大家哈哈大笑。贾蓉忙上来斟了一杯。众人都笑道："自然老太太先喜了，我们才托赖些喜。"贾母笑道："这酒也罢了。只是这笑话儿，倒有些难说。"众人道："老太太的比凤姑娘说得还好，赏一个，我们也笑一笑。"

贾母笑道："并没有新鲜招笑儿的，少不得老脸厚皮的说一个罢。"因说道："一家子养了十个儿子，娶了十房媳妇儿，惟有第十房媳妇儿聪明伶俐，心巧嘴乖，公婆最疼，成日家说那九个不孝顺。这九个媳妇儿委屈，便商议说：'咱们九个心里孝顺，只是那小蹄子倒嘴巧，所以公公、婆婆只说他好。这委屈向谁诉去？'有主意的说道：'咱们明儿到阎王庙去烧香，和阎王爷说去，问他一问：叫我们托生为人，怎么单单给那小蹄子儿一张乖嘴，我们都入了笨嘴里头？'那八个听了都欢喜，说：'这个主意不错。'第二日，便都往阎王庙里来烧香。九个都在供桌底下睡着了，九个魂专等阎王驾到。左等不来，右等也不到，正着急，只见孙行者驾着筋斗云来了，看见九个魂，便要拿金箍棒打来，吓得九个魂忙跪下央求。孙行者问起原故来，九个人忙细细的告诉了他。孙行者听了，把脚一跺，叹了一口气道：'这原故幸亏遇见我，等这阎王来了，他也不得知道。'九个人听了，就求说：'大圣发个慈悲，我们就好了。'孙行者笑道：'却也不难。那日你们妯娌十个托生时，可巧我到阎王那里去，因为撒了一泡尿在地下，你那个小婶儿便吃了。你们如今要伶俐嘴乖，有的是尿，再撒泡你们吃就是了。'"说毕，大家都笑起来。凤姐儿笑道："好的呀，幸而我们都是夯嘴夯腮的，不然也就吃了猴儿尿了。"尤氏、娄氏都笑向李纨道："咱们这里头，谁是吃过猴儿尿的？别妆没事人儿！"薛姨妈笑道："笑话儿不在好歹，只要对景就发笑。"说着，又击起鼓来。

小丫头子们只要听凤姐儿的笑话，便悄悄的和女先儿说明，以咳嗽为记。须臾传至两遍，刚到了凤姐儿手里，小丫头子们故意咳嗽，女先儿便住了。众人齐笑道："这可拿住他了！快吃了酒，说一个好的罢。别太逗的人笑的肠子疼。"凤姐儿想一想，笑道："一家子也是过正月半，合家赏灯吃酒，真真的热闹非常！祖婆婆、太婆婆、媳妇、孙子媳妇、重孙子媳妇、亲孙子媳妇、侄孙子、重孙子、灰孙子、滴沥搭拉的孙子、孙女儿、外孙女儿、姨表孙女儿、姑表孙女儿，嗳哟哟，真好热闹！"众人听他说着，已经笑了，都说："听这数贫嘴的，又不知要编派那一个呢！"尤氏笑道："你要招我，我可撕你的嘴。"凤姐儿起身，拍手笑道："人家这里费力，你们紧着混，我就不说了。"贾母笑道："你说你的。底下怎么样？"凤姐儿想了一想，笑道："底下就团圆的坐了一屋子，吃了一夜酒，就散了。"众人见他正言厉色的说了，也都再无别话，怔怔的还等往下说，只觉他冰冷无味的就住了。湘云看了他半日。

凤姐儿笑道："再说一个过正月半的。几个人拿着房子大的炮仗往城外放去，引了上万的人跟着瞧去。有一个性急的人等不得，便偷着拿香点着，只听见扑嗤的一声，众人哄然一笑都散了。这抬炮仗的人抱怨卖炮仗的捍的不结实，没等放就散了。"湘云道："难道他本人没听见响？"凤姐儿道："本人原是个聋子。"众人听说，想一回，不觉失声都大笑起来。又想着先前那一个没完的，问他道："先那一个到底怎么样？也该说完了。"凤姐儿将桌子一拍，道："好啰唆！到了第二日，是十六日，年也完了，节也完了，我看着人忙着收东西还闹不清，那里还知道底下的事了？"众人听说，复又笑起来。凤姐儿笑道："外头已经四更多了，依我说，老祖宗也乏了，咱们也该'聋子放炮仗——散了'罢。"尤氏等用手帕握着嘴，笑得前仰后合，指他说道："这个东西真会数贫嘴！"贾母笑道："真真这凤丫头越发贫嘴了！"一面说，一面分付道："他提起炮仗来，咱们也把烟火放了，解解酒。"

贾蓉听了忙出去，带着小厮们就在院子内安下屏架，将烟火设吊齐备。这烟火俱系各处进贡之物，虽不甚大，却极精致，各色故事俱全，夹着各色花炮。黛玉禀气虚弱，不禁劈拍之声，贾母便搂他在怀内。薛姨妈便搂湘云，湘云笑道："我不怕。"宝钗笑道："他专爱自己放大炮仗，还怕这个呢。"王夫人便将宝玉搂入怀内。凤姐儿笑道："我们没人疼的！"尤氏笑道："有我呢，我搂着你。也不怕臊，你这孩子又撒娇儿了，听见放炮仗，就像吃了蜜蜂儿屎的，今儿又轻狂起来！"凤姐儿笑道："等散了，咱们园子里放去。我比小厮们还放得好呢。”

说话之间，外面一色色的，放了又放，又有许多的“满天星”、“九龙入云”、“平地一声雷”、“飞天十响”之类的零星小炮仗。放罢，然后又命小戏子打了一回莲花落，撒得满台的钱，那些孩子们满台的抢钱取乐。上汤时，贾母说：“夜长，不觉得有些饿了。”凤姐忙回说：“有预备的鸭子肉粥。”贾母道：“我吃清淡的罢。”凤姐儿忙道：“也有枣儿熬的粳米粥，预备太太们吃斋的。”贾母说：“倒是这个还罢了。”说着，已命撤去残席，内外另设各种精致小菜。大家随意吃了些，用过漱口茶方散。

十七日一早，又过宁府行礼，伺候掩了祠门，收过影像方回来。这日便是薛姨妈家请吃年酒，贾母连日觉得身上乏了，坐了半日，回来了。自十八日以后，亲友来请或来赴席的，贾母一概不会，有王夫人、邢夫人、凤姐三人料理。连宝玉只除王子腾家去了，余者亦皆不去，只说是贾母留下解闷。

闲言不提。当下元宵已过，凤姐忽然小产了，合家惊慌。要知端的，且听下回分解。

第五十五回　辱亲女愚妾争闲气　欺幼主刁奴蓄险心

且说元宵已过，只因当今以孝治天下，目下宫中有一位太妃欠安，故各嫔妃皆为之减膳谢妆，不独不能省亲，亦且将宴乐俱免，故荣府今岁元宵亦无灯谜之集。

刚将年事忙过，凤姐儿因年内年外操劳太过，一时不及检点，便小月了，不能理事，天天两三个太医用药。凤姐儿自恃强壮，虽不出门，然筹画计算，想起什么事来，便命平儿去回王夫人。任人谏劝，他只不听。王夫人便觉失了臂膀，一人能有多少精神？凡有了大事，便自己主张；将家中琐碎之事，一应都暂令李纨协理。李纨本是个尚德不尚才的，未免逞纵了下人，王夫人便命探春合同李纨裁处，只说过了一月，凤姐将息好了仍交与他。谁知凤姐禀赋气血不足，兼年幼不知保养，平生争强斗智，心力更亏，故虽系小月，竟着实亏虚下来，一月之后，又添了下红之证。他虽不肯说出来，众人看他面目黄瘦，便知失于调养。王夫人只令他好生服药调养，不令他操心。他自己也怕成了大证，遗笑于人，便想偷空调养，恨不得一时复旧如常。谁知服药调养直到三月间，才渐渐的起复过来，下红也渐渐止了。此是后话不提。

如今且说王夫人见他如此，探春与李纨暂难谢事，园中人多，又恐失于照管，特请了宝钗来，托他各处小心。因嘱付他："老婆子们不中用，得空儿吃酒斗牌，白日里睡觉，夜里斗牌，我都知道的。凤丫头在外头，他们还有个怕惧，如今他们又该取便了。好孩子，你还是个妥当人，你兄弟妹妹们又小，我又没工夫，你替我辛苦两天，照看照看。凡有想不到的事，你来告诉我，别等老太太问出来，我没话回。那些人不好了，你只管说。他们不听，你来回我。别弄出大事来才好。"宝钗听说，只得答应了。

时届孟春，黛玉又犯了咳嗽。湘云亦因时气所感，亦卧病于蘅芜院，一天医药不断。探春同李纨相住间隔，二人近日同事，不比往年，来往回话人等亦甚不便，故二人议定：每日早晨，皆到园门口南边的三间小花厅上去会齐办事，吃过早饭，于午错方回房。这三间厅，原系预备省亲之时众执事太监起坐之处，故省亲以后也用不着了，每日只有婆子们上夜。如今天已和暖，不用十分修饰，只不过略略的陈设了，便可他二人起坐。这厅上也有一处匾，题着"辅仁谕德"四字，家下俗呼，皆只叫议事厅儿。如今他二人每日卯正至此，午正方散，凡一应执事的媳妇等来往回话者，络绎不绝。

众人先听见李纨独办，各各心中暗喜，以为李纨素日是个厚道多恩无罚的，自然比凤姐儿好搪塞；便添了一个探春，也都想着不过是个未出闺阁的年轻小姐，且素日也最平和恬淡，因此都不在意，比凤姐儿前便懈怠了许多。只三四日后，几件事过手，渐觉探春精细处不让凤姐，只不过是言语安静、性情和顺而已。可巧连日有王、公、侯、伯世袭官员十几处，皆系荣、宁非亲即友或世交之家，或有升迁，或有黜降，或有婚丧红白等事，王夫人贺吊迎送，应酬不暇，前边更无人照管。他二人便一日皆在厅上起坐，宝钗便一日在上房监察，至王夫人回方散。每于夜间针线暇时，临寝之先，坐了轿，带领园中上夜人等各处巡察一次。他三人如此一理，更觉比凤姐儿当权时倒更谨慎了些，因而里外下人都暗中抱怨，说："刚刚的倒了一个'巡海夜叉'，又添了三个'镇山太岁'，越性连夜里偷着吃酒顽的工夫都没了！"

这日王夫人正是往锦乡侯府去赴席，李纨与探春早已梳洗，伺候出门去后，回至厅上坐了。刚吃茶时，只见吴新登的媳妇进来回说："赵姨娘的兄弟赵国基昨日死了，已回过老太太、太太，说知道了，叫回奶奶、姑娘来。"说毕，便垂手傍侍，再不言语。彼时，来回话者不少，都打听他二人办事如何：若办得妥当，大家则安个畏惧之心；若少有嫌隙不当之处，不但不畏伏，一出二门还要编出多少笑话来取笑。吴新登的媳妇心中已有主意：若是凤姐前，他便早已献勤，说出许多主意，又查出许多旧例来，任凤姐拣择施行；如今他藐视李纨老实，探春是年轻的姑娘，所以只说出这一句话来，试他二人有何主见。

探春便问李纨。李纨想了一想，便道："前日袭人的妈死了，听见说赏银四十两，这也赏他四十两罢了。"吴新登家的听了，忙答应了个"是"，接了对牌就走。探春道："你且回来。"吴新登家的只得回来。探春道："你且别支银子。我且问你：那几年老太太屋里的几位老姨奶奶，也有家里的，也有外头的这两个分别：家里的若死了人是赏多少？外头的死了人是赏多少？你且说两个我们听听。"一问，吴新登家的便都忘了，忙陪笑回说道："这也不是什么大事，赏多赏少，谁还敢争不成？"探春笑道："这话胡闹。依我说，赏一百倒好。若不按例，别说你们笑话，明儿也难见你二奶奶。"吴新登家的笑道："既这么说，我查旧帐去，此时却记不得。"探春笑道："你办事办老了的，还不记得？倒来难我们！你素日回你二奶奶，也现查么？若有这道理，凤姐姐还不算利害，也就算是宽厚了。还不快找了来我瞧瞧！再迟一日，不说你们粗心，倒像我们没主意了！"吴新登家的满面通红，忙转身出来。众媳妇们都伸舌头。这里又回别的事。

一时，吴家的取了旧帐来。探春看时，两个家里的赏过皆二十两，两个外头的皆赏过四十两。外还有两个外头的：一个赏过一百两，一个赏过六十两。这两笔底下，皆有原故：一个是隔省迁父母之柩，外赏六十两；一个是现买葬地，外赏二十两。探春便递与李纨看了。探春便说："给他二十两银子。把这帐留下，我们细看。"吴新登家的去了。

忽见赵姨娘进来，李纨、探春忙让坐。赵姨娘开口便说道："这屋里的人都踹下我的头去还罢了！姑娘，你也想一想，该替我出气才是！"一面说，一面便眼泪鼻涕哭起来。探春忙道："姨娘这话说谁？我竟不懂。谁踹姨娘的头？说出来，我替姨娘出气。"赵姨娘道："姑娘现踹我，我告诉谁去！"探春听说，忙站起来，说道："我并不敢。"李纨也忙站起来劝。赵姨娘道："你们请坐下，听我说。我这屋里熬油似的熬了这么大年纪，又有你和你兄弟，这会子连袭人都不如了，我还有什么脸？连你也没脸面，别说是我呀。"探春笑道："原来为这个。我说我并不敢犯法违礼。"一面便坐了，拿帐翻与赵姨娘瞧，又念与他听，又说道："这是祖宗手里旧规矩，人人都依着，偏我改了不成？这也不但袭人，将来环儿收了外头的，自然也是同袭人一样。这原不是什么争大争小的事，讲不到有脸没脸的话上。他是太太的奴才，我是按着旧规矩办。说办的好，领祖宗的恩典、太太的恩典；若说办的不好，那是他糊涂不知福，也只好凭他抱怨去。太太连房子赏了人，我有什么有脸之处？一文不赏，我也没什么没脸之处。依我说，太太不在家，姨娘安静些养神罢了，何苦只要操心？太太满心疼我，因姨娘每每生事，几次寒心。我但凡是个男人，可以出得去，我必早走了，立一番事业，那时自有我一番道理。偏我是女孩儿家，一句多话也没我乱说的。太太满心里都知道，如今因看重我，才叫我照管家务。还没有做一件好事，姨娘倒先来作践我！倘或太太知道了，怕我为难，不叫我管，那才正经没脸呢！连姨娘真也没脸了！”一面说，一面不禁滚下泪来。

赵姨娘没了别话答对，便说道：“太太疼你，你该越发拉扯拉扯我们。你只顾讨太太的疼，就把我们忘了。”探春道：“我怎么忘了？叫我怎么拉扯？这也问他们各人，那一个主子不疼出力得用的人？那一个好人用人拉扯的？”李纨在旁，只管劝说：“姨娘别生气，也怨不得姑娘。他满心里要拉扯，口里怎么说的出来？”探春忙道：“这大嫂子也糊涂了！我拉扯谁？谁家姑娘们拉扯奴才了？他们的好歹你们该知道，与我什么相干！”赵姨娘气得问道：“谁叫你拉扯别人去了？你不当家，我也不来问你。你如今现在说一是一，说二是二，如今你舅舅死了，你多给了二三十两银子，难道太太就不依你？分明太太是好太太，都是你们尖酸克薄！可惜太太有恩无处使。姑娘放心，这也使不着你的银子！明日等出了阁，我还想你额外照看赵家呢！如今没有长翎毛儿，就忘了根本，只拣高枝儿飞去了！”

探春没听完，已气得脸白气噎，抽抽咽咽的一面哭，一面问道：“谁是我舅舅？我舅舅年下才升了九省检点，那里又跑出一个舅舅来？我倒素昔按礼尊敬，越发敬出这些亲戚来了！既这么说，每日环儿出去，为什么赵国基又站起来，又跟他上学？为什么不拿出舅舅的款来？何苦来！谁不知道我是姨娘养的，必要过两三个月寻出由头来，彻底的翻腾一阵，怕人不知道，故意表白表白。也不知道是谁给谁没脸！幸亏我还明白，但凡糊涂不知礼的，早急了！”李纨急得只管劝，赵姨娘只管还唠叨。

忽听有人说：“二奶奶打发平姑娘说话来了。”赵姨娘听说，方把嘴止住。只见平儿走来，赵姨娘忙陪笑让坐，又忙问：“你奶奶好些？我正要瞧去，就只没得空儿。”李纨见平儿进来，因问他：“来做什么？”平儿笑道：“奶奶说：

赵姨奶奶的兄弟没了，恐怕奶奶和姑娘不知有旧例，若照常例，只得二十两。如今请姑娘裁度着，再添些也使得。”探春早已拭去泪痕，忙说道：“又好好的添什么？谁又是二十四个月养的？不然也是出兵放马、背着主子逃出命来过的人不成？你主子真个倒巧：叫我开了例，他做好人，拿着太太不心疼的钱，乐得做人情！你告诉他：我不敢添减，混出主意。他添他施恩，等他好了出来，爱怎么添怎么添！”平儿一来时已明白了对半，今听这话，越发会意，见探春有怒色，便不敢以往日喜乐之时相待，只一边垂手默侍。

时值宝钗也从上房中来，探春等忙起身让坐。未及开言，又有一个媳妇进来回事。因探春才哭了，便有三四个小丫鬟捧了脸盆、巾帕、靶镜等物来。此时探春因盘膝坐在矮板榻上，那捧盆丫鬟走至跟前，便双膝跪下，高捧脸盆。那两个丫鬟也都在旁屈膝捧着巾帕并靶镜、脂粉之饰。平儿见侍书不在这里，便忙上来与探春挽袖卸镯，又接过一条大手巾来，将探春面前衣襟掩了，探春方伸手向脸盆中盥沐。媳妇便回道：“奶奶、姑娘：家学里支环爷和兰哥儿一年的公费。”平儿先道：“你忙什么？你睁着眼看见姑娘洗脸，你不出去侍候着，倒先说话来！二奶奶跟前你也这样没眼色来着？姑娘虽恩宽，我去回了二奶奶，只说你们眼里都没姑娘。你们都吃了亏，可别怨我！”吓得那个媳妇忙陪笑说：“我粗心了。”一面说，一面忙退出去。

探春一面匀脸，一面向平儿冷笑道：“你迟了一步，没见还有可笑的：连吴姐姐这么个办老了事的，也不查清楚了，就来混我们！幸亏我们问他，他竟有脸说忘了。我说他回二奶奶事也忘了再找去？我料着你主子未必有耐性儿等他去找！”平儿笑道：“他有这么一次，包管腿上的筋早折了两根。姑娘别信他们。那是他们瞧着大奶奶是个菩萨，姑娘又是腼腆小姐，固然是托懒来混。”说着，又向门外说：“你们只管撒野，等奶奶大安了，咱们再说！”门外的众媳妇都笑道：“姑娘，你是个最明白的人，俗语说，‘一人作罪一人当’，我们并不敢欺蔽主子。如今主子是娇客，若认真惹恼了，死无葬身之地！”平儿冷笑道：“你们明白就好了。”又陪笑向探春道：“姑娘知道，二奶奶本来事多，那里照看得这些？保不住不忽略。俗语说：‘旁观者清。’这几年姑娘冷眼看着，或有该添该减的去处，二奶奶没行到，姑娘竟一添减：头一件，于太太有益；第二件，也不枉姑娘待我们奶奶的情义了。”

话未说完，宝钗、李纨皆笑道：“好丫头！真怨不得凤丫头偏疼你。本来无可添减之事，如今听你一说，倒要找出两件来斟酌斟酌，不孤负你这话。”

探春笑道："我一肚子气，正要拿他奶奶出气去，偏他碰了来，说了这些话，叫我也没了主意了。"一面说，一面叫进方才那媳妇来，问："环爷和兰哥家学里这一年的银子，是做那一项用的？"那媳妇便回说："一年学里吃点心，或者买纸笔，每位有八两银子的使用。"探春道："凡爷们的使用，都是各屋里月钱之内：环哥的是姨娘领二两，宝玉的是老太太屋里袭人领二两，兰哥儿是大奶奶屋里领。怎么学里每人又多这八两？原来上学去的是为这八两银子！从今日起，把这一项蠲了！平儿回去告诉你奶奶，说我的话，把这条须免了。"平儿笑道："早就该免。旧年奶奶原说要免的，因年下忙，就忘了。"

那个媳妇只得答应着去了。就有大观园中媳妇捧了饭盒子来。侍书、素云早已抬过一张小饭桌来，平儿也忙着上菜。探春笑道："你说完了话，干你的去罢，在这里又忙什么？"平儿笑道："我原没事的。二奶奶打发了我来，一则说话，二则恐这里人不方便，原是叫我帮着妹妹们伏侍奶奶、姑娘的。"探春因问："宝姑娘的怎么不端来一处吃？"丫鬟们听说，忙出至檐外，命媳妇们去说："宝姑娘如今在厅上一处吃，叫他们把饭送了这里来。"探春听说，便高声说道："你别混支使人！那都是办大事的管家娘子们，你们支使他要饭要茶的，连个高低都不知道！平儿这里站着，你叫叫去！"

平儿忙答应了一声出来，那些媳妇们都悄悄拉住笑道："那里用姑娘去叫！我们已有人去叫了。"一面说，一面用手帕掸石矶上，说："姑娘站了半天，乏了，这太阳地里且歇歇。"平儿便坐下。又有茶房里的两个婆子，拿了个坐褥铺下，说："石头冷，这是极干净的，姑娘将就坐一坐儿罢。"平儿忙陪笑道："多谢。"一个又捧了一碗精致新茶出来，也悄悄笑说："这不是我们常用的茶，原是伺候姑娘们的。姑娘且润一润罢。"平儿忙欠身接了，因指众媳妇悄悄说道："你们太闹的不像了！他是个姑娘家，不肯发威动怒，这是他尊重，你们就藐视欺负他！果然招他动了大气，不过说他一个粗糙就完了，你们就现吃不了的亏。他撒个娇，太太也得让他一二分，二奶奶也不敢怎样，你们就这么大胆子小看他，可是鸡蛋往石头上碰！"众人都忙道："我们何尝敢大胆子？都是赵姨娘闹的。"平儿也悄悄的道："罢了，好奶奶们。'墙倒众人推'，那赵姨奶奶原有些颠倒，着三不着两，有了事就都赖他。你们素日那眼里没人，心术利害，我这几年难道还不知道？二奶奶若是略差一点儿的，早被你们这些奶奶们治倒了！饶这么着，得一点空儿还要难他一难，好几次没落了你们的口声。众人都道他利害，你们都怕他，惟我知道他心里也就不算不怕你们的。

前儿我们还议论到这里：再不能依头顺尾，必有两场气生。那三姑娘虽是个姑娘，你们都横看了他。二奶奶在这些大姑子、小姑子里头，也就只单怕他五分，你们这会子倒不把他放在眼里了！”

正说着，只见秋纹走来，众媳妇忙赶着问好，又说：“姑娘且歇一歇，里头摆饭呢。等撤下饭桌子来再回话去。”秋纹笑道：“我比不得你们，我那里等得！”说着，便直要上厅去。平儿忙叫：“快回来！”秋纹回头，见了平儿，笑道：“你又在这里充什么外围子的防护？”一面回身便坐在平儿褥上。平儿悄问：“回什么？”秋纹道：“问一问宝玉的月钱、我们的月钱，多早晚才领。”平儿道：“这什么大事？你快回去告诉袭人，说我的话：凭有什么事，今日都别回。若回一件，管驳一件；回一百件，管驳一百件！”秋纹听了，忙问：“这是为什么？”平儿与众媳妇等都忙告诉他原故，又说：“正要找几处利害事与有体面的人来开例，作法子镇压，与众人作榜样呢。何苦你们先来碰在这钉子上？你这一去说了，他们若拿你们也作一二件榜样，又碍着老太太、太太；若不拿你们做一二件，人家又说偏一个、向一个，仗着老太太、太太威势的就怕，不敢惹，只拿着软的做鼻子头。你听听罢，二奶奶的事他还要驳两件，才压得众人口声呢。”秋纹听了，伸了伸舌头，笑道：“幸而平姐姐在这里，没得臊一鼻子灰。我趁早知会他们去。”说着，便起身走了。

接着宝钗的饭至，平儿忙进来伏侍。那时赵姨娘已去，三人在板床上吃饭。宝钗面南，探春面西，李纨面东。众媳妇皆在廊下静候，里头只有他们紧跟常侍的丫鬟伺候，别人一概不敢擅入。这些媳妇们都悄悄议论说：“大家省事罢，别安着没良心的主意。连吴大娘才都讨了没意思，咱们又是什么有脸的？”他们一边悄议，等饭完回事。此时里面惟闻微嗽之声，并不闻碗箸之响。

一时，只见一个丫头将帘栊高揭，又两个将桌抬出。茶房内早有三个丫鬟捧着三个沐盆儿，见饭桌已撤，三人便进去了。一回又捧出沐盆并漱盂来，方有侍书、素云、莺儿三个，每人用茶盘捧了三盖碗茶进去。一时等他三人出来，侍书命小丫头子：“好生伺候着，我们吃饭来换你们，可又别偷坐着去。”众媳妇们方慢慢的安分回事，不敢如先前轻慢疏忽了。探春气方渐平，因向平儿道：“我有一件大事，早要和你奶奶商议，如今可巧想起来。你吃了饭快来，宝姑娘也在这里，咱们四个人商议了，再细细的问你奶奶可行可止。”

平儿答应回去。凤姐因问：“为何去这半日？”平儿便笑着将方才的原故细细说与他听了。凤姐儿笑道：“好，好，好！好个三姑娘，我说不错！只可惜他命薄，没托生在太太肚里。”平儿笑道：“奶奶也说糊涂话了。他便不是太太养的，难道谁敢小看他，不与别的一样看待么？”凤姐叹道：“你那里知道！虽然正出庶出是一样，但只女孩儿却比不得儿子，将来作亲时，如今有一种轻狂人，先要打听姑娘是正出是庶出，多有为庶出不要的。殊不知别说庶出，便是我们的丫头，比人家的小姐还强呢。将来不知那个没造化的，为挑庶正误了事呢；也不知那个有造化的，不挑庶正的得了去。”

说着，又向平儿笑道：“你知道我这几年生了多少省俭的法子？一家子大约也没个背地里不恨我的。我如今也是骑上老虎了，虽然看破些，无奈一时也难宽放；二则家里出去的多，进来的少。凡有大小事儿，仍是照着老祖宗手里的规矩，却一年进的产业又不及先时多了。省俭了，外人又笑话，老太太、太太也受委屈，家下也抱怨克薄。若不趁早儿料理省俭之计，再几年就都赔尽了！”

平儿道：“可不是这话？将来还有三四位姑娘，还有两三个小爷们，一位老太太：这几件大事未完呢。”凤姐儿笑道：“我也虑到这里，倒也够了：宝玉和林妹妹，他两个一娶一嫁，可以使不着官中的钱，老太太自有体己拿出来。二姑娘是大老爷那边的，也不算。剩了三四个，满破着每人花上一万银子。环哥娶亲有限，花上三千两银子；若不够，那里省一抿子就够了。老太太的事出来，一应都是全了的，不过零星杂项使费些，满破三五千两。如今再省俭些，陆续就够了。只怕如今平空再生出一两件事来，可就了不得了。咱们且别虑后事，你且吃了饭，快听他们商议什么。这正碰了我的机会，我正愁没个臂膀。虽有个宝玉，他又不是这里头的货，纵收伏了他，也不中用。大奶奶是个佛爷，也不中用。二姑娘更不中用，亦且不是这屋里的人。四姑娘小呢。兰小子更小。环儿更是个燎毛的小冻猫子，只等有热灶火炕让他钻去罢：真真一个娘肚子里跑出这样天悬地隔的两个人来，我想到这里就不伏。再者，林丫头与宝姑娘他两个人倒好，偏又都是亲戚，不好管咱们家务事。况且一个是美人灯儿，风吹吹就坏了；一个是拿定了主意，不干己事不张口，一问摇头三不知，也难十分去问他。倒只剩了三姑娘一个，心里嘴里都也来得，又是咱家的正人，太太又疼他，虽然面上淡淡的，皆因是赵姨娘那老东西闹的，心里却是和宝玉一样呢。比不得环儿，实在令人难疼，要依我的性子，早撵出去了。如今他既有这主意，正该和他协同，大家做个臂膀，我也不孤不独了。按正礼天理良心上论，咱们有他这个人帮着，咱们也省些心，于太太的事也有益。若按私心藏奸上论，我也太行毒了，也该抽回退步，回头看看；再要穷追苦克，人恨极了，他们笑里藏刀，咱们两个才四个眼睛两个心，一时不防，倒弄坏了。趁着紧溜之中，他出头一料理，众人就把往日咱们的恨暂可解了。还有一件，我虽知你极明白，恐怕你心里挽不过来，如今嘱付你：他虽是姑娘家，心里却事事明白，不过是言语谨慎；他又比我知书识字，更利害一层了。如今俗语说：'擒贼必先擒王。'他如今要作法开端，一定是先拿我开端。倘或他驳我的事，你可别分辩，你只越恭敬，越说驳的是才好。千万别想着怕我没脸，和他一犟，就不好了。"

平儿不等说完便笑道："你太把人看糊涂了。我才已经行在先了，这会子才嘱付我。"凤姐儿笑道："我是恐怕你心里眼里只有了我，一概没有他人之故，不得不嘱付。既已行在先，更比我明白了。这不是，你又急了，满嘴里的'你呀''我呀'起来了。"平儿道："偏说'你'！你不依，这不是嘴巴子？再打一顿。难道这脸上还没尝过的不成？"凤姐儿笑道："你这小蹄子儿，要掂多少过儿才罢！你看我病的这个样儿，还来呕我呢。过来坐下，横竖没人来，咱们一处吃饭是正经。"

说着，丰儿等三四个小丫头进来放小炕桌。凤姐只吃燕窝粥，两碟子精致小菜，每日分例菜已暂减去。丰儿便将平儿的四样分例菜端至桌上，与平儿盛了饭来。平儿屈一膝于炕沿之上，半身犹立于炕下，陪着凤姐儿吃了饭，伏侍漱口毕，分付了丰儿些话，方往探春处来。只见院中寂静，人已散出。要知端的，且听下回分解。

第五十六回　敏探春兴利除宿弊　贤宝钗小惠全大体

话说平儿陪着凤姐儿吃了饭，伏侍盥漱毕，方往探春处来。只见院中寂静，只有丫鬟、婆子诸内壸近人，在窗外听候。平儿进入厅中，他姊妹姑嫂三人正议论些家务，说的便是年内赖大家请吃酒，他家花园中事故。见他来了，探春便命他脚踏上坐了，因说道："我想的事不为别的，只想着我们一月所用的头油脂粉又是二两的事。我想我们一月已有了二两月银，丫头们又另有月钱，可不是又同刚才学里的八两一样重重叠叠？这事虽小，钱有限，看起来也不妥当。你奶奶怎么就没想到这个？"

平儿笑道："这有个原故：姑娘们所用的这些东西，自然该有分例。每月每处买办买了，令女人们交送我们收管，不过预备姑娘们使用就罢了，没有个我们天天各人拿着钱找人买这些去的。所以外头买办总领了去，按月使女人按房交与我们。至于姑娘们每月的这二两，原不是为买这些的，为的是一时当家的奶奶、太太或不在家，或不得闲，姑娘们偶然可巧要个钱使，省得找人去。这原是恐怕姑娘们受委屈，可知这个钱并不是买这个才有的。如今我冷眼看着，各房里我们的姊妹都是现拿钱买这些东西的，竟有了一半子。我就疑惑：不是买办脱了空，就是买的不是正经货。”探春、李纨都笑道：“你也留心看出来了。脱空是没有的，也不敢，只是迟些日子；催急了，不知那里找些来，不过是个名儿，其实使不得，依然还得现买。就用二两银子，另叫别人的奶妈子的弟兄、儿子买来方才使得。若使官中的人去，依然是那一样的，不知他们是什么法子，是铺子里坏了不要的，他们都弄了来，单预备给我们？”平儿便笑道：“买办买的是那样，别人买了好的来，买办的也不依他，又说他使坏心，要夺他的买办了。所以，他们宁可得罪了里头，不肯得罪了外头办事的。若是姑娘们使了奶妈子们，他们也就不敢说闲话了。”

探春道：“因此我心里不自在。饶费了两起儿钱，东西又白丢一半，不如竟把买办的这一项每月蠲了为是。此是第一件事。第二件，年里往赖大家去，你也去的，你看他那小园子比咱们这个如何？”平儿笑道：“还没有咱们这一半大，树木花草也少多着呢。”探春道：“我因和他们家的女孩儿说闲话儿，谁知那么个园子，除他们带的花儿，吃的笋、菜、鱼、虾之外，一年还有人包了去，年终足有二百两银子剩。从那日我才知道：一个破荷叶、一根枯草根子，都是值钱的。”

宝钗笑道：“真真膏粱纨袴之谈！你们虽是千金，原不知道这些事，但只你们也都念过书、识过字的，竟没看见过朱夫子有一篇《不自弃》的文么？”探春笑道：“虽也看过，不过是勉人自励，虚比浮词，那里都真有的？”宝钗道：“朱子都有了虚比浮词了？那句句都是有的。你才办了两天事，就利欲薰心，把朱子都看虚浮了。你再出去，见了那些利弊大事，越发连孔子也都看虚了呢。”探春笑道：“你这样一个通人，竟没看见姬子书？当日姬子有云：‘登利禄之场、处运筹之界者，窃尧舜之词，背孔孟之道。’”宝钗笑道：“底下的一句呢？”探春笑道：“如今只断章取意。念出底下一句，我自己骂我自己不成？”宝钗道：“天下没有不可用的东西，既可用，便值钱。难为你是个聪明人，这大节目正事竟没经历。”李纨笑道：“叫人家来了，又不说正事，你们且对讲学问！”宝钗道：“学问中便是正事。此刻于小事上用学问一提，那小事越发作高一层了；若不拿学问提着，便都流入市俗去了。”

三人取笑了一回，便仍谈正事。探春又接说道：“咱们这个园子，只算比他们的多一半，加一倍算起来，一年就有四百银子的利息。若此时也出脱生发银子，自然小气，不是咱们这样人家的事；若派出两个一定的人来，既有许多值钱之物，一味任人作践，也似乎暴殄天物。不如在园子里所有的老妈妈中，拣出几个本分老成能知园圃的，派他们收拾料理。也不必要他们交租纳税，只问他们一年可以孝敬些什么。一则园子有专定之人修理，花木自然一年好似一年的，也不用临时忙乱；二则也不致作践，白孤负了东西；三则老妈妈们也可借此小补，不枉成年家在园中辛苦；四则亦可以省了这些花儿匠、山子匠并打扫人等的工费：将此有余以补不足，未为不可。”

宝钗正在地下看壁上的字画，听如此说，便点头笑道：“善哉！‘三年之内，无饥馑矣。’”李纨道：“好主意！果然这么行，太太必喜欢。省钱事小，园子有人打扫，专司其职，又许他去卖钱，使之以权，动之以利，再无不尽职的了。”平儿道：“这件事，须得姑娘说出来。我们奶奶虽有此心，未必好出口。此刻姑娘们在园里住着，不能多弄些顽意儿陪衬，反叫人去监管修理，图省钱，这话断不好出口。”宝钗忙走过来，摸着他的脸笑道：“你张开嘴，我瞧瞧你的牙齿舌头是什么做的！从早起来到这会子，你说了这些话，一套一个样子：也不奉承三姑娘，也不说你们奶奶才短想不到，也并没有三姑娘说一句，你就说一句‘是’。横竖三姑娘说一套话出来，你就有一套话回奉：总是三姑娘想得到的，你们奶奶也想到了，只是必有个不可办的原故。这会子又是因姑娘们住的园子，不好因省钱令人去监管。你们想想这话：若果真交与人弄钱去的，那人自然是一枝花也不许掐、一个果子也不许动了，姑娘们分中自然是不敢讲究，天天和小姑娘们就吵不清。他这远愁近虑，不亢不卑，他们奶奶便不是和咱们好，听他这一番话，也必要自愧的变好了。”探春笑道：“我早起一肚子气，听他来了，忽然想起他主子来：素日当家使出来的好撒野的人，我见了他更生气了。谁知他来了，避猫鼠儿似的站了半日，怪可怜的。接着又说了那些话，不说他主子待我好，倒说‘不枉姑娘待我们奶奶素日的情意了’。这一句话，不但没了气，我倒愧了，又伤起心来。我细想：我一个女孩儿家，自己还闹得没人疼、没人顾的，我那里还有好处去待人？”口内说到这里，不免又流下泪来。

李纨等见他说的恳切，又想他素日赵姨娘每生诽谤，在王夫人跟前亦为赵姨娘所累，亦都不免流下泪来，都忙劝他："趁今日清净，大家商议两件兴利剔弊的事情，也不枉太太委托一场。又提这没要紧的事做什么！"平儿忙道："我已明白了。姑娘竟说谁好，竟一派人就完了。"探春道："虽如此说，也须得回你奶奶一声。我们这里搜剔小利，已经不当，皆因你奶奶是个明白人，我才这样行；若是糊涂多蛊多妒的，我也不肯，倒像抓他的乖一般。岂可不商议了行？"平儿笑道："既这样，我去告诉一声儿。"说着去了。半日方回来，笑道："我说是白走一趟。这样好事，奶奶岂有不依的！"

探春听了，便和李纨命人将园中所有婆子的名单要来，大家参度，大概定了几个人。又将他们一齐传来，李纨大概告诉与他们。众人听了，无不愿意。也有说："那片竹子单交给我，一年工夫，明年又是一片。除了家里吃的笋，一年还可交些钱粮。"这一个说："那一片稻地交给我，一年这些顽的大小雀鸟的粮食，不必动官中钱粮，我还可以交钱粮。"探春才要说话，人回："大夫来了，进园瞧史姑娘去。"众婆子只得去领大夫。平儿忙说："单你们，有一百个也不成个体统。难道没有两个管事的头脑带进大夫来？"回事的那人说："有吴大娘和单大娘，他两个在西南角上聚锦门等着呢。"平儿听说，方罢了。

众婆子去后，探春问宝钗："如何？"宝钗笑答道："幸于始者怠于终，缮其辞者嗜其利。"探春听了，点头称赞，便向册上指出几个来与他三人看。平儿忙去取笔砚来。他三人说道："这一个老祝妈是个妥当的，况他老头子和他儿子代代都是管打扫竹子，如今竟把这所有的竹子交与他。这一个老田妈本是种庄家的，稻香村一带凡有菜蔬稻稗之类，虽是顽意儿，不必认真大治大耕，也须得他去，再细细按时加些植养，岂不更好？"探春又笑道："可惜蘅芜院和怡红院这两处大地方，竟没有出息之物！"李纨忙笑道："蘅芜院里更利害：如今香料铺并大市大庙卖的各处香料、香草儿，都不是这些东西？算起来，比别的利息更大！怡红院别说别的，单只说春、夏天两季的玫瑰花，共下多少花朵？还有一带篱笆上的蔷薇、月季、宝相、金银藤，单这没要紧的草花，干了卖到茶叶铺、药铺去，也值好些钱。"

探春笑道："原来如此。只是弄花草的，没有在行的人。"平儿忙笑道："跟宝姑娘的莺儿他妈就是会弄这个的，上回他还采了些晒干了，编成花篮葫芦给我顽呢。姑娘倒忘了不成？"宝钗笑道："我才赞你，你倒来捉弄我了！"三人都诧异，问道："这是为何？"宝钗道："断断使不得！你们这里多少得用的人，一个个闲着没事办，这会子我又弄个人来，叫那起人连我也看小了。

我倒替你们想出一个人来：怡红院有个老叶妈，他就是焙茗的娘，那是个诚实老人家，他又合我们莺儿妈极好。不如把这事交与叶妈，他有不知的，不必咱们说给他，就找莺儿的娘去商议了。那怕叶妈全不管，竟交与那一个，这是他们私情，若有人说闲话，也就怨不到咱们身上。如此一行，你们办得又至公，于事又甚妥。”李纨、平儿都道：“是极！”探春笑道：“虽如此，只怕他们见利忘义呢。”平儿笑道：“不相干。前日莺儿还认了叶妈做干娘，请吃饭吃酒，两家和厚得很呢。”探春听了，方罢了。又共斟酌出几人来，俱是他四人素昔冷眼取中的，用笔圈出。

一时，婆子们来回：“大夫已去。”将药方送上去。三人看了，一面遣人送出外边去取药，监派调服；一面探春与李纨明示诸人：某人管某处，按四季除家中定例用多少外，“余者任凭你们采取了去取利，年终算帐”。探春笑道：“我又想起一件事：若年终算帐，归钱时自然归到帐房，仍是上头又添一层管主，还在他们手心里，又剥一层皮。这如今我们兴出这事来派了你们，已是跨过他们的头去了，心里有气，只说不出来；你们年终去归帐，他们还不捉弄你们等什么？再者，这一年间管什么的，主子有一全分，他们就得半分，这是每常的旧规，人所共知的，别的偷着的在外。如今这园子里是我的新创，竟别入他们的手，每年归帐，竟归到里头来才好。”宝钗笑道：“依我说，里头也不用归帐：这个多了，那个少了，倒多了事。不如问他们谁领这一分的，他就揽一宗事去。不过是园里的人的动用。我替你们算出来了：有限的几宗事，不过是头油、胭脂、香纸，每一位姑娘几个丫头，都是有定例的；再者各处笤帚、簸箕、掸子，并大小禽鸟、鹿、兔吃的粮食，不过这几样，都是他们包了去，不用帐房去领钱。你算算，就省下多少来？”平儿笑道：“这几宗虽小，一年通共算了，也省得下四百两银子。”

宝钗笑道：“却又来！一年四百，二年八百两，打租的房子也能多买几间，薄沙地也可以添几亩了。虽然还有敷余，但他们既辛辛苦苦一年，也要叫他们剩些，黏补黏补自家。虽是兴利节用为纲，然亦不可太啬。纵再省上二三百银子，失了大体统也不像。所以如此一行，外头帐房里一年少出四五百银子，也不觉得很艰啬了，他们里头却也得些小补。这些没营生的妈妈们也宽裕了，园子里花木也可以每年滋长繁盛，你们也得了可使之物。这庶几不失大体。若一味要省时，那里不搜寻出几个钱来？凡有些余利的，一概入了官中，那时里外怨声载道，那不失了你们这样人家的大体？如今这园里几十个老妈妈们，若只给了这个，那剩的也必抱怨不公。我才说的，他们只供给这个几样，也未免太宽裕了。一年竟除这个之外，他每人不论有余无余，只叫他拿出若干吊钱来，大家凑齐，单散与这些园中的妈妈们。他们虽不料理这些，却日夜也自在园中照看；当差之人，关门闭户，起早睡晚，大雨大雪，姑娘们出入，抬轿子，撑船，拉冰床：一应粗重活计，都是他们的差使，一年在园里辛苦到头，这园内既有出息，也是分内该沾带些的。还有一句至小的话，越发说破了：你们只管了自己宽裕，不分与他们些，他们虽不敢明怨，心里却都不服，只用假公济私的多摘你们几个果子，多掐几枝花儿，你们有冤还没处诉呢。他们也沾带了些利息，你们有照顾不到的，他们就替你们照顾了。”

众婆子听了这个议论，又去了帐房受辖制，又不与凤姐儿去算帐，一年不过多拿出若干吊钱来，各各欢喜异常，都齐声说：“愿意。强如出去被他们揉搓着，还得拿出钱来呢。”那不得管地的，听了每年终又无故得分钱，也都喜欢起来，口内说：“他们辛苦收拾，是该剩些钱黏补的，我们怎么好‘稳坐吃三注’呢？”宝钗笑道：“妈妈们也别推辞了，这原是分内应当的。你们只要日夜辛苦些，别躲懒纵放人吃酒赌钱就是了。不然，我也不该管这事。你们也知道：我姨娘亲口嘱托我三五回，说大奶奶如今又不得闲，别的姑娘又小，托我照看照看。我若不依，分明是叫姨娘操心。你们奶奶又多病多痛，家务也忙。我原是个闲人，便是街坊邻居，也要个帮忙的，何况是姨娘托我？免不得去小就大，讲不起众人嫌我。倘或我只顾了小分沽名钓誉，那时酒醉赌输了生出事来，我怎么见姨娘？你们那时后悔也迟了，就连你们素昔的老脸也都丢了。这些姑娘小姐们，这么一所大花园，都是你们照管，皆因看得你们是三四代的老妈妈，最是循规蹈矩，原该大家齐心，顾些体统。你们反纵放别人，任意吃酒赌博，姨娘听见了，教训一场犹可；倘若被那几个管家娘子听见了，他们也不用回姨娘，竟教导你们一场，你们这年老的反受了小的教训。虽是他们是管家，管得着你们，何如自己存些体统，他们如何得来作践呢？所以我如今替你们想出这个额外的进益来，也为的是大家齐心，把这园里周全得谨谨慎慎的，使那些有权执事的看见这般严肃谨慎，且不用他们操心，他们心里岂不敬伏？也不枉替你们筹画些进益了。你们去细细想想这话。”众人都欢喜说：“姑娘说的很是，从此姑娘、奶奶只管放心。姑娘、奶奶这样疼顾我们，我们再要不体上情，天地也不容了。”

刚说着，只见林之孝家的进来，说："江南甄府里家眷昨日到京，今日进宫朝贺。此刻先遣人来送礼请安。"说着，便将礼单送上去。探春接了，看道是："上用的妆缎蟒缎十二匹，上用杂色缎十二匹，上用各色纱十二匹，上用宫绸十二匹，官用各色缎纱绸绫二十四匹。"李纨也看过，说："用上等封儿赏他。"因又命人去回了贾母。贾母命人叫李纨、探春、宝钗等都过来，将礼物看了。李纨收过一边，分付内库上人说："等太太回来看了再收。"贾母因说："这甄家又不与别家相同，上等封儿赏男人，只怕转眼又打发女人来请安，预备下尺头。"

一语未了，果然人回："甄府四个女人来请安。"贾母听了，忙命人带进来。那四个人都是四十往上年纪，穿戴之物，皆比主子不大差别。请安问好毕，贾母便命拿了四个脚踏来。他四人谢了坐，待宝钗等坐了，方都坐下。贾母便问："多早晚进京的？"四人忙起身回说："昨儿进的京。今儿太太带了姑娘进宫请安去了，所以叫女人们来请安，问候姑娘们。"贾母笑问道："这些年没进京，也不想到就来。"四人也都笑回道："正是。今年是奉旨唤进京的。"贾母问道："家眷都来了？"四人回说："老太太和哥儿、两位小姐并别位太太都没来，就只太太带了三姑娘来了。"贾母道："有人家没有？"四人道："还没有呢。"贾母笑道："你们大姑娘和二姑娘这两家，都和我们家甚好。"四人笑道："正是。每年姑娘们有信回来，说全亏府上照看。"贾母笑道："什么照看，原是世交，又是老亲，原应当的。你们二姑娘更好，不自尊大，所以我们才走的亲密。"四人笑道："这是老太太过谦了。"

贾母又问："你这哥儿也跟着你们老太太？"四人回说："也跟着老太太呢。"贾母道："几岁了？"又问："上学不曾？"四人笑说："今年十三岁。因长的齐整，老太太很疼，自幼淘气异常，天天逃学，老爷、太太也不便十分管教。"贾母笑道："也不成了我们家的了！你这哥儿叫什么名字？"四人道："因老太太当作宝贝一样，他又生的白，老太太便叫作宝玉。"贾母笑向李纨道："偏也叫个宝玉！"李纨等忙欠身笑道："从古至今，同时隔代，重名的很多。"四人也笑道："起了这小名儿之后，我们上下都疑惑：不知那位亲友家也倒似曾有一个的，只是这十来年没进京来，却记不真了。"贾母笑道："那就是我的孙子。人来。"众媳妇、丫头答应了一声，走过几步。贾母笑道："园里把咱们的宝玉叫了来，给这四个管家娘子瞧瞧，比他们的宝玉如何。"

众媳妇听了，忙去了。半刻，围了宝玉进来。四人一见，忙起身笑道：

“吓了我们一跳！若是我们不进府来，倘若别处遇见，还只当我们的宝玉后赶着也进了京呢！”一面说，一面都上来拉他的手，问长问短。宝玉也笑问个好。贾母笑道：“比你们的长得如何？”李纨等笑道：“四位妈妈才一说，可知是模样儿相仿了。”贾母笑道：“那有这样巧事？大家子孩子们，再养得姣嫩，除了脸上有残疾十分丑的，大概看去，都是一样齐整。这也没有什么怪处。”四人笑道：“如今看来，模样是一样。据老太太说，淘气也一样。我们看来，这位哥儿性情却比我们的好些。”贾母忙问：“怎见得？”四人笑道：“方才我们拉哥儿的手说话，便知道了：我们那一个只说我们糊涂，慢说拉手，他的东西，我们略动一动也不依。所使唤的人都是女孩子们。”

四人未说完，李纨姊妹等禁不住都失声笑出来。贾母也笑道：“我们这会子也打发人去见了你们宝玉，若拉他的手，他也自然勉强忍耐着。可知你我这样人家的孩子，凭他们有什么刁钻古怪的毛病，见了外人必是要还出正经礼数来的。若他不还正经礼数，也断不容他刁钻去了。就是大人溺爱的，也因为他一则生的得人意儿，二则见人礼数竟比大人行出来的还周到，使人见了可爱可怜，背地里所以才纵他一点子。他若一味只管没里没外，不与大人争光，凭他生得怎样，也是该打死的。”四人听了，都笑道：“老太太这话正是。虽然我们宝玉淘气古怪，有时见了人客，规矩礼数比大人还有趣。所以无人见了不爱，只说为什么还打他。殊不知他在家里无法无天，大人想不到的话偏会说，想不到的事偏要行，所以老爷、太太恨的无法。就是任性，也是小孩子的常情；胡乱花费，也是公子哥儿的常情；怕上学，也是小孩子的常情：都还治的过来。第一，天生下来这一种刁钻古怪的脾气，如何使得？”一语未了，人回：“太太回来了。”王夫人进来问过安。他四人请了安，大概说了两句。贾母便命：“歇歇去罢。”王夫人亲捧过茶，方退出去。四人告辞了贾母，便往王夫人处来。说了一会子家务，打发他们回去，不必细说。

这里，贾母喜的逢人便告诉：也有一个宝玉，也都一般行景。众人都想着：天下的世宦大家，同名的也很多，祖母溺爱孙子也是常事，不是什么罕事，皆不介意。独宝玉是个迂阔呆公子的心性，自为是那四人承悦贾母之词。后至园中去看湘云病去，湘云因说他：“你放心闹罢。先还‘单丝不成线，独树不成林’，如今有了个对子，闹急了，再打狠了，你好逃到南京找那一个去。”宝玉道：“那里的谎话，你也信了？偏又有个宝玉了？”湘云道：“怎么列国有个蔺相如，汉朝又有个司马相如呢？”宝玉笑道：“这也罢了。偏又模样儿也一样，这是有的事吗？”湘云道：“怎么匡人看见孔子，只当是阳货呢？”宝玉笑道：“孔子、阳货虽同貌，却不同名；蔺与司马虽同名，而又不同貌。偏我和他就两样俱同不成？”湘云没了话答对，因笑道：“你只会胡搅，我也不和你分证。有也罢，没也罢，与我无干！”说着，便睡下了。

宝玉心中便又疑惑起来：若说必无，也似必有；若说必有，又并无目睹。心中闷闷，回至房中榻上，默默盘算，不觉昏昏睡去，竟到一座花园之内。宝玉诧异道：“除了我们大观园，竟又有这一个园子！”正疑惑间，忽从那边来了几个女孩儿，都是丫鬟。宝玉又诧异道：“除了鸳鸯、袭人、平儿之外，也竟还有这一干人？”只见那些丫鬟笑道：“宝玉，怎么跑到这里来？”宝玉只当是说他，忙来陪笑说道：“因我偶步到此，不知是那位世交的花园？好姐姐们，带我逛逛。”众丫鬟都笑道：“原来不是咱们家的宝玉。他生得也还干净，嘴儿也倒乖觉。”宝玉听了，忙道：“姐姐们，这里也竟还有个宝玉？”丫鬟们忙道：“‘宝玉’二字，我们家是奉老太太、太太之命，为保佑他延年消灾的。我们叫他，他听见喜欢；你是那里远方来的臭小厮，也乱叫起来！仔细你的臭肉，不打烂了你的！”又一个丫鬟笑道：“咱们快走罢，别叫宝玉看见，又说同这臭小子说了话，把咱们熏臭了。”说着，一径去了。

宝玉纳闷道：“从来没有人如此荼毒我，他们如何竟这样的？莫不真也有我这样一个人不成？”一面想，一面顺步早到了一所院内。宝玉诧异道：“除了怡红院，也竟还有这么一个院落？”忽上了台阶，进入屋内，只见榻上有一个人卧着，那边有几个女儿做针线，或有嬉笑顽耍的。只见榻上那个少年叹了一声，一个丫鬟笑问道：“宝玉，你不睡，又叹什么？想必为你妹妹病了，你又胡愁乱恨呢。”宝玉听了，心下也便吃惊。只见榻上少年说道：“我听见老太太说：长安都中也有个宝玉，和我一样的性情，我只不信。我才做了一个梦儿，竟梦中到了都中一个花园子里头，遇见几个姐姐，都叫我臭小厮，不理我。好容易我到他房里，偏他睡觉，空有皮囊，真性不知往那里去了。”宝玉听说，忙说道：“我因找宝玉来到这里，原来你就是宝玉！”榻上的忙下来，拉住笑道：“原来你就是宝玉！这可不是梦里了？”宝玉道：“这如何是梦？真而又真的。”一语未了，只见人来说：“老爷叫宝玉。”吓得二人皆慌了，一个宝玉就走，一个便忙叫：“宝玉快回来！宝玉快回来！”

袭人在旁，听他梦中自唤，忙推醒他，笑问道：“宝玉在那里？”此时宝玉虽醒，神意尚恍惚，因向门外指说：“才去了不远。”袭人笑道：“那是你梦迷了。

你揉眼细瞧，是镜子里照的你的影儿。”宝玉向前瞧了一瞧，原是那嵌的大镜对面相照，自己也笑了。早有丫鬟捧过漱盂、茶卤来，漱了口。麝月道：“怪道老太太常嘱付说：‘小人儿屋里不可多有镜子，小人魂不全，有镜子，照多了，睡觉惊恐做胡梦。’如今倒在大镜子那里安了一张床。有时放下镜套还好，往前去天热困倦，那里想得到放他？比如方才就忘了，自然先躺下，照着影儿来顽着，一时合上眼，自然是胡梦颠倒的。不然，如何叫起自己的名字来呢？不如明日挪进床来是正经。”一语未了，只见王夫人遣人来叫宝玉。不知有何话说，且听下回分解。

第五十七回　慧紫鹃情辞试莽玉　慈姨妈爱语慰痴颦

话说宝玉听王夫人唤他，忙至前边来，原来是王夫人要带他拜甄夫人去。宝玉自是欢喜，忙去换衣服。跟了王夫人到那里，见其家形景，自与荣、宁不甚差别，或有一二稍盛者。细问，果有一宝玉。甄夫人留席，竟日方回。宝玉方信。因晚间回家来，王夫人又分付预备上等的席面，定名班大戏，请过甄夫人母女。后二日，他母女便不作辞，回任去了，无话。

这日宝玉因见湘云渐愈，然后去看黛玉。正值黛玉才歇午觉，宝玉不敢惊动，因紫鹃正在回廊上，手里作针线，便上来问他：“昨日夜里咳嗽的可好些？”紫鹃道：“好些了。”宝玉笑道：“阿弥陀佛！宁可好了罢。”紫鹃笑道：“你也念起佛来，真是新闻！”宝玉笑道：“所谓‘病急乱投医’了。”一面说，一面见他穿着弹墨绫薄绵袄，外面只穿着青缎夹背心，宝玉便伸手向他身上抹了一抹，说道：“穿这样单薄，还在风口里坐着，看天风馋，时气又不好，你再病了，越发难了。”紫鹃便说道：“从此咱们只可说话，别动手动脚的！一年大二年小的，叫人看着不尊重。打紧的那起混帐行子们背地里说你，你总不留心，还只管和小时一般行为，如何使得？姑娘常常分付我们，不叫和你说笑。你近来瞧他，远着你还恐远不及呢。”说着，便起身携了针线进别的房里去了。

宝玉见了他这般景况，心中像浇了一盆冷水一般，只瞧着竹子发了一回呆。因祝妈正在那里挖笋修竿、扫竹叶子，便怔怔的走出来，一时魂魄失守，心无所知，随便坐在一块山石上出神，不觉滴下泪来。直呆了一顿饭工夫，千思万想，总不知如何是可。偶值雪雁从王夫人房中取了人参来，从此经过，忽扭头看见桃花树下石上，一人手托着腮颊正出神呢：不是别人，却是宝玉。

雪雁疑惑道：“怪冷的，他一个人在这里作什么？春天凡有残疾的人都犯病，敢是他也犯了呆病了？”一边想，一边便走过来，蹲下笑道：“你在这里作什么呢？”宝玉忽见了雪雁，便说道：“你又做什么来找我？你难道不是女儿？他既防嫌，不许你们理我，你又来寻我，倘被人看见，岂不又生口舌？你快家去罢了。”

雪雁听了，只当是他又受了黛玉的委屈，只得回至房中。黛玉未醒，将人参交与紫鹃。紫鹃因问他：“太太作什么呢？”雪雁道：“也歇中觉呢，所以等了这半日。姐姐，你听笑话儿：我因等太太的工夫，和玉钏儿姐姐坐在下房里说话儿，谁知赵姨奶奶招手儿叫我。我只当有什么话说，原来他和太太告了假，出去给他兄弟伴宿坐夜。明日送殡去，跟他的小丫头子小吉祥儿没衣裳，要借我的月白绫子袄儿。我想，他们一般也有两件子的，往这地方去，恐怕弄坏了，自己的舍不得穿，故此借别人的。借我的，弄坏了也是小事，只是我想，他素日有什么好处到咱们跟前？所以我说了：‘我的衣裳、簪环都是姑娘叫紫鹃姐姐收着呢。如今先得去告诉他，还得回姑娘，费多少事！别误了你老人家出门，不如再转借罢。’”紫鹃笑道：“你这个小东西儿倒也巧：你不借给他，你往我和姑娘身上推，叫人怨不着你。他这会子就去么？还是等明日一早才去呢？”雪雁道：“这会子就去的，只怕此时已去了。”紫鹃点头。雪雁道：“姑娘还没醒呢。是谁给了宝玉气受，坐在那里哭呢？”紫鹃听了，忙问：“在那里？”雪雁道：“在沁芳亭后头桃花底下呢。”

紫鹃听说，忙放下针线，又嘱付雪雁：“好生听叫，若问我，答应我就来。”说着，便出了潇湘馆，一竟来寻宝玉。走至宝玉跟前，含笑说道：“我不过说了那两句话，为的是大家好，你就赌气跑了这风地里来哭，弄出病来还了得！”宝玉忙笑道：“谁赌气了？我因为听你说的有理，我想你们既这样说，自然别人也是这样说，将来渐渐的都不理我了。我所以想到这里，自己伤起心来了。”紫鹃也便挨他坐着。宝玉笑道：“方才对面说话，你尚走开，这会子如何又来挨我坐着？”紫鹃道：“你都忘了？几日前你们姊妹两个正说话，赵姨娘一头走了进来。我才听见他不在家，所以我来问你。正是前日你和他才说了一句‘燕窝’就歇住了，总没提起，我正想着问你。”宝玉道：“也没什么要紧。不过我想着，宝姐姐也是客中，既吃燕窝，又不可间断，若只管和他要，也太托实。虽不便和太太要，我已经在老太太跟前略露了个风声，只怕老太太和凤姐姐说了。我告诉他的，竟没告诉完。如今我听见一日给你们一两燕窝，这也就完了。”紫鹃道：“原来是你说了，这又多谢你费心。我们正疑惑：老太太怎么忽然想起来，叫人每一日送一两燕窝来呢？这就是了。”宝玉笑道：“这要天天吃惯了，吃上二三年就好了。”紫鹃道：“在这里吃惯了，明年家去，那里有这闲钱吃这个？”

宝玉听了，吃了一惊，忙问：“谁家去？”紫鹃道：“你妹妹回苏州去。”宝玉笑道：“你又说白话！苏州虽是原籍，因没了姑母，无人照看，才接了来的。明年回去，找谁？可见你撒谎。”紫鹃冷笑道：“你太看小了人！你们贾家独是大族，人口多的；除了你家，别人只得一父一母，房族中真个再无人了不成？我们姑娘来时，原是老太太心疼他年小，虽有叔伯，不如亲父母，故此接来住几年。大了该出阁时，自然要送还林家的。终不成林家的女儿在你贾家一世不成？林家虽贫到没饭吃，也是世代书香人家，断不肯将他家的人丢与亲戚，落人的耻笑。所以，早则明年春天，迟则秋天，这里纵不送去，林家亦必有人来接的。前日夜里，姑娘和我说了，叫我告诉你：将从前小时顽的东西有他送你的，叫你都打点出来还他；他也将你送他的打点在那里呢。”宝玉听了，便如头顶上响了一个焦雷一般。紫鹃看他怎么回答，等了半天，见他只不作声。才要再问，只见晴雯找来，说：“老太太叫你呢，谁知在这里。”紫鹃笑道：“在这里问姑娘的病证，我告诉了他半日，他只不信。你倒拉他去罢。”说着，自己便走回房去了。

晴雯见他呆呆的，一头热汗，满脸紫胀，忙拉他的手一直到怡红院中。袭人见了这般，慌起来了，只说时气所感，热身被风扑了。无奈宝玉发热事犹小可，更觉两个眼珠儿直直的起来，口角边津液流出，皆不知觉。给他个枕头，他便睡下；扶他起来，他便坐着；倒了茶来，他便吃茶。众人见了这样，一时忙乱起来，又不敢造次去回贾母，先便差人出去请李嬷嬷来。

一时李嬷嬷来了，看了半日，问他几句话，也无回答；用手向他脉上摸了摸，嘴唇、人中上着力掐了两下，掐得指印如许来深，竟也不觉疼。李嬷嬷只说了一声：“可了不得了！”呀的一声，便搂着放声大哭起来。急的袭人急拉他说：“你老人家瞧瞧如何？且告诉我们，去回老太太、太太去。你老人家怎么先哭起来？”李嬷嬷捶床捣枕说：“这可不中用了！我白操了一世的心了！”袭人因他年老多知，所以请他来看，如今见他这般一说，都信以为实，也哭起来了。晴雯便告诉袭人，方才如此这般。袭人听了，便忙到潇湘馆来，见紫鹃正伏侍黛玉吃药，也顾不得什么，便走上来问紫鹃道：“你才和我们宝玉说了些什么话？你瞧瞧他去！你回老太太去，我也不管了！”说着，便坐在椅上。

黛玉忽见袭人满面急怒，又有泪痕，举止大变，便不免也着了忙，因问：“怎么了？”袭人定了一回，哭道：“不知紫鹃姑奶奶说了些什么话，那个呆子眼也直了，手脚也冷了，话也不说了，李妈妈掐着也不疼了，已死了大半个了！连妈妈都说不中用了，那里放声大哭，只怕这会子都死了！”黛玉一听此言，李妈妈乃是经过的老妪，说不中用了，可知必不中用，哇的一声，将所服之药一口呕出，抖肠搜肺、炙胃扇肝的哑声大嗽了几阵，一时面红发乱，目肿筋浮，喘的抬不起头来。紫鹃忙上来捶背，黛玉伏枕喘息了半晌，推紫鹃道：“你不用捶！你竟拿绳子来勒死我是正经！”紫鹃哭道：“我并没说什么，不过是说了几句顽话，他就认真了。”袭人道：“你还不知道他那傻子，每每顽话认了真！”黛玉道：“你说了什么话？趁早儿去解说，他只怕就醒过来了。”紫鹃听说，忙下床，同袭人到了怡红院。

谁知贾母、王夫人等已都在那里了。贾母一见了紫鹃，便眼内出火，骂道：“你这小蹄子！和他说了什么？”紫鹃忙道：“并没敢说什么，不过说几句顽话。”谁知宝玉见了紫鹃，方嗳哟了一声哭出来了。众人一见，都放下心来。贾母便拉住紫鹃，只当他得罪了宝玉，所以拉紫鹃命他陪罪。谁知宝玉一把拉住紫鹃，死也不放，说：“要去，连我带了去！”众人不解，细问起来，方知紫鹃说“要回苏州去”一句顽话引出来的。贾母流泪道：“我当有什么要紧大事，原来是这句顽话。”又向紫鹃道：“你这孩子，素日最是个伶俐聪敏的，你又知道他有个呆根子，平白的哄他做什么？”薛姨妈劝道：“宝玉本来心实，可巧林姑娘又是从小儿来的，他姊妹两个一处长的这么大，比别的姊妹更不同。这会子热剌剌的说一个去，别说他是个实心的傻孩子，便是冷心肠的大人也要伤心。这并不是什么大病，老太太和姨太太只管万安，吃一两剂药就好了。”

正说着，人回：“林之孝家的、赖大家的都来瞧哥儿来了。”贾母道：“难为他们想着，叫他们来瞧瞧。”宝玉听了一个“林”字，便满床闹起来，说：“了不得了！林家的人接他们来了！快打出去罢！”贾母听了，也忙说：“打出去罢！”又忙安慰说：“那不是林家的人。林家的人都死绝了，没人来接他的，你只放心罢。”宝玉哭道：“凭他是谁，除了林妹妹，都不许姓林了！”贾母道：“没姓林的来，凡姓林的我都打出去了。”一面分付众人：“以后别叫林之孝家的进园来，你们也别说‘林’字儿。好孩子们，你们听了我这一句话罢！”众人忙答应，又不敢笑。一时，宝玉又一眼看见了十锦槅子上陈设的一只金西洋自行船，便指着乱说："那不是接他们来的船来了？湾在那里呢！"贾母忙命："拿下来！"袭人忙拿下来。宝玉伸手要，袭人递过去，宝玉便掖在被中，笑道："这可去不成了！"一面说，一面死拉着紫鹃不放。

一时人回："大夫来了。"贾母忙命："快进来！"王夫人、薛姨妈、宝钗等暂避入里间，贾母便端坐在宝玉身旁。王太医进来，见许多的人，忙上去请了贾母的安，拿了宝玉的手诊了一回。那紫鹃少不得低了头。王太医也不解何意，起身说道："世兄这证，乃是急痛迷心。古人曾云：'痰迷有别：有气血亏柔、饮食不能熔化痰迷者，有怒恼中痰急而迷者，有急痛壅塞者。'此亦痰迷之证，系急痛所致，不过一时壅蔽，较诸痰迷似轻。"贾母道："你只说怕不怕，谁同你背药书呢。"王太医忙躬身笑道："不妨，不妨。"贾母道："果真不妨？"王太医道："实在不妨，都在晚生身上。"贾母道："既如此，请到外面坐，开药方。若吃好了，我另外预备好谢礼，叫他亲自捧了送去磕头；若耽误了，我打发人去拆了太医院的大堂！"王太医只躬身陪笑，说："不敢，不敢。"他原听了说"另具上等谢礼命宝玉去磕头"，故满口说"不敢"，竟未听见贾母后来说"拆太医院"之戏语，犹说"不敢"，贾母与众人反倒笑了。

一时按方煎了药来服下，果觉比先安静。无奈宝玉只不肯放紫鹃，只说："他去了，便是要回苏州去的。"贾母、王夫人无法，只得命紫鹃守着他，另将琥珀去伏侍黛玉。黛玉不时遣雪雁来探消息，这边事务尽知，自己心中暗叹。幸喜众人都知宝玉原有些呆气，自幼是他二人亲密，如今紫鹃之戏语亦是常情，宝玉之病亦非罕事，因不疑到别事去。

这晚间宝玉稍安，贾母、王夫人等方回去了，一夜还遣人来问信几次。李奶妈带宋妈等几个年老人用心看守，紫鹃、袭人、晴雯等日夜相伴。有时宝玉睡去，必从梦中惊醒：不是哭了说黛玉已去，便是说有人来接。每一惊时，必得紫鹃安慰一番方罢。彼时贾母又命将祛邪守灵丹及开窍通神散各样上方秘制诸药，按方饮服。次日又服了王太医药，渐次好了起来。宝玉心下明白，因恐紫鹃回去，倒故意作出佯狂之态。紫鹃自那日也着实后悔，如今日夜辛苦，并没有怨意。袭人等皆心安神定，因向紫鹃笑道："都是你闹的，还得你来治。也没见我们这呆子，听了风就是雨，往后怎么好！"暂且按下。

且说此时湘云之证已愈，天天过来瞧看，见宝玉明白了，便将他病中狂态形容与他瞧，引得宝玉自己伏枕而笑。原来他起先那样，竟是不知的，如今听人说还不信。无人时，紫鹃在侧，宝玉又拉他的手问道："你为什么吓我？"

紫鹃道："不过是哄你顽的，你就认真。"宝玉道："你说的那样有情有理，如何是顽话呢？"紫鹃笑道："那些顽话都是我编的。林家实没了人口；纵有，也是极远的族中，也都不在苏州住，各省流寓不定。纵有人来接，老太太也必不放去的。"宝玉道："便老太太放去，我也不依！"紫鹃笑道："果真的不依？只怕是口里的话。你如今也大了，连亲也定下了，过二三年再娶了亲，你眼睛里还有谁了！"宝玉听了，又惊问："谁定了亲？定了谁？"紫鹃笑道："年里我就听见老太太说要定了琴姑娘呢，不然那么疼他？"宝玉笑道："人人只说我傻，你比我更傻！不过是句顽话，他已经许给梅翰林家了。果然定下了他，我还是这个形景么？先时我发誓赌咒，砸这劳什子，你都不知道么？我病的刚刚的这几日才好了，你又来呕我！"一面说，一面咬牙切齿的又说道："我只愿这会子立刻就死了，把心迸出来，你们瞧见了，然后连皮带骨一概都化成一股灰，再化成一股烟，一阵大风吹得四面八方都登时散了，这才好！"一面说，一面又滚下泪来。

紫鹃忙上来握他的嘴，替他擦眼泪，又忙笑解释道："你不用着急。这原是我心里着急，故来试你。"宝玉听了，更又诧异，问道："你又着什么急？"紫鹃笑道："不知道，我并不是林家的人，我也和袭人、鸳鸯是一伙的，偏把我给了林姑娘使，偏生他又和我极好，比他苏州带来的还好十倍，一时一刻我们两个离不开。我如今心里却愁他倘或要去了，我必要跟了他去的。我是合家在这里，我若不去，孤负了我们素日的情长；若去，又弃了本家：所以我疑惑，故说出这谎话来问你。谁知你就傻闹起来！"宝玉笑道："原来是你愁这个，所以你是傻了。从此后再别愁了，我告诉你一句打趸儿的话：活着，咱们一处活着；不活着，咱们一处化灰化烟。如何？"紫鹃听了，心下暗暗筹画。

忽有人回："环爷、兰哥儿问候。"宝玉道："就说难为他们，我才睡了，不必进来。"婆子答应去了。紫鹃笑道："你也好了，该放我回去瞧瞧我们那一个去了。"宝玉道："正是这话。我昨夜就要叫你去的，偏又忘了。我已经大好了，你就去罢。"紫鹃听说，方打叠铺盖、妆奁之类。宝玉笑道："我看见你文具里头有两三面镜子，你把那面小菱花的给我留下罢。我搁在枕头旁边，睡着好照，明日出门，带着也轻巧。"紫鹃听说，只得与他留下。先命人将东西送过去，然后别了众人，自回潇湘馆来。

黛玉近日闻得宝玉如此形景，未免又添些病证，多哭几场。今见紫鹃来了，问其原故，已知大愈，仍遣琥珀去伏侍贾母。夜间人静后，紫鹃已宽衣卧下之时，悄向黛玉笑道：“宝玉的心倒实，听见咱们去，就那样起来。”黛玉不答。紫鹃停了半晌，自言自语的说道：“一动不如一静。我们这里就算好人家，别的都容易，最难得的是从小儿一处长大，脾气情性都彼此知道的了。”黛玉啐道：“你这几天还不乏，趁这会子不歇一歇，还嚼什么蛆！”紫鹃笑道：“这不是白嚼蛆，我倒是一片真心为姑娘。替你愁了这几年了，无父母无兄弟，谁是知冷知热的人？趁早儿老太太还明白硬朗的时节，作定了大事要紧。俗语说，‘老健春寒秋后热’，倘或老太太一时有个好歹，那时虽也完事，只怕耽误了时光，还不得趁心如意呢。公子王孙虽多，那一个不是三房五妾，今日朝东、明日朝西？娶一个天仙来，也不过三夜五夜，也就丢在脖子后头了，甚至于为妾、为丫头反目成仇的。若娘家有人有势的还好些；若姑娘这样的人，有老太太一日还好一日，若没了老太太，也只是凭人去欺负罢了。所以说拿主意要紧。姑娘是个明白人，岂不闻俗语说的，‘万两黄金容易得，知心一个也难求’？”

黛玉听了，便说道：“这丫头今日可疯了！怎么去了几日，忽然变了一个人？我明日必回老太太，退回你去，我不敢要你了。”紫鹃笑道：“我说的是好话，不过叫你心里留神，并没叫你去为非作歹，何苦回老太太？叫我吃了亏，又有什么好处？”说着，竟自己睡了。黛玉听了这话，口内虽如此说，心内未尝不伤感，待他睡了，便直哭了一夜。至天明，方打了一个盹儿。次日，勉强盥漱了，吃了些燕窝粥。便有贾母等亲来看视了，又嘱付了许多话。

目今是薛姨妈的生日，自贾母起，诸人皆有祝贺之礼。黛玉亦早备了两色针线送去。是日也定了一本小戏，请贾母与王夫人等，独有宝玉与黛玉二人不曾去得。至晚散时，贾母等顺路又瞧了他二人一遍，方回房去。次日，薛姨妈家又命薛蝌陪诸伙计吃了一天酒。连忙了三四天方才完结。

因薛姨妈看见邢岫烟生得端雅稳重，且家道贫寒，是个荆钗裙布的女儿，便欲说与薛蟠为妻；因薛蟠素昔行止浮奢，又恐遭蹋了人家女儿。正在踌躇之际，忽想起薛蝌未娶，看他二人，恰是一对天生地设的夫妻，因谋之于凤姐儿。凤姐儿笑道：“姑妈素知我们太太有些左性的，这事等我慢谋。”因贾母去瞧凤姐儿时，凤姐儿便和贾母说道：“姨妈有一件事求老祖宗，只是不好启齿。”贾母忙问何事，凤姐便将求亲一事说了。贾母笑道：“这有什么不好启齿的？这是极好的好事，等我和你婆婆说了，没有不依的。”因回房来，即刻就命人请了邢夫人过来，硬作保山。邢夫人想了一想：薛家根基不错，且现今大富，薛蝌生得又好，且贾母又作保山，将计就计，便应了。

贾母十分喜欢，忙命人请了薛姨妈来。二人见了，自然有许多谦辞。邢夫人即刻命人去告诉邢忠夫妇。他夫妇原是此来投靠邢夫人的，如何不依，早极口的说妙极。贾母笑道：“我最爱管闲事。今日又管成了一件事，不知得多少谢媒钱？”薛姨妈笑道：“这是自然的。纵抬了整万银子来，只怕不稀罕。但只一件：老太太既是作媒，还得一位主亲才好。”贾母笑道：“别的没有，我们家折腿烂手的人还有两个。”说着，便命人去叫过尤氏婆媳二人来。贾母告诉他原故，彼此忙都道喜。贾母分付道：“咱们家的规矩，你是尽知的，从没有两亲家争礼争面的。如今你算替我在当中料理，不可太省，也不可太费，把他两家的事周全了回我。”尤氏忙答应了。薛姨妈喜之不尽，回家来忙命写了请帖，补送过宁府。尤氏深知邢夫人性情，本不欲管，无奈贾母亲自嘱咐，只得应了，惟忖度邢夫人之意行事。薛姨妈是个无可无不可的人，倒还易说。这且不在话下。

如今薛姨妈既定了邢岫烟为媳，合宅皆知。邢夫人本欲接出岫烟去住，贾母因说：“这又何妨？两个孩子又不能见面，就是姨太太和他一个大姑子、一个小姑子，又何妨！况且都是女孩儿，正好亲近些呢。”邢夫人方罢。那薛蝌、岫烟二人，前次途中曾有一面之遇，大约二人心中皆如意。只是那岫烟未免比先时拘泥了些，不好与宝钗姐妹共处闲谈；又兼湘云是个爱取笑的，更觉不好意思。幸他是个知书达礼的，虽是女儿，还不是那种佯羞诈丑、一味轻薄造作之辈。宝钗自那日见他起，想他家业贫寒，二则别人的父母皆是年高有德之人，独他的父母偏是酒糟透了的人，于女儿分中平常；邢夫人也不过是脸面之情，亦非真心疼爱；且岫烟为人雅重，迎春是个老实人，连他自己尚未照管齐全，如何能管到他身上？凡闺阁中家常一应需用之物，或有亏乏，无人照管，他又不与人张口。宝钗倒暗中每相体贴接济，也不敢与邢夫人知道，也恐怕是多心闲话之故。如今却是众人意料之外，奇缘作成这门亲事。岫烟心中先取中宝钗，然后方取薛蝌。有时仍与宝钗闲话，宝钗仍以姊妹相呼。

这日宝钗因来瞧黛玉，恰值岫烟也来瞧黛玉，二人在半路相遇，宝钗含笑唤他到跟前，二人同走。至一块石壁后，宝钗笑问他：“这天还冷的很，你怎么倒全换了夹的了？”岫烟见问，低头不答。宝钗便知道又有了原故，因又笑问道：“必定是这个月的月钱又没得？凤丫头如今也这样没心没计了。”岫烟道：“他倒想着，不错日子给的。因姑妈打发人和我说道：一个月用不了二两银子，叫我省一两给爹妈送出去，要使什么，横竖有二姐姐的东西，能着些搭着就使了。姐姐想：二姐姐是个老实人，也不大留心；我使他的东西，他虽不说什么，他那些妈妈、丫头，那一个是省事的？那一个是嘴里不尖的？我虽在那屋里，却不敢很使唤他们。过三天五天，我倒得拿些钱出来，给他们打酒买点心吃才好，因此一月二两银子还不够使。如今又去了一两，前日我悄悄的把绵衣服叫人当了几吊钱盘缠。"宝钗听了，愁眉叹道："偏梅家又合家在任上，后年才进来。若是在这里，琴儿过去了，好再商议你这事，离了这里就完了。如今不完了他妹妹的事，也断不敢先娶亲的。如今倒是一件难事。再迟两年，我又怕你熬煎出病来。等我和妈妈再商议。"

宝钗又指他裙上一个璧玉珮问道："这是谁给你的？"岫烟道："这是三姐姐给的。"宝钗点头道："他见人人皆有，独你一个没有，怕人笑话，故此送你一个。这是他聪明精细之处。但还有一句话你也要知道：这些妆饰原出于大官富贵之家的小姐，你看我从头至脚可有这些富丽闲妆？然七八年之先，我也是这样来的，如今一时比不得一时了，所以我都自己该省的就省了。将来你这一到了我们家，这些没用的东西只怕还有一箱子。咱们如今比不得他们了，总要一色从实守分为主，不比他们才是。"岫烟笑道："姐姐既这样说，我回去摘了就是了。"宝钗忙笑道："你也太听说了。这是他好意送你，你不佩着，他岂不疑心？我不过是偶然提着，以后知道就是了。"岫烟忙又答应，又问："姐姐此时那里去？"宝钗道："我到潇湘馆去。你且回去，把那当票子叫丫头送来，我那里悄悄的取出来，晚上再悄悄的送给你去，早晚好穿。不然，风闪着还了得！但不知当在那里了？"岫烟道："叫做什么'恒舒'，是鼓楼西大街的。"宝钗笑道："这闹在一家去了。伙计们倘或知道了，好说'人没过来，衣裳先到了'。"岫烟听说，便知是他家的本钱，也不答言，红了脸一笑，二人走开。

宝钗就往潇湘馆来，恰正值他母亲也来瞧黛玉，正说闲话呢。宝钗笑道："妈妈多早晚来的？我竟不知道。"薛姨妈道："我这几日忙，总没来瞧瞧宝玉和他，所以今日瞧他两人。都也好了。"黛玉忙让宝钗坐了，因向宝钗道："天下的事真是人想不到的，怎么想的到姨妈和大舅母又作一门亲家。"薛姨妈道："我的儿，你们女孩儿家那里知道？自古道：'千里姻缘一线牵。'管姻缘的有一位月下老人，预先注定，暗里只用一根红丝把这两个人的脚绊住，凭你两家那怕隔着海、隔着国呢，若有姻缘的，终久有机会作了夫妇。这一件事都是出人意料之外，凭父母、本人都愿意了，或是年年在一处，以为是定了的亲事，若是月下老人不用红线拴的，再不能到一处。比如你姐妹两个的婚姻，此刻也不知在眼前，也不知在山南海北呢。”宝钗道：“惟有妈妈，说动话就拉上我们。”一面说，一面伏在母亲怀里，笑说：“咱们走罢。”黛玉就笑道：“你瞧，这么大了，离了姨妈他就是个最老道的，见了姨妈他就撒娇儿。”薛姨妈将手摩弄着宝钗，向黛玉叹道：“你这姐姐，就和凤哥儿在老太太跟前一样：有了正经事，就有话和他商量；没有了事，幸亏他开我的心。我见了他这样，有多少愁不散的！”

黛玉听说，流泪叹道：“他偏在这里这样，分明是气我没娘的人，故意来形容我！”宝钗笑道：“妈妈，你瞧他这轻狂样儿，倒说我撒娇儿！”薛姨妈道：“也怨不得他伤心。可怜没父母，到底没个亲人。”又摩挲着黛玉，笑道：“好孩子，别哭。你见我疼你姐姐你伤心，不知我心里更疼你呢。你姐姐虽没父亲，到底有我、有亲哥哥，这就比你强了。我每每和你姐姐说，心里很疼你，只是外头不好带出来的。你这里人多嘴杂，说好话的人少，说歹话的人多，不说你无依靠，为人做人配人疼；只说我们看老太太疼你，我们也洑上水去了。”黛玉笑道：“姨妈既这么说，我明日就认姨妈做娘；姨妈若是弃嫌，便是假意疼我。”薛姨妈道：“你不厌我，就认了才好。”宝钗忙道：“认不得的。”黛玉道：“怎么认不得？”宝钗笑道：“我且问你：我哥哥还没定亲事，为什么反将邢妹妹先说与我兄弟了，是什么道理？”黛玉道：“他不在家，或是属相生日不对，所以先说与兄弟了。”宝钗笑道：“不是这样。我哥哥已经相准了，只等来家就放定，也不必提出人来。我说你认不得娘，你细想去。”说着，便和他母亲挤眼儿发笑。

黛玉听了，便一头伏在薛姨妈身上，说道：“姨妈不打他，我不依！”薛姨妈搂着他笑道：“你别信你姐姐的话，他是和你顽呢。”宝钗笑道：“真个妈妈明日和老太太求了，聘作媳妇，岂不比外头寻的好！”黛玉便拢上来要抓他，口内笑说：“你越发疯了！”薛姨妈忙笑劝，用手分开方罢。又向宝钗道：“连邢姑娘我还怕你哥哥遭蹋了他，所以给你兄弟，别说这孩子，我也断不肯给他。前日老太太要把你妹妹说给宝玉，偏生又有了人家；不然，倒是门子好亲事。前日我说定了邢姑娘，老太太还取笑说：‘我原要说他的人，谁知他的人没到手，倒被他说了我们一个去了。’虽是顽话，细想来倒也有些意思。我想：宝琴虽有了人家，我虽无人可给，难道一句话也不说？我想你宝兄弟，老太太那样疼他，他又生得那样，若要外头说去，老太太断不中意，不如把你林妹妹定与他，岂不四角俱全？”

黛玉先还怔怔的听，后来见说到自己身上，便啐了宝钗一口，红了脸，拉着宝钗笑道：“我只打你！为什么招出姨妈这些老没正经的话来！”宝钗笑道：“这可奇了：妈妈说你，为什么打我？”紫鹃忙跑来笑道：“姨太太既有这主意，为什么不和太太说去？”薛姨妈哈哈笑道：“你这孩子，急什么？想必催着姑娘出了阁，你也要早些寻一个小女婿儿去了。”紫鹃也红了脸，笑道：“姨太太真个倚老卖老的起来！”说着，便转身去了。黛玉先骂：“又与你这蹄子什么相干！”后来见了这样，也笑道：“阿弥陀佛！该，该，该！也臊了一鼻子灰去了！”薛姨妈母女及婆子、丫鬟都笑起来。

一语未了，忽见湘云走来，手里拿着一张当票，口内笑道：“这是什么帐篇子？”黛玉瞧了，不认得，地下婆子都笑道：“这可是一件奇货，这个乖可不是白教人的。”宝钗忙一把接了看时，正是岫烟才说的当票子，忙折了起来。薛姨妈忙说：“那必是那个妈妈的当票子失落了，回来急的他们找。那里得的？”湘云道：“什么是当票子？”众人都笑道：“真真是个呆姑娘，连当票子也不知道。”薛姨妈叹道：“怨不得他，真真是侯门千金，而且又小，那里知道这个？那里去看这个？便是家下人有这个，他如何得见？别笑他是呆子，若给你们家的姑娘看了，也都成了呆子。”众婆子笑道：“林姑娘方才也不认得。别说姑娘们，就如宝玉，倒是外头常走出去的，只怕也还没见过呢。”薛姨妈忙将原故讲明。湘云、黛玉二人听了，方笑道：“人也太会想钱了。姨妈家当铺也有这个不成？”众人笑道：“这又呆了！‘天下老鸹一般黑’，岂有两样的？”薛姨妈因又问：“是那里拾的？”湘云方欲说时，宝钗忙说：“是一张死了没用的，不知是那年勾了帐的，香菱拿着哄他们顽的。”薛姨妈听了此话是真，也就不问了。一时人来回：“那府里大奶奶过来请姨太太说话呢。”薛姨妈起身去了。

这里屋内无人时，宝钗方问湘云何处拾的。湘云笑道：“我见你令弟媳的丫头篆儿悄悄的递与莺儿，莺儿便随手夹在书里，只当我没看见。我等他们出去了，我偷着看，竟不认得。知道你们都在这里，所以拿来大家认认。”黛玉忙问：“怎么，他也当衣裳不成？既当了，怎么又给你？”宝钗见问，不好隐瞒他两个，便将方才之事都告诉了他二人。黛玉听了，“兔死狐悲，物伤其类”，不免感叹起来。湘云听了，便动了气，说：“等我问着二姐姐去！我骂那起老婆子、丫头一顿，给你们出气何如？”说着，便要走出去。宝钗忙一把拉住，笑道：“你又发疯了！还不给我坐下呢。”黛玉笑道：“你要是个男人，出去打一个抱不平儿。你又充什么荆轲、聂政？真真好笑！”湘云道：“既不叫问他去，明日也可把他接到咱们院里一处住去，岂不是好？”宝钗笑道：“明日再商量。”说着，人报：“三姑娘、四姑娘来了。”三人听说，忙掩了口，不提此事。要知端的，且听下回分解。

第五十八回　杏子阴假凤泣虚凰　茜纱窗真情揆痴理

话说他三人因见探春等进来，忙将此话按住不题。探春等问候过，大家说笑了一回方散。

谁知上回所表的那位老太妃已薨，凡诰命等皆入朝随班，按爵守制。敕谕天下：凡有爵之家，一年内不得筵宴音乐，庶民皆三月不得婚姻。贾母婆媳、祖孙等俱每日入朝随祭，至未正以后方回。在大内偏宫二十一日后，方请灵入先陵，地名孝慈县。这陵离都来往得十来日之功，如今请灵至此，还要停放数日方入地宫，故得一月光景。宁府贾珍夫妻二人也少不得是要去的，两府无人，因此大家计议家中无主，便报了尤氏产育，将他腾挪出来，协理荣、宁两处事体。因托了薛姨妈在园内照管他姐妹丫鬟。

薛姨妈只得也挪进园来。此时宝钗处有湘云、香菱，李纨处目今李婶母虽去，然有时亦来住三五日不定，贾母又将宝琴送与他去照管；迎春处有岫烟；探春因家务冗杂，且不时有赵姨娘与贾环来嘈聒，甚不方便；惜春处房屋狭小：因此薛姨妈都难住。况贾母又千叮咛万嘱咐，托他照管黛玉，薛姨妈素性也最怜爱他的，今既巧遇这事，便挪至潇湘馆来，和黛玉同房，一应药饵饮食，十分经心。黛玉感戴不尽，以后便亦如宝钗之称呼，连宝钗前亦直以姐姐呼之，宝琴前直以妹妹呼之，俨似同胞共出，较诸人更似亲切。贾母见如此，也十分喜悦放心。薛姨妈只不过照管他姊妹，禁约得丫鬟辈，一应家中大小事务，也不肯多口。尤氏虽天天过来，也不过应名点卯，亦不肯乱作威福。且他家内上下，也只剩他一人料理；再者，每日还要照管贾母、王夫人的下处一应所需饮馔铺设之物，所以也甚操劳。

当下荣、宁两处主人既如此不暇，并两处执事人等，或有跟随着入朝的，或有朝外照理下处事务的，又有先踩踏下处的，也都各各忙乱。因此两处下人无了正经头绪，也都偷安，或乘隙结党，与暂权执事者窃弄威福。荣府只留得赖大并几个管家照管外务。这赖大手下常用几个人已去，虽另委人，都是些生的，只觉不顺手。且他们无知，或赚骗无节，或呈告无据，或举荐无因：

种种不善，在在生事，也难备述。

又见各官宦家，凡养优伶男女者，一概蠲免遣发。尤氏等便议定，待王夫人回家回明，也欲遣发十二个女孩子。又说："这些人原是买的，如今虽不学唱，尽可留着使唤，只令其教习们自去也罢了。"王夫人因说："这学戏的倒比不得使唤的，他们也是好人家的女儿，因无能，卖了做这事，装丑弄鬼的几年。如今有这机会，不如给他们几两银子盘费，各自去罢。当日祖宗手里，都是有这例的。咱们如今损阴坏德，而且还小器。如今虽有几个老的还在，那是他们各有原故不肯回去的，所以才留下使唤，大了配了我们家里小厮们了。"尤氏道："如今我们也去问他十二个：有愿意回去的，就带了信儿，叫他父母亲自来领回去，给他们几两银子盘缠方妥。倘若不叫上他的亲人来，只怕有混帐人冒名领出去，又转卖了，岂不孤负了这恩典？若有不愿意回去的，就留下。"王夫人笑道："这话妥当。"

尤氏等遣人告诉了凤姐儿。一面说与总理房中：每教习给银八两，令其自便。凡梨香院一应物件，查清记册收明，派人上夜。将十二个女孩子叫来，当面细问，倒有一多半不愿意回家的：也有说父母虽有，他只以卖我们姊妹为事，这一去还被他卖了；也有说父母已亡，或被叔伯兄弟所卖的；也有说无人可投的；也有说恋恩不舍的。所愿去者，止有四五人。王夫人听了，只得留下。将愿去者四五人皆令其干娘领回家去，单等他亲父母来领；将不愿去者分散在园中使唤。贾母便留下文官自使，将正旦芳官指与宝玉，将小旦蕊官送了宝钗，将小生藕官指与了黛玉，将大花面葵官送了湘云，将小花面豆官送了宝琴，将老外艾官与了探春，尤氏便讨了老旦茄官去。当下各得其所，就如倦鸟出笼，每日园中游戏。众人皆知他们不能针黹，不惯使用，皆不大责备。其中或有一二个知事的，愁将来无应时之技，亦将本技丢开，便学起针黹纺绩女工诸务。

一日，正是朝中大祭，贾母等五更便去了，先到下处用些点心小食，然后入朝。早膳已毕，方退至下处歇息。用过早饭，略歇片刻，复入朝侍中晚二祭。完毕，方出至下处歇息，用过晚饭方回家。可巧这下处乃是一个大官的家庙，乃比丘尼焚修，房舍极多极净。东西二院，荣府便赁了东院，北静王府便赁了西院。太妃少妃每日晏息，见贾母等在东院，彼此同出同入，都有照应。外面诸事，不消细述。

且说大观园内，因贾母、王夫人天天不在家内，又送灵去一月方回，各丫鬟、婆子皆有闲空，多在园内游玩；更又将梨香院内伏侍的众婆子一概撤回，便散在园内听使，更觉园内人多了几十个。因文官等一干人或心性高傲，或倚势凌下，或拣衣挑食，或口角锋芒，大概不安分守己者多，因此众婆子无不含怨，只是口中不敢与他们分证。如今散了学，大家趁了愿，也有丢开手的，也有心地狭窄、犹怀旧怨的，因将众人皆分在各房名下，不敢来厮侵。

可巧这日乃是清明之日，贾琏已备下年例祭祀，带领贾环、贾琮、贾兰三人去往铁槛寺祭柩烧纸。宁府贾蓉也同族中几人各办祭祀前往。因宝玉病未大愈，故不曾去得。饭后发倦，袭人因说："天气甚好，你且出去逛逛，省得丢下粥碗就睡，存在心里。"宝玉听说，只得拄了一枝杖，靸着鞋走出院来。因近日将园中分与众婆子料理，各司各业，皆在忙时：也有修竹的，也有剔树的，也有栽花的，也有种豆的，池中间又有驾娘们行着船夹泥种藕。湘云、香菱、宝琴与些丫鬟等都坐在山石上，瞧他们取乐。宝玉也慢慢行来。湘云见了他来，忙笑说："快把这船打出去！他们是接林妹妹的。"众人都笑起来。宝玉红了脸，也笑道："人家的病，谁是好意的？你也形容着取笑儿！"湘云笑道："病也比人家另一样，原招笑儿，反说起人来。"说着，宝玉便也坐下，看着众人忙乱了一回。湘云因说："这里有风，石头上又冷，坐坐去罢。"

宝玉也正要去瞧黛玉，起身拄杖，辞了他们，从沁芳桥一带堤上走来。只见柳垂金线，桃吐丹霞。山石之后，一株大杏树花已全落，叶稠阴翠，上面已结了豆子大小的许多小杏。宝玉因想道："能病了几天，竟把杏花孤负了！不觉倒'绿叶成荫子满枝'了！"因此仰望杏子不舍。又想起邢岫烟已择了夫婿一事，虽说男女大事，不可不行，但未免又少了一个好女儿，不过二年，便也要"绿叶成荫子满枝"了。再过几日，这杏树子落枝空；再几年，岫烟也不免乌发如银、红颜似槁了。因此不免伤心，只管对杏叹息。正想叹时，忽有一个雀儿飞来，落于枝上乱啼。宝玉又发了呆性，心下想道："这雀儿必定是杏花正开时他曾来过，今见无花，空有子叶，故也乱啼。这声韵想是啼哭之声，可恨公冶长不在眼前，不能问他。但不知明年再发时，这个雀儿可还记得飞到这里来与杏花一会不能？"

正胡思间，忽见一股火光从山石那边发出，将雀儿惊飞。宝玉吃了一惊，又听外边有人喊道："藕官，你要死！怎么弄些纸钱进来烧？我回奶奶们去，仔细你的肉！"宝玉听了，益发疑惑起来，忙转过山石看时，只见藕官满面泪痕蹲在那里，手内还拿着火媒，守着些纸钱灰作悲。宝玉忙问道："你与谁烧纸钱？快不要在这里烧。你或是为父母兄弟，你告诉我名姓，外头去叫小厮们打了包袱写上名姓去烧。”藕官见了宝玉，只不做一声。宝玉数问不答。忽见一个婆子恶狠狠的走来拉藕官，口内说道：“我已经回了奶奶们，奶奶们气的了不得！”藕官听了，终是孩气，怕辱没了没脸，便不肯去。婆子道：“我说你们别太兴头过余了！如今还比得你们在外头乱闹呢，这是尺寸地方儿！”指着宝玉道：“连我们的爷还守规矩呢，你是什么阿物儿，跑了这里来胡闹？怕也不中用，跟我快走罢！”宝玉忙道：“并没烧纸钱，原是林妹妹叫他烧那烂字纸的，你没看真，反错告了他。”

藕官正没了主意，见了宝玉更自添了畏惧，忽听他反替遮掩，心中转忧成喜，也便硬着口说道：“你看真是纸钱儿么？我烧的是林姑娘写坏的字纸！”那婆子便弯腰向纸灰中拣出不曾化尽的遗纸在手内，说道：“你还嘴硬？有证又有凭，只和你厅上讲去！”说着，拉了袖子，就拽着要走。宝玉忙拉藕官，又用拄杖敲开那婆子的手，说道：“你只管拿了那个回去。实告诉你，我昨夜作了一梦，梦见杏花神向我要一挂白钱，不可叫本房人烧，另叫生人替烧，我的病就好得快了。所以我请了白钱，巴巴的烦他来替我烧了。我今日才能起来，偏你又看见了。我这会子又不好了，都是你冲了！还要告他去？藕官，你只管见他们去，就依着这话说！”藕官听了，越得主意，反拉着要走。那婆子忙丢下纸钱，陪笑央告宝玉，说道：“我原不知道，二爷若回太太，我这老婆子岂不完了？我如今回奶奶们去，就说是爷祭神，我看错了。”宝玉道：“你也不许再回，我便不说。”婆子道：“我已经回了，原叫我带他，我怎好不回去的？也罢，就说我已经叫到了他，林姑娘叫去了。”宝玉想一想，方点头应允，婆子自去。

这里宝玉细问藕官：“到底为谁烧纸？我想来若是为父母兄弟，你们皆烦人外头烧过了；这里烧几张，定有私自的情理。”藕官因方才护庇之情，心中感激，知他是自己一流人物，况再难隐瞒，便含泪说道：“我这事，除了你屋里的芳官合宝姑娘的蕊官，并没第三个人知道。今日忽然被你撞见，又有这段意思，少不得也告诉了你，只不许再对一人言讲。”又哭道：“我也不便和你面说，你只回去，背人悄悄问芳官就知道了。”说毕，怏怏而去。

宝玉听了，心下纳闷，只得踱到潇湘馆，瞧黛玉越发瘦的可怜，问起来，比往日大好了些。黛玉见他也比先大瘦了，想起往日之事，不免流下泪来，些微谈了一谈，便催宝玉去歇息调养。宝玉只得回来。因记挂着要问芳官原委，偏有湘云、香菱来了，正和袭人、芳官一处说笑，不好叫他，恐人又盘诘，只得耐着。

一时芳官又跟了他干娘去洗头，他干娘偏又先叫他亲女儿洗过才叫芳官洗。芳官见了这般，便说他偏心："把你女儿的剩水给我洗？我一个月的月钱都是你拿着，沾我的光不算，反倒给我剩东剩西的！"他干娘羞恼变成怒，便骂他："不识抬举的东西！怪不得人人都说戏子没一个好缠的。凭你什么好人，入了这一行，都学坏了。这一点子小崽子，也挑幺挑六，咸屄淡话，咬群的骡子似的！"娘儿两个吵起来。袭人忙打发人去说："少乱嚷！瞅着老太太不在家，一个个连句安静话也都不说了！"晴雯因说："这是芳官不省事，不知狂的什么！也不过是会两出戏，倒像杀了贼王、擒过反叛来的！"袭人道："一个巴掌拍不响，老的也太不公些，小的也太可恶些。"宝玉道："怨不得芳官。自古说，'物不平则鸣'，他失亲少眷的，在这里没人照看，赚了他的钱，又作践他，如何怪得！"又向袭人说："他到底一月多少钱？以后不如你收了过来照管他，岂不省事？"袭人道："我要照看他，那里不照看了，又要他那几个钱才照看他？没的讨人骂去了。"说着，便起身至那屋里，取了一瓶花露油并些鸡蛋、香皂、头绳之类，叫了一个婆子来送给芳官去，叫他另要水自洗，不要吵闹了。

他干娘越发羞愧，便说芳官："没良心！花掰我克扣你的钱！"便向他身上拍了几下，芳官便哭起来。宝玉便走出来，袭人忙劝："做什么？我去说他。"晴雯忙先过来，指他干娘说道："你这么大年纪，太不懂事！你不给他好好的洗，我们才给他东西。你自己不臊，还有脸打他！他要是还在学里学艺，你也敢打他不成？"那婆子便说："一日叫娘，终身是母。他排揎我，我就打得！"袭人唤麝月道："我不会和人拌嘴。晴雯性太急，你快过去震吓他两句。"麝月听了，忙过来说道："你且别嚷，我且问你：别说我们这一处，你看满园子里，谁在主子屋里教道过女儿的？就是你的亲女儿，既经分了房、有了主子，自有主子打骂；再者大些的姑娘、姐姐们也可以打得骂得，谁许你老子娘又半中间管起闲事来了？都这样管，又要叫他们跟着我们学什么？越老越没了规矩！你见前日坠儿的妈来吵，你如今也来跟他学？你们放心！因连日这个病那个病，再老太太又不得闲，所以我也没有去回。等两日闲了，咱们去痛回一回，大家把这威风杀一杀儿才好呢。况宝玉才好了些，连我们也不敢说话，你反打得人狼号鬼哭的！上头能出了几日门，你们就无法无天的，眼珠子里就没了人了！再两天，你们就该打我们了！他也不要你这干娘！怕粪草埋了他不成？”

宝玉恨得拿拄杖打着门槛子，说道：“这些老婆子都是铁心石肠似的，真是大奇事！不能照看，反倒折挫他们，地久天长，如何是好！”晴雯道：“什么‘如何是好’？都撵了出去，不要这些中看不中吃的！”那婆子羞愧难当，一言不发。那芳官只穿着海棠红的小棉袄，底下绿绸撒花袷裤，敞着裤腿，一头乌油似的头发披在脑后，哭得泪人一般。麝月笑道：“把个莺莺小姐反弄成才拷打的红娘了。这会子又不妆扮了，还是这么着？”晴雯因走过去，拉了他替他洗净了发，用手巾拧干，松松的挽了一个慵妆髻，命他穿了衣服过这边来。

接着，司内厨的婆子来问：“晚饭有了，可送不送？”小丫头听了，进来问袭人，袭人笑道：“方才胡吵了一阵，也没留心听得，几下钟了？”晴雯道：“这劳什子又不知怎么了，又得去收拾。”说着，拿过表来瞧了一瞧，说道：“再略等半钟茶的工夫就是了。”小丫头去了。麝月笑道：“提起淘气来，芳官也该打两下儿：昨日是他摆弄了那坠子，半日就坏了。”说话之间，便将食具打点现成。一时，小丫头儿捧了盒子进来站住，晴雯、麝月揭开看时，还是只四样小菜。晴雯笑道：“已经好了，还不给两样清淡菜吃！这稀饭咸菜闹到多早晚？”一面摆好，一面又看那盒中，却有一碗火腿鲜笋汤，忙端了放在宝玉跟前。宝玉便就桌上喝了一口，说道：“好汤！”袭人笑道：“菩萨！能几日没见荤腥儿，就馋的这样起来！”一面说，一面端起来轻轻用口吹着。因见芳官在侧，便递与芳官，说道：“你也学些伏侍，别一味傻顽傻睡。口儿轻着些，别吹上唾沫星儿。”芳官依言，果吹了几口，甚妥。

他干娘也端饭在门外伺候。向日芳官等一到时原从外边认的，就同往梨香院去了。这干婆子原系荣府三等人物，不过令其与他们浆洗，皆不曾入内答应，故此不知内帏规矩。今亦托赖他们，方入园中，随女归房。这婆子先领过麝月的排场，方知了一二分，生恐不令芳官认他做干娘，便有许多失利之处，故心中只要买转他们。今见芳官吹汤，便忙跑进来，笑道：“他不老成，仔细打了碗，让我吹罢。”一面说，一面就接。晴雯忙喊道：“快出去！你让他打了碗，也轮不到你吹。你什么空儿跑到里槅儿来了？”一面又骂小丫头们：“瞎了眼的！他不知道，你们也该说给他！”小丫头们都说：“我们撵他不出去，说他又不信，如今带累我们受气！这是何苦呢！你可信了？我们到的地方儿，有你到的一半儿，那一半儿是你到不去的呢。何况又跑到我们到不去的地方，还不算，又去伸手动嘴的了！”一面说，一面推他出去。阶下几个等空盒家伙的婆子见他出来，都笑道：“嫂子也没有用镜子照一照，就进去了？”羞得那婆子又恨又气，只得忍耐下去了。

芳官吹了几口，宝玉笑道：“你尝尝，好了没有？”芳官当是顽话，只是笑着看袭人等。袭人道：“你就尝一口何妨？”晴雯笑道：“你瞧我尝。”说着，便喝了一口。芳官见如此，他便尝了一口，说：“好了。”递与宝玉。宝玉喝了半碗，吃了几片笋，又吃了半碗粥就罢了。众人便收出去。小丫头捧了沐盆，漱盥已毕，袭人等去吃饭。宝玉使个眼色与芳官，芳官本来伶俐，又学了几年戏，何事不知？便装肚子疼，不吃饭了。袭人道：“既不吃，在屋里做伴儿。把粥留下，你饿了再吃。”说着去了。

这里宝玉和他只二人，宝玉便将方才从火光发起，如何见了藕官，如何谎言护庇，如何藕官叫我问你，细细的告诉一遍。又问：“他祭的果系何人？”芳官听了，眼圈儿一红，又叹一口气道：“这事说来，藕官儿也是胡闹。”宝玉忙问如何，芳官道：“他祭的，就是死了的药官儿。”宝玉道：“他们两个也算朋友，也是应当的。”芳官道：“那里又是什么朋友呢？那都是傻想头：他是小生，药官是小旦，往常时他们扮作两口儿，每日唱戏的时候，都妆着那么亲热，一来一去，两个人就妆糊涂了，倒像真的一样儿。后来两个竟是你疼我、我爱你。药官儿一死，他就哭的死去活来的，到如今不忘，所以每节烧纸。后来补了蕊官，我们见他也是那样，就问他：‘为什么得了新的，就把旧的忘了？’他说：‘不是忘了。比如人家男人死了女人，也有再娶的，只是不把死的丢过不提，就是有情分了。若一味因死的不续，孤守一世，妨了大节，也不是理，死者反不安了。’你说他是傻不是呢？”

宝玉听了这呆话，独合了他的呆性，不觉又喜又悲，又称奇道绝，拉着芳官嘱咐道：“既如此说，我有一句话嘱咐他，须得你告诉他：以后断不可烧纸钱。这纸钱是后人异端，不是孔子遗训。以后逢时按节，只备一炉香，一心虔诚，就能感格了。我那案上也只设着一个炉，我有心事，不论日期，时常焚香。随便新水新茶，就供一盏；或有鲜花鲜果，甚至荤腥素菜都可。只在敬心，不在虚名。以后快命他不可再烧纸！”芳官听了，便答应着。一时吃过粥，便有人回：“老太太回来了。”要知端的，且看下回分解。

第五十九回　柳叶渚边嗔莺叱燕　绛芸轩里召将飞符

话说宝玉闻得贾母等回来，随多添了一件衣服，拄了杖前边来，都见过了。贾母等因每日辛苦，都要早些歇息。一宿无话。次日五鼓，又往朝中去。

离送灵日不远，鸳鸯、琥珀、翡翠、玻璃四人，都忙着打点贾母之物，玉钏、彩云、彩霞皆打点王夫人之物，当面查点与跟随的管事媳妇们。跟随的一共大小六个丫鬟，十个老婆子、媳妇子，男人不算。连日收拾驮轿器械。鸳鸯与玉钏儿皆不随去，只看屋子。一面先几日预发帐幔铺陈之物，先有四五个媳妇并几个男子领了出来，坐了几辆车，绕道先至下处，铺陈安插等候。

临日，贾母带着贾蓉媳妇坐一乘驮轿，王夫人在后亦坐一乘驮轿，贾珍骑马率领众家丁围护。又有几辆大车，与婆子、丫鬟等坐，并放些随换的衣包等件。是日薛姨妈、尤氏率领诸人，直送至大门外方回。贾琏恐路上不便，一面打发他父母起身，赶上了贾母、王夫人驮轿，自己也随后带领家丁押后跟来。

荣府内赖大添派人丁上夜，将两处厅院都关了，一应出入人等皆走西边小角门，日落时便令关了仪门，不放人出入。园中前后东西角门亦皆关锁，只留王夫人大房之后常系他姊妹出入之门，东边通薛姨妈的角门：这两门因在里院，不必关锁。里面鸳鸯和玉钏儿也将上房关了，自领丫鬟、婆子下房去歇。每日林之孝家的带领十来个老婆子上夜，穿堂内又添了许多小厮打更。已安插得十分妥当。

一日清晓，宝钗春困已醒，搴帷下榻，微觉轻寒，及启户视之，见院中土润苔青：原来五更时落了几点微雨。于是唤起湘云等人来，一面梳洗，湘云因说两腮作痒，恐又犯了杏斑癣，因问宝钗要些蔷薇硝擦。宝钗道："前日剩的都给了妹子了。"因说："颦儿配了许多，我正欲要他些来，因今年竟没发痒，就忘了。"因命莺儿去取些来。莺儿应了，才去时，蕊官便说："我同你去，顺便瞧瞧藕官。"说着，一径同莺儿出了蘅芜院。

二人你言我语，一面行走，一面说笑，不觉到了柳叶渚。顺着柳堤走来，因见叶才点碧，丝若垂金，莺儿便笑道："你会拿这柳条子编东西不会？"蕊官笑道："编什么东西？"莺儿道："什么编不得，顽的，使的，都可。等我摘些下来，带着这叶子编一个花篮，采了各色花儿放在里头，才是好顽呢。"

说着，且不去取硝，就伸手采了许多嫩条，命蕊官拿着，他却一行走，一行编花篮。随路见花便采一二枝，编出一个玲珑过梁的篮子。枝上自有本来翠叶满布，将花放上，却也别致有趣，喜得蕊官笑说：“好姐姐，给了我罢。”莺儿道：“这一个咱们送林姑娘，回来咱们再多采些，编几个大家顽。”说着，来至潇湘馆中。

黛玉也正晨妆，见了这篮子，便笑说：“这个新鲜花篮是谁编的？”莺儿说：“我编了送与姑娘顽的。”黛玉接了，笑道：“怪道人人赞你的手巧！这顽意儿却也别致。”一面瞧了，一面便叫紫鹃挂在那里。莺儿又问候薛姨妈，方和黛玉要硝。黛玉忙命紫鹃去包了一包，递与莺儿。黛玉又说道：“我好了，今日要出去逛逛。你回去说与姐姐：不用过来问候妈了，也不敢劳他过来瞧我，梳了头，同妈都往你那里去，连饭也端了那里去吃，大家热闹些。”

莺儿答应了出来，便到紫鹃房中找蕊官。只见蕊官却与藕官二人正说得高兴，不能相舍。莺儿便笑说：“姑娘也去呢，藕官先同我们去等着，岂不是好？”紫鹃听见如此说，便也说道：“这话倒是，他这里淘气的也可厌。”一面说，一面便将黛玉的匙箸用了一块洋布包了，交与藕官道：“你先带了这个去，也算一趟差了。”藕官接了，笑嘻嘻同他二人出来。一径顺着柳堤走来，莺儿便又采些柳条，索性坐在山石上编起来，又命蕊官先送了硝去再来。他二人只顾爱看他编，那里舍得去？莺儿只管催说：“你们再不去，我也不编了。”藕官便说：“同你去了，再快回来。”二人方去了。

这里莺儿正编，只见何妈的女儿春燕走来，笑问：“姐姐编什么呢？”正说着，蕊官、藕官也到了。春燕便向藕官道：“前日你到底烧了什么纸，被我姨妈看见了？要告你没告成，倒被宝玉赖了他好些不是，气得他一五一十告诉我妈。你们在外头二三年了，积了些什么仇恨，如今还不解开？”藕官冷笑道：“有什么仇恨！他们不知足，反怨我们了。在外头这两年，别的东西不算，只算我们的米菜，不知赚了多少家去，合家子吃不了。还有每日买东买西赚的钱在外。逢我们使他们一使儿，就怨天怨地的。你说说，可有良心？”

春燕笑道：“他是我的姨妈，也不好向着外人反说他的。怨不得宝玉说：‘女孩儿，未出嫁是颗无价宝珠；出了嫁，不知怎么就变出许多不好的毛病儿来，虽是颗珠子，却没有光彩宝色，是颗死珠了；再老了，更不是珠子，竟是鱼眼睛了。分明一个人，怎么变出三样来？’这话虽是混帐话，想起来真不错。别人不知道，只说我妈和姨妈，他老姐儿两个，如今越老了，越把钱看得真了。先是老姐儿两个在家抱怨没个差使进益；幸亏有了这园子，把我挑进来，可巧把我分到怡红院，家里省了我一个人的费用不算外，每月还有四五百钱的余剩：这也还说不够。后来老姐儿两个都派到梨香院去照看他们，藕官认了我姨妈，芳官认了我妈，这几年着实宽绰了。如今挪进来，也算撒开手了，还只无厌。你说好笑不好笑？接着我妈和芳官又吵了一场，又要给宝玉吹汤，讨个没趣儿。幸亏园里的人多，没人记得清楚谁是谁的亲故，若有人记得我们一家子，叫人家看着什么意思呢！你这会子又跑了来弄这个。这一带地方上的东西，都是我姑妈管着，他一得了这地，每日起早睡晚，自己辛苦了还不算，每日逼着我们来照看，生怕有人遭蹋。我又怕误了我的差使。如今我们进来了，老姑嫂两个照看得谨谨慎慎，一根草也不许人乱动。你还掐这些好花儿，又折他的嫩树枝子，他们即刻就来，仔细他们抱怨！”莺儿道：“别人折掐使不得，独我使得。自从分了地基之后，各房里每日皆有分例的，吃的不用算，单管花草顽意儿。谁管什么，每日谁就把各房里姑娘、丫头戴的，必要各色送些折枝去，另有插瓶的。惟有我们姑娘说了：‘一概不用送，等要什么再和你们要。’究竟总没要过一次。我今便掐些，他们也不好意思说的。”

一言未了，他姑妈果然拄了拐杖前来。莺儿、春燕等忙让坐。那婆子见采了许多嫩柳，又见藕官等采了许多鲜花，心里便不受用；看着莺儿编弄，又不好说什么，便说春燕道：“我叫你来照看照看，你就贪住顽不去了。倘或叫起你来，你又说我使你了。拿我作隐身草儿，你来乐！”春燕道：“你老人家又使我，又怕，这会子反说我！难道把我劈做八瓣子不成？”莺儿笑道：“姑妈，你别信小燕儿的话。这都是他摘下来，烦我给他编。我撵他，他不去。”春燕笑道：“你可少顽儿。你只顾顽，他老人家就认真的。”那婆子本是愚夯之辈，兼之年迈昏眊、惟利是命，一概情面不管；正心疼肝断，无计可施，听莺儿如此说，便倚老卖老，拿起拄杖，向春燕身上击了几下，骂道：“小蹄子！我说着你，你还和我强嘴儿呢。你妈恨得牙根痒痒，要撕你的肉吃呢，你还和我梆子似的！”打得春燕又愧又急，因哭道：“莺儿姐姐顽话，你就认真打我。我妈为什么恨我？又没烧糊了洗脸水，有什么不是？”莺儿本是顽话，忽见婆子认真动了气，忙上前拉住，笑道：“我才是顽话，你老人家打他，这不是臊我了么？”那婆子道：“姑娘，你别管我们的事！难道为姑娘在这里，不许我们管孩子不成？”莺儿听这般蠢话，便赌气红了脸，撒了手，冷笑道：“你要管，那一刻管不得？偏我说了一句顽话，就管他了！我看你管去！”说着，便坐下，仍编柳篮子。

偏又春燕的娘出来找他，说道：“你不来舀水，在那里做什么？”那婆子便接声儿道：“你来瞧瞧你女孩儿！连我也不服了，在这里排揎我呢。”那婆子一面走过来，说：“姑奶奶又怎么了？我们丫头眼里没娘罢了，连姑妈也没了不成？”莺儿见他娘来了，只得又说原故。他姑妈那里容人说话，便将石上的花、柳与他娘瞧，道：“你瞧瞧！你女孩儿这么大孩子顽的！他领着人遭蹋我，我怎么说人？”他娘也正为芳官之气未平，又恨春燕不遂他的心，便走上来打了个耳刮子，骂道：“小倡妇！你能上了几年台盘，你也跟着那起轻薄浪小妇学！怎么就管不得你们了？干的我管不得，你是我屄里掉出来的，难道也不敢管你不成！既是你们这起蹄子到得去的地方我到不去，你就死在那里伺候，又跑出来浪汉子！”一面又拿起柳条子来，直送到他脸上，问道：“这叫做什么？这编的是你娘的屄！”莺儿忙道：“那是我编的，你别指桑骂槐的！”那婆子深妒袭人、晴雯一干人，早知道凡房中大些的丫鬟，都比他们有些体统权势，凡见了这一干人，心中又畏又让，未免又气又恨，亦且迁怒于众，复又看见了藕官，又是他姐姐的冤家：四处凑成一股怨气。

那春燕啼哭着往怡红院去了。他娘又恐问他为何哭，怕他又说出来，又要受晴雯等的气，不免赶着来，喊道：“你回来！我告诉你再去！”春燕那里肯回来？急的他娘赶了去要拉他。春燕回头看见，便也往前飞跑。他娘只顾赶他，不防脚下被青苔滑倒，引得莺儿三个人反都笑了。莺儿便赌气将花、柳皆掷于河中，自回房去。这里把个婆子心疼的只念佛，又骂：“促狭小蹄子！遭蹋了花儿，雷也是要劈的！”自己且掐花与各房送去。

却说春燕一直跑入院中，顶头遇见袭人往黛玉处问安去，春燕便一把抱住袭人，说：“姑娘救我！我娘又打我呢。”袭人见他娘来了，不免生气，便说道：“三日两头儿，打了干的打亲的，这是卖弄你女孩儿多，还是认真不知王法？”这婆子来了几日，见袭人不言不语，是好性儿的，便说道：“姑娘，你不知道，别管我们的闲事。都是你们纵的，还管什么！”说着，便又赶着打。袭人气的转身进来，见麝月正在海棠下晾手巾，听得如此喊闹，便说：“姐姐别管，看他怎样。”一面使眼色与春燕。春燕便会意，直奔了宝玉去。众人都笑说：“这可是从来没有的事今儿都闹出来了。”麝月向婆子道：“你再略煞一煞气儿，难道这些人的脸面，和你讨一个情还讨不出来不成？”那婆子见他女儿奔到宝玉身边去，又见宝玉拉了春燕的手，说：“你别怕，有我呢。”春燕一行哭，一行将方才莺儿等事都说出来。宝玉越发急起来，道：“你只在这里闹也罢了，怎么连亲戚也都得罪起来？”麝月又向婆子及众人道：“怨不得这嫂子说我们管不着他们的事。我们虽无知错管了，如今请出一个管得着的人来管一管，嫂子就心伏口伏，也知道规矩了。”便回头命小丫头儿：“去把平儿给我叫来！平儿不得闲，就把林大娘叫了来。”那小丫头儿应了便走。众媳妇上来笑说：“嫂子，快求姑娘们叫回那孩子来罢。平姑娘来了，可就不好了。”那婆子说道：“凭你那个平姑娘来也凭个理，没有娘管女孩儿，大家管着娘的！”众人笑道：“你当是那个平姑娘？是二奶奶屋里头的平儿姑娘！他有情呢，说你两句；他一翻脸，嫂子，你吃不了兜着走！”

说着，只见那个小丫头回来说：“平姑娘正有事呢，问我做什么，我告诉了他。他说：‘既这样，且撵他出去，告诉林大娘，在角门外打四十板子就是了。’”那婆子听见如此说了，吓得泪流满面，央告袭人等说：“好容易我进来了，况且我是寡妇家，没有坏心，一心在里头伏侍姑娘们。我这一去，不知苦到什么田地！”袭人见他如此说，又心软了，便说：“你既要在这里，又不守规矩，又不听话，又乱打人，那里弄你这个不晓事的人来？天天斗口齿，也叫人笑话，失了体统。”晴雯道：“理他呢，打发他去了是正经。那里那么大工夫和他对嘴对舌的！”那婆子又央众人道：“我虽错了，姑娘们分付了，以后改过。姑娘们那不是行好积德？”一面又央告春燕：“原是为打你起的，饶没打成你，我如今反受了罪。好孩子，你好歹替我求求罢。”宝玉见如此可怜，便命留下：“不许再闹。再闹，一定打了撵出去！”

那婆子一一谢过下去。只见平儿走来，问系何事，袭人等忙说：“已完了，不必再提。”平儿笑道：“‘得饶人处且饶人’，得将就的，就省些事罢。能去了几日，但只听见各屋大小人等都作起反来了，一处不了又一处，叫我不知管那一处是。”袭人笑道：“我只说我们这里反了，原来还有几处！”平儿笑道：“这算什么事？正和珍大奶奶算呢，这三四日的工夫，一共大小出了八九件呢。你这里是极小的，算不起数儿来，还有大的可气可笑之事。”袭人等听了诧异。不知何事，且听下回分解。

第六十回　茉莉粉替去蔷薇硝　玫瑰露引出茯苓霜

话说袭人因问平儿：“何事这等忙乱？”平儿笑道：“都是世人想不到的，说来也好笑。等过几日告诉你，如今没头绪呢，且也不得闲儿。”一语未了，只见李纨的丫鬟来了，说："平姐姐可在这里！奶奶等你，你怎么不去了？"平儿忙转身出来，口内笑说："来了，来了。"袭人等笑道："他奶奶病了，他又成了香饽饽了，都抢不到手。"平儿去了不提。

这里宝玉便叫春燕："你跟了你妈去，到宝姑娘房里，给莺儿几句好话儿听听，也不可白得罪了他。"春燕答应了，和他妈出去。宝玉又隔窗说道："不可当着宝姑娘说，仔细反叫莺儿受教导。"娘儿两个应了出来，一边走着，一面说闲话儿。春燕因向他娘道："我素日劝你老人家，再不信，何苦闹出没趣来才罢！"他娘笑道："小蹄子，你走罢。俗语说：'不经一事，不长一智。'我如今知道了，你又该来支问着我了。"春燕笑道："妈，你若好生安分守己在这屋里，长久了自有许多好处。我且告诉你句话：宝玉常说，将来这屋里的人，无论家里外头的，一应我们这些人，他都要回太太全放出去，与本人父母自便呢。你只说这一件可好不好？"他娘听说，喜的忙问："这话果真？"春燕道："谁可扯这谎做什么？"婆子听了，便念佛不绝。

当下来至蘅芜院中，正值宝钗、黛玉、薛姨妈等吃饭。莺儿自去泡茶。春燕便和他妈一径到莺儿前，陪笑道："方才言语冒撞，姑娘莫嗔莫怪，特来陪罪。"莺儿也笑了，让他坐，又倒茶。他娘儿两个说有事，便作辞回来。忽见蕊官赶出，叫："妈妈，姐姐，略站一站。"一面走上来，递了一个纸包儿与他们，说是蔷薇硝，带与芳官去擦脸。春燕笑道："你们也太小器了，还怕那里没这个给他？巴巴儿的又弄一包给他去！"蕊官道："他是他的，我送的是我送的。好姐姐，千万带回去罢！"春燕只得接了。娘儿两个回来，正值贾环、贾琮二人来问候宝玉，也才进去。春燕便向他娘说："只我进去罢，你老人家不用去。"他娘听了。自此便百依百随的，不敢倔强了。

春燕进来，宝玉知道回覆了，便先点头。春燕知意，便不再说一语，略站了一站，便转身出来，使眼色与芳官。芳官出来，春燕方悄悄的说与他蕊官之事，并与了他硝。宝玉并无与环、琮可谈之语，因笑问芳官："手里是什么？"芳官便忙递与宝玉瞧，又说："是擦春癣的蔷薇硝。"宝玉笑道："难为他想的到。"贾环听了，便伸着头瞧了一瞧，又闻得一股清香，便弯腰向靴统内拿出一张纸来，托着笑道："好哥哥，给我一半儿。"宝玉只得要给他。芳官心中因是蕊官之赠，不肯给别人，连忙拦住，笑说道："别动这个，我另拿些来。"宝玉会意，忙笑包上，说道："快取来。"

芳官接了这个，自去收好，便从奁中去寻自己常使的。启奁看时，盒内已空，心中疑惑:“早起还剩了些,如何就没了?”因问人时,都说不知。麝月便说:“这会子且忙着问这个!不过是这屋里人一时短了使了,你不管拿些什么给他们,那里看得出来?快打发他们去了,咱们好吃饭。”芳官听说,便将些茉莉粉包了一包拿来。贾环见了,喜得就伸手来接,芳官便忙向炕上一掷。贾环见了,也只得向炕上拾了,揣在怀内,方作辞而去。

原来贾政不在家,且王夫人等又不在家,贾环连日也便妆病逃学。如今得了硝,兴兴头头来找彩云,正值彩云和赵姨娘闲谈。贾环笑嘻嘻向彩云道:“我也得了一包好的,送你擦脸。你常说蔷薇硝擦癣,比外头买的银硝强。你看看是这个不是?”彩云打开一看,嗤的一笑,说道:“你是和谁要来的?”贾环便将方才之事说了一遍。彩云笑道:“这是他们哄你这乡老儿呢。这不是硝,这是茉莉粉。”贾环看了一看,果见比先的带些红色,闻闻也是喷香,因笑道:“这也是好的,硝、粉一样,留着擦罢,横竖比外头买的高便好。”彩云只得收了。赵姨妈便说:“有好的给你!谁叫你要去了?怎么怨他们要你!依我,拿了去照脸摔给他去!趁着这会子撞尸的撞尸去了,挺床的挺床,吵一轴子,大家别心净,也算是报报仇。莫不成两个月之后,还找出这个碴儿来问你不成?就问你,你也有话。说宝玉是哥哥,不敢冲撞他罢了,难道他屋里的猫儿狗儿,也不敢去问问?”贾环听了,便低了头。彩云忙说:“这又是何苦来?不管怎样,忍耐些罢了。”赵姨娘道:“你也别管,横竖与你无干。趁着抓住了理,骂那些浪倡妇们一顿也是好的。”又指贾环道:“呸!你这下流没刚性的,也只好受这些毛崽子的气!平日我说你一句儿,或无心中错拿了一件东西给你,你倒会扭头暴筋,瞪着眼撴摔娘;这会子被那起屄崽子耍弄,倒就罢了!你明儿还想这些家里人怕你呢。你没有屄本事,我也替你羞!”贾环听了,不免又愧又急,又不敢去,只摔手说道:“你这么会说,你又不敢去。支使了我去闹,他们倘或往学里告去,我捱了打,你敢自不疼的?遭遭儿调唆我闹去,闹出事来,我捱了打骂,你一般也低了头。这会子又调唆我和毛丫头们去闹!你不怕三姐姐,你敢去,我就伏你!”一句话戳了他娘的肺,便嚷道:“我肠子里爬出来的,我再怕了,这屋里越发有活头儿了!”一面说,一面拿了那包儿,便飞也似的往园中去了。彩云死劝不住,只得躲入别房。贾环便也躲出仪门,自去顽耍。

赵姨娘直进园子,正是一头火,顶头遇见藕官的干娘夏婆子走来,瞧见赵姨娘气的眼红面青的走来,因问:“姨奶奶那里去?”赵姨娘拍着手道:“你瞧瞧！这屋里连三日两日进来唱戏的小粉头们，都三般两样掂人的分量，放小菜碟儿了！若是别一个，我还不恼；若叫这些小倡妇捉弄了，还成个什么！”夏婆子听了，正中己怀，忙问：“因什么事？”赵姨娘遂将以粉作硝、轻侮贾环之事说了一回。夏婆子道：“我的奶奶，你今日才知道！这算什么事？连昨日这个地方他们私自烧纸钱，宝玉还拦在头里。人家还没拿进个什么儿来，就说使不得，不干不净的东西忌讳，这烧纸倒不忌讳？你老想一想，这屋里除了太太，谁还大似你？你老自己掌不起！但凡掌的起来，谁还不怕你老人家？如今我想，趁这几个小粉头儿都不是正经货，就得罪他们，也有限的。快把这两件事抓着理，扎个筏子，我帮着你作证见，你老人家把威风也抖一抖，以后也好争别的礼。就是奶奶、姑娘们，也不好为那些小粉头子说你老人家的不是。”赵姨娘听了这话，越发有理，便说：“烧纸的事我不知道，你细细告诉我。”夏婆子便将前事一一的说了，又说：“你只管说去。倘或闹起来，还有我们帮着你呢。”赵姨娘听了，越发得了意，仗着胆子，便一径到了怡红院中。

可巧宝玉往黛玉那里去了。芳官正与袭人等吃饭，见赵姨娘来了，忙都起身让坐，问：“姨奶奶有什么事，这等忙？”赵姨娘也不答话，走上来便将粉照芳官脸上摔来，手指着芳官骂道：“小倡妇养的！你是我们家银子钱买了来学戏的，不过倡妇粉头之流，我家里下三等奴才也比你高贵些，你都会看人下菜碟儿！宝玉要给东西，你拦在头里，莫不是要了你的了？拿这个哄他，你只当他不认得呢。好不好，他们是手足，都是一样的主子，那里有你小看他的！”

芳官那里禁得住这话，一行哭，一行便说：“没了硝，我才把这个给他的。若说没了，又怕不信。难道这不是好的？我便学戏，也没往外头唱去！我一个女孩儿家，知道什么‘粉头’‘麦头’的？姨奶奶犯不着来骂我，我又不是姨奶奶家买的。‘梅香拜把子——都是奴儿’罢咧。这是何苦来呢！”袭人忙拉他道：“休胡说！”赵姨娘气的发怔，便上来打了两个耳刮子。袭人等忙上来拉，劝道：“姨奶奶不要和他小孩子一般见识，等我们说他。”芳官挨了两下打，那里肯依？便打滚撒泼的哭闹起来，口内便说：“你打的起我么！你照照你那模样儿再动手！我叫你打了去，也不用活着了！”便撞在他怀内叫他打。众人一面劝，一面拉。晴雯悄拉袭人道：“不要管他们，让他们闹去，看怎么开交！如今乱为王了，什么你也来打，我也来打，都这样起来，还了得呢！”

外面跟赵姨娘来的一干人听见如此，心中各各趁愿，都念佛，说："也有今日！"又有那一干怀怨的老婆子，见打了芳官，也都趁愿。

当下藕官、蕊官等正在一处作耍，湘云的大花面葵官、宝琴的豆官两个听见此信，忙找着他两个说："芳官被人欺侮，咱们也没趣儿，须得大家破着大闹一场，方争的过气来。"四人终是小孩子心性，只顾他们情分上义愤，便不顾别的，一齐跑入怡红院中。豆官先就照着赵姨娘撞了一头，几乎不曾将赵姨娘撞了一跤。那三个也便走上来，放声大哭，手撕头撞，把个赵姨娘裹住。晴雯等一面笑，一面假意去拉。急得袭人拉起这个，又跑了那个，口内只说："你们要死啊！有委屈只管好说，这样没道理还了得了！"赵姨娘反没了主意，只好乱骂。蕊官、藕官两个，一边一个抱住左右手，葵官、豆官前后头顶住。四人只说："你只打死我们四个就罢！"芳官直挺挺躺在地下，哭得死过去。

正没开交，谁知晴雯早遣春燕回了探春，当下尤氏、李纨、探春三人带着平儿与众媳妇走将来，忙忙把四个喝住。问起原故来，赵姨娘气的瞪着眼，粗了筋，一五一十，说个不清。尤、李两个不答言，只喝禁他四人。探春便叹气说道："这是什么大事，姨娘也太肯动气了！我正有一句话要请姨娘商议，怪道丫头们说不知在那里，原来在这里生气呢。姨娘，快同我来。"尤氏、李纨都笑道："请姨娘到厅上来，咱们商量。"

赵姨娘无法，只得同他三人出来，口内犹说长说短。探春便说："那些小丫头子们原是顽意儿，喜欢呢，和他说说笑笑；不喜欢，可以不理他就是了。他不好了，如同猫儿狗儿抓咬了一下子，可恕就恕；不恕时，也只该叫管家媳妇们说给他去责罚，何苦自己不尊重，大吆小喝？也失了体统。你瞧周姨娘，怎么没人欺他、他也不寻人去？我劝姨娘且回房去，杀杀性儿，别听那说瞎话的混帐人调唆，没的惹人笑话，自己呆，白给人家做弄。心里有二十分的气，也忍耐这几天，等太太回来，自然料理。"一席话，说得赵姨娘闭口无言，只得回房去了。

这里探春气的和李纨、尤氏道："这么大年纪，行出来的事总不叫人敬伏。这是什么意思，也值得吵一吵，并不留体统。耳朵又软，心里又没有算计！这又是那起没脸面的奴才们调唆的，作弄出个呆人替他们出气！"越想越气，因命人查是谁调唆的。媳妇们只得答应着，出来相视而笑，都说是："大海里那里捞针去？"只得将赵姨娘的人并园中人唤来盘诘，都说不知道。众人也无法，只得回探春："一时难查，慢慢的访。凡有口舌不妥的，一总来回了责罚。"

探春气渐渐平服方罢。可巧艾官便悄悄的回探春说："都是夏妈素日和这芳官不对，每每的造出些事来。前日赖藕官烧纸，幸亏是宝二爷自己应了，他才没话。今日我与姑娘送手帕去，看见他和姨奶奶在一处说了半天，嘁嘁喳喳的，见了我来，才走开了。"探春听了，虽知情弊，亦料定他们皆是一党，本皆淘气异常，便只答应，也不肯据此为实。

谁知夏婆子的外孙女儿小蝉儿便是探春处当差的，时常与房中丫鬟们买东西、呼唤人，众女孩儿皆待他好。这日饭后，探春正上厅理事，翠墨在家看屋子，因命小蝉出去叫小幺儿买糕去。小蝉便笑说："我才扫了个大院子，腰腿生疼的，你叫别的人去罢。"翠墨笑说："我又叫谁去？你趁早儿去，我告诉你一句好话，你到后门顺路告诉你老娘防着些儿。"说着，便将艾官告他老娘的话告诉了他。小蝉听说，忙接了钱道："这个小蹄子也要捉弄人，等我告诉去！"说着，便起身出来。至后门边，只见厨房内此刻手闲之时，都坐在台阶上说闲话儿，他老娘亦在其内。小蝉便命一个婆子出去买糕，他且一行骂，一行说，将方才的话告诉了夏婆子。夏婆子听了，又气又怕，便欲去找艾官问他，又要往探春前去诉冤。小蝉忙拦住道："你老人家去怎么说呢？这话怎么知道的？可又叨登不好了。说给你老人家防着就是了，那里忙在一时儿？"

正说着，忽见芳官走来，扒着院门，笑向厨房中柳家媳妇说道："柳婶子，宝二爷说了：晚饭的素菜要一样凉凉的、酸酸的东西，只别搁上香油弄腻了。"柳家的笑道："知道。今儿怎么又打发你来告诉这么句要紧的话呢？你不嫌肮脏，进来逛逛。"芳官才进来，忽有一个婆子手里托了一碟子糕来。芳官戏说："谁买的热糕？我先尝一块儿。"小蝉一手接了道："这是人家买的，你们还希罕这个！"柳家的见了，忙笑道："芳姑娘，你爱吃这个，我这里有，才买下给你姐姐吃的，他没有吃，还收在那里，干干净净没动呢。"说着，便拿了一碟出来，递与芳官，又说："你等我替你炖口好茶来。"一面进去，现通开火炖茶。芳官便拿着那糕，举到小蝉脸上说："谁希罕吃你那糕？这个不是糕不成？我不过说着顽罢了，你给我磕头，我还不吃呢。"说着，便把手内的糕一块一块的掰了，掷着逗雀儿顽，口内笑说道："柳婶子，你别心疼，我回来买二斤给你。"小蝉气的怔怔的，瞅着说道："雷公老爷也有眼睛，怎么不打这作孽的！我可拿什么比你们：又有人进贡，又有人作干奴才，溜你们好上好儿，帮衬着说句话儿！"众人都说道："姑娘们罢呀！天天见了就咕唧。"有几个伶透的见了他们拌起嘴来，怕又生事，都拿起脚来各自走开。当下小蝉也不敢十分说话，一面咕哝着去了。

这里柳家的见人散了，忙出来和芳官说："前日那话说了没有？"芳官道："说了，等一两天再提这事。偏那赵不死的又和我闹了一场。前日那玫瑰露，姐姐吃了没有？他到底可好些？"柳家的道："可不都吃了。他爱的什么似的，又不好合你再要。"芳官道："不值什么，等我再要些来给他就是了。"

原来这柳家的有个女儿，今年才十六岁，虽是厨役之女，却生的人物与平、袭、鸳、紫相类。因他排行第五，便叫他五儿。因素有弱疾，故没得差使。近因柳家的见宝玉房中丫鬟差轻人多，且又闻得宝玉将来都要放他们，故如今要送到那里去应名。正无路头，可巧这柳家的是梨香院的差役，他最小意殷勤，伏侍得芳官一干人比别的干娘还好，芳官等待他也极好。如今便和芳官说了，央芳官去与宝玉说。宝玉虽是依允，只是近日病着，又见事多，尚未得说。

前言少述。且说当下芳官回至怡红院中，回覆了宝玉。这里宝玉正为赵姨娘吵闹心中不悦，说又不是，不说又不是，只等吵完了，打听着探春劝了他去后，方又劝了芳官一阵，因使他到厨房说话去。今见他回来，又说还要些玫瑰露与柳五儿吃去，宝玉忙道："有着呢，我又不大吃，你都给他吃去罢。"说着，命袭人取了出来。见瓶中也不多，遂连瓶与了芳官。

芳官便自携了瓶与他去。正值柳家的带进他女儿来散闷，在那边畸角子一带地方逛了一回，便回到厨房内，正吃茶歇脚儿。见芳官拿了一个五寸来高的小玻璃瓶来，迎亮照看，里面有半瓶胭脂一般的汁子，还当是宝玉吃的西洋葡萄酒。母女两个忙说："快拿镟子烫滚了水，你且坐下。"芳官笑道："就剩了这些，连瓶子给你罢。"五儿听了，方知是玫瑰露，忙接了，又谢芳官。因说道："今日好些，进来逛逛。这后边一带也没什么意思，不过是些大石头、大树和房子后墙，正经好景致也没看见。"芳官道："你为什么不往前去？"柳家的道："我没叫他往前去。姑娘们也不认得他，倘有不对眼的人看见了，又是一番口舌。明日托你携带他有了房头儿，怕没人带着逛么？只怕逛腻了的日子还有呢。"芳官听了，笑道："怕什么？有我呢。"柳家的忙道："嗳哟哟，我的姑娘，我们的头皮儿薄，比不得你们。"说着，又倒了茶来。芳官那里吃这茶，只漱了一口便走了。柳家的道："我这里占着手呢，五丫头送送。"

五儿便送出来，因见无人，又拉着芳官说道："我的话到底说了没有？"

芳官笑道："难道哄你不成？我听见，屋里正经还少两个人的窝儿，并没补上：一个是小红的，琏二奶奶要了去，还没给人来；一个是坠儿的，也没补。如今要你一个也不算过分。皆因平儿每每和袭人说：'凡有动人动钱的事，得挨的且挨一日，如今三姑娘正要拿人作筏子呢。'连他屋里的事都驳了两三件，如今正要寻我们屋里的事没寻着，何苦来往网里钻去？倘或说些话驳了，那时候老了，倒难再回转。且等冷一冷，老太太、太太心闲了，凭是天大的事，先和老的一说，没有不成的。"五儿道："虽如此说，我却性儿急，等不得了。趁如今挑上了，头宗，给我妈争口气，也不枉养我一场；二宗，我添了月钱，家里又从容些；三宗，我开开心，只怕这病就好了。便是请大夫吃药，也省了家里的钱。"芳官说："你的话我都知道了，你只管放心。"说毕，芳官自去了。

单表五儿回来，与他娘深谢芳官之情。他娘因说："再不承望得了这些东西，虽然是个尊贵物儿，却是多吃了也动热。竟把这个倒些送个人去，也是个大情。"五儿问："送谁？"他娘道："送你姑舅兄弟一点儿。他那热病，也想这些东西吃，我倒半盏给他去。"五儿听了，半日没言语，随他妈倒了半盏去，将剩的连瓶便放在家伙厨内。五儿冷笑道："依我说，竟不给他也罢了。倘或有人盘问起来，倒又是一场是非。"他娘道："那里怕起这些来？还了得！我们辛辛苦苦的里头赚些东西，也是应当的。难道是作贼偷的不成！"说着不听，一径去了。直至外边他哥哥家中，他侄儿正躺着，一见这个，他哥哥、嫂子、侄儿无不欢喜。现从井上取了凉水，吃了一碗，心中爽快，头目清凉。剩的半盏，用纸盖着放在桌上。

可巧又有家中几个小厮，同他侄儿素日相好的，走来看他的病。内中有一个叫做钱槐，是赵姨娘之内亲。他父母现在库上管帐，他本身又派跟贾环上学。因他手头宽裕，尚未娶亲，素日看上柳家的五儿标致，一心和父母说了，欲娶他为妻。也曾央中保媒人，再四求告。柳家父母却也情愿，争奈五儿执意不从，虽未明言，却行止中已带出，他父母未敢应允。近日又想往园内去，越发将此事丢开，只等三五年后放出时，自向外边择婿了。钱槐家中人见如此，也就罢了。争奈钱槐不得五儿，心中又气又愧，发恨定要弄娶成配，方了此愿。今日也同人来看望柳氏的侄儿，不期柳家的在内。

柳家的见一群人来了，内中有钱槐，便推说不得闲，起身走了。他哥哥、嫂子忙说："姑妈，怎么不吃茶就走？倒难为姑妈记挂着。"柳家的因笑道："只怕里面传饭，再闲了出来瞧侄儿罢。"柳嫂子因向抽屉内取了一个纸包儿出来，拿在手内，送了柳家的出来，至墙角边递与柳家的，又笑道：“这是你哥哥昨日在门上该班儿，谁知这五日的班儿，一个外财没发，只有昨日有广东的官儿来拜，送了上头两小篓子茯苓霜，余外给了门上人一篓作门礼，你哥哥分了这些。这地方千年松柏最多，所以单取了这茯苓的精液和了药，不知怎么弄出这怪俊的白霜儿来。说拿人乳和了，每日早起吃一钟，最补人的。没人乳，就用牛乳，再不得，就是白滚水也好。我们想着，正是外甥女儿吃得的。上半天原打发小丫头儿送了家去，他说锁着门，连外甥女儿也进去了。本来我要瞧瞧他去，给他带了去的，又想着主子们不在家，各处严紧，我又没什么差使，有要没紧跑些什么？况且这两日风闻得里头家反宅乱的，倘或沾带了，倒值多了。姑妈来得正好，亲自带去罢。”

柳氏道了生受，作别回来。刚走到角门前，只见一个小幺儿笑道：“你老人家那里去了？里头三次两趟叫人传呢，叫我们三四个人各处都找到了。你老人家从那里来了？这条路又不是家去的路，我倒要疑心起来了。”那柳家的笑道：“好小猴儿崽子，你也合我胡说起来了！回来问你！”要知端的，且听下回分解。

第六十一回　投鼠忌器宝玉瞒赃　判冤决狱平儿行权

话说那柳家的听了这小幺儿一夕话，笑道：“好猴儿崽子！你亲婶子找野老儿去了，你岂不多得一个叔叔？有什么疑的！不要讨我把你头上的杩子盖似的几根屄毛挦下来！还不开门让我进去么？”小厮且不推门，且拉着笑道：“好婶子，你这一进去，好歹偷几个杏儿出来赏我吃，我这里老等你；若忘了，日后半夜三更打酒买油的，我不给你老人家开门，也不答应你，随你干叫去。”

柳氏啐道：“发了昏的，今年还比往年？把这些东西都分给了众妈妈了，一个个的不像抓破了脸的，人打树底下一过，两眼就像那黧鸡似的，还动他的果子！昨儿我从李子树下一走，偏有一个蜜蜂儿往脸上一过，我一招手儿，偏你那好舅母就看见了。他离的远，看不真，只当我摘李子呢，就屄声浪嗓喊起来，说又是‘还没供佛呢’，又是‘老太太、太太不在家，还没进鲜呢，等进了上头，嫂子们都有分的’：倒像谁害了馋痨，等李子出汗呢。叫我也没好话说，抢白了他一顿。可是你舅母、姨娘两三个亲戚都管着，怎不和他们要去，倒和我来要？这可是‘仓老鼠向老鸹去借粮——守着的没有，飞着的倒有’！”小厮笑道：“嗳哟哟！没有罢了，说上这些闲话！我看你老人家，从今以后就用不着我了？就是姐姐有了好地方，将来呼唤我们的日子多着呢，你只要我们多答应他些就有了。”柳氏听了，笑道：“你这个小猴儿精又捣鬼吊白的！你姐姐有什么好地方了？”那小厮笑道：“不用哄我了，早已知道了，单是你们有内纤，难道我们就没有内纤不成？我虽在这里听差，里头却也有两个姐姐成个体统的，什么事瞒的过我！”

正说着，只听门内又有老婆子向外叫：“小猴儿，快传你柳婶子去罢，再不来，可就误了！”柳家的听了，不顾和小厮说话，忙推门进去，笑说：“不必忙，我来了。”一面来至厨房，虽有几个同伴的人，他们都不敢自专，单等他调停分派，一面问众人：“五丫头那里去了？”众人都道：“才往茶房里找他们姊妹去了。”

柳家的听了，便将茯苓霜搁起，且按着房头分派菜馔。忽见迎春房里小丫头莲花儿走来道：“司棋姐姐说：要碗鸡蛋，炖的嫩嫩的。”柳家的道：“就是这一样儿尊贵。不知怎么，今年鸡蛋少的很，十个钱一个还买不出来。昨日上头给亲戚家送粥米去，四五个买办出去，好容易才凑了二千个来。我那里找去？你说给他：改日吃罢。”莲花儿道：“前日要吃豆腐，你弄了些馊的，叫他说了我一顿。今日要鸡蛋，又没有了！什么好东西！我就不信连鸡蛋都没有了，不要叫我翻出来！”一面说，一面真个走来，揭起菜箱一看，只见里面果有十来个鸡蛋，说道：“这不是？你就这么利害？吃的是主子分给我们的分例，你为什么心疼？又不是你下的蛋，怕人吃了！”柳家的忙丢了手里的活计，便上来说道：“你少满嘴里浑唚！你妈才下蛋呢！通共留下这几个，预备菜上的浇头，姑娘们不要，还不肯做上去呢，预备遇急儿的。你们吃了，倘或一声要起来，没有好的，连鸡蛋都没了。你们深宅大院，水来伸手，饭来张口，只知鸡蛋是平常物件，那里知道外头买卖的行市呢？别说这个，有一年连草根子还没有的日子还有呢。我劝他们：细米白饭，每日肥鸡大鸭子，将就些儿也罢了。吃腻了肠子，天天又闹起故事来了。鸡蛋、豆腐，又是什么面筋、酱萝卜炸儿，敢自倒换口味。只是我又不是答应你们的，一处要一样，就是十来样。我倒不要伺候头层主子，只预备你们二层主子了！”

莲花儿听了，便红了脸，喊道：“谁天天要你什么来？你说上这两车子话！叫你来，不是为便宜，却为什么？前日春燕来说：‘晴雯姐姐要吃芦蒿。’你怎么忙的还问‘肉炒鸡炒’？春燕说荤的不好，才另叫你炒个面筋儿，少搁油才好，你忙的倒说自己发昏，赶着洗手炒了，狗颠屁股儿似的亲捧了去。

今日反倒拿我作筏子，说我给众人听！”柳家的忙道：“阿弥陀佛！这些人眼见的。不要说前日一次，就从旧年一立厨房以来，凡各房里偶然间不论姑娘、姐儿们要添一样半样，谁不是先拿了钱来另买别添？有的没的，名声好听，说我单管姑娘厨房省事，又有剩头儿，算起帐来，惹人恶心：连姑娘带姐儿们四五十人，一日也只管要两只鸡，两只鸭子，十来斤肉，一吊钱的菜蔬。你们算算，够做什么的？连本项两顿饭还撑持不住，还搁的住这个点这样、那个点那样？买来的又不吃，又要别的去。既这样，不如回了太太，多添些分例，也像大厨房里预备老太太的饭，把天下所有的菜蔬用水牌写了，天天转着吃，到一个月现算倒好！连前日三姑娘和宝姑娘偶然商量了，要吃个油盐炒枸杞芽儿来，现打发个姐儿拿着五百钱给我。我倒笑起来了，说：‘二位姑娘就是大肚子弥勒佛，也吃不了五百钱的！这二三十个钱的事，还备得起。’赶着我送回钱去，到底不收，说赏我打酒吃，又说：‘如今厨房在里头，保不住屋里的人不去叨登，一盐一酱，那不是钱买的？你不给又不好，给了你又没的赔。你拿着这个钱，权当还了他们素日叨登的东西窝儿。’这就是明白体下的姑娘，我们心里只替他念佛。没的赵姨奶奶听了，又气不忿，反说太便宜了我，隔不了十天，也打发个小丫头子来寻这样寻那样，我倒好笑起来。你们竟成了例，不是这个就是那个，我那里有这些赔的？”

正乱时，只见司棋又打发人来催莲花儿，说他：“死在这里了？怎么就不回去？”莲花儿赌气回来，便添了一篇话，告诉了司棋。司棋听了，不免心头起火，此刻伺候迎春饭罢，带了小丫头们走来，见了许多人正吃饭，见他来的势头不好，都忙起身，陪笑让坐。司棋便喝命小丫头儿动手：“凡箱柜所有的菜蔬，只管丢出去喂狗，大家赚不成！”小丫头儿们巴不得一声，七手八脚抢上去，一顿乱翻乱掷，慌的众人一面拉劝，一面央告司棋道：“姑娘，不要误听了小孩子的话，柳嫂子有八个头，也不敢得罪姑娘。说鸡蛋难买是真。我们才也说他不知好歹，凭是什么东西，也少不得变法儿弄去。他已经悟过来了，连忙蒸上了。姑娘不信，瞧那火上。”

司棋被众人一顿好言语，方将气劝的渐平了。小丫头儿们也没得摔完东西，便拉开了。司棋连说带骂，闹了一回，方被众人劝去。柳家的只好摔碗丢盘，自己咕唧了一回。蒸了一碗鸡蛋，令人送去，司棋全泼了地下。那人回来，也不敢说，恐又生事。

柳家的打发他女儿喝了一回汤，吃了半碗粥，又将茯苓霜一节说了。五儿听罢，便心下要分些赠芳官，遂用纸另包了一半，趁黄昏人稀之时，自己花遮柳隐的来找芳官。且喜无人盘问，一径到了怡红院门首，不好进去，只在一簇玫瑰花前站立，远远的望着。有一盏茶时候，可巧春燕出来，忙上前叫住。春燕不知是那一个，到跟前方看真切，因问："做什么？"五儿笑道："你叫出芳官来，我和他说话。"春燕悄笑道："姐姐太性急了，横竖等十来日就来了，只管找他做什么？方才使了他往前头去了，你且等他一等。不然，有什么话告诉我，等我告诉他。恐怕你等不得，只怕关了园门。"五儿便将茯苓霜递与春燕，又说这是茯苓霜，如何吃，如何补益。"我得了些送他的，转烦你递与他就是了。"说毕，便走回来。

正走蓼溆一带，忽迎见林之孝家的带着几个婆子走来，五儿藏躲不及，只得上来问好。林家的问道："我听见你病了，怎么跑到这里来？"五儿陪笑说道："因这两日好些，跟我妈进来散散闷。才因我妈使我到怡红院送家伙去。"林之孝家的说道："这话岔了：方才我见你妈出去，我才关门。既是你妈使了你去，他如何不告诉我说你在这里呢？竟出去，让我关门，是何主意？可是你撒谎！"五儿听了，没话回答，只说："原是我妈一早教我取去的，我忘了，挨到这时我才想起来了。只怕我妈错认我先去了，所以没和大娘说得。"

林之孝家的听他词钝色虚，又因近日玉钏儿说那边正房内失落了东西，几个丫头对赖，没主儿，心下便起了疑。可巧小蝉、莲花儿并几个媳妇子走来，见了这事，便说道："林奶奶倒要审审他。这两日他往这里头跑的不像，鬼鬼祟祟的，不知干些什么事。"小蝉又道："正是。昨日玉钏姐姐说，太太耳房里的柜子开了，少了好些零碎东西。琏二奶奶打发平姑娘和玉钏姐姐要些玫瑰露，谁知也少了一罐子。若不是寻露，还不知道呢。"莲花儿笑道："这我没听见，今日我倒看见一个露瓶子。"林之孝家的正因这事没主儿，每日凤姐儿使平儿催逼他，一听此言，忙问："在那里？"莲花儿便说："在他们厨房里呢。"林之孝家的听了，忙命打了灯笼，带着众人来寻。五儿急的便说："那原是宝二爷屋里的芳官给我的。"林之孝家的便说："不管你方官圆官，现有了赃证，我只呈报了，凭你主子前辩去！"一面说，一面进入厨房，莲花儿带着，取出露瓶。恐还偷有别物，又细细搜了一遍，又得了一包茯苓霜，一并拿了，带了五儿来回李纨与探春。

那时李纨正因兰儿病了，不理事务，只命去见探春。探春已归房。人回进去，丫鬟们都在院内纳凉，探春在内盥沐，只有侍书回进去。半日，出来说："姑娘知道了，叫你们找平儿回二奶奶去。"林之孝家的只得领出来。到凤姐那边，先找着了平儿，进去回了凤姐。凤姐方才睡下，听见此事，便分付："将他娘打四十板子撵出去，永不许进二门；把五儿打四十板子，立刻交给庄子上，或卖或配人。"平儿听了，出来依言分付了林之孝家的。五儿吓的哭哭啼啼，给平儿跪着，细诉芳官之事。平儿道："这也不难，等明日问了芳官，便知真假。但这茯苓霜前日人送了来，还等老太太、太太回来看了才敢打动，这不该偷了去。"五儿见问，忙又将他舅舅送的一节说了出来。平儿听了，笑道："这样说，你竟是个平白无辜之人，拿你来顶缸的。此时天晚，奶奶才进了药歇下，不便为这点子小事去唠叨。如今且将他交给上夜的人看守一夜，等明日我回了奶奶，再作道理。"林之孝家的不敢违拗，只得带了出来，交与上夜的媳妇们看守，自己便去了。

这里五儿被人软禁起来，一步不敢多走。又兼众媳妇也有劝他说："不该做这没行止的事。"也有抱怨说："正经更还坐不上来，又弄个贼来给我们看守！倘或眼不见寻了死，或逃走了，都是我们的不是。"又有素日一干与柳家不睦的人，见了这般，十分趁愿，都来奚落嘲戏他。这五儿心内又气又委屈，竟无处可诉；且本来怯弱有病，这一夜思茶无茶，思水无水，思睡无衾枕，呜呜咽咽，直哭了一夜。

谁知和他母女不和的那些人，巴不得一时就撵他出门去，生恐次日有变，大家先起了个清早，都悄悄的来买转平儿，送了些东西，一面又奉承他办事简断，一面又讲述他母亲素日许多不好处。平儿一一的都应着，打发他们去了，却悄悄的来访袭人，问他可果真芳官给他玫瑰露了。袭人便说："露却是给了芳官，芳官转给何人，我却不知。"袭人于是又问芳官。芳官听了，唬天跳地，忙应是自己送他的。芳官便又告诉了宝玉。宝玉也慌了，说："露虽有了，若勾起茯苓霜来，他自然也实供。若听见了是他舅舅门上得的，他舅舅又有了不是，岂不是人家的好意，反被咱们陷害了？"因忙和平儿计议："露的事虽完，然这霜也是有不是的。好姐姐，你只叫他说也是芳官给他的就完了。"平儿笑道："虽如此，只是他昨晚已经同人说是他舅舅给的了，如何又说你给的？况且那边所丢之霜，正没主儿，如今有赃证的白放了，谁去找？谁又还肯认？众人也未必心服。"

晴雯走来笑道："太太那边的霜，再无别人，分明是彩云偷了给环哥儿去了。你们可瞎乱说。"平儿笑道："谁不知是这个原故？但今玉钏儿急的哭，悄悄问着他，他若应了，玉钏儿也罢了，大家也就混着不问了。难道我们好意兜揽这事不成？可恨彩云不但不应，他还挤玉钏儿，说他偷了去了。两个人窝里炮，先吵的合府皆知，我们如何妆没事人？少不得要查的。殊不知告失盗的就是贼，又没赃证，怎么说他？”宝玉道：“也罢，这件事我也应起来，就说是我吓他们顽的，悄悄的偷了太太的来了。两件事都完了。”袭人道：“也倒是一件阴骘事，保全人的贼名儿。只是太太听见，又说你小孩子气，不知好歹了。”平儿笑道：“这也倒是小事。如今便从赵姨娘屋里头起了赃来也容易，我只怕又伤着一个好人的体面。别人都不要管，只这一个人岂不又生气！我可怜的是他，不肯为打老鼠伤了玉瓶。”说着，把三个指头一伸。袭人等听说，便知他说的是探春，大家都忙说：“可是这话。竟是我们这里应了起来的为是。”平儿又笑道：“也须得把彩云和玉钏儿两个孽障叫了来，问准了他方好。不然，他们得了意，不说为这个，倒像我没有本事，问不出来，烦出这里来完事，他们以后越发偷的偷、不管的不管了。”袭人等笑道：“正是，也要你留个地步。”

平儿便命人叫了他两个来，说道：“不用慌，贼已有了。”玉钏儿先问：“贼在那里？”平儿道：“现在二奶奶屋里呢。问他什么，应什么。我心里明白知道不是他偷的，可怜他害怕，都承认了。这里宝二爷不过意，要替他认一半。我待要说出来，但只是这做贼的素日又是和我好的一个姐妹，窝主却是平常，里面又伤了一个好人的体面，因此为难。少不得央求宝二爷应了，大家无事。如今反要问你们两个，还是怎样？若从此以后大家小心存体面，这便求宝二爷应了；若不然，我就回了二奶奶，不要冤屈了人。”彩云听了，不觉红了脸，一时羞恶之心感发，便说道：“姐姐放心，也不要冤屈了好人，也别带累了无辜之人伤体面。我说了罢：偷东西原是赵姨奶奶央告我再三，我拿了些与环哥儿是情真。连太太在家我们还拿过，各人去送人，也是常有的。我原说嚷过两天就罢了。如今既冤屈了好人，我心也不忍，姐姐竟带了我回奶奶去，一概应了完事。”

众人听了这话，一个个都诧异他竟这样有肝胆！宝玉忙笑道：“彩云姐姐果然是个正经人。如今也不用你应，我只说我悄悄的偷的，吓你们顽。如今闹出事来，我原该承认。我只求姐姐们以后省些事，大家就好了。”彩云道：“我干的事，为什么叫你应？死活我该去受！”平儿、袭人忙道：“不是这样说。你一应了，未免又叨登出赵姨奶奶来，那时三姑娘听了，岂不又生气？竟不如宝二爷应了，大家无事；且除了这几个人，皆不得知道，这样何等的干净。但只以后千万大家小心些就是了。要拿什么，好歹等太太到家，那怕连房子给了人，我们就没干系了。”彩云听了，低头想了一想，方依允。

于是大家商议妥贴，平儿带了他两个并芳官来至上夜房中，叫了五儿，将茯苓霜一节也悄悄的教他说系芳官所赠，五儿感谢不尽。平儿带他们来至自己这边，已见林之孝家的带领了几个媳妇，押解着柳家的等够多时。林之孝家的又向平儿说："今日一早押了他来，恐园里没人伺候姑娘们的饭，我暂且将秦显的女人派了去伺候。姑娘一并回明奶奶，他倒干净谨慎，以后就派他常伺候罢。"平儿道："秦显的女人是谁？我不大相熟。"林之孝家的道："他是园里南角子上夜的，白日里没什么事，所以姑娘不大认识：高高儿的孤拐，大大的眼睛，最干净爽利的。"玉钏儿道："是了。姐姐，你怎么忘了？他是跟二姑娘的司棋的婶子。司棋的父亲虽是大老爷那边的人，他这叔叔却是咱们这边的。"

平儿听了，方想起来，笑道："哦，你早说是他，我就明白了。"又笑道："也太派急了些。如今这事，八下里水落石出了，连前日太太屋里丢的也有了主儿。是宝玉那日过来和这两个孽障不知道要什么来着，偏这两个孽障呕他顽，说太太不在家，不敢拿。宝玉便瞅他两个不提防的时节，自己进去拿了些什么出来。这两个孽障不知道，就吓慌了。如今宝玉听见带累了别人，方细细的告诉了我，拿出东西来我瞧，一件不差。那茯苓霜也是宝玉外头得了的，也曾赏过许多人：不独园内人有，连妈妈子们讨出去给亲戚们吃，又转送人；袭人也曾给过芳官一流的人。他们私情各自来往，也是常事。前日那两篓还摆在议事厅上，好好的原封没动，怎么就混赖起人来？等我回了奶奶再说。"说毕，抽身进了卧房，将此事照前言回了凤姐儿一遍。

凤姐儿道："虽如此说，但宝玉为人，不管青红皂白，爱兜揽事情。别人再求求他去，他又搁不住人两句好话，给他个炭篓子戴上，什么事他不应承？咱们若信了，将来若大事也如此，如何治人？还要细细的追求才是。依我的主意，把太太屋里的丫头都拿来，虽不便擅加拷打，只叫他们垫着磁瓦子跪在太阳地下，茶饭也不要给他们吃，一日不说跪一日，便是铁打的，一日也管招了。"又道："'苍蝇不抱没缝儿的鸡蛋'，虽然这柳家的没偷，到底有些影儿人才说他。虽不加贼刑，也革出不用。朝廷原有挂误的，到底不算委屈了他。"

平儿道："何苦来操这心？'得放手时须放手'，什么大不了的事，乐得施恩呢。依我说，纵在这屋里操上一百分心，终久咱们是回那边屋里去的，没的结些小人的仇恨，使人含恨抱怨。况且自己又三灾八难的，好容易怀了一个哥儿，到了六七个月还掉了，焉知不是素日操劳太过、气恼伤着的？如今趁早儿见一半不见一半的，也倒罢了。"一夕话，说的凤姐倒笑了，说道："凭你这小蹄子发放去罢，我才精爽些了，没的呕气。"平儿笑道："这不是正经话！"说毕，转身出来，一一发放。要知端的，且听下回分解。

第六十二回　憨湘云醉眠芍药裀　呆香菱情解石榴裙

话说平儿出来，分付林之孝家的道："大事化为小事，小事化为没事，方是兴旺之家。若是一点子小事，便扬铃打鼓乱折腾起来，不成道理。如今将他母女带回，照旧去当差；将秦显家的仍旧遣回。再不必提此事，只是每日小心巡察要紧。"说毕，起身走了。柳家的母女忙向上磕头。林家的就带回园中，回了李纨、探春，二人都说："知道了。能可无事，很好。"

司棋等人空兴头了一阵。那秦显家的好容易等了这个空儿，钻了来，只兴头了半天；在厨房内正乱接收家伙、米粮、煤炭等物，又查出许多亏空来，说："粳米短了两担，常用米又多支了一个月的，炭也欠着额数。"一面又打点送林之孝家的礼，悄悄的备了一篓炭、五百斤木柴、一担粳米在外边，就遣子侄送到林家去了；又打点送帐房儿的礼；又备几样菜蔬，请几位同事的人，说："我来了，全仗你们列位扶持。自今以后，都是一家人了。我有照顾不到的，好歹大家照顾些。"正乱着，忽有人来说："你看完了这一顿早饭，就出去罢。柳嫂子原无事，如今还交与他管了。"秦显家的听了，轰去了魂魄，垂头丧气，登时掩旗息鼓，卷包而去。送人之物白白丢了许多，自己倒要折变了赔补亏空。连司棋都气了个直眉瞪眼。无计挽回，只得罢了。

赵姨娘正因彩云私赠了许多东西，被玉钏儿吵出，生恐查问出来，每日捏着一把汗，偷偷的打听信儿。忽见彩云来告诉道："都是宝玉应了，从此无事。"赵姨娘方把心放下来。谁知贾环听如此说，便起了疑心，将彩云凡私赠之物都拿了出来，照着彩云面上摔了来，说："你这两面三刀的东西，我不稀罕！你不和宝玉好，他如何肯替你应？你既有担当给了我，原该不与一个人知道；如今你既然告诉了他，我再要这个也没趣儿！"彩云见如此，急的发身赌誓，至于哭了。百般解说，贾环执意不信，说："不看你素日，我索性去告诉二嫂子，就说你偷来给我，我不敢要。你细想去罢！”说毕，摔手出去了，急的赵姨娘骂：“没造化的种子！这是怎么说！”气的彩云哭了个泪干肠断。赵姨娘百般的安慰他：“好孩子，他孤负了你的心，我横竖看得真。让我收起来，过两日他自然回转过来了。”说着，便要收东西。彩云赌气，一顿卷包起来，趁人不见，来至园中，都撇在河内，顺水沉的沉、漂的漂了。自己气的夜间在被内暗哭了一夜。

当下又值宝玉生日已到，原来宝琴也是这日，二人相同。王夫人不在家，也不曾像往年闹热。只有张道士送了四样礼，换的寄名符儿；还有几处僧尼庙的和尚、姑子送了供尖儿，并寿星、纸马、疏头，并本宫星官、值年太岁、周岁换的锁儿。家中常走的男女，先一日来上寿。王子腾那边仍是一套衣服，一双鞋袜，一百寿桃，一百束上用银丝挂面。薛姨妈处减一半。其余家中，尤氏仍是一双鞋袜；凤姐儿是一个宫制四面扣合堆绣荷包，里面装一个金寿星，一件波斯国的玩器。各庙中遣人去放堂舍钱。又另有宝琴之礼，不能备述。姊妹中皆随便，或有一扇的，或有一字的，或有一画的，或有一诗的，聊为应景儿而已。

这日宝玉清晨起来，梳洗已毕，冠带出来。至前厅院中，已有李贵等四五个人在那里设下天地香烛。宝玉炷了香，行了礼。奠茶焚纸后，便至宁府中宗祠、祖先堂两处行毕了礼；出至月台上，又朝上遥拜过贾母、贾政、王夫人等。一顺到尤氏上房行过礼，坐了一回，方回荣府。先至薛姨妈处，薛姨妈再三拉着，然后又见过薛蝌，让一回，方进园来。晴雯、麝月二人跟随，小丫头夹着毡子，从李氏起，一一挨着，比自己长的房中到过;复出二门，至李、赵、张、王四个奶妈家让了一回，方进来。虽众人要行礼，也不曾受。回至房中，袭人等只都来说一声就是了。王夫人有言，不令年轻人受礼，恐折了福寿，故此皆不叩头。

一时贾环、贾兰来了，袭人连忙拉住，坐了一坐便去了。宝玉笑道：“走乏了。”便歪在床上。方吃了半盏茶，只听外头咭咭呱呱，一群丫头笑着进来，原来是翠墨、小螺、翠缕、入画、邢岫烟的丫头篆儿并奶子抱着巧姐儿、绣鸾、绣凤八九个人，都抱着红毡子笑着走来，说：“拜寿的挤破了门了，快拿面来我们吃！”刚进来时，探春、湘云、宝琴、岫烟、惜春也都来了。宝玉忙迎出来，笑说：“不敢起动，快预备好茶。”请入房中，不免推让一回，大家归坐，袭人等捧过茶来。

才吃了一口，平儿也打扮的花枝招展的来了。宝玉忙迎出来，笑说："我方才到凤姐姐门上，回进去，说不能见我，我又打发人进去让姐姐的。"平儿笑道："我正打发你姐姐梳头，不得出来回你。后来听见又说让我，我那里禁当得起！所以特给二爷来磕头。"宝玉笑道："我也禁当不起。"袭人早在外间安了座，让他坐。平儿便福下去，宝玉作揖不迭；平儿便跪下去，宝玉也忙还跪下；袭人连忙搀起来，又下了一福，宝玉又还了一揖。袭人笑推宝玉："你再作揖。"宝玉道："已经完了，怎么又作揖？"袭人笑道："这是他来给你拜寿。今日也是他的生日，你也该给他拜寿。"宝玉喜的忙作下揖去，笑道："原来今日也是姐姐的好日子！"平儿赶着也还了礼。湘云拉宝琴、岫烟道："你们四个人对拜寿，直拜一天才是。"探春忙问："原来邢妹妹也是今日？我怎么就忘了！"忙命丫头："去告诉二奶奶，赶着补一分礼，与琴姑娘的一样，送到二姑娘屋里去。"丫头答应着去了。岫烟见湘云直口说出来，少不得要到各房去让让。

探春笑道："倒有些意思。一年十二个月，月月有几个生日。人多了，便这等巧，也有三个一日的、两个一日的。大年初一也不白过，大姐姐占了去：怨不得他福大，生日比别人就占先。又是太祖太爷的生日冥寿。过了灯节，就是老太太和宝姐姐，他们娘儿两个遇的巧。三月初一是太太的，初九是琏二哥哥。二月没人。"袭人道："二月十二日是林姑娘，怎么没人？只不是咱家的人。"探春笑道："你看我这个记性儿！"宝玉笑指袭人道："他和林妹妹是一日，他所以记得。"探春笑道："原来你两个倒是一日，每年连头也不给我们磕一个！平儿的生日我们也不知道，这也是才知道的。"平儿笑道："我们是那牌儿名上的人，生日也没拜寿的福，又没受礼的职分，可吵闹什么？可不悄悄儿的就过去罢了。今日他又偏吵出来了！等姑娘回房，我再行礼去罢。"探春笑道："也不敢惊动。只是今日倒要替你做个生日，我心里才过得去。"宝玉、湘云等一齐都说："很是。"探春便分付了丫头："去告诉他奶奶，说我们大家说了，今日一天不放平儿出去，我们也大家凑了分子做生日呢。"丫头笑着去了。半日，回来道："二奶奶说了，多谢姑娘们给他脸。不知做生日给他些什么吃？只别忘了二奶奶，就不来絮聒他了。"众人都笑了。

探春因说道："可巧今日里头厨房不预备饭，一应下面弄菜，都是外头收拾。咱们就凑了钱，叫柳家的来揽了去，只在咱们里头收拾倒好。"众人都说："很好。"探春一面遣人去请李纨、宝钗、黛玉，一面遣人去传柳家的进来，分付他内厨房中快收拾两桌酒席。柳家的不知何意，因说："外厨房中预备了。"探春笑道："你原来不知道，今日是平姑娘的好日子。外头预备的是上头的，这如今我们私下又凑了分子，单为平姑娘预备两桌请他。你只管拣新巧的菜蔬预备了来，开了帐我那里领钱。"柳家的笑道："今日又是平姑娘的千秋，我们竟不知道。"说着，便向平儿磕下头去，慌的平儿拉起他来。柳家的忙去预备酒席。这里探春又邀了宝玉，同到厅上去吃面。等到李纨、宝钗一齐来全，又遣人去请薛姨妈与黛玉。因天气和暖，黛玉之疾渐愈，故也来了。花团锦簇，挤了一厅的人。

谁知薛蝌又送了巾、扇、香、帛四色寿礼与宝玉，宝玉于是过去陪他吃面。两家皆办了寿酒，互相酬送，彼此同领。至午间，宝玉又陪薛蝌吃了两杯酒。宝钗带了宝琴过来与薛蝌行礼，把盏毕，宝钗因嘱付薛蝌："家里的酒也不用送过那边去，这虚套竟收了。你只请伙计们吃罢。我们和宝兄弟进去，还要待人去呢，也不能陪你了。"薛蝌忙说："姐姐、兄弟只管请，只怕伙计们也就好来了。"宝玉忙又告过罪，方同他姊妹回来。

一进角门，宝钗便命婆子将门锁上，把钥匙要了，自己拿着。宝玉忙说："这一道门何必关？又没多的人走。况且姨妈、姐姐、妹妹都在里头，倘或要家去取什么，岂不费事？"宝钗笑道："小心没过逾的。你瞧你们那边，这几日七事八事，竟没有我们那边的人，可知是这门关的有功效了。若是开着，保不住那起人图顺脚走近路，从这里走，拦谁的是？不如锁了，连妈妈和我也禁着些，大家别走。纵有了事，就赖不着这边的人了。"宝玉笑道："原来姐姐也知道我们那边近日丢了东西？"宝钗笑道："你只知道玫瑰露和茯苓霜两件，乃因人而及物。若非因人，你连这两件还不知道呢。殊不知还有几件比这两件大的呢。若以后叨登不出来，是大家的造化；若叨登出来了，不知里头连累多少人呢。你也是不管事的人，我才告诉你。平儿是个明白人，我前日也告诉了他，皆因他奶奶不在外头，所以使他明白了。若不犯出来，大家落得丢开手；若犯出来，他心里已有了稿儿，自有头绪，就冤屈不着平人了。你只听我说，以后留神小心就是了。这话也不可告诉第二个人。"说着，来到沁芳亭边。只见袭人、香菱、侍书、晴雯、麝月、芳官、蕊官、藕官十来个人，都在那里看鱼顽呢，见他们来了，都说："芍药栏里预备下了，快去上席罢。"宝钗等随携了他们，同至芍药栏中红香圃三间小敞厅内。连尤氏已请过来了，诸人都在那里，只没平儿。

原来平儿出去，有赖、林诸家送了礼来，连三接四，上中下三等家人拜寿送礼的不少。平儿忙着打发赏钱道谢，一面又色色的回明了凤姐儿，不过留下几样，也有不受的，也有受了即刻赏与人的。忙了一回，又直待凤姐儿吃过面，方换了衣裳往园里来。

刚进了园，就有几个丫鬟来找他，一同到了红香圃中。只见筵开玳瑁，褥设芙蓉。众人都笑说："寿星全了。"上面四座，定要让他们四个人坐，四人皆不肯。薛姨妈说："我老天拔地，不合你们的群儿，我倒拘的慌，不如我到厅上随便躺躺去倒好。我又吃不下什么去，又不大吃酒，这里让他们倒便宜。"尤氏等执意不从。宝钗道："这也罢了，倒是让妈妈在厅上歪着自如些。有爱吃的送些过去，倒自在了。且前头没人，在那里又可照看了。"探春笑道："既这样，恭敬不如从命。"因大家送到理事厅上，眼看着命小丫头们铺了一个锦褥并靠背引枕之类，又嘱付："好生给姨太太捶腿。要茶要水，别推三拉四的。回来送了东西来，姨太太吃了，赏你们吃。只别离了这里。"小丫头儿们都答应了。

探春等方回来。终久让宝琴、岫烟二人在上，平儿面西坐，宝玉面东坐。探春又接了鸳鸯来，二人并肩对面相陪。西边一桌，宝钗、黛玉、湘云、迎春、惜春依序，一面又拉了香菱、玉钏儿二人打横；三桌上尤氏、李纨，又拉了袭人、彩云陪坐；四桌上便是紫鹃、莺儿、晴雯、小螺、司棋等人围坐。当下探春等还要把盏，宝琴等四人都说："这一闹，一日也坐不成了！"方才罢了。两个女先儿要弹词上寿，众人都说："我们没人要听那些野话，你厅上去说给姨太太解闷儿去罢。"一面又将各色吃食拣了，命人送与薛姨妈去。

宝玉便说："雅坐无趣，须要行令才好。"众人有的说行这个令好，那个又说行那个令才好。黛玉道："依我说，拿了笔砚，将各色令都写了，拈成阄儿，咱们抓出那个来，就是那个。"众人都道："妙极。"即命拿了一副笔砚花笺。香菱近日学了诗，又天天学写字，见了笔砚便巴不得，连忙起来说："我写。"众人想了一回，共得十来个，念着，香菱一一写了，搓成阄儿，掷在一个瓶中。探春便命平儿拈。平儿向内搅了一搅，用箸夹了一个出来，打开一看，上写着"射覆"二字。宝钗笑道："把个令祖宗拈出来了。'射覆'从古有的，如今失了传，这是后人纂的，比一切的令都难。这里头倒有一半是不会的，不如毁了，另拈一个雅俗共赏的。"探春笑道："既拈了出来，如何再毁？如今再拈一个，若是雅俗共赏的，便叫他们行去。咱们行这一个。"说着，又叫袭人拈了一个，却是“拇战”。湘云笑着说：“这个简断爽利，合了我的脾气。我不行这个‘射覆’，没的垂头丧气闷人，我只猜拳去了。”探春道：“惟有他乱令，宝姐姐快罚他一钟。”宝钗不容分说，便灌了湘云一杯。

探春道：“我吃一杯。我是令官，也不用宣，只听我分派。”命取了令骰、令盆来，“从琴妹妹掷起，挨着掷下去，对了点的二人射覆”。宝琴一掷，是个三。岫烟、宝玉等皆掷的不对，直到香菱方掷了个三。宝琴笑道：“只好室内生春，若说到外头去，可太没头绪了。”探春道：“自然。三次不中者罚一杯。你覆他射。”宝琴想了一想，说了个“老”字。香菱原生于这令，一时想不到，满室满席都不见有与“老”字相连的成话。湘云先听了，便也乱看，忽见门斗上贴着“红香圃”三个字，便知宝琴覆的是“我不如老圃”的“圃”字。见香菱射不着，众人击鼓又催，便悄悄的拉香菱，教他说“药”字。黛玉偏看见了，说：“快罚！他又在那里传递呢。”闹的众人都知道了，忙又罚了一杯，恨的湘云拿筷子敲黛玉的手。于是罚了香菱一杯。

下则宝钗和探春对了点子，探春便覆了一个“人”字。宝钗笑道：“这个‘人’字泛得很。”探春笑道：“添一个字，两覆一射，也不泛了。”说着，便又说了一个“窗”字。宝钗一想，因见席上有鸡，便射着他是用“鸡窗”、“鸡人”二典了，因射了一个“埘”字。探春知他射着，用了“鸡栖于埘”的典，二人一笑，各饮一口门杯。

湘云等不得，早和宝玉“三”“五”乱叫，猜起拳来。那边尤氏和鸳鸯隔着席也“七”“八”乱叫，搳起拳来。平儿、袭人也作了一对搳拳。叮叮当当，只听得腕上镯子响。一时，湘云赢了宝玉，袭人赢了平儿，尤氏赢了鸳鸯，三人限酒底酒面。湘云便说：“酒面要一句古文，一句旧诗，一句骨牌名，一句曲牌名，还要一句时宪书上有的话，共总凑成一句话。酒底要关人事的果菜名。”众人听了，都说：“惟有他的令比人唠叨，倒也有些意思。”便催宝玉快说。宝玉笑道：“谁说过这个？也等想一想儿。”黛玉便道：“你多吃一钟，我替你说。”宝玉真个吃了酒，听黛玉说道：

落霞与孤鹜齐飞，风急江天过雁哀，却是一只折脚雁，叫得人九回肠。这是鸿雁来宾。

说得大家笑了。众人道：“这一串子，倒有些意思。”黛玉又拈了一个榛瓤，说酒底道：

榛子非关隔院砧，何来万户捣衣声？

令完。鸳鸯、袭人等皆说的是一句俗语，都带一个“寿”字，不须多赘。

大家轮流乱了一阵，这上面湘云又和宝琴对了手，李纨和岫烟对了点子。李纨便覆了一个“瓢”字，岫烟便射了一个“绿”字，二人会意，各饮了一口。湘云的拳却输了，请酒面酒底，宝琴笑道：“请君入瓮。”大家笑起来，说：“这个典用得当！”湘云便说道：

奔腾澎湃，江间波浪兼天涌，须要铁索缆孤舟，既遇着一江风，不宜出行。

说的众人都笑了，说：“好个诌断了肠子的！怪道他出这个令，故意惹人笑。”又催他快说酒底儿。湘云吃了酒，夹了一块鸭肉呷口，忽见碗内有半个鸭头，遂夹了出来吃脑子。众人催他：“别只顾吃，你到底快说了！”湘云便用箸子举着说道：

这鸭头不是那丫头，头上那有桂花油？

众人越发笑起来，引得晴雯、小螺、莺儿等一干人都走过来，说：“云姑娘会开心儿，拿着我们取笑儿，快罚一杯才罢！怎见得我们就该擦桂花油呢？倒得每人给一瓶子桂花油擦擦！”黛玉笑道：“他倒有心给你们一瓶子油，又怕挂误着打窃盗官司。”众人不理论，宝玉却明白，忙低了头。彩云心里有病，不觉的红了脸。宝钗忙暗暗的觑了黛玉一眼。黛玉自悔失言，原是打趣宝玉的，就忘了村了彩云了，自悔不及，忙一顿的行令猜拳岔开了。

底下宝玉可巧和宝钗对了点子，宝钗便覆了一个“宝”字。宝玉想了一想，便知是宝钗作戏，指着自己的通灵玉说的，便笑道：“姐姐拿我作雅谑，我却射着了。说出来，姐姐别恼：就是姐姐的讳‘钗’字就是了。”众人道：“怎么解？”宝玉道：“他说‘宝’，底下自然是‘玉’字了；我射‘钗’字，旧诗曾有‘敲断玉钗红烛冷’，岂不射着了？”湘云说道：“这用时事却使不得，两个人都该罚。”香菱忙道：“不止时事，这也是有出处的。”湘云道：“‘宝玉’二字，并无出处，不过是春联上或有之，诗书记载并无，算不得。”香菱道：“前日我读岑嘉州五言律，现有一句说‘此乡多宝玉’，怎么你倒忘了？后来又读李义山七言绝句，又有一句‘宝钗无日不生尘’，我还笑说他两个名字，都原来在唐诗上呢。”众人笑道：“这可问住了，快罚一杯。”湘云无话，只得饮了。大家又该对点搳拳。这些人因贾母、王夫人不在家，没了管束，便任意取乐，呼三喝四，喊七叫八，满厅中红飞翠舞，玉动珠摇，真是十分热闹。顽了一回，大家方起席散了一散，却忽然不见了湘云。只当他外头自便就来，谁知越等越没了影子。使人各处去找，那里找得着？

接着林之孝家的同着几个老婆子来，一则恐有正事呼唤，二则恐丫鬟们年轻，趁王夫人不在家，不服探春等约束，恣意痛饮，失了体统，故来请问有事无事。探春见他们来了，便知其意，忙笑道："你们又不放心，来查我们来了？我们并没有多吃酒，不过是大家顽笑，将酒作引子，妈妈们别耽心。"李纨、尤氏都也笑道："你们歇着去罢，我们也不敢叫他们多吃了。"林之孝家的等人笑说："我们知道，连老太太让姑娘们吃酒，姑娘们还不肯吃呢，何况太太们不在家？自然顽罢了。我们怕有事，来打听打听。二则天长了，姑娘们顽一回子，还该点补些小食儿。素日又不大吃杂项东西，如今吃一两杯酒，若不多吃些东西，怕受伤。"探春笑道："妈妈说的是，我们也正要吃呢。"回头命取点心来。两旁丫鬟们齐声答应了，忙去传点心。探春又笑让："你们歇着去，或是姨妈那里说话儿去。我们即刻打发人送酒你们吃去。"林之孝家的等人笑回："不敢领了。"又站了一回，方退了出来。平儿摸着脸笑道："我的脸都热了，也不好意思见他们。依我说，竟收了罢，别惹他们再来，倒没意思了。"探春笑道："不相干，横竖咱们不认真吃酒就罢了。"

正说着，只见一个小丫头笑嘻嘻的走来，说："姑娘们快瞧云姑娘去，吃醉了图凉快，在山子后头一块青石板凳上睡着了！"众人听说，都笑道："快别吵嚷。"说着，都走来看时，果见湘云卧于山石僻处一个石板凳上，业经香梦沉酣，四面芍药花飞了一身，满头脸衣襟上皆是红香散乱，手中的扇子在地下，也半被落花埋了。一群蜜蜂、蝴蝶闹嚷嚷的围着他，又用鲛帕包了一包芍药花瓣枕着。众人看了，又是爱，又是笑，忙上来推唤搀扶。湘云口内犹作睡语说酒令，嘟嘟囔囔说：

泉香而酒冽，玉盌盛来琥珀光，直饮到梅梢月上，醉扶归，却为宜会亲友。

众人笑推他，说道："快醒醒儿，吃饭去。这潮凳上要睡出病来的。"湘云慢启秋波，见了众人，又低头看了一看自己，方知是醉了。原是纳凉避静的，不觉因多罚了两杯酒，娇袅不胜，便睡着了，心中反觉自愧。早有小丫头端了一盆洗脸水，一个捧着镜奁。众人等着。他便在石凳上重新匀了脸，拢了鬓，连忙起身，同着来至红香圃中，又吃了两盏浓茶。探春忙命将醒酒石拿来，给他衔在口内，一时又命他吃了些酸汤，方才觉得好了些。

当下又选了几样果菜与凤姐儿送去，凤姐儿也送了几样来。宝钗等吃过点心，大家也有坐的，也有立的，也有在外观花的，也有倚栏看鱼的：各自取便，说笑不一。探春便和宝琴下棋，宝钗、岫烟观局。黛玉和宝玉在一簇花下，唧唧哝哝不知说些什么。只见林之孝家的和一群女人带了一个媳妇进来。那媳妇愁眉泪眼，也不敢进厅来，到阶下便朝上跪下，磕头有声。探春因一块棋受敌，算来算去，总得了两个眼，便折了官着儿，两眼只瞅着棋盘，一只手伸在盒内只管抓弄棋子作想。林之孝家的站了半天，因回头要茶时才看见，问："什么事？"林之孝家的便指那媳妇道："这是四姑娘屋里的小丫头彩儿的娘，现是园内伺候的人。嘴很不好，才是我听见了，问着他，他说的话也不敢回姑娘，竟要撵出去才是。"探春道："怎么不回大奶奶？"林之孝家的道："方才大奶奶往厅上姨太太处去，顶头看见，我已回明白了，叫回姑娘来。"探春道："怎么不回二奶奶？"平儿道："不回去也罢，我回去说一声就是了。"探春点点头道："既这么着，就撵出他去，等太太来了，再回定夺。"探春点头，仍又下棋。这里林之孝家的带了那人出去，不提。

黛玉和宝玉二人站在花下，遥遥盼望。黛玉便说道："你家三丫头倒是个乖人，虽然叫了他管些事，倒也一步不肯多走。差不多的人就早作起威福来了。"宝玉道："你不知道呢。你病着时，他干了好几件事，这园子也分了人管，如今多掐一根草也不能了。又蠲了几件事，单拿着我和凤姐姐做筏子禁别人。最是心里有算计的人，岂止乖呢！"黛玉道："要这样才好，咱们家里也太花费了。我虽不管事，心里每常闲了，替你们一算计，出的多，进的少，如今若不省俭，必致后手不接。"宝玉笑道："凭他怎么后手不接，也短不了咱们两个人的。"黛玉听了，转身就往厅上寻宝钗说笑去了。

宝玉正欲走时，只见袭人走来，手内捧着一个小连环洋漆茶盘，里面可式放着两钟新茶，因问："他往那里去了？我见你两个半日没吃茶，巴巴的倒了两钟来，他又走了。"宝玉道："那不是他？你给他送去。"说着，自拿了一钟。袭人便送了那钟去，偏和宝钗在一处，只得一钟茶，便说："那位吃时，那位先接了，我再倒去。"宝钗笑道："我倒不吃，只要一口漱漱就是了。"说着，先拿起来吃了一口，剩了半杯，递在黛玉手内。袭人笑道："我再倒去。"黛玉笑道："你知道我这病，大夫不许多吃茶，这半钟尽够了，难为你想的到。"说毕饮干，将杯放下。袭人又来接宝玉的，宝玉因问："这半日不见芳官，他在那里呢？"袭人四顾一瞧，说："才在这里的，几个人斗草顽，这会子不见了。"

宝玉听说，便忙回至房中，果见芳官面向里睡在床上。宝玉推他说道："快别睡觉，咱们外头顽去，一会子好吃饭。”芳官道：“你们吃酒，不理我，叫我闷了半日，可不来睡觉罢了。”宝玉拉了他起来，笑道：“咱们晚上家里再吃。回来我叫袭人姐姐带了你桌上吃饭，何如？”芳官道：“藕官、蕊官都不上去，单我在那里也不好。我也不惯吃那个面条子，早起也没好生吃，才刚饿了，我已告诉了柳婶子，先给我做一碗汤，盛半碗粳米饭送来，我这里吃了就完事。若是晚上吃酒，不许叫人管着我，我要尽力吃够了才罢。我先在家里，吃二三斤好惠泉酒呢。如今学了这劳什子，他们说怕坏嗓子，这几年也没闻见。趁今日我可是要开斋了。”宝玉道：“这个容易。”

说着，只见柳家的果遣人送了一个盒子来。春燕接着，揭开看时，里面是一碗虾丸鸡皮汤，又是一碗酒酿清蒸鸭子，一碟腌的胭脂鹅脯，还有一碟四个奶油松瓤卷酥，并一大碗热腾腾碧莹莹绿畦香稻粳米饭。春燕放在案上，走来安小菜碗箸，过来拨了一碗饭。芳官便说：“油腻腻的，谁吃这些东西！”只将汤泡饭吃了一碗，拣了两块腌鹅，就不吃了。宝玉闻着，倒觉比往常之味又胜些似的，遂吃了一个卷酥，又命春燕也拨了半碗饭，泡汤一吃，十分香甜可口。春燕和芳官都笑了。吃毕，春燕便将剩的要交回，宝玉道：“你吃了罢。若不够，再要些来。”春燕道：“不用要，这就够了。方才麝月姐姐拿了两盘子点心给我们吃了，我再吃了这个，尽够了，不用再吃了。”说着，便站在桌旁，一顿吃了。又留下两个卷酥，道：“这个留着给我妈吃。晚上要吃酒，给我两碗酒吃就是了。”宝玉笑道：“你也爱吃酒？等着咱们晚上痛喝一阵。你袭人姐姐和晴雯姐姐的量也好，也要吃，只是每日不好意思。趁今儿，大家开斋。还有一件事，想着嘱付你，竟忘了，此刻才想起来：以后芳官全要你照看他，他或有不到处，你提他。袭人照顾不过这些人来。”春燕道：“我都知道，不用你操心。但只五儿的事怎么样？”宝玉道：“你和柳家的说去，明日直叫他进来罢，等我告诉他们一声就完了。”芳官听了，笑道：“这倒是正经事。”春燕又叫两个小丫头进来，伏侍洗手倒茶，自己收了家伙，交与婆子，也洗了手，便去找柳家的，不在话下。

宝玉便出来，仍往红香圃寻众姊妹，芳官在后拿着巾扇。刚出了院门，只见袭人、晴雯二人携手回来。宝玉问：“你做什么？”袭人道：“摆下饭了，等你吃饭呢。”宝玉便笑着，将方才吃饭的一节告诉了他两个。袭人笑道：“我说你是猫儿食，闻见了香就好。隔锅饭儿香。虽然如此，也该上去陪他们，多少应个景儿。”晴雯用手指戳在芳官额上，说道：“你就是个狐媚子！什么空儿，跑了去吃饭！两个怎么约下了？也不告诉我们一声儿。”袭人笑道：“不过是误打误撞的遇见了。说约下，可是没有的事。”晴雯道：“既这么着，要我们无用。明日我们都走了，让芳官一个人就够使了。”袭人笑道：“我们都去了使得，你却去不得。”晴雯道：“惟有我是第一个要去：又懒又夯，性子又不好，又没用。”袭人笑道：“倘或那孔雀褂子襟再烧了窟窿，你去了，谁可会补呢？你倒别和我拿三撇四的，我烦你做个什么，把你懒的横针不拈，竖线不动。一般也不是我的私活烦你，横竖都是他的，你就都不肯做。怎么我去了几天，你病的七死八活，一夜连命也不顾，给他做了出来，这又是什么原故？你到底说话呢，怎么妆憨儿，和我笑？那也当不了什么。”晴雯笑着啐了一口。大家说着，来至厅上。薛姨妈也来了，大家依序坐下吃饭。宝玉只用茶泡了半碗饭，应景而已。一时吃毕，大家吃茶闲话，又随便顽笑。

外面小螺和香菱、芳官、蕊官、藕官、豆官等四五个人满园顽了一回，大家采了些花草来，围着坐在花草堆中斗草。这一个说：“我有观音柳。”那一个说：“我有罗汉松。”那一个又说：“我有君子竹。”这一个又说：“我有美人蕉。”这个又说：“我有星星翠。”那个又说：“我有月月红。”这个又说：“我有《牡丹亭》上的牡丹花。”那个又说：“我有《琵琶记》里的枇杷果。”豆官便说：“我有姊妹花。”众人没了，香菱便说：“我有夫妻蕙。”豆官道：“从没听见有个夫妻蕙。”香菱道：“一个剪儿一个花儿叫做兰，一个剪儿几个花儿叫做蕙，上下结花的为兄弟蕙，并头结花的为夫妻蕙。我这枝并头的，怎么不是夫妻蕙？”豆官没的说了，便起身笑道：“依你说，若是这两枝一大一小，就是老子儿子蕙了？若是两枝背面开的，就是仇人蕙了？你汉子去了大半年，你想他了，便拉扯着蕙上也有了夫妻了，好不害羞！”香菱听了，红了脸，忙要起身拧他，笑骂道：“我把你这个烂了嘴的小蹄子！满嘴里汗燉的胡说了！等我起来，打不死你这个小蹄子！”豆官见他要站起来，怎肯容他，便连忙伏身将他压住，回头笑着央告蕊官等：“来，帮着我拧他这张嘴！”两个人滚在地下。众人拍手笑道：“了不得了！那是一洼子水，可惜污了他的新裙子了。”豆官回头看了一看，果见旁边有一汪积雨，香菱的半扇裙子都污湿了，自己不好意思，忙夺手跑了。众人笑个不住，怕香菱拿他们出气，也都笑着一哄而散。

香菱起身低头一瞧，见那裙上犹滴滴点点流下绿水来。正恨骂不绝，可巧宝玉见他们斗草，也寻了些草花来凑戏，忽见众人跑了，只剩了香菱一个，低头弄裙，因问："怎么散了？"香菱便说："我有一枝夫妻蕙，他们不知道，反说我诌，因此闹起来，把我的新裙子也遭蹋了。"宝玉笑道："你有夫妻蕙，我这里倒有一枝并蒂菱。"口内说着，手里真个拈着一枝并蒂菱花，又拈了那枝夫妻蕙在手内。香菱道："什么夫妻不夫妻，并蒂不并蒂！你瞧瞧这裙子。"宝玉便低头一瞧，嗳哟了一声，说："怎么就拖在泥里了？可惜！这石榴红绫，最不禁染。"香菱道："这是前日琴姑娘带了来的，姑娘做了一条，我做了一条，今日才上身。"宝玉跌足叹道："若你们家，一日遭蹋这么一百件也不值什么。只是头一件，既系琴姑娘带来的，你和宝姐姐每人才一件，他的尚好，你的先弄坏了，岂不孤负他的心？二则姨妈老人家嘴碎，饶这么样，我还听见常说你们不知过日子，只会遭蹋东西，不知惜福呢。这叫姨妈看见了，又说个不清。"

香菱听了这话，却碰在心坎儿上，反倒喜欢起来，因笑道："就是这话。我虽有几条新裙子，都不合这一样。若有一样的赶着换了，也就好了。过后再说。"宝玉道："你快休动，只站着方好。不然，连小衣、膝裤、鞋面都要弄上泥水了。我有个主意：袭人上月做了一条和这个一模一样的，他因有孝，如今也不穿，竟送了你，换下这个来，如何？"香菱笑着摇头说："不好。倘或他们听见了，倒不好。"宝玉道："这怕什么？等他孝满了，他爱什么，难道不许你送他别的不成？你若这样，不是你素日为人了。况且不是瞒人的事，只管告诉宝姐姐也可，只不过怕姨妈老人家生气罢了。"香菱想了一想有理，点头笑道："就是这样罢了，别孤负了你的心。我等着你，千万叫他亲自送来才好。"

宝玉听了，喜欢非常，答应了，忙忙的回来，一壁里低头心下暗想："可惜这么一个人，没父母，连自己本姓都忘了，被人拐出来，偏又卖与了这个霸王。"因又想起："上日平儿也是意外想不到的，今日更是意外之意外的事了。"一壁胡思乱想，来至房中，拉了袭人，细细告诉了他缘故。香菱之为人，无人不怜爱的，袭人又本是个手中撒漫的，况与香菱相好，一闻此信，忙就开箱取了出来，折好，随了宝玉来寻香菱。见他还站在那里等呢，袭人笑道："我说你太淘气了，总要淘出个故事来才罢。"香菱红了脸，笑道："多谢姐姐了，谁知那起促狭鬼使黑心。"说着，接了裙子，展开一看，果然合自己的一样。又命宝玉背过脸去，自己向内解下来，将这条系上。袭人道："把这肮脏了的交与我拿回去，收拾了再给你送来。你若拿回去，看见了，又是要问的。"香菱道："好姐姐，你拿去不拘给那个妹妹罢。我有了这个，不要他了。"袭人道："你倒大方的很。"香菱忙又拜了两拜，道谢袭人。一面袭人拿了那条泥污了的裙子就走。

香菱见宝玉蹲在地下，将方才的夫妻蕙与并蒂菱用树枝儿挖了一个坑，先抓些落花来铺垫了，将这菱、蕙安放上，又将些落花来掩了，方撮土掩埋平伏。香菱拉他的手笑道："这又叫做什么？怪道人人说你惯会鬼鬼祟祟使人肉麻呢。你瞧瞧你这手，弄的泥污苔滑的，还不快洗去！"宝玉笑着，方起身走了去洗手，香菱也自走开。

二人已走了数步，香菱复转身回来，叫住宝玉。宝玉不知有何话说，扎煞着两只泥手，笑嘻嘻的转来问："作什么？"香菱红了脸，只管笑，嘴里却要说什么，又说不出口来。因那边他的小丫头臻儿走来，说："二姑娘等你说话呢。"香菱脸又一红，方向宝玉道："裙子的事，可别和你哥哥说才好。"说毕，即转身走了。宝玉笑道："可不我疯了，往虎口里探头儿去呢。"说着，也回去洗手了。不知端详，下回分解。

第六十三回　寿怡红群芳开夜宴　死金丹独艳理亲丧

话说宝玉回至房中洗手，因与袭人商议："晚间吃酒，大家取乐，不可拘泥。如今吃什么好？早说给他们备办去。"袭人笑道："你放心。我和晴雯、麝月、秋纹四个人，每人五钱银子，共是二两；芳官、碧痕、春燕、四儿四个人，每人三钱银子，他们有假的不算：共是三两二钱银子，早已交给了柳嫂子，预备四十碟果子。我和平儿说了，已经抬了一坛好绍兴酒藏在那边了。我们八个人单替你做生日。"宝玉听了，喜的忙说："他们是那里的钱？不该叫他们出才是。"晴雯道："他们没钱，难道我们是有钱的？这原是各人的心，那怕他偷的呢，只管领他的情就是了。"宝玉听了，笑道："你说的是。"袭人笑道："你这个人，一天不捱他两句硬话村你，你再过不去。"晴雯笑道："你如今也学坏了，专会调三窝四！"说着，大家都笑了。

宝玉说："关了院门罢。"袭人笑道："怪不得人说你是'无事忙'！这会子关了门，人倒疑惑起来，越性再等一等。"宝玉点头，因说："我出去走走。四儿舀水去，春燕一个跟我来罢。"说着，走至外边。因见无人，便问五儿之事。春燕道："我才告诉了柳嫂子，他喜欢的很。只是五儿那夜受了委屈烦恼，回去又气病了，那里来得？只等好了罢。"宝玉听了，未免后悔长叹，因又问："这事袭人知道不知道？”春燕道：“我没告诉，不知芳官可说了不曾？”宝玉道：“我却没告诉过他。也罢，等我告诉他就是了。”说毕，复走进来，故意洗手。

已是掌灯时分，听得院门前有一群人进来。大家隔窗悄视，果见林之孝家的和几个管事的女人走来，前头一人提着大灯笼。晴雯悄笑道：“他们查上夜的人来了。这一出去，咱们就好关门了。”只见怡红院凡上夜的人都迎了出去。林之孝家的看了不少，又分付：“别要钱吃酒、放倒头睡到大天亮，我听见是不依的。”众人都笑道：“那里有这么大胆子的人！”林之孝家的又问：“宝二爷睡下了没有？”众人都回：“不知道。”袭人忙推宝玉。宝玉靸了鞋便迎出来，笑道：“我还没睡呢，妈妈进来歇歇。”又叫：“袭人，倒茶来。”林之孝家的忙进来，笑道：“还没睡么？如今日长夜短了，该早些睡。明日起迟了，人家笑话，不是个读书上学的公子了，倒像那起挑脚汉了。”说毕又笑。宝玉忙笑道：“妈妈说的是。我每日都睡的早，妈妈每日进来，可都是我不知道的，已经睡了。今日因吃了面，怕停食，所以多顽一回。”林之孝家的又向袭人等笑说：“该沏些个普洱茶吃。”袭人、晴雯二人忙说：“沏了一盄子女儿茶，已经吃过两碗了。大娘也尝一碗，都是现成的。”

说着，晴雯便倒了一碗来。林之孝家的站起接了，又笑道：“这些时我听见二爷嘴里都换了字眼，赶着这几位大姑娘们竟叫起名字来。虽然在这屋里，到底是老太太、太太的人，还该嘴里尊重些才是。若一时半刻偶然叫一声使得，若只管顺口叫起来，怕以后兄弟侄儿照样，便惹人笑话这家子的人眼里没有长辈。”宝玉笑道：“妈妈说的是。我不过是一时半刻偶然叫一句是有的。”袭人、晴雯都笑道：“这可别委屈了他。直到如今，他可姐姐没离了嘴，不过顽的时候叫一声半声名字；若当着人，却是和先一样。”林之孝家的笑道：“这才好呢，这才是读书知礼的。越自己谦逊，越尊重。别说是三五代的陈人，现从老太太、太太屋里拨过来的，便是老太太、太太屋里的猫儿狗儿，轻易也伤不得他。这才是受过调教的公子行事。”说毕，吃了茶，便说：“请安歇罢，我们走了。”宝玉还说：“再歇歇。”那林之孝家的已带了众人，又查别处去了。

这里晴雯等忙命关了门，进来笑说：“这位奶奶那里吃了一杯来了，唠三叨四的，又排场了我们一顿去了。”麝月笑道：“他也不是好意的？少不得也要常提着些儿，也提防着，怕走了大褶儿的意思。”说着，一面摆上酒果。袭人道：“不用高桌，咱们把那张花梨圆炕桌子放在炕上坐，又宽绰又便宜。”说着，大家果然抬来。麝月和四儿那边去搬果子，用两个大茶盘做四五次，方搬运了来。两个老婆子蹲在外面火盆上炖酒。宝玉道："天气热，咱们都脱了大衣裳才好。"众人笑道："你要脱你脱，我们还要轮流安席呢。"宝玉笑道："这一安席，就要到五更天了。知道我最怕这些俗套，在外人跟前不得已的，这会子还呕我，就不好了。"众人听了，都说："依你。"于是先不上坐，且忙着卸妆宽衣。

一时，将正妆卸去，头上只随便挽着鬟儿，身上皆是长裙短袄。宝玉只穿着大红棉纱小袄儿，下面绿绫弹墨袷裤，散着裤脚，系着一条汗巾，靠着一个各色玫瑰、芍药花瓣妆的玉色夹纱新枕头，和芳官两个先搳拳。当时芳官满口嚷热，只穿着一件玉色红青酡绒三色缎子斗的水田小夹袄，束着一条柳绿汗巾，底下是水红撒花夹裤，也散着裤脚。头上齐额编着一圈小辫，总归至顶心，结一根粗辫，拖在脑后。右耳眼内只塞着米粒大小的一个小玉塞子，左耳上单带着一个白果大小的硬红镶金大坠子，越显的面如满月犹白，眼似秋水还清。引得众人笑说："他两个倒像一对双生的弟兄。"袭人等一一斟上酒来，说："且等一等再搳拳。虽不安席，在我们每人手里吃一口罢了。"于是袭人为先，端在唇上吃了一口，其余依次下去，一一吃过，大家方团圆坐了。春燕、四儿因炕沿坐不下，便端了两个绒套绣墩近炕放下。那四十个碟子，皆是一色白彩定窑的，不过只有小茶碟大，里面自是山南海北干鲜水陆的酒馔果菜。

宝玉因说："咱们也该行个令才好。"袭人道："斯文些才好，别大呼小叫，叫人听见；二则我们不识字，可不要那些文的。"麝月笑道："拿骰子咱们抢红罢。"宝玉道："没趣，不好。咱们占花名儿好。"晴雯笑道："正是，早已想弄这个顽意儿。"袭人道："这个顽意虽好，人少了没趣。"春燕笑道："依我说，咱们竟悄悄的把宝姑娘、云姑娘、林姑娘请了来顽一回子，到二更天再睡不迟。"袭人道："又开门阖户的闹，倘或遇见巡夜的问呢？"宝玉道："怕什么！咱们三姑娘也吃酒，再请他一声才好。还有琴姑娘。"众人都道："琴姑娘罢了，他在大奶奶房里，叨登的大发了。"宝玉道："怕什么？你们就快请去。"

春燕、四儿都巴不得一声，二人忙命开门，分头去请。晴雯、麝月、袭人三人又说："他两个去请，只怕宝、林两个不肯来。须得我们请去，死活拉他来。"于是袭人、晴雯忙又命老婆子打个灯笼，二人又去。果然宝钗说夜深了，黛玉说身上不好。他二人再三央求："好歹给我们一点体面，略坐坐再来。"

探春听了，却也欢喜。因想："不请李纨，倘或被他知道了，倒不好。"便命翠墨同了春燕也再三的请了李纨和宝琴二人，会齐，先后都到了怡红院中。袭人又死活拉了香菱来。炕上又并了一张桌子，方坐开了。

宝玉忙说："林妹妹怕冷，过这边靠板壁坐。"又拿了个靠背垫着些。袭人等都端了椅子，在炕沿下陪着。黛玉却离桌远远的，靠着靠背，因笑向宝钗、李纨、探春等道："你们日日说人家夜饮聚赌，今日我们自己也如此，以后怎么说人？"李纨笑道："有何妨碍！一年之中，不过生日、节间如此，并没夜夜如此，这倒也不怕。"说着，晴雯拿了一个竹雕的签筒来，里面妆着象牙花名签子，摇了一摇，放在当中。又取过骰子来，盛在盒内，摇了一摇，揭开一看，里面是六点，数至宝钗。宝钗便笑道："我先抓，不知抓出个什么来。"说着，将筒摇了一摇，伸手掣出一签，大家一看，只见签上画着一枝牡丹，题着"艳冠群芳"四字。下面又有镌的小字，一句唐诗，道是：

任是无情也动人。

又注着："在席共贺一杯。此为群芳之冠，随意命人，不拘诗词雅谑，或新曲一支为贺。"众人都笑道："巧的很，你也原配牡丹花。"说着，大家共贺了一杯。

宝钗吃过，便笑说："芳官唱一只我们听罢。"芳官道："既这样，大家吃了门杯好听。"于是大家吃酒。芳官便唱："寿筵开处风光好……"众人都道："快打回去！这会子很不用你来上寿，拣你极好的唱来。"芳官只得细细的唱了一只《赏花时》：

翠凤毛翎扎帚叉，闲踏天门扫落花。您看那风起玉尘沙。猛可的那一层云下，抵多少门外即天涯。您再休要剑斩黄龙一线儿差，再休向东老贫穷卖酒家。您与俺眼向云霞。洞宾呵，您得了人可便早些儿回话，若迟呵，错教人留恨碧桃花。

才罢。宝玉却只管拿着那签，口内颠来倒去念"任是无情也动人"，听了这曲子，眼看着芳官不语。湘云忙一手夺了，掷与宝钗。宝钗又掷了一个十六点，数到探春。

探春笑道："还不知得个什么。"伸手掣了一根出来，自己一瞧，便掷在桌上，红了脸，笑道："这东西不好，不该行这令。这原是外头男人们行的令，许多混话在上头。"众人不解，袭人等忙拾了起来，众人看时，上面是一枝杏花，那红字写着"瑶池仙品"四字，诗云：

日边红杏倚云栽。

注云："得此签者，必得贵婿，大家恭贺一杯，再同饮一杯。"众人笑说道："我们说是什么呢。这签原是闺阁中取笑的，除了这两三根有这话的，并无杂话。这有何妨？我们家已有了王妃，难道你也是王妃不成？大喜，大喜！"说着，大家来敬。探春那里肯饮？却被湘云、香菱、李纨等三四个人强死强活灌了一钟才罢。探春只命："蠲了这个，再行别的。"众人断不肯依。湘云拿着他的手，强掷了个十九点出来，便该李氏掣。

李氏摇了一摇，掣出一根来一看，笑道："好极！你们瞧瞧，这劳什子竟有些意思。"众人瞧那签上，画着一枝老梅，写着"霜晓寒姿"四字，那一面旧诗是：

竹篱茅舍自甘心。

注云："自饮一杯，下家掷骰。"李纨笑道："真有趣！你们掷去罢，我只自吃一杯，不问你们的废兴。"说着，便吃酒，将骰过与黛玉。黛玉一掷，是十八点，便该湘云掣。

湘云笑着，揎拳掳袖的伸手掣了一根出来，大家看时，一面画着一枝海棠，题着"香梦沉酣"四字，那面诗道是：

只恐夜深花睡去。

黛玉笑道："'夜深'二字，改'石凉'两个字倒好。"众人便知他打趣白日间湘云醉眠的事，都笑了。湘云笑指那自行船与黛玉看，又说："快坐上那船家去罢，别多说了！"众人都笑了。因看注云："既云'香梦沉酣'，掣此签者不便饮酒，只令上下两家各饮一杯。"湘云拍手笑道："阿弥陀佛，真真好签！"恰好黛玉是上家，宝玉是下家，二人斟了两杯，只得要饮。宝玉先饮了半杯，瞧人不见，递与芳官。芳官即便端起来，一仰脖喝了。黛玉只管和人说话，将酒全折在漱盂内了。湘云便抓起骰子来一掷个九点，数去该麝月。

麝月便掣了一根出来，大家看时，这面是一枝荼蘼花，题着"韶华胜极"四字，那边写着一句旧诗，道是：

开到荼蘼花事了。

注云："在席各饮三杯送春。"麝月问："怎么讲？"宝玉皱眉，忙将签藏了，说："咱们且吃酒。"说着，大家吃了三口，以充三杯之数。麝月一掷个十点，该香菱。

香菱便掣了一根并蒂花，题着"联春绕瑞"，那面写着一句旧诗，道是：

连理枝头花正开。

注云："共贺掣者三杯。大家陪饮一杯。"香菱便又掷了个六点，该黛玉。

黛玉默默的想道："不知还有什么好的？被我掣着方好。"一面伸手取了一根，只见上面画着一枝芙蓉花，题着"风露清愁"四字，那面一句旧诗，道是：

莫怨东风当自嗟。

注云："自饮一杯，牡丹陪饮一杯。"众人笑道："这个好极！除了他，别人不配做芙蓉。"黛玉也自笑了，于是饮了酒，便掷了个二十点，该着袭人。

袭人便伸手取了一枝出来，却是一枝桃花，题着"武陵别景"四字，那一面写着旧诗，道是：

桃红又是一年春。

注云："杏花陪一盏，坐中同庚者陪一盏，同辰者陪一盏，同姓者陪一盏。"众人笑道："这一回热闹有趣！"大家算来，香菱、晴雯、宝钗三人皆与他同庚，黛玉与他同辰，只无同姓者。芳官忙道："我也姓花，我也陪他一钟。"于是大家斟了酒。黛玉因向探春笑道："命中该招贵婿的，你是杏花，快吃了，我们好吃。"探春笑道："这是什么话？大嫂子，顺手给他一巴掌。"李纨笑道："人家不得贵婿，反挨打，我也不忍的。"众人都笑了。

袭人才要掷，只听有人叫门。老婆子忙出去问时，原来是薛姨妈打发人来了，接黛玉的。众人因问："几更了？"人回："二更以后了，钟打过十一下了。"宝玉犹不信，要过表来瞧了一瞧，已是子初一刻十分了。黛玉便起身说："我可撑不住了，回去还要吃药哩。"众人道："也都该散了。"袭人、宝玉等还要留着众人，李纨、探春等都说："夜太深了不像，这已是破格了。"袭人道："既如此，每位再吃一杯再走。"说着，晴雯等已都斟满了酒，每人吃了，都命点灯。袭人等都送过沁芳亭河那边方回来。

关了门，大家复又行起令来。袭人等又用大钟斟了几钟，用盘子攒了各样果菜与底下的老妈妈们吃。彼此有了三分酒，便揎拳赢唱小曲儿。那天已四更时分，老妈妈们一面明吃，一面暗偷。酒缸已罄，众人听了，方收拾盥漱睡觉。芳官吃的两腮胭脂一般，眉梢眼角添了许多丰韵，身子图不得，便睡在袭人身上，说："姐姐，我心跳的很。"袭人笑道："谁叫你尽力灌呢？"春燕、四儿也图不得，早睡了。晴雯还只管叫，宝玉道："不用叫了，咱们且胡乱歇一歇。"自己便枕了那红香枕，身子一歪就睡着了。袭人见芳官醉的很，恐闹他唾酒，只得轻轻起来，就将芳官扶在宝玉之侧，由他睡了。自己却在对面榻上倒下。大家黑甜一觉，不知所之。

及至天明，袭人睁眼一看，只见天色晶明，忙说："可迟了。"向对面床上瞧了一瞧，只见芳官头枕着炕沿上，睡犹未醒，连忙起来叫他。宝玉已翻身醒了，笑道：“可迟了！”因又推芳官起来。那芳官坐起来，犹发怔揉眼睛。袭人笑道：“不害羞！你吃醉了，怎么也不拣地方儿乱挺下了？”芳官听了，瞧一瞧，方知是和宝玉同榻，忙笑的下地来说：“我怎么吃的不知道了？”宝玉笑道：“我竟也不知道了。若知道，给你脸上抹些黑墨。”说着，丫头进来伺候梳洗。宝玉笑道：“昨日有扰，今日晚上我还席。”袭人笑道：“罢，罢，罢，今日可别闹了。再闹，就有人说话了。”宝玉道：“怕什么？不过才两次罢了。咱们也算会吃酒的了，那一坛子酒怎么就吃光了？正在有趣儿，偏又没了。”袭人笑道：“原要这样才有趣。必致兴尽了，反无后味。昨日都好上来了，晴雯连臊也忘了，我记得他还唱了一个曲儿。”四儿笑道：“姐姐忘了？连姐姐还唱了一个呢。在席的谁没唱过？”众人听了，俱红了脸，用两手握着笑个不住。

忽见平儿笑嘻嘻的走来，说：“我亲自来请昨日在席的人，今日我还东，短一个也使不得。”众人忙让坐吃茶。晴雯笑道：“可惜昨夜没他。”平儿忙问：“你们夜里做什么来？”袭人便说：“告诉不得你。昨日夜里，热闹非常，连往日老太太、太太带着众人顽，也不及昨日这一顽。一坛酒我们都鼓捣光了，一个个吃的把臊都丢了，三不知的，又都唱起来。四更多天才横三竖四的打了一个盹儿。”平儿笑道：“好！白和我要了酒来，也不请我，还说着给我听，气我！”晴雯道：“今日他还席，必自来请你的，等着罢。”平儿笑问道：“他是谁？谁是他？”晴雯听了，把脸飞红了，赶着打，笑说道：“偏你这耳朵尖，听的真！”平儿笑道：“呸！不害臊的丫头！这会子有事，不和你说。我干事去了，回来再打发人请，一个不到，我是打上门来的。”宝玉等忙留他，已经去了。

这里宝玉梳洗了，正吃茶，忽然一眼看见砚台底下压着一张纸，因说道：“你们这么随便混压东西也不好。”袭人、晴雯等忙问：“又是怎么了？谁又有了不是了？”宝玉指道：“砚台下是什么？一定又是那位的样子，忘记了收的。”晴雯忙启砚拿了出来，却是一张字帖儿，递与宝玉看时，原来是一张粉红笺纸，上面写着“槛外人妙玉恭肃遥叩芳辰”。宝玉看毕，直跳了起来，忙问：“是谁接了来的？也不告诉！”袭人、晴雯等见了这般，不知当是那个要紧的人来的帖子，忙一齐问：“昨日谁接下了这个帖子？”四儿忙飞跑进来，笑说：“昨日妙玉并没亲来，只打发个妈妈送来，我就搁在这里，谁知一顿酒吃的就忘了。”众人听了道：“我当是谁，这样大惊小怪。这也不值得。”宝玉忙命：

"快拿纸来！"当下拿了纸，研了墨，看他下着"槛外人"三字，自己竟不知回帖上回个什么字样才相敌，只管提笔出神，半天仍没主意。因又想："或问宝钗去，他必又批评怪诞。不如问黛玉去。"想罢，袖了帖儿，径来寻黛玉。

刚过了沁芳亭，忽见岫烟颤颤巍巍的迎面走来，宝玉忙问："姐姐那里去？"岫烟笑道："我找妙玉说话。"宝玉听了诧异，说道："他为人孤癖，不合时宜，万人不入他的目。原来他推重姐姐，竟知姐姐不是我们一流的俗人！"岫烟笑道："他也未必真心重我，但我和他做过十年的邻居，只一墙之隔：他在蟠香寺修炼，我家原寒素，赁房居住，就赁了他庙里的房子，住了十年。无事到他庙里去作伴，我所认得的字都是承他所授。我和他又是贫贱之交，又有半师之分。因我们投亲去了，闻得他因不合时宜，权势不容，竟投到这里来。如今又天缘凑合，我们得遇，旧情竟未改易。承他青目，更胜当日。"宝玉听了，恍如听了焦雷一般，喜的笑道："怪道姐姐举止言谈，超然如野鹤闲云，原本有来历！我正因他的一件事为难，要请教别人去。如今遇见姐姐，真是天缘凑合，求姐姐指教。"说着，便将拜帖取与岫烟看。岫烟笑道："他这脾气，竟不能改，竟是生成这等放诞诡僻了。从来没见拜帖上写别号的，这可是俗语说的'僧不僧，俗不俗，女不女，男不男'，成个什么理数！"宝玉听说，忙笑道："姐姐不知道，他原不在这些人中算，他原是世人意外之人，因取我是个些微有知识的，方给我这帖子。我因不知回什么字样才好，竟没了主意，正要去问林妹妹，可巧遇见了姐姐。"

岫烟听了宝玉这话，且只管用眼上下细细打量了半日，方笑道："怪道俗语说的'闻名不如见面'，又怪不得妙玉竟下这帖子给你，又怪不得上年竟给你那些梅花。既连他这样，少不得我告诉你原故。他常说：'古人中，自汉、晋、五代、唐、宋以来，皆无好诗，只有两句好，说道："纵有千年铁门槛，终须一个土馒头。"'所以他自称'槛外之人'。又常赞：'文是庄子的好。'故又或称为'畸人'。他若帖子上是自称'畸人'的，你就还他个'世人'：'畸人'者，他自称是畸零之人；你谦自己乃世中扰扰之人，他便喜了。如今他自称'槛外之人'，是自谓蹈于铁槛之外了，故你如今只下'槛内人'，便合了他的心了。"

宝玉听了，如醍醐灌顶，嗳哟了一声，方笑道："怪道我们家庙说是'铁槛寺'呢，原来有这一说。姐姐先请，让我去写回帖。"岫烟听了，便自往栊翠庵来。宝玉回房，写了帖子，上面只写"槛内人宝玉薰沐谨拜"几字，亲自拿了到栊翠庵，只隔门缝儿投进去，便回来了。

因饭后平儿还席，说红香圃太热，便在榆荫堂中摆了几席新酒佳肴。可喜尤氏又带了佩凤、偕鸾二妾过来游玩。这二妾亦是青年姣憨女子，不常过来的，今既入了这园，再遇见湘云、香菱、芳、蕊一干女子，所谓“方以类聚，物以群分”，二语不错，只见他们说笑不了，也不管尤氏在那里，只凭丫鬟们去伏侍，且同众人一一的游玩。

闲言少述。且说当下众人都在榆荫堂中，以酒为名，大家顽笑，命女先儿击鼓。平儿采了一枝芍药，大家约二十来人，传花为令，热闹了一回。因人回说：“甄家有两个女人送东西来了。”探春和李纨、尤氏三人，出去议事厅相见。这里众人且出来散一散。佩凤、偕鸾两个去打秋千顽耍，宝玉便说：“你两个上去，让我送。”慌的佩凤说：“罢了，别替我们闹乱子！”

正顽笑不绝，忽见东府中几个人慌慌张张跑来说：“老爷殡天了！”众人听了，吓了一大跳，忙都说：“好好的并无疾病，怎么就没了？”家人说：“老爷天天修炼，定是功成圆满，升仙去了。”尤氏一闻此言，又见贾珍父子并贾琏等皆不在家，一时竟没个着己的男子来，未免忙了。只得忙卸了妆饰，命人先到玄真观将所有的道士都锁了起来，等大爷来家审问；一面忙忙坐车带了赖升一干老家人、媳妇出城；又请太医看视，到底系何病证。

大夫们见人已死，无从诊脉，且素知贾敬导气之术总属虚诞，更至参星礼斗，守庚申，服灵砂等，妄作虚为，过于劳神费力，反因此伤了性命的。如今虽死，腹中坚硬似铁，面皮嘴唇烧的紫绛皱裂。便向媳妇回说：“系道教中吞金服砂，烧胀而没。”众道士慌的回道：“原是老爷秘法新制的丹砂吃坏了事，小道们也曾劝说：‘功夫未到，且服不得。’不承望老道爷于今夜守庚申时悄悄的服了下去，便升仙去了。这是虔心得道，已出苦海，脱去皮囊了。”尤氏也不听，只命锁着，等贾珍来发放，且命人飞马报信。一面看视里面窄狭，不能停放，横竖也不能进城的，忙妆裹好了，用软轿抬至铁槛寺来停放。掐指算来，至早也得半月的工夫贾珍方能来到，目今天气炎热，实不能相待，遂自行主持，命天文生择了日期入殓。寿木早年已经备下，寄在此庙的，甚是便宜。三日后，便破孝开吊，一面且做起道场来。因那边荣府中凤姐儿出不来，李纨又照顾姊妹，宝玉不识事体，只得将外头事务暂托几个家中二等管事人。贾瑞、贾珖、贾珩、贾璎、贾菖、贾菱等各有执事。尤氏不能回家，便将他继母接来，在宁府看家。这继母只得将两个未出嫁的女孩儿带来，一同住着才放心。

且说贾珍闻了此信,急忙告假,并贾蓉是有职人员。礼部见当今隆敦孝弟,不敢自专,具本请旨。原来天子极是仁孝过天的,且更隆重功臣之裔,一见此本,便诏问贾敬何职,礼部代奏:“系进士出身,祖职已荫其子贾珍。贾敬因年迈多疾,常养静于都城之外玄真观,今因疾殁于观中。其子珍,其孙蓉,现因国丧随驾在此,故乞假归殓。”天子听了,忙下额外恩旨曰:“贾敬虽无功于国,念彼祖父之忠,追赐五品之职。令其子孙扶柩,由北下门入都,恩赐私第殡殓,任子孙尽丧,礼毕扶柩回籍。外着光禄寺按上例赐祭,朝中由王公以下,准其祭吊。钦此。”此旨一下,不但贾府中人谢恩,连朝中所有大臣,皆嵩呼称颂不绝。

贾珍父子星夜驰回,半路中又见贾瑞、贾珖二人领家丁飞驰而来,看见贾珍,一齐滚鞍下马请安。贾珍忙问:“做什么?”贾瑞回说:“嫂子恐哥哥和侄儿来了,老太太路上无人,叫我们两个来护送老太太的。”贾珍听了,赞声不绝。又问:“家中如何料理?”贾瑞等便将如何拿了道士,如何挪至家庙,怕家内无人,接了亲家母和两个姨奶奶在上房住着。贾蓉当下也下了马,听见两个姨娘来了,喜的笑容满面。贾珍忙说了几声“妥当”,加鞭便走,店也不投,连夜换马飞驰。一日到了都门,先奔入铁槛寺。那天已是四更天气,坐更的闻知,忙喝起众人来。贾珍下了马,和贾蓉放声大哭,从大门外便跪爬进来,至棺前稽颡泣血,直哭到天亮,喉咙都哭哑了方住。尤氏等都一齐见过。贾珍父子忙按礼换了凶服,在棺前俯伏。无奈自要理事,竟不能目不视物、耳不闻声,少不得减了些悲戚,好指挥众人。因将恩旨备述给众亲友听了,一面先打发贾蓉回家来料理停灵之事。

贾蓉巴不得一声儿,便先骑马跑来,到家忙命前厅收桌椅,下槅扇,挂孝幔子,门前起鼓手棚、牌楼等事,又忙着进来看外祖母、两个姨娘。原来尤老安人年高喜睡,常常歪着。他二姨娘、三姨娘都和丫头们做活计,见他来了,都道烦恼。贾蓉且嘻嘻的望他二姨娘笑道:“二姨娘,你又来了?我父亲正想你呢。”尤二姐红了脸,骂道:“好蓉小子!我过两日不骂你几句,你就过不得了,越发连个体统都没了!还亏你是大家公子哥儿,每日念书学礼的,越发连那小家子瓢坎的也跟不上!”说着,顺手拿起一个熨斗来兜头就打,吓的贾蓉抱着头滚到怀里告饶。尤三姐便转过脸去,说道:“等姐姐来家,再告诉他!”贾蓉忙笑着跪在炕上求饶,因又和他二姨娘抢砂仁吃。那二姐儿嚼了一嘴渣子,吐了他一脸,贾蓉用舌头都舔着吃了。众丫头看不过,都笑道:

“热孝在身上，老娘才睡了觉。他两个虽小，到底是姨娘家，你太眼里没有奶奶了。回来告诉爷，你吃不了兜着走！”

贾蓉撇下他姨娘，便抱着那丫头亲嘴，说：“我的心肝，你说的是。咱们馋他们两个。”丫头们忙推他，恨的骂：“短命鬼！你一般有老婆、丫头，只和我们闹！知道的说是顽，不知道的人，再遇见那样脏心烂肺的、爱多管闲事嚼舌头的人，吵嚷到那府里，背地嚼舌，说咱们这边混帐。”贾蓉笑道：“各门另户，谁管谁的事？都够使的了。从古至今，连汉朝和唐朝，人还说脏唐臭汉，何况咱们这宗人家！谁家没风流事？别叫我说出来。连那边大老爷这么利害，琏二叔还和那小姨娘不干净呢。凤婶子那样刚强，瑞大叔还想他的帐。那一件瞒了我！”贾蓉只管信口开河，胡言乱道，三姐儿沉了脸，早下炕进里间屋里，叫醒尤老娘。

这里贾蓉见他老娘醒了，忙去请安问好，又说：“老祖宗劳心，又难为两位姨娘受委屈，我们爷儿们感激不尽！惟有等事完了，我们合家大小登门叩头去。”尤老安人点头道：“我的儿，倒是你会说话，亲戚们原是该的。”又问：“你父亲好？几时得了信赶到的？”贾蓉笑道：“才刚赶到的，先打发我瞧你老人家来了。好歹求你老人家事完了再去。”说着，又和他二姨娘挤眼儿。尤二姐便悄悄咬牙含笑骂道：“很会嚼舌头的猴儿崽子，留下我们给你爹做妈不成！”贾蓉又与尤老娘道：“放心罢，我父亲每日为两位姨娘操心，要寻两个有根基、又富贵、又年轻、又俏皮的两位姨父，好聘嫁这二位姨娘。这几年总没拣着，可巧前日路上才相准了一个。”尤老娘只当是真话，忙问：“是谁家的？”尤二姐丢了活计，一头笑，一头赶着打道：“妈妈，别信这混帐孩子的话！”三姐儿道：“蓉儿，你说是说，别只管嘴里这么不清不浑的！”说着，人来回话道：“事已完了，请哥儿出去看了，回爷的话去呢。”那贾蓉方笑嘻嘻的出来。不知如何，且听下回分解。

第六十四回　幽淑女悲题五美吟　浪荡子情遗九龙珮

话说贾蓉见家中诸事已妥，连忙赶至寺中回明贾珍。于是连夜分派各项执事人役，并预备一切应用幡杠等物。择于初四日卯时请灵柩进城，一面使人知会诸位亲友。是日，丧仪焜耀，宾客如云，自铁槛寺至宁府，夹路看的何止数万人。内中有嗟叹的，也有羡慕的，又有一等半瓶醋的读书人，说是丧礼与其奢易，莫若俭戚的，一路纷纷议论不一。至未申时方到，将灵柩停放正堂之内。供奠举哀已毕，亲友渐次散回，只剩族中人分理迎宾送客等事。近亲只有邢舅太爷相伴未去。贾珍、贾蓉此时为礼法所拘，不免在灵旁藉草枕块，恨苦居丧；人散后，仍乘空寻他小姨子们厮混。宝玉亦每日在宁府穿孝，至晚人散，方回园里。凤姐身体未愈，虽不能时常在此，或遇开坛诵经、亲友上祭之日，亦扎挣过来，相帮尤氏料理。

一日，供毕早饭，因此时天气尚长，贾珍等连日劳倦，不免在灵旁假寐。宝玉见无客至，遂欲回家看视黛玉，因先回至怡红院中。进入门来，只见院中寂静无人，有几个老婆子与小丫头们在回廊下取便乘凉，也有睡卧的，也有坐着打盹的。宝玉也不去惊动。只有四儿看见，连忙上前来打帘子。将掀起时，只见芳官自内带笑跑出，几乎与宝玉撞个满怀。一见宝玉，方含笑站住，说道："你怎么来了？你快与我拦住晴雯，他要打我呢！"一语未了，只听得屋内嘻嘻哗喇的乱响，不知是何物撒了一地。随后晴雯赶来，骂道："我看你这小蹄子往那里去，输了不叫打！宝玉不在家，我看有谁来救你！"宝玉连忙带笑拦住，道："你妹子小，不知怎么得罪了你，看我的分上，饶他罢。"

晴雯也不想宝玉此时回来，乍一见，不觉好笑，遂笑说道："芳官竟是个狐狸精变的，就是会拘神遣将的符咒也没有这样快！"又笑道："就是你真请了神来，我也不怕！"遂夺手仍要捉拿芳官。芳官早已藏在宝玉身后，搂着宝玉不放。宝玉遂一手拉了晴雯，一手携了芳官，进入屋内。看时，只见西边炕上麝月、秋纹、碧痕、春燕等正在那里抓子儿赢瓜子儿呢。却是芳官输与晴雯，芳官不肯叫打，跑了出去，晴雯因赶芳官，将怀内的子儿撒了一地。宝玉欢喜道："如此长天，我不在家，正恐你们寂寞，吃了饭睡觉睡出病来，大家寻件事顽笑消遣甚好。"因不见袭人，又问道："你袭人姐姐呢？"晴雯道："袭人么？越发道学了，独自个在屋里面壁呢。这好一会我们没进去，不知他作什么呢，一些声气也听不见。你快瞧瞧去罢，或者此时参悟了也未可定。"

宝玉听说，一面笑，一面走至里间。只见袭人坐在近窗床上，手中拿着一根灰色绦子，正在那里打结子呢，见宝玉进来，连忙站起来，笑道："晴雯这东西，编派我什么呢！我因要赶着打完这结子，没工夫和他们瞎闹，因哄他道：'你们顽去罢，趁着二爷不在家，我要在这里静坐一坐，养一养神。'他就编派了我这些混话，什么'面壁了'、'参禅了'的，等一会我不撕他那嘴！"宝玉笑着，挨近袭人坐下，瞧他打结子，问道："这么长天，你也该歇息歇息，或和他们顽去，要不，瞧瞧林妹妹去也好。怪热的，打这个那里使？"袭人道：

“我见你带的扇套，还是那年东府里蓉大奶奶的事情上作的。那个青东西，除族中或亲友家夏天有丧事方带得着，一年遇着带一两遭，平常又不犯做。如今那府里有事，这是要过去天天带的，所以我赶着另作一个，等打完了结子，给你换下那旧的来。你虽然不讲究这个，若叫老太太回来看见，又该说我们躲懒，连你的穿带之物都不经心了。”宝玉笑道：“这真难为你想的到。只是也不可过于赶，热着了倒是大事。”说着，芳官早托了一杯凉水内新湃的茶来。因宝玉素昔秉赋柔脆，虽暑月不敢用冰，只以新汲井水将茶连壶浸在盆内，不时更换，取其凉意而已。宝玉就芳官手内吃了半盏，遂向袭人道：“我来时已分付了焙茗：若珍大哥那边有要紧的客来时，叫他即刻送信；若无要紧的事，我就不过去了。”说毕，遂出了房门，又回头向碧痕等道：“如有事，往林姑娘处来找我。”于是一径往潇湘馆来看黛玉。

将走过沁芳桥，只见雪雁领着两个老婆子，手中都拿着菱藕瓜果之类。宝玉忙问雪雁道：“你们姑娘从来不吃这些凉东西的，拿这些瓜果何用？不是要请那位姑娘、奶奶么？”雪雁笑道：“我告诉你，可不许你对姑娘说去。”宝玉点头应允。雪雁便命两个婆子：“先将瓜果送去，交与紫鹃姐姐。他要问我，你就说我做什么呢，就来。”那婆子答应着去了。雪雁方说道：“我们姑娘这两日方觉身上好些了，今日饭后，三姑娘来会着要瞧二奶奶去，姑娘也没去，又不知想起了什么来了，自己哭了一回，提笔写了好些不知是诗是词。叫我传瓜果去时，又听叫紫鹃将屋内摆着的小琴桌上的陈设搬下来，将桌子搬在外间当地，又叫将那龙文鼒放在桌上，等瓜果来时听用。若说是请人呢，不犯先忙着把个炉摆出来；若说点香呢，我们姑娘素日屋内除摆新鲜花果木瓜之类，又不大喜薰衣服。就是点香，亦当点在常坐卧之处。难道是老婆子们把屋子薰臭了，要拿香薰薰不成？究竟连我也不知何故。二爷白瞧瞧去。”说毕，便连忙去了。

宝玉听了，不由的低头心内细想道：“据雪雁说来，必有原故。若是同那一位姊妹们闲坐，不必如此先设馔具。或者是姑爷姑妈的忌辰？但我记得每年到此日期，老太太都分付另外整理肴馔送去林妹妹私祭，此时已过。大约必是七月，因为瓜果之节，家家都上秋祭的坟，林妹妹有感于心，所以在私室自己奠祭，取《礼记》‘春秋荐其时食’之意，也未可定。但我此刻走去，见他伤感，必极力劝解，又怕他烦恼郁结于心；若竟不去，又恐他过于伤感，无人劝止：两件皆足致疾。莫若先到凤姐姐处一看，在彼稍坐即回。如若见林妹妹伤感，再设法开解。既不至使其过悲，哀痛稍申，亦不至抑郁致病。”想毕，遂出了园门，一径到凤姐处来。

正有许多执事婆子们回事毕，纷纷散出，凤姐儿正倚着门和平儿说话呢。一见了宝玉，笑道：“你回来了么？我才分付了林之孝家的，叫他使人告诉跟你的小厮：若没什么事，趁便请你回来歇息歇息；再者那里人多，你那里禁得住那些气味？不想恰好你倒来了。”宝玉笑道：“多谢姐姐记挂。我也因今日没事，又见姐姐这两日没往那府里去，不知身上可大愈否，所以回来看视看视。”凤姐道：“左右也不过是这样，三日好两日不好的。老太太、太太不在家，这些大娘们，唉，那一个是安分的？每日不是打架就是拌嘴，连赌博偷盗的事情都闹出两三件来了。虽说有三姑娘帮着办理，他又是个没出阁的姑娘，也有叫他知道得的，也有往他说不得的事，也只好强扎挣着罢了。总不得心静一会儿。别说想病好，求其不添也就罢了。”宝玉道：“虽如此说，姐姐还要保重身体，少操些心才是。”说毕，又说了些闲话，别了凤姐，回身往园中走来。

进了潇湘馆院门看时，只见炉袅残烟，奠余玉醴，紫鹃正看着人往里收桌子、搬陈设呢。宝玉便知已经祭奠完了。走入屋内，只见黛玉面向里歪着，病体恹恹，大有不胜之态。紫鹃连忙说道：“宝二爷来了。”黛玉方慢慢的起来，含笑让坐。宝玉道：“妹妹，这两天可大好些了？气色倒觉静些，只是为何又伤心了？”黛玉道：“可是你没的说了，好好的，我多早晚又伤心了？”宝玉笑道：“妹妹脸上现有泪痕，如何还哄我呢？只是我想，妹妹素日本来多病，凡事当各自宽解，不可过作无益之悲。若作践坏了身子，使我——”说到这里，觉得以下的话有些难说，连忙咽住。只因他虽说和黛玉一处长大，情投意合，又愿同生死，却只是心中领会，从来未曾当面说出；况兼黛玉心多，每每说话造次，得罪了他。今日原为的是来劝解，不想把话又说造次了，接不下去，心中一急，又怕黛玉恼他，又想一想自己的心实在的是为好，因而转急为悲，早已滚下泪来。黛玉起先原恼宝玉说话不论轻重，如今见此光景，心有所感，本来素昔爱哭，此时亦不免无言对泣。

却说紫鹃端了茶来，打谅二人又为何事口角，因说道：“姑娘身上才好些，宝二爷又来呕气了。到底是怎么样？”宝玉一面拭泪，笑道：“谁敢呕妹妹了？”一面搭讪着起来闲步。只见砚台底下微露一纸角，不禁伸手拿起。黛玉忙要起身来夺，已被宝玉揣在怀内，笑央道：“好妹妹，赏我看看罢。”黛玉道：“不管什么，来了就混翻！”

一语未了，只见宝钗走来，笑道：“宝兄弟要看什么？”宝玉因未见上面是何言词，又不知黛玉心中如何，未敢造次回答，却望着黛玉笑。黛玉一面让宝钗坐，一面笑说道：“我曾见古史中有才色的女子，终身遭际，令人可欣、可羡、可悲、可叹者甚多。今日饭后无事，因欲择出数人，胡乱凑几首诗，以寄感慨，可巧探丫头来会我瞧凤姐姐去，我也身上懒懒的，没同他去。才将做了五首，一时困倦起来，搁在那里，不想二爷来了就瞧见了。其实给他看也倒没有什么，但只我嫌他是不是的写给人看去。”宝玉忙道：“我多早晚给人看来呢？昨日那把扇子，原是我爱那几首白海棠的诗，所以我自己用小楷写了，不过为的是拿在手中看着便易。我岂不知闺阁中诗词、字迹，是轻易往外传诵不得的？自从你说了，我总没拿出园子去。”

宝钗道：“林妹妹这虑的也是。你既写在扇子上，偶然忘记了，拿在书房里去，被相公们看见了，岂有不问是谁做的呢？倘或传扬开了，反为不美。自古道：‘女子无才便是德。’总以贞静为主，女工还是第二件。其余诗词，不过是闲中游戏，原可以会，可以不会。咱们这样人家的姑娘，倒不要这些才华的名誉。”因又笑向黛玉道：“拿出来给我看看无妨，只不叫宝兄弟拿出去就是了。”黛玉笑道：“既如此说，连你也可以不必看了。”又指着宝玉笑道：“他早已收了去了。”

宝玉听了，方自怀内取出，凑至宝钗身旁一同细看。只见写道：

西　施

一代倾城逐浪花，吴宫空自忆儿家。
效颦莫笑东村女，头白溪边尚浣纱。

虞　姬

肠断乌骓夜啸风，虞兮幽恨对重瞳。
黥彭甘受他年醢，饮剑何如楚帐中？

明　妃

绝艳惊人出汉宫，红颜命薄古今同。
君王纵使轻颜色，予夺权何畀画工？

绿　珠

瓦砾明珠一例抛，何曾石尉重娇娆？
都缘顽福前生造，更有同归慰寂寥。

红　　拂

长揖雄谈态自殊，美人巨眼识穷途。

尸居余气杨公幕，岂得羁縻女丈夫！

宝玉见了，赞不绝口，又说道："妹妹这诗恰好只做了五首，何不就命曰'五美吟'？"于是不容分说，便提笔写在后面。宝钗亦说道："做诗不论何题，只要善翻古人之意。若要随人脚踪走去，纵使字句精工，已落第二艺，究竟算不得好诗。即如前人所咏昭君之诗甚多：有悲挽昭君的，有怨恨延寿的，又有讥汉帝不能使画工图貌贤臣而画美人的，纷纷不一。后来王荆公复有'意态由来画不成，当时枉杀毛延寿'，永叔有'耳目所见尚如此，万里安能制夷狄'：二诗俱能各出己见，不与人同。今日林妹妹这五首诗，亦可谓命意新奇，别开生面了。"

仍欲往下说时，只见有人回道："琏二爷回来了。适才外间传说往东府里去了，好一会了，想必就回来的。"宝玉听了，连忙起身，迎至大门以内等待。恰好贾琏自己下马进来，于是宝玉先迎着贾琏打千儿，口中给贾母、王夫人等请了安，又给贾琏请了安。二人携手走了进来。只见李纨、凤姐、宝钗、黛玉、迎、探、惜等早在中堂等候，一一相见已毕。因听贾琏说道："老太太明日一早到家，一路身体甚好。今日先打发我来回家看视，明日五更仍要出城迎接。"说毕，众人又问了些路途的景况。因贾琏是远路跋涉，遂大家别过，让贾琏回房歇息。一宿晚景，不必细述。

至次日饭时前后，果见贾母、王夫人等到来。众人接见已毕，略坐了一坐，吃了一杯茶，便领了王夫人等人过宁府中来。只听见里面哭声震天，却是贾赦、贾琏送贾母到家，即过这边来了。当下贾母进入里面，早有贾赦、贾琏率领族中人哭着迎了出来。他父子一边一个，挽了贾母走至灵前，又有贾珍、贾蓉跪着扑入贾母怀中痛哭。贾母暮年人，见此光景，亦搂了珍、蓉等痛哭不已。贾赦、贾琏在旁苦劝，方略略止住。又转至灵右，见了尤氏婆媳，不免又相持大哭一场。哭毕，众人方上前一一请安问好。贾珍因贾母才回家来，未得歇息，坐在此间看着未免要伤心，遂再三求贾母回家。王夫人等亦再三相劝。贾母不得已，方回来了。果然年迈的人禁不住风霜伤感，至夜间，便觉头闷心酸，鼻塞声重，连忙请了医生来诊脉下药，足足的忙乱了半夜一日。幸而发散的快，未曾传经，至三更天些须发了点汗，脉静身凉，大家方放了心。至次日，仍服药调理。

又过了数日，乃贾敬送殡之期，贾母犹未大愈，遂留宝玉在家侍奉。凤姐因未曾大好，亦未去。其余贾赦、贾琏、邢夫人、王夫人等，率领家人仆妇，都送至铁槛寺，至晚方回。贾珍、尤氏并贾蓉仍在寺中守灵，等过百日后，方扶柩回籍。家中仍托尤老娘并二姐儿、三姐儿照管。

却说贾琏素日既闻尤氏姐妹之名，恨无缘得见；近因贾敬停灵在家，每日与二姐儿、三姐儿相认已熟，不禁动了垂涎之意。况知与贾珍、贾蓉等素有聚麀之诮，因而乘机百般撩拨，眉目传情。那三姐儿却只是淡淡相对，只有二姐儿也十分有意，但只是眼目众多，无从下手。贾琏又怕贾珍吃醋，不敢轻动，只好二人心领神会而已。此时出殡以后，贾珍家下人少，除尤老娘带领二姐儿、三姐儿并几个粗使的丫鬟、老婆子在正室居住外，其余婢妾都随在寺中，外面仆妇，不过晚间巡更，日间看守门户，白日无事，亦不进里面去，所以贾琏便欲趁此时下手。遂托相伴贾珍为名，亦在寺中住宿，又时常借着替贾珍料理家务，不时至宁府中来勾搭二姐儿。

一日，有小管家俞禄来回贾珍道："前者所用棚杠孝布并请杠人青衣，共使银一千一百十两，除给银五百两外，仍欠六百零十两。昨日两处买卖人俱来催讨，奴才特来讨爷的示下。"贾珍道："你且向库上去领就是了，这又何必来回我。"俞禄道："昨日已曾上库上去领，但只是老爷殡天以后，各处支领甚多，所剩还要预备百日道场及庙中用度，此时竟不能发给。所以奴才今日特来回爷，或者爷内库里暂且发给，或者挪借何项，分付了，奴才好办。"贾珍笑道："你还当是先呢，有银子放着不使？你无论那里借了给他罢。"俞禄笑回道："若说一二百，奴才还可巴结；这五六百，奴才一时那里办得来？"贾珍想了一回，向贾蓉道："你问你娘去，昨日出殡以后，有江南甄家送来打祭银五百两，未曾交到库上去，家里再找找，凑齐了给他去罢。"贾蓉答应了，连忙过这边来回了尤氏，复转来回他父亲道："昨日那项银子已使了二百两，下剩的三百两令人送至家中交与老娘收了。"贾珍道："既然如此，你就带了他去，向你老娘要了出来交给他。再也瞧瞧家中有事无事，问你两个姨娘好。下剩的俞禄先借了添上罢。"

贾蓉与俞禄答应了，方欲退出，只见贾琏走了进来，俞禄忙上前请了安。贾琏便问何事，贾珍一一告诉了。贾琏心中想道："趁此机会，正可至宁府寻二姐儿。"一面遂说道："这有多大事，何必向人借去？昨日我方得了一项银子，还没有使呢，莫若给他添上，岂不省事？"贾珍道："如此甚好。你就分付了蓉儿，一并令他取去。”贾琏忙道：“这必得我亲身取去。再我这几日没回家了，还要给老太太、老爷、太太们请请安去，到大哥那边查查家人们有无生事，再也给亲家太太请请安。”贾珍笑道：“只是又劳动你，我心里倒不安。”贾琏也笑道：“自家兄弟，这有何妨呢？”贾珍又分付贾蓉道：“你跟了你叔叔去，也到那边给老太太、老爷、太太们请安，说我和你娘都请安，打听打听老太太身上可大安了，还服药呢没有。”贾蓉一一答应了，跟着贾琏出来，带了几个小厮，骑上马一同进城。

在路叔侄闲话。贾琏有心，便提到尤二姐，因夸说如何标致，如何做人好，“举止大方，言语温柔，无一处不令人可敬可爱。人人都说你婶子好，据我看，那里及你二姨儿一零儿呢”。贾蓉揣知其意，便笑道：“叔叔既这么爱他，我给叔叔作媒，说了做二房，如何？”贾琏笑道：“你这是顽话，还是正经话？”贾蓉道：“我说的是当真的话。”贾琏又笑道：“敢自好呢，只是怕你婶子不依，再也怕你老娘不愿意。况且我听见说，你二姨儿已有了人家了。”贾蓉道：“这都无妨。我二姨儿、三姨儿都不是我老爷养的，原是我老娘带了来的。听见说我老娘在那一家时，就把我二姨儿许给皇粮庄头张家，指腹为婚。后来张家遭了官司，败落了，我老娘又自那家嫁了出来，如今这十数年，两家音信不通。我老娘时常抱怨，要与他家退婚。我父亲也要将二姨转聘。只等有了好人家，不过令人找着张家，给他十几两银子，写上一张退婚的字儿。想张家穷极了的人，见了银子，有什么不依的？再他也知道咱们这样的人家，也不怕他不依。又是叔叔这样人说了做二房，我管保我老娘和我父亲都愿意。倒只是婶子那里却难。”贾琏听到这里，心花都开了，那里还有什么话说，只是一味呆笑而已。

贾蓉又想了一想，笑道：“叔叔若有胆量，依我的主意，管保无妨，不过多化几个钱。”贾琏忙道：“好孩子，你有什么主意，只管说给我听听。”贾蓉道：“叔叔回家，一点声色也别露，等我回明了我父亲，向我老娘说妥，然后在咱们府后方近左右买上一所房子及应用家伙，再拨两窝子家人过去伏侍。择了日子，人不知鬼不觉，娶了过去，嘱付家人不许走漏风声。婶子在里面住着，深宅大院，那里就得知道了？叔叔两下里住着，过个一年半载，即或闹出来，不过挨上老爷一顿骂。叔叔只说婶子总不生育，原是为子嗣起见，所以私自在外面作成此事。就是婶子，见生米做成熟饭，也只得罢了。再求一求老太太，没有不完的事。”

自古道："欲令智昏。"贾琏只顾贪图二姐美色，听了贾蓉一篇话，遂为计出万全，将现今身上有服并停妻再娶、严父妒妻种种不妥之处，皆置之度外了。却不知贾蓉亦非好意：素日因同他姨娘有情，只因贾珍在内，不能畅意；如今若是贾琏娶了，少不得在外居住，趁贾琏不在时，好去鬼混之意。贾琏那里思想及此？遂向贾蓉致谢道："好侄儿，你果然能够说成了，我买两个绝色的丫头谢你！"说着，已至宁府门首。贾蓉说道："叔叔进去，向我老娘要出银子来，就交给俞禄罢。我先给老太太请安去。"贾琏含笑点头道："老太太跟前，别说我和你一同来的。"贾蓉道："知道。"又附耳向贾琏道："今日要遇见二姨儿，可别性急了，闹出事来，往后倒难办了。"贾琏笑道："少胡说！你快去罢，我在这里等你。"于是贾蓉自去给贾母请安。

贾琏进入宁府，早有家人头儿率领家人等请安，一路围随至厅上。贾琏一一的问了些话，不过塞责而已，便命家人散去，独自往里面走来。原来贾琏、贾珍素日亲密，又是弟兄，本无可避忌之人，自来是不等通报的。于是走至上房，早有廊下伺候的老婆子打起帘子，让贾琏进去。贾琏进入房中一看，只见南边炕上只有尤二姐带着两个丫鬟一处做活，却不见尤老娘与三姐儿。贾琏忙上前问好相见。尤二姐含笑让坐，便靠东边排插儿坐下。贾琏仍将上首让与二姐儿，说了几句见面情儿，便笑问道："亲家太太合三妹妹那里去了？怎么不见？"尤二姐笑道："才有事往后头去了，也就来的。"此时伺候的丫鬟因倒茶去，无人在跟前，贾琏不住的拿眼瞟着二姐儿。二姐儿低了头，只含笑不理。贾琏又不敢造次动手动脚，因见二姐儿手中拿着一条拴着荷包的绢子摆弄，便搭讪着往腰里摸了摸，说道："槟榔荷包也忘记带了来，妹妹有槟榔，赏我一口吃。"二姐道："槟榔倒有，就只是我的槟榔，从来不给人吃。"贾琏便笑着，欲近身来拿。二姐儿怕有人来看见不雅，便连忙一笑，撂了过来。贾琏接在手中，都倒了出来，拣了半块吃剩下的撂在口中吃了，又将剩下的都揣了起来。刚要把荷包亲身送过去，只见两个丫鬟倒了茶来。贾琏一面接了茶吃茶，一面暗将自己带的一个汉玉九龙珮解了下来，拴在手绢上，趁丫鬟回头时，仍撂了过去。二姐儿亦不去拿，只妆看不见，坐着吃茶。

只听后面一阵帘子响，却是尤老娘、三姐儿带着两个小丫头自后面走来。贾琏送目与二姐儿，令其拾取，这尤二姐亦只是不理。贾琏不知二姐儿何意，甚是着急，只得迎上来与尤老娘、三姐儿相见。一面又回头看二姐儿时，只见二姐儿笑着，没事人似的；再又看一看绢子，已不知那里去了，贾琏方放了心。

于是大家归坐后，叙了些闲话。贾琏说道："大嫂子说，前日有一包银子交给亲家太太收起来了，今日因要还人，大哥令我来取。再也看看家里有事无事。"尤老娘听了，连忙使二姐儿拿钥匙去取银子。这里贾琏又说道："我也要给亲家太太请请安，瞧瞧二位妹妹。亲家太太脸面倒好，只是二位妹妹在我们家里受委屈。"尤老娘笑道："咱们都是至亲骨肉，说那里的话？在家里也是住着，在这里也是住着。不瞒二爷说，我们家里自从先夫去世，家计也着实艰难了，全亏了这里姑爷帮助。如今姑爷家里有了这样大事，我们不能别的出力，白看一看家，还有什么委屈了的呢？"正说着，二姐儿已取了银子来,交与尤老娘。尤老娘便递与贾琏。贾琏叫一个小丫头叫了一个老婆子来，分付他道："你把这个交给俞禄，叫他拿过那边去等我。"老婆子答应了出去。

只听得院内是贾蓉的声音说话，须臾进来，给尤老娘、姨娘请了安，又向贾琏笑道："才刚老爷还问叔叔呢，说是有什么事情要使唤。原要使人到庙里去叫，我回老爷说叔叔就来。老爷还分付我：路上遇着叔叔，叫快去呢。"贾琏听了，忙要起身，又听贾蓉和他老娘说道："那一次我和老太太说的：我父亲要给二姨说的姨父，就和我这叔叔的面貌、身量差不多儿。老太太说好不好？"一面说着，又悄悄的用手指着贾琏，和他二姨儿努嘴。二姐倒不好意思说什么，只见三姐似笑非笑、似恼非恼的骂道："坏透了的小猴儿崽子！没了你娘的说了！多早晚我才撕他那嘴呢！"一面说着，便赶了过来。贾蓉早笑着跑了出去，贾琏也笑着辞了出来。走至厅上，又分付了家人们"不可耍钱吃酒"等语,又悄悄的央贾蓉回去急速和他父亲说。一面便带了俞禄过来，将银子添足，交给他拿去。一面给贾赦请安，又给贾母去请安，不提。

却说贾蓉见俞禄跟了贾琏去取银子，自己无事，便仍回至里面，和他两个姨娘嘲戏一回，方起身。至晚到寺，见了贾珍，回道："银子已经交给俞禄了。老太太已大愈了，如今已经不服药了。"说毕，又趁便将路上贾琏要娶尤二姐做二房之意说了，又说如何在外面置房子住，不使凤姐知道，"此时总不过为的是子嗣艰难起见，为的是二姨娘是见过的，亲上做亲，比别处不知道的人家说了来的好。所以二叔再三央我对父亲说"。只不说是他自己的主意。贾珍想了想，笑道："其实倒也罢了，只不知你二姨娘心中愿意不愿意。明日你先去和你老娘商量,叫你老娘问准了你二姨娘,再作定夺。"于是又教了贾蓉一篇话，便走过来将此事告诉了尤氏。尤氏却知此事不妥，因而极力劝止。无奈贾珍主意已定，素日又是顺从惯了的，况且他与二姐儿本非一母，不便深管，因而也只得由他们闹去了。

至次日一早，果然贾蓉复进城来见他老娘，将他父亲之意说了，又添上许多话，说贾琏做人如何好；目今凤姐身子有病，已是不能好的了，暂且买了房子在外面住着，过个一年半载，只等凤姐一死，便接了二姨儿进去做正室；又说他父亲此时如何聘，贾琏那边如何娶，如何接了你老人家养老；往后三姨儿也是那边应了替聘，说得天花乱坠，不由得尤老娘不肯。况且素日全亏贾珍周济，此时又是贾珍作主替聘，而且妆奁不用自己置买，贾琏又是青年公子，比张华强胜十倍，遂忙过来与二姐儿商议。二姐儿又是水性的人儿，在先已和姐夫不妥，又常怨恨当时错许张华，致使后来终身失所，今见贾琏有情，况且姐夫将他聘嫁，有何不肯？也便点头依允。当下回覆了，贾蓉回了他父亲。

次日，命人请了贾琏到寺中来，贾珍当面告诉了他尤老娘应允之事。贾琏自是喜出望外，感谢贾珍、贾蓉父子不尽。于是二人商量着，使人看房子，打首饰，给二姐儿置买妆奁及新房中应用床帐等物。不过几日，早将诸事办妥。已于宁荣街后二里远近小花枝巷内买定一所房子，共二十余间，又买了两个小丫鬟。只是府里家人不敢擅动，外头买人，又怕不知心腹，走漏了风声，忽然想起家人鲍二来。当初因和他女人偷情，被凤姐儿打闹了一阵，含羞吊死了，贾琏给了一百银子，叫他另娶一个。那鲍二向来却就合厨子多浑虫的媳妇多姑娘有一手儿，后来多浑虫酒痨死了，这多姑娘儿见鲍二手里从容了，便嫁了鲍二。况且这多姑娘儿原也合贾琏好的，此时都搬出外头住着。贾琏一时想起来，便叫了他两口儿到新房子里来，预备二姐儿过来时伏侍。那鲍二两口子听见这个巧宗儿，如何不来呢？又使人将张华父子叫来，逼勒着与尤老娘写退婚书。

再说张华之祖，原当皇粮庄头，后来死去，至张华父亲时，仍充此役。因与尤老娘前夫相好，所以强将张华与尤二姐指腹为婚。后来不料遭了官司，败落了家产，弄得衣食不周，那里还娶得起媳妇呢？尤老娘又自那家嫁了出来，两家有十数年音信不通。今被贾府家人唤至，逼他与二姐儿退婚，心中虽不愿意，无奈惧怕贾珍等势焰，不敢不依，只得写了一张退婚文约。尤老娘与了二十两银子，两家退亲不提。

这里贾琏等见诸事已妥，遂择了初三黄道吉日，以便迎娶二姐儿过门。要知端的，且听下回分解。

第六十五回　贾二舍偷娶尤二姨　尤三姐思嫁柳二郎

话说贾琏、贾珍、贾蓉等三人商议，事事妥贴，至初二日，先将尤老娘和三姐儿送入新房。尤老娘看了一看，虽不似贾蓉口内之言，倒也十分齐备，母女二人已算称了心愿。鲍二两口子见了，如一盆火儿，赶着尤老娘一口一声叫“老娘”，又或是“老太太”；赶着三姐儿叫“三姨儿”，或是“姨娘”。至次日五更天，一乘素轿，将二姐儿抬来，各色香烛纸马并铺盖以及酒饭，早已预备得十分妥当。一时，贾琏素服坐了小轿来了，拜过天地，焚了纸马。那尤老娘见了二姐儿身上、头上焕然一新，不似在家模样，十分得意，搀入洞房。是夜，贾琏同他颠鸾倒凤，百般恩爱，不消细说。

那贾琏越看越爱，越瞧越喜，不知要怎么奉承这二姐儿才过得去，乃命鲍二等人不许提三说二，直以奶奶称之，自己也称奶奶，竟将凤姐一笔勾倒。有时回家，只说在东府有事羁绊，凤姐因知他和贾珍相得，自然是或有事相商，也不疑心。家下人虽多，都也不管这些事。便有那游手好闲、专打听小事的人，也都去奉承贾琏，乘机讨些便宜，谁肯去露风？于是贾琏深感贾珍不尽。贾琏一月出十五两银子，做天天的供给。若不来时，他母女三人一处吃饭；若贾琏来，他夫妻二人一处吃，他母女便回房自吃。贾琏又将自己积年所有的体己一并搬来，与二姐儿收着；又将凤姐儿素日之为人行事，枕边衾里尽情告诉了他，只等一死，便接他进去。二姐儿听了，自然是愿意的了。当下十来个人，倒也过起日子来，十分丰足。

眼见已是两月光景。这日，贾珍在铁槛寺做完佛事，晚间回家时，因与他姊妹久别，竟要去探望探望。先命小厮去打听贾琏在与不在。小厮回来说：“不在那里。”贾珍欢喜，将家人一概先遣回去，只留两个心腹小童牵马。一时，到了新房子里，已是掌灯时候，悄悄进去。两个小厮将马拴在圈内，自往下房去听候。贾珍进来，屋里才点灯，先看过尤氏母女，然后二姐儿出来相见。贾珍见了二姐儿，满面的笑容，一面吃茶，一面笑说：“我做的保山如何？若错过了，打着灯笼还没处寻。过日，你姐姐还备了礼来瞧瞧你们呢。”

说话之间，二姐儿已命人预备下酒馔，关起门来。都是一家人，原无避讳。那鲍二来请安，贾珍便道：“你还是个有良心的，所以二爷叫你来伏侍。日后自有大用你之处。不可在外头吃酒生事，我自然赏你。倘或这里短了什么，你二爷事多，那里人杂，你只管去回我。我们弟兄，不比别人。”鲍二答应道：“小的知道。若小的不尽心，除非不要这脑袋了。”贾珍笑着点头道：“要你知道就好。”当下四人一处吃酒。二姐儿此时恐怕贾琏一时走来，彼此不雅，吃了两钟酒，便推故往那边去了。贾珍此时也无可奈何，只得看着二姐儿自去。剩下尤老娘同三姐儿相陪。那三姐儿虽向来也和贾珍偶有戏言，但不似他姐姐那样随和儿，所以贾珍虽有垂涎之意，却也不肯造次了，致讨没趣。况且尤老娘在旁边陪着，贾珍也不好意思太露轻薄。

却说跟的两个小厮，都在厨下和鲍二饮酒，那鲍二的女人多姑娘儿上灶。忽见两个丫头也走了来嘲笑，要吃酒。鲍二因说：“姐儿们不在上头伏侍，也偷着来了？一时叫起来没人，又是事。”他女人骂道：“糊涂浑呛了的忘八！你撞丧那黄汤罢！撞丧醉了，夹着你那膫子挺你的尸去！叫不叫，与你屄相干？一应有我承当呢，风啊雨的，横竖淋不到你头上来。”这鲍二原因妻子之力，在贾琏前十分有脸；近日他女人越发在二姐儿跟前殷勤伏侍，他便自己除赚钱吃酒之外，一概不管，一听他女人分付，百依百随。当下又吃了些，便去睡觉。这里鲍二女人陪着这些丫鬟、小厮吃酒，又和那小厮们打牙撂嘴儿的顽笑，讨他们的喜欢，准备在贾珍前讨好儿。

正在吃的高兴，忽听见扣门的声儿，鲍二的女人忙出来，开门看时，见是贾琏下马，问有事无事，鲍二女人便悄悄的告诉他道：“大爷在这里西院里呢。”贾琏听了，便至卧房。见尤二姐和两个小丫头在房中呢，见他来了，脸上便有些讪讪的。贾琏反推不知，只命：“快拿酒来，咱们吃两杯好睡觉。我今日乏了。”二姐儿忙忙陪笑，接衣捧茶，问长问短，贾琏喜的心痒难受。一时鲍二的女人端上酒来，二人对饮。两个小丫头在地下伏侍。

贾琏的心腹小童隆儿拴马去，见已有了一匹马，细瞧一瞧，知是贾珍的，心下会意，也来厨下。只见喜儿、寿儿两个正在那里坐着吃酒，见他来了，也都会意，笑道：“你这会子来得巧。我们因赶不上爷的马，恐怕犯夜，往这里来借个地方儿睡一夜。”隆儿便笑道：“我是二爷使我送月银的，交给了奶奶，我也不回去了。”鲍二的女人便道：“咱们这里有的是炕，为什么不大家睡呢？”喜儿便说：“我们吃多了，你来吃一钟。”隆儿才坐下，端起酒来，忽听马棚内闹将起来。原来二马同槽，不能相容，互相蹶踶起来。隆儿等慌的忙放下酒杯，出来喝马，好容易喝住，另拴好了进来。鲍二的女人笑道：“好儿子们，就睡罢。我可去了。”三个拦着不肯叫走，又亲嘴摸乳，口里乱嘈了一回，才放他出去。这里喜儿吃了几杯，已是楞子眼了。隆儿、寿儿关了门，回头见喜儿直挺挺的仰卧炕上，二人便推他道："好兄弟，起来好生睡。只顾你一个人舒服，我们就苦了。"那喜儿便说道："咱们今儿可要公公道道的贴一炉子烧饼，要有一个充正经的人，我痛把你妈一肏！"隆儿、寿儿见他醉了，也不理他，吹了灯，将就卧下。

尤二姐听见马闹，心下着实不安，只管用言语混乱贾琏。那贾琏吃了几杯，春兴发作，便命收了酒果，掩门宽衣。尤二姐只穿着大红小袄，散挽乌云，满脸春色，比白日更增了俏丽。贾琏搂着他笑道："人人都说我们那夜叉婆齐整，如今我看来，给你拾鞋也不要。"二姐儿道："我虽标致，却无品行。看来倒是不标致的好。"贾琏忙说："如何说这话？我却不懂。"尤二姐滴泪说道："你们拿我作糊涂人待，什么事我不知道？我如今和你作了两个月夫妻，日子虽浅，我也知你不是糊涂人。我生是你的人，死是你的鬼！如今既做了夫妻，我终身靠你，岂敢瞒藏一字。我算是有倚有靠了，将来我妹子却如何结果？据我看来，这个形景恐非常策，要作长久之计方可。"贾琏听了，笑道："你且放心，我不是那拈酸吃醋的人。你前头的事，我都知道了，你也不必惊慌。如今你跟了我来，大哥跟前自然倒要拘起形迹来了。依我的主意，不如叫三姨儿也合大哥成了好事，彼此两无碍，索性大家吃个杂会汤，你想怎么样？"尤二姐一面拭泪，一面说道："虽然你有这个好意，头一件，三妹妹脾气不好；第二件，也怕大爷脸上下不来。"贾琏道："这个无妨。我这会子就过去，索性破了例就完了。"说着，乘着酒兴，便至西院中来。

只见窗内灯烛辉煌，贾琏便推门进去，说："大爷在这里呢，兄弟来请安。"贾珍听是贾琏的声音，倒吓了一跳，见贾琏进来，不觉羞惭满面。尤老娘也觉不好意思。贾琏笑道："这有什么呢？咱们弟兄，从前是如何样来？大哥为我操心，我今日粉身碎骨，感激不尽。大哥若多心，我倒不安了。从此以后，还求大哥照常方好；不然，兄弟宁可绝后，再不敢到此处来了！"说着，便要跪下。慌的贾珍连忙搀起，只说："兄弟怎么说，我无不领命。"贾琏忙命人："看酒来，我和大哥吃两杯。"因又笑嘻嘻向三姐儿道："三妹妹为什么不合大哥吃个双钟儿？我也敬一杯，给大哥合三妹妹道喜。"

三姐儿听了这话，就跳起来，站在炕上，指着贾琏冷笑道："你不用和我花马吊嘴的！咱们'清水下杂面，你吃我看见'，'提着影戏人子上场儿，好歹别戳破这层纸儿'！你别糊涂油蒙了心，打谅我们不知道你府上的事！这会子化了几个臭钱，你们哥儿俩拿着我们姊妹两个权当粉头来取乐儿，你们就打错了算盘了！我也知道你那老婆太难缠，如今把我姐姐拐了来做了二房，‘偷来的锣鼓儿打不得’。我也要会会那凤奶奶去，看他是几个脑袋几只手！若大家好取和儿便罢，倘或有一点叫人过不去，我有本事先把你两个的牛黄狗宝掏出来，再和那泼妇拚了这条命！吃酒怕什么？咱们就吃！”说着，自己拿起壶来斟了一杯，自己先吃了半杯，揪过贾琏来就灌，说：“我倒不曾和你哥哥吃过，今日倒要和你吃一吃，咱们也亲近亲近！”吓的贾琏酒都醒了。贾珍也不承望三姐儿这等拉的下脸来。弟兄两个，本是风月场中耍惯的，不想今日反被这个闺女一席话，说的不能答言。三姐儿看了这样，越发一叠声又叫：“将姐姐请来！要乐，咱们四个大家一处乐！俗语说的，‘便宜不过当家’，你们是哥哥兄弟，我们是姐姐妹妹，又不是外人，只管上来！”尤老娘方不好意思起来。贾珍得便就要溜，三姐儿那里肯放？贾珍此时方后悔，不承望他是这种人，与贾琏反不好轻薄了。

这三姐儿索性卸了妆饰，脱了大衣服，松松的挽个纂儿，身上只穿着大红袄儿，半掩半开，故意露出葱绿抹胸，一痕雪脯;底下绿裤红鞋，鲜艳夺目；忽起忽坐，忽喜忽嗔，没半刻斯文，两个坠子就和打秋千一般；灯光之下越显得柳眉笼翠，檀口含丹；本是一双秋水眼，再吃了几杯酒，越发横波入鬓，转盼流光:真把那珍、琏二人弄的欲近不敢，欲远不舍，迷离恍惚，落魄垂涎。再加方才一席话，直将二人禁住。弟兄两个，竟全然无一点儿能为，别说调情斗口，竟连一句响亮话都没了。三姐自己高谈阔论，任意挥霍，村俗流言，洒落一阵，由着性儿拿他弟兄二人嘲笑取乐。一时他的酒足兴尽，更不容他弟兄多坐，竟撵了出去，自己关门睡去了。

自此后，或略有丫鬟、婆子不到之处，便将贾珍、贾琏、贾蓉三个泼声厉言痛骂，说他爷儿三个诓骗他寡妇孤女。贾珍回去之后，也不敢轻易再来。那三姐儿有时高兴，又命小厮来找，及至到了这里，也只好随他的便，干瞅着罢了。

看官听说:这尤三姐天生脾气,和人异样诡僻。只因他的模样儿风流标致，他又偏爱打扮的出色，另式另样，做出许多万人不及的风情体态来，那些男子们，别说贾珍、贾琏这样风流公子，便是一班老到人，铁石心肠，看见了这般光景，也要动心的。及至到他跟前，他那一种轻狂豪爽、目中无人的光景，早又把人的一团高兴逼住，不敢动手动脚。所以贾珍向来和二姐儿无所不至，渐渐的厌了，却一心注定在三姐儿身上，便把二姐儿乐得让给贾琏，自己却和三姐儿捏合。偏那三姐一般合他顽笑，别有一种令人不敢招惹的光景。他母亲和二姐儿也曾十分相劝，他反说："姐姐糊涂！咱们金玉一般的人，白叫这两个现世宝沾污了去，也算无能。而且他家现放着个极利害的女人，如今瞒着，自然是好的，倘或一日他知道了，岂肯干休！势必有一场大闹，你二人不知谁生谁死。这如何便当作安身乐业的去处？"他母女听了他这话，料着难劝，也只得罢了。

那三姐儿天天挑拣穿吃，打了银的又要金的，有了珠子又要宝石，吃着肥鹅又宰肥鸭。或不趁心，连桌一推；衣裳不如意，不论绫缎新整，便用剪子铰碎，撕一条，骂一句。究竟贾珍等何曾随意了一日，反花了许多昧心钱。

贾琏来了，只在二姐房内，心中也渐渐的悔上来了。无奈二姐儿倒是个多情人，以为贾琏是终身之主了，凡事倒还知疼着痒。若论温柔和顺，却较着凤姐还有些体度；就论起那标致来，以及言谈行事，也不减于凤姐。但已经失了脚，有了一个"淫"字，凭他什么好处也不算了。偏这贾琏又说："谁人无错？知过必改就好。"故不提已往之淫，只取现今之善，便如胶似漆，一心一计，誓同生死，那里还有凤、平二人在意了？

二姐在枕边衾内，也常劝贾琏道："你和珍大爷商议商议，拣个相熟的，把三丫头聘了罢。留着他不是常法子，终久要生事的。"贾琏道："前日我也曾回大哥的，他只是舍不得。我还说：'就是块肥羊肉，无奈烫的慌；玫瑰花儿可爱，刺多扎手。咱们未必降的住，正经拣个人聘了罢。'他只意意思思的，就丢开手了。你叫我有什么法儿？"二姐儿道："你放心。咱们明日先劝三丫头，问准了，让他自己闹去；闹的无法，少不得聘他。"贾琏听了，说："这话极是。"

至次日，二姐儿另备了酒，贾琏也不出门，至午间，特请他妹妹过来，与他母亲上坐。三姐儿便知其意，刚斟上酒，也不用他姐姐开口，便先滴泪说道："姐姐今日请我，自然有一番大道理要说。但只我也不是糊涂人，也不用絮絮叨叨的。从前的事情我已尽知，说也无益。既如今姐姐也得了好处安身，妈妈也有了安身之处，我也要自寻归结去，方是正礼。但终身大事，一生至一死，非同儿戏。向来人家看着咱们娘儿们微息，不知都安着什么心。我所以破着没脸，人家才不敢欺侮。这如今要办正事，不是我女孩儿家没羞耻，必得我拣一个素日可心如意的人，方跟他。若凭你们拣择，虽是富比石崇、才过子建、貌比潘安的，我心里进不去，白过了这一世。"贾琏笑道："这也容易。凭你说是谁就是谁，一应彩礼都有我们置办，母亲也不用操心。”三姐儿道：“姐姐横竖知道，不用我说。”

贾琏笑问二姐儿：“是谁？”二姐儿一时想不起来。贾琏料定必是此人无移了，便拍手笑道：“我知道这人了，果然好眼力！”二姐儿笑道：“是谁？”贾琏笑道：“别人他如何进得去？一定是宝玉。”二姐儿与尤老娘听了，也以为必然是宝玉了。三姐儿便啐了一口，道：“我们有姊妹十个，也嫁你弟兄十个不成？难道除了你家，天下就没有好男人了不成？”众人听了都诧异：“除了他，还有那一个？”三姐儿道：“别只在跟前想，姐姐只在五年前想就是了。”

正说着，忽见贾琏的心腹小厮兴儿走来请贾琏，说：“老爷那边紧等着叫爷呢。小的答应往舅老爷那边去了，小的连忙来请。”贾琏又忙问：“昨日家里问我来着么？”兴儿道：“小的回奶奶：爷在家庙里，同珍大爷商议做百日的事，只怕不能来。”贾琏忙叫拉马，隆儿跟随去了，留下兴儿答应人来事务。

尤二姐便要了两碟菜来，命拿大杯斟了酒，就命兴儿在炕沿下站着吃，一长一短向他说话儿，问道：“家里奶奶多大年纪？怎么个利害的样子？老太太多大年纪？姑娘几个？”各样家常等语。兴儿笑嘻嘻的，在炕沿下一头吃，一头将荣府之事备细告诉他母女。又说：“我是二门上该班的人。我们共是两班，一班四个，共是八个人。这八个人有几个是奶奶的心腹，有几个是爷的心腹。奶奶的心腹我们不敢惹，爷的心腹奶奶的却敢惹。提起来，我们奶奶的事告诉不得奶奶！他心里歹毒，口里尖快。我们二爷也算是个好的，那里见得他！倒是跟前平姑娘为人很好，虽然和奶奶一气，他倒背着奶奶常作些好事。小的们有了不是，奶奶是容不过的，只求求他去就完了。如今合家大小，除了老太太、太太两个，没有不恨他的，只不过面子情儿怕他。皆因他一时看的人都不及他，只一味哄着老太太、太太两个人喜欢。他说一是一，说二是二，没人敢拦他。又恨不得把银子钱省了下来，堆成山，好叫老太太、太太说他会过日子，殊不知苦了下人，他讨好儿。或有好事，他就不等别人去说，他先抓尖儿；或有不好的事，或他自己错了，他便一缩头推到别人身上来，他还在旁边拨火儿。如今连他正经婆婆大太太都嫌了他，说他‘雀儿拣着旺处飞，黑母鸡一窝儿，自家的事不管，倒替人家去瞎张罗’。若不是老太太在里头，早叫过他去了。”

尤二姐笑道：“你背着他这等说他，将来你又不知怎么样说我呢。我又差他一层儿，越发有的说了。”兴儿忙跪下说道：“奶奶要这样说，小的不怕雷劈么？但凡小的们有造化起来，先娶奶奶时若得了奶奶这样的人，小的们也少挨些打骂，也少提心吊胆的。如今跟爷的几个人，谁不是面前背后称扬奶奶盛德怜下？我们商量着叫二爷要出来，情愿来伺候奶奶呢。”尤二姐笑道：“你这小猾贼儿，还不起来！说句顽话儿，就吓的这个样！你们做什么往这里来？我还要找了你奶奶去呢。”兴儿连忙摇手道：“奶奶千万不要去！我告诉奶奶，一辈子别见他才好！嘴甜心苦，两面三刀；上头笑着，脚底下就使绊子；明是一盆火，暗是一把刀：他都占全了。只怕三姨的这张嘴还说不过他呢。奶奶这样斯文良善人，那里是他的对手？”

二姐笑道：“我只以礼待他，他敢怎么样对我？”兴儿道：“不是小的吃了酒放肆胡说：奶奶便有礼让，他看见奶奶比他标致，又比他得人心儿，他就肯善罢干休了？人家是醋罐子，他是醋缸、醋瓮！凡丫头们二爷多看一眼，他有本事当着爷打个烂羊头似的。虽然平姑娘在屋里，大约一年间两个有一次在一处，他还要嘴里掂十来个过儿呢。气的平姑娘性子上来，哭闹一阵，说：‘又不是我自己寻来的！你逼着我，我原不愿意，又说我反了，这会子又这样！’他一般的也罢了，倒央告平姑娘。”尤二姐笑道：“可是撒谎！这样一个夜叉，怎么反怕屋里的人呢？”兴儿道：“就是俗语说的，‘三人抬不过一个理字去’了。这平姑娘原是他自幼儿的丫头，陪了过来一共四个，死的死，嫁的嫁，只剩下一个心腹，收了屋里：一则显他的贤良，二则又拴爷的心，好不外头走邪的。又还有一段因果：我们家的规矩，凡爷们大了，未娶亲之先都放两个人伏侍的。二爷原有两个，谁知他来了没半年，都寻出不是来，都打发出去了。别人虽不好说，自己脸上过不去，所以强逼着平姑娘作了房里人。那平姑娘又是个正经人，从不把这一件放在心上，也不会挑妻窝夫的，倒一味忠心赤胆伏侍他，所以才容下了。”

尤二姐笑道：“原来如此。但只我听见你们还有一位寡妇奶奶和几位姑娘，他这样利害，这些人如何依他？”兴儿拍手笑道：“原来奶奶不知道。我们家这位寡妇奶奶，他的浑名叫做‘大菩萨’，第一个善德人，不管事的，只教姑娘们看书写字、针线道理，这是他的事情。前日因为他病了，这大奶奶暂管了几日事，总是按着老例儿行，不像他那么多事逞才的。我们大姑娘，不用说是好的了。二姑娘混名儿叫‘二木头’，戳一针也不知嗳哟一声。三姑娘的混名儿叫‘玫瑰花儿’，又红又香，无人不爱，只是有刺戳手；也是一位神道，可惜不是太太养的，‘老鸹窝里出凤凰’！四姑娘小，正经是珍大爷的亲妹子，太太抱过来的，养了这么大，也是一位不管事的。奶奶不知道，我们家的姑娘们不算外，还有两位姑娘，真是天下少有：一位是我们姑太太的女孩儿，姓林，小名儿叫什么黛玉，面庞身段和三姨不差什么，一肚子文章，只是一身多病，这样的天，还穿夹的，出来风儿一吹就倒了。我们这起没王法的嘴，都悄悄的叫他‘多病西施’。还有一位姨太太的女儿，姓薛，叫什么宝钗，竟是雪堆出来的。或出门上车，或园子里遇见，我们连气儿也不敢出。”

尤二姐笑道：“你们家规矩大，小孩子进的去，遇见姑娘们，原该远远的藏躲着，敢出什么气儿呢！”兴儿摇手道：“不是那么不敢出气儿，是怕这气儿大了，吹倒了林姑娘；气儿暖了，又吹化了薛姑娘！”说得满屋里都笑了。不知端详，且听下回分解。

第六十六回　情小妹耻情归地府　冷二郎心冷入空门

话说兴儿说怕吹倒了林姑娘、吹化了薛姑娘，大家都笑了。那鲍二家的打他一下子，笑道：“原有些真，到了你嘴里，越发没了捆儿了。你倒不像跟二爷的人，这些混话倒像是宝玉那边的了。”

尤二姐才要又问，忽见尤三姐笑问道：“可是，你们家那宝玉除了上学，他做些什么？”兴儿笑道：“三姨儿别问他。说起来，三姨儿也未必信。他长了这么大，独他没有上过正经学。我们家从祖宗直到二爷，谁不是学里的师老爷严严的管着念书？偏他不爱念书。是老太太的宝贝，老爷先还管，如今也不敢管了。成天家疯疯癫癫的，说话人也不懂，干的事人也不知。外头人人看着好清俊模样儿，心里自然是聪明的，谁知是外清而内浊，见了人一句话也没有。所有的好处，虽没上过学，倒难为他认得几个字。每日又不习文，又不学武，又怕见人，只爱在丫头群儿里闹。再者也没个刚气儿，有一遭见了我们，喜欢时，没上没下，大家乱顽一阵；不喜欢，各自走了，他也不理人。我们坐着卧着，见了他也不理他，他也不责备。因此没人怕他，只管随便，都过的去。”

尤三姐笑道：“主子宽了，你们又这样；严了，又抱怨。可知你们难缠。”尤二姐道：“我们看他倒好，原来这样。可惜了儿的一个好胎子！”尤三姐道：“姐姐信他胡说！咱们也是见过他一面两面的，行事、言谈、吃喝原有些女儿气的，自然是天天只在里头惯了的。若说糊涂，那些儿糊涂？姐姐记得穿孝时，咱们同在一处，那日正是和尚们进来绕棺，咱们都在那里站着，他只站在头里挡着人。人说他不知礼，又没眼色。过后他没悄悄的告诉咱们说：‘姐姐们不知道，我并不是没眼色。想和尚们脏，只恐怕气味薰了姐姐们。’接着他吃茶，姐姐又要茶，那个老婆子就拿了他的碗去倒。他赶忙说：‘我吃肮脏了的，另洗了再斟来。’这两件上，我冷眼看去，原来他在女孩儿跟前不管什么都过的去，只不大合外人的式，所以他们不知道。”尤二姐听说，笑道：“依你说，你两个已是情投意合了。竟把你许了他，岂不好？”三姐见有兴儿，不便说话，只低了头吃瓜子儿。兴儿笑道：“若论模样儿行事为人，倒是一对儿好的。只是他已经有了人了，只是没有露形儿：将来准是林姑娘定了的。因林姑娘多病，二则都还小，所以还没办呢。再过三二年，老太太便一开言，那是再无不准的了。”

大家正说话，只见隆儿又来了，说：“老爷有事，是件机密大事，要遣二爷往平安州去。不过三五日就起身，来回得十五六天的工夫。今日不能来了。请老奶奶早和二姨儿定了那件事，明日爷来，好做定夺。”说着，带了兴儿回去了。这里尤二姐命掩了门，早睡下了，盘问他妹子一夜。

至次日午后，贾琏方来了。尤二姐因劝他道：“既有正事，何必忙忙又来？千万别为我误事。”贾琏道：“也没什么事，只是偏偏的又出来了一件远差，出了月儿就起身，得半月工夫才来。”尤二姐道：“既如此，你只管放心前去，这里一应不用你记挂。三妹妹他从不会朝更暮改的，他已择定了人，你只管依他就是了。”贾琏忙问是谁，尤二姐笑道：“这人此刻不在这里，不知多早晚才来，也难为他的眼力。他自己说了：这人一年不来，他等一年；十年不来，等十年。若这人死了，再不来了，他情愿剃了头当姑子去，吃长斋念佛，再不嫁人。”贾琏问：“到底是谁，这样动他的心？”二姐儿笑道：“说来话长。五年前，我们老娘家做生日，妈妈和我们到那里与老娘拜寿。他家请了一起顽戏的人，也都是好人家子弟。里头有个妆小生的，叫做柳湘莲，他看上了，如今要是他才嫁。旧年闻得这人惹了祸逃走了，不知回来了不曾。”

贾琏听了道：“怪道呢！我说是个什么人，原来是他，果然眼力不错！你不知道，那柳老二那样一个标致人，最是冷面冷心的，差不多的人他都无情无义。他最和宝玉合的来。去年因打了薛呆子，他不好意思见我们的，不知那里去了，一向没来。听见有人说来了，不知是真是假，一问宝玉的小厮们就知道了。倘或不来时，他是萍踪浪迹，知道几年才来，岂不白耽搁了？”尤二姐道：“我们这三丫头，说的出来，干的出来。他怎样说，只依他便了。”

二人正说之间，只见尤三姐走来，说道："姐夫，你也不知道我们是什么人，今日合你说罢：你只放心，我们不是那心口两样的人，说什么是什么！若有了姓柳的来，我便嫁他。从今日起，我吃斋念佛，只伏侍母亲，等他来了，嫁了他去。若一百年不来，我自己修行去了！"说着，将头上一根玉簪拔下来，敲作两段，说："一句不真，就合这簪子一样！"说着，回房去了，真个竟"非礼不动，非礼不言"起来。贾琏无了法，只得和二姐商议了一回家务，复回家与凤姐商议起身之事。一面着人问焙茗，焙茗说："竟不知道。大约没来呢，若来了，必是我知道的。"一面又问他的街坊，也说没来。贾琏只得回覆了二姐儿。至起身之日已近，前两天便说起身，却又往二姐儿这边来住两夜，从这里再悄悄的长行。果见三姐儿竟像又换了一个人的似的，又见二姐儿持家勤慎，自是不消记挂。

是日，一早出城，竟奔平安州大道，晓行夜住，渴饮饥餐。方走了三日，那日正走之间，顶头来了一群驮子，内中一伙，主仆十来匹马。走的近了一看时，不是别人，就是薛蟠和柳湘莲来了。贾琏深为奇怪，忙伸马迎了上来，大家一齐相见，说些别后寒温，便入一酒店歇下，叙谈叙谈。贾琏因笑道："闹过之后，我们忙着请你两个和解，谁知柳二弟踪迹全无！怎么，你们两个今日倒在一处了？"薛蟠笑道："天下竟有这样奇事：我同伙计贩了货物，自春天起身往回里走，一路平安。谁知前日到了平安州地面，遇见一伙强盗，已将东西劫去。不想柳二弟从那边来了，方把贼人赶散，夺回货物，还救了我们的性命。我谢他又不受，所以我们结拜了生死弟兄，如今一路进京。从此后我们是亲弟兄一般。到前面岔口上分路，他就分路往南二百里，有他一个姑妈，他去望候望候。我先进京去，安置了我的事，然后给他寻一所房子、寻一门好亲事，大家过起来。"

贾琏听了道："原来如此！倒好，只是我们白悬了几日心。"因又说道："方才说起给柳二弟做亲，我正有一门好亲事，堪配二弟。"说着，便将自己娶尤氏，如今又要发嫁小姨子一节说了出来，只不说尤三姐自择之语。又嘱薛蟠："且不可告诉家里，等生了儿子，自然是知道的。"薛蟠听了大喜，说："早该如此，这都是舍表妹之过。"湘莲忙笑道："你又忘情了，还不住口。"薛蟠忙止住不语，便说："既是这等，这门亲事定要做的。"湘莲道："我本有愿，定要一个绝色的女子。如今既是贵昆仲高谊，顾不得许多了，任凭定夺，我无不从命。"贾琏笑道："如今口说无凭，等柳二弟一见，便知我这内娣的品貌，是古今有一无二的了。”湘莲听了大喜，说：“既如此说，等弟探过姑母，不过月中就进京的，那时再定如何？”贾琏笑道：“你我一言为定。只是我信不过柳二弟，你是萍踪浪迹，倘然去了不来，岂不误了人家一辈子的大事？须得留一个定礼。”湘莲道：“大丈夫岂有失信之理！小弟素系寒贫，况且客中，那里能有定礼？”薛蟠道：“我这里现成，就备一分，二哥带去。”贾琏道：“也不用金银珠宝，须是柳二弟亲身自有的东西，不论贵贱，不过带去取信耳。”湘莲道：“既如此说，弟无别物，囊中还有一把鸳鸯剑，乃弟家中传代之宝，弟也不敢擅用，只是随身收藏着，二哥就请拿去为定。弟纵系水流花落之性，亦断不舍此剑。”说毕，大家又饮了几杯，方各自上马，作别起程去了。

且说贾琏一日到了平安州，见了节度，完了公事。因又嘱付他十月前后务要再来一次。贾琏领命，次日连忙取路回家，先到尤二姐那边。

且说二姐儿操持家务，十分谨肃，每日关门闭户，一点外事不闻。那三姐儿果是个斩钉截铁之人，每日侍奉母亲之余，只和姐姐一处作些活计。虽贾珍趁贾琏不在家，也来鬼混了两次，无奈二姐儿只不兜揽，推故不见；那三姐儿的脾气，贾珍早已领过教的，那里还敢招惹他去？所以踪迹一发疏阔了。

却说这日贾琏进门，看见二姐儿、三姐儿这般景况，喜之不尽，深念二姐儿之德。大家叙些寒温，贾琏就将路遇柳湘莲一事说了一回，又将鸳鸯剑取出，递与三姐儿。三姐儿看时，上面龙吞夔护，珠宝晶荧，及至拿出来看时，里面却是两把合体的：一把上面錾一“鸳”字，一把上面錾一“鸯”字，冷飕飕，明亮亮，如两痕秋水一般。三姐儿喜出望外，连忙收了，挂在自己绣房床上，每日望着剑，自喜终身有靠。贾琏住了两天，回去覆了父命，回家合宅相见。

那时凤姐已大愈，出来理事行走了。贾琏又将此事告诉了贾珍。贾珍因近日又搭上了新相知，二则正恼他姐妹们无情，把这事丢过了，全不在心上，任凭贾琏裁夺，只怕贾琏独力不能，少不得又给他几十两银子。贾琏拿来，交与二姐儿，预备妆奁。

谁知八月内湘莲方进了京，先来拜见薛姨妈。又遇见薛蝌，方知薛蟠不惯风霜，不服水土，一进京时便病倒在家，请医调治。听见湘莲来了，请入卧室相见。薛姨妈也不念旧事，只感救命之恩，母子们十分称谢。又说起亲事一节，凡一应东西，皆置办妥当，只等择日。湘莲也感激不尽。

次日，又来见宝玉。二人相会，如鱼得水。湘莲因问贾琏偷娶二房之事，宝玉笑道：“我听见焙茗一干人说，我却未见。我也不敢多管。我又听见焙茗说，琏二哥哥着实问你，不知有何话说？”湘莲就将路上所有之事，一概告诉宝玉。宝玉笑道：“大喜，大喜！难得这个标致人！果然是个古今绝色，堪配你之为人。”湘莲道：“既是这样，他那里少了人物，如何只想到我？况且我又素日不甚和他相厚，也关切不至于此。路上忙忙的就那样再三要求定下，难道女家反赶着男家不成？我自己疑惑起来，后悔不该留下这剑作定。所以后来想起你来，可以细细问了底里才好。”宝玉道：“你原是个精细人，如何既许了定礼，又疑惑起来？你原说只要一个绝色的，如今既得了个绝色的，便罢了，何必再疑？”湘莲道：“你既不知他来历，如何又知是绝色？”宝玉道：“他是珍大嫂子的继母带来的两位妹子，我在那里和他们混了一个月，怎么不知？真真一对尤物，他又姓尤。”

湘莲听了，跌足道：“这事不好，断乎做不得！你们东府里，除了那两个石头狮子干净，只怕连猫儿狗儿都不干净！我不做这剩忘八！”宝玉听说，红了脸。湘莲自惭失言，连忙作揖道：“我该死胡说。你好歹告诉我，他品行如何？”宝玉笑道：“你既深知，又来问我做什么？连我也未必干净了。”湘莲笑道：“原是我自己一时忘情，好歹别多心。”宝玉笑道：“何必再提，这倒似有心了。”湘莲作揖告辞出来，心中想着：“若找薛蟠，一则他病着，二则他又浮躁，不如去要回定礼。”主意已定，便一径来找贾琏。

贾琏正在新房中，闻湘莲来了，喜之不尽，忙迎出来，让到内室，与尤老娘相见。湘莲只作揖，称老伯母，自称晚生。贾琏听了诧异。吃茶之间，湘莲便说：“客中偶然忙促，谁知家姑母于四月间订了弟妇，使弟无言可回。若从了二哥，背了姑母，似不合理。若系金帛之定，弟不敢索取；但此剑系祖父所遗，请仍赐回为幸。”贾琏听了，心中自是不自在，便道：“二弟，这话你说错了。定者，定也。原怕反悔，所以为定。岂有婚姻之事，出入随意的？这个断乎使不得。”湘莲笑道：“如此说，弟愿领责领罚，然此事断不敢从命。”贾琏还要饶舌，湘莲便起身说：“请兄外座一叙，此处不便。”

那尤三姐在房明明听见。好容易等了他来，今忽见反悔，便知他在贾府中听了什么话来，把自己也当作淫奔无耻之流，不屑为妻。今若容他出去和贾琏说退亲，料那贾琏不但无法可处，就是争辩起来，自己也无趣味。一听贾琏要同他出去，连忙摘下剑来，将一股雌锋隐在肘后，出来便说：“你们也不必出去再议，还你的定礼！”一面泪如雨下，左手将剑并鞘送与湘莲，右手回肘，只往项上一横，可怜揉碎桃花红满地，玉山倾倒再难扶！芳灵蕙性，渺渺冥冥，不知那边去了。

当下吓的众人急救不迭。尤老娘一面号哭，一面大骂湘莲。贾琏揪住湘莲，命人捆了送官。二姐儿忙止泪，反劝贾琏：“人家并没威逼他，是他自寻短见，你便送他到官，又有何益？反觉生事出丑。不如放他去罢。”贾琏此时也没有主意，便放了手，命湘莲快去。湘莲反不动身，拉下手绢拭泪道：“我并不知是这等刚烈人，真真可敬！是我没福消受。”大哭一场，等买了棺木，眼看着入殓，又抚棺大哭一场，方告辞而去。

出门正无所之，昏昏默默，自想方才之事。原来这样标致人，又这等刚烈，自悔不及。信步行来，也不自知了。正走之间，只见薛蟠的小厮寻他家去，那湘莲只管出神。那小厮带他到新房之中，十分齐整。忽听得隐隐一阵环佩之声，尤三姐从那边来了，一手捧着鸳鸯剑，一手捧着一卷册子，向湘莲哭道：“妾痴情待君五年，不期君果冷心冷面，妾以死报此痴情。妾今奉警幻仙姑之命，前往太虚幻境，修注案中所有一干情鬼。妾不忍相别，故来一会，从此再不能相见矣。”说毕，又向湘莲洒了几点眼泪，便要告辞而行。湘莲不舍，忙欲上来拉住问时，那尤三姐便说：“来自情天，去由情地。前生误被情惑，今既耻情而觉，与君两无干涉。”说毕，一阵香风，无踪无影去了。

湘莲警觉，似梦非梦，睁眼看时，那里有薛家小童，也非新室，竟是一座破庙，旁边坐着一个瘸腿道士捕虱。湘莲便起身，稽首相问：“此系何方？仙师何号？”道士笑道：“连我也不知道此系何方，我系何人，不过暂来歇足而已。”柳湘莲听了，冷然如寒冰侵骨，掣出那股雄剑来，将万根烦恼丝一挥而尽，便随那道士，不知往那里去了。要知端的，且看下回分解。

第六十七回　见土仪颦卿思故里　闻秘事凤姐讯家童

话说尤三姐自尽之后，尤老娘合二姐儿、贾珍、贾琏等，俱不胜悲恸，自不必说，忙令人盛殓，送往城外埋葬。柳湘莲见尤三姐身亡，痴情眷恋，却被道人数句冷言打破迷关，竟自截发出家，跟随疯道人飘然而去，不知何往。暂且不表。

且说薛姨妈闻知湘莲已说定了尤三姐为妻，心中甚喜，正是高高兴兴，要打算替他买房子，治家伙，择吉迎娶，以报他救命之恩。忽有家中小厮吵嚷：“三姐儿自尽了！”被小丫头们听见，告知薛姨妈。薛姨妈不知为何，心甚叹息。正在猜疑，宝钗从园里过来，薛姨妈便对宝钗说道：“我的儿，你听见了没有？

你珍大嫂子的妹妹三姑娘，他不是已经许定给你哥哥的义弟柳湘莲了么？不知为什么自刎了，那柳湘莲也不知往那里去了。真正奇怪的事，叫人意想不到。”宝钗听了，并不在意，便说道：“俗语说的好：‘天有不测风云，人有旦夕祸福。’这也是他们前生命定。前日妈妈为他救了哥哥，商量着替他料理，如今已经死的死了，走的走了，依我说，也只好由他罢了，妈妈也不必为他们伤感了。倒是自从哥哥打江南回来了一二十日，贩了来的货物想来也该发完了。那同伴去的伙计们辛辛苦苦的，回来几个月了，妈妈合哥哥商议商议，也该请一请、酬谢酬谢才是，别叫人家看着无理似的。”

母女正说话间，见薛蟠自外而入，眼中尚有泪痕，一进门来，便向他母亲拍手说道：“妈妈可知道柳二哥、尤三姐的事么？”薛姨妈道：“我才听见说，正在这里合你妹妹说这件公案呢。”薛蟠道：“妈妈可听见说湘莲跟着一个道士出了家了么？”薛姨妈道：“这越发奇了！怎么柳相公那样一个年轻的聪明人，一时糊涂，就跟着道士去了呢？我想你们好了一场，他又无父母兄弟，只身一人在此，你该各处找找他才是。靠那道士，能往那里远去？左不过是在这方近左右的庙里、寺里罢了。”薛蟠道：“何尝不是呢。我一听见这个信儿，就连忙带了小厮们在各处寻找，连一个影儿也没有。又去问人，都说没看见。”

薛姨妈道：“你既找寻过没有，也算把你作朋友的心尽了。焉知他这一出家，不是得了好处去呢？只是你如今也该张罗张罗买卖，二则把你自己娶媳妇应办的事情，倒早些料理料理。咱们家没人，俗语说的，‘夯雀儿先飞’，省得临时丢三落四的不齐全，令人笑话。再者你妹妹才说，你也回家半个多月了，想货物也该发完了，同你去的伙计们，也该摆桌酒给他们道道乏才是。人家陪着你走了二三千里的路程，受了四五个月的辛苦，况且在路上又替你担了多少的惊怕沉重。”薛蟠听说，便道：“妈妈说的很是，倒是妹妹想的周到。我也这样想着，只因这些日子为各处发货，闹的脑袋都大了。又为柳二哥的事忙了这几日，反倒落了一个空，白张罗了一会子，倒把正经事都误了。要不然，定了明儿后儿，下帖儿请罢。”薛姨妈道：“由你办去罢。”

话犹未了，外面小厮进来回说：“管总的张大爷差人送了两箱子东西来，说这是爷各自买的，不在货帐里面。本要早送来，因货物箱子压着，没得拿；昨儿货物发完了，所以今日才送来了。”一面说，一面又见两个小厮搬进了两个夹板夹的大棕箱。薛蟠一见，说：“嗳哟！可是我怎么就糊涂到这步田地了！特特的给妈合妹妹带来的东西都忘了，没拿了家里来，还是伙计送了来了！”

宝钗说："亏你说还是'特特的带来'的，才放了一二十天；若不是'特特的带来'，大约要放到年底下才送来呢。我看你也诸事太不留心了。"薛蟠笑道："想是在路上叫人把魂吓掉了，还没归窍呢。"

说着，大家笑了一回，便向回话的小厮说："东西收下，叫回去罢。"薛姨妈同宝钗因问："到底是什么东西，这样捆着绑着的？"薛蟠便命叫两个小厮进来，解了绳子，去了夹板，开了锁看时，这一箱都是绸缎绫锦洋货等家常应用之物。薛蟠笑着道："那一箱是给妹妹带的。"亲自来开。母女二人看时，却是些笔、墨、纸、砚、各色笺纸、香袋、香珠、扇子、扇坠、花粉、胭脂等物；外有虎丘带来的自行人、酒令儿、水银灌的打筋斗小小子、沙子灯、一出一出的泥人儿的戏，用青纱罩的匣子装着；又有在虎丘山上泥捏的薛蟠的小像，与薛蟠毫无相差。宝钗见了，别的都不理论，倒是薛蟠的小像拿着细细看了一看，又看看他哥哥，不禁笑起来了。因叫莺儿带着几个老婆子，将这些东西连箱子送到园里去，又和母亲、哥哥说了一回闲话儿，才回园里去了。这里薛姨妈将箱子里的东西取出，一分一分的打点清楚，叫同喜送给贾母并王夫人等处不提。

且说宝钗到了自己房中，将那些顽意儿一件一件的过了目，除了自己留用之外，一分一分配合妥当：也有送笔、墨、纸、砚的，也有送香袋、扇子、香坠的，也有送脂粉、头油的，有单送顽意儿的。只有黛玉的比别人不同，且又加厚一倍。一一打点完毕，使莺儿同着一个老婆子，跟着送往各处。

这边姊妹诸人都收了东西，赏赐来使，说见面再谢。惟有黛玉看见他家乡之物，反自触物伤情，想起："父母双亡，又无兄弟，寄居亲戚家中，那里有人也给我带些土物？"想到这里，不觉的又伤起心来了。紫鹃深知黛玉心肠，但也不敢说破，只在一旁劝道："姑娘的身子多病，早晚服药，这两日看着比那些日子略好些。虽说精神长了一点儿，还算不得十分大好。今儿宝姑娘送来的这些东西，可见宝姑娘素日看得姑娘很重，姑娘看着该喜欢才是，为什么反倒伤起心来？这不是宝姑娘送东西来倒叫姑娘烦恼了不成？就是宝姑娘听见，反觉脸上不好看。再者，这里老太太们为姑娘的病体，千方百计请好大夫配药诊治，也为是姑娘的病好。这如今才好些，又这样哭哭啼啼，岂不是自己遭蹋了自己身子，叫老太太看着添了愁烦了么？况且姑娘这病，原是素日忧虑过度，伤了血气。姑娘的千金贵体，也别自己看轻了。"

紫鹃正在这里劝解，只听见小丫头子在院内说："宝二爷来了。"紫鹃忙说：

"请二爷进来罢。"只见宝玉进房来了。黛玉让坐毕，宝玉见黛玉泪痕满面，便问："妹妹，又是谁气着你了？"黛玉勉强笑道："谁生什么气。"傍边紫鹃将嘴向床后桌上一努。宝玉会意，往那里一瞧，见堆着许多东西，就知道是宝钗送来的，便取笑说道："那里这些东西，不是妹妹要开杂货铺么？"黛玉也不答言。紫鹃笑着道："二爷还提东西呢。因宝姑娘送了些东西来，姑娘一看就伤起心来了。我正在这里劝解，恰好二爷来的很巧，替我们劝劝。"

宝玉他本是聪明人，而且一心总留意在黛玉身上最重，所以深知黛玉之为人心细、心窄，而又多心、要强、不落人后；因见了人家哥哥自江南带了东西来送人，又系故乡之物，勾想起别的痛肠来，是以伤感是实。这是宝玉他心里揣摹黛玉心的病，宝玉却不肯明明说出，恐黛玉越发动情，乃笑道："你们姑娘的缘故，想来不为别的，必是宝姑娘送来的东西少，所以生气伤心。妹妹，你放心，等我明年叫人往江南去，与你多多的带两船来，省得你淌眼抹泪的。"黛玉听了这些话，也知宝玉是为自己开心，也不好推，也不好认，因说道："我任凭怎么没见过世面，也到不了这步田地，因送的东西少，就生气伤心。我又不是两三岁的小孩子，你也忒把人看得小器了。我有我的缘故，你那里知道！"说着，眼泪又流下来了。宝玉忙走到床前，挨着黛玉坐下，将那些东西一件一件拿起来，摆弄着细瞧，故意问这是什么，叫什么名字；那是什么做的，这样齐整；这是什么，要他做什么使用；又说这一件可以摆在书阁儿上作陈设；又说那一件可以放在条桌上，当古董儿倒好呢：一味的将些没要紧的话来厮混。

黛玉见宝玉如此，自己心里倒过不去，便说："你不用在这里混搅了，咱们到宝姐姐那边去罢。"宝玉巴不得黛玉出去散散闷，解了悲痛，便道："宝姐姐送咱们东西，咱们原该谢谢去。"黛玉道："自家姊妹，这倒不必。只是到他那边，薛大哥回来了，必然告诉他些南边的古迹儿，我去听听，只当回了家乡一趟的。"说着，眼圈儿又红了。宝玉便站着等他，黛玉只得同他出来，往宝钗那里去了。

且说薛蟠听了母亲之言，急下了请帖，办了酒席。次日，请了四位伙计，俱已到齐，不免说些贩卖账目发货之事。不一时，上席让坐，薛蟠挨次斟了酒。薛姨妈又使人出来致意。大家吃着酒说闲话儿。内中一个道："今日这席上，短两个好朋友。"众人齐问："是谁？"那人道："还有谁？就是贾府上的琏二爷和大爷的盟弟柳二爷。"大家果然都想起来，问着薛蟠道："怎么不请琏二爷合柳二爷来？”薛蟠闻言，把眉一皱，叹口气道：“琏二爷又往平安州去了，头两天就起了身的。那柳二爷竟别提起，真是天下头一件奇事！什么是‘柳二爷’，如今不知那里作‘柳道爷’去了。”众人都诧异道：“这是怎么说？”

薛蟠便把湘莲前后事体说了一遍。众人听了，越发骇异，因说道：“怪不得前日我们在店里，仿仿佛佛也听见人吵嚷，说有一个道士，三言两语把一个人度了去了，又说一阵风刮了去了，只不知是谁。我们正发货，那里有闲工夫打听这个事去，到如今还是似信不信的。谁知就是柳二爷呢。早知是他，我们大家也该劝他劝才是，任他怎么着，也不叫他去。”内中一个道：“别是这么着罢？”众人问：“怎么样？”那人道：“柳二爷那样个伶俐人，未必是真跟了道士去的。他原会些武艺，又有力量，或看破那道士的妖术邪法，特意跟他去，在背地摆布他，也未可知。”薛蟠道：“果然如此，倒也罢了。世上这些妖言惑众的人，怎么没人治他一下子！”众人道：“那时难道你知道了，也没找寻他去？”薛蟠道：“城里城外，那里没有找到？不怕你们笑话，我找不着他，还哭了一场呢。”言毕，只是长吁短叹，无精打彩的，不像往日高兴。众伙计见他这样光景，自然不便久坐，不过随便吃了几杯酒，吃了饭，大家散了。

且说宝玉同着黛玉到宝钗处来。宝玉见了宝钗，便说道：“大哥哥辛辛苦苦的带了东西来，姐姐留着使罢，又送我们。”宝钗笑道：“原不是什么好东西，不过是远路带来的土物儿，大家看着新鲜些就是了。”黛玉道：“这些东西，我们小时候倒不理会，如今看见，真是新鲜物儿了。”宝钗因笑道：“妹妹知道，这就是俗语说的‘物离乡贵’，其实可算什么呢。”宝玉听了这话正对了黛玉方才的心事，连忙拿话岔道：“明年好歹大哥哥再去时，替我们多带些来。”黛玉觑了他一眼，便道：“你要，你只管说，不必拉扯上人。姐姐你瞧，宝哥哥不是给姐姐来道谢，竟又要定下明年的东西来了。”说的宝钗、宝玉都笑了。三个人又闲话了一回，因提起黛玉的病来，宝钗劝了一回，因说道：“妹妹若觉着身子不爽快，倒要自己勉强扎挣着出来各处走走逛逛，散散心，比在屋里闷坐着到底好些。我那两日不是觉着发懒，浑身发热，只是要歪着？也因为时气不好，怕病，因此寻些事情自己混着，这两日才觉着好些了。”黛玉道：“姐姐说的何尝不是？我也是这样想着呢。”大家又坐了一会子方散。宝玉仍把黛玉送至潇湘馆门首，才各自回去了。

且说赵姨娘因见宝钗送了贾环些东西，心中甚是喜欢，想道：“怨不得别人都说那宝丫头好，会做人，很大方，如今看起来，果然不差。他哥哥能带了多少东西来？他挨门儿送到，并不遗漏一处，也不露出谁薄谁厚，连我们这样没时运的他都想到了。若是那林丫头，他把我们娘儿们正眼也不瞧，那里还肯送我们东西？”一面想，一面把那些东西翻来覆去的摆弄瞧看一回。忽然想到宝钗系王夫人的亲戚，为何不到王夫人跟前卖个好儿呢？自己便蝎蝎螫螫的，拿着东西走至王夫人房中，站在旁边陪笑说道：“这是宝姑娘才刚给环哥儿的。难为宝姑娘这样年轻的人，想的这么周到，真是大户人家的姑娘，又展样，又大方，怎么叫人不敬服呢。怪不得老太太和太太成日家都夸他疼他。我也不敢自专就收起来，特拿来给太太瞧瞧，太太也喜欢喜欢。”王夫人听了，早知道来意了，又见他说的不伦不类，也不便不理他，说道：“你自管收了去给环哥顽罢。”赵姨娘来时兴兴头头，谁知抹了一鼻子灰，满心生气，又不敢露出来，只得讪讪的出来了。到了自己房中，将东西丢在一边，嘴里咕咕哝哝自言自语道：“这个又算了个什么儿呢？”一面坐着，独自生了一回闷气。

却说莺儿带着老婆子们送东西回来，回覆了宝钗，将众人道谢的话并赏赐的银钱，都回完了，那老婆子便出去了。莺儿走近前来一步，挨着宝钗悄悄的说道：“刚才我到琏二奶奶那边，看见二奶奶一脸的怒气。我送下东西出来时，悄悄的问小红，说刚才二奶奶从老太太房里回来，不似往日欢天喜地的，叫了平儿去，唧唧咕咕的不知说了些什么。看那个光景，倒像有什么大事的似的。姑娘没听见那边老太太有什么事？”宝钗听了，也自己纳闷，想不出凤姐是为什么有气，便道：“各人家有各人的事，咱们那里管得？你去倒茶去罢。”莺儿于是出来，自去倒茶不提。

且说宝玉送了黛玉回来，想着黛玉的孤苦，不免也替他伤感起来。因要将这话告诉袭人，进来时却只有麝月、秋纹在房中。因问：“你袭人姐姐那里去了？”麝月道：“左不过在这几个院里，那里就丢了他？一时不见，就这样找！”宝玉笑着道：“不是怕丢了他。因我方才到林姑娘那边，见林姑娘又正伤心呢，问起来，却是为宝姐姐送了他东西，他看见是他家乡的土物，不免对景伤情。我要告诉你袭人姐姐，叫他闲时过去劝劝。”正说着，晴雯进来了，因问宝玉道：“你回来了？你又要叫劝谁？”宝玉将方才的话说了一遍。晴雯道：“袭人姐姐才出去。听见他说要到琏二奶奶那边去，保不住还到林姑娘那里。”宝玉听了，便不言语。秋纹倒了茶来，宝玉漱了一口，递给小丫头儿，心中着实不自在，就随便歪在床上。

却说袭人因宝玉出门，自己作了回活计。忽想起凤姐身上不好，这几日也没有过去看看，况闻贾琏出门，正好大家说说话儿，便告诉晴雯道：“好生在屋里，别都出去了，教宝玉回来抓不着人。”晴雯道：“嗳哟，这屋里单你一个人记挂着他，我们都是白闲着混饭吃的！”袭人笑着，也不答言，就走了。

刚来到沁芳桥畔，那时正是夏末秋初，池中莲藕新残相间，红绿离披。袭人走着，沿堤看顽了一回。猛抬头，看见那边葡萄架底下，有人拿着掸子在那里掸什么呢，走到跟前，却是老祝妈。那老婆子见了袭人，便笑嘻嘻的迎上来，说道：“姑娘怎么今日得工夫出来逛逛？”袭人道：“可不是，我要到琏二奶奶家瞧瞧去。你在这里做什么呢？”那婆子道：“我在这里赶马蜂儿。今年三伏里雨水少，这果子树上都有虫子，把果子吃的疤瘌流星的，掉了好些下来。姑娘还不知道呢，这马蜂最可恶的，一嘟噜上只咬破三两个儿，那破的水滴到好的上头，连这一嘟噜都是要烂的。姑娘你瞧，咱们说话的空儿没赶，就落上许多了。”袭人道：“你就是不住手的赶，也赶不了许多。你倒是告诉买办，叫他多多做些小冷布口袋儿，一嘟噜套上一个，又透风，又不遭蹋。”婆子笑道：“倒是姑娘说的是。我今年才管上，那里知道这个巧法儿呢。”因又笑着说道：“今年果子虽遭蹋了些，味儿倒好。不信，摘一个姑娘尝尝。”袭人正色道：“这那里使得！不但没熟吃不得，就是熟了，上头还没有供鲜，咱们倒先尝了。你是府里使老了的，难道连这个规矩都不晓得？”老祝忙笑道：“姑娘说得是。我见姑娘很喜欢，我才敢这么说，可就把规矩忘了。我可是老糊涂了！”袭人道：“这也没有什么。只是你们有年纪的老奶奶们，别先领着头儿这么着就好了。”说着，遂一径出了园门，来到凤姐这边。

一到院里，只听凤姐说道：“天理良心！我在这屋里熬的越发成了贼了！”袭人听见这话，知道有原故了，又不好回来，又不好进去，遂把脚步放重些，隔着窗子问道：“平姐姐可在家里么？”平儿忙答应着迎出来，袭人便问：“二奶奶也在家里么？身上可大安了？”说着，已走了进来。凤姐妆着在床上歪着呢，见了袭人进来，也笑着站起来，道：“好些了，叫你惦着。怎么这几日不过我们这边坐坐？”袭人道：“奶奶身上欠安，本该天天过来请安才是；但只怕奶奶身上不爽快，倒要静静儿的歇歇儿，我们来了，倒吵的奶奶烦。”凤姐笑道：“烦是没的话。倒是宝兄弟屋里虽然人多，也就靠着你一个照看他，也实在的离不开。我常听见平儿告诉我说，你背地里还惦着我，常常问我，这就是你尽心了。”一面说着，叫平儿挪了张杌子放在床旁边，让袭人坐下。丰儿端进茶来，袭人欠身道：“妹妹坐着罢。”一面说闲话儿。

只见一个小丫头儿在外间屋里，悄悄的和平儿说："旺儿来了，在二门上伺候着呢。"又听见平儿也悄悄的道："知道了。叫他先去，回来再来，别在门口儿站着。"袭人知他们有事，又说了两句话，便起身要走。凤姐道："闲来坐坐，说说话儿，我倒开心。"因命平儿："送送你妹妹。"平儿答应着送出来。只见两三个小丫头儿，都在那里屏声息气齐齐的伺候着。袭人不知何事，便自去了。

却说平儿送出袭人，进来回道："旺儿才来了，因袭人在这里，我叫他先到外头等等儿。这会子还是立刻叫他呢，还是等着？请奶奶的示下。"凤姐道："叫他来。"平儿忙叫小丫头去传旺儿进来。这里凤姐又问平儿："你到底是怎么听见说的？"平儿道："就是头里那小丫头儿的话。他说他在二门里头听见外头两个小厮说：'这个新二奶奶，比咱们旧二奶奶还俊呢，脾气儿也好。'不知是旺儿是谁，吆喝了两个一顿，说：'什么新奶奶旧奶奶的！还不快悄悄儿的呢，叫里头知道了，把你的舌头还割了呢。'"平儿正说着，只见一个小丫头进来回道："旺儿在外头伺候着呢。"凤姐听了，冷笑了一声，说："叫他进来！"那小丫头出来说："奶奶叫呢。"旺儿连忙答应着进来。

旺儿请了安，在外间门口垂手侍立。凤姐儿道："你过来，我问你话。"旺儿才走到里间门旁站着。凤姐儿道："你二爷在外头弄了人，你知道不知道？"旺儿又打着千儿回道："奴才天天在二门上听差事，如何能知道二爷外头的事呢。"凤姐冷笑道："你自然不知道！你要知道，你怎么拦人呢！"旺儿见这话，知道刚才的话已经走了风了，料着瞒不过，便又跪回道："奴才实在不知。就是头里兴儿和喜儿两个人在那里混说，奴才吆喝了他们两句。内中深情底里，奴才不知道，不敢妄回。求奶奶问兴儿，他是长跟二爷出门的。"凤姐儿听了，下死劲啐了一口，骂道："你们这一起没良心的混帐忘八崽子，都是一条藤儿，打量我不知道呢！先去给我把兴儿那个忘八崽子叫了来！你也不许走，问明白了他，回来再问你！好，好，好！这才是我使出来的好人呢！"那旺儿只得连声答应几个"是"，磕了个头，爬起来出去，去叫兴儿。

却说兴儿正在帐房儿里和小厮们顽呢，听见说二奶奶叫，先吓了一跳，却也想不到是这件事发作了，连忙跟着旺儿进来。旺儿先进去回说："兴儿来了。"凤姐儿厉声道："叫他！"那兴儿听见这个声音儿，早已没了主意了，只得乍着胆子进来。凤姐儿一见，便说："好小子啊，你和你爷办的好事啊！你只实说罢！"兴儿一闻此言，又看见凤姐儿气色及两边丫头们的光景，早吓软了，不觉跪下，只是磕头。凤姐儿道：“论起这事来，我也听见说不与你相干。但只你不早来回我知道，这就是你的不是了。你要实说了，我还饶你；再有一字虚言，你先摸摸你脖子上几个脑袋瓜子！”兴儿战兢兢的朝上磕头，道：“奶奶问的是什么事，奴才同爷办坏了？”凤姐听了，一腔火都发作起来，喝命：“打嘴巴！”旺儿过来才要打时，凤姐儿骂道：“什么糊涂忘八崽子，叫他自己打，用你打么！一会子你再各人打你那嘴巴子还不迟呢！”那兴儿真个自己左右开弓，打了自己十几个嘴巴。凤姐儿喝声“站住”，问道：“你二爷外头娶了什么新奶奶旧奶奶的事，你大概不知道啊？”兴儿见说出这件事来，越发着了慌，连忙把帽子抓下来，在砖地上咕咚咕咚碰的头山响，口里说道：“只求奶奶超生，奴才再不敢撒一个字儿的谎。”凤姐道：“快说！”

兴儿直蹶蹶的跪起来，回道：“这事头里奴才也不知道，就是这一天东府里大老爷送了殡，俞禄往珍大爷庙里去领银子，二爷同着蓉哥儿到了东府里，道儿上，爷儿两个说起珍大奶奶那边的二位姨奶奶来，二爷夸他好，蓉哥儿哄着二爷，说把二姨奶奶说给二爷。”凤姐听到这里，使劲啐道：“呸！没脸的忘八蛋！他是你那一门子的姨奶奶！”兴儿忙又磕头，说：“奴才该死！”往上瞧着，不敢言语。凤姐儿道：“完了么？怎么不说了？”兴儿方才又回道：“奶奶恕奴才，奴才才敢回。”凤姐啐道：“放你妈的屁！这还什么恕不恕了！你好生给我往下说，好多着呢。”兴儿又回道：“二爷听见这个话，就喜欢了。后来奴才也不知道怎么就弄真了。”凤姐微微冷笑道：“这个自然么，你可那里知道呢！你知道的，只怕都烦了呢。是了，说底下的罢！”

兴儿回道：“后来就是蓉哥儿给二爷找了房子。”凤姐忙问道：“如今房子在那里？”兴儿道：“就在府后头。”凤姐儿道：“哦。”回头瞅着平儿道：“咱们都是死人么！你听听！”平儿也不敢作声。兴儿又回道：“珍大爷那边给了张家不知多少银子，那张家就不问了。”凤姐道：“这里头怎么又拉扯上什么张家、李家咧呢？”兴儿回道：“奶奶不知道，这二奶奶——”刚说到这里，又自己打了个嘴巴，把凤姐儿倒呕笑了。两边的丫头也都抿嘴儿笑。兴儿想了想，说道：“那珍大奶奶的妹子——”凤姐儿接着说：“怎么样？快说呀。”兴儿道：“那珍大奶奶的妹子原来从小儿有人家的，姓张，叫什么张华，如今穷的待好讨饭。珍大爷许了他银子，他就退了亲了。”凤姐儿听到这里，点了点头儿，回头便望丫头们说道：“你们都听见了？小忘八崽子，头里他还说他不知道呢！”兴儿又回道：“后来二爷才叫人裱糊了房子，娶过来了。”凤姐道："打那里娶过来的？"兴儿回道："就在他老娘家抬过来的。"凤姐道："好罢咧。"又问："没人送亲么？"兴儿道："就是蓉哥儿，还有几个丫头、老婆子们，没别人。"凤姐道："你大奶奶没来么？"兴儿道："过了两天，大奶奶才拿了些东西来瞧的。"

凤姐儿笑了一笑，回头向平儿道："怪道那两天二爷称赞大奶奶不离嘴呢。"掉过脸来，又问兴儿："谁伏侍呢？自然是你了？"兴儿赶着磕头，不言语。凤姐又问："前头那些日子说给那府里办事，想来办的就是这个了？"兴儿回道："也有办事的时候，也有往新房子里去的时候。"凤姐又问道："谁和他住着呢？"兴儿道："他母亲和他妹子。昨儿他妹子自己抹了脖子了。"凤姐道："这又为什么？"兴儿随将柳湘莲的事说了一遍。凤姐道："这个人还算造化高，省了当那出名儿的忘八。"因又问道："没了别的事了么？"兴儿道："别的事奴才不知道。奴才刚才说的，字字是实话。一字虚假，奶奶问出来，只管打死奴才，奴才也无怨的。"

凤姐低了一回头，便又指着兴儿说道："你这个猴儿崽子，就该打死！这有什么瞒着我的？你想着瞒了我，就在你那糊涂爷跟前讨了好儿了？你新奶奶好疼你！我不看你刚才还有点怕惧儿，不敢撒谎，我把你的腿不给你打折了呢！"说着，喝声："起去！"兴儿磕了个头，才爬起来，退到外间门口，不敢就走。凤姐道："过来！我还有话呢。"兴儿赶忙垂手敬听。凤姐道："你忙什么？新奶奶等着赏你什么呢？"兴儿也不敢抬头。凤姐道："你从今日不许过去，我什么时候叫你，你什么时候到。迟一步儿，你试试！出去罢！"兴儿忙答应几个"是"，退出门来。凤姐又叫道："兴儿！"兴儿赶忙答应回来。凤姐道："快出去告诉你二爷去，是不是啊？"兴儿回道："奴才不敢。"凤姐道："你出去提一个字儿，提防你的皮！"兴儿连忙答应着，才出去了。

凤姐又叫："旺儿呢？"旺儿连忙答应着过来。凤姐把眼直瞪瞪的瞅了两三句话的工夫，才说道："好，旺儿，很好。去罢！外头有人提一个字儿，全在你身上！"旺儿答应着，也慢慢的退出去了。

凤姐便叫："倒茶。"小丫头儿们会意，都出去了。这里凤姐才和平儿说："你都听见了？这才好呢。"平儿也不敢答言，只好陪笑儿。凤姐越想越气，歪在枕上只是出神。忽然眉头一皱，计上心来，便叫："平儿，来！"平儿连忙答应过来。凤姐道："我想这件事，竟该这么着才好，也不必等你二爷回来再商量了。"未知凤姐如何办理，下回分解。

第六十八回　苦尤娘赚入大观园　酸凤姐大闹宁国府

话说贾琏起身去后，偏值平安节度巡边在外，约一个月方回。贾琏未得确信，只得住在下处等候。及至回来相见，将事办妥，回程已是将近两个月的限了。

谁知凤姐早已心下算定，只待贾琏前脚走了，回来便传各色匠役，收拾东厢房三间，照依自己正室一样妆饰陈设。至十四日，便回明贾母、王夫人，说十五日一早要到姑子庙进香去，只带了平儿、丰儿、周瑞媳妇、旺儿媳妇四人。未曾上车，便将原故告诉了众人，又分付众男人，素衣素盖，一径前来。

兴儿引路，一直到了门前扣门。鲍二家的开了，兴儿笑道："快回二奶奶去，大奶奶来了。"鲍二家的听了这句，顶梁骨走了真魂，忙飞跑进去，报与尤二姐。尤二姐虽也一惊，但已来了，只得以礼相见，于是忙整衣迎了出来。至门前，凤姐方下车进来。尤二姐一看，只见头上都是素白银器，身上月白缎子袄，青缎子掐银线的褂子，白绫素裙；眉弯柳叶，高吊两梢，目横丹凤，神凝三角，俏丽若三春之桃，清素若九秋之菊。周瑞、旺儿的二女人搀进院来。尤二姐陪笑忙迎上来拜见，开口便叫"姐姐"，说："今日实在不知姐姐下降，不曾远接，求姐姐宽恕。"说着，便拜下去。凤姐忙陪笑还礼不迭，赶着拉了二姐儿的手，同入房中。

凤姐上坐，尤二姐忙命丫头拿褥子来，便行礼，说："妹子年轻，一从到了这里，诸事都是家母和家姐商议主张。今日有幸相会，若姐姐不弃寒微，凡事求姐姐的指教，情愿倾心吐胆，只伏侍姐姐。"说着，便行下礼去。凤姐忙下坐还礼，口内忙说："皆因我也年轻，向来总是妇人的见识，一味的只劝二爷保重，别在外边眠花宿柳，恐怕叫太爷、太太耽心。这都是你我的痴心，谁知二爷倒错会了我的意。若是外头包占人家姐妹，瞒着家里也罢了；如今娶了妹妹作二房，这样正经大事，也是人家大礼，却不曾合我说。我也劝过二爷早办这件事，果然生个一男半女，连我后来都有靠。不想二爷反以我为那等妒忌不堪的人，私自办了，真真叫我有冤没处诉！我的这个心，惟有天地可表。头十天头里，我就风闻着知道了，只怕二爷又错想了，遂不敢先说。目今可巧二爷走了，所以我亲自过来拜见。还求妹妹体谅我的苦心，起动大驾，挪到家中，你我姐妹同居同处，彼此合心合意的谏劝二爷谨慎世务，保养身子，这才是大礼呢。要是妹妹在外头，我在里头，妹妹自想想，我心里怎么过的去呢？再者叫外人听着，不但我的名声不好听，就是妹妹的名儿也不雅。况且二爷的名声更是要紧的，倒是谈论咱们姐儿们还是小事。至于那起下人小厮之言，未免见我素昔持家太严，背地里加减些话，也是常情。妹妹想：自古说的，‘当家人，恶水缸’，我要真有不容人的地方儿，上头三层公婆，当中有好几位姐姐、妹妹、妯娌们，怎么容得我到今儿？就是今儿二爷私娶妹妹在外头住着，我自然不愿意见妹妹，我如何还肯来呢？拿着我们平儿说起，我还劝着二爷收他呢。这都是天地神佛不忍我叫这些小人们遭蹋，所以才叫我知道了。我如今来求妹妹进去，和我一块儿，住的、使的、穿的、带的，你我总是一样儿。妹妹这样伶透人，若肯真心帮我，我也得个膀臂，不但那起小人堵了他们的嘴，就是二爷回来一见，他也从今后悔，我并不是那种吃醋调歪的人。你我三人，更加和气。所以，妹妹还是我的大恩人呢。要是妹妹不合我去，我也愿意搬出来，陪着妹妹住，只求妹妹在二爷跟前替我好言方便方便，留我个站脚的地方儿，就叫我伏侍妹妹梳头洗脸，我也是愿意的。”说着，便呜呜咽咽哭将起来。尤二姐见了这般，也不免滴下泪来。

二人对见了礼，分序坐下。平儿忙也上来要见礼。尤二姐见他打扮不凡，举止品貌不俗，料定是平儿，连忙亲身搀住，只叫：“妹子，快别这么着，你我是一样的人。”凤姐儿忙也起身，笑道：“折死他了！妹妹只管受礼，他原是咱们的丫头。以后快别如此。”说着，又命周瑞家的从包袱里取出四匹上色尺头、四对金珠簪环为拜见礼。尤二姐忙拜受了。二人吃茶，对诉已往之事。凤姐口内，全是自怨自错：“怨不得别人，如今只求妹妹疼我。”尤二姐见了这般，便认他作是个极好的人，想道：“小人不遂心，诽谤主子，亦是常理。”故倾心吐胆叙了一回，竟把凤姐认为知己。又见周瑞家等媳妇在旁边称扬凤姐素日许多善政，“只是吃亏心太痴了，反惹人怨”。又说：“已经预备了房屋，奶奶进去，一看便知。”

尤氏心中，早已要进去同住方好，今又见如此，岂有不允之理？便说：“原该跟了姐姐去，只是这里怎么着呢？”凤姐儿道：“这有何难！妹妹的箱笼细软，只管着小厮搬了进去。这些粗夯货，要他无用，还叫人看着。妹妹说谁妥当，就叫谁在这里。”二姐忙道：“今日既遇见姐姐，这一进去，凡事只凭姐姐料理。我也来的日子浅，也不曾当过家事，世事不明白，如何敢作主？这几件箱笼拿进去罢。我也没有什么东西，那也不过是二爷的。”凤姐听了，便命周瑞家的记清，好生看管着，抬到东厢房去。于是催着尤二姐穿戴了，二人携手上车，又同坐一处，又悄悄的告诉他：“我们家的规矩大。这事老太太、太太一概不知，倘或知道二爷孝中娶你，管把他打死了。如今且别见老太太、太太，我们有一个花园子，极大，姊妹们住着，容易没人去的。你这一去，且在园里住两天，等我设个法子回明白了，那时再见方妥。”二姐道：“任凭姐姐裁处。”那些跟车的小厮们皆是预先说明的，如今不进大门，只奔后门来。下了车，赶散众人。

凤姐便带了尤氏进了大观园的后门，来到李纨处相见了。彼时大观园中，十停人已有九停人知道了，今忽见凤姐带了进来，引动众人来看问。二姐一一见过。众人见了他标致和悦，无不称扬。凤姐一一的分付了众人：“都不许在外走了风声！若老太太、太太知道，我先叫你们死！”园中婆子、丫头都素惧凤姐的，又系贾琏国孝、家孝中所行之事，知道关系非常，都不管这事。凤姐悄悄的求李纨收养几日，“等回明了，我们自然过去的”。李纨见凤姐那边已收拾房屋，况在服中，不好倡扬，自是正理，只得收下权住。凤姐又便去将他的丫头一概退出，又将自己的一个丫头送他使唤；暗暗分付园中媳妇们：“好生照管着他。若有走失逃亡，一概和你们算帐！”自己又去暗中行事不提。

且说合家之人都暗暗的纳罕道：“看他如何这等贤惠起来了？”那二姐得了这个所在，又见园中姊妹各各相好，倒也安心乐业的，自为得所。谁知三日之后，丫头善姐便有些不服使唤起来。二姐因说：“没了头油了，你去回一声大奶奶，拿些过来。”善姐儿便道：“二奶奶，你怎么不知好歹、没眼色？我们奶奶天天承应了老太太，又要承应这边太太、那边太太；这些姑娘、妯娌们，上下几百男女，天天起来都等他的话。一日少说，大事也有一二十件，小事还有三五十件。外头的，从娘娘算起，以及王公侯伯家，多少人情；家里又有这些亲友的调度，银子上千，钱上万，一日都从他一个手、一个心、一个嘴里调度，那里为这点子小事去烦琐他？我劝你能着些儿罢！咱们又不是明媒正娶来的，这是他亘古少有一个贤良人才这样待你，若差些儿的人，听见了这话，吵嚷起来，把你丢在外头，死不死，活不活，你又敢怎么样呢？”一夕话，说的尤氏垂了头。自为有这一说，少不得将就些罢了。那善姐渐渐的连饭也怕端来与他吃，或早一顿，或晚一顿，所拿来的东西皆是剩的。二姐说过两次，他反瞪着眼叫唤起来。二姐又怕人笑他不安本分，少不得忍着。

隔上五日八日见凤姐一面，那凤姐却是和容悦色，满嘴里“好妹妹”不离口，又说：“倘有下人不到之处，你降不住他们，只管告诉我，我打他们。”又骂丫头、媳妇道："我深知你们，软的欺，硬的怕，背着我的眼，还怕谁？倘或二奶奶告诉我一个'不'字，我要你们的命！"二姐见他这般好心，"既有他，我又何必多事？下人不知好歹是常情，我若告了他们，受了委屈，反叫人说我不贤良"，因此反替他们遮掩。

凤姐一面使旺儿在外打听这尤二姐的底细，皆已深知：果然已有了婆家的，女婿现在才十九岁，成日在外赌博，不理世业，家私化尽，父母撵他出来，现在赌钱场存身。父亲得了尤婆子二十两银子，退了亲的，这女婿尚不知道。原来这小伙子名叫张华。凤姐都一一尽知原委，便封了二十两银子与旺儿，悄悄命他将张华勾来养活，着他写一张状子，只管往有司衙门中告去，就告琏二爷"国孝、家孝之中，背旨瞒亲，仗财依势，强逼退亲，停妻再娶"。这张华也深知利害，先不敢造次。旺儿回了凤姐，凤姐气的骂道："真是他娘的话！怨不得俗语说，'癞狗扶不上墙'的！你细细说给他：就告我们家谋反也没事的，不过是借他一闹，大家没脸。若告大了，我这里自然能够平服的。"旺儿领命，只得细说与张华。凤姐又分付旺儿："他若告了你，你就和他对词去。如此如此，我自有道理。"旺儿听了有他做主，便又命张华状子上添上自己，说："你只告我来往过付，一应调唆二爷做的。"张华便得了主意，和旺儿商议定了，写了一张状子。次日，便往都察院喊了冤。

察院坐堂，看状子是告贾琏的事，上面有家人旺儿一人，只得遣人去贾府传旺儿来对词。青衣不敢擅入，只命人带信。那旺儿正等着此事，不用人带信，早在这条街上等候，见了青衣，反迎上去，笑道："起动众位弟兄，必是兄弟的事犯了。说不得，快来套上。"众青衣不敢，只说："好哥哥，你去罢，别闹了。"于是来至堂前跪了。察院命将状子与他看。旺儿故意看了一遍，碰头说道："这事小的尽知的，主人实有此事。但这张华素与小的有仇，故意拉小的在内。其中还有人，求老爷再问。"张华碰头道："虽还有人，小的不敢告他，所以只告他下人。"旺儿故意的说："糊涂东西，还不快说出来！这是朝廷公堂上，凭是主子，也要说出来。"张华便说出贾蓉来。察院听了无法，只得去传贾蓉。

凤姐又差了庆儿暗中打听告了起来，便忙将王信唤来，告诉他此事，命他托察院只要虚张声势，惊吓而已。又拿了三百银子与他去打点。是夜，王信到了察院私宅，安了根子。那察院深知原委，收了赃银。次日回堂，只说张华无赖，因拖欠了贾府银两，妄捏虚词，诬赖良人。都察院素与王子腾相好，王信也只到家说了一声，况是贾府之人，巴不得了事，便也不提此事，且都收下，只传贾蓉对词。

且说贾蓉等正忙着贾珍之事，忽有人来报信，说："有人告你们，如此如此，这般这般，快作道理！"贾蓉慌忙来回贾珍。贾珍道："我却早防着这一着，倒难为他这么大胆子。"即刻封了二百银子，着人去打点察院，又命家人去对词。正商议间，又报："西府二奶奶来了。"贾珍听了这话，倒吃了一惊，忙要同贾蓉藏躲，不想凤姐已经进来了，说："好大哥哥，带着兄弟们干的好事！"贾蓉忙请安，凤姐拉了他就进来。贾珍还笑说："好生伺候你婶娘，分付他们杀牲口备饭。"说了，忙命备马，躲往别处去了。

这里凤姐带着贾蓉走来上房，尤氏正迎了出来，见凤姐气色不善，忙说："什么事情，这等忙？"凤姐照脸一口唾沫，啐道："你尤家的丫头没人要了，偷着只往贾家送！难道贾家的人都是好的，普天下死绝了男人了？你就愿意给，也要三媒六证，大家说明，成个体统才是。你痰迷了心，脂油蒙了窍，国孝、家孝两重在身，就把个人送来了！这会子被人告我们，我又是个没脚蟹，连官场中都知道我利害、吃醋，如今指名提我，要休我。我到了你家，干错了什么不是，你这等害我？或是老太太、太太有了话在你心里，使你们做这圈套，要挤我出去？如今咱们两个一同去见官，分证明白；回来咱们公同请了合族中人，大家觌面说个明白，给我休书，我就走！"一面说，一面大哭，拉着尤氏只要去见官。急的贾蓉跪在地下叩头："只求婶娘息怒。"

凤姐一面又骂贾蓉："天打雷劈五鬼分尸的没良心的种子！不知天有多高，地有多厚，成日家调三窝四，干出这些没脸面没王法、败家破业的营生！你死了的娘，阴灵儿也不容你！祖宗也不容你！还敢来劝我！"一面骂着，扬手就打。吓的贾蓉忙叩头，说道："婶娘别动气，只求婶娘别看这一时，侄儿千日的不好，还有一日的好。实在婶娘气不平，何用婶娘打？让我自己打，婶娘只别生气！"说着，就自己举手，左右开弓自己打了一顿嘴巴子，又自己问着自己说："以后可还再顾三不顾四混管闲事不了？以后还单听叔叔的话、不听婶娘的话不了？婶娘是怎么样待你，你这么没天理、没良心的！"众人又要劝，又要笑，又不敢笑。

凤姐儿滚到尤氏怀里，号天恸地，大放悲声，只说："给你兄弟娶亲我不恼，为什么使他违旨背亲，将混帐名儿给我背着？咱们只去见官，省得捕快皂隶来拿。再者，咱们过去，只见了老太太、太太和众族人等，大家公议了，我既不贤良，又不容丈夫买妾，只给我一纸休书，我即刻就走！你妹妹我也亲身接了来家，生怕老太太、太太生气，也不敢回，现在三茶六饭金奴银婢的住在园内。我这里赶着收拾房子，和我一样的，只等老太太知道了。原说下接过来，大家安分守己的，我也不提旧事了，谁知又是有了人家的！不知你们干的什么事，我一概又不知道。如今告我，我昨日急了，纵然我出去见官，也丢的是你贾家的脸，少不得偷把太太的五百两银子去打点。如今把我的人还锁在那里。"说了又哭，哭了又骂，后来又放声大哭起祖宗、爷娘来，又要寻死撞头。把个尤氏揉搓成一个面团儿，衣服上全是眼泪鼻涕，并无别话，只骂贾蓉："混帐种子，和你老子做的好事！我当初就说使不得。"

凤姐儿听说这话，哭着，两手搬着尤氏的脸紧对相问道："你发昏了？你的嘴里难道有茄子塞着？不然，他们给你嚼子衔上了？为什么你不告诉我去？你若告诉了我，这会子不平安了？怎么得惊官动府，闹到这步田地？你这会子还怨他们！自古说'妻贤夫少祸'、'表壮不如里壮'，你但凡是个好的，他们怎敢闹出这些事来？你又没才干，又没口齿，锯了嘴子的葫芦，就只会一味瞎小心，应贤良的名儿！"说着，啐了几口。尤氏也哭道："何曾不是这样？你不信，问问跟的人，我何曾不劝呢？也要他们听。叫我怎么样呢？怨不得妹妹生气，我只好听着罢了。"

众姬妾、丫头、媳妇等已是黑压压跪了一地，陪笑求说："二奶奶最圣明的，虽是我们奶奶的不是，奶奶也作践的够了。当着奴才们，奶奶们素日何等的好来，如今还求奶奶给留点脸儿。"说着，捧上茶来。凤姐也摔了，一面止了哭挽头发，又喝骂贾蓉："出去请你父亲来！我对面问他问，亲太爷的孝才五七，侄儿娶亲，这个礼我竟不知道，我问问也好学着，日后教导你们！"贾蓉只跪着叩头，说："这事原不与父母相干，都是侄儿一时吃了屎，调唆着叔叔做的。我父亲也并不知道。如今我父亲正要商量接太爷出殡，婶娘若闹起来了，侄儿也是个死。只求婶娘责罚侄儿，侄儿谨领。这官司还求婶娘料理，侄儿竟不能干这大事。婶娘是何等样人，岂不知俗语说的，'胳膊折了，在袖子里'？侄儿糊涂死了，既做了不肖的事，就和那猫儿狗儿一般，少不得还要婶娘费心费力，将外头的事压住了才好。只当婶娘有这个不肖的儿子，就惹了祸，少不得委屈，还要疼他呢。"说着，又叩头不绝。

凤姐儿见他母子这般，也再难往前施展了，只得又转过了一副言谈、形容来，与尤氏反陪礼说："嫂子也别恼我，我是年轻不知事的人，一听见有人告诉了，把我吓昏了，不知方才怎么得罪了嫂子。可是蓉儿说的，‘胳膊折了，往袖子里藏’，少不得嫂子要体谅我。还得嫂子在哥哥跟前替说，先把这官司按下去才好。”尤氏、贾蓉一齐都说：“婶娘放心，横竖一点儿连累不着叔叔。婶娘方才说用过了五百两银子，少不得我们娘儿们打点五百两银子与婶娘送过去，好补上。不然，岂有教婶娘又添上亏空的理？越发我们该死了。但还有一件：老太太、太太们跟前，婶娘还要周全方便，别提这些话方好。”

凤姐又冷笑道：“你们饶压着我的头干了事，这会子反哄着我替你们周全！我就是个傻子，也傻不到如此：嫂子的兄弟，是我的什么人？嫂子既怕他绝了后，我难道不更比嫂子更怕绝后？嫂子的妹子就合我的妹子一样，我一听见这话，连夜喜欢的连觉也睡不成，赶着传人收拾了屋子，就要接进来同住。倒是奴才小人的见识，他们倒说：‘奶奶太性急。若是我们的主意，先回了老太太、太太，看是怎么样，再收拾房子去接也不迟。’我听了这话，叫我要打要骂的，才不言语了。谁知偏不称我的意，偏打我的嘴，半空里又跑出一个张华来告了一状。我听见了，吓的两夜没合眼儿，又不敢声张，只得求人去打听这张华是什么人，这样大胆。打听了两日，谁知是个无赖的化子。我年轻不知事，反笑了，说：‘他告什么？’倒是小子们说：‘原是二奶奶许了他的。他如今急了，冻死饿死也是个死，现在有这个理他抓住，纵然死了，死的倒比冻死饿死还值些。怎么怨的他告呢？这事原是爷做的太急了：国孝一层罪，家孝一层罪，背着父母私娶一层罪，停妻再娶一层罪。俗语说：“拚着一身剐，敢把皇帝拉下马。”他穷疯了的人，什么事做不出来？况且他又拿着这满理，不告，等请不成？’嫂子说，我就是个韩信、张良，听了这话，也把智谋吓回去了。你兄弟又不在家，又没个人商量，少不得拿钱去垫补。谁知越使钱，越教人拿住刀靶儿，越发来讹。我是‘耗子尾巴上长疮，多少脓血儿’！所以又急又气，少不得来找嫂子。”

尤氏、贾蓉不等说完，都说：“不必操心，自然要料理的。”贾蓉又道：“那张华不过是穷急，故舍了命才告咱们。如今想了一个法儿：竟许他些银子，只叫他应个妄告不实之罪，咱们替他打点完了官司，他出来时，再给他些银子就完了。”凤姐儿抿着嘴儿笑道：“难为你想，怨不得你顾一不顾二的做出这些事来，原来你竟是这么个有心胸的，我往日错看了你了！若你说的这话他暂且依了，且打出官司来又得了银子，眼前自然了事。这些人既是无赖的小人，银子到手，三天五天一光了，他又来找事讹诈，再要叨登起来，咱们虽不怕，终久耽心。搁不住他说：‘既没毛病，为什么反给他银子？’终究是不了之局。”

贾蓉原是个明白人，听如此一说，便笑道：“我还有个主意，‘来是是非人，去是是非者’，这事还得我了才好。如今我竟问张华个主意，或是他定要人？或是他愿意了事，得钱再娶？他若说一定要人，少不得我去劝我二姨娘，叫他出来仍嫁他去；若说要钱，我们这里少不得给他。”凤姐儿忙道：“虽如此说，我断舍不得你姨娘出去，我也断不肯使他出去。他若出去了，咱们家的脸在那里呢？好侄儿，你若疼我，只能可多给他钱为是。”贾蓉深知，凤姐儿口虽如此，心却是巴不得只要本人出来，他却做贤良人。如今怎么说，只好怎么依。

凤姐儿欢喜了，又说：“外头好处了，家里终久怎么样？你也同我过去，回明了老太太、太太才是。”尤氏又慌了，拉凤姐儿讨主意，如何撒谎才好。凤姐冷笑道：“既没这本事，谁叫你干这样事？这会子这个腔儿，我又看不上。待要不出个主意，我又是个心慈面软的人，凭人撮弄我，我还是一片傻心肠儿。说不得，让我应起来。如今你们只别露面，我只领了你妹妹去给老太太、太太们叩头，只说原系你妹妹，我看上了，很好。正因我不大生长，原说买两个人放在屋里的，今既见了你妹妹很好，而且又是亲上做亲的，我愿意娶来做二房。皆因家中父母、姊妹、亲近一概死了，日子又艰难，不能度日，若等百日之后，无奈无家无业，实在难等。就算我的主意，接了进来，已经厢房收拾了出来暂且住着，等满了孝再圆房儿。仗着我这不害臊的脸，死活赖去，有了不是，也寻不着你们了。你们娘儿两个想想，可使得？”尤氏、贾蓉一齐笑道：“到底是婶娘宽洪大量，足智多谋！等事妥了，少不得我们娘儿们过去拜谢。”凤姐儿道：“罢呀，还说什么拜谢不拜谢！”又指着贾蓉道：“今日我才知道你了！”说着，把脸却一红，眼圈儿也红了，似有多少委屈的光景。贾蓉忙陪笑道：“罢了，婶娘少不得饶恕我这一次。”说着，忙又跪下。凤姐儿扭过脸去不理他，贾蓉才笑着起来了。

这里尤氏忙命丫头们舀水、取妆奁，伏侍凤姐儿梳洗了，赶忙又命预备晚饭。凤姐儿执意要回去，尤氏拦着道：“今日二婶子要这么走了，我们什么脸还过那边去呢？”贾蓉傍边笑着劝道：“好婶娘，亲婶娘，以后蓉儿要不真心孝顺你老人家，天打雷劈！”凤姐瞅了他一眼，啐道：“谁信你这——”说到这里，又咽住了。一面老婆、丫头们摆上酒菜来。尤氏亲自递酒布菜，贾蓉又跪着敬了一钟酒。凤姐便合尤氏吃了饭。丫头们递了漱口水，又捧上茶来。

凤姐吃了两口，便起身回去。贾蓉亲身送过来，进门时，又悄悄的央告了几句私心话，凤姐也不理他，只得怏怏的回去了。

且说凤姐进园中，将此事告诉尤二姐，又说我怎么操心，又怎么打听，“须得如此如此，方保得众人无罪，少不得咱们按着这个法儿来才好”。不知凤姐又变出什么法儿来，且听下回分解。

第六十九回　弄小巧用借剑杀人　觉大限吞生金自逝

话说尤二姐听了，又感谢不尽，只得跟了他来。尤氏那边怎好不过来的，少不得也过来，跟着凤姐去回，方是大礼。凤姐笑道：“你只别说话，等我去说。”尤氏道：“这个自然。但有了不是，往你身上推就是了。”说着，大家先至贾母房中。

正值贾母和园中姐妹们说笑解闷，忽见凤姐带了一个标致小媳妇进来，忙觑着眼瞧，道：“这是谁家的孩子？好可怜见儿的。”凤姐上来笑道：“老祖宗倒细细的看看，好不好？”说着，忙拉二姐儿道：“这是太婆婆，快磕头。”二姐儿忙行了大礼，展拜起来。又指着众姊妹道：这是某人某人，“你先认了，太太瞧过了再见礼”。二姐儿听了，一一又从新故意的问过，垂头站在旁边。贾母上下瞧了一遍，因又笑问：“你姓什么？今年十几岁了？”凤姐忙又笑道：“老祖宗且别问，只说比我俊不俊。”贾母又带上了眼镜，命鸳鸯、琥珀：“把那孩子拉过来，我瞧瞧肉皮儿。”众人都抿着嘴儿笑，推他上去。贾母细瞧了一遍，又命琥珀：“拿出他的手来，我瞧瞧。”贾母瞧毕，摘下眼镜来，笑说道：“竟是个齐全孩子！我看比你还俊些呢。”凤姐听说，笑着忙跪下，将尤氏那边所编之话，一五一十，细细的说了一遍，“少不得老祖宗发慈心，先许他进来，住一年后再圆房”。贾母听了道：“这有什么不是？既你这样贤良，很好。只是一年后方可圆得房。”凤姐听了，磕头起来，又求贾母：“着两个女人，一同带去见太太们，说是老祖宗的主意。”贾母依允，遂使二人带去见了邢夫人等。王夫人正因他风声不雅，深为忧虑，见他今行此事，岂有不乐之理？于是尤二姐自此见了天日，挪到厢房居住。

凤姐一面使人暗暗调唆张华，只叫他要原妻，这里还有许多陪送外，还给他银子安家过活。张华原无胆无心告贾家的，后来又见贾蓉打发了人来对词，那人原说的：“张华先退了亲。我们原是亲戚，接到家里住着是真，并无强娶之说。皆因张华拖欠我们的债务，追索不给，方诬赖小的主儿那些个。”察院都和贾、王两处有瓜葛，况又受了贿，只说张华无赖，以穷讹诈，状子也不收，打了一顿赶出来。庆儿在外替张华打点，也没打重。又调唆张华说道：“亲原是你家定的，你只要亲事，官必还断给你。”于是又告。王信那边又透了消息与察院，察院便批：“张华所欠贾宅之银，令其限内按数交还。其所定之亲，仍令其有力时娶回。”又传了他父亲来，当堂批准。他父亲亦系庆儿说明，乐得人财两进，便去贾家领人。

凤姐一面吓的来回贾母，说如此这般，“都是珍大嫂子干事不明，那家并没退准，惹人告了，如此官断”。贾母听了，忙唤尤氏过来，说他做事不妥。“既你妹子从小与人指腹为婚，又没退断，使人告了，这是什么事？”尤氏听了，只得说：“他连银子都收了，怎么没准？”凤姐在旁又说：“张华的口供上现说没见银子，也没见人去。他老子又说：‘原是亲家说过一次，并没应准。亲家死了，你们就接进去做二房。’如此没有对证的话，只好由他去混说。幸而琏二爷不在家，不曾圆房，这还无妨。只是人已来了，怎么送回去？岂不伤脸？”贾母道：“又没圆房，没的强占人家有夫之人，名声也不好，不如送给他去。那里寻不出好人来。”尤二姐听了，又回贾母道：“我母亲实于某年、某月、某日，给了他二十两银子退准的。他因穷急了告，又翻了口。我姐姐原没错办。”贾母听了，便道：“可见刁民难惹。既这样，凤丫头去料理料理。”

凤姐听了无法，只得应着，回来只命人去找贾蓉。贾蓉深知凤姐之意，若要使张华领回，成何体统？便回了贾珍，暗暗遣人去说张华：“你如今既有许多银子，何必定要原人？若只管执定主意，岂不怕爷们一怒，寻出一个由头，你死无葬身之地！你有了银子，回家去什么好人寻不出来？你若走呢，还赏你些路费。”张华听了，心中想了一想：“这倒是好主意。”和父母商议已定，约共也得了有百金，父子次日起了五更，便回原籍去了。

贾蓉打听得真了，来回了贾母、凤姐，说：“张华父子妄告不实，惧罪逃走。官府亦知此情，也不追究，大事完毕。”凤姐听了，心中一想：“若必定着张华带回二姐儿去，未免贾琏回来，再化几个钱包占住，不怕张华不依。还是二姐儿不去，自己拉绊着还妥当，且再作道理。只是张华此去不知何往，倘或他再将此事告诉了别人，或日后再寻出这由头来翻案，岂不是自己害了自己？原先不该如此将刀靶付与外人去的。”因此悔之不迭。复又想了一个主意出来，悄命旺儿遣人寻着了他，或讹他做贼，和他打官司，将他治死；或暗使人算计，务将张华治死，方剪草除根，保住自己的名誉。

旺儿领命出来，回家细想："人已走了完事，何必如此大做？人命关天，非同儿戏！我且哄过他去，再作道理。"因此，在外躲了几日，回来告诉凤姐，只说："张华因有几两银子在身上，逃去第三日，在京口地界，五更天，已被截路打闷棍的打死了。他老子吓死在店房，在那里验尸掩埋。"凤姐听了不信，说："你要撒谎，我再使人打听出来，敲你的牙！"自此方丢过不究。凤姐和尤二姐和美非常，竟比亲姊妹还胜几倍。

那贾琏一日事毕回来，先到了新屋中，已经静悄悄的关锁，只有一个看房子的老头儿。贾琏问起原故，老头儿细说原委，贾琏只在镫中跺足。少不得来见贾赦与邢夫人，将所完之事回明。贾赦十分欢喜，说他中用，赏了他一百两银子，又将房中一个十七岁的丫鬟名唤秋桐，赏他为妾。贾琏叩头领去，喜之不尽。见了贾母、合家众人。回来见了凤姐，未免脸上有些愧色。谁知凤姐反不似往日容颜，同尤二姐一同出来，叙了寒温。贾琏将秋桐之事说了，未免脸上有些得意骄矜之色。凤姐听了，忙命两个媳妇坐车，到那边接了来。心中一刺未除，又平空添了一刺，说不得，且吞声忍气，将好颜面换出来遮饰。一面又命摆酒接风，一面带了秋桐来见贾母与王夫人等。贾琏心中也暗暗的纳罕。

那日已是腊月十二日，贾珍起身，先拜了宗祠，然后过来辞拜贾母等人。和族中人直送到洒泪亭方回，独贾琏、贾蓉二人送出三日三夜方回。一路上贾珍命他好生收心治家等语，二人口内答应，也说些大礼套话，不必烦叙。

且说凤姐在家，外面待尤二姐自不必说的，只是心中又怀别意。无人处只和尤二姐说："妹妹的声名很不好听，连老太太、太太们都知道了，说妹妹在家做女孩儿就不干净，又和姐夫来往太密，'可见没人要的你拣了来，还不休了，再寻好的'！我听见这话，气的什么儿似的。后来打听是谁说的，又察不出来。这日久天长，这些个奴才们跟前，怎么说嘴？我反弄了鱼头来拆！"说了两遍，自己先"气病了"，茶饭也不吃。除了平儿，众丫头、媳妇无不言三语四，指桑说槐，暗相讥刺。

秋桐自以为系贾赦之赐，无人僭他的，连凤姐、平儿皆不放在眼里，岂肯容他？张口是"先奸后娶、没汉子要的倡妇，也来要我的强"！凤姐听了暗乐，尤二姐听了，暗愧暗怒暗气。自从妆病，便不和尤二姐吃饭，每日只命人端了菜饭到他房中去吃。那菜饭都系不堪之物，平儿看不过，自拿了钱出来弄菜与他吃；或是有时只说和他园中去顽，在园中厨内另做了汤水与他吃，也无人敢回凤姐。只有秋桐撞见了，便去掉舌告诉凤姐，说："奶奶名声，生是平儿弄坏了的。这样好菜好饭浪着不吃，却往园里去偷吃。"凤姐听了，骂平儿道："人家养猫拿耗子，我的猫只倒咬鸡！"平儿不敢多说，自此也就远着了，又暗恨秋桐。

园中姊妹和李纨、迎春、惜春等人皆为凤姐是好意，然宝、黛一干人暗为二姐耽心。虽都不便多事，却也可怜。每常无人处说起话来，尤二姐拭眼抹泪，又不敢抱怨凤姐儿，因无一点坏形。贾琏来家时，见了凤姐贤良，也便不留心。况素昔见贾赦姬妾、丫鬟最多，贾琏每怀不轨之心，只未敢下手。如这秋桐辈等人，皆是恨老爷年迈昏愦，贪多嚼不烂，没的留下这些人作什么？因此除了几个知礼有耻的，余者或有与二门上小幺儿们嘲戏的；甚至于与贾琏眉来眼去相偷期的，只惧贾赦之威，未曾到手。这秋桐便和贾琏有旧，从未来过一次。今日天缘凑巧，竟赏了他，真是一对烈火干柴，如胶投漆，燕尔新婚，连日那里拆得开！贾琏在二姐身上之心也渐渐淡了，只有秋桐一人是命。

凤姐儿虽恨秋桐，且喜借他先可发脱二姐，用借刀杀人之法，坐山观虎斗：等秋桐杀了尤二姐，自己再杀秋桐。主意一定，没人处常又私劝秋桐道："你年轻，不知事。他现是二房奶奶，你爷心坎儿上的人，我还让他三分，你去硬碰他，岂不是自寻其死？"那秋桐听了这话，越发恼了，天天大口乱骂，说："奶奶是软弱人，那等贤惠，我却做不来！奶奶把素日的威风怎么都没了？奶奶宽洪大量，我却眼里揉不下沙子去！让我和这倡妇做一回，他才知道呢。"凤姐儿在屋里，只妆不敢出声儿。气得尤二姐在房里哭泣，连饭也不吃，又不敢告诉贾琏。次日，贾母见他眼睛红红的肿了，问他，又不敢说。秋桐正是抓乖卖俏之时，他便悄悄的告诉贾母、王夫人等，说："他专会作死，好好的，成天丧声叹气，背地里咒二奶奶和我早死了，好和二爷一心一计的过。"贾母听了，便说："人太生娇俏了，可知心就嫉妒了。凤丫头倒好意待他，他倒这样争锋吃醋的，可知是个贱骨头。"因此，渐次便不大喜欢。众人见贾母不喜，不免又往下践踏起来，弄得这尤二姐要死不能，要生不得。还是亏了平儿，时常背着凤姐与他排解。

那尤二姐原是花为肠肚、雪作肌肤的人，如何经得这般折磨？不过受了一月的暗气，便恹恹得了一病，四肢懒动，茶饭不进，渐次黄瘦下去。夜来合上眼，只见他妹妹手捧鸳鸯宝剑前来，说："姐姐，你为人一生心痴意软，终吃了这亏！休信那妒妇花言巧语，外作贤良，内藏奸猾，他发狠定要弄你一死方罢。若妹子在世，断不肯令你进来；就是进来，亦不容他这样。此亦系理数应然，只因你前生淫奔不才，使人家丧伦败行，故有此报。你速依我，将此剑斩了那妒妇，一同归至警幻案下，听其发落。不然，你则白白的丧命，且无人怜惜。”尤二姐哭道：“妹妹，我一生品行既亏，今日之报既系当然，何必又生杀戮之冤？随我去忍耐。若天可怜见，使我好了，岂不两全？”小妹笑道：“姐姐，你终是个痴人！自古‘天网恢恢，疏而不漏’，天道好还。你虽悔过自新，然已将人父子、兄弟致于麀聚之乱，天怎容你安生！”尤二姐泣道：“既不得安生，亦是理之当然，奴亦无怨。”小妹听了，长叹而去。

尤二姐惊醒，却是一梦。等贾琏来看时，因无人在侧，便哭着合贾琏说：“我这病不能好了。我来了半年，腹中已有身孕，但不能预知男女。倘老天可怜，生了下来还可；若不然，我的命还不能保，何况于他？”贾琏亦哭道：“你只放心，我请名人来医治。”于是出去，即刻请医生。

谁知王太医此时也病了，又谋干了军前效力，回来好讨荫封的。小厮们走去，便仍旧请了那年给晴雯看病的太医胡君荣来。诊视了，说是经水不调，全要大补。贾琏便道：“已是三月庚信不行，又常呕酸，恐是胎气。”胡君荣听了，复又命老婆子请出手来，再看了半日，说：“若论胎气，肝脉自应洪大。然木盛则生火，经水不调亦皆因肝木所致。医生要大胆，须得请奶奶将金面略露一露，医生观看气色，方敢下药。”贾琏无法，只得命将帐子掀起一缝，尤二姐露出脸来。胡君荣一见，早已魂飞天外，那里还能辨气色？一时掩了帐子，贾琏陪他出来，问是如何。胡太医道：“不是胎气，只是瘀血凝结。如今只以下瘀通经要紧。”于是写了一方，作辞而去。

贾琏令人送了药礼，抓了药来，调服下去。只半夜光景，尤二姐腹痛不止，谁知竟将一个已成形的男胎打了下来！于是血行不止，二姐就昏迷过去。贾琏闻知，大骂胡君荣。一面遣人再去请医调治，一面命人去找胡君荣。胡君荣听了，早已卷包逃走。这里太医便说：“本来血气亏弱，受胎以来，想是着了些气恼，郁结于中。这位先生误用虎狼之剂，如今大人元气十伤八九，一时难保就愈。煎、丸二药并行，还要一些闲话闲事不闻，庶可望好。”说毕而去，也开了个煎药方子，并调元散郁的丸药方子，去了。急的贾琏便查谁请的姓胡的来，一时查出，便打了个半死。

凤姐比贾琏更急十倍，只说：“咱们命中无子。好容易有了一个，遇见这样没本事的大夫来！”于是天地前烧香礼拜，自己通诚祷告，说：“我情愿有病，只求尤氏妹妹身体大愈，再得怀胎，生一男子，我愿吃长斋念佛。”贾琏众人见了，无不称赞。贾琏与秋桐在一处，凤姐又做汤做水的着人送与二姐，又叫人出去算命、占卦。偏算命的回来又说：“系属兔的阴人冲犯了。”大家算将起来，只有秋桐一人属兔，说他冲的。

秋桐见贾琏请医调治，打人骂狗，为尤二姐十分尽心，他心中早浸了一缸醋在内了；今又听见如此，说他冲了，凤姐儿又劝他说：“你暂且别处躲几日再来。”秋桐便气得哭骂道：“理那起瞎肏的混咬舌根！我和他井水不犯河水，怎么就冲了他？好个爱八哥儿，在外头什么人不见，偏来了，就冲了！我还要问问他呢：到底是那里来的孩子？他不过哄我们那个棉花耳朵的爷罢了，纵有孩子，也不知张姓王姓的！奶奶希罕那杂种羔子，我不喜欢！老了谁不成？谁不会养？一年半载养一个，倒还是一点搀杂没有的呢！”众人又要笑，又不敢笑。

可巧邢夫人过来请安，秋桐便告诉邢夫人道：“二爷、二奶奶要撵我回去，我没了安身之处，太太好歹开恩！”邢夫人听说，便数落了凤姐儿一阵，又骂贾琏：“不知好歹的种子！凭他怎样，是你父亲给的，为个外来的撵他，连老子都没了！”说着，赌气去了。秋桐更又得意，越发走到窗户根底下大骂起来。尤二姐听了，不免更添烦恼。

晚间，贾琏在秋桐房中歇了，凤姐已睡。平儿过尤二姐那边来，又悄悄劝他：“好生养病，不要理那畜生。”尤二姐拉他哭道：“姐姐，我从到了这里，多亏姐姐照应。为我，姐姐也不知受了多少闲气。我若逃的出命来，我必答报姐姐的恩德！只怕我逃不出命来，也只好等来生罢。”平儿也不禁滴泪，说道：“想来都是我坑了你。我原是一片痴心，从没瞒他的话。既听见你在外头，岂有不告诉他的？谁知生出这些个事来。”尤二姐忙道：“姐姐这话错了。若姐姐便不告诉他，他岂有打听不出来的？不过是姐姐说的在先。况且我也要一心进来，方成个体统，与姐姐何干？”二人哭了一回。平儿又嘱付了几句，夜已深了，方去安息。

这里尤二姐心中自思：“病已成势，日无所养，反有所伤，料定必不能好。况胎已经打下，无甚悬心，何必受这些零气？不如一死，倒还干净。常听见人说，生金子可以坠死，岂不比上吊、自刎又干净？”想毕，扎挣起来，打开箱子，找出一块生金，也不知多重，哭了一回，外边将近五更天气，那二姐咬牙狠命便吞入口中，几次直脖方咽了下去。于是赶忙将衣服首饰穿戴齐整，上炕躺下。当下人不知，鬼不觉。到第二日早晨，丫鬟、媳妇们见他不叫人，乐得自己梳洗。凤姐、秋桐都上去了。平儿看不过，说丫头们："就只配没人心的打着骂着使，也罢了！一个病人，也不知可怜可怜。他虽好性儿，你们也该拿出个样儿来，别太过逾了，墙倒众人推！"丫鬟听了，急推房门进来看时，却穿戴的齐齐整整，死在炕上。于是方吓慌了，喊叫起来。平儿进来瞧见，不禁大哭。众人虽素昔惧怕凤姐，然想尤二姐实在温和怜下，如今死去，谁不伤心落泪？只不敢与凤姐看见。

当下合宅皆知。贾琏进来，搂尸大哭不止。凤姐也假意哭道："狠心的妹妹，你怎么丢下我去了？孤负了我的心！"尤氏、贾蓉等也都来哭了一场，劝住贾琏。贾琏便回了王夫人，讨了梨香院停放五日，挪到铁槛寺去。王夫人依允。贾琏忙命人去往梨香院收拾停灵，将二姐儿抬上去，用衾单盖了，八个小厮和八个媳妇围随，抬往梨香院来。

那里已请下天文生预备，揭起衾单一看，只见这尤二姐面色如生，比活着还美貌。贾琏又搂着大哭，只叫："奶奶，你死的不明，都是我坑了你！"贾蓉忙上来劝："叔叔解着些儿，我这个姨娘自己没福。"说着，又向南指大观园的界墙。贾琏会意，只悄悄跌脚说："我忽略了。终究对出来，我替你报仇！"天文生回说："奶奶卒于今日正卯时，五日出不得，或是三日，或是七日方可。明日寅时入殓大吉。"贾琏道："三日断乎使不得，竟是七日。因家叔、家兄皆在外，小丧不敢久停。等到外头，还放五七，做大道场才掩灵。明年往南去下葬。"天文生应诺，写了殃榜而去。宝玉一早过来，陪哭一场。众族人也都来了。

贾琏忙进去找凤姐，要银子治办丧礼。凤姐儿见抬了出去，推有病，回："老太太、太太说我病着，忌三房，不许我去。"因此也不出来穿孝，且往大观园中来。绕过群山，至北界墙根下，往外听了一言半语，回来又回贾母，道如此这般。贾母道："信他胡说！谁家痨病死的孩子不烧了？也认真开丧破土起来！既是二房一场，也是夫妻情分，停五七日抬出来，或一烧，或乱葬埂上埋了完事。"凤姐笑道："可是这话，我又不敢劝他。"

正说着，丫鬟来请凤姐道："二爷在家等着奶奶拿银子呢。"凤姐儿只得来了，便问他："什么银子？家里近日艰难，你还不知道？咱们的月例，一月赶不上一月，鸡儿吃了过年粮。昨儿我把两个金项圈当了三百两，用剩了，还有二十几两，你要就拿去。"说着，命平儿拿了出来，递与贾琏，指着贾母有话，又去了。恨的贾琏无话可说，只得开了尤氏箱笼，去拿自己体己。及开了箱柜，一点无存，只有些折簪烂花并几件半新不旧的绸绢衣裳，都是尤二姐素日穿的，不禁又伤心哭了。想着他死的不分明，又不敢说，只得自己用个包袱一齐包了，也不用小厮丫鬟来拿，自己提着来烧。

平儿又是伤心，又是好笑，连忙将二百两一包碎银偷了出来，悄递与贾琏，道："你别言语才好。你要哭，外头有多少哭不得，又跑了这里来点眼。"贾琏便说道："你说的是。"接了银子，又将一条汗巾递与平儿，道："这是他家常系的，你好生替我收着，做个念心儿。"平儿只得接了，自己收去。

贾琏有了银子，走来命人先去买板。好的又贵，中的又不要。贾琏骑马自去要瞧，至晚间果抬了一副好板进来，价银五百两赊着，连夜赶造。一面分派了人口守灵，晚上自己也不进去，只在这里伴宿。放了七日，想着二姐旧情，虽不大敢作声势，却也不免请些僧、道超度亡灵。一时，贾母忽然来唤。未知何事，且听下回分解。

第七十回　林黛玉重建桃花社　史湘云偶填柳絮词

话说贾琏自在梨香院伴宿七日夜，天天僧道不断做佛事。贾母唤了他去，分付不许送往家庙中。贾琏无法，只得又和时觉说了，就在尤三姐之上点了一个穴，破土埋葬。那日送殡，只不过族中人与王信夫妇、尤氏婆媳而已。凤姐一应不管，只凭他自去办理。

又因年近岁逼，诸事烦杂不算外，又有林之孝开了一个人单子来回：共有八个二十五岁的单身小厮应该娶妻成房的，等里面有该放的丫头，好求指配。凤姐看了，先来问贾母和王夫人。大家商议，虽有几个应该发配的，奈各人皆有缘故：第一个鸳鸯，发誓不去。自那日之后，一向未与宝玉说话，也不盛妆浓饰。众人见他志坚，也不好相强。第二个琥珀，现又有病，这次不能了。彩云因近日和贾环分崩，也染了无医之证。只有凤姐儿和李纨房中粗使的大丫头发出去了，其余年纪未足。令他们外头自娶去了。

原来这一向因凤姐儿病了，李纨、探春料理家务，不得闲暇，接着过年过节，许多杂事，竟将诗社搁起。如今仲春天气，虽得了工夫，争奈宝玉因柳湘莲遁迹空门，又闻得尤三姐自刎，尤二姐被凤姐逼死，又兼柳五儿自那夜监禁之后，病越重了：连连接接，闲愁胡恨，一重不了一重添，弄的情色若痴，语言常乱，似染怔忡之病。慌的袭人等又不敢回贾母，只百般逗他顽笑。

这日清晨方醒，只听得外间屋内咭咭呱呱，笑声不断。袭人因笑道："你快出去拉拉罢，晴雯和麝月两个人按住芳官那里隔肢呢。"宝玉听了，忙披上灰鼠长袄，出来一瞧，只见他三人被褥尚未叠起，大衣也未穿。那晴雯只穿着葱绿杭绸小袄，红绸子小衣儿，披着头发，骑在芳官身上。麝月是红绫抹胸，披着一身旧衣，在那里抓芳官的肋肢。芳官却仰在炕上，穿着洒花紧身儿，红裤绿袜，两脚乱蹬，笑的喘不过气来。宝玉忙笑道："两个大的欺侮一个小的，等我来挠你们。"说着，也上床来隔肢晴雯。晴雯触痒，笑的忙丢下芳官，来合宝玉对抓。芳官趁势将晴雯按倒，向他肋下抓动。袭人看他四人裹在一处，倒好笑，因说道："仔细冻着了，可不是顽的。都穿上衣裳罢。"

忽见碧月进来，说："昨儿晚上奶奶在这里，把块手绢子忘了，不知可在这里没有？"春燕忙答道："有。我在地下拾起来，不知是那一位的，才洗了，刚晾着，还没有干呢。"碧月见他四人乱滚，因笑道："倒是你们这里热闹，大清早起，就咭咭呱呱的顽到一处。"宝玉笑道："你们那里人也不少，怎么不顽？"碧月道："我们奶奶不顽，把两个姨娘和琴姑娘也宾住了。如今琴姑娘跟了老太太前头去，更冷冷清清的了。两个姨娘今年过了，到明年冬天也都家去了，那才更冷清呢。你瞧瞧宝姑娘那里，出去了一个香菱，就像短了多少人似的，把个云姑娘落了单了。"

正说着，见湘云又打发了翠缕来说："请二爷快出去瞧好诗！"宝玉听了，忙问："那里的好诗？"翠缕笑道："姑娘们都在沁芳亭上，你去了便知。"宝玉听了，忙梳洗了出来，果见黛玉、宝钗、湘云、宝琴、探春都在那里，手里拿着一篇诗看。见他来时，都笑道："这会子还不起来！咱们的诗社散了一年，也没有一个人作兴作兴。如今正是初春时节，万物更新，正该鼓舞另立起来才好。"湘云笑道："一起诗社时是秋天，就不应发达的。如今却好万物逢春，咱们重新整理起这个社来，自然要有生趣儿。况这首《桃花诗》又好，就把'海棠社'改作'桃花社'，岂不大妙？"宝玉听着，点头说："很好。"且忙着要诗看。众人都又说："咱们此时就访稻香老农去，大家议定好起社。"说着，一齐站起来，都往稻香村来。

宝玉一壁走，一壁看，写着是：

桃花行

桃花帘外东风软，桃花帘内晨妆懒。帘外桃花帘内人，

人与桃花隔不远。东风有意揭帘栊，花欲窥人帘不卷。

桃花帘外开仍旧，帘中人比桃花瘦。花解怜人花也愁，
隔帘消息风吹透。风透湘帘花满庭，庭前春色倍伤情。
闲苔院落门空掩，斜日阑杆人自凭。凭阑人向东风泣，
茜裙偷傍桃花立。桃花桃叶乱纷纷，花绽新红叶凝碧。
雾裹烟封一万株，烘楼照壁红模糊。天机烧破鸳鸯锦，
春酣欲醒移珊枕。侍女金盆进水来，香泉影蘸胭脂冷。
胭脂鲜艳何相类，花之颜色人之泪。若将人泪比桃花，
泪自长流花自媚。泪眼观花泪易干，泪干春尽花憔悴。
憔悴花遮憔悴人，花飞人倦易黄昏。一声杜宇春归尽，
寂寞帘栊空月痕！

宝玉看了，并不称赞，痴痴呆呆，竟要滚下泪来；又怕众人看见，忙自己拭了。因问："你们怎么得来？"宝琴笑道："你猜是谁做的？"宝玉笑道："自然是潇湘子的稿子。"宝琴笑道："现是我做的呢。"宝玉笑道："我不信。这声调口气，迥乎不像。"宝琴笑道："所以你不通。难道杜工部首首都作'丛菊两开他日泪'之句不成？一般的也有'红绽雨肥梅'、'水荇牵风翠带长'等语。"宝玉笑道："固然如此，但我知道姐姐断不许妹妹有此伤悼语句。妹妹虽有此才，却也断不肯做的，比不得林妹妹曾经离丧，作此哀音。"众人听说，都笑了。

已至稻香村中，将诗与李纨看了，自不必说，称赏不已。说起诗社，大家议定：明日乃三月初二日，就起社，便改"海棠社"为"桃花社"，黛玉为社主，明日饭后齐集潇湘馆。因又大家拟题，黛玉便道："大家就要桃花诗一百韵。"宝钗道："使不得。古来桃花诗最多，纵作了，必落套，比不得你这一首古风。须得再拟。"正说着，人回："舅太太来了，请姑娘们出去请安。"因此大家都往前头来见王子腾的夫人，陪着说话。饭毕，又陪着入园中来游玩一遍，至晚饭后掌灯方去。

次日，乃是探春的寿日。元春早打发了两个小太监送了几件玩器。合家皆有寿礼，自不必细说。饭后，探春换了礼服，各处行礼。黛玉笑向众人道："我这一社，开的又不巧了，偏忘了这两日是他的生日。虽不摆酒唱戏，少不得都要陪他在老太太、太太跟前顽笑一日，如何能得闲空儿？"因此改至初五。

这日，众姊妹皆在房中侍早膳毕，便有贾政书信到了。宝玉请安，将请贾母的安禀拆开，念与贾母听。上面不过是请安的话，说六月准进京等语。其余家信事物之帖，自有贾琏和王夫人开读。众人听说六七月回京，都喜之

不尽。偏生这日王子腾之女许与保宁侯之子为妻，择于五月间过门，凤姐儿又忙着张罗，常三五日不在家。这日王子腾的夫人又来接凤姐儿，一并请众甥男甥女闲乐一日。贾母、王夫人命宝玉、探春、黛玉、宝钗四人同凤姐去。众人不敢违拗，只得回房去另妆饰了起来。五人作辞，去了一日，掌灯方回。

宝玉进入怡红院，歇了半刻，袭人便乘机见景劝他收一收心，闲时把书理一理预备着。宝玉屈指算一算，说："还早呢。"袭人道："书还是第二件。到那时纵然你有了书，你的字写的在那里呢？"宝玉笑道："我时常也有写了的好些，难道都没收着？"袭人道："何曾没收着？你昨儿不在家，我就拿出来，统共数了一数，才有五六十篇。这二三年的工夫，难道只有这几张字不成？依我说，从明日起，把别的心都收了起来，天天快临几张字补上。虽不能按日都有，也要大概看得过去。"宝玉听了，忙着自己又亲检了一遍，实在搪塞不过，便说："明日为始，一天写一百字才好。"说话时，大家睡下。

至次日起来，梳洗了，便在窗下恭楷临帖。贾母因不见了他，只当病了，忙使人来问。宝玉方去请安，便说："写字之故，先将早起清晨的工夫尽了出来，再作别的，因此出来迟了。"贾母听说，十分欢喜，就分付他："以后只管写字念书，不用出来也使得。你去回你太太知道。"宝玉听说，便往王夫人房中来说明。王夫人便道："临阵磨枪，也不中用。有这会子着急，天天写写念念，有多少完不了的？这一赶，又赶出病来才罢。"宝玉回说："不妨事。"这里贾母也说怕急出病来，宝钗、探春等都笑道："老太太不用着急：书虽替不得他，字却替得的，我们每日每人临一篇给他，搪塞过这一步儿去就完了。一则老爷不生气，二则他也急不出病来。"贾母听说，喜之不尽。

原来黛玉闻得贾政回家，必问宝玉的功课，宝玉一向分心，到临期自然要吃亏，因此自己只妆不耐烦，把诗社更不提起，也不以外事去勾引他。探春、宝钗二人，每日也临一篇楷书字与宝玉。宝玉自己每日也加工，或写二百三百不拘。至三月下旬，便将字又积了许多。这日正等着，再得五十篇，也就搪塞过了。谁知紫鹃走来，送了一卷东西与宝玉，拆开看时，却是一色老油竹纸上临的钟、王蝇头小楷，字迹且与自己十分相类，喜的宝玉和紫鹃作了一个揖，又亲自来道谢。接着，湘云、宝琴二人也都临了几篇相送。凑成虽不足功课，亦可搪塞了。宝玉放了心，于是将应读之书，又温理过几次。正是天天用功，可巧近海一带海啸，又遭蹋了几处生民，地方官题本奏闻，奉旨就着贾政顺路查看赈济回来。如此算去，至七月底方回。宝玉听了，便把书、字又丢过一边，仍是照旧游荡。

时值暮春之际，湘云无聊，因见柳花飘舞，便偶成一小令，调寄《如梦令》。其词曰：

岂是绣绒残吐，卷起半帘香雾。纤手自拈来，空使鹃啼燕妒。且住，且住，莫使春光别去！

自己做了，心中得意，便用一条纸儿写好，与宝钗看了，又来找黛玉。黛玉看毕，笑道："好！也新鲜有趣儿。我却不能。"湘云说道："咱们这几社总没有填词。你明日何不起社填词，岂不新鲜些？"黛玉听了，偶然兴动，便说："这话也倒是。"湘云道："咱们趁今日天气好，为什么不就是今日？"黛玉道："也使得。"说着，一面分付预备了几色果点，一面就打发人分头去请。

这里二人便拟了柳絮为题，又限出几个调来，写了黏在壁上。众人来看时："以柳絮为题，限各色小调。"又都看了湘云的，称赏了一回。宝玉笑道："这词上我倒平常，少不得也要胡诌起来。"于是大家拈阄，宝钗便拈得了《临江仙》，宝琴拈得《西江月》，探春拈得了《南柯子》，黛玉拈得了《唐多令》，宝玉拈得了《蝶恋花》。紫鹃炷了一支梦甜香，大家思索起来。一时，黛玉有了，写完。接着宝琴也忙写出来。宝钗笑道："我已有了，瞧了你们的再看我的。"探春笑道："今儿这香怎么这样快，已剩了三分了，我才有了半首。"因又问宝玉："你可有了？"宝玉虽做了些，自己嫌不好，又都抹了，要另做，回头看香已尽了。

李纨等笑道："宝玉又输了！蕉丫头的呢？"探春听说，写了出来。众人看时，上面却只半首《南柯子》，写道是：

空挂纤纤缕，徒垂络络丝。也难绾系也难羁，一任东西南北各分离。

李纨笑道："这也却好，何不再续上？"宝玉见香没了，情愿认输，不肯勉强塞责，将笔搁下，来瞧这半首。见没完时，反倒动了兴，乃提笔续道：

落去君休惜，飞来我自知。莺愁蝶倦晚芳时，总是明春再见隔年期！

众人笑道："正经你分内的又不能，这却偏有了。纵然好，也算不得。"说着，看黛玉的《唐多令》：

粉堕百花洲，香残燕子楼。一团团，逐队成球。飘泊亦如人命薄，空缱绻，说风流。　草木也知愁，韶华竟白头。叹今生，谁舍谁收？嫁与东风春不管，凭尔去，忍淹留！

众人看了，俱点头感叹，说："太作悲了，好是果然好的。"因又看宝琴的《西江月》：

汉苑零星有限，隋堤点缀无穷。三春事业付东风，明月梅花一梦。

几处落红庭院，谁家香雪帘栊？江南江北一般同，偏是离人恨重！

众人都笑道："到底是他的声调悲壮！'几处'、'谁家'两句最妙。"宝钗笑道："终不免过于丧败。我想，柳絮原是一件轻薄无根的东西，依我的主意，偏要把他说好了，才不落套。所以我诌了一首来，未必合你们的意思。"众人笑道："不要太谦。自然是好的，我们赏鉴赏鉴。"因看这一阕《临江仙》道：

白玉堂前春解舞，东风卷得均匀。

湘云先笑道："好一个'东风卷得均匀'！这一句就出人之上了。"又看底下道：

蜂团蝶阵乱纷纷。几曾随逝水，岂必委芳尘？　　万缕千丝终不改，任他随聚随分。韶华休笑本无根。好风频借力，送我上青云！

众人拍案叫绝，都说："果然翻得好气力！自然这首为尊。缠绵悲戚，让潇湘子；情致妩媚，却是枕霞。小薛与蕉客，今日落第，要受罚的。"宝琴笑道："我们自然受罚。但不知交白卷子的又怎么罚？"李纨道："不用忙，这定要重重的罚他。下次为例。"

一语未了，只听窗外竹子上一声响，恰似窗屉子倒了一般，众人吓了一跳。丫鬟们出去瞧时，帘外丫头儿们嚷道："一个大蝴蝶风筝挂在竹梢上了。"众丫鬟笑道："好一个齐整风筝！不知是谁家放的，断了线。咱们拿下他来。"宝玉等听了，也都出来看时，宝玉笑道："我认得这风筝：这是大老爷那院里嫣红姑娘放的。拿下来，给他送过去罢。"紫鹃笑道："难道天下没有一样的风筝，单他有这个不成？二爷也太死心眼儿了。我不管，我且拿起来。"探春笑道："紫鹃也学小气了。你们一般的也有，这会子拾人走了的，也不嫌个忌讳？"黛玉笑道："可是呢。把咱们的拿出来，咱们也放放晦气。"紫鹃听了，赶着命小丫头们将这风筝送出，与园中值日的婆子去了，倘有人找，好与他们去的。

丫头们听见放风筝，巴不得一声儿，七手八脚都忙着拿出来：也有美人儿的，也有沙雁儿的。丫头们搬高墩，捆剪子股儿，一面拨起籰子来。宝钗等立在院门前，命丫头们在院外敞地下放去。宝琴笑道："你这个不好看，不如三姐姐的一个软翅子大凤凰好。"宝钗笑道："果然。"因回头向翠墨笑道："你去把你们的拿来，也放放。"宝玉又兴头起来，也打发个小丫头儿家去，说："把昨日赖大娘送的那个大鱼取来。"小丫头去了半天，空手回来，笑道："晴雯姑娘昨儿放走了。"宝玉道："我还没放一遭儿呢。"探春笑道："横竖是给你放晦气罢了。”宝玉道：“再把大螃蟹拿来罢。”

丫头去了，同了几个人扛了一个美人并籰子来，回说：“袭姑娘说，昨儿把螃蟹给了三爷了。这一个是林大娘才送来的，放这一个罢。”宝玉细看了一回，只见这美人做的十分精致，心中欢喜，便叫放起来。此时探春的也取了来了，丫头们在那山坡上已放起来。宝琴叫丫头放起一个大蝙蝠来，宝钗也放起个一连七个大雁来，独有宝玉的美人再放不起来。宝玉说丫头们不会放，自己放了半天，只起房高便落下来了，急的宝玉头上的汗都出来了。众人又笑，宝玉恨的掷在地下，指着风筝说道：“若不是个美人，我一顿脚跺个稀烂！”黛玉笑道：“那是顶线不好。拿去叫人换好了，就好放了。再取一个来放罢。”宝玉一面使人拿去打顶线，一面又取一个来放。

大家都仰面而看，天上这几个风筝都起在半空中去了。一时风紧，众丫头都用手帕垫着手放。黛玉见风力紧了，过去将籰子一松，只听得豁喇喇一阵响，登时线尽，风筝随风去了。黛玉因让众人来放。众人都说：“林姑娘的病根儿都放了去了，咱们大家都放了罢。”于是丫头们拿过一把剪子来，铰断了线，那风筝都飘飘摇摇的随风而去：一时只有鸡蛋大，一展眼只剩了一点黑星儿，一会儿就不见了。众人仰面说道：“有趣，有趣！”说着，有丫头来请吃饭，大家方散。

从此，宝玉的工课也不敢像先竟撂在脖子后头了，有时写写字，有时念念书，闷了也出来合姐妹们顽笑半天，或往潇湘馆去闲话一回。众姐妹都知他工课亏欠，大家自去吟诗取乐，或讲习针黹之事，也不肯去扰他。那黛玉更怕贾政回来宝玉受气，每每推睡，不大兜揽他。宝玉也只得在自己屋里，随便用些工课。

展眼已是夏末秋初。一日，贾母处两个小丫头匆匆忙忙来叫宝玉。不知何事，下回分解。

第七十一回　嫌隙人有心生嫌隙　鸳鸯女无意遇鸳鸯

话说贾母处两个丫头匆匆忙忙来找宝玉，口里说道：“二爷快跟着我们走罢，老爷家来了。”宝玉听了，又喜又愁，只得忙忙换了衣服，前来请安。贾政正在贾母房中，连衣服未换，看见宝玉进来请安，心中自是欢喜，却又有些伤感之意。又叙了些任上的事情，贾母便说：“你也乏了，歇歇去罢。”贾政忙站起来，笑着答应了个“是”，又略站着说了几句话，才退出来。宝玉等也都跟过来。贾政自然问问他的工课，也就散了。

原来贾政回京覆命，因是学差，故不敢先到家中。珍、琏头一天便迎出一站去，接见了，贾政先请了贾母的安，便命都回家伺候。次日面圣，诸事完毕，才回家来。又蒙恩赐假一月，在家歇息。因年景渐老，事重身衰，又近因在外几年，骨肉离异，今得宴然复聚，自觉喜幸不尽。一应大小事务，一概亦付之度外，只是看书；闷了，便与清客们下棋、吃酒；或日间在里边，母子夫妻共叙天伦之乐。

因今岁八月初三日乃贾母八旬大庆，又因亲友全来，恐筵宴排设不开，便早同贾赦及贾琏等商议，议定于七月二十八日起至八月初五日止，荣、宁两处齐开筵宴：荣国府中，单请官客；宁国府中，单请堂客。大观园中，收拾出缀锦阁并嘉荫堂等几处大地方来，做退居。二十八日，请皇亲、驸马、王公、诸王、郡主、王妃、公主、国君、太君、夫人等；二十九日，便是阁下、都府、督镇及诰命等；三十日，便是诸官长及诰命并远近亲友及堂客。初一日是贾赦的家宴，初二日是贾政，初三日是贾珍、贾琏，初四日是贾府中合族长幼大小共凑家宴，初五日是赖大、林之孝等家下管事人等共凑一日。

自七月上旬，送寿礼者便络绎不绝。礼部奉旨：钦赐金玉如意一柄，彩缎四端，金玉杯各四件，帑银五百两。元春又命太监送出金寿星一尊，沉香拐一支，伽楠珠一串，福寿香一盒，金锭一对，银锭四对，彩缎十二匹，玉杯四只。余者自亲王、驸马以及大小文武官员家，凡所来往者，莫不有礼，不能胜记。堂屋内设下大桌案，铺了红毡，将凡有精细之物都摆上，请贾母过目。贾母先一二日还高兴过来瞧瞧，后来烦了，也不过目，只说："叫凤丫头收了，改日闲了再瞧。"

至二十八日，两府中俱悬灯结彩，屏开鸾凤，褥设芙蓉，笙箫鼓乐之音，通衢越巷。宁府中，本日只有北静王、南安郡王、永昌驸马、乐善郡王并几位世交公侯荫袭；荣府中，南安王太妃、北静王妃并世交王侯诰命。贾母等皆是按品大妆迎接。大家厮见，先请至大观园内嘉荫堂，茶毕更衣，方出至荣庆堂上拜寿入席。大家谦逊半日，方才入座。上面两席，是南、北王妃；下面依序，便是众公侯命妇。左边下手一席，陪客是锦乡侯诰命与临昌伯诰命；右边下手一席，方是贾母主位。邢夫人、王夫人带领尤氏、凤姐并族中几个媳妇，两溜雁翅站在贾母身后侍立。林之孝、赖大家的带领众媳妇，都在竹帘外面，伺候上菜、上酒；周瑞家的带领几个丫鬟，在围屏后伺候呼唤。凡跟来的人，早又有人别处款待去了。

一时台上参了场，台下一色十二个未留发的小丫头，都是小厮打扮，垂手伺候。须臾，一个捧了戏单至阶下，先递与回事的媳妇；这媳妇接了，才递与林之孝家的；林之孝家的用小茶盘托上，挨身入帘来，递与尤氏的侍妾配凤；配凤接了，才奉与尤氏；尤氏托着，走至上席，南安太妃谦让了一回，点了一出吉庆戏文，然后又谦让了一回，北静王妃也点了一出。众人又让了一回，命随便拣好的唱罢了。少时，菜已四献，汤始一道，跟来各家的放了赏，大家便更衣复入园来，另献好茶。

南安太妃因问宝玉，贾母笑道："今日几处庙里念'保安延寿经'，他跪经去了。"又问众小姐们，贾母笑道："他们姐妹们病的病，弱的弱，见人腼腆，所以叫他们给我看屋子去了。有的是小戏子，传了一班在那边厅上，陪着他姨娘家姊妹们也看戏呢。"南安太妃笑道："既这样，叫人请来。"贾母回头，命凤姐儿去把史、薛、林四位小姐带来，"再只叫你三妹妹陪着来罢"。凤姐答应了，来至贾母这边，只见他姐妹们正吃果子看戏，宝玉也才从庙里跪经回来。凤姐说了，宝钗姊妹与黛玉、探春、湘云五人来至园中，见了大众，俱请安问好。内中也有见过的，还有一两家不曾见过的，都齐声夸赞不绝。其中湘云最熟，南安太妃因笑道："你在这里，听见我来了，还不出来，还等请去！我明儿和你叔叔算帐。"因一手拉着探春，一手拉着宝钗，问："十几岁了？"又连声夸赞。因又松了他两个，又拉着黛玉、宝琴，也着实细看，极夸一回。又笑道："都是好的，不知叫我夸那一个的是。"早有人将备用礼物打点出五分来：金、玉戒指各五个，腕香珠五串。南安太妃笑道："你姊妹们别笑话，留着赏丫头们罢。"五人忙拜谢过。北静王妃也有五样礼物，余者不必细说。

吃了茶，园中略逛了一逛，贾母等因又让入席。南安太妃便告辞，说："身上不快。今日若不来，实在使不得，因此恕我竟先要告别了。"贾母等听说，也不便强留，大家又让了一回，送至园门，坐轿而去。接着，北静王妃略坐了一坐，也就告辞了。余者也有终席的，也有不终席的。贾母劳乏了一日，次日便不见人，一应都是邢夫人、王夫人款待。有那些世家子弟拜寿的，只到厅上行礼，贾赦、贾政、贾珍还礼，看待至宁府坐席，不在话下。

这几日，尤氏晚间也不回那府去，白日间待客，晚间陪贾母顽笑，又帮着凤姐料理出入大小的器皿，以及收放礼物；晚间在园内李氏房中歇宿。这日晚间，伏侍过贾母晚饭后，贾母因说："你们也乏了，我也乏了，早些寻一点吃了歇歇去，明儿还要起早呢。"尤氏答应着退了出去，来到凤姐儿房里来吃饭。凤姐在楼上看着人收送来的围屏呢，只有平儿在房里，与凤姐叠衣服。尤氏想起二姐儿在时，多承平儿照应，便点着头儿说道："好丫头，你这样好心人儿，难为你在这里熬。"平儿把眼圈一红，忙拿别的话岔过去了。尤氏因笑问道："你们奶奶吃了饭儿没有？"平儿笑道："吃饭岂不请奶奶去的？"尤氏笑道："既这样，我别处找吃的去罢，饿的我受不得了。"说着就走。平儿忙笑道："奶奶请回来，这里有点心，且点补些儿，回来再吃饭。"尤氏笑道："你们忙得这样，我园里和他姊妹们闹去。"一面说，一面就走。平儿留不住，只得罢了。

且说尤氏一径来至园中，只见园中正门与各处角门仍未关好，犹吊着各色彩灯，因回头命小丫头叫该班的女人。那丫头走入班房中，竟没一个人影，回来回了尤氏。尤氏便命传管家的女人。这丫头应了便出去，到二门外鹿顶内，乃是管事的女人议事聚齐之所。到了这里，只有两个婆子分果菜呢。因问："那一位管事的奶奶在这里？东府里的奶奶立等一位奶奶，有话分付。"这两个婆子只顾分菜果，又听见是东府里的奶奶，不大在心上，因就回说："管家奶奶们才散了。"小丫头道："既散了，你们家里传他去。"婆子道："我们只管看屋子，不管传人。姑娘要传人，再派传人的去。"小丫头听了道："阿呀，这可反了！怎么你们不传去？你哄新来的，怎么哄起我来了！素日你们不传，谁传去？这会子打听了体己信儿，或是赏了那位管家奶奶的东西，你们争着狗颠屁股儿的传去，不知谁是谁呢。琏二奶奶要传，你们可也这么回？"这婆子一则吃了酒，二则被这丫头揭着弊病，便羞恼成怒了，因回口道："扯你的臊！我们的事，传不传不与你相干！你不用揭挑我们，你想想，你那老子娘在那边管家爷们跟前，比我们还更会溜呢。什么'清水下杂面，你吃我也见'的事，各门各户的，你有本事，排揎你们那边的人去！我们这边，你离着还远些呢。"丫头听了，气白了脸，因说道："好，好！这话说的好！"一面转身进来回话。

尤氏已早进园来，因遇见了袭人、宝琴、湘云三人同着地藏庵的两个姑子正说故事顽笑，尤氏因说饿了，先到怡红院，袭人妆了几样荤素点心出来，与尤氏吃。那小丫头儿一径找了来，气狠狠的把方才的话都说了出来。尤氏听了，冷笑道："这是两个什么人？"两个姑子并宝琴、湘云等听了，生怕尤氏生气，忙劝说："没有的事，必是这一个听错了。"那两个姑子笑推这丫头道：

“你这姑娘好气性大，那糊涂老嬷嬷们的话，你也不该来回才是。咱们奶奶万金之体，劳乏了几日，黄汤辣水没吃，咱们只有哄他欢喜的，说这些话做什么！”袭人也忙笑拉他出去，说：“好妹子，你且出去歇歇，我打发人叫他们去。”尤氏道：“你不要叫人，你去就叫这两个婆子来，到那边把他们家的凤姐叫来。”袭人笑道：“我请去。”尤氏笑道：“偏不要你去。”两个姑子忙立起身来，笑道：“奶奶素日宽洪大量，今日老祖宗千秋，奶奶生气，岂不惹人议论？”宝琴、湘云二人也都笑劝。尤氏道：“不为老太太的千秋，我一定不依！且放着就是了。”

说话之间，袭人早又遣了一个丫头去到园门外找人，可巧遇见周瑞家的，这小丫头儿就把这话告诉他了。周瑞家的虽不管事，因他素日仗着是王夫人的陪房，原有些体面，心乖性猾，专惯各处献勤讨好，所以各房主子都喜欢他。他今日听了这话，忙跑入怡红院，一面飞走，一面说：“可了不得，气坏了奶奶了！偏我不在跟前，若在跟前，且打他们几个耳刮子，再等过了这几天算帐！”尤氏见了他，也便笑道：“周姐姐你来，有个理你说说：这早晚园门还大开着，明灯蜡烛，出入的人又杂，倘有不防的事，如何使得？因此叫该班的人吹灯关门。谁知一个人牙儿也没有！”周瑞家的道：“这还了得！前儿二奶奶还分付过的，今儿就没了人。过了这几日，必要打几个才好。”尤氏又说小丫头儿的话，周瑞家的道：“奶奶不要生气。等过了事，我告诉管事的，打他个臭死！只问他们，谁叫他们说这‘各门各户’的话！我已经叫他们吹灯关门呢，奶奶也别生气了。”正乱着，只见凤姐儿打发人来请吃饭。尤氏道：“我也不饿了，才吃了几个饽饽。请你奶奶自己吃罢。”

一时周瑞家的出去，便把方才之事回了凤姐，又说：“这两个婆子就是管家奶奶，时常我们和他说话都似狠虫一般。奶奶若不戒饬，大奶奶脸上过不去。”凤姐道：“既这么着，将那两个的名字记上，等过了这几日，捆了送到那府里，凭大嫂子开发：或是打或是开恩，随他就完了，什么大事。”周瑞家的听了，巴不得一声，素日因与这几个人不睦，出来了便命一个小厮到林之孝家去传凤姐的话，立刻叫林之孝家的进来见大奶奶；一面又传人立刻捆起这两个婆子来，交到马圈里，派人看守。

林之孝家的不知甚么事，忙坐车进来，先见凤姐。至二门上传进话去，丫头们出来说：“奶奶才歇下了。大奶奶在园内，叫大娘见见大奶奶就是了。”林之孝家的只得进园来。到稻香村，丫鬟们回进去，尤氏听了，反过不去，忙唤他进来，因笑向他道："我不过为找人找不着，因问你；你既去了，也不是什么大事，谁又把你叫进来？倒要你白跑一趟。不大的事，已经撂过手了。"林之孝家的也笑回道："二奶奶打发人传我，说奶奶有话分付。"尤氏道："大约周姐姐说的。你家去歇着罢，没有什么大事。"李纨又要说原故，尤氏反拦住了。

林之孝家的见如此，只得便回身出园去。可巧遇见赵姨娘，因笑道："嗳哟哟，我的嫂子！这会子还不家去歇歇，跑什么？"林之孝家的便笑说何曾不家去的，如此这般进来了。赵姨娘便道："这事也值一个屁！开恩呢，就不理论；心窄些儿，也不过打几下就完了，也值得叫你进来！你快歇歇去，我也不留你吃茶了。"

说毕，林之孝家的出来。到了侧门前，就有才两个婆子的女儿上来哭着求情。林之孝家的笑道："你这孩子好糊涂！谁叫他好吃酒、混说话？惹出事来，连我也不知道。二奶奶打发人捆他，连我还有不是呢。我替谁讨情去？"这两个小丫头儿才七八岁，原不识事，只管啼哭求告，缠的林之孝家的没法，因说道："糊涂东西！你放着门路不去求，却缠我来！你姐姐现给了那边大太太的陪房费大娘的儿子，你过去告诉你姐姐，叫亲家娘和太太一说，什么完不了的？"一语提醒了这一个。那一个还求，林之孝家的啐道："糊涂攮的！他过去一说，自然都完了。没有单放他妈，又打你妈的理。"说毕，上车去了。

这一个小丫头儿果然过来告诉了他姐姐，和费婆子说了。这费婆子原是个不大安静的，便隔墙大骂一阵，走了来求邢夫人，说他亲家并没什么不是，"不过与大奶奶的小丫头白斗了两句话，周瑞家的挑唆了二奶奶，现捆在马圈里，等过两日还要打呢。求太太和二奶奶说声，饶他这一次罢"。邢夫人自为要鸳鸯讨了没意思，贾母冷淡了他，凤姐的体面反胜自己；且前日南安太妃来，要见他姊妹，贾母又单令探春出来，迎春竟似有如无，自己心内早已怨忿；又有在侧一干小人，心内嫉妒，挟怨凤姐，便调唆得邢夫人着实憎恶凤姐，如今又听了如此一篇话，也不说长短。

至次日一早，见过贾母，众族人到齐，坐席开戏。贾母高兴，又今日都是自己族中子侄辈，只便妆出来，堂上受礼。当中独设一榻，引枕、靠背、脚踏俱全，自己歪在榻上。榻之前后左右，皆是一色的矮凳，宝钗、宝琴、黛玉、湘云、迎春、探春、惜春姊妹等围绕。因贾瑞之母带了女儿喜鸾，贾琼之母也带了女儿四姐儿，还有几房的孙女儿，大小共有二十来个。贾母独见喜鸾、四姐儿生得又好，说话行事与众不同，心中欢喜，便叫他两个也坐在榻前。宝玉却在榻上与贾母捶腿。首席便是薛姨妈，下面两溜，顺着房头辈数下去。帘外两廊，都是族中男客，也依次而坐。先是那女客一起一起行礼，后是男客行礼。贾母歪在榻上，只命人说："免了罢。"然后赖大等带领众家人，从仪门直跪至大厅上磕头。礼毕，又是众家下媳妇，然后各房丫鬟。足闹了两三顿饭时。然后又抬了许多雀笼来，在那当院中放了生。贾赦等焚过天地寿星纸，方开戏饮酒。直到歇了中台，贾母方进来歇息，命他们取便。因命凤姐儿："留下喜鸾、四姐儿，顽两日再去。"凤姐儿出来，便和他母亲说。他两个母亲，素日都承凤姐的照顾，也巴不得一声儿。他两个也愿意在园内顽耍，至晚便不回去了。

邢夫人直至晚间散时，当着众人，陪笑和凤姐求情道："我昨日晚上听见二奶奶生气，打发周管家的娘子捆了两个老婆子，可也不知犯了什么罪。论理我不该讨情，我想老太太好日子，发狠的还要舍钱舍米、周贫济老，咱们先倒挫磨起老奴才来了。便不看我的脸，权且看老太太，暂且竟放了他们罢。"说毕，上车去了。

凤姐听了这话，又当着众人，又羞又气，一时找寻不着头脑，憋的脸紫胀，回头向赖大家的等冷笑道："这是那里的话！昨儿因为这里的人得罪了那府的大嫂子，我怕大嫂子多心，所以尽让他发放，并不为得罪了我。这又是谁的耳报神，这么快？"王夫人因问："为什么事？"凤姐儿笑将昨儿的事说了。尤氏也笑道："连我并不知道，你们也太多事了。"凤姐儿道："我为你脸上过不去，所以等你开发，不过是个礼。就如我在你那里有人得罪了我，你自然送了来尽我开发。凭他是什么好奴才，到底错不过这个礼去。这又不知谁，过去没的献勤儿，这也当作一件事情去说。"王夫人道："你太太说的是。说是珍阿哥媳妇，也不是外人，也不用这些虚套。老太太的千秋要紧，放了他们为是。"说着，回头便命人去放了那两个婆子。

凤姐由不得越想越气越愧，不觉的一阵心灰，落下泪来。因赌气回房哭泣，又不使人知觉。偏是贾母打发了琥珀来叫，立等说话。琥珀见了，诧异道："好好的，这是什么原故？那里立等你呢。"凤姐听了，忙擦干了泪洗脸，另施了脂粉，方同琥珀过来。

贾母因问道："前儿这些人家送礼来的，共有几家有围屏？"凤姐儿道："共有十六家。有十二架大的，四架小的炕屏。内中只有甄家一架大屏十二扇，大红缎子缂丝‘满床笏’，一面是泥金‘百寿图’的，是头等。还有粤海将军邬家的一架玻璃的还罢了。”贾母道：“既这样，这两架别动，好生搁着，我要送人的。”凤姐儿答应了。

鸳鸯忽过来向凤姐儿脸上细瞧，引的贾母问道：“你不认得他？只管瞧什么？”鸳鸯笑道：“我看他的眼肿肿的，所以我诧异。”贾母便叫：“过来。”也细细的看。凤姐笑道：“才觉的发痒，揉肿了些。”鸳鸯笑道：“别又是受了谁的气了罢？”凤姐笑道：“谁敢给我气受？便受了气，老太太好日子，我也不敢哭的。”贾母道：“正是呢。我正要吃饭，你在这里打发我吃，剩下的你和珍儿媳妇吃了。你两个在这里，帮着两个师父替我拣佛豆儿，你们也积积寿。前儿你姊妹们和宝玉都拣了，如今也叫你们拣拣，别说我偏心。”说话时，先摆上一桌素的来，两个姑子吃了；然后摆上荤的，贾母吃毕，抬出外间。尤氏、凤姐二人正吃着，贾母又叫把喜鸾、四姐儿二人叫来，跟他二人吃毕，洗了手，点上香，捧上一升豆子来。两个姑子先念了佛偈，然后一个一个的拣在一个笸箩内，明日煮熟了，令人在十字街结寿缘。贾母歪着，听两个姑子说些因果。

鸳鸯早已听见琥珀说凤姐哭之事，又和平儿前打听得原故。晚间人散时，便回道：“二奶奶还是哭的，那边大太太当着人给二奶奶没脸。”贾母因问：“为什么原故？”鸳鸯便将原故说了。贾母道：“这才是凤丫头知礼处，难道为我的生日，由着奴才们把一族中的主子都得罪了也不管罢？这是大太太素日没好气，不敢发作，所以今儿拿着这个作法，明是当着众人给凤儿没脸罢了。”正说着，只见宝琴来了，也就不说了。贾母因问：“你在那里来？”宝琴道：“在园里林姐姐屋里大家说话的。”贾母忽想起留下的喜鸾、四姐儿，叫人分付园中婆子们：“要和家里的姑娘们一样照应，倘有人小看了他们，我听见可不饶！”婆子答应了。方要走时，鸳鸯说道：“我说去罢，他们那里听他的话。”

说着，便一径往园里来。先到稻香村中，李纨与尤氏都不在这里。问丫鬟们，都说：“在三姑娘那里呢。”鸳鸯回身，又来至晓翠堂，果见那园中人都在那里说笑。见他来了，都笑道：“你这会子又跑到这里做什么？”又让他坐。鸳鸯笑道：“不许我逛逛么？”于是把方才的话说了一遍。李纨忙起身听了，即刻就叫人把各处的头儿唤了一个来，令他们传与诸人知道，不在话下。

这里尤氏笑道：“老太太也太想的到，实在我们年轻力壮的人捆上十个也赶不上。”李纨道：“凤丫头仗着鬼聪明，还离脚踪儿不远，咱们是不能的了。”鸳鸯道：“罢哟，还提凤丫头虎丫头呢，他也可怜见儿的。虽然这几年没有在老太太、太太跟前有个错缝儿，暗里也不知得罪了多少人。总而言之，为人是难做的：若太老实了，没有个机变，公婆又嫌太老实了，家里人也不怕；若有些机变，未免又‘治一经，损一经’。如今咱们家里更好，新出来的这些底下字号的奶奶们，一个个心满意足，都不知要怎么样才好，少有不得意，不是背地里嚼舌根，就是挑三窝四的。我怕老太太生气，一点儿也不肯说。不然我告诉出来，大家别过太平日子。这不是我当着三姑娘说：老太太偏疼宝玉，有人背地里怨言还罢了，算是偏心；如今老太太偏疼你，我听着也是不好。这可笑不可笑？”探春笑道：“糊涂人多，那里较量得许多。我说倒不如小户人家，虽然寒素些，倒是天天娘儿们欢天喜地，大家快乐。我们这样人家，人都看着我们不知千金、万金小姐，何等快乐，殊不知这里说不出来的烦难，更利害。”

宝玉道：“谁都像三妹妹多心多事？我常劝你总别听那些俗话、想那些俗事，只管安富尊荣才是。比不得我们，没这清福，应该混闹的。”尤氏道：“谁都像你，真是一心无挂碍，只知道和姊妹们顽笑，饿了吃，困了睡，再过几年，不过还是这样，一点后事也不虑。”宝玉笑道：“我能够和姊妹们过一日是一日，死了就完了，什么后事不后事！”李纨等都笑道：“这可又是胡说了。就算你是个没出息的，终老在这里，难道他姊妹们都不出门的？”尤氏笑道：“怨不得人都说是假长了一个胎子，究竟是个又傻又呆的。”宝玉笑道：“人事莫定，知道谁死谁活？倘或我在今日明日、今年明年死了，也算是遂心一辈子了。”众人不等说完，便说：“可又疯了！别和他说话才好。若和他说话，不是呆话，就是疯话了。”喜鸾因笑道：“二哥哥，你别这样说。等这里姐姐们果然都出了门，横竖老太太、太太也寂寞，我来和你作伴儿。”李纨、尤氏等都笑道：“姑娘也别说呆话。难道你是不出门的？这话哄谁？”说的喜鸾也低了头。当下已是起更时分，大家各自归房安歇，不提。

且说鸳鸯一径回来，刚至园门前，只见角门虚掩，犹未上闩。此时园内无人来往，只有该班的房内灯光掩映，微月半天。鸳鸯又不曾有伴，也不曾提灯，独自一人，脚步又轻，所以该班的人皆不理会。偏要小解，因下了甬路，找微草处走动，行至一块湖山石后大桂树底下来。刚转过石后，只听一阵衣衫响，吓了一惊不小。定睛一看，只见是两个人在那里，见他来了，便想往树丛石后藏躲。鸳鸯眼尖，趁着半明的月色，早看见一个穿红裙子、梳鬅头、高大丰壮身材的，是迎春房里的司棋。鸳鸯只当他和别的女孩子也在此方便，见自己来了，故意藏躲，吓着顽耍，因便笑叫道：“司棋，你不快出来，吓着我，我就喊起来，当贼拿了！这么大丫头，也没个黑夜白日，只是顽不够！”

这本是鸳鸯戏语，叫他出来。谁知他贼人胆虚，只当鸳鸯已看见他的首尾了，生恐叫喊出来，使众人知觉更不好；且素日鸳鸯又和自己亲厚，不比别人，便从树后跑出来，一把拉住鸳鸯，便双膝跪下，只说：“好姐姐，千万别嚷！”鸳鸯反不知为的什么，忙拉他起来，问道：“这是怎么说？”司棋只不言语，浑身乱颤。鸳鸯越发不解，再瞧了一瞧，又有一个人影儿，恍惚像个小厮，心下便猜着了八九分，自己反羞的心跳耳热，又怕起来。因定了一会，忙悄问：“那一个是谁？”司棋又跪下道：“是我姑舅兄弟。”鸳鸯啐了一口，却羞的一句话也说不出来。司棋又回头悄叫道：“你不用藏躲，姐姐已经看见了，快出来磕头。”那小厮听了，只得也从树后跑出来，磕头如捣蒜。鸳鸯忙要回身，司棋拉住苦求，哭道：“我们的性命都在姐姐身上，只求姐姐超生我们罢！”鸳鸯道：“你不用多说了，快叫他去罢！横竖我不告诉人就是了。”

一语未了，只听角门上有人说道：“金姑娘已经出去了，角门上锁罢。”鸳鸯正被司棋拉住，不得脱身，听见如此说，便忙着接声道：“我在这里有事，且略等等儿，我出来了。”司棋听了，只得松手让他去了。要知端的，且看下回分解。

第七十二回　王熙凤恃强羞说病　来旺妇倚势霸成亲

且说鸳鸯出了角门，脸上犹热，心内突突的乱跳，真是意外之事。因想：“这事非常，若说出来，奸、盗相连，关系人命，还保不住带累旁人。横竖与自己无干，且藏在心内，不说与人知道。”回房覆了贾母的命，大家安息不提。

原来那司棋因从小儿和他姑表兄弟一处顽笑，起初时小儿戏言，便都订下将来不娶不嫁。近年大了，彼此又出落得品貌风流，常时司棋回家时，二人眉来眼去，旧情不断，只不能入手。又彼此生怕父母不从，二人便设法，彼此里外买嘱园内老婆子们留门看道，今日趁乱，方从外进来，初次入港。虽未成双，却也海誓山盟，私传表记，已有无限风情。忽被鸳鸯惊散，那小厮早穿花度柳，从角门出去了。司棋一夜不曾睡觉，又后悔不来。至次日见了鸳鸯，自是脸上一红一白，百般过不去。心内怀着鬼胎，茶饭无心，起坐恍惚。挨了两日，竟不听见有动静，方略放下了心。这日晚间，忽有个婆子来悄悄告诉道：“你兄弟竟逃走了，三四天没归家。如今打发人四处找他呢。”

司棋听了，又急又气又伤心，因想道："纵然闹出来，也该死在一处。真真男人没情意，先就走了！"因此又添了一层气。次日便觉心内不快，支持不住，一头睡倒，恹恹的成了病了。

鸳鸯闻知那边无故走了一个小厮，园内司棋病重，要往外挪，心下料定是二人惧罪之故，"生怕我说出来，方吓到这样"。因此自己反过意不去，指着来望候司棋，支出人去，反自己赌咒发誓，与司棋说："我若告诉一个人，立刻现死现报！你只管放心养病，别白遭蹋了小命儿。"司棋一把拉住，哭道："我的姐姐，咱们从小儿耳鬓厮磨，你不曾拿我当外人待我，我也不敢怠慢了你。如今我虽一脚走错，你果然不告诉一个人，你就是我的亲娘一样了。从此后，我活一日，是你给我一日。我的病要好了，把你立个长生牌位，我天天烧香磕头，保佑你一辈子福寿双全的；我若死了时，变驴变狗报答你！倘或咱们散了，以后遇见，我自有报答的去处。"一面说，一面哭。这一席话反把鸳鸯说的心酸，也哭起来了。因点头道："你也是自家要作死呀。我做什么管你这些事，坏你的名儿，我白去献勤儿？况且这事我也不便开口向人说，你只放心。从此养好了，可要安分守已的，再别胡行乱闹了。"司棋在枕上点首不绝。

鸳鸯又安慰了他一番方出来。因知贾琏不在家中，又因这两日凤姐儿声色怠惰了些，不似往日一样，便顺路来问候。刚进入凤姐院中，二门上的人见是他来，便站立待他进去。鸳鸯来至堂屋，只见平儿从里头出来，见了他来，便忙上来，悄声笑道："才吃了一口饭，歇了午觉了。你且这屋里略坐坐。"鸳鸯听了，只得同平儿到东边房里来。小丫头倒了茶来。鸳鸯悄问道："你奶奶这两日是怎么了？我看他懒懒的。"平儿见问，因房内无人，便叹道："他这懒懒的也不止今日了，这有一月之先便是这样的。这几日忙乱了几天，又受了些闲气，从新又勾起来。这两日比先又添了些病，所以支不住，便露出马脚来了。"鸳鸯道："既这样，怎么不早请大夫来治？"平儿叹道："我的姐姐，你还不知道他那脾气的？别说请大夫来吃药，我看不过，白问了一声身上觉怎么样，他就动了气，反说我咒他病了。饶这样，天天还是察三访四，自己再不肯看破些，且养身子！"

鸳鸯道："虽然如此，到底该请大夫来瞧瞧是什么病，也都好放心。"平儿叹道："说起病来，据我看，也不是什么小证候。"鸳鸯忙道："是什么病呢？"平儿见问，又往前凑了一凑，向耳边说道："只从上月行了经之后，这一个月竟沥沥淅淅的没有止住：这可是大病不是？"鸳鸯听了，忙答应道："嗳哟！

依这么说，可不成了血山崩了么？”平儿忙啐了一口，又悄笑道：“你女孩儿家，这是怎么说？你倒会咒人！”鸳鸯见说，不禁红了脸，又悄笑道：“究竟我也不知什么是崩不崩的。你倒忘了不成？先我姐姐不是害这病死了？我也不知是什么病，因无心中听见妈和亲家妈说，我还纳闷，后来听见原故，才明白了一二分。”

二人正说着，只见小丫头向平儿道：“方才朱大娘又来了。我们回了他奶奶才歇午觉，他往太太上头去了。”平儿听了点头。鸳鸯问：“那一个朱大娘？”平儿道：“就是官媒婆朱嫂子。因有个什么孙大人来和咱们求亲，所以他这两日天天弄个帖子来，闹得人怪烦的。”一语未了，小丫头跑来说：“二爷进来了。”

说话之间，贾琏已走至堂屋门口，平儿忙迎出来。贾琏见平儿在东屋里，便也过这间房内来。走至门前，忽见鸳鸯坐在炕上，便煞住脚，笑道：“鸳鸯姐姐，今儿贵步幸临贱地。”鸳鸯只坐着，笑道：“来请爷、奶奶的安，偏又不在家的不在家，睡觉的睡觉。”贾琏笑道：“姐姐一年到头辛苦伏侍老太太，我还没看你去，那里还敢劳动来看我们！”又说：“巧得很！我才要找姐姐去，因为穿着这袍子热，先来换了夹袍子，再过去找姐姐去，不想老天爷可怜，省我走这一趟。”一面说，一面在椅子上坐下。

鸳鸯因问：“又有什么话说的？”贾琏未言先笑道：“因有一件事，我竟忘了，只怕姐姐还记得。上年老太太生日，曾有一个外路和尚来孝敬一个蜡油冻的佛手，因老太太爱，就即刻拿过来摆着了。因前日老太太生日，我看古董帐上还有这一笔，却不知此时这件着落在何处。古董房里的人也回过了我两次，等我问准了，好注上一笔，所以我问姐姐：如今还是老太太摆着呢，还是交到谁手里去了呢？”鸳鸯听说，便说道：“老太太摆了几日，厌烦了，就给你们奶奶了。你这会子又问我来了。我连日子还记得，还是我打发了老王家的送来的。你忘了，或是问你们奶奶和平儿。”

平儿正拿衣服，听见如此说，忙出来回道：“交过来了，现在楼上放着呢。奶奶已经打发人去说过，他们发昏没记上，又来叨登这些没要紧的事！”贾琏听说，笑道：“既然给了你奶奶，我怎么不知道？你们就昧下了？”平儿道：“奶奶告诉二爷，二爷还要送人，奶奶不肯，好容易留下的。这会子自己忘了，倒说我们昧下！那是什么好东西？比那强十倍的也没昧下一遭儿，这会子就爱上那不值钱的么？”贾琏垂头含笑，想了想，拍手道：“我如今竟糊涂了！丢三忘四，惹人抱怨，竟大不像先了。”鸳鸯笑道：“也怨不得。事情又多，口舌又杂，你再吃上两钟酒，那里记得许多？”一面说，一面起身要走。

贾琏忙也立起身来，说道：“好姐姐，略坐一坐儿，兄弟还有一事相求。”说着，便骂小丫头：“怎么不泡好茶来？快拿干净盖碗，把昨日进上的新茶泡一碗来！”说着，向鸳鸯道：“这两日因老太太千秋，所有的几千两都使了。几处房租、地租，统在九月才得，这会子竟接不上。明儿又要送南安府里的礼，又要预备娘娘的重阳节，还有几家红白大礼，至少还要三二千两银子用，一时难去支借。俗语说的好：‘求人不如求己。’说不得，姐姐担个不是，暂且把老太太查不着的金银家伙偷着运出一箱子来，暂押千数两银子，支腾过去。不上半月的光景，银子来了，我就赎了交还，断不能叫姐姐落不是。”鸳鸯听了，笑道：“你倒会变法儿，亏你怎么想了！”贾琏笑道：“不是我撒谎：若论除了姐姐，也还有人手里管得起千数两银子，只是他们为人都不如你明白有胆量，我和他们一说，反吓住了他们。所以我‘宁撞金钟儿一下，不打铙钹三千’。”一语未了，贾母那边小丫头忙忙走来找鸳鸯，说：“老太太找姐姐呢。这半日我那里不找到，却在这里！”鸳鸯听说，忙的且去见贾母。

贾琏见他去了，只得回来瞧凤姐。谁知凤姐已醒了，听他和鸳鸯借当，自己不便答话，只躺在榻上。听见鸳鸯去了，贾琏进来，凤姐因问道：“他可应准了？”贾琏笑道：“虽未应准，却有几分成了。须得你再去和他说一说，就十分成了。”凤姐笑道：“我不管这些事。倘或说准了，这会子说着好听，到了有钱的时节，你就丢在脖子后头了，谁和你打饥荒去？倘或老太太知道了，倒把我这几年的脸面都丢了！”贾琏笑道：“好人，你若说定了，我谢你。”凤姐笑道：“你说，谢我什么？”贾琏笑道：“你说要什么，就有什么。”平儿一旁笑道：“奶奶倒不要别的，刚才正说要做一件什么事，恰少一二百银子使，不如借了来，奶奶拿这么一二百银子，岂不两全其美？”凤姐笑道：“幸亏提起我来，就是这样也罢了。”贾琏笑道：“你们也太狠了！你们这会子别说一千两的当头，就是现银子要三五千，只怕也难不到。我不和你们借也就罢了，这会子烦你说一句话，还要个利钱，真真了不得！”

凤姐听了，翻身起来，说道：“我三千五千，不是赚的你的！如今里里外外上上下下，背着嚼说我的不少了，就短了你来说了，可知‘没家亲引不出外鬼来’！我们看着你家什么石崇、邓通！把我王家的地缝儿扫一扫，就够你们一辈子过的了。说出来的话也不害臊！现有对证：把太太和我的嫁妆细看看，比一比，我们那一样是配不上你们的？”贾琏笑道：“说句顽话就急了，这有什么这样的。你要使一二百两银子值什么？多的没有，这还能够。先拿进来你使了，再说去如何？”凤姐道：“我又不等着‘衔口垫背’，忙什么呢？”贾琏道：“何苦来？不犯着这样肝火盛！”

凤姐听了，又笑起来：“不是我着急，你说的话戳人的心。我因为想着后日是二姐的周年，我们好了一场，虽不能别的，到底给他上个坟，烧张纸，也是姊妹一场。他虽没个男女留下，也别要‘前人洒土，迷了后人的眼’才是。”凤姐一语倒把贾琏说没了话，低头打算了半晌，方道：“难为你想的周全，我竟忘了。既是后日才用，若明日得了这个，你随便使多少就是了。”

一语未了，只见来旺媳妇走进来。凤姐便问：“可成了没有？”来旺媳妇道：“竟不中用。我说须得奶奶做主就成了。”贾琏便问：“又是什么事？”凤姐儿见问，便说道：“不是什么大事。旺儿有个小子，今年十七岁了，还没娶媳妇儿。因要求太太房里的彩霞，不知太太心里怎么样，就没有计较得。前日太太见彩霞大了，二则又多病多灾的，因此开恩打发他出去了，给他老子随便自己择女婿去罢。因此旺儿媳妇来求我。我想，他两家也就算门当户对了，一说去自然成的。谁知他这会子来了，说不中用。”贾琏道：“这是什么大事！比彩霞好的多着呢。”来旺家的便笑道：“爷虽如此说，连他家还看不起我们，别人越发看不起我们了。好容易相看准一个媳妇儿，我只说求爷、奶奶的恩典，替作成了，奶奶又说他必是肯的，我就烦了人过去试一试，谁知白讨了个没趣儿。若论那孩子倒好，据我素日私意儿试他，心里没有什么说的，只是他老子娘两个老东西太心高了些。”

一语戳动了凤姐。凤姐因见贾琏在此，且不做一声，只看贾琏的光景。贾琏心中有事，那里把这点事放在心里？待要不管，只是看着凤姐儿的陪房，且素日出过力的，脸上实在过不去，因说：“什么大事，只管咕咕唧唧的！你放心且去，我明日打发两个有体面的人作媒，一面说，一面带着定礼去，就说是我的主意。他十分不依，叫他来见我。”来旺家的看着凤姐，凤姐便努嘴儿。来旺家的会意，忙爬下就给贾琏磕头谢恩。贾琏忙道：“你只管给你姑娘磕头。我虽如此说了这样行，到底也得你姑娘打发人叫他女人上来，和他好说更好些；不然，太霸道了，日后你们两亲家也难走动。”凤姐忙道：“连你还这样开恩操心呢，我反倒袖手旁观不成？旺儿家的，你听见了：这事说了，你也忙忙的给我完了事来。说给你男人：外头所有的帐目，一概赶今年年底收了进来，少一个钱也不依。我的名声不好，再放一年，都要生吃了我呢。”来旺媳妇笑道："奶奶也太胆小了。谁敢议论奶奶？若收了时，公道说，我们倒还省些事，不大得罪人。"

凤姐冷笑道："我也是一场痴心白使了。我真个还等钱做什么？不过为的是日用出的多，进的少。这屋里有的没的，我和你姑爷一月的月钱，再连上四个丫头的月钱，通共一二十两银子，还不够三五天的使用呢。若不是我千凑万挪的，早不知到什么破窑里去了！如今倒落了一个放帐的名儿。既这样，我就收了回来。我比谁不会化钱？咱们以后就坐着化，到多早晚就是多早晚。这不是样儿：前儿老太太生日，太太急了两个月，想不出法儿来，还是我提了一句，后楼上现有些没要紧的大铜锡家伙四五箱子，拿出去弄了三百银子，才把太太遮羞礼儿搪过去了。我是你们知道的，那一个金自鸣钟卖了五百六十两银子。没有半个月，大事小事倒有十来件，白填在里头。今儿外头也短住了，不知是谁的主意，搜寻上老太太了。明儿再过一年，便搜寻到头面衣服，可就好了！"来旺媳妇笑道："那一位太太、奶奶的头面衣服折变了，不够过一辈子呢？只是不肯罢了。"凤姐道："不是我说没能耐的话：要像这样，我竟不能了。昨儿晚上忽然做了一个梦，说来可笑：梦见一个人，虽然面善，却又不知姓名，找我说，娘娘打发他来，要一百匹锦。我问他是那一位娘娘，他说的又不是咱们的娘娘。我就不肯给他，他就来夺。正夺着，就醒了。"来旺家的笑道："这是奶奶日间操心，惦记应候宫里的事。"

一语未了，人回："夏太监打发了一个小内监来说话。"贾琏听了，忙皱眉道："又是什么话？一年他们也搬够了！"凤姐道："你藏起来，等我见他。若是小事罢了，若是大事，我自有回话。"贾琏便躲入内套间去。这里凤姐命人带进小太监来，让他椅上坐了吃茶。因问何事，那小太监便说："夏爷爷因今儿偶见一所房子，如今竟短二百两银子，打发我来问舅奶奶家里，有现成的银子暂借一二百，过一两日就送来。"凤姐儿听了，笑道："说什么送来，有的是银子，只管先兑了去，改日等我们短了再借去，也是一样。"小太监道："夏爷爷还说：上两回还有一千二百两银子没送来，等今年年底下，自然一齐都送了过来。"凤姐笑道："你夏爷爷好小气！这也值得放在心里？我说一句话，不怕他多心：若都这样记清了还我们，不知要还多少了！只怕我们没有，若有，只管拿去。"因叫来旺媳妇来："出去，不管那里先支二百两来。"来旺媳妇会意，因笑道："我才因别处支不动，才来和奶奶支的。"凤姐道："你们只会里头来要钱，叫你们外头弄去，就不能了！"说着，叫平儿："把我那两个金项圈拿出去，暂且押四百两银子。”

平儿答应了去，半日，果然拿了一个锦盒子来，里面两个锦袱包着。打开时，一个金累丝攒珠的，那珍珠都有莲子大小；一个点翠嵌宝石的：两个都与宫中之物不离上下，一时拿去，果然拿了四百两银子来。凤姐命与小太监打叠起一半，那一半与了来旺媳妇，命他拿去办八月中秋的节。那小太监便告辞了，凤姐命人替他拿着银子，送出大门去了。这里贾琏出来，笑道："这一起外祟，何日是了！”凤姐笑道："刚说着，就来了一股子。”贾琏道："昨儿周太监来，张口一千两，我略慢应了些，他就不自在。将来得罪人之处不少。这会子再发个三二百万的财就好了。”一面说，一面平儿伏侍着凤姐另洗了脸，更衣往贾母处伺候晚饭。

这里贾琏出来，刚至外书房，忽见林之孝走来。贾琏因问何事，林之孝说道："方才打听得雨村降了，却不知因何事，只怕未必真。”贾琏道："真不真，他那官儿未必保得长，只怕将来有事，咱们宁可疏远着他好。”林之孝道："何尝不是？只是一时难以疏远。如今东府大爷和他更好，老爷又喜欢他，时常来往，那个不知。”贾琏道："横竖不和他谋事，也不相干。你去再打听真了，是为什么。”

林之孝答应了，却不动身，坐在下面椅子上，且说些闲话。因又说起家道艰难，便趁势说："人口太众了。不如拣个空日，回明老太太、老爷，把这些出过力的老家人，用不着的，开恩放几家出去：一则他们各有营运，二则家里一年也省些口粮、月钱。再者里头的姑娘也太多。俗语说：‘一时比不得一时。’如今说不得先时的例了，少不得大家委屈些：该使八个的使六个，使四个的使两个。若各房算起来，一年也可以省得许多月米月钱。况且里头的女孩子们一半都大了，也该配人的配人。成了房，岂不又孳生出人来？”贾琏道："我也这样想。只是老爷才回家来，多少大事未回，那里议到这个上头？前儿官媒拿了个庚帖来求亲，太太还说老爷才来家，每日欢天喜地的说骨肉完聚，忽然就提起这事，恐老爷又伤心，所以且不叫提起。”林之孝道："这也是正理，太太想的周到。”贾琏道："正是。提起这话，我想起一件事来：我们旺儿的小子要说太太房里的彩霞，他昨儿求我。我想什么大事，不管谁去说一声儿，就说我的话。”

林之孝答应了，半晌，笑道："依我说，二爷竟别管这件事。旺儿的那小子虽然年轻，在外吃酒赌钱，无所不至。虽说都是奴才，到底是一辈子的事。

彩霞那孩子这几年我虽没见，听见说越发出挑的好了，何苦来，白遭蹋一个人。”贾琏道：“哦，他小子原会吃酒不成人么？既这样，那里还给他老婆！且给他一顿棍，锁起来，再问他老子娘！”林之孝笑道：“何必在这一时？等他再生事，我们自然回爷处治。如今且恕他。”贾琏不语。一时，林之孝出去。

晚间，凤姐已命人唤了彩霞之母来说媒。那彩霞之母满心纵不愿意，见凤姐自和他说，何等体面，便心不由己的满口应了出去。今凤姐又问贾琏：“可说了没有？”贾琏因说：“我原要说的，打听得他这小子大不成人，故还不曾说。若果然不成人，且管教他两日，再给他老婆不迟。”凤姐听说，便说：“你听见谁说他不成人？”贾琏道：“不过是家里的人，还有谁。”凤姐笑道：“我们王家的人，连我还不中你们的意，何况奴才呢！我已经和他娘说了，他娘已经欢天喜地应了，难道又叫进他来不要了不成？”贾琏道：“既你说了，又何必退。明日说给他老子，好生管他就是了。”这里说话，不提。

且说彩霞因前日出去，等父母择人，心中虽与贾环有旧，尚未作准。近日又见来旺每每来求亲，早闻得来旺之子酗酒赌博，而且容颜丑陋，一技不知，自此心中越发懊恼，惟恐来旺仗势作成，终身不遂，未免心中急躁。至晚间，悄命他妹子小霞进二门来，找赵姨娘问个端的。赵姨娘素日深与彩霞好，巴不得与了贾环，方有个臂膀，不承望王夫人又放了出去。每每调唆贾环去讨，一则贾环羞口难开，二则贾环也不在意，不过是个丫头，他去了，自然将来还有好的，遂迁延住不说，意思便丢开手。无奈赵姨娘又不舍，又见他妹子来问，是晚得空，便先求了贾政。贾政说道：“且忙什么？等他们再念一二年书，再放人不迟。我已经看中了两个丫头，一个与宝玉，一个给环儿。只是年纪还小，又怕他们误了念书，所以再等一二年再题。”

赵姨娘道：“宝玉已有了两年了，老爷还不知道？”贾政听了，忙问道：“谁给的？”赵姨娘方欲说话，只听外面一声响，不知何物，大家吃了一惊。未知如何，且看下回分解。

第七十三回　痴丫头误拾绣春囊　懦小姐不问累金凤

话说那赵姨娘和贾政说话，忽听外面一声响，不知何物，忙问时，原来是外间窗屉不曾扣好，滑了屈戌掉了下来。赵姨娘骂了丫头几句，自己带领丫鬟上好，方进来打发贾政安歇。不在话下。

却说怡红院中宝玉方才睡下，丫鬟们正欲各散安歇，忽听有人来敲院门。

老婆子开了，见是赵姨娘房内的丫头，名唤小鹊的。问他什么事，小鹊不答，直往房内来找宝玉。只见宝玉才睡下，晴雯等犹在床边坐着，大家顽笑。见他来了，都问："什么事？这时候又跑来做什么？"小鹊笑向宝玉道："我来告诉你一个信儿：方才我们奶奶咕咕唧唧的，在老爷前不知说了你些个什么，我只听见'宝玉'二字。我来告诉你，仔细明儿老爷问你话。"说着，回身就去了。袭人命人留他吃茶，因怕关门，遂一直去了。

这里宝玉听了，知道赵姨娘心术不端，合自己仇人似的，又不知他说些什么，听了便如孙大圣听见了紧箍咒一般，登时四肢五内一齐皆不自在起来。想来想去，别无他法，且理熟了书，预备明儿盘考。只要书不舛错，便有他事，也可搪塞。一面想罢，忙披衣起来要读书。心中又自后悔：这些日子只说不提了，偏又丢生了，早知该天天好歹温习些的。如今打算打算，肚子里现可背诵的，不过只有《学》《庸》《二论》是带注背得出的。至上本《孟子》，就有一半是夹生的，若凭空提一句，断不能接背的；至下《孟》，就有一大半忘了。算起五经来，因近来做诗，常把《诗经》读些，虽不甚熟，还可塞责。别的虽不记得，素日贾政幸未叫读的，纵不知，也还不妨。至于古文，这是那几年所读过的几篇，连《左传》、《国策》、《公羊》、《谷梁》、汉、唐等文，这几年未曾读得，不过一时之兴，随看随忘，未曾下过苦功，如何记得？这是更难塞责的。更有时文八股一道，因平素深恶此道，说这原非圣贤之制撰，焉能阐发圣贤之奥，不过是后人饵名钓禄之阶；虽贾政当日起身选了百十篇命他读的，不过是后人的时文，偶见其中或一二股内，或承起之中，有做的或精致，或流荡，或游戏，或悲感，稍能动性者，偶尔一读，不过供一时之兴趣，究竟何曾成篇潜心玩索！如今若温习这个，又恐明日盘究那个；若温习那个，又恐驳盘这个：一夜之工，亦不能全然温习，因此越添了焦躁。自己读书不知紧要，却累着一房丫鬟们都不能睡。袭人、麝月、晴雯等几个大的是不用说，在旁剪烛、斟茶；那些小的都困眼朦胧，前仰后合起来。晴雯骂道："什么小蹄子们！一个个黑夜白日挺尸挺不够，偶然一次睡迟了些，就妆出这个腔调儿来了！再这样，我拿针戳你们两下子！"

话犹未了，只听外间咕咚一声，急忙看时，原来是一个小丫头坐着打盹，一头撞到壁上了，从梦中惊醒，却正是晴雯说这话之时，他怔怔的只当是晴雯打了他一下，遂哭着央说："好姐姐，我再不敢了。"众人都发起笑来。宝玉忙劝道："饶他罢，原该叫他们睡去。你们也该替换着睡。"袭人道："小祖宗，你只顾你的罢！统共这一夜的工夫，你把心暂且用在这几本书上，等过了这一关，由你再张罗别的，也不算误了什么。”宝玉听他说的恳切，只得又读。读了没几句，麝月斟了一杯茶来润舌，宝玉接茶吃了。因见麝月只穿着短袄，解了裙子，宝玉道：“夜静了，冷，到底穿一件大衣裳才是。”麝月笑指着书道：“你暂且把我们忘了，且把心略对着他些罢。”

话犹未了，只听春燕、秋纹从后房门跑进来，口内喊说：“不好了！一个人从墙上跳下来了！”众人听说，忙问：“在那里？”即喊起人来，各处寻找。晴雯因见宝玉读书苦恼，劳费一夜神思，明日也未必妥当，心下正要替宝玉想出一个主意来，好脱此难；忽然逢着这一惊，即便生计，向宝玉道：“趁这个机会，快妆病，只说吓着了。”这话正中宝玉心怀，因而遂传起上夜人等来，打着灯笼各处搜寻，并无踪迹，都说：“小姑娘们想是睡花了眼出去，风摇的树枝儿，错认了人。”晴雯便道：“别放诌屁！你们查的不严，怕耽不是，还拿这话来支吾！刚才并不是一个人见的，宝玉和我们出去有事，大家亲见的。如今宝玉吓得颜色都变了，满身发热，我如今还要上房里取安魂丸药去呢。太太问起来，是要回明白的，难道依你说就罢了不成？”众人听了，吓得不敢则声，只得又各处去找。晴雯和秋纹二人果出去要药，故意闹的众人皆知宝玉着了惊，吓病了。王夫人听了，忙命人来看视给药，又分付各上夜人仔细搜查；又一面叫查二门外邻园墙上夜的小厮们。于是园内灯笼火把，直闹了一夜。至五更天，就传管家的细看查访。

贾母闻知宝玉被吓，细问原由，众人不敢再隐，只得回明。贾母道：“我必料到有此事。如今各处上夜的都不小心，还是小事，只怕他们就是贼，也未可知。”当下邢夫人并尤氏等都过来请安，凤姐、李纨及姊妹等皆陪侍，听贾母如此说，都默无所答。独探春出位笑道：“近因凤姐姐身子不好几日，园里的人比先放肆许多。先前不过是大家偷着一时半刻，或夜里坐更时，三四个人聚在一处，或掷骰或斗牌，小小的顽意，不过为熬困起见。近来渐次放诞，竟开了赌局，甚至有头家局主，或三十吊五十吊的大输赢。半月前竟有争斗相打之事。”贾母听了，忙说：“你既知道，为何不早回我们来？”探春道：“我因想着太太事多，且连日不自在，所以没回，只告诉了大嫂子和管事的人们，戒饬过几次，近日好些了。”贾母忙道：“你姑娘家，如何知道这里头的利害！你自为赌钱常事，不过怕起争端，殊不知夜间既要钱，就保不住不吃酒；既吃酒，就未免门户任意开锁，或买东西，寻张觅李。其中夜静人稀，趁便藏贼引奸引盗，何等事做不出来？况且园内你姊妹们起居所伴者，皆系丫头、媳妇们，贤愚混杂。贼盗事小，倘有别事，略沾带些，关系非小！这事岂可轻恕！”探春听说，便默然归坐。

凤姐虽未大愈，精神未尝稍减，今见贾母如此说，便忙道：“偏生我又病了。”遂回头命人速传林之孝家的等总理家事的四个媳妇到来，当着贾母申饬了一顿。贾母命：“即刻查了头家赌家来！有人出首者赏！隐情不告者罚！”林之孝家的等见贾母动怒，谁敢徇私？忙去园内传齐人，又一一盘查。虽然大家赖一回，终不免水落石出。查得大头家三人，小头家八人，聚赌者统共二十多人，都带来见贾母，跪在院内，磕响头求饶。

贾母先问大头家名姓和钱之多少。原来这大头家，一个是林之孝家的两姨亲家，一个是园内厨房内柳家媳妇之妹，一个是迎春之乳母。这是三个为首的，余者不能多记。贾母便命将骰子、纸牌一并烧毁，所有的钱入官，分散与众人；将为首者每人打四十大板，撵出去，总不许再入；从者每人打二十板，革去三月月钱，拨入圊厕行内。又将林之孝家的申饬了一番。

林之孝家的见他的亲戚又与他打嘴，自己也觉没趣；迎春在坐，也觉没意思。黛玉、宝钗、探春等见迎春的乳母如此，也是物伤其类的意思，遂都起身笑向贾母讨情道：“这个奶奶素日原不顽的，不知怎么也偶然高兴。求看二姐姐面上，饶过这次罢。”贾母道：“你们不知道。大约这些奶子们，一个个仗着奶过哥儿、姐儿，原比别人有些体面，他们就生事，比别人更可恶。专管调唆主子，护短偏向。我都是经过的。况且要拿一个作法，恰好果然就遇见了一个。你们别管，我自有道理。”宝钗等听说，只得罢了。

一时，贾母歇晌，大家散出，都知贾母生气，皆不敢回家，只得在此暂候。尤氏到凤姐儿处来闲话了一回，因他也不自在，只得园内去闲谈。邢夫人在王夫人处坐了一回，也要到园内走走。刚至园门前，只见贾母房内的小丫头儿名唤傻大姐的，笑嘻嘻走来，手内拿着个花红柳绿的东西，低头瞧着只管走，不防迎头撞见邢夫人，抬头看见，方才站住。邢夫人因说：“这傻丫头，又得个什么爱巴物儿，这样欢喜？拿来我瞧瞧。”

原来这傻大姐年方十四五岁，是新挑上来与贾母这边专做粗活的。因他生的体肥面阔，两只大脚，做粗活爽利简捷，且心性愚顽，一无知识，出言可以发笑。贾母欢喜，便起名为“傻大姐”，常闷来便引他取笑一回，毫无避忌，因此又叫他作“痴丫头”。他纵有失礼之处，见贾母喜欢他，众人也就不去苛责。

这丫头也得了这个力，无事时，便入园内来顽耍。今日正往山石背后掏促织去，忽见一个五彩绣香囊，上面绣的并非花鸟等物，一面却是两个人赤条条的盘踞相抱，一面是几个字。这痴丫头原不认得是春意儿，心下打谅："敢是两个妖精打架？不然就是两口子打架呢。"左右猜解不来，正要拿去与贾母看呢，所以笑嘻嘻走回。忽见邢夫人如此说，便笑道："太太真个说的巧，真是个爱巴物儿！太太瞧一瞧。"说着，便送过去。邢夫人接来一看，吓得连忙死紧攥住，忙问："你是那里得的？"傻大姐道："我掏促织儿，在山子石后头拣的。"邢夫人道："快别告诉人！这不是好东西，连你也要打死呢。因你素日是个傻丫头，以后再别提了。"这傻大姐听了，反吓得黄了脸，说："再不敢了。"磕了头，呆呆而去。邢夫人回头看时，都是些女孩儿，不便递与他们，自己便塞在袖里，心内十分罕异，揣摩此物从何而来，且不形于声色，且到迎春房里。

迎春正因他乳母获罪，心中不自在，忽报母亲来了，遂接入内室。奉茶毕，邢夫人因说道："你这么大了，你那奶妈子行此事，你也不说说他。如今别人都好好的，偏咱们的人做出这事来，什么意思！"迎春低头弄衣带，半晌答道："我说他两次，他不听，也叫我无法儿。况且他是妈妈，只有他说我的，没有我说他的。"邢夫人道："胡说！你不好了，他原该说；如今他犯了法，你就该拿出姑娘的身分来！他敢不依，你就回我去才是。如今直等外人共知，这可是什么意思？再者，只他去放头儿，还只怕他巧语花言的和你借贷些簪环衣服作本钱，你这心活面软的，未必不周济他些。若被他骗了去，我是一个钱没有的，看你明日怎么过节！"迎春不语，只低着头。

邢夫人见他这般，因冷笑道："总是你那好哥哥、好嫂子，一对儿赫赫扬扬，琏二爷、凤奶奶，两口子遮天盖日，百事周到，竟通共这一个妹子，全不在意。但凡是我身上掉下来的，又有一句话说。只好凭他们罢了。况且你又不是我养的，你虽然不是同他一娘所生，到底是同出一父，也该彼此瞻顾些，也免别人笑话。我想天下的事也难较定，你是大老爷跟前的人养的，这里探丫头是二老爷跟前的人养的，出身一样，你娘比赵姨娘强十分，你也该比探丫头强才是。怎么你反不及他一半？倒是我无儿女的，一生干净，也不能惹人笑话。"旁边伺候的媳妇们便趁机道："我们的姑娘老实仁德，那里像他们三姑娘伶牙利齿，会要姊妹们的强。"邢夫人道："连他哥哥、嫂子还如是，别人又作什么呢？"一言未了，人回："琏二奶奶来了。"邢夫人听了，冷笑两声，命人出去说："请他自己养病，我这里不用他伺候。"接着，又有探事的小丫头来报说：“老太太醒了。”邢夫人方起身往前边来。

迎春送至院外方回。绣橘因说道：“如何？前儿我回姑娘，那一个攒珠累丝金凤竟不知那里去了，回了姑娘，竟不问一声儿。我说必是老奶奶拿去当了银子放头儿的，姑娘不信，只说司棋收着，叫问司棋。司棋虽病，心里却明白，说没有收起来，还在书架上匣内放着，预备八月十五要带呢。姑娘该叫人去问老奶奶一声。”迎春道：“何用问？却自然是他拿了去摘了肩儿了。我只说他悄悄的拿了出去，不过一时半晌仍旧悄悄的放在里头，谁知他就忘了。今日偏又闹出来，问他也无益。”绣橘道：“何曾是忘记？他是试准了姑娘的性格，所以才这样。如今我有个主意：走到二奶奶房里，将此事回了他，或他着人去要，或他省事拿几吊钱来替他赎了，如何？”迎春忙道：“罢，罢，罢，省事些好。宁可没有了，又何必生事。”绣橘道：“姑娘怎么这样软弱！都要省起事来，将来连姑娘还骗了去！我竟去的是。”说着便走。迎春便不言语，只好由他。

谁知迎春的乳母之媳玉柱儿媳妇为他婆婆得罪，来求迎春去讨情，听他们正说金凤一事，且不进去。也因素日迎春懦弱，他们都不放在心上。如今见绣橘立意去回凤姐，又看这事脱不过去，只得进来，陪笑先向绣橘说：“姑娘，你别去生事。姑娘的金丝凤，原是我们老奶奶老糊涂了，输了几个钱，没的捞梢，所以借去，原说一日半晌就赎的，因总未捞过本儿来，就迟住了。不想今日弄出事来。虽然这样，到底主子的东西，我们不敢迟误，终久是要赎的。如今还要求姑娘看着从小儿吃奶的情，往老太太那边去讨一个情，救出他来才好。”迎春便说道：“好嫂子，你趁早打了这妄想，要等我去说情儿，等到明年也是不中用的。方才连宝姐姐、林妹妹大伙儿说情，老太太还不依，何况是我一个人？我自己臊还臊不过来，还去讨臊去？”绣橘便说：“赎金凤是一件事，说情是一件事，别绞在一处。难道姑娘不去说情，你就不赎了不成？嫂子，且取了金凤来再说。”

玉柱儿家的听见迎春如此拒绝他，绣橘的话又锋利，无可回答，一时脸上过不去，也明欺迎春素日好性儿，乃向绣橘发话道：“姑娘，你别太张势了！你满家子算一算，谁的妈妈、奶奶不仗着主子哥儿、姐儿多得些益？偏咱们就这样丁是丁、卯是卯的，只许你们偷偷摸摸的哄骗了去！自从邢姑娘来了，太太分付一个月俭省出一两银子来与舅太太去，这里饶添了邢姑娘的使费，反少了一两银子。常时短了这个，少了那个，那不是我们供给？谁又要去？

不过大家将就些罢了。算到今日，少说也有三十两了。我们这一向的钱，岂不白填了限呢！”绣橘不待说完，便啐了一口，道:“做什么你白填了三十两？我且和你算算帐！姑娘要了些什么东西？”

迎春听了这媳妇发邢夫人之私意，忙止道：“罢，罢，罢，不能拿了金凤来，你不必拉三扯四乱闹。我也不要那凤了，便是太太问时，我只说丢了，也妨碍不着你什么。你出去，歇息歇息倒好。”一面叫绣橘倒茶来。绣橘又气又急，因说道：“姑娘虽不怕，我们是做什么的，把姑娘的东西丢了？他倒赖说姑娘使了他们的钱，这如今竟要准折起来！倘或太太问姑娘为什么使了这些钱,敢是我们就中取势了？这还了得！”一行说,一行就哭了。司棋听不过，只得勉强过来，帮着绣橘问着那媳妇。迎春劝止不住，自拿了一本《太上感应篇》去看。

三人正没开交，可巧宝钗、黛玉、宝琴、探春等因恐迎春今日不自在，都约着来安慰。他们走至院中，听见几个人讲究，探春从纱窗内一看，只见迎春倚在床上看书，若有不闻之状，探春也笑了。小丫头们忙打起帘子，报道：“姑娘们来了。”迎春放下书起身。那媳妇见有人来，且又有探春在内，不劝自止了，遂趁便就走。探春坐下，便问:“刚才谁在这里说话？倒像拌嘴似的。”迎春笑道：“没有说什么，左不过他们小题大做罢了，何必问他。”探春笑道：“我才听见什么‘金凤’，又是什么‘没有钱只合我们奴才要’，谁和奴才要钱了？难道姐姐和奴才要钱了不成？”司棋、绣橘道：“姑娘说的是了。姑娘何曾和他要什么了！”探春笑道：“姐姐既没有和他要，必定是我们和他们要了不成！你叫他进来，我倒要问问他。”迎春笑道：“这话又可笑。你们又无沾碍，何必如此？”探春道：“这倒不然。我和姐姐一样，姐姐的事和我的也是一般，他说姐姐即是说我；我那边有人怨我，姐姐听见，也是合怨姐姐一样。咱们是主子，自然不理论那些钱财小事，只知想起什么要什么，也是有的事。但不知金累丝凤因何又夹在里头？”

那玉柱媳妇生恐绣橘等告出他来，遂忙进来用话掩饰。探春深知其意，因笑道：“你们所以糊涂：如今你奶奶已得了不是，趁此求二奶奶，把方才的钱未曾散人的拿出些来赎取了就完了，比不得没闹出来，大家都藏着留脸面；如今既是没了脸，趁此时，纵有十个罪，也只一人受罚，没有砍两颗头的理。你依我说，竟是和二奶奶趁便说去。在这里大声小气，如何使得！”这媳妇被探春说出真病，也无可赖了，只不敢往凤姐处出首。探春笑道：“我不听见便罢，既听见，少不得替你们分解分解。”谁知探春早使了眼色与侍书，侍书出去了。

这里正说话，忽见平儿进来。宝琴拍手笑道：“三姐姐敢是有驱神召将的符术！”黛玉笑道：“这倒不是道家玄术，倒是用兵最精的，所谓‘守如处女，出如脱兔’，‘出其不备’的妙策。”二人取笑。宝钗便使眼色与二人，遂以别话岔开。探春见平儿来了，遂问：“你奶奶可好些了？真是病糊涂了，事事都不在心上，叫我们受这样委屈。”平儿忙道：“姑娘怎么委屈？谁敢给姑娘气受？姑娘分付我。”那玉柱媳妇方慌了手脚，遂上来，赶着平儿叫：“姑娘坐下，让我说原故，姑娘请听。”平儿正色道：“姑娘这里说话，也有你我混插口的理！你但凡知礼，只该在外头伺候，也有外头的媳妇们无故到姑娘房里来的！”绣橘道：“你不知，我们这屋里是没礼的，谁爱来就来。”平儿道：“都是你们不是！姑娘好性儿，你们就该打出去，然后再回太太去才是！”玉柱儿媳妇见平儿出了言，红了脸方退出去。

探春接着道：“我且告诉你，若是别人得罪了我，倒还罢了；如今这柱儿媳妇和他婆婆仗着是嬷嬷，又瞧着二姐姐好性儿，私自拿了首饰去赌钱，而且还捏造假帐，逼着去讨情，和这两个丫头在卧房里大喊大叫，二姐姐竟不能辖治，所以我看不过，才请你来问一声：还是他本是天外的人，不知道理？还是有谁主使他如此，先把二姐姐制伏了，然后就要治我和四姑娘么？”平儿忙陪笑道：“姑娘怎么今日说出这话来？我们奶奶如何当得起！”探春冷笑道：“俗语说的，‘物伤其类’，‘唇亡齿寒’，我自然有些惊心！”平儿问迎春道：“若论此事，极好处的。但只他是姑娘的奶嫂，姑娘怎么样呢？”

当下迎春只合宝钗看《感应篇》故事，究竟连探春之话亦不曾闻得，忽见平儿如此说，乃笑道：“问我，我也没什么法子。他们的不是，自作自受，我也不能讨情，我也不去加责就是了。至于私自拿去的东西，送来，我收下；不送来，我也不要了。太太们要来问我，可以隐瞒遮饰的过去，是他的造化；若瞒不住，我也没法儿，没有个为他们反欺枉太太们的理，少不得直说。你们若说我好性儿，没个决断，竟有好主意可以八面周全，不叫太太们生气，任凭你们处治，我也不管。”众人听了，都好笑起来。

黛玉笑道：“真是‘虎狼屯于阶陛，尚谈因果’！若使二姐姐是个男人，一家上下这些人，又如何裁治他们！”迎春笑道：“正是多少男人，衣租食税，及至事到临头，尚且如此。况且《太上》说的好：救人救难，最是阴骘事。我虽不能救人，何苦来，白白去和人结怨结雠，作那样无益有损的事呢？”一语未了，只听又有一人来了。不知是谁，且听下回分解。

第七十四回　惑奸谗抄检大观园　避嫌隙杜绝宁国府

话说平儿听迎春说了，正自好笑，忽见宝玉也来了。原来，管厨房柳家媳妇的妹子，也因放头开赌，得了不是。因这园中有素与柳家的不好的，便又告出柳家的来，说他和妹子是伙计，赚了平分。因此凤姐要治柳家之罪。那柳家的听得此信，更慌了手脚，因思素与怡红院的人最为深厚，故走来悄悄的央求晴雯、芳官等人，转告诉了宝玉。宝玉因思内中迎春的嬷嬷也现有此罪，不若来约同迎春去讨情，比自己独去单为柳家的说情又更妥当，故此前来。忽见许多人在此，见他来时，都问道：“你的病可好了？跑来做什么？”宝玉不便说出讨情一事，只说：“来看二姐姐。”当下众人也不在意，且说些闲话。

平儿便出去办累丝金凤一事。那玉柱儿媳妇紧跟在后，口内百般央求，只说：“姑娘好歹口内超生，我横竖去赎了来。”平儿笑道：“你迟也赎，早也赎，既有今日，何必当初？你的意思得过就过，既是这样，我也不好意思告诉人，趁早取了来，交与我送去，一字不提。”玉柱儿媳妇听说，方放下心来，就拜谢，又说：“姑娘自去贵干，我赶晚赎了来，先回了姑娘再送去，如何？”平儿道：“赶晚不来，可别怨我。”说毕，二人方分路，各自散去。

平儿到房，凤姐问他：“三姑娘叫你做什么？”平儿笑道：“三姑娘怕奶奶生气，叫我劝着奶奶些，问奶奶这两天可吃些什么。”凤姐笑道：“倒是他还记挂着我。刚才又出来了一件事：有人来告柳二媳妇和他妹子通同开局，凡妹子所为，都是他作主。我想，你素日曾劝我：多一事不如省一事，自己保养保养也是好的。我因听不进去，果然应了：先把太太得罪了，而且反赚了一场病。如今我也看破了，随他们闹去罢，横竖还有许多人呢。我白操一会子心，倒惹得万人咒骂，不如且自家养养病。就是病好了，我也会做好好先生，得乐且乐，得笑且笑，一概是非都凭他们去罢。所以我只答应着知道了，白不在我心上。”平儿笑道：“奶奶果然如此，那就是我们的造化了。”

一语未了，只见贾琏进来，拍手叹气道：“好好的又生事！前儿我和鸳鸯借当，那边太太怎么知道了？才刚太太叫我过去，叫我不管那里先借二百银子，做八月十五节下使用。我回没处借，太太就说：‘你没有钱就有地方挪移；我白和你商量，你就搪塞我，你就说没地方儿！前儿一千银子的当是那里的？

连老太太的东西你都有神通弄出来，这会子二百银子你就这样难！幸亏我没和别人说去！’我想，太太分明不短，何苦来要寻事奈何人！”凤姐儿道：“那日并没个外人，谁走了这个消息？”

平儿听了，也细想那日有谁在此，想了半日，笑道：“是了。那日说话时没人，但晚上送东西来的时节，老太太那边傻大姐儿的娘可巧来送浆洗衣服，他在下房里坐了一回子，看见一大箱子东西，自然要问，必是小丫头们不知道，说出来了，也未可知。”因此便唤了几个小丫头来问：“那日谁告诉傻大姐的娘了？”众小丫头慌了，都跪下赌神发誓说：“自来也不敢多说一句话，有人凡问什么，都答应不知道。这事如何敢说！”凤姐详情度理，说：“他们必不敢多说一句话，倒别委屈了他们。如今把这事靠后，且把太太打发了去要紧，宁可咱们短些，又别讨没意思。”因叫平儿：“把我的金首饰再去押二百银子来，送去完事。”贾琏道：“越性多押二百，咱们也要使呢。”凤姐道：“很不必，我没处使。这一去还不知指那一项赎呢。”平儿拿了去，分付来旺媳妇领去，不一时，拿了银子来。贾琏亲自送去，不在话下。

这里凤姐和平儿猜疑，终是谁人走的风声，竟拟不出人来。凤姐儿又道：“知道这事还是小事，怕的是小人又造非言，生出别的事来。当紧那边正和鸳鸯结下仇了，如今听得他私自借给琏二爷东西，那起小人眼馋肚饱，连没缝儿的鸡蛋还要下蛆呢，如今有了这个因由，恐怕又造出些没天理的话来也定不得。在你琏二爷还无妨，只是鸳鸯正经女儿，带累了他受屈，岂不是咱们的过失！”平儿笑道：“这也无妨。鸳鸯借东西看的是奶奶，不为的是二爷。一则鸳鸯虽应名是他私情，其实他是回过老太太的。老太太因怕孙男弟女多，这个也借，那个也借，要到跟前都撒了娇，和谁要去？因此只装不知道。纵闹出来，究竟也无碍。”凤姐道：“虽如此，只是你我是知道的，那不知道的，焉得不生疑呢？”

一语未了，人报：“太太来了。”凤姐听了诧异，不知为何事亲来，与平儿等忙迎出来。只见王夫人气色更变，只带一个贴己小丫头走来，一语不发，走至里间坐下。凤姐忙捧茶，因陪笑问道：“太太今日高兴，到这里逛逛？”王夫人喝命：“平儿出去！”平儿见了这般，不知怎么了，忙应了一声，带着众小丫头一齐出去，在房门外站住，越性将房门掩了，自己坐在台阶上，所有的人一个不许进去。

凤姐也着了慌，不知有何事。只见王夫人含着泪，从袖里掷出一个香袋来，说："你瞧！"凤姐忙拾起一看，见是十锦春意香袋，也吓了一跳，忙问："太太从那里得来？"王夫人见问，越发泪如雨下，颤声说道："我从那里得来？我天天坐在井里！想你是个细心人，所以我才偷空儿，谁知你也和我一样！这样的东西，大天白日明摆在园里山石上，被老太太的丫头拾着，不亏你婆婆看见，早已送到老太太跟前去了！我且问你：这个东西如何遗在那里来？"凤姐听得，也变了颜色，忙问："太太怎么知道是我的？"王夫人又哭又叹道："你反问我！你想，一家子除了你们小夫小妻，余者老婆子们，要这个何用？女孩子们是从那里得来？自然是那琏儿不长进下流种子那里弄来的！你们又和气，当作一件顽意儿，年轻人儿女闺房私意是有的，你还和我赖！幸而园内上下人还不解事，尚未拣去；倘或丫头们拣着，你姊妹看见，这还了得！不然，有那小丫头们拣着，出去说是园内拣的，外人知道，这性命、脸面要也不要？"

凤姐听说，又急又愧，登时紫胀了面皮，便挨着炕沿双膝跪下，也含泪诉道："太太说的固然有理，我也不敢辩。但我并无这样东西，其中还要求太太细想：这香袋儿是外头仿着内工绣的，带子穗子一概是市卖货，我虽年轻不尊重，也不肯要这样东西。再者，这也不是常带着的，我纵然有，也只好在私处搁着，焉肯在身上常带，各处逛去？况且又在园里去，个个姊妹我们都肯拉拉扯扯，倘或露出来，不但在姊妹前看见，就是奴才看见，我有什么意思？三则论主子内，我是年轻媳妇，算起来，奴才比我更年轻的又不止一个了，况且他们也常在园走动，焉知不是他们掉的？四则除我常在园里，还有那边太太常带过几个小姨娘来，嫣红、翠云那几个人也都是年轻的人，他们更该有这个了。还有那边珍大嫂子，他也不算很老，也常带过佩凤他们来，焉知又不是他们的？五则园内丫头太多，保不住都是正经的，或者年纪大些的，知道了人事，一刻查问不到，偷了出去，或借着因由合二门上小幺儿们打牙撂嘴儿，外头得了来的，也未可知。不但我没此事，就连平儿我也可以下保的。太太请细想。"

王夫人听了这一席话很近情理，因叹道："你起来。我也知道你是大家子的姑娘出身，不至这样轻薄，不过我气激你的话。但只如今却怎么处？你婆婆才打发人封了这个给我瞧，把我气了个死。"凤姐道："太太快别生气。若被众人觉察了，保不定老太太不知道，这叫作'胳膊折了在袖内'。且平心静气，暗暗访察，才得确实；纵然访不出，外人也不能知道。如今惟有趁着赌钱的因由革了许多人这空儿，把周瑞媳妇、旺儿媳妇等四五个贴近不能走话的人，安插在园里，以查赌为由。再如今他们的丫头也太多了，保不住人大心大，生事作耗，等闹出来，反悔之不及。如今若无故裁革，不但姑娘们委屈烦恼，就连太太和我也过不去。不如趁此机会，以后凡年纪大些的，或有些咬牙难缠的，拿个错儿撵出去配了人：一则保的住没有别事，二则也可省些用度。太太想我这话如何？”

王夫人叹道：“你说的何尝不是！但从公细想，你这几个姊妹也甚可怜了。也不用远比，只说如今你林妹妹的母亲，未出阁时，是何等的娇生惯养，是何等的金尊玉贵，那才像个千金小姐体统。如今这几个姊妹，不过比人家的丫头略强些罢了。通共每人只有两三个丫头像人，余者竟是小鬼儿似的，如今再去了，不但我心里不忍，只怕老太太未必就依。虽然艰难，也还穷不至此。我虽没受过大荣华，比你们是强些，如今宁可我省些，别委屈了他们。你如今且叫人传周瑞家的等人进来，就分付他们快快暗访这事要紧！”凤姐听了，即唤平儿进来，分付出去。

一时，周瑞家的与吴兴家的、郑华家的、来旺家的、来喜家的现在五家陪房进来。王夫人正嫌人少不能勘察，忽见邢夫人的陪房王善保家的走来，方才正是他送香袋来的。王夫人向来看视邢夫人之得力心腹人等原无二意，今见他来打听此事，便向他说：“你去回了太太，也进园来照管照管，比别人强些。”王善保家的因素日进园去，那些丫鬟们不大趋奉他，他心里不自在，要寻他们的故事又寻不着，恰好生出这件事来，以为得了把柄；又听王夫人委托他，正碰在心坎上，道：“这个容易。不是奴才多话，论理这事该早严紧些的。太太也不大往园里去，这些女孩子们一个个倒像受了诰封似的，他们就成了千金小姐了。闹下天来，谁敢哼一声儿？不然，就调唆姑娘们，说欺侮了姑娘们了，谁还耽得起！”王夫人道：“跟姑娘们的丫头比别的姣贵些，这也是常情。”王善保家的道：“别的还罢了，太太不知，头一个是宝玉屋里的晴雯，那丫头仗着他生的模样儿比别人标致些，又生了一张巧嘴，天天打扮的像个西施样子，在人跟前能说惯道、抓尖要强，一句话不投机，他就立起两只骚眼睛来骂人，妖妖趫趫，大不成个体统！”

王夫人听了这话，猛然触动往事，便问凤姐道：“上次我们跟了老太太进园逛去，有一个水蛇腰、削肩膀儿、眉眼又有些像你林妹妹的，正在那里骂小丫头，我心里很看不上那狂样子。因同老太太走，我不曾说得；后来要问是谁，又偏忘了。今日对了坎儿，这丫头想必就是他了？”凤姐道：“若论这些丫头们，共总比起来，都没晴雯生得好；论举止言语，他原轻薄些。方才太太说的倒很像他，我已忘了那日的事，不敢混说。”王善保家的便道：“不用这样，此刻不难叫了他来，太太瞧瞧。”王夫人道：“宝玉房里常见我的，只有袭人、麝月，这两个笨笨的倒好。若有这个，他自然不敢来见我的。我一生最嫌这样的人，且又出来这个事。好好的宝玉，倘或叫这蹄子勾引坏了，那还了得！”因叫自己的丫头过来，分付他道：“你去，只说我有话问他们，留下袭人、麝月伏侍宝玉不必来，有一个晴雯最伶俐，叫他即刻快来。你不许和他说什么。”

小丫头答应了，走入怡红院，正值晴雯身上不自在，睡中觉才起来，正发闷，听如此说，只得随了他来。素日这些丫鬟皆知王夫人最嫌趫妆艳饰、语薄言轻者，故晴雯不敢出头。今因连日不自在，并没十分妆饰，自为无碍。及到了凤姐房中，王夫人一见他钗亸鬓松，衫垂带褪，大有春睡捧心之态，而且形容面貌恰是上月的那人，不觉勾起方才的火来。王夫人便冷笑道：“好个美人儿，真像个病西施了！你天天作这轻狂样儿，给谁看？你干的事，打量我不知道么？我且放着你，自然明儿揭你的皮！宝玉今日可好些？”

晴雯一听如此说，心内大异，便知有人暗算了他，虽然着恼，只不敢作声。他本是个聪明过顶的人，见问宝玉可好些，他便不肯以实话答应，忙跪下回道：“我不大到宝玉房里去，又不常和宝玉在一处，好歹我不能知。那都是袭人合麝月两个人的事，太太问他们。”王夫人道：“这就该打嘴！你难道是死人？要你们做什么？”晴雯道：“我原是跟老太太的人，因老太太说园里空，大人少，宝玉害怕，所以拨了我去外间屋里上夜，不过看屋子。我原回过我笨，不能伏侍，老太太骂了我：‘又不叫你管他的事，要伶俐的做什么？’我听了，不敢不去，才去的。不过十天半月之内，宝玉叫着了，答应几句话就散了。至于宝玉的饮食起居，上一层有老奶奶、老妈妈们，下一层有袭人、麝月、秋纹几个人。我闲着还要做老太太屋里的针线，所以宝玉的事竟不曾留心。太太既怪，从此后我留心就是了。”

王夫人信以为实了，忙说：“阿弥陀佛！你不近宝玉是我的造化，竟不劳你费心！既是老太太给宝玉的，我明儿回了老太太再撵你！”因向王善保家的道：“你们进去，好生防他几日，不许他在宝玉房里睡觉。等我回过老太太再处治他。”喝声：“出去！站在这里，我看不上这浪样儿！谁许你这样花红柳绿的妆扮？”晴雯只得出来，这气非同小可，一出门便拿手帕子握脸，一头走，一头哭，直哭到园内去。

这里王夫人向凤姐等自怨道："这几年我越发精神短了，照顾不到。这样妖精似的东西，竟没看见！只怕这样的还有，明日倒得查查。"凤姐见王夫人盛怒之际，又因王善保家的是邢夫人的耳目，常时调唆着邢夫人生事，纵有千百样言词，此刻也不敢说，只低头答应着。王善保家的道："太太且请息怒。这些小事，只交与奴才。如今要查这个是极容易的：等到晚上园门关了的时候，内外不通风，我们竟给他们个冷不防，带着人到各处丫头们房里搜寻。想来谁有这个，断不单有这个，自然还有别的；那时翻出别的来，自然这个也是他的了。"王夫人道："这话倒是。若不如此，断乎不能明白。"因问凤姐："如何？"凤姐只得答应道："太太说是，就行罢了。"王夫人道："这主意很是。不然，一年也查不出来。"于是大家商议已定。

至晚饭后，待贾母安寝了，宝钗等入园时，王善保家的便请了凤姐一同进园，喝命将角门皆上锁，便从上夜的婆子处来抄检起，不过抄检出些多余攒下蜡烛灯油等物。王善保家的道："这也是赃，不许动，等明日回过太太再动。"于是先就到怡红院中，喝命关门。当下宝玉正因晴雯不自在，忽见这一干人来，不知为何直扑了丫头们的房门去，因迎出凤姐来，问是何故。凤姐道："丢了一件要紧的东西，因大家混赖，恐怕有丫头们偷了，所以大家都查一查，去疑儿。"一面说，一面坐下吃茶。王善保家的等搜了一回，又细问："这几个箱子是谁的？"都叫本人来亲自打开。袭人因见晴雯这样，知道必有异事，又见这番抄检，只得自己先出来打开了箱子并匣子，任其搜检一番，不过平常动用之物。随放下，又搜别人的，挨次都一一搜过。

到晴雯的箱子，因问："是谁的？怎么不打开叫搜？"袭人方欲代晴雯开时，只见晴雯挽着头发闯进来，豁啷一声将箱子掀开，两手提着底子往地下一倒，将所有之物尽都倒出来。王善保家的也觉没趣儿，便紫胀了脸说道："姑娘，你别生气。我们并非私自就来的，原是奉太太的命来搜察。你们叫翻呢，我们就翻一翻；不叫翻，我们还许回太太去呢，何用急的这个样子？"晴雯听了这话，越发火上浇油，便指着他的脸说道："你说你是太太打发来的，我还是老太太打发来的呢！太太那边的人我也都见过，就只没看见你这么个有头有脸大管事的奶奶！"

凤姐见晴雯说话锋利尖酸，心中甚喜，却碍着邢夫人的脸，忙喝住晴雯。那王善保家的又羞又气，刚要还言，凤姐道："妈妈，你也不必合他们一般见识。你且细细搜你的，咱们还到各处去搜呢。再迟了，走了风，我可担不起。"

王善保家的只得咬咬牙，且忍了这口气，细细的看了一看，也无甚私弊之物。回了凤姐，要往别处去。凤姐道："你可细细的查，若这一番查不出来，难回话的。"众人都道："尽都细翻了，没有什么差错东西。虽有几样男人物件，都是小孩子的东西，想是宝玉的旧物，没甚关系的。"凤姐听了，笑道："既然如此，咱们就走罢，再瞧别处去。"

说着，一径出来，又向王善保家的道："我有一句话，不知是不是。要抄检，只抄检咱们家的人，薛大姑娘屋里断乎抄检不得的。"王善保家的笑道："这个自然。岂有抄起亲戚家来的？"凤姐点头道："我原是这意思。"一头说，一头到了潇湘馆内。黛玉已睡了，忽报这些人来，不知为甚事，才要起来，只见凤姐已走进来，忙按住他不叫起来，只说："睡着罢，我们就走的。"这边且说些闲话。那王善保家的带了众人到了丫鬟房中，也一一开箱倒笼抄检了一番。因从紫鹃房中搜出两副宝玉往常换下来的寄名符儿，一副束带上的帔带，两个荷包并扇套，套内有扇子。打开看时，皆是宝玉往日手内曾拿过的。王善保家的自为得了意，遂忙请凤姐过来验视，又说："这些东西从那里来的？"凤姐笑道："宝玉和他们从小儿在一处混了几年，这自然是宝玉的旧东西。况且这符儿合扇子，都是老太太合太太常见的。妈妈不信，咱们只管拿了去。"王善保家的忙笑道："二奶奶既知道就是了。"凤姐道："这也不算什么希罕事，撂下再往别处去是正经。"紫鹃笑道："直到如今，我们两下里的帐亦算不清。要问这一个，连我也忘了是那年月日有的了。"

这里凤姐合王善保家的又到探春院内，谁知早有人报与探春了。探春也就猜着必有原故，所以引出这些丑态来，遂命众丫头秉烛开门而待。一时众人来了，探春故问何事，凤姐笑道："因丢了一件东西，连日访察不出人来，恐怕旁人赖这些女孩子们，所以越性大家搜一搜，使人去疑儿。倒是洗净他们的好法子。"探春笑道："我们的丫头自然都是些贼，我就是头一个窝主。既如此，先来搜我的箱柜，他们所偷了来的都交给我藏着呢。"说着，便命丫鬟们把箱一齐打开，将镜奁、妆盒、衾袱、衣包，若大若小之物，一齐打开，请凤姐去抄阅。凤姐陪笑道："我不过是奉太太的命来，妹妹别错怪了我。"因命丫鬟们："快快给姑娘关上！"平儿、丰儿等先忙着替侍书等关的关，收的收。

探春道："我的东西，倒许你们搜阅；要想搜我的丫头，这却不能。我原比众人歹毒，凡丫头所有的东西我都知道，都在我这里间收着，一针一线他们也没得收藏。要搜，所以只来搜我。你们不依，只管去回太太，只说我违背了太太，该怎么处治，我自去领。你们别忙，自然连你们抄的日子有呢！你们今日早起不是议论甄家，自己家里好好的抄家？果然今日真抄了！咱们也渐渐的来了！可知这样大族人家，若从外头杀来，一时是杀不死的，这可是古人说的，'百足之虫，死而不僵'，必须先从家里自杀自灭起来，才能一败涂地呢。"说着，不觉流下泪来。

凤姐只看着众媳妇们。周瑞家的便道："既是女孩子的东西全在这里，奶奶且请到别处去罢，也让姑娘好安寝。"凤姐便起身告辞。探春道："可细细搜明白了！若明日再来，我就不依了！"凤姐笑道："既然丫头们的东西都在这里，就不必搜了。"探春冷笑道："你果然倒乖！连我的包袱都打开了，还说没翻！明日敢说我护着丫头们，不许你们翻了！你趁早说明，若还要翻，不妨再翻一遍！"凤姐知道探春素日与众不同的，只得陪笑道："已经连你的东西都搜察明白了。"探春又问众人："你们也都搜明白了没有？"周瑞家的等都陪笑道："都明白了。"

那王善保家的本是个心内没成算的人，素日虽闻探春的名，他想众人没眼色、没胆量罢了，那里一个姑娘就这样利害起来？况且又是庶出，他敢怎么着？自己又仗着是邢夫人的陪房，连王夫人尚另眼相待，何况别人？只当是探春认真单恼凤姐，与他们无干，他便要趁势作脸献好，因越众向前，拉起探春的衣襟故意一掀，嘻嘻的笑道："连姑娘身上我都搜了，果然没有什么。"凤姐见他这样，忙说："妈妈走罢，别疯疯癫癫的。"一语未了，只听拍的一声，王家的脸上早着了探春一巴掌，探春登时大怒，指着王家的问道："你是什么东西，敢来拉扯我的衣裳！我不过看着太太的面上，你又有几岁年纪，叫你一声妈妈，你就狗仗人势，天天作耗，在我们跟前逞脸！如今越发了不得了，你索性望我动手动脚的了！你打谅我是同你们姑娘那么好性儿，由着你们欺侮，你就错了主意了！你来搜检东西我不恼，你不该拿我取笑儿！"说着，便要亲自解钮子，拉着凤姐儿细细的翻。又说："省得叫你们奴才来翻我！"凤姐、平儿等都忙与探春理裙整袂，口内喝着王善保家的说："妈妈吃两口酒，就疯疯癫癫起来！前儿把太太也冲撞了。快出去，别再讨脸了！"又忙劝探春："好姑娘，别生气，他算什么？姑娘气着倒值多了。"探春冷笑道："我但凡有气，早一头碰死了！不然，怎么许奴才来我身上搜贼赃呢！明儿一早先回过老太太、太太，再过去给大娘赔礼。该怎么着，我去领！"

那王善保家的讨了个没脸，赶忙躲出窗外，只说："罢了，罢了！这也是头一遭挨打。我明儿回了太太，仍回老娘家去罢，这个老命还要他做什么！"探春喝命丫鬟："你们听他说的这话！还等我和他拌嘴去不成！"侍书听说，便出去说道："妈妈，你知点好歹儿，省一句儿罢！你果然回老娘家去，倒是我们的造化了；只怕你舍不得去，你去了，叫谁讨主子的好儿，调唆着察考姑娘、折磨我们呢？"凤姐笑道："好丫头！真是有其主必有其仆。"探春冷笑道："我们做贼的人，嘴里都有三言两语的，就只不会背地里调唆主子！"平儿忙也陪笑解劝，一面又拉了侍书进来。周瑞家的等人劝了一番。凤姐直待伏侍探春睡下，方带着人往对过暖香坞来。

彼时李纨犹病在床上，他与惜春是紧邻，又与探春相近，故顺路先到这两处。因李纨才吃了药睡着，不好惊动，只到丫鬟们房中一一的搜了一遍，也没有什么东西。遂到惜春房中来。因惜春年少，尚未识事，吓的不知当有什么事故，凤姐少不得安慰他。谁知竟在入画箱中寻出一大包银锞子来，约共三四十个；又有一副玉带版子并一包男人的靴、袜等物。凤姐也黄了脸，因问："是那里来的？"入画只得跪下哭诉真情，说："这是珍大爷赏我哥哥的。因我们老子娘都在南方，如今只跟着叔叔过日子。我叔叔、婶子只要吃酒赌钱，我哥哥怕交给他们又花了，所以每常得了，悄悄的烦老妈妈带进来，叫我收着的。"

惜春胆小，见了这个也害怕，说："我竟不知道。这还了得！二嫂子，你要打他，好歹带他出去打罢，我听不惯的。"凤姐笑道："这话若果真呢，也倒可恕，只是不该亲自传送进来：这个可以传递，怕什么不可传递？这倒是传递人的不是了。若这话不真，倘是偷来的，你可就别想活了。"入画跪哭道："我不敢撒谎，奶奶只管明日问我们奶奶和大爷去，若说不是赏的，就拿我和我哥哥一同打死无怨。"凤姐道："这个自然要问的。只是真赏的，也有不是：谁许你私自传送东西的？你且说是谁接应，我便饶你。下次万万不可！"惜春道："嫂子别饶他。这里人多，若不管了他，那些大的听见了，又不知怎么样呢。嫂子若饶他，我也不依。"凤姐道："素日我看他还使得。谁没一个错？只这一次。二次再犯，二罪俱罚。但不知传递是谁？"惜春道："若说传递，再无别个，必是后门上的张妈。他常和这些丫头鬼鬼祟祟的，这些丫头们也都肯照顾他。"凤姐听说，便命人记下，将东西且交给周瑞家的暂且拿着，等明日对明再议。

谁知那老张妈原和王善保家有亲，近因王善保家的在邢夫人跟前作了心腹人，便把亲戚和伴儿们都看不到眼里了。后来张家的气不平，斗了两次口，彼此都不说话了。如今王家的听见是他传递，碰在他心坎儿上；更兼刚才挨了探春的打、受了侍书的气，没处发泄，听见张家的这事，因撺掇凤姐道：“这传东西的事关系更大。想来那些东西，自然也是传递进来的。奶奶倒不可不问。”凤姐儿道：“我知道，不用你说。”于是别了惜春，方往迎春房内去。

迎春已经睡着了，丫鬟们也才要睡，众人扣门，半日才开。凤姐分付：“不必惊动姑娘。”遂往丫鬟们房里来。因司棋是王善保家的外孙女儿，凤姐倒要看看王家的可藏私不藏私，遂留神看他搜检。先从别人箱子搜起，皆无别物。及到了司棋箱中，随意掏了一回，王善保家的道：“也没有什么东西。”才要关箱时，周瑞家的道：“这是什么话？有没有，总要一样看看才公道。”说着，便伸手掣出一双男子的锦袜并一双缎鞋来。又有一个小包袱，打开看时，里面是一个同心如意并一个字帖儿，一总递与凤姐。凤姐因理家久了，每每看帖看帐，也颇识得几个字了。那帖是大红双喜笺，便看上面写道：

> 上月你来家后，父母已察觉你我之意。但姑娘未出阁，尚不能完你我之心愿。若园内可以相见，你可托张妈给一信息。若得在园内一见，倒比来家好说话。千万，千万。再所赐香袋二个，今已查收外，特寄香珠一串，略表我心。千万收好！表弟潘又安拜具。

凤姐看罢，不怒而反乐。别人并不识字。王善保家的素日并不知道他姑表姊弟有这一节风流故事，见了这鞋袜，心内已是有些毛病；又见有一红帖，凤姐又看着笑，他便说道：“必是他们胡写的帐目，不成个字，所以奶奶见笑。”凤姐笑道：“正是。这个帐竟算不过来：你是司棋的老娘，他的表弟也该姓王，怎么又姓潘呢？”王善保家的见问的奇怪，只得勉强告道：“司棋的姑妈给了潘家，所以他姑表兄弟姓潘。上次逃走了的潘又安，就是他表弟。”凤姐笑道：“这就是了。”因说：“我念给你听听。”说着，从头念了一遍，大家都吓一跳。

这王家的一心只要拿人的错儿，不想反拿住了他外孙女儿，又气又臊。周瑞家的四人听见凤姐儿念了，都吐舌头，摇头儿。周瑞家的道：“王大妈听见了？这是明明白白，再没得话说了。这如今怎么样呢？”王家的只恨无地缝儿可钻。凤姐只瞅着他抿着嘴儿嘻嘻的笑，向周瑞家的道：“这倒也好，不用他老娘操一点心儿，鸦雀不闻，就给他们弄了个好女婿来了。”周瑞家的也笑着凑趣儿。王家的无处煞气，只得打着自己的脸，骂道：“老不死的倡妇，怎么造下孽了？说嘴打嘴，现世现报！”众人见他如此，要笑又不敢笑，也有趁愿的，也有心中感动报应不爽的。

凤姐见司棋低头不语，也并无畏惧惭愧之意，倒觉可异。料此时夜深，且不必盘问，只怕他夜间自愧，去寻拙志，遂唤两个婆子监守。且带了人，拿了赃证回来歇息，等待明日料理。谁知到夜里又连起来几次，下面淋血不止。次日便觉身体十分软弱，起来发晕，遂掌不住。请医诊视，开方立案，说要保重而去。老嬷嬷们拿了方子回过王夫人，不免又添一番愁闷，遂将司棋等事暂且搁起。

可巧这日尤氏来看凤姐，坐了一回，到园中去又看过李纨。才要望候众姊妹们去，忽见惜春遣人来请，尤氏遂到了他房中来。惜春便将昨夜之事细细告诉了，又命人将入画的东西一概要来，与尤氏过目。尤氏道：“实是你哥哥赏他哥哥的，只不该私自传送，如今官盐反成了私盐了。”因骂入画：“糊涂东西！”惜春道：“你们管教不严，反骂丫头。这些姊妹，独我的丫头没脸，我如何去见人？昨儿叫凤姐姐带了他去，又不肯；今日嫂子来的恰好，快带了他去，或打，或杀，或卖，我一概不管。”入画听了，跪地哀求，百般苦告。尤氏和奶妈等人也都十分解说：“他不过一时糊涂，下次再不敢的。看他从小儿伏侍一场，到底留着他为是。”

谁知惜春年幼，天性孤僻，任人怎说，他只以为丢了他的体面，咬定牙断乎不肯留着。更又说道：“不但不要入画，如今我也大了，连我也不便往你们那边去了。况且近日闻得多少议论，我若再去，连我也编派上！”尤氏道：“谁敢议论什么？又有什么可议论的？姑娘是谁？我们是谁？姑娘既听见人议论我们，就该问着他才是。”惜春冷笑道：“你这话问着我倒好！我一个姑娘家，只好躲是非的，我反寻是非，成个什么人了？况且古人说的，‘善恶生死，父子不能有所勖助’，何况你我二人之间？我只能保住自己就够了。以后你们有事，好歹别累我。”

尤氏听了，又气又好笑，因向地下众人道：“怪道人人都说四姑娘年轻糊涂，我只不信。你们听这些话，无原无故，又没轻重，真真的叫人寒心。”众人都劝说道：“姑娘年轻，奶奶自然该吃些亏的。”惜春冷笑道：“我虽年轻，这话却不年轻！你们不看书，不识字，所以都是呆子，倒说我糊涂！”尤氏道：“你是状元、榜眼、探花，古今第一个才子！我们糊涂人，不如你明白，何如？”惜春道：“据你这话，就不明白：状元、榜眼、探花难道没有糊涂的？可知你们这些人都是世俗之见，那里眼里识的出真假、心里分的出好歹来！你们要看真人，总在最初一步的心上看起，才能明白呢。”尤氏笑道：“好，好！才是才子，这会子又做大和尚，又讲起参悟来了。”惜春道：“我也不是什么参悟。我看如今人一概也都是入画一般，没有什么大说头儿！”尤氏道：“可知你真是个心冷嘴冷、心狠意狠的人。”惜春道：“古人曾也说的，‘不作狠心人，难得自了汉’。我清清白白的一个人，为什么叫你们带累坏了？”

尤氏心内原有病，怕说这些话，听说有人议论，已是心中羞恼激射，只是在惜春分上不好发作，忍耐了大半天。今见惜春又说这话，因按捺不住，便问道：“怎么就带累了你？你的丫头的不是，无故说我，我倒忍了这半日，你倒越发得了意，只管说这些话！你是千金万金的小姐，我们以后就不亲近你，仔细带累了小姐的美名儿！即刻就叫人将入画带了过去！”说着，便赌气起身去了。惜春道：“你这一去了，若果然不来，倒也省了口舌是非，大家倒还干净。”尤氏听了，越发生气，但终究他是姑娘，任凭怎么样，也不好和他认真的拌起嘴来，只得索性忍了这口气，便也不答言，一径往前边去了。未知后事如何，且听下回分解。

第七十五回　开夜宴异兆发悲音　赏中秋新词得佳谶

话说尤氏从惜春处赌气出来，正欲往王夫人处去，跟从的老嬷嬷们因悄悄的道：“回奶奶，且别往上房去。才有甄家的几个人来，还有些东西，不知是做什么机密事。奶奶这一去恐怕不便。”尤氏听了道：“昨日听见你老爷说，看见邸报上甄家犯了罪，现今抄没家私，调取进京治罪。怎么又有人来？”老嬷嬷道：“正是呢。才来了几个女人，气色不成气色，慌慌张张的，想必有什么瞒人的事。”

尤氏听了，便不往前去，仍往李纨这边来了。恰好太医才诊了脉去。李纨近日也觉清爽了些，拥衾倚枕，坐在床上，正欲人来说些闲话。因见尤氏进来，不似方才和蔼，只呆呆的坐着，李纨因问道：“你过来了这半日，可在别屋里吃些东西没有？只怕饿了。”命素云：“瞧有什么新鲜点心拿来。”尤氏忙止道：“不必，不必。你这一向病着，那里有什么新鲜东西？况且我也不饿。”李纨道：“昨日人家送来的好茶面子，倒是对碗来你吃罢。”说毕，便分付去对茶。

尤氏出神无语。跟来的丫头、媳妇们因问：“奶奶今日中晌尚未洗脸，这会子趁便可净一净好？”尤氏点头。李纨忙命素云来取自己妆奁。素云一面取来，又将自己的脂粉拿来，笑道：“我们奶奶就少这个。奶奶不嫌肮脏，能着用些。”李纨道：“我虽没有，你就该往姑娘们那里去取，怎么公然拿出你的来？幸而是他，若是别人，岂不恼呢！”尤氏笑道：“这又何妨？”说着，一面洗脸。丫头只弯腰捧着脸盆，李纨道：“怎么这样没规矩！”那丫头赶着跪下。尤氏笑道：“我们家下大小的人，只会讲外面假礼假体面，究竟做出来的事都够使的了。”李纨听如此说，便已知道昨夜的事，因笑道：“你这话有因，谁做事究竟够使的了？”尤氏道：“你倒问我！你敢是病着死过去了？”

一语未了，只见人报：“宝姑娘来了。”二人忙说“快请”时，宝钗已走进来。尤氏忙擦脸起身让坐，因问：“怎么一个人忽然走进来，别的姊妹都不见？”宝钗道：“正是，我也没有见他们。只因今日我们奶奶身上不自在，家里两个女人也都因时证未起炕，别的靠不得，我今儿要出去伴着老人家夜里作伴儿。要去回老太太、太太，我想又不是什么大事，且不用提，等好了，我横竖进来的，所以来告诉大嫂子一声。”李纨听说，只看着尤氏笑，尤氏也看着李纨笑。一时尤氏盥洗已毕，大家吃面茶。李纨因笑着向宝钗道：“既这样，且打发人去请姨妈的安，问是何病。我也病着，不能亲自来瞧。好妹妹，你去只管去，我且打发人去到你那里去看屋子。你好歹住一两天还进来，别叫我落不是。”宝钗笑道：“落什么不是呢？也是人之常情，你又不曾卖放了贼。依我的主意，也不必添人过去，竟把云丫头请了来，你和他住一两日，岂不省事？”尤氏道：“可是，史大妹妹往那里去了？”宝钗道：“我才打发他们找你们探丫头去了，叫他同到这里来，我也明白告诉他。”

正说着，果然报：“云姑娘和三姑娘来了。”大家让坐已毕，宝钗便说要出去一事。探春道：“很好。不但姨妈好了还来，就便好了不来也使得。”尤氏笑道：“这话奇怪！怎么撵起亲戚来了？”探春冷笑道：“正是呢，有别人撵的，不如我先撵！亲戚们好，也不在必要死住着才好。咱们倒是一家子亲骨肉呢，一个个不像乌眼鸡似的，恨不得你吃了我，我吃了你！”尤氏忙笑道：“我今儿是那里来的晦气，偏都碰着你姊妹们气头上了。”探春道：“谁叫你趁热灶火来了！”因问：“谁又得罪了你呢？”因又寻思，道：“四丫头也不犯合你呕气。却是谁呢？”尤氏只含糊答应。

探春知他畏事，不肯多言，因笑道：“你别妆老实了。除了朝廷治罪，没有砍头的，你不必吓的这个样儿。告诉你罢，我昨日把王善保家那老婆子打了，我还顶着个罪呢。不过背地里说我些闲话，难道也还打我一顿不成！”宝钗忙问："因何又打他？"探春悉把昨夜的事一一说了出来。尤氏见探春已经说了出来，便把惜春方才的事也说了出来。探春道："这是他向来的脾气，孤介太过，我们再扭不过他的。"又告诉他们说："今日一早不见动静，打听凤丫头又病了，就打发人四下里打听王善保家的是怎么样。回来告诉我说：王善保家的挨了一顿打，大太太嗔着他多事。"尤氏、李纨道："这倒也是正理。"探春冷笑道："这种遮人眼目儿的事谁不会作？且再瞧就是了。"尤氏、李纨皆默无所答。一时，丫头们来请用饭，湘云、宝钗回房打点衣衫，不在话下。

尤氏辞了李纨，往贾母这边来。贾母歪在榻上，王夫人正说甄家因何获罪，如今抄没了家产，来京治罪等语。贾母听了，心中甚不自在。恰好见他姊妹来了，因问："从那里来的？可知凤姐儿妯娌两个的病，今日怎么样？"尤氏等忙回道："今日都好些。"贾母点头，叹道："咱们别管人家的事，且商议咱们八月十五赏月是正经。"王夫人笑道："都已预备下了，不知老太太拣那里好？只是园里空，夜晚风凉。"贾母笑道："多穿两件衣服何妨？那里正是赏月的地方，岂可倒不去的。"

说话之间，媳妇们抬过饭桌，王夫人、尤氏等忙上来放箸捧饭。贾母见自己几色菜已摆完，另有两大捧盒内盛了几色菜，便是各房另外孝敬的旧规矩。贾母因问："都是些什么？上几次我就分付，如今可以把这些蠲了罢，你们还不听。如今比不得在先辐辏的时光了。"鸳鸯忙道："我说过几次，都不听，也只罢了。"王夫人笑道："不过都是家常东西。今日我吃斋，没有别的孝顺，那些面筋豆腐，老太太又不甚爱吃，只拣了一样椒油莼齑酱来。"贾母笑道："我倒也想这个吃。"鸳鸯听说，便将碟子挪在跟前。宝琴一一的让了，方归坐。贾母便命探春来同吃。探春也都让过了，便和宝琴对面坐下。侍书忙去取了碗箸。鸳鸯又指那几样菜道："这几样看不出是什么东西来，是大老爷孝敬的；这一碗是鸡髓笋，是外头老爷送上来的。"一面说，一面就将这碗笋送至桌上。贾母略尝了两点，便命："将那几样着人都送回去，就说我吃了。以后不必天天送，我想吃什么，自然着人来要。"媳妇们答应着仍送过去，不在话下。

贾母因问："拿稀饭来吃些罢。"尤氏早捧过一碗来，说是红稻米粥。贾母接来吃了半碗，便分付："将这粥送给凤哥儿吃去。"又指着这一盘果子："独给平儿吃去。"又向尤氏道："我吃了，你就来吃了罢。"尤氏答应着，侍贾母漱口洗手毕。贾母便下地，和王夫人说闲话行食。尤氏告坐吃饭。探春、宝琴二人也起来了，笑道："失陪，失陪。"尤氏笑道："剩我一个人，大排桌的吃不惯。”贾母笑道：“鸳鸯、琥珀，来，趁势也吃些，又作了陪客。”尤氏笑道：“好，好，好，我正要说呢。”贾母笑道：“看着多多的人吃饭，最有趣的。”又指银蝶道：“这孩子也好，也来同你主子一块来吃，等你们离了我，再立规矩去。”尤氏道：“快过来，不必妆假。”

贾母负手看着取乐。因见伺候添饭的人手内捧着一碗下人的米饭，尤氏吃的仍是白粳米饭，贾母因问道：“怎么不盛我的饭？”丫头们回道：“老太太的饭完了。今日添了一位姑娘，所以短了些。”鸳鸯道：“如今都是可着头做帽子了，要一点儿富余也不能的。”王夫人忙回道：“这一二年旱涝不定，田上的米都不能按数交的。这几样细米更艰难了，所以都是可着吃的做。”贾母笑道：“正是‘巧媳妇做不出没米的粥’来。”众人都笑起来。鸳鸯一面回头向门外伺候媳妇们道：“既这样，你们就去把三姑娘的饭拿来添上，也是一样。”尤氏笑道：“我这个就够了，也不用去取。”鸳鸯道：“你够了，我不会吃的？”媳妇们听说，方忙着取去了。

一时，王夫人也去用饭。这里尤氏直陪贾母说话取笑到起更的时候，贾母道：“你也过去罢。”尤氏方告辞出来。走至二门外，上了车，众媳妇放下帘子来，四个小厮拉出来，套上牲口。几个媳妇带着小丫头儿们先走，到那边大门口等着去了。这里送的丫头们也回来了。

尤氏在车内，因见自己门首两边狮子下放着四五辆大车，便知系来赴赌之人，向小丫头银蝶儿道：“你看，坐车的是这些，骑马的又不知有几个呢。”说着进府，已到了厅上。贾蓉媳妇带了丫头、媳妇，也都秉着羊角手罩接了出来。尤氏笑道：“成日家我要偷着瞧瞧他们赌钱，也没得便；今儿倒巧，顺便打他们窗户跟前走过去。”众媳妇答应着，提灯引路。又有一个先去悄悄的知会伏侍的小厮们，不要失惊打怪。于是尤氏一行人悄悄的来至窗下，只听里面称三赞四，耍笑之音虽多，又兼有恨五骂六，忿怨之声亦不少。

原来贾珍近因居丧，不得游玩，无聊之极，便生了个破闷的法子，日间以习射为由，请了几位世家弟兄及诸富贵亲友来较射，因说：“白白的只管乱射，终是无益，不但不能长进，且坏了式样；必须立了罚约，赌个利物，大家才有勉力之心。”因此在天香楼下箭道内立了鹄子，皆约定每日早饭后来射鹄子。贾珍不好出头，便命贾蓉做局家。这些都是少年，正是斗鸡走狗、问柳评花的一干游侠纨袴。因此大家议定，每日轮流作晚饭之主：每日来射，不便独扰贾蓉一人之意。于是天天宰猪割羊，屠鹅杀鸭，好似临潼斗宝的一般，都要卖弄自己家里的好厨役、好烹调。不到半月工夫，贾政等听见这般，不知就里，反说："这才是正理：文既误了，武也当习，况在武荫之属。"遂也命宝玉、贾环、贾琮、贾兰等四人于饭后过来，跟着贾珍习射一回，方许回去。

贾珍志不在此，再过几日，便渐次以歇臂养力为由，晚间或抹骨牌，赌个酒东儿，至后渐次至钱。如今三四个月的光景，竟一日一日赌胜于射了，公然斗叶掷骰，放头开局，大赌起来。家下人借此各有些利益，巴不得如此，所以竟成了势了。外人皆不知一字。

近日邢夫人的胞弟邢德全也酷好如此，所以也在其中。又有薛蟠，头一个惯喜送钱与人的，见此岂不快乐！这邢德全虽系邢夫人的胞弟，却居心行事，大不相同。他只知吃酒赌钱、眠花宿柳为乐，手中滥漫使钱，待人无二心，好酒者喜之，不饮者则不去亲近，无论上下、主仆皆出自一意，并无贵贱之分，因此都唤他"傻大舅"。薛蟠，早已出名的"呆大爷"。今日二人凑在一处，都爱抢快，便又会了两家，在外间炕上抢快。又有几个在当地下大桌子上赶羊。里间又有一起斯文些的抹骨牌，打天九。此间伏侍的小厮都是十五岁以下的孩子，此是前话。

且说尤氏潜至窗外偷看。其中有两个陪酒的小幺儿，都打扮的粉妆锦饰。今日薛蟠又掷输了，正没好气，幸而后手里渐渐翻过来了，除了冲帐的，反赢了好些，心中自是兴头起来。贾珍道："且打住，吃了东西再来。"因问："那两处怎么样？"此时打天九、赶老羊的未清，先摆下一桌，贾珍陪着吃。薛蟠兴头了，便搂着一个小幺儿吃酒，又命将酒去敬傻大舅。

傻大舅输家，没心绪，吃了两碗，便有些醉意，嗔着陪酒的小幺儿只赶赢家、不理输家了，因骂道："你们这起兔子，真是些没良心的忘八羔子！天天在一处，谁的恩你们不沾？只不过我这会子输了几两银子，你们就这么三六九等儿的了！难道从此以后，再没有求着我的事了？"众人见他带酒，那些输家不便言语，只抿着嘴儿笑。那些赢家忙说："大舅骂的很是。这小狗攮的们都是这个风俗。"因笑道："还不给大舅太爷斟酒呢！"两个小孩子都是演就的圈套，忙都跪下奉酒，扶着傻大舅的腿，一面撒娇儿，说道："你老人家别生气，看着我们两个小孩子罢。我们师父教的：不论远近厚薄，只看一时有钱的就亲近。便是活佛神仙，一时没了钱势了，也不许去理他。你老人家不信，回来大大的下一注，赢了，白瞧瞧我们两个是什么光景儿！"说的众人都笑了。这傻大舅掌不住，也笑了，一面伸手接过酒来，一面说道："我要不看着你们两个素日怪可怜见的，我这一脚，把你两个的小蛋黄子踢出来！”说着，把腿一抬。两个孩子趁势儿爬起来，越发撒娇撒痴，拿着洒花绢子，托了傻大舅的手，把那钟酒灌在傻大舅嘴里。

傻大舅哈哈的笑着，一扬脖儿，把一钟酒喝干了，因拧了那孩子的脸一下儿，笑说道：“我这会子看着，又怪心疼的了。”说着，这邢大舅便酒勾往事、醉露真情起来，乃拍案对贾珍说道：“怨不的他们视钱如命。多少世宦大家出身的，若提起‘钱势’二字，连骨肉都不认了。老贤甥，昨日我和你令伯母呕气，你可知道么？”贾珍道：“不曾听见。”傻大舅叹道：“就为钱这件混帐东西。利害，利害！”贾珍深知他与邢夫人不睦，每遭邢夫人弃恶，扳出怨言，因劝道：“老舅，你也太散漫些。若只管花去，有多少给老舅花的？”邢大舅道：“老贤甥，你不知我们邢家的底里。我们老太太去世时，我还小呢，世事不知。他姊妹三个人，只有你令伯母居长，他出阁时，把家私都带过来了。如今你二姨儿也出了阁了，他家里也很艰窘。你三姨儿尚在家里。一应用度，都是这里陪房王善保家的掌管。我就是来要几个钱，也并不是要贾府里的家私。我邢家的家私也就够我花了，无奈竟不得到手，你们就欺负我没钱！”贾珍见他酒醉，外人听见不雅，忙用话解劝。

外面尤氏等听得十分真切，乃悄向银蝶儿等笑道：“你听见了？这是北院里大太太的兄弟抱怨他呢。可见他亲兄弟还是这样，就怨不得这些人了。”因还要听时，正值赶老羊的那些人也歇住了，要酒。有一个人问道：“方才是谁得罪了舅太爷？我们竟没听明白。且告诉我们，评评理。”邢德全把两个陪酒的孩子不理的话说了一遍。那人接过来就说：“可恼！怨不得舅太爷生气。我问你：舅太爷不过输了几个钱罢了，并没有输掉了鸡巴，怎么你们就不理他了？”说着，大家都笑起来。邢德全也喷了一地饭，说：“你这个东西，行不动儿就撒村捣怪的！”尤氏在外面听了这话，悄悄的啐了一口，骂道：“你听听，这一起没廉耻的小挨刀的！再肏攮下黄汤去，还不知唚出些什么新样儿的来呢！”一面便进去卸妆安歇。

至四更时，贾珍方散，往佩凤房里去了。次日起来，就有人回：“西瓜、月饼都全了，只待分派送人。”贾珍分付佩凤道：“你请奶奶看着送罢，我还有别的事呢。”佩凤答应去了，回了尤氏。尤氏只得一一分派遣人送去。一时佩凤又来问：“爷问奶奶：今儿出门不出门？爷说，咱们是孝家，十五过不得节，今儿晚上倒好，可以大家应个景儿，吃些瓜饼酒。”尤氏道：“我倒不愿意出门呢。那边珠大奶奶又病了，琏二奶奶也躺下了，我再不去，越发没个人了。况且又不得闲，应什么景儿。”佩凤道：“爷说了，今儿已辞了众人，直等十六才来呢，好歹定要请奶奶吃酒的。”尤氏笑道：“请我，我没的还席。”佩凤笑着去了。一时又来，笑道：“爷说，连晚饭也请奶奶吃，好歹早些回来，叫我跟了奶奶去呢。”尤氏道：“既这么样，快些吃了，我好走。”佩凤道：“爷说，早饭在外头吃，请奶奶自己吃罢。”尤氏问道：“今日外头有谁？”佩凤道：“听见说外头有两个南京新来的，倒不知是谁。”说毕，吃饭更衣。尤氏等仍过荣府来，至晚方回去。

果然贾珍煮了一口猪，烧了一腔羊，备了一桌菜蔬果品，在会芳园丛绿堂中，屏开孔雀，褥设芙蓉，带领妻子、姬妾先吃过晚饭，然后摆上酒，开怀作乐赏月。将一更时分，真是风清月朗，上下如银。贾珍因命佩凤等四个人也都入席，下面一溜坐下，猜枚搳拳。饮了一回，贾珍有了几分酒，高兴起来，便命取了一枝紫竹箫来，命佩凤吹箫，文花唱曲，喉清韵雅，真令人魄醉魂飞。唱罢，复又行令。

那天将有三更时分，贾珍酒已八分。大家正添衣吃茶、换盏更酌之际，忽听那边墙下有人长叹之声。大家明明听见，都悚然疑畏起来。贾珍忙厉声叱问：“谁在那边？”连问几声，无人答应。尤氏道：“必是墙外边家里人，也未可知。”贾珍道：“胡说。这墙四面皆无下人的房子，况且那边又紧靠着祠堂，焉得有人？”一语未了，只听得一阵风声，竟过墙去了。恍惚闻得祠堂内槅扇开阖之声，只觉得阴气森森，比先更觉凄惨起来。看那月色时，也淡淡的，不似先前明朗。众人都觉毛发倒竖。贾珍酒已吓醒了一半，只比别人掌得住些，心里也十分疑畏，便大没兴头。勉强又坐了一会，也就归房安歇去了。

次日一早起来，乃是十五日，带领众子侄开祠堂，行朔望之礼。细察祠内，都仍是照旧好好的，并无怪异之迹。贾珍自为醉后自怪，也不提此事。礼毕，仍旧闭上门，看着锁禁起来。

贾珍夫妻至晚饭后，方过荣府来。只见贾赦、贾政都在贾母房里坐着说闲话儿，与贾母取笑呢。贾琏、宝玉、贾环、贾兰皆在下侍立。贾珍来了，都一一见了，说了两句话后，贾母命坐，贾珍方在挨门小杌子上告了坐，侧着身子坐下。贾母笑问道：“这两日，你宝兄弟的箭如何了？”贾珍忙起身，笑道：“大长进了，不但式样好，而且弓也长了一个劲。”贾母道：“这也够了，且别贪力，仔细努伤着。”贾珍忙答应了几个“是”。贾母又道：“你昨日送来的月饼好；西瓜看着倒好，打开却也罢了。”贾珍答应：“月饼是新来的一个专做点心的厨子，我试了试果然好，才敢做了孝敬来的。西瓜往年都还可以，不知今年怎么就不好了。”贾政道：“大约今年雨水太勤之故。”贾母笑道：“此时月亮已上来了，咱们且去上香。”说着，便起身扶着宝玉的肩，带领众人，齐往园中来。

当下园子正门俱已大开，吊着羊角大灯。嘉荫堂前月台上，焚着斗香，秉着烛，陈设着瓜果、月饼等物。邢夫人等皆在里面久候。真是月明灯彩，人气香烟，晶艳氤氲，不可名状。地下铺着拜毯锦褥。贾母盥手上香拜毕，于是大家皆拜过。贾母便说：“赏月，在山上最好。”因命在那山上的大花厅上去。众人听说，就忙着在那里去铺设。贾母且在嘉荫堂中吃茶少歇，说些闲话。一时人回：“都齐备了。”贾母方扶着人上山来。王夫人等因回说：“恐石上苔滑，还是坐竹椅上去。”贾母道：“天天打扫，况且极平稳的宽路，何不疏散疏散筋骨？”于是贾赦、贾政等在前引导，又有两个老婆子秉着两把羊角手罩，鸳鸯、琥珀、尤氏等贴身搀扶，邢夫人等在后围随，从下逶迤而上。

不过百余步，到了土山峰脊上，便是这座敞厅，因在山之高脊，故名曰“凸碧山庄”。厅前平台上列下桌椅，又用一架大围屏隔做两间。凡桌椅形式皆是圆的，特取团圆之意。上面居中贾母坐下，左边贾赦、贾珍、贾琏、贾蓉，右边贾政、宝玉、贾环、贾兰，团团围坐，只坐了半桌，下面还有半桌余空。贾母笑道：“常日倒还不觉人少，今日看来，究竟咱们的人也甚少，算不得什么。想当年过的日子，到今夜男女三四十个，何等热闹！今日就这样，太少了。待要再叫几个来，他们都是有父母的，家里去应景，不好来的。如今叫女孩儿们来坐那边罢。”于是令人向围屏后邢夫人等席上，将迎春、探春、惜春三个请过来。贾琏、宝玉等一齐出坐，先尽他姊妹坐了，然后在下依次坐定。

贾母便命折一枝桂花来，命一媳妇在屏后击鼓传花，若花在手中，饮酒一杯，罚说笑话一个。于是先从贾母起，次贾赦，一一接过。鼓声两转，恰恰在贾政手中住了，只得饮酒。那众姊妹、弟兄，都你悄悄的扯我一下，我暗暗的又捏你一把，都含笑心里想着：倒要听是何笑话儿。贾政见贾母喜悦，只得承欢。方欲说时，贾母又笑道：“若说的不笑了，还要罚。”贾政笑道：“只得一个，若不说笑了，也只好愿罚。”贾母道：“你就说这一个。”贾政因说道：“一家子一个人，最怕老婆。”只说了这一句，大家都笑了：因从没听见贾政说过，所以才笑。贾母笑道：“这必是好的。”贾政笑道：“若好，老太太多吃一杯。”贾母笑道：“使得。”贾赦连忙捧杯，贾政执壶斟了一杯，贾赦仍旧递给贾政，贾赦旁边侍立，贾政捧上，安放在贾母面前。贾母饮了一口，贾赦、贾政退回本位。于是贾政又说道：“这个怕老婆的人，从不敢多走一步。偏是那日是八月十五，到街上买东西，便见了几个朋友，死活拉到家里去吃酒。不想吃醉了，便在朋友家里睡着了。第二日醒了，后悔不及，只得来家陪罪。他老婆正洗脚，说：‘既是这样，你替我舔舔，就饶你。’这男人只得给他舔舔，未免恶心要吐。他老婆便恼了，要打，说：‘你这样轻狂！’吓得他男人忙跪下求说：‘并不是奶奶的脚肮脏，只因昨晚吃多了黄酒，又吃了月饼馅子，所以今日有些作酸呢。’”说得贾母与众人都笑了。贾政忙又斟了一杯，送与贾母。贾母笑道：“既这样，快叫人取烧酒来，别叫你们有媳妇的人受累。”众人又都笑起来。

于是又击鼓，便从贾政传起，可巧传到宝玉手中鼓止。宝玉因贾政在坐，早已踧踖不安，花偏又在他手中，因想：“说笑话倘或说不好了，又说没口才；若说好了，又说正经的不会，只惯贫嘴，更有不是。不如不说的好。”乃起身辞道：“我不能说笑话，求限别的罢。”贾政道：“既这样，限一个‘秋’字，就即景做一首诗：好，便赏你；若不好，明日仔细！”贾母忙道：“好好的行令，如何又做诗？”贾政陪笑道：“他能的。”贾母听说，“既这样就做”。命人取了纸笔来。贾政道：“只不许用那些水、晶、冰、玉、银、彩、光、明、素等堆砌字样，要另出主见，试试你这几年的情思。”宝玉听了，碰在心坎儿上，遂立想了四句，向纸上写了，呈与贾政看。贾政看了，点头不语。

贾母见这般，知无甚不好，便问：“怎么样？”贾政因欲贾母喜欢，便说：“难为他。只是不肯念书，到底词句不雅。”贾母道：“这就罢了，他能多大，定要他做才子不成！这就该奖励，以后越发上心了。”贾政道：“正是。”因回头命个老嬷嬷：“出去分付小厮们，把我海南带来的扇子取来，给两把与宝玉。”宝玉磕了一个头，仍复归坐行令。当下贾兰见奖励宝玉，他便出席也做一首，呈与贾政看。贾政看了，喜不自胜，遂并讲与贾母听时，贾母也十分欢喜，也忙令贾政赏他。于是大家归坐，复行起令来。

这次在贾赦手内住了，只得吃了酒说笑话。因说道：“一家子，一个儿子最孝顺。偏生母亲病了，各处求医不得，便请了一个针灸的婆子来。这婆子原不知道脉理，只说是心火，一针就好了。这儿子慌了，便问：‘心见铁就死，如何针得？’婆子道：‘不用针心，只针肋条就是了。’儿子道：‘肋条离心远着呢，怎么就好了呢？’婆子道：‘不妨事。你不知天下作父母的，偏心的多着呢。’”众人听说，都笑起来。贾母也只得吃半杯酒，半日笑道：“我也得这婆子针一针就好了。”贾赦听说，自知出言冒撞，贾母疑心，忙起身笑与贾母把盏，以别言解释。贾母亦不好再题，且行令。

不料这花传在贾环手里。贾环近日读书稍进，其脾味中不好务正也与宝玉一样，故每常也好看些诗词，专好奇诡仙鬼一格。今见宝玉作诗受奖，他便技痒，只当着贾政，不敢造次。如今可巧花在手里，便也索纸笔来，立就一绝，呈与贾政。贾政看了，亦觉罕异，只是词句中终带着不乐读书之意，遂不悦道：“可见是兄弟了。发言吐意，总属邪派。古人中有‘二难’，你两个也可以称‘二难’了。就只不是那一个‘难’字,却是做‘难以教训’之‘难’字讲才好：哥哥是公然以温飞卿自居，如今兄弟又自为曹唐再世了。”说得众人都笑了。贾赦道：“拿诗来我瞧。”便连声赞好，道：“这诗据我看，甚是有气骨。想来咱们这样人家，原不必寒窗萤火，只要读些书，比人略明白些，可以做得官时就跑不了一个官儿的。何必多费了工夫，反弄出书呆子来！所以我爱他这诗，竟不失咱们侯门的气概！”因回头分付人去取自己的许多玩物来赏赐与他，因又拍着贾环的脑袋笑道：“以后就这样做去，这世袭的前程就跑不了你袭了。”贾政听说,忙劝道:“不过他胡诌如此,那里就论到后事了？”

说着，便斟了酒，又行了一回令。贾母便说：“你们去罢。自然外头还有相公们候着，也不可轻忽了他们。况且二更多了，你们散了，再让我和姑娘们多乐一回子，好歇着了。”贾政等听了，方止令起身。又大家公进了一杯酒，方带着子侄们出去了。要知端的，且听下回分解。

第七十六回　凸碧堂品笛感凄清　凹晶馆联诗悲寂寞

话说贾赦、贾政带领贾珍等散去，不题。且说贾母这里命将围屏撤去，两席并作一席。众媳妇另行擦桌整果,更杯洗箸,陈设一番。贾母等都添了衣，盥漱吃茶，方又坐下，团团围绕。

贾母看时，宝钗姊妹二人不在坐内，知他家去圆月了；且李纨、凤姐二人又病着：少了这四个人，便觉冷清了好些。贾母因笑道：“往年你老爷们不在家，咱们都是请过姨太太来，大家赏月，却十分热闹;忽一时想起你老爷来，又不免想到母子夫妻儿女不能一处，也都没兴；及至今年，你老爷来了，正该大家团圆取乐，又不便请他们娘儿们来说笑说笑，况且他们今年又添了两口人，也难撂下他们跑到这里来；偏又把凤丫头病了，有他一人来说说笑笑，还抵得十个人的空儿。可见天下事总难十全。”说毕，不觉长叹一声，随命拿大杯来斟热酒。王夫人笑道：“今日得母子团圆，自比往年有趣：往年娘儿们虽多，终不似今年自己骨肉齐全的好。”贾母因笑道：“正是为此，所以我才高兴拿大杯来吃酒。你们也换大杯才是。”邢夫人等只得换上大杯来。因夜深体乏，且不能胜酒，未免都有些倦意，无奈贾母兴犹未阑，只得陪饮。

贾母又命将罽毡铺在阶上，命将月饼、西瓜、果品等类都叫搬下去，命丫头、媳妇们也都团团围坐赏月。贾母因见月至中天，比先越发精彩可爱，因说：“如此好月，不可不闻笛。”因命人将十番上女子传来。贾母道：“音乐多了，反失雅致，只用吹笛的远远的吹起来就够了。”说毕，刚才去吹时，只见跟邢夫人的媳妇走来，向邢夫人说了两句话。贾母便问：“什么事？”邢夫人便回道：“方才大老爷出去，被石头绊了一下，崴了腿。”贾母听了，忙命两个婆子快看去，又命邢夫人快去，邢夫人遂告辞起身。

贾母便又道：“珍哥媳妇也趁着便就家去罢，我也就睡了。”尤氏笑道：“我今日不回去了，定要和老祖宗吃一夜。”贾母笑道：“使不得，使不得。你们小夫妻家，今夜不要团圆团圆，如何为我耽搁了？”尤氏红了脸，笑道：“老祖宗说的我们太不堪了。我们虽是年轻，已经是二十来年的夫妻，也奔四十岁的人了，况且孝服未满。陪着老太太顽一夜还罢了，岂有自去团圆的理？”贾母听说，道：“这话很是，我倒也忘了孝未满。可怜你公公已是二年多了，可是我倒忘了，该罚我一大杯。既这样，你就别送，竟陪着我罢。叫蓉儿媳妇送去，就顺便回去罢。”尤氏说了。贾蓉媳妇答应着，送出邢夫人，一同至大门，各自上车回去，不在话下。

这里众人赏了一回桂花，又入席换暖酒来。正说着闲话，猛不防那壁厢桂花树下，呜呜咽咽悠悠扬扬吹出笛声来。趁着这明月清风，天空地静，真令人烦心顿释，万虑齐除，肃然危坐，默然相赏。听约两盏茶时，方才止住，大家称赞不已。于是遂又斟上暖酒来。贾母笑道：“果然好听么？”众人笑道：“实在好听！我们也想不到这样。须得老太太带领着，我们也得开些心儿。”贾母道：“这还不大好，须得拣那曲谱越慢的，吹来越好听。”说着，便将自己吃的一个内造瓜仁油松穰月饼，又命斟一大杯热酒，送给吹笛之人，慢慢的吃了再细细的吹一套来。媳妇们答应了，方送去，只见方才看贾赦的两个婆子回来了，说：“瞧了。右脚面上白肿了好些，如今调服了药，疼的好些了，也没大关系。”贾母点头，叹道：“我也太操心！打紧说我偏心，我反这样。”因就将方才贾赦的笑话说与王夫人、尤氏等听。王夫人等因笑劝道：“这原是酒后大家说笑，不留心也是有的，岂有敢说老太太之理？老太太自当解释才是。”

说着，鸳鸯拿了软巾兜与大斗篷来，说：“夜深了，恐露水下了，风吹了头，坐坐也该歇了。”贾母道：“偏今儿高兴，你又来催。难道我醉了不成？偏到天亮！”因命：“再斟酒来！”一面戴上兜巾，披了斗篷，大家陪着又饮，说些笑话。只听桂花阴里，呜呜咽咽袅袅悠悠发出一缕笛音来，果然比先越发凄凉，大家都寂然而坐。夜静月明，且笛声悲怨，贾母年老带酒之人听此声音，不免有触于心，禁不住堕下泪来。众人彼此都不禁有凄凉寂历之意。半日，方知贾母伤感，才忙转身陪笑，发语解释，又命换酒止笛。尤氏笑道：“我也就学一个笑话，说与老太太解解闷。”贾母勉强笑道：“这样更好，快说来我听。”尤氏乃说道：“一家子，养了四个儿子：大儿子只一个眼睛，二儿子只一个耳朵，三儿子只一个鼻子，四儿子倒都齐全，偏又是个哑巴。”

正说到这里，只见席上贾母已朦胧双眼，似有睡去之态。尤氏方住了，和王夫人轻轻的请醒。贾母睁眼笑道：“我不困，白闭闭眼养神。你们只管说，我听着呢。”王夫人等道：“夜已深了，风露也大，请老太太安歇罢了，明日再赏。十六月色也好。”贾母道：“什么时候？”王夫人笑道：“已交四更。他们姊妹们熬不过，都去睡了。”贾母听说，细看了一看，果然都散了，只有探春一人在此。贾母笑道：“也罢。你们也熬不惯，况且弱的弱，病的病，去了倒省心。只是三丫头可怜，尚还等着。你也去罢，我们散了。”说着便起身，吃了一口清茶，便坐竹椅小轿，两个婆子搭起，众人围随出园去了，不在话下。

这里众媳妇收拾杯盘，却少了个细茶杯，各处寻觅不见，又问众人：“必是谁失手打了。撂在那里，告诉我，拿了磁瓦去交，好作证见；不然，又说偷起来了。”众人都说：“没有打碎。只怕跟姑娘的人打了，也未可知。你细想想，或问问他们去。”一语便提醒了那媳妇，因笑道：“是了，那一会记得是翠缕拿着的，我去问他。”说着便去找时，刚到了甬道，就遇见紫鹃、翠缕来了。翠缕便问道：“老太太散了？可知我们姑娘那里去了？”这媳妇道：“我来问你一个茶钟那里去了，你倒问我要姑娘！”翠缕笑道：“我因倒茶给姑娘吃的，展眼回头，就连姑娘也没了。”那媳妇道：“太太才说都睡觉去了。你不知那里顽去了，还不知道呢。”翠缕和紫鹃道：“断乎没有悄悄的睡去之理，只怕在那里走了一走。如今老太太走了，赶过前边送去，也未可知。我们且往前边找去。有了姑娘，自然你的茶钟也有了。你明日一早再找罢，有什么忙的！”媳妇笑道：“有了下落，就不必忙了。明儿和你要罢。”说毕，回去查收家伙。这里紫鹃和翠缕便往贾母处来，不在话下。

原来黛玉和湘云二人并未去睡。只因黛玉见贾府中许多人赏月，贾母犹叹人少，又提宝钗姐妹家去、母女弟兄自去赏月等语，不觉对景感怀，自去倚阑垂泪。宝玉近因晴雯病势甚重，诸务无心，王夫人再四遣他去睡，他也便去了；探春又因近日家事着恼，无心游玩；虽有迎春、惜春二人，偏又素日不大甚合：所以只剩湘云一人宽慰他。因说：“你是个明白人，何必作此形像自苦？我也和你一样，我就不似你这样心窄。何况你又多病，还不自己保养？可恨宝姐姐、琴妹妹，天天说亲道热，早已说今年中秋大家要一处赏月，必要起诗社大家联句，到今日便弃了咱们，自己赏月去了！社也散了，诗也不做了，倒是他们父子叔侄纵横起来。你可知宋太祖说的好：‘卧榻之侧，岂容他人酣睡！’他们不来，咱们两个人竟联起句来，明日羞他们一羞。”

黛玉见他这般劝慰，也不肯负他的豪兴，因笑道：“你看这里这等人声嘈杂,有何诗兴？”湘云笑道:“这山上赏月虽好,总不及近水赏月更妙。你知道，这山坡底下就是池沿，山凹里近水一个所在就是凹晶馆。可知当日盖这园子，就有学问。这山之高处,就叫凸碧;山之低洼近水处,就叫凹晶。这‘凸’‘凹’二字，历来用的人最少，如今直用作轩馆之名，更觉新鲜，不落窠臼。可知这两处一上一下，一明一暗，一高一矮，一山一水，竟是特因玩月而设此处。有爱那山高月小的，便往这里来；有爱那皓月清波的，便往那里去。只是这两个字俗念作‘洼’‘拱’二音,便说俗了,不大见用。只陆放翁用了一个‘凹’字，说‘古砚微凹聚墨多’,还有人批他俗,岂不可笑！”黛玉道:“也不只放翁才用，古人中用者太多。如江淹《青苔赋》，东方朔《神异经》，以至《画记》上云张僧繇画一乘寺的故事，不可胜举。只是今人不知，误作俗字用了。实和你说罢:这两个字还是我拟的呢。因那年试宝玉，宝玉拟了未妥，我们拟写出来，送与大姐姐瞧了，他又带出来，命给舅舅瞧过，谁知舅舅倒喜欢起来，又说：‘早知这样，那日就该叫他姊妹们一并拟了，岂不有趣！’所以凡我拟的，一字不改都用了。如今咱们就往凹晶馆去看看。”

说着，二人同下山坡，只一转弯，就是池沿，沿上一带竹栏相接，直通着那边藕香榭的路径。因这几间就在此山环抱之中，乃凸碧山庄之退居，因洼而近水，故颜其额曰“凹晶溪馆”。因此处房宇不多，且又矮小，故只有两个婆子上夜。因知在凸碧山庄赏月，与他们无干，早已息灯睡了。黛玉、湘云见息了灯,都笑道:“倒是他们睡了好。咱们就在卷篷底下赏这水月,如何？”

二人遂在两个湘妃竹墩上坐下。只见天上一轮皓月，池中一轮水月，上下争辉，如置身于晶宫鲛室之内。微风一过，粼粼然池面皱碧叠纹，真令人神清气爽。湘云笑道：“怎得这会子坐上船吃酒倒好。要是在我家里，我就立刻坐船了。”黛玉道：“正是古人常说的：‘事若求全何所乐。’据我说，这也罢了，偏要坐船起来。”湘云笑道：“得陇望蜀，人之常情。可知那些老人家说的不错，说：贫穷之家自为富贵之家事事趁心，告诉他说竟不能遂心，他们不肯信的；必得亲历其境，他方知觉了。就如咱们两个，虽父母不在，然却也忝在富贵之乡，只你我竟有许多不遂心的事。”黛玉笑道：“不但你我不能趁心，就连老太太、太太以至宝玉、探丫头等人，无论事大事小，有理无理，其不能各遂其心者，同一理也，何况你我旅居客寄之人哉！”湘云听说，恐怕黛玉又伤感起来，忙道：“休说这些闲话，咱们且联诗。”

正说间，只听笛韵悠扬起来。黛玉笑道：“今日老太太、太太高兴了，这笛子吹得有趣，倒是助咱们的兴趣了。咱两个都爱五言，就还是五言排律罢。”湘云道:“限何韵？”黛玉笑道:“咱们数这个栏杆上的直棍，这头到那头为止：他是第几根，就是第几韵。”湘云笑道：“这倒别致！”于是二人起身，便从头数至尽头，止十三根。湘云道：“偏又是‘十三元’了。这个韵可用的少，作排律只怕牵强不能押韵呢。少不得你先起一句罢了。”黛玉笑道：“倒要试试咱们谁强谁弱。只是没有纸笔记。”湘云道：“明儿再写，只怕这一点聪明还有。”

黛玉道：“我先起一句现成的俗语罢。”因念道：“三五中秋夕，”湘云想了一想道：“清游拟上元。撒天箕斗灿，”黛玉笑道：“匝地管弦繁。几处狂飞盏，”湘云笑道：“这一句‘几处狂飞盏’有些意思，这倒要对的好呢。”想了一想，笑道：“谁家不启轩。轻寒风剪剪，”黛玉道：“好对！比我的却好。只是这句又说俗话了，就该加劲说了去才是。”

湘云笑道：“诗多韵险，也要铺陈些才是。纵有好的，且留在后头。”黛玉笑道：“到后头没有好的，我看你羞不羞！”因联道：“良夜景暄暄。争饼嘲黄发，”湘云笑道：“这句不好，是你杜撰，用俗事来难我了。”

黛玉笑道：“我说你不曾见过书呢。‘吃饼’是旧典，《唐书》《唐志》你看了再来说。”湘云道：“也难不倒，我也有了。”因联道：“分瓜笑绿媛。香新荣玉桂，”黛玉道：“这可实实是你的杜撰了！”

湘云笑道：“明日咱们对查了出来大家看看，这会子别耽搁工夫。”黛玉笑道：“虽如此，下句也不好，不犯又用‘玉桂’、‘金兰’等字样来塞责。”因联道：“色健茂金萱。蜡烛辉琼宴，”湘云笑道：“‘金萱’二字便宜了你，省了多少力！这样现成的韵被你得了，只不犯着替他们颂圣去。况且下句你也是塞责了。”

黛玉笑道：“你不说‘玉桂’，我难道强对个‘金萱’么？再也要铺陈些富丽，方是即景之实事。”湘云只得又联道：“觥筹乱绮园。分曹尊一令，”黛玉笑道：“下句好，只难对些。”因想了一想，联道：“射覆听三宣。骰彩红成点，”湘云笑道：“‘三宣’有趣，竟化俗成雅了。只是下句又说上骰子。”少不得联道：“传花鼓滥喧。晴光摇院宇，”黛玉笑道：“对得却好。下句又溜了，只管拿些风月来塞责。”

湘云道：“究竟没说到月上，也要点缀点缀，方不落题。”黛玉道：“且姑存之，明日再斟酌。”因联道：“素彩接乾坤。赏罚无宾主，”湘云道：“又说到他们做什么？不如说咱们。”因联道：“吟诗序仲昆。构思时倚槛，”黛玉道：“这可以入上你我了。”因联道：“拟句或依门。酒尽情犹在，”湘云说道：“是时候了！”乃联道：“更残乐已谖。渐闻语笑寂，”黛玉说道：“这时候可知一步难似一步了。”因联道：“空剩雪霜痕。阶露团朝菌，”湘云道：“这一句怎么押韵？让我想想。”因起身负手，想了一想，笑道：“够了，幸而想出一个字来，不然几乎败了！”因联道：“庭烟敛夕棔。秋湍泻石髓，”黛玉听了，不禁也起身叫妙，说：“这促狭鬼，果然留下好的！这会子方说‘棔’字，亏你想得出。”

湘云道：“幸而昨日看《历朝文选》，见了这个字，我不知何树，因要查一查，宝姐姐说不用查，这就是如今俗叫做朝开夜合的。我信不及，到底查了一查，果然不错。看来宝姐姐知道的竟多。”

黛玉笑道：“‘棔’字用在此时更恰，也还罢了。只是‘秋湍’一句，亏你好想！只这一句，别的都要抹倒。我少不得打起精神来对这一句，只是再不能似这一句了。”因想了一想，道：“风叶聚云根。宝婺情孤洁，”湘云道：“这对得也还好。只是这一句你也溜了，幸而是景中情，不单用‘宝婺’来塞责。”因联道：“银蟾气吐吞。药经灵兔捣，”黛玉不语点头，半日，随念道：“人向广寒奔。犯斗邀牛女，”湘云也望月点首，联道：“乘槎访帝孙。盈虚轮莫定，”黛玉道：“对句不好，合掌。下句推开一步，倒还是‘急脉缓灸法’。”因又联道："晦朔魄空存。壶漏声将涸，"湘云方欲联时，黛玉指池中黑影与湘云看道："你看那河里，怎么像个人到黑影里去了？敢是个鬼罢？"

湘云笑道："可是又见鬼了！我是不怕鬼的，等我打他一下。"因弯腰拾了一块小石片，向那池中打去。只听打得水响，一个大圆圈将月影激荡，散而复聚者几次。只听那黑影里嘎的一声，却飞起一个白鹤来，直往藕香榭去了。黛玉笑道："原来是他！猛然想不到，反吓了一跳。"

湘云笑道："正是这个鹤有趣，倒助了我了。"因联道："窗灯焰已昏。寒塘渡鹤影，"黛玉听了，又叫好，又跺足，说："了不得，这鹤真是助他的了！这一句更比'秋湍'不同，叫我对什么才好？'影'字只有一个'魂'字可对，况且'寒塘渡鹤'，何等自然，何等现成，何等有景，且又新鲜！我竟要搁笔了。"湘云笑道："大家细想想就有了。不然，就放着明日再联也可。"

黛玉只看天，不理他，半日，猛然笑道："你不必夸嘴，我也有了，你听听。"因对道："冷月葬诗魂。"

湘云拍手赞道："果然好极！非此不能对。好个'葬诗魂'！"因又叹道："诗固新奇，只是太颓丧了些。你现病着，不该过于作此凄清奇谲之语。"黛玉笑道："不如此，如何压倒你？下句竟还未得，只为用工在这一句了。"

一语未了，只见栏外山石后转出一个人来，笑道："好诗，好诗！果然太悲凉了，不必再往下做；若底下只这样去，反不显这两句了，倒觉得堆砌牵强。"二人不防，倒吓了一跳，细看时，不是别人，却是妙玉。二人皆诧异，因问："你如何到了这里来？"妙玉笑道："我听见你们大家赏月，又吹得好笛，我也出来玩赏这清池皓月。顺脚走到这里，忽听见你们两个吟诗，更觉清雅异常，故此就听住了。只是方才我听见这一首中，有几句虽好，只是过于颓败凄楚。此亦关人之气数而有，所以我出来止住。如今老太太都已早散了，满园的人想俱已睡熟了，你两个的丫头还不知在那里找呢。你们也不怕冷了？快同我来，到我那里去吃杯茶，只怕就天亮了。"黛玉笑道："谁知道就这个时候了！"

三人遂一同来至栊翠庵中。只见龛焰犹青，炉香未烬。几个老嬷嬷也都睡了，只有小丫头在蒲团上垂头打盹。妙玉唤他起来，现去烹茶。忽听扣门之声，丫鬟忙去开门，看时，却是紫鹃、翠缕与几个老嬷嬷来找他姊妹两个。进来见他们正吃茶，因都笑道："叫我们好找！一个园里走遍了，连姨太太那里都找到了。才到了那山坡下小亭里找时，可巧那里上夜的正睡醒了。我们问他们，他们说：'方才亭外头棚下两个人说话，后来又添了一个人，听见说大家往庵里去。’我们就知道这里来了。”

妙玉忙命丫鬟引他们到那边去坐着歇息吃茶，自却取了笔、砚、纸、墨出来，将方才的诗命他二人念着，遂从头写出来。黛玉见他今日十分高兴，便笑道：“从来没见你这样高兴。我也不敢唐突请教，这还可以见教否？若不堪时，便就烧了；若或可改，即请改正改正。”妙玉笑道：“也不敢妄评。只是这才有二十二韵，我意思想着你二位警句已出，再续时，倒恐后力不加。我竟要续貂，又恐有玷。”黛玉从没见妙玉做过诗，今见他高兴如此，忙说：“果然如此，我们虽不好，亦可以带好了。”妙玉道：“如今收结，到底还归到本来面目上去。若只管丢了真情真事，且去搜奇捡怪，一则失了咱们的闺阁面目，二则也与题目无涉了。”林、史二人皆道：“极是。”

妙玉提笔微吟，一挥而就，递与他二人道：“休要见笑。依我必须如此，方翻转过来。虽前头有凄楚之句，亦无甚碍了。”二人接了看时，只见他续道：

香篆销金鼎，冰脂腻玉盆。箫增嫠妇泣，衾倩侍儿温。
空帐悬文凤，闲屏散彩鸳。露浓苔更滑，霜重竹难扪。
犹步萦纡沼，还登寂历原。石奇神鬼搏，木怪虎狼蹲。
赑屃朝光透，罘罳晓露屯。振林千树鸟，啼谷一声猿。
歧熟焉忘径，泉知不问源。钟鸣栊翠寺，鸡唱稻香村。
有兴悲何极，无愁意岂烦。芳情只自遣，雅趣向谁言？
彻旦休云倦，烹茶更细论。

后书“右中秋夜大观园即景联句三十五韵”。

黛玉、湘云二人称赞不已，说：“可见我们天天是舍近求远：现有这样诗人在此，却天天去纸上谈兵！”妙玉笑道：“明日再润色。此时已天明了，到底也歇息歇息才是。”林、史二人听说，忙起身告辞，带领丫鬟出来。妙玉送至门外，看他们去远，方掩门进来，不在话下。

这里翠缕向湘云道：“大奶奶那里还有人等着咱们睡去呢，如今还是那里去好。”湘云笑道：“你顺路告诉他们，叫他们睡罢。我这一去，未免惊动病人，不如闹林姑娘去罢。”说着，大家走至潇湘馆中。有一半人已睡去。二人进去，卸妆宽衣，盥洗已毕，方上床安歇。紫鹃放下绡帐，移灯掩门出去。

谁知湘云有择席之病，虽在枕上，只是睡不着；黛玉又是个心血不足、常常失眠的，今日又错过困头，自然也是睡不着：二人在枕上翻来覆去。黛玉因问道：“怎么还睡不着？”湘云微笑道：“我有个择席的病，况且走了困，只好躺躺儿罢。你怎么也睡不着？”黛玉叹道：“我这睡不着，也并非一日了。大约一年之中，通共也只好睡十夜满足的。”湘云道：“你这病就怪不得了。”要知端的，且听下回分解。

第七十七回　俏丫鬟抱屈夭风流　美优伶斩情归水月

话说王夫人见中秋已过，凤姐病也比先减了，虽未全愈，然亦可以出入行走得了，仍命大夫每日诊脉服药，又开了丸药方子来，配调经养荣丸。因用上等人参二两，王夫人取时，翻寻了半日，只向小匣内寻了几枝簪挺粗细的。王夫人看了，嫌不好，命再找去，又找了一大包须末出来。王夫人焦躁道：“用不着偏有，但用着了，再找不着！成日家我叫你们查一查，都归拢在一处，你们白不听，就随手混撂！你们不知他的好处，用起来得多少换买来，还不中使呢。”彩云道：“想是没了，就只有这个。上次那边的太太来寻了去了。”王夫人道：“没有的话，你再细找找。”彩云只得又去找寻，拿了几包药材来，说：“我们不认的这个，请太太自看。除了这个，再没有了。”

王夫人打开看时，也都忘了，不知都是什么，并没有一枝人参。因一面遣人去问凤姐有无。凤姐来说：“也只有些参膏。芦须虽有几根，也不是上好的，每日还要煎药里用呢。”王夫人听了，只得向邢夫人那里问去。邢夫人说：“因上次没了，才往这里来寻。早已用完了。”王夫人没法，只得亲身过来请问贾母。贾母忙命鸳鸯取出当日余的来，竟还有一大包，皆有手指头粗细不等，遂秤了二两与王夫人。王夫人出来，交与周瑞家的拿去，令小厮送与医生家去；又命将那几包不能辨的药也带了去，命医生认了，各包号上。

一时，周瑞家的又拿了进来，说：“这几样都各包号上名字了，但那一包人参，固然是上好的，如今就连三十换也不能得这样的了。只是年代太陈。这东西比别的却不同，凭是怎样好的，只过一百年后，便自己成了灰了。如今这个虽未成灰，然已成了糟朽烂木，也没有力量的了。请太太收了这个，倒不拘粗细，多少再换些新的。”王夫人听了，低头不语，半日才说：“这可没法了，只好去买二两来罢。”也无心看那些，只命：“都收了罢。”因问周瑞家的：“你就去说给外头人们，拣好的换二两来。倘或一时老太太问你们，只说用的是老太太的，不必多说。”

周瑞家的方才要去时，宝钗因在坐，乃笑道：“姨娘且住。如今外头人参，都没有好的。虽有全枝，他们也必截做两三段，镶嵌上芦泡须枝，搀匀了好卖，看不得粗细。我们铺子里常和参行交易，如今我去和妈说了，哥哥去托个伙计过去和参行里要他二两原枝来。不妨咱们多使几两银子，到底得了好的。”王夫人笑道：“倒是你明白。但只还得你亲自走一趟，才能明白。”于是宝钗去了，半日，回来说：“已遣人去，赶晚就有回信的。明日一早去配也不迟。”王夫人自是喜悦，因说道：“‘卖油的娘子水梳头’，自来家里有好的，给人多少！这会子轮到自家用，反倒各处寻去。”说毕长叹。宝钗笑道：“这东西虽然值钱，总不过是药，原该济众散人才是。咱们比不得那没见世面的人家，得了这个，就珍藏密敛的。”王夫人点头道：“你这话也是。”一时宝钗去后，因见无别人在室，遂唤周瑞家的，问：“前日园中搜检的事情，可得下落？”

周瑞家的是已和凤姐商议停妥，一字不隐，遂回明王夫人。王夫人吃了一惊，想到司棋系迎春丫头，乃是那边的人，只得令人去回邢夫人。周瑞家的回道：“前日那边太太嗔着王善保家的多事，打了几个嘴巴子，如今他也装病在家，不肯出头了。况且又是他外甥女儿，自己打了嘴，他只好装个忘了，日久平服了再说。如今我们过去回时，恐怕又多心，倒像咱们多事似的，不如直把司棋带过去，一并连赃证与那边太太瞧了，不过打一顿配了人，再指个丫头来，岂不省事？如今白告诉去，那边太太再推三阻四的，又说‘既这样，你太太就该料理，又来说什么’，岂不倒耽搁了？倘或那丫头瞅空儿寻了死，反不好了。如今看了两三天，都有些偷懒，倘一时不到，岂不倒弄出事来？”王夫人想了一想，说：“这也倒是。快办了这一件，再办咱们家的那些妖精。”

周瑞家的听说，会齐了那边几个媳妇，先到迎春房里回迎春道：“太太们说了，司棋大了，连日他娘求了太太，太太已赏了他娘配人。今日叫他出去，另挑好的与姑娘使。”说着，便命司棋打点走路。迎春听了，含泪似有不舍之意。因前夜之事丫头们悄悄说了原故，虽数年之情难舍，但事关风化，亦无可如何了。那司棋亦曾求了迎春，实指望能救，只是迎春语言迟慢，耳软心活，是不能作主的。司棋见了这般，知不能免，因跪着哭道：“姑娘好狠心！哄了我这两日，如今怎么连一句话也没有！”周瑞家的说道：“你还要姑娘留你不成？便留下，你也难见园里的人了。依我们的好话，快快收了这样子，倒是人不知鬼不觉的去罢，大家体面些。”

迎春手里拿着一本书正看呢，听了这话，书也不看，话也不答，只管扭着身子呆呆的坐着。周瑞家的又催道：“这么大女孩儿，自己作的，还不知道？把姑娘都带的不好了，你还敢紧着缠磨他！”迎春听了，方发话道：“你瞧入画也是几年的，怎么说去就去了？自然不止你两个，想这园里，凡大的都要去呢。依我说，将来总有一散，不如各人去罢。”周瑞家的道：“所以到底是姑娘明白。明儿还有打发的人呢，你放心罢。”司棋无法，只得含泪与迎春磕头，和众人告别；又向迎春耳边说：“好歹打听我受罪，替我说个情儿，就是主仆一场！”迎春亦含泪答应：“放心。”

于是周瑞家的等人带了司棋出去，又有两个婆子将司棋所有的东西都与他拿着。走了没几步，只见后头绣橘赶来，一面也擦着泪，一面递与司棋一个绢包，说：“这是姑娘给你的。主仆一场，如今一旦分离，这个与你做个念心儿罢。”司棋接了，不觉大哭起来了，又和绣橘哭了一回。周瑞家的不耐烦，只管催促，二人只得散了。司棋因又哭告道：“婶子、大娘们，好歹略徇个情儿：如今且歇一歇，让我到相好姊妹跟前辞一辞，也是几年我们相好一场。”周瑞家的等人皆各有事，做这些事便是不得已了，况且又深恨他们素日大样，如今那里有工夫听他的话，因冷笑道：“我劝你去罢，别拉拉扯扯的了！我们还有正经事呢。谁是你一个衣胞里爬出来的？辞他们做什么！你不过挨一会是一会，难道算了不成？依我说，快走罢！”一面说，一面总不住脚，直带着往后角门出去了。司棋无奈，又不敢再说，只得跟了出来。

可巧正值宝玉从外头进来，一见带了司棋出去，又见后面抱着些东西，料着此去再不能来了。因闻得上夜之事，又兼晴雯之病亦因那日加重，细问晴雯，又不说是为何。上日又见入画已去，今见司棋亦走，不觉如丧魂魄，因忙拦住问道：“那里去？”周瑞家的等皆知宝玉素昔行为，又恐唠叨误事，因笑道：“不干你事，快念书去罢。”宝玉笑道：“姐姐们且站一站，我有道理。”周瑞家的便道：“太太分付，不许少捱时刻。又有什么道理？我们只知道太太的话，管不得许多。”司棋见了宝玉，因拉住哭道：“他们做不得主，你好歹求求太太去。”宝玉不禁也伤心，含泪说道：“我不知你做了什么大事，晴雯也气病着，如今你又要去了，这却怎么着好！”周瑞家的发躁，向司棋道：“你如今不是副小姐了！若不听说，我就打得你了！别想往日有姑娘护着，任你们作耗。越说着，还不好生走！一个小爷见了面，也拉拉扯扯的，成何体统！”那几个妇人不由分说，拉着司棋便出去了。

宝玉又恐他们去告舌，恨的只瞪着他们，看已走远了，方指着恨道：“奇怪，奇怪！怎么这些人只一嫁了汉子，染了男人的气味，就这样混帐起来？比男人更可杀了！”守园门的婆子听了，也不禁好笑起来，因问道：“这样说，凡女儿个个是好的，男人个个是坏的了？”宝玉点头道：“不错，不错！”婆子们笑道：“还有一句话我们糊涂不解，倒要请问请问。”方欲说时，只见几个老婆子走来，忙说道：“你们小心传齐了伺候着，此刻太太亲自到园里查人呢。又分付快叫怡红院晴雯姑娘的哥嫂来，在这里等着领出他妹子去。”因又笑道：“阿弥陀佛！今日天睁了眼，把这个祸害妖精退送了，大家清净些。”宝玉一闻得王夫人进来亲查，便料道晴雯也保不住了，早飞也似的赶了去，所以后来趁愿之语，竟未听见。

宝玉及到了怡红院，只见一群人在那里。王夫人在屋里坐着，一脸怒色，见宝玉，也不理。晴雯四五日水米不曾沾牙，如今现从炕上拉了下来，蓬头垢面的，两个女人搀架起来去了。王夫人分付把他贴身的衣服撂出去，余者留下给好的丫头们穿。又命把这里所有的丫头们都叫来，一一过目。

原来王夫人自那日着恼之后，王善保家的去趁势告倒了晴雯，本处有人和园中不睦的，也就随机趁便下了些话，王夫人皆记在心中。因节间有事，故忍了两日，今日特来亲自阅人。一则为晴雯犹可，二则因竟有人指宝玉为由，说他大了，已解人事，都由屋里的丫头们不长进教习坏了。因这事更比晴雯一人较甚，乃从袭人起以至于极小作粗活的小丫头们，个个亲自看了一遍。因问：“谁是和宝玉一日的生日？”本人不敢答应。老嬷嬷指道：“这一个蕙香，又叫做四儿的，是同宝玉一日生日的。”王夫人细看了一看，虽比不上晴雯一半，却有几分水秀，视其行止，聪明皆露在外面，且也打扮的不同。王夫人冷笑道：“这也是个没廉耻的货！他背地里说的：‘同日生日就是夫妻。’这可是你说的？打谅我隔得远，都不知道么？可知我身子虽不大来，我的心耳神意时时都在这里。难道我统共一个宝玉，就白放心凭你们勾引坏了不成！”

这个四儿见王夫人说着他素日和宝玉的私语，不禁红了脸，低头垂泪。王夫人即命：“也快把他家人叫来，领出去配人！”又问：“那芳官呢？”芳官只得过来。王夫人道：“唱戏的女孩子，自然更是狐狸精了！上次放你们，你们又不愿去，可就该安分守己才是。你就成精鼓捣起来，调唆宝玉，无所不为！”芳官笑辩道：“并不敢调唆什么了。”王夫人笑道：“你还强嘴！连你干娘都欺倒了，岂止别人！”因喝命：“唤他干娘来领去，就赏他外头找个女婿罢。他的东西，一概给他。”又分付：“上年凡有姑娘分的唱戏女孩子们，一概不许留在园里，都令其各人干娘带去，自行聘嫁。”一语传出，这些干娘皆感恩趁愿不尽，都约齐与王夫人磕头领去。

王夫人又满室里搜检宝玉之物。凡略有眼生之物，一概命收卷起来，拿到自己房里去了。因说："这才干净，省得旁人口舌。"又分付袭人、麝月等人："你们小心！往后再有一点分外之事，我一概不饶！因叫人查看了，今年不宜迁挪，暂且挨过今年，明年一并给我仍旧搬出去才心净。"说毕，茶也不吃，遂带领众人又往别处去阅人。暂且说不到后文。

如今且说宝玉只道王夫人不过来搜检搜检，无甚大事，谁知竟这样雷嗔电怒的来了，所责之事皆系平日私语，一字不爽，料必不能挽回的。虽心下恨不能一死，但王夫人盛怒之际，自不敢言，一直跟送王夫人到沁芳亭。王夫人命："回去好生念念那书，仔细明儿问你。才已发下狠了。"宝玉听如此说，才回来，一路打算："谁这样犯舌？况这里事也无人知道，如何就都说着了？"一面想，一面进来，只见袭人在那里垂泪；且去了第一等的人，岂不伤心？便倒在床上大哭起来。

袭人知他心里别的犹可，独有晴雯是第一件大事，乃劝道："哭也不中用。你起来，我告诉你：晴雯已经好了，他这一家去，倒心净养几天。你果然舍不得他，等太太气消了，你再求老太太，慢慢的叫进来也不难。太太不过偶然听了别人的闲言，在气头上罢了。"宝玉道："我究竟不知晴雯犯了什么迷天大罪！"袭人道："太太只嫌他生的太好了，未免轻狂些。太太是深知这样美人似的人，心里是不能安静的，所以恨嫌他。像我们这粗粗笨笨的倒好。"宝玉道："美人似的心里就不安静么？你那里知道，古来美人，安静的多着呢。这也罢了。咱们私自顽话怎么也知道了？又没外人走风，这可奇怪了！"袭人道："你有什么忌讳的？一时高兴，你就不管有人没人了。我也曾使过眼色，也曾递过暗号，被那人知道了，你还不觉。"宝玉道："怎么人人的不是太太都知道了，单不挑出你和麝月、秋纹来？"

袭人听了这话，心内一动，低头半日，无可回答，因便笑道："正是呢。若论我们，也有顽笑不留心的孟浪去处，怎么太太竟忘了？想是还有别的事，等完了再发放我们，也未可知。"宝玉笑道："你是头一个出了名的至善至贤的人，他两个又是你陶冶教育的，焉得还有孟浪该罚之处！只是芳官尚小，过于伶俐些，未免倚强压倒了人，惹人厌。四儿是我误了他，还是那年我和你拌嘴的那日起叫上来做细活的。众人见我待他好，未免夺了地位，也是有的，故有今日。只是晴雯也是和你们一样，从小儿在老太太屋里过来的，虽生得比人强，也没什么妨碍着谁的去处，就只是他的性情爽利，口角锋芒，究竟也没得罪了那一个。可是你说的:想是他过于生得好了,反被这个好带累了！”说毕，复又哭起来。

袭人细揣此话,直是宝玉有疑他之意,竟不好再劝,因叹道:“天知道罢了。此时也查不出人来了,白哭一会子,也无益了。倒是养着精神,等老太太喜欢时,回明白了再要他是正理。”宝玉冷笑道:“你不必虚宽我的心！等到太太平服了，再瞧势头去要时，知他的病等得等不得？他自幼上来，娇生惯养的，何尝受过一日委屈。连我知道他的性格，还时常冲撞了他。他这一下去，就如同一盆才抽出嫩箭来的兰花送到猪窝里去一般！况又是一身重病，里头一肚子闷气。他又没有亲爹热娘，只有一个醉泥鳅姑舅哥哥，他这一去，那里还等得一月半月？再不能见一面两面的了！”说着，越发心痛起来。袭人笑道：“可是你‘只许州官放火，不许百姓点灯’。我们偶说一句妨碍的话，你就说不吉利；你如今好好的咒他，就该的了？他便比别人娇贵些，也不至这样起来。”

宝玉道:“我不是妄口咒人,今年春天已有兆头的。”袭人忙问何兆,宝玉道:“这阶下好好的一株海棠花，竟无故死了半边，我就知道有坏事，果然应在他身上。”袭人听了,又笑起来,道:“我要不说,又掌不住:你也太婆婆妈妈的了！这样的话，怎么是你读书的人说的？草木怎又关系起人来？若不婆婆妈妈的，真也成了个呆子了。”宝玉叹道：“你们那里知道，不但草木，凡天下有情有理的东西，也和人一样，得了知己，便极有灵验的。若用大题目比，就像孔子庙前桧树、坟前的蓍草，诸葛祠前的柏树，岳武穆坟前的松树，这都是堂堂正大之气，千古不磨之物：世乱他就枯干了，世治他就茂盛了，凡千年枯了又生的几次。这不是兆应么？若是小题目比，就像杨太真沉香亭的木芍药、端正楼的相思树，王昭君坟上的长青草，难道不也有灵验？所以，这海棠亦是应着人生的。”

袭人听了这篇痴话，又可笑，又可叹，因笑道：“真真的这话越发说上我的气来了！那晴雯是个什么东西，就费这样心思，比出这些正经人来？还有一说：他纵然好，也越不过我的次序去。就是这海棠，也该先来比我，也还轮不到他。想是我要死的了！”宝玉听说，忙掩他的嘴，劝道：“这是何苦！一个未清,你又这样起来！罢了,再别提这事,别弄的去了三个,又饶上一个。”袭人听说，心下暗喜想：“若不如此，也没个了局。”

宝玉又道：“我还有一句话要和你商量，不知你肯不肯。现在他的东西，是瞒上不瞒下，悄悄的送还他去。再或有咱们常时积攒下的钱，拿几吊出去给他养病，也是你姊妹好了一场。”袭人听了，笑道：“你太把我看得忒小器又没人心了，这话还等你说？我才把他的衣裳各物已打点下了，放在那里。如今白日里人多眼杂，又恐生事，且等到晚上，悄悄的叫宋妈给他拿去；我还有攒下的几吊钱，也给他去。”宝玉听了点点头儿。袭人笑道：“我原是‘久已出名的贤人’，连这一点子好名儿还不会买来不成？”宝玉听了他方才的话，忙陪笑抚慰他，怕他寒了心。晚间，果遣宋妈送去。

宝玉将一切人稳住了，便独自得便，到园子后角门，央一个老婆子带他到晴雯家去。先这婆子百般不肯，只说怕人知道，“回了太太，我还吃饭不吃饭”？无奈宝玉死活央告，又许他些钱，那个婆子方带了他去。

却说这晴雯，当日是赖大买的。还有个姑舅哥哥，叫做吴贵，人都叫他贵儿。那时晴雯才得十岁，时常赖嬷嬷带进来，贾母见他生得伶俐标致，十分喜爱，故此赖嬷嬷就孝敬了贾母。过了几年，赖大又给他姑舅哥哥娶了一房媳妇。谁知贵儿一味胆小老实，那媳妇却倒伶俐，又兼有几分姿色，看着贵儿无能为，每日在家打扮的妖妖娆娆，两只眼儿水汪汪的，招惹的赖大家人如蝇逐臭，渐渐做出些风流勾当来。那时晴雯已在宝玉屋里，他便央及了晴雯，转求凤姐合赖大家的要过来。目今两口儿就在园子后角门外居住，伺候园中买办杂差。

这晴雯一时被撵出来，住在他家。那媳妇那里有心肠照管？吃了饭，便自去串门子，只剩下晴雯一人，在外间屋内爬着。宝玉命那婆子在外瞭望，他独掀起布帘进来，一眼就看见晴雯睡在一领芦席上，幸而被褥还是旧日铺盖的。心内不知自己怎么才好，因上来，含泪伸手轻轻拉他，悄唤两声。当下晴雯又因着了风，又受了哥嫂的歹话，病上加病，嗽了一日，才朦胧睡了。忽闻有人唤他，强展双眸，一见是宝玉，又惊又喜，又悲又痛，一把死攥住他的手，哽咽了半日，方说道：“我只道不得见你了！”接着便嗽个不住。宝玉也只有哽咽之分。晴雯道：“阿弥陀佛！你来得好，且把那茶倒半碗我吃。渴了半日，叫半个人也叫不着。”宝玉听说，忙拭泪问：“茶在那里？”晴雯道：“在炉台上。”宝玉看时，虽有个黑煤乌嘴的吊子，也不像个茶壶。只得桌上去拿一个茶碗，未到手，先闻得油膻之气。宝玉只得拿了来，先拿些水洗了两次，复用自己的绢子拭了，闻了闻还有些气味，没奈何，提起壶来斟了半碗，看时，绛红的，也不大像茶。晴雯扶枕道：“快给我吃一口罢！这就是茶了，那里比得咱们的茶呢！”宝玉听说，先自己尝了一尝，并无茶味，卤涩不堪，只得递与晴雯。只见晴雯如得了甘露一般，一气都灌下去了。

宝玉心下暗道："往常那样好茶，他尚有不如意之处，今日这样！看来，可知古人说的'饱饫烹宰，饥餍糟糠'，又道是'饭饱弄粥'，可见都不错了。"一面想，一面流泪问道："你有什么说的，趁着没人告诉我。"晴雯呜咽道："有什么可说的！不过挨一刻是一刻，挨一日是一日。我已知横竖不过三五日的光景，我就好回去了。只是一件，我死也不甘心：我虽生得比别人好些，并没有私情勾引你，怎么一口死咬定了我是个狐狸精！我今日既担了虚名，况且没了远限，不是我说一句后悔的话：早知如此，我当日——"说到这里，气往上咽，便说不出来，两手已经冰凉。宝玉又痛又急，又害怕，便歪在席上，一只手攥着他的手，一只手给他轻轻的捶打着。又不敢大声的叫，真真万箭攒心。两三句话时，晴雯才哭出来。

宝玉拉着他的手，只觉瘦如枯柴，腕上犹戴着四个银镯。因哭道："除下来，等好了再戴上去罢。"又说："这一病好了，又损好些。"晴雯拭泪，手用力拳回，搁在口边狠命一咬，只听咯吱一声，把两根葱管一般的指甲齐根咬下，拉了宝玉的手，将指甲搁在他手中；又回手扎挣着，连揪带脱，在被窝内将贴身穿着的一件旧红绫小袄儿脱下，递给宝玉。不想虚弱透了的人，那里禁得这么抖搂，早喘成一处了。宝玉见了他这样，已经会意，连忙解开外衣，将自己的袄儿褪下来盖在他身上，却把这件穿上，不及扣钮子，只用外间衣服掩了。刚系腰时，只见晴雯睁眼道："你扶起我来坐坐。"宝玉只得扶他。那里扶得起，好容易欠起半身，晴雯伸手把宝玉的袄儿往自己身上拉。宝玉连忙给他披上，拖着胳膊，伸上袖子，轻轻放倒，然后将他的指甲装在荷包里。晴雯哭道："你去罢。这里肮脏，你那里受得？你的身子要紧。今日这一来，我就死了，也不枉担了虚名！"

一语未完，只见他嫂子笑嘻嘻掀起帘来道："好呀，你两个的话，我已都听见了。"又向宝玉道："你一个做主子的，跑到下人房里来做什么？看着我年轻，长的俊，你敢只是来调戏我么？"宝玉听见，吓得忙陪笑央道："好姐姐，快别大声。他伏侍我一场，我私自来瞧瞧他。"那媳妇儿点着头儿，笑道："怨不得人家都说你有情有义儿的。"便一手拉了宝玉进里间来，笑道："你要不叫我喊，这也容易：你只是依我一件事。"说着，便自己坐在炕沿上，把宝玉拉在怀中，紧紧的将两条腿夹住。宝玉那里见过这个？心内早突突的跳起来了，急得满面红胀，身上乱战，又羞又愧，又怕又恼，只说："好姐姐，别闹！"那媳妇乜斜了眼儿，笑道："呸！成日家听见你在女孩儿们身上用工夫，怎么今儿个就发起讪来了？”宝玉红了脸，笑道：“姐姐撒开手，有话咱们慢慢儿的说。外头有老嬷嬷听见，什么意思呢？”那媳妇那里肯放，笑道：“我早进来了，已经叫那老婆子去到园门口儿等着呢。我等什么儿似的，今日才等着你了！你要不依我，我就嚷起来，叫里头太太听见了，我看你怎么样！你这么个人，只这么大胆子儿。我刚才进来了好一会子，在窗下细听，屋内只你两个人，我只道有些个体己话儿。这么看起来，你们两个人竟还是各不相扰儿呢。我可不能像他那么傻！”说着，就要动手。宝玉急的死往外拽。

正闹着，只听窗外有人问道：“晴雯姐姐在这里住呢不是？”那媳妇子也吓了一跳，连忙放了宝玉。这宝玉已经吓怔了，听不出声音。外边晴雯听见他嫂子缠磨宝玉，又急又臊又气，一阵虚火上攻，早昏晕过去。那媳妇连忙答应着出来看，不是别人，却是柳五儿和他母亲两个，抱着一个包袱。柳家的拿着几吊钱，悄悄的问那媳妇道：“这是里头袭姑娘叫拿出来给你们姑娘的。他在那屋里呢？”那媳妇儿笑道：“就是这个屋子，那里还有屋子？”

那柳家的领着五儿刚进门来，只见一个人影儿往屋里一闪。柳家的素知这媳妇子不妥，只打谅是他的私情人；看见晴雯睡着了，连忙放了，带着五儿往外走。谁知五儿眼尖，早已见是宝玉，便问他母亲道：“头里不是袭人姐姐那里悄悄儿的找宝二爷呢吗？”柳家的道：“嗳哟，可是忘了。方才老宋妈说，见宝二爷出角门来了。门上还有人等着，要关园门呢。”因回头问那媳妇儿。那媳妇儿自己心虚，便道：“宝二爷那里肯到我们这屋里来？”柳家的听说，便要走。这宝玉一则怕关了门，二则怕那媳妇子进来又缠，也顾不得什么了，连忙掀了帘子出来，道：“柳嫂子，你等等我，一路儿走。”柳家的听了，倒吓了一大跳，说：“我的爷！你怎么跑了这里来了！”那宝玉也不答言，一直飞走。那五儿道：“妈，你快叫住宝二爷不用忙，留神冒冒失失被人碰见，倒不好。况且才出来时，袭人姐姐已经打发人留了门了。”说着，赶忙同他妈来赶宝玉。这里晴雯的嫂子干瞅着，把个妙人走了。

却说宝玉跑进角门，才把心放下来，还是突突乱跳。又怕五儿关在外头，眼巴巴瞅着他母女也进来了。远远听见里边嬷嬷们正查人，若再迟一步，就关了园门了。宝玉进入园中，且喜无人知道。到了自己房内，告诉袭人，只说在薛姨妈家去的，也就罢了。一时铺床，袭人不得不问：“今日怎么睡？”宝玉道：“不管怎么睡罢了。”原来这一二年间，袭人因王夫人看重了他，越发自要尊重，凡背人之处或夜晚之间，总不与宝玉狎昵，较先小时反倒疏远了。虽无大事办理，然一应针线，并宝玉及诸小丫头出入银钱、衣履什物等事，也甚烦琐；且有吐血之证，虽愈，然每因劳碌风寒所感，即嗽中带血：故近来夜间总不与宝玉同房。宝玉夜间胆小，醒了便要唤人，因晴雯睡卧警醒，故夜间一应茶水、起坐呼唤之事，悉皆委他一人，所以宝玉外床只是晴雯睡着。他今去了，袭人只得将自己铺盖搬来，铺设床外。

宝玉发了一晚上的呆。袭人催他睡下，然后自睡。只听宝玉在枕上长吁短叹，覆去翻来，直至三更以后方渐渐安顿了。袭人方放心，也就朦胧睡着。没半盏茶时，只听宝玉叫："晴雯。"袭人忙连声答应，问："做什么？"宝玉因要吃茶。袭人倒了茶来，宝玉乃笑道："我近来叫惯了他，却忘了是你。"袭人笑道："他乍来，你也曾睡梦中叫我，以后才改了的。我知道，这晴雯虽去了，这两个字只怕是不能去的。"说着，大家又睡下。

宝玉又翻转了一个更次。至五更，方睡去时，只见晴雯从外走来，仍是往日形景，进来向宝玉道："你们好生过罢，我从此就别过了。"说毕，翻身就走。宝玉忙叫时，又将袭人叫醒。袭人还只当他惯了口乱叫，却见宝玉哭了，说道："晴雯死了！"袭人笑道："这是说那里话！被人听着，什么意思？"宝玉那里肯听，恨不得一时天亮了，就遣人去问信。

及至天亮时，就有王夫人房里小丫头叫开前角门，传王夫人的话："'即时叫起宝玉，快洗脸，换了衣裳快来：因今儿有人请老爷赏秋菊，老爷因喜欢他前儿做的诗好，故此要带他们去。'这都是太太的话，一句别错了。你们快告诉去，立逼他快来，老爷在上房里等他们吃面茶呢。环哥儿已来了。快快儿的去罢，我去叫兰哥儿去了。"里面的婆子听一句，应一句，一面扣着钮子，一面开门。袭人听得磕门，便知有事，一面命人问时，自己已起来了。听得这话，忙催人来舀了洗脸水，催宝玉起来梳洗，他自去取衣。因思跟贾政出门，便不肯拿出十分出色的新鲜衣服来，只拣那三等成色的来。

宝玉此时已无法，只得忙忙前来。果然贾政在那里吃茶，十分喜悦。宝玉请了早安，贾环、贾兰二人也都见过。贾政命坐吃茶，向环、兰二人道："宝玉读书不及你两个，论题联和诗这种聪明，你们皆不及他。今日此去，未免叫你们做诗，宝玉须随便助他们两个。"

王夫人自来不曾听见这等考语，真是意外之喜。一时候他父子去了，方欲过贾母这边来时，就有芳官等三个的干娘走来，回说："芳官自前日蒙太太的恩典赏了出去，他就疯了似的，茶饭都不吃，勾引上藕官、蕊官，三个人寻死觅活，只要剪了头发做尼姑去。我只当是小孩子家一时出去不惯，也是有的，不过隔两日就好了。谁知越闹越凶，打骂着也不怕。实在没法，所以来求太太：或是依他们做尼姑去，或教导他们一顿、赏给别人做女孩儿去罢。我们没这福。”王夫人听了，道：“胡说！那里由得他们起来？佛门也是轻易进去的么？每人打一顿给他们，看还闹不闹！”

当下因八月十五日各庙内上供去，皆有各庙内的尼姑来送供尖之例，因曾留下水月庵的智通与地藏庵的圆信住下未回，听得此信，就想拐两个女孩子去做活使唤，因都向王夫人说：“府上到底是善人家，因太太好善，所以感应得这些小姑娘们皆如此。虽说佛门轻易难入，也要知道佛法平等。我佛立愿，原是一切众生，无论鸡犬皆要度他，无奈迷人不醒。若果有善根，能醒悟，即可以超脱轮回。所以经上现有虎狼蛇虫得道者就不少。如今两三个姑娘既然无父无母，家乡又远，他们既经了这富贵，又想从小命苦，入了这风流行次，将来知道终身怎么样？所以苦海回头，立意出家，修修来世，也是他们的高意，太太倒不要阻了善念。”

王夫人原是个善人，起先听见这话，谅系小孩子不遂心的话，将来熬不得清净，反致获罪；今听了这两个拐子的话大近情理，且近日家中多故，又有邢夫人遣人过来知会，明日接迎春家去住两日，以备人家相看；且又有官媒来求说探春等，心绪正烦，那里着意在这些小事上。既听此言，便笑答道：“你两个既这等说，你们就带了做徒弟去如何？”二姑子听了，念一声佛道：“善哉！善哉！若如此，可是老人家的阴德不小！”说毕，便稽首拜谢。王夫人道：“既这样，你们问他们去。若果真心，即上来当着我拜了师父去罢。”

这三个女人听了出去，果然将他三人带来。王夫人问之再三，他三人已立定主意，遂与两个姑子磕了头，又拜辞了王夫人。王夫人见他们意皆决断，知不可强了，反倒伤心可怜，忙命人取了些东西来赍赏了他们，又送了两个姑子些礼物。从此，芳官跟了水月庵的智通，蕊官、藕官二人跟了地藏庵的圆信，各自出家去了。要知后事，且听下回分解。

第七十八回　老学士闲征姽婳词　痴公子杜撰芙蓉诔

话说两个尼姑领了芳官等去后，王夫人便往贾母处来。见贾母喜欢，便趁便回道：“宝玉屋里有个晴雯，那个丫头也大了，而且一年之间，病不离身，我常见他比别人分外淘气，也懒；前日又病倒了十几天，叫大夫瞧，说是女儿痨，所以我就赶着叫他下去了。若养好了，也不用叫他进来，就赏他家配人去也罢了。再那几个学戏的女孩子，我也做主放了：一则他们都会戏，口里没轻没重只会混说，女孩儿听了，如何使得？二则他们唱了会子戏，白放了他们，也是应该的。况丫头们也太多，若说不够使，再挑上几个来也是一样。”

贾母听了点头，道：“这是正理，我也正想着如此。但晴雯这丫头，我看他甚好，怎么就这样起来？我的意思，这些丫头的模样爽利、言谈针线多不及他，将来只他还可以给宝玉使唤得。谁知变了。”王夫人笑道：“老太太挑中的人原不错，只是他命里没造化，所以得了这个病。俗语又说：‘女大十八变。’况且有本事的人，未免就有些调歪。老太太还有什么不曾经历过的？三年前我也就留心这件事，先只取中了他，我便留心。冷眼看去，他色色比人强，只是不大沉重。若说沉重知大体，莫若袭人第一。虽说贤妻美妾，也要情性和顺、举止沉重的更好些。袭人的模样虽比晴雯次一等，然放在房里，也算得一二等的了。况且行事大方，心地老实，这几年从未同着宝玉淘气。凡宝玉十分胡闹的事，他只有死劝的。因此，品择了二年，一点不错了，我悄悄的把他丫头的月钱止住，我的月分银子里批出二两银子来给他。不过使他自己知道，越发小心效好之意。且没有明说：一则宝玉年纪尚小，老爷知道了，又恐说耽误了书；二则宝玉自以为自己跟前的人，不敢劝他说他，反倒纵性起来。所以直到今日才回明老太太。”

贾母听了，笑道：“原来这样，如此更好了。袭人本来从小儿不言不语，我只说是没嘴的葫芦。既是你深知，岂有大错误的？而且你这不明说与宝玉的主意更好，且大家别提这事，只是心里知道罢了。我深知，宝玉将来也是个不听妻妾劝的，我也解不过来，也从未见过这样的孩子。别的淘气都是应该的，只他这种和丫头们好却是难懂。我为此也耽心，每每的冷眼查看。他只和丫头们闹，必是人大心大，知道男女的事了，所以爱亲近他们。既细细查试，究竟不是为此，岂不奇怪？想必原是个丫头，错投了胎不成？”说着，大家笑了。王夫人又回今日老爷如何夸奖，如何带他们逛去。贾母听了，更加喜悦。

一时，只见迎春妆扮了前来告辞过去。凤姐也来请早安，伺候早饭。又说笑一回，贾母歇晌。王夫人便唤了凤姐，问他丸药可曾配来。凤姐道：“还不曾呢，如今还是吃汤药。太太只管放心，我已大好了。”王夫人见他精神复初，也就信了，因告诉撵逐晴雯等事。又说：“怎么宝丫头私自回家去了，你们都不知道？我前儿顺路都查了一查，谁知兰小子的这一个新进来的奶子，也十分的妖娆，也不喜欢他。我说与你大嫂子了，好不好，叫他各自去罢。我因问你大嫂子：'宝丫头出去，难道你也不知道不成？'他说是告诉了他的，过两三日，等姨妈病好了就进来。姨妈究竟没甚大病，不过咳嗽腰疼，年年是如此的。他这去必有原故，敢是有人得罪了他不成？那孩子心重，亲戚们住一场，别得罪了人，反不好了。"凤姐笑道："谁可好好的得罪着他？"王夫人道："别是宝玉有嘴无心，从来没个忌讳，高兴了信嘴胡说，也是有的。"凤姐笑道："这可是太太过于操心了。若说他出去干正经事、说正经话去，却像傻子；若只叫他进来，在这些姐妹跟前，以至于大小的丫头跟前，他最有仁让，又恐怕得罪了人，那是再不得有人恼他的。我想薛妹子此去，必是为着前夜搜检众丫头的原故。他自然为信不及园里的人，他又是亲戚，现也有丫头、老婆在内，我们又不好去搜检，恐我们疑他，所以多了这个心，自己回避了。也是应该避嫌疑的。"

王夫人听了这话不错，自己遂低头想了一想，便命人去请了宝钗来分晰前日的事，以解他的疑心，又仍命他进来照旧居住。宝钗陪笑道："我原要早出去的，因姨娘有许多大事，所以不便来说。可巧前日妈妈又不好了，家里两个靠得的女人也病着，所以我趁便去了。姨娘今日既已知道了，我正好回明，就从今日辞了，好搬东西。"王夫人、凤姐都笑道："你太固执了。正经再搬进来为是，休为没要紧的事反疏远了亲戚。"宝钗笑道："这话说的太重了，并没为什么事要出去。我为的是妈妈近来神思比先大减，而且夜晚没有得靠的人，统共只我一个人；二则如今我哥哥眼看娶嫂子，多少针线活计并家里一切动用器皿尚有未齐备的，我也须得帮着妈妈去料理，姨娘和凤姐姐都知道我们家的事，不是我撒谎；三则自我在园里，东南上小角门子就常开着，原是为我走的，保不住出入的人图省走路，也从那里走，又没个人盘查，设若从那里弄出事来，岂不两碍？而且我进园里来住原不是什么大事，因前几年年纪都小，且家里没事，在外头不如进来，姊妹们在一处顽笑、作针线，都比在外头一人闷坐好些；如今彼此都大了，况姨娘这边历年皆遇不遂心之事，那园子也太大，一时照顾不到，皆有关系，惟有少几个人，就可以少操些心了。所以今日不但我决意辞去，此外还要劝姨娘：如今该减省的就减省些，也不为失了大家的体统。据我看，园里这一项费用也竟可以免的，说不得当日的话。姨娘是深知我家的，难道我家当日也是这样冷落不成？"凤姐听了这篇话，便向王夫人笑道：“这话竟是，不必强了。”王夫人点头道：“我也无可回答，只好随你的便罢了。”

说话之间，只见宝玉已回来了，因说：“老爷还未散，恐天黑了，所以先叫我们回来了。”王夫人忙问：“今日可丢了丑没有？”宝玉笑道：“不但不丢丑，倒拐了许多东西来。”接着，就有老婆子们从二门上小厮手内接了东西来。王夫人一看时，只见扇子三把，扇坠三个，笔墨共六匣，香珠三串，玉绦环三个。宝玉说道：“这是梅翰林送的，那是杨侍郎送的，这是李员外送的。每人一分。”说着，又向怀中取出一个旃檀香小护身佛来，说：“这是庆国公单给我的。”王夫人又问在席何人，做何诗词。说毕，只将宝玉一分令人拿着，同宝玉、环、兰前来见贾母。贾母看了，欢喜不尽，不免又问些话。无奈宝玉一心记着晴雯，答应完了，便说：“骑马颠了，骨头痛。”贾母便说：“快回房去，换了衣服，疏散疏散就好了，不许睡。”宝玉听了，便连忙进园来。

当下麝月、秋纹已带了两个丫头来等候，见宝玉辞了贾母出来，秋纹便将笔墨等物拿着，随宝玉进园来。宝玉满口里说“好热”，一面走，一面便摘冠解带，将外面的大衣服都脱下来麝月拿着，只穿着一件松花绫子夹袄，襟内露出血点般大红裤子来。秋纹见这条裤子是晴雯手里针线，因叹道：“真是物在人亡了！”麝月将秋纹拉了一把，笑道：“这裤子配了松花色袄儿、石青靴子，越显出靛青的头、雪白的脸来了。”宝玉在前，只装没听见，又走了两步，便止步道：“我要走一走，这怎么好？”麝月道：“大白日里，怕什么？还怕丢了你不成？”因命两个丫头跟着，“我们送了这些东西去再来。”宝玉道：“好姐姐，等一等我再去。”麝月道：“我们去了就来。两个人手里都有东西，倒像摆执事的：一个捧着文房四宝，一个捧着冠袍带履，成个什么样子？”宝玉听了，正中心怀，便让他二人去了。

他便带了两个小丫头到一块山子石后头，悄问他二人道：“自我去了，你袭人姐姐打发人去瞧晴雯姐姐没有？”这一个答道：“打发宋妈瞧去了。”宝玉道：“回来说什么？”小丫头道：“回来说，晴雯姐姐直着脖子叫了一夜，今日早起就闭了眼，住了口，世事不知，只有倒气的分儿了。”宝玉忙道：“一夜叫的是谁？”小丫头道：“一夜叫的是娘。”宝玉拭泪道：“还叫谁？”小丫头说：“没有听见叫别人了。”宝玉道：“你糊涂！想必没有听真。”旁边那一个小丫头最伶俐，听宝玉如此说，便上来说：“真个他糊涂。”又向宝玉道：“不但我听得真切，我还亲自偷着看去的。”

宝玉听说，忙问："你怎么又亲自看去？"小丫头道："我因想，晴雯姐姐素日与别人不同，待我们极好，如今他虽受了委屈出去，我们不能别的法子救他，只亲去瞧瞧，也不枉素日疼我们一场；就是人知道了回了太太，打我们一顿，也是愿受的。所以我拚着一顿打，偷着出去瞧了一瞧。谁知他平日为人聪明，至死不变。他因想着那起俗人不可说话，所以只闭眼养神；见我去了，便睁开眼，拉我的手，问：'宝玉那里去了？'我告诉他了。他叹了一口气，说：'不能见了！'我就说：'姐姐何不等一等他回来见一面，岂不两还心愿？'他就笑道：'你们不知道，我不是死。如今天上少了一位花神，玉皇爷命我去管花儿，我如今在未正二刻就上任去了，宝玉须得未正三刻才到家，只少得一刻的工夫不能见面。世上凡有该死的人，阎王勾取了去，是差些个小鬼来拿他的魂儿；若要迟延一时半刻，不过烧些纸钱，浇些浆饭，那鬼只顾抢钱去了，该死的人就可挨磨些工夫。我这如今是天上的神仙来召请，岂可挨得时刻？'我听了这话，竟不大信，及进来到房里，留神看时辰表时，果然是未正二刻他咽了气，正三刻上就有人来叫我们，说你来了。"

宝玉忙道："你不认识字，所以不知道，这原是有的。不但一花有一花神，还有总花神。但他不知做总花神去了，还是单管一样花的神？"这丫头听了，一时诌不出来。恰好这是八月时节，园中池上芙蓉正开，这丫头便见景生情，忙答道："我也曾问他：'是管什么花的神？告诉我们，日后也好供养的。'他说：'你只可告诉宝玉一人。除他之外，不可泄了天机。'他就告诉我说，他就是专管芙蓉花的。"

宝玉听了这话，不但不为怪，亦且去悲生喜，便回过头来，看着那芙蓉笑道："此花也须得这样一个人去主管。我就料定，他那样的人必有一番事业。虽然超生苦海，从此再不能相见了！"免不得伤感思念。因又想："虽然临终未见，如今且去灵前一拜，也算尽这五六年的情意。"想毕，忙至房中，正值麝月、秋纹找来。

宝玉又自穿戴了，只说去看黛玉，遂一人出园，往前次看望之处来，意为停柩在内。谁知他哥嫂见他一咽气便回了进去，希图早些得几两发送例银。王夫人闻知，便命赏了十两烧埋银子，又命："即刻送到外头焚化了罢！女儿痨死的，断不可留！"他哥嫂听了这句话，一面得银，一面雇人立刻入殓，抬往城外化人厂上去了。剩的衣裳、簪环，约有三四百金之数，他哥嫂自收了，为后日之计。二人将门锁上，一同送殡去了。

宝玉走来，扑了一个空，站了半天，并无别法，只得复身进入园中。及回至房中，甚觉无味，因顺路来找黛玉。偏黛玉不在房中，问其何往，丫头们回说："往宝姑娘那里去了。"宝玉又至蘅芜院中，只见寂静无人，房内搬的空空落落，不觉吃一大惊，才想起前日仿佛听见宝钗要搬出去，只因这两日工课忙，就混忘了；这时看见如此，才知道果然搬出。怔了半天，因看着那院中的香藤异蔓，仍是翠翠青青，忽比昨日好似改作凄凉了一般，更又添了伤感。默默出来，又见门外的一条翠樾埭上，也半日无人来往，不似当日各处房中丫鬟不约而来者络绎不绝。又俯身看那埭下之水，仍是溶溶脉脉的流将过去。心下因想："天地间竟有这样无情的事！"悲感一番，忽又想到去了司棋、入画、芳官等五个；死了晴雯；今又去了宝钗等一处；迎春虽尚未去，然连日也不见回来，且接连有媒人来求亲：大约园中之人不久都要散的了，纵生烦恼，也无济于事，不如还是和袭人厮混，再与黛玉相伴：只这两三个人，只怕还是同死同归。"想毕，仍往潇湘馆来。偏黛玉还未回来。宝玉想亦当出去候送才是，无奈不忍悲感，还是不去的是，遂又垂头丧气的回来。

正在不知所以之际，忽见王夫人的丫头进来找他，说："老爷回来了，找你呢。又得了好题目了。快走，快走。"宝玉听了，只得跟了出来。到王夫人房中，他父亲已出去了，王夫人命人送宝玉至书房中。

彼时贾政正与众幕友们谈论寻秋之胜，又说："临散时忽谈及一事，最是千古佳谈，'风流隽逸，忠义慷慨'八字皆备，倒是个好题目，大家要做一首挽词。"众幕宾听了，都请教："系何等妙事？"贾政乃道："当日曾有一位王爵，封曰恒王，出镇青州。这恒王最喜女色，且公余好武，因选了许多美女，日习武事，令众美女学习战攻斗阵之事。内中有个姓林行四的，姿色既佳，且武艺更精，皆呼为林四娘，恒王最得意，遂超拔林四娘统辖诸姬，又呼为'姽婳将军'。"众清客都称："妙极神奇！竟以'姽婳'下加'将军'二字，反更觉妩媚风流，真绝世奇文也！想这恒王，也是千古第一风流人物了。"

贾政笑道："这话自然如此，但更有可奇可叹之事。"众清客都惊问道："不知底下有何等奇事？"贾政道："谁知次年便有'黄巾'、'赤眉'一干流贼余党复又乌合，抢掠山左一带。恒王意为犬羊之辈，不足大举，因轻骑进剿。不意贼众诡谲，两战不胜，恒王遂被贼众所戮。于是青州城内文武官员，各各皆谓：'王尚不胜，你我何为？'遂将有献城之举。林四娘得闻凶信，遂聚集众女将，发令说道：'你我皆向蒙王恩，戴天履地，不能报其万一。今王既殒身国事，我意亦当殒身于王。尔等有愿随者，即同我前往；不愿者，亦早自散去。’众女将听他这样，都一齐说：‘愿意。’于是林四娘带领众人连夜出城，直杀至贼营里头。众贼不防，也被斩戮了几员首贼。后来大家见是不过几个女人，料不能济事，遂回戈倒兵，奋力一阵，把林四娘等一个不曾留下，倒作成了这林四娘的一片忠义之志。后来报至都中，自天子以至百官，无不惊骇道奇，其后朝中自然又有人去剿灭，天兵一到，化为乌有，不必深论。只说林四娘一节，众位听了，可羡不可羡？”

众幕友都叹道：“实在可羡可奇！实是个妙题，原该大家挽一挽才是。”说着，早有人取了笔砚，按贾政口中之言，稍加改易了几个字，便成了一篇短序，递与贾政看了。贾政道：“不过如此。他们那里已有原序。昨日因又奉恩旨，着察核前代以来应加褒奖而遗落未经奏请各项人等，无论僧尼、乞丐、女妇人等，有一事可嘉，即行汇送履历至礼部，备请恩奖。所以他这原序，也送往礼部去了。大家听了这新闻，所以都要作一首《姽婳词》，以志其忠义。”众人听了，都又笑道：“这原该如此。只是更可羡者，本朝皆系千古未有之旷典，实历代所不及处，可谓‘圣朝无阙事’，唐朝人预先说了，竟应在本朝。如今年代，方不虚此一句。”贾政点头道：“正是。”

说话间，贾环叔侄亦到。贾政命他们看了题目。他两个虽能诗，较腹中之虚实虽也去宝玉不远，但第一件，他两个终是别路，若论举业一道，似高过宝玉，若论杂学，则远不能及；第二件，他二人才思滞钝，不及宝玉空灵娟逸，每作诗亦如八股之法，未免拘板庸涩。那宝玉虽不算是个读书人，然亏他天性聪敏，且素喜好些杂书。他自为古人中也有杜撰的，也有误失之处，拘较不得许多；若只管怕前怕后起来，纵堆砌成一篇，也觉得甚无趣味。因心里怀着这个念头，每见一题，不拘难易，他便毫无费力之处，就如世上的流嘴滑舌之人，无风作有，信着伶口俐舌，长篇大论，胡扳乱扯，敷演出一篇话来，虽无稽考，却都说得四座春风。虽有正言厉语之人，亦不能压倒这一种风流去。近日贾政年迈，名利大灰，然起初天性也是个诗酒放诞之人，因在子侄辈中，少不得规以正路。近见宝玉虽不读书，竟颇能解此，细评起来，也还不算十分玷辱了祖宗。就思及祖宗们，各各亦皆如此，虽有深精举业的，也不曾发迹过一个，看来此亦贾门之数。况母亲溺爱，遂也不强以举业逼他了，所以近日是这等待他。又要环、兰二人举业之余，怎得亦同宝玉才好。所以每欲作诗，必将三人一齐唤来对作。

闲言少述。且说贾政命他三人各吊一首，谁先做成者赏，佳者额外加赏。贾环、贾兰二人，近日当着许多人皆做过几首了，胆量愈壮，今看了题目，遂自去思索。一时，贾兰先有了；贾环生恐落后，也就有了。二人皆已录出，宝玉尚自出神。贾政与众人且看他二人的二首。

贾兰的是一首七言绝句，写道是：

姽婳将军林四娘，玉为肌骨铁为肠。

捐躯自报恒王后，此日青州土尚香。

众幕宾看了，便皆大赞："小哥儿十三岁的人就如此，可知家学渊源，真不诬矣！"贾政笑道："稚子口角，也还难为他。"

又看贾环的，是首五言律，写道是：

红粉不知愁，将军意未休。掩啼离绣幕，抱恨出青州。

自谓酬王德，谁能复寇仇？好题忠义墓，千古独风流！

众人道："更佳！到底大几岁年纪，立意又自不同。"贾政道："倒还不甚大错，终不恳切。"众人道："这就罢了。三爷才大不多几岁，俱在未冠之时。如此用心做去，再过几年，怕不是大阮、小阮了么？"贾政笑道："过奖了。只是不肯读书的过失。"

因问宝玉。众人道："二爷细心镂刻，定又是风流悲感，不同此等的了。"宝玉笑道："这个题目似不称近体，须得古体，或歌或行，长篇一首，方能恳切。"众人听了，都立起身来，点头拍手道："我说他立意不同！每一题到手，必先度其体格宜与不宜，这便是老手妙法。就如裁衣一般，未下剪时，须度其身量。这题目名曰《姽婳词》，且既有了序，此必是长篇歌行方合体式。或拟温八叉《击瓯歌》，或拟李长吉《会稽歌》，或拟白乐天《长恨歌》，或拟咏古词，半叙半咏，流利飘逸，始能尽妙。"

贾政听说，也合了主意，遂自提笔向纸上要写。又向宝玉笑道："如此甚好。你念，我写。若不好了，我捶你的肉！谁许你先大言不惭的！"宝玉只得念了一句道：

恒王好武兼好色，

贾政写了，摇头道："粗鄙。"一幕友道："要这样方古，究竟不粗。且看他底下的。"贾政道："姑存之。"宝玉又道：

遂教美女习骑射。秾歌艳舞不成欢，列阵挽戈为自得。

贾政写出，众人都道："只这第三句便古朴老健，极妙；这第四句平叙，也最得体。”贾政道：“休谬加奖誉，且看转的何如。”宝玉念道：

眼前不见尘沙起，将军俏影红灯里。

众人听了这两句，便都叫：“妙！好个‘不见尘沙起’！又承了一句‘俏影红灯里’，用字用句，皆入神化了。”宝玉道：

叱咤时闻口舌香，霜矛雪剑娇难举。

众人听了，更拍手笑道：“越发画出来了！当日敢是宝公也在座，见其娇而且闻其香？不然，何体贴至此！”宝玉笑道：“闺阁习武，任其勇悍，怎似男人？不问而可知娇怯之形了。”贾政道：“还不快续！这又有你说嘴的了？”宝玉只得又想了一想，念道：

丁香结子芙蓉绦，

众人都道：“转‘绦’，萧韵更妙，这才流利飘逸。而且这句子也绮靡秀媚得妙。”贾政看了道：“这一句不好：已有过了‘口舌香’、‘娇难举’，何必又如此？这是力量不加，故又弄出这些堆砌货来搪塞。”宝玉笑道：“长歌也须得要些词藻点缀点缀，不然便觉萧索。”贾政道：“你只顾说那些，这一句底下，如何转至武事呢？若再多说两句，岂不蛇足了？”宝玉道：“如此，底下一句兜转煞住，想也使得。”贾政冷笑道：“你有多大本领！上头说了一句大开门的散话，如今又要一句连转带煞，岂不心有余而力不足呢？”宝玉听了，垂头想了一想，说了一句道：

不系明珠系宝刀。

忙问：“这一句可还使得？”众人拍案叫绝。贾政笑道：“且放着，再续。”宝玉道：“使得，我便一气联下去了；若使不得，索性涂了，我再想别的意思出来，再另措词。”贾政听了，便喝道：“多话！不好了再做，便做十篇百篇，还怕辛苦了不成！”宝玉听说，只得想了一会，便念道：

战罢夜阑心力怯，脂痕粉渍污鲛绡。

贾政道：“这又是一段了。底下怎么样？”宝玉道：

明年流寇走山东，强吞虎豹势如蜂。

众人道：“好个‘走’字！便见得高低了。且通句转的也不板。”宝玉又念道：

王率天兵思剿灭，一战再战不成功。腥风吹折陇头麦，

日照旌旗虎帐空。青山寂寂水澌澌，正是恒王战死时。

雨淋白骨血染草，月冷黄沙鬼守尸。

众人都道：“妙极，妙极！布置、叙事、词藻无不尽美。且看如何至四娘，必

另有妙转奇句。”宝玉又念道：

纷纷将士只保身，青州眼见皆灰尘。

不期忠义明闺阁，愤起恒王得意人。

众人都道：“铺叙得委婉。”贾政道：“太多了，底下只怕累赘呢。”宝玉又道：

恒王得意数谁行？姽婳将军林四娘。号令秦姬驱赵女，

秾桃艳李临疆场。绣鞍有泪春愁重，铁甲无声夜气凉。

胜负自难先预定，誓盟生死报前王。贼势猖獗不可敌，

柳折花残血凝碧。马践胭脂骨髓香，魂依城郭家乡隔。

星驰时报入京师，谁家儿女不伤悲！天子惊慌愁失守，

此时文武皆垂首。何事文武立朝纲，不及闺中林四娘？

我为四娘长叹息，歌成余意尚彷徨！

念毕，众人都大赞不止，又从头看了一遍。贾政笑道：“虽说了几句，到底不大恳切。”因说：“去罢。”三人如放了赦的一般，一齐出来，各自回房。

众人皆无别话，不过至晚安歇而已。独有宝玉，一心凄楚。回至园中，猛见池上芙蓉，想起小丫鬟说晴雯做了芙蓉之神，不觉又喜欢起来，乃看着芙蓉嗟叹了一回。忽又想起死后并未至灵前一祭，“如今何不在芙蓉前一祭，岂不尽了礼？”想毕，便欲行礼。忽又止道：“虽如此，亦不可太草率了，须得衣冠整齐，奠仪周备，方为诚敬。”想了一想：“如今若学那世俗之奠礼，断然不可。竟也还别开生面，另立排场，风流奇异，于世无涉，方不负我二人之为人。况且古人有云：‘潢污行潦之水，蘋蘩蕴藻之贱，可以羞王公、荐鬼神。’原不在物之贵贱，全在心之诚敬而已。此其一也。二则诔文挽词也须另出己见，自放手眼，亦不可蹈袭前人的套头，填写几字搪塞耳目之文；亦必须洒泪泣血，一字一咽，一句一啼，宁使文不足、悲有余，万不可尚文藻而反失悲戚。况且古人多有微词，非自我今作俑也。奈今人全惑于功名二字，尚古之风一洗皆尽，恐不合时宜，于功名有碍之故。我又不希罕那功名，不为世人观阅称赏，何必不远师楚人之《大言》《招魂》《离骚》《九辩》《枯树》《问难》《秋水》《大人先生传》等法，或杂参单句，或偶成短联，或用实典，或设譬寓，随意所之，信笔而去，喜则以文为戏，悲则以言志痛，辞达意尽为止，何必若世俗之拘拘于方寸之间哉？”

宝玉本是个不读书之人，再心中有了这篇歪意，怎得有好诗好文作出来？他自己却任意纂著，并不为人知慕，所以大肆妄诞，竟杜撰成一篇长文，用

晴雯素日所喜之冰鲛縠一幅，楷字写成，名曰《芙蓉女儿诔》，前序后歌；又备了晴雯素喜的四样吃食。于是黄昏人静之时，命那小丫头捧至芙蓉前。先行礼毕，将那诔文即挂于芙蓉枝上，乃泣涕念曰：

维太平不易之元，蓉桂竞芳之月，无可奈何之日，怡红院浊玉，谨以群花之蕊、冰鲛之縠、沁芳之泉、枫露之茗，四者虽微，聊以达诚申信，乃致祭于白帝宫中抚司秋艳芙蓉女儿之前曰：

窃思女儿自临人世，迄今凡十有六载。其先之乡籍姓氏，湮沦而莫能考者久矣。而玉得于衾枕栉沐之间，栖息宴游之夕，亲昵狎亵、相与共处者，仅五年八月有奇。忆女曩生之昔，其为质则金玉不足喻其贵，其为体则冰雪不足喻其洁，其为神则星日不足喻其精，其为貌则花月不足喻其色。姊娣悉慕媖娴，妪媪咸仰慧德。孰料鸠鸩恶其高，鹰鸷翻遭罦罬；薋葹妒其臭，茝兰竟被芟钼！花原自怯，岂奈狂飙；柳本多愁，何禁骤雨！偶遭蛊虿之谗，遂抱膏肓之疾。故樱唇红褪，韵吐呻吟；杏脸香枯，色陈颇颔。诼谣謑诟，出自屏帏；荆棘蓬榛，蔓延窗户。岂招尤则替，实攘诟而终。既怀幽沉于不尽，复含罔屈于无穷。高标见嫉，闺闱恨比长沙；贞烈遭危，巾帼惨于雁塞。自蓄辛酸，谁怜夭折？仙云既散，芳趾难寻。洲迷聚窟，何来却死之香？海失灵槎，不获回生之药。眉黛烟青，昨犹我画；指环玉冷，今倩谁温？鼎炉之剩药犹存，襟泪之余痕尚渍。镜分鸾影，愁开麝月之奁；梳化龙飞，哀折檀云之齿。委金钿于草莽，拾翠匐于尘埃。楼空鳷鹊，徒悬七夕之针；带断鸳鸯，谁续五丝之缕？况乃金天属节，白帝司时；孤衾有梦，空室无人。桐阶月暗，芳魂与倩影同消；蓉帐春残，娇喘共细腰俱绝。连天衰草，岂独蒹葭；匝地悲声，无非蟋蟀。露阶晚砌，穿帘不度寒砧；雨荔秋垣，隔院希闻怨笛。芳名未泯，檐前鹦鹉犹呼；艳质将亡，槛外海棠预萎。捉迷屏后，莲瓣无声；斗草庭前，兰芽枉待。抛残绣线，银笺彩袖谁裁？折断冰丝，金斗御香未熨。昨承严命，既趋车而远涉芳园；今犯慈威，复拄杖而遽抛孤柩。及闻槥棺被燹，惭违共穴之盟；石椁成灾，愧逮同灰之诮。尔乃西风古寺，淹滞青燐；落日荒丘，零星白骨。楸榆飒飒，蓬艾萧萧。隔雾圹以啼猿，绕烟塍而泣鬼。岂道红绡帐里，公子情深；始信黄土垄中，女儿命薄！汝南泪血，斑斑洒向西风；梓泽余衷，默默诉凭冷月。呜呼！固鬼蜮之为灾，岂神灵之有妒？钳诐奴之口，讨岂从宽；剖悍妇之心，忿犹未释！

在卿之尘缘虽浅，而玉之鄙意尤深。因蓄惓惓之思，不禁谆谆之问。始知上帝垂旌，花宫待诏；生侪兰蕙，死辖芙蓉。听小婢之言，似涉无稽；据浊玉之思，深为有据。何也？昔叶法善摄魂以撰碑，李长吉被诏而为记，事虽殊，其理则一也。故相物以配才，苟非其人，恶乃滥乎？始信上帝委托权衡，可谓至洽至协，庶不负其所秉赋也。因希其不昧之灵，或陟降于兹；特不揣鄙俗之词，有污慧听。乃歌而招之曰：

天何如是之苍苍兮，乘玉虬以游乎穹窿耶？地何如是之茫茫兮，驾瑶象以降乎泉壤耶？望缴盖之陆离兮，抑箕尾之光耶？列羽葆而为前导兮，卫危虚于旁耶？驱丰隆以为庇从兮，望舒月以临耶？听车轨而伊轧兮，御鸾鹥以征耶？闻馥郁而䔲然兮，纫蘅杜以为纕耶？炫裙裾之烁烁兮，镂明月以为珰耶？藉葳蕤而成坛畤兮，檠莲焰以烛兰膏耶？文瓟瓠以为觯斝兮，漉醽醁以浮桂醑耶？瞻云气而凝眸兮，仿佛有所觇耶？俯波痕而属耳兮，恍惚有所闻耶？期汗漫而无际兮，忍捐弃予于尘埃耶？倩风廉之为余驱车兮，冀联辔而携归耶？余中心为之慨然兮，徒嗷嗷而何嗷为耶？卿偃然而长寝兮，岂天运之变于斯耶？既窀穸且安稳兮，反其真而复奚化耶？余犹桎梏而悬附兮，灵格余以嗟来耶？来兮止兮，卿其来耶！

若夫鸿蒙而居，寂静以处，虽临于兹，余亦莫睹。搴烟萝而为步幛，列苍蒲而森行伍。警柳眼之贪眠，识莲心之味苦。素女约于桂岩，宓妃迎于兰渚。弄玉吹笙，寒簧击敔。征嵩岳之妃，启骊山之姥。龟呈洛浦之灵，兽作咸池之舞。潜赤水兮龙吟，集珠林兮凤翥。爰格爰诚，匪簠匪筥。发轫乎霞城，还旌乎玄圃。既显微而若通，复氤氲而倏阻。离合兮烟云，空蒙兮雾雨。尘霾敛兮星高，溪山丽兮月午。何心意之怦怦，若寤寐之栩栩。余乃欷歔怅怏，泣涕彷徨。人语兮寂历，天籁兮篔筜。鸟惊散而飞，鱼唼喋以响。志哀兮是祷，成礼兮期祥。呜呼哀哉！尚飨！

读毕，遂焚帛奠茗，依依不舍。小丫头催至再四，方才回身。忽听山石之后有一人笑道："且请留步。"二人听了，不觉大惊。那小丫头回头一看，却是个人影儿从芙蓉花里走出来，他便大叫："不好，有鬼！晴雯真来显魂了！"吓得宝玉也忙看时，究竟不知是人是鬼，且听下回分解。

第七十九回　薛文起悔娶河东吼　贾迎春误嫁中山狼

话说宝玉才祭完了晴雯，只听花影中有个人声，倒吓了一跳。细看不是别人，却是黛玉，满面含笑，口内说道：“好新奇的祭文，可与《曹娥碑》并传了！”宝玉听了，不觉红了脸，笑答道：“我想着世上这些祭文，都过于熟烂了，所以改个新样，原不过是我一时的顽意儿，谁知被你听见了。有什么大使不得的，何不改削改削？”黛玉道：“原稿在那里？倒要细细的看看。长篇大论，不知说的是什么，只听见中间两句，什么‘红绡帐里，公子情深；黄土垄中，女儿命薄’，这一联意思却好，只是‘红绡帐里’未免俗滥些。放着现成的真事为什么不用？”宝玉忙问：“什么现成的真事？”黛玉笑道：“咱们如今都系霞影纱糊的窗槅，何不说‘茜纱窗下，公子多情’呢？”宝玉听了，不觉跌足笑道：“好极，是极！到底是你想得出，说得出。可知天下古今现成的好景好事尽多，只是我们愚人想不出来罢了。但只一件：虽然这一改新妙之极，却是你在这里住着还可以，我实不敢当。”说着，又连说“不敢”。

黛玉笑道：“何妨？我的窗即可为你之窗，何必如此分晰，也太生疏了。古人异姓陌路，尚然‘肥马轻裘，敝之无憾’，何况咱们？”宝玉笑道：“论交之道，不在肥马轻裘，即黄金白璧，亦不当锱铢较量。倒是这唐突闺阁上头，却万万使不得的。如今我索性将‘公子’、‘女儿’改去，竟算是你诔他的倒妙。况且素日你又待他甚厚，所以宁可弃了这一篇文，万不可弃这‘茜纱’新句。莫若改作‘茜纱窗下，小姐多情；黄土垄中，丫鬟薄命’：如此一改，虽与我不涉，我也惬怀。”黛玉笑道：“他又不是我的丫鬟，何用此语？况且‘小姐’、‘丫鬟’亦不典雅。等得紫鹃死了，我再如此说，还不算迟呢。”宝玉听了，忙笑道：“这是何苦，又咒他。”黛玉笑道：“是你要咒的，并不是我说的。”宝玉道：“我又有了，这一改可妥当了，莫若说：‘茜纱窗下，我本无缘；黄土垄中，卿何薄命！’”

黛玉听了，陡然变色，虽有无限狐疑，外面却不肯露出，反连忙含笑点头称妙，说：“果然改得好。再不必乱改了，快去干正经事罢。才刚太太打发人叫你，说明儿一早过大舅母那边去。你二姐姐已有人家求准了，想是明儿那家人来拜允，所以叫你们过去呢。”宝玉忙道：“何必如此忙？我身上也不大好，明儿还未必能去呢。”黛玉道：“又来了！我劝你把脾气改改罢，一年大二年小——”一面说话，一面咳嗽起来。宝玉忙道：“这里风冷，咱们只顾站着，凉着呢可不是顽的，快回去罢。”黛玉道：“我也家去歇息了，明儿再见罢。”说着，便自取路去了。宝玉只得闷闷的转步，忽想起黛玉无人随伴，忙命小丫头跟送回去。自己到了怡红院中，果有王夫人打发嬷嬷们来，分付他明日一早过贾赦那边去，与方才黛玉之言相对。

原来贾赦已将迎春许与孙家了。这孙家乃是大同府人氏，祖上系是军官出身，乃当日宁、荣府中之门生，算来亦系世交。如今孙家只有一人在京，现袭指挥之职，此人名唤孙绍祖，生得相貌魁梧，体格健壮，弓马娴熟，应酬权变，年纪未满三十，且又家资饶富，现在兵部候缺题升。因未曾娶妻，贾赦见是世交子侄，且人品、家当都相称合，遂择为东床娇婿。亦曾回明贾母，贾母心中却不十分愿意，但想儿女之事，自有天意，况且他父亲主张，何必出头多事？因此只说“知道了”三字，余不多及。贾政又深恶孙家，虽是世交，不过是他祖父当日希慕荣、宁之势，有不能了结之事，才拜在门下的，并非诗礼名族之裔，因此倒劝谏过两次，无奈贾赦不听，也只得罢了。

宝玉却未曾会过这孙绍祖一面的，次日只得过去，聊以塞责。只听见那娶亲的日子甚近，不过今年就要过门的。又见邢夫人等回了贾母，将迎春接出大观园去，越发扫兴，每每痴痴呆呆的，不知作何消遣。又听说要陪四个丫头过去，更又跌足道：“从今后，这世上又少了五个清净人了！”因此，天天到紫菱洲一带地方徘徊瞻顾。见其轩窗寂寞，屏帐翛然，不过只有几个该班上夜的老妪。再看那岸上的蓼花苇叶，池内的翠荇香菱，也都觉摇摇落落，似有追忆故人之态，迥非素常逞妍斗色可比。所以情不自禁，乃信口吟成一歌曰：

池塘一夜秋风冷，吹散芰荷红玉影。蓼花菱叶不胜悲，
重露繁霜压纤梗。不闻永昼敲棋声，燕泥点点污棋枰。
古人惜别怜朋友，况我今当手足情！

宝玉方才吟罢，忽闻背后有人笑道：“你又发什么呆呢？”宝玉回头忙看是谁，原来是香菱。宝玉忙转身，笑问道：“我的姐姐，你这会子跑到这里来做什么？许多日子也不进来逛逛。”香菱拍手笑嘻嘻的说道：“我何曾不要来？如今你哥哥回来了，那里比先时自由自在的了。才刚我们太太使人找你凤姐姐去，竟没有找着，说往园子里来了。我听见这个话，我就讨了这个差，进来找他。遇见他的丫头，说在稻香村呢。如今我往稻香村去，谁知又遇见了你。我还要问你：袭人姐姐这几日可好？怎么忽然把个晴雯姐姐也没了？到底是什么病？二姑娘搬出去的好快，你瞧瞧，这地方一时间就空落落的了。”宝玉只有一味答应，又让他同到怡红院去吃茶。香菱道：“此刻竟不能，等找着琏二奶奶，说完了正经事再来。”宝玉道：“什么正经事，这般忙？”香菱道：“为

你哥哥娶嫂子的事，所以要紧。”宝玉道：“正是。说的到底是那一家的？只听见吵嚷了半年，今儿又说张家的好，明儿又要李家的，后儿又议论王家的。这些人家的女儿，他也不知造了什么罪，叫人家好端端的议论！”

香菱道：“如今定了，可以不用拉扯别家了。”宝玉忙问道：“定了谁家的？”香菱道：“因你哥哥上次出门时，顺路到了个亲戚家去。这门亲原是老亲，且又和我们是同在户部挂名行商，也是数一数二的大门户。前日说起来时，你们两府都也知道的。合京城里，上至王侯，下至买卖人，都称他家是‘桂花夏家’。”宝玉忙笑道：“如何又称为‘桂花夏家’？”香菱道：“他家本姓夏，非常的富贵。其余田地不用说，单有几十顷地种着桂花，凡这长安城里城外桂花局俱是他家的，连宫里一应陈设盆景亦是他家贡奉：因此才有这个混号。如今太爷也没了，只有老奶奶带着一个亲生的姑娘过活，也并没有哥儿弟兄。可惜他竟一门尽绝了后。”

宝玉忙道：“咱们也别管他绝后不绝后，只是这姑娘可还好？你们大爷怎么就中意了？”香菱笑说：“一则是天缘，二来是‘情人眼里出西施’。当年又是通家来往，从小儿都在一处厮混过。叙亲是姑舅兄妹，又没嫌疑。虽离开了这几年，前儿一到他家，夏奶奶又是没儿子的，一见了你哥哥出落得这样，又是哭，又是笑，竟比见了儿子的还胜。又令他兄妹相见。谁知这姑娘出落得花朵似的了，在家里也读书写字，所以你哥哥当时就一心看准了。连当铺里老朝奉伙计们一群人，蹧扰了人家三四日，他们还留多住几天，好容易苦辞才放回家。你哥哥一进门，就咕咕唧唧求我们太太去求亲。我们太太原是见过的，又且门当户对，也就依了。和这里姨太太、凤姑娘商议了，打发人去一说就成了。只是娶的日子太急，所以我们忙乱得很。我也巴不得早些过来，又添一个做诗的人了。”

宝玉冷笑道：“虽如此说，但只我倒替你担心虑后呢。”香菱道：“这是什么话？我倒不懂了。”宝玉笑道：“这有什么不懂的？只怕再有个人来，薛大哥就不肯疼你了。”香菱听了，不觉红了脸，正色道：“这是怎么说？素日咱们都是厮抬厮敬的，今日忽然提起这些事来，是什么意思！怪不得人人都说你是个亲近不得的人！”一面说，一面转身走了。

宝玉见他这样，便怅然如有所失，呆呆的站了半日，思前想后，不觉滴下泪来，只得没精打彩，还入怡红院来。一夜不曾安睡，种种不宁。次日便懒进饮食，身体发热。也因近日抄检大观园、逐司棋、别迎春、悲晴雯等羞辱、惊恐、悲凄所致，兼以风寒外感，遂致成疾，卧床不起。贾母听得如此，天天亲来看视。王夫人心中自悔不合因晴雯过于逼责了他。心中虽如此，脸上却不露出，只分付众奶娘等好生伏侍看守。一日两次带进医生来诊脉下药，一月之后方才渐渐的痊愈。贾母命好生保养，过百日方许动荤腥油面，方可出门行走。

这百日内，院门皆不许到，只在房中顽笑。至四五十日后，就把他拘的火星乱迸，那里忍耐得住？虽百般设法，无奈贾母、王夫人执意不从，也只得罢了。因此和那些丫鬟们无所不至，恣意耍笑作戏。又听得薛蟠那里摆酒唱戏，热闹非常，已娶亲入门。闻得这夏小姐十分俊俏，也略通文翰，宝玉恨不得就过去一见才好。再过些时，又闻得迎春出了阁。宝玉思及当时姊妹们一处，耳鬓厮磨，从今一别，纵得相逢，必不得似先前这等亲热了，眼前又不能去一望，真令人凄惶不尽。少不得潜心忍耐，暂同这些丫鬟们厮闹释闷，幸免贾政责备逼迫读书之难。这百日内，只不曾拆毁了怡红院，和这些丫头们无法无天，凡世上所无之事，都顽耍出来。如今且不消细说。

且说香菱自那日抢白了宝玉之后，心中自为宝玉有意唐突，“从此倒要远避他些才好”。因此，以后连大观园也不轻易进来了。日日忙乱着，薛蟠娶过亲，自为得了护身符，自己身上分去责任，到底比这样安宁些；二则又闻得是个有才有貌的佳人，自然是典雅和平的：因此，他心中盼过门的日子比薛蟠还急十倍。好容易盼得一日娶过了门，他便十分殷勤小心伏侍。

原来这夏家小姐，今年方十七岁，生得亦颇有姿色，亦颇识得几个字。若论心中的丘壑经纬，颇步熙凤的后尘。只吃亏了一件：从小时父亲去世的早，又无同胞弟兄，寡母独守此女，娇养溺爱，不啻珍宝，凡女儿一举一动，他母亲皆百依百顺，因此未免娇养太过，竟酿成个盗跖的情性。爱自己尊若菩萨，窥他人秽如粪土；外具花柳之姿，内秉风雷之性。在家中时常就和丫鬟们使性赌气，轻骂重打的。今日出了阁，自为要做当家的奶奶，比不得做女儿时腼腆温柔，须要拿出威风来，才钤压得住人；况且见薛蟠气质刚硬，举止骄奢，若不趁热灶一气炮制熟烂，将来必不能自竖旗帜矣；又见有香菱这等一个才貌俱全的爱妾在室，越发添了“宋太祖灭南唐”之意、“卧榻之侧，岂容他人酣睡”之心。因他家多桂花，他小名就叫做金桂。他在家时，不许人口中带出“金”“桂”二字来，凡有人不留心误道了一字者，他便定要苦打重罚才罢。他因想“桂花”二字是禁不住的，须得另唤一名，想这桂花曾有广寒嫦娥之说，便将桂花改为“嫦娥花”，又寓自己身分如此。

薛蟠本是个怜新弃旧的人，且是有酒胆无饭力的，如今得了这样一个妻子，正在新鲜兴头上，凡事未免尽让他些。那夏金桂见是这般形景，便也试着一步紧似一步。一月之中，二人气概都还相平；至两月之后，便觉薛蟠的气概渐次的低矮了下去。一日，薛蟠酒后不知要行何事，先与金桂商议，金桂执意不从。薛蟠忍不住，便发了几句话儿，赌气自行了。这金桂便气的哭如醉人一般，茶汤不进，妆起病来。请医疗治，医生又说：“气血相逆，当进宽胸顺气之剂。”薛姨妈恨得骂了薛蟠一顿，说：“如今娶了亲，眼前抱儿子了，还是这样胡闹！人家凤凰似的，好容易养了一个女儿，比花朵儿还轻巧，原看的你是个人物，才给你做老婆。你不说收了心安分守己，一心一计、和和气气的过日子，还是这样胡闹，噇嗓了黄汤折磨人家。这会子化钱吃药白遭心！”一席话，说的薛蟠后悔不迭，反来安慰金桂。

金桂见婆婆如此说，越发得了意，更妆出些张致来，总不理薛蟠。薛蟠没了主意，惟有自怨而已。好容易十天半月之后，才渐渐的哄转过金桂的心来，自此便加一倍小心，气概不免又矮了半截下来。那金桂见丈夫旗纛渐倒，婆婆良善，也就渐渐的持戈试马起来。先时不过挟制薛蟠，后来倚娇作媚，将及薛姨妈，后将至宝钗。宝钗久察其不轨之心，每每随机应变，暗以言语弹压其志。金桂知其不可犯，便欲寻隙，苦得无隙可乘，倒只好曲意俯就。

一日，金桂无事，因和香菱闲谈，问香菱家乡父母。香菱皆答忘记。金桂便不悦，说有意欺瞒了他，因问：“‘香菱’二字，是谁起的？”香菱便答道：“姑娘起的。”金桂冷笑道：“人人都说姑娘通，只这一个名字就不通！”香菱忙笑道：“奶奶若说姑娘不通，奶奶没合姑娘讲究过。说起来，他的学问连咱们姨老爷时常还夸的呢。”欲知金桂说出何话，且听下回分解。

第八十回　美香菱屈受贪夫棒　王道士胡诌妒妇方

话说香菱言还未尽，金桂听了，将脖项一扭，嘴唇一撇，鼻孔里哧哧两声，拍着掌冷笑道：“菱角花开谁见香来？若是菱角香了，正经那些香花放在那里？可是不通之极！”香菱道：“不独菱花香，就连荷叶、莲蓬，都是有一股清香的。但他原不是花香可比，若静日静夜或清早半夜细领略了去，那一股清香比是花都好闻呢。就连菱角、鸡头、苇叶、芦根，得了风露，那一股清香也是令人心神爽快的。”金桂道：“依你说，这兰花、桂花倒香的不好了？”

香菱说到热闹头上，忘了忌讳，便接口道："兰花、桂花的香，又非别的香可比。"

一句未完，金桂的丫头名唤宝蟾的，忙指着香菱的脸说道："你可要死！你怎么叫起姑娘的名字来？"香菱猛省了，反不好意思，忙陪笑道："一时顺了嘴，奶奶别计较。"金桂笑道："这有什么？你也太小心了。但只是我想这个'香'字到底不妥，意思要换一个字，不知你服不服？"香菱笑道："奶奶说那里话，此刻连我一身一体俱是奶奶的，何得换一个名字反问我服不服，叫我如何当得起！奶奶说那一个字好，就用那一个。"金桂冷笑道："你虽说的是，只怕姑娘多心。"香菱笑道："奶奶原来不知：当日买了我时，原是老太太使唤的，故此姑娘起了这个名字。后来伏侍了爷，就与姑娘无涉了。如今又有了奶奶，益发不与姑娘相干。且姑娘又是极明白的人，如何恼得这些呢？"金桂道："既这样说，'香'字竟不如'秋'字妥当：菱角、菱花皆盛于秋，岂不比'香'字有来历些？"香菱笑道："就依奶奶这样罢。"自此后遂改了"秋"字，宝钗亦不在意。

只因薛蟠天性是得陇望蜀的，如今娶了金桂，又见金桂的丫头宝蟾有三分姿色，举止轻浮可爱，便时常要茶要水的，故意撩逗他。宝蟾虽亦解事，只怕金桂，不敢造次，且看金桂的眼色。金桂亦觉察其意，想着："正要摆布香菱，无处寻隙，如今他既看上了宝蟾，我且舍出宝蟾与他，他一定就和香菱疏远了。我再乘他疏远之时摆布了香菱，那时宝蟾原是我的人，也就好处了。"打定了主意，俟机而发。

这日，薛蟠晚间微醺，又命宝蟾倒茶来吃。薛蟠接碗时，故意捏他的手，宝蟾又乔妆躲闪，连忙缩手，两下失误，豁啷一声，茶碗落地，泼了一身一地的茶。薛蟠不好意思，佯说宝蟾："不好生拿着！"宝蟾说："姑爷不好生接。"金桂冷笑道："两个人的腔调儿都够使的了，别打谅谁是傻子！"薛蟠低头微笑不语，宝蟾红了脸出去。一时安歇之时，金桂便故意的撵薛蟠别处去睡，"省的得了馋痨似的"！薛蟠只是笑。金桂道："要做什么和我说，别偷偷摸摸的不中用！"薛蟠听了，仗着酒盖脸，就势跪在被上，拉着金桂笑道："好姐姐，你若把宝蟾赏了我，你要怎样就怎样！你要活人脑子也弄来给你！"金桂笑道："这话好不通！你爱谁，说明了，就收在房中，省得别人看着不雅。我可要什么呢。"薛蟠得了这话，喜的称谢不尽，是夜曲尽丈夫之道，竭力奉承金桂。次日也不出门，只在家中厮奈，越发放大了胆子。

至午后，金桂故意出去，让个空儿与他二人。薛蟠便拉拉扯扯的起来。

宝蟾心里也知八九分了，就半推半就。正要入港，谁知金桂是有心等候的，料着在难分之际，便叫小丫头小舍儿过来。原来这小丫头也是金桂在家从小使唤的，因他自小父母双亡，无人看管，便大家叫他做小舍儿，专做些粗活。金桂如今有意，独唤他来分付道："你去告诉秋菱，到我房里，将我的绢子取来。不必说我说的。"小舍儿听了，一径去寻着秋菱，说："菱姑娘，奶奶的绢子忘记在房里了，你去取了来送上去，岂不好？"

秋菱正因金桂近日每每的挫折他，不知何意，百般竭力挽回不暇；听了这话，忙往房里来取，不防正遇着他二人推就之际，一头撞了进去，自己倒羞的耳面通红，转身回避不及。薛蟠自为是过了明路的，除了金桂，无人可怕，所以连门也不掩。这会秋菱撞来，故还不十分在意。无奈宝蟾素日最是说嘴要强的，今既遇了秋菱，便恨无地可入，忙推开薛蟠一径跑了，口内还怨恨不绝，说他强奸力逼。薛蟠好容易哄得上手，却被秋菱打散，不免一腔的兴头变做了一腔的恶怒，都在秋菱身上，不容分说，赶出来啐了两口，骂道："死倡妇，你这会子做什么来撞尸游魂！"秋菱料事不好，三步两步早已跑了。

薛蟠再来找宝蟾，已无踪迹了，于是只恨的骂秋菱。至晚饭后，已吃得醺醺然，洗澡时不防水略热了些，烫了脚，便说秋菱有意害他，赤条精光赶着秋菱踢打了两下。秋菱虽未受过这气苦，既到了此时，也说不得了，只好自悲自怨，各自走开。

彼时金桂已暗和宝蟾说明，今夜令薛蟠在宝蟾房中去成亲，命秋菱过来陪自己安睡。先是秋菱不肯，金桂说他嫌肮脏了，再必是图安逸，怕夜里劳动伏侍。又骂说："你那没见世面的主子，见一个爱一个，把我的丫头霸占了去，又不叫你来，到底是什么主意？想必是逼死我就罢了！"薛蟠听了这话，又怕闹黄了宝蟾之事，忙又赶来骂秋菱："不识抬举！再不去，就要打了！"秋菱无奈，只得抱了铺盖来。金桂命他在地下铺着睡，秋菱只得依命。刚睡下，便叫倒茶，一时又要捶腿：如是者一夜七八次，总不使其安逸稳卧片时。那薛蟠得了宝蟾，如获珍宝，一概都置之不顾，恨得金桂暗暗的发恨道："且叫你乐几天，等我慢慢的摆布了他，那时可别怨我！"一面隐忍，一面设计摆布秋菱。

半月光景，忽又妆起病来，只说心痛难忍，四肢不能运动，疗治不效。众人都说是秋菱气的。闹了两天，忽又从金桂枕头内抖出个纸人来，上面写着金桂的年庚八字，有五根针钉在心窝并肋肢骨缝等处。于是众人当作新闻，先报与薛姨妈。薛姨妈先忙手忙脚的，薛蟠自然更乱起来，立刻要拷打众人。金桂道：“何必冤枉众人？大约是宝蟾的镇魇法儿。”薛蟠道：“他这些时并没多空儿在你房里，何苦赖好人！”金桂冷笑道：“除了他还有谁？莫不是我自己害自己不成？虽有别人，如何敢进我的房呢？”薛蟠道：“秋菱如今是天天跟着你，他自然知道。先拷问他就知道了。”金桂冷笑道：“拷问谁？谁肯认？依我说，竟妆个不知道，大家丢开手罢了。横竖治死了我没什么要紧，乐得再娶好的。若据良心上说，左不过是你三个多嫌我一个！”一面说着，一面痛哭起来。

薛蟠更被这些话激怒，顺手抓起一根门闩来，一径抢步，找着秋菱，不容分说，便劈头劈脸浑身打起来，一口只咬定是秋菱所施。秋菱叫屈。薛姨妈跑来禁喝道：“不问清白就打起人来了！这丫头伏侍这几年，那一时不小心？他岂肯如今做这没良心的事？你且问个清红皂白再动粗卤。”金桂听见他婆婆如此说，怕薛蟠心软意活了，便泼声浪气大哭起来，说：“这半个多月，把我的宝蟾霸占了去，不容进我的房，惟有秋菱跟着我睡。我要拷问宝蟾，你又护在头里。你这会子又赌气打他去。治死我，再拣富贵的标致的娶来就是了，何苦做出这些把戏来！”薛蟠听了这些话，越发着了急。

薛姨妈听见金桂句句挟制着儿子，百般恶赖的样子，十分可恨。无奈儿子偏不硬气，已是被他挟制软惯了；如今又勾搭上丫头，被他说霸占了去，自己还要占温柔让夫之礼。这魇魔法究竟不知谁做的，正是俗语说的好，“清官难断家务事”，此时正是公婆难断床帏事了。因无法，只得赌气喝薛蟠说：“不争气的孽障！骚狗也比你体面些！谁知你三不知的，把陪房丫头也摸索上了，叫老婆说霸占了丫头，什么脸出去见人！也不知谁使的法子，也不问清就打人。我知道，你是个得新弃旧的东西，白孤负了当日的心。他既不好，你也不许打，我即刻叫人牙子来卖了他，你就心净了！”说着，又命秋菱：“收拾了东西跟我来！”一面叫人：“去！快叫个人牙子来，多少卖几两银子，拔去肉中刺、眼中钉，大家过太平日子！”

薛蟠见母亲生了气，早已低了头。金桂听了这话，便隔着窗子往外哭道：“你老人家只管卖人，不必说着一个拉着一个的。我们很是那吃醋拈酸、容不得下人的不成？怎么‘拔去肉中刺、眼中钉’？是谁的钉，谁的刺？但凡多嫌着他，也不肯把我的丫头也收在房里了。”薛姨妈听说，气的身战气咽，道：“这是谁家的规矩？婆婆在这里说话，媳妇隔着窗子拌嘴！亏你是旧家人家的女儿！满屋里大呼小喊，说的是什么！”薛蟠急得跺脚道：“罢了，罢了！看人家听见笑话！”金桂意谓一不做、二不休，越发喊起来了，说：“我不怕人笑话！你的小老婆治我害我，我倒怕人笑话了？再不然，留下他，卖了我！谁还不知道薛家有钱，行动拿钱垫人，又有好亲戚挟制着别人。你不趁早施为，还等什么？嫌我不好，谁叫你们瞎了眼，三求四告的跑了我们家，做什么去了？”一面哭喊，一面自己拍打。薛蟠急得说又不好，劝又不好，打又不好，央告又不好，只是出入唉声叹气，抱怨说运气不好。

当下薛姨妈早被宝钗劝进去了，只命人来卖香菱。宝钗笑道：“咱们家只知买人，并不知卖人之说，妈妈可是气糊涂了。倘或叫人听见，岂不笑话？哥哥、嫂子嫌他不好，留着我使唤，我正也没人呢。”薛姨妈道：“留下他还是惹气，不如打发了他干净。”宝钗笑道：“他跟着我也是一样，横竖不叫他到前头去。从此断绝了他那里，也与卖了的一样。”香菱早已跑到薛姨妈跟前痛哭哀求，不愿出去，情愿跟姑娘。薛姨妈只得罢了。

自此以后，香菱果跟随宝钗去了，把前面路径竟自断绝。虽然如此，终不免对月伤悲，挑灯自叹。虽然在薛蟠房中几年，皆因血分中有病，是以并无胎孕。今复加以气怨伤肝，内外折挫不堪，竟酿成干血之证，日渐羸瘦，饮食懒进，请医服药不效。那时金桂又吵闹了数次，气的薛姨妈母女惟暗自垂泪，怨命而已。薛蟠虽曾仗着酒胆挺撞过两次，持棍欲打，那金桂便递身叫打；这里持刀欲杀时，便伸着脖项叫杀。薛蟠也实不能下手，只得乱闹了一阵罢了。如今已成习惯自然，反使金桂越长威风，薛蟠越发软了骨头。虽是香菱犹在，却亦如不在的一般，虽不能十分畅快，也就不觉的碍眼了，且姑置不究。如今又渐次辱嗔宝蟾。宝蟾却比不得香菱的情性，最是个烈火干柴，既和薛蟠情投意合，便把金桂放在脑后。近见金桂又作践他，他便不肯低服半点。先是一冲一撞的拌嘴；后来金桂气急，甚至于骂，再至于打。他虽不敢还手，便也撒泼打滚、寻死觅活，昼则刀剪，夜则绳索，无所不闹。

薛蟠一身难以两顾，惟徘徊观望，十分闹得无法，便出门躲着。金桂不发作性气，有时欢喜，便纠聚人来斗牌、掷骰行乐。又生平最喜啃骨头，每日务要杀鸡鸭，将肉赏人吃，只单是油炸的焦骨头下酒。吃得不耐烦，便肆行海骂，说：“有别的忘八粉头乐的，我为什么不乐！”薛家母女总不去理他，惟暗里落泪。薛蟠亦无别法，惟悔恨不该娶这“搅家精”，都是一时没了主意。于是宁、荣二府之人，上上下下，无有不知、无有不叹者。

此时宝玉已过了百日，出门行走，亦曾过来，见过金桂：举止形容，也不怪厉，一般是鲜花嫩柳，与众姊妹不差上下，焉得这等情性？可为奇事，因此心中纳闷。这日与王夫人请安去，又正遇见迎春奶娘来家请安，说起孙绍祖，甚属不端，“姑娘惟有背地里淌眼抹泪的，只要接了来家散诞两日”。王夫人因说：“我正要这两日接他去，只是七事八事的都不遂心，所以就忘了。前日宝玉去了，回来也曾说过的。明日是个好日子，就接他去。”正说时，贾母打发人来找宝玉，说：“明儿一早往天齐庙还愿去。”宝玉如今巴不得各处去逛逛，听见如此，喜的一夜不曾合眼。

次日一早，梳洗穿戴已毕，随了两三个老嬷嬷，坐车出西城门外天齐庙来烧香还愿。这庙里已是昨日预备停妥的。宝玉天性怯懦，不敢近狰狞神鬼之像。这天齐庙本系前朝所修，极其宏壮；如今年岁既久，又极其荒凉，里面泥胎塑像皆极其凶恶，是以忙忙的焚过纸马钱粮，便退至道院歇息。一时吃饭毕，众嬷嬷和李贵等围随宝玉到各处顽耍了一回。宝玉困倦，复回至净室安歇。众嬷嬷生恐他睡着了，忙请了当家的老王道士来陪他说话儿。这老道士专在江湖上卖药，弄些海上方治病射利，庙外现挂着招牌，丸散膏药色色俱备。亦长在宁、荣二府走动惯熟，都与他起了个浑号，唤他做“王一贴”：言他膏药灵验，一贴病除。当下王一贴进来。宝玉正歪在炕上想睡，李贵等正说“哥儿别睡着了”，厮混着；看见王一贴进来，笑道：“来得好。王师父，你极会说笑话儿的，说一个与我们大家听听。”王一贴笑道：“正是呢。哥儿别睡，仔细肚子里面筋作怪。”说着，满屋里人都笑了。宝玉也笑着起身整衣。

王一贴命徒弟们：“快泡好茶来！”焙茗道：“我们爷不吃你的茶。坐在这屋里，还嫌膏药气息呢。”王一贴笑道：“没当家花花的，膏药从不拿进这屋里来的。知道哥儿今日必来，三五日头里就拿香薰了。”宝玉道：“可是呢。天天只听见你的膏药好，到底治什么病？”王一贴道：“若问我的膏药，说来话长，其中细理，一言难尽。共药一百二十味，君臣相济，宾客得宜，温凉兼用，贵贱殊方。内则调元补气，养荣卫，开胃口，宁神定魄，去寒去暑，化食化痰；外则和血脉，舒筋络，去死生新，去风散毒。其效如神，贴过便知。”宝玉道：“我不信一张膏药就治这些病。我且问你：倒有一种病，也贴的好么？”王一贴道：“百病千灾，无不立效。如不效，哥儿只管揪胡子打我这老脸、拆我这庙，何如？只说出病源来。”宝玉道：“你猜。若猜得着，便贴得好。”王一贴听了，寻思一会，笑道：“这倒难猜，只怕膏药有些不美了。”宝玉命李贵等：“你们且出去散散。这屋里人多，越发蒸臭了。”李贵等听说，且都出去自便，只留下焙茗一人。这焙茗手内点着一枝梦甜香，宝玉命他坐在身边，却倚在他身上。王一贴心动，便笑着悄悄的说道：“我可猜着了！想是二爷如今有了房中的事情，要滋助的药，可是不是？”

话犹未完，焙茗先喝道：“该死！打嘴！”宝玉犹未解，忙问他：“说什么？”焙茗道：“信他胡说！”吓得王一贴不等再问，只说：“哥儿明说了罢。”宝玉道：“我问你：可有贴女人妒病的方子没有？”王一贴听了，拍手笑道：“这可罢了！不但说没有方子，就是听也没有听见过。”宝玉笑道：“这样还算不得什么。”王一贴又说道：“这贴妒的膏药倒没经过。有一种汤药或者可医，只是略慢些儿，不能立刻见效的。”宝玉道：“什么汤？怎么吃法？”王一贴道：“这叫做‘疗妒汤’：用极好的秋梨一个，二钱冰糖，一钱陈皮，水三碗，梨熟为度。每日清晨吃这一个梨，吃来吃去就好了。”宝玉道：“这也不值什么，只怕未必见效。”王一贴道：“一剂不效吃十剂，今日不效明日再吃，今年不效明年再吃。横竖这三味药都是润肺开胃不伤人的，甜丝丝的，又止咳嗽，又好吃。吃过一百岁，人横竖是要死的，死了还妒什么？那时就见效了。”说着，宝玉、焙茗都大笑不止，骂：“油嘴的牛头！”王一贴道：“不过是闲着解午盹罢了，有什么关系？说笑了你们就值钱。实告诉你们说，连膏药也是假的。我有真药，我还吃了做神仙呢！有真的，跑到这里来混？”正说之间，吉时已到，请宝玉出去奠酒，焚化钱粮散福。功课完毕，宝玉方进城回家。

那时迎春已来家好半日，孙家婆娘媳妇等人已待过晚饭，打发回家去了。迎春方哭哭啼啼，在王夫人房中诉委屈，说孙绍祖：“一味好色、好赌、酗酒，家中所有的媳妇丫头将及淫遍。略劝过两三次，便骂我是‘醋汁子老婆拧出来的’。又说老爷曾收着他五千银子，不该使了他的。如今他来要了两三次不得，便指着我的脸说道：‘你别和我充夫人娘子！你老子使了我五千银子，把你准折卖给我的。好不好，打你一顿，撵到下房里睡去！当日有你爷爷在时，希冀上我们的富贵，赶着相与的。论理，我和你父亲是一辈，如今压着我的头，晚了一辈。又不该做了这门亲，倒没的叫人看着赶势利似的。’”一行说，一行哭得呜呜咽咽，连王夫人并众姊妹无不落泪。王夫人只得用言解劝，说：“已是遇见了这不晓事的人，可怎么样呢？想当日你叔叔也曾劝过大老爷，不叫做这门亲的。大老爷执意不听，一心情愿，到底做不好了。我的儿，这也是你的命。”迎春哭道：“我不信我的命就这么苦！从小儿没有娘，幸而过婶娘这边来，过了几年心净日子，如今偏又是这么个结果！”

王夫人一面劝，一面问他随意要在那里安歇。迎春道：“乍乍的离了姊妹们，只是眠思梦想；二则还记挂着我的屋子，还得在园里住个三五天，死也甘心了。不知下次来还得住不得住了呢！”王夫人忙劝道：“快休乱说。年轻的夫妻们斗牙斗齿，也是泛泛人的常事，何必说这些丧话！”仍命人忙忙的收拾紫菱洲房屋，命姊妹们陪伴着解释。又分付宝玉：“不许在老太太跟前走漏一些风声。倘或老太太知道了这些事，都是你说的！”宝玉唯唯的听命。

迎春是夕仍在旧馆安歇，众姊妹、丫鬟等更加亲热异常。一连住了三日，才往邢夫人那边去。先辞过贾母及王夫人，然后与众姊妹分别，各皆悲伤不舍。还是王夫人、薛姨妈等安慰劝释，方止住了。过那边去，又在邢夫人处住了两日，就有孙家的人来接去。迎春虽不愿去，无奈惧孙绍祖之恶，只得勉强忍情，作辞去了。邢夫人本不在意，也不问其夫妻和睦、家务烦难，只面情塞责而已。要知后事，且看下回分解。

第八十一回　占旺相四美钓游鱼　奉严词两番入家塾

且说迎春归去之后，邢夫人像没有这事，倒是王夫人抚养了一场，却甚实伤感，在房中自己叹息了一回。只见宝玉走来请安，看见王夫人脸上似有泪痕，也不敢坐，只在旁边站着。王夫人叫他坐下，宝玉才挨上炕来，就在王夫人身旁坐了。王夫人见他呆呆的瞅着，似有欲言不言的光景，便道：“你又为什么这样呆呆的？”宝玉道：“并不为什么，只是昨儿听见二姐姐这种光景，我实在替他受不得。虽不敢告诉老太太，却这两夜只是睡不着。我想，咱们这样人家的姑娘，那里受得这样的委屈？况且二姐姐是个最懦弱的人，向来不会和人拌嘴，偏偏儿的遇见这样没人心的东西，竟一点儿不知道女人的苦处！”说着，几乎滴下泪来。王夫人道：“这也是没法儿的事。俗语说的，‘嫁出去的女孩儿，泼出去的水’，叫我能怎么样呢？”

宝玉道：“我昨儿夜里倒想了一个主意：咱们索性回明了老太太，把二姐姐接回来，还叫他紫菱洲住着，仍旧我们姐妹弟兄们一块儿吃，一块儿顽，省得受孙家那混帐行子的气。等他来接，咱们硬不叫他去。由他接一百回，咱们留一百回，只说是老太太的主意。这样岂不好呢？”王夫人听了，又好笑，又好恼，说道：“你又发了呆气了，混说的是什么！大凡做了女孩儿，终久是要出门子的。嫁到人家去，娘家那里顾得？也只好看他自己的命运：碰得好就好，碰得不好也就没法儿。你难道没听见人说‘嫁鸡随鸡，嫁狗随狗’？那里个个都像你大姐姐做娘娘呢？况且你二姐姐是新媳妇，孙姑爷也还是年轻的人，各人有各人的脾气，新来乍到，自然要有些扭謷的。过几年大家摸着脾气儿，生儿长女以后，那就好了。你断断不许在老太太跟前说起半个字！我知道了，是不依的。你快些干你的去罢，不要在这里混说。”说得宝玉也不敢作声，坐了一回，无精打彩的出来了。憋着一肚子闷气，无处可泄，走到园中，一径往潇湘馆来。刚进了门，便放声大哭起来。

黛玉正在梳洗才毕，见宝玉这个光景，倒吓了一跳，问："是怎么了？合谁呕了气了？"连问几声，宝玉低着头，伏在桌子上呜呜咽咽，哭的说不出话来。黛玉便在椅子上怔怔的瞅着他，一会子问道："到底是别人合你呕了气了，还是我得罪了你呢？"宝玉摇手道："都不是，都不是！"黛玉道："那么着，为什么这么伤起心来？"宝玉道："我只想着咱们大家越早些死的越好，活着真真没有趣儿！"黛玉听了这话，更觉惊讶，道："这是什么话！你真正发了疯了不成？"宝玉道："也并不是我发疯。我告诉你，你也不能不伤心。前儿二姐姐回来的样子和那些话，你也都听见、看见了。我想人到了大的时候，为什么要嫁？嫁出去，受人家这般苦楚！还记得咱们初结‘海棠社’的时候，大家吟诗，做东道，那时候何等热闹！如今宝姐姐家去了，连香菱也不能过来，二姐姐又出了门子了，几个知心知意的人都不在一处，弄得这样光景！我原打算去告诉老太太，接二姐姐回来，谁知太太不依，倒说我呆、混说，我又不敢言语。这不多几时，你瞧瞧，园中光景已经大变了。若再过几年，又不知怎么样呢！故此越想，不由人不心里难受起来。"黛玉听了这番言语，把头渐渐的低了下去，身子渐渐的退至炕上，一言不发，叹了口气，便向里躺下去了。

紫鹃刚拿进茶来，见他两个这样，正在纳闷。只见袭人来了，进来看见宝玉，便说道："二爷在这里么？老太太那里叫呢。我估量着二爷就是在这里。"黛玉听见是袭人，便欠身起来让坐。黛玉的两个眼圈儿已经哭的通红了，宝玉看见，道："妹妹，我刚才说的，不过是些呆话，你也不用伤心。你要想我的话时，身子更要保重才好。你歇歇儿罢，老太太那边叫我，我看看去就来。"说着，往外走了。袭人悄问黛玉道："你两个人又为什么？"黛玉道："他为他二姐姐伤心。我是刚才眼睛发痒揉的，并不为什么。"袭人也不言语，忙跟了宝玉出来，各自散了。宝玉来到贾母那边，贾母却已经歇晌，只得回到怡红院。

到了午后，宝玉睡了中觉起来，甚觉无聊，随手拿了一本书看。袭人见他看书，忙去泡茶伺候。谁知宝玉拿的那本书，却是《古乐府》，随手翻来，正看见曹孟德“对酒当歌，人生几何’一首，不觉刺心。因放下这一本，又拿一本看时，却是晋文，翻了几页，忽然把书掩上，托着腮，只管痴痴的坐着。袭人倒了茶来，见他这般光景，便道：“你为什么又不看了？”宝玉也不答言，接过茶来喝了一口，便放下了。袭人一时摸不着头脑，也只管站在旁边呆呆的看着他。忽见宝玉站起来，嘴里自言自语的说道：“好一个‘放浪形骸之外’！”袭人听见，又好笑，又不敢问他，只得劝道：“你若不爱看这些书，不如还到园里逛逛，也省得闷出毛病来。”那宝玉只管口中答应，只管出着神往外走了。

一时，走到沁芳亭，但见萧疏景象，人去房空。又来至蘅芜院，更是香草依然，门窗掩闭。转过藕香榭来，远远的只见几个人在蓼溆一带阑干上靠着，有几个小丫头蹲在地下找东西。宝玉轻轻的走在假山背后听着。只听一个说道：“看他洑上来不洑上来！”好似李纹的语音。一个笑道：“好，下去了！我知道他不上来的。”这个却是探春的声音。一个又道：“是了。姐姐你别动，只管等着，他横竖上来。”一个又说：“上来了！”这两个却是李绮、邢岫烟的声儿。宝玉忍不住，拾了一块小砖头儿往那水里一撂，咕咚一声，四个人都吓了一跳，惊讶道：“这是谁这么促狭！吓了我们一跳。”宝玉笑着从山子后直跳出来，笑道：“你们好乐啊，怎么不叫我一声儿！”探春道：“我就知道再不是别人，必是二哥哥这样淘气。没什么说的，你好好儿的赔我们的鱼罢！刚才一个鱼上来，刚刚儿的要钓着，被你吓跑了。”

宝玉笑道：“你们在这里顽，竟不找我，我还要罚你们呢。”大家笑了一回。宝玉道：“咱们大家今儿钓鱼，占占谁的运气好：看谁钓得着，就是他今年的运气好；钓不着，就是他今年运气不好。咱们谁先钓？”探春便让李纹，李纹不肯。探春笑道：“这样，就是我先钓。”回头向宝玉说道：“二哥哥，你再赶走了我的鱼，我可不依了。”宝玉道：“头里原是我要吓你们顽，这会子你只管钓罢。”探春把丝绳抛下，没十来句话的工夫，就有一个杨叶窜儿吞着钩子，把漂儿坠下去。探春把竿一挑，往地下一撩，却是活迸的。侍书在满地上乱抓，两手捧着搁在小磁坛内，清水养着。探春把钓竿递与李纹。李纹也把钓竿垂下，但觉丝儿一动，忙挑起来，却是个空钩子；又垂下去半晌，钓丝一动，又挑起来，还是空钩子。李纹把那钩子拿上来一瞧，原来往里钩了。李纹笑道：“怪不得钓不着。”忙叫素云把钩子敲好了，换上新虫子，上边贴好了苇片儿。垂下去一会儿，见苇片直沉下去，急忙提起来，倒是一个二寸长的鲫瓜儿。李纹笑着道：“宝哥哥钓罢。”宝玉道：“索性三妹妹合邢妹妹钓了我再钓。”岫烟却不答言。只见李绮道：“宝哥哥先钓罢。”说着，水面上起了一个泡儿。探春道：“不必尽着让了。你看那鱼都在三妹妹那边呢，还是三妹妹快着钓罢。”李绮笑着，接了钓竿儿，果然沉下去就钓了一个。然后岫烟也钓着了一个，随将竿子仍旧递给探春，探春才递与宝玉。

宝玉道：“我是要做姜太公的。”便走下石矶，坐在池边钓起来。岂知那水里的鱼看见人影，都躲到别处去了。宝玉抡着钓竿等了半天，那钓丝儿动也不动。刚有一个鱼儿在水边吐沫，宝玉把竿子一幌，又吓走了，急的宝玉道：“我最是个性儿急的人，他偏性儿慢！这可怎么样呢？好鱼儿，快来罢，你也成全成全我呢！”说得四人都笑了。一言未了，只见钓丝微微一动，宝玉喜极，满怀用力往上一兜，把钓竿往石上一碰，折作两段，丝也振断了，钩子也不知往那里去了。众人越发笑起来。探春道：“再没见像你这样卤人！”

正说着，只见麝月慌慌张张跑来，说：“二爷，老太太已醒了，叫你快去呢。”五个人都吓了一跳。探春便问麝月道：“老太太叫二爷什么事？”麝月道：“我也不知道，就只听见说是什么闹破了，叫宝玉来问；还要叫琏二奶奶一块儿查问呢。”吓得宝玉发了一回呆，说道：“不知又是那个丫头遭了瘟了。”探春道：“不知什么事，二哥哥，你快去。有什么信儿，先叫麝月来告诉我们一声儿。”说着，便同李纹、李绮、岫烟走了。

宝玉走到贾母房中，只见王夫人陪着贾母摸牌。宝玉看见无事，才把心放下了一半。贾母见他进来，便问道：“你前年那一次大病的时候，后来亏了一个疯和尚和个瘸道人治好了的。那会子病里，你觉得是怎么样？”宝玉想了一回，道：“我记得得病的时候儿，好好的站着，倒像背地里有人把我拦头一棍，疼的眼睛前头漆黑，看见满屋子里都是些青面獠牙、拿刀举棒的恶鬼；躺在炕上，觉着脑袋上加了几个脑箍似的，以后便疼的任什么不知道了。到好的时候，又记得堂屋里一片金光直照到我房里来，那些鬼都跑着躲避，便不见了。我的头也不疼了，心上也就清楚了。”贾母告诉王夫人道：“这个样儿也就差不多了。”

说着，凤姐也进来了，见了贾母，又回身见过了王夫人，说道：“老祖宗要问我什么？”贾母道：“你前年害了邪病，你还记得怎么样？”凤姐儿答道：“我也不很记得了。但觉自己身子不由自主，倒像有些鬼怪拉拉扯扯，要我杀人才好，有什么拿什么，见什么杀什么。自己原觉很乏，只是不能住手。”贾母道：“好的时候还记得么？”凤姐道：“好的时候，好像空中有人说了几句话似的，却不记得说什么来着。”贾母道：“这么看起来，竟是他了。他姐儿两个病中的光景合才说的一样。这老东西竟这样坏心，宝玉枉认了他做干妈！倒是这个和尚、道人，阿弥陀佛，才是救宝玉性命的，只是没有报答他。”凤姐道：“怎么老太太想起我们的病来呢？”贾母道：“你问你太太去，我懒怠说。”

王夫人道：“才刚老爷进来说起，宝玉的干妈竟是个混帐东西，邪魔怪道的。如今闹破了，被锦衣府拿住送入刑部监，要问死罪的了，前几天被人告发的。那个人叫做什么潘三保，有一所房子卖与斜对过当铺里。这房子加了几倍价钱，潘三保还要加，当铺里那里还肯？潘三保便买嘱了这老东西，因他常到当铺里去，那当铺里人的内眷都与他好的。他就使了个法儿，叫人家的内人便得了邪病，家翻宅乱起来。他又去说这个病他能治，就用些神马纸钱烧献了，果然见效。他又向人家的内眷们要了十几两银子。岂知老佛爷有眼，应该败露了：这一天急要回去，掉了一个绢包儿，当铺里人捡起来一看，里头有许多纸人，还有四丸子很香的香。正诧异着呢，那老东西倒回来找这绢包儿。这里的人就把他拿住，身边一搜，搜出一个匣子，里面有象牙刻的一男一女，不穿衣服光着身子的两个魔王，还有七根朱红绣花针。立时送到锦衣府去，问出许多官员家大户太太、姑娘们的隐情事来，所以知会了营里，把他家中一抄，抄出好些泥塑的煞神，几匣子闹香。炕背后空屋子里挂着一盏七星灯，灯下有几个草人，有头上戴着脑箍的，有胸前穿着钉子的，有项上拴着锁子的。柜子里无数纸人儿，底下几篇小帐，上面记着某家验过，应找银若干，得人家油钱香分，也不计其数。”

凤姐道：“咱们的病一准是他！我记得咱们病后，那老妖精向赵姨娘处来过几次，要向赵姨娘讨银子，见了我，便脸上变貌变色，两眼黧鸡似的。我当初还猜疑了几遍，总不知什么原故。如今说起来，却原来都是有因的。但只我在这里当家，自然惹人恨怨，怪不得人治我；宝玉可合人有什么雠呢，忍得下这样毒手！”贾母道：“焉知不因我疼宝玉，不疼环儿，竟给你们种了毒了呢。”王夫人道：“这老货已经问了罪，决不好叫他来对证；没有对证，赵姨娘那里肯认帐？事情又大，闹出来，外面也不雅。等他自作自受，少不得要自己败露的。”贾母道：“你这话说的也是。这样事，没有对证，也难作准。只是佛爷菩萨看的真，他们姐儿两个，如今又比谁不济了呢？罢了，过去的事，凤哥儿也不必提了。今日你合你太太都在我这边吃了晚饭再过去罢了。”遂叫鸳鸯、琥珀等传饭。凤姐赶忙笑道：“怎么老祖宗倒操起心来？”王夫人也笑了。只见外头几个媳妇伺候。凤姐连忙告诉小丫头儿传饭：“我合太太都跟着老太太吃。”正说着，只见玉钏儿走来，对王夫人道：“老爷要找一件什么东西，说太太伺候了老太太的饭完了，自己去找一找呢。”贾母道：“你去罢，保不住你老爷有要紧的事。”王夫人答应着，便留下凤姐儿伺候，自己退了出去。

回至房中，合贾政说了些闲话，把东西找了出来。贾政便问道：“迎儿已经回去了，他在孙家怎么样？”王夫人道：“迎丫头一肚子眼泪，说孙姑爷凶横的了不得。”因把迎春的话说了一遍。贾政叹道：“我原知不是对头，无奈大老爷已说定了，教我也没法。不过迎丫头受些委屈罢了。”王夫人道：“这还是新媳妇，只指望他以后好了好。”说着，嗤的一笑。贾政道：“笑什么？”王夫人道：“我笑宝玉今儿早起特特的到这房里来，说的都是些孩子话。”贾政道：“他说什么？”王夫人把宝玉言语笑述了一遍。贾政也就忍不住的笑，因又说道：“你提宝玉，我正想起一件事来。这小孩子天天放在园里，也不是事。生女儿不得济，还是别人家的人；生儿若不济事，关系非浅。前日倒有人和我提起一位先生来，学问人品都是极好的，也是南边人。但我想南边先生情性最是和平，咱们城里的孩子，个个踢天弄井，鬼聪明倒是有的，可以搪塞就搪塞过去了，胆子又大，先生再要不肯给没脸，一日哄哥儿似的，没的白耽误了。所以老辈子不肯请外头的先生，只在本家择出有年纪、再有点学问的请来掌家塾。如今儒大太爷虽学问也只中平，便还弹压的住这些小孩子们，不至以颟顸了事。我想宝玉闲着总不好，不如仍旧叫他家塾中读书去罢了。”王夫人道：“老爷说的很是。自从老爷外任去了，他又常病，竟耽搁了好几年。如今且在家学里温习温习，也是好的。”贾政点头，又说些闲话，不题。

且说宝玉次日起来，梳洗已毕，早有小厮们传进话来，说：“老爷叫二爷说话。”宝玉忙整理了衣裳，来至贾政书房中，请了安站着。贾政道：“你近来做些什么功课？虽有几篇字，也算不得什么。我看你近来的光景，越发比头几年散荡了，况且每每听见你推病，不肯念书。如今可大好了？我还听见你天天在园子里和姊妹们顽顽笑笑，甚至和那些丫头们混闹，把自己的正经事总丢在脑袋后头。就是做得几句诗词，也并不怎么样，有什么稀罕处？比如应试选举，到底以文章为主，你这上头倒没有一点儿工夫。我可嘱付你：自今日起，再不许做诗做对的了，单要习学八股文章。限你一年，若毫无长进，你也不用念书了，我也不愿有你这样的儿子了！”遂叫李贵来，说：“明儿一早传焙茗跟了宝玉去收拾应念的书籍，一齐拿过来我看看，亲自送他到家学里去。”喝命宝玉：“去罢！明日起早来见我！”宝玉听了，半日竟无一言可答，因回到怡红院来。

袭人正在着急听信，见说取书，倒也欢喜。独是宝玉要人即刻送信与贾母，欲叫拦阻。贾母得信，便命人叫过宝玉来，告诉他说：“只管放心先去，别叫你老子生气。有什么难为你，有我呢。”宝玉没法，只得回来，嘱付了丫头们：“明日早早叫我，老爷要等着送我到家学里去呢。”袭人等答应了，同麝月两个倒替着醒了一夜。次日一早，袭人便叫醒宝玉，梳洗了，换了衣服，打发小丫头儿传了焙茗在二门上伺候，拿着书籍等物。袭人又催了两遍，宝玉只得出来，过贾政书房中来。先打听：“老爷过来了没有？”书房中小厮答应：“方才一位清客相公请老爷回话，里边说梳洗呢，命清客相公出去候着去了。”宝玉听了，心里稍稍安顿，连忙到贾政这边来。恰好贾政着人来叫，宝玉便跟着进去。贾政不免又嘱付几句话，带了宝玉上了车，焙茗拿着书籍，一直到家塾中来。

早有人先抢一步回代儒说：“老爷来了。”代儒站起身来，贾政早已走入，向代儒请了安。代儒拉着手问了好，又问：“老太太近日安么？”宝玉过来也请了安。贾政站着，请代儒坐了，然后坐下。贾政道：“我今日自己送他来，因要求托一番。这孩子年纪也不小了，到底要学个成人的举业，才是终身成名之事。如今他在家中只是和些孩子们混闹，虽懂得几句诗词，也是胡诌乱道的；就是好了，也不过是风云月露，与一生的正事毫无关涉。”代儒道：“我看他相貌也还体面，灵性也还去得，为什么不念书，只是心野贪顽？诗词一道，不是学不得的，只要发达了以后，再学还不迟呢。”贾政道：“原是如此。目今只求叫他读书、讲书、作文章。倘或不听教训，还求太爷认真的管教他，才不至有名无实的，白耽误了他的一世。”说毕站起来，又作了一个揖，然后说了些闲话，才辞了出去。代儒送至门首，说：“老太太前替我问好请安罢。”贾政答应着，自己上车去了。

代儒回身进来，看见宝玉在西南角靠窗户摆着一张花梨小桌，右边堆下两套旧书，薄薄儿的一本文章，叫焙茗将纸、墨、笔、砚都放在抽屉里藏着。代儒道：“宝玉，我听见说你前儿有病，如今可大好了？”宝玉站起来道：“大好了。”代儒道：“如今论起来，你可也该用功了。你父亲望你成人，恳切的很。你且把从前念过的书打头儿理一遍。每日早起理书，饭后写字，晌午讲书，念几遍文章就是了。”

宝玉答应了个“是”，回身也坐下时，不免四面一看。见昔时金荣辈不见了几个，又添了几个小学生，都是些粗俗异常的。忽然想起秦钟来，如今没有一个做得伴、说得知心话儿的，心上凄然不乐，却不敢作声，只有闷着看书。代儒告诉宝玉道：“今日头一天，早些放你家去罢。明日要讲书了。但是你又不是很愚夯的，明日我倒要你先讲一两章书我听，试试你近来的工课何如，我才晓得你到怎么个分儿上头。”说得宝玉心中乱跳。欲知明日讲解何如，且听下回分解。

第八十二回　老学究讲义警顽心　病潇湘痴魂惊恶梦

话说宝玉下学回来，见了贾母。贾母笑道：“好了，如今野马上了笼头了。去罢，见见你老爷，回来散散儿去罢。”宝玉答应着，去见贾政。贾政道：“这早晚就下了学了么？师父给你定了工课没有？”宝玉道：“定了。早起理书，饭后写字，晌午讲书、念文章。”贾政听了，点点头儿，因说：“去罢，还到老太太那边陪着坐坐去。你也该学些人功道理，别一味的贪顽。晚上早些睡，天天上学，早些起来。你听见了？”宝玉连忙答应几个“是”，退出来，忙忙又去见王夫人，又到贾母那边打了个照面儿，赶着出来，恨不得一走就走到潇湘馆才好。

刚进门口，便拍着手笑道：“我依旧回来了！”猛可里倒吓了黛玉一跳。紫鹃打起帘子，宝玉进来坐下。黛玉道：“我恍惚听见你念书去了，这么早就回来了？”宝玉道：“嗳呀，了不得！我今儿不是被老爷叫了念书去了么？心上倒像没有和你们见面的日子了。好容易熬了一天，这会子瞧见你们，竟如死而复生的一样。真真古人说‘一日三秋’，这话再不错的。”黛玉道：“你上头去过了没有？”宝玉道：“都去过了。”黛玉道：“别处呢？”宝玉道：“没有去。”黛玉道：“你也该瞧瞧他们去。”宝玉道：“我这会子懒怠动了，只和妹妹坐着说一会话儿罢了。老爷还叫早睡早起，只好明日再瞧他们去了。”黛玉道：“你坐坐儿，可是正该歇歇儿去了。”宝玉道：“我那里是乏，只是闷得慌。这会子咱们坐着，才把闷散了，你又催起我来。”黛玉微微的一笑，因叫紫鹃：“把我的龙井茶给二爷泡一碗。二爷如今念书了，比不得头里。”紫鹃笑着答应，去拿茶叶，叫小丫头子泡茶。

宝玉接着说道：“还提什么念书，我最厌这些道学话。更可笑的是八股文章，拿他诓功名、混饭吃也罢了，还要说‘代圣贤立言’！好些的，不过拿些经书凑搭凑搭还罢了；更有一种可笑的，肚子里原没有什么，东拉西扯，弄的牛鬼蛇神，还自以为博奥。这那里是阐发圣贤的道理？目下老爷口口声声叫我学这个，我又不敢违拗，你这会子还提念书呢！”黛玉道：“我们女孩儿家虽然不要这个，但小时跟着你们雨村先生念书，也曾看过。内中也有近情近理的，也有清微淡远的。那时候虽不大懂，也觉得好，不可一概抹倒。况且你要取功名，这个也清贵些。”宝玉听到这里，觉得不甚入耳，因想黛玉从来不是这样人，怎么也这样势欲薰心起来？又不敢在他跟前驳回，只在鼻子眼里笑了一声。

正说着，忽听外面两个人说话，却是秋纹和紫鹃。只听秋纹道：“袭人姐姐叫我老太太那里接去，谁知却在这里！”紫鹃道：“我们这里才泡了茶，索性让他吃了去。”说着，二人一齐进来。宝玉和秋纹笑道：“我就过去，又劳动你来找。”秋纹未及答言，只见紫鹃道：“你快吃了茶去罢，人家都想了一天了！”秋纹啐道：“呸！好混帐丫头！”说的大家都笑了。宝玉起身才辞了出来。黛玉送到房门口儿，紫鹃在台阶下站着，宝玉出去，才回房里来。

却说宝玉回到怡红院中，进了屋子，只见袭人从里间迎出来，便问：“回来了么？”秋纹应道：“二爷早来了，在林姑娘那边来着。”宝玉道：“今日有事没有？”袭人道：“事却没有。方才太太叫鸳鸯姐姐来分付我们：如今老爷发狠叫你念书，如有丫鬟们再敢和你顽笑，都要照着晴雯、司棋的例办。我想，伏侍你一场，赚了这些言语，也没什么趣儿。”说着，便伤起心来。宝玉忙道：“好姐姐，你放心。我只好生念书，太太再不说你们了。我今儿晚上还要看书，明日师父叫我讲书呢。我要使唤，横竖有麝月、秋纹呢，你歇歇去罢。”袭人道：“你要真肯念书，我们伏侍你也是欢喜的。”宝玉听了，赶忙吃了晚饭，就叫点灯，把念过的四书翻出来。只是从何处看起？翻了一本看去，章章里头似乎明白，细按起来却不很明白。看着小注，又看讲章。闹到起更以后了，自己想道：“我在诗词上觉得很容易，在这个上头竟没头脑。”便坐着呆呆的呆想。袭人道：“歇歇罢，做工夫也不在这一时的。”

宝玉嘴里只管胡乱答应。麝月、袭人才伏侍他睡下，两个才也睡了。及至睡醒一觉，听得宝玉炕上还是翻来覆去，袭人道：“你还醒着呢么？你倒别混想了，养养神，明儿好念书。”宝玉道：“我也是这样想，只是睡不着。你来给我揭去一层被。”袭人道：“天气不热，别揭罢。”宝玉道：“我心里烦躁的很。”自把被窝褪下来。袭人忙爬起来接住，把手去他头上一摸，觉得微微有些发烧，袭人道:“你别动了，有些发烧了。”宝玉道:“可不是。”袭人道:“这是怎么说呢？”宝玉道：“不怕，是我心烦的原故。你别吵嚷，省得老爷知道了，必说我装病逃学，不然怎么病的这样巧？明儿好了，原到学里去就完事了。”袭人也觉得可怜，说道：“我靠着你睡罢。”便和宝玉捶了一回脊梁，不知不觉大家都睡着了。直到红日高升，方才起来。宝玉道:“不好了，晚了！”急忙梳洗毕，问了安，就往学里来了。

代儒已经变着脸，说:“怪不得你老爷生气，说你没出息！第二天你就懒惰，这是什么时候才来！”宝玉把昨儿发烧的话说了一遍，方过去了，原旧念书。到了下晚，代儒道：“宝玉，有一章书你来讲讲。”宝玉过来一看，却是“后生可畏”章。宝玉心上说:“这还好，幸亏不是《学》《庸》。”问道:“怎么讲呢？”代儒道：“你把节旨、句子细细儿讲来。”宝玉把这章先朗朗的念了一遍，说：“这章书是圣人勉励后生，教他及时努力，不要弄到——”说到这里，抬头向代儒一瞧。代儒觉得了，笑了一笑，道:“你只管说，讲书是没有什么避忌的，《礼记》上说‘临文不讳’。只管说，‘不要弄到’什么？”宝玉道：“不要弄到老大无成。先将‘可畏’二字激发后生的志气，后把‘不足畏’三字警惕后生的将来。”说罢，看着代儒。代儒道:“也还罢了。串讲呢？”宝玉道:“圣人说:人生少时，心思才力，样样聪明能干，实在是可怕的，那里料得定他后来的日子不像我的今日？若是悠悠忽忽到了四十岁，又到五十岁，既不能够发达，这种人虽是他后生时像个有用的，到了那个时候，这一辈子就没有人怕他了。”代儒笑道：“你方才节旨讲的倒清楚，只是句子里有些孩子气。‘无闻’二字，不是不能发迹做官的话。‘闻’，是实在自己能够明理见道，就不做官也是有‘闻’了。不然，古圣贤有遁世不见知的，岂不是不做官的人？难道也是‘无闻’么？‘不足畏’，是使人料得定，方与‘焉知’的‘知’字对针，不是‘怕’的字眼。要从这里看出，方能入细。你懂得不懂得？”宝玉道：“懂得了。”

代儒道：“还有一章，你也讲一讲。”代儒往前揭了一篇，指给宝玉。宝玉看是“吾未见好德如好色者也”。宝玉觉得这一章却有些刺心，便陪笑道：“这句话没有什么讲头。”代儒道：“胡说！譬如场中出了这个题目，也说没有做头么？”宝玉不得已，讲道：“是圣人看见人不肯好德，见了色便好的了不得，殊不想德是性中本有的东西，人偏都不肯好他。至于那个色呢，虽也是从先天中带来，无人不好的，但是德乃天理，色是人欲，人那里肯把天理好的像人欲似的？孔子虽是叹息的话，又是望人回转来的意思。并且见得人就有好德的，好得终是浮浅，直要像色一样的好起来，那才是真好呢。”代儒道：“这也讲的罢了。我有句话问你：你既懂得圣人的话，为什么正犯着这两件病？我虽不在家中，你们老爷也不曾告诉我，其实你的毛病我却尽知的。做一个人，怎么不望长进？你这会儿正是‘后生可畏’的时候，‘有闻’，‘不足畏’，全在你自己做去了。我如今限你一个月，把念过的旧书全要理清；再念一个月文章以后，我要出题目叫你作文章了。如若懈怠，我是断乎不依的。自古道：‘成人不自在，自在不成人。’你好生记着我的话。”宝玉答应了，也只得天天按着功课干去，不提。

且说宝玉上学之后，怡红院中甚觉清净闲暇。袭人倒可做些活计，拿着针钱要绣个槟榔包儿。想着如今宝玉有了工课，丫头们可也没有饥荒了，早要如此，晴雯何至弄到没有结果？兔死狐悲，不觉滴下泪来。忽又想到自己终身，本不是宝玉的正配，原是偏房。宝玉的为人却还拿得住，只怕娶了一个利害的，自己便是尤二姐、香菱的后身。素来看着贾母、王夫人光景，及凤姐儿往往露出话来，自然是黛玉无疑了，那黛玉就是个多心人。想到此际，脸红心热，拿着针不知戳到那里去了。便把活计放下，走到黛玉处去探探他的口气。

黛玉正在那里看书，见是袭人，欠身让坐。袭人也连忙迎上来，问：“姑娘这几天身子可大好了？”黛玉道：“那里能够，不过略硬朗些。你在家里做什么呢？”袭人道：“如今宝二爷上了学，房中一点事儿没有，因此来瞧瞧姑娘，说说话儿。”说着，紫鹃拿茶来。袭人忙站起来，道：“妹妹坐着罢。”因又笑道：“我前儿听见秋纹说，妹妹背地里说我们什么来着？”紫鹃也笑道：“姐姐信他的话！我说宝二爷上了学，宝姑娘又隔断了，连香菱也不过来，自然是闷的。”袭人道：“你还提香菱呢，这才苦呢！撞着这位太岁奶奶，难为他怎么过！”把手伸着两个指头道：“说起来，比他还利害，连外头的脸面都不顾了！”黛玉接着道：“他也够受了，尤二姑娘怎么死了！”袭人道：“可不是。想来都是一个人，不过名分里头差些，何苦这样毒？外面名声也不好听。”黛玉从不闻袭人背地里说人，今听此话有因，便说道：“这也难说。但凡家庭之事，不是东风压了西风，就是西风压了东风。”袭人道：“做了旁边人，心里先怯了，那里倒敢去欺负人呢。”

说着，只见一个婆子在院里问道：“这里是林姑娘的屋子么？那位姐姐在这里呢？”雪雁出来一看，模模糊糊认得是薛姨妈那边的人，便问道：“作什么？”婆子道：“我们姑娘打发来给这里林姑娘送东西的。”雪雁道：“略等等儿。”雪雁进来回了黛玉，黛玉便叫领他进来。那婆子进来请了安，且不说送什么，只是觑着眼瞧黛玉，看的黛玉脸上倒不好意思起来，因问道：“宝姑娘叫你来送什么？”婆子方笑着回道：“我们姑娘叫给姑娘送了一瓶儿蜜饯荔枝来。”回头又瞧见袭人，便问道：“这位姑娘不是宝二爷房里的花姑娘么？”袭人笑道：“妈妈怎么认的我？”婆子笑道：“我们只在太太屋里看屋子，不大跟太太、姑娘出门，所以姑娘们都不大认得。姑娘们碰着到我们那边去，我们都模糊记得。”说着，将一个瓶儿递给雪雁。又回头看看黛玉，因笑着向袭人道：“怨不得我们太太说这林姑娘和你们宝二爷是一对儿，原来真是天仙似的！”袭人见他说话造次，连忙岔道：“妈妈你乏了，坐坐吃茶罢。”那婆子笑嘻嘻的道：“我们那里忙呢，都张罗琴姑娘的事呢。姑娘还有两瓶荔枝，叫给宝二爷送去。”说着，颤颤巍巍告辞出去。

黛玉虽恼这婆子方才冒撞，但因是宝钗使来的，也不好怎么他。等他出了屋门，才说一声道：“给你们姑娘道费心。”那老婆子还只管嘴里自言自语的说：“这样好模样儿，除了宝玉，什么人擎受的起！”黛玉只装没听见。袭人笑道：“怎么人到了老来，就是混说白道的？叫人听着又生气，又好笑。”一时雪雁拿过瓶子来与黛玉看，黛玉道：“我懒怠吃，拿了搁起去罢。”又说了一回话，袭人才去了。

一时，晚妆将卸，黛玉进了套间，猛抬头看见了荔枝瓶，不禁想起日间老婆子的一番混话，甚是刺心，当此黄昏人静，千愁万绪堆上心来，想起：“自己身子不牢，年纪又大了，看宝玉的光景，心里虽没别人，但是老太太、舅母又不见有半点意思。深恨父母在时，何不早定了这头婚姻。”又转念一想道：“倘若父母在时，别处定了婚姻，怎能够似宝玉这般人材心地？不如此时尚有可图。”心内一上一下，辗转缠绵，竟好像辘轳一般。叹了一回气，吊了几点泪，无情无绪，和衣倒下。

不知不觉，只见小丫头走来说道：“外面雨村贾老爷请姑娘。”黛玉道：“我虽跟他读过书，却不比男学生，要见我做什么？况且他和舅舅往来，从未提起，我也不便见的。”因叫小丫头回覆：“身上有病，不能出来。与我请安道谢就是了。”小丫头道：“只怕要与姑娘道喜，南京还有人来接。”说着，又见凤姐儿、邢夫人、王夫人、宝钗等都来笑道：“我们一来道喜，二来送行。”黛玉慌道：“你们说什么话？”凤姐道：“你还装什么呆？你难道不知道林姑爷升了湖北的粮道，娶了一位继母，十分合心合意。如今想着你撂在这里，不成事体，因托了贾雨村作媒，将你许了你继母的什么亲戚，还说是续弦，所以着人到这里来接你回去。大约一到家中，就要过去的。都是你继母作主。怕的是道儿上没有照应，还叫你琏二哥哥送去。”说得黛玉一身冷汗。黛玉又恍惚父亲果在那里做官的样子，心上急着，硬说道：“没有的事！都是凤姐姐混闹。”只见邢夫人向王夫人使个眼色儿：“他还不信呢，咱们走罢。”黛玉含着泪道：“二位舅母，坐坐去。”众人不言语，都冷笑而去。

黛玉此时心中干急，又说不出来，哽哽咽咽，恍惚又是和贾母在一处的似的，心中想道：“此事惟求老太太，或还可救。”于是两腿跪下去，抱着贾母的腰说道：“老太太救我！我南边是死也不去的。况且有了继母，又不是我的亲娘。我是情愿跟着老太太一块儿的。”但见老太太呆着脸儿笑道：“这个不干我事。”黛玉哭道：“老太太，这是什么事呢？”老太太道：“续弦也好，倒多一副妆奁。”黛玉哭道：“我若在老太太跟前，决不使这里分外的闲钱，只求老太太救我！”贾母道：“不中用了。做了女人，总是要出嫁的，你孩子家不知道，在此地终非了局。”黛玉道：“我在这里，情愿自己做个奴婢过活，自做自吃，也是愿意，只求老太太作主！”见贾母总不言语，黛玉又抱着贾母哭道：“老太太，你向来最是慈悲的，又最疼我的，到了紧急的时候怎么全不管？你别说我是你的外孙女儿，是隔了一层了；我的娘是你的亲生女儿，看我娘分上，也该护庇些！”说着，撞在怀里痛哭。听见贾母道：“鸳鸯，你来送姑娘出去歇歇，我倒被他闹乏了。”

黛玉情知不是路了，求去无用，不如寻个自尽，站起来往外就走。深痛自己没有亲娘，便是外祖母与舅母、姊妹们，平时何等待的好，可见都是假的。又一想：“今日怎么独不见宝玉？或见一面，看他还有法儿？”便见宝玉站在面前，笑嘻嘻的说：“妹妹大喜呀！”黛玉听了这一句话，越发急了，也顾不得什么了，把宝玉紧紧拉住，说：“好，宝玉，我今日才知道你是个无情无义的人了！”宝玉道：“我怎么无情无义？你既有了人家儿，咱们各自干各自的了。”黛玉越听越气，越没了主意，只得拉着宝玉哭道：“好哥哥！你叫我跟了谁去？”宝玉道：“你要不去，就在这里住着。你原是许了我的，所以你才到我们这里来。我待你是怎么样的，你也想想。”

黛玉恍惚又像果曾许过宝玉的，心内忽又转悲作喜，问宝玉道：“我死活打定主意的了，你到底叫我去不去？”宝玉道：“我说叫你住下，你不信我的话，你就瞧瞧我的心！”说着，就拿着一把小尖刀子往胸口上一划，只见鲜血直流。黛玉吓得魂飞魄散，忙用手握着宝玉的心窝，哭道：“你怎么做出这个事来！你先来杀了我罢！”宝玉道：“不怕！我拿我的心给你瞧。”还把手在划开的地方儿乱抓。黛玉又颤又哭，又怕人撞破，抱住宝玉痛哭。宝玉道：“不好了！我的心没有了，活不成了！”说着，眼睛往上一翻，咕咚就倒了。黛玉拚命放声大哭。只听见紫鹃叫道：“姑娘，姑娘！怎么魇住了？快醒醒儿，脱了衣服睡罢。”

黛玉一翻身，却原来是一场恶梦，喉间犹是哽咽，心上还是乱跳，枕头上已经湿透，肩背身心但觉冰冷。想了一回：“父亲死得久了，与宝玉尚未放定，这是从那里说起？”又想梦中光景，无倚无靠，再真把宝玉死了，那可怎么样好！一时痛定思痛，神魂俱乱。又哭了一回，遍身微微的出了一点儿汗。扎挣起来，把外罩大袄脱了，叫紫鹃盖好了被窝，又躺下去。翻来覆去，那里睡得着？只听得外面淅淅飒飒，又像风声，又像雨声。又停了一会子，又听得远远的吆呼声儿：却是紫鹃已在那里睡着，鼻息出入之声。自己扎挣着爬起来，围着被坐了一会，觉得窗缝里透进一缕凉风来，吹得寒毛直竖，便又躺下。正要朦胧睡去，听得竹枝上不知有多少鸦雀儿的声儿，啾啾唧唧叫个不住。那窗上的纸，隔着屉子，渐渐的透进清光来。

黛玉此时已醒的双眸炯炯，一回儿咳嗽起来，连紫鹃都咳嗽醒了。紫鹃道：“姑娘，你还没睡着么？又咳嗽起来了，想是着了风了。这会儿窗户纸发清了，也待好亮起来了。歇歇儿罢，养养神，别尽着想长想短的了。”黛玉道：“我何尝不要睡？只是睡不着。你睡你的罢。”说了又嗽起来。紫鹃见黛玉这般光景，心中也自伤感，睡不着了。听见黛玉又嗽，连忙起来，捧着痰盒。这时天已亮了。黛玉道：“你不睡了么？”紫鹃笑道：“天都亮了，还睡什么呢？”黛玉道：“既这样，你就把痰盒儿换了罢。”紫鹃答应着，忙出来换了一个痰盒儿，将手里的这个盒儿放在桌上，开了套间门出来，仍旧带上门，放下洒花软帘，出来叫醒雪雁。开了房门去倒那盒子时，只见满盒子痰，痰中好些血星，吓了紫鹃一跳，不觉失声道：“嗳哟，这还了得！”黛玉里面接着问：“是什么？”紫鹃自知失言，连忙改说道：“手里一滑，几乎失了痰盒子。”黛玉道：“不是盒子里的痰有了什么？”紫鹃道：“没有什么。”说着这句话时，心中一酸，那眼泪直流下来，声儿早已岔了。

黛玉因为喉间有些甜腥，早自疑惑，方才听见紫鹃在外边诧异，这会子又听见紫鹃说话声音带着悲惨的光景，心中觉了八九分，便叫紫鹃："进来罢，外头看凉着。"紫鹃答应了一声，这一声更比头里凄惨，竟是鼻中酸楚之音。黛玉听了，凉了半截。看紫鹃推门进来时，尚拿手帕拭眼。黛玉道："大清早起，好好的为什么哭？"紫鹃勉强笑道："谁哭来？早起起来，眼睛里有些不舒服。姑娘今夜大概比往常醒的时候更大罢？我听见咳嗽了大半夜。"黛玉道："可不是。越要睡，越睡不着。"紫鹃道："姑娘身上不大好，依我说，还得自己开解着些。身子是根本，俗语说的：'留得青山在，依旧有柴烧。'况这里自老太太、太太起，那个不疼姑娘？"只这一句话，又勾起黛玉的梦来，觉得心头一撞，眼中一黑，神色俱变。紫鹃连忙端着痰盒，雪雁捶着脊梁，半日才吐出一口痰来。痰中一缕紫血，簌簌乱跳。紫鹃、雪雁脸都吓黄了。两个在旁边守着，黛玉便昏昏躺下。紫鹃看着不好，连忙努嘴儿，叫雪雁叫人去。

雪雁才出了屋门，只见翠缕、翠墨两个人笑嘻嘻的走来。翠缕便道："林姑娘怎么这早晚还不出门？我们姑娘和三姑娘都在四姑娘屋里，讲究四姑娘画的那张园子景儿呢。"雪雁连忙摆手儿，翠缕、翠墨二人倒都吓了一跳，说："这是什么原故？"雪雁将方才的事一一告诉他二人。二人都吐了吐舌头儿，说："这可不是顽的！你们怎么不告诉老太太去？这还了得！你们怎么这么糊涂！"雪雁道："我这里才要去，你们就来了。"正说着，只听紫鹃叫道："谁在外头说话？姑娘问呢。"三个人连忙一齐进来。

翠缕、翠墨见黛玉盖着被躺在床上，见了他二人，便说道："谁告诉你们了，你们这样大惊小怪的？"翠墨道："我们姑娘和云姑娘才都在四姑娘屋里，讲究四姑娘画的那张园子图儿，叫我们来请姑娘来，不知姑娘身上又欠安了。"黛玉道："也不是什么大病，不过觉得身子略软些，躺躺儿就起来了。你们回去告诉三姑娘和云姑娘，饭后若无事，倒是请他们来这里坐坐罢。宝二爷没到你们那边去？"二人答道："没有。"翠墨又道："宝二爷这两天上了学了，老爷天天要查工课，那里还能像从前那么乱跑呢。"黛玉听了，默然不言。二人又略站了一回，都悄悄的退出来了。

且说探春、湘云正在惜春那边评论惜春所画大观园图，说这个多一点，那个少一点；这个太疏，那个太密。大家又议着题诗，着人去请黛玉商议。正说着，忽见翠缕、翠墨二人回来，神色匆忙。湘云便先问道："林姑娘怎么不来？"翠缕道："林姑娘昨日夜里又犯了病了，咳嗽了一夜。我们听见雪雁说，吐了一盒子痰血。”探春听了，诧异道：“这话真么？”翠缕道：“怎么不真？”翠墨道：“我们刚才进去瞧了瞧，颜色不成颜色，说话儿的气力儿都微了。”湘云道：“不好的这么着，怎么还能说话呢？”探春道：“怎么你这么糊涂！不能说话，不是已经——”说到这里，却咽住了。惜春道：“林姐姐那样一个聪明人，我看他总有些瞧不破，一点半点儿都要认起真来，天下事那里有多少真的呢？”探春道：“既这么着，咱们都过去看看。倘若病的利害，咱们好过去告诉大嫂子回老太太，传大夫进来瞧瞧，也得个主意。”湘云道：“正是这样。”惜春道：“姐姐们先去，我回来再过去。”

于是探春、湘云扶了小丫头，都到潇湘馆来。进入房中，黛玉见他二人，不免又伤心起来。因又转念想起梦中，“连老太太尚且如此，何况他们？况且我不请他们，他们还不来呢”。心里虽是如此，脸上却碍不过去，只得勉强令紫鹃扶起，口中让坐。探春、湘云都坐在床沿上，一头一个，看了黛玉这般光景，也自伤感。探春便道：“姐姐怎么身上又不舒服了？”黛玉道：“也没什么要紧，只是身子软得很。”紫鹃在黛玉身后偷偷的用手指那痰盒儿。湘云到底年轻，性情又兼直爽，伸手便把痰盒拿起来看。不看则已，看了吓的惊疑不止，说：“这是姐姐吐的？这还了得！”初时黛玉昏昏沉沉，吐了也没细看，此时见湘云这么说，回头看时，自己早已灰了一半。探春见湘云冒失，连忙解说道：“这不过是肺火上炎，带出一半点来，也是常事。偏是云丫头不拘什么，就这样蝎蝎螫螫的！”湘云红了脸，自悔失言。

探春见黛玉精神短少，似有烦倦之意，连忙起身说道：“姐姐静静的养养神罢，我们回来再瞧你。”黛玉道：“累你二位记着。”探春又嘱付紫鹃：“好生留神伏侍姑娘。”紫鹃答应着。探春才要走，只听外面一个人嚷起来。未知是谁，且看下回分解。

第八十三回　省宫闱贾元妃染恙　闹闺阃薛宝钗吞声

话说探春、湘云才要走时，忽听外面一个人嚷道：“你这不成人的小蹄子！你是个什么东西，来这园子里头混搅！”黛玉听了，大叫一声道：“这里住不得了！”一手指着窗外，两眼反插上去，哭的过去了。原来黛玉住在大观园中，虽靠着贾母疼爱，然在别人身上，凡事终是寸步留心。听见窗外老婆子这样骂着，在别人呢，一句是贴不上的，竟像专骂着自己的。自思一个千金小姐，只因没了爹娘，不知何人指使这老婆子来这般辱骂，那里委屈得来？因此肝肠崩裂，哭晕去了。紫鹃只是哭叫：“姑娘怎么样了？快醒转来罢！”探春也叫了一回。半晌，黛玉回过这口气，还说不出话来，那只手仍向窗外指着。

探春会意，开门出去，看见老婆子手中拿着拐棍，赶着一个不干不净的毛丫头道：“我是为照管这园中的花果树木来到这里，你作什么来了？等我家去，打你一个知道！”这丫头扭着头，把一个指头探在嘴里，瞅着老婆子笑。探春骂道：“你们这些人，如今越发没了王法了！这里是你骂人的地方儿么？”老婆子见是探春，连忙陪着笑脸儿，说道：“刚才是我的外孙女儿，看见我来了，他就跟来了。我怕他闹，所以才吆喝他回去，那里敢在这里骂人呢？”探春道：“不用多说了，快给我都出去。这里林姑娘身上不大好，还不快去么！”老婆子答应了几个“是”，说着一扭身去了。那丫头也就跑了。探春回来，看见湘云拉着黛玉的手只管哭，紫鹃一手抱着黛玉，一手给黛玉揉胸口，黛玉的眼睛方渐渐的转过来了。探春笑道：“想是听见老婆子的话，你疑了心了么？”黛玉只摇摇头儿。探春道：“他是骂他外孙女儿，我刚才也听见了。这种东西，说话再没有一点道理的，他们懂得什么避讳！”

黛玉听了，点点头儿，拉着探春的手道：“妹妹。”叫了一声，又不言语了。探春又道：“你别心烦。我来看你，是姊妹们应该的，你又少人伏侍。只要你安心肯吃药，心上把喜欢事儿想想，能够一天一天的硬朗起来，大家依旧结社做诗，岂不好呢？”湘云道：“可是三姐姐说的，那么着不乐？”黛玉哽咽道：“你们只顾要我喜欢，可怜我那里赶得上这日子？只怕不能够了。”探春道：“你这话说的太过了。谁没个病儿灾儿的？那里就想到这里来了？你好生歇歇儿罢，我们到老太太那边，回来再看你。你要什么东西，只管叫紫鹃告诉我。”黛玉流泪道：“好妹妹，你到老太太那里，只说我请安，身上略有些不好，不是什么大病，也不用老太太烦心的。”探春答应道：“我知道，你只管养着罢。”说着，才同湘云出去了。

这里紫鹃扶着黛玉躺在床上，地下诸事自有雪雁照料，自己只守着旁边。看着黛玉，又是心酸，又不敢哭泣。那黛玉闭着眼躺了半晌，那里睡得着？觉得园里头平日只见寂寞，如今躺在床上，偏听得风声，虫鸣声，鸟语声，人走的脚步响声，又像远远的孩子们啼哭声，一阵一阵的聒噪的烦躁起来，因叫紫鹃放下帐子来。雪雁捧了一碗燕窝汤递与紫鹃。紫鹃隔着帐子轻轻问道：“姑娘，喝一口汤罢？”黛玉微微应了一声。紫鹃复将汤递给雪雁，自己上来，搀扶黛玉坐起，然后接过汤来，搁在唇边试了一试，一手搂着黛玉肩背，一手端着汤送到唇边。黛玉微微睁眼，喝了两三口，便摇摇头儿不喝了。紫鹃仍将碗递给雪雁，轻轻扶黛玉睡下。

静了一时，略觉安顿。只听窗外悄悄说道：“紫鹃妹妹在家么？”雪雁连忙出来，见是袭人，因悄悄说道：“姐姐屋里坐着。”袭人也便悄悄问道：“姑娘怎么着？”一面走，一面雪雁告诉夜间及方才之事。袭人听了这话，也吓怔了，因说道：“怪道刚才翠缕到我们那边，说你们姑娘病了，吓的宝二爷连忙打发我来看看是怎么样。”正说着，只见紫鹃从里间掀起帘子，望外看见袭人，点头儿叫他。袭人轻轻走过来，问道：“姑娘睡着了么？”紫鹃点点头儿，问道：“姐姐才听见说了？”袭人也点点头儿，蹙着眉道：“终久怎么样好呢？那一位昨夜也把我吓了个半死儿。”紫鹃忙问：“怎么了？”袭人道：“昨日晚上睡觉还是好好儿的，谁知半夜里一叠连声的喊起心疼来，嘴里胡说白道，只说好像刀子割了去的似的。直闹到打亮梆子以后，才好些了。你说吓人不吓人？今日不能上学，还要请大夫来吃药呢。”

正说着，只听黛玉在帐子里又咳嗽起来。紫鹃连忙过来捧痰盒儿接痰。黛玉微微睁眼，问道：“你合谁说话呢？”紫鹃道：“袭人姐姐来瞧姑娘来了。”说着，袭人已走到床前。黛玉命紫鹃扶起，一手指着床边，让袭人坐下。袭人侧身坐了，连忙陪着笑劝道：“姑娘倒还是躺着罢。”黛玉道：“不妨，你们快别这样大惊小怪的。刚才是说谁半夜里心疼起来？”袭人道：“是宝二爷偶然魇住了，不是认真怎么样。”黛玉会意，知道是袭人怕自己又悬心的原故，又感激，又伤心，因趁势问道：“既是魇住了，不听见他还说什么？”袭人道：“也没说什么。”黛玉点点头儿。迟了半日，叹了一声，才说道：“你们别告诉宝二爷说我不好，看耽搁了他的工夫，又叫老爷生气。”袭人答应了，又劝道：“姑娘还是躺躺歇歇罢。”黛玉点头，命紫鹃扶着歪下。袭人不免坐在旁边又宽慰了几句，然后告辞。回到怡红院，只说黛玉身上略觉不受用，也没什么大病，宝玉才放了心。

且说探春、湘云出了潇湘馆，一路往贾母这边来。探春因嘱付湘云说道：“妹妹回来见了老太太，别像刚才那样冒冒失失的了。”湘云点头笑道：“知道了。我头里是被他吓的忘了神了。”说着，已到贾母那边。探春因提起黛玉的病来，贾母听了，自是心烦，因说道：“偏是这两个玉儿多病多灾的。林丫头一来二去的大了，他这个身子也要紧。我看那孩子太是个心细。”众人也不敢答言。贾母便向鸳鸯道：“你告诉他们：明儿大夫来瞧了宝玉，就叫他到林姑娘那屋里去。”鸳鸯答应着出来，告诉了婆子们，婆子们自去传话。这里探春、湘云就跟着贾母吃了晚饭，然后同回园中去，不提。

到了次日，大夫来了。瞧了宝玉，不过说饭食不调，着了点风邪儿，没大要紧，疏散疏散就好了。这里王夫人、凤姐等一面遣人拿了方子回贾母，一面使人到潇湘馆告诉说:“大夫就过来。”紫鹃答应了，连忙给黛玉盖好被窝，放下帐子。雪雁赶着收拾房里的东西。

一时，贾琏陪着大夫进来了，便说道：“这位老爷是常来的，姑娘们不用回避。”老婆子打起帘子，贾琏让着，进入房中坐下。贾琏道：“紫鹃姐姐，你先把姑娘的病势向王老爷说说。”王大夫道：“且慢说。等我诊了脉，听我说了，看是对不对。若有不合的地方，姑娘们再告诉我。”紫鹃便向帐中扶出黛玉的一只手来，搁在迎手上。紫鹃又把镯子连袖子轻轻的撸上，不叫压住了脉息。那王大夫诊了好一回儿，又换那只手也诊了，便同贾琏出来，到外间屋里坐下，说道：“六脉皆弦，因平日郁结所致。”说着，紫鹃也出来，站在里间门口。那王大夫便向紫鹃道：“这病时常应得头晕，减饮食，多梦；每到五更，必醒个几次；即日间听见不干自己的事，也必要动气，且多疑多惧。不知者疑为性情乖诞，其实因肝阴亏损，心气衰耗，都是这个病在那里作怪。不知是否？”紫鹃点点头儿，向贾琏道：“说的很是。”王大夫道：“既这样，就是了。”说毕，起身同贾琏往外书房去开方子。小厮们早已预备下一张梅红单帖。王太医吃了茶，因提笔先写道：

> 六脉弦迟，素由积郁。左寸无力，心气已衰。关脉独洪，肝邪偏旺。木气不能疏达，势必上侵脾土，饮食无味，甚至胜所不胜，肺金定受其殃。气不流精，凝而为痰，血随气涌，自然咳吐。理宜疏肝保肺，涵养心脾。虽有补剂，未可骤施。姑拟黑逍遥以开其先，复用归肺固金以继其后。不揣固陋，俟高明裁服。

又将七味药与引子写了。

贾琏拿来看时，问道：“血势上冲，柴胡使得么？”王大夫笑道：“二爷但知柴胡是升提之品，为吐衄所忌，岂知用鳖血拌炒，非柴胡不足宣少阳甲胆之气。以鳖血制之，使其不致升提，且能培养肝阴，制遏邪火，所以《内经》说：‘通因通用，塞因塞用。’柴胡用鳖血拌炒，正是假周勃以安刘的法子。”贾琏点头道：“原来是这么着，这就是了。”王大夫又道：“先请服两剂再加减，或再换方子罢。我还有一点小事，不能久坐，容日再来请安。”说着，贾琏送了出来，说道："舍弟的药，就是那么着了？"王大夫道："宝二爷倒没什么大病，大约再吃一剂就好了。"说着，上车而去。

这里贾琏一面叫人抓药，一面回到房中告诉凤姐黛玉的病原与大夫用的药，述了一遍。只见周瑞家的走来，回了几件没要紧的事。贾琏听到一半，便说道："你回二奶奶罢，我还有事呢。"说着就走了。周瑞家的回完了这件事，又说道："我方才到林姑娘那边，看他那个病，竟是不好呢。脸上一点血色也没有，摸了摸身上，只剩得一把骨头。问问他，也没有话说，只是流眼泪。回来紫鹃告诉我说：'姑娘现在病着，要什么，自己又不肯要。我打算要问二奶奶那里支用一两个月的月钱。如今吃药虽是公中的,零用也得几个钱。'我答应了他，替他来回奶奶。"凤姐低了半日头，说道："竟这么着罢，我送他几两银子使罢，也不用告诉林姑娘。这月钱却是不好支的，一个人开了例，要是都支起来，那如何使得呢？你不记得赵姨娘和三姑娘拌嘴了？也无非为的是月钱。况且近来你也知道，出去的多进来的少，总绕不过弯儿来。不知道的，还说我打算的不好。更有那一种嚼舌根的，说我搬运到娘家去了。周嫂子，你倒是那里经手的人，这个自然还知道些。"

周瑞家的道："真正委屈死人！这样大门头儿，除了奶奶这样心计儿当家罢了。别说是女人当不来，就是三头六臂的男人还撑不住呢，还说这些个混帐话！"说着，又笑了一声道："奶奶还没听见呢，外头的人还更糊涂呢。前儿周瑞回家来说起,外头的人打谅着咱们府里不知怎么样有钱呢。也有说:'贾府里的银库几间，金库几间，使用的家伙都是金子镶了、玉石嵌了的。'也有说：'姑娘做了王妃，自然皇上家的东西分了一半子给娘家。前儿贵妃娘娘省亲回来，我们还亲见他带了几车金银回来，所以家里收拾摆设的水晶宫似的。那日在庙里还愿，化了几万银子，只算得牛身上拔了一根毛罢了。'又有人说：'他门前的狮子只怕还是玉石的呢。园子里还有金麒麟，叫人偷了一个去，如今剩下一个了。家里的奶奶、姑娘不用说，就是屋里使唤的姑娘们，也是一点儿不动的，吃酒下棋，弹琴画画，横竖有伏侍的人呢。单管穿罗罩纱，吃的戴的，都是人家不认得的。那些哥儿、姐儿们更不用说了，要天上的月亮，也有人去拿下来给他顽。'还有歌儿呢，说是：'宁国府，荣国府，金银财宝如粪土。吃不穷，穿不穷，算来——'"说到这里，猛然咽住。原来那歌儿说道是："算来总是一场空。"这周瑞家的说溜了嘴，说到这里，忽然想起这话不好，因咽住了。

凤姐儿听了，已明白必是句不好的话了，也不便追问，因说道：“那都没要紧。只是这金麒麟的话，从何而来？”周瑞家的笑道：“就是那庙里的老道士送给宝二爷的小金麒麟儿。后来丢了几天，亏了史姑娘捡着还了他，外头就造出这些谣言来了。奶奶说这些人可笑不可笑？”凤姐道：“这些话倒不是可笑，倒是可怕的。咱们一日难似一日，外面还是这样讲究。俗语儿说的，‘人怕出名猪怕壮’，况且又是个虚名儿，终久还不知怎么样呢。”周瑞家的道：“奶奶虑的也是。只是满城里茶坊酒铺儿以及各胡同儿都是这样说，况且不是一年了，那里握的住众人的嘴？”凤姐点点头儿。因叫平儿称了几两银子递给周瑞家的，道：“你先拿去交给紫鹃，只说我给他添补买东西的。若要官中的，只管要去，别提这月钱的话。他也是个伶透人，自然明白我的话。我得了空儿就去瞧姑娘去。”周瑞家的接了银子，答应着自去，不提。

且说贾琏走到外面，只见一个小厮迎上来，回道：“大老爷叫二爷说话呢。”贾琏急忙过来，见了贾赦。贾赦道：“方才风闻宫里头传了一个太医院御医、两个吏目去看病，想来不是宫女儿下人了。这几天娘娘宫里有什么信儿没有？”贾琏道：“没有。”贾赦道：“你去问问二老爷和你珍大哥。不然，还该叫人去到太医院里打听打听才是。”贾琏答应了，一面分付人往太医院去，一面连忙去见贾政、贾珍。贾政听了这话，因问道：“是那里来的风声？”贾琏道：“是大老爷才说的。”贾政道：“你索性和你珍大哥到里头打听打听。”贾琏道：“我已经打发人往太医院打听去了。”一面说着，一面退出来去找贾珍。只见贾珍迎面来了，贾琏忙告诉贾珍。贾珍道：“我正也为听见这话，来回大老爷、二老爷去的。”于是两个人同着来见贾政。贾政道：“如系元妃，少不得终有信的。”说着，贾赦也过来了。

到了晌午，打听的尚未回来，门上人进来回道：“有两个内相在外，要见二位老爷呢。”贾赦道：“请进来。”门上的人领了老公进来。贾赦、贾政迎至二门外，先请了娘娘的安，一面同着进来，走至厅上，让了坐。老公道：“前日这里贵妃娘娘有些欠安，昨日奉过旨意，宣召亲丁四人进里头探问。许各带丫头一人，余皆不用。亲丁男人，只许在宫门外递个职名请安听信，不得擅入。准于明日辰巳时进去，申酉时出来。”贾政、贾赦等站着听了旨意，复又坐下，让老公吃茶毕，老公辞了出去。

贾政、贾赦送出大门，回来先禀贾母。贾母道：“亲丁四人，自然是我和你们两位太太了。那一个人呢？”众人也不敢答应。贾母想了想道：“必得是凤姐儿，他诸事有照应。你们爷儿们各自商量去罢。”贾赦、贾政答应了出来，除派了贾琏、贾蓉看家外，凡“文”字辈至“草”字辈一应都去。遂分付家人预备四乘绿轿，十余辆大车，明儿黎明伺候。家人答应去了。贾赦、贾政又进去回明贾母：“辰巳时进去，申酉时出来。今日早些歇歇，明日好早些起来，收拾进宫。”贾母道：“我知道，你们去罢。”赦、政等退出。这里邢夫人、王夫人、凤姐儿也都说了一会子元妃的病，又说了些闲话，才各自散了。

次日黎明，各间屋子丫头们将灯火俱已点齐，太太们各梳洗毕，爷们亦各整顿好了。一到卯初，林之孝合赖大进来，至二门口回道：“轿、车俱已齐备，在门外伺候着呢。”不一时，贾赦、邢夫人也过来了。大家用了早饭。凤姐先扶老太太出来，众人围随，各带使女一人，缓缓前行。又命李贵等二人先骑马去外宫门接应，自己家眷随后。“文”字辈至“草”字辈各自登车骑马，跟着众家人，一齐去了。贾琏、贾蓉在家中看家。

且说贾家的车辆轿马，俱在外西垣门口歇下等着。一回儿，有两个内监出来说道：“贾府省亲的太太、奶奶们，着令入宫探问；爷们内宫门外请安，不得入见。”门上人叫：“快进去。”贾府中四乘轿子跟着小内监前行，贾家爷们在轿后步行跟着，令众家人在外等候。走近宫门口，只见几个老公在门上坐着，见他们来了，便站起来说道：“贾府爷们至此。”贾赦、贾政便挨次立定。轿子抬至宫门口，便都出了轿。早有几个小内监引路，贾母等各有丫头扶着步行。走至元妃寝宫，只见奎壁辉煌，琉璃照耀。又有两个小宫女儿传谕道：“只用请安，一概仪注都免。”

贾母等谢了恩，来至床前请安毕，元妃都赐了坐。贾母等又告了坐。元妃便向贾母道：“近日身上可好？”贾母扶着小丫头颤颤巍巍站起来，答应道：“托娘娘洪福，起居尚健。”元妃又向邢夫人、王夫人问了好，邢、王二夫人站着回了话。元妃又问凤姐：“家中过的日子若何？”凤姐站起来回奏道：“尚可支持。”元妃道：“这几年来，难为你操心。”凤姐正要站起来回奏，只见一个宫女传进许多职名，请娘娘龙目。元妃看时，就是贾赦、贾政等若干人。那元妃看了职名，眼圈儿一红，止不住流下泪来。宫女儿递过绢子。元妃一面拭泪，一面传谕道：“今日稍安，令他们外面暂歇。”贾母等站起来又谢了恩。元妃含泪道：“父女弟兄，反不如小家子得以常常亲近。”贾母等都忍着泪道：“娘娘不用悲伤，家中已托着娘娘的福多了。”元妃又问：“宝玉近来若何？”贾母道：“近来颇肯念书。因他父亲逼得严紧，如今文字也都做上来了。”元妃道：“这样才好。”遂命外宫赐宴。便有两个宫女儿、四个小太监引了到一座宫里。已摆得齐整，各按坐次坐了，不必细述。

一时吃完了饭，贾母带着他婆媳三人谢过宴，又耽搁了一回，看看已近酉初，不敢羁留，俱各辞了出来。元妃命宫女儿引道，送至内宫门，门外仍是四个小太监送出。贾母等依旧坐着轿子出来，贾赦接着，大伙儿一齐回去。到家又要安排明后日进宫，仍令照应齐集，不题。

且说薛家夏金桂自赶了薛蟠出去，日间拌嘴没有对头，秋菱又住在宝钗那边去了，只剩得宝蟾一人同住。既给与薛蟠作妾，宝蟾的意气又不比从前了，金桂看去更是一个对头，自己也后悔不来。一日，吃了几杯闷酒，躺在炕上，便要借那宝蟾做个醒酒汤儿，因问着宝蟾道：“大爷前日出门，到底是到那里去，你自然是知道的了？”宝蟾道：“我那里知道？他在奶奶跟前还不说，谁知道他那些事！”金桂冷笑道：“如今还有什么‘奶奶’、‘太太’的，都是你们的世界了！别人是惹不得的，有人护庇着，我也不敢去虎头上捉虱子。你还是我的丫头，问你一句话，你就和我摔脸子、说塞话！你既这么有势力，为什么不把我勒死了，你和秋菱不拘谁做了奶奶，那不清净了么？偏我又不死，碍着你们的道儿！”

宝蟾听了这话，那里受得住？便眼睛直直的瞅着金桂道：“奶奶这些闲话，只好说给别人听去，我并没合奶奶说什么！奶奶不敢惹人家，何苦来拿着我们小软儿出气呢！正经的，奶奶又装听不见，‘没事人一大堆’了！”说着，便哭天哭地起来。金桂越发性起，便爬下炕来要打宝蟾。宝蟾也是夏家的风气，半点儿不让。金桂将桌、椅、杯、盏尽行打翻，那宝蟾只管喊冤叫屈，那里理会他半点儿。

岂知薛姨妈在宝钗房中，听见如此吵嚷，便叫：“香菱，你去瞧瞧，且劝劝他。”宝钗道：“使不得。妈妈别叫他去，他去了，岂能劝他？那更是火上浇了油了。”薛姨妈道：“既这么样，我自己过去。”宝钗道：“依我说，妈妈也不用去，由着他们闹去罢，这也是没法儿的事了。”薛姨妈道：“这那里还了得！”说着，自己扶了丫头往金桂这边来。宝钗只得也跟着过去，又嘱付香菱道：“你在这里罢。”

母女同至金桂房门口，听见里头正还嚷哭不止。薛姨妈道：“你们是怎么着，又这样家翻宅乱起来？这还像个人家儿么？矮墙浅屋的，难道都不怕亲戚们听见笑话了么！”金桂屋里接声道：“我倒怕人笑话呢！只是这里‘扫帚颠倒竖’，也没有主子，也没有奴才，也没有妻，没有妾，是个混帐世界了！我们夏家门子里没见过这样规矩！实在受不得你们家这样委屈了！”宝钗道：“大嫂子，妈妈因听见闹得慌，才过来的。就是问的急了些，没有分清‘奶奶’、‘宝蟾’两字，也没有什么。如今且先把事情说开，大家和和气气的过日子，也省的妈妈天天为咱们操心。”那薛姨妈道：“是啊，先把事情说开了，你再问我的不是还不迟呢。”金桂道：“好姑娘，好姑娘！你是个大贤大德的，你日后必定有个好人家，好女婿，决不像我这样守活寡，举眼无亲，叫人家骑上头来欺负的！我是个没心眼儿的人，只求姑娘：我说话，别往死里挑检。我从小儿到如今没有爹娘教导，再者我们屋里老婆、汉子、大女人、小女人的事，姑娘也管不得！”

宝钗听了这话，又是羞，又是气；见他母亲这样光景，又是疼不过。因忍了气说道：“大嫂子，我劝你少说句儿罢！谁挑检你？又是谁欺负你？不要说是嫂子，就是秋菱，我也从来没有加他一点声气儿的！”金桂听了这几句话，更加拍着炕沿大哭起来，说：“我那里比得秋菱，连他脚底下的泥我还跟不上呢！他是来久了的，知道姑娘的心事，又会献勤儿；我是新来的，又不会献勤儿，如何拿我比他？何苦来！天下有几个都是贵妃的命？行点好儿罢，别修的像我，嫁个糊涂行子守活寡，那就是活活儿的现了眼了！”薛姨妈听到这里，万分气不过，便站起身来道：“不是我护着自己的女孩儿，他句句劝你，你却句句呕他！你有什么过不去，不用寻他，勒死我倒也是希松的！”宝钗忙劝道：“妈妈，你老人家不用动气。咱们既到这里来劝他，自己生气，倒多了层气。不如且出去，等嫂子歇歇儿再说。”因分付宝蟾道：“你可别再多嘴了。”跟了薛姨妈出得房来。

走过院子里，只见贾母身边的丫头同着香菱迎面走来。薛姨妈道：“你从那里来，老太太身上可安？”那丫头道：“老太太身上好，叫来请姨太太安，还谢谢前儿的荔枝，还给琴姑娘道喜。”宝钗道：“你多早晚来的？”那丫头道：“来了好一会子了。”薛姨妈料他知道，红着脸说道：“这如今，我们家里闹得也不像个过日子的人家了，叫你们那边听见笑话。”丫头道：“姨太太说那里的话？谁家没个‘碟大碗小，磕着碰着’的呢？那是姨太太多心罢咧。”说着，跟了回到薛姨妈房中，略坐了一回，就去了。

宝钗正嘱付香菱些话，只听薛姨妈忽然叫道：“左胁疼痛的很！”说着，便向炕上躺下，吓得宝钗、香菱二人手足无措。要知后事如何，且看下回分解。

第八十四回　试文字宝玉始提亲　探惊风贾环重结怨

却说薛姨妈一时因被金桂这场气呕得肝气上逆，左胁作痛。宝钗明知是这个原故，也等不及医生来看，先叫人去买了几钱钩藤来，浓浓的煎了一碗，给他母亲吃了。又和秋菱给薛姨妈捶腿揉胸，停了一会儿，略觉安顿。这薛姨妈只是又悲又气：气的是金桂撒泼；悲的是宝钗有涵养，倒觉可怜。宝钗又劝了一回，不知不觉的睡了一觉，肝气也渐渐平复了。宝钗便说道："妈妈，你这种闲气不要放在心上才好。过几天走得动了，乐得往那边老太太、姨妈处去说说话儿，散散闷也好。家里横竖有我和秋菱照看着，谅他不敢怎么样。"薛姨妈点点头道："过两日看罢了。"

且说元妃疾愈之后，家中俱各喜欢。过了几日，有几个老公走来，带着东西银两，宣贵妃娘娘之命，因家中省问勤劳，俱有赏赐，把物件银两一一交代清楚。贾赦、贾政等禀明了贾母，一齐谢恩毕，太监吃了茶去了。大家回到贾母房中，说笑了一回。外面老婆子传进来说："小厮们来回道，那边有人请大老爷说要紧的话呢。"贾母便向贾赦道："你去罢。"贾赦答应着，退出来自去了。

这里贾母忽然想起，合贾政笑道："娘娘心里却着实惦记着宝玉，前儿还特特的问他来着呢。"贾政陪笑道："只是宝玉不大肯念书，孤负了娘娘的美意。"贾母道："我倒给他上了个好儿，说他近日文章都做上来了。"贾政笑道："那里能像老太太的话呢。"贾母道："你们时常叫他出去作诗作文，难道他都没作上来么？小孩子家，慢慢的教导他。可是人家说的：'胖子也不是一口儿吃的。'"贾政听了这话，忙陪笑道："老太太说的是。"

贾母又道："提起宝玉，我还有一件事和你商量。如今他也大了，你们也该留神，看一个好孩子给他定下。这也是他终身的大事。也别论远近亲戚，什么穷啊富的，只要深知那姑娘的脾性儿好、模样儿周正的就好。"贾政道："老太太分付的很是。但只一件，姑娘也要好，第一要他自己学好才好。不然，不稂不莠的，反倒耽误了人家的女孩儿，岂不可惜！"贾母听了这话，心里却有些不喜欢，便说道："论起来，现放着你们作父母的，那里用我去操心！但只我想宝玉这孩子从小儿跟着我，未免多疼他一点儿，耽误了他成人的正事，也是有的。只是我看他那生来的模样儿也还齐整，心性儿也还实在，未必一定是那种没出息的，必致遭蹋了人家的女孩儿。也不知是我偏心，我看着横竖比环儿略好些。不知你们看着怎么样？”

几句话，说得贾政心中甚实不安，连忙陪笑道：“老太太看的人也多了，既说他好，有造化的，想来是不错的。只是儿子望他成人的性儿太急了一点，或者竟合古人的话相反，倒是‘莫知其子之美’了。”一句话，把贾母也呕笑了，众人也都陪着笑了。贾母因说道：“你这会子也有了几岁年纪，又居着官，自然越历练越老成。”说到这里，回头瞧着邢夫人合王夫人笑道：“想他那年轻的时候那一种古怪脾气，比宝玉还加一倍呢。直等娶了媳妇，才略略的懂了些人事儿。如今只抱怨宝玉，这会子我看宝玉比他还略体些人情儿呢。”说的邢夫人、王夫人都笑了，因说道：“老太太又说起逗笑儿的话儿来了。”说着，小丫头儿们进来告诉鸳鸯：“请示老太太，晚饭伺候下了。”贾母便问：“你们又咕咕唧唧的说什么？”鸳鸯笑着回明了。贾母道：“那么着，你们也都吃饭去罢，单留凤姐儿和珍哥媳妇跟着我吃罢。”贾政及邢、王二夫人都答应着，伺候摆上饭来，贾母又催了一遍，才都退出各散。

却说邢夫人自去了。贾政同王夫人进入房中，贾政因提起贾母方才的话来，说道：“老太太这样疼宝玉，毕竟要他有些实学，日后可以混得功名才好，不枉老太太疼他一场，也不至遭蹋了人家的女儿。”王夫人道：“老爷这话自然是该当的。”贾政因着个屋里的丫头传出去告诉李贵：“宝玉放学回来，索性吃饭后再叫他过来，说我还要问他话呢。”李贵答应了“是”。至宝玉放了学，刚要过来请安，只见李贵道：“二爷先不用过去。老爷分付了，今日叫二爷吃了饭再过去罢，听见还有话问二爷呢。”宝玉听了这话，又是一个闷雷，只得见过贾母，便回园吃饭。三口两口吃完，忙漱了口，便往贾政这边来。

贾政此时在内书房坐着，宝玉进来请了安，一旁侍立。贾政问道：“这几日我心上有事，也忘了问你。那一日你说你师父叫你讲一个月的书，就要给你开笔。如今算来将两个月了，你到底开了笔了没有？”宝玉道：“才做过三次。师父说，且不必回老爷知道，等好些再回老爷知道罢。因此这两天总没敢回。”贾政道：“是什么题目？”宝玉道：“一个是《吾十有五而志于学》，一个是《人不知而不愠》，一个是《则归墨》三字。”贾政道：“都有稿儿么？”宝玉道：“都是作了抄出来，师父又改的。”贾政道：“你带了家来么？还是在学房里呢？”宝玉道：“在学房里。”贾政道：“叫人取了来我瞧。”宝玉连忙叫人传话与焙茗，叫他往学房中去，“我书桌子抽屉里有一本薄薄儿竹纸本子，上面写着‘窗课’

两字的就是，快拿来”。

一会儿焙茗拿了来，递给宝玉。宝玉呈与贾政。贾政翻开看时，见头一篇写着题目是《吾十有五而志于学》。他原本破的是“圣人有志于学，幼而已然矣”。代儒却将“幼”字抹去，明用“十五”。贾政道：“你原本‘幼’字便扣不清题目了：‘幼’字是从小起至十六以前都是‘幼’。这章书是圣人自言学问、工夫与年俱进的话，所以十五、三十、四十、五十、六十、七十，俱要明点出来，才见得到了几时有这么个光景，到了几时又有那么个光景。师父把你‘幼’字改了‘十五’，便明白了好些。”看到承题，那抹去的原本云：“夫不志于学，人之常也。”贾政摇头道：“不但是孩子气，可见你本性不是个学者的志气。”又看后句“圣人十五而志之，不亦难乎”，说道：“这更不成话了！”然后看代儒的改本云：“夫人孰不学？而志于学者卒鲜。此圣人所为自信于十五时欤！”便问：“改的懂得么？”宝玉答应道：“懂得。”

又看第二艺，题目是《人不知而不愠》。便先看代儒的改本云：“不以不知而愠者,终无改其说乐矣。”方觑着眼看那抹去底本的说道:“你是什么？‘能无愠人之心，纯乎学者也。’上一句似单做了‘而不愠’三个字的题目，下一句又犯了下文君子的分界。必如改笔，才合题位呢。且下句找清上文，方是书理。须要细心领略。”宝玉答应着。贾政又往下看:“夫不知,未有不愠者也;而竟不然。是非由说而乐者,曷克臻此？”原本末句:“非纯学者乎。”贾政道:“这也与破题同病的。这改的也罢了，不过清楚，还说得去。”

第三艺是《则归墨》。贾政看了题目，自己摇着头想了一想，因问宝玉道:“你的书讲到这里了么？”宝玉道:“师父说,《孟子》好懂些，所以倒先讲《孟子》,大前日才讲完了。如今讲《上论语》呢。”贾政因看这个破承,倒没大改。破题云:“言于舍杨之外,若别无所归者焉。”贾政道:“第二句倒难为你。”“夫墨,非欲归者也;而墨之言已半天下矣,则舍杨之外,欲不归于墨,得乎？”贾政道:“这是你做的么？”宝玉答应道：“是。”贾政点点头儿，因说道：“这也并没有什么出色之处。但初试笔者能如此，还算不离。前年我在任上时，还出过《惟士为能》这个题目。那些童生都读过前人这篇，不能自出心裁，每多抄袭。你念过没有？”宝玉道：“念过。”贾政道：“我要你另换个主意，不许雷同了前人,只做个破题也使得。”宝玉只得答应着,低了头,搜索枯肠。贾政背着手,也在门口站着作想。只见一个小小厮往外飞走,看见贾政,连忙侧身垂手站住。贾政便问道：“作什么？”小厮回道：“老太太那边姨太太来了，二奶奶传出话来，叫预备饭呢。”贾政听了，也没言语。那小厮自去了。

谁知宝玉自从宝钗搬回家去，十分想念，听见薛姨妈来了，只当宝钗同来，心中早已忙了，便放着胆子回道：“破题便作了一个，但不知是不是。”贾政道：“你念来我听。”宝玉念道：“天下不皆士也，能无恒产者，亦仅矣。”贾政听了，点着头道：“也还使得。以后作文，总要把界限分清，把神理想明白了，再去动笔。你来的时候，老太太知道不知道？”宝玉道：“知道的。”贾政道：“既如此，你还到老太太处去罢。”宝玉答应了个“是”，只得拿捏着，慢慢的退出。刚过穿廊月洞门的影屏，便一溜烟跑到老太太院门口。急得焙茗在后头赶着叫：“看跌倒了！老爷来了！”宝玉那里听得见。刚进得门来，便听见王夫人、凤姐、探春等笑语之声。

丫头们见宝玉来了，连忙打起帘子，悄悄告诉道：“姨太太在这里呢。”宝玉赶忙进来，给薛姨妈请安，过来才给贾母请了晚安。贾母便问：“你今儿怎么这早晚才散学？”宝玉悉把贾政看文章并命作破题的话述了一遍，贾母笑容满面。宝玉因问众人道：“宝姐姐在那里坐着呢？”薛姨妈笑道：“你宝姐姐没过来，家里和香菱作活呢。”宝玉听了，心中索然，又不好就走。只见说着话儿已摆上饭来，自然是薛姨妈、贾母上坐，探春等陪坐。薛姨妈道：“宝哥儿呢？”贾母忙笑说道：“宝玉跟着我这边坐罢。”宝玉连忙回道：“头里散学时，李贵传老爷的话，叫吃了饭过去。我赶着要了一碟菜，泡茶吃了一碗饭，就过去了。老太太和姨妈、姐姐们用罢。”贾母道：“既这么着，凤丫头就过来跟着我。你太太才说，他今儿吃斋，叫他们自己吃去罢。”王夫人也道：“你跟着老太太、姨太太吃罢，不用等我，我吃斋呢。”于是凤姐告了坐，丫头安了杯箸。凤姐执壶斟了一巡才归坐。

大家吃着酒，贾母便问道：“可是才姨太太提香菱，我听见前儿丫头们说‘秋菱’，不知是谁，问起来，才知道是他。怎么那孩子好好的，又改了名字呢？”薛姨妈满脸飞红，叹了口气道：“老太太再别提起。自从蟠儿娶了这个不知好歹的媳妇，成日家咕咕唧唧，如今闹的也不成个人家了。我也说过他几次，他牛心不听说，我也没那么大精神和他们尽着吵去，只好由他们去。可不是，他嫌这丫头的名儿不好改的。”贾母道：“名儿什么要紧的事呢？”薛姨妈道：“说起来，我也怪臊的。其实，老太太这边有什么不知道的？他那里是为这名儿不好，听见说他因为是宝丫头起的，他才有心要改。”贾母道：“这是什么原故呢？”

薛姨妈把手绢子不住的擦眼泪，未曾说，又叹了一口气道：“老太太还不知道呢，这如今媳妇子专和宝丫头呕气。前日老太太打发人看我去，我们家里正闹呢。”贾母连忙接着问道：“可是，前儿听见姨太太肝气疼，要打发人看去，后来听见说好了，所以没着人去。依我劝，姨太太竟把他们别放在心上。再者，他们也是新过门的小夫妻，过些时自然就好了。我看宝丫头性格儿温厚平和，虽然年轻，比大人还强几倍呢。前日那小丫头儿回来说，我们这边还都赞叹了他一会子。都像宝丫头那样心胸儿、脾气儿，真是百里挑一的。不是我说句冒失话，若给人家作了媳妇儿，怎么叫公婆不疼、家里上上下下的不宾服呢？”

宝玉头里已经听烦了，推故要走；及听见这话，又坐下，呆呆的往下听。薛姨妈道：“不中用。他虽好，到底是女孩儿家。养了蟠儿这个糊涂孩子，真真叫我不放心，只怕在外头吃点子酒闹出事来。幸亏老太太这里的大爷、二爷常和他在一块儿，我还放点儿心。”宝玉听到这里，便接口道：“姨妈更不用悬心，薛大哥相好的都是些正经买卖大客人，都是有体面的，那里就闹出事来。”薛姨妈笑道：“依你这样说，我敢只不用操心了。”说话间，饭已吃完。宝玉先告辞了：“晚间还要看书。”便各自去了。

这里丫头们刚捧上茶来，只见琥珀走过来，向贾母耳朵旁边说了几句。贾母便向凤姐儿道：“你快去罢，瞧瞧巧姐儿去罢。”凤姐听了，还不知何故。大家也怔了。琥珀遂过来向凤姐道：“刚才平儿打发小丫头子来回二奶奶，说：‘巧姐儿身上不大好，请二奶奶忙着些过来才好呢。’”贾母因说道：“你快去罢，姨太太也不是外人。”凤姐连忙答应，在薛姨妈跟前告了辞。又见王夫人说道：“你先过去，我就来。小孩子家，魂儿还不全呢，别叫丫头们大惊小怪的，屋里的猫儿狗儿，也叫他们留点神儿。尽着孩子贵气，偏有这些琐碎。”凤姐答应了，然后带了小丫头回房去了。

这里薛姨妈又问了一回黛玉的病。贾母道：“林丫头那孩子倒罢了，只是心重些，所以身子就不大结实了。要赌灵性儿，也合宝丫头不差什么；要赌宽厚待人里头，却不济他宝姐姐有耽待、有尽让了。”薛姨妈又说了两句闲话儿，便道：“老太太歇着罢，我也要到家里去看看，只剩下宝丫头和香菱了。打那么同着姨太太看看巧姐儿。”贾母道：“正是。姨太太上年纪的人看看，是怎么不好，说给他们，也得点主意儿。”薛姨妈便告辞，同着王夫人出来，往凤姐院里去了。

却说贾政试了宝玉一番，心里却也喜欢，走向外面，和那些门客闲谈。说起方才的话来，便有新近到来最善大棋的一个王尔调，名作梅的，说道："据我们看来，宝二爷的学问已是大进了。"贾政道："那有进益，不过略懂得些罢了。'学问'两个字，早得很呢。"詹光道："这是老世翁过谦的话。不但王大兄这般说，就是我们看，宝二爷必定要高发的。"贾政笑道："这也是诸位过爱的意思。"那王尔调又道："晚生还有一句话，不揣冒昧，合老世翁商议。"贾政道："什么事？"王尔调陪笑道："也是晚生的相与，做过南韶道的张大老爷家有一位小姐，说是生的德、容、工、貌俱全，此时尚未受聘。他又没有儿子，家资巨万，但是要富贵双全的人家，女婿又要出众，才肯作亲。晚生来了两个月，瞧着宝二爷的人品、学业，都是必要大成的；老世翁这样门楣，还有何说？若晚生过去，包管一说就成。"贾政道："宝玉说亲，却也是年纪了，并且老太太常说起。但只张大老爷素来尚未深悉。"詹光道："王兄所提张家，晚生却也知道，况合大老爷那边是旧亲，老世翁一问便知。"贾政想了一回，道："大老爷那边，不曾听得这门亲戚。"詹光道："老世翁原来不知，这张府上原和邢舅太爷那边有亲的。"

贾政听了，方知是邢夫人的亲戚。坐了一回，进来了，便要同王夫人说知，转问邢夫人去。谁知王夫人陪了薛姨妈到凤姐那边看巧姐儿去了。那天已经掌灯时候，薛姨妈去了，王夫人才过来了。贾政告诉了王尔调和詹光的话，又问："巧姐儿怎么了？"王夫人道："怕是惊风的光景。"贾政道："不甚利害么？"王夫人道："看着是搐风的来头，只还没搐出来呢。"贾政听了，便不言语，各自安歇，一宿晚景不提。

却说次日邢夫人过贾母这边来请安，王夫人便提起张家的事，一面回贾母，一面问邢夫人。邢夫人道："这张家虽系老亲，但近年来久已不通音信，不知他家的姑娘是怎么样的。倒是前日孙亲家太太打发老婆子来问安，却说起张家的事，说他家有个姑娘，托孙亲家那边有对劲的提一提。听见说，只这一个女孩儿，十分娇养，也识得几个字儿，见不得大阵仗儿，常在房中不出来的。张大老爷又说：只有这一个女孩儿，不肯嫁出去，怕人家公婆严，姑娘受不得委曲。必要女婿过门赘在他家，给他料理些家事。"贾母听到这里，不等说完便道："这断使不得。我们宝玉别人伏侍他还不够呢，倒给人家当家去？"邢夫人道："正是老太太这个话。"贾母因向王夫人道："你回来告诉你老爷，就说我的话：这张家的亲事是作不得的。"王夫人答应了。贾母便问："你们昨日看看巧姐儿怎么样？头里平儿来回我，说很不大好，我也要过去看看呢。”邢、王二夫人道：“老太太虽疼他，他那里耽的住。”贾母道：“却也不止为他，我也要走动走动，活活筋骨儿。”说着，便分付：“你们吃饭去罢，回来同我过去。”邢、王二夫人答应着出来，各自去了。

一时吃了饭，都来陪贾母到凤姐房中。凤姐连忙出来，接了进去。贾母便问：“巧姐儿到底怎么样？”凤姐儿道：“只怕是搐风的来头。”贾母道：“这么着，还不请人赶着瞧？”凤姐道：“已经请去了。”贾母因同邢、王二夫人进房来看，只见奶子抱着，用桃红绫子小绵被儿裹着，脸皮趣青，眉梢、鼻翅微有动意。贾母同邢、王二夫人看了看，便出外间坐下。正说间，只见一个小丫头回凤姐道：“老爷打发人问姐儿怎么样。”凤姐道：“替我回老爷，就说请大夫去了。一会儿开了方子，就过去回老爷。”

贾母忽然想起张家的事来，向王夫人道：“你该就去告诉你老爷，省得人家去说了，回来又驳回。”又问邢夫人道：“你们和张家，如今为什么不走动了？”邢夫人因又说：“论起那张家的行事，也难合咱们作亲，太啬克，没的玷辱了宝玉。”凤姐听了这话，已知八九，便问道：“太太不是说宝兄弟的亲事？”邢夫人道：“可不是么？”贾母接着因把刚才的话告诉凤姐。凤姐笑道：“不是我当着老祖宗、太太们跟前说句大胆的话：现放着天配的姻缘，何用别处去找？”贾母笑问道：“在那里？”凤姐道：“一个‘宝玉’，一个‘金锁’，老太太怎么忘了？”贾母笑了一笑，因说：“昨日你姑妈在这里，你怎么不提？”凤姐道：“老祖宗和太太们在前头，那里有我们小孩子家说话的地方儿？况且姨妈过来瞧老祖宗，怎么提这些个？这也得太太们过去求亲才是。”贾母笑了，邢、王二夫人也都笑了。贾母因道：“可是我背晦了。”

说着，人回：“大夫来了。”贾母便坐在外间，邢、王二夫人略避。那大夫同贾琏进来，给贾母请了安，方进房中。看了出来，站在地下躬身回贾母道：“妞儿一半是内热，一半是惊风。须先用一剂发散风痰药，还要用四神散才好，因病势来的不轻。如今的牛黄都是假的，要找真牛黄方用得。”贾母道了乏。那大夫同贾琏出去，开了方子去了。凤姐道：“人参家里常有，这牛黄倒怕未必有。外头买去，只是要真的才好。”王夫人道：“等我打发人到姨太太那边去找找。他家蟠儿向来和那些西客们做买卖，或者有真的也未可知。我叫人去问问。”

正说话间，众姊妹都来瞧来了，坐了一回，也都跟着贾母等去了。这里煎了药，给巧姐儿灌了下去，只见喀的一声，连药带痰都吐出来，凤姐才略放了一点儿心。只见王夫人那边的小丫头拿着一点儿的小红纸包儿说道："二奶奶，牛黄有了。太太说了，叫二奶奶亲自把分两对准了呢。"凤姐答应着接过来，便叫平儿："配齐了真珠、冰片、朱砂，快熬起来。"自己用戥子按方秤了，搀在里面，等巧姐儿醒了好给他吃。

只见贾环掀帘进来，说:"二姐姐，你们巧姐儿怎么了？妈叫我来瞧瞧他。"凤姐见了他母子便嫌，说："好些了，你回去说，叫你们姨娘想着。"那贾环口里答应，只管各处瞧看。看了一回，便问凤姐儿道:"你这里听得说有牛黄，不知牛黄是怎么个样儿，给我瞧瞧呢。"凤姐道："你别在这里闹了，姐儿才好些。那牛黄都煎上了。"贾环听了，便去伸手拿那铞子瞧时，岂知措手不及，沸的一声，铞子倒了，火已泼灭了一半。贾环见不是事，自觉没趣，连忙跑了。凤姐气的火星直爆，骂道："真真那一世的对头冤家！你何苦来还来使促狭！从前你妈要想害我，如今又来害姐儿！我和你几辈子的仇呢！"一面骂平儿不照应。

正骂着，只见丫头来找贾环。凤姐道："你去告诉赵姨娘，说他操心也太苦了！巧姐儿死定了，不用他想着了！"平儿急忙在那里配药再熬。那丫头摸不着头脑，便悄悄问平儿道："二奶奶为什么生气？"平儿将环哥弄倒药铞子说了一遍。丫头道："怪不得他不敢回来，躲了别处去了。这环哥儿明日还不知怎么样呢。平姐姐，我替你收拾罢。"平儿说："这倒不消。幸亏牛黄还有一点，如今配好了，你去罢。"丫头道："我一准回去告诉赵姨奶奶，也省得他天天说嘴。"

丫头回去，果然告诉了赵姨娘。赵姨娘气的叫："快找环儿！"贾环在外间屋子里躲着，被丫头找了来。赵姨娘便骂道："你这个下作种子！你为什么弄撒了人家的药，招的人家咒骂？我原叫你去问一声，不用进去；你偏进去，又不就走，还要'虎头上捉虱子'！你看我回了老爷，打你不打！"这里赵姨娘正说着，只听贾环在外间房子里，更说出些惊心动魄的话来。未知何言，且看下回分解。

第八十五回　贾存周报升郎中任　薛文起复惹放流刑

话说赵姨娘正在屋里抱怨贾环，只听贾环在外间屋里发话道："我不过弄倒了药铞子，撒了一点子药，那丫头子又没就死了，值的他也骂我，你也骂我，赖我心坏，把我往死里遭蹋？等着，我明儿还要那小丫头子的命呢，看你们怎么着！只叫他们提防着就是了！”那赵姨娘赶忙从里间出来，握住他的嘴说道：“你还只管信口胡唚，还叫人家先要了你的命呢！”娘儿两个吵了一回。赵姨娘听见凤姐的话，越想越气，也不着人来安慰凤姐一声儿。过了几天，巧姐儿也好了。因此，两边结怨比从前更加一层了。

一日，林之孝进来回道：“今日是北静郡王生日，请老爷的示下。”贾政分付道：“只按向年旧例办了，回大老爷知道，送去就是了。”林之孝答应了，自去办理。不一时，贾赦过来同贾政商议，带了贾珍、贾琏、宝玉去与北静王拜寿。别人还不理论，惟有宝玉素日仰慕北静王的容貌威仪，巴不得常见才好，遂连忙换了衣服，跟着来到北府。贾赦、贾政递了职名候谕。不多时，里面出来了一个太监，手里掐着数珠儿，见了贾赦、贾政，笑嘻嘻的说道：“二位老爷好。”贾赦、贾政也都赶忙问好，他兄弟三人也过来问好。那太监道：“王爷叫请进去呢。”于是爷儿五个跟着那太监进入府中。过了两层门，转过一层殿去，里面方是内宫门。刚到门前，大家站住，那太监先进去回王爷去了。这里门上小太监都迎着问了好。

一时，那太监出来，说了个“请”字，爷儿五个肃敬跟入。只见北静郡王穿着礼服，已迎到殿门廊下。贾赦、贾政先上来请安，挨次便是珍、琏、宝玉请安。那北静郡王单看宝玉道：“我久不见你，很惦记你。”因又笑问道：“你那块玉儿好？”宝玉躬着身打着一半千儿，回道：“蒙王爷福庇，都好。”北静王道：“今日你来，没有什么好东西给你吃的，倒是大家说说话儿罢。”说着，几个老公打起帘子。北静王说“请”，自己却先进去，然后贾赦等都躬着身跟进去。先是贾赦请北静王受礼，北静王也说了两句谦辞，那贾赦早已跪下。次及贾政等挨次行礼，自不必说。

那贾赦等复肃敬退出。北静王分付太监等，让在众戚旧一处好生款待，却单留宝玉在这里说话儿，又赏了坐。宝玉又叩头谢了恩，在挨门边绣墩上侧坐，说了一回读书、作文诸事。北静王甚加爱惜，又赏了茶。因说道：“昨儿巡抚吴大人来陛见，说起令尊翁前任学政时，秉公办事，凡属生童，俱心服之至。他陛见时，万岁爷也曾问过，他也十分保举，可知是令尊翁的喜兆。”宝玉连忙站起，听毕这一段话，才回启道：“此是王爷的恩典，吴大人的盛情。”正说着，小太监进来回道：“外面诸位大人老爷，都在前殿谢王爷赏宴。”说着，呈上谢宴并请午安的帖子来。北静王略看了一看，仍递给小太监，笑了一笑说道：“知道了，劳动他们。”那小太监又回道：“这贾宝玉王爷单赏的饭预备了。”北静王便命那太监带了宝玉，到一所极小巧精致的院里，派人陪着吃了饭，又过来谢了恩。北静王又说了些好话儿，忽然笑说道：“我前次见你那块玉倒有趣儿，回来说了个式样，叫他们也做了一块。今日你来得正好，就给你带回去顽罢。”因命小太监取来，亲手递给宝玉。宝玉接过来捧着，又谢了，然后退出。北静王又命两个小太监跟出来，才同着贾赦等回来了。贾赦便自回院里去。

这里贾政带着他三人回来，见过贾母，请过了安，说了一回府里遇见的人。宝玉又回了贾政吴大人陛见保举的话。贾政道：“这吴大人本来咱们相好，也是我辈中人，还倒是有骨气的。”又说了几句闲话儿，贾母便叫：“歇着去罢。”贾政退出，珍、琏、宝玉都跟到门口。贾政道：“你们都回去，陪老太太坐着去罢。”说着，便回房去。刚坐了一坐，只见一个小丫头回道：“外面林之孝请老爷回话。”说着，递上个红单帖来，写着吴巡抚的名字。贾政知是来拜，便叫小丫头叫林之孝进来。贾政出至廊檐下，林之孝进来回道：“今日巡抚吴大人来拜，奴才回了去了。再奴才还听见说，现今工部出了一个郎中缺，外头人和部里都吵嚷是老爷拟正呢。”贾政道：“瞧罢咧。”林之孝又回了几句话，才出去了。

且说珍、琏、宝玉三人回去，独有宝玉到贾母那边，一面述说北静王待他的光景，并拿出那块玉来。大家看着，笑了一回。贾母因命人：“给他收起来罢，别丢了。”因问：“你那块玉好生带着罢，别闹混了。”宝玉在项上摘了下来，说：“这不是我那一块玉？那里就掉了呢！比起来，两块玉差远着呢，那里混得过？我正要告诉老太太：前儿晚上我睡的时候，把玉摘下来挂在帐子里，他竟放起光来了，满帐子都是红的。”贾母说道：“又胡说了。帐子的檐子是红的，火光照着，自然红是有的。”宝玉道：“不是。那时候灯已灭了，屋里都漆黑的了，还看得见他呢。”邢、王二夫人抿着嘴笑。凤姐道：“这是喜信发动了。”宝玉道：“什么喜信？”贾母道：“你不懂得。今儿个闹了一天，你去歇歇儿去罢，别在这里说呆话了。”宝玉又站了一会儿，才回园中去了。

这里贾母问道：“正是，你们去看姨太太，说起这事没有？”王夫人道：“本来就要去看的，因凤丫头为巧姐儿病着耽搁了两天，今日才去的。这事我们都告诉了，他姨妈倒也十分愿意，只说蟠儿这时候不在家，目今他父亲没了，只得和他商量商量再办。”贾母道：“这也是情理的话。既这么样，大家先别提起，等姨太太那边商量定了再说。”

不说贾母处谈论亲事。且说宝玉回到自己房中，告诉袭人道：“老太太与凤姐姐方才说话，含含糊糊，不知是什么意思。”袭人想了想，笑了一笑道：“这个我也猜不着。但只刚才说这些话时，林姑娘在跟前没有？”宝玉道：“林姑娘才病起来，这些时何曾到老太太那边去呢？”正说着，只听外间屋里麝月与秋纹拌嘴。袭人道：“你两个又闹什么？”麝月道：“我们两个抹牌，他赢了我的钱，他拿了去；他输了钱，就不肯拿出来。这也罢了，他倒把我的钱都抢了去了！”宝玉笑道：“几个钱，什么要紧？傻丫头，不许闹了。”说的两个人都咕嘟着嘴，坐着去了。这里袭人打发宝玉睡下，不提。

却说袭人听了宝玉方才的话，也明知是给宝玉提亲的事，因恐宝玉每有痴想，这一提起，不知又招出他多少呆话来，所以故作不知，自己心上却也是头一件关切的事。夜间躺着，想了个主意：“不如去见见紫鹃，看他有什么动静，自然就知道了。”次日一早起来，打发宝玉上了学，自己梳洗了，便慢慢的去到潇湘馆来。只见紫鹃正在那里掐花儿呢，见袭人进来，便笑嘻嘻的道：“姐姐，屋里坐着。”袭人道：“坐着，妹妹掐花儿呢吗？姑娘呢？”紫鹃道：“姑娘才梳洗完了，等着温药呢。”

紫鹃一面说着，一面同袭人进来。见了黛玉正在那里拿着一本书看，袭人陪着笑道：“姑娘怨不得劳神，起来就看书。我们宝二爷念书若能像姑娘这样，岂不好了呢。”黛玉笑着把书放下。雪雁已拿着个小茶盘，里托着一钟药、一钟水，小丫头在后面捧着痰盒、漱盂进来。原来袭人来时，要探探口气，坐了一回，无处入话，又想着黛玉最是心多，探不成消息，再惹着了他，倒是不好。又坐了坐，搭讪着辞了出来了。

将到怡红院门口，只见两个人在那里站着呢，袭人不便往前走。那一个早看见了，连忙跑过来。袭人一看，却是锄药，因问：“你作什么？”锄药道：“刚才芸二爷来了，拿了个帖儿，说给咱们宝二爷瞧的，在这里候信。”袭人道：“宝二爷天天上学，你难道不知道？还候什么信呢！”锄药笑道：“我告诉他了，他叫告诉姑娘，听姑娘的信呢。”袭人正要说话，只见那一个也慢慢的蹭了过来，细看时，就是贾芸，溜溜湫湫往这边来了。袭人见是贾芸，连忙向锄药道：“你告诉说知道了，回来给宝二爷瞧罢。”那贾芸原要过来和袭人说话，无非亲近之意，又不敢造次，只得慢慢蹭来，相离不远，不想袭人说出这话，自己也不好再往前走，只好站住。这里袭人已掉背脸，往回里去了。贾芸只得快快而回，同锄药出去了。

晚间，宝玉回房，袭人便回道：“今日廊下小芸二爷来了。”宝玉道：“作什么？”袭人道：“他还有个帖儿呢。”宝玉道：“在那里？拿来我看看。”麝月便走去,在里间屋里书槅子上头拿了来。宝玉接过看时,上面皮儿上写着:“叔父大人安禀”。宝玉道:“这孩子,怎么又不认我作父亲了？”袭人道:“怎么？”宝玉道:“前年他送我白海棠时,称我作‘父亲大人’;今日这帖子封皮上写着‘叔父’，可不是又不认了么！”袭人道:“他也不害臊，你也不害臊！他那么大了，倒认你这么大儿的作父亲，可不是他不害臊？你正经连个——”刚说到这里，脸一红，微微的一笑。宝玉也觉得了，便道:“这倒难讲。俗语说:‘和尚无儿，孝子多着呢。’只是我看着他还伶俐得人心儿，才这么着。他不愿意，我还不希罕呢。”说着,一面拆那帖儿。袭人也笑道:“那小芸二爷也有些鬼鬼头头的。什么时候又要看人，什么时候又躲躲藏藏的，可知也是个心术不正的货。”

宝玉只顾拆开看那字儿，也不理会袭人这些话。袭人见他看那帖儿，皱一回眉,又笑一笑儿,又摇摇头,后来光景竟大不耐烦起来。袭人等他看完了,问道：“是什么事情？”宝玉也不答言，把那帖子已经撕作几段。袭人见这般光景，也不便再问，便问宝玉：“吃了饭，还看书不看？”宝玉道：“可笑芸儿这孩子，竟这样的混帐！”袭人见他所答非所问，便微微的笑着问道：“到底是什么事？”宝玉道：“问他做什么！咱们吃饭罢。吃了饭歇着罢，心里闹的怪烦的。”说着，叫小丫头儿点了一个火儿来，把那撕的帖儿烧了。

一时，小丫头们摆上饭来。宝玉只是怔怔的坐着，袭人连哄带呕催着。吃了一口儿饭，便放下了，仍是闷闷的歪在床上。一时间，忽然吊下泪来。此时袭人、麝月都摸不着头脑。麝月道：“好好儿的，这又是为什么？都是什么‘芸儿’‘雨儿’的，不知什么事，弄了这么个浪帖子来，惹得这么傻了的似的,哭一会子,笑一会子。要天长日久闹起这闷葫芦来,可叫人怎么受呢？”说着，竟伤起心来。袭人旁边由不得要笑，便劝道:“好妹妹，你也别呕人了。他一个人就够受了，你又这么着！他那帖子上的事难道与你相干？”麝月道：“你混说起来了。知道他帖儿上写的是什么混帐话？你混往人身上扯！要那么说，他帖儿上只怕倒与你相干呢。”袭人还未答言，只听宝玉在床上扑嗤的一声笑了，爬起来抖了抖衣裳，说：“咱们睡觉罢，别闹了。明日我还起早念书呢。”说着便躺下睡了，一宿无话。

次日,宝玉起来梳洗了,便往家塾里去。走出院门,忽然想起,叫焙茗略等,急忙转身回来叫:“麝月姐姐呢？”麝月答应着出来，问道:“怎么又回来了？”宝玉道：“今日芸儿要来了，告诉他别在这里闹，再闹，我就回老太太和老爷去了。”麝月答应了，宝玉才转身去了。刚往外走着，只见贾芸慌慌张张往里来，看见宝玉，连忙请安，说:“叔叔大喜了！”那宝玉估量着是昨日那件事，便说道：“你也太冒失了！不管人心里有事没事，只管来搅！”贾芸陪笑道：“叔叔不信，只管瞧去。人都来了，在咱们大门口呢。”宝玉越发急了，说:“这是那里的话？”

正说着，只听外边一片声吵起来。贾芸道：“叔叔听，这不是？”宝玉越发心里狐疑起来。只听一个人说道：“你们这些人好没规矩！这是什么地方，你们在这里混嚷！”那人答道:“谁叫老爷升了官呢！怎么不叫我们来吵喜呢？别人家盼着吵还不能呢。”宝玉听了，才知道是父亲升了郎中了，人来报喜的，心中自是甚喜。连忙要走时，贾芸赶着说道：“叔叔乐不乐？叔叔的亲事要再成了，不用说，是两层喜了。”宝玉红了脸，啐了一口道:“呸！没趣儿的东西，还不快走呢！”贾芸把脸红了道：“这有什么的？我看你老人家就不——”宝玉沉着脸道：“就不什么？”贾芸未及说完，也不敢言语了。

宝玉连忙来到家塾中，只见代儒笑着说道：“我刚才听见你老爷升了，你今日还来了么？”宝玉陪笑道：“过来见了太爷，好到老爷那边去。”代儒道：“今日不必来了，放你一天假罢，可不许回园子里顽去。你年纪不小了，虽不能办事，也当跟着你大哥他们学学才是。”宝玉答应着回来。刚走到二门口，只见李贵走来迎着，旁边站住，笑道：“二爷来了么？奴才才要到学里请去。”宝玉笑道：“谁说的？”李贵道：“老太太才打发人到院里去找二爷，那边的姑娘们说二爷学里去了。刚才老太太打发人出来，叫奴才去给二爷告几天假，听说还要唱戏贺喜呢，二爷就来了。”

说着，宝玉自己进去。进了二门，只见满院里丫头、老婆都是笑容满面，见他来了，笑道：“二爷这早晚才来？还不快进去给老太太道喜去呢。”宝玉笑着进了房门。只见黛玉挨着贾母左边坐着呢，右边是湘云。地下邢、王二夫人，探春、惜春、李纨、凤姐、李纹、李绮、邢岫烟一干姐妹都在屋里，只不见宝钗、宝琴、迎春三人。宝玉此时喜的无话可说，忙给贾母道了喜，又给邢、王二夫人道喜。一一见了众姐妹，便向黛玉笑道：“妹妹身体可大好了？”黛玉也微笑道：“大好了。听见说二哥哥身上也欠安，好了么？”宝玉道：“可不是，我那日夜里忽然心里疼起来，这几天刚好些，就上学去了，也没能过去看妹妹。”黛玉不等他说完，早扭过头和探春说话去了。凤姐在地下站着，笑道：“你两个那里像天天在一处的？倒像是客一般，有这些套话！可是人说的‘相敬如宾’了。”说的大家一笑。黛玉满脸飞红，又不好说，又不好不说，迟了一回儿，才说道：“你懂得什么！”众人越发笑了。

凤姐一时回过味来，才知道自己出言冒失，正要拿话岔时，只见宝玉忽然向黛玉道：“林妹妹，你瞧芸儿这种冒失鬼。”说了这一句，方想起来，便不言语了。招的大家又都笑起来，说：“这从那里说起？”黛玉也摸不着头脑，也跟着讪讪的笑。宝玉无可搭讪，因又说道：“可是，刚才我听见有人要送戏，说是几儿？”大家都瞅着他笑。凤姐儿道：“你在外头听见，你来告诉我们，你这会子问谁呢？”宝玉得便说道：“我外头再去问问去。”贾母道：“别跑到外头去。头一件，看报喜的笑话；第二件，你老子今日大喜，回来碰见你，又该生气了。”宝玉答应了个“是”，才出来了。

这里贾母因问凤姐：“谁说送戏的话？”凤姐道：“说是舅太爷那边说，后儿日子好，送一班新出的小戏儿给老太太、老爷、太太贺喜。”因又笑着说道：“不但日子好，还是好日子呢。”说着这话，却瞅着黛玉笑。黛玉也微笑。王夫人因道：“可是呢，后日还是外甥女儿的好日子呢。”贾母想了一想，也笑道：“可见我如今老了，什么事都糊涂了。亏了有我这凤丫头是我个‘给事中’。既这么着，很好。他舅舅家给他们贺喜，你舅舅家就给你做生日，岂不好呢？”说的大家都笑起来，说道：“老祖宗说句话儿，都是上篇上论的，怎么怨得有这么大福气呢。”说着，宝玉进来，听见这些话，越发乐的手舞足蹈了。

一时，大家都在贾母这边吃饭，甚实热闹，自不必说。饭后，那贾政谢恩回来，给宗祠里叩了头，便来给贾母叩头。站着说了几句话，便出去拜客去了。这里接连着，亲戚、族中的人来来去去，闹闹攘攘，车马填门，貂蝉满座，真个是：花到正开蜂蝶闹，月逢十足海天宽。

如此两日，已是庆贺之期。这日一早，王子腾和亲戚家已送过一班戏来，就在贾母正厅前搭起行台。外头爷们都穿着公服陪侍，亲戚来贺的约有十余桌酒。里面为着是新戏，又见贾母高兴，便将琉璃屏隔在后层，里面也摆下酒席：上首薛姨妈一桌，是王夫人、宝琴陪着；对面老太太一桌，是邢夫人、岫烟陪着；下面尚空两桌，贾母叫他们快来。

一回儿，只见凤姐领着众丫头，都簇拥着黛玉来了。黛玉略换了几件新鲜衣服，打扮得宛如嫦娥下界，含羞带笑的出来见了众人。湘云、李纹、李纨都让他上首坐，黛玉只是不肯。贾母笑道：“今日你坐了罢。”薛姨妈站起来问道：“今日林姑娘也有喜事么？”贾母笑道：“是他的生日。”薛姨妈道：“咳，我倒忘了。”走过来说道：“恕我健忘，回来叫宝琴过来拜姐姐的寿。”黛玉笑说：“不敢。”大家坐了。那黛玉留神一看，独不见宝钗，便问道：“宝姐姐可好么？为什么不过来？”薛姨妈道：“他原该来的，只因无人看家，所以不来。”黛玉红着脸微笑道：“姨妈那边又添了大嫂子，怎么倒用宝姐姐看起家来？大约是他怕人多热闹，懒怠来罢？我倒怪想他的。”薛姨妈笑道：“难得你惦记他，他也常想你们姊妹们。过一天我叫他来，大家叙叙。”

说着，丫头们下来斟酒上菜，外面已开戏了。出场自然是一两出吉庆戏文。及至第三出，只见金童玉女，旗幡宝幢，引着一个霓裳羽衣的小旦，头上披着一条黑帕，唱了几句儿进去了。众皆不识。听见外面人说：“这是新打的《蕊珠记》里的‘冥升’。小旦扮的是嫦娥，前因堕落人寰，几乎给人为配，幸亏观音点化，他就未嫁而逝，此时升引月宫。不听见曲里头唱的：‘人间只道风情好，那知道秋月春花容易抛？几乎不把广寒宫忘却了！’”第四出是吃糠，第五出是达摩带着徒弟过江回去。正扮出些海市蜃楼，好不热闹。

众人正在高兴时，忽见薛家的人满头汗闯进来，向薛蝌说道：“二爷，快回去！并里头回明太太，也请速回去，家中有要紧事！”薛蝌道：“什么事？”家人道：“家去说罢！”薛蝌也不及告辞就走了。薛姨妈见里头丫头传进话去，更骇得面如土色，即忙起身，带着宝琴别了一声，即刻上车回去了，弄得内外愕然。贾母道：“咱们这里打发人跟过去，听听到底是什么事，大家都关切的。”众人答应了个“是”。

不说贾府依旧唱戏。单说薛姨妈回去，只见有两个衙役站在二门口，几个当铺里伙计陪着，说：“太太回来，自有道理。”正说着，薛姨妈已回来了。那衙役们见跟从着许多男妇，簇拥着一位老太太，便知是薛蟠之母。看见这个势派，也不敢怎么，只得垂手侍立，让薛姨妈进去了。那薛姨妈走到厅房后面，早听见有人大哭，却是金桂。薛姨妈赶忙走来，只见宝钗迎出来，满面泪痕，见了薛姨妈便道：“妈妈听了先别着急，办事要紧！”

薛姨妈同着宝钗进了屋子，因为头里进门时，已经走着听见家人说了，吓的战战兢兢的了，一面哭着，因问：“到底是合谁？”只见家人回道：“太太，此时且不必问那些底细，凭他是谁，打死了总要偿命的。且商量怎么办才好。”薛姨妈哭着出来，道：“还有什么商议？”家人道：“依小的们的主见，今夜打点银两，同着二爷赶去，和大爷见了面，就在那里访一个有斟酌的刀笔先生，许他些银子，先把死罪撕掳开，回来再求贾府去上司衙门说情。还有外面的衙役，太太先拿出几两银子来打发了他们，好赶着办事。”薛姨妈道：“你们找着那家子，许他发送银子，再给他些养济银子。原告不追，事情就缓了。”宝钗在帘内说道：“妈妈，使不得。这些事，越给钱越闹的凶，倒是刚才小厮说的话是。”薛姨妈又哭道：“我也不要命了！赶到那里见他一面，同他死在一处就完了！”宝钗急的一面劝，一面在帘子里叫人：“快同二爷办去罢！”丫头们搀进薛姨妈来。薛蝌才往外走，宝钗道：“有什么信，打发人即刻寄了来，你们只管在外头照料。”薛蝌答应着去了。

这宝钗方劝薛姨妈，那里金桂趁空儿抓住香菱，又和他吵道：“平常你们只管夸，他们家里打死了人一点事也没有，就进京来了的；如今撺掇的真打死人了！平日里只讲有钱有势，有好亲戚，这时候，我看着也是吓的慌手慌脚的了。大爷明儿有个好歹儿不能回来时，你们各自干你们的去了，撂下我一个人受罪！”说着，又大哭起来。这里薛姨妈听见，越发气的发昏，宝钗急的没法。

正闹着，只见贾府中王夫人早打发大丫头过来打听来了。宝钗虽心知自己是贾府的人了，一则尚未提明，二则事急之时，只得向那大丫头道：“此时事情头尾尚未明白，就只听见说我哥哥在外头打死了人，被县里拿了去了，也不知怎么定罪呢，刚才二爷才去打听去了。一半日得了准信，赶着就给那边太太送信去。你先回去道谢太太惦记着，底下我们还有多少仰仗那边爷们的地方。”那丫头答应着去了。薛姨妈和宝钗在家抓摸不着。

过了两日，只见小厮回来，拿了一封书，交给小丫头拿进来。宝钗拆开看时，书内写着：

> 大哥人命是误伤，不是故杀。今早用蝌出名补了一张呈纸进去，尚未批出。大哥前头口供甚是不好。待此纸批准后，再录一堂，能够翻供得好，便可得生了。快向当铺内再取银五百两来使用。千万莫迟，并请太太放心。余事问小厮。

宝钗看了，一一念给薛姨妈听了。薛姨妈拭着眼泪说道：“这么看起来，竟是死活不定了？”宝钗道：“妈妈先别伤心，等着叫进小厮来问明了再说。”一面打发小丫头把小厮叫进来。

薛姨妈便问小厮道：“你把大爷的事细说与我听听。”小厮道：“我那一天晚上，听见大爷和二爷说的，把我吓糊涂了。”不知小厮说出什么话来，且听下回分解。

第八十六回　受私贿老官翻案牍　寄闲情淑女解琴书

话说薛姨妈听了薛蝌的来书，因叫进小厮问道：“你听见你大爷说，到底是怎么就把人打死了呢？”小厮道：“小的也没听真切。那一日，大爷告诉二爷说——”说着，回头看了一看，见无人，才说道：“大爷说，自从家里闹的忒利害，大爷也没心肠了，所以要到南边置货去。这日想着约一个人同行，这人在咱们这城南二百多地住。大爷找他去了，遇见在先和大爷好的那个蒋玉函，带着些小戏子进城。大爷同他在个铺子里吃饭吃酒，因为这当槽儿的尽着拿眼瞟蒋玉函，大爷就有了气了。后来蒋玉函走了。第二天，大爷就请找的那个人吃酒，酒后想起头一天的事来，叫那当槽儿的换酒，那当槽儿的来迟了，大爷就骂起来了。那个人不依，大爷就拿起酒碗照他打去。谁知那个人也是个泼皮，便把头伸过来叫大爷打。大爷拿碗就碰他的脑袋，一下他就冒了血了，躺在地下，头里还骂，后来就不言语了。”薛姨妈道：“怎么也没人劝劝么？”小厮道：“这个也没听见大爷说，小的不敢妄言。”薛姨妈道：“你先去歇歇罢。”小厮答应出来。

这里薛姨妈自来见王夫人，托王夫人转求贾政。贾政问了前后，也只好含糊应了，只说等薛蝌递了呈子，看他本县怎么批了，再作道理。这里薛姨妈又在当铺里兑了银子，叫小厮赶着去了。

三日后，果有回信，薛姨妈接着了，即叫小丫头告诉宝钗，连忙过来看了。只见书上写道：

带去银两，做了衙门上下使费。哥哥在监，也不大吃苦，请太太放心。独是这里的人很刁，尸亲、见证都不依，连哥哥请的那个朋友也帮着他们。我与李祥两个，俱系生地生人，幸找着一个好先生，许他银子，才讨个主意，说是须得拉扯着同哥哥吃酒的吴良，弄人保出他来，许他银两，叫他撕掳。他若不依，便说张三是他打死，明推在异乡人身上，他吃不住，就好办了。我依着他，果然吴良出来。现在买嘱尸亲、见证，又做了一张呈子，前日递的，今日批来，请看呈底便知。

因又念呈底道：

具呈人某，呈为兄遭飞祸、代伸冤抑事：窃生胞兄薛蟠，本籍南京，寄寓西京，于某年月日，备本往南贸易。去未数日，家奴送信回来，说遭人命。生即奔宪治，知兄误伤张姓。及至囹圄，据兄泣告，实与张姓素不相认，并无仇隙，偶因换酒口角，生兄将酒泼地，恰值张三低头拾物，一时失手，酒碗误砸囟门身死。蒙恩拘讯，兄惧受刑，承认斗殴致死。仰蒙宪天仁慈，知有冤抑，尚未定案。生兄在禁，具呈诉辩，有干例禁。生念手足，冒死代呈，伏乞宪慈，恩准提证质讯，开恩莫大。生等举家仰戴鸿仁，永永无既矣。激切上呈。

批的是：

尸场检验，证据确凿。且并未用刑，尔兄自认斗杀，招供在案。今尔远来，并非目睹，何得捏词妄控？理应治罪，姑念为兄情切，且恕。不准。

薛姨妈听到那里，说道："这不是救不过来了么？这怎么好呢！"宝钗道："二哥的书还没看完，后面还有呢。"因又念道："有要紧的，问来使便知。"薛姨妈便问来人，因说道："县里早知我们的家当充足，须得在京里谋干得大情，再送一分大礼，还可以覆审，从轻定案。太太此时必得快办，再迟了，就怕大爷要受苦了。"

薛姨妈听了，叫小厮自去，即刻又到贾府与王夫人说明原故，恳求贾政。贾政只肯托人与知县说情，不肯提及银物。薛姨妈恐不中用，求凤姐与贾琏说了，化上几千银子，才把知县买通，薛蟠那里也便弄通了。然后知县挂牌坐堂，传齐了一干邻保、证见、尸亲人等，监里提出薛蟠。刑房书吏，具一一点名。

知县便叫地保对明初供，又叫尸亲张王氏并尸叔张二问话。张王氏哭禀道："小的的男人是张大，南乡里住，十八年前死了。大儿子、二儿子也都死了，光留下这个死的儿子，叫张三，今年二十三岁，还没有娶女人呢。为小人家里穷，没得养活，在李家店里做当槽儿的。那一天晌午，李家店里打发人来叫俺，说：'你儿子被人打死了！'我的青天老爷！小的就吓死了。跑到那里，看见我儿子头破血出的，躺在地下喘气儿，问他话，也说不出来，不多一会儿就死了。小人就要揪住这个小杂种拚命。"众衙役吆喝一声，张王氏便磕头道："求青天老爷伸冤！小人就只这一个儿子了！"

知县便叫："下去。"又叫李家店的人问道："那张三是在你店内佣工的么？"那李二回道："不是佣工，是做当槽儿的。"知县道："那日尸场上，你说张三是薛蟠将碗砸死的，你亲眼见的么？"李二说道："小的在柜上，听见说客房里要酒，不多一回便听见说：‘不好了，打伤了！’小的跑进去，只见张三躺在地下，也不能言语。小的便喊禀地保，一面报他母亲去了。他们到底怎样打的，实在不知道，求大爷问那吃酒的便知道了。”知县喝道：“初审口供，你是亲见的，怎么如今说没有见？”李二道：“小的那日吓昏了乱说。”衙役又吆喝了一声。知县便叫吴良问道：“你是同在一处吃酒的么？薛蟠怎么打的，据实供来！”吴良道：“小的那日在家，这个薛大爷叫我吃酒。他嫌酒不好，要换，张三不肯。薛大爷生气，把酒向他脸上泼去，不晓得怎么样就碰在那脑袋上了：这是亲眼见的。”知县道：“胡说！前日尸场上，薛蟠自己认拿碗砸死的，你说你亲眼见的，怎么今日的供不对？掌嘴！”衙役应答着要打，吴良求着说：“薛蟠实没有与张三打架，酒碗失手碰在脑袋上的。求老爷问薛蟠，便是恩典了。”

知县叫提薛蟠，问道：“你与张三到底有什么仇隙？毕竟是如何死的？实供上来！”薛蟠道：“求大老爷开恩，小的实没有打他。为他不肯换酒，故拿酒泼地，不想一时失手，酒碗误碰在他的脑袋上。小的即忙掩他的血，那里知道再掩不住，血流多了，过一回就死了。前日场上怕大老爷要打，所以说是拿碗砸他的。只求大老爷开恩。”知县便喝道：“好个糊涂东西！本县前日问你怎么砸他的，你便供说恼他不换酒才砸的，今日又供是失手碰的！”知县假作声势，要打要夹，薛蟠一口咬定。知县叫仵作：“将前日尸场填写伤痕，据实报来！”仵作禀报道：“前日验得张三尸身无伤，惟囟门有磁器伤，长一寸七分，深五分，皮开，顶门骨脆，裂破三分：实系磕碰伤。”

知县查对尸格相符，早知书吏改轻，也不驳诘，胡乱便叫画供。张王氏哭喊道：“青天老爷！前日听见还有多少伤，怎么今日都没有了！”知县道：“这妇人胡说！现有尸格，你不知道么？”叫尸叔张二便问道：“你侄儿身死，你知道有几处伤？”张二忙供道：“脑袋上一伤。”知县道：“可又来！”书吏将尸格给张王氏瞧去，并叫地保、尸叔指明与他瞧：现有尸场亲押证见，俱供并未打架，不为斗殴，只依误伤。分付画供，将薛蟠监禁候详，余令原保领出，退堂。张王氏哭着乱喊，知县叫众衙役：“撵他出去！”张二也劝张王氏道：“实在误伤，怎么赖人？现在太老爷断明，不要胡闹了。”

薛蝌在外打听明白，心内喜欢，便差人回家送信，等批详回来，便好打点赎罪，且住着等信。只听路上三三两两传说：“有个贵妃薨了，皇上辍朝三日。”这里离陵寝不远，知县办差垫道，一时料着不得闲，住在这里无益，不如到监告诉哥哥：“安心等着，我回家去，过几日再来。”薛蟠也怕母亲痛苦，带信说："我无事，必须咱们再使费几次，便可回家了。只是不要可惜银钱。"

薛蝌留下李祥在此照料，一径回家。见了薛姨妈，陈说知县怎样徇情，怎样审断，终定了误伤，"将来尸亲那里再化些银子，一准赎罪，便没事了"。薛姨妈听说，暂且放心，说："正盼你来家中照应。贾府里本该谢去，况且周贵妃薨了，他们天天进去，家里空落落的。我想着要去替姨太太那边照应照应作伴儿，只是咱们家又没人。你这来的正好。"薛蝌道："我在外头原听见说是贾妃薨了，这么才赶回来的。我们娘娘好好儿的，怎么说死了？"薛姨妈道："上年原病过一次，也就好了。这回又没听见娘娘有什么病，只闻那府里头几天老太太不大受用，合上眼便看见元妃娘娘，众人都不放心。直至打听起来，又没有什么事。到了大前儿晚上，老太太亲口说是：'怎么元妃独自一个人到我这里？'众人只道是病中想的话，总不信。老太太又说：'你们不信，元妃还与我说是荣华易尽，须要退步抽身。'众人都说：'谁不想到？这是有年纪的人思前想后的心事。'所以也不当件事。恰好第二天早起，里头吵嚷出来，说娘娘病重，宣各诰命进去请安。他们就惊疑的了不得，赶着进去。他们还没有出来，我们家里已听见周贵妃薨逝了。你想，外头的讹言、家里的疑心恰碰在一处，可奇不奇？"

宝钗道："不但是外头的讹言舛错，便在家里的，一听见'娘娘'两个字，也就都忙了，过后才明白。这两天，那府里这些丫头、婆子来说：他们早知道不是咱们家的娘娘。我说：'你们那里拿得定呢？'他说道：'前几年正月，外省荐了一个算命的，说是很准的。老太太叫人将元妃八字夹在丫头们八字里头，送出去叫他推算。他独说，这正月初一日生日的那位姑娘只怕时辰错了，不然真是个贵人，也不能在这府中。老爷和众人说，不管他错不错，照八字算去。那先生便说，甲申年正月丙寅，这四个字内有伤官败财，惟申字内有正官禄马，这就是家里养不住的，也不见什么好。这日子是乙卯，初春木旺，虽是比肩，那里知道愈比愈好，就像那个好木料，愈经斫削，才成大器。独喜得时上什么辛金为贵，什么巳中正官禄马独旺，这叫作飞天禄马格。又说什么日逢专禄，贵重的很，天月二德坐本命，贵受椒房之宠。这位姑娘若是时辰准了，定是一位主子娘娘。这不是算准了么？我们还记得说，可惜荣华不久，只怕遇着寅年卯月，这就是比而又比，劫而又劫，譬如好木，太要做玲珑剔透，本质就不坚了。他们把这些话都忘记了，只管瞎忙。我才想起来告诉我们大奶奶，今年那里是寅年卯月呢？'"宝钗尚未述完这话，薛蝌急道："且不要管人家的事。既有这个神仙算命的，我想哥哥今年什么恶星照命，遭这么横祸？快开八字与我给他算去，看有妨碍么。”宝钗道：“他是外省来的，不知如今在京不在了。”

说着，便打点薛姨妈往贾府去。到了那里，只有李纨、探春等在家接着，便问道：“大爷的事怎么样了？”薛姨妈道：“等详了上司才定，看来也到不了死罪了。”这才大家放心。探春便道：“昨晚太太想着说：‘上回家里有事，全仗姨太太照应；如今自己有事，也难提了。’心里只是不放心。”薛姨妈道：“我在家里也是难过。只是你大哥遭了这事，你二兄弟又办事去了，家里你姐姐一个人，中什么用？况且我们媳妇儿又是个不大晓事的，所以不能脱身过来。目今那里知县，也正为预备周贵妃的差事不得了结案件，所以你二兄弟回来了，我才得过来看看。”李纨便道：“请姨太太这里住几天更好。”薛姨妈点头道：“我也要在这边给你们姐妹们作作伴儿，就只你宝妹妹冷静些。”惜春道：“姨妈要惦着，为什么不把宝姐姐也请过来？”薛姨妈笑着说道：“使不得。”惜春道：“怎么使不得？他先怎么住着来呢？”李纨道：“你不懂的。人家家里如今有事，怎么来呢？”惜春信以为实，也不便再问。

正说着，贾母等回来，见了薛姨妈，也顾不得问好，便问薛蟠的事。薛姨妈细述了一遍。宝玉在旁听见什么蒋玉函一段，当着人不问，心里打量是“他既回了京，怎么不来瞧我？”又见宝钗也不过来，不知是怎么个原故，心内正自呆呆的想呢；恰好黛玉也来请安，宝玉稍觉心里喜欢，便把想宝钗来的念头打断，同着姊妹们在老太太那里吃了晚饭，大家散了。薛姨妈将就住在老太太的套间屋里。

宝玉回到自己房中，换了衣服，忽然想起蒋玉函给的汗巾，便向袭人道：“你那一年没有系的那条红汗巾子，还有没有？”袭人道：“我搁着呢，问他做什么？”宝玉道：“我自问问。”袭人道：“你没有听见？薛大爷相与这些混帐人，所以闹到人命关天。你还提那些作什么？有这样白操心，倒不如静静儿的念念书，把这些个没要紧的事撂开了也好。”宝玉道：“我并不闹什么。偶然想起，有也罢，没也罢，我白问一声，你们就有这些话！”袭人笑道：“并不是我多话。一个人知书达理，就该往上巴结才是。就是心爱的人来了，也叫他瞧着喜欢尊敬啊。”宝玉被袭人一提，便说：“了不得！方才我在老太太那边看见人多，没有与林妹妹说话，他也不曾理我；散的时候，他先走了，此时必在屋里。我去就来。”说着就走。袭人道：“快些回来罢！这都是我提头儿，倒招起你的高兴来了。"

宝玉也不答言，低着头一径走到潇湘馆来，只见黛玉靠在桌上看书。宝玉走到跟前，笑说道："妹妹早回来了？"黛玉也笑道："你不理我，我还在那里做什么？"宝玉一面笑道："他们人多说话，我插不下嘴去，所以没有合你说话。"一面瞧着黛玉看的那本书。书上的字一个也不认得，有的像"芍"字，有的像"茫"字；也有一个"大"字旁边"九"字，加上一勾，中间又添个"五"字；也有上头"五"字"六"字，又添一个"木"字，底下又是一个"五"字。看着又奇怪，又纳闷，便说："妹妹近日愈发进了，看起天书来了。"

黛玉嗤的一声笑道："好个念书的人，连个琴谱都没有见过！"宝玉道："琴谱怎么不知道？为什么上头的字一个也不认得？妹妹，你认得么？"黛玉道："不认得，瞧他做什么？"宝玉道："我不信，从没有听见你会抚琴。我们书房里挂着好几张，前年来了一个清客先生，叫做什么嵇好古，老爷烦他抚了一曲。他取下琴来说：'都使不得。'还说：'老先生若高兴，改日携琴来请教。'想是我们老爷也不懂，他便不来了。怎么你有本事藏着？"黛玉道："我何尝真会呢？前日身上略觉舒服，在大书案上翻书，看有一套琴谱，甚是雅趣，上头讲的琴理甚通，手法说的也明白，真是古人静心养性的工夫。我在扬州，也听得讲究过，也曾学过，只是不弄了，就没有了。这果真是'三日不弹，手生荆棘'。前日看这几篇，没有曲文，只有操名，我又到别处找了一本有曲文的来，看着才有意思。究竟怎么弹得好，实在也难。书上说的：师旷鼓琴，能来风雷龙凤。孔圣人尚学琴于师襄，一操便知其为文王；高山流水，得遇知音。"说到这里，眼皮儿微微一动，慢慢的低下头去。

宝玉正听得高兴，便道："好妹妹，你才说的实在有趣。只是我才见上头的字，都不认得，你教我几个呢。"黛玉道："不用教的，一说便可以知道的。"宝玉道："我是个糊涂人，得教我那个'大'字加一勾，中间一个'五'字的。"黛玉笑道："这'大'字'九'字，是用左手大拇指按琴上的九徽；这一勾加'五'字，是右手勾五弦：并不是一个字，乃是一声，是极容易的。还有吟、揉、绰、注、撞、走、飞、推等法，是讲究手法的。"宝玉乐得手舞足蹈的，说："好妹妹，你既明琴理，我们何不学起来？"

黛玉道："琴者，禁也。古人制下，原以治身，涵养性情，抑其淫荡，去其奢侈。若要抚琴，必择静室高斋，或在层楼的上头，在林石的里面，或是山巅上，或是水涯上。再遇着那天地清和的时候，风清月朗，焚香静坐，心不外想，气血和平，才能与神合灵，与道合妙。所以古人说‘知音难遇’。若无知音，宁可独对着那清风明月，苍松怪石，野猿老鹤，抚弄一番以寄兴趣，方为不负了这琴。还有一层：又要指法好，取音好。若必要抚琴，先须衣冠整齐，或鹤氅，或深衣，要如古人的像表，那才能称圣人之器；然后盥了手，焚上香，方才将身就在榻边，把琴放在案上，坐在第五徽的地方儿，对着自己的当心，两手方从容抬起，这才心身俱正。还要知道轻重疾徐，卷舒自若，体态尊重方好。”宝玉道：“我们学着顽，若这么讲究起来，那就难了。”

两个人正说着，只见紫鹃进来，看见宝玉，笑说道：“宝二爷今日这样高兴？”宝玉笑道：“听见妹妹讲究的教人顿开茅塞，所以越听越爱听。”紫鹃道：“不是这个高兴，说的是二爷到我们这边来的话。”宝玉道：“先时妹妹身上不舒服，我怕闹的他烦，再者我又上学，因此显着就疏远了似的。”紫鹃不等说完便道：“姑娘也是才好。二爷既这么说，坐坐也该让姑娘歇歇儿了，别叫姑娘只是讲究劳神了。”宝玉笑道：“可是，我只顾爱听，也就忘了妹妹劳神了。”黛玉笑道：“说这些倒也开心，也没有什么劳神的。只是怕我只管说，你只管不懂呢。”宝玉道：“横竖慢慢的自然明白了。”说着，便站起来道：“当真的妹妹歇歇儿罢。明儿我告诉三妹妹和四妹妹去，叫他们都学起来，让我听。”黛玉笑道：“你也太受用了！即如大家会了抚起来，你不懂，可不是对——”黛玉说到那里，想起心上的事，便缩住口，不肯往下说了。宝玉便笑道：“只要你们能弹，我便爱听，也不管‘牛’不‘牛’的了。”

黛玉红了脸一笑，紫鹃、雪雁也都笑了。于是走出门来。只见秋纹带着小丫头捧着一小盆兰花来，说：“太太那边有人送了四盆兰花来，因里头有事，没有空儿顽他，叫给二爷一盆，林姑娘一盆。”黛玉看时，却有几枝双朵儿的，心中忽然一动，也不知是喜是悲，便呆呆的呆看。那宝玉此时却一心只在琴上，便说：“妹妹有了兰花，就可以做《猗兰操》了。”

黛玉听了，心里反不舒服。回到房中，看着花，想到：“草木当春，花鲜叶茂，想我年纪尚小，便像三秋蒲柳。若是果能随愿，或者渐渐的好来；不然，只恐似那花柳残春，怎禁得风催雨送！”想到那里，不禁又滴下泪来。紫鹃在旁，看见这般光景，却想不出原故来：“方才宝玉在这里，那么高兴；如今好好的看花，怎么又伤起心来？”正愁着没法儿劝解，只见宝钗那边打发人来。未知何事，且听下回分解。

第八十七回　感秋声抚琴悲往事　坐禅寂走火入邪魔

却说黛玉叫进宝钗家的女人来，问了好，呈上书子。黛玉叫他去吃茶，便将宝钗来书打开看时，只见上面写着：

妹生辰不偶，家运多艰，姊妹伶仃，萱亲衰迈。兼之猇声狺语，旦暮无休；更遭惨祸飞灾，不啻惊风密雨。夜深辗侧，愁绪何堪！属在同心，能不为之愍恻乎？回忆海棠结社，序属清秋，对菊持螯，同盟欢洽。犹记“孤标傲世偕谁隐，一样花开为底迟”之句，未尝不叹冷节遗芳，如吾两人也。感怀触绪，聊赋四章，匪曰无故呻吟，亦长歌当哭之意耳。

悲时序之递嬗兮，又属清秋。感遭家之不造兮，独处离愁。北堂有萱兮，何以忘忧？无以解忧兮，我心咻咻。　一解

云凭凭兮秋风酸，步中庭兮霜叶干。何去何从兮，失我故欢。静言思之兮恻肺肝！　二解

惟鲔有潭兮，惟鹤有梁。鳞甲潜伏兮，羽毛何长！搔首问兮茫茫，高天厚地兮，谁知余之永伤？　三解

银河耿耿兮寒气侵，月色横斜兮玉漏沉。忧心炳炳兮，发我哀吟。吟复吟兮，寄我知音。　四解

黛玉看了，不胜伤感。又想：“宝姐姐不寄与别人，单寄与我，也是惺惺惜惺惺的意思。”

正在沉吟，只听见外面有人说道：“林姐姐在家里呢么？”黛玉一面把宝钗的书叠起，口内便答应道：“是谁？”正问着，早见几个人进来，却是探春、湘云、李纹、李绮。彼此问了好，雪雁倒上茶来，大家吃了，说些闲话。因想起前年的菊花诗来，黛玉便道：“宝姐姐自从挪出去，来了两遭，如今索性有事也不来了，真真奇怪。我看他终久还来我们这里不来！”探春微笑道：“怎么不来？横竖要来的。如今是他们尊嫂有些脾气，姨妈上了年纪的人，又兼有薛大哥的事，自然得宝姐姐照料一切，那里还比得先前有工夫呢？”

正说着，忽听得唿喇喇一片风声，吹了好些落叶打在窗纸上。停了一回儿，又透过一阵清香来。众人闻着，都说道：“这是何处来的香风？这像什么香？”黛玉道：“好像木樨香。”探春笑道：“林姐姐终不脱南边人的话，这大九月里的，那里还有桂花呢？”黛玉笑道：“原是啊，不然怎不竟说是桂花香，只说似乎

像呢？”湘云道：“三姐姐，你也别说，你可记得‘十里荷花，三秋桂子’？在南边正是晚桂开的时候了，你只没有见过罢了。等你明日到南边去的时候，你自然也就知道了。”探春笑道：“我有什么事到南边去？况且这个也是我早知道的，不用你们说嘴。”李纹、李绮只抿着嘴儿笑。黛玉道：“妹妹，这可说不齐。俗语说：‘人是地行仙。’今日在这里，明日就不知在那里。譬如我原是南边人，怎么到了这里呢？”湘云拍着手笑道：“今儿三姐姐可叫林姐姐问住了。不但林姐姐是南边人到这里，就是我们这几个人就不同：也有本来是北边的，也有根子是南边、生长在北边的，也有生长在南边、到这北边的。今儿大家都凑在一处，可见人总有一个定数，大凡地和人，总是各自有缘分的。”众人听了都点头，探春也只是笑。又说了一会子闲话儿，大家散出。黛玉送到门口，大家都说：“你身上才好些，别出来了，看着了风。”

于是黛玉一面说着话儿，一面站在门口，又与四人殷勤了几句，便看着他们出院去了。进来坐着，看看已是林鸟归山，夕阳西坠。因史湘云说起南边的话，便想着：“父母若在，南边的景致，春花秋月，水秀山明，二十四桥，六朝遗迹；不少下人伏侍，诸事可以任意，言语亦可不避；香车画舫，红杏青帘，惟我独尊。今日寄人篱下，纵有许多照应，自己无处不要留心。不知前生作了什么罪孽，今生这样孤凄？真是李后主说的，‘此间日中，只以眼泪洗面’矣！”一面思想，不知不觉神往那里去了。

紫鹃走来，看见这样光景，想着必是因刚才说起南边北边的话来，一时触着黛玉的心事了，便问道：“姑娘们来说了半天话，想来姑娘又劳了神了。刚才我叫雪雁告诉厨房里，给姑娘作了一碗火肉白菜汤，加了一点儿虾米儿，配了点青笋、紫菜，姑娘想着好么？”黛玉道：“也罢了。”紫鹃道：“还熬了一点红米粥。”黛玉点点头儿，又说道：“那粥该你们两个自己熬了，不用他们厨房里熬才是。”紫鹃道：“我也怕厨房里弄的不干净，我们自己熬呢。就是那汤，我也告诉雪雁合柳嫂儿说了，要弄干净着。柳嫂儿说了，他打点妥当，拿到他屋里，叫他们五儿瞅着炖呢。”黛玉道：“我倒不是嫌人家肮脏，只是病了好些日子，不周不备，都是人家，这会子又汤儿粥儿的调度，未免惹人厌烦。”说着，眼圈儿又红了。紫鹃道：“姑娘这话也是多想。姑娘是老太太的外孙女儿，又是老太太心坎儿上的，别人求其在姑娘跟前讨好儿还不能呢，那里有抱怨的？”

黛玉点点头儿，因又问道：“你才说的五儿，不是那日合宝二爷那边的芳官在一处的那个女孩儿？”紫鹃道:“就是他。”黛玉道:“不听见说要进来么？”紫鹃道：“可不是。因为病了一场，后来好了，才要进来，正是晴雯他们闹出事来的时候，也就耽搁住了。”黛玉道：“我看那丫头，倒也还头脸儿干净。”说着，外头婆子送了汤来。雪雁出来接时，那婆子说道：“柳嫂儿叫回姑娘：这是他们五儿作的，不敢在大厨房里作，怕姑娘嫌肮脏。”雪雁答应着接了进来。黛玉在房里已听见了，分付雪雁告诉那老婆子：“回去说叫他费心。”雪雁出来说了，老婆子自去。

这里雪雁将黛玉的碗箸安放在小几儿上，因问黛玉道：“还有咱们南来的五香大头菜，拌些麻油、醋，可好么？”黛玉道：“也使得，只不必累赘了。”一面盛上粥来。黛玉吃了半碗，用羹匙舀了两口汤吃，就搁下了。两个丫头撤了下来，拭净了小几，端下去，又换上一张常放的小几。黛玉漱了口，盥了手，便道：“紫鹃，添了香了没有？”紫鹃道：“就添去。”黛玉道：“你们就把那汤合粥吃了罢。味儿还好，且是干净。待我自己添香罢。”两个人答应了，在外间自吃去了。

这里黛玉添了香，自己坐着，才要拿本书看，只听得园内的风自西边直透到东边，穿过树枝，都在那里唏嘱哗喇不住的响。一回儿，檐下的铁马也只管叮叮当当的乱敲起来。一时雪雁先吃完了，进来伺候。黛玉便问道：“天气冷了，我前日叫你们把那些小毛儿衣服晾晾，可曾晾过没有？”雪雁道:“都晾过了。”黛玉道:“你拿一件来我披披。”雪雁走去，将一包小毛的衣服抱来，打开毡包，给黛玉自拣。只见内中夹着个绢包儿，黛玉伸手拿起，打开看时，却是宝玉病时送来的旧手帕，自己题的诗，上面泪痕犹在，里头却包着那剪破了的香囊、扇袋并宝玉通灵玉上的穗子。原来晾衣服时从箱中检出，紫鹃恐怕遗失了，遂夹在这毡包里的。这黛玉不看则已，看了时，也不说穿那一件衣服，手里只拿着那两方手帕，呆呆的看那旧诗。看了一回，不觉得簌簌泪下。

紫鹃刚从外间进来，只见雪雁正捧着一毡包衣裳在旁边呆立，小几上却放着剪破的香囊和两三截儿扇袋并那铰断了的穗子。黛玉手中自拿着两方旧帕,上边写着字迹,在那里对着滴泪。正是:失意人逢失意事,新啼痕间旧啼痕。紫鹃见了这样，知是他触物伤情，感怀旧事，料道劝也无益，只得笑着道:“姑娘还看那些东西作什么？那都是那几年宝二爷和姑娘小时，一时好了，一时恼了，闹出来的笑话儿。要像如今这样斯抬斯敬，那里能把这些东西白遭蹋了呢？”紫鹃这话，原给黛玉开心，不料这几句话更提起黛玉初来时和宝玉的旧事来，一发珠泪连绵起来。紫鹃又劝道：“雪雁这里等着呢，姑娘披上一件罢。”那黛玉才把手帕撂下。紫鹃连忙拾起，将香袋等物包起拿开。

这黛玉方披了一件皮衣，自己闷闷的走到外间来坐下。回头看见案上宝钗的诗启尚未收好，又拿出来瞧了两遍，叹道：“境遇不同，伤心则一。不免也赋四章，翻入琴谱，可弹可歌，明日写出来寄去，以当和作。”便叫雪雁将外边桌上笔砚拿来，濡墨挥毫，赋成四叠。又将琴谱翻出，借他《猗兰》《思贤》两操，合成音韵，与自己做的配齐了，然后写出，以备送与宝钗。又即叫雪雁向箱中将自己带来的短琴拿出，调上弦，又操演了指法。黛玉本是个绝顶聪明人，又在南边学过几时，虽是手生，到底一理就熟。抚了一番，夜已深了，便叫紫鹃收拾睡觉，不题。

却说宝玉这日起来梳洗了，带着焙茗正往书房中来。只见墨雨笑嘻嘻的跑来，迎头说道：“二爷今日便宜了！太爷不在书房里，都放了学了！”宝玉道：“当真的么？”墨雨道：“二爷不信，那不是三爷和兰哥儿来了？”宝玉看时，只见贾环、贾兰跟着小厮们，两个笑嘻嘻的，嘴里咭咭呱呱不知说些什么，迎头来了。见了宝玉，都垂手站住。宝玉问道：“你们两个怎么就回来了？”贾环道：“今日太爷有事，说是放一天学，明儿再去呢。”宝玉听了方回身，到贾母、贾政处去禀明了，然后回到怡红院中。袭人问道：“怎么又回来了？”宝玉告诉了他，只坐了一坐儿，便往外走。袭人道：“往那里去，这样忙法？就放了学，依我说也该养养神儿了。”宝玉站住脚，低了头说道：“你的话也是。但是好容易放一天学，还不散散去？你也该可怜我些儿了。”袭人见说的可怜，笑道：“由爷去罢。”正说着，端了饭来。宝玉也没法儿，只得且吃饭。三口两口，忙忙的吃完，漱了口，一溜烟往黛玉房中去了。

走到门口，只见雪雁在院中晾绢子呢。宝玉因问：“姑娘吃了饭了么？”雪雁道：“早起吃了半碗粥，懒怠吃饭，这时候打盹儿呢。二爷且到别处走走，回来再来罢。”

宝玉只得回来，无处可去。忽然想起惜春有好几天没见，便信步走到蓼风轩来。刚到窗下，只见静悄悄一无人声。宝玉打谅他也睡午觉，不便进去。才要走时，只听屋里微微一响，不知何声。宝玉站住再听，半日，又拍的一响。宝玉还未听出，只听一个人道：“你在这里下了一个子儿，那里你不应么？”宝玉方知是下棋呢，但只急切听不出这个人的语音是谁。底下方听见惜春道：

“怕什么？你这么一吃我，我这么一应；你又这么吃，我又这么应：还缓着一着儿呢，终久连的上。”那一个又道：“我要这么一吃呢？”惜春道：“阿嗄，还有一着反扑在里头呢！我倒没防备。”

宝玉听了听，那一个声音很熟，却不是他们姊妹。料着惜春屋里也没外人，轻轻的掀帘进去，看时，不是别人，却是那栊翠庵的“槛外人”妙玉。这宝玉见是妙玉，不敢惊动。妙玉和惜春正在凝思之际，也没理会。宝玉却站在旁边，看他两个的手段。只见妙玉低着头问惜春道：“你这个畸角儿不要了么？”惜春道：“怎么不要？你那里头都是死子儿，我怕什么？”妙玉道：“且别说满话，试试看。”惜春道：“我便打了起来，看你怎么着！”妙玉却微微笑着，把边上子一接，却搭转一吃，把惜春的一个角儿都打起来了，笑着说道：“这叫做‘倒脱靴势’。”

惜春尚未答言，宝玉在旁，情不自禁哈哈一笑，把两个人都吓了一大跳。惜春道：“你这是怎么说？进来也不言语，这么使促狭吓人！你多早晚进来的？”宝玉道：“我头里就进来了，看着你们两个争这个畸角儿。”说着，一面与妙玉施礼，一面又笑问道：“妙公轻易不出禅关，今日何缘下凡一走？”妙玉听了，忽然把脸一红，也不答言，低了头自看那棋。宝玉自觉造次，连忙陪笑道：“倒是出家人比不得我们在家的俗人，头一件，心是静的。静则灵，灵则慧。”宝玉尚未说完，只见妙玉微微的把眼一抬，看了宝玉一眼，复又低下头去，那脸上的颜色渐渐的红晕起来。宝玉见他不理，只得讪讪的旁边坐了。

惜春还要下子，妙玉半日说道：“再下罢。”便起身理理衣裳，重新坐下，痴痴的问着宝玉道：“你从何处来？”宝玉巴不得问这声，好解释前头的话，忽又想道：“或是妙玉的机锋？”转红了脸，答应不出来。妙玉微微一笑，自合惜春说话。惜春也笑道：“二哥哥，这什么难答的！你没的听见人家常说的‘从来处来’么？这也值得把脸红了，见了生人的似的！”妙玉听了这话，想起自家心上一动，脸上一热，必然也是红的，倒觉不好意思起来。因站起来说道：“我来得久了，要回庵里去了。”惜春知妙玉为人，也不深留，送出门口。妙玉笑道：“久已不来这里，弯弯曲曲的，回去的路头都要迷住了。”宝玉道：“这倒要我来指引指引，何如？”妙玉道：“不敢，二爷前请。”

于是二人别了惜春，离了蓼风轩，弯弯曲曲走近潇湘馆，忽听得叮咚之声。妙玉道：“那里的琴声？”宝玉道：“想必是林妹妹那里抚琴呢。”妙玉道：“原来他也会这个，怎么素日不听见提起？”宝玉悉把黛玉的事述了一遍，因说：

“咱们去看他。”妙玉道：“从古只有听琴，再没有看琴的。”宝玉笑道：“我原说我是个俗人。”说着，二人走至潇湘馆外，在山石上坐着静听，甚觉音调清切。只听得低吟道：

风萧萧兮秋气深，美人千里兮犹沉吟。望故乡兮何处，倚兰杆兮涕沾襟。

歇了一回，听得又吟道：

山迢迢兮水长，照轩窗兮明月光。耿耿不寐兮银河渺茫，罗衫怯怯兮风露凉。

又歇了一歇，妙玉道：“刚才‘侵’字韵是第一叠，如今‘扬’字韵是第二叠了。咱们再听。”里边又吟道：

子之遭兮不自由，予之遇兮多烦忧。之子与我兮心焉相投，思古人兮俾无尤。

妙玉道：“这又是一拍，何忧思之深也！”宝玉道：“我虽不懂得，但听他的音，也觉得过悲了。”里头又调了一回弦，妙玉道：“君弦太高了，与无射律只怕不配呢。”里边又吟道：

人生斯世兮如轻尘，天上人间兮感夙因。感夙因兮不可惙，素心何如天上月！

妙玉听了，呀然失色道：“如何忽作变徵之声？音韵可裂金石矣！只是太过。”宝玉道：“太过便怎么？”妙玉道：“恐不能持久。”

正议论时，听得君弦蹦的一声断了。妙玉站起来，连忙就走。宝玉道：“怎么样？”妙玉道：“日后自知，你也不必多说。”竟自走了。弄得宝玉满肚疑团，没精打彩的归至怡红院中，不表。

单说妙玉归去，早有道婆接着，掩了庵门，坐了一回，把《禅门日诵》念了一遍。吃了晚饭，点上香拜了菩萨，命道婆自去歇着，自己的禅床靠背俱已整齐，屏息垂帘，跏趺坐下，断除妄想，趋向真如。坐到三更过后，听得屋上骨碌碌一片瓦响，妙玉恐有贼来，下了禅床，出到前轩，但见云影横空，月华如水。那时天气尚不很凉，独自一个凭阑站了一回，忽听房上两个猫儿一递一声厮叫。那妙玉忽想起日间宝玉之言，不觉一阵心跳耳热，自己连忙收摄心神，走进禅房，仍到禅床上坐了。怎奈神不守舍，一时如万马奔驰，觉得禅床便恍荡起来，身子已不在庵中。便有许多王孙公子要来娶他，又有些媒婆扯扯拽拽扶他上车，自己不肯去。一回儿，又有盗贼劫他，持刀执棍的逼勒，只得哭喊求救。

早惊醒了庵中女尼、道婆等众，都拿火来照看，只见妙玉两手撒开，口中流沫。急叫醒时，只见眼睛直竖，两颧鲜红，骂道："我是有菩萨保佑，你们这些强徒敢要怎么样！"众人都吓的没了主意，都说道："我们在这里呢，快醒转来罢。"妙玉道："我要回家去。你们有什么好人，送我回去罢。"道婆道："这里就是你住的房子。"说着，又叫别的女尼忙向观音前祷告，求了签。翻开签书看时，是触犯了西南角上的阴人。就有一个说："是了，大观园中西南角上本来没有人住，阴气是有的。"一面弄汤弄水的在那里忙乱。那女尼原是自南边带来的，伏侍妙玉自然比别人尽心，围着妙玉坐在禅床上。妙玉回头道："你是谁？"女尼道："是我。"妙玉仔细瞧了一瞧，道："原来是你！"便抱住那女尼，呜呜咽咽的哭起来，说道："你是我的妈呀，你不救我，我不得活了！"那女尼一面唤醒他，一面给他揉着。道婆倒上茶来吃了，直到天明才睡了。

女尼便打发人去请大夫来看脉。也有说是思虑伤脾的，也有说是热入血室的，也有说是邪祟触犯的，也有说是内外感冒的，终无定论。后请得一个大夫来看了，问："曾打坐过没有？"道婆说道："向来打坐的。"大夫道："这病可是昨夜忽然来的么？"道婆道："是。"大夫道："这是走火入魔的原故。"众人问："有碍没有？"大夫道："幸亏打坐不久，魔还入得浅，可以有救。"写了降伏心火的药，吃了一剂，稍稍平复些。外面那些游头浪子听见了，便造作许多谣言，说："这样年纪，那里忍得住？况且又是很风流的人品，很乖觉的性灵。以后不知飞在谁手里，便宜谁去呢。"过了几日，妙玉病虽略好，神思未复，终有些恍惚。

一日，惜春正坐着，彩屏忽然进来回道："姑娘知道妙玉师父的事么？"惜春道："他有什么事？"彩屏道："我昨日听见邢姑娘和大奶奶那里说呢。他自从那日合姑娘下棋回去，夜间忽然中了邪，嘴里乱嚷，说强盗来抢他来了，到如今还没好呢。姑娘你说，这不是奇事么？"惜春听了，默然无语。因想："妙玉虽然洁净，毕竟尘缘未断。可惜我生在这种人家，不便出家；我若出了家时，那有邪魔缠扰？一念不生，万缘俱寂。"想到这里，蓦与神会，若有所得，便口占一偈云：

大造本无方，云何是应住？既从空中来，应向空中去。

占毕，即命丫头焚香，自己静坐了一回。又翻开那棋谱来，把孔融、王积薪等所著看了几篇。内中“荷叶包蟹势”、“黄莺搏兔势”都不出奇，“三十六局杀角势”一时也难会难记，独看到“八龙走马”，觉得甚有意思。正在那里作想，只听见外面一个人走进院来，连叫：“彩屏！”未知是谁，且听下回分解。

第八十八回　博庭欢宝玉赞孤儿　正家法贾珍鞭悍仆

却说惜春正在那里揣摩棋谱，忽听院内有人叫彩屏，不是别人，却是鸳鸯的声儿。彩屏出去，同着鸳鸯进来。那鸳鸯却带着一个小丫头，提了一个小黄绢包儿。惜春笑问道：“什么事？”鸳鸯道：“老太太因明年八十一岁，是个暗九，许下一场九昼夜的功德，发心要写三千六百五十零一部《金刚经》。这已发出外面人写了。但是俗说《金刚经》就像那道家的符壳，《心经》才算是符胆，故此《金刚经》内必要插着《心经》，更有功德。老太太因《心经》是更要紧的，观自在又是女菩萨，所以要几个亲丁、奶奶、姑娘们写上三百六十五部，如此又虔诚，又洁净。咱们家中除了二奶奶，头一宗他当家没有空儿，二宗他也写不上来；其余会写字的，不论写得多少，连东府珍大奶奶姨娘们都分了去，本家里头自不用说。”惜春听了，点头道：“别的我做不来，若要写经，我最信心的。你放下，吃茶罢。”鸳鸯才将那小包儿放在桌上，同惜春坐下。彩屏倒了一钟茶来。

惜春笑问道：“你写不写？”鸳鸯道：“姑娘又说笑话了。那几年还好，这三四年来，姑娘见我还拿了拿笔儿么？”惜春道：“这却是有功德的。”鸳鸯道：“我也有一件事：向来伏侍老太太安歇后，自己念念米佛，已经念了三年多了。我把这个米收好，等老太太做功德的时候，我将他衬在里头供佛施食，也是我一点诚心。”惜春说道：“这样说来，老太太做了观音，你就是龙女了。”鸳鸯道：“那里跟得上这个分儿！却是除了老太太，别的也伏侍不来，不晓得前世什么缘分儿。”说着要走，叫小丫头把小绢包打开，拿出来道：“这素纸一札，是写《心经》的。”又拿起一子儿藏香道：“这是叫写经时点着写的。”惜春都应了。

鸳鸯遂辞了出来，同小丫头来至贾母房中回了一遍。看见贾母、李纨打双陆，鸳鸯旁边瞧着。李纨的骰子好，掷下去，把老太太的锤打下了好几个去，鸳鸯抿着嘴儿笑。忽见宝玉进来，手中提了两个细篾丝的小笼子，笼内有几个蝈蝈儿，说道：“我听说老太太夜里睡不着，我给老太太留下解解闷。”贾母笑道：“你别瞧着你老子不在家，你只管淘气！”宝玉笑道：“我没有淘气。”

贾母道：“你没淘气，不在学房里念书，为什么又弄这个东西呢？”宝玉道：“不是我自己弄的。今儿因师父叫环儿和兰儿对对子，环儿对不来，我悄悄的告诉了他。他说了，师父喜欢，夸了他两句。他感激我的情，买了来孝敬我的，我才拿了来孝敬老太太的。”贾母道：“他没有天天念书么？为什么对不上来？对不上来，就叫你儒大爷爷打他的嘴巴子，看他臊不臊！你也够受了，不记得你老子在家时，一叫做诗做词，吓的倒像个小鬼儿似的，这会子又说嘴了。那环儿小子更没出息，求人替做了，就变着方法儿打点人。这么点子孩子就闹鬼闹神的，也不害臊？赶大了，还不知是个什么东西呢！”说的满屋子人都笑了。

贾母又问道：“兰小子呢？做上来了没有？这该环儿替他了，他又比他小了，是不是？”宝玉笑道：“他倒没有，却是自己对的。”贾母道：“我不信，不然就也是你闹了鬼了。如今你还了得？‘羊群里跑出骆驼来了’，就只你大，你又会做文章了！”宝玉笑道：“实在是他作的。师父还夸他明儿一定有大出息呢。老太太不信，就打发人叫了他来，亲自试试，老太太就知道了。”贾母道：“果然这么着，我才喜欢。我不过怕你撒谎。既是他做的，这孩子明儿大概还有一点儿出息。”因看着李纨，又想起贾珠来，又说：“这也不枉你大哥哥死了，你大嫂子拉扯他一场。日后也替你大哥哥顶门壮户。”说到这里，不禁流下泪来。

李纨听了这话，却也动心，只是贾母已经伤心，自己连忙忍住泪，笑劝道：“这是老祖宗的余德，我们托着老祖宗的福罢咧。只要他应得老祖宗的话，就是我们的造化了。老祖宗看着也喜欢，怎么倒伤起心来呢？”因又回头向宝玉道：“宝叔叔明儿别这么夸他，他多大孩子，知道什么？你不过是爱惜他的意思，他那里懂得？一来二去，眼大心肥，那里还能够有长进呢？”贾母道：“你嫂子这也说的是。就只他还太小呢，也别逼㯳紧了他。小孩子胆儿小，一时逼急了，弄出点子毛病来，书倒念不成，把你的工夫都白遭蹋了。”贾母说到这里，李纨却忍不住扑簌簌掉下泪来，连忙擦了。只见贾环、贾兰也都进来，给贾母请了安。贾兰又见过他母亲，然后过来，在贾母旁边侍立。贾母道：“我刚才听见你叔叔说，你对的好对子，师父夸你来着。”贾兰也不言语，只管抿着嘴儿笑。

鸳鸯过来说道：“请示老太太：晚饭伺候下了。”贾母道：“请你姨太太去罢。”琥珀接着便叫人去王夫人那边请薛姨妈。这里宝玉、贾环退出，素云和小丫头们过来把双陆收起，李纨尚等着伺候贾母的晚饭。贾兰便跟了他母亲站着。

贾母道：“你们娘儿两个跟着我吃罢。”李纨答应了。一时摆上饭来，丫环回来禀道：“太太叫回老太太：姨太太这几天浮来暂去，不能过来回老太太，今日饭后家去了。”于是贾母叫贾兰在身旁边坐下，大家吃饭，不必细述。

却说贾母刚吃完了饭，盥漱了，歪在床上说闲话儿。只见小丫头儿告诉琥珀，琥珀过来回贾母道：“东府大爷请晚安来了。”贾母道：“你们告诉他，如今他办理家务，乏乏的，叫他歇着去罢。我知道了。”小丫头告诉老婆子们，老婆子才告诉贾珍，贾珍然后退出。

到了次日，贾珍过来料理诸事，门上小厮陆续回了几件事。又一个小厮回道：“庄头送果子来了。”贾珍道：“单子呢？”那小厮连忙呈上。贾珍看时，上面写着不过是时鲜果品，还夹带菜蔬、野味若干在内。贾珍看完，问：“向来经管的是谁？”门上的回道：“是周瑞。”便叫周瑞：“照帐点清，送往里头交代。等我把来帐抄下一个底子，留着好对。”又叫：“告诉厨房，把下菜中添几宗给送果子的来人，照常赏饭给钱。”周瑞答应了，一面叫人搬至凤姐儿院子里去，又把庄上的帐同果子交代明白。出去了一回儿，又进来回贾珍道：“才刚来的果子，大爷曾点过数目没有？”贾珍道：“我那里有工夫点这个呢？给了你帐，你照帐点就是了。”周瑞道：“小的曾点过，也没有少，也不能多出来。大爷既留下底子，再叫送果子来的人问问，他这帐是真的假的。”贾珍道：“这是怎么说？不过是几个果子罢咧，有什么要紧？我又没有疑你。”

说着，只见鲍二走来，磕了一个头，说道：“求大爷原旧放小的在外头伺候罢。”贾珍道：“你们这又是怎么着？”鲍二道：“奴才在这里又说不上话来。”贾珍道：“谁叫你说话？”鲍二道：“何苦来，在这里作眼睛珠儿！”周瑞接口道：“奴才在这里经管地租、庄子银钱出入，每年也有三五十万来往，老爷、太太、奶奶们从没有说过话的，何况这些零星东西？若照鲍二说起来，爷们家里的田地、房产都被奴才们弄完了。”贾珍想道：“必是鲍二在这里拌嘴，不如叫他出去。”因向鲍二说道：“快滚罢！”又告诉周瑞说：“你也不用说了，你干你的事罢！”二人各自散了。

贾珍正在厢房里歇着，听见门上闹的翻江搅海。叫人去查问，回来说道：“鲍二和周瑞的干儿子打架。”贾珍道：“周瑞的干儿子是谁？”门上的回道：“他叫何三，本来是个没味儿的，天天在家里吃酒闹事，常来门上坐着。听见鲍二与周瑞拌嘴，他就插在里头。”贾珍道：“这却可恶！把鲍二和那个什么何几给我一块儿捆起来！周瑞呢？”门上的回道：“打架时，他先走了。”贾珍道：

“给我拿了来！这还了得了！”众人答应了。

正嚷着，贾琏也回来了，贾珍便告诉了一遍。贾琏道：“这还了得！”又添了人去拿周瑞。周瑞知道躲不过，也找到了。贾珍便叫：“都捆上！”贾琏便向周瑞道：“你们前头的话也不要紧，大爷说开了，很是了。为什么外头又打架？你们打架已经使不得，又弄个野杂种什么何三来闹！你不压伏压伏他们，倒竟走了！”就把周瑞踢了几脚。贾珍道：“单打周瑞不中用。”喝命人把鲍二和何三各人打了五十鞭子，撵了出去，方和贾琏两个商量正事。

下人背地里便生出许多议论来：也有说贾珍护短的；也有说不会调停的；也有说他本不是好人，“前儿尤家姊妹弄出许多丑事来，那鲍二不是他调停着二爷叫了来的么？这会子又嫌鲍二不济事，必是鲍二的女人伏侍不到了”。人多嘴杂，纷纷不一。

却说贾政自从在工部掌印，家人中尽有发财的。那贾芸听见了，也要插手弄一点事儿，便在外头说了几个工头，讲了成数，便买了些时新绣货，要走凤姐儿的门子。凤姐正在房中，听见丫头们说：“大爷、二爷都生了气，在外头打人呢。”凤姐听了，不知何故。正要叫人去问问，只见贾琏已进来了，把外面的事告诉了一遍。凤姐道：“事情虽不要紧，但是风俗儿断不可长。此刻还算咱们家里正旺的时候儿，他们就敢打架；以后小辈儿们当了家，他们越发难制伏了。前年我在东府里，亲眼见过焦大吃的烂醉，躺在台阶子底下骂人，不管上上下下，一混汤子的混骂。他虽是有过功劳的人，到底主子奴才的名分，也要存点儿体统才好。珍大奶奶不是我说，是个老实头，个个人都叫他养得无法无天的。如今又弄出一个什么鲍二！我还听见是你和珍大爷得用的人，为什么今儿又打他呢？”贾琏听了这话刺心，便觉讪讪的，拿话来支开，借有事，说着就走了。

小红进来回道：“芸二爷在外头，要见奶奶。”凤姐一想：“他又来做什么？”便道：“叫他进来罢。”小红出来，瞅着贾芸微微一笑。贾芸赶忙凑近一步，问道：“姑娘替我回了没有？”小红红了脸，说道：“我就是见二爷的事多！”贾芸道：“何曾有多少事能到里头来劳动姑娘呢？就是那一年，姑娘在宝二叔房里，我才和姑娘——”小红怕人撞见，不等说完，赶忙问道：“那年我换给二爷的一块绢子，二爷见了没有？”那贾芸听了这句话，喜的心花俱开，才要说话，只见一个小丫头从里面出来，贾芸连忙同着小红往里走。两个人一左一右相离不远，贾芸悄悄的道：“回来我出来，还是你送出我来。我告诉你，还有笑话儿呢。”小红听了，把脸飞红，瞅了贾芸一眼，也不答言。同他到了凤姐门口，自己先进去回了，然后出来，掀起帘子点手儿，口中却故意说道：“奶奶请芸二爷进来呢。”

贾芸笑了一笑，跟着他走进房来，见了凤姐儿请了安，并说：“母亲叫问好。”凤姐也问了他母亲好。凤姐道：“你来有什么事？”贾芸道：“侄儿从前承婶娘疼爱，心上时刻想着，总过意不去。欲要孝敬婶娘，又怕婶娘多想。如今重阳时候，略备了一点儿东西。婶娘这里那一件没有呢？不过是侄儿一点孝心，只怕婶娘不肯赏脸。”凤姐笑道：“有话坐下说。”贾芸才侧身坐了，连忙将东西捧着搁在旁边桌上。凤姐又道：“你不是什么有余的人，何苦又去化钱？我又不等着使。你今日来意是怎么个想头儿，你倒是实说。”贾芸道：“并没有别的想头儿，不过感婶娘的恩惠，过意不去罢咧。”说着，微微的笑了。凤姐道：“不是这么说。你手里窄，我很知道，我何苦白白儿使你的？你要我收下这个东西，须先和我说明白了。要是这么含着骨头露着肉的，我倒不收。”

贾芸没法儿，只得站起来，陪着笑儿说道：“并不是有什么妄想。前儿日听见老爷总办陵工，侄儿有几个朋友，办过好些工程，极妥当的，要求婶娘在老爷跟前提一提。办得一两种，侄儿再不忘了婶娘的恩典。若是家里用得着，侄儿也能给婶娘出力。”凤姐道：“若是别的，我却可以作主。至于衙门里的事，上头呢，都是堂官司员定的；底下呢，都是那些书办衙役们办的，别人只怕插不上手。连自己的家人，也不过跟着老爷伏侍伏侍。就是你二叔去，亦只是为的是各自家里的事，他也并不能搀越公事。论家事，这里是踩一头儿、撬一头儿的，连珍大爷还弹压不住。你的年纪儿又轻，辈数儿又小，那里缠的清这些人呢？况且衙门里头的事，差不多儿也要完了，不过吃饭瞎跑。你在家里什么事做不得？难道没了这碗饭吃不成？我这是实在话，你自己回去想想就知道了。你的情意我已经领了，把东西快拿回去。是那里弄来的，仍旧给人家送了去罢。”

正说着，只见奶妈子一大起，带了巧姐儿进来。那巧姐儿身上穿得锦团花簇，手里拿着好些顽意儿，笑嘻嘻走到凤姐身边学舌。贾芸一见，便站起来，笑盈盈的赶着说道：“这就是大妹妹么？你要什么好东西不要？”那巧姐儿便哑的一声哭了，贾芸连忙退下。凤姐道：“乖乖不怕。”连忙将巧姐揽在怀里，道：“这是你芸大哥哥，怎么认起生来了？”贾芸道：“妹妹生得好相貌，将来又是个有大造化的。”那巧姐儿回头把贾芸一瞧，又哭起来，叠连几次。贾芸看这光景坐不住，便起身告辞要走。凤姐道："你把东西带了去罢。"贾芸道："这一点子，婶娘还不赏脸？"凤姐道："你不带去，我便叫人送到你家去。芸哥儿，你不要这么着。你又不是外人，我这里有机会，少不得打发人去叫你；没有事也没法儿，不在乎这些东东西西上的。"贾芸看见凤姐执意不受，只得红着脸道："既这么着，我再找得用的东西来孝敬婶娘罢。"凤姐便叫小红："拿了东西，跟着送出芸哥去。"

贾芸走着，一面心中想道："人说二奶奶利害，果然利害！一点儿都不漏缝，真正斩钉截铁，怪不得没有后世。这巧姐儿更怪，见了我，好像前世的冤家似的。真正晦气，白闹了这么一天。"小红见贾芸没得彩头，也不高兴，拿着东西跟出来。贾芸接过来，打开包儿，拣两件悄悄的递给小红。小红不接，嘴里说道："二爷别这么着。看奶奶知道了，大家倒不好看。"贾芸道："你好生收着罢，怕什么？那里就知道了呢？你若不要，就是瞧不起我了。"小红微微一笑，才接过来，说道："谁要你这些东西，算什么呢？"说了这句话，把脸又飞红了。贾芸也笑道："我也不是为东西，况且那东西也算不了什么。"说着话儿，两个已走到二门口，贾芸把下剩的仍旧揣在怀里。小红催着贾芸道："你先去罢，有什么事情，只管来找我。我如今在这院里了，又不隔手。"贾芸点点头儿，说道："二奶奶太利害，我可惜不能常来。刚才我说的话，你横竖心里明白。得了空儿，再告诉你罢。"小红满脸羞红，说道："你去罢，明儿也常来走走。谁叫你和他生疏呢？"贾芸道："知道了。"贾芸说着出了院门。这里小红站在门口，怔怔的看他去远了，才回来了。

却说凤姐在房中分付预备晚饭，因又问道："你们熬了粥了没有？"丫头们连忙去问，回来回道："预备了。"凤姐道："你们把那南边来的糟东西弄一两碟来罢。"秋桐答应了，叫丫头们伺候。平儿走来笑道："我倒忘了：今儿晌午，奶奶在上头老太太那边的时候，水月庵的师父打发人来，要向奶奶讨两瓶南小菜，还要支用几个月的月银，说是身上不受用。我问那道婆来着：'师父怎么不受用？'他说：'四五天了。前儿夜里，因那些小沙弥、小道士里头有几个女孩子，睡觉没有吹灯，他说了几次不听。那一夜看见他们三更以后灯还点着呢，他便叫他们吹灯，个个都睡着了，没有人答应，只得自己亲自起来给他们吹灭了。回到炕上，只见有两个人，一男一女，坐在炕上。他赶着问是谁，那里把一根绳子往他脖子上一套，他便叫起人来。众人听见，点上灯火一齐赶来，已经躺在地下，满口吐白沫子，幸亏救醒了。此时还不能吃东西，所以叫来寻些小菜儿的。’我因奶奶不在房中，不便给他。我说：‘奶奶此时没有空儿，在上头呢，回来告诉。’便打发他回去了。刚才听见说起南菜，方想起来了，不然就忘了。”凤姐听了，呆了一呆，说道：“南菜不是还有呢，叫人送些去就是了。那银子，过一天叫芹哥来领就是了。”又见小红进来回道：“刚才二爷差人来，说是今晚城外有事，不能回来，先通知一声。”凤姐道：“是了。”

说着，只听见小丫头从后面喘吁吁的嚷着，直跑到院子里来，外面平儿接着，还有几个丫头们咕咕唧唧的说话。凤姐道：“你们说什么呢？”平儿道：“小丫头儿有些胆怯，说鬼话。”凤姐叫那一个小丫头进来，问道：“什么鬼话？”那丫头道：“我刚才到后边去叫打杂儿的添煤，只听得三间空屋子里哗喇哗喇的响，我还道是猫儿耗子；又听得唉的一声，像个人出气儿的似的。我害怕，就跑回来了。”凤姐骂道：“胡说！我这里断不兴说神说鬼，我从来不信这些个话。快滚出去罢！”那小丫头出去了。凤姐便叫彩明将一天零碎日用帐对过一遍，时已将近二更。大家又歇了一回，略说些闲话，遂叫各人安歇去罢。凤姐也睡下了。

将近三更，凤姐似睡不睡，觉得身上寒毛一乍，自己惊醒了，越躺着越发起渗来，因叫平儿、秋桐过来作伴。二人也不解何意。那秋桐本来不顺凤姐，后来贾琏因尤二姐之事，不大爱惜他了，凤姐又笼络他，如今倒也安静，只是心里比平儿差多了，不过外面情儿。今见凤姐不受用，只得端上茶来。凤姐吃了一口，道：“难为你。睡去罢，只留平儿在这里就够了。”秋桐却要献勤儿，因说道：“奶奶睡不着，倒是我们两个轮流坐坐也使得。”凤姐一面说，一面睡着了。平儿、秋桐看见凤姐已睡，只听得远远的鸡叫了，他二人方都穿着衣服略躺了一躺，就天亮了，连忙起来伏侍凤姐梳洗。

凤姐因夜中之事，心神恍惚不宁，只是一味要强，仍然扎挣起来。正坐着纳闷，忽听个小丫头儿在院里问道：“平姑娘在屋里么？”平儿答应了一声，那小丫头掀起帘子进来，却是王夫人打发过来来找贾琏，说：“外头有人回要紧的官事。老爷才出了门，太太叫快请二爷过去呢。”凤姐听见，吓了一跳。未知何事，且听下回分解。

第八十九回　人亡物在公子填词　蛇影杯弓颦卿绝粒

却说凤姐正自起来纳闷，忽听见小丫头这话，又吓了一跳，连忙问道：“什么官事？”小丫头道：“也不知道。刚才二门上小厮回进来，说老爷有要紧的官事，所以太太叫我请二爷来了。”凤姐听是工部里的事，才把心略略的放下，因说道：“你回去回太太，就说二爷昨日晚上出城有事，没有回来。打发人先回珍大爷去罢。”那丫头答应着去了。

一时，贾珍过来，见了部里的人，问明了，进来见了王夫人，回道：“部中来报：昨日总河奏到，河南一带决了河口，湮没了几府州县，又要开销国帑，修理城工。工部司官又有一番照料，所以部里特来报知老爷的。”说完退出，及贾政回家来回明。从此直到冬间，贾政天天有事，常在衙门里。

宝玉的工课也渐渐松了，只是怕贾政觉察出来，不敢不常在学房里去念书，连黛玉处也不敢常去。那时已到十月中旬，宝玉起来，要往学房中去。这日天气陡寒，只见袭人早已打点出一包衣服，向宝玉道：“今日天气很冷，早晚宁可暖些。”说着，把衣服拿出来，给宝玉挑了一件穿。又包了一件，叫小丫头拿出交给焙茗，嘱付道:“天气冷，二爷要换时，好生预备着。”焙茗答应了，抱着毡包，跟着宝玉自去。

宝玉到了学房中，做了自己的工课，忽听得纸窗呼喇喇一派风声。代儒道:“天气又发冷。”把风门推开一看，只见西北上一层层的黑云渐渐往东南扑上来。焙茗走进来，回宝玉道：“二爷，天气冷了，再添些衣服罢。”宝玉点点头儿。只见焙茗拿进一件衣服来，宝玉不看则已，看了时，神已痴了。那些小学生都巴着眼瞧。却原是晴雯所补的那件雀金裘。宝玉道：“怎么拿这一件来！是谁给你的？”焙茗道：“是里头姑娘们包出来的。”宝玉道：“我身上不大冷，且不穿呢，包上罢。”代儒只当宝玉可惜这件衣服，却也心里喜他知道俭省。焙茗道：“二爷穿上罢。着了凉，又是奴才的不是了。二爷只当疼奴才罢。”宝玉无奈，只得穿上，呆呆的对着书坐着。代儒也只当他看书，不甚理会。晚间放学时，宝玉便往代儒托病告假一天。代儒本来上年纪的人，也不过伴着几个孩子解闷儿，时常也八病九痛的，乐得去一个，少操一日心。况且明知贾政事忙，贾母溺爱，便点点头儿。

宝玉一径回来，见过贾母、王夫人，也是这样说，自然没有不信的。略坐一坐，便回园中去了。见了袭人等，也不似往日有说有笑的，便和衣躺在炕上。袭人道：“晚饭预备下了。这会儿吃，还是等一等儿？”宝玉道：“我不吃了，心里不舒服，你们吃去罢。”袭人道：“那么着，你也该把这件衣服换下来了。那个东西，那里禁得住揉搓？”宝玉道：“不用换。”袭人道：“倒也不但是娇嫩物儿，你瞧瞧那上头的针线，也不该这么遭蹋他呀。”

宝玉听了这话，正碰在他心坎儿上，叹了一口气道：“那么着，你就收起来给我包好了，我也总不穿他了。”说着，站起来脱下。袭人才过来接时，宝玉已经自己叠起。袭人道：“二爷怎么今日这样勤谨起来了？”宝玉也不答言，叠好了，便问：“包袱呢？”麝月连忙递过来，让他自己包好，回头却和袭人挤着眼儿笑。宝玉也不理会，自己坐着，无精打彩。猛听架上钟响，自己低头看了看表，针已指到酉初二刻了。一时小丫头点上灯来。袭人道：“你不吃饭，吃一口粥儿罢，别净饿着，看仔细饿上虚火来，那又是我们的累赘了。”宝玉摇摇头儿，说：“不大饿，强吃了倒不受用。”袭人道：“既这么着，就索性早些歇着罢。”于是袭人、麝月铺设好了，宝玉也就歇下了。翻来覆去，只睡不着，将及黎明，反朦胧睡去。不一顿饭时，早又醒了。

此时袭人、麝月也都起来，袭人道：“昨晚听着你翻腾到五更多，我也不敢问你。后来我就睡着了，不知到底你睡着了没有？”宝玉道：“也睡了一睡，不知怎么就醒了。”袭人道：“你没有什么不受用？”宝玉道：“没有，只是心上发烦。”袭人道：“今日学房里去不去？”宝玉道：“我昨儿已经告了一天假了，今儿我要想园里逛一天散散心。只是怕冷，你叫他们收拾一间房子，备下一炉香，放下纸、墨、笔、砚。你们只管干你们的，我自己静坐半天才好，别叫他们来搅我。”麝月接着道：“二爷要静静儿的用工夫，谁敢来搅。”袭人道：“这么着很好，也省得着了凉。自己坐坐，心神也不散。”因又问：“你既懒怠吃饭，今日吃什么？早说，好传给厨房里去。”宝玉道：“还是随便罢，不必闹的大惊小怪的。倒是要几个果子放在那屋里，借点果子香。”袭人道：“那个屋里好？别的都不大干净，只有晴雯起先住的那一间，因一向无人，还干净，就是清冷些。”宝玉道：“不妨，把火盆挪过去就是了。”袭人答应了。

正说着，只见一个小丫头端了一个茶盘儿、一个碗、一双牙箸，递给麝月道：“这是刚才花姑娘要的，厨房里老婆子送了来了。”麝月接了一看，却是一碗燕窝汤，便问袭人道：“这是姐姐要的么？”袭人笑道：“昨夜二爷没吃饭，又翻腾了一夜，想来今日早起心里必是发空的，所以我告诉小丫头们，叫厨房里作了这个来的。”袭人一面叫小丫头放桌儿。麝月打发宝玉吃了，漱了口。只见秋纹走来，说道：“那屋里已经收拾妥了，但等着一时炭劲过了，二爷再进去罢。”宝玉点头，只是一腔心事，懒怠说话。

一时，小丫头来请道：“笔、砚都安放妥当了。”宝玉道：“知道了。”又一个小丫头回道：“早饭得了，二爷在那里吃？”宝玉道：“就拿了来罢，不必累赘了。”小丫头答应了自去，一时端上饭来。宝玉笑了一笑，向袭人、麝月道：“我心里闷得很，自己吃只怕又吃不下去，不如你们两个同我一块儿吃，或者吃得香甜，我也多吃些。”麝月笑道：“这是二爷的高兴，我们可不敢。”袭人道：“其实也使得，我们一处吃酒也不止今日。只是偶然替你解闷儿还使得，若认真这样，还有什么规矩体统呢？”说着，三人坐下。宝玉在上首，袭人、麝月两个打横陪着。吃了饭，小丫头端上漱口茶，两个看着撤了下去。宝玉因端着茶，默默如有所思，又坐了一坐，便问道：“那屋里收拾妥了么？”麝月道：“头里就回过了，这回子又问！”

宝玉略坐了一坐，便过这间屋子来，亲自点了一炷香，摆上些果品，便叫人出去，关上了门。外面袭人等都静悄无声。宝玉拿了一幅泥金角花的粉红笺出来，口中祝了几句，便提起笔来写道：

怡红主人焚付晴姐知之，酌茗清香，庶几来飨。

其词云：

随身伴，独自意绸缪。谁料风波平地起，顿教躯命即时休。孰与话轻柔？东逝水，无复向西流。想像更无怀梦草，添衣还见翠云裘。脉脉使人愁！

写毕，就在香上点个火焚化了，静静儿等着，直待一炷香点尽了，才开门出来。袭人道：“怎么出来了？想来又闷的慌了。”宝玉笑了一笑，假说道：“我原是心里烦，才找个地方儿静坐坐儿。这会子好了，还要外头走走去呢。”

说着，一径出来。到了潇湘馆中，在院里问道：“林妹妹在家里呢么？”紫鹃接应道：“是谁？”掀帘看时，笑道：“原来是宝二爷。姑娘在屋里呢，请二爷到屋里坐着。”宝玉同着紫鹃走进来。黛玉却坐在里间呢，说道：“紫鹃，请二爷屋里坐罢。”宝玉走到里间门口，看见新写的一副紫黑色泥金云龙笺的小对，上写着：

绿窗明月在　青史古人空

宝玉看了，笑了一笑，走入门去，笑问道：“妹妹做什么呢？”黛玉站起来迎了两步，笑着让道：“请坐。我在这里写经，只剩得两行了，等写完了再说话儿。”因叫雪雁倒茶。宝玉道：“你别动，只管写。”说着，一面看见中间挂着一幅单条，上面画着一个嫦娥，带着一个侍者；又一个女仙，也有一个侍者，捧着一个长长儿的衣囊似的；二人身旁边略有些云护，别无点缀，全仿李龙眠白描笔意，上有《斗寒图》三字，用八分书写着。宝玉道：“妹妹，这幅《斗寒图》可是新挂上的？”黛玉道：“可不是。昨日他们收拾屋子，我想起来，拿出来叫他们挂上的。”宝玉道：“是什么出处？”黛玉笑道：“眼前熟的很的，还要问人！”宝玉笑道：“我一时想不起，妹妹告诉我罢。”黛玉道：“岂不闻‘青女素娥俱耐冷，月中霜里斗婵娟’？”宝玉道：“是啊，这个实在新奇雅致，却好此时拿出来挂。”说着，又东瞧瞧，西走走。

雪雁沏了茶来，宝玉吃着。又等了一会子，黛玉经才写完，站起来道：“简慢了。”宝玉笑道：“妹妹还是这么客气。”但见黛玉身上穿着月白绣花小毛皮袄，加上银鼠坎肩；头上挽着随常云髻，簪上一枝赤金扁簪，别无花朵；腰下系着杨妃色绣花绵裙。真比如：亭亭玉树临风立，冉冉香莲带露开。宝玉因问道：“妹妹这两日弹琴来着没有？”黛玉道：“两日没弹了。因为写字已经觉得手冷，那里还去弹琴。”宝玉道：“不弹也罢了。我想琴虽是清高之品，却不是好东西：从没有弹琴里弹出富贵寿考来的，只有弹出忧思怨乱来的；再者，弹琴也得心里记谱，未免费心。依我说，妹妹身子又单弱，不操这心也罢了。”黛玉抿着嘴儿笑。宝玉指着壁上道：“这张琴可就是么？怎么这么短？”黛玉笑道：“这张琴不是短，因我小时学抚的时候，别的琴都够不着，因此特地做起来的。虽不是焦尾枯桐，这鹤山凤尾还配得齐整，龙池雁足，高下还相宜。你看这断纹，不是牛旄似的么？所以音韵也还清越。”

宝玉道：“妹妹，这几天来做诗没有？”黛玉道：“自结社以后没大作。”宝玉笑道：“你别瞒我，我听见你吟的，什么‘不可惙，素心如何天上月’，你搁在琴里，觉得音响分外的响亮。有的没有？”黛玉道：“你怎么听见了？”宝玉道：“我那一天从蓼风轩来听见的，又恐怕打断你的清韵，所以静听了一会就走了。我正要问你：前路是平韵，到末了儿忽转了仄韵，是个什么意思？”黛玉道：“这是人心自然之音，做到那里就到那里，原没有一定的。”宝玉道：“原来如此。可惜我不知音，枉听了一会子。”黛玉道：“古来知音人，能有几个？”宝玉听了，又觉得出言冒失了，又怕寒了黛玉的心，坐了一坐，心里像有许多话，却再无可讲的。黛玉因方才的话也是冲口而出，此时回想，觉得太冷淡些，也就无话。宝玉一发打量黛玉设疑，遂讪讪的站起来，说道：“妹妹坐着罢，我还要到三妹妹那里瞧瞧去呢。”黛玉道：“你若见了三妹妹，替我问候一声罢。”宝玉答应着，便出来了。

黛玉送至屋门口，自己回来闷闷的坐着，心里想道：“宝玉近来说话半吐半吞，忽冷忽热，也不知他是什么意思。”正想着，紫鹃走来道：“姑娘，经不写了？我把笔砚都收好了。”黛玉道：“不写了，收拾了罢。”说着，自己走到里间屋里床上歪着，慢慢的细想。紫鹃进来问道：“姑娘吃碗茶罢？”黛玉道：“不吃呢。我略歪歪儿，你们自己去罢。”

紫鹃答应着出来，只见雪雁一个人在那里发呆。紫鹃走到他跟前，问道：“你这会子也有了什么心事了么？”雪雁只顾发呆，倒被他吓了一跳，因说道：“你别嚷。今日我听见了一句话，我告诉你听，奇不奇。你可别言语！”说着，往屋里努嘴儿。因自己先行，点着头儿叫紫鹃同他出来，到门外平台底下，悄悄儿的道：“姐姐，你听见了么？宝玉定了亲了！”紫鹃听见，吓了一跳，说道：“这是那里来的话？只怕不真罢。”雪雁道：“怎么不真？别人大概都知道，就只咱们没听见。”紫鹃道：“你是那里听来的？”雪雁道：“我听见侍书说的。是个什么知府家，家资也好，人才也好。”

紫鹃正听时，只听得黛玉咳嗽了一声，似乎起来的光景。紫鹃恐怕他出来听见，便拉了雪雁摇摇手儿，往里望望不见动静，才又悄悄儿的问道：“他到底怎么说来？”雪雁道：“前儿不是叫我到三姑娘那里去道谢么？三姑娘不在屋里，只有侍书在那里。大家坐着，无意中说起宝二爷的淘气来，他说：‘宝二爷怎么好！只会顽儿，全不像大人的样子，已经说亲了，还是这么呆头呆脑！’我问他：‘定了没有？’他说是定了，是个什么王大爷做媒的。那王大爷是东府里的亲戚，所以也不用打听，一说就成了。”紫鹃侧着头想了一想：“这句话奇！”又问道：“怎么家里没有人说起？”雪雁道：“侍书也说的，是老太太的意思。若一说起，恐怕宝玉野了心，所以都不提起。侍书告诉了我，又叮嘱千万不可露风，说出来只道是我多嘴。”把手往里一指，“所以他面前也不提。今日是你问起，我不犯瞒你。”

正说到这里，只听鹦鹉叫唤，学着说：“姑娘回来了，快倒茶来！”倒把紫鹃、雪雁吓了一跳，回头并不见有人，便骂了鹦鹉一声，走进屋内。只见黛玉喘吁吁的刚坐在椅子上，紫鹃搭讪着问茶问水。黛玉问道：“你们两个那里去了？再叫不出一个人来！”说着，便走到炕边，将身子一歪，仍旧倒在炕上，往里躺下，叫把帐子撩下。紫鹃、雪雁答应出去。他两个心里疑惑：“方才的话，只怕被他听了去了。”只好大家不提。

谁知黛玉一腔心事，又窃听了紫鹃、雪雁的话，虽不很明白，已听得了七八分，如同将身撂在大海里一般。思前想后，竟应了前日梦中之谶，千愁万恨，堆上心来。左右打算，不如早些死了，免得眼见了意外的事情，那时反倒无趣。又想到自己没了爹娘的苦，自今以后，把身子一天一天的遭蹋起来，一年半载，少不得身登清净。打定了主意，被也不盖，衣也不添，竟是合眼妆睡。紫鹃和雪雁来伺候几次，不见动静，又不好叫唤。晚饭都不吃。点灯以后，紫鹃掀开帐子，见已睡着了，被窝都蹬在脚后，怕他着了凉，轻轻儿拿来盖上。黛玉也不动，单待他出去，他就仍然褪下。那紫鹃只管问雪雁："今儿的话到底是真是假？"雪雁道："怎么不真？"紫鹃道："侍书怎么知道的？"雪雁道："是小红那里听来的。"紫鹃道："头里咱们说话，只怕姑娘听见了，你看刚才的神情，大有原故。今日以后，咱们倒别提这件事了。"说着，两个人也收拾要睡。紫鹃进来看时，只见黛玉被窝又蹬下来，复又给他轻轻盖上。一宿晚景不提。

次日，黛玉清早起来，也不叫人，独自一个呆呆的坐着。紫鹃醒来，看见黛玉已起，便惊问道："姑娘怎么这样早？"黛玉道："可不是，睡得早，所以醒得早。"紫鹃连忙起来叫醒雪雁，伺候梳洗。那黛玉对着镜子，只管呆呆的自看。看了一回，那泪珠儿断断连连，早已湿透了罗帕。正是：瘦影正临春水照，卿须怜我我怜卿。紫鹃在旁，也不敢劝，只怕倒把闲话勾引旧恨来。迟了好一会，黛玉才随便梳洗了，那眼中泪渍，终是不干。又自坐了一会，叫紫鹃道："你把藏香点上。"紫鹃道："姑娘，你睡也没睡得几时，如何点香？不是要写经？"黛玉点点头儿。紫鹃道："姑娘今日醒得太早，这会子又写经，只怕太劳神了罢。"黛玉道："不怕，早完了早好。况且我也并不是为经，倒借着写字解解闷儿。以后你们见了我的字迹，就算见了我的面儿了。"说着，那泪直流下来。紫鹃听了这话，不但不能再劝，连自己也掌不住滴下泪来。

原来黛玉立定主意，自此以后，有意遭蹋身子，茶饭无心，每日渐减下来。宝玉下学时，也常抽空问候，只是黛玉虽有万千言语，自知年纪已大，又不便似小时可以柔情挑逗，所以满腔心事，只是说不出来。宝玉欲将实言安慰，又恐黛玉生嗔，反添病证。两个人见了面，只得用浮言劝慰，真真是亲极反疏了。

那黛玉虽有贾母、王夫人等怜恤，不过请医调治，只说黛玉常病，那里知他的心病？紫鹃等虽知其意，也不敢说。从此一天一天的减，到半月之后，肠胃日薄一日，果然粥都不能吃了。黛玉日间听见的话，都似宝玉娶亲的话；看见怡红院中的人，无论上下，也像宝玉娶亲的光景。薛姨妈来看，黛玉不见宝钗，越发起疑心，索性不要人来看望，也不肯吃药，只要速死。睡梦之中，常听见有人叫"宝二奶奶"的。一片疑心，竟成蛇影。

一日，竟是绝粒，粥也不吃，恹恹一息，垂毙待尽。未知黛玉性命如何，且看下回分解。

第九十回　失绵衣贫女耐嗷嘈　送果品小郎惊叵测

却说黛玉自立意自戕之后，渐渐不支，一日竟至绝粒。从前十几天内，贾母等轮流看望，他有时还说几句话；这两日索性不大言语。心里虽有时昏晕，却也有时清楚。贾母等见他这病不似无因而起，也将紫鹃、雪雁盘问过两次。两个那里敢说？便是紫鹃欲向侍书打听消息，又怕越闹越真，黛玉更死得快了，所以见了侍书，毫不提起。那雪雁是他传话弄出这样缘故来，此时恨不得长出百十个嘴来说"我没说"，自然更不敢提起。到了这一天黛玉绝粒之日，紫鹃料无指望了，守着哭了一会，因出来偷向雪雁道："你进屋里来好好儿的守着他，我去回老太太、太太和二奶奶去。今日这个光景，大非往常可比了！"雪雁答应，紫鹃自去。

这里雪雁正在屋里伴着黛玉，见他昏昏沉沉，小孩子家那里见过这个样儿，只打谅如此便是死的光景了，心中又痛又怕，恨不得紫鹃一时回来才好。正怕着，只听窗外脚步走响，雪雁知是紫鹃回来，才放下心了，连忙站起来，掀着里间帘子等他。只见外面帘子响处，进来了一个人，却是侍书。那侍书是探春打发来看黛玉的，见雪雁在那里掀着帘子，便问道："姑娘怎么样？"雪雁点点头儿，叫他进来。侍书跟进来，见紫鹃不在屋里，瞧了瞧黛玉，只剩得残喘微延，吓的惊疑不止。因问："紫鹃姐姐呢？"雪雁道："告诉上屋里去了。"

那雪雁此时只打谅黛玉心中一无所知了，又见紫鹃不在面前，因悄悄的拉了侍书的手，问道："你前日告诉我说的，什么王大爷给这里宝二爷说了亲，是真话么？"侍书道："怎么不真？"雪雁道："多早晚放定的？"侍书道："那里就放定了呢？那一天我告诉你时，是我听见小红说的。后来我到二奶奶那边去，二奶奶正和平姐姐说呢，道：'那都是门客们借着这个事讨老爷的喜欢，往后好拉拢的意思。别说大太太说不好，就是大太太愿意，说那姑娘好，那大太太眼里看的出什么人来？再者老太太心里早有了人了，就在咱们园子里的，大太太那里摸的着底呢！老太太不过因老爷的话，不得不问问罢咧。'又听见二奶奶说：'宝玉的事，老太太总是要亲上作亲的，凭谁来说亲，横竖不中用。'"

雪雁听到这里，也忘了神了，因说道："这是怎么说！白白的送了我们这一位的命了！"侍书道："这是从那里说起？"雪雁道："你还不知道呢。前日都是我和紫鹃姐姐说来着，这一位听见了，就弄到这步田地了。"侍书道："你悄悄儿的说罢，看仔细他听见了。"雪雁道："人事都不省了，瞧着罢，左不过在这一两天了。"正说着，只见紫鹃掀帘进来，说："这还了得！你们有什么话还不出去说，还在这里说！索性逼死他就完了！"侍书道："我不信有这样奇事。"紫鹃道："好姐姐，不是我说，你又该恼了。你懂得什么呢？懂得也不传这些舌了。"

这里三个人正说着，只听黛玉忽然又嗽了一声，紫鹃连忙跑到炕沿前站着，侍书、雪雁也都不言语了。紫鹃弯着腰，在黛玉身后轻轻问道："姑娘，喝口水罢。"黛玉微微答应了一声。雪雁连忙倒了半钟白滚水，紫鹃接了托着。侍书也走近前来，紫鹃和他摇头儿，不叫他说话，侍书只得咽住了。站了一回，黛玉又嗽了一声，紫鹃趁势问道："姑娘喝水呀？"黛玉又微微应了一声，那头似有欲抬之意，那里抬得起。紫鹃爬上炕去，爬在黛玉旁边，端着水试了冷热，送到唇边，扶了黛玉的头就到碗边，喝了一口。紫鹃才要拿时，黛玉意思还要喝一口，紫鹃便托着那碗不动。黛玉又喝了一口，摇摇头儿不喝了，喘了一口气，仍旧躺下。半日，微微睁眼，说道："刚才说话，不是侍书么？"紫鹃答应道："是。"侍书尚未出去，因连忙过来问候。黛玉睁眼看了，点点头儿，又歇了一歇，说道："回去，问你姑娘好罢。"侍书见这番光景，只当黛玉嫌烦，只得悄悄的退出去了。

原来那黛玉虽则病势沉重，心里却还明白。起先侍书、雪雁说话时，他也模糊听见了一半句，却只作不知，也因实无精神答理；及听了雪雁、侍书的话，才明白过前头的事情原是议而未成的。又兼侍书说是凤姐说的，老太太的主意，亲上作亲，又是园中住着的，非自己而谁？因此一想，阴极阳生，心神顿觉清爽许多，所以才吃了两口水，又要想问侍书的话。恰好贾母、王夫人、李纨、凤姐听见紫鹃之言，都赶着来看。黛玉心中疑团已破，自然不似先前寻死之意了，虽身体软弱，精神短少，却也勉强答应一两句了。凤姐因叫过紫鹃问道："姑娘也不至这样，这是怎么说？你这样吓人！"紫鹃道："实在头里看着不好，才敢去告诉的。回来见姑娘竟好了许多，也就怪了。"贾母笑道："你也别怪他，他懂得什么？看见不好就言语，这倒是他明白的地方。小孩子家，不嘴懒脚嫩就好。"说了一回，贾母等料着无妨，也就去了。正是：心病终须心药治，解铃还是系铃人。

不言黛玉病渐减退。且说雪雁、紫鹃背地里都念佛，雪雁向紫鹃说道：“亏他好了。只是病的奇怪，好的也奇怪。”紫鹃道：“病的倒不怪，就只好的奇怪。想来宝玉和姑娘必是姻缘：人家说的‘好事多磨’，又说道‘是姻缘棒打不回’，这样看起来，人心天意，他们两个竟是天配的了。再者你想，那一年我说了林姑娘要回南去，把宝玉几乎急死，闹得家翻宅乱；如今一句话，又把这一个弄得死去活来：可不说的，三生石上百年前结下的么？”说着，两个悄悄的抿着嘴笑了一回。雪雁又道：“幸亏好了，咱们明儿再别说了。就是宝玉娶了别的人家儿的姑娘，我亲见他在那里结亲，我也再不露一句话了。”紫鹃笑道：“这就是了。”不但紫鹃和雪雁在私下里讲究，就是众人，也都知道黛玉的病也病得奇怪，好也好得奇怪，三三两两，唧唧哝哝议论着。不多几时，连凤姐儿也知道了。邢、王二夫人也有些疑惑，倒是贾母略猜着了八九。

那时正值邢王二夫人、凤姐等在贾母房中说闲话。说起黛玉的病来，贾母道：“我正要告诉你们。宝玉和林丫头是从小儿在一处的，我只说小孩子们，怕什么。以后时常听得林丫头忽然病，忽然好，都为有了些知觉了。所以我想，他们若尽着搁在一块儿，毕竟不成体统。你们怎么说？”王夫人听了，便呆了一呆，只得答应道：“林姑娘是个有心计儿的；至于宝玉，呆头呆脑，不避嫌疑是有的。看起外面，却还都是个小孩儿形像。此时若忽然或把那一个分出园外，不是倒露了什么痕迹了么？古来说的，‘男大须婚，女大须嫁’，老太太想，倒是赶着把他们的事办办也罢了。”

贾母皱了一皱眉，说道：“林丫头的乖僻，虽也是他的好处，我的心里不把林丫头配他，也是为这点子。况且林丫头这样虚弱，恐不是有寿的。只有宝丫头最妥。”王夫人道：“不但老太太这么想，我们也是这样。但林姑娘也得给他说了人家儿才好，不然女孩儿家长大了，那个没有心事？倘或真与宝玉有些私心，若知宝玉定下宝丫头，那倒不成事了。”贾母道：“自然先给宝玉娶了亲，然后给林丫头说人家，再没有先是外人、后是自己的。况且林丫头年纪，到底比宝玉小两岁。依你们这样说，倒是宝玉定亲的话不许叫他知道倒罢了。”凤姐便分付众丫头道：“你们听见么？宝二爷定亲的话，不许混吵嚷！若有多嘴的，提防着他的皮！”贾母又向凤姐道：“凤哥儿，你如今自从身上不大好，也不大管园里的事了。我告诉你，须得经点儿心。不但这个，就像前年那些人吃酒耍钱，都不是事。你还精细些，少不得多分点心儿，严紧严紧他们才好。况且我看他们也就只还服你。”凤姐答应了。娘儿们又说了一回话，方各自散了。

从此凤姐常到园中照料。一日，刚走进大观园，到了紫菱洲畔，只听见一个老婆子在那里吵。凤姐走到跟前，那婆子才瞧见了，早垂手侍立，口里请了安。凤姐道：“你在这里闹什么？”婆子道：“蒙奶奶们派我在这里看守花果，我也没有差错，不料邢姑娘的丫头说我们是贼。”凤姐道：“为什么呢？”婆子道：“昨儿我们家的黑儿跟着我到这里顽了一回，他不知道，又往邢姑娘那边去瞧了一瞧，我就叫他回去了。今儿早起，听见他们丫头说丢了东西了。我问他丢了什么，他就问起我来了。”凤姐道：“问了你一声，也犯不着生气呀。”婆子道：“这里园子，到底是奶奶家里的，并不是他们家里的。我们都是奶奶派的，贼名儿怎么敢认呢？”凤姐照脸啐了一口，厉声道：“你少在我跟前唠唠叨叨的！你在这里照看，姑娘丢了东西，你们就该问的，怎么说出这些没道理的话来？把老林叫了来，撵出他去！”丫头们答应了。

只见邢岫烟赶忙出来，迎着凤姐陪笑道：“这使不得，没有的事。事情早过去了。”凤姐道：“姑娘，不是这个话。倒不讲事情，这名分上太岂有此理了！”岫烟见婆子跪在地下告饶，便忙请凤姐到里边去坐。凤姐道：“他们这种人我知道，他除了我，其余都没上没下的了。”岫烟再三替他讨饶，只说自己的丫头不好。凤姐道：“我看着邢姑娘的分上，饶你这一次！”婆子才起来磕了头，又给岫烟磕了头，才出去了。

这里二人让了坐，凤姐笑问道：“你丢了什么东西了？”岫烟笑道：“没有什么要紧的，是一件红小袄儿，已经旧了的。我原叫他们找，找不着就罢了。这小丫头不懂事，问了那婆子一声，那婆子自然不依了。这都是小丫头糊涂不懂事，我也骂了几句。已经过去了，不必再提了。”凤姐把岫烟内外一瞧，看见虽有些皮绵衣服，已是半新不旧的，未必能暖和，他的被窝多半是薄的。至于房中桌上摆设的东西，就是老太太拿来的，却一些不动，收拾的干干净净。凤姐心上便很爱敬他，说道：“一件衣裳原不要紧，这时候冷，又是贴身的，怎么就不问一声儿呢？这撒野的奴才，了不得了！”说了一回。

凤姐出来，各处去坐了一坐，就回去了。到了自己房中，叫平儿取了一件大红洋绉的小袄儿，一件松花色绫子一抖珠儿的小皮袄，一条宝蓝盘锦镶花绵裙，一件佛青银鼠褂子，包好叫人送去。那时岫烟被那老婆子聒噪了一场，虽有凤姐来压住，心上终是不安。想起：“许多姊妹们在这里，没有一个下人得罪他的，独自我这里，他们言三语四，刚刚凤姐来碰见。”想来想去，终是没意思，又说不出来。正在吞声饮泣，看见凤姐那边的丰儿送衣服过来，岫烟一看，决不肯受。丰儿道：“奶奶分付我说：‘姑娘要嫌是旧衣裳，将来送新的来。’”岫烟笑谢道：“承奶奶的好意，只是因我丢了衣服，他就拿来，我断不敢受。你拿回去，千万谢你们奶奶。承你奶奶的情，我算领了。”倒拿个荷包给了丰儿，那丰儿只得拿了去了。

不多时，又见平儿同着丰儿过来，岫烟忙迎着问了好，让了坐。平儿笑说道：“我们奶奶说，姑娘特外道的了不得。”岫烟道：“不是外道，实在不过意。”平儿道：“奶奶说，姑娘要不收这衣裳，不是嫌太旧，就是瞧不起我们奶奶。刚才说了，我要拿回去，奶奶不依我呢。”岫烟红着脸笑谢道：“这样说了，叫我不敢不收。”又让了一回茶。

平儿同丰儿回去，将到凤姐那边，碰见薛家差来的一个老婆子，接着问好。平儿便问道：“你从那里来？”婆子道：“那边太太、姑娘叫我来请各位太太、奶奶、姑娘们的安。我刚才在奶奶前问起姑娘来，说姑娘到园中去了。可是从邢姑娘那里来么？”平儿道：“你怎么知道？”婆子道：“方才听见说，真真的二奶奶和姑娘们的行事叫人感念。”平儿笑了一笑，道：“你回来坐着罢。”婆子道：“我还有事，改日再过来瞧姑娘罢。”说着走了。平儿回来，回覆了凤姐，不在话下。

且说薛姨妈家中被金桂搅得翻江倒海，看见婆子回来，述起岫烟的事，宝钗母女二人不免滴下泪来。宝钗道：“都为哥哥不在家，所以叫邢姑娘多吃几天苦。如今还亏凤姐姐不错。咱们底下也得留心，到底是咱们家里人。”说着，只见薛蝌进来，说道：“大哥哥这几年在外头，相与的都是些什么人？连一个正经的也没有，来一起子，都是些狐群狗党！我看他们那里是不放心，不过将来探探消息儿罢咧。这两天都被我赶出去了。以后分付了门上，不许传进这种人来。”薛姨妈道：“又是蒋玉函那些人么？”薛蝌道：“蒋玉函却倒没来，倒是别人。”

薛姨妈听了薛蝌的话，不觉又伤起心来，说道：“我虽有儿，如今就像没有的了。就是上司准了，也是个废人。你虽是我侄儿，我看你还比你哥哥明白些，我这后辈子全靠你了，你自己从今后要学好。再者，你聘下的媳妇儿，家道不比往时了。人家的女孩儿出门子不是容易，再没别的想头，只盼着女婿能干，他就有日子过了。若邢丫头也像这个东西，”说着，把手往里头一指，道：

“我也不说了。邢丫头实在是个有廉耻、有心计儿的，又守得贫，耐得富。只是等咱们的事情过去了，早些把你们的正经事完结了，也了我一宗心事。”薛蝌道：“琴妹妹还没有出门子，这倒是太太烦心的一件事。至于这个，可算什么呢。”大家又说了一回闲话。

薛蝌回到自己房中，吃了晚饭，想起邢岫烟住在贾府园中，终是寄人篱下，况且又穷，日用起居不想可知。况兼当初一路同来，模样儿、性格儿都知道的。可知天意不均：如夏金桂这种人，偏教他有钱，娇养得这般泼辣；邢岫烟这种人，偏教他这样受苦！阎王判命的时候，不知如何判法的？想到闷来，也想吟诗一首，写出来，出出胸中的闷气。又苦自己没有工夫，只得混写道：

蛟龙失水似枯鱼，两地情怀感索居。

同在泥涂多受苦，不知何日向清虚！

写毕，看了一回，意欲拿来黏在壁上，又不好意思，自己沉吟道：“不要被人看见笑话。”又念了一遍，道：“管他呢，左右黏上，自己看着解闷儿罢。”又看了一回，到底不好，拿来夹在书里。又想：“自己年纪可也不小了，家中又碰见这样飞灾横祸，不知何日了局，致使幽闺弱质，弄得这般凄凉寂寞！”

正在那里想时，只见宝蟾推进门来，拿着一个盒子，笑嘻嘻放在桌上。薛蝌站起来让坐。宝蟾笑着向薛蝌道：“这是四碟果子，一小壶儿酒，大奶奶叫给二爷送来的。”薛蝌陪笑道：“大奶奶费心。但是叫小丫头们送来就完了，怎么又劳动姐姐呢？”宝蟾道：“好说。自家人，二爷何必说这些套话？再者我们大爷这件事，实在叫二爷操心，大奶奶久已要亲自弄点什么儿谢二爷，又怕别人多心。二爷是知道的，咱们家里都是言合意不合，送点子东西没要紧，倒没的惹人七嘴八舌的讲究。所以今日些微的弄了一两样果子、一壶酒，叫我亲自悄悄儿的送来。”说着又笑，瞅了薛蝌一眼道：“明儿二爷再别说这些话，叫人听着怪不好意思的。我们不过也是底下的人，伏侍得着大爷，就伏侍得着二爷，这有何妨呢？”

薛蝌一则秉性忠厚，二则到底年轻，只是向来不见金桂和宝蟾如此相待，心中想到刚才宝蟾说为薛蟠之事，也是情理，因说道：“果子留下罢。这个酒儿，姐姐只管拿回去，我向来的酒上实在很有限，挤住了，偶然吃一钟，平日无事是不能吃的。难道大奶奶和姐姐还不知道么？”宝蟾道：“别的我作得主，独这一件事，我可不敢应。大奶奶的脾气儿二爷是知道的，我拿回去，不说二爷不吃，倒要说我不尽心了。”薛蝌没法，只得留下。宝蟾方才要走，又到门口往外看看，回过头来向着薛蝌一笑，又用手指着里面，说道：“他还只怕要来亲自给你道乏呢。”薛蝌不知何意，反倒讪讪的起来，因说：“姐姐替我谢谢大奶奶罢。天气寒，看凉着。再者，自己叔嫂，也不必拘这些个礼。”宝蟾也不答言，笑着走了。

薛蝌始以为金桂为薛蟠之事，或者真是不过意，备此酒果给自己道乏，也是有的。及见了宝蟾这种鬼鬼祟祟、不尴不尬的光景，也觉了几分，却自己回心一想：“他到底是嫂子的名分，那里就有别的讲究了呢？或者宝蟾不老成，自己不好意思怎么样，却指着金桂的名儿，也未可知。然而到底是哥哥的屋里人，也不好——”忽又一转念：“那金桂素性为人毫无闺阁理法，况且有时高兴，打扮得妖娆非常，自以为美，又焉知不是怀着坏心呢？不然，就是他和琴妹妹也有了什么不对的地方儿，所以设下这个毒法儿，要把我拉在浑水里，弄一个不清不白的名儿，也未可知。”想到这里，索性倒怕起来。

正在不得主意的时候，忽听窗外扑嗤的笑了一声，把薛蝌倒吓了一跳。未知是谁，且听下回分解。

第九十一回　纵淫心宝蟾工设计　布疑阵宝玉妄谈禅

话说薛蝌正在狐疑，忽听窗外一笑，吓了一跳，心中想道：“不是宝蟾，定是金桂。只不理他们，看他们有什么法儿。”听了半日，却又寂然无声。自己也不敢吃那酒果。掩上房门，刚要脱衣时，只听见窗纸上微微一响。薛蝌此时被宝蟾鬼混了一阵，心中七上八下，竟不知如何是好；听见窗纸微响，细看时又无动静，自己反倒疑心起来，掩了怀，坐在灯前呆呆的细想；又把那果子拿了一块，翻来覆去的细看。猛回头，看见窗上的纸湿了一块，走过来觑着眼看时，冷不防外面往里一吹，把薛蝌吓了一大跳。听得吱吱的笑声，薛蝌连忙把灯吹灭了，屏息而卧。只听外面一个人说道：“二爷为什么不吃酒吃果子就睡了？”这句话仍是宝蟾的语音，薛蝌只不作声装睡。又隔有两句话时，听得外面似有恨声道：“天下那里有这样没造化的人！”薛蝌听了是宝蟾，又似是金桂的语音，才知道他们原来是这么一番意思。翻来覆去，直到五更后才睡着了。

刚到天明，早有人来扣门。薛蝌忙问是谁，外面也不答应。薛蝌只得起来，开了门看时，却是宝蟾，拢着头发，掩着怀，穿一件片锦边琵琶襟小紧身，上面系一条松花绿半新的汗巾，下面并未穿裙，正露着石榴红洒花夹裤，一双新绣红鞋。原来宝蟾尚未梳洗，恐怕人见，赶早来取家伙。薛蝌见他这样打扮便走进来，心中又是一动，只得陪笑问道：“怎么这样早就起来了？”宝蟾把脸红着，并不答言，只管把果子折在一个碟子里，端着就走。薛蝌见他这般，知是昨晚的原故，心里想道：“这也罢了。倒是他们恼了，索性死了心，也省得来缠。”于是把心放下，唤人舀水洗脸。自己打算在家里静坐两天，一则养养心神，二则出去怕人找他。原来和薛蟠好的那些人因见薛家无人，只有薛蝌在那里办事，年纪又轻，便生出许多觊觎之心：也有想插在里头做跑腿的，也有能做状子、认得一两个书办要给他上下打点的，甚至有叫他在内趁钱的，也有造作谣言恐吓的，种种不一。薛蝌见了这些人，远远躲避，又不敢面辞，恐怕激出意外之变，只好藏在家中听候转详，不提。

且说金桂昨夜打发宝蟾送了些酒果去，探探薛蝌的消息。宝蟾回来，将薛蝌的光景一一的说了。金桂见事有些不大投机，便怕白闹一场，反被宝蟾瞧不起；欲把两三句话遮饰，改过口来，又可惜了这个人，心里倒没了主意，只怔怔的坐着。那知宝蟾亦知薛蟠难以回家，正欲寻个头路，因怕金桂拿他，所以不敢透漏；今见金桂所为先已开了端了，他便乐得借风使船，先弄薛蝌到手，不怕金桂不依，所以用言挑拨。见薛蝌似非无情，又不甚兜揽，一时也不敢造次。后来见薛蝌吹灯自睡，大觉扫兴，回来告诉金桂，看金桂有甚方法儿，再作道理。及见金桂怔怔的，似乎无技可施，他也只得陪金桂收拾睡了。夜里那里睡得着，翻来覆去，想出一个法子来：不如明儿一早起来，先去取了家伙，却自己换上一两件动人的衣服，也不梳洗，越显出一番娇媚来，只看薛蝌的神情，自己反倒装出一番恼意，索性不理他。那薛蝌若有悔心，自然移船泊岸，不愁不先到手。及至见了薛蝌，仍是昨晚这般光景，并无邪僻之意，自己只得以假为真，端了碟子回来，却故意留下酒壶，以为再来搭转之地。

只见金桂问道：“你拿东西去，有人碰见么？”宝蟾道：“没有。”金桂道：“二爷也没问你什么？”宝蟾道：“也没有。”金桂因一夜不曾睡着，也想不出一个法子来，只得回思道：“若作此事，别人可瞒，宝蟾如何能瞒？不如我分惠于他，他自然没有不尽心的。况我又不能自去，少不得要他作脚，倒不如和他商量一个稳便主意。”因带笑说道：“你看二爷到底是个怎么样的人？”宝蟾道：“倒像个糊涂人。”金桂听了笑道：“你如何说起爷们来了？”宝蟾也笑道：“他孤负奶奶的心，我就说得他。”金桂道：“他怎么孤负我的心？你倒得说说。”宝蟾道：“奶奶给他好东西吃，他倒不吃，这不是孤负奶奶的心么？”说着，却把眼溜着金桂一笑。金桂道：“你别胡想！我给他送东西，为大爷的事不辞劳苦，我所以敬他；又怕人说瞎话，所以问你。你这些话向我说，我不懂是什么意思！”宝蟾笑道:“奶奶别多心。我是跟奶奶的,还有两个心么？但是事情要密些，倘或声张起来，不是顽的。”金桂也觉得脸飞红了，因说道：“你这个丫头,就不是个好货！想来你心里看上了,却拿我作筏子,是不是呢？”

宝蟾道:“只是奶奶那么想罢咧，我倒是替奶奶难受。奶奶要真瞧二爷好，我倒有个主意。奶奶想，‘那个耗子不偷油’呢？他也不过怕事情不密，大家闹出乱子来不好看。依我想，奶奶且别性急，时常在他身上不周不备的去处张罗张罗。他是个小叔子,又没娶媳妇儿,奶奶就多尽点心儿,和他贴个好儿,别人也说不出什么来。过几天，他感奶奶的情，他自然要谢候奶奶。那时奶奶再备点东西在咱们屋里，我却帮着奶奶灌醉了他，还怕跑了他？他要不应，咱们索性闹起来，就说他调戏奶奶。他害怕，自然得顺着咱们的手儿。他再不应，他也不是人，咱们也不至白丢了脸面。奶奶想，怎么样？”金桂听了这话，两颧早已红晕了，笑骂道：“小蹄子，你倒像偷过多少汉子似的，怪不得大爷在家时离不开你！”宝蟾把嘴一努,笑说道:“罢呀！人家倒替奶奶拉纤，奶奶倒和我们说这个话咧。”从此，金桂一心笼络薛蝌，倒无心混闹了，家中也少觉安静。

当日宝蟾自去取了酒壶，仍是稳稳重重，一脸的正气。薛蝌偷眼看了，反倒后悔，疑心：“或者是自己错想了他们，也未可知。果然如此，倒孤负了他这一番美意，保不住日后倒要和自己也闹起来，岂非自惹的呢？”过了两天，甚觉安静。薛蝌遇见宝蟾，宝蟾便低头走了，连眼皮儿也不抬;遇见金桂，金桂却一盆火儿的赶着。薛蝌见这般光景，反倒过意不去。这且不表。

且说宝钗母女觉得金桂几天安静，待人忽亲热起来，一家子都为罕事。薛姨妈十分欢喜，想到必是薛蟠娶这媳妇时冲犯了什么，才败坏了这几年。目今闹出这样事来，亏得家里有钱，贾府出力，方才有了指望。媳妇儿忽然安静起来，或者是蟠儿转过运气来了，也未可知。于是自己心里倒以为希有之奇。这日饭后，扶了同贵过来，到金桂房里瞧瞧。走到院中，只听一个男人和金桂说话。同贵知机，便说道：“大奶奶，老太太过来了。”说着，已到门口。只见一个人影儿在房门后一躲，薛姨妈一吓，倒退了出来。金桂道:“太太请里头坐。没有外人，他就是我的过继兄弟，本住在屯里，不惯见人，因没有见过太太。今日才来，还没去请太太的安。”薛姨妈道：“既是舅爷，不妨见见。”金桂叫兄弟出来，见了薛姨妈，作了一个揖，问了好。薛姨妈也问了好，坐下叙起话来。薛姨妈道：“舅爷上京几时了？”那夏三道：“前月我妈没有人管家，把我过继来的。前日才进京，今日来瞧姐姐。”薛姨妈看那人不尴尬，于是略坐坐儿，便起身道：“舅爷坐着罢。”回头向金桂道：“舅爷头上末下的来，留在咱们这里吃了饭再去罢。”金桂答应着，薛姨妈自去了。

金桂见婆婆去了，便向夏三道：“你坐着。今日可是过了明路的了，省得我们二爷查考你。我今日还叫你买些东西，只别叫众人看见。”夏三道：“这个交给我就完了。你要什么，只要有钱，我就买得来。”金桂道：“且别说嘴。等你买上了当，我可不收！”说着，二人又嘲谑了一回，然后金桂陪夏三吃了晚饭，又告诉他买的东西，又嘱付一回，夏三自去。从此夏三往来不绝，虽有个年老的门上人，知是舅爷，也不常回。从此生出无限风波，这是后话，不表。

一日，薛蟠有信寄回，薛姨妈打开叫宝钗看时，上写：

男在县里也不受苦，母亲放心。但昨日县里书办说，府里已经准详，想是我们的情到了。岂知府里详上去，道里反驳下来了。亏得县里主文相公好，即刻做了回文顶上去了。那道里却把知县申饬。现在道里要亲提，若一上去了，又要吃苦。必是道里没有托到。母亲见字，快快托人求道爷去。还叫兄弟快来，不然就要解道。银子短不得。火速！火速！

薛姨妈听了，又哭了一场，自不必说。薛蝌一面劝慰，一面说道：“事不宜迟。”薛姨妈没法，只得叫薛蝌到县照料，命人即便收拾行李，兑了银子。家人李祥本在那里照应的，薛蝌又同了一个当铺中伙计，连夜起程。

那时手忙脚乱，虽有下人办理，宝钗又恐他们思想不到，亲来帮着收拾，直闹至四更才歇。到底富家女子娇养惯了的，心上又急，又劳苦了一会，晚上就发起烧来。到了次日，汤水都吃不下去。莺儿去回了薛姨妈。薛姨妈急来看时，只见宝钗满面通红，身如燔灼，话都不说。薛姨妈慌了手脚，便哭得死去活来。宝琴扶着劝解。香菱见了，也泪如泉涌，只管在旁哭叫。宝钗不能说话，手也不能摇动，眼干鼻塞。叫人请医调治，渐渐苏醒回来，薛姨妈等大家略略放心。早惊动荣、宁两府的人，先是凤姐打发人送十香返魂丹来，随后王夫人又送至宝丹来。贾母、邢王二夫人以及尤氏等，都打发丫头来问候，却都不叫宝玉知道。一连治了七八天，终不见效，还是他自己想起冷香丸，吃了三丸，才得病好。后来宝玉也知道了，因病好了，没有瞧去。

那时薛蝌又有信回来，薛姨妈看了，怕宝钗担忧，也不叫他知道，自己来求王夫人，并述了一会子宝钗的病。薛姨妈去后，王夫人又求贾政。贾政道："此事上头可托，底下难托，必须打点才好。"王夫人又提起宝钗的事来，因说道："这孩子也苦了。既是我家的人了，也该早些娶了过来才是，别叫他遭蹋坏了身子。"贾政道："我也是这么想。但是他家忙乱，况且如今到了冬底，已经年近岁逼，无不各自要料理些家务。今冬且放了定，明春再过礼。过了老太太的生日，就定日子娶。你把这番话先告诉薛姨太太。"王夫人答应了。

到了次日，王夫人将贾政的话向薛姨妈述了，薛姨妈想着也是。到了饭后，王夫人陪着来到贾母房中，大家让了坐。贾母道："姨太太才过来？"薛姨妈道："还是昨儿过来的，因为晚了，没得过来给老太太请安。"王夫人便把贾政昨日所说的话，向贾母述了一遍。贾母甚喜。说着，宝玉进来了，贾母便问道："吃了饭了没有？"宝玉道："才打学房里回来，吃了要往学房里去，先见见老太太。又听见说姨妈来了，过来给姨妈请请安。"因问："宝姐姐可大好了？"薛姨妈笑道："好了。"原来方才大家正说着，见宝玉进来，都煞住了。宝玉坐了坐，见薛姨妈情形不似从前亲热，"虽是此刻没有心情，也不犯大家都不言语"。满腹猜疑，自往学中去了。

晚间回来，都见过了，便往潇湘馆来。掀帘进去，紫鹃接着。见里间屋内无人，宝玉道："姑娘往那里去了？"紫鹃道："上屋里去了。知道薛姨太太过来，姑娘请安去了。二爷没有到上屋里去么？"宝玉道："我去了来的，没有见你们姑娘。"紫鹃道："这也奇了。"宝玉问："姑娘到底那里去了？"紫鹃道："这就不定了。"宝玉往外便走。刚出屋门，只见黛玉带着雪雁冉冉而来。宝玉道："妹妹回来了？"缩身退步，仍跟黛玉回来。

黛玉进来，走入里间屋内，便请宝玉里头坐，紫鹃拿了一件外罩换上，然后坐下，问道："你上去，看见姨妈没有？"宝玉道："见过了。"黛玉道："姨妈说起我没有？"宝玉道："不但没有说起你，连见了我也不像先时亲热。今日我问起宝姐姐的病来，他不过笑了一笑，并不答言。难道怪我这两天没有去瞧他么？"黛玉笑了一笑，道："你去瞧过没有？"宝玉道："头几天不知道，这两天知道了，也没有去。"黛玉道："可不是。"宝玉道："老太太不叫我去，太太也不叫我去，老爷又不叫我去，我如何敢去？若是像从前这扇小门走得通的时候，要我一天瞧他十趟也不难；如今把门堵了，要打前头过去，自然不便了。”黛玉道：“他那里知道这个原故？”宝玉道：“宝姐姐为人是最体谅我的。”黛玉道：“你不要自己打错了主意。若论宝姐姐，更不体谅，又不是姨妈病，是宝姐姐病。向来在园中做诗、赏花、饮酒，何等热闹；如今隔开了，你看见他家里有事了，他病到那步田地，你像没事人一般，他怎么不恼呢！”宝玉道：“这样，难道宝姐姐便不和我好了不成？”黛玉道：“他和你好不好，我却不知，我也不过是照理而论。”宝玉听了，瞪着眼呆了半晌。

黛玉看见宝玉这样光景，也不睬他，只是自己叫人添了香，又翻出书来细看了一会。只见宝玉把眉一皱，把脚一跺，道：“我想这个人，生他做什么！天地间没有了我，倒也干净！”黛玉道：“原是有了我，便有了人；有了人，便有无数的烦恼生出来：恐怖，颠倒，梦想，更有许多缠碍。才刚我说的都是顽话，你不过是看见姨妈没精打彩，如何便疑到宝姐姐身上去？姨妈过来，原为他的官司事情心绪不宁，那里还来应酬你？都是你自己心上胡思乱想，钻入魔道里去了。”宝玉豁然开朗，笑道：“很是，很是。你的性灵比我竟强远了，怨不得前年我生气的时候，你和我说过几句禅语，我实在对不上来。我虽丈六金身，还藉你一茎所化。”

黛玉乘此机会说道：“我便问你一句话，你如何回答？”宝玉盘着腿，合着手，闭着眼，撅着嘴，道：“讲来。”黛玉道：“宝姐姐和你好，你怎么样？宝姐姐不和你好，你怎么样？宝姐姐前儿和你好，如今不和你好，你怎么样？今儿和你好，后来不和你好，你怎么样？你和他好，他偏不和你好，你怎么样？你不和他好，他偏要和你好，你怎么样？”宝玉呆了半晌，忽然大笑道：“任凭弱水三千，我只取一瓢饮。”黛玉道：“瓢之漂水，奈何？”宝玉道：“非瓢漂水，水自流、瓢自漂耳。”黛玉道：“水止珠沉，奈何？”宝玉道：“禅心已作沾泥絮，莫向东风舞鹧鸪。”黛玉道：“禅门第一戒是不打诳语的。”宝玉道：“有如三宝。”

黛玉低头不语。只听见窗外老鸹呱呱的叫了几声，便飞向东南上去了。宝玉道：“不知主何吉凶？”黛玉道：“人有吉凶事，不在鸟音中。”忽见秋纹走来，说道：“请二爷回去罢。老爷叫人到园里来问过，说二爷打学里回来了没有。袭人姐姐只说‘已经来了’。快去罢！”吓得宝玉站起身来，往外忙走，黛玉也不敢相留。未知何事，且看下回分解。

第九十二回　评女传巧姐慕贤良　玩母珠贾政参聚散

话说宝玉从潇湘馆出来，连忙问秋纹道:“老爷叫我作什么？”秋纹笑道:“没有叫。袭人姐姐叫我请二爷，我怕你不来，才哄你的。”宝玉听了，才把心放下，因说：“你们请我也罢了，何苦来吓我！”说着，回到怡红院内。

袭人便问道：“你这好半天到那里去了？”宝玉道：“在林姑娘那边，说起薛姨妈、宝姐姐的事来，便坐住了。”袭人又问道：“说些什么？”宝玉将打禅语的话述了一遍。袭人道：“你们再没个计较。正经说些家常闲话儿，或讲究些诗句也是好的，怎么又说到禅语上了？又不是和尚！”宝玉道：“你不知道，我们有我们的禅机，别人是插不下嘴去的。”袭人笑道：“你们参禅参翻了，又叫我们跟着打闷葫芦了。”宝玉道：“头里呢，我也年纪小，他也孩子气，所以我说了不留神的话，他就恼了；如今我也留神，他也没有恼的了。只是他近来不常过来，我又念书，偶然到一处，好像生疏了似的。”袭人道:“原该这么着才是。都长了几岁年纪了，怎么好意思还像小孩子时候的样子？”

宝玉点头道：“我也知道，如今且不用说那个。我问你：老太太那里打发人来，说什么来着没有？”袭人道:“没有说什么。”宝玉道:“必是老太太忘了。明儿不是十一月初一日么？年年老太太那里必是个老规矩，要办消寒会，齐打伙儿坐下吃酒说笑。我今日已经在学房里告了假了，这会子没有信儿，明日可是去不去呢？若去了呢，白白的告了假；若不去，老爷知道了，又说我偷懒。”袭人道：“据我说，你竟是去的是。才念的好些儿了，又想歇着。我劝你也该上紧些才好。昨日听见太太说，兰哥儿念书真好，他打学房里回来，还各自念书、作文章，天天晚上弄到四更多天才睡。你比他大多了，又是叔叔，倘或赶不上他，又叫老太太生气。倒不如明日早起去罢。”麝月道:“这样冷天，已经告了假，又去，倒叫学房里说：既这么着，就不该告假呀，显见的是告谎假脱滑儿。依我说乐得歇一天。就是老太太忘记了，咱们这里就不消寒了么？咱们也闹个会儿不好么？”袭人道：“都是你起头儿，二爷更不肯去了。”麝月道：“我也是乐一天是一天，比不得你，要好名儿，使唤一个月再多得二两银子。”袭人啐道：“小蹄子！人家说正经话，你又来胡拉混扯的了！”麝月道：“我倒不是混拉扯，我是为你。”袭人道：“为我什么？”麝月道：“二爷上学去了，你又该咕嘟着嘴想着，巴不得二爷早一刻儿回来，就有说有笑的了。

这会子又假撇清，何苦呢？我都看见了。”

袭人正要骂他，只见老太太那里打发人来，说道：“老太太说了，叫二爷明日不用上学去呢。明日请了姨太太来给他解闷，只怕姑娘们都来家里呢。史姑娘、邢姑娘、李姑娘们都请了，明日来赴什么消寒会呢。”宝玉没有听完，便喜欢道：“可不是！老太太最高兴的。明日不上学，是过了明路的了。”袭人也便不言语了。那丫头回去。宝玉认真念了几天书，巴不得顽这一天，又听见薛姨妈过来，想着“宝姐姐自然也来”，心里喜欢，便说：“快睡罢，明日早些起来。”于是一夜无话。

到了次日，果然一早到老太太那里请了安；又到贾政、王夫人那里请了安，回明了老太太今日不叫上学，贾政也没言语，便慢慢退出来，走了几步，便一溜烟跑到贾母房中。见众人都没来，只有凤姐那边的奶妈子带了巧姐儿，跟着几个小丫头，过来给老太太请了安，说：“我妈妈先叫我来请安，陪着老太太说说话儿。妈妈回来就来。”贾母笑着道：“好孩子，我一早就起来了，等他们总不来，只有你二叔叔来了。”那奶妈子便说：“姑娘，给你二叔叔请安。”巧姐便请了安。宝玉也问了一声：“妞妞好？”巧姐儿道：“我昨夜听见我妈妈说，要请二叔叔去说话。”宝玉道：“说什么呢？”巧姐儿道：“我妈妈说，跟着李妈认了几年字，不知我认得不认得。我说都认得了，我认给妈妈瞧。妈妈说我瞎认，不信，说我一天尽着顽，那里认得。我瞧着那些字也不要紧，就是那《女孝经》也是容易念的。妈妈说我哄他，要请二叔叔得空儿的时候给我理理。”贾母听了，笑道：“好孩子，你妈妈是不认得字的，所以说你哄他。明日叫你二叔叔理给他瞧瞧，他就信了。”

宝玉道：“你认了多少字了？”巧姐儿道：“认了三千多字。念了一本《女孝经》，半个月头里又上了《列女传》。”宝玉道：“你念了，懂得么？你要不懂，我倒是讲讲这个你听罢。”贾母道：“做叔叔的，也该讲究给侄女儿听听。”宝玉便道：“那文王后妃是不必说了，想来是知道的。那姜后脱簪待罪和齐国的无盐安邦定国，是后妃里头的贤能的。”巧姐听了，答应个“是”。宝玉又道：“若说有才的，是曹大姑、班婕妤、蔡文姬、谢道韫诸人。”巧姐问道：“那贤德的呢？”宝玉道：“孟光的荆钗布裙，鲍宣妻的提瓮出汲，陶侃母的截发留宾，还有画荻教子的：这些不厌贫的，就是贤德了。”巧姐欣然点头。宝玉道：“还有苦的，像那乐昌公主破镜重圆，苏蕙的回文感主。那孝的，木兰代父从军，曹娥投水寻尸等类，也难尽说。”巧姐听到这些，却默默如有所思。宝玉又讲那曹氏的引刀割鼻及那些守节的，巧姐听着，更加肃敬起来。宝玉恐他不自在，又说："那些艳的，如王嫱、西施、樊素、小蛮、绛仙等。妒的是秃妾发、怨洛神等类，也少。文君、红拂是女中的——"

贾母听到这里，说："够了，不用说了。你讲的太多，他那里还记得呢。"巧姐儿道："二叔叔才说的，也有念过的，也有没念过的。念过的二叔叔一讲，我更知道了好些。"宝玉道："那字是自然认得的了，不用再理。明儿我还上学去呢。"巧姐儿道："昨日我还听见我妈妈说，我们家的小红，头里是二叔叔那里的，我妈妈要了来，还没有补上人呢。我妈妈想着要把什么柳家的五儿补上，不知二叔叔要不要。"宝玉听了更喜欢，笑着道："你听你妈妈的话！要补谁就补谁罢咧，又问什么要不要呢。"因又向贾母笑道："我瞧大妞妞这个小模样儿，又有这个聪明儿，只怕将来比凤姐姐还强呢，又比他认的字。"贾母道："女孩儿家，认得字呢也好，只是女工针黹倒是要紧的。"巧姐儿道："我也跟着刘妈妈学着做呢，什么扎花儿咧，拉锁子咧，我虽弄不好，却也学着会做几针儿。"贾母道："咱们这样人家，固然不仗着自己做，但只到底知道些，日后才不受人家的拿捏。"巧姐儿答应着"是"，还要宝玉解说《列女传》，见宝玉呆呆的，也不好再问。

你道宝玉呆的是什么？只因柳五儿要进怡红院，头一次是他病了，不能进来；第二次王夫人撵了晴雯，大凡有些姿色的，都不敢挑；后来又在吴贵家看晴雯去，五儿跟着他妈给晴雯送东西去，见了一面，更觉娇娜妩媚；今日得亏凤姐想着，叫他补入小红的窝儿，竟是喜出望外了，所以呆呆的想他。

贾母等着那些人，见这时候还不来，又叫丫头去请。回来李纨同着他妹子、探春、惜春、史湘云、黛玉都来了，大家请了贾母的安，众人厮见。独有薛姨妈未到，贾母又叫请去，果然薛姨妈带着宝琴过来。宝玉请了安，问了好，只不见宝钗、邢岫烟二人。黛玉便问起："宝姐姐为何不来？"薛姨妈假说身上不好。邢岫烟知道薛姨妈在坐，所以不来。宝玉虽见宝钗不来，心中纳闷，因黛玉来了，便把想宝钗的心暂且搁开。不多时，邢、王二夫人也来了。凤姐听见婆婆们先到了，自己不好落后，只得打发平儿先来告假，说是正要过来，因身上发热，过一回儿就来。贾母道："既是身上不好，不来也罢。咱们这时候很该吃饭了。"丫头们把火盆往后挪了一挪儿，就在贾母榻前一溜摆下两桌，大家序次坐下。吃了饭，依旧围炉闲谈，不须多赘。

且说凤姐因何不来？头里为着倒比邢、王二夫人迟了，不好意思；后来旺儿家的来回说："迎姑娘那里打发人来请奶奶安，还说并没有到上头，只到奶奶这里来。"凤姐听了纳闷，不知又是什么事，便叫那人进来，问："姑娘在家好？"那人道："有什么好的？奴才并不是姑娘打发来的，实在是司棋的母亲央我来求奶奶的。"凤姐道："司棋已经出去了，为什么来求我？"那人道："自从司棋出去，终日啼哭。忽然那一日他表兄来了，他母亲见了，恨得什么似的，说他害了司棋，一把拉住要打。那小子不敢言语。谁知司棋听见了，急忙出来，老着脸和他母亲道：'我是为他出来的，我也恨他没良心；如今他来了，妈又打他，不如勒死了我！'他母亲骂他：'不害臊的东西！你心里要怎么样？'司棋说道：'一个女人配一个男人。我一时失脚上了他的当，我就是他的人了，决不可再失身给别人的。我恨他为什么这样胆小，一身作事一身当，为什么要逃？就是他一辈子不来了，我也一辈子不嫁人的。妈要给我配人，我原拚着一死的。今日他来了，妈问他怎么样。若是他不改心，我在妈跟前叩了头，只当是我死了，他到那里，我跟到那里，就是讨饭吃，也是愿意的！'他妈气得了不得，便哭着骂着说：'你是我的女儿，我偏不给他，你敢怎么着？'那知道那司棋这东西糊涂，便一头撞在墙上，把脑袋撞破，鲜血直流，竟死了！他妈哭着，救不过来，便要叫那小子偿命。他表兄也奇，说道：'你们不用着急，我在外头原发了财，因想着他才回来的，心也算是真了。你们若不信，只管瞧。'说着，打怀里掏出一匣子金珠首饰来。他妈妈看见了，便心软了，说：'你既有心，为什么总不言语？'他外甥道：'大凡女人，都是水性杨花，我若说有钱，他便是贪图银钱了。如今他只为人，就是难得的。我把金珠给你们，我去买棺盛殓他。'那司棋的母亲接了东西，也不顾女孩儿了，便由着外甥去。那里知道他外甥叫人抬了两口棺材来。司棋的母亲看了诧异，说：'怎么棺材要两口？'他外甥笑道：'一口装不下，得两口才好。'司棋的母亲见他外甥又不哭，只当是他心疼的傻了，岂知他忙着把司棋收拾了，也不啼哭，眼错不见，把带的小刀子往脖子里一抹，也就抹死了。司棋的母亲懊悔起来，倒哭的了不得。如今坊上知道了，要报官。他急了，央我来求奶奶说个人情，他再过来给奶奶磕头。"

凤姐听了，诧异道："那有这样傻丫头，偏偏的就碰见这个傻小子！怪不得那一天翻出那些东西来，他心里没事人似的，敢道是这么个烈性孩子。论起来，我也没这么大工夫管他这些闲事，但只你才说的，叫人听着怪可怜见儿的。也罢了，你回去告诉他，我和你二爷说，打发旺儿给他撕掳就是了。"

凤姐打发那人去了，才过贾母这边来，不提。

且说贾政这日正与詹光下大棋，通局的输赢也差不多，单为着一只角儿死活未分，在那里打结。门上的小厮进来回道："外面冯大爷要见老爷。"贾政道："请进来。"小厮出去，请了冯紫英走进门来，贾政即忙迎着。冯紫英进来，在书房中坐下，见是下棋，便道："只管下棋，我来观局。"詹光笑道："晚生的棋是不堪瞧的。"冯紫英道:"好说,请下罢。"贾政道:"有什么事么？"冯紫英道:"没有什么事，老伯只管下棋，我也学几着儿。"贾政向詹光道:"冯大爷是我们相好的，既没事，我们索性下完了这一局再说话儿。冯大爷在旁边瞧着。"冯紫英道："下采不下采？"詹光道："下采的。"冯紫英道："下采的是不好多嘴的。"贾政道："多嘴也不妨，他横竖输了十来两银子，终久是不拿出来的，往后只好罚他做东便了。"詹光笑道："这倒使得。"冯紫英道："老伯和詹公对下么？"贾政笑道："从前对下，他输了；如今让他两个子儿，他又输了。时常还要悔几着，不叫他悔他就急了。"詹光也笑道:"没有的事。"贾政道:"你试瞧着。"大家一面说笑，一面下完了，做起棋来。詹光还了棋头，输了七个子儿。冯紫英道："这盘终吃亏在打结里头。老伯结少，就便宜了。"

贾政对冯紫英道："有罪，有罪。咱们说话儿罢。"冯紫英道："小侄与老伯久不见面，一来会会，二来因广西的同知进来引见，带了四种洋货，可以做得贡的。一件是围屏，有二十四扇槅子，都是紫檀雕刻的，中间虽说不是玉，却是绝好的硝子石，石上镂出山水、人物、楼台、花鸟等物。一扇上有五六十个人，都是宫妆的女子，名为《汉宫春晓》，人的眉目口鼻以及出手、衣褶，刻得又清楚，又细腻。点缀布置，都是好的。我想尊府大观园中正厅上，却可用得着。还有一架钟表，有三尺多高，内有一个小童拿着时辰牌，到了什么时候，他就报什么时辰；里头也有些人在那里打十番的。这是两件重笨的，却还没有拿来。现在我带在这里两件，却有些意思儿。"就在身边拿出一个锦匣子，见几重白绵裹着，揭开了绵子，第一层是一个玻璃盒子，里头金托子，大红绉绸托底，上放着一颗桂圆大的珠子，光华耀目。

冯紫英道："据说这就叫做母珠。"因叫拿一个盘儿来。詹光即忙端过一个黑漆茶盘，道："使得么？"冯紫英道："使得。"便又向怀里掏出一个白绢包儿，将包儿里的珠子都倒在盘里散着，把那颗母珠搁在中间，将盘置于桌上。看见那些小珠子儿滴溜滴溜都滚到大珠身边来，一回儿把这颗大珠子抬高了，别处的小珠子一颗也不剩，都黏在大珠上。詹光道："这也奇怪！"贾政道："这是有的，所以叫做母珠，原是珠之母。”

那冯紫英又回头看着他跟来的小厮道：“那个匣子呢？”那小厮赶忙捧过一个花梨木匣子来。大家打开看时，原来匣内衬着虎文锦，锦上叠着一束蓝纱。詹光道：“这是什么东西？”冯紫英道：“这叫做鲛绡帐。”在匣子里拿出来时，叠得长不满五寸，厚不上半寸。冯紫英一层一层的打开，打到十来层，已经桌子上铺不下了。冯紫英道：“你看，里头还有两折，必得高屋里去才张得下。这就是鲛丝所织，暑热天气张在堂屋里头，苍蝇、蚊子一个不能进来，又轻又亮。”贾政道：“不用全打开，怕叠起来倒费事。”詹光便与冯紫英一层一层折好收了。

冯紫英道：“这四件东西，价儿也不很贵，两万银子就卖：母珠一万，鲛绡帐五千,《汉宫春晓》与自鸣钟五千。”贾政道:“那里买得起！”冯紫英道:“你们是个国戚，难道宫里头用不着么？”贾政道：“用的着的很多，只是那里有这些银子？等我叫人拿进去给老太太瞧瞧。”冯紫英道：“很是。”

贾政便着人叫贾琏把那两件东西送到老太太那边去，并叫人请了邢王二夫人、凤姐儿都来瞧着，又把两样东西一一试过。贾琏道：“他还有两件：一件是围屏，一件是自鸣钟，共总要卖二万银子呢。”凤姐遂说道：“东西自然是好的，但是那里有这些闲钱？咱们又不比外任督抚要办贡。我已经想了好些年了，像咱们这种人家，必得置些不动摇的根基才好：或是祭地，或是义庄，再置些坟屋。往后子孙遇见不得意的事，还是点儿底子，不到一败涂地。我的意思是这样，不知老太太、老爷、太太们怎么样？若是外头老爷们要买，只管买。”贾母与众人都说：“这话说的倒也是。”贾琏道：“还了他罢。原是老爷叫我送给老太太瞧，为的是宫里好进，谁说买来搁在家里？老太太还没开口，你便说了一大堆丧气话！”说着，便把两件东西拿了出去，告诉了贾政，只说：“老太太不要。”便与冯紫英道：“这两件东西好可好，就只没银子。我替你留心，有要买的人我便送信给你去。”冯紫英只得收拾好，坐下说些闲话，没有兴头，就要起身。贾政道：“你在我这里吃了晚饭去罢。”冯紫英道：“罢了，来了就叨扰老伯么？”贾政道：“说那里的话。”

正说着，人回：“大老爷来了。”贾赦早已进来，彼此相见，叙些寒温。不一时，摆上酒来，肴馔罗列，大家吃着酒。至四五巡后，说起洋货的话，冯紫英道：“这种货本是难销的，除非要像尊府这种人家还可销得，其余就难了。”贾政道：“这也不见得。”贾赦道：“我们家里也比不得从前了，这回儿也不过是个空门面。”冯紫英又问：“东府珍大爷可好么？我前日见他，说起家常话儿来，提到他令郎续娶的媳妇，远不及头里那位秦氏奶奶了。如今后娶的，到底是那一家的？我也没有问起。”贾政道：“我们这个侄孙媳妇儿也是这里大家，从前做过京畿道的胡老爷的女孩儿。”紫英道：“胡道长我是知道的，但是他家教上也不怎么样。也罢了，只要姑娘好就好。”

贾琏道：“听得内阁里人说起，贾雨村又要升了。”贾政道：“这也好，不知准不准。”贾琏道：“大约有意思的了。”冯紫英道：“我今日从吏部里来，也听见这样说。雨村老先生是贵本家不是？”贾政道：“是。”冯紫英道：“是有服的，还是无服的？”贾政道：“说也话长。他原籍是浙江湖州府人，流寓到苏州，甚不得意。有个甄士隐和他相好，时常周济他。以后中了进士，得了榜下知县，便娶了甄家的丫头。如今的太太不是正配。岂知甄士隐弄到零落不堪，没有找处。雨村革了职以后，那时还与我家并未相识，只因舍妹丈林如海林公在扬州巡盐的时候，请他在家做西席，外甥女儿是他的学生。因他有起复的信要进京来，恰好外甥女儿要上来探亲，舍妹丈就便托他照应上来的，还有一封荐书，托我吹嘘吹嘘。那时看他不错，大家常会。岂知雨村也奇：我家世袭起，从‘代’字辈下来，宁、荣两宅人口、房舍以及起居事宜，一概都明白，因此遂觉得亲热了。”因又笑说道：“几年间，门子也会钻了，由知府推升转了御史，不过几年，升了吏部侍郎、署兵部尚书。为着一件事，降了三级。如今又要升了。”

冯紫英道：“人世的荣枯，仕途的得失，终属难定。”贾政道：“天下事都是一个样的理哟。比如方才那珠子：那颗大的，就像有福气的人似的，那些小的都托赖着他的灵气护庇着。要是那大的没有了，那些小的就没有收揽了。就像人家儿，当头人有了事，骨肉也都分离了，亲戚也都零落了，就是好朋友也都散了。转瞬荣枯，真似春云秋叶一般。你想，做官有什么趣儿呢？像雨村算便宜的了。还有我们差不多的人家儿，就是甄家，从前一样的功勋，一样的世袭，一样的起居，我们也是时常往来。不多几年，他们进京来，差人到我这里请安，还很热闹。一回儿抄了原籍的家财，至今杳无音信，不知他近况若何，心下也着实惦念。看了这样，你想做官的怕不怕？”贾赦道：“什么珠子？”贾政与冯紫英又说了一遍给贾赦听。贾赦道：“咱们家是再没有事的。”冯紫英道：“果然尊府是不怕的：一则里头有贵妃照应；二则故旧好，亲戚多；三则你家自老太太起至于少爷们，没有一个刁钻刻薄的。”贾政道：“虽无刁钻刻薄的,却没有德行才情。白白的衣租食税,那里当得起。”贾赦道:“咱们不用说这些话,大家吃酒罢。”大家又吃了几杯,摆上饭来。吃毕,吃茶。

冯家的小厮走来,轻轻的向紫英说了一句,冯紫英便要告辞了。贾赦问那小厮道:“你说什么?”小厮道:“外面下雪,早已下了梆子了。”贾政叫人看时,已是雪深一寸多了。贾政道:“那两件东西你收拾好了么?”冯紫英道:“收好了。若尊府要用,价钱还自然让些。”贾政道:“我留神就是了。”紫英道:“我再听信罢。天气冷,请罢,别送了。”贾赦、贾政便命贾琏送了出去。未知后事如何,且看下回分解。

第九十三回 甄家仆投靠贾家门 水月庵掀翻风月案

却说冯紫英去后,贾政叫门上的人来分付道:“今日临安伯那里来请吃酒,知道是什么事?”门上人回道:“奴才曾问过,并没有什么喜庆事,不过南安王府里到了一班小戏子,都说是个名班,伯爷高兴,唱两天戏,请相好的老爷们瞧瞧,热闹热闹,大约不用送礼的。”说着,贾赦过来,问道:“明日二老爷去不去?”贾政道:“承他亲热,怎么好不去的?”说着,门上进来回道:“衙门里书办来请老爷明日上衙门,有堂派的事,必得早些去。”贾政道:“知道了。”说着,只见两个管屯里地租子的家人走来,请了安,磕了头,旁边站着。贾政道:“你们是郝家庄的?”两个答应了一声。贾政也不往下问,竟与贾赦各自说了一回话儿散了。家人等秉着手灯送过贾赦去。

这里贾琏便叫那管租的人道:“说你的。”那人说道:“十月里的租子,奴才已经赶上来了。原是明日可到,谁知京外拿车,把车上的东西不由分说都掀在地下。奴才告诉他,说是府里收租子的车,不是买卖车,他更不管这些。奴才叫车夫只管拉着走,几个衙役就把车夫混打了一顿,硬扯了两辆车去了。奴才所以先来回报,求爷打发个人到衙门里去要了来才好。再者,也整治整治这些无法无天的差役才好。爷还不知道呢,更可怜的是那买卖车,客商的东西全不顾,掀下来赶着就走。那些赶车的但说句话,打的头破血出的。”贾琏听了,骂道:“这个还了得!”立刻写了一个帖儿,叫家人:“拿去向拿车的衙门里要车去,并车上东西。若少了一件,是不依的。快叫周瑞!”周瑞不在家,又叫旺儿,旺儿晌午出去了,还没有回来。贾琏道:“这些忘八羔子,一个都不在家!他们终年家吃粮不管事!”因分付小厮们:“快给我找去!”说着,也回到自己房里睡下,不题。

且说临安伯第二天又打发人来请，贾政告诉贾赦道：“我是衙门里有事。琏儿要在家等候拿车的事情，也不能去。倒是大老爷带宝玉应酬一天也罢了。”贾赦点头道：“也使得。”贾政遣人去叫宝玉，说：“今日跟大老爷到临安伯那里听戏去。”宝玉喜欢的了不得，便换上衣服，带了焙茗、扫红、锄药三个小子出来，见了贾赦请了安，上了车，来到临安伯府里。门上人回进去，一会子出来，说：“老爷请。”

于是贾赦带着宝玉走入院内，只见宾客喧阗。贾赦、宝玉见了临安伯，又与众宾客都见过了礼，大家坐着，说笑了一回。只见一个掌班的拿着一本戏单、一个牙笏，向上打了一个千儿，说道：“求各位老爷赏戏。”先从尊位点起，挨至贾赦，也点了一出。那人回头见了宝玉，便不向别处去，竟抢步上来，打个千儿，道：“求二爷赏两出。”宝玉一见那人，面如傅粉，唇若涂朱，鲜润如出水芙蕖，飘扬似临风玉树：原来不是别人，就是蒋玉函。前日听得他带了小戏子进京，也没有到自己那里；此时见了，又不好站起来，只得笑道：“你多早晚来的？”蒋玉函把手在自己身子上一指，笑道：“怎么二爷不知道么？”宝玉因众人在座，也难说话，只得胡乱点了一出。

蒋玉函去了，便有几个议论道：“此人是谁？”有的说：“他向来是唱小旦的，如今不肯唱小旦，年纪也大了，就在府里掌班。头里也改过小生。他也攒了好几个钱，家里已经有两三个铺子，只是不肯放下本业，原旧领班。”有的说：“想必成了家了。”有的说：“亲还没有定。他倒拿定一个主意，说是人生配偶，关系一生一世的事，不是混闹得的，不论尊卑贵贱，总要配的上他的才罢，所以到如今还并没娶亲。”宝玉暗忖度道：“不知日后谁家的女孩儿嫁他？要嫁着这样的人材儿，也算是不辜负了。”那时开了戏，也有昆腔，也有高腔，也有弋腔、梆子腔，做得热闹。

过了晌午，便摆开桌子吃酒。又看了一回，贾赦便欲起身。临安伯过来留道：“天色尚早。听见说琪官儿还有一出《占花魁》，他们顶好的首戏。”宝玉听了，巴不得贾赦不走。于是贾赦又坐了一回。果然蒋玉函扮了秦小官，伏侍花魁醉后神情，把这一种怜香惜玉的意思做得极情尽致。以后对饮对唱，缠绵缱绻。宝玉这时不看花魁，只把两只眼睛独射在秦小官身上。更加蒋玉函声音响亮，口齿清楚，按腔落板，宝玉的神魂都唱的飘荡了。直等这出戏煞场后，更知蒋玉函极是情种，非寻常戏子可比。因想着：“《乐记》上说的是：‘情动于中，故形于声，声成文，谓之音。’所以知声，知音，知乐，有许多讲究。声音之原，不可不察。诗词一道但能传情，不能入骨。自后想要讲究讲究音律。”宝玉想出了神，忽见贾赦起身，主人不及相留。宝玉没法，只得跟了回来。到了家中，贾赦自回那边去了，宝玉来见贾政。

贾政才下衙门，正向贾琏问起拿车之事。贾琏道：“今日叫人拿帖儿去，知县不在家。他的门上说了：‘这是本官不知道的，并无牌票出去拿车。都是那些混帐东西，在外头撒野，挤讹头。既是老爷府里的，我便立刻叫人去追办，包管明日连车连东西一并送来。如有半点差迟，再行禀过本官，重重处治。此刻本官不在家，求这里老爷看破些，可以不用本官知道更好。’”贾政道：“既无官票，到底是何等样人，在那里作怪？”贾琏道：“老爷不知，外头都是这样。想来明日必定送来的。”贾琏说完下来。宝玉上去见了，贾政问了几句，便叫他往老太太那里去。

贾琏因为昨夜叫空了家人，出来传唤，那起人多已伺候齐全。贾琏骂了一顿，叫大管家赖升：“将各行档的花名册子拿来，你去查点查点，写一张谕帖，叫那些人知道。若有并未告假，私自出去，传唤不到，贻误公事的，立刻给我打了撵出去！”赖升连忙答应了几个“是”，出来分付了一回。家人各自留意。

过不几时，忽见有一个人，头上戴着毡帽，身上穿着一身青布衣裳，脚下穿着一双撒鞋，走到门上，向众人作了个揖。众人拿眼上上下下打谅了他一回，便问：“是那里来的？”那人道：“我自南边甄府中来的，并有家老爷手书一封，求这里的爷们呈上尊老爷。”众人听见他是甄府上来的，才站起来让他坐下，道：“你乏了，且坐坐，我们给你回就是了。”门上一面进来回明贾政，呈上来书。贾政拆书看时，上写着：

世交夙好，气谊素敦。遥仰襜帷，曷胜依切。弟因菲材获谴，自分万死难偿，幸邀宽宥，待罪边隅。迄今门户凋零，家人星散。所有奴子包勇，向曾使用，虽无奇技，人尚悫实。倘使得备奔走，糊口有资，屋乌之爱，感佩无涯矣。专此奉达，余容再叙，不宣。年家眷弟甄应嘉顿首

贾政看完，笑道：“这里正因人多，甄家倒荐人来。又不好却的。”分付门上：“叫他见我。且留他住下，因材使用便了。”门上出去，带进人来，见贾政，便磕了三个头，起来道：“家老爷请老爷安。”自己又打个千儿，说：“包勇请老爷安。”

贾政回问了甄老爷的好，便把他上下一瞧：但见包勇身长五尺有零，肩背宽肥，浓眉爆眼，磕额长髯，气色粗黑，垂着手站着。便问道：“你是向来在甄家的，还是住过几年的？”包勇道：“小的向在甄家的。”贾政道：“你如

今为什么要出来呢？”包勇道：“小的原不肯出来，只是家爷再四叫小的出来，说是：‘别处你不肯去，这里老爷家里，只当原在自己家里一样的。’所以小的来的。”贾政道：“你们老爷不该有这事情，弄到这样的田地。”包勇道：“小的本不敢说：我们老爷只是太好了，一味的真心待人，反倒招出事来。”贾政道：“真心是最好的了。”包勇道：“因为太真了，人人都不喜欢，讨人厌烦是有的。”贾政笑了一笑，道：“既这样，皇天自然不负他的。”

包勇还要说时，贾政又问道：“我听见说，你们家的哥儿不是也叫宝玉么？”包勇道：“是。”贾政道：“他还肯向上巴结么？”包勇道：“老爷若问我们哥儿，倒是一段奇事。哥儿的脾气，也和我家老爷一个样子，也是一味的诚实，从小儿只管和那些姐妹们在一处顽。老爷、太太也很打过几次，他只是不改。那一年太太进京的时候，哥儿大病了一场，已经死了半日，把老爷几乎急死，装裹都预备了。幸喜后来好了，嘴里说道：走到一座牌楼那里，见了一个姑娘，领着他到了一座庙里，见了好些柜子，里头见了好些册子。又到屋里，见了无数女子，说是多变了鬼怪似的，也有变做骷髅儿的。他吓急了，便哭喊起来。老爷知他醒过来了，连忙调治，渐渐的好了。老爷仍叫他在姐妹们一处顽去，他竟改了脾气了，好着时候的顽意儿一概都不要了，惟有念书为事。就有什么人来引诱他，他也全不动心。如今渐渐的能够帮着老爷料理些家务了。”贾政默然想了一回，道：“你去歇歇去罢。等这里用着你时，自然派你一个行次儿。”包勇答应着退下来，跟着这里人出去歇歇，不提。

一日贾政早起，刚要上衙门，看见门上那些人在那里交头接耳，好像要使贾政知道的似的，又不好明回，只管咕咕唧唧的说话。贾政叫上来问道：“你们有什么事，鬼鬼祟祟的？”门上的人回道：“奴才们不敢说。”贾政道：“有什么事不敢说的？”门上的人道：“奴才今日起来，开门出去，见门上贴着一张白纸，上写着许多不成事体的字。”贾政道：“那里有这样的事！写的是什么？”门上的人道：“是水月庵里的肮脏话。”贾政道：“拿给我瞧。”门上的人道：“奴才本要揭下来，谁知他贴的结实，揭不下来，只得一面抄，一面洗。刚才李德揭了一张给奴才瞧，就是那门上贴的话。奴才们不敢隐瞒。”说着，呈上那帖儿。贾政接来看时，上面写着：

西贝草斤年纪轻，水月庵里管尼僧。一个男人多少女，
窝倡聚赌是陶情。不肖子弟来办事，荣国府内好声名！

贾政看了，气的头昏目晕，赶着叫门上的人不许声张，悄悄叫人在宁、荣两

府靠近的夹道子墙壁上再去找寻。随即叫人去唤贾琏出来。

贾琏即忙赶至。贾政忙问道："水月庵中寄居的那些女尼、女道，向来你也查考查考过没有？"贾琏道："没有。一向都是芹儿在那里照管。"贾政道："你知道芹儿照管得来照管不来？"贾琏道："老爷既这么说，想来芹儿必有不妥当的地方儿。"贾政叹道："你瞧瞧这个帖儿，写的是什么！"贾琏一看，道："有这样事么？"正说着，只见贾蓉走来，拿着一封书子，写着"二老爷密启"。打开看时，也是无头榜一张，与门上所贴的话相同。贾政道："快叫赖大带了三四辆车子到水月庵里去，把那些女尼、女道士一齐拉回来！不许泄漏，只说里头传唤！"赖大领命去了。

且说水月庵中小女尼、女道士等，初到庵中，沙弥与道士原系老尼收管，日间教他些经忏；以后元妃不用，也便习学得懒怠了。那些女孩子们年纪渐渐的大了，都也有个知觉了。更兼贾芹也是风流人物，打谅芳官等出家，只是小孩子性儿，便去招惹他们。那知芳官竟是真心，不能上手，便把这心肠移到女尼、女道士身上。因那小沙弥中有个名叫沁香的，和女道士中有个叫做鹤仙的，长得都甚妖娆，贾芹便和这两个人勾搭上了。闲时便学些丝弦，唱个曲儿。那时正当十月中旬，贾芹给庵中那些人领了月例银子，便想起法儿来，告诉众人道："我为你们领月钱，不能进城，又只得在这里歇着，怪冷的，怎么样？我今日带些果子酒，大家吃着乐一夜，好不好？"那些女孩子都高兴，便摆起桌子，连本庵的女尼也叫了来。惟有芳官不来。贾芹吃了几杯，便说道："要行令。"沁香等道："我们都不会，倒不如搳拳罢，谁输了吃一杯，岂不爽快？"本庵的女尼道："这天刚过晌午，混嚷混吃的不像。且先吃几钟，爱散的先散去，谁爱陪芹大爷的，回来晚上尽子吃去，我也不管。"

正说着，只见道婆急忙进来，说："快散了罢！府里赖大爷来了！"众女尼忙乱收拾，便叫贾芹躲开。贾芹因多吃了几杯，便道："我是送月钱来的，怕什么？"话犹未完，已见赖大进来，见这般样子，心里大怒，为的是贾政分付不许声张，只得含糊装笑道："芹大爷也在这里呢么？"贾芹连忙站起来，道："赖大爷，你来作什么？"赖大道："大爷在这里更好，快快叫沙弥、道士收拾上车进城，宫里传呢。"贾芹等不知原故，还要细问，赖大道："天色不早了，快快的好赶进城。"众女孩子只得一齐上车。赖大骑着大走骡，押着赶进城，不提。

却说贾政知道这事，气的衙门也不能上了，独坐在内书房叹气。贾琏也不敢走开。忽见门上的进来禀道："衙门里今夜该班是张老爷，因张老爷病了，有知会来请老爷补一班。"贾政正等赖大回来要办贾芹，此时又要该班，心里纳闷，也不言语。贾琏走上去说道："赖大是饭后出去的，水月庵离城二十来里，就赶进城，也得二更天。今日又是老爷的帮班，请老爷只管去。赖大来了，叫他押着，也别声张，等明日老爷回来再发落。倘或芹儿回来，也不用说明，看他明日见了老爷怎么样说。"贾政听来有理，只得上班去了。贾琏抽空才要回到自己房中，一面走着，心里抱怨凤姐出的主意，欲要埋怨，因他病着，只得隐忍，慢慢的走着。

且说那些下人，一人传十，传到里头，先是平儿知道，即忙告诉凤姐。凤姐因那一夜不好，恹恹的总没精神，正是惦记铁槛寺的事情。听说外头贴了匿名揭帖的一句话，吓了一跳，忙问："贴的是什么？"平儿随口答应，不留神就错说了，道："没要紧，是馒头庵里的事情。"凤姐本是心虚，听见馒头庵的事情，这一吓直吓怔了，一句话没说出来，急火上攻，眼前发晕，咳嗽了一阵，哇的一声吐出一口血来。平儿慌了，说道："水月庵里不过是女沙弥、女道士的事，奶奶着什么急？"凤姐听是水月庵，才定了定神，说道："呸，糊涂东西！到底是水月庵呢，是馒头庵？"平儿笑道："是我头里错听了是馒头庵，后来听见不是馒头庵，是水月庵，我刚才也就说溜了嘴，说成馒头庵了。"凤姐道："我就知道是水月庵。那馒头庵与我什么相干？原是这水月庵是我叫芹儿管的，大约克扣了月钱。"平儿道："我听着不像月钱的事，还有些肮脏话呢。"凤姐道："我更不管那个。你二爷那里去了？"平儿说："听见老爷生气，他不敢走开。我听见事情不好，我分付这些人不许声张，不知太太们知道了没有。但听见说老爷叫赖大拿这些女孩子去了。且叫个人前头打听打听。奶奶现在病着，依我竟先别管他们的闲事。"

正说着，只见贾琏进来。凤姐欲待问他，见贾琏一脸的怒气，暂且装作不知。贾琏饭没吃完，旺儿来说："外头请爷呢，赖大回来了。"贾琏道："芹儿来了没有？"旺儿道："也来了。"贾琏便道："你去告诉赖大，说老爷上班儿去了，把这些个女孩子暂且收在园里，明日老爷回来，送进宫去。只叫芹儿在内书房等着我。"旺儿去了。

贾芹走进书房，只见那些下人指指点点，不知说什么。看起这个样儿来，不像宫里要人。想着问人，又问不出来。正在心里疑惑，只见贾琏走出来，贾芹便请了安，垂手侍立，说道："不知道娘娘宫里，即刻传那些孩子们做什么，叫侄儿好赶！幸喜侄儿今日送月钱去，还没有走，便同着赖大来了。二叔想来是知道的。”贾琏道：“我知道什么？你才是明白的呢。”贾芹摸不着头脑儿，也不敢再问。贾琏道：“你干的好事，把老爷都气坏了！”贾芹道：“侄儿没有干什么。庵里月钱，是月月给的，孩子们经忏是不忘记的。”贾琏见他不知，又是平素常在一处顽笑的，便叹口气道：“打嘴的东西！你只自己瞧去罢。”便从靴掖儿里头拿出那个揭帖来，掷与他瞧。

贾芹拾来一看，吓得面如土色，说道：“这是谁干的？我并没得罪人，为什么这么坑我！我一月送钱去，只走一趟，并没有这些事。若是老爷回来，打着问我，侄儿就屈死了。我母亲知道，更要打死。”说着，见没人在旁边，便跪下去说道：“好叔叔，救我一救儿罢！”说着，只管叩头，满眼流泪。贾琏想道：“老爷最恼这些，要是问准了有这些事，这场气也不小。闹出去也不好听，又长那个贴帖儿的人的志气了。将来咱们的事多着呢，倒不如趁着老爷上班儿，和赖大商量着，若混过去，可以就没事了，现在没有对证。”想定主意，便说：“你别瞒我。你干的鬼鬼祟祟的事，你打谅我都不知道么？若要完事，就是老爷打着问你，你一口咬定没有才好。没脸的东西，起去罢！”叫人去唤赖大。

不多时，赖大来了，贾琏便与他商量。赖大说：“这芹大爷本来闹的不像了。奴才今儿到庵里的时候，他们正在里面吃酒呢。帖儿上的话是一定有的。”贾琏道：“芹儿你听！赖大还赖你不成？”贾芹此时红涨了脸，一句也不敢言语。还是贾琏拉着赖大，央他：“护庇护庇罢，只说是芹哥儿在家里找来的。你带了他去，只说没有见我。明日你求老爷也不用问那些女孩子了，竟是叫了媒人来，领了去一卖完事。果然娘娘再要的时候儿，咱们再买。”赖大想来，闹也无益，且名声不好，也就应了。贾琏叫贾芹：“跟了赖大爷去罢，听着他教你，你就跟着他。”

说罢，贾芹又磕了一个头，跟着赖大出去。到了没人的地方儿，又给赖大磕头。赖大说：“我的小爷，你太闹的不像了，不知得罪了谁，闹出这个乱儿来！你想想，谁和你不对罢？”贾芹想了一会子，并无不对的人，只得无精打彩，跟着赖大走回。未知如何抵赖，且听下回分解。

第九十四回　宴海棠贾母赏花妖　失宝玉通灵知奇祸

话说赖大带了贾芹出来，一宿无话，静候贾政回来。单是那些女尼女道重进园来，都喜欢的了不得，欲要到各处逛逛，明日预备进宫。不料赖大便分付了看园的婆子并小厮看守，惟给了些饭食，却是一步不准走开。那些女孩子摸不着头脑，只得坐着，等到天亮。园里各处的丫头虽都知道拉进女尼们来，预备宫里使唤，却也不能深知原委。

到了明日早起，贾政正要下班，因堂上发下两省城工估销册子，立刻要查核，一时不能回家，便叫人回来告诉贾琏，说：“赖大回来，你务必查问明白，该如何办，就如何办了，不必等我。”贾琏奉命，先替芹儿喜欢，又想道：若是办得一点影儿都没有，又恐贾政生疑，“不如回明二太太，讨个主意办去，便是不合老爷的心，我也不至甚担干系”。主意定了，进内去见王夫人，陈说：“昨日老爷见了揭帖生气，把芹儿和女尼、女道等都叫进府来查办。今日老爷没空问这种不成体统的事，叫我来回太太，该怎么便怎么样。我所以来请示太太，这件事如何办理？”

王夫人听了，诧异道：“这是怎么说？若是芹儿这么样起来，这还成咱们家的人了么？但只是这个贴帖儿的也可恶，这些话可是混嚼说得的么？你到底问了芹儿有这件事没有呢？”贾琏道：“刚才也问过了。太太想，别说他干了没有，就是干了，一个人干了混帐事，也肯应承么？但只我想，芹儿也不敢行此事，知道那些女孩子都是娘娘一时要叫的，倘或闹出事来，怎么样呢？依侄儿的主见，要问也不难。若问出来，太太怎么个办法呢？”王夫人道：“如今那些女孩子在那里？”贾琏道：“都在园里锁着呢。”王夫人道：“姑娘们知道不知道？”贾琏道：“大约姑娘们也都知道是预备宫里头的话，外头并没提起别的来。”

王夫人道：“很是。这些东西，一刻也是留不得的。头里我原要打发他们去来着，都是你们说留着好，如今不是弄出事来了么？你竟叫赖大把那些女人带去，细细的问他本家有人没有，将文书查出，花上几十两银子，雇只船，派个妥当人送到本地，一概连文书发还了，也落得无事。若是为着一两个不好，个个都押着他们还俗，那又太造孽了；若在这里发给官媒，虽然我们不要身价，他们弄去卖钱，那里顾人的死活呢？芹儿呢，你便狠狠的说他一顿，除了祭祀、喜庆，无事叫他不用到这里来。看仔细碰在老爷气头儿上，那可就吃不了兜着走了。并说与帐房儿里，把这一项钱粮档子销了。还打发个人到水月庵，说老爷的谕：除了上坟烧纸，若有本家爷们到他那里去，不许接待。若再有一点不好风声，连老姑子一块儿撵出去。”

贾琏一一答应了出去，将王夫人的话告诉赖大，说：“太太的主意，叫你这么办去。办完了，告诉我去回太太。你快办去罢，回来老爷来，你也按着太太的话回去。”赖大听了，便道：“我们太太真正是个佛心，这班东西还着人送回去！既是太太好心，不得不挑个好人。芹哥儿竟交给二爷开发了罢。那个贴帖儿的，奴才想法儿查出来，重重的收拾他才好。”贾琏点头说：“是了。”即刻将贾芹发落。赖大也赶着把女尼等领出，按着主意办去了。晚上贾政回来，贾琏、赖大回明贾政。贾政本是省事的人，听了也便丢开了手。独有那些无赖之徒，听得贾府发出二十四个女孩子出来，那个不想？究竟那些人能够回家不能，未知着落，亦难虚拟。

且说紫鹃因黛玉渐好，园中无事，听见女尼等预备宫内使唤，不知何事，便到贾母那边打听打听。恰遇着鸳鸯下来闲着，坐下说闲话儿，提起女尼的事，鸳鸯诧异道：“我并没有听见，回来问问二奶奶就知道了。”正说着，只见傅试家两个女人过来请贾母的安，鸳鸯要陪了上去。那两个女人因贾母正睡晌觉，就与鸳鸯说了一声儿，回去了。紫鹃问：“这是谁家差来的？”鸳鸯道：“好讨人嫌！家里有了一个女孩儿生得好些，便献宝的似的，常常在老太太面前夸他家姑娘长得怎么好，心地怎么好，礼貌上又能，说话儿又简绝，做活计儿手儿又巧，会写会算，尊长上头最孝敬的，就是待下人也是极和平的：来了就编这么一大套，常常说给老太太听。我听着很烦，这几个老婆子真讨人嫌！我们老太太偏爱听那些个话。老太太也罢了，还有宝玉，素常见了老婆子便很厌烦的，偏见了他们家的老婆子便不厌烦，你说奇不奇？前儿还来说，他们姑娘现有多少人家儿来求亲，他们老爷总不肯应承，心里只要和咱们这种人家作亲才肯。一回夸奖，一回奉承，把老太太的心都说活了。”紫鹃听了一呆，便假意道：“若老太太喜欢，为什么不就给宝玉定了呢？”鸳鸯正要说出原故，听见上头说：“老太太醒了。”鸳鸯赶着上去。

紫鹃只得起身出来。回到园里，一头走，一头想道：“天下莫非只有一个宝玉？你也想他，我也想他，我们家的那一位越发痴心起来了。看他的那个神情儿，是一定在宝玉身上的了：三番五次的病，可不是为着这个是什么？这家里金的银的还闹不清，若添了一个什么傅姑娘，更了不得了。我看宝玉的心也在我们那一位的身上，听着鸳鸯的说话，竟是见一个爱一个的，这不是我们姑娘白操了心了么？”紫鹃本是想着黛玉，往下一想，连自己也不得主意了，不免神都痴了。要想叫黛玉不用瞎操心呢，又恐怕他烦恼；若是看着他这样，又可怜见儿的。左思右想，一时烦躁起来，自己啐自己道：“你替人耽什么忧？就是林姑娘真配了宝玉，他的那性情儿也是难伏侍的；宝玉性情虽好，又是贪多嚼不烂的。我倒劝人不必瞎操心，我自己才是瞎操心呢。从今以后，我尽我的心伏侍姑娘，其余的事全不管。”这么一想，心里倒觉清净。

回到潇湘馆来，见黛玉独自一人坐在炕上，理从前做过的诗文词稿，抬头见紫鹃进来，便问：“你到那里去了？”紫鹃道：“我今儿瞧了瞧姐姐们去。”黛玉道：“敢是找袭人姐姐去么？”紫鹃道：“我找他做什么？”黛玉一想：“这话怎么顺口说出来了呢？”反觉不好意思，便啐道：“你找谁，与我什么相干？倒茶去罢。”

紫鹃也心里暗笑，出来倒茶。只听见园里的人一叠声乱嚷，不知何故，一面倒茶，一面叫人去打听。回来说道：“怡红院里的海棠本来萎了几棵，也没人去浇灌他。昨日宝玉走去，瞧见枝头上好像有了骨朵儿似的。人都不信，没有理他。忽然今日开得很好的海棠花，众人诧异，都争着去看，连老太太、太太都哄动了，来瞧花儿呢。所以大奶奶叫人收拾园里的败叶枯枝，这些人在那里传唤。”黛玉也听见了，知道老太太来，便更了衣，叫雪雁去打听：“若是老太太来了，即来告诉我。”雪雁去不多时，便跑来说：“老太太、太太好些人都来了，请姑娘就去罢。”

黛玉略自照了一照镜子，掠了一掠鬓发，便扶着紫鹃到怡红院来。已见老太太坐在宝玉常卧的榻上，黛玉便说道：“请老太太安。”退后便见了邢、王二夫人，回来与李纨、探春、惜春、邢岫烟彼此问了好。只有凤姐儿因病未来；史湘云因他叔叔调任回京，接了家去；薛宝琴跟他姐姐家去住了；李家姐妹因见园内多事，李婶娘带了在家居住：所以黛玉今日见的只有数人。

大家说笑了一回，讲究这花开得古怪。贾母道：“这花儿应在三月里开的，如今虽是十一月，因节气迟，还算十月，应着小阳春的天气，这花开因为和暖是有的。”王夫人道：“老太太见的多，说得是。也不为奇。”邢夫人道：“我听见这花已经萎了一年，怎么这回不应时候儿开了？必有个原故。”李纨笑道：“老太太与太太说的都是。据我的糊涂想头，必是宝玉有喜事来了，此花先来报信。”探春虽不言语，心内想：“此花必非好兆。大凡顺者昌，逆者亡。草木知运，不时而发，必是妖孽。”只不好说出来。独有黛玉听说是喜事，心里触动，便高兴说道：“当初田家有荆树一棵，三个弟兄因分了家，那荆树便枯了；后来感动了他弟兄们，仍旧归在一处，那荆树也就荣了：可知草木也随人的。

如今二哥哥认真念书，舅舅喜欢，那棵树也就发了。”贾母、王夫人听了喜欢，便说：“林姑娘比方得有理，很有意思。”

正说着，贾赦、贾政、贾环、贾兰都进来看花。贾赦便道：“据我的主意，把他砍去。必是花妖作怪。”贾政道：“见怪不怪，其怪自败。不用砍他，随他去就是了。”贾母听见，便说：“谁在这里混说？人家有喜事好处，什么怪不怪的！若有好事，你们享去；若是不好，我一个人当去。你们不许混说！”贾政听了，不敢言语，讪讪的同贾赦等走了出来。

那贾母高兴，叫人：“传话到厨房里，快快预备酒席，大家赏花。”叫：“宝玉、环儿、兰儿各人做一首诗志喜。林姑娘的病才好，不要他费心，若高兴，给你们改改。”对着李纨道：“你们都陪我吃酒。”李纨答应了“是”，便笑着对探春道：“都是你闹的。”探春道：“饶不叫我们做诗，怎么说我们闹的？”李纨道：“海棠社不是你起的么？如今那棵海棠也要来入社了。”大家听着都笑了。

一时，摆上酒菜，一面吃着，彼此都要讨老太太的欢喜，大家说些兴头话。宝玉上来斟了酒，便立成了四句诗，写出来念与贾母听道：

> 海棠何事忽摧隤，今日繁花为底开？
> 应是北堂增寿考，一阳旋复占先梅。

贾环也写了来，念道：

> 草木逢春当茁芽，海棠未发候偏差。
> 人间奇事知多少，冬月开花独我家。

贾兰恭楷誊正，呈与贾母。贾母命李纨念道：

> 烟凝媚色春前萎，霜浥微红雪后开。
> 莫道此花知识浅，欣荣预佐合欢杯。

贾母听毕，便说：“我不大懂诗，听去倒是兰儿的好，环儿做得不好。都上来吃饭罢。”宝玉看见贾母喜欢，更是兴头，因想起：“晴雯死的那年，海棠死的；今日海棠复荣，我们院内这些人自然都好。但是晴雯不能像花的死而复生了。”顿觉转喜为悲。忽又想起：“前日巧姐提凤姐要把五儿补入，或此花为他而开，也未可知。”却又转悲为喜，依旧说笑。

贾母还坐了半天，然后扶了珍珠回去了，王夫人等跟着过来。只见平儿笑嘻嘻的迎上来说：“我们奶奶知道老太太在这里赏花，自己不得来，叫奴才来伏侍老太太、太太们。还有两匹红，送给宝二爷包裹这花，当作贺礼。”袭人过来接了，呈与贾母看。贾母笑道：“偏是凤丫头行出点事儿来，叫人看着又体面，又新鲜，很有趣儿。”袭人笑着对平儿道：“回去替宝二爷给二奶奶道谢。要有喜，大家喜。”贾母听了，笑道：“嗳哟，我还忘了呢。凤丫头虽病着，还是他想得到，送得也巧。”一面说着，众人就随着去了。平儿私与袭人道：“奶奶说这花开得奇怪，叫你铰块红绸子挂挂，便应在喜事上去了。以后也不必只管当作奇事混说。”袭人点头答应，送了平儿出去，不题。

且说那日宝玉本来穿着一裹圆的皮袄在家歇息，因见花开，只管出来看一回、赏一回、叹一回、爱一回的，心中无数悲喜离合，都弄到这株花上去了。忽然听说贾母要来，便去换了一件狐腋箭袖，罩一件玄狐腿外褂，出来迎接贾母。匆匆穿换，未将通灵宝玉挂上；及至后来贾母去了，依旧换衣，袭人见宝玉脖子上没有挂着，便问：“那块玉呢？”宝玉道：“刚才忙乱换衣，摘下来放在炕桌上，我没有带。”袭人回看桌上并没有玉，便向各处找寻，踪影全无，吓得袭人满身冷汗。宝玉道：“不用着急，少不得在屋里的，问他们就知道了。”袭人当作麝月等藏起吓他顽，便向麝月等笑着说道：“小蹄子们，顽呢，到底有个顽法。把这件东西藏在那里了？别真弄丢了，那可就大家活不成了！”麝月等都正色道：“这是那里的话！顽是顽，笑是笑，这个事非同儿戏，你可别混说！你自己昏了心了，想想罢，想想放在那里了？这会子又混赖人了！”袭人见他这般光景，不像是顽话，便着急道：“皇天菩萨！小祖宗！到底你撂在那里了？”宝玉道：“我记得明明放在炕桌上的，你们到底找呢。”

袭人、麝月、秋纹等也不敢叫人知道，大家偷偷儿的各处搜寻。闹了大半天，毫无影响，甚至翻箱倒笼，实在没处去找，便疑到方才这些人进来，不知谁检了去了。袭人说道：“进来的，谁不知道这玉是性命似的东西呢？谁敢捡了去呢？你们好歹先别声张，快到各处问去。若有姐妹们捡着吓我们顽呢，你们给他磕头，要了回来；若是小丫头偷了去，问出来，也不回上头，不论把什么送他换了出来，都使得的。这可不是小事，真要丢了这个，比丢了宝二爷的还利害呢！”麝月、秋纹刚要往外走，袭人又赶出来嘱付道：“头里在这里吃饭的倒先别问去。找不成，再惹出些风波来，更不好了。”麝月等依言，分头各处追问。人人不晓，个个惊疑。麝月等回来，俱目瞪口呆，面面相窥。宝玉也吓怔了。袭人急的只是干哭。找是没处找，回又不敢回，怡红院里的人吓的一个个像木雕泥塑一般。

大家正在发呆，只见各处知道的都来了。探春叫把园门关上，先命个老婆子带着两个丫头，再往各处去寻去；一面又叫告诉众人：“若谁找出来，重重的赏他。”大家头宗要脱干系；二宗听见重赏，不顾命的混找了一遍，甚至于茅厕里都找到了。谁知那块玉竟像绣花针儿一般，找了一天，总无影响。李纨急了，说：“这件事不是顽的，我要说句无礼的话了。”众人道：“什么呢？”李纨道：“事情到了这里，也顾不得了。现在园里除了宝玉，都是女人，要求各位姐姐、妹妹、姑娘，都要叫跟来的丫头脱了衣服，大家搜一搜。若没有，再叫丫头们去搜那些老婆子并粗使的丫头。不知使得使不得？”大家说道：“这话也说的有理。现在人多手乱，鱼龙混杂，倒是这么一来，你们也洗洗清。”探春独不言语。那些丫头们也都愿意洗净自己。先是平儿起，平儿说道：“打我先搜起。”于是各人自己解怀，李纨一气儿混搜。探春嗔着李纨道：“大嫂子，你也学那起不成材料的样子来了？那个人既偷了去，还肯藏在身上？况且这件东西，在家里是宝，到了外头，不知道的是废物，偷他做什么？我想来，必是有人使促狭。”

众人听说，又见环儿不在这里，昨儿是他满屋里乱跑，都疑到他身上，只是不肯说出来。探春又道：“使促狭的只有环儿。你们叫个人去，悄悄的叫了他来，背地里哄着他，叫他拿出来，然后吓着他，叫他不要声张，这就完了。”大家点头称是。李纨便向平儿道：“这件事还是得你去，才弄得明白。”平儿答应，就赶着去了。不多时，同了贾环来了。众人假意装出没事的样子，叫人沏了碗茶，放在里间屋里，众人故意搭讪走开，原叫平儿哄他。平儿便笑着向贾环道：“你二哥哥的玉丢了，你瞧见了没有？”贾环便急得紫涨了脸，瞪着眼说道：“人家丢了东西，你怎么又叫我来查问疑我？我是犯过案的贼么！”平儿见这样子，倒不敢再问，便又陪笑道：“不是这么说。怕三爷要拿了去吓他们，所以白问问瞧见了没有，好叫他们找。”贾环道：“他的玉在他身上，看见不看见该问他，怎么问我！捧着他的人多着咧，得了什么不来问我，丢了东西就来问我！”说着，起身就走，众人不好拦他。

这里宝玉倒急了，说道：“都是这劳什子闹事！我也不要他了，你们也不用闹了。环儿一去，必是吵得满院里都知道了，这可不是闹事了么！”袭人等急得又哭道：“小祖宗，你看这玉丢了没要紧，若是上头知道了，我们这些人就要粉身碎骨了！”说着便号啕大哭起来。众人更加着急，明知此事掩饰不来，只得商议定了话，回来好回贾母诸人。宝玉道：“你们竟也不用商议，硬说我砸了就完了。”平儿道：“我的爷，好轻巧话儿！上头要问为什么砸的呢？他们也是个死啊。倘或要起砸破的碴儿来，那又怎么样呢？”宝玉道：“不然，便说我前日出门丢了。”众人一想：“这句话倒还混得过去。但只这两天又没上学，又没往别处去。”宝玉道：“怎么没有？大前儿还到临安伯府里听戏去了呢，便说那日丢的。”探春道：“那也不妥：既是前儿丢的，为什么当日不来回？”

众人正在胡思乱想，要妆点撒谎，只听得赵姨娘的声儿哭着喊着走来，说：“你们丢了东西自己不找，怎么叫人背地里拷问环儿？我把环儿带了来，索性交给你们这一起洑上水的，该杀该剐随你们罢！”说着，将环儿一推，说：“你是个贼，快快的招罢！”气得贾环也哭喊起来。李纨正要劝解，丫头来说：“太太来了。”袭人等此时无地可容，宝玉等赶忙出来迎接。赵姨娘暂且也不敢作声，跟了出来。王夫人见众人都有惊惶之色，才信方才听见的话，便道：“那块玉真丢了么？”众人都不敢作声。王夫人走进屋里坐下，便叫：“袭人！”慌的袭人连忙跪下，含泪要禀。王夫人道：“你起来，快快叫人细细找去，一忙乱倒不好了。”袭人哽咽难言。

宝玉生恐袭人直告诉出来，便说道：“太太，这事不与袭人相干，是我前日到临安伯府里听戏，在路上丢了。”王夫人道：“为什么那日不找？”宝玉道：“我怕他们知道，没有告诉他们。我叫焙茗等在外头各处找过的。”王夫人道：“胡说！如今脱换衣服，不是袭人他们伏侍的么？大凡哥儿出门回来，手巾、荷包短了还要查个明白，何况这块玉不见了，便不问的么！”宝玉无言可答。赵姨娘听见，便得意了，忙接过口道：“外头丢了东西，也赖环儿。”话未说完，被王夫人喝道：“这里说这个，你且说那些没要紧的话！”赵姨娘便不敢言语了。还是李纨、探春从实的告诉了王夫人一遍。王夫人也急得泪如雨下，索性要回明了贾母，去问邢夫人那边跟来的这些人去。

凤姐病中也听见宝玉失玉，知道王夫人过来，料躲不住，便扶了丰儿来到园里。正值王夫人起身要走，凤姐姣怯怯的说：“请太太安。”宝玉等过来问了凤姐好。王夫人因说道：“你也听见了么？这可不是奇事吗？刚才眼错不见就丢了，再找不着。你去想想：打老太太那边的丫头起，至你们平儿，谁的手不稳，谁的心促狭？我要回了老太太，认真的查出来才好；不然，是断了宝玉的命根子了！”凤姐回道：“咱们家人多手杂，自古说的，‘知人知面不知心’，那里保得住谁是好的？但是一吵嚷，已经都知道了，偷玉的人若叫太太查出来，明知是死无葬身之地，他着了急，反要毁坏了灭口，那时可怎么处呢？据我的糊涂想头，只说宝玉本不爱他，撂丢了，也没有什么要紧，只要大家严密些，别叫老太太、老爷知道。这么说了，暗暗的派人去各处察访，哄骗出来，那时玉也可得，罪名也好定。不知太太心里怎么样？”

王夫人迟了半日，才说道：“你这话虽也有理，但只是老爷跟前怎么瞒得过呢？”便叫环儿过来，道：“你二哥哥的玉丢了，白问了你一句，怎么你就乱嚷？若是嚷破了，人家把那个毁坏了，我看你活得活不得！”贾环吓得哭道：“我再不敢嚷了。”赵姨娘听了，那里还敢言语？王夫人便分付众人道：“想来自然有没找到的地方儿。好端端的在家里的，还怕他飞到那里去不成？只是不许声张。限袭人三天内给我找出来。要是三天找不着，只怕也瞒不住，大家那就不用过安静日子了。”说着，便叫凤姐儿跟到邢夫人那边商议踩缉，不题。

这里李纨等纷纷议论，便传唤看园子的一干人来，叫把园门锁上；快传林之孝家的来，悄悄儿的告诉了他，叫他分付前后门上，三天之内，不论男女下人，从里头可以走动，要出去时，一概不许放出，只说里头丢了东西，待这件东西有了着落，然后放人出来。林之孝家的答应了“是”，因说：“前儿奴才家里也丢了一件不要紧的东西，林之孝必要明白，上街去找了一个测字的，那人叫做什么刘铁嘴，测了一个字，说的很明白，回来依旧一找，便找着了。”袭人听见，便央及林家的道：“好林奶奶，出去快求林大爷替我们问问去。”那林之孝家的答应着出去了。邢岫烟道：“若说那外头测字占卦的，是不中用的。我在南边闻妙玉能扶乩，何不烦他问一问？况且我听见说这块玉原有仙机，想来问得出来。”众人都诧异道：“咱们常见的，从没有听他说起。”麝月便忙问岫烟道：“想来别人求他是不肯的，好姑娘，我给姑娘磕个头，求姑娘就去。若问出来了，我一辈子总不忘你的恩！”说着，赶忙就要磕下头去。岫烟连忙拦住。黛玉等也都怂恿着岫烟速往栊翠庵去。

一面林之孝家的进来说道：“姑娘们大喜！林之孝测了字回来，说这玉是丢不了的，将来横竖有人送来还的。”众人听了，也都半信半疑，惟有袭人、麝月喜欢的了不得。探春便问：“测的是什么字？”林之孝家的道：“他的话很多，奴才也学不上来。记的是拈了个赏人东西的‘赏’字。那刘铁嘴也不问，便说：‘丢失了东西不是？’”李纨道：“这就算好。”林之孝家的道：“他还说，‘赏’字上头一个‘小’字，底下一个‘口’字，这件东西很可嘴里放得，必是个珠子宝石。”众人听了夸赞道：“真是神仙！往下怎么说？”林之孝家的道：“他说，底下‘贝’字拆开，不成一个‘见’字，可不是‘不见’了？因上头拆了‘当’字，叫快到当铺里找去。‘赏’字加一‘人’字，可不是‘偿’字？

只要找着当铺就有人，有了人便赎了来：可不是偿还了么？”众人道：“既这么着，就先往左近找起，横竖几个当铺都找遍了，少不得就有了。咱们有了东西，再问人就容易了。”李纨道：“只要东西，那怕不问人都使得。林嫂子，烦你就把测字的话快去告诉二奶奶，回了太太，先叫太太放心。就叫二奶奶快派人查去。”林家的答应了便走。众人略安了一点儿神，呆呆的等岫烟回来。

正呆等，只见跟宝玉的焙茗在门外招手儿，叫小丫头子快出来。那小丫头赶忙的出去了，焙茗便说道：“你快进去告诉我们二爷和里头太太、奶奶、姑娘们：天大的喜事！”那小丫头子道：“你快说罢，怎么这么累赘！”焙茗笑着拍手道：“我告诉姑娘，姑娘进去回了，咱们两个人都得赏钱呢。你打谅是什么事情？宝二爷的那块玉呀，我得了准信儿来了！”未知如何，且听下回分解。

第九十五回　因讹成实元妃薨逝　以假混真宝玉疯癫

话说焙茗在门口和小丫头子说宝玉的玉有了，那小丫头急忙回来告诉宝玉。众人听了，都推着宝玉出去问他，众人在廊下听着。宝玉也觉放心，便走到门口问道：“你那里得了？快拿来。”焙茗道：“拿是拿不来的，还得托人做保去呢。”宝玉道：“你快说是怎么得的，我好叫人取去。”焙茗道：“我在外头知道林爷爷去测字，我就跟了去。我听见说在当铺里找，我没等他说完，便跑到几个当铺里去。我比给他们瞧，有一家便说：‘有。’我说：‘给我罢。’那铺子里要票子。我说：‘当多少钱？’他说：‘三百钱的也有，五百钱的也有。前儿有一个人拿这么一块玉，当了三百钱去；今儿又有人也拿一块玉，当了五百钱去。’”宝玉不等说完，便道：“你快拿三百五百钱去取了来，我们挑着看是不是。”里头袭人便啐道：“二爷不用理他！我小时候儿听见我哥哥常说，有些人卖那些小玉儿，没钱用，便去当。想来是家家当铺里有的。”众人正在听得诧异，被袭人一说，想了一想，倒大家笑起来，说：“快叫二爷进来罢，不用理那糊涂东西了。他说的那些玉，想来不是正经东西。”宝玉正笑着，只见岫烟来了。

原来岫烟走到栊翠庵见了妙玉，不及闲话，便求妙玉扶乩。妙玉冷笑几声，说道：“我与姑娘来往，为的是姑娘不是势利场中的人。今日怎么听了那里的谣言，过来缠我！况且我并不晓得什么叫扶乩。”说着，将要不理。岫烟懊悔此来，知他脾气是这么着的，“一时我已说出，不好白回去，又不好与他质证他会扶乩的话”。只得陪着笑，将袭人等性命关系的话说了一遍。见妙玉略有活动，便起身拜了几拜。妙玉叹道：“何必为人作嫁！但是我进京以来，素无人知，今日你来破例，恐将来缠扰不休。”岫烟道：“我也一时不忍，知你必是慈悲的。便是将来他人求你，愿不愿在你，谁敢相强？”妙玉笑了一笑，叫道婆焚香，在箱子里找出沙盘乩架，书了符，命岫烟行礼祝告毕，起来同妙玉扶着乩。不多时，只见那仙乩疾书道：

噫！来无迹，去无踪，青埂峰下倚古松。欲追寻，山万重，入我门来一笑逢。

书毕，停了乩。岫烟便问：“请的是何仙？”妙玉道：“请的是拐仙。”岫烟录了出来，请教妙玉解识。妙玉道：“这个可不能，连我也不懂。你快拿去，他们的聪明人多着呢。”

岫烟只得回来。进入院中，各人都问：“怎么样？”岫烟不及细说，便将所录乩语递与李纨。众姊妹及宝玉争看，都解的是：“一时要找是找不着的，然而丢是丢不了的，不知几时不找便出来了。但是青埂峰不知在那里？”李纨道：“这是仙机隐语，咱们家里那里跑出青埂峰来？必是谁怕查出，撂在有松树的山子石底下，也未可定。独是‘入我门来’这句，到底是入谁的门呢？”黛玉道：“不知请的是谁？”岫烟道：“拐仙。”探春说道：“若是仙家的门，便难入了。”

袭人心里着忙，便捕风捉影的混找，没一块石底下不找到，只是没有。回到院中，宝玉也不问有无，只管傻笑。麝月着急道：“小祖宗，你到底是那里丢的？说明了，我们就是受罪，也在明处啊。”宝玉笑道：“我说外头丢的，你们又不依。你如今问我，我知道么？”李纨、探春道：“今日从早起闹起，已到三更来的天了。你瞧林妹妹已经掌不住，各自去了。我们也该歇歇儿了，明儿再闹罢。”说着，大家散去，宝玉即便睡下。可怜袭人等哭一回，想一回，一夜无眠，暂且不提。

且说黛玉先自回去，想起金石的旧话来，反自欢喜，心里说道：“和尚道士的话，真个信不得。果真‘金’‘玉’有缘，宝玉如何能把这玉丢了呢？或者因我之事拆散他们的‘金玉’，也未可知。”想了半天，更觉安心，把这一天的劳乏竟不理会，重新倒看起书来。紫鹃倒觉身倦，连催黛玉睡下。黛玉虽躺下，又想到海棠花上，说：“这块玉原是胎里带来的，非比寻常之物，来去自有关系。若是这花主好事呢，不该失了这玉呀。看来此花开的不祥，莫非他有不吉之事？”不觉又伤起心来。又转想到喜事上头，此花又似应开，此玉又似应失。如此一悲一喜，直想到五更方睡着。

次日，王夫人等早派人到当铺里去查问，凤姐暗中设法找寻。一连闹了几天，总无下落。还喜贾母、贾政未知。袭人等每日提心吊胆。宝玉也好几天不上学，只是怔怔的，不言不语，没心没绪的。王夫人只知他因失玉而起，也不大着意。

那日正在纳闷，忽见贾琏进来请安，嘻嘻的笑道："今日听得军机贾雨村打发人来告诉二老爷说，舅太爷升了内阁大学士，奉旨来京，已定于明年正月二十日宣麻，有三百里的文书去了。'想舅太爷昼夜趱行，半个多月就要到了。侄儿特来回太太知道。"王夫人听说，便欢喜非常。正想娘家人少，薛姨妈家又衰败了，兄弟又在外任，照应不着。今日忽听兄弟拜相回京，王家荣耀，将来宝玉都有倚靠，便把失玉的心又略放开些了，天天专望兄弟来京。

忽一天，贾政进来，满脸泪痕，喘吁吁的说道："你快去禀知老太太，即刻进宫！不用多人的，是你伏侍进去。因娘娘忽得暴病，现在太监在外立等，他说太医院已经奏明痰厥，不能医治。"王夫人听说，便大哭起来。贾政道："这不是哭的时候，快快去请老太太！说得宽缓些，不要吓坏了老人家。"贾政说着，出来分付家人伺候。王夫人收了泪去请贾母，只说元妃有病，进去请安。贾母念佛道："怎么又病了？前番吓得我了不得，后来又打听错了。这回情愿再错了也罢。"王夫人一面回答，一面催鸳鸯等开箱取衣饰穿戴起来。王夫人赶着回到自己房中，也穿戴好了，过来伺候。一时出厅，上轿进宫不题。

且说元春自选了凤藻宫后，圣眷隆重，身体发福，未免举动费力。每日起居劳乏，时发痰疾。因前日侍宴回宫，偶沾寒气，勾起旧病。不料此回甚属利害，竟至痰气壅塞，四肢厥冷。一面奏明，即召太医调治。岂知汤药不进，连用通关之剂，并不见效。内宫忧虑，奏请预办后事，所以传旨，命贾氏椒房进见。贾母、王夫人遵旨进宫，见元妃痰塞口涎，不能言语，见了贾母，只有悲泣之状，却少眼泪。贾母进前请安，说些宽慰的话。少时，贾政等职名递进，宫嫔传奏，元妃目不能顾，渐渐脸色改变。内宫太监即要奏闻，恐派各妃看视，椒房姻戚未便久羁，请在外宫伺候。贾母、王夫人怎忍便离，无奈国家制度，只得下来，又不敢啼哭，惟有心内悲戚。

朝门内官员有信。不多时，只见太监出来，立传钦天监。贾母便知不好，尚未敢动。稍刻，小太监传谕出来，说："贾娘娘薨逝。"是年甲寅年十二月十八日立春，元妃薨日是十二月十九日，已交卯年寅月，存年四十三岁。贾母含悲起身，只得出宫上轿回家。贾政等亦已得信，一路悲戚。到家中，邢夫人、李纨、凤姐、宝玉等出厅，分东西迎着贾母，请了安，并贾政、王夫人请安，大家哭泣，不题。

次日早起，凡有品级的，按贵妃丧礼进内请安哭灵。贾政又是工部，虽按照仪注办理，未免堂上又要周旋，他些同事又要请教他，所以两头更忙，非比从前太后与周妃的丧事了。但元妃并无所出，惟谥曰“贤淑贵妃”。此是王家制度，不必多赘。只讲贾府中男女天天进宫，忙的了不得。幸喜凤姐儿近日身子好些，还得出来照应家事，又要预备王子腾进京接风贺喜。凤姐胞兄王仁知道叔叔入了内阁，仍带家眷来京。凤姐心内喜欢，便有些心病，有这些娘家的人来，也便撂开，所以身子倒觉比前好了些。王夫人看见凤姐照旧办事，又把担子卸了一半，又眼见兄弟来京，诸事放心，倒觉安静些。

独有宝玉原是无职之人，又不念书，代儒学里知他家内有事，也不来管他；贾政正忙，自然没有空儿查他。想来宝玉趁此机会，竟可与姊妹们天天畅乐。不料他自失了玉后，终日懒怠走动，说话也糊涂了。并贾母等出门回来，有人叫他去请安，便去；没人叫他，他也不动。袭人等怀着鬼胎，又不敢去招惹他，恐他生气。每天茶饭，端到面前便吃，不来也不要。袭人看这光景,不像是有气,竟像是有病的。袭人偷着空儿到潇湘馆告诉紫鹃,说是“二爷这么着，求姑娘给他开导开导”。紫鹃虽即告诉黛玉，只因黛玉想着亲事上头一定是自己了，如今见了他，反觉不好意思，“若是他来呢，原是小时在一处的，也难不理他；若说我去找他，断断使不得”。所以黛玉不肯过来。袭人又背地里去告诉探春。那知探春心里明明知道海棠开的怪异，宝玉失的更奇，接连着元妃姐姐薨逝，谅家道不祥，日日愁闷，那有心肠去劝宝玉？况兄妹们男女有别，只好过来一两次，宝玉又终是懒懒的，所以也不常来。

宝钗也知失玉。因薛姨妈那日应了宝玉的亲事，回去便告诉了宝钗。薛姨妈还说：“虽是你姨妈说了，我还没有应准，说等你哥哥回来再定。你愿意不愿意？”宝钗反正色的对母亲道：“妈妈这话说错了。女孩儿家的事情，是父母做主的。如今我父亲没了，妈妈应该做主的。再不然问哥哥，怎么问起我来？”所以薛姨妈更爱惜他，说他虽是从小娇养惯的，却也生来的贞静，因此在他面前反不提起宝玉了。宝钗自从听此一说，把“宝玉”二字自然更不提起了。如今虽然听见失了玉，心里也甚惊疑，倒不好问，只得听旁人说去，竟像不与自己相干的。

只有薛姨妈打发丫头过来了好几次问信。因他自己的儿子薛蟠的事焦心，只等哥哥进京，便好为他出脱罪名；又知元妃已薨，虽然贾府忙乱，却得凤姐好了，出来理家，也把贾家的事撂开了。这里只苦了袭人，虽然在宝玉跟前低声下气的伏侍劝慰，宝玉竟是不懂，袭人只有暗暗的着急而已。

过了几日，元妃停灵寝庙，贾母等送殡去了几天。岂知宝玉一日呆似一日，也不发烧，也不疼痛，只是吃不像吃，睡不像睡，甚至说话都无头绪。那袭人、麝月等一发慌了，回过凤姐几次，凤姐不时过来。起先道是找不着玉生气，如今看他失魂落魄的样子，只有日日请医调治。煎药吃了好几剂，只有添病的，没有减病的。及至问他那里不舒服，宝玉也不说出来。

直至元妃事毕，贾母惦记宝玉，亲自到园看视，王夫人也随过来。袭人忙叫宝玉接出去请安。宝玉虽说是病，每日原起来行动，今日叫他接贾母去，他依然仍是请安，惟是袭人在旁扶着指教。贾母见了，便道："我的儿！我打谅你怎么病着，故此过来瞧你。今你依旧的模样儿，我的心放了好些。"王夫人也自然是宽心的。但宝玉并不回答，只管嘻嘻的笑。贾母等进屋坐下，问他的话，袭人教一句他说一句，大不似往常，直是一个傻子似的。贾母愈看愈疑，便说："我才进来看时，不见些什么病；如今细细一瞧，这病果然不轻，竟是神魂失散的样子！到底因什么起的呢？"王夫人知事难瞒，又瞧瞧袭人怪可怜的样子，只得便依着宝玉先前的话，将那往临安伯府里去听戏时丢了这块玉的话，悄悄的告诉了一遍。心里也彷徨的很，生恐贾母着急，并说："现在着人在四下里找寻，求签问卦，都说在当铺里找，少不得找着的。"

贾母听了，急的站起来，眼泪直流，说道："这件玉如何是丢得的！你们忒不懂事了！难道老爷也是撂开手的不成？"王夫人知贾母生气，叫袭人等跪下，自己敛容低首回说："媳妇恐老太太着急，老爷生气，都没敢回。"贾母咳道："这是宝玉的命根子，因丢了，所以他这么失魂丧魄的。还了得！况且这玉满城里都知道，谁捡了去，便叫你们找出来么？叫人快快请老爷，我与他说！"那时吓的王夫人、袭人等哀告道："老太太这一生气，回来老爷更了不得了。现在宝玉病着，交给我们尽命的找来就是了。"贾母道："你们怕老爷生气，有我呢。"便叫麝月传人去请。不一时，传进话来说："老爷谢客去了。"贾母道："不用他也使得。你们便说我说的话，暂且也不用责罚下人。我便叫琏儿来，写出赏格，悬在前日经过的地方，便说：'有人捡得送来者，情愿送银一万两；如有知人捡得、送信找得者，送银五千两。’如真有了，不可吝惜银子。这么一找，少不得就找出来了。若是靠着咱们家几个人找，就找一辈子也不能得！”王夫人也不敢直言。贾母传话，告诉贾琏，叫他速办去了。

贾母便叫人:“将宝玉动用之物，都搬到我那里去。只派袭人、秋纹跟过来，余者仍留园内看屋子。”宝玉听了，终不言语，只是傻笑。贾母便携了宝玉起身，袭人等搀扶出园。回到自己房中，叫王夫人坐下，着人收拾里间屋内安置，便对王夫人道:“你知道我的意思么？我为的园里人少，怡红院里的花树忽萎忽开，有些奇怪。头里仗着一块玉能除邪祟，如今此玉丢了，生恐邪气易侵，故我带他过来一块儿住着。这几天也不用叫他出去,大夫来就在这里瞧。”王夫人听说，便接口道：“老太太想的自然是。如今宝玉同着老太太住了，老太太的福气大，不论什么都压住了。”贾母道：“什么福气，不过我屋里干净些，经卷也多，都可以念念，定定心神。你问宝玉好不好？”那宝玉见问，只是笑。袭人叫他说“好”，宝玉也就说“好”。王夫人见了这般光景，未免落泪，在贾母这里不敢出声。贾母知王夫人着急，便说道:“你回去罢，这里有我调停他。晚上老爷回来，告诉他不必来见我，不许言语就是了。”王夫人去后，贾母叫鸳鸯找些安神定魂的药，按方吃了，不题。

且说贾政当晚回家，在车内听见道儿上人说道:“人要发财，也容易的很。”那个问道:“怎么见得？”这个人又道:“今日听见荣府里丢了什么哥儿的玉了，贴着招帖儿，上头写着玉的大小、式样、颜色，说有人捡了送去，就给一万两银子，送信的还给五千呢。”贾政虽未听得如此真切，心内诧异，急忙赶回，便叫门上的人问起那事来。门上的人禀道：“奴才头里也不知道。今日晌午，琏二爷传出老太太的话,叫人去贴帖儿,才知道的。”贾政便叹气道:“家道该衰，偏生养这么一个孽障！才养他的时候，满街的谣言，隔了十几年，略好了些。这会子又大张晓谕的找玉，成何道理！”说着，忙走进里头去问王夫人，王夫人便一五一十的告诉。贾政知是老太太的主意，又不敢违拗，只抱怨王夫人几句，又走出来，叫瞒着老太太，背地里揭了这个帖儿下来。岂知早有那些游手好闲的人揭了去了。

过了些时，竟有人到荣府门上，口称送玉来。家内人们听见，喜欢的了不得，便说：“拿来，我给你去回。”那人便怀内掏出赏格来，指给门上人瞧：“这不是你们府上的帖子么？写明送玉来的，给银一万两。二太爷，你们这会子瞧我穷，回来我得了银子，就是个财主了，别这么待理不理的。”门上人听他的话头儿硬，说道：“你到底略给我瞧一瞧，我好给你去回。”那人初倒不肯，后来听人说的有理，便掏出那玉，托在掌中一扬，说：“这是不是？”众家人原是在外服役，只知有玉，也不常见，今日才看见这玉的模样儿了，急忙跑到里头，抢头报似的。

那日贾政、贾赦出门，只有贾琏在家。众人回明，贾琏还细问：“真不真？”门上人口称：“亲眼见过，只是不给奴才，要见主子，一手交银一手交玉。”贾琏却也喜欢，忙去禀知王夫人，即便回明贾母，把个袭人乐得合掌念佛。贾母并不改口，一叠连声：“快叫琏儿请那人到书房内坐下，将玉取来一看，即便送银。”贾琏依言请那人进来，当客待他，用好言道谢：“要借这玉送到里头本人见了，谢银分厘不短。”那人只得将一个红绸子包儿送过去。贾琏打开一看，可不是那一块晶莹美玉吗？贾琏素昔原不理论，今日倒要看看。看了半日，上面的字也仿佛认得出来，什么“除邪祟”等字。贾琏看了，喜之不胜，便叫家人伺候，忙忙的送与贾母、王夫人认去。

这会子惊动了合家的人，都等着争看。凤姐见贾琏进来，便劈手夺去，不敢先看，送到贾母手里。贾琏笑道：“你这么一点儿事，还不叫我献功呢。”贾母打开看时，只见那玉比先前昏暗了好些，一面用手擦摸，鸳鸯拿上眼镜儿来，戴着一瞧，说：“奇怪！这块玉倒是的，怎么把头里的宝色都没了呢？”王夫人看了一会子，也认不出，便叫凤姐过来看。凤姐看了道：“像倒像，只是颜色不大对，不如叫宝兄弟自己一看，就知道了。”袭人在旁，也看着未必是那一块，只是盼得的心盛，也不敢说出不像来。

凤姐于是从贾母手中接过来，同着袭人拿来给宝玉瞧。这时宝玉正睡着才醒。凤姐告诉道：“你的玉有了。”宝玉睡眼朦胧，接在手里也没瞧，便往地下一撂，道：“你们又来哄我了！”说着，只是冷笑。凤姐连忙拾起来道：“这也奇了，怎么你没瞧就知道呢？”宝玉也不答言，只管笑。王夫人也进屋里来了，见他这样，便道：“这不用说了。他那玉原是胎里带来的一种古怪东西，自然他有道理。想来这个必是人见了帖儿照样做的。”大家此时恍然大悟。

贾琏在外间屋里听见这话，便说道：“既不是，快拿来给我问问他去。人家这样事，他敢来鬼混！”贾母喝住道：“琏儿，拿了去给他，叫他去罢。那也是穷极了的人，没法儿了，所以见我们家有这样事，他便想着赚几个钱，也是有的。如今白白的化了钱弄了这个东西，又叫咱们认出来了。依着我，不要难为他，把这玉还他，说不是我们的，赏给他几两银子。外头的人知道了，才肯有信儿就送来呢。若是难为了这一个人，就有真的，人家也不敢拿了来了。”贾琏答应出去。那人还等着呢，半日不见人来，正在那里心里发虚，只见贾琏气忿忿走出来了。未知如何，且看下回分解。

第九十六回　瞒消息凤姐设奇谋　泄机关颦儿迷本性

话说贾琏拿了那块假玉忿忿走出，到了书房。那个人看见贾琏的气色不好，心里先发了虚了，连忙站起来迎着。刚要说话，只见贾琏冷笑道：“好大胆！我把你这个混帐东西！这里是什么地方儿，你敢来掉鬼！”回头便问：“小厮们呢？”外头轰雷一般几个小厮齐声答应。贾琏道：“取绳子去捆起他来！等老爷回来回明了，把他送到衙门里去！”众小厮又一齐答应：“预备着呢。”嘴里虽如此，却不动身。那人先是吓的手足无措，见这般势派，知道难逃公道，只得跪下给贾琏磕头，口口声声只叫：“老太爷别生气，是我一时穷极无奈，才想出这个没脸的营生来。那玉是我借钱做的，我也不敢要了，只得孝敬府里的哥儿顽罢。”说毕，又连连磕头。贾琏啐道：“你这个不知死活的东西！这府里希罕你那朽不了的浪东西！”

正闹着，只见赖大进来，陪着笑向贾琏道：“二爷别生气了。靠他算个什么东西？饶了他，叫他滚出去罢。”贾琏道：“实在可恶！”赖大、贾琏作好作歹，众人在外头都说道：“糊涂狗攮的，还不给爷和赖大爷磕头呢！快快的滚罢，还等窝心脚呢！”那人赶忙磕了两个头，抱头鼠窜而去。从此街上闹动了：“贾宝玉弄出‘假宝玉’来。”

且说贾政那日拜客回来，众人因为灯节底下，恐怕贾政生气，已过去的事了，便也都不肯回。只因元妃的事，忙碌了好些时，近日宝玉又病着，虽有旧例家宴，大家无兴，也无有可记之事。到了正月十七日，王夫人正盼王子腾来京，只见凤姐进来回说：“今日二爷在外，听得有人传说：我们家大老爷赶着进京，离城只二百多里地，在路上没了。太太听见了没有？”王夫人吃惊道：“我没有听见，老爷昨晚也没有说起。到底在那里听见的？”凤姐道：“说是在枢密张老爷家听见的。”王夫人怔了半天，那眼泪早流下来了，因拭泪说道：“回来再叫琏儿索性打听明白了，来告诉我。”凤姐答应去了。

王夫人不免暗里落泪，悲女哭弟，又为宝玉耽忧：如此连三接二都是不遂意的事，那里搁得住，便有些心口疼痛起来。又加贾琏打听明白了，来说道：

“舅太爷是赶路劳乏，偶然感冒风寒，到了十里屯地方，延医调治。无奈这个地方没有名医，误用了药，一剂就死了。但不知家眷可到了那里没有。”王夫人听了，一阵心酸，便心口疼得坐不住，叫彩云等扶了上炕，还扎挣着叫贾琏去回了贾政，“即速收拾行装，迎到那里帮着料理完毕，即刻回来告诉我们，好叫你媳妇儿放心”。贾琏不敢违拗，只得辞了贾政起身。

贾政早已知道，心里很不受用；又知宝玉失玉以后，神志昏愦，医药无效；又值王夫人心疼。那年正值京察，工部将贾政保列一等。二月，吏部带领引见，皇上念贾政勤俭谨慎，即放了江西粮道。即日谢恩，已奏明起程日期。虽有众亲朋贺喜，贾政也无心应酬，只念家中人口不宁，又不敢耽延在家。

正在无计可施，只听见贾母那边叫：“请老爷。”贾政即忙进去，看见王夫人带着病也在那里，便向贾母请了安。贾母叫他坐下，便说：“你不日就要赴任，我有多少话与你说，不知你听不听？”说着，掉下泪来。贾政忙站起来，说道：“老太太有话只管分付，儿子怎敢不遵命呢。”贾母哽咽着说道：“我今年八十一岁的人了，你又要做外任去，偏有你大哥在家，你又不能告亲老。你这一去了，我所疼的只有宝玉，偏偏的又病得糊涂，还不知道怎么样呢。我昨日叫赖升媳妇出去，叫人给宝玉算算命，这先生算得好灵，说：‘要娶了金命的人帮扶他，必要冲冲喜才好；不然，只怕保不住。’我知道你不信那些话，所以教你来商量。你的媳妇也在这里，你们两个也商量商量：还是要宝玉好呢，还是随他去呢？”

贾政陪笑说道：“老太太当初疼儿子这么疼的，难道做儿子的就不疼自己的儿子不成么？只为宝玉不上进，所以时常恨他，也不过是恨铁不成钢的意思。老太太既要给他成家，这也是该当的，岂有逆着老太太不疼他的理？如今宝玉病着，儿子也是不放心。因老太太不叫他见我，所以儿子也不敢言语。我到底瞧瞧宝玉是个什么病。”

王夫人见贾政说着也有些眼圈儿红，知道心里是疼的，便叫袭人扶了宝玉，见了他父亲。袭人叫他来请安，他便请了个安。贾政见他脸面很瘦，目光无神，大有疯傻之状，便叫人扶了进去，便想到：“自己也是望六的人了，如今又放外任，不知道几年回来。倘或这孩子果然不好，一则年老无嗣，虽说有孙子，到底隔了一层；二则老太太最疼的是宝玉，若有差错，可不是我的罪名更重了？”瞧瞧王夫人一包眼泪，又想到他身上，复站起来说：“老太太这么大年纪，想法儿疼孙子，做儿子的还敢违拗？老太太主意该怎么便怎么就是了，但只姨太太那边不知说明白了没有？”王夫人便道：“姨太太是早应承的，只为蟠儿的事没有结案，所以这些时总没提起。”贾政又道：“这就是第一层的难处：他哥哥在监里，妹妹怎么出嫁？况且贵妃的事虽不禁婚嫁，宝玉应照已出嫁的姐姐，有九个月的功服，此时也难娶亲。再者，我的起身日期已经奏明，不敢耽搁，这几天怎么办呢？”

贾母想了一想：“说的果然不错。若是等这几件事过去，他父亲又走了，倘或这病一天重似一天，怎么好？只可越些礼办了才好。”想定主意，便说道：“你若给他办呢，我自然有个道理，包管都碍不着。姨太太那边，我和你媳妇亲自过去求他；蟠儿那里，我央蝌儿去告诉他，说是要救宝玉的命，诸事将就，自然应的。若说服里娶亲，当真使不得，况且宝玉病着，也不可教他成亲，不过是冲冲喜。我们两家愿意，孩子们又有‘金玉’的道理，婚是不用合的了。即挑了好日子，按着咱们家分儿过了礼。赶着挑个娶亲日子，一概鼓乐不用，倒按宫里的样子，用十二对提灯，一乘八人轿子抬了来，照南边规矩拜了堂，一样坐床撒帐，可不是算娶了亲了么？宝丫头心地明白，是不用虑的。内中又有袭人，也还是个妥妥当当的孩子，再有个明白人常劝他，更好。他又和宝丫头合的来。再者，姨太太曾说，宝丫头的金锁也有个和尚说过，只等有玉的便是婚姻。焉知宝丫头过来，不因金锁倒招出他那块玉来，也定不得，从此一天好似一天，岂不是大家的造化？这会子只要立刻收拾屋子，铺排起来。这屋子是要你派的。一概亲友不请，也不排筵席；待宝玉好了，过了功服，然后再摆席请人：这么着都赶的上。你也看见了他们小两口儿的事，也好放心的去。”

贾政听了，原不愿意，只是贾母做主，不敢违命，勉强陪笑说道：“老太太想的极是，也很妥当。只是要分付家下众人，不许吵嚷得里外皆知，这要耽不是的。姨太太那边只怕不肯，若是果真应了，也只好按着老太太的主意办去。”贾母道：“姨太太那边有我呢，你去罢。”贾政答应出来，心中好不自在。因赴任事多，部里领凭，亲友们荐人，种种应酬不绝，竟把宝玉的事听凭贾母交与王夫人、凤姐儿了。惟将荣禧堂后身王夫人内屋旁边一大跨所二十余间房屋指与宝玉，余者一概不管。贾母定了主意，叫人告诉他去，贾政只说：“很好。”此是后话。

且说宝玉见过贾政，袭人扶回里间炕上。因贾政在外，无人敢与宝玉说话，宝玉便昏昏沉沉的睡去。贾母与贾政所说的话，宝玉一句也没有听见，袭人等却静静儿的听得明白。头里虽也听得些风声，到底影响，只不见宝钗过来，却也有些信真；今日听了这些话，心里方才水落归漕，倒也喜欢，心里想道："果然上头的眼力不错，这才配的是，我也造化。若他来了，我可以卸了好些担子。但是这一位的心里只有一个林姑娘，幸亏他没有听见，若知道了，又不知要闹到什么分儿了。"袭人想到这里，转喜为悲，心想："这件事怎么好？老太太、太太那里知道他们心里的事！一时高兴，说给他知道，原想要他病好。若是他还像头里的心，初见林姑娘，便要摔玉砸玉；况且那年夏天在园里，把我当作林姑娘，说了好些私心话；后来因为紫鹃说了句顽话儿，便哭得死去活来。若是如今和他说要娶宝姑娘，竟把林姑娘撂开，除非是他人事不知还可，若稍明白些，只怕不但不能冲喜，竟是催命了。我再不把话说明，那不是一害三个人了么？"袭人想定主意，待等贾政出去，叫秋纹照看着宝玉，便从里间出来，走到王夫人身旁，悄悄的请了王夫人到贾母后间屋里去说话。贾母只道是宝玉有话，也不理会，还在那里打算怎么过礼，怎么娶亲。

那袭人同了王夫人到了后间，便跪下哭了。王夫人不知何意，把手拉着他说："好端端的，这是怎么说？有什么委屈，起来说。"袭人道："这话奴才是不该说的，这会子因为没有法儿了！"王夫人道："你慢慢的说。"袭人道："宝玉的亲事，老太太、太太已定了宝姑娘了，自然是极好的一件事。只是奴才想着，太太看去宝玉和宝姑娘好，还是和林姑娘好呢？"王夫人道："他两个因从小儿在一处，所以宝玉和林姑娘又好些。"袭人道："不是好些。"便将宝玉素与黛玉这些光景一一的说了，还说："这些事都是太太亲眼见的，独是夏天的话，我从没敢和别人说。"王夫人拉着袭人道："我看外面儿已瞧出几分来了，你今儿一说，更加是了。但是刚才老爷说的话想必都听见了，你看他的神情儿怎么样？"袭人道："如今宝玉若有人和他说话，他就笑；没人和他说话，他就睡：所以头里的话却倒都没听见。"王夫人道："倒是这件事叫人怎么样呢？"袭人道："奴才说是说了，还得太太告诉老太太，想个万全的主意才好。"王夫人便道："既这么着，你去干你的，这时候满屋子的人，暂且不用提起。等我觑空儿回明老太太，再作道理。"说着，仍到贾母跟前。

贾母正在那里和凤姐儿商议，见王夫人进来，便问道："袭人丫头说什么，这么鬼鬼祟祟的？"王夫人趁问，便将宝玉的心事细细回明贾母。贾母听了，半日没言语。王夫人和凤姐也都不再说了。只见贾母叹道："别的事都好说，林丫头倒没有什么。若宝玉真是这样，这可叫人作了难了。"只见凤姐想了一想，因说道:“难倒不难，只是我想了个主意，不知姑妈肯不肯？”王夫人道：“你有主意，只管说给老太太听，大家娘儿们商量着办罢了。”

凤姐道：“依我想，这件事只有一个掉包儿的法子。”贾母道：“怎么掉包儿？”凤姐道：“如今不管宝兄弟明白不明白，大家吵嚷起来，说是老爷做主，将林妹妹配了他了，瞧他的神情儿怎么样。要是他全不管，这个包儿也就不用掉了；若是他有些喜欢的意思，这事却要大费周折呢。”王夫人道：“就算他喜欢，你怎么样办法呢？”凤姐走到王夫人耳边，如此这般的说了一遍。王夫人点了几点头儿，笑了一笑，说道：“也罢了。”贾母便问道：“你娘儿两个捣鬼，到底告诉我是怎么着呀。”凤姐恐贾母不懂，露泄机关，便也向耳边轻轻的告诉了一遍。贾母果真一时不懂。凤姐笑着又说了几句，贾母笑道：“这么着也好，可就只忒苦了宝丫头了。倘或吵嚷出来，林丫头又怎么样呢？”凤姐道：“这个话原只说给宝玉听，外头一概不许提起，有谁知道呢？”

正说间，丫头传进话来，说：“琏二爷回来了。”王夫人恐贾母问及，使个眼色与凤姐。凤姐便出来迎着贾琏，努了个嘴儿，同到王夫人屋里等着去了。一会儿王夫人进来，已见凤姐哭的两眼通红。贾琏请了安，将到十里屯料理王子腾丧事的话说了一遍，便说:“有恩旨赏了内阁的职衔，谥了文勤公，命本宗扶柩回籍，着沿途地方官员照料。昨日起身，连家眷回南去了。舅太太叫我回来请安问好，说：‘如今想不到不能进京，有多少话不能说！’听见我大舅子要进京，若是路上遇见了，便叫他来到咱们这里，细细的说。”王夫人听毕，其悲痛自不必言。凤姐劝慰了一番，“请太太略歇，晚上来再商量宝玉的事罢”。说毕，同了贾琏回到自己房中，告诉了贾琏，叫他派人收拾新房，不题。

一日，黛玉早饭后带着紫鹃到贾母这边来，一则请安，二则也为自己散散闷。出了潇湘馆，走了几步，忽然想起忘了手绢子来，因叫紫鹃回去取来，自己却慢慢的走着等他。刚走到沁芳桥那边山石背后、当日同宝玉葬花之处，忽听一个人呜呜咽咽在那里哭。黛玉煞住脚听时，又听不出是谁的声音，也听不出哭着叨叨的是些什么话，心里甚是疑惑，便慢慢的走去。及到了跟前，却见一个浓眉大眼的丫头在那里哭呢。黛玉未见他时，还只疑府里这些大丫头有什么说不出的心事，所以来这里发泄发泄;及至见了这个丫头，却又好笑，因想到：“这种蠢货有什么情种？自然是那屋里作粗活的丫头，受了大女孩子的气了。”细瞧了一瞧，却不认得。

那丫头见黛玉来了，便也不敢再哭，站起来拭眼泪。黛玉问道：“你好好的，为什么在这里伤心？”那丫头听了这话，又流泪道：“林姑娘，你评评这个理：他们说话我又不知道，我就说错了一句话，我姐姐也不该就打我呀！”黛玉听了，不懂他说的是什么，因笑问道：“你姐姐是那一个？”那丫头道：“就是珍珠姐姐。”黛玉听了，才知他是贾母屋里的，因又问：“你叫什么？”那丫头道：“我叫傻大姐儿。”黛玉笑了一笑，又问：“你姐姐为什么打你？你说错了什么话了？”那丫头道：“为什么呢，就是为我们宝二爷娶宝姑娘的事情。”黛玉听了这句话，如同一个疾雷，心头乱跳。略定了定神，便叫这丫头：“你跟了我这里来。”那丫头跟着黛玉到那畸角儿上葬桃花的去处，那里背静。黛玉因问道：“宝二爷娶宝姑娘，他为什么打你呢？”傻大姐道：“我们老太太和太太、二奶奶商量了，因为我们老爷要起身，说就赶着往姨太太商量，把宝姑娘娶过来罢。头一宗，给宝二爷冲什么喜；第二宗——”说到这里，又瞧着黛玉笑了一笑，才说道：“赶着办了，还要给林姑娘说婆婆家呢。”

黛玉已经听呆了。这丫头只管说道：“我又不知道他们怎么商量的，不叫人吵嚷，怕宝姑娘听见害臊。我白和宝二爷屋里的袭人姐姐说了一句：‘咱们明儿更热闹了，又是宝姑娘，又是宝二奶奶，这可怎么叫呢？’林姑娘，你说我这话害着珍珠姐姐什么了呢？他走过来就打了我一个嘴巴，说我混说，不遵上头的话，要撵出我去！我知道上头为什么不叫言语呢？你们又没告诉我，就打我！”说着，又哭起来。

那黛玉此时心里，竟是油儿、酱儿、糖儿、醋儿倒在一处的一般，甜、苦、酸、咸，竟说不上什么味儿来了。停了一会儿，颤巍巍的说道：“你别混说了。你再混说，叫人听见，又要打你了。你去罢。”说着，自己转身要回潇湘馆去，那身子竟有千百斤重的，两只脚却像踩着棉花一般，早已软了，只得一步一步，慢慢的走将来。走了半天，还没到沁芳桥畔。原来脚下愈加软了，走的慢，且又迷迷痴痴，信着脚从那边绕过来，更添了两箭地的路。这时刚到沁芳桥畔，却又不知不觉的顺着堤往回里走起来。

紫鹃取了绢子来，却不见黛玉。正在那里看时，只见黛玉颜色雪白，身子恍恍荡荡的，眼睛也直直的，在那里东转西转。又见一个丫头往前头走了，离的远，也看不出是那一个来。心中惊疑不定，只得赶过来，轻轻的问道：“姑娘怎么又回去？是要往那里去？”黛玉也只模糊听见，随口答道：“我问问宝玉去。”紫鹃听了，摸不着头脑，只得搀着他到贾母这边来。

黛玉走到贾母门口，心里微觉明晰，回头看见紫鹃搀着自己，便站住了，问道："你作什么来的？"紫鹃陪笑道："我找了绢子来了。头里见姑娘在桥那边呢，我赶着过去问姑娘，姑娘没理会。"黛玉笑道："我打量你来瞧宝二爷来了呢，不然怎么往这里走呢？"紫鹃见他心里迷惑，便知黛玉必是听见那丫头什么话了，惟有点头微笑而已。只是心里怕他见了宝玉，那一个已经是疯疯傻傻，这一个又这样恍恍惚惚，一时说出些不大体统的话来，那时如何是好？心里虽如此想，却也不敢违拗，只得搀他进去。

那黛玉却又奇怪，这时不似先前那样软了，也不用紫鹃打帘子，自己掀起帘子进来，却是寂然无声：因贾母在屋里歇中觉，丫头们也有脱滑顽去的，也有打盹儿的，也有在那里伺候老太太的。倒是袭人听见帘子响，从屋里出来一看，见是黛玉，便让道："姑娘屋里坐罢。"黛玉笑着道："宝二爷在家么？"袭人不知底里，刚要答言，只见紫鹃在黛玉身后和他努嘴儿，指着黛玉，又摇摇手儿。袭人不解何意，也不敢言语。

黛玉却也不理会，自己走进房来，看见宝玉在那里坐着，也不起来让坐，只瞅着嘻嘻的傻笑。黛玉自己坐下，却也瞅着宝玉笑。两个人也不问好，也不说话，也无推让，只管对着脸傻笑起来。袭人看见这番光景，心里大不得主意，只是没法儿。忽然听着黛玉说道："宝玉，你为什么病了？"宝玉笑道："我为林姑娘病了。"袭人、紫鹃两个吓得面目改色，连忙用言语来岔。两个却又不答言，仍旧傻笑起来。袭人见了这样，知道黛玉此时心中迷惑不减于宝玉，因悄和紫鹃说道："姑娘才好了，我叫秋纹妹妹同着你搀回姑娘歇歇去罢。"因回头向秋纹道："你和紫鹃姐姐送林姑娘去罢，你可别混说话。"秋纹笑着，也不言语，便来同着紫鹃搀起黛玉。那黛玉也就站起来，瞧着宝玉只管笑，只管点头儿。紫鹃又催道："姑娘，回家去歇歇罢。"黛玉道："可不是，我这就是回去的时候儿了。"说着，便回身笑着出来了，仍旧不用丫头们搀扶，自己却走得比往常飞快。紫鹃、秋纹后面赶忙跟着走。

黛玉出了贾母院门，只管一直走去。紫鹃连忙搀住，叫道："姑娘，往这里来。"黛玉仍是笑着，随了往潇湘馆来。离门口不远，紫鹃道："阿弥陀佛，可到了家了！"只这一句话没说完，只见黛玉身子往前一栽，哇的一声，一口血直吐出来。未知性命如何，且听下回分解。

第九十七回　林黛玉焚稿断痴情　薛宝钗出闺成大礼

话说黛玉到潇湘馆门口，紫鹃说了一句话，更动了心，一时吐出血来，几乎晕倒。亏了还同着秋纹，两个人搀扶着黛玉到屋里来。那时秋纹去后，紫鹃、雪雁守着，见他渐渐苏醒过来，问紫鹃道："你们守着哭什么？"紫鹃见他说话明白，倒放了心了，因说："姑娘刚才打老太太那边回来，身上觉着不大好，吓的我们没了主意，所以哭了。"黛玉笑道："我那里就能够死呢。"这一句话没完，又喘成一处。

原来黛玉因方才听得宝玉、宝钗的事情，这本是他数年的心病，一时急怒，所以迷惑了本性；及至回来，吐了这一口血，心中却渐渐的明白过来，把头里的事一字也不记得了。这会子见紫鹃哭，方模糊想起傻大姐的话来，此时反不伤心，惟求速死，以完此债。这里紫鹃、雪雁只得守着。想要告诉人去，怕又像上次招得凤姐儿说他们失惊打怪的。

那知秋纹回去，神情慌遽。正值贾母睡起中觉来，看见这般光景，便问："怎么了？"秋纹吓的连忙把刚才的事回了一遍。贾母大惊，说："这还了得！"连忙着人叫了王夫人、凤姐过来，告诉了他婆媳两个。凤姐道："我都嘱付到了，这是什么人去走了风了呢？这不更是一件难事了么？"贾母道："且别管那些，先瞧瞧去是怎么样了。"说着便起身，带着王夫人、凤姐等过来看视。见黛玉颜色如雪，并无一点血色，神气昏沉，气息微细。半日，又咳嗽了一阵，丫头递了痰盒，吐出都是痰中带血的，大家都慌了。只见黛玉微微睁眼，看见贾母在他旁边，便喘吁吁的说道："老太太，你白疼了我了。"贾母一闻此言，十分难受，便道："好孩子，你养着罢，不怕的。"黛玉微微一笑，把眼又闭上了。外面丫头进来回凤姐道："大夫来了。"于是大家略避。王大夫同着贾琏进来，诊了脉，说道："尚不妨事。这是郁气伤肝，肝不藏血，所以神气不定。如今要用敛阴止血的药，方可望好。"王大夫说完，同着贾琏出去开方取药去了。

贾母看黛玉神气不好，便出来告诉凤姐等道："我看这孩子的病，不是我咒他，只怕难好。你们也该替他预备预备，冲一冲，或者好了，岂不是大家省心？就是怎么样，也不至临时忙乱。咱们家里这两天正有事呢。"凤姐儿答应了。贾母又问了紫鹃一回，到底不知是那个说的。贾母心里只是纳闷，因说："孩子们从小儿在一处儿顽，好些是有的。如今大了，懂的人事，就该要分别些，才是做女孩儿的本分，我才心里疼他。若是他心里有别的想头，成了什么人了呢？我可是白疼了他了！你们说了，我倒有些不放心。”因回到房中，又叫袭人来问。袭人仍将前日回王夫人的话并方才黛玉的光景述了一遍。贾母道：“我方才看他却还不至糊涂。这个理我就不明白了。咱们这种人家，别的事自然没有的，这心病也是断断有不得的。林丫头若不是这个病呢，我凭着化多少钱都使得；若是这个病，不但治不好，我也没心肠了。”

凤姐道：“林妹妹的事老太太倒不必张心，横竖有他二哥哥天天同着大夫瞧看。倒是姑妈那边的事要紧。今日早起听见说，房子不差什么就妥当了。竟是老太太、太太到姑妈那边，我也跟了去商量商量。就只一件，姑妈家里有宝妹妹在那里，难以说话，不如索性请姑妈晚上过来，咱们一夜都说结了，就好办了。”贾母、王夫人都道：“你说的是。今日晚了，明日饭后咱们娘儿们就过去。”说着，贾母用了晚饭，凤姐同王夫人各自归房，不提。

且说次日凤姐吃了早饭过来，便要试试宝玉，走进里间说道：“宝兄弟大喜！老爷已择了吉日，要给你娶亲了，你喜欢不喜欢？”宝玉听了，只管瞧着凤姐笑，微微的点点头儿。凤姐笑道：“给你娶林妹妹过来，好不好？”宝玉却大笑起来。凤姐看着，也断不透他是明白是糊涂，因又问道：“老爷说，你好了才给你娶林妹妹呢；若还是这么傻，便不给你娶了。”宝玉忽然正色道：“我不傻，你才傻呢！”说着便站起来，说：“我去瞧瞧林妹妹，叫他放心！”凤姐忙扶住了，说：“林妹妹早知道了。他如今要做新媳妇了，自然害羞，不肯见你的。”宝玉道：“娶过来，他到底是见我不见？”凤姐又好笑，又着忙，心里想：“袭人的话不差。提了林妹妹，虽说仍旧说些疯话，却觉得明白些。若真明白了，将来不是林姑娘，打破了这个灯虎儿，那饥荒才难打呢。”便忍笑说道：“你好好儿的便见你，若是疯疯癫癫的，他就不见你了。”宝玉说道：“我有一个心，前儿已交给林妹妹了。他要过来，横竖给我带来，还放在我肚子里头。”凤姐听着竟是疯话，便出来对着贾母说。

贾母听了，又是笑，又是疼，便说道：“我早听见了。如今且不用理他，叫袭人好好的安慰他。咱们走罢。”说着，王夫人也来了。大家到了薛姨妈那里，只说惦记着这边的事，来瞧瞧。薛姨妈感激不尽，说些薛蟠的话，喝了茶。薛姨妈才要叫人告诉宝钗，凤姐连忙拦住道：“姑妈不必告诉宝妹妹。”又向薛姨妈陪笑说道：“老太太此来，一则为瞧姑妈，二则也有句要紧的话，特请姑妈到那边商议。”薛姨妈听了，点点头儿说：“是了。”于是大家又说些闲话，便回来了。

当晚薛姨妈果然过来，见过了贾母，到王夫人屋里来，不免说起王子腾来，大家落了一回泪。薛姨妈便问道："刚才我到老太太那里，宝哥儿出来请安还好好儿的，不过略瘦些，怎么你们说得很利害？"凤姐便道："其实也不怎么样，只是老太太悬心。目今老爷又要起身外任去，不知几年才来。老太太的意思，头一件叫老爷看着宝兄弟成了家，也放心；二则也给宝兄弟冲冲喜，借大妹妹的金锁压压邪气，只怕就好了。"薛姨妈心里也愿意，只虑着宝钗委屈，便道："也使得，只是大家还要从长计较计较才好。"王夫人便按着凤姐的话和薛姨妈说，只说："姨太太这会子家里没人，不如把妆奁一概蠲免，明日就打发蝌儿去告诉蟠儿，一面这里过门，一面给他变法儿撕掳官事。"并不提宝玉的心事。又说："姨太太，既作了亲，娶过来早早好一天，大家早放一天心。"

正说着，只见贾母差鸳鸯过来候信。薛姨妈虽恐宝钗委屈，然也没法儿，又见这般光景，只得满口应承。鸳鸯回去回了贾母。贾母也甚喜欢，又叫鸳鸯过来，求薛姨妈和宝钗说明原故，不叫他受委屈。薛姨妈也答应了。便议定凤姐夫妇作媒人。大家散了，王夫人姊妹不免又叙了半夜话儿。

次日，薛姨妈回家，将这边的话细细的告诉了宝钗，还说："我已经应承了。"宝钗始则低头不话，后来便自垂泪。薛姨妈用好言劝慰，解释了好些话。宝钗自回房内，宝琴随去解闷。薛姨妈又告诉了薛蝌，叫他："明日起身，一则打听审详的事，二则告诉你哥哥一个信儿。你即便回来。"

薛蝌去了四日，便回来回覆薛姨妈，道："哥哥的事，上司已经准了误杀，一过堂就要题本了，叫咱们豫备赎罪的银子。妹妹的事，说：'妈妈做主很好的，赶着办罢'。"薛姨妈听了，一则薛蟠可以回家，二则完了宝钗的事，心里安顿了好些。便是看着宝钗心里好像不愿意似的，"虽是这样，他是女儿家，素来也孝顺守礼的人，知我应了，他也没得说的"。便叫薛蝌："办泥金庚帖，填上八字，即叫人送到琏二爷那边去，还问了过礼的日子来，你好预备。本来咱们不惊动亲友。哥哥的朋友，是你说的，都是混帐人；亲戚呢，就是贾、王两家，如今贾家是男家，王家无人在京里。史姑娘放定的事他家没有来请咱们，咱们也不用通知。倒是把张德辉请了来，托他照料些，他上几岁年纪的人，到底懂事。"薛蝌领命，叫人送帖过去。

次日，贾琏过来见了薛姨妈，请了安，便说："明日就是上好的日子，今日过来回姨太太，就是明日过礼罢。只求姨太太不要挑饬就是了。"说着，捧过通书来。薛姨妈也谦逊了几句，点头应允。贾琏赶着回去回明贾政。贾政便道：“你回老太太说，既不叫亲友们知道，诸事宁可简便些。若是东西上，请老太太瞧了就是了，不必告诉我。”贾琏答应进内，将话回明贾母。

这里王夫人叫了凤姐，命人将过礼的物件都送与贾母过目，并叫袭人告诉宝玉。那宝玉又嘻嘻的笑道：“这里送到园里，回来园里又送到这里，咱们的人送，咱们的人收，何苦来呢！”贾母、王夫人听了，都喜欢道：“说他糊涂，他今日怎么这么明白呢。”鸳鸯等忍不住好笑，只得上来一件一件的点明给贾母瞧，道：“这是金项圈，这是金珠首饰，共八十件。这是妆蟒四十匹。这是各色绸缎一百二十匹。这是四季的衣服，共一百二十件。外面也没有预备羊酒，这是折羊酒的银子。”贾母看了都说好，轻轻的与凤姐说道：“你去告诉姨太太，说不是虚礼，求姨太太等蟠儿出来，慢慢的叫人给他妹妹做来就是了。那好日子的被褥，还是咱们这里代办了罢。”

凤姐答应了出来，叫贾琏先过去。又叫周瑞、旺儿等，分付他们：“不必走大门，只从园里从前开的便门内送去。我也就过去。这门离潇湘馆还远，倘别处的人见了，嘱付他们不用在潇湘馆里提起。”众人答应着，送礼而去。宝玉认以为真，心里大乐，精神便觉得好些，只是语言总有些疯傻。那过礼的回来，都不提名说姓，因此上下人等虽都知道，只因凤姐分付，都不敢走漏风声。

且说黛玉虽然服药，这病日重一日。紫鹃等在旁苦劝道：“这事情到了这个分儿，不得不说了。姑娘的心事，我们也都知道。至于意外之事，是再没有的。姑娘不信，只拿宝玉的身子说起，这样大病，怎么做得亲呢？姑娘别听瞎话，自己安心保重才好。”黛玉微笑一笑，也不答言，又咳嗽数声，吐出好些血来。紫鹃等看去，只有一息奄奄，明知劝不过来，惟有守着流泪。天天三四趟去告诉贾母，鸳鸯测度贾母近日比前疼黛玉的心差了些，所以不常去回。况贾母这几日的心都在宝钗、宝玉身上，不见黛玉的信儿，也不大提起，只请太医调治罢了。

黛玉向来病着，自贾母起直到姊妹们的下人，常来问候。今见贾府中上下人等都不过来，连一个问的人都没有，睁开眼，只有紫鹃一人。自料万无生理，因扎挣着向紫鹃说道：“妹妹，你是我最知心的。虽是老太太派你伏侍我，这几年，我拿你就当作我的亲妹妹。”说到这里，气又接不上来。紫鹃听了，一阵心酸，早哭得说不出话来。迟了半日，黛玉又一面喘，一面说道：“紫鹃妹妹，我躺着不受用，你扶起我来，靠着坐坐才好。”紫鹃道：“姑娘的身上不大好，起来又要抖搂着了。”黛玉听了，闭上眼不言语了。一时又要起来，紫鹃没法，只得同雪雁把他扶起，两边用软枕靠住，自己却倚在旁边。

黛玉那里坐得住？下身自觉硌的疼，狠命的掌着，叫过雪雁来道：“我的诗本子——”说着又喘。雪雁料是要他前日所理的诗稿，因找来送到黛玉跟前。黛玉点点头儿，又抬眼看那箱子。雪雁不解，只是发怔。黛玉气的两眼直瞪，又咳嗽起来，又吐了一口血。雪雁连忙回身取了水来，黛玉嗽了，吐在盂内。紫鹃用绢子给他拭了嘴，黛玉便拿那绢子指着箱子，又喘成一处，说不上来，闭了眼。紫鹃道：“姑娘歪歪儿罢。”黛玉又摇摇头儿。紫鹃料是要绢子，便叫雪雁开箱，拿出一块白绫绢子来。黛玉瞧了，撂在一边，使劲说道：“有字的！”紫鹃这才明白过来，要那块题诗的旧帕，只得叫雪雁拿出来，递给黛玉。紫鹃劝道：“姑娘歇歇罢，何苦又劳神？等好了再瞧罢。”只见黛玉接到手里，也不瞧诗，扎挣着伸出那只手来，狠命的撕那绢子，却是只有打颤的分儿，那里撕得动？紫鹃早已知他是恨宝玉，却也不敢说破，只说：“姑娘，何苦自己又生气？”

黛玉微微的点头，掖在袖里，便叫雪雁点灯。雪雁答应，连忙点上灯来。黛玉瞧瞧，又闭了眼，坐着喘了一会子，又道：“笼上火盆。”紫鹃打谅他冷，因说道：“姑娘躺下，多盖一件罢。那火气只怕耽不住。”黛玉又摇头儿。雪雁只得笼上，搁在地下火盆架上。黛玉点头，意思叫拿到炕上来。雪雁只得端上来，出去拿那张火盆炕桌。

那黛玉却又把身子欠起，紫鹃只得两只手来扶着他。黛玉这才将方才的绢子拿在手中，瞅着那火点点头儿，往上一撂。紫鹃吓了一跳，欲要抢时，两只手却不敢动。雪雁又出去拿火盆桌子，此时那绢子已经烧着了。紫鹃劝道：“姑娘，这是怎么说呢？”黛玉只作不闻，回手又把那诗稿拿起来，瞧了瞧，又撂下了。紫鹃怕他又要烧，连忙将身倚住黛玉，腾出手来拿时，黛玉又早拾起，撂在火上。此时紫鹃却够不着，干急。雪雁正拿进桌子来，看见黛玉一撂，不知何物，赶忙抢时，那纸沾火就着，如何能够少待，早已烘烘的着了。雪雁也顾不得烧手，从火里抓起来，撂在地下乱踩，却已烧得所余无几了。那黛玉把眼一闭，往后一仰，几乎不曾把紫鹃压倒。紫鹃连忙叫雪雁上来，将黛玉扶着放倒，心里突突的乱跳。欲要叫人时，天又晚了；欲不叫人时，自己同着雪雁和鹦哥等几个小丫头，又怕一时有什么原故。好容易熬了一夜。

到了次日早起，觉黛玉又缓过一点儿来。饭后忽然又嗽又吐，又紧起来。紫鹃看着不祥了，连忙将雪雁等都叫进来看守，自己却来回贾母。那知到了贾母上房，静悄悄的，只有两三个老妈妈和几个做粗活的丫头在那里看屋子呢。紫鹃因问道："老太太呢？"那些人都说："不知道。"紫鹃听这话诧异，遂到宝玉屋里去看，竟也无人。遂问屋里的丫头，也说不知。紫鹃已知八九，"但这些人怎么竟这样狠毒冷淡"！又想到黛玉这几天竟连一个人问的也没有，越想越悲，索性激起一腔闷气来，一扭身便出来了。自己想了一想："今日倒要看看宝玉是何形状！看他见了我怎么样过的去！那一年我说了一句谎话，他就急病了，今日竟公然做出这件事来！可知天下男子之心，真真是冰寒雪冷，令人切齿的！"一面走，一面想，早已来到怡红院。只见院门虚掩，里面却又寂静的很。紫鹃忽然想到："他要娶亲，自然是有新屋子的，但不知他这新屋子在何处。"

正在那里徘徊瞻顾，看见墨雨飞跑，紫鹃便叫住他。墨雨过来，笑嘻嘻的道："姐姐，在这里做什么？"紫鹃道："我听见宝二爷娶亲，我要来看看热闹儿，谁知不在这里，也不知是几儿？"墨雨悄悄的道："我这话只告诉姐姐，你可别告诉雪雁他们。上头分付了，连你们都不叫知道呢。就是今日夜里娶。那里是在这里，老爷派琏二爷另收拾了房子了。"说着又问："姐姐有什么事么？"紫鹃道："没什么事，你去罢。"墨雨仍旧飞跑去了。紫鹃自己发了一回呆，忽然想起黛玉来，这时候还不知是死是活，因两泪汪汪，咬着牙发狠道："宝玉！我看他明儿死了，你算是躲得过不见了！你过了你那如心如意的事儿，拿什么脸来见我！"一面哭，一面走，呜呜咽咽的自回去了。

还未到潇湘馆，只见两个小丫头在门里往外探头探脑的，一眼看见紫鹃，那一个便叫道："那不是紫鹃姐姐来了么？"紫鹃知道不好了，连忙摆手儿不叫嚷，赶忙进去看时，只见黛玉肝火上炎，两颧红赤。紫鹃觉得不妥，叫了黛玉的奶妈王奶奶来，一看，他便大哭起来。这紫鹃因王奶妈有些年纪，可以仗个胆儿，谁知竟是个没主意的人，反倒把紫鹃弄得心里七上八下。忽然想起一个人来，便命小丫头急忙去请。你道是谁？原来紫鹃想起李宫裁是个孀居，今日宝玉结亲，他自然回避；况且园中诸事，向系李纨料理，所以打发人去请他。

李纨正在那里给贾兰改诗，冒冒失失的见一个丫头进来，回说："大奶奶，只怕林姑娘不好了，那里都哭呢。"李纨听了，吓了一大跳，也不及问了，连忙站起身来便走，素云、碧月跟着。一头走着，一头落泪，想着："姊妹在一处一场，更兼他那容貌才情，真是寡二少双，惟有青女素娥可以仿佛一二，竟这样小小的年纪就作了北邙乡女！偏偏凤姐想出一条偷梁换柱之计，自己也不好过潇湘馆来，竟未能少尽姊妹之情，真真可怜可叹！"一头想着，已走到潇湘馆的门口。里面却又寂然无声，李纨倒着起忙来："想来必是已死，都哭过了。那衣衾未知妆裹妥当了没有。"连忙三步两步走进屋子来。里间门口一个小丫头已经看见，便说："大奶奶来了。"紫鹃忙往外走，和李纨走了个对面。李纨忙问："怎么样？"紫鹃欲说话时，惟有喉中哽咽的分儿，却一字说不出，那眼泪一似断线珍珠一般，只将一只手回过去指着黛玉。

李纨看了紫鹃这般光景，更觉心酸，也不再问，连忙走过来看时，那黛玉已不能言。李纨轻轻叫了两声。黛玉却还微微的开眼，似有知识之状，但只眼皮、嘴唇微有动意，口内尚有出入之息，却要一句话、一点泪也没有了。李纨回身，见紫鹃不在跟前，便问雪雁。雪雁道："他在外头屋里呢。"李纨连忙出来，只见紫鹃在外头空床上躺着，颜色青黄，闭了眼只管流泪，那鼻涕眼泪把一个砌花锦边的褥子已湿了碗大的一片。李纨连忙唤他，那紫鹃才慢慢的睁开眼，欠起身来。李纨道："傻丫头，这是什么时候，且只顾哭你的！林姑娘的衣衾还不拿出来给他换上，还等多早晚呢？难道他个女孩儿家，你还叫他赤身露体，精着来、光着去么！"紫鹃听了这句话，一发止不住痛哭起来。李纨一面也哭，一面着急，一面拭泪，一面拍着紫鹃的肩膀说："好孩子，你把我的心都哭乱了！快着收拾他的东西罢，再迟一会子，就了不得了！"

正闹着，外边一个人慌慌张张跑进来，倒把李纨吓了一跳。看时，却是平儿跑进来，看见这样，只是呆磕磕的发怔。李纨道："你这会子不在那边，做什么来了？"说着，林之孝家的也进来了。平儿道："奶奶不放心，叫来瞧瞧。既有大奶奶在这里，我们奶奶就只顾那一头儿了。"李纨点点头儿。平儿道："我也见见林姑娘。"说着，一面往里走，一面早已流下泪来。这里李纨因和林之孝家的道："你来的正好，快出去瞧瞧去，告诉管事的预备林姑娘的后事。妥当了，叫他来回我，不用到那边去。"

林之孝家的答应了，还站着。李纨道："还有什么话呢？"林之孝家的道："刚才二奶奶和老太太商量了，那边用紫鹃姑娘使唤使唤呢。"李纨还未答言，只见紫鹃道："林奶奶，你先请罢。等着人死了，我们自然是出去的，那里用这么——"说到这里，却又不好说了，因又改说道："况且我们在这里守着病人，身上也不洁净。林姑娘还有气儿呢，不时的叫我。”李纨在旁解说道：“当真这林姑娘和这丫头也是前世的缘法儿。倒是雪雁，是他南边带来的，他倒不理会；惟有紫鹃，我看他两个一时也离不开。”林之孝家的头里听了紫鹃的话，未免不受用，被李纨这番一说，却也没的说。又见紫鹃哭得泪人一般，只好瞅着他微微的笑，因又说道：“紫鹃姑娘这些闲话倒不要紧，只是他却说得，我可怎么回老太太呢？况且这话是告诉得二奶奶的么？”

正说着，平儿擦着眼泪出来道：“告诉二奶奶什么事？”林之孝家的将方才的话说了一遍。平儿低了一回头，说：“这么着罢，就叫雪姑娘去罢。”李纨道：“他使得么？”平儿走到李纨耳边说了几句，李纨点点头儿，道：“既是这么着，就叫雪雁过去也是一样的。”林之孝家的因问平儿道：“雪姑娘使得么？”平儿道：“使得，都是一样。”林家的道：“那么着，姑娘就快叫雪姑娘跟了我去。我先去回了老太太和二奶奶，这可是大奶奶和姑娘的主意。回来姑娘再各自回二奶奶去。”李纨道：“是了。你这么大年纪，连这么点子事还不耽呢。”林家的笑道：“不是不耽。头一宗，这件事老太太和二奶奶办的，我们都不能很明白；再者，又有大奶奶和平姑娘呢。”说着，平儿已叫了雪雁出来。

原来雪雁因这几日黛玉嫌他小孩子家懂得什么，便也把心冷淡了；况且听是老太太和二奶奶叫，也不敢不去，连忙收拾了头。平儿叫他换了新鲜衣服，跟着林家的去了。随后，平儿又和李纨说了几句话。李纨又嘱付平儿打那么催着林之孝家的，叫他男人快办了来。平儿答应着出来，转了个弯子，看见林家的带着雪雁在前头走呢，赶忙叫住道：“我带了他去罢。你先告诉林大爷办林姑娘的东西去罢。奶奶那里，我替回就是了。”那林家的答应着去了。这里平儿带了雪雁到了新房子里，回明了，自去办事。

却说雪雁看见这般光景，想起他家姑娘，也未免伤心，只是在贾母、凤姐跟前不敢露出。因又想道：“也不知用我作什么，我且瞧瞧。宝玉成日家和我们姑娘好的蜜里调油，这时候总不见面了，也不知是真病假病。只怕是怕我们姑娘不依他，假说丢了玉，装出傻子样儿来，叫我们姑娘寒了心，他好娶宝姑娘的意思。我索性看看他去，看他见了我傻不傻。莫不成今儿还装傻么！”一面想着，已溜到里间屋子门口，偷偷儿的瞧。这时宝玉虽因失玉昏愦，但只听见娶了黛玉为妻，真乃是从古至今、天上人间第一件畅心满意的事了，那身子顿觉健旺起来，只不过不似从前那般灵透，所以凤姐的妙计百发百中，巴不得就见黛玉。盼到今日完姻，真乐得手舞足蹈，虽有几句傻话，却与病时光景大相悬绝了。雪雁看了，又是生气，又是伤心，他那里晓得宝玉的心事！便各自走开。

这里宝玉便叫袭人快快给他妆新，坐在王夫人屋里。看见凤姐、尤氏忙忙碌碌，再盼不到吉时，只管问袭人道："林妹妹打园里来，为什么这么费事，还不来？"袭人忍着笑道："等好时辰呢。"又听见凤姐与王夫人道："虽然有服，外头不用鼓乐，咱们南边规矩要拜堂的，冷清清的使不得。我传了家内学过音乐、管过戏子的那些女人来吹打，热闹些。"王夫人点头说："使得。"

一时，大轿从大门进来，家里细乐迎出去，十二对宫灯排着进来，倒也新鲜雅致。傧相请了新人出轿。宝玉见新人蒙着盖头，喜娘披红扶着。下首扶新人的你道是谁？原来就是雪雁。宝玉看见雪雁，犹想："因何紫鹃不来，倒是他呢？"又想道："是了，雪雁原是他南边家里带来的，紫鹃仍是我们家的，自然不必带来。"因此，见了雪雁竟如见了黛玉的一般欢喜。傧相赞礼，拜了天地，请出贾母受了四拜，后请贾政夫妇等，登堂行礼毕，送入洞房。还有坐床撒帐等事，俱是按金陵旧例，不必细说。贾政原为贾母作主，不敢违拗，不信冲喜之说；那知今日宝玉居然像个好人一般，贾政见了，倒也喜欢。

那新人坐了床便要揭起盖头的，凤姐早已防备，请了贾母、王夫人等进去照应。宝玉此时到底有些傻气，便走到新人跟前说道："妹妹，身上好了？好些天不见了。盖着这劳什子做什么？"欲待要揭去，反把贾母急出一身冷汗来。宝玉又转念一想道："林妹妹是爱生气的，不可造次。"又歇了一歇，仍是按捺不住，只得上前揭了。喜娘接去盖头，雪雁走开，莺儿等上来伺候。宝玉睁眼一看，好像宝钗，心中不信，自己一手持灯，一手擦眼一看，可不是宝钗么！只见他盛妆艳服，丰肩愞体，鬟低鬓亸，眼瞤息微，真是荷粉露垂、杏花烟润了。

宝玉发了一回怔，又见莺儿立在旁边，不见了雪雁。宝玉此时心无主意，自己反以为是梦中了，呆呆的只管站着。众人接过灯去，扶了宝玉仍旧坐下，两眼直视，半语全无。贾母恐他病发，亲自扶他上床。凤姐、尤氏请了宝钗进入里间床上坐下。宝钗此时自然是低头不语。宝玉定了一回神，见贾母、王夫人坐在那边，便轻轻的叫袭人道："我是在那里呢？这不是做梦么？"袭人道："你今日好日子，什么梦不梦的混说！老爷可在外头呢。"宝玉悄悄儿的拿手指着道："坐在那里这一位美人儿是谁？"袭人握了自己的嘴，笑的说不出话来，歇了半日才说道："那是新娶的二奶奶。"众人也都回过头去，忍不住的笑。宝玉又道：“好糊涂！你说二奶奶，到底是谁？”袭人道：“宝姑娘。”宝玉道：“林姑娘呢？”袭人道：“老爷作主娶的是宝姑娘，怎么混说起林姑娘来！”宝玉道：“我刚才看见林姑娘了么，还有雪雁呢，怎么说没有！你们这都是做什么顽呢？”凤姐便走上来，轻轻的说道：“宝姑娘在屋里坐着呢。别混说，回来得罪了他，老太太不依的。”

宝玉听了，这会子糊涂的更利害了。本来原有昏愦的病，加以今夜神出鬼没，更叫他不得主意，便也不顾别的了，口口声声只要找林妹妹去。贾母等上前安慰，无奈他只是不懂。又有宝钗在内，又不好明说。知宝玉旧病复发，也不讲明，只得满屋里点起安息香来，定住他的神魂，扶他睡下。众人鸦雀无闻。停了片时，宝玉便昏沉睡去。贾母等才得略略放心，只好坐以待旦，叫凤姐去请宝钗安歇。宝钗置若罔闻，也便和衣在内暂歇。贾政在外，未知内里原由，只就方才眼见的光景想来，心下倒放宽了。恰是明日就是起程的吉日，略歇了一歇，众人贺喜送行。贾母见宝玉睡着，也回房去暂歇。

次早，贾政辞了宗祠，过来拜别贾母，禀称：“不孝远离，惟愿老太太顺时颐养。儿子一到任所，即修禀请安，不必挂念。宝玉的事，已经依了老太太完结，只求老太太训诲。”贾母恐贾政在路不放心，并不将宝玉复病的话说起，只说：“我有一句话：宝玉昨夜完姻，并不是同房，今日你起身，必该叫他远送才是。他因病冲喜，如今才好些，又是昨日一天劳乏，出来恐怕着了风。故此问你，你叫他送呢，我即刻去叫他；你若疼他，我就叫人带了他来你见见，叫他给你磕头就算了。”贾政道：“叫他送什么，只要他从此以后认真念书，比送我还喜欢呢。”贾母听了，又放了一条心，便叫贾政坐着，叫鸳鸯去如此如此，带了宝玉，叫袭人跟着来。

鸳鸯去了不多一会，果然宝玉来了，仍是叫他行礼他便行礼。只可喜此时宝玉见了父亲，神志略敛些，片时清楚，也没什么大差。贾政分付了几句，宝玉答应了。贾政叫人扶他回去了，自己回到王夫人房中，又切实的叫王夫人管教儿子，“断不可如前骄纵。明年乡试，务必叫他下场”。王夫人一一的听了，也没提起别的，即忙命人扶了宝钗过来，行了新妇送行之礼，也不出房。其余内眷，俱送至二门而回。贾珍等也受了一番训饬。大家举酒送行，一班子弟及晚辈亲友，直送至十里长亭而别。

不言贾政起程赴任。且说宝玉回来，旧病陡发，更加昏愦，连饮食也不能进了。未知性命如何，且看下回分解。

第九十八回　苦绛珠魂归离恨天　病神瑛泪洒相思地

话说宝玉见了贾政，回至房中，更觉头昏脑闷，懒怠动弹，连饭也没吃，便昏沉睡去。仍旧延医诊治，服药不效，索性连人也认不明白了。大家扶着他坐起来，还是像个好人。一连闹了几天。那日恰是回九之期，若不过去，薛姨妈脸上过不去；若说去呢，宝玉这般光景。贾母明知是为黛玉而起，欲要告诉明白，又恐气急生变。宝钗是新媳妇，又难劝慰，必得姨妈过来才好。若不回九，姨妈嗔怪。便与王夫人、凤姐商议道：“我看宝玉竟是魂不守舍，起动是不怕的。用两乘小轿，叫人扶着，从园里过去，应了回九的吉期，以后请姨妈过来安慰宝钗，咱们一心一计的调治宝玉，可不两全？”王夫人答应了，即刻预备。幸亏宝钗是新媳妇，宝玉是个疯傻的，由人掇弄过去了。宝钗也明知其事，心里只怨母亲办得糊涂，事已至此，不肯多言。独有薛姨妈，看见宝玉这般光景，心里懊悔，只得草草完事。

回家，宝玉越加沉重，次日连起坐都不能了。日重一日，甚至汤水不进。薛姨妈等忙了手脚，各处遍请名医，皆不识病源。只有城外破寺中住着个穷医，姓毕，别号知庵的，诊得病源是悲喜激射，冷暖失调，饮食失时，忧忿滞中，正气壅闭：此内伤外感之证。于是度量用药，至晚服了，二更后果然省些人事，便要水吃。贾母、王夫人等才放了心，请了薛姨妈，带了宝钗，都到贾母那里暂且歇息。

宝玉片时清楚，自料难保，见诸人散后，房中只有袭人，因唤袭人至跟前，拉着手哭道：“我问你：宝姐姐怎么来的？我记得老爷给我娶了林妹妹过来，怎么被宝姐姐赶了去了？他为什么霸占住在这里？我要说呢，又恐怕得罪了他。你们听见林妹妹哭得怎么样了？”袭人不敢明说，只得说道：“林姑娘病着呢。”宝玉又道：“我瞧瞧他去。”说着要起来，岂知连日饮食不进，身子那能动转，便哭道：“我要死了！我有一句心里的话，只求你回明老太太：横竖林妹妹也是要死的，我如今也不能保，两处两个病人都要死的，死了越发难张罗。不如腾一处空房子，趁早将我同林妹妹两个抬在那里，活着也好一处医治伏侍，死了也好一处停放。你依我这话，不枉了几年的情分。”袭人听了这些话，便哭的哽嗓气噎。

宝钗恰好同了莺儿过来，也听见了，便说道：“你放着病不保养，何苦说这些不吉利的话！老太太才安慰了些，你又生出事来。老太太一生疼你一个，如今八十多岁的人了，虽不图你的封诰，将来你成了人，老太太也看着乐一天，也不枉了老人家的苦心。太太更是不必说了，一生的心血精神，抚养了你这一个儿子，若是半途死了，太太将来怎么样呢？我虽是命薄，也不至于此。据此三件看来，你便要死，那天也不容你死的，所以你是不得死的。只管安稳着养个四五天后，风邪散了，太和正气一足，自然这些邪病都没有了。”宝玉听了，竟是无言可答，半晌，方才嘻嘻的笑道：“你是好些时不和我说话了，这会子说这些大道理的话给谁听？”宝钗听了这话，便又说道：“实告诉你说罢：那两日你不知人事的时候，林妹妹已经亡故了。”宝玉忽然坐起来，大声诧异道：“果真死了么？”宝钗道：“果真死了，岂有红口白舌咒人死的呢？老太太、太太知道你姐妹和睦，你听见他死了，自然你也要死，所以不肯告诉你。”

宝玉听了，不禁放声大哭，倒在床上。忽然眼前漆黑，辨不出方向，心中正自恍惚，只见眼前好像有人走来。宝玉茫然问道：“借问此是何处？”那人道：“此阴司泉路。你寿未终，何故至此？”宝玉道：“适间有一故人已死，遂寻访至此，不觉迷途。”那人道：“故人是谁？”宝玉道：“姑苏林黛玉。”那人冷笑道：“林黛玉生不同人，死不同鬼，无魂无魄，何处寻访？凡人魂魄，聚而成形，散而为气，生前聚之，死则散焉。常人尚无可寻访，何况林黛玉呢？汝快回去罢。”宝玉听了，呆了半晌，道：“既云死者散也，又如何有这个阴司呢？”那人冷笑道：“那阴司说有便有，说无就无。皆为世俗溺于生死之说，设言以警世，便道上天深怒愚人或不守分安常，或生禄未终、自行夭折，或嗜淫欲、尚气逞凶、无故自殒者，特设此地狱，囚其魂魄，受无边的苦，以偿生前之罪。汝寻黛玉，是无故自陷也。且黛玉已归太虚幻境，汝若有心寻访，潜心修养，自然有时相见；如不安生，即以自行夭折之罪囚禁阴司，除父母之外，欲图一见黛玉，终不能矣。”那人说毕，袖中取出一石，向宝玉心口掷来。宝玉听了这话，又被这石子打着心窝，吓的即欲回家，只恨迷了道路。

正在踌躇，忽听那边有人唤他。回首看时，不是别人，正是贾母、王夫人、宝钗、袭人等围绕，哭泣叫着，自己仍旧躺在床上。见案上红灯，窗前皓月，依然锦绣丛中，繁华世界。定神一想，原来竟是一场大梦。浑身冷汗，觉得心内清爽。仔细一想，真正无可奈何，不过长叹数声而已。起初宝钗早知黛玉已死，因贾母等不许众人告诉宝玉知道，恐添病难治，自己却深知宝玉之病实因黛玉而起，失玉次之，故趁势说明，使其一痛决绝，神魂归一，庶可疗治。贾母、王夫人等不知宝钗的用意，深怪他造次，后来见宝玉醒了过来，方才放心，立刻到外书房请了毕大夫进来诊视。那大夫进来诊了脉，便道："奇怪，这回脉气沉静，神安郁散，明日进调理的药，就可以望好了。"说着出去，众人各自安心散去。

袭人起初深怨宝钗不该告诉，惟是口中不好说出。莺儿背地也说宝钗道："姑娘忒性急了。"宝钗道："你知道什么好歹，横竖有我呢。"那宝钗任人诽谤，并不介意，只窥察宝玉心病，暗下针砭。一日，宝玉渐觉神志安定，虽一时想起黛玉，尚有糊涂；更有袭人缓缓的将"老爷选定的宝姑娘为人和厚，嫌林姑娘秉性古怪，原恐早夭。老太太恐你不知好歹，病中着急，所以叫雪雁过来哄你"的话时常劝解。宝玉终是心酸落泪，欲待寻死，又想着梦中之言，又恐老太太、太太生气，又不能撂开。又想黛玉已死，宝钗又是第一等人物，方信"金石姻缘"有定，自己也解了好些。宝钗看来不妨大事，于是自己心也安了，只在贾母、王夫人等前尽行过家庭之礼后，便设法以释宝玉之忧。宝玉虽不能时常坐起，亦常见宝钗坐在床前，禁不住生来旧病。宝钗每以正言劝解，以"养身要紧，你我既为夫妇，岂在一时"之语安慰他。那宝玉心里虽不顺遂，无奈日里贾母、王夫人及薛姨妈等轮流相伴，夜间宝钗独去安寝，贾母又派人伏侍，只得安心静养。又见宝钗举动温柔，也就渐渐的将爱慕黛玉的心肠略移在宝钗身上。此是后话。

却说宝玉成家的那一日，黛玉白日已经昏晕过去，却心头口中，一丝微气不断，把个李纨和紫鹃哭的死去活来。到了晚间，黛玉却又缓过来了，微微睁开眼，似有要水要汤的光景。此时雪雁已去，只有紫鹃和李纨在旁。紫鹃便端了一盏桂圆汤和的梨汁，用小银匙灌了两三匙。黛玉闭着眼静养了一会子，觉得心里似明似暗的。此时李纨见黛玉略缓，明知是回光返照的光景，却料着还有一半天耐头，自己回到稻香村料理了一回事情。

这里黛玉睁开眼一看，只有紫鹃和奶妈并几个小丫头在那里，便一手攥了紫鹃的手，使着劲说道："我是不中用的人了，你伏侍我几年，我原指望咱们两个总在一处，不想我——"说着，又喘了一会子，闭了眼歇着。紫鹃见他攥着不肯松手，自己也不敢挪动。看他的光景，比早半天好些，只当还可以回转，听了这话，又寒了半截。半天，黛玉又说道："妹妹，我这里并没亲人，我的身子是干净的，你好歹叫他们送我回去！"说到这里，又闭了眼不言语了。那手却渐渐紧了，喘成一处，只是出气大，入气小，已经促疾的很了。

紫鹃忙了，连忙叫人请李纨，可巧探春来了。紫鹃见了，忙悄悄的说道：“三姑娘，瞧瞧林姑娘罢！”说着，泪如雨下。探春过来，摸了摸黛玉的手，已经凉了，连目光也都散了。探春、紫鹃正哭着叫人端水来给黛玉擦洗，李纨赶忙进来了。三个人才见了，不及说话。刚擦着，猛听黛玉直声叫道：“宝玉，宝玉！你好——”说到“好”字，便浑身冷汗，不作声了。紫鹃等急忙扶住，那汗愈出，身子便渐渐的冷了。探春、李纨叫人乱着拢头穿衣，只见黛玉两眼一翻，呜呼！香魂一缕随风散，愁绪三更入梦遥！

当时黛玉气绝，正是宝玉娶宝钗的这个时辰。紫鹃等都大哭起来。李纨、探春想他素日的可疼，今日更加可怜，也便伤心痛哭。因潇湘馆离新房子甚远，所以那边并没听见。一时，大家痛哭了一阵，只听得远远一阵音乐之声，侧耳一听，却又没有了。探春、李纨走出院外再听时，惟有竹梢风动，月影移墙，好不凄凉冷淡！一时叫了林之孝家的过来，将黛玉停放毕，派人看守，等明早去回凤姐。

凤姐因见贾母、王夫人等忙乱，贾政起身，又为宝玉昏愦更甚，正在着急异常之时，若是又将黛玉的凶信一回，恐贾母、王夫人愁苦交加，急出病来，只得亲自到园。到了潇湘馆内，也不免哭了一场。见了李纨、探春，知道诸事齐备，便说：“很好。只是刚才你们为什么不言语，叫我着急？”探春道：“刚才送老爷，怎么说呢？”凤姐道：“还倒是你们两个可怜他些。这么着，我还得那边去招呼那个冤家呢。但是这件事好累坠：若是今日不回，使不得；若回了，恐怕老太太搁不住。”李纨道：“你去见机行事，得回再回方好。”凤姐点头，忙忙的去了。

凤姐到了宝玉那里，听见大夫说不妨事，贾母、王夫人略觉放心，凤姐便背了宝玉，缓缓的将黛玉的事回明了。贾母、王夫人听得，都吓了一大跳。贾母眼泪交流，说道：“是我弄坏了他了。但只是这个丫头也忒傻气！”说着，便要到园里去哭他一场，又惦记着宝玉，两头难顾。王夫人等含悲共劝贾母：“不必过去，老太太身子要紧。”贾母无奈，只得叫王夫人自去，又说：“你替我告诉他的阴灵：‘并不是我忍心不来送你，只为有个亲疏：你是我的外孙女儿，是亲的了；若与宝玉比起来，可是宝玉比你更亲些。倘宝玉有些不好，我怎么见他父亲呢？’”说着，又哭起来。王夫人劝道：“林姑娘是老太太最疼的，但只寿夭有定。如今已经死了，无可尽心，只是葬礼上要上等的发送，一则可以少尽咱们的心；二则就是姑太太和外甥女儿阴灵儿，也可以少安了。”

贾母听到这里，越发痛哭起来。凤姐恐怕老人家伤感太过，明仗着宝玉心中不甚明白，便偷偷的使人来撒个谎儿，哄老太太道：“宝玉那里找老太太呢。”贾母听见，才止住泪，问道：“不是又有什么缘故？”凤姐陪笑道：“没什么缘故，他大约是想老太太的意思。”

贾母连忙扶了珍珠儿，凤姐也跟着过来。走至半路，正遇王夫人过来，一一回明了贾母。贾母自然又是哀痛的，只因要到宝玉那边，只得忍泪含悲的说道：“既这么着，我也不过去了，由你们办罢，我看着心里也难受。只别委屈了他就是了。”王夫人、凤姐一一答应了，贾母才过宝玉这边来。见了宝玉，因问：“你做什么找我？”宝玉笑道：“我昨日晚上看见林妹妹来了，他说要回南去。我想没人留的住，还得老太太给我留一留他。”贾母听着，说：“使得，只管放心罢。”袭人因扶宝玉躺下。贾母出来，到宝钗这边来。

那时宝钗尚未回九，所以每每见了人，倒有些含羞之意。这一天见贾母满面泪痕，递了茶，贾母叫他坐下。宝钗侧身陪着坐了，才问道：“听得林妹妹病了，不知他可好些了？”贾母听了这话，那眼泪止不住流下来，因说道：“我的儿，我告诉你，你可别告诉宝玉。都是因你林妹妹，才叫你受了多少委屈！你如今作了媳妇，我才告诉你：这如今，你林妹妹没了两三天了，就是娶你的那个时辰死的。如今宝玉这一番病，还是为着这个，你们先都在园子里，自然也都是明白的。”宝钗把脸飞红了，想到黛玉之死，又不免落下泪来。贾母又说了一回话，去了。自此，宝钗千回万转，想了一个主意，只不肯造次，所以过了回九才想出这个法子来。如今果然好些，然后大家说话才不至似前留神。

独是宝玉，虽然病势一天好似一天，他的痴心总不能解，必要亲去哭他一场。贾母等知他病未除根，不许他胡思乱想，怎奈他郁闷难堪，病多反覆。倒是大夫看出心病，索性叫他开散了，再用药调理，倒可好得快些。宝玉听说，立刻要往潇湘馆来。贾母等只得叫人抬了竹椅子过来，扶宝玉坐上，贾母、王夫人即便先行。

到了潇湘馆内，一见黛玉灵柩，贾母已哭得泪干气绝。凤姐等再三劝住。王夫人也哭了一场。李纨便请贾母、王夫人在里间歇着，犹自落泪。宝玉一到，想起未病之先来到这里，今日屋在人亡，不禁嚎啕大哭。想起从前何等亲密，今日死别，怎不更加伤感！众人原恐宝玉病后过哀，都来解劝。宝玉已经哭得死去活来，大家搀扶歇息。其余随来的，如宝钗，俱极痛哭。独是宝玉必要叫紫鹃来见，问明姑娘临死有何话说。紫鹃本来深恨宝玉，见如此，心里已回过来些，又见贾母、王夫人都在这里，不敢洒落宝玉，便将林姑娘怎么复病，怎么烧毁帕子、焚化诗稿，并将临死说的话，一一的都告诉了。宝玉又哭得气噎喉干。探春趁便又将黛玉临终嘱付带柩回南的话也说了一遍，贾母、王夫人又哭起来。多亏凤姐能言劝慰，略略止些，便请贾母等回去。宝玉那里肯舍，无奈贾母逼着，只得勉强回房。

贾母有了年纪的人，打从宝玉病起，日夜不宁，今又大痛一阵，已觉头晕身热。虽是不放心，惦着宝玉，却也扎挣不住，回到自己房中睡下。王夫人更加心痛难禁，也便回去，派了彩云帮着袭人照应，并说："宝玉若再悲戚，速来告诉我们。"宝钗是知宝玉一时必不能舍，也不相劝，只用讽刺的话说他。宝玉倒恐宝钗多心，也便饮泣收心，歇了一夜，倒也安稳。明日一早，众人都来瞧他，但觉气虚身弱，心病倒觉去了几分。于是加意调养，渐渐的好起来。贾母幸不成病，惟是王夫人心痛未痊。那日薛姨妈过来探望，看见宝玉精神略好，也就放心，暂且住下。

一日，贾母特请薛姨妈过去商量，说："宝玉的命都亏姨太太救的，如今想来不妨了，独委屈了你的姑娘。如今宝玉调养百日，身体复旧，又过了娘娘的功服，正好圆房。要求姨太太作主，另择个上好的吉日。"薛姨妈便道："老太太主意很好，何必问我？宝丫头虽生的粗笨，心里却还是极明白的。他的性情，老太太素日是知道的。但愿他们两口儿言和意顺，从此老太太也省好些心，我姐姐也安慰些，我也放了心了。老太太便定个日子。还通知亲戚不用呢？"贾母道："宝玉和你们姑娘生来第一件大事，况且费了多少周折，如今才得安逸，必要大家热闹几天。亲戚都要请的，一来酬愿，二则咱们吃杯喜酒，也不枉我老人家操了好些心。"

薛姨妈听说，自然也是喜欢的，便将要办妆奁的话也说了一番。贾母道："咱们亲上做亲，我想也不必这么。若说动用的，他屋里已经满了。必定宝丫头他心爱的要你几件，姨太太就拿了来。我看宝丫头也不是多心的人。不比的我那外孙女儿的脾气，所以他不得长寿。"说着，连薛姨妈也便落泪。恰好凤姐进来，笑道："老太太、姑妈又想着什么了？"薛姨妈道："我和老太太说起你林妹妹来，所以伤心。"凤姐笑道："老太太和姑妈且别伤心，我刚才听了个笑话儿来了，意思说给老太太和姑妈听。"贾母拭了拭眼泪，微笑道："你又不知要编派谁呢，你说来，我和姨太太听听。说不笑，我们可不依。"只见那凤姐未曾开口，先用两只手比着，笑弯了腰了。未知他说出些什么来，且听下回分解。

第九十九回　守官箴恶奴同破例　阅邸报老舅自担惊

话说凤姐见贾母和薛姨妈为黛玉伤心，便说："有个笑话儿，说给老太太和姑妈听。"未曾开口，先自笑了，因说道："老太太和姑妈打谅是那里的笑话儿？就是咱们家的那二位新姑爷新媳妇啊。"贾母道："怎么了？"凤姐拿手比着道："一个这么坐着，一个这么站着；一个这么扭过来，一个这么转过来；一个又——"说到这里，贾母已经大笑起来，说道："你好生说罢。倒不是他们两口儿，你倒把人呕的受不得了。"薛姨妈也笑道："你往下直说罢，不用比了。"

凤姐才说道："刚才我到宝兄弟屋里，我听见好几个人笑。我只道是谁，巴着窗户眼儿一瞧，原来宝妹妹坐在炕沿上，宝兄弟站在地下。宝兄弟拉着宝妹妹的袖子，口口声声只叫：'宝姐姐，你为什么不会说话了？你这么说一句话，我的病包管全好。'宝妹妹却扭着头只管躲。宝兄弟却作了一个揖，上前又拉宝妹妹的衣服。宝妹妹急得一扯，宝兄弟自然病后是脚软的，索性一栽，栽在宝妹妹身上了。宝妹妹急得红了脸，说道：'你越发比先不尊重了！'"说到这里，贾母和薛姨妈都笑起来。凤姐又道："宝兄弟便立起身来，笑道：'亏了跌了这一交，好容易才跌出你的话来了。'"

薛姨妈笑道："这是宝丫头古怪。这有什么的？既作了两口儿，说说笑笑的怕什么？他没见他琏二哥和你？"凤姐儿红了脸，笑道："这是怎么说呢？我说个笑话给姑妈解闷儿，姑妈反倒拿我打起卦来了。"贾母也笑道："要这么着才好。夫妻固然要和气，也得有个分寸儿。我爱宝丫头就在这尊重上头。只是我愁着宝玉还是那么傻头傻脑的，这么说起来，比头里竟明白多了。你再说说，还有什么笑话儿没有？"凤姐道："明儿宝玉圆了房，亲家太太抱了外孙子，那时候不更是笑话儿了么？"贾母笑道："猴儿，我在这里同着姨太太想你林妹妹，你来呕个笑话还罢了，怎么臊起皮来了！你不叫我们想你林妹妹？你不用太高兴了，你林妹妹恨你，将来不要独自一个到园里去，提防他拉着你不依。"凤姐笑道："他倒不怨我。他临死咬牙切齿，倒恨着宝玉呢。"贾母、薛姨妈听着，还道是顽话儿，也不理会，便道："你别胡拉扯了。你去叫外头挑个很好的日子，给你宝兄弟圆了房儿罢。"凤姐答应着，又说了一回话儿，便出去叫人择了吉日，重新摆酒、唱戏、请亲友，不在话下。

却说宝玉虽然病好复原，宝钗有时高兴，翻书观看，谈论起来，宝玉所有眼前常见的尚可记忆，若论灵机儿，大不似从前活变了，连他自己也不解。宝钗明知是通灵失去，所以如此。倒是袭人时常说他："你何故把从前的灵机都忘了？倒是忘了旧毛病也好，怎么脾气还照旧，独道理上更糊涂了呢？"宝玉听了，并不生气，反是嘻嘻的笑。有时宝玉顺性胡闹，亏宝钗劝着，略觉收敛些。袭人倒可少费些唇舌，惟知悉心伏侍。别的丫头素仰宝钗贞静和平，各人心服，无不安静。

只有宝玉到底是爱动不爱静的，时常要到园里去逛。贾母等一则怕他招受寒暑，二则恐他睹景伤情，虽黛玉之柩已寄放城外庵中，然而潇湘馆依然人亡屋在，不免勾起旧病来，所以也不使他去。况且亲戚姊妹们，薛宝琴已回到薛姨妈那边去了；史湘云因史侯回京，也接了家去了，又有了出嫁的日子，所以不大常来，只有宝玉娶亲那一日与吃喜酒这天来过两次，也只在贾母那边住下，为着宝玉已经娶过亲的人，又想自己就要出嫁的，也不肯如从前的诙谐谈笑，就是有时过来，也只和宝钗说话，见了宝玉，不过问好而已；那邢岫烟却是因迎春出嫁之后，便随着邢夫人过去；李家姊妹也另住在外，即同着李婶娘过来，亦不过到太太们与姊妹们处请安问好，即回到李纨那里，略住一两天就去了：所以园内的只有李纨、探春、惜春了。贾母还要将李纨等挪进来，为着元妃薨后，家中事情接二连三，也无暇及此。现今天气一天热似一天，园里尚可住得，等到秋天再挪。此是后话，暂且不提。

且说贾政带了几个在京请的幕友，晓行夜宿，一日到了本省，见了上司，即到任拜印受事，便查盘各属州县粮米仓库。贾政向来作京官，只晓得郎中事务都是一景儿的事情，就是外任，原是学差，也无关于吏治上，所以外省州县折收粮米、勒索乡愚这些弊端，虽也听见别人讲究，却未尝身亲其事，只有一心做好官。便与幕宾商议，出示严禁，并谕以一经查出，必定详参揭报。初到之时，果然胥吏畏惧，便百计钻营，偏遇贾政这般古执。

那些家人跟了这位老爷，在都中一无出息，好容易盼到主人放了外任，便在京指着在外发财的名头向人借贷，做衣裳装体面，心里想着到了任，银钱是容易的了。不想这位老爷呆性发作，认真要查办起来，州县馈送一概不受。门房签押等人，心里盘算道："我们再挨半个月，衣裳也要当完了，债又逼起来，那可怎么样好呢？眼见得白花花的银子，只是不能到手。"那些长随也道：

“你们爷们到底还没化什么本钱来的。我们才冤，化了若干的银子打了个门子，来了一个多月，连半个钱也没见过！想来跟这个主儿是不能捞本儿的了，明儿我们齐打伙儿告假去。”

次日，果然聚齐，都来告假。贾政不知就里，便说：“要来也是你们，要去也是你们。既嫌这里不好，就都请便！”那些长随怨声载道而去。只剩下些家人，又商议道：“他们可去的去了，我们去不了的，到底想个法儿才好。”内中有一个管门的，叫李十儿，便说：“你们这些没能耐的东西，着什么忙？我见这‘长’字号儿的在这边，不犯给他出头。如今都饿跑了，瞧瞧你十太爷的本领，少不得本主儿依我。只是要你们齐心，打伙儿弄几个钱回家受用；若不随我，我也不管了，横竖拚得你们过！”众人都说：“好十爷，你还主儿信得过。若你不管，我们实在是死证了。”李十儿道：“不要我出了头，得了银钱，又说我得了大分儿了。窝儿里反起来，大家没意思。”众人道：“你万安，没有的事。就没有多少，也强似我们腰里掏钱。”

正说着，只见粮房书办走来找周二爷。李十儿坐在椅子上，跷着一只腿，挺着腰说道：“找他做什么？”书办便垂手陪着笑，说道：“本官到了一个多月的任，这些州县太爷见得本官的告示利害，知道不好说话，到了这时候都没有开仓。若是过了漕，你们太爷们来做什么的？”李十儿道：“你别混说！老爷是有根蒂的，说到那里是要办到那里。这两天原要行文催兑，因我说了缓几天才歇的。你到底找我们周二爷做什么？”书办道：“原为打听催文的事，没有别的。”李十儿道：“越发胡说！方才我说催文，你就信嘴胡诌。可别鬼鬼祟祟来讲什么帐，我叫本官打了你，退你！”书办道：“我在这衙门内已经三代了，外头也有些体面，家里还过得，就规规矩矩伺候本官升了还能够，不像那些等米下锅的！”说着，回了一声：“二太爷，我走了。”

李十儿便站起，堆着笑说：“这么不禁顽？几句话就脸急了！”书办道：“不是我脸急，若再说什么，岂不带累了二太爷的清名呢。”李十儿过来，拉着书办的手道：“你贵姓啊？”书办道：“不敢，我姓詹，单是名个‘会’字，从小儿也在京里混了几年。”李十儿道：“詹先生，我是久闻你的名的。我们弟兄们是一样的，有什么话，晚上到这里咱们说一说。”书办也说：“谁不知道李十太爷是能事的，把我一诈，就吓毛了！”大家笑着走开。那晚便与书办咕唧了半夜。第二天，拿话去探贾政，被贾政痛骂了一顿。

隔一天拜客，里头分付伺候，外头答应了。停了一会子，打点已经三下了，大堂上没有人接鼓。好容易叫个人来打了鼓，贾政踱出暖阁，站班喝道的衙役只有一个。贾政也不查问，在墀下上了轿，等轿夫又等了好一回。来齐了，抬出衙门，那个炮只响得一声；吹鼓亭的鼓手，只有一个打鼓，一个吹号筒。贾政便也生气，说："往常还好，怎么今儿不齐集至此！"抬头看那执事，却是搀前落后。勉强拜客回来，便传误班的，要打。有的说因没有帽子误的，有的说是号衣当了误的，又有的说是三天没吃饭，抬不动。贾政生气，打了一两个，也就罢了。隔一天，管厨房的上来要钱，贾政将带来银两付了。

以后便觉样样不如意，比在京的时候倒不便了好些。无奈，便唤李十儿问道："跟我来这些人，怎样都变了？你也管管。现在，带来银两早使没有了，藩库俸银尚早，该打发京里取去。"李十儿禀道："奴才那一天不说他们？不知道怎么样，这些人都是没精打彩的，叫奴才也没法儿。老爷说家里取银子，取多少？现在打听节度衙门这几天有生日，别的府道老爷都上千上万的送了，我们到底送多少呢？"贾政道："为什么不早说？"李十儿道："老爷最圣明的。我们新来乍到，又不与别位老爷很来往，谁肯送信？巴不得老爷不去，便好想老爷的美缺呢。"贾政道："胡说！我这官是皇上放的，不与节度做生日，便叫我不做不成！"李十儿笑着回道："老爷说的也不错。京里离这里很远，凡百的事都是节度奏闻。他说好便好，说不好便吃不住。到得明白，已经迟了。就是老太太、太太们，那个不愿意老爷在外头烈烈轰轰的做官呢？"

贾政听了这话，也自然心里明白，道："我正要问你，为什么都说起来？"李十儿回说："奴才本不敢说。老爷既问到这里，若不说，是奴才没良心；若说了，少不得老爷又生气。"贾政道："只要说得在理。"李十儿说道："那些书吏、衙役，都是化了钱买着粮道的衙门，那个不想发财？俱要养家活口。自从老爷到了任，并没见为国家出力，倒先有了口碑载道。"贾政道："民间有什么话？"李十儿道："百姓说：'凡有新到任的老爷，告示出得愈利害，愈是想钱的法儿。州县害怕了，好多多的送银子。'收粮的时候，衙门里便说新道爷的法令，明是不敢要钱，这一留难叨蹬，那些乡民心里愿意化几个钱早早了事。所以那些人不说老爷好，反说不谙民情。便是本家大人，是老爷最相好的，他不多几年，已巴到极顶的分儿，也只为识时达务，能够上和下睦罢了。"贾政听到这话，道："胡说！我就不识时务么？若是上和下睦，叫我与他们猫鼠同眠么？"李十儿回说道："奴才为着这点忠心儿不敢掩住，才这么说。若是老爷就是这样做去，到了功不成、名不就的时候，老爷又说奴才没良心，有什么话不告诉老爷了。"贾政道："依你怎么做才好？"

李十儿道："也没有别的。趁着老爷的精神、年纪，里间的照应，老太太的硬朗，为顾着自己就是了。不然，到不了一年，老爷家里的钱也都贴补完了，还落了自上至下的人抱怨，都说老爷是做外任的，自然弄了钱藏着受用。倘遇着一两件为难的事，谁肯帮着老爷？那时辨也辨不清，悔也悔不及。"贾政道："据你一说，是叫我做贪官么？送了命还不要紧，必定将祖父的功勋抹了才是！"李十儿回禀道："老爷极圣明的人，没看见旧年犯事的几位老爷么？这几位都与老爷相好，老爷常说是个做清官的，如今名在那里？现有几位亲戚，老爷向来说他们不好的，如今升的升、迁的迁。只在要做的好就是了。老爷要知道，民也要顾，官也要顾。若是依着老爷，不准州县得一个大钱，外头这些差使谁办？只要老爷外面还是这样清名声原好，里头的委屈只要奴才办去，关碍不着老爷的。奴才跟主儿一场，到底也要掏出忠心来。"贾政被李十儿一番言语说得心无主见，道："我是要保性命的！你们闹出来，不与我相干！"说着，便踱了进去。

李十儿便自己做起威福，钩连内外，一气的哄着贾政办事，反觉得事事周到，件件随心，所以贾政不但不疑，反多相信。便有几处揭报，上司见贾政古朴忠厚，也不查察。惟是幕友们耳目最长，见得如此，得便用言规谏，无奈贾政不信，也有辞去的，也有与贾政相好在内维持的。于是漕务事毕，尚无陨越。

一日，贾政无事，在书房中看书，签押上呈进一封书子，外面官封上开着"镇守海门等处总制公文一角，飞递江西粮道衙门"。贾政拆封看时，只见上写道：

> 金陵契好，桑梓情深。昨岁供职来都，窃喜常依座右。仰蒙雅爱，许结朱陈，至今佩德勿谖。只因调任海疆，未敢造次奉求，衷怀歉仄，自叹无缘。今幸棨戟遥临，快慰平生之愿。正申燕贺，先蒙翰教，边帐光生，武夫额手。虽隔重洋，尚叨樾荫。想蒙不弃卑寒，希望茑萝之附；小儿已承青盼，淑媛素仰芳仪。如蒙践诺，即遣冰人。途路虽遥，一水可通。不敢云百辆之迎，敬备仙舟以俟。兹修寸幅，恭贺升祺，并求金允。临颖不胜待命之至。世弟周琼顿首。

贾政看了，心想："儿女姻缘，果然有一定的。旧年因见他就了京职，又是同乡的人，素来相好，又见那孩子长得好，在席间原提起这件事。因未说定，也没有与他们说起。后来他调了海疆，大家也不说了。不料我今升任至此，他写书来问。我看起门户却也相当，与探春倒也相配。但是我并未带家眷，只可写字与他商议。”正在踌躇，只见门上传过一角文书，是议取到省会议事件。贾政只得收拾上省，候节度派委。

一日，在公馆闲坐，见桌上堆着许多邸报。贾政一一看去，见刑部一本：

为报明事，会看得金陵籍行商薛蟠——

贾政便吃惊道：“了不得！已经提本了！”随用心看下去，是薛蟠殴伤张三身死、串嘱尸证、捏供误杀一案。贾政一拍桌道：“完了！”只得又看底下，是：

据京营节度使咨称：缘薛蟠籍隶金陵，行过太平县，在李家店歇宿，与店内当槽之张三素不相认。于某年月日，薛蟠令店主备酒邀请太平县民吴良同饮，令当槽张三取酒。因酒不甘，薛蟠令换好酒，张三因称酒已沽定，难换。薛蟠因伊倔强，将酒照脸泼去，不期去势甚猛，恰值张三低头拾箸，一时失手，将酒碗掷在张三囟门，皮破血出，逾时殒命。李店主趋救不及，随向张三之母告知。伊母张王氏往看，见已身死，随喊禀地保赴县呈报。前署县诣验，仵作将骨破一寸三分及腰眼一伤，漏报填格，详府审转。看得薛蟠实系泼酒失手，掷碗误伤张三身死，将薛蟠照过失杀人、准斗杀罪收赎等因前来。臣等细阅各犯证尸亲前后供词不符，且查《斗杀律》注云：“相争为斗，相打为殴。必实无争斗情形，邂逅身死，方可以过失杀定拟。”应令该节度审明实情，妥拟具题。今据该节度疏称，薛蟠因张三不肯换酒，醉后拉着张三右手，先殴腰眼一拳，张三被殴回骂，薛蟠将碗掷出，致伤囟门深重，骨碎脑破，立时殒命。是张三之死，实由薛蟠以酒碗掷伤深重致死，自应以薛蟠拟抵，将薛蟠依《斗杀律》拟绞监候。吴良拟以杖徒。承审不实之府州县，应请……

以下注着“此稿未完”。贾政因薛姨妈之托，曾托过知县，若请旨革审起来，牵连着自己，好不放心。即将下一本开看，偏又不是，只好翻来覆去将报看完，终没有接这一本的，心中狐疑不定，更加害怕起来。

正在纳闷，只见李十儿进来：“请老爷到官厅伺候去，大人衙门已经打了二鼓了。”贾政只是发怔，没有听见。李十儿又请一遍，贾政道：“这便怎么处？”李十儿道：“老爷有什么心事？”贾政将看报之事说了一遍。李十儿道：“老爷放心。若是部里这么办了，还算便宜薛大爷呢。奴才在京里时候听见，薛大爷在店里叫了好些媳妇儿，都吃醉了生事，直把个当槽儿的活活打死了。奴才听见不但是托了知县，还求琏二爷去化了好些钱，各衙门打通了才提的，不知道怎么部里没有弄明白。如今就是闹破了,也是官官相护的,不过认个‘承审不实’，革职处分罢咧，那里还肯认得银子听情的话呢？老爷不用想，等奴才再打听罢，倒别误了上司的事。”

贾政道:“你们那里知道？只可惜那知县，听了一个情，把这个官都丢了，还不知道有罪没有呢！”李十儿道:“如今想他也无益。外头伺候着好半天了，请老爷就去罢。”贾政不知节度传办何事，且听下回分解。

第一百回　破好事香菱结深恨　悲远嫁宝玉感离情

话说贾政去见节度，进去了半日不见出来，外头议论不一。李十儿在外，也打听不出什么事来，便想到报上的饥荒，实在也着急。好容易听见贾政出来，便迎上来跟着，等不得回去，在无人处便问：“老爷进去这半天，有什么要紧的事？”贾政笑道：“并没有事。只为镇海总制是这位大人的亲戚，有书来嘱托照应我，所以说了些好话。又说：‘我们如今也是亲戚了。’”李十儿听得，心内喜欢，不免又壮了些胆子，便竭力怂恿贾政许这亲事。

贾政心想薛蟠的事到底有什么挂碍，在外头信息不通，难以打点，故回到本任来，便打发家人进京打听，顺便将总制求亲之事回明贾母，如若愿意，即将三姑娘接到任所。家人奉命赶到京中，回明了王夫人，便在吏部打听得贾政并无处分，惟将署太平县的这位老爷革职。即写了禀帖，安慰了贾政，然后住着等信。

且说薛姨妈为着薛蟠这件人命官司，各衙门内不知化了多少银钱，才定了误杀具题。原打量将当铺折变给人，备银赎罪，不想刑部驳审，又托人化了好些钱，总不中用，依旧定了个死罪，监着守候秋天大审。薛姨妈又气又疼，日夜啼哭。宝钗虽时常过来劝解，说是：“哥哥本来没造化。承受了祖父这些家业，就该安安顿顿的守着过日子。在南边已经闹的不像样，便是香菱那件事情就了不得，因为仗着亲戚们的势力，化了些银钱，这算白打死了一个公子。哥哥就该改过，做起正经人来，也该奉养母亲才是，不想进了京仍是这样。妈妈为他不知受了多少气，哭掉了多少眼泪！给他娶了亲，原想大家安安逸逸的过日子，不想命该如此，偏偏娶的嫂子又是一个不安静的，所以哥哥躲出门去。真正俗语说的，‘冤家路儿狭’，不多几天，就闹出人命来了！妈妈和二哥哥也算不得不尽心的了，化了银钱不算，自己还求三拜四的谋干。无奈命里应该，也算自作自受。大凡养儿女是为着老来有靠，便是小户人家，还要挣一碗饭养活母亲，那里有将现成的闹光了，反害的老人家哭的死去活来的？不是我说，哥哥的这样行为，不是儿子，竟是个冤家对头！妈妈再不明白，明哭到夜，夜哭到明，又受嫂子的气。我呢，又不能常在这里劝解。我看见妈妈这样，那里放得下心！他虽说是傻，也不肯叫我回去。前儿老爷打发人回来说，看见京报，吓的了不得，所以才叫人来打点的。我想，哥哥闹了事，担心的人也不少。幸亏我还是在跟前的一样，若是离乡调远，听见了这个信，只怕我想妈妈也就想杀了！我求妈妈暂且养养神，趁哥哥的活口现在，问问各处的帐目。人家该咱们的，咱们该人家的，亦该请个旧伙计来算一算，看看还有几个钱没有。”

薛姨妈哭着说道：“这几天为闹你哥哥的事，你来了，不是你劝我，便是我告诉你衙门的事。你还不知道，京里的官商名字已经退了，两个当铺已经给了人家，银子早拿来使完了。还有一个当铺，管事的逃了，亏空了好几千两银子，也夹在里头打官司。你二哥哥天天在外头要帐，料着京里的帐已经去了几万银子，只好拿南边公分里银子并住房折变才够。前两天还听见一个谎信，说是南边的公当铺也因为折了本儿收了。若是这么着，你娘的命可就活不成的了！”说着，又大哭起来。

宝钗也哭着劝道：“银钱的事，妈妈操心也不中用，还有二哥哥给我们料理。单可恨这些伙计们，见咱们的势头儿败了，各自奔各自的去也罢了，我还听见说帮着人家来挤我们的讹头。可见我哥哥活了这么大，交的人总不过是些个酒肉弟兄，急难中是一个没有的。妈妈若是疼我，听我的话，有年纪的人自己保重些。妈妈这一辈子想来还不致挨冻受饿。家里这点子衣裳家伙，只好听凭嫂子去，那是没法儿的了。所有的家人、婆子，瞧他们也没心在这里，该去的叫他们去。就可怜香菱，苦了一辈子，只好跟着妈妈过去。实在短什么，我要是有的，还可以拿些个来，料我们那个也没有不依的。就是袭姑娘，也是心术正道的，他听见我哥哥的事，他倒提起妈妈来就哭。我们那一个还打量没事的，所以不大着急；若听见了，也是要吓个半死儿的。”薛姨妈不等说完，便说：“好姑娘，你可别告诉他。他为一个林姑娘，几乎没要了命，如今才好了些。要是他急出个原故来，不但你添一层烦恼，我越发没了依靠了。”宝钗道：“我也是这么想，所以总没告诉他。”

正说着，只听见金桂跑来外边屋里哭喊道：“我的命是不要的了！男人呢，已经是没有活的分儿了！咱们如今索性闹一闹，大伙儿到法场上去拚一拚！”说着，便将头往隔断板上乱撞，撞的披头散发。气得薛姨妈白瞪着两只眼，一句话也说不出来。还亏得宝钗，嫂子长、嫂子短，好一句、歹一句的劝他。金桂道：“姑奶奶，如今你是比不得头里的了，你两口儿好好的过日子。我是个单身人儿，要脸做什么！”说着，便要跑到街上回娘家去，亏得人还多，扯住了，又劝了半天方住。把个宝琴吓得再不敢见他。若是薛蝌在家，他便抹粉施脂，描眉画鬓，奇情异致的打扮收拾起来，不时打从薛蝌住房前过，或故意咳嗽一声，或明知薛蝌在屋，特问房里何人。有时遇见薛蝌，他便妖妖乔乔、娇娇痴痴的问寒问热，忽喜忽嗔。丫头们看见，都赶忙躲开。他自己也不觉得，只是一意一心，要弄得薛蝌感情时，好行宝蟾之计。那薛蝌却只躲着，有时遇见，也不敢不周旋一二，只怕他撒泼放刁的意思。更加金桂一则为色迷心，越瞧越爱，越想越要，那里还看得出薛蝌的真假来？只有一宗，他见薛蝌有什么东西，都是托香菱收着，衣服缝洗也是香菱；两个人偶然说话，他来了，急忙散开，一发动了一个“醋”字。欲待发作薛蝌，却是舍不得，只得将一腔隐恨都搁在香菱身上。却又恐怕闹了香菱得罪了薛蝌，倒弄得隐忍不发。

一日，宝蟾走来，笑嘻嘻的向金桂道：“奶奶，看见了二爷没有？”金桂道：“没有。”宝蟾笑道：“我说二爷的那种假正经是信不得的。咱们前日送了酒去，他说不会吃，刚才我见他到太太那屋里去，那脸上红扑扑儿的，一脸酒气。奶奶不信，回来只在咱们院门口等他。他打那边过来时，奶奶叫住他问问，看他说什么。”金桂听了，一心的怒气，便道：“他那里就出来了呢！他既无情义，问他作什么！”宝蟾道：“奶奶又迂了。他好说，咱们也好说；他不好说，咱们再另打主意。”金桂听得有理，因叫宝蟾：“瞧着他，看他出去了。”宝蟾答应着出来。金桂却去打开镜奁，又照了一照，把嘴唇儿又抹了一抹，然后拿一条洒花绢子，才要出来，又似忘了什么的，心里倒不知怎么是好了。

只听宝蟾外面说道：“二爷今日高兴啊，那里吃了酒来了？”金桂听了，明知是叫他出来的意思，连忙掀起帘子出来。只见薛蝌和宝蟾说道：“今日是张大爷的好日子，所以被他们强不过，吃了半钟，到这时候脸还发烧呢。”一句话没说完，金桂早接口道：“自然人家外人的酒，比咱们自己家里的酒是有趣儿的。”薛蝌被他拿话一激，脸越红了，连忙走过来陪笑道：“嫂子说那里的话。”宝蟾见他二人交谈，便躲到屋里去了。

这金桂初时原要假意发作薛蝌两句，无奈一见他两颊微红，双眸带涩，别有一种谨愿可怜之意，早把自己那骄悍之气感化到爪洼国去了，因笑说道：“这么说，你的酒是硬强着才肯吃的呢。”薛蝌道：“我那里吃得来？”金桂道：“不吃也好，强如像你哥哥吃出乱子来，明儿娶了你们奶奶儿，像我这样守活寡、受孤单呢。”说到这里，两个眼已经乜斜了，两腮上也觉红晕了。薛蝌见这话越发邪僻了，打算着要走。金桂也看出来了，那里容得，早已走过来一把拉住。薛蝌急了，道：“嫂子，放尊重些！”说着，浑身乱颤。金桂索性老着脸道：“你只管进来，我和你说一句要紧的话。”

正闹着，忽听背后一个人叫道：“奶奶，香菱来了！”把金桂吓了一跳，回头瞧时，却是宝蟾掀着帘子看他二人的光景，一抬头见香菱从那边来了，赶忙知会金桂。金桂这一惊不小，手已松了。薛蝌得便，脱身跑了。那香菱正走着，原不理会，忽听宝蟾一嚷，才瞧见金桂在那里拉住薛蝌往里死拽。香菱却吓的心头乱跳，自己连忙转身回去。这里金桂早已连吓带气，呆呆的瞅着薛蝌去了，怔了半天，恨了一声，自己扫兴归房。从此，把香菱恨入骨髓。那香菱本是要到宝琴那里，刚走出腰门，看见这般，吓回去了。

是日，宝钗在贾母屋里，听得王夫人告诉老太太要聘探春一事。贾母说道：“既是同乡的人，很好。只是听见说那孩子到过我们家里，怎么你老爷没有提起？”王夫人道：“连我们也不知道。”贾母道：“好便好，但只道儿太远。虽然老爷在那里，倘或将来老爷调任，可不是我们孩子太单了么？”王夫人道：“两家都是做官的，也是拿不定。或者那边还调进来；即不然，终有个叶落归根。况且老爷既在那里做官，上司已经说了，好意思不给么？想来老爷的主意定了，只是不敢做主，故遣人来回老太太的。”贾母道：“你们愿意，更好。只是三丫头这一去了，不知三年两年那边可能回家？若再迟了，恐怕我赶不上再见他一面了。”说着，掉下泪来。

王夫人道：“孩子们大了，少不得总要给人家的。就是本乡本土的人，除非不做官还使得，若是做官的，谁保得住总在一处？只要孩子们有造化就好。譬如迎姑娘，倒配得近呢，偏是时常听见他被女婿打闹，甚至不给饭吃，就是我们送了东西去，他也摸不着。近来听见益发不好了，也不放他回来。两口子拌起嘴来，就说咱们使了他家的银钱。可怜这孩子，总不得个出头的日子！前儿我惦记他，打发人去瞧他，迎丫头藏在耳房里不肯出来。老婆子们必要进去，看见我们姑娘这样冷天，还穿着几件旧衣裳。他一包眼泪的告诉婆子们说：‘回去别说我这么苦，这也是命里所招。也不用送什么衣服东西来，不但摸不着，反要添一顿打，说是我告诉的。’老太太想想，这倒是近处眼见的，若不好，更难受。倒亏了大太太也不理会他，大老爷也不出个头。如今迎姑娘实在比我们三等使唤的丫头还不如。我想，探丫头虽不是我养的，老爷既看见过女婿，定然是好才许的。只请老太太示下，择个好日子，多派几个人，送到他老爷任上。该怎么着，老爷也不肯将就。”

贾母道：“有他老子作主，你就料理妥当，拣个长行的日子送去，也就定了一件事。”王夫人答应着“是”。宝钗听的明白，也不敢则声，只是心里叫苦：“我们家里姑娘们，就算他是个尖儿，如今又要远嫁，眼看着这里的人一天少似一天了！”见王夫人起身告辞出去，他也送了出来，一径回到自己房中，并不与宝玉说话。见袭人独自一个做活，便将听见的话说了。袭人也很不受用。

却说赵姨娘听见探春这事，反欢喜起来，心里说道：“我这个丫头，在家忒瞧不起我，我何曾还是个娘？比他的丫头还不济！况且洑上水，护着别人。他挡在头里，连环儿也不得出头。如今老爷接了去，我倒干净。想要他孝敬我，不能够了。只愿意他像迎丫头似的，我也称称愿。”一面想着，一面跑到探春那边与他道喜，说：“姑娘，你是要高飞的人了，到了姑爷那边，自然比家里还好，想来你也是愿意的。便是养了你一场，并没有借你的光儿。就是我有七分不好，也有三分的好，总不要一去了，把我搁在脑杓子后头。”探春听着毫无道理，只低头作活，一句也不言语。赵姨娘见他不理，气忿忿的自己去了。

这里探春又气，又笑，又伤心，也不过自己掉泪而已。坐了一回，闷闷的走到宝玉这边来。宝玉因问道：“三妹妹，我听见林妹妹死的时候，你在那里来着？我还听见说林妹妹死的时候，远远的有音乐之声？或者他是有来历的，也未可知。”探春笑道：“那是你心里想着罢了。只是那夜却怪，不似人家鼓乐之音。你的话或者也是。”宝玉听了，更以为实。又想前日自己神魂飘荡之时，曾见一人，说是黛玉生不同人，死不同鬼，必是那里的仙子临凡。忽又想起那年唱戏做的嫦娥，飘飘艳艳，何等风致。过了一回，探春去了。因必要紫鹃过来，立刻回了贾母去叫他。

无奈紫鹃心里不愿意，虽经贾母、王夫人派了过来，也就没法，只是在宝玉跟前不是嗳声，就是叹气的。宝玉背地里拉着他，低声下气，要问黛玉的话，紫鹃从没好话回答。宝钗倒背地里夸他有忠心，并不嗔怪他。那雪雁虽是宝玉娶亲这夜出过力的，宝钗见他心地不甚明白，便回了贾母、王夫人，将他配了一个小厮，各自过活去了。王奶妈养着他，将来好送黛玉的灵柩回南。鹦哥等小丫头仍伏侍了老太太。宝玉本想念黛玉，因此及彼，又想跟黛玉的人已经云散，更加纳闷。闷到无可如何，忽又想黛玉死的这样清楚，必是离凡返仙去了，反又欢喜。

忽然听见袭人和宝钗那里讲究探春出嫁之事，宝玉听了，啊呀的一声，哭倒在炕上。吓得宝钗、袭人都来扶起，说："怎么了？"宝玉早哭的说不出来，定了一回子神，说道："这日子过不得了！我姊妹们都一个一个的散了！林妹妹是成了仙去了！大姐姐呢，已经死了，这也罢了，没天天在一块。二姐姐呢，碰着了一个混帐不堪的东西！三妹妹又要远嫁，总不得见的了。史妹妹又不知要到那里去。薛妹妹是有了人家的。这些姐姐妹妹，难道一个都不留在家里？单留我做什么！"袭人忙又拿话解劝。宝钗摆着手说："你不用劝他，让我来问他。"因问着宝玉道："据你的心里，要这些姐妹都在家里陪到你老了，都不要为终身的事么？若说别人，或者还有别的想头。你自己的姐姐妹妹，不用说没有远嫁的；就是有，老爷作主，你有什么法儿？打谅天下独是你一个人爱姐姐妹妹呢？若是都像你，就连我也不能陪你了。大凡人念书，原为的是明理，怎么你益发糊涂了！这么说起来，我同袭姑娘各自一边儿去，让你把姐姐妹妹们都邀了来守着你！"

宝玉听了，两只手拉住宝钗、袭人道："我也知道。为什么散的这么早呢？等我化了灰的时候再散也不迟。"袭人掩着他的嘴道："又胡说！才这两天身上好些，二奶奶才吃些饭。若是你又闹翻了，我也不管了！"宝玉听他两个人说话都有道理，只是心上不知道怎么才好，只得强说道："我却明白，但只是心里闹得慌。"宝钗也不理他，暗叫袭人："快把定心丸给他吃了，慢慢的开导他。"袭人便欲告诉探春，说临行不必来辞，宝钗道："这怕什么？等稍停几日，待他心里明白，还要叫他们多说句话儿呢。况且三姑娘是极明白的人，不像那些假惺惺的人，少不得有一番箴谏。他以后便不是这样了。"

正说着，贾母那边打发鸳鸯过来说，知道宝玉旧病又发，叫袭人劝说安慰，叫他不要胡思乱想。袭人等应了。鸳鸯坐了一会子去了。那贾母又想起探春远行，虽不备妆奁，其一应动用之物俱该预备，便把凤姐叫来，将老爷的主意告诉了一遍，即叫他料理去。凤姐答应，不知怎么办理，且听下回分解。

第一百一回　大观园月夜警幽魂　散花寺神签惊异兆

却说凤姐回至房中，见贾琏尚未回来，便分派那管办探春行李妆奁事的一干人。那天已有黄昏以后，因忽然想起探春来，要瞧瞧他去，便叫丰儿与两个丫头跟着，头里一个丫头打着灯笼。走出门来，见月光已上，照耀如水，凤姐便命打灯笼的："回去罢。"因而走至茶房窗下，听见里面有人嘁嘁喳喳的，又似哭，又似笑，又似议论什么的。凤姐知道不过是家下婆子们又不知搬什么是非，心内大不受用，便命小红进去，装做无心的样子，细细打听着，用话套出原委来。小红答应着去了。

凤姐只带着丰儿来至园门前，门尚未关，只虚虚的掩着。于是主仆二人方推门进去，只见园中月色比着外面更觉明朗，满地下重重树影，杳无人声，甚是凄凉寂静。刚欲往秋爽斋这条路来，只听嗯的一声风过，吹的那树枝上落叶满园中唰喇喇的作响，枝梢上吱喽喽的发哨，将那些寒鸦宿鸟都惊飞起来。凤姐吃了酒，被风一吹，只觉身上发噤起来。那丰儿也把头一缩，说："好冷！"凤姐也掌不住，便叫丰儿："快回去把那件银鼠坎肩儿拿来，我在三姑娘那里等着。"丰儿巴不得一声，也要回去穿衣裳来，答应了一声，回头就跑了。

凤姐刚举步走了不远，只觉身后咈咈哧哧，似有闻嗅之声，不觉毛发森然直竖起来。由不得回头一看，只见黑油油一个东西，在后面伸着鼻子闻他呢，那两只眼睛恰似灯光一般。凤姐吓的魂不附体，不觉失声的咳了一声，却是一只大狗。那狗抽头回身，拖着一个扫帚尾巴，一气跑上大土山上方站住了，回身犹向凤姐拱爪儿。凤姐儿此时肉跳心惊，急急的向秋爽斋来。

已将来至门口，方转过山子，只见迎面有一个人影儿一恍。凤姐心中疑惑，心里想着必是那一房里的丫头，便问："是谁？"问了两声，并没有人出来，已经吓得神魂飘荡。恍恍惚惚的，似乎背后有人说道："婶娘，连我也不认得了？"凤姐忙回头一看，只见这人形容俊俏，衣履风流，十分眼熟，只是想不起是那房那屋里的媳妇来。只听那人又说道："婶娘只管享荣华、受富贵的心盛，把我那年说的'立万年永远之基'都付于东洋大海了！"凤姐听说，低头寻思，总想不起。那人冷笑道："婶娘那时怎样疼我来，如今就忘在九霄云外了！"凤姐听了，此时方想起来是贾蓉的先妻秦氏，便说道："嗳呀，你是死了的人哪，怎么跑到这里来了呢？"啐了一口，方转回身，脚下不防一块石头绊了一交，犹如梦醒一般，浑身汗如雨下。虽然毛发悚然，心中却也明白，只见小红、丰儿影影绰绰的来了。

凤姐恐怕落人的褒贬，连忙爬起来，说道:“你们做什么呢，去了这半天？快拿来我穿上罢。”一面丰儿走至跟前，伏侍穿上，小红过来搀扶着要往前走。凤姐道：“我才到那里，他们都睡了。咱们回去罢。”一面说，一面带了两个丫头急急忙忙回到家中。贾琏已回来了，凤姐见他脸上神色更变，不似往常，待要问他，又知他素日性格，不敢突然相问，只得睡了。

至次日五更，贾琏就起来，要往总理内庭都检点、太监裘世安家来打听事务。因太早了，见桌上有昨日送来的抄报，便拿起来闲看。第一件：“吏部奏请急选郎中，奉旨照例用事。”第二件是：“刑部题奏云南节度使王忠一本：新获私带神枪火药出边事，共十八名人犯，头一名鲍音，口称系太师、镇国公贾化家人。”第三件：“苏州刺史李孝一本：参劾纵放家奴，倚势陵辱军民，以致因奸不遂，杀死节妇一家人命三口事。凶犯姓时，名福，自称系世袭三等职衔贾范家人。”贾琏看见这两件，心中早又不自在起来，待要往下看，又恐迟了不能见裘世安的面，因此急急的穿了衣服，也等不得吃东西，恰好平儿端上茶来，吃了两口，便出来骑马走了。平儿在房内收拾换下的衣服。

此时凤姐尚未起来，平儿因说道：“今儿夜里我听着奶奶没睡什么觉，我这会子替奶奶捶着，好生打个盹儿罢。”凤姐半日不言语。平儿料着这意思是了，便爬上炕来坐在身边，轻轻的捶着。才捶了几拳，那凤姐刚有要睡之意，只听那边大姐儿哭了，凤姐又将眼睁开。平儿连向那边叫道：“李妈，你到底是怎么着？姐儿哭了，你到底拍着他些。你也忒好睡了！”那边李妈从梦中惊醒，听得平儿如此说，心中没好气，只得狠命拍了几下，口里自言自语的骂道：“真真的小短命鬼儿！放着尸不挺，三更半夜嚎你娘的丧！”一面说，一面咬牙便向那孩子身上拧了一把。那孩子哇的一声大哭起来了。凤姐听见，说：“了不得！你听听，他该挫磨孩子了！你过去，把那黑心的养汉婆娘下死劲的打他几下子，把妞妞抱过来。”平儿笑道:“奶奶别生气，他那里敢挫磨姐儿？只怕是不提防错碰了一下子，也是有的。这会子打他几下子没要紧，明儿叫他们背地里嚼舌根，倒说三更半夜打人。”

凤姐听了，半日不言语，长叹一声，说道：“你瞧瞧，这会子不是我十旺八旺的呢！明儿要是我死了，剩下这小孽障，还不知怎么样呢！”平儿笑道:“奶奶，这怎么说？大五更的，何苦来呢！”凤姐冷笑道：“你那里知道？我是早已明白了，我也不久了。虽然活了二十二岁，人家没见的也见了，没吃的也吃了，衣禄食禄也算全了，所有世上有的也都有了，气也算赌尽了，强也算争足了，就是‘寿’字儿上头缺一点儿，也罢了。”平儿听说，由不得滚下泪来。凤姐笑道：“你这会子不用假慈悲，我死了，你们只有欢喜的。你们一心一计、和和气气的，省得我是你们眼里的刺似的。只有一件，你们知好歹，只疼我那孩子就是了。”平儿听说这话，越发哭的泪人似的。凤姐笑道：“别扯你娘的臊了，那里就死了呢！哭的那么痛，我不死还叫你哭死了呢。”平儿听说，连忙止住哭，道：“奶奶说得这么叫人伤心！”一面说，一面又捶，半日不言语。凤姐又朦胧睡去。

平儿方下炕来要去，只听外面脚步响。谁知贾琏去迟了，那裘世安已经上朝去了，不遇而回，心中正没好气，进来就问平儿道：“他们还没起来呢么？”平儿回说：“没有呢。”贾琏一路摔帘子进来，冷笑道：“好，好，这会子还都不起来，安心打擂台打撒手儿！”一叠声又要吃茶，平儿忙倒了一碗茶来。原来那些丫头、老婆见贾琏出了门，又复睡了，不打谅这会子回来，原不曾预备。平儿便把温过的拿了来。贾琏生气，举起碗来，哗啷一声摔了个粉碎。

凤姐惊醒，就吓了一身冷汗，嗳哟一声，睁开眼，只见贾琏气狠狠的坐在旁边，平儿弯着腰拾碗片子呢。凤姐道：“你怎么就回来了？”问了一声，半日不答应，只得又问一声。贾琏嚷道：“你不要我回来，叫我死在外头罢！”凤姐笑道：“这又是何苦来呢？常时我见你不像今儿回来的快，问你一声，也没什么生气的。”贾琏又嚷道：“又没遇见，怎么不快回来呢！”凤姐笑道：“没有遇见，少不得耐烦些，明儿再去早些儿，自然遇见了。”贾琏嚷道：“我可不吃着自己的饭，替人家赶獐子呢！我这里一大堆的事没个动秤儿的，没来由为人家的事瞎闹了这些日子，当什么呢！正经那有事的人还在家里受用，死活不知，还听见说要锣鼓喧天的摆酒唱戏做生日呢，我可瞎跑他娘的腿子！”一面说，一面往地下啐了一口，又骂平儿。

凤姐听了，气的干咽，要和他分证，想了一想又忍住了，勉强陪笑道：“何苦来生这么大气！大清早起，和我叫喊什么？谁叫你应了人家的事？你既应了，就得耐烦些，少不得替人家办办。也没见这个人，自己有为难的事，还有心肠唱戏摆酒的闹。”贾琏道：“你可说么，你明儿倒也问问他。”凤姐诧异道：“问谁？”贾琏道：“问谁！问你哥哥！”凤姐道：“是他么？”贾琏道：“可不是他，还有谁呢！”凤姐忙问道：“他又有什么事，叫你替他跑？”贾琏道：

"你还在坛子里呢！"凤姐道："真真这就奇了，我连一个字儿也不知道。"

贾琏道："你怎么能知道呢？这个事连太太和姨太太都不知道呢。头一件，怕太太和姨太太不放心，二则你身上又常嚷不好，所以我在外头压住了，不叫里头知道。说起来，真真可人恼！你今儿不问我，我也不便告诉你。你打谅你哥哥行事像个人呢？你知道外头人都叫他什么？"凤姐道："叫他什么？"贾琏道："叫他什么？叫他'忘仁'！"凤姐扑嗤的一笑："他可不叫王仁，叫什么呢？"贾琏道："你打谅那个王仁么？是忘了仁义礼智信的那个'忘仁'哪！"凤姐道："这是什么人，这么刻薄嘴儿遭蹋人！"贾琏道："不是遭蹋他吗，今儿索性告诉你，你也该知道知道你那哥哥的好处！你可知道他给他二叔做生日么？"凤姐想了一想，道："嗳哟，可是呵，我还忘了问你：二叔不是冬天的生日么？我记得年年都是宝玉去。前者老爷升了，二叔那边送过戏来，我还偷偷儿的说：'二叔为人最是啬刻的，比不得大舅太爷。他们各自家里还乌眼鸡似的。不么，昨儿大舅太爷没了，你瞧他是个兄弟，他还出了个头儿、揽了个事儿么？'所以那一天说赶他的生日，咱们还他一班子戏，省了亲戚跟前落亏欠。如今这么早就做生日，也不知是什么意思。"

贾琏道："你还作梦呢。你哥哥一到京，接着舅太爷的首尾就开了一个吊，他怕咱们知道拦他，所以没告诉咱们，弄了好几千银子。后来二舅嗔着他，说他不该一网打尽。他吃不住了，变了个法儿，就指着你们二叔的生日撒了个网，想着再弄几个钱，好打点二舅太爷不生气。也不管亲戚朋友、冬天夏天的，人家知道不知道，这么丢脸！你知道我起早为什么？这如今因海疆的事情，御史参了一本，说是大舅太爷的亏空，本员已故，应着落其弟王子胜、侄王仁赔补。爷儿两个急了，找了我给他们托人情。我见他们吓的那么个样儿，再者又关系太太和你，我才应了。想着找找总理内庭都检点老裘替他办，或者前任后任挪移挪移，偏又去晚了，他进里头去了。我白起来跑了一趟，他们家里还在那里定戏摆酒呢！你说说，叫人生气不生气！"

凤姐听了，才知王仁所行如此。但他素性要强护短，听贾琏如此说，便道："凭他怎么样，到底是你的亲大舅儿。再者，这件事死的大太爷、活的二叔都感激你。罢了，没什么说的，我们家的事，少不得我低三下四的求你了，省的带累别人受气，背地里骂我。"说着，眼泪早流下来，掀开被窝，一面坐起来，一面挽头发，一面披衣裳。贾琏道："你倒不用这么着，是你哥哥不是人，我并没说你什么。况且我出去了，你身上又不好，我都起来了，他们还睡觉，咱们老辈子有这个规矩么？你如今做好好先生，不管事了。我说了一句你就起来，明儿我要嫌这些人，难道你都替了他们么？好没意思啊！”

凤姐听了这些话，才把泪止住了，说道：“天也不早了，我也该起来了。你有这么说的，你替他们家在心的办办，那就是你的情分了。再者也不光为我，就是太太听见也喜欢。”贾琏道：“是了，知道了。‘大萝卜还用屎浇？’”平儿道：“奶奶这么早起来做什么？那一天奶奶不是起来有一定的时候儿呢？爷也不知是那里的邪火，拿着我们出气！何苦来呢，奶奶也算替爷挣够了，那一点儿不是奶奶当头阵！不是我说，爷把现成儿的也不知吃了多少，这会子替奶奶办了一点子事，又关会着好几层儿呢，就这么拿糖作醋的起来，也不怕人家寒心！况且这也不单是奶奶的事呀。我们起迟了，原该爷生气，左右到底是奴才呀。奶奶跟前，尽着身子累的成了个病包儿了，这是何苦来呢！”说着，自己的眼圈儿也红了。

那贾琏本是一肚子闷气，那里见得这一对娇妻美妾又尖利、又柔情的话呢，便笑道：“够了，算了罢。他一个人也够使的了，不用你帮着。左右我是外人，多早晚我死了，你们就清净了。”凤姐道：“你也别说那个话，谁知道谁怎么样呢？你不死，我还死呢，早死一天早心净！”说着，又哭起来。平儿只得又劝了一回。那时天已大亮，日影横窗。贾琏也不便再说，站起来出去了。

这里凤姐自己起来，正在梳洗，忽见王夫人那边小丫头过来道：“太太说了，叫问二奶奶今日过舅太爷那边去不去？要去，说叫二奶奶同着宝二奶奶一路去呢。”凤姐因方才一段话，已经灰心丧意，恨娘家不给争气；又兼昨夜园中受了那一惊，也实在没精神，便说道：“你先回太太去，我还有一两件事没办清，今日不能去。况且他们那又不是什么正经事。宝二奶奶要去，各自去罢。”小丫头答应着回去回覆了，不在话下。

且说凤姐梳了头，换了衣服，想了想，虽然自己不去，也该带个信儿；再者宝钗还是新媳妇，出门子自然要过去照应照应的，于是去见王夫人，支吾了一件事，便过来到宝玉房中。只见宝玉穿着衣服，歪在炕上，两个眼睛呆呆的看宝钗梳头。凤姐站在门口，还是宝钗一回头看见了，连忙起身让坐。宝玉也爬起来，凤姐才笑嘻嘻的坐下。宝钗因说麝月道：“你们瞧着二奶奶进来，也不言语声儿。”麝月笑着道：“二奶奶头里进来就摆手儿，不叫言语么。”凤姐因向宝玉道：“你还不走，等什么呢？没见这么大人了，还是这么小孩子气的。人家各自梳头，你爬在旁边看什么？成日家一块儿在屋里，还看不够？

也不怕丫头们笑话！”说着，哧的一笑，又觑着他咂嘴儿。宝玉虽也有些不好意思，还不理会，把个宝钗直臊的满脸飞红，又不好听着，又不好说什么，只见袭人端过茶来，只得搭讪着自己递了一袋烟。凤姐儿笑着站起来接了，道：“二妹妹，你别管我们的事，你快穿衣服罢。”

宝玉一面也搭讪着找这个，弄那个。凤姐道：“你先去罢，那里有个爷们等着奶奶们一块儿走的理呢。”宝玉道：“我只是嫌我这衣裳不大好，不如前年穿着老太太给的那件雀金呢好。”凤姐因呕他道：“你为什么不穿？”宝玉道：“穿着太早了。”凤姐忽然想起，自悔失言，幸亏宝钗也和王家是内亲，只是那些丫头们跟前，已经不好意思了。袭人却接着说道：“二奶奶还不知道呢，就是穿得，他也不穿了。”凤姐儿道：“这是什么原故？”袭人道：“告诉二奶奶，真真的我们这位爷行的事都是天外飞来的。那一年因二舅太爷的生日，老太太给了他这件衣裳，谁知那一天就烧了。我妈病重了，我没在家。那时候还有晴雯妹妹呢，听见说病着整给他补了一夜，第二天老太太才没瞧出来呢。去年那一天，上学天冷，我叫焙茗拿了去给他披披。谁知这位爷见了这件衣裳，想起晴雯来了，说了总不穿了，叫我给他收一辈子呢。”

凤姐不等说完，便道：“你提晴雯，可惜了儿的。那孩子模样儿、手儿都好，就只是嘴头子利害些。偏偏儿的太太不知听了那里的谣言，活活儿的把个小命儿要了。还有一件事，那一天我瞧见厨房里柳家的女人，他女孩子叫什么五儿，那丫头长的和晴雯脱了个影儿似的。我心里要叫他进来，后来我问他妈，他妈说是很愿意。我想着宝二爷屋里的小红跟了我去，我还没还他呢，就把五儿补过来。平儿说：‘太太那一天说了，凡像那个样儿的都不叫派到宝二爷屋里呢。’我所以也就搁下了。这如今宝二爷也成了家了，还怕什么呢？不如我就叫他进来，可不知宝二爷愿意不愿意。要想着晴雯，只瞧见这五儿就是了。”宝玉本要走，听见这些话又呆了。袭人道：“为什么不愿意？早就要弄了来的，只是因为太太的话说的结实罢了。”凤姐道：“那么着，我明日就叫他进来。太太的跟前有我呢。”宝玉听了，喜不自胜，才走到贾母那边去了。这里宝钗穿衣服。凤姐儿看他两口儿这般恩爱缠绵，想起贾琏方才那种光景，好不伤心，坐不住，便起身向宝钗笑道：“我和你到老太太屋里去罢。”笑着出了房门，一同来见贾母。

宝玉正在那里回贾母往舅舅家去，贾母点头说道：“去罢，只是少吃酒，早些回来。你身子才好些。”宝玉答应着出来，刚走到院内，又转身回来，向宝钗耳边说了几句不知什么。宝钗笑道："是了，你快去罢。"将宝玉催着去了。这里贾母和凤姐、宝钗说了没三句话，只见秋纹进来传说："二爷打发焙茗转来，说请二奶奶。"宝钗说道："他又忘了什么，又叫他回来？"秋纹道："我叫小丫头问了，焙茗说是：'二爷忘了一句话，二爷叫我回来告诉二奶奶：若是去呢，快些来罢；若不去呢，别在风地里站着。'"说的贾母、凤姐并地下站着的众老婆子、丫头都笑了。宝钗飞红了脸，把秋纹啐了一口，说道："好个糊涂东西！这也值得这样慌慌张张跑了来说？"秋纹也笑着回去，叫小丫头去骂焙茗。那焙茗一面跑着，一面回头说道："二爷把我巴巴的叫下马来，叫回来说的。我若不说，回来对出来又骂我了。这会子说了，他们又骂我！"那丫头笑着跑回来说了。贾母向宝钗道："你去罢，省得他这么记挂。"说的宝钗站不住，又被凤姐呕他顽笑，没好意思，才走了。

只见散花寺的姑子大了来了，给贾母请安，见过了凤姐，坐着吃茶。贾母因问他："这一向怎么不来？"大了道："因这几日庙中作好事，有几位诰命夫人不时在庙里起坐，所以不得空儿来。今日特来回老祖宗：明日还有一家作好事，不知老祖宗高兴不高兴？若高兴，也去随喜随喜。"贾母便问："做甚么好事？"大了道："前月为王大人府里不干净，见神见鬼的，偏生那太太夜间又看见去世的老爷。因此昨日在我庙里告诉我，要在散花菩萨跟前许愿烧香，做四十九天的水陆道场，保佑家口安宁，亡者升天，生者获福。所以我不得空儿来请老太太的安。"

却说凤姐素日最厌恶这些事的，自从昨夜见鬼，心中总只是疑疑惑惑的。如今听了大了这些话，不觉把素日的心性改了一半，已有三分信意，便问大了道："这散花菩萨是谁？他怎么就能避邪除鬼呢？"大了见问，便知他有些信意，便说道："奶奶今日问我，让我告诉奶奶知道。这个散花菩萨，来历根基不浅，道行非常。生在西天大树国中，父母打柴为生。养下菩萨来，头生三角，眼横四目，身长三尺，两手拖地。父母说这是妖精，便弃在冰山之后了。谁知这山上有一个得道老猢狲，出来打食，看见菩萨头顶上白气冲天，虎狼远避，知道来历非常，便抱回洞中抚养。谁知菩萨带了来的聪慧，禅也会谈，与猢狲天天谈道参禅，说的天花散漫缤纷。至一千年后，便飞升了。至今山上犹见谈经之处，天花散漫，所求必灵，时常显圣，救人苦厄。因此世人才盖了庙，塑了像供奉。"

凤姐道："这有什么凭据呢？"大了道："奶奶又来搬驳了。一个佛爷，可有什么凭据呢？就是撒谎，也不过哄一两个人罢咧，难道古往今来多少明白人，都被他哄了不成？奶奶只想，惟有佛家香火历来不绝，他到底是祝国佑民，有些灵验，人才信服。”凤姐听了大有道理，因说：“既这么着，我明日去试试。你庙里可有签？我去求一签。我心里的事，签上批的出？批的出来，我从此就信了。”大了道：“我们的签最是灵的，明日奶奶去求一签就知道了。”贾母道：“既这么着，索性等到后日初一，你再去求。”说着，大家吃了茶，到王夫人各房里去请了安，回去不提。

这里凤姐勉强扎挣着，到了初一清早，令人预备了车马，带着平儿并许多奴仆，来至散花寺。大了带了众姑子接了进去。献茶后，便洗手，至大殿上焚香。那凤姐儿也无心瞻仰圣像，一秉虔诚，磕了头，举起签筒，默默的将他见鬼之事并身体不安等故祝告了一回。才摇了三下，只听唰的一声，筒中撺出一枝签来。于是叩头，拾起一看，只见上写：“第三十三签，上上大吉。”大了忙查签簿看时，只见上面写着：“王熙凤衣锦还乡。”凤姐一见这几个字，吃一大惊，惊问大了道：“古人也有叫王熙凤的么？”大了笑道：“奶奶最是通今博古的，难道汉朝的‘王熙凤求官’的这一段事也不晓得？”周瑞家的在旁笑道：“前年李先儿还说这一回书的，我们还告诉他重着奶奶的名字，不许叫呢。”凤姐笑道：“可是呢，我倒忘了。”说着又瞧底下的，写的是：

去国离乡二十年，于今衣锦返家园。
蜂采百花成蜜后，为谁辛苦为谁甜？
行人至，音信迟，讼宜和，婚再议。

看完，也不甚明白。大了道：“奶奶大喜，这一签巧得很：奶奶自幼在这里长大，何曾回南京去了？如今老爷放了外任，或者接家眷来，顺便还家，奶奶可不是‘衣锦还乡’了？”一面说，一面抄了个签经交与丫头。凤姐也半信半疑的。大了摆了斋来，凤姐只动了一动，放下了要走，又给了香银。大了苦留不住，只得让他走了。

凤姐回至家中，见了贾母、王夫人等。问起签来，命人一解，都喜欢非常，“或者老爷果有此心，咱们去一趟也好”。凤姐儿见人人这么说，也就信了，不在话下。

却说宝玉这一日正睡午觉，醒来不见宝钗，正要问时，只见宝钗进来。宝玉问道：“那里去了？半日不见。”宝钗笑道：“我给凤姐姐瞧一回签。”宝玉听说，便问：“是怎么样的？”宝钗把签帖念了一回，又道：“家中人人都说好的。据我看，这‘衣锦还乡’四字，里头还有缘故。后来再瞧罢了。”宝玉道：“你又多疑了，妄解圣意。‘衣锦还乡’四字，从古至今，都知道是好的，今儿你又偏生看出缘故来了。依你说，这‘衣锦还乡’还有什么别的解说？”宝钗正要解说，只见王夫人那边打发丫头过来请二奶奶，宝钗立刻过去。未知何事，且听下回分解。

第一百二回　宁国府骨肉病灾祲　大观园符水驱妖孽

话说王夫人打发人来唤宝钗，宝钗连忙过来请了安。王夫人道：“你三妹妹如今要出嫁了，只得你们作嫂子的大家开导开导他，也是你们姊妹之情。况且他也是个明白孩子，我看你们两个也很合的来。只是我听见说，宝玉听见他三妹妹要出门，哭的了不的，你也该劝劝他才是。如今我身子是十病九痛的，你二嫂子也是三日好两日不好。你还心地明白些，诸事该管的，也别说只管吞着，不肯得罪人。将来这一番家事，都是你的担子。”宝钗答应着。

王夫人又说道：“还有一件事，你二嫂子昨儿带了柳家媳妇的丫头来，说补在你们屋里。”宝钗道：“今日平儿才带过来，说是太太和二奶奶的主意。”王夫人道：“是呦，你二嫂子和我说，我想也没要紧，不便驳他的回。只是一件，我见那孩子眉眼儿上头，也不是个很安顿的。起先为宝玉房里的丫头狐狸似的，我撵了几个，那时候你也知道，不然你怎么搬回家去了呢。如今有你，自然不比先前了。我告诉你，不过留点神儿就是了。你们屋里，就是袭人那孩子还可以使得。”宝钗答应了，又说了几句话，便过来了。饭后到了探春那边，自有一番殷勤劝慰之言，不必细说。

次日，探春将要起身，又来辞宝玉，宝玉自然难割难分。探春倒将纲常大体的话，说的宝玉始而低头不语，后来转悲作喜，似有醒悟之意。于是探春放心辞别众人，竟上轿登程，水舟陆车而去。

先前众姊妹们都住在大观园中，后来贾妃薨后，也不修葺。到了宝玉娶亲，林黛玉一死，史湘云回去，宝琴在家住着，园中人少，况兼天气寒冷，李纨姐妹、探春、惜春等俱挪回旧所。到了花朝月夕，依旧相约玩耍。如今探春一去，宝玉病后不出房门，益发没有高兴的人了。所以园中寂寞，只有几家看园的人住着。那日尤氏过来送探春起身，因天晚省得套车，便从前年在园里开通宁府的那个便门里走过去了。觉得凄凉满目，台榭依然，女墙一带都种作园地一般，心中怅然如有所失。因到家中，便有些身上发热，扎挣一两天，竟躺倒了。日间的发烧犹可，夜里身热异常，便谵语绵绵。贾珍连忙请了大夫看视，说感冒起的，如今缠经，入了足阳明胃经，所以谵语不清，如有所见，有了大秽，即可身安。尤氏服了两剂，并不稍减，更加发起狂来。

贾珍着急，便叫贾蓉来："打听外头有好医生，再请几位来瞧瞧。"贾蓉回道："前日这位大夫，是最兴时的了。只怕我母亲的病，不是药治得好的。"贾珍道："胡说！不吃药，难道由他去么？"贾蓉道："不是说不治，为的是前日母亲往西府去，回来是穿着园子里走来家的，一到了家，就身上发热，别是撞客着了罢？外头有个毛半仙，是南方人，卦起的很灵，不如请他来占算占算：占的有影儿呢，就依着他；要是不中用，再请别的好大夫来。"

贾珍听了，即刻叫人请来。坐在书房内吃了茶，便说："府上叫我，不知占什么事？"贾蓉道："家母有病，请教一卦。"毛半仙道："既如此，取净水洗手，设下香案，让我起出一课来看就是了。"一时下人安排定了，他便怀里掏出卦筒来，走到上头，恭恭敬敬的作了一个揖，手内摇着卦筒，口里念道："伏以太极两仪，絪缊交感，图书出而变化不穷，神圣作而诚求必应。兹有信官贾某，为因母病，虔请伏羲、文王、周公、孔子四大圣人，鉴临在上，诚感则灵，有凶报凶，有吉报吉。先请内象三爻。"说着，将筒内的钱倒在盘内，说："有灵的，头一爻就是交。"拿起来又摇了一摇，倒出来，说是单。第三爻又是交。检起钱来，嘴里说是："内爻已示，更请外象三爻，完成一卦。"起出来，是单拆单。

那毛半仙收了卦筒和铜钱，便坐下问道："请坐，请坐，让我来细细的看看。这个卦，乃是'未济'之卦。世爻是第三爻，午火兄弟劫财，晦气是一定该有的。如今尊驾为母问病，用神是初爻，真是父母爻动出官鬼来。五爻上又有一层官鬼，我看令堂太夫人的病是不轻的。还好，还好，如今子亥之水休囚，寅木动而生火。世爻上动出一个子孙来，倒是克鬼的。况且日月生身，再隔两日，子水官鬼落空，交到戌日就好了。但是父母爻上变鬼，恐怕令尊大人也有些关碍。就是本身世爻比劫过重，到了水旺土衰的日子也不好。"说完了，便撅着胡子坐着。

贾蓉起先听他捣鬼，心里忍不住要笑；听他讲的卦理明白，又说生怕父亲也不好，便说道："卦是极高明的，但不知我母亲到底是什么病？"毛半仙道："据这卦上，世爻午火变水相克，必是寒火凝结。若要断得清楚，揲蓍也不大明白，除非用大六壬才断得准。"贾蓉道："先生都高明的么？"毛半仙道："知道些。”贾蓉便要请教，报了一个时辰。毛先生便画了盘子，将神将排定算去，“是戌上白虎，这课叫做‘魄化课’。大凡白虎乃是凶将，乘旺象气受制，便不能为害。如今乘着死神死煞及时令囚死，则为饿虎，定是伤人。就如魄神受惊消散，故名‘魄化’。这课象说是人身丧魄，忧患相仍，病多丧死，讼有忧惊。按象有日暮虎临，必定是傍晚得病的。象内说：‘凡占此课，必定旧宅有伏虎作怪，或有形响。’如今尊驾为大人而占，正合着虎在阳忧男，在阴忧女：此课十分凶险呢”。贾蓉没有听完，吓得面上失色，道：“先生说的很是，但与那卦又不大相合。到底有妨碍么？”毛半仙道：“你不用慌，待我慢慢的再看。”低着头又咕哝了一会子，便说：“好了，有救星了！算出巳上有贵神救解，谓之‘魄化魂归’，先忧后喜，是不妨事的，只要小心些就是了。”

贾蓉奉上卦金，送了出去；回禀贾珍，说是：“母亲的病是在旧宅傍晚得的，为撞着什么伏尸白虎。”贾珍道：“你说你母亲前日从园里走回来的，可不是那里撞着的？你还记得你二婶娘到园里去，回来就病了？他虽没有见什么，后来那些丫头、老婆们，都说是山子上一个毛烘烘的东西，眼睛有灯笼大，还会说话，把他二奶奶赶了回来，吓出一场病来。”贾蓉道：“怎么不记得？我还听见宝叔家的茗烟说，晴雯是做了园里芙蓉花的神了；林姑娘死了，半空里有音乐，必定他也是管什么花儿了。想这许多妖怪在园里，还了得！头里人多阳气重，常来常往不打紧；如今冷落的时候，母亲打那里走，还不知踹了什么花儿呢，不然就是撞着那一个。那卦也还算是准的。”贾珍道：“到底说有妨碍没有呢？”贾蓉道：“据他说，到了戌日就好了。只愿早两天好，或过两天才好。”贾珍道：“这又是什么意思？”贾蓉道：“那先生若是这么准，恐怕老爷也有些不自在。”

正说着，里头喊说：“奶奶要坐起到那边园里去，丫头们都按捺不住！”贾珍等进去安慰，只闻尤氏嘴里乱说：“穿红的来叫我！穿绿的来赶我！”地下这些人又怕又好笑。贾珍便命人买些纸钱送到园里烧化。果然那夜出了汗，便安静些。到了戌日，也就渐渐的好起来。由是一人传十、十人传百，都说大观园中有了妖怪，吓得那些看园的人也不修花补树、灌溉果蔬。起先晚上不敢行走，以致鸟兽逼人，甚至日里也是约伴持械而行。过了些时，果然贾珍也病，竟不请医调治，轻则到园化纸许愿，重则详星拜斗。贾珍方好，贾蓉等相继而病。如此接连数月，闹得两府俱怕。从此风声鹤唳，草木皆妖。园中出息一概全蠲，各房月例重新添起，反弄得荣府中更加拮据。那些看园的没有了想头，个个要离此处，每每造言生事，便将花妖树怪编派起来，各要搬出。将园门封固，再无人敢到园中，以致崇楼高阁、琼馆瑶台，皆为禽兽所栖。

却说晴雯的表兄吴贵正住在园门口。他媳妇自从晴雯死后，听见说做了花神，每日晚间便不敢出门。这一日吴贵出门买东西，回来晚了。那媳妇儿本有些感冒着了，日间吃错了药，晚上吴贵到家，已死在炕上。外面的人因那媳妇儿不妥当，便都说妖怪爬过墙来，吸了精去死的。于是老太太着急的了不得，再另派了好些人将宝玉的住房围住，巡逻打更。这些小丫头们还说，有看见红脸的，有看见很俊的女人的，吵嚷不休，吓得宝玉天天害怕。亏得宝钗有把持的，听得丫头们混说，便吓唬着要打，所以那些谣言略好些。无奈各房的人都是疑神疑鬼的不安静，也添了人坐更，于是更加了好些食用。

独有贾赦不大很信，说："好好园子，那里有什么鬼怪！"挑了个风清日暖的日子，带了几个家人，手内持着器械，到园中踹看动静，众人劝他不依。到了园中，果然阴气逼人，贾赦还强着前走，跟的人都探头缩脑的。内中有个年轻的家人，心内已经害怕，只听呼的一声，回过头来，只见五色灿烂的一件东西跳过去了，吓的嗳哟一声，腿子发软，便躺倒了。贾赦回身查问，那小子喘吁吁的回道："亲眼看见一个黄脸红须绿衣青裳一个妖精，走到树林子后头山窟窿里去了！"贾赦听了，便也有些胆怯，问道："你们都看见么？"有几个推顺水船儿的回说："怎么没瞧见？因老爷在头里，不敢惊动罢了。奴才们还掌得住。"说得贾赦害怕，也不敢再走，急急的回来，分付小子们不要提及，"只说看遍了，没有什么东西"。心里实也相信，要到真人府里请法官驱邪。岂知那些家人无事还要生事，今见贾赦怕了，不但不瞒着，反添些穿凿，说得人人吐舌。

贾赦没法，只得请道士到园作法事驱邪逐妖。择吉日，先在省亲正殿上铺排起坛场来，上供三清圣像，旁设二十八宿并马、赵、温、周四大将，下排三十六天将图像。香花灯烛设满一堂，铙鼓法器排列两边，插着五方旗号。道纪司派定四十九位道众的执事，净了一天的坛。三位法官行香取水毕，然后擂起法鼓。法师们俱戴上七星冠，披上九宫八卦的仙衣，踏着登云履，手执牙笏，便拜表请圣。又念了一天的消灾驱邪接福的《洞元经》，以后便出榜召将。榜上大书"太乙混元上清三境灵宝符箓演教大法师行文敕令本境诸神到坛听用"。

那日，两府上下爷们仗着法师擒妖，都到园中观看，都说："好大法令！呼神遣将的闹起来，不管有多少妖怪也吓跑了。"大家都挤到坛前，只见小道士们将旗幡举起，按定五方站住，伺候法师号令。三位法师，一位手提宝剑，拿着法水；一位捧着七星皂旗；一位举着桃木打妖鞭，立在坛前。只听法器一停，上头令牌三下，口中念念有词，那五方旗便团团散布。法师下坛，叫本家领着到各处楼阁殿亭、房廊屋舍、山崖水畔洒了法水，将宝剑指画了一回，连击令牌，将七星旗祭起，众道士将旗幡一聚，接下打妖鞭望空打了三下。本家众人都道拿住妖怪，争着要看，及到跟前，并不见有什么形响。只见法师叫众道士拿取瓶罐，将妖收下，加上封条，法师朱笔书符收禁，令人带回本观塔下镇住，一面撤坛谢将。贾赦恭敬叩谢了法师。

贾蓉等小弟兄背地都笑个不住，说："这样的大排场，我打谅拿着妖怪给我们瞧瞧，到底是些什么东西，那里知道是这样收罗！究竟妖怪拿去了没有？"贾珍听见，骂道："糊涂东西！妖怪原是聚则成形、散则成气，如今多少神将在这里，还敢现形么？无非把这妖气收了，便不作祟，就是法力了。"众人将信将疑，且等不见响动再说。那些小人只知妖怪被擒，疑心去了，便不大惊小怪，往后果然没人提起了。贾珍等病愈复原，都道法师神力。独有一个小子笑说道："头里那些响动我也不知道，就是跟着大老爷进园这一日，明明是个大公野鸡飞过去了，拴儿吓离了眼，说的活像！我们都替他圆了个谎，大老爷就认真起来。倒瞧了个很热闹的坛场。"众人虽然听见，那里肯信？究无人敢住。

一日，贾赦无事，正想要叫几个家下人搬住在园中看守房屋，惟恐夜晚藏匿奸人。方欲传出话去，只见贾琏进来，请了安，回说："今日到他大舅家去，听见一个谎信，说是二叔被节度使参进来，为的是失察属员，重征粮米，请旨革职的事。"贾赦听了，吃惊道："只怕是谣言罢。前日你二叔带书子来，说探春于某日到了任所，择了某日吉时，送了你妹子到了海疆，路上风恬浪静，合家不必挂念。还说节度认亲，倒设席贺喜。那里有做了亲戚，倒题参起来的？且不必言语，快些到吏部打听明白，就来回我。"

贾琏即刻出去。不到半日，回来说："才到吏部打听，果然二叔被参！题本上去，亏得皇上的恩典，没有交部，便下旨意，说是：'失察属员，重征粮米，苛虐百姓，本应革职，姑念初膺外任，不谙吏治，被属员蒙蔽，着降三级，加恩仍在工部员外上行走，并令即日回京。'这信是准的。正在吏部说话的时候，来了一个江西引见的知县，说起我们二叔，是很感激的，俱说是个好上司，只是用人不当，那些家人在外招摇撞骗，欺凌属员，已经把好名声都弄坏了。节度大人早已知道，也说我们二叔是个好人，不知怎么样，这回又参了。想是忒闹得不好，恐将来弄出大祸，所以借了一件失察的事情参的，倒是避重就轻的意思，也未可知。”

贾赦未听说完，便叫贾琏：“先去告诉你婶子知道，且不必告诉老太太就是了。”贾琏去回王夫人，未知有何话说，且看下回分解。

第一百三回　施毒计金桂自焚身　昧真禅雨村空遇旧

话说贾琏到了王夫人那边，一一的说了。次日，到了部里打点停当，回来又到王夫人那边将打点吏部之事告知。王夫人便道：“打听准了么？果然这样，老爷也愿意，合家也放心。那外任是何尝做得的？若不是那样的参回来，只怕叫那些混帐东西把老爷的性命都坑了呢！”贾琏道：“太太怎么知道？”王夫人道：“自从你二叔放了外任，并没有一个钱拿回来，把家里的倒掏摸了好些去了。你瞧那些跟老爷去的人，他男人在外头不多几时，那些小老婆子们便金头银面的妆扮起来了，可不是在外头瞒着老爷弄钱？你叔叔便由着他们闹去。若弄出事来，不但自己的官做不成，只怕连祖上的官也要抹掉了呢。”贾琏道：“太太说的很是。方才我听见参了，吓的了不得，直等打听明白才放心。也愿意老爷做个京官，安安逸逸的做几年，才保得住一辈子的声名。就是老太太知道了，倒也是放心的，只要太太说得宽缓些。”王夫人道：“我知道。你到底再去打听打听。”

贾琏答应了，才要出来，只见薛姨妈家老婆子慌慌张张的走来，到王夫人里间屋内，也没说请安，便道：“我们太太叫我来告诉这里的姨太太，说我们家了不得了，又闹出事来了！”王夫人听了，便问：“闹出什么事来？”那婆子又说：“了不得，了不得！”王夫人说道：“糊涂东西！有要紧事，你到底说啊。”婆子便说道：“我们家二爷不在家，一个男人也没有，这件事情出来，怎么办！要求太太打发几位爷们去料理料理。”王夫人听着不懂，便着急道：“究竟要爷们去干什么事？”婆子道：“我们大奶奶死了！”王夫人听见，便啐道：“呸！那行子女人，死就死了罢咧，也值得大惊小怪的！”婆子道：“不是好好儿死的，是混闹死的。快求太太打发人去办办。”说着就要走。王夫人又好气，又好笑，说：“这婆子好混帐！琏哥儿，倒不如你过去瞧瞧，别理那糊涂东西。”那婆子没听见打发人去，只听见说别理他，他便赌气跑回去了。

这里薛姨妈正在着急，再等不来。好容易见那婆子来了，便问：“姨太太打发谁来？”婆子叹说道：“人最不要有急难事。什么好亲好眷，看来也不中用！姨太太不但不肯照应我们，倒骂我糊涂。”薛姨妈听了，又气又恼，道：“姨太太不管，你姑奶奶怎么说来着？”婆子道：“姨太太既不管，我们家的姑奶奶自然更不管了，没有去告诉。”薛姨妈啐道：“姨太太是外人，姑娘是我养的，怎么不管！”婆子一时省悟，道：“是啊，这么着，我还去。”正说着，只见贾琏来了，给薛姨妈请了安，道了恼，回说：“我婶子知道弟妇死了，问老婆子，再说不明，着急得很，打发我来问个明白，还叫我在这里料理。该怎么样，姨太太只管说了办去。”

薛姨妈本来气的干哭，听见贾琏的话，便笑着说：“倒要二爷费心。我说姨太太是待我最好的，都是这老货说不清，几乎误了事。请二爷坐下，等我慢慢的告诉你。”便说：“不为别的事，为的是媳妇不是好死的。”贾琏道：“想是为兄弟犯事，怨命死的？”薛姨妈道：“若这样倒好了。前几个月头里，他天天蓬头赤脚的疯闹；后来听见你兄弟问了死罪，他虽然哭了一场，以后倒擦脂抹粉的起来。我若说他，又要闹个了不得，我总不理他。有一天不知怎么样来，要香菱去作伴。我说：‘你放着宝蟾，还要香菱做什么？况且香菱是你不喜的，何苦招气生。’他必不依。我没法儿，便叫香菱到他屋里去。可怜这香菱不敢违我的话，带着病就去了。谁知道他待香菱很好，我倒喜欢。你大妹妹知道了，说：‘只怕不是好心罢。’我也不理会。头几天香菱病着，他倒亲手去做汤给他吃，那知香菱没福，刚端到跟前，他自己烫了手，连碗都砸了。我只说必要迁怒在香菱身上，他倒没生气，自己还拿笤帚扫了，拿水泼净了地，仍旧两人很好。昨日晚上，又叫宝蟾去做了两碗汤来，自己说要同香菱一块儿吃。隔了一会子，听见他屋里两只脚蹬响，宝蟾急的乱嚷，以后香菱也嚷着，扶着墙出来叫人。我忙着看去，只见媳妇鼻子眼睛里都流出血来，在地下乱滚，两手在心口乱抓，两脚乱蹬，把我就吓死了！问他，也说不出来，只管直嚷。闹了一会子就死了。我瞧那个光景儿，是服了毒的。宝蟾便哭着来揪香菱，说他把药药死了奶奶了。我看香菱也不是这么样的人，再者他病的起还起不来，怎么能药人呢？无奈宝蟾一口咬定。我的二爷，这叫我怎么办！只得硬着心肠，叫老婆子们把香菱捆了，交给宝蟾，便把房门反扣了。我同你二妹子守了一夜，等府里的门开了才告诉去的。二爷，你是明白人，这件事怎么好？”贾琏道：“夏家知道了没有？”薛姨妈道：“也得撕掳明白了，才好报啊。”贾琏道：“据我看起来，必要经官才了得下来。我们自然疑在宝蟾身上，别人便说，宝蟾为什么药死他奶奶？也是没答对的。若说在香菱身上，竟还装得上。”

正说着，只见荣府女人们进来，说：“我们二奶奶来了。”贾琏虽是大伯子，因从小儿见的，也不回避。宝钗进来见了母亲，又见了贾琏，便在里间屋里同宝琴坐下。薛姨妈也将前事告诉了一遍。宝钗便说：“若把香菱捆了，可不是我们也说是香菱药死的了么？妈妈说这汤是宝蟾做的，就该捆起宝蟾来问他呀。一面便该打发人报夏家去，一面报官才是。”薛姨妈听说有理，便问贾琏。贾琏道：“二妹子说的很是。报官还得我去，托了刑部里的人，相验问口供的时候方有照应。只是要捆宝蟾，放香菱，倒怕难些。”薛姨妈道：“并不是我要捆香菱。我恐怕香菱病中受冤着急，一时寻死，又添了一条人命，才捆了交给宝蟾，也是一个主意。”贾琏道：“虽是这么说，我们倒帮了宝蟾了。若要放都放，要捆都捆，他们三个人是一处的。只要叫人安慰香菱就是了。”薛姨妈便叫人开门进去，宝钗就派了带来的几个女人帮着捆宝蟾。只见香菱已哭得死去活来，宝蟾反得意洋洋。以后见人要捆他，便乱嚷起来，那禁得荣府的人吆喝着，也就捆了。竟开着门，好叫人看着。这里报夏家的人已经去了。

那夏家先前不住在京里，因近年消索，又记挂女儿，新近搬进京来。父亲已没，只有母亲，又过继了一个混帐儿子，把家业都花完了，不时的常到薛家。那金桂原是个水性人儿，那里守得住空房？况兼天天心里想念薛蝌，便有些饥不择食的光景。无奈他这个干兄弟又是个蠢货，虽也有些知觉，只是尚未入港，所以金桂时常回去，也帮贴他些银钱。这些时正盼金桂回家，只见薛家的人来，心里就想：“又拿什么东西来了。”不料，说这里的姑娘服毒死了，他便气得乱嚷乱叫。金桂的母亲听见了，更哭喊起来，说：“好端端的女孩儿在他家，为什么服了毒呢？”哭着喊着的，带了儿子，也等不得雇车，便要走来。那夏家本是买卖人家，如今没了钱，那顾什么脸面？儿子头里就走，他就跟了一个老婆子出了门，在街上哭哭啼啼的雇了一辆破车，便赶到薛家。进门也不打话，便“儿”一声、“肉”一声的要讨人命。

那时贾琏到刑部托人，家里只有薛姨妈、宝钗、宝琴，何曾见过这阵仗儿？都吓得不敢则声。便要与他讲理，他也不听，只说：“我女孩儿在你家得过什么好处？两口子朝打暮骂的，闹了几时，还不容他两口子在一处。你们商量着把我女婿弄在监里，永不见面！你们娘儿们仗着好亲戚受用也罢了，还嫌他碍眼，叫人药死了他，倒说是服毒！他为什么服毒？”说着，直奔着薛姨妈来。薛姨妈只得后退，说：“亲家太太，且请瞧瞧你女儿，问问宝蟾，再说歪话不迟。”那宝钗、宝琴因外面有夏家的儿子，难以出来拦护，只在里边着急。

恰好王夫人打发周瑞家的照看，一进门来，见一个老婆子指着薛姨妈的脸哭骂，周瑞家的知道必是金桂的母亲，便走上来说：“这位是亲家太太么？大奶奶自己服毒死的，与我们姨太太什么相干？也不犯这么遭蹋呀。”那金桂的母亲问：“你是谁？”薛姨妈见有了人，胆子略壮了些，便说：“这就是我亲戚贾府里的。”金桂的母亲便说道：“谁不知道，你们有仗腰子的亲戚，才能够叫姑爷坐在监里。如今我的女孩儿倒白死了不成！”说着便拉薛姨妈，说：“你到底把我女儿怎样弄杀了？给我瞧瞧！”周瑞家的一面劝说：“只管瞧去，用不着拉拉扯扯！”把手只一推。夏家的儿子便跑进来不依，道：“你仗着府里的势头儿来打我母亲么！”说着，便将椅子打去，却没有打着。里头跟宝钗的人听见外头闹起来，赶着来瞧，恐怕周瑞家的吃亏，齐打伙的上去，半劝半喝。那夏家的母子索性撒起泼来，说：“知道你们荣府的势头儿！我们家的姑娘已经死了，如今已都不要命了！”说着，仍奔薛姨妈拚命。底下的人虽多，那里挡得住？自古说的：“一人拚命，万夫莫当。”

正闹到危急之际，贾琏带了七八个家人进来，见是如此，便叫人先把夏家的儿子拉出去，便说：“你们不许闹，有话好好儿的说。快将家里收拾收拾，刑部里头的老爷们就来相验了。”金桂的母亲正在撒泼，只见来了一位老爷，几个在头里吆喝，那些人都垂手侍立。金桂的母亲见这个光景，也不知是贾府何人，又见他儿子已被众人揪住，又听见说刑部来验，他心里原想见了女儿尸首，先闹了一个稀烂，再去喊冤，不承望这里先报了官，也便软了些。薛姨妈已吓糊涂了，还是周瑞家的回说：“他们来了，也没有去瞧他们姑娘，便作践起姨太太来了。我们为好劝他，那里跑进一个野男人，在奶奶们里头混撒村混打，这可不是没有王法了！”贾琏道：“这会子不用和他讲理，等一会子打着问他，说：男人有男人的所在，里头都是些姑娘、奶奶们，况且有他母亲，还瞧不见他们姑娘么？他跑进来，不是要打抢来了么！”家人们做好做歹压伏住了。

周瑞家的仗着人多，便说：“夏太太，你不懂事，既来了，该问个青红皂白。你们姑娘是自己服毒死了，不然便是宝蟾药死他主子了。怎么不问明白，又不看尸首，就想讹人来了呢？我们就肯叫一个媳妇儿白死了不成？现在把宝蟾捆着；因为你们姑娘必要点病儿，所以叫香菱陪着他，也在一个屋里住：故此两个人都看守在那里，原等你们来眼看着刑部相验，问出道理来才是啊。”金桂的母亲此时势孤，也只得跟着周瑞家的到他女孩儿屋里，只见满面黑血，直挺挺的躺在炕上，便叫哭起来。

宝蟾见是他家的人来，便哭喊道：“我们姑娘好意待香菱，叫他在一块儿住，他倒抽空儿药死我们姑娘！”那时薛家上下人等俱在，便齐声吆喝道：“胡说！昨日奶奶吃了汤才药死的，这汤可不是你做的？”宝蟾道：“汤是我做的，端了来，我有事走了，不知香菱起来放了些什么在里头药死的。”金桂的母亲没听完就奔香菱，众人拦住。薛姨妈便道：“这样子是砒霜药的，家里决无此物。不管香菱、宝蟾，终有替他买的，回来刑部少不得问出来，才赖不去。如今把媳妇权放平正，好等官来相验。”众婆子上来抬放。宝钗道：“都是男人进来，你们将女人动用的东西检点检点。”只见炕褥底下有一个揉成团的纸包儿。金桂的母亲瞧见便拾起，打开看时，并没有什么，便撩开了。宝蟾看见，道：“可不是有了凭据了！这个纸包儿我识得：头几天耗子闹得慌，奶奶家去与舅爷要的，拿回来搁在首饰匣内。必是香菱看见了，拿来药死奶奶的。若不信，你们看看首饰匣里有没有了。”

金桂的母亲便依着宝蟾的话取出匣子，只有几支银簪子。薛姨妈便说：“怎么好些首饰都没有了？”宝钗叫人打开箱柜，俱是空的，便道：“嫂子这些东西被谁拿去，这可要问宝蟾。”金桂的母亲心里也虚了好些，见薛姨妈查问宝蟾，便说：“姑娘的东西，他那里知道。”周瑞家的道：“亲家太太，别这么说呢。我知道宝姑娘是天天跟着大奶奶的，怎么说不知？”这宝蟾见问得紧，又不好胡说，只得说道：“奶奶自己每每带回家去，我管得么？”众人便道：“好个亲家太太！哄着拿姑娘的东西，哄完了叫他寻死，来讹我们！好，罢了，回来相验便是这么说。”宝钗叫人：“到外头告诉琏二爷说，别放了夏家的人！”

里头金桂的母亲忙了手脚，便骂宝蟾道：“小蹄子，别嚼舌头了！姑娘几时拿东西到我家去？”宝蟾道：“如今东西是小，给姑娘偿命是大。”宝琴道：“有了东西，就有偿命的人了。快请琏二哥哥问准了夏家的儿子买砒霜的话，回来好回刑部里的话。”金桂的母亲着了急，道：“这宝蟾必是撞见鬼了，浑说起来！我们姑娘何尝买过砒霜？若这么说，必是宝蟾药死了的！”宝蟾急的乱嚷道：“别人赖我也罢了，怎么你们也赖起我来呢！你们不是常和姑娘说，叫他别受委屈，闹得他们家破人亡，那时将东西卷包儿一走，再配一个好姑爷。

这个话是有的没有？”金桂的母亲还未及答言，周瑞家的便接口说道：“这是你们家的人说的，还赖什么呢！”金桂的母亲恨的咬牙切齿的骂宝蟾道：“我待你不错呀，为什么你倒拿话来葬送我呢！回来见了官，我就说是你药死姑娘的！”宝蟾气得瞪着眼说：“请太太放了香菱罢，不犯着白害别人！我见官自有我的话。”

宝钗听出这个话头儿来了，便叫人反倒放开了宝蟾，说：“你原是个爽快人，何苦白冤在里头？你有话，索性说了，大家明白，岂不完了事了呢？”宝蟾也怕见官受苦，便说：“我们奶奶天天抱怨说：‘我这样人，为什么碰着这个瞎眼的娘，不配给二爷，偏给了这么个混帐糊涂行子！要是能够同二爷过一天，死了也是愿意的。’说到那里，便恨香菱。我起初不理会，后来看见与香菱好了，我只道是香菱怎么哄转了，不承望昨日的汤不是好意。”金桂的母亲接说道：“益发胡说了！若是要药香菱，为什么倒药了自己呢？”宝钗便问道：“香菱，昨日你吃汤来着没有？”香菱道：“头几天我病的抬不起头来，奶奶叫我吃汤，我不敢说不吃，刚要扎挣起来，那碗汤已经泼了，倒叫奶奶收拾了个难，我心里很过不去。昨日听见叫我吃汤，我吃不下去，没有法儿，正要吃的时候儿，偏又头晕起来。见宝蟾姐姐端了去，我正喜欢，刚合上眼，奶奶自己吃着汤，叫我尝尝，我便勉强也吃了两口。”

宝蟾不待说完，便道：“是了，我老实说罢。昨日奶奶叫我做两碗汤，说是和香菱同吃。我气不过，心里想着：香菱那里配我做汤给他吃呢？我故意的一碗里头多抓了一把盐，记了暗记儿，原想给香菱吃的。刚端进来，奶奶却拦着我到外头叫小子们雇车，说今日回家去。我出去说了，回来见盐多的这碗汤在奶奶跟前呢，我恐怕奶奶吃着咸，又要骂我。正没法的时候，奶奶往后头走动，我眼错不见，就把香菱这碗汤换了过来。也是合该如此，奶奶回来就拿了汤去，到香菱床边喝着，说：‘你到底尝尝。’那香菱也不觉咸，两个人都吃完了。我正笑香菱没嘴道儿，那里知道这死鬼奶奶要药香菱，必是趁我不在，将砒霜撒上了，也不知道我换碗。这可就是‘天理昭彰，自害自身’了！”于是众人往前后一想，真正一丝不错，便将香菱也放了，扶着他仍旧睡在床上。

不说香菱得放。且说金桂的母亲心虚事实，还想辩赖。薛姨妈等你言我语，反要他儿子偿还金桂之命。正然吵嚷，贾琏在外头说：“不用多说了，快收拾停当，刑部的老爷就到了。”此时惟有夏家母子着忙，想来总要吃亏的，不得已，反求薛姨妈道："千不是，万不是，终是我死的女孩儿不长进，这也是他自作自受。若是刑部相验，到底府上脸面不好看，求亲家太太息了这件事罢。"宝钗道："那可使不得。已经报了，怎么能息呢？"周瑞家的等人大家做好做歹的劝说："若要息事，除非夏亲家太太自己出去拦验，我们不提长短罢了。"贾琏在外，也将他儿子吓住，他情愿迎到刑部具结拦验。众人依允。薛姨妈命人买棺成殓，不题。

且说贾雨村升了京兆府尹，兼管税务。一日，出都勘查开垦地亩，路过知机县，到了急流津。正要渡过彼岸，因待人夫，暂且停轿。只见村旁有一座小庙，墙壁坍颓，露出几株古松，倒也苍老。雨村下轿，闲步进庙，但见庙内神像金身脱落，殿宇歪斜，旁有断碣，字迹模糊，也看不明白。意欲行至后殿，只见一株翠柏下荫着一间茅庐，庐中有一个道士合眼打坐。雨村走近看时，面貌甚熟，想着倒像在那里见过的，一时再想不出来。从人便欲吆喝，雨村止住，徐步向前，叫一声："老道。"那道士双眼微启，微微的笑道："贵官何事？"雨村便道："本府出都查勘事件，路过此地，见老道静修自得，想来道行深通，意欲冒昧请教。"那道人说："来自有地，去自有方。"雨村知是有些来历的，便长揖请问："老道从何处修来，在此结庐？此庙何名？庙中共有几人？或欲真修，岂无名山？或欲结缘，何不通衢？"那道人道："葫芦尚可安身，何必名山结舍？庙名久隐，断碣犹存；形影相随，何须修募？岂似那'玉在椟中求善价，钗于奁内待时飞'之辈耶？"

雨村原是个颖悟人，初听见"葫芦"两字，后闻"玉钗"一对，忽然想起甄士隐的事来，重复将那道士端详一回，见他容貌依然，便屏退从人，问道："君家莫非甄老先生么？"那道人微微笑道："什么真？什么假？要知道真即是假，假即是真。"雨村听说出"贾"字来，益发无疑，便从新施礼道："学生自蒙慨赠到都，托庇获隽公车，受任贵乡，始知老先生超悟尘凡，飘举仙境。学生虽溯洄思切，自念风尘俗吏，未由再觐仙颜。今何幸于此处相遇？求老仙翁指示愚蒙。倘荷不弃，京寓甚近，学生当得供奉，得以朝夕聆教。"那道人也站起来回礼道："我于蒲团之外，不知天地间尚有何物。适才尊官所言，贫道一概不解。"说毕，依旧坐下。雨村复又心疑："想去若非士隐，何貌言相似若此？虽别来十九载，面色如旧，必是修炼有成，未肯将前身说破。但我既遇恩公，又不可当面错过。看来不能以富贵动之，那妻女之私更不必说了。"想罢又道："仙师既不肯说破前因，弟子于心何忍？"正要下礼，只见从人进来，禀说：“天色将晚，快请渡河。”

雨村正无主意，那道人道：“请尊官速登彼岸，见面有期，迟则风浪顿起。果蒙不弃，贫道他日尚在渡头候教。”说毕，仍合眼打坐。雨村无奈，只得辞了道人出庙。正要过渡，只见一人飞奔而来。未知何事，且听下回分解。

第一百四回　醉金刚小鳅生大浪　痴公子余痛触前情

话说贾雨村刚欲过渡，见有人飞奔而来，跑到跟前，口称：“老爷，方才进的那庙火起了！”雨村回头看时，只见烈焰烧天，飞灰蔽日。雨村心想：“这也奇怪。我才出来，走不多远，这火从何而来？莫非士隐遭劫于此？”欲待回去，又恐误了过河；若不回去，心下又不安。想了一想，便问道：“你方才见这老道士出来了没有？”那人道：“小的原随老爷出来，因腹内疼痛，略走了一走。回头看见一片火光，原来就是那庙中火起，特赶来禀知老爷。并没有见有人出来。”雨村虽则心里狐疑，究竟是名利关心的人，那肯回去看视，便叫那人：“你在这里，等火灭了，进去瞧那老道在与不在，即来回禀。”那人只得答应了伺候。雨村过河，仍自去查看，查了几处，遇公馆便自歇下。

明日，又行一程，进了都门，众衙役接着，前呼后拥的走着。雨村坐在轿内，听见轿前开路的人吵嚷。雨村问是何事，那开路的拉了一个人过来，跪在轿前禀道：“那人酒醉，不知回避，反冲突过来。小的吆喝他，他倒恃酒撒赖，躺在街心，说小的打了他了。”雨村便道：“我是管理这里地方的，你们都是我的子民。知道本府经过，吃了酒不知回避，还敢撒赖！”那人道：“我吃酒是自己的钱，醉了躺的是皇上的地，便是大人老爷也管不得。”雨村怒道：“这人目无法纪！问他叫什么名字。”那人回道：“我叫醉金刚倪二。”雨村听了生气，叫人：“打这金刚，瞧他是金刚不是！”手下把倪二按倒，着实的打了几鞭。倪二负痛，酒醒求饶。雨村在轿内笑道：“原来是这么个金刚！我且不打你，叫人带进衙门，慢慢的问你。”众衙役答应，拴了倪二，拉着便走。倪二哀求，也不中用。

雨村进内覆旨回曹，那里把这件事放在心上。那街上看热闹的，三三两两传说：“倪二仗着有些力气，恃酒讹人，今儿碰在贾大人手里，只怕不轻饶的。”这话已传到他妻女耳边，那夜果等倪二不见回家，他女儿便到各处赌场寻觅。那赌博的都是这么说，他女儿急得哭了。众人都道：“你不用着急，那贾大人是荣府的一家。荣府里一个什么二爷和你父亲相好，你快同你母亲去找他说个情，就放出来了。”倪二的女儿听了，想了一想：“果然我父亲常说间壁贾二爷和他好，为什么不找他去？”赶着回来，即与母亲说了，娘儿两个去找贾芸。

那日贾芸恰在家，见他母女两个过来，便让坐。贾芸的母亲便倒茶。倪家母女即将倪二被贾大人拿去的话说了一遍：“求二爷说情放出来。”贾芸一口应承，道：“这算不得什么，我到西府里说一声就放了。那贾大人全仗我家的西府里才得做了这么大官，只要打发个人去一说就完了。”倪家母女欢喜，回来便到府里告诉了倪二，叫他不用忙，已经求了贾二爷，他满口应承，讨个情便放出来的。倪二听了也欢喜。

不料贾芸自从那日给凤姐送礼不收，不好意思进来，也不常到荣府。那荣府的门上原看着主子的行事，叫谁走动，才有些体面，一时来了，他便进去通报；若主子不大理了，不论本家亲戚，他一概不回，支了去就完事。那日贾芸到府，说：“给琏二爷请安。”门上的说：“二爷不在家。等回来，我们替回罢。”贾芸欲要说请二奶奶的安，生恐门上厌烦，只得回家。又被倪家母女催逼着，说：“二爷常说，府上是不论那个衙门，说一声谁敢不依。如今还是府里的一家，又不为什么大事，这情还讨不来？白是我们二爷了！”贾芸脸上下不来，嘴里还说硬话：“昨日我们家里有事，没打发人说去，少不得今儿说了就放，什么大不了的事！”倪家母女只得听信。

岂知贾芸近日大门竟不得进去，绕到后头，要进园内找宝玉，不料园门锁着，只得垂头丧气的回来。想起：“那年倪二借银与我，买了香料送给他，才派我种树。如今我没有钱去打点，就把我拒绝！那也不是他的能为，拿着太爷留下的公中银钱在外放加一钱，我们穷本家要借一两也不能。他打谅保得住一辈子不穷的了，那知外头的声名很不好，我不说罢了；若说起来，人命官司不知有多少呢！”一面想着，来到家中，只见倪家母女正等着呢。贾芸无言可支，便说道：“西府里已经打发人说了，只言贾大人不依。你还求我们家的奴才周瑞的亲戚冷子兴去才中用。”倪家母女听了，说：“二爷这样体面爷们还不中用，若是奴才，是更不中用了。”贾芸不好意思，心里发急，道：“你不知道，如今的奴才比主子强多着呢。”倪家母女听来无法，只得冷笑几声，说：“这倒难为二爷白跑了这几天，等我们那一个出来再道乏罢。”说毕出来，另托人将倪二弄了出来，只打了几板，也没有什么罪。

倪二回家，他妻女将贾芸不肯说情的话说了一遍。倪二正吃着酒，便生气要找贾芸，说："这小杂种，没良心的东西！头里他没有饭吃，要到府内钻谋事办，亏我倪二爷帮了他；如今我有了事，他不管！好罢咧，若是我倪二闹出来，连两府里都不干净！"他妻女忙劝道："咳，你又吃了黄汤，便是这样有天没日头的，前日可不是醉了闹的乱子？捱了打还没好呢，你又闹了！"倪二道："捱了打便怕他不成？只怕拿不着由头儿！我在监里的时候，倒认得了好几个有义气的朋友，听见他们说起来，不独是城内姓贾的多，外省姓贾的也不少。前日监里收下了好几个贾家的家人。我倒说，这里的贾家小一辈子并奴才们虽不好，他们老一辈的还好，怎么犯了事呢？我打听了打听，说是和这里贾家是一家儿，都是在外省审明白了解进来问罪的，我才放心。若说贾二这小子他忘恩负义，我便和几个朋友说他家怎么倚势欺人，怎么放重利，怎么强娶活人妻，叫他们吵嚷出来，有了风声到了都老爷耳朵里，这一闹起来，叫他们才认得倪二金刚呢！"他女人道："你吃了酒，睡去罢。他又强占谁家的女人来了？没有的事，你不用混说了。"

倪二道："你们在家里，那里知道外头的事？前年我在赌场里碰见了小张，说他女人被贾家占了，他还和我商量，我倒劝着他才压住了。但不知道小张如今那里去了，这两年没见；若碰着了他，我倪二出个主意，叫贾二小子死给我瞧瞧！好好儿的孝敬孝敬我倪二太爷才罢了，你倒不理我了！"说着，倒身躺下，嘴里还是咕咕哝哝的，说了一回，便睡去了。他妻女只当是醉话，也不理他。明日早起，倪二又往赌场中去了，不题。

且说雨村回到家中，歇息了一夜，将道上遇见甄士隐的事告诉了他夫人一遍。他夫人便埋怨他："为什么不回去瞧一瞧？倘或烧死了，可不是咱们没良心！"说着，掉下泪来。雨村道："他是方外的人了，不肯和咱们在一处的。"正说着，外头传进话来，禀说："前日老爷分付瞧那庙里失火去的人回来了。"雨村踱了出来。那衙役打千请了安，回说："小的奉老爷的命回去，也没等火灭，便冒火进去瞧那个道士，岂知他坐的地方都烧了。小的想着那道士必定烧死了。烧的那墙屋往后塌了，道士的影儿都没有了，只有一个蒲团、一个瓢儿还是好好的。小的各处找寻他的尸首，连骨头都没有一点儿。小的恐怕老爷不信，想要拿这蒲团、瓢儿回来做个证见，小的这么一拿，岂知都成了灰了。"雨村听毕，心下明白，知士隐仙去，便把那衙役打发了出去。回到房中，并没提起士隐火化之言，恐他妇女不知，反生悲感，只说并无形迹，必是他先走了。

雨村出来，独坐书房，正要细想士隐的话，忽有家人传报说："内廷传旨，交看事件。”雨村疾忙上轿进内，只听见人说：“今日贾存周江西粮道被参回来，在朝内谢罪。”雨村忙到了内阁，见了各大人，将海疆办理不善的旨意看了，出来即忙找着贾政，先说了些为他抱屈的话，后又道喜，问：“一路可好？”贾政也将违别以后的话细细的说了一遍。雨村道：“谢罪的本上了去没有？”贾政道：“已上去了。等膳后下来，看旨意罢。”

正说着，只听里头传出旨来叫贾政，贾政即忙进去。各大人有与贾政关切的，都在里头等着。等了好一回，方见贾政出来，看见他带着满头的汗。众人迎上去接着，问：“有什么旨意？”贾政吐舌道：“吓死人，吓死人！倒蒙各位大人关切，幸喜没有什么事。”众人道：“旨意问了些什么？”贾政道：“旨意问的是云南私带神枪一案。本上奏明是原任太师贾化的家人，主上一时记着我们先祖的名字，便问起来。我忙着叩头奏明先祖的名字是代化，主上便笑了，还降旨意说：‘前放兵部、后降府尹的，不是也叫贾化么？’”那时雨村也在旁边，倒吓了一跳，便问贾政道：“老先生怎么奏的？”贾政道：“我便慢慢奏道：‘原任太师贾化是云南人，现任府尹贾某是浙江人。’主上又问：‘苏州刺史奏的贾范，是你一家子么？’我又叩头奏道：‘是。’主上便变色道：‘纵使家奴强占良民妻女，还成事么！’我一句不敢奏。主上又问：‘贾范是你什么人？’我忙奏道：‘是远族。’主上哼了一声，降旨叫出来了。可不是诧事！”

众人道：“本来也巧，怎么一连有这两件事？”贾政道：“事倒不奇，倒是都姓贾的不好。算来我们寒族人多，年代久了，各处都有。现在虽没有事，究竟主上记着一个‘贾’字就不好。”众人说：“真是真，假是假，怕什么。”贾政道：“我心里巴不得不做官，只是不敢告老。现在我们家里两个世袭，这也无可奈何的。”雨村道：“如今老先生仍是工部，想来京官是没有事的。”贾政道：“京官虽然无事，我究竟做过两次外任，也就说不齐了。”众人道：“二老爷的人品、行事，我们都佩服的。就是令兄大老爷，也是个好人。只要在令侄辈身上严紧些就是了。”贾政道：“我因在家的日子少，舍侄的事情不大查考，我心里也不甚放心。诸位今日提起，都是至相好，或者听见东宅的侄儿家有什么不奉规矩的事么？”众人道：“没听见别的，只有几位侍郎心里不大和睦，内监里头也有些。想来不怕什么，只要嘱付那边令侄诸事留神就是了。”众人说毕，举手而散。

贾政然后回家，众子侄等都迎接上来。贾政迎着请贾母的安，然后众子侄俱请了贾政的安，一同进府。王夫人等已到了荣禧堂迎接。贾政先到了贾母那里拜见了，陈述些违别的话。贾母问探春消息，贾政将许嫁探春的事都禀明了，还说："儿子起身急促，难过重阳，虽没有亲见，听见那边亲家的人来说的极好。亲家老爷、太太都说请老太太的安，还说今冬明春大约还可调进京来，这便好了。如今闻得海疆有事，只恐怕那时还不能调。"贾母始则因贾政降调回来，知探春远在他乡一无亲故，心下不悦；后听贾政将官事说明，探春安好，也便转悲为喜，便笑着叫贾政出去。然后弟兄相见，众子侄拜见，定了明日清晨拜祠堂。

贾政回到自己屋内，王夫人等见过，宝玉、贾环、贾兰拜见。贾政见了宝玉果然比起身之时脸面丰满，倒觉安静，并不知他心里糊涂，所以心甚喜欢，不以降调为念，心想："幸亏老太太办理的好。"又见宝钗沉厚更胜先时，兰儿文雅俊秀，便喜形于色。独见环儿仍是先前，究不甚钟爱。歇息了半天，忽然想起："为何今日短了一人？"王夫人知是想着黛玉，前因家书未报，今日又初到家，正是喜欢，不便直告，只说是病着。岂知宝玉的心里已如刀绞，因父亲到家，只得把持心性伺候。王夫人家筵接风，子孙敬酒。凤姐虽是侄媳，现办家事，也随了宝钗等递酒。贾政便叫："递了一巡酒，都歇息去罢。"命众家人不必伺候，待明早拜过宗祠，然后进见。

分派已定，贾政与王夫人说些别后的话，余者王夫人都不敢言。倒是贾政先提起王子腾的事来，王夫人也不敢悲戚。贾政又说蟠儿的事，王夫人只说他是自作自受，趁便将黛玉已死的话告诉。贾政反吓了一惊，不觉掉下泪来，连声叹息。王夫人也掌不住，也哭了。旁边彩云等即忙拉衣，王夫人止住，重又说些喜欢的话，便安寝了。

次日一早，至宗祠行礼，众子侄都随往。贾政便在祠旁厢房坐下，叫了贾珍、贾琏过来，问起家中事务。贾珍拣可说的说了。贾政又道："我初回家，也不便来细细查问。只是听见外头说起你家里更不比往前，诸事要谨慎才好。你年纪也不小了，孩子们该管教管教，别叫他们在外头得罪人。琏儿也该听听。不是才回家便说你们，因我有所闻，所以才说的，你们更该小心些。"贾珍等脸涨通红的，也只答应个"是"字，不敢说什么。贾政也就罢了。回归西府，众家人叩头毕，仍复进内，众女仆行礼，不必多赘。

只说宝玉因昨日贾政问起黛玉，王夫人答以有病，他便暗里伤心，直待贾政命他回去，一路上已滴了好些眼泪。回到房中，见宝钗和袭人等说话，他便独坐在外纳闷。宝钗叫袭人送过茶来，知他必是怕老爷查问工课，所以如此，只得过来安慰。宝玉便借此说：“你们今夜先睡一回，我要定定神。这时更不如从前，三言可忘两语，老爷瞧了不好。你先睡，叫袭人陪我略坐坐。”宝钗听说有理，便自己到房先睡。

宝玉轻轻的叫袭人坐着，央他：“把紫鹃叫来，有话问他。但是紫鹃见了我，脸上嘴里总是有气似的，须得你去解释开了再来才好。”袭人道：“你说要定神，我倒喜欢，怎么又想到这上头了？有话你明儿问不得？”宝玉道：“我就是今晚得闲，明日倘或老爷叫干什么，便没空儿了。好姐姐，你快去叫他来。”袭人道：“他不是二奶奶叫是不来的。”宝玉道：“我所以央你去说明白了才好。”袭人道：“叫我说什么？”宝玉道：“你还不知道我的心，也不知道他的心么？都为的是林姑娘。你说我并不是负心的，我如今叫你们弄成了一个负心人了！”说着这话，便瞧瞧里头，用手一指说：“他是我本不愿意的，都是老太太他们捉弄的，好端端把一个林妹妹弄死了！就是他死，也该叫我见见，说个明白，他死了也不怨我。你到底听见三姑娘他们说过的，临死恨怨我。那紫鹃为他姑娘，也恨得我了不得。你想，我是无情的人么？晴雯到底是个丫头，也没有什么大好处，他死了，我老实告诉你罢，我还做个祭文去祭他呢，那时林姑娘还亲眼见的；如今林姑娘死了，莫非倒不及晴雯么？我连祭都不能祭一祭？况且林姑娘死了还有灵圣的，他想起来不要更怨我么！”袭人道：“你要祭便祭去，要我们做什么？”

宝玉道：“我自从好了起来，就想要做一首祭文的，不知道我如今怎么一点灵机都没有了。若祭别人呢，胡乱却使得；若是他，断断俗俚不得一点儿的。所以叫紫鹃来问，他姑娘这条心他们打从那样上看出来的。我没病的头里还想得出来，一病已后，都不记得。你说林姑娘已经好了，怎么忽然死的？他好的时候我不去，他怎么说？我病的时候他不来，他也怎么说？所有他的东西，我诓了过来，你二奶奶总不叫动，不知什么意思。”袭人道：“二奶奶惟恐你伤心罢了，还有什么呢？”宝玉道：“我不信。林姑娘既是念我，为什么临死都把诗稿烧了，不留给我作个记念？又听见说天上有音乐响，必是他成了神，或是登了仙去。我虽见过了棺材，到底不知道棺材里有他没有。”袭人道：“你这话益发糊涂了！怎么一个人没死，就搁在一个空棺材里当死了的呢！”宝玉道：“不是嗄！大凡成仙的人，或是肉身去的，或是脱胎去的。好姐姐，你到底叫了紫鹃来。”袭人道：“如今等我细细的说明了你的心，他若肯来还好；若不肯来，还得费多少话；就是来了，见你也不肯细说。据我的主意，明后日等二奶奶上去了，我慢慢的问他，或者倒可仔细。遇着闲空儿，我再慢慢的告诉你。”宝玉道：“你说得也是，你不知道我心里的着急。”

正说着，麝月出来说：“二奶奶说，天已四更了，请二爷进去睡罢。袭人姐姐必是说高了兴了，忘了时候儿了。”袭人听了道：“可不是？该睡了，有话明儿再说罢。”宝玉无奈，只得含愁进去，又向袭人耳边道：“明儿好歹不要忘了。”袭人笑说：“知道了。”麝月抹着脸笑道：“你们两个又闹鬼了。何不和二奶奶说了，就到袭人那边睡去？由着你们说一夜，我们也不管。”宝玉摆手道：“不用言语。”袭人恨道：“小蹄子，你又嚼舌根，看我明日撕你！”回转头来对宝玉道：“这不是你闹的？说了四更天的话！”一面说，一面送宝玉进屋，各人散去。

那夜宝玉无眠，到了次日，还思这事。只闻得外头传进话来说：“众亲朋因老爷回家，都要送戏接风。老爷再四推辞，说：‘唱戏不必，竟在家里备了水酒，倒请亲朋过来，大家谈谈。’于是定了后日摆席请人，所以进来告诉。”不知所请何人，且听下回分解。

第一百五回　锦衣军查抄宁国府　骢马使弹劾平安州

话说贾政正在那里设宴请酒，忽见赖大急忙走上荣禧堂来，回贾政道：“有锦衣府堂官赵老爷，带领好几位司官说来拜望。奴才要取职名来回，赵老爷说：‘我们至好，不用的。’一面就下了车，走进来了。请老爷同爷们快接去。”贾政听了心想：“和赵老爷并无来往，怎么也来？现在有客，留他不便，不留又不好。”正自思想，贾琏说：“叔叔快去罢，再等一回，人都进来了。”正说着，只见二门上家人又报进来说：“赵老爷已进二门了。”贾政等抢步接去，只见赵堂官满面笑容，并不说什么，一径走上厅来。后面跟着五六位司官，也有认得的，也有不认得的，但是总不答话。贾政等心里不得主意，只得跟了上来让坐。众亲友也有认得赵堂官的，见他仰着脸不大理人，只拉着贾政的手，笑着说了几句寒温的话。众人看见来头不好，也有躲进里面屋里的，也有垂手侍立的。

贾政正要带笑叙话，只见家人慌张报道：“西平王爷到了！”贾政慌忙去接，已见王爷进来。赵堂官抢上去请了安，便说：“王爷已到，随来的各位老爷就该带领府役把守前后门。”众官应了出去。贾政等知事不好，连忙跪接。西平郡王用两手扶起，笑嘻嘻的说道：“无事不敢轻造。有奉旨交办事件，要赦老接旨。如今满堂中筵席未散，想有亲友在此未便，且请众位府上亲友各散，独留本宅的人听候。”赵堂官回说：“王爷虽是恩典，但东边的事，这位王爷办事认真，想是早已封门。”众人知是两府干系，恨不能脱身。只见王爷笑道：“众位只管就请。叫人来给我送出去，告诉锦衣府的官员说：这都是亲友，不必盘查，快快放出。”那些亲友听见，就一溜烟如飞的出去了。独有贾赦、贾政一干人，吓得面如土色，满身发颤。

不多一回，只见进来无数番役，各门把守，本宅上下人等一步不能乱走。赵堂官便转过一副脸来回王爷道：“请爷宣旨意，就好动手。”这些番役都撩衣勒臂，专等旨意。西平王慢慢的说道：“小王奉旨，带领锦衣府赵全来查看贾赦家产。”贾赦等听见，俱俯伏在地。王爷便站在上头说：“有旨意：‘贾赦交通外官，依势陵弱，孤负朕恩，有忝祖德，着革去世职。钦此。’”赵堂官一叠声叫：“拿下贾赦，其余皆看守！”维时贾赦、贾政、贾琏、贾珍、贾蓉、贾蔷、贾芝、贾兰俱在，惟宝玉假说有病，在贾母那边打闹，贾环本来不大见人的，所以就将现在几人看住。

赵堂官即叫他的家人：“传齐司员，带同番役，分头按房，抄查登帐！”这一言不打紧，吓得贾政上下人等面面相看，喜得番役、家人摩拳擦掌，就要往各处动手。西平王道：“闻得赦老与政老同房各爨的，理应遵旨查看贾赦的家资。其余且按房封锁，我们覆旨去，再候定夺。”赵堂官站起来说：“回王爷：贾赦、贾政并未分家，闻得他侄儿贾琏现在承总管家，不能不尽行查抄。”西平王听了，也不言语。赵堂官便说：“贾琏、贾赦两处，须得奴才带领去查抄才好。”西平王便说：“不必忙。先传言后宅，且请内眷回避，再查不迟。”

一言未了，老赵家奴、番役，已经拉着本宅家人领路，分头查抄去了。王爷喝命：“不许啰唣！待本爵自行查看。”说着，便慢慢的站起来要走，又分付说：“跟我的人一个不许动，都给我站在这里候着，回来一齐瞧着点数。”正说着，只见锦衣司官跪禀说：“在内查出御用衣裙并多少禁用之物，不敢擅动，特来请示王爷。”一会子，又有一起人来拦住王爷，就回说：“东跨房抄出两箱房地契文，一箱借票，都是违例取利的。”老赵便说：“好个重利盘剥，很该全抄！请王爷就此坐下，叫奴才去全抄来，再候定夺罢。”

说着，只见王府长史来禀说：“守门军传进来说，主上特命北静王到这里宣旨，请爷接去。”赵堂官听了，心里喜欢，说：“我好晦气，碰着这个酸王！如今那位来了，我就好施威。”一面想着，也迎出来。只见北静王已到大厅，就向外站着说："有旨意，锦衣府赵全听宣。"说："奉旨意：'着锦衣官惟提贾赦质审，余交西平王遵旨查办。钦此。'"西平王领了，好不喜欢，便与北静王坐下，着赵堂官提取贾赦回衙。里头那些查抄的人听得北静王到，俱一齐出来，及闻赵堂官走了，大家没趣，只得侍立听候。北静王便拣选两个诚实司官并十来个老年番役，余者一概逐出。

西平王便说："我正与老赵生气，幸得王爷到来降旨，不然这里很吃大亏。"北静王说："我在朝内，听见王爷奉旨查抄贾宅，我甚放心，谅这里不致茶毒。不料老赵这么混帐。但不知现在政老及宝玉在那里？里面不知闹到怎么样了？"众人回禀："贾政等在下房看守着，里面已抄得乱腾腾的了。"西平王便分付司员："快将贾政带来问话！"众人命带了上来。贾政跪了请安，不免含泪乞恩。北静王便起身拉着，说："政老放心。"便将旨意说了。贾政感激涕零，望北又谢了恩，仍上来听候。王爷道："政老，方才老赵在这里的时候，番役呈禀有禁用之物并重利欠票，我们也难掩过。这禁用之物，原备办贵妃用的，我们声明，也无碍。独是借券，想个什么法儿才好。如今政老且带司员实在将赦老家产呈出，也就了事，切不可再有隐匿，自干罪戾。"贾政答应道："犯官再不敢。但犯官祖父遗产，并未分过，惟各人所住的房屋有的东西便为己有。"两王便说："这也无妨，惟将赦老那一边所有的交出就是了。"又分付司员等依命行去，"不许胡混乱动"！司官领命去了。

且说贾母那边女眷也摆家宴，王夫人正在那边说："宝玉不到外头，看你老子生气。"凤姐带病哼哼唧唧的说："我看宝玉也不是怕人，他见前头陪客的人也不少了，所以在这里照应，也是有的。倘或老爷想起里头少个人在那里照应，太太便把宝兄弟献出去，可不是好？"贾母笑道："凤丫头病到这个分儿，这张嘴还是那么尖巧！"

正说到高兴，只听见邢夫人那边的人一直声的嚷进来说："老太太，太太，不……不好了！多多少少的穿靴戴帽的强……强盗来了！翻箱倒笼的来拿东西！"贾母等听着发呆。又见平儿披头散发，拉着巧姐哭啼啼的来说："不好了！我正与姐儿吃饭，只见来旺被人拴着进来，说：'姑娘，快快传进去，请太太们回避，外面王爷就进来抄家了！'我听了着忙，正要进房拿要紧东西，被一伙人浑推浑赶出来了。这里该穿该戴的快快收拾罢！"王、邢二夫人等听得，俱魂飞天外，不知怎样才好。独见凤姐先前圆睁两眼听着，后来一仰身便栽倒地下。贾母没有听完，便吓得涕泪交流，连话也说不出来。

那时一屋子人，拉这个，扯那个，正闹得翻天覆地，又听见一叠声嚷道："叫里面女眷们回避，王爷进来了！"可怜宝钗、宝玉等正在没法，只见地下这些丫头、婆子乱拉乱扯的时候，贾琏喘吁吁的跑进来说："好了，好了，幸亏王爷救了我们了！"众人正要问他，贾琏见凤姐倒在地下，哭着乱叫；又见老太太吓坏了，也回不过气来，更是着急。还亏了平儿将凤姐叫醒，令人扶着。老太太也回过气来，哭得气短神昏，躺在炕上。李纨再三宽慰。然后贾琏定神，将两王恩典说明，惟恐贾母、邢夫人知道贾赦被拿又要吓死，暂且不敢明说，只得出来照料自己屋内。

一进屋门，只见箱开柜破，物件抢得半空。此时急得两眼直竖，淌泪发呆。听见外头叫，只得出来，见贾政同司员登记物件，一人报说：

赤金首饰共一百二十三件，珠宝俱全。珍珠十三挂，淡金盘二件，金碗二对，金抢碗二个，金匙四十把，银大碗八十个，银盘二十个，三镶金象牙箸二把，镀金执壶四把，镀金折盂三对，茶托二件，银碟七十六件，银酒杯三十六个，黑狐皮十八张，青狐皮六张，貂皮三十六张，黄狐皮三十张，猞猁狲皮十二张，麻叶皮三张，洋灰皮六十张，灰狐腿皮四十张，酱色羊皮三十张，猢狸皮二张，黄狐腿二把，小白狐皮二十块，洋呢三十度，哔叽二十三度，姑绒十二度，香鼠筒子十件，豆鼠皮四方，天鹅绒一卷，梅鹿皮一方，云狐筒子二件，貉崽皮一卷，鸭皮七把，灰鼠一百六十张，獾子皮八张，虎皮六张，海豹皮三张，海龙十六张，灰色羊皮四十张，黑色羊皮六十三张，元狐帽沿十副，倭刀帽沿十二副，貂帽沿二副，小狐皮十六张，江貉皮二张，獭子皮二张，猫皮三十五张，倭股十二度，绸缎一百三十卷，纱绫一百八十一卷，羽线绉三十一卷，氆氇三十卷，妆蟒缎八卷，葛布三捆，各色布三捆，各色皮衣一百三十二件，棉夹单纱绢衣三百四十件，玉玩三十二件，带头九副，铜、锡等物五百余件，钟表十八件，朝珠九挂，各色妆蟒三十四件，上用蟒缎迎手靠背三分，宫妆衣裙八套，脂玉圈带一条，黄缎十二卷，潮银五千二百两，赤金五十两，钱七千吊。

一切动用家伙攒钉登记，以及荣国赐第，俱一一开列。其房地契纸、家人文书，亦俱封裹。

贾琏在旁边窃听，只不听见报他的东西，心里正在疑惑。只闻两家王爷问贾政道："所抄家资，内有借券，实系盘剥，究是谁行的？政老据实才好。"

贾政听了，跪在地下叩头，说："实在犯官不理家务，这些事全不知道，问犯官侄儿贾琏才知。"贾琏忙走上，跪下禀道："这一箱文书既在奴才屋内抄出来的，敢说不知道么？只求王爷开恩，奴才叔父并不知道的。"两王道："你父已经获罪，只可并案办理。你全认了，也是正理。如此，叫人将贾琏看守，余俱散收宅内。政老，你须小心候旨，我们进内覆旨去了，这里有官役看守。"说着，上轿出门。贾政等就在二门跪送。北静王把手一伸，说："请放心。"觉得脸上大有不忍之色。

此时贾政魂魄方定，犹是发怔。贾兰便说："请爷爷进内瞧老太太，再想法儿打听东府里的事。"贾政即忙起身进内。只见各门上妇女乱糟糟的，都不知要怎样。贾政无心查问，一直到贾母房中，只见人人泪痕满面，王夫人、宝玉等围住贾母，寂静无言，各各掉泪，惟有邢夫人哭作一团。因见贾政进来，都说："好了，好了。"便告诉老太太说："老爷仍旧好好的进来了，请老太太安心罢。"贾母奄奄一息的，微开双目，说："我的儿，不想还见得着你！"一声未了，便号啕的哭起来。于是满屋的人俱哭个不住。贾政恐哭坏老母，即收泪说："老太太放心罢。本来事情原不小，蒙皇上天恩，两位王爷的恩典，万般轸恤。就是大老爷暂时拘质，等问明白了，皇上还有恩典。如今家里一些也不动了。"贾母见贾赦不在，又伤心起来，贾政再三安慰方止。

众人俱不敢走散。独邢夫人回至自己那边，见总门封锁，丫头婆子亦锁在几间屋内。邢夫人无处可走，放声大哭起来，只得往凤姐那边去。见二门旁舍亦上封条，惟有屋门开着，里头呜咽不绝。邢夫人进去，见凤姐面如纸灰，合眼躺着，平儿在旁暗哭。邢夫人打谅凤姐死了，又哭起来。平儿迎上来说："太太不要哭，奶奶抬回来觉着像是死的了，幸得歇息一回苏过来，哭了几声，如今痰息气定，略安了安神儿。太太也请定定神儿罢。但不知老太太怎样了？"邢夫人也不答言，仍走到贾母那边，见眼前俱是贾政的人，自己夫、子被拘，媳妇病危，女儿受苦，现在身无所归，那里止得住悲痛？众人劝慰。李纨等令人收拾房屋，请邢夫人暂住。王夫人拨人服侍。

贾政在外，心惊肉跳，拈须搓手的等候旨意。听见外面看守军人乱嚷道："你到底是那一边的？既碰在我们这里，就记在这里册上，拴着他，交给里头锦衣府的爷们！"贾政出外看时，见是焦大，便说："怎么跑到这里来？"焦大见问，便号天蹈地的哭道："我天天劝，这些不长进的爷们倒拿我当作冤家！爷还不知道焦大跟着太爷受的苦？今朝弄到这个田地！珍大爷、蓉哥儿都叫什么王爷拿了去了；里头女主儿们，都被什么府里衙役抢得披头散发，撂在一处空房里；那些不成材料的狗男女，都像猪狗似的拦起来了。所有的都抄出来搁着，木器钉得破烂，磁器打得粉碎。他们还要把我拴起来！我活了八九十岁，只有跟着太爷捆人的，那里倒叫人捆起来！我说我是西府里的，就跑出来。那些人不依，押到这里，不想这里也是这么着！我如今也不要命了，和那些人拚了罢！”说着撞头。众衙役见他年老，又是两王分付，不敢发狠，便说：“你老人家安静些儿罢，这是奉旨的事。你且这里歇歇，听个信儿再说。”贾政听明，虽不理他，但是心里刀绞似的，便道：“完了，完了！不料我们一败涂地如此！”

正在着急听候内信，只见薛蝌气嘘嘘的跑进来说：“好容易进来了！姨父在那里？”贾政道：“来得好，但是外头怎么放进来的？”薛蝌道：“我再三央说，又许他们钱，所以我才能够出入的。”贾政便将抄去之事告诉了他，就烦他打听打听，说：“就有好亲，在火头上也不便送信，是你就好通信了。”薛蝌道：“这里的事我倒想不到。那边东府的事，我已听见说了。”贾政道：“究竟犯什么事？”薛蝌道：“今朝为我哥哥打听决罪的事，在衙内闻得，有两位御史风闻得珍大爷引诱世家子弟赌博，这款还轻；还有一大款，是强占良民妻女为妾，因其女不从，陵逼致死。那御史恐怕不准，还将咱们家的鲍二拿去，又还拉出一个姓张的来。只怕连都察院都有不是，为的是姓张的曾告过的。”贾政尚未听完，便跺脚道：“了不得！罢了，罢了！”叹了一口气，扑簌簌的掉下泪来。

薛蝌宽慰了几句，即便又出去打听。隔了半日，仍旧进来，说：“事情不好。我在刑科打听，倒没有听见两王覆旨的信，但听得说，李御史今早又参奏平安州奉承京官、迎合上司、虐害百姓，好几大款。”贾政慌道：“那管他人的事！到底打听我们的怎么样？”薛蝌道：“说是平安州就有我们，那参的京官就是大老爷，说的是包揽词讼，所以火上浇油。就是同朝这些官府，俱藏躲不迭，谁肯送信？就即如才散的这些亲友，有的竟回家去了，也有远远儿的歇下打听的。可恨那些贵本家，便在路上说：‘祖宗撂下的功业，弄出事来了，不知道飞到那个头上去呢，大家也好施为施为。’”贾政没有听完，复又顿足道：“都是我们大老爷忒糊涂！东府也忒不成事体！如今老太太与琏儿媳妇是死是活，还不知道呢。你再打听去，我到老太太那边瞧瞧。若有信，能够早一步才好。”

正说着，听见里头乱嚷出来，说：“老太太不好了！”急得贾政即忙进去。未知生死如何，且听下回分解。

第一百六回　王凤姐致祸抱羞惭　贾太君祷天消祸患

话说贾政闻知贾母危急，即忙进去看视，见贾母惊吓气逆，王夫人、鸳鸯等唤醒回来，即用疏气安神的丸药服了，渐渐的好些，只是伤心落泪。贾政在旁劝慰，总说："是儿子们不肖，招了祸来，累老太太受惊。若老太太宽慰些,儿子们尚可在外料理;若是老太太有什么不自在,儿子们的罪孽更重了。"贾母道："我活了八十多岁，自作女孩儿起，到你父亲手里，都托着祖宗的福，从没有听见过这些事。如今到老了，见你们倘或受罪，叫我心里过得去么！倒不如合上眼，随你们去罢了！"说着又哭。

贾政此时着急异常，又听外面说："请老爷，内廷有信。"贾政急忙出来，见是北静王府长史，一见面便说："大喜！"贾政谢了，请长史坐下，请问："王爷有何谕旨？"那长史道："我们王爷同西平郡王进内覆奏，将大人惧怕之心、感激天恩之话都代奏过了。主上甚是悯恤，并念及贵妃溘逝未久，不忍加罪，着加恩仍在工部员外上行走。所封家产，惟将贾赦的入官，余俱给还，并传旨令尽心供职。惟抄出借券，令我们王爷查核，如有违禁重利的，一概照例入官；其在定例生息的，同房地文书尽行给还。贾琏着革去职衔，免罪释放。"贾政听毕，即起身叩谢天恩，又拜谢王爷恩典。"先请长史大人代为禀谢，明晨到阙谢恩，并到府里磕头。"那长史去了。少停，传出旨来，承办官遵旨一一查清，入官者入官，给还者给还；将贾琏放出，所有贾赦名下男妇人等造册入官。

可怜贾琏屋内东西，除将按例放出的文书发给外，其余虽未尽入官的，早被查抄的人尽行抢去，所存者只有家伙物件。贾琏始则惧罪，后蒙释放已是大幸，及想起历年积聚的东西并凤姐的体己，不下七八万金，一朝而尽，怎得不痛！且他父亲现禁在锦衣府，凤姐病在垂危，一时悲痛。又见贾政含泪叫他，问道："我因官事在身，不大理事，故叫你们夫妇总理家事。你父亲所为，固难劝谏；那重利盘剥，究竟是谁干的？况且非咱们这样人家所为。如今入了官,在银钱是不打紧的,这种声名出去还了得么！"贾琏跪下说道："侄儿办家事，并不敢存一点私心。所有出入的帐目，自有赖大、吴新登、戴良等登记，老爷只管叫他们来查问。现在这几年，库内的银子出多入少，虽没贴补在内,已在各处做了好些空头,求老爷问太太就知道了。这些放出去的帐，连侄儿也不知道那里的银子，要问周瑞、旺儿才知道。”贾政道：“据你说来，连你自己屋里的事还不知道，那些家中上下的事更不知道了！我这会子也不来查问你。现今你无事的人，你父亲的事和你珍大哥的事，还不快去打听打听！”贾琏一心委屈，含着眼泪答应了出去。

贾政连连叹气，想道：“我祖父勤劳王事，立下功勋，得了两个世职，如今两房犯事，都革去了。我瞧这些子侄，没一个长进的！老天啊，老天啊！我贾家何至一败如此！我虽蒙圣恩格外垂慈，给还家产，那两处食用自应归并一处，叫我一人那里支撑得住！方才琏儿所说，更加诧异，说不但库上无银，而且尚有亏空，这几年竟是虚名在外！只恨我自己为什么糊涂若此！倘或我珠儿在世，尚有膀臂；宝玉虽大，更是无用之物。”想到那里，不觉泪满衣襟。又想：“老太太偌大年纪，儿子们并没有自能奉养一日，反累他老人家吓得死去活来，种种罪孽，叫我委之何人！”

正在独自悲切，只见家人禀报各亲友进来看候。贾政一一道谢，说起：“家门不幸，是我不能管教子侄，所以至此。”有的说：“我久知令兄赦大老爷行事不妥，那边珍哥更加骄纵。若说因官事错误，得个不是，于心无愧；如今自己闹出的，倒带累了二老爷。”有的说：“人家闹的也多，也没见御史参奏。不是珍老大得罪朋友，何得如此！”有的说：“也不怪御史。我们听见说是府上的家人同几个泥腿在外头哄嚷出来的。御史恐参奏不实，所以诓了这里的人去，才说出来的。我想府上待下人最宽的，为什么还有这事？”有的说：“大凡奴才们，是一个养活不得的。今儿在这里都是好亲友，我才敢说：就是尊驾在外任，我保不得，你是不爱钱的，那外头的风声也不好，都是奴才们闹的。你该提防些。如今虽说没有动你的家，倘或再遇着主上疑心起来，好些不便呢。”贾政听说，心下着忙，道：“众位听见我的风声怎样？”众人道：“我们虽没听见实据，只闻外面人说：你在粮道任上，怎么叫门上家人要钱。”贾政听了，便说道：“我是对得天的，从不敢起这要钱的念头。只是奴才在外招摇撞骗闹出事来，我就吃不住了。”众人道：“如今怕也无益，只好将现在的管家们都严严的查一查，若有抗主的奴才，查出来严严的办一办。”

贾政听了点头。便见门上的进来回说：“孙姑爷那边打发人来说，自己有事不能来，着人来瞧瞧。说大老爷该他一项银子，要在二老爷身上还的。”贾政心内忧闷，只说：“知道了。”众人都冷笑道：“人说令亲孙绍祖混帐，真有些！如今丈人抄了家，不但不来瞧看帮补照应，倒赶忙的来要银子，真真不在理上！”贾政道：“如今且不必说他。那头亲事，原是家兄配错的。我的侄女儿的罪已经受够了，如今又招我来。”

正说着，只见薛蝌进来，说道：“我打听锦衣府赵堂官必要照御史参的办去，只怕大老爷和珍大爷吃不住。”众人都道：“二老爷，还是得你出去求求王爷，怎么挽回挽回才好。不然，这两家就完了。”贾政答应致谢，众人都散。那时天已点灯时候，贾政进来请贾母的安，见贾母略略好些。回到自己房中，埋怨贾琏夫妇不知好歹，如今闹出放帐取利的事情，大家不好。方见凤姐所为，心里很不受用。只是凤姐现在病重，况他所有什物尽被抄抢，心内郁结，一时未便埋怨，暂且隐忍不言。一夜无话。次早，贾政进内谢恩，并到北静王府、西平王府两处叩谢，求两位王爷照应他哥哥、侄儿。两位应许。贾政又在同寅相好处托情。

且说贾琏打听得父兄之事不很妥，无法可施，只得回到家中。平儿守着凤姐哭泣，秋桐在耳房中抱怨凤姐。贾琏走近旁边，见凤姐奄奄一息，就有多少怨言，一时也说不出来。平儿哭道：“如今事已如此，东西已去，不能复来。奶奶这样，还得再请个大夫调治调治才好。”贾琏啐道：“呸！我的性命还不保，我还管他么！”凤姐听见，睁眼一瞧，虽不言语，那眼泪流个不尽。见贾琏出去，便与平儿道：“你别不达时务了，到了这个田地，你顾我做什么？我巴不得今儿就死才好！只要你能够眼里有我，我死之后，你扶养大了巧姐儿，我在阴司里也感激你的。”平儿听了，越发抽抽搭搭的哭起来了。

凤姐道：“你也是聪明人，他们虽没有来说我，必是抱怨我的。虽说事是外头闹的，我不放帐，如今也没有我的事。不但是枉费心计，挣了一辈子的强，偏偏儿的落在人后头了！我只恨用人不当，恍惚听得珍大爷的事，说是强占良民妻子为妾，不从逼死，有个姓张的在里头，你想想还有谁？若是这件事审出来，咱们二爷是脱不了的，我那时怎么见人？我要即时就死，又耽不起吞金服毒的。你倒还要请大夫，可不是你为顾我反倒害了我了么！”平儿愈听愈惨，想来实在难处，恐凤姐自寻短见，只得紧紧守着。

幸贾母不知底细，因近日身子好些，又见贾政无事，宝玉、宝钗在旁，天天不离左右，略觉放心。素来最疼凤姐，便叫鸳鸯：“将我的体己东西拿些给凤丫头，再拿些银钱交给平儿，好好的伏侍好了凤丫头，我再慢慢的分派。”又命王夫人照看邢夫人。此时宁国府第入官，所有财产房地等项并家奴等俱已造册收尽，这里贾母命人将车接了尤氏婆媳等过来。可怜赫赫宁府，只剩得他们婆媳两个并佩凤、偕鸾二人，连一个下人没有。贾母拨出房子一所居住，就在惜春所住的间壁；又派了婆子四人、丫头两个伏侍。一应饭食起居在大厨房内分送，衣裙什物又是贾母送去，零星需用亦在帐房内开销，俱照荣府每人月例之数。那贾赦、贾珍、贾蓉在锦衣府使用，帐房内实在无项可支。如今凤姐一无所有，贾琏外头债务满身，贾政不知家务，只说已经托人，自有照应。贾琏无计可施，想到那亲戚里头，薛姨妈家已败，王子腾已死，其余亲戚虽有，俱是不能照应的，只得暗暗差人下屯，将地亩暂卖了数千金，作为监中使费。贾琏如此一行，那些家奴见主家势败，也便趁此弄鬼，并将东庄租税也就指名借用些。此是后话，暂且不提。

且说贾母见祖宗世职革去，现在子孙在监质审，邢夫人、尤氏等日夜啼哭，凤姐病在垂危，虽有宝玉、宝钗在侧，只可解劝，不能分忧，所以日夜不宁，思前想后，眼泪不干。一日傍晚，叫宝玉回去，自己扎挣坐起，叫鸳鸯等各处佛堂上香，又命自己院内焚起斗香，用拐拄着出到院中。琥珀知是老太太拜佛，铺下大红短毡拜垫。贾母上香跪下，磕了好些头，念了一回佛，含泪祝告天地道："皇天菩萨在上，我贾门史氏，虔诚祷告，求菩萨慈悲。我贾门数世以来，不敢行凶霸道。我帮夫助子，虽不能为善，亦不敢作恶。必是后辈儿孙骄侈淫佚，暴殄天物，以致合府抄检。现在儿孙监禁，自然凶多吉少，皆由我一人罪孽，不教儿孙，所以至此。我今即求皇天保佑，在监的逢凶化吉，有病的早早安身。总有合家罪孽，情愿一人承当，只求饶恕儿孙。若皇天见怜，念我虔诚，早早赐我一死，宽免儿孙之罪。"默默说到此，不禁伤心，呜呜咽咽哭泣起来。鸳鸯、珍珠一面解劝，一面扶进房去。

只见王夫人带了宝玉、宝钗过来请晚安，见贾母悲伤，三人也大哭起来。宝钗更有一层苦楚：想哥哥也在外监，将来要处决，不知可能减等；翁姑虽然无事，眼见家业萧条；宝玉依然疯傻，毫无志气。想到后来终身，更比贾母、王夫人哭得更痛。宝玉见宝钗如此大恸，他亦有一番悲戚，想的是："老太太年老不得安，老爷、太太见此光景，不免悲伤；众姐妹风流云散，一日少似一日，追想在园中吟诗起社，何等热闹；自从林妹妹一死，我郁闷到今，又有宝姐姐过来，未便时常悲切，况他又忧兄思母，日夜难得笑容。"今见他悲哀欲绝，心里更加不忍，竟号啕大哭起来。鸳鸯、彩云、莺儿、袭人见他们如此，也各有所思，便也呜咽起来。余者丫头们看得伤心，也便陪哭，竟无人解慰。满屋中哭声惊天动地，外头上夜婆子吓慌，急报于贾政知道。

那贾政正在书房纳闷，听见贾母的人来报，心中着忙，飞奔进内。远远听得哭声甚众，打谅老太太不好，吓得魂魄俱丧。疾忙进内，只见坐着悲啼，神魂方定，便说：“老太太伤心，你们该劝解才是啊，怎么的齐打伙儿哭起来了？”众人听得贾政声气，急忙止哭，大家对面发怔。贾政上前安慰了老太太，又说了众人几句。各自心想道：“我们原恐老太太悲伤，故来劝解，怎么忘情，大家痛哭起来？”

正自不解，只见老婆子带了史侯家的两个女人进来，请了贾母的安，又向众人请安毕，便说：“我们家老爷、太太、姑娘打发我来说：听见府里的事原没有什么大事，不过一时受惊。恐怕老爷、太太烦恼，叫我们过来告诉一声，说这里二老爷是不怕的了。我们姑娘本要自己来的，因不多几日就要出阁，所以不能来了。”贾母听了，不便道谢，说：“你回去给我问好。这是我们的家运合该如此。承你老爷、太太惦记，过一日再来奉谢。你家姑娘出阁，想来你们姑爷是不用说的了，他们的家计如何？”两个女人回道：“家计倒不怎么样，只是姑爷长的很好，为人又和平。我们见过好几次，看来与这里宝二爷差不多，还听得说才情学问都好的。”

贾母听了，欢喜道：“这么着才好，这是你们姑娘的造化。只是咱们家的规矩还是南方礼儿，所以新姑爷我们都没见过。我前儿还想起我娘家的人来，最疼的就是你们家姑娘，一年三百六十天，在我跟前的日子倒有二百多天。混的这么大了，我原想给他说个好女婿，又为他叔叔不在家，我又不便作主。他既如今配了个好姑爷，我也放心。月里头出阁，我原想过来吃杯喜酒的，不料我家闹出这样事来，我的心就像在热锅里熬的似的，那里能够再到你们家去？你回去说我问好，我们这里的人都请安问好。你替另告诉你家姑娘，不要将我放在心里。我是八十多岁的人了，就死，也算不得没福的了。只愿他过了门，两口子和顺，百年到老，我便心安了。”说着，不觉掉下泪来。那女人道：“老太太也不必伤心。姑娘过了门，等回了九，少不得同姑爷过来请老太太的安，那时老太太见了才喜欢呢。”贾母点头。那女人出去。

别人都不理论，只有宝玉听了，发了一回怔，心里想道：“如今一天一天的都过不得了。为什么人家养了女儿，到大了必要出嫁呢？一出了嫁，就改换了一个人似的。史妹妹这样一个人，又被他叔叔硬压着配人了。他将来见了我，必是又不理我了。我想，一个人到了这个没人理的分儿，还活着做什么？”想到那里，又是伤心。见贾母此时才安，又不敢哭泣，只是闷闷的。

一时，贾政不放心，又进来瞧瞧老太太，见是好些，便出来传了赖大，叫他将合府里管事家人的花名册子拿来，一齐点了一点。除去贾赦入官的人，尚有三十余家，共男女二百十二名。贾政叫现在府内当差的男人共二十一名进来，问起历年居家用度，共有若干进来，该用若干出去。那管总的家人将近年支用簿子呈上。贾政看时，所入不敷所出，又加连年宫里花用，帐上有在外浮借的也不少。再查东省地租，近年所交不及祖上一半，如今用度比祖上加了十倍。贾政不看则已，看了急得跺脚，道："这了不得！我打谅虽是琏儿管事，在家自有把持，岂知好几年头里已经寅年用了卯年的，还是这样装好看，竟把世职俸禄当作不打紧的事情，为什么不败呢！我如今要就省俭起来，已是迟了。"想到那里，背着手踱来踱去，竟无方法。

众人知贾政不知理家，也是白操心着急，便说道："老爷也不用焦心，这是家家这样的。若是统总算起来，连王爷家还不够过的呢。不过是装着门面，过到那里就到那里罢咧。如今老爷到底得了主上的恩典，才有这点子家产；若是一并入了官，老爷就不用过了不成？"贾政嗔道："放屁！你们这班奴才，最没有良心的！仗着主子好的时候，任意开销；到弄光了，走的走，跑的跑，还顾主子的死活么！如今你们道是没有查封是好的，那知道外头的名声。连大本儿都保不住，还搁得住你们在外头支架子、说大话、诓人骗人？到闹出事来，望主子身上一推就完了！如今大老爷与珍大爷的事，说是咱们家人鲍二在外传播的，我看这人口册上并没有鲍二，这是怎么说？"

众人回道："这鲍二是不在册档上的。先前在宁府册上，为二爷见他老实，把他们两口子叫过来了。及至他女人死了，他又回宁府去。后来老爷衙门有事，老太太、太太们和爷们往陵上去，珍大爷替理家事带过来的，以后也就去了。老爷数年不管家事，那里知道这些事呢？老爷打谅册上没有名字的就只有这个人，不知一个人手底下亲戚们也有好几个，奴才还有奴才呢。"贾政道："这还了得！"想来一时不能清理，只得喝退众人，早打了主意在心里了，且听贾赦等的官事审得怎么再定。

一日，正在书房筹算，只见一人飞奔进来，说："请老爷快进内廷问话。"贾政听了心下着忙，只得进去。未知吉凶如何，且看下回分解。

第一百七回　散余资贾母明大义　复世职政老沐天恩

话说贾政进内，见了枢密院各位大人，又见了各位王爷。北静王道："今日我们传你来，有遵旨问你的事。”贾政即忙跪下。众大人便问道：“你哥哥交通外官、恃强凌弱、纵儿聚赌、强占良民妻女不遂逼死的事，你都知道么？”贾政回道：“犯官自从主恩钦点学政任满后，查看赈恤，于上年冬底回家；又蒙堂派工程；后又任江西粮道，题参回都，仍在工部行走，日夜不敢怠惰。一应家务，并未留心伺察，实在糊涂，不能管教子侄，这就是孤负圣恩。只求主上重重治罪。”北静王据说转奏。

不多时传出旨来，北静王便述道：“主上因御史参奏贾赦交通外官，恃强凌弱。据该御史指出平安州互相往来，贾赦包揽词讼。严鞫贾赦，据供平安州原系姻亲来往，并未干涉官事，该御史亦不能指实。惟有倚势强索石呆子古扇一款是实的，然系玩物，究非强索良民之物可比。虽石呆子自尽，亦系疯傻所致，与逼勒致死者有间。今从宽将贾赦发往台站，效力赎罪。所参贾珍强占良民妻女为妾、不从逼死一款，提取都察院原案，看得尤二姐实系张华指腹为婚未娶之妻，因伊贫苦，自愿退婚，尤二姐之母愿结贾珍之弟为妾，并非强占。再尤三姐自刎掩埋、并未报官一款，查尤三姐原系贾珍妻妹，本意为伊择配，因被逼索定礼，众人扬言秽乱，以致羞忿自尽，并非贾珍逼勒致死。但身系世袭职员，罔知法纪，私埋人命，本应重治；念伊究属功臣后裔，不忍加罪，亦从宽革去世职，派往海疆效力赎罪。贾蓉年幼无干，省释。贾政实系在外任多年，居官尚属勤慎，免治伊治家不正之罪。”

贾政听了，感激涕零，叩首不及，又叩求王爷代奏下忱。北静王道：“你该叩谢天恩，更有何奏？”贾政道：“犯官仰蒙圣恩，不加大罪，又蒙将家产给还，实在扪心惶愧，愿将祖宗遗受重禄、积余置产，一并交官。”北静王道：“主上仁慈待下，明慎用刑，赏罚无差。如今既蒙莫大深恩，给还财产，你又何必多此一奏？”众官也说不必。贾政便谢了恩，叩谢了王爷出来。恐贾母不放心，急忙赶回。

上下男女人等，不知传进贾政是何吉凶，都在外头打听，一见贾政回家，都略略的放心，也不敢问。只见贾政忙忙的走到贾母跟前，将蒙圣恩宽免的事细细告诉了一遍。贾母虽则放心，只是两个世职革去，贾赦又往台站效力，贾珍又往海疆，不免又悲伤起来。邢夫人、尤氏听见那话，更哭起来。贾政便道：“老太太放心。大哥虽则台站效力，也是为国家办事，不致受苦，只要办得妥当，就可复职；珍儿正是年轻，很该出力。若不是这样，便是祖父的余德亦不能久享。”说了些宽慰的话。

贾母素来本不大喜欢贾赦，那边东府贾珍究竟隔了一层。只有邢夫人、尤氏痛哭不已。邢夫人想着："家产一空，丈夫年老远出，膝下虽有琏儿，又是素来顺他二叔的，如今都靠着二叔，他两口子更是顺着那边去了。独我一人孤苦伶仃，怎么好？"那尤氏本来独掌宁府的家计，除了贾珍，也算是惟他为尊，又与贾珍夫妇相和；如今犯事远出，家财抄尽，依住荣府，"虽则老太太疼爱，终是依人门下。又带了偕鸾、佩凤，蓉儿夫妇又是不能兴家立业的人"。又想着："二妹妹、三妹妹俱是琏二叔闹的，如今他们倒安然无事，依旧夫妇完聚。只留我们几个，怎生度日？"想到这里，痛哭起来。贾母不忍，便问贾政道："你大哥和珍儿现已定案，可能回家？蓉儿既没他的事，也该放出来了。"贾政道："若在定例，大哥是不能回家的。我已托人徇个私情，叫我们大老爷同侄儿回家，好置办行装，衙门内业已应了。想来蓉儿同着他爷爷、父亲一起出来。只请老太太放心，儿子办去。"

贾母又道："我这几年老的不成人了，总没有问过家事。如今东府是全抄去了，房屋入官不消说的。你大哥那边、琏儿那里也都抄去了。咱们西府银库、东省地土，你知道到底还剩了多少？他两个起身，也得给他们几千银子才好。"贾政正是没法，听见贾母一问，心想着："若是说明，又恐老太太着急；若不说明，不用说将来，只现在怎样办法？"定了主意，便回道："若老太太不问，儿子也不敢说。如今老太太既问到这里，现在琏儿也在这里，昨日儿子已查了：旧库的银子早已虚空，不但用尽，外头还有亏空。现今大哥这件事，若不花银托人，虽说主上宽恩，只怕他们爷儿两个也不大好。就是这项银子，尚无打算。东省的地亩，早已寅年吃了卯年的租儿了，一时也算不转来，只好尽所有蒙圣恩没有动的衣服、首饰折变了，给大哥、珍儿作盘费罢了。过日的事只可再打算。"

贾母听了，又急得眼泪直流，说道："怎么着，咱们家到了这样田地了么？我虽没有经过，我想起我家向日，比这里还强十倍，也是摆了几年虚架子，没有出这样事，已经塌下来了，不消一二年就完了！据你说起来，咱们竟一两年就不能支了？"贾政道："若是这两个世俸不动，外头还有些挪移；如今无可指称，谁肯接济？"说着，也泪流满面。"想起亲戚来，用过我们的如今都穷了，没有用过我们的又不肯照应。昨日儿子也没有细查，只看家下的人丁册子，别说上头的钱一无所出，那底下的人也养不起许多。"

贾母正在忧虑，只见贾赦、贾珍、贾蓉一齐进来，给贾母请安。贾母看这般光景，一只手拉着贾赦，一只手拉着贾珍，便大哭起来。他两人脸上羞惭，又见贾母哭泣，都跪在地下，哭着说道："儿孙们不长进，将祖上功勋丢了，又累老太太伤心，儿孙们是死无葬身之地的了！"满屋中人看这光景，又一齐大哭起来。贾政只得劝解："倒先要打算他两个的使用。大约在家只可住得一两日，迟则人家就不依了。"老太太含悲忍泪的说道："你两个且各自同你们媳妇们说说话儿去罢。"又分付贾政道："这件事是不能久待的。想来外面挪移，恐不中用，那时误了钦限怎么好？只好我替你们打算罢了。就是家中如此乱糟糟的，也不是常法儿。"一面说着，便叫鸳鸯分付去了。这里贾赦等出来，又与贾政哭泣了一会，都不免将从前任性、过后恼悔、如今分离的话说了一会，各自同媳妇那边悲伤去了。贾赦年老，倒还撂的下；独有贾珍与尤氏，怎忍分离！贾琏、贾蓉两个，也只有拉着父亲啼哭。虽说是比军流减等，究竟生离死别，这也是事到如此，只得大家硬着心肠过去。

却说贾母叫邢、王二夫人同了鸳鸯等开箱倒笼，将做媳妇到如今积攒的东西都拿出来，又叫贾赦、贾政、贾珍等一一的分派。给贾赦三千两，说："这里现有的银子你拿二千两去做你的盘费使用，留一千给大太太另用。这三千给珍儿，你只许拿一千去，留下二千交你媳妇过日子。仍旧各自度日，房子是在一处，饭食各自吃罢。四丫头将来的亲事，还是我的事。只可怜凤丫头，操心了一辈子，如今弄得精光，也给他三千两，叫他自己收着，不许教琏儿用。如今他还病得神昏气丧，叫平儿来拿去。这是你祖父留下来的衣服，还有我少年穿的衣服、首饰，如今我也用不着了。男的呢，叫大老爷、珍儿、琏儿、蓉儿拿去分了；女的呢，叫大太太、珍儿媳妇、凤丫头拿了分去。这五百两银子交给琏儿，明年将林丫头的棺材送回南去。"分派定了，又叫贾政道："你说外头还该着帐呢，这是少不得的，你就拿这金子变卖偿还。这是他们闹掉了我的。你也是我的儿子，我并不偏向。宝玉已经成了家，我下剩的这些金银东西，大约还值几千两银子，这是都给宝玉的了。珠儿媳妇向来孝顺我，兰儿也好，我也分给他们些。这便是我的事情完了。"

贾政等见母亲如此明断分晰，俱跪下哭着，说："老太太这么大年纪，儿孙们没点孝顺，承受老祖宗这样恩典，叫儿孙们更无地自容了！"贾母道："别瞎说。若不闹出这个乱儿，我还收着呢。只是现在家人过多，只有二老爷是当差的，留几个人就够了。你就分付管事的，将人叫齐了，分派妥当。各家有人便就罢了。譬如一抄尽了，怎么样呢？我们里头的，也要叫人分派，该配人的配人，赏去的赏去。如今虽说咱们这房子不入官，你到底把这园子交了才好。那些田地还交琏儿清理，该卖的卖，该留的留，断不要支架子做空头。我索性说了罢，江南甄家还有几两银子，二太太那里收着，该叫人就送去罢。倘或再有点事出来，可不是他们‘躲过了风暴又遇了雨’了么？”贾政本是不知当家立计的人，一听贾母的话，一一领命，心想：“老太太实在真真是理家的人，都是我们这些不长进的闹坏了。”贾政见贾母劳乏，求着老太太歇歇养神。

贾母又道：“我所剩的东西也有限，等我死了，做结果我的使用，余的都给伏侍我的丫头。”贾政等听到这里，更加伤感，大家跪下：“请老太太宽怀，只愿儿子们托老太太的福，过了些时都邀了恩眷，那时兢兢业业的治起家来，以赎前愆，奉养老太太到一百岁。”贾母道：“但愿这样才好，我死了也好见祖宗。你们别打谅我是享得富贵、受不得贫穷的人哪，不过这几年看看你们轰轰烈烈，我落得都不管，说说笑笑养身子罢了，那知道家运一败直到这样！若说外头好看，里头空虚，是我早知道的了，只是‘居移气，养移体’，一时下不得台来。如今借此正好收敛，守住这个门头，不然叫人笑话。你还不知，只打谅我知道穷了，便着急的要死。我心里是想着祖宗莫大的功勋，无一日不指望你们比祖宗还强。能够守住也就罢了，谁知他们爷儿两个做些什么勾当！”

贾母正自长篇大论的说，只见丰儿慌慌张张的跑来回王夫人道：“今早我们奶奶听见外头的事，哭了一场，如今气都接不上了。平儿叫我来回太太。”丰儿没有说完，贾母听见，便问：“到底怎么样？”王夫人便代回道：“如今说是不大好。”贾母起身道：“咳，这些冤家，竟要磨死我了！”说着叫人扶着，要亲自看去。贾政即忙拦住，劝道：“老太太伤了好一回的心，又分派了好些事，这会该歇歇。便是孙子媳妇有什么事，该叫媳妇瞧去就是了，何必老太太亲身过去呢？倘或再伤感起来，老太太身上要有一点儿不好，叫做儿子的怎么处呢？”贾母道：“你们各自出去，等一会子再进来，我还有话说。”贾政不敢多言，只得出来料理兄、侄起身的事，又叫贾琏挑人跟去。

这里贾母才叫鸳鸯等派人拿了给凤姐的东西，跟着过来。凤姐正在气厥。平儿哭得眼红，听见贾母带着王夫人、宝玉、宝钗过来，疾忙出来迎接。贾母便问：“这会子怎么样了？”平儿恐惊了贾母，便说：“这会子好些儿。”说着，跟了贾母等进来，赶忙先走过去，轻轻的揭开帐子。凤姐开眼瞧着，只见贾母进来，满心惭愧。先前原打算贾母等恼他，不疼的了，是死活由他的，不料贾母亲自来瞧，心里一宽，觉那壅塞的气略松动些，便要扎挣坐起。贾母叫平儿按着。“不要动，你好些么？”凤姐含泪道：“我好些了。只是从小儿过来，老太太、太太怎么样疼我。那知我福气薄，叫神鬼支使的失魂落魄，不能够在老太太跟前尽点儿孝心、公婆前讨个好儿，还是这样把我当人，叫我帮着料理家务，被我闹的七颠八倒，我还有什么脸儿见老太太、太太呢？今日老太太、太太亲自过来，我更当不起了，恐怕该活三天的，又折了两天去了！”说着悲咽。贾母道：“那些事原是外头闹起来的，与你什么相干？就是你的东西被人拿去，这也算不了什么呀。我带了好些东西给你，你瞧瞧。”说着，叫人拿上来给他瞧。

凤姐本是贪得无厌的人，如今被抄尽净，自然愁苦，又恐人埋怨，正是几不欲生的时候。今见贾母仍旧疼他，王夫人也不嗔怪，过来安慰他，又想贾琏无事，心下安放好些。便在枕上与贾母叩头，说道：“请老太太放心。若是我的病托着老太太的福好了些，我情愿自己当个粗使丫头，尽心竭力的伏侍老太太、太太罢。”贾母听他说得伤心，不免掉下泪来。宝玉是从来没有经过这大风浪的，心下只知安乐、不知忧患的人，如今碰来碰去都是哭泣的事，所以他竟比傻子尤甚，见人哭他就哭。凤姐看见众人忧闷，反倒勉强说几句宽慰贾母的话，求着：“请老太太、太太回去，我略好些，过来叩头。”说着，将头仰起。贾母叫平儿：“好生伏侍。短什么，到我那里要去。”说着，带了王夫人将要回到自己房中。只听见两三处哭声，贾母听着实在不忍，便叫王夫人散去，叫宝玉：“去见你大爷、大哥，送一送就回来。”自己躺在榻上下泪。幸喜鸳鸯等能用百样言语劝解，贾母暂且安歇。

不言贾赦等分离悲痛。那些跟去的人，谁是愿意的？不免心中抱怨，叫苦连天。正是生离果胜死别，看者比受者更加伤心。好好的一个荣国府，闹到人号鬼哭。贾政最循规矩，在伦常上也讲究的，执手分别后，自己先骑马赶至城外，举酒送行，又叮嘱了好些国家轸恤勋臣、力图报称的话。贾赦等挥泪分头而别。

贾政带了宝玉回家，未及进门，只见门上有好些人在那里乱嚷，说：“今日旨意：将荣国公世职着贾政承袭。”那些人在那里要喜钱，门上人和他们分争，说：“是本来的世职，我们本家袭了，有什么喜报？”那些人说道：“那世职的荣耀，比任什么还难得。你们大老爷闹掉了，想要这个，再不能的了。如今圣人的恩典比天还大，又赏给二老爷了，这是千载难逢的，怎么不给喜钱！”

正闹着，贾政回家，门上回了，虽则喜欢，究是哥哥犯事所致，反觉感极涕零，赶着进内告诉贾母。王夫人正恐贾母伤心，过来安慰，听得世职复还，自是欢喜。又见贾政进来，贾母拉着，说了些勤黾报恩的话。独有邢夫人、尤氏心下悲苦，只不好露出来。

且说外面这些趋炎奉势的亲戚、朋友，先前贾宅有事，都远避不来；今儿贾政袭职，知圣眷尚好，大家都来贺喜。那知贾政纯厚性成，因他袭哥哥的职，心内反生烦恼，只知感激天恩。于第二日进内谢恩，到底将赏还府第、园子，备折奏请入官。内廷降旨不必，贾政才得放心回家，以后循分供职。但是家计萧条，入不敷出。贾政又不能在外应酬。家人们见贾政忠厚，凤姐抱病不能理家，贾琏的亏缺一日重似一日，难免典房卖地。府内家人几个有钱的，怕贾琏缠扰，都装穷躲事，甚至告假不来，各自另寻门路。

独有一个包勇，虽是新投到此，恰遇荣府坏事，他倒有些真心办事，见那些人欺瞒主子，便时常不忿。奈他是个新来乍到的人，一句话也插不上，他便生气，每天吃了就睡。众人嫌他不肯随和，便在贾政前说他终日贪杯生事，并不当差。贾政道："随他去罢，原是甄府荐来，不好意思。横竖家内添这一人吃饭，虽说是穷，也不在他一人身上。"并不叫驱逐。众人又在贾琏跟前说他怎样不好，贾琏此时也不敢自作威福，只得由他。

忽一日，包勇耐不过，吃了几杯酒，在荣府街上闲逛，见有两个人说话。那人说道："你瞧，这么个大府，前儿抄了家，不知如今怎么样了？"那人道："他家怎么能败？听见说里头有位娘娘，是他家的姑娘，虽是死了，到底有根基的。况且我常见他们来往的，都是王公侯伯，那里没有照应？便是现在的府尹、前任的兵部，是他们的一家儿，难道有这些人还护庇不来么？"那人道："你白住在这里！别人犹可，独是那个贾大人更了不得！我常见他在两府来往，前儿御史虽参了，主子还叫府尹查明实迹再办。你道他怎么样？他本沾过两府的好处，怕人说他回护一家，他便狠狠的踢了一脚，所以两府里才到底抄了。你道如今的世情还了得么！"两人无心说闲话，岂知旁边有人跟着听的明白。包勇心下暗想："天下有这样负恩的人！但不知是我老爷的什么人？我若见了他，便打他一个死！闹出事来，我承当去。"

那包勇正在酒后胡思乱想，忽听那边喝道而来。包勇远远站着，听见那个人轻轻的说道："这来的就是那个贾大人了。"包勇听了，心里怀恨，趁着酒兴，便大声的道："没良心的男女！怎么忘了我们贾家的恩了？"雨村在轿内听得一个“贾”字，便留神观看，见是一个醉汉，便不理会，过去了。

那包勇醉着，不知好歹，便得意洋洋回到府中，问起同伴，知是方才见的那位大人是这府里提拔起来的。“他不念旧恩，反来踢弄咱们家里，见了他骂他几句，他竟不敢答言。”那荣府的人本嫌包勇，只是主人不计较他；如今他又在外闯祸，不得不回，正好趁着贾政无事，便将包勇吃酒闹事的话回了。贾政此时正怕风波，听得家人回禀，便一时生气，叫进包勇来数骂了几句，也不好深沉责罚他，便派去看园，不许他在外行走。

那包勇本是直爽的脾气，投了主子，他便赤心护主，岂知贾政反倒听了别人的话责骂他。他也不敢再辨，只得收拾行李，往园中看守浇灌去了。未知后事如何，且看下回分解。

第一百八回　强欢笑蘅芜庆生辰　死缠绵潇湘闻鬼哭

却说贾政先前曾将房产并大观园奏请入官，内廷不收，又无人居住，只好封锁。因园子接通尤氏、惜春住宅，太觉旷阔无人，遂将包勇罚看荒园。此时贾政理家，又奉了贾母之命，将人口渐次减少，诸凡省俭，尚且不能支持。幸喜凤姐为贾母痛惜，王夫人等虽则不大喜欢，若说治家办事，尚能出力，所以将内事仍交凤姐办理。但近来因被抄以后，诸事运用不来，也是每形拮据。那些房头上下人等，原是宽裕惯的，如今较之往日十去其七，怎能周到？不免怨言不绝。凤姐也不敢推辞，在贾母前扶病承欢。过了些时，贾赦、贾珍各到当差地方，恃有用度，暂且自安，写书回家，都言安逸，家中不必挂念。于是贾母放心，邢夫人、尤氏也略略宽怀。

一日，史湘云出嫁回门，来贾母这边请安。贾母提起他女婿甚好，史湘云也将那里过日平安的话说了，“请老太太放心”。又提起黛玉去世，不免大家落泪。贾母又想起迎春苦楚，越觉悲伤起来。史湘云劝解一回，又到各家请安、问好毕，仍到贾母房中安歇，言及薛家：“这样人家，被薛大哥闹的家破人亡。今年虽是缓决人犯，明年不知可能减等？”贾母道：“你还不知道呢，昨儿蟠儿媳妇死得不明白，几乎又闹出一场大事来。还幸亏老佛爷有眼，叫他带来的丫头自己供出来了，那夏奶奶才没的闹了，自家拦住相验，你姨妈这里才将皮裹肉的打发出去了。你说说，真真是六亲同运！薛家是这样了，姨太太守着薛蝌过日。为这孩子有良心，他说哥哥在监里，尚未结局，不肯娶亲。你邢妹妹在大太太那边，也就很苦。琴姑娘为他公公死了尚未满服，梅家尚未娶去。二太太的娘家大舅太爷一死，凤丫头的哥哥也不成人，那二舅太爷也是个小器的，又是官项不清，也是打饥荒。甄家自从抄家以后，别无信息。”湘云道：“三姐姐去了，曾有书字回来么？”贾母道：“自从嫁了去，二老爷回来，说你三姐姐在海疆甚好。只是没有书信，我也日夜惦记。为着我们家连连的出些不好事，所以我也顾不来。如今四丫头也没有给他提亲。环儿呢，谁有工夫提起他来？如今我们家的日子，比你从前在这里的时候更苦些。只可怜你宝姐姐，自过了门，没过一天安逸日子。你二哥哥还是这样疯疯癫癫，这怎么处呢？”

湘云道：“我从小儿在这里长大的，这里那些人的脾气我都知道的。这一回来了，竟都改了样子了。我打谅我隔了好些时没来，他们生疏我；我细想起来，竟不是的。就是见了我，瞧他们的意思，原要像先前一样的热闹，不知道怎么，说说就伤心起来了。我所以坐坐就到老太太这里来了。”贾母道：“如今这样日子，在我也罢了；他们年轻轻儿的人，还了得！我正要想个法儿，叫他们还热闹一天才好，只是打不起这个精神来。”湘云道：“我想起来了，宝姐姐不是后儿的生日吗？我多住一天，给他拜个寿，大家热闹一天。不知老太太怎么样？”贾母道：“我真正气糊涂了。你不提，我竟忘了。后日可不是他的生日！我明日拿出钱来，给他办个生日。他没有定亲的时候，倒做过好几次；如今他过了门，倒没有做。宝玉这孩子，头里很伶俐，很淘气；如今为着家里的事不好，把这孩子越发弄的话都没有了。倒是珠儿媳妇还好，他有的时候是这么着，没的时候他也是这么着，带着兰儿静静儿的过日子，倒难为他。”

湘云道：“别人还不离，独有琏二嫂子，连模样儿都改了，说话也不伶俐了。明日等我来引逗他们，看他们怎么样。但是他们嘴里不说，心里要抱怨我，说我有了——”湘云说到那里，却把脸飞红了。贾母会意，道：“这怕什么？原来姊妹们都是在一处乐惯了的，说说笑笑，再别要留这些心。大凡一个人，有也罢，没也罢，总要受得富贵、耐得贫贱才好。你宝姐姐生来是个大方的人，头里他家这样好，他也一点儿不骄傲；后来他家坏了事，他也是舒舒坦坦的。如今在我家里，宝玉待他好，他也是那样安顿；一时待他不好，不见他有什么烦恼。我看这孩子，倒是个有福气的。你林姐姐他就最小性儿，又多心，所以到底不长命。凤丫头也见过些事，很不该略见些风波，就改了样子。他若这样没见识，也就是小器了。后儿宝丫头的生日，我替另拿出银子来，热热闹闹给他做个生日，也叫他喜欢这一天。”湘云答应道：“老太太说的很是。

索性把那些姐妹们都请了来，大家叙一叙。”贾母道：“自然要请的。”一时高兴，道：“叫鸳鸯拿出一百银子来，交给外头，叫他明日起，预备两天的酒饭。”鸳鸯领命，叫婆子交了出去。一宿无话。

次日传话出去，打发人去接迎春。又请了薛姨妈、宝琴，叫带了香菱来。又请李婶娘。不多半日，李纹、李绮都来了。宝钗本不知道，听见老太太的丫头来请，说：“薛姨太太来了，请二奶奶过去呢。”宝钗心里喜欢，便是随身衣服过去，要见他母亲。只见他妹子宝琴并香菱都在这里，又见李婶娘等人也都来了，心想：“那些人必是知道我们家的事情完了，所以来问候的。”便去问了李婶娘好，见了贾母，然后与他母亲说了几句话，便与李家姐妹们问好。

湘云在旁说道：“太太们请都坐下，让我们姐妹们给姐姐拜寿。”宝钗听了，倒呆了一呆，回来一想：“可不是明日是我的生日么！”便说：“妹妹们过来瞧老太太是该的，若说为我的生日，是断断不可的。”正推让着，宝玉也来请薛姨妈、李婶娘的安，听见宝钗自己推让，他心里本早打算过宝钗生日，因家中闹得七颠八倒，也不敢在贾母处提起；今见湘云等众人要拜寿，便喜欢道：“明日才是生日，我正要告诉老太太来。”湘云笑道：“扯臊！老太太还等你告诉？你打谅这些人为什么来？是老太太请的！”宝钗听了，心下未信。只听贾母合他母亲道：“可怜宝丫头，做了一年新媳妇，家里接二连三的有事，总没有给他做过生日。今日我给他做个生日，请姨太太、太太们来，大家说说话儿。”薛姨妈道：“老太太这些时心里才安，他小人儿家还没有孝敬老太太，倒要老太太操心。”湘云道：“老太太最疼的孙子是二哥哥，难道二嫂子就不疼了么？况且，宝姐姐也配老太太给他做生日。”宝钗低头不语。

宝玉心里想道：“我只说史妹妹出了阁，是换了一个人了，我所以不敢亲近他，他也不来理我；如今听他的话，原是和先前一样的。为什么我们那个过了门，更觉得腼腆了，话都说不出来了呢？”正想着，小丫头进来说：“二姑奶奶回来了。”随后李纨、凤姐都进来，大家厮见一番。

迎春提起他父亲出门，说：“本要赶来见见，只是他拦着不许来，说是咱们家正是晦气时候，不要沾染在身上。我扭不过，没有来，直哭了两三天。”凤姐道：“今儿为什么肯放你回来？”迎春道：“他又说咱们家二老爷又袭了职，还可以走走，不妨事的，所以才放我来。”说着，又哭起来。贾母道：“我原为闷的慌，今日接你们来，给孙子媳妇做生日，说说笑笑，解个闷儿。你们又提起这些烦事来，又招起我的烦恼来了。”迎春等都不敢作声了。

凤姐虽勉强说了几句有兴的话，终不似先前爽利、招人发笑。贾母心里要宝钗喜欢，故意的呕凤姐儿说话。凤姐也知贾母之意，便竭力张罗，说道：“今儿老太太喜欢些了。你看这些人，好几时没有聚在一处，今儿齐全。”说着，回过头去，看见婆婆、尤氏不在这里，又缩住了口。贾母为着“齐全”二字，也想邢夫人等，叫人请去。邢夫人、尤氏、惜春等听见老太太叫，不敢不来，心内也十分不愿意，想着家业零败，偏又高兴给宝钗做生日，到底老太太偏心，便来了也是无精打彩的。贾母问起岫烟来，邢夫人假说病着不来。贾母会意，知薛姨妈在这里有些不便，也不提起。

一时，摆下果酒。贾母说：“也不送到外头，今日只许咱们娘儿们乐一乐。”宝玉虽然娶过亲的人，因贾母疼爱，仍在里头打混，但不与湘云、宝琴等同席，便在贾母身旁设着一个坐儿，他代宝钗轮流敬酒。贾母道：“如今且坐下，大家吃酒。到挨晚儿，再到各处行礼去。若如今行起来了，大家又闹规矩，把我的兴头打回去，就没趣了。”宝钗便依言坐下。贾母又向众人道：“咱们今儿索性洒脱些，各留一两个人伺候。我叫鸳鸯带了彩云、莺儿、袭人、平儿等在后间去，也吃一钟酒。”鸳鸯等说：“我们还没有给二奶奶磕头，怎么就好吃酒去呢？”贾母道：“我说了，你们只管去，用的着你们再来。”鸳鸯等去了。

这里贾母才让薛姨妈等吃酒。见他们都不是往常的样子，贾母着急道：“你们到底是怎么着？大家高兴些才好。”湘云道：“我们又吃又喝，还要怎样？”凤姐道：“他们小的时候儿都高兴，如今都碍着脸，不敢混说，所以老太太瞧着冷净了。”宝玉轻轻的告诉贾母道：“话是没有什么说的，再说就说到不好的上头来了。不如老太太出个主意，叫他们行个令儿罢。”贾母侧着耳朵听了，笑道：“若是行令，又得叫鸳鸯去。”宝玉听了，不待再说，就出席到后间去找鸳鸯，说：“老太太要行令，叫姐姐去呢。”鸳鸯道：“小爷，让我们舒舒服服的吃一杯罢。何苦来，又来搅什么？”宝玉道：“当真老太太说的，叫你去呢，与我什么相干。”

鸳鸯没法，说道：“你们只管吃，我去了就来。”便到贾母那边。老太太道：“你来了，不是要行令么？”鸳鸯道：“听见宝二爷说老太太叫我，敢不来么？不知老太太要行什么令儿？”贾母道：“那文的怪闷的慌，武的又不好，你倒是想个新鲜玩意儿才好。”鸳鸯想了想，道：“如今姨太太有了年纪，不肯费心，倒不如拿出令盆骰子来，大家掷个曲牌儿名，赌输赢酒罢。”贾母道：“这也使得。”便令人取骰盆放在桌上。鸳鸯道：“如今用四个骰子掷去，掷不出名儿来的，罚一杯；掷出名儿来，每人吃酒的杯数儿掷出来再定。”众人听了道：“这是容易的，我们都随着。”鸳鸯便打点儿。众人叫鸳鸯吃了一杯，就在他身上数起，恰是薛姨妈先掷。薛姨妈便掷了一下，却是四个幺。鸳鸯道：“这是有名的，叫做‘商山四皓’。有年纪的吃一杯。”于是贾母，李婶娘，邢、王两夫人都该吃。

贾母举酒要吃，鸳鸯道：“这是姨太太掷的，还该姨太太说个曲牌名儿，下家儿接一句《千家诗》。说不出的罚一杯。”薛姨妈道：“你又来算计我了，我那里说得上来！”贾母道：“不说到底寂寞，还是说一句的好。下家儿就是我了，若说不出来，陪姨太太吃一钟就是了。”薛姨妈便道：“我说个‘临老入花丛’。”贾母点点头儿，道：“将谓偷闲学少年。”

说完，骰盆过到李纹，便掷了两个四、两个二。鸳鸯说：“也有名了，这叫作‘刘、阮入天台’。”李纹便接着说了个“二士入桃源”。下手儿便是李纨，说道：“寻得桃源好避秦。”大家又吃了一口。

骰盆又过到贾母跟前，便掷了两个二、两个三。贾母道：“这要吃酒了？”鸳鸯道：“有名儿的，这是‘江燕引雏’。众人都该吃一杯。”凤姐道：“雏是雏，倒飞了好些了。”众人瞧了他一眼，凤姐便不言语。贾母道：“我说什么呢？‘公领孙’罢。”下手是李绮，便说道：“闲看儿童捉柳花。”众人都说：“好！”

宝玉巴不得要说，只是令盆轮不到。正想着，恰好到了跟前，便掷了一个二、两个三、一个幺，便说道：“这是什么？”鸳鸯笑道：“这是个‘臭’，先吃一杯再掷罢。”宝玉只得吃了。又掷，这一掷掷了两个三、两个四。鸳鸯道：“有了，这叫做‘张敞画眉’。”宝玉知是打趣他，宝钗的脸也飞红了。凤姐不大懂得，还说：“二兄弟快说了，再找下家儿是谁。”宝玉明知难说，自认：“罚了罢。我也没下家儿。”

过了令盆，轮到李纨，便掷了一下儿。鸳鸯道：“大奶奶掷的是‘十二金钗’。”宝玉听了，赶到李纨身旁看时，只见红绿对开，便说：“这一个好看得很！”忽然想起“十二钗”的梦来，便呆呆的退到自己座上，心里想：“这‘十二钗’说是金陵的，怎么家里这些人，如今七大八小的就剩了这几个？”复又看看湘云、宝钗，虽说都在，只是不见了黛玉，一时按捺不住，眼泪便要下来。恐人看见，便说：“身上躁的很，脱脱衣服去。”挂了筹出席去了。这史湘云看见宝玉这般光景，打谅宝玉掷不出好的，被别人掷了去，心里不喜欢，便去了；又嫌那个令儿没趣，便有些烦。只见李纨道："我不说了。席间的人也不齐，不如罚我一杯。"贾母道："这个令儿也不热闹，不如蠲了罢。让鸳鸯掷一下，看掷出个什么来。"小丫头便把令盆放在鸳鸯跟前。

鸳鸯依令，便掷了两个二、一个五，那一个骰子在盆中只管转。鸳鸯叫道："不要五！"那骰子单单转出一个五来。鸳鸯道："了不得！我输了。"贾母道："这是不算什么的么？"鸳鸯道："名儿倒有，只是我说不上曲牌名来。"贾母道："你说名儿，我给你诌。"鸳鸯道："这是'浪扫浮萍'。"贾母道："这也不难，我替你说个'秋鱼入菱窠'。"鸳鸯下手的就是湘云，便道："白萍吟尽楚江秋。"众人都道："这句很确。"贾母道："这令完了，咱们吃两杯吃饭罢。"回头一看，见宝玉还没进来，便问道："宝玉那里去了，还不来？"鸳鸯道："换衣服去了。"贾母道："谁跟了去的？"那莺儿便上来回道："我看见二爷出去，我叫袭人姐姐跟了去了。"贾母、王夫人才放心。

等了一回，王夫人叫人去找来。小丫头子到了新房，只见五儿在那里插蜡。小丫头便问："宝二爷那里去了？"五儿道："在老太太那边吃酒呢。"小丫头道："我在老太太那里，太太叫我来找的，岂有在那里倒叫我来找的理？"五儿道："这就不知道了，你到别处找去罢。"小丫头没法，只得回来，遇见秋纹，便道："你见二爷那里去了？"秋纹道："我也找他。太太们等他吃饭，这会子那里去了呢？你快去回老太太去，不必说不在家，只说吃了酒不大受用，不吃饭了，略躺一躺再来，请老太太、太太们吃饭罢。"小丫头依言回去告诉珍珠，珍珠依言回了贾母。贾母道："他本来吃不多，不吃也罢了，叫他歇歇罢。告诉他，今儿不必过来，有他媳妇在这里。"珍珠便向小丫头道："你听见了？"小丫头答应着，不便说明，只得在别处转了一转，说告诉了。众人也不理会。吃毕饭，大家散坐说话，不题。

且说宝玉一时伤心走了出来，正无主意，只见袭人赶来，问："是怎么了？"宝玉道："不怎么，只是心里烦得很。何不趁他们吃酒，咱们两个到珍大奶奶那里逛逛去？"袭人道："珍大奶奶在这里，去找谁？"宝玉道："不找谁，瞧瞧他现在这里住的房屋怎么样。"袭人只得跟着，一面走，一面说。走到尤氏那边，又一个小门儿半开半掩，宝玉也不进去。只见看园门的两个婆子坐在门槛上说话儿。宝玉问道："这小门开着么？"婆子道："天天是不开的。今儿有人出来说，今日预备老太太要用园里的果子，故开着门等着。"宝玉便慢慢的走到那边，果见腰门半开，宝玉便走了进去。袭人忙拉住道：“不用去，园里不干净，常没有人去，不要撞见什么。”宝玉便仗着酒气说道：“我不怕那些。”袭人苦苦的拉住，不容他去。婆子们上来说道：“如今这园子安静的了。自从那日道士拿了妖去，我们摘花儿，打果子，一个人常走的。二爷要去，咱们都跟着，有这些人，怕什么！”宝玉喜欢。袭人也不便相强，只得跟着。

宝玉进得园来，只见满目凄凉。那些花木枯萎，更有几处亭馆，彩色久经剥落，远远望见一丛修竹，倒还茂盛。宝玉一想，说：“我自病时出园，住在后边，一连几个月不准我到这里，瞬息荒凉。你看独有那几竿翠竹菁葱，这不是潇湘馆么？”袭人道：“你几个月没来，连方向都忘了。咱们只管说话，不觉将怡红院走过了。”回过头来，用手指着道：“这才是潇湘馆呢。”宝玉顺着袭人的手一瞧，道：“可不是过了么！咱们回去瞧瞧。”袭人道：“天晚了，老太太必是等着吃饭，该回去了。”宝玉不言，找着旧路，竟往前走。

你道宝玉虽离了大观园将及一载，岂遂忘了路径？只因袭人恐他见了潇湘馆想起黛玉，又要伤心，所以用言混过。后来见宝玉只望里走，又怕他招了邪气，所以哄着他，只说已经走过了。那里知道宝玉的心全在潇湘馆上。此时宝玉往前急走，袭人只得赶上。见他站着，似有所见，如有所闻，便道：“你听什么？”宝玉道：“潇湘馆倒有人住着么？”袭人道：“大约没有人罢。”宝玉道：“我明明听见有人在内啼哭，怎么没有人！”袭人道：“是你疑心。素常你到这里，常听见林姑娘伤心，所以如今还是那样。”宝玉不信，还要听去。婆子们赶上说道：“二爷快回去罢，天已晚了。别处我们还敢走走，只是这里路又隐僻，又听得人说这里打林姑娘死后，常听见有哭声，所以人都不敢走的。”宝玉、袭人听说，都吃了一惊。宝玉道：“可不是！”说着，便滴下泪来，说：“林妹妹，林妹妹，好好儿的，是我害了你了！你别怨我，只是父母作主，并不是我负心。”愈说愈痛，便大哭起来。

袭人正在没法，只见秋纹带着些人赶来，对袭人道：“你好大胆！怎么领了二爷到这里来？老太太、太太他们打发人各处都找到了。刚才腰门上有人说，是你同二爷到这里来了，吓得老太太、太太们了不得，骂着我，叫我带人赶来。还不快回去么！”宝玉犹自痛哭，袭人也不顾他哭，两个人拉着就走，一面替他拭眼泪，告诉他老太太着急。宝玉没法，只得回来。

袭人知老太太不放心，将宝玉仍送到贾母那边。众人都等着未散。贾母便说：“袭人，我素常知你明白，才把宝玉交给你，怎么今儿带他园里去？他的病才好，倘或撞着什么，又闹起来，这便怎么处！”袭人也不敢分辨，只得低头不语。宝钗看宝玉颜色不好，心里着实的吃惊。倒还是宝玉恐袭人受委屈，说道：“青天白日怕什么？我因为好些时没到园里逛逛，今儿趁着酒兴走走，那里就撞着什么了呢。”凤姐在园里吃过大亏的，听到那里，汗毛倒竖，说：“宝兄弟胆子忒大了！”湘云道：“不是胆大，倒是心实。不知是会芙蓉神去了，还是寻什么仙去了？”宝玉听着，也不答言。独有王夫人急的一言不发。贾母问道：“你到园里，可曾吓着么？这回不用说了，以后要逛，到底多带几个人才好。不是你闹的，大家早散了。回去好好的睡一夜，明日一早过来，我还要找补，叫你们再乐一天呢。不要为他又闹出什么原故来。”众人听说，辞了贾母出来。薛姨妈便到王夫人那里住下，史湘云仍在贾母房中，迎春便往惜春那里去了。余者各自回去，不题。

独有宝玉回到房中，嗳声叹气。宝钗明知其故，也不理他，只是怕他忧闷，勾出旧病来，便进里间叫袭人来，细问他宝玉到园怎么样的光景。未知袭人怎生回说，且看下回分解。

第一百九回　候芳魂五儿承错爱　还孽债迎女返真元

话说宝钗叫袭人问出原故，恐宝玉悲伤成疾，便将黛玉临死的话与袭人假作闲谈，说是：“人生在世，有意有情，到了死后，各自干各自的去了，并不是生前那样个人死后还是这样。活人虽有痴心，死的竟不知道。况且林姑娘既说仙去，他看凡人是个不堪的浊物，那里还肯混在世上？只是人自己疑心，所以招些邪魔外祟来缠扰了。”宝钗虽是与袭人说话，原说给宝玉听的。袭人会意，也说是：“没有的事。若说林姑娘的魂灵儿还在园里，我们也算好的，怎么不曾梦见了一次？”

宝玉在外间听得，细细的想道：“果然也奇。我知道林妹妹死了，那一日不想几遍，怎么从没梦过？想是他到天上去了，瞧我这凡夫俗子不能交通神明，所以梦都没有一个儿。我就在外间睡着，或者我从园里回来，他知道我的实心，肯与我梦里一见，我必要问他实在那里去了，我也时常祭奠。若是果然不理我这浊物，竟无一梦，我便不想他了。”主意已定，便说：“我今夜就在外间睡了，你们也不用管我。”宝钗也不强他，只说：“你不要胡思乱想。你没瞧见，太太因你园里去了，急得话都说不出来？若是知道，还不保养身子，倘或老太太知道了，又说我们不用心。”宝玉道：“白这么说罢咧，我坐一会子就进来。

你也乏了，先睡罢。”宝钗知他必进来的，假意说道：“我睡了，叫袭姑娘伺候你罢。”宝玉听了，正合机宜。候宝钗睡了，他便叫袭人、麝月另铺设下一副被褥，常叫人进来瞧二奶奶睡着了没有。宝钗故意装睡，也是一夜不宁。

那宝玉知是宝钗睡着，便与袭人道：“你们各自睡罢，我又不伤感。你若不信，你就伏侍我睡了再进去，只要不惊动我就是了。”袭人果然伏侍他睡了，便预备下了茶水，关好了门，进里间去照应一回，各自假寐，等着宝玉若有动静，再为出来。宝玉见袭人进去了，便将坐更的两个婆子支到外头，他轻轻的坐起来，暗暗的祝了几句，便睡下了，欲与神交。起初再睡不着，以后把心一静，便睡去了。

岂知一夜安眠，直到天亮。宝玉醒来，拭眼坐起来，想了一回，并未有梦，便叹口气道：“正是‘悠悠生死别经年，魂魄不曾来入梦’。”宝钗却一夜反没有睡着，听宝玉在外边念这两句，便接着道：“这句又说莽撞了，如若林妹妹在时，又该生气了。”宝玉听了，反不好意思，只得起来，搭讪着往里间走来，说：“我原要进来的，不知怎么，一个盹儿就打着了。”宝钗道：“你进来不进来，与我什么相干？”袭人等本没有睡，眼见他们两个说话，即忙倒上茶来。只见老太太那边打发小丫头来问：“宝二爷昨夜睡得安顿么？若安顿时，早早的同二奶奶梳洗了，就过去。”袭人便说：“你去回老太太，说宝玉昨夜很安顿，回来就过来。”小丫头去了。

宝钗起来梳洗了，莺儿、袭人等跟着，先到贾母那里行了礼，便到王夫人那边起，至凤姐，都让过了，仍到贾母处，见他母亲也过来了。大家问起：“宝玉晚上好么？”宝钗便说：“回去就睡了，没有什么。”众人放心，又说些闲话。只见小丫头进来说：“二姑奶奶要回去了。听见说孙姑爷那里人来，到大太太那里说了些话，大太太叫人到四姑娘那边，说不必留了，让他去罢。如今二姑奶奶在大太太那边哭呢，大约就过来辞老太太。”贾母众人听了，心中好不自在，都说：“二姑娘这样一个人，为什么命里遭着这样的人，一辈子不能出头！这便怎么好！”

说着，迎春进来，泪痕满面，因为是宝钗的好日子，只得含着泪，辞了众人要回去。贾母知道他的苦处，也不便强留，只说道：“你回去也罢了，但是不要悲伤。碰着了这样人，也是没法儿的。过几天，我再打发人接你去。”迎春道：“老太太始终疼我，如今也疼不来了。可怜我只是没有再来的时候了！”说着，眼泪直流。众人都劝道：“这有什么不能回来的？比不得你三妹妹，隔得远，要见面就难了。”贾母等想起探春，不觉也大家落泪，只为是宝钗的生日，即转悲为喜道：“这也不难。只要海疆平静，那边亲家调进京来，就见的着了。”大家说：“可不是这么着呢。”说着，迎春只得含悲而别。众人送了出来，仍回贾母那里，从早至暮，又闹了一天。众人见贾母劳乏，各自散了。

独有薛姨妈辞了贾母，到宝钗那里，说道：“你哥哥是今年过了，直要等到皇恩大赦的时候，减了等，才好赎罪。这几年叫我孤苦伶仃怎么处！我想要与你二哥哥完婚，你想想好不好？”宝钗道：“妈妈是为着大哥哥娶了亲，吓怕的了，所以把二哥哥的事犹豫起来。据我说，很该就办。邢姑娘是妈妈知道的，如今在这里也很苦。娶了去，虽说我家穷，究竟比他傍人门户好多着呢。”薛姨妈道：“你得便的时候就去告诉老太太，说我家没人，就要拣日子了。”宝钗道：“妈妈只管同二哥哥商量，挑个好日子，过来和老太太、大太太说了，娶过去，就完了一宗事。这里大太太也巴不得娶了去才好。”薛姨妈道：“今日听见史姑娘也就回去了，老太太心里要留你妹妹在这里住几天，所以他住下了。我想他也是不定多早晚就走的人了，你们姊妹们也多叙几天话儿。”宝钗道：“正是呢。”于是薛姨妈又坐了一坐，出来辞了众人回去了。

却说宝玉晚间归房，因想：“昨夜黛玉竟不入梦，或者他已经成仙，所以不肯来见我这种浊人，也是有的。不然，就是我的性儿太急了，也未可知。”便想了一个主意，向宝钗说道：“我昨夜偶然在外间睡着，似乎比在屋里睡得安稳些，今日起来，心里也觉清净些。我的意思，还要在外间睡两夜，只怕你们又来拦我。”宝钗听了，明知早晨他嘴里念诗是为着黛玉的事了，想来他那个呆性是不能劝的，倒好叫他睡两夜，索性自己死了心也罢了，况兼昨夜听他睡得倒也安静，便道：“好没来由！你只管睡去，我们拦你做什么？但只不要胡思乱想，招出些邪魔外祟来。”宝玉笑道：“谁想什么？”袭人道：“依我劝，二爷竟还是屋里睡罢。外边一时照应不到，着了风倒不好。”宝玉未及答言，宝钗却向袭人使了个眼色。袭人会意，便道：“也罢，叫个人跟着你罢，夜里好倒茶倒水的。”宝玉便笑道：“这么说，你就跟了我来。”袭人听了，倒没意思起来，登时飞红了脸，一声也不言语。宝钗素知袭人稳重，便说道：“他是跟惯了我的，还叫他跟着我罢。叫麝月、五儿照料着也罢了。况且今日他跟着我闹了一天，也乏了，该叫他歇歇了。”宝玉只得笑着出来。宝钗因命麝月、五儿给宝玉仍在外间铺设了，又嘱付两个人：“醒睡些，要茶要水，都留点神儿。”

两个答应着出来，看见宝玉端然坐在床上，闭目合掌，居然像个和尚一般，两个也不敢言语，只管瞅着他笑。宝钗又命袭人出来照应。袭人看见这般，却也好笑，便轻轻的叫道："该睡了，怎么又打起坐来了？"宝玉睁开眼看见袭人，便道："你们只管睡罢，我坐一坐就睡。"袭人道："因为你昨日那个光景，闹得二奶奶一夜没睡。你再这么着，成何事体？"宝玉料着自己不睡，都不肯睡，便收拾睡下。袭人又嘱付了麝月等几句，才进去关门睡了。这里麝月、五儿两个人也收拾了被褥，伺候宝玉睡着，各自歇了。

那知宝玉要睡越睡不着，见他两个人在那里打铺，忽然想起那年袭人不在家时，晴雯、麝月两个人伏侍，夜间麝月出去，晴雯要吓他，因为没穿衣服着了凉，后来还是从这个病上死的。想到这里，一心移在晴雯身上去了。忽又想起凤姐说五儿给晴雯脱了个影儿，因又将想晴雯的心肠移在五儿身上。自己假装睡着，偷偷的看那五儿，越瞧越像晴雯，不觉呆性复发。听了听，里间已无声息，知是睡了。但不知麝月睡了没有，便故意叫了麝月两声，却不答应。五儿听见宝玉唤人，便问道："二爷要什么？"宝玉道："我要漱漱口。"五儿见麝月已睡，只得起来，重新剪了蜡花，倒了一钟茶来，一手托着漱盂。却因赶忙起来的，身上只穿着一件桃红绫子小袄儿，松松的挽着一个鬏儿。宝玉看时，居然晴雯复生。忽又想起晴雯说的，"早知担个虚名，也就打个正经主意了"，不觉呆呆的呆看，也不接茶。

那五儿自从芳官去后，已无心进来了。后来听得凤姐叫他进来伏侍宝玉，竟比宝玉盼他进来的心还急。不想进来以后，见宝钗、袭人一般尊贵稳重，看着心里实在敬慕；又见宝玉疯疯傻傻，不似先前风致；又听见王夫人为女孩子们和宝玉顽笑，都撵了，所以把那女儿的柔情和素日的痴心一概搁起。怎奈这位呆爷今晚把他当作晴雯，只管爱惜起来。那五儿早已羞得两颊红潮，又不敢大声说话，只得轻轻的说道："二爷，漱口啊。"宝玉笑着接了茶在手中，也不知道漱了没有，便笑嘻嘻的问道："你和晴雯姐姐好，不是啊？"五儿听了摸不着头脑，便道："都是姐妹，也没有什么不好的。"宝玉又悄悄的问道："晴雯病重了，我看他去，不是你也去了么？"五儿微微笑着点头儿。宝玉道："你听见他说什么了没有？"五儿摇着头儿道："没有。"宝玉已经忘神，便把五儿的手一拉。五儿急得红了脸，心里乱跳，便悄悄的说道："二爷，有什么话只管说，别拉拉扯扯的。"宝玉才放了手，说道："他和我说来着：'早知担了个虚名，也就打正经主意了。'你怎么没听见么？"五儿听见这话明明是轻薄自己的意思，又不敢怎么样，便说道：“那是他自己没脸，这也是我们女孩儿家说得的么？”宝玉着急道：“你怎么也是这么个道学先生！我看你长的和他一模一样，我才肯和你说这个话，你怎么倒拿这些话来遭蹋他？”

此时五儿心中也不知宝玉是怎么个意思，便说道：“夜深了，二爷也睡罢，别紧着坐着，看凉着。刚才奶奶和袭人姐姐怎么嘱付了？”宝玉道：“我不凉。”说到这里，忽然想起五儿没穿着大衣服，就怕他也像晴雯着了凉，便说道：“你为什么不穿上衣服就过来？”五儿道：“爷叫的紧，那里有尽着穿衣裳的空儿？要知道说这半天话儿时，我也穿上了。”宝玉听了，连忙把自己盖的一件月白绫子绵袄儿揭起来递给五儿，叫他披上。五儿只不肯接，说：“二爷盖着罢，我不凉。我凉我有我的衣裳。”说着，回到自己铺边，拉了一件长袄披上。又听了听，麝月睡的正浓，才慢慢过来，说：“二爷今晚不是要养神呢么？”宝玉笑道：“实告诉你罢，什么是养神，我倒是要遇仙的意思。”

五儿听了，越发动了疑心，便问道：“遇什么仙？”宝玉道：“你要知道，这话长着呢。你挨着我来坐下，我告诉你。”五儿红了脸，笑道：“你在那里躺着，我怎么坐呢？”宝玉道：“这个何妨！那一年冷天，也是你晴雯姐姐和麝月姐姐顽，我怕冻着他，还把他揽在被里渥着呢。这有什么的？大凡一个人，总不要酸文假醋才好。”五儿听了，句句都是宝玉调戏之意，那知这位呆爷却是实心实意的话儿。五儿此时走开不好，站着不好，坐下不好，倒没了主意了，因微微笑着道：“你别混说了，看人家听见，什么意思！怨不得人家说你专在女孩儿身上用工夫。你自己放着二奶奶和袭人姐姐，都是仙人儿似的，只爱和别人胡缠！明儿再说这些话，我回了二奶奶，看你什么脸见人！”

正说着，只听外面咕咚一声，把两个人吓了一跳。里间宝钗咳嗽了一声。宝玉听见，连忙努嘴儿，五儿也就忙忙的息了灯，悄悄的躺下了。原来宝钗、袭人因昨夜不曾睡，又兼日间劳乏了一天，所以睡去，都不曾听见他们说话。此时院中一响，早已惊醒，听了听，也无动静。宝玉此时躺在床上，心里疑惑：“莫非林妹妹来了，听见我和五儿说话，故意吓我们的？”翻来覆去，胡思乱想。五更以后，才朦胧睡去。

却说五儿被宝玉鬼混了半夜，又兼宝钗咳嗽，自己怀着鬼胎，生怕宝钗听见了，也是思前想后，一夜无眠。次日一早起来，见宝玉尚自昏昏睡着，便轻轻儿的收拾了屋子。那时麝月已醒，便道：“你怎么这么早起来了？你难道一夜没睡么？”五儿听这话又似麝月知道了的光景，便只是讪笑，也不答言。

不一时，宝钗、袭人也都起来，开了门，见宝玉尚睡，却也纳闷："怎么外边两夜，睡得倒这般安稳？"

及宝玉醒来，见众人都起来了，自己连忙爬起，揉着眼睛细想："昨夜又不曾梦见，可是'仙凡路隔'了。"慢慢的下了床，又想昨夜五儿说的"宝钗、袭人都是天仙一般"，这话却也不错，便怔怔的瞧着宝钗。宝钗见他发怔，虽知他为黛玉的事，却也定不得梦不梦，只是瞅的自己倒不好意思，便道："二爷昨夜可真遇着仙了么？"宝玉听了，只道昨晚之话宝钗听见了，笑着勉强说道："这是那里的话。"那五儿听了这一句，越发心虚起来，又不好说的，只得且看宝钗的光景。只见宝钗又笑着问五儿道："你听见二爷睡梦中和人说话来着么？"宝玉听了，自己坐不住，搭讪着走开了。五儿把脸飞红，只得含糊道："前半夜倒说了几句，我也没听真，什么'担了虚名'，又什么'没打正经主意'，我也不懂，劝着二爷睡了。后来我也睡了，不知二爷还说来着没有。"宝钗低头一想："这话明是为黛玉了。但尽着叫他在外头，恐怕心邪了，招出些花妖柳怪来；况兼他的旧病，原在姊妹上情重，只好设法将他的心意挪移过来，然后能免无事。"想到这里，不免面红耳热起来，也就讪讪的进房梳洗去了。

且说贾母两日高兴，略吃多了些，这晚有些不受用，第二天便觉着胸口饱闷。鸳鸯等要回贾政，贾母不叫言语，说："我这两日嘴馋些，吃多了点子，我饿一顿就好了。你们快别吵嚷。"于是鸳鸯等并没有告诉人。

这日晚间，宝玉回到自己屋里，见宝钗自贾母、王夫人处才请了晚安回来，宝玉想着早起之事，未免赧颜抱惭。宝钗看他这样，也晓得是个没意思的光景，因想着："他是个痴情人，要治他的这病，少不得仍以痴情治之。"想了一回，便问宝玉道："你今夜还在外间睡去罢咧？"宝玉自觉没趣，便道："里间外间，都是一样的。"宝钗意欲再说，反觉不好意思。袭人道："罢呀，这倒是什么道理呢？我不信睡得那么安稳！"五儿听见这话，连忙接口道："二爷在外间睡，别的倒没什么，只是爱说梦话，叫人摸不着头脑儿，又不敢驳他的回。"袭人便道："我今日挪出床上睡睡，看说梦话不说。你们只管把二爷的铺盖铺在里间就完了。"宝钗听了，也不作声。

宝玉自己惭愧不来，那里还有强嘴的分儿，便依着搬进里间来。一则宝玉负愧，欲安慰宝钗之心；二则宝钗恐宝玉思郁成疾，不如假以词色，使得稍觉亲近，以为移花接木之计。于是当晚袭人果然挪出去。这宝玉固然是有意负荆，那宝钗自然也无心拒客，自过门至今日，方才雨腻云香，氤氲调畅。从此，二五之精，妙合而凝。此是后话，不提。

且说次日宝玉、宝钗同起，宝玉梳洗了，先过贾母这边来。这里贾母因疼宝玉，又想宝钗孝顺，忽然想起一件东西，便叫鸳鸯开了箱子，取出祖上所遗一个汉玉玦，虽不及宝玉他那块玉石，挂在身上却也希罕。鸳鸯找出来递与贾母，便说道："这件东西，我好像从没见的，老太太这些年还记得这样清楚，说是那一箱、什么匣子里装着。我按着老太太的话，一拿就拿出来了。老太太这会子叫拿出来做什么？"贾母道："你那里知道，这块玉，还是祖爷爷给我们老太爷，老太爷疼我，临出嫁的时候叫了我去，亲手递给我的。还说：'这玉是汉时所佩的东西，很贵重，你拿着，就像见了我的一样。'我那时还小，拿了来，也不当什么，便撩在箱子里。到了这里，我见咱们家的东西也多，这算得什么，从没带过，一撩便撩了六十多年。今儿见宝玉这样孝顺，他又丢了一块玉，故此想着拿出来给他，也像是祖上给我的意思。"

一时，宝玉请了安，贾母便喜欢道："你过来，我给你一件东西瞧瞧。"宝玉走到床前，贾母便把那块汉玉递给宝玉。宝玉接来一瞧，那玉有三寸方圆，形似甜瓜，色有红晕，甚是精致。宝玉口口称赞。贾母道："你爱么？这是我祖爷爷给我的，我传了你罢。"宝玉笑着请了个安谢了，又拿了要送给他母亲瞧。贾母道："你太太瞧了，告诉你老子，又说疼儿子不如疼孙子了。他们从没见过。"宝玉笑着去了。宝钗等又说了几句话，也辞了出来。

自此贾母两日不进饮食，胸口仍是结闷，觉得头晕目眩，咳嗽。邢王二夫人、凤姐等请安，见贾母精神尚好，不过叫人告诉贾政，立刻来请了安。贾政出来，即请大夫看脉。不多一时，大夫来诊了脉，说是有年纪的人，停了些饮食，感冒了些风寒，略发散些就好了，开了方子。贾政看了，知是寻常药品，命人煎好进服。

以后贾政早晚进来请安。一连三日，不见稍减。贾政又命贾琏："打听好大夫，快去请来瞧老太太的病。咱们家常请的几个大夫，我瞧着不怎么好，所以叫你去。"贾琏想了一想，说道："记得那年宝兄弟病的时候，倒是请了一个不行医的来瞧好了的，如今不如找他。"贾政道："医道却是极难的，愈是不兴时的大夫倒有本领。你就打发人去找来罢。"贾琏即忙答应去了，回来说道："这刘大夫新近出城教书去了，过十来天进城一次。这时等不得，又请了一位，也就来了。"贾政听了，只得等着，不题。

且说贾母病时，合宅女眷无日不来请安。一日，众人都在那里，只见看园内腰门的老婆子进来回说：“园里的栊翠庵的妙师父知道老太太病着，特来请安。”众人道：“他不常过来，今儿特地来，你们快去请来。”凤姐走到床前回了贾母。岫烟是妙玉的旧相识，先走出去接他。只见妙玉头带妙常髻，身上穿一件月白素绸袄儿，外罩一件水田青缎镶边长背心，拴着秋香色的丝绦，腰下系一条淡墨画的白绫裙，手执麈尾、念珠，跟着一个侍儿，飘飘拽拽的走来。岫烟见了问好，说是：“在园内住的日子，可以常常来瞧瞧你；近来因为园内人少，一个人轻易难出来，况且咱们这里的腰门常关着，所以这些日子不得见你。今儿幸会。”妙玉道：“头里你们是热闹场中，你们虽在外园里住，我也不便常来亲近；如今知道这里的事情也不大好，又听说是老太太病着，又惦记你，并要瞧瞧宝姑娘。我那管你们关不关，我要来就来；我不来，你们要我来也不能啊。”岫烟笑道：“你还是那种脾气。”一面说着，已到贾母房中。众人见了，都问了好。

妙玉走到贾母床前问候，说了几句套话。贾母便道：“你是个女菩萨，你瞧瞧我的病，可好得了好不了？”妙玉道：“老太太这样慈善的人，寿数正有呢。一时感冒，吃几帖药想来也就好了。有年纪的人，要宽心些。”贾母道：“我倒不为这些，我是极爱寻快乐的。如今这病也不觉怎样，只是胸膈闷饱，刚才大夫说是气恼所致。你是知道的，谁敢给我气受？这不是那大夫脉理平常么？我和琏儿说了，还是头一个大夫说感冒伤食的是，明儿仍请他来。”说着，叫鸳鸯：“分付厨房里，办一桌净素菜来，请妙师父在这里便饭。”妙玉道：“我已吃过午饭了，我是不吃东西的。”王夫人道：“不吃也罢，咱们多坐一会，说些闲话儿罢。”妙玉道：“我久已不见你们，今儿来瞧瞧。”又说了一回话，便要走，回头见惜春站着，便问道：“四姑娘为什么这样瘦？不要只管爱画劳了心。”惜春道：“我久不画了。如今住的房屋不比园里的显亮，所以没兴头画。”妙玉道：“你如今住在那一所了？”惜春道：“就是你才进来的那个门东边的屋子，你要来很近。”妙玉道：“我高兴的时候来瞧你。”惜春等说着送了出去。回身过来，听见丫头们回说：“大夫在老太太那边呢。”众人暂且散去。

那知贾母这病日重一日，延医调治不效，以后又添腹泻。贾政着急，知病难医，即命人到衙门告假，日夜同王夫人亲侍汤药。一日，见贾母略进些饮食，心里稍宽。只见老婆子在门外探头，王夫人叫彩云看去，问问是谁。彩云看了，是陪迎春到孙家去的人，便道：“你来做什么？”婆子道：“我来了半日，这里找不着一个姐姐们，我又不敢冒撞，我心里又急。”彩云道：“你急什么？又是姑爷作践姑娘不成么？”婆子道：“姑娘不好了！前儿闹了一场，姑娘哭了一夜，昨日痰堵住了。他们又不请大夫，今日更利害了！”彩云道：“老太太病着呢，别大惊小怪的。”王夫人在内已听见了，恐老太太听见不受用，忙叫彩云带他外头说去。岂知贾母病中心静，偏偏听见，便道：“迎丫头要死了么？”王夫人便道：“没有。婆子们不知轻重，说是这两日有些病，恐不能就好，到这里问大夫。”贾母道：“瞧我的大夫就好，快请了去。”王夫人便叫彩云：“叫这婆子去回大太太去。”那婆子去了。

这里贾母便悲伤起来，说是：“我三个孙女儿：一个享尽了福，死了；三丫头远嫁，不得见面；迎丫头虽苦，或者熬出来，不打谅他年轻轻儿的就要死了。留着我这么大年纪的人活着做什么！”王夫人、鸳鸯等解劝了好半天。那时宝钗、李氏等不在房中，凤姐近来有疾。王夫人恐贾母生悲添病，便叫人叫了他们来陪着；自己回到房中，叫彩云来埋怨这婆子不懂事。“以后我在老太太那里，你们有事，不用来回！”丫头们依命不言。岂知那婆子刚到邢夫人那里，外头的人已传进来说：“二姑奶奶死了。”邢夫人听了，也便哭了一场。现今他父亲不在家中，只得叫贾琏快去瞧看。知贾母病重，众人都不敢回。可怜一位如花似月之女，结褵年余，不料被孙家揉搓以致身亡。又值贾母病笃，众人不便离开，竟容孙家草草完结。

贾母病势日增，只想这些孙女儿。一时想起湘云，便打发人去瞧他。回来的人悄悄的找鸳鸯，因鸳鸯在老太太身旁，王夫人等都在那里，不便上去，到了后头找了琥珀，告诉他道：“老太太想史姑娘，叫我们去打听。那里知道史姑娘哭的了不得，说是姑爷得了暴病，大夫都瞧了，说这病只怕不能好，若是变了痨病，还可捱个四五年。所以史姑娘心里着急。又知道老太太病，只是不能过来请安。还叫我：‘不要在老太太面前提起。倘或老太太问起来，务必托你们变个法儿回老太太才好。’”琥珀听了，咳了一声，也就不言语了，半日说道：“你去罢。”琥珀也不便回，心里打算告诉鸳鸯，叫他撒谎去，所以来到贾母床前。只见贾母神色大变，地下站着一屋子的人，嘁嘁喳喳的说：“瞧着是不好了。”也不敢言语了。

这里贾政悄悄的叫贾琏到身旁，向耳边说了几句话。贾琏轻轻的答应出去了，便传齐了现在家的一干家人，说：“老太太的事，待一出来了，你们快快分头派人办去。头一件，先请出板来瞧瞧，好挂里子。快到各处将各人的衣服量了尺寸，都开明了，便叫裁缝去做孝衣。那棚杠执事都去讲定。厨房里还该多派几个人。”赖大等回道：“二爷，这些事不用爷费心，我们早打算好了。只是这项银子在那里打算？”贾琏道：“这种银子不用打算了，老太太自己早留下了。刚才老爷的主意，只要办的好，我想外面也要好看。”赖大等答应，派人分头办去。

贾琏复回到自己房中，便问平儿：“奶奶今儿怎么样？”平儿把嘴往里一努，说：“你瞧去。”贾琏进内，见凤姐正要穿衣，一时动不得，暂且靠在炕桌儿上。贾琏道：“你只怕养不住了。老太太的事，今儿明儿就要出来了，你还脱得过么？快叫人将屋里收拾收拾，就该扎挣上去了。若有了事，你我还能回来么？”凤姐道：“咱们这里还有什么收拾的？不过就是这点子东西，还怕什么。你先去罢，看老爷叫你。我换件衣裳就来。”

贾琏先回到贾母房里，向贾政悄悄的回道：“诸事已交派明白了。”贾政点头。外面又报：“太医进来了。”贾琏接入，诊了一回。大夫出来，悄悄的告诉贾琏：“老太太的脉气不好，防着些。”贾琏会意，与王夫人等说知。王夫人即忙使眼色叫鸳鸯过来，叫他把老太太的装裹衣服预备出来。鸳鸯自去料理。

贾母睁眼要茶吃，邢夫人便进了一杯参汤。贾母刚用嘴接着吃，便道：“不要这个，倒一钟茶来我吃。”众人不敢违拗，即忙送上来，一口喝了，还要，又喝一口，便说：“我要坐起来。”贾政等道：“老太太要什么，只管说，可以不必坐起来才好。”贾母道：“我喝了口水，心里好些儿，略靠着，和你们说说话。”珍珠等用手轻轻的扶起，看见贾母这回精神好些。未知生死如何，且看下回分解。

第一百十回　史太君寿终归地府　王凤姐力诎失人心

却说贾母坐起，说道：“我到你们家，已经六十多年了，从年轻的时候到老来，福也享尽了。自你们老爷起，儿子、孙子也都算是好的了。就是宝玉呢，我疼了他一场。”说到那里，拿眼满地下瞅着。王夫人便推宝玉走到床前。贾母从被窝里伸出手来拉着宝玉，道：“我的儿，你要争气才好！”宝玉嘴里答应，心里一酸，那眼泪便要流下来，又不敢哭，只得站着。听贾母说道：“我想再见一个重孙子，我就安心了。我的兰儿在那里呢？”李纨也推贾兰上去。贾母放了宝玉，拉着贾兰道：“你母亲是要孝顺的，将来你成了人，也叫你母亲风光风光。凤丫头呢？”凤姐本来站在贾母旁边，赶忙走到跟前，说：“在这里呢。”贾母道：“我的儿，你是太聪明了，将来修修福罢。我也没有修什么，不过心实吃亏。那些吃斋念佛的事，我也不大干，就是旧年叫人写了些《金刚经》送送人，不知送完了没有？”凤姐道：“没有呢。”贾母道：“早该施舍完了才好。我们大老爷和珍儿是在外头罢了。最可恶的是史丫头，没良心，怎么总不来瞧我？”鸳鸯等明知其故，都不言语。

贾母又瞧了一瞧宝钗，叹了口气，只见脸上发红。贾政知是回光返照，即忙进上参汤。贾母的牙关已经紧了，合了一回眼，又睁着满屋里瞧了一瞧。王夫人、宝钗上去轻轻扶着，邢夫人、凤姐等便忙穿衣，底下婆子们已经将床安设停当，铺了被褥。听见贾母喉间略一响动，脸变笑容，竟是去了。享年八十三岁。众婆子疾忙停床。

于是贾政等在外一边跪着，邢夫人等在内一边跪着，一齐举起哀来。外面家人各样预备齐全，只听里头信儿一传出来，从荣府大门起至内宅门，扇扇大开，一色净白纸糊了；孝棚高起，大门前的牌楼立时竖起，上下人等登时成服。贾政报了丁忧，礼部奏闻。主上深仁厚泽，念及世代功勋，又系元妃祖母，赏银一千两，谕礼部主祭。家人们各处报丧。众亲友虽知贾家势败，今见圣恩隆重，都来探丧。择了吉时成殓，停灵正寝。

贾赦不在家，贾政为长，宝玉、贾环、贾兰是亲孙，年纪又小，都应守灵。贾琏虽也是亲孙，带着贾蓉尚可分派家人办事。虽请了些男女外亲来照应，内里邢王二夫人、李纨、凤姐、宝钗等是应灵旁哭泣的；尤氏虽可照应，因贾珍外出，依住荣府，一向总不上前，且又荣府里的事不甚谙练；贾蓉的媳妇更不必说了；惜春年小，虽在这里长的，他于家事全不知道：所以内里竟无一人支持。只有凤姐可以照管里头的事，况又贾琏在外作主，里外他二人，倒也相宜。

凤姐先前仗着自己的才干，原打谅老太太死了，他大有一番作用。邢、王二夫人等本知他曾办过秦氏的事，必是妥当，于是仍叫凤姐总理里头的事。凤姐本不应辞，自然应了，心想：“这里的事本是我管的，那些家人便是我手下的人。太太和珍大嫂子的人本来难使唤些，如今他们都去了。银项虽没有了对牌，这种银子却是现成的。外头的事，又是他办着。虽说我现今身子不好，想来也不致落褒贬，必是比宁府里还得办些。”心下已定，且待明日接了三，后日一早分派。便叫周瑞家的传出话去，将花名册取上来。凤姐一一的瞧了，统共只有男仆二十一人，女仆只有十九人，余者俱是些丫头，连各房算上，也不过三十多人，难以点派差使。心里想道：“这回老太太的事，倒没有东府里的人多。”又将庄上的弄出几个，也不敷差遣。

正在思算，只见一个小丫头过来说：“鸳鸯姐姐请奶奶。”凤姐只得过去。只见鸳鸯哭得泪人一般，一把拉着凤姐儿，说道：“二奶奶请坐，我给二奶奶磕个头。虽说服中不行礼，这个头是要磕的。”鸳鸯说着跪下。慌的凤姐赶忙拉住，说道：“这是什么礼？有话好好的说。”鸳鸯跪着，凤姐便拉起来。鸳鸯说道：“老太太的事，一应内外都是二爷和二奶奶办，这种银子是老太太留下的。老太太这一辈子也没有遭蹋过什么银钱，如今临了这件大事，必得求二奶奶体体面面的办一办才好。我方才听见老爷说什么‘诗云子曰’，我也不懂；又说什么‘丧，与其易，宁戚’，我更不明白。我问宝二奶奶，说是老爷的意思，老太太的丧事只要悲切才是真孝，不必糜费图好看的念头。我想，老太太这样一个人，怎么不该体面些？我虽是奴才丫头，敢说什么，只是老太太疼二奶奶和我这一场，临死了，还不叫他风光风光？我想二奶奶是能办大事的，故此我请二奶奶来，求作个主。我生是跟老太太的人，老太太死了，我也是跟老太太的！若是瞧不见老太太的事怎么办，将来怎么见老太太呢？”

凤姐听了这话来的古怪，便说：“你放心，要体面是不难的。况且老爷虽说要省，那势派也错不得。便拿这项银子都化在老太太身上，也是该当的。”鸳鸯道：“老太太的遗言说，所有剩下的东西是给我们的，二奶奶倘或用着不够，只管拿这个去折变补上。就是老爷说什么，也不好违了老太太的遗言。那日老太太分派的时候，不是老爷在这里听见的么？”凤姐道：“你素来最明白的，怎么这会子那样的着急起来了？”鸳鸯道：“不是我着急，为的是大太太是不管事的，老爷是怕招摇的，若是二奶奶心里也似老爷的想头，说抄过家的人家，丧事还是这么好，将来又要抄起来，也就不顾起老太太来，怎么处？在我呢，是个丫头，好歹碍不着，到底是这里的声名！”凤姐道：“我知道了，你只管放心，有我呢。”鸳鸯千恩万谢的托了凤姐。那凤姐出来，想道：“鸳鸯这东西好古怪，不知打了什么主意？论理，老太太身上本该体面些。嗳，不要管他，且按着咱们家先前的样子办去。”于是叫了来旺家的来，“传话出去，请二爷进来”。

不多时，贾琏进来，说道：“怎么找我？你在里头照应着些就是了。横竖作主是咱们二老爷，他说怎么着，咱们就怎么着。”凤姐道：“你也说起这个话来了，可不是鸳鸯说的话应验了么！”贾琏道：“什么鸯鸳的话？”凤姐便将鸳鸯请进去的话述了一遍。贾琏道：“他们的话算什么？刚才二老爷叫我去，说：‘老太太的事固要认真办理，但是知道的呢，说是老太太自己结果自己，不知道的，只说咱们都隐匿起来了，如今很宽。若老太太的这种银子用不了，谁还要么？仍旧该用在老太太身上。老太太是在南边的，坟地虽有，阴宅却没有。老太太的柩是要归到南边去的，留这银子在祖坟上盖起些房屋来，再余下的置买几顷祭田。咱们回去也好，就是不回去，也叫这些贫穷族中住着，也好按时按节早晚上香，时常祭扫祭扫。’你想，这些话可不是正经主意么？据你这个话，难道都花了罢？”凤姐道：“银子发出来了没有？”贾琏道：“谁见过银子！我听见咱们太太听见了二老爷的话，极力的撺掇二太太和二老爷，说这是好主意。叫我怎么着？现在外头棚杠上要支几百银子，这会子还没有发出来。我要去，他们都说且先叫外头办了，回来再算。你想，这些奴才们有钱的早溜了，按着册子叫去，有的说告病，有的说下庄子去了。走不动的有几个，只有赚钱的能耐，还有赔钱的本事么？”凤姐听了，呆了半天，说道：“这还办什么！”

正说着，见来了一个丫头，说：“大太太的话，问二奶奶：今儿第三天了，里头还很乱，供了饭，还叫亲戚们等着么？叫了半天，来了菜，短了饭，这是什么办事的道理！”凤姐急忙进去，吆喝人来伺候，胡弄着将早饭打发了。偏偏那日人来的多，里头的人都死眉瞪眼的。凤姐只得在那里照料了一会子，又惦记着派人，赶着出来，叫了来旺家的传齐了家下女人们，一一分派了。众人都答应着不动。凤姐道：“什么时候，还不供饭？”众人道：“传饭是容易的，只要将里头的东西发出来，我们才好照管去。”凤姐道：“糊涂东西！派定了你们，少不得有的！”众人只得勉强应着。

凤姐即往上房去发应用之物，要去请示邢、王二夫人，见人多难说，看那时候，已经日渐平西了，只得找了鸳鸯，说要老太太存的这一分家伙。鸳鸯道：“你还问我呢，那一年二爷当了，赎了来了么？”凤姐道：“不用银的金的，只要这一分平常使的。”鸳鸯道：“大太太、珍大奶奶屋里使的，是那里来的？”凤姐一想不差，转身就走，只得到王夫人那边找了玉钏、彩云，才拿了一分出来，急忙叫彩明登帐，发与众人收管。

鸳鸯见凤姐这样慌张，又不好叫他回来，心想：“他头里作事何等爽利周到，如今怎么掣肘的这个样儿？我看这两三天连一点头脑都没有，不是老太太白疼了他了么！”那里知邢夫人一听贾政的话，正合着将来家计艰难的心，巴不得留一点子作个收局。况且老太太的事原是长房作主，贾赦虽不在家，贾政又是拘泥的人，有件事便说请大奶奶的主意。邢夫人素知凤姐手脚大，贾琏的闹鬼，所以死拿住不放松。鸳鸯只道已将这项银两交了出去了，故见凤姐掣肘如此，便疑为不肯用心，便在贾母灵前唠唠叨叨，哭个不了。邢夫人等听了话中有话，不想到自己不令凤姐便宜行事，反说："凤丫头果然有些不用心！"

王夫人到了晚上，叫了凤姐过来，说："咱们家虽说不济，外头的体面是要的。这两三日人来人往，我瞧着那些人都照应不到，想是你没有分付。还得你替我们操点心儿才好。"凤姐听了，呆了一会，要将银两不凑手的话说出，但是银钱是外头管的，王夫人说的是照应不到。凤姐也不敢辩，只好不言语。邢夫人在旁说道："论理，该是我们做媳妇的操心，本不是孙子媳妇的事，但是我们动不得身，所以托你的。你是打不得撒手的。"凤姐紫涨了脸，正要回说，只听外头鼓乐一奏，是烧黄昏纸的时候了，大家举起哀来，又不得说。凤姐原想回来再说，王夫人催他出去料理，说道："这里有我们呢，你快快儿的去料理明儿的事罢。"

凤姐不敢再言，只得含悲忍泣的出来，又叫人传齐了众人，又分付了一会，说："大娘婶子们，可怜我罢！我上头捱了好些说，为的是你们不齐截，叫人笑话。明儿你们豁出些辛苦来罢！"那些人回道："奶奶办事不是今儿个一遭儿了，我们敢违拗么？只是这回的事，上头过于累赘。只说打发这顿饭罢：有的在这里吃，有的要在家里吃；请了那位太太，又是那位奶奶不来。诸如此类，那得齐全？还求奶奶劝劝那些姑娘们少挑饬就好了。"凤姐道："头一层是老太太的丫头们是难缠的，太太们的也难说话，叫我说谁去呢？"众人道："从前奶奶在东府里还是署事，要打要骂，怎么那样锋利？谁敢不依？如今这些姑娘们都压不住了？"凤姐叹道："东府里的事虽说托办的，太太虽在那里，不好意思说什么。如今是自己的事情，又是公中的，人人说得话。再者，外头的银钱也叫不灵，即如棚里要一件东西，传出去了，总不见拿进来。这叫我什么法儿呢？"众人道："二爷在外头，倒怕不应付么？"凤姐道："还提那个！他也是那里为难。第一件，银钱不在他手里，要一件得回一件，那里凑手？"众人道："老太太这项银子，不在二爷手里么？"凤姐道："你们回来问管事的便知道了。"众人道："怨不得我们听见外头男人抱怨说：'这么件大事，咱们一点摸不着，尽当苦差！’叫人怎么能齐心呢？”凤姐道：“如今不用说了。眼面前的事，大家留些神罢。倘若闹的上头有了什么说的，我和你们不依的。”众人道：“奶奶要怎么样，他们敢抱怨么？只是上头一人一个主意，我们实在难周到的。”凤姐听了没法，只得央说道：“好大娘们！明儿且帮我一天，等我把姑娘们闹明白了再说罢咧。”众人听命而去。

凤姐一肚子的委屈，愈想愈气，直到天亮，又得上去。要把各处的人整理整理，又恐邢夫人生气；要和王夫人说，怎奈邢夫人挑唆。这些丫头们见邢夫人等不助着凤姐的威风，更加作践起他来。幸得平儿替凤姐排解，说是：“二奶奶巴不得要好，只是老爷、太太们分付了外头，不许糜费，所以我们二奶奶不能应付到了。”说过几次，才得安静些。虽说僧经道忏、上祭挂帐络绎不绝，终是银钱吝啬，谁肯踊跃，不过草草了事。连日王妃、诰命也来的不少，凤姐也不能上去照应，只好在底下张罗。叫了那个，走了这个；发一回急，央及一回；支吾过了一起，又打发一起。别说鸳鸯等看去不像样，连凤姐自己心里也过不去了。

邢夫人虽说是冢妇，仗着“悲戚为孝”四个字，倒也都不理会。王夫人落得跟了邢夫人行事，余者更不必说了。独有李纨瞧出凤姐的苦处，也不敢替他说话，只自叹道：“俗语说的，‘牡丹虽好，全仗绿叶扶持’，太太们不亏了凤丫头，那些人还帮着么？若是三姑娘在家还好，如今只有他几个自己的人瞎张罗，面前背后的也抱怨说是一个钱摸不着，脸面也不能剩一点儿。老爷是一味的尽孝，庶务上头不大明白，这样的一件大事，不撒散几个钱就办的开了么？可怜凤丫头闹了几年，不想在老太太的事上，只怕保不住脸了。”于是抽空儿叫了他的人来，分付道：“你们别看着人家的样儿，也遭蹋起琏二奶奶来！别打谅什么穿孝守灵就算了大事了，不过混过几天就是了。看见那些人张罗不开，便插个手儿也未为不可，这也是公事，大家都该出力的。”那些素服李纨的人都答应着说：“大奶奶说的很是，我们也不敢那么着。只听见鸳鸯姐姐们的口话儿，好像怪琏二奶奶的似的。”李纨道：“就是鸳鸯我也告诉过他，我说琏二奶奶并不是在老太太的事上不用心，只是银子钱都不在他手里，叫他巧媳妇还作的上没米的粥来么？如今鸳鸯也知道了，所以也不怪他了。只是鸳鸯的样子竟是不像从前了，这也奇怪。那时候有老太太疼他，倒没有作过什么威福；如今老太太死了，没有了仗腰子的了，我看他倒有些气质不大好了。我先前替他愁，这会子幸喜大老爷不在家，才躲过去了，不然，他有什么法儿！”

说着，只见贾兰走来说：“妈妈睡罢，一天到晚人来客去的也乏了，歇歇罢。我这几天总没有摸摸书本儿，今日爷爷叫我家里睡，我喜欢的很，要理个一两本书才好，别等脱了孝，再都忘了。”李纨道：“好孩子，看书呢，自然是好的。今日且歇歇罢，等老太太送了殡再看罢。”贾兰道：“妈妈要睡，我也就睡，在被窝里头想想也罢了。”众人听了，都夸道：“好哥儿！怎么这点年纪，得了空儿就想到书上！不像宝二爷，娶了亲的人，还是那么孩子气。这几日跟着老爷跪着，瞧他很不受用，巴不得老爷一动身就跑过来找二奶奶，不知唧唧咕咕的说些什么，甚至弄的二奶奶都不理他了。他又去找琴姑娘，琴姑娘也远避他。邢姑娘也不很同他说话。倒是咱们本家的什么喜姑娘咧、四姑娘咧，哥哥长哥哥短的和他亲密。我们看那宝二爷除了和奶奶、姑娘们混混，只怕他心里也没有别的事，白过费了老太太的心，疼了他这么大，那里及兰哥儿一零儿呢？大奶奶，你将来是不愁的了。”李纨道：“就好也还小，只怕到他大了，咱们家还不知怎么样了呢。环哥儿你们瞧着怎么样？”众人道：“这一个更不像样儿了！两个眼睛倒像个活猴儿似的，东溜溜西看看，虽在那里嚎丧，见了奶奶、姑娘们来了，他在孝幔子里头净偷着眼儿瞧人呢。”

李纨道：“他的年纪其实也不小了。前日听见说还要给他说亲呢，如今又得等着了。嗳，还有一件事，咱们家这些人，我看来也是说不清的，且不必说闲话。后日送殡，各房的车辆是怎么样了？”众人道：“琏二奶奶这几天闹的像失魂落魄的样儿了，也没见传出去。昨儿听见外头男人们说，琏二爷派了蔷二爷料理，说是咱们家的车也不够，赶车的也少，要到亲戚家去借去呢。”李纨笑道：“车也都是借得的么？”众人道：“奶奶说笑话儿了，车怎么借不得？只是那一日所有的亲戚都用车，只怕难借，想来还得雇呢。”李纨道：“底下人的只得雇，上头白车也有雇的么？”众人道：“现在大太太、东府里的大奶奶、小蓉奶奶都没有车了，不雇，那里来的呢？”李纨听了叹息道：“先前见有咱们家里的太太、奶奶们坐了雇的车来，咱们都笑话，如今轮到自己头上了！你明儿去告诉你们的男人，我们的车马早早儿的预备好了，省得挤。”众人答应了出去，不题。

且说史湘云因他女婿病着，贾母死后只来了一次，屈指算是后日送殡，不能不去。又见他女婿的病已成痨证，暂且不妨，只得坐夜前一日过来。想起贾母素日疼他，又想到自己命苦，刚配了一个才貌双全的男人，性情又好，偏偏的得了冤孽证候，不过捱日子罢了，于是更加悲痛，直哭了半夜，鸳鸯等再三劝慰不止。宝玉瞅着也不胜悲伤，又不好上前去劝，见他淡妆素服，不敷脂粉，更比未出嫁的时候犹胜几分。转念又看宝琴等，也都是淡素妆饰，自有一种天生丰韵。独看到宝钗浑身挂孝，那一种雅致比寻常穿颜色时更自不同，心里想道："所以千红万紫，终让梅花为魁。殊不知并非为梅花开的早，竟是'洁白清香'四字是不可及的了。但只这时候若有林妹妹,也是这样打扮，又不知怎样的丰韵了！"想到这里，不觉的心酸起来，那泪珠便直滚滚的下来了，趁着贾母的事，不妨放声大哭。众人正劝湘云不止，外间又添出一个哭的来了。大家只道是想着贾母疼他的好处，所以伤悲，岂知他们两个人各自有各自的心事。这场大哭，招得满屋的人无不下泪。还是薛姨妈、李婶娘等劝住。

次日乃坐夜之期，更加热闹。凤姐这日竟支撑不住，也无方法，只得用尽心力，甚至咽喉嚷破，敷衍过了半日。到了下半天，人客更多了，事情也更繁了,瞻前不能顾后。正在着急,只见一个小丫头跑来说："二奶奶在这里呢，怪不得大太太说里头人多，照应不过来，二奶奶是躲着受用去了！"凤姐听了这话，一口气撞上来，往下一咽，眼泪直流，只觉得眼前一黑，嗓子里一甜，便喷出鲜红的血来，身子站不住，就蹲倒在地。幸亏平儿急忙过来扶住。只见凤姐的血吐个不住。未知性命如何，且看下回分解。

第一百十一回　鸳鸯女殉主登太虚　狗彘奴欺天招伙盗

话说凤姐听了小丫头的话，又气又急又伤心，不觉吐了一口血，便昏晕过去，坐在地下。平儿急来扶住，忙叫了人来搀扶着，慢慢的送到自己房中，将凤姐轻轻的安放在炕上，立刻叫小红斟上一杯开水送到凤姐唇边。凤姐呷了一口，昏迷仍睡。秋桐过来略瞧了一瞧，却便走开，平儿也不叫他。只见丰儿在旁站着，平儿便说："快去回明二位太太！"于是丰儿将凤姐吐血发晕不能照应的话回了邢、王二夫人。邢夫人打谅凤姐推病藏躲，因这时女亲在内不少，也不好说别的，心里却不全信，只说："叫他歇着去罢。"众人也并无言语。只说这晚人客来往不绝，幸得几个内亲照应。家下人等见凤姐不在，也有偷闲歇力的，乱乱吵吵，已闹的七颠八倒，不成事体了。

到二更多天，远客去后，便预备辞灵。孝幕内的女眷，大家都哭了一阵。只见鸳鸯已哭的昏晕过去了，大家扶住捶闹了一阵，才醒过来，便说"老太太疼我一场,我跟了去”的话。众人都打谅人到悲哭俱有这些言语,也不理会。到了辞灵之时，上上下下也有百十余人，只不见鸳鸯。众人忙乱之时，谁去检点？到了琥珀等一干人奠哭之时，才要找鸳鸯，又恐是他哭乏了，暂在别处歇着，也不言语。

辞灵以后，外头贾政叫了贾琏问明送殡的事，便商量着派人看家。贾琏回说:“上人里头派了芸儿在家照应,不必送殡;下人里头派了林之孝的一家子,照应拆棚等事。但不知里头派谁看家？”贾政道：“听见你母亲说是你媳妇病了，不能去，就叫他在家的；你珍大嫂子又说你媳妇病得利害，还叫四丫头陪着，带领了几个丫头婆子照看上屋里才好。”贾琏听了，心想：“珍大嫂子与四丫头两个不合，所以撺掇着不叫他去。若是上头就是他照应，也是不中用的。我们那一个又病着，也难照应。”想了一回，回贾政道:“老爷且歇歇儿，等进去商量定了再回。”贾政点了点头，贾琏便进去了。

谁知此时鸳鸯哭了一场，想到：“自己跟着老太太一辈子，身子也没有着落。如今大老爷虽不在家,大太太的这样行为我也瞧不上。老爷是不管事的人，以后便乱世为王起来了，我们这些人不是要叫他们掇弄了么？谁收在屋子里，谁配小子，我是受不得这样折磨的，倒不如死了干净。但只一时怎么样的个死法呢？”一面想，一面走回老太太的套间屋内。刚跨进门，只见灯光惨淡，隐隐有个女人拿着汗巾子，好似要上吊的样子。鸳鸯也不惊怕，心里想道:“这一个是谁，和我的心事一样？倒比我走在头里了。”便问道：“你是谁？咱们两个人是一样的心，要死一块儿死。”那个人也不答言。鸳鸯走到跟前一看，并不是这屋子的丫头，再仔细一看，觉得冷气侵人，一时就不见了。鸳鸯呆了一呆退出，在炕沿上坐下，细细一想，道：“哦，是了，这是东府里的小蓉大奶奶啊！他早死了的了，怎么到这里来？必是来叫我来了。他怎么又上吊呢？”想了一想，道：“是了，必是教给我死的法儿。”

鸳鸯这么一想，邪侵入骨，便站起来，一面哭，一面开了妆匣，取出那年铰的一绺头发，揣在怀内，就在身上解下一条汗巾，按着秦氏方才比的地方拴上。自己又哭了一回，听见外头人客散去，恐有人进来，急忙关上屋门，然后端了一个脚凳自己站上，把汗巾拴上扣儿，套在咽喉，便把脚凳蹬开。可怜咽喉气绝，香魂出窍！

正无投奔，只见秦氏隐隐在前，鸳鸯的魂魄疾忙赶上，说道:“蓉大奶奶，你等等我。”那个人道：“我并不是什么蓉大奶奶，乃警幻之妹可卿是也。”鸳鸯道："你明明是蓉大奶奶，怎么说不是呢？" 那人道："这也有个缘故，待我告诉你，你自然明白了。我在警幻宫中，原是个钟情的首座，管的是风情月债，降临尘世，自当为第一情人，引这些痴情怨女早早归入情司，所以该当悬梁自尽的。因我看破凡情，超出情海，归入情天，所以太虚幻境'痴情'一司竟自无人掌管。今警幻仙子已经将你补入，替我掌管此司，所以命我来引你前去的。" 鸳鸯的魂道："我是个最无情的，怎么算我是个有情的人呢？" 那人道："你还不知道呢。世人都把那淫欲之事当作'情'字，所以作出伤风败化的事来，还自谓风月多情，无关紧要。不知'情'之一字，喜怒哀乐未发之时，便是个性；喜怒哀乐已发，便是情了。至于你我这个情，正是未发之情，就如那花的含苞一样。欲待发泄出来，这情就不为真情了。" 鸳鸯的魂听了，点头会意，便跟了秦氏可卿而去。

这里琥珀辞了灵，听邢、王二夫人分派看家的人，想着去问鸳鸯明日怎样坐车，便在贾母的外间屋里找了一遍，不见，便找到套间里头。刚到门口，见门儿掩着，从门缝里望里看时，只见灯光半明不灭的，影影绰绰，心里害怕，又不听见屋里有什么动静。便走回来，说道："这蹄子跑到那里去了？" 劈头见了珍珠，说："你见鸳鸯姐姐来着没有？" 珍珠道："我也找他，太太们等他说话呢。必在套间里睡着了罢？" 琥珀道："我瞧了，屋里没有。那灯也没人夹蜡花儿，漆黑怪怕的，我没进去。如今咱们一块儿进去瞧，看有没有。" 琥珀等进去，正夹蜡花，珍珠道："谁把脚凳撂在这里？几乎绊我一跤！" 说着往上一瞧，吓的嗳哟一声，身子往后一仰，可巧的栽在琥珀身上。琥珀也看见了，便大嚷起来，只是两只脚挪不动。外头的人也都听见了，跑进来一瞧，大家嚷着报与邢、王二夫人知道。

王夫人、宝钗等听了，都哭着去瞧。邢夫人道："我不料鸳鸯倒有这样志气。快叫人去告诉老爷！" 只有宝玉听见此信，便吓的双眼直竖。袭人等慌忙扶着，说道："你要哭就哭，别憋着气。" 宝玉死命的才哭出来了，心想："鸳鸯这样一个人，偏又这样死法！" 又想："实在天地间的灵气，独钟在这些女子身上了，他算得了死所。我们究竟是一件浊物，还是老太太的儿孙，谁能赶得上他？" 复又喜欢起来。那时宝钗听见宝玉大哭，也出来了，及到跟前，见他又笑。袭人等忙说："不好了！又要疯了！" 宝钗道："不妨事，他有他的意思。" 宝玉听了，更喜欢宝钗的话。"倒是他还知道我的心，别人那里知道？"

正在胡思乱想，贾政等进来，着实的嗟叹着，说道："好孩子，不枉老太太疼他一场！”即命贾琏出去，分付人连夜买棺盛殓。“明日便跟着老太太的殡送出，也停在老太太棺后，全了他的心志。”贾琏答应出去。这里命人将鸳鸯放下，停放里间屋内。平儿也知道了，过来同袭人、莺儿等一干人都哭的哀哀欲绝。内中紫鹃也想起：“自己终身一无着落，恨不跟了林姑娘去，又全了主仆的恩义，又得了死所。如今空悬在宝玉屋内，虽说宝玉仍是柔情蜜意，究竟算不得什么。”于是更哭得哀切。

王夫人即传了鸳鸯的嫂子进来，叫他看着入殓，遂与邢夫人商量了，在老太太项内赏了他嫂子一百两银子，还说等闲了，将鸳鸯所有的东西俱赏他们。他嫂子磕了头出去，反喜欢说：“真真的我们姑娘是个有志气的，有造化的，又得了好名声，又得了好发送。”旁边一个婆子说道：“罢呀，嫂子，这会子你把一个活姑娘卖了一百银子便这么喜欢了，那时候儿给了大老爷，你还不知得多少银钱呢，你该更得意了。”一句话戳了他嫂子的心，便红了脸走开了。刚走到二门上，见林之孝带了人抬了棺材来了，他只得也跟进去帮着盛殓，假意嚎哭了几声。

贾政因他为贾母而死，要了香来上了三炷，作了一个揖，说：“他是殉葬的人，不可作丫头论，你们小一辈的都该行个礼。”宝玉听了，喜不自胜，走上来恭恭敬敬磕了几个头。贾琏想他素日的好处，也要上来行礼，被邢夫人说道：“有了一个爷们便罢了，不要折受的他不得超生。”贾琏就不便过来了。宝钗听了，心中好不自在，便说道：“我原不该给他行礼，但只老太太去世，咱们都有未了之事，不敢胡为。他肯替咱们尽孝，咱们也该托托他，好好的替咱们伏侍老太太西去，也少尽一点子心哪。”说着，扶了莺儿走到灵前，一面奠酒，那眼泪早扑簌簌流下来了。奠毕，拜了几拜，狠狠的哭了他一场。众人也有说宝玉的两口儿都是傻子，也有说他两个心肠儿好的，也有说他知礼的。贾政反倒合了意。一面商量定了，看家的仍是凤姐、惜春，余者都遣去伴灵。

一夜谁敢安眠。一到五更，听见外面齐人。到了辰初发引，贾政居长，衰麻哭泣，极尽孝子之礼。灵柩出了门，便有各家的路祭，一路上的风光不必细述。走了半日，来至铁槛寺安灵，所有孝男等俱应在庙伴宿，不题。

且说家中林之孝带领拆了棚，将门窗上好，打扫净了院子，派了巡更的人到晚打更上夜。只是荣府规例：一交二更，三门掩上，男人便进不去了，里头只有女人们查夜。凤姐虽隔了一夜，渐渐的神气清爽了些，只是那里动得。

只有平儿同着惜春各处走了一走，分付了上夜的人，也便各自归房。

却说周瑞的干儿子何三，去年贾珍管事之时，因他和鲍二打架，被贾珍打了一顿撵在外头，终日在赌场过日。近知贾母死了，必有些事情领办，岂知探了几天的信，一些也没有想头，便唉声叹气的回到赌场中，闷闷的坐下。那些人便说道："老三，你怎么样？不下来捞本了么？"何三道："倒想要捞一捞呢，就只没有钱么。"那些人道："你到你们周大太爷那里去了几日，府里的钱你也不知弄了多少来，又来和我们装穷儿了！"何三道："你们还说呢！他们的金银不知有几百万，只藏着不用。明日留着不是火烧了，就是贼偷了，他们才死心呢。"那些人道："你又撒谎！他家抄了家，还有多少金银？"何三道："你们还不知道呢，抄去的是搁不了的。如今老太太死后，还留了好些金银，他们一个也不使，都在老太太屋里搁着，等送了殡回来才分呢。"

内中有一个人听在心里，掷了几骰便说："我输了几个钱，也不翻本儿了，睡去了。"说着便走出来，拉了何三道："老三，我和你说句话。"何三跟他出来。那人道："你这么一个伶俐人，这么穷，为何不服这口气？"何三道："我命里穷，可有什么法儿呢？"那人道："你才说荣府的银子这么多，为什么不去拿些使唤使唤？"何三道："我的哥哥！他家的金银虽多，你我去白要一二钱，他们给咱们么？"那人笑道："他不给咱们，咱们就不会拿么？"

何三听了这话里有话，便问道："依你说，怎么样拿呢？"那人道："我说你没有本事，若是我，早拿了来了。"何三道："你有什么本事？"那人便轻轻的说道："你若要发财，你就引个头儿。我有好些朋友，都是通天的本事，不要说他们送殡去了，家里剩下几个女人，就让有多少男人也不怕，只怕你没这么大胆子罢咧。"何三道："什么敢不敢！你打谅我怕那个干老子么？我是瞧着干妈的情儿上头，才认他做干老子罢咧，他又算了人了？你刚才的话，就只怕弄不来，倒招了饥荒。他们那个衙门不熟？别说拿不来，倘或拿了来，也要闹出来的。"那人道："这么说，你的运气来了。我的朋友还有海边上的呢，现今都在这里看个风头，等个门路。若到了手，你我在这里也无益，不如大家下海去受用，不好么？你若搁不下你干妈，咱们索性把你干妈也带了去，大家伙儿乐一乐，好不好？"何三道："老大，你别是醉了罢！这些话混说的什么！"说着，拉了那人走到一个僻静地方，两个人商量了一回，各人分头而去，暂且不题。

且说包勇自被贾政吆喝，派去看园，贾母的事出来，也忙了，不曾派他差使。

他也不理会，总是自做自吃，闷来睡一觉，醒时便在园里要刀弄棍，倒也无拘无束。那日贾母一早出殡，他虽知道，因没有派他差事，他任意闲游。只见一个女尼带了一个道婆，来到园内腰门那里扣门。包勇走来说道："女师父，那里去？"道婆道："今日听得老太太的事完了，不见四姑娘送殡，想必是在家看家，想他寂寞，我们师父来瞧他一瞧。"包勇道："主子都不在家，园门是我看的，请你们回去罢。要来呢，等主子们回来了再来。"婆子道："你是那里来的个黑炭头，也要管起我们的走动来了！"包勇道："我嫌你们这些人，我不叫你们来，你们有什么法儿！"婆子生了气，嚷道："这都是反了天的事了！连老太太在日，还不能拦我们的来往走动呢，你是那里的这么个横强盗，这样没法没天的！我偏要打这里走！"说着，便把手在门环上狠狠的打了几下。

妙玉已气的不言语，正要回身便走，不料里头看二门的婆子听见有人拌嘴似的，开门一看，见是妙玉，已经回身走去，明知必是包勇得罪了走了。近日婆子们都知道，上头太太们、四姑娘都和他亲近，恐他日后说出门上不放他进来，那时如何担得住，赶忙走来说："不知师父来，我们开门迟了。我们四姑娘在家里，还正想师父呢，快请回来。看园的小子是个新来的，他不知咱们的事。回来回了太太，打他一顿撵出去，就完了。"妙玉虽是听见，总不理他。那经得看腰门的婆子赶上，再四央求，后来才说出怕自己担不是，几乎急的跪下。妙玉无奈，只得随了那婆子过来。包勇见这般光景，自然不好拦他，气得瞪眼叹气而回。

这里妙玉带了道婆走到惜春那里，道了恼，叙了些闲话。惜春说起："在家看家，只好熬个几夜。但是二奶奶病着，一个人又闷又是害怕，能有一个人在这里，我就放心。如今里头一个男人也没有。今儿你既光降，肯伴我一宵，咱们下棋说话儿，可使得么？"妙玉本自不肯，见惜春可怜，又提起下棋，一时高兴应了，打发道婆回去取了他的茶具、衣褥，命侍儿送了过来，大家坐谈一夜。惜春欣幸异常，便命彩屏去开上年蠲的雨水，预备好茶。那妙玉自有茶具。那道婆去了不多几时，又来了个侍者，送下妙玉日用之物。惜春亲自烹茶。两人言语投机，说了半天。

那时已是初更时候，彩屏放下棋枰，两人对弈。惜春连输两盘，妙玉又让了四个子儿，惜春方赢了半子。不觉已到四更，天空地阔，万籁无声。妙玉道："我到五更须得打坐一回，我自有人伏侍，你自去歇息。"惜春犹是不舍，见妙玉要自己养神，不便扭他。

正要歇去，猛听得东边上房内上夜的人一片声喊起，惜春那里的老婆子们也接着声嚷道："了不得了！有了人了！"吓得惜春、彩屏等心胆俱裂，听见外头上夜的男人齐声喊起来。妙玉道："不好了！必是这里有了贼了！"说着赶忙的关上屋门，便掩了灯光，在窗户眼内往外一瞧，只见几个男人站在院内，吓得不敢作声，回身摆着手轻轻的爬下来，说："了不得！外头有几个大汉站着！"说犹未了，又听得屋上响声不绝，便有外头上夜的人进来吆喝拿贼。一个人说道："上房里的东西都丢了，并不见人。东边有人去了，咱们到西边去。"惜春的老婆子听见有自己的人，便在外间屋里说道："这里有好些人上了屋了！"上夜的都道："你瞧，这可不是么！"大家一齐嚷起来。只听见屋上飞下好些瓦来，众人都不敢上前。

正在没法，只听园里腰门一声大响，打进门来。见一个梢长大汉手执木棍，众人吓得藏躲不及。听得那人喊说道："不要跑了他们一个！你们都跟我来！"这些家人听了这话，越发吓得骨软筋酥，连跑也跑不动了。只见这人站在当地，只管乱喊。家人中有一个眼尖些的看出来了，你道是谁？正是甄家荐来的包勇。这些人便不觉胆壮起来，便颤巍巍的说道："有一个走了，有的在屋上呢。"包勇便向地下一扑，耸身上屋追赶那贼。

这些贼人明知贾府无人，先在院内偷看惜春房内，见有个绝色女尼，便顿起淫心，又欺上房俱是女人，不足畏惧，正要踹进门去，因听外面有人进来追赶，所以贼众上屋。见人不多，还想抵挡。猛见一人上屋赶来，那些贼见是一人，越发不理论了，便用短兵抵住。那经得包勇用力一棍打去，将贼打下屋来。那些贼飞奔而逃，从园墙过去。包勇也在屋上追捕。岂知园内早藏下了几个在那里接赃，已经接过好些。见贼伙跑回，大家举械保护。见追的只有一人，明欺寡不敌众，反倒迎上来。包勇一见，生气道："这些毛贼，敢来和我斗斗！"那伙贼便说："我们有一个伙计被他们打倒了，不知死活，咱们索性抢了他出来。"这里包勇闻声即打。那伙贼便抡起器械，四五个人围住包勇乱打起来。外头上夜的人也都仗着胆子，只顾赶了来。众贼见斗他不过，只得跑了。

包勇还要赶时，被一个箱子一绊，立定看时，心想东西未丢，众贼远逃，也不追赶。便叫众人将烛照看，地下只有几个空箱，叫人收拾，他便欲跑回上房。因路径不熟，走到凤姐那边，见里面灯烛辉煌，便问："这里有贼没有？"里头的平儿战兢兢的说道："这里也没开门，只听上房叫喊，说有贼呢，你到那里去罢。”包勇正摸不着路头，遥见上夜的人过来，才跟着一齐寻到上房。见是门开户启，那些上夜的在那里啼哭。

一时贾芸、林之孝都进来，见是失盗，大家着急。进内查点，老太太的房门大开，将灯一照，锁头拧折，进内一瞧，箱柜已开。便骂那些上夜女人道：“你们都是死人么！贼人进来，你们不知道的么！”那些上夜的人啼哭着说道：“我们几个人轮更上夜，是管二三更的。我们都没有住脚前后走的。他们是四更、五更，我们的下班儿。只听见他们喊起来，并不见一个人，赶着照看，不知什么时候把东西早已丢了。求爷们问管四五更的。”林之孝道：“你们个个要死！回来再说，咱们先到各处看去。”

上夜的男人领着，走到尤氏那边，门儿关紧，有几个接音道：“吓死我们了！”林之孝问道：“这里可曾丢东西？”里头的人方开了门，道：“这里没丢东西。”林之孝带着人走到惜春院内，只听里面说道：“了不得了！吓死了姑娘了，醒醒儿罢！”林之孝便叫人开门，问：“是怎么了？”里头婆子开门说：“贼在这里打仗，把姑娘都吓坏了，亏得妙师父和彩屏才将姑娘救醒。东西是没失。”林之孝道：“贼人怎么打仗？”上夜的男人说：“幸亏包大爷上了屋，把贼打跑了去了。还听见打倒一个人呢。”包勇道：“在园门那里呢。”贾芸等走到那边，果见一人躺在地上死了，细细一瞧，好像周瑞的干儿子。众人见了诧异，派了一个人看守着，又派了两个人照看前后门。走到前门看时，那门俱仍旧关锁着。

林之孝便叫人开了门，报了营官，立刻到来查勘。寻察贼踪，是从后夹道上屋的，到了西院屋上，见那瓦破碎不堪，一直过了后园去了。众上夜的齐声说道：“这不是贼，是强盗！”营官着急道：“并非明火执仗，怎算是盗？”上夜的道：“我们赶贼，他在屋上掷瓦，我们不能近前，幸亏我们家的姓包的上屋打退。赶到园里，还有好几个贼竟与姓包的打仗，打不过姓包的才都跑了。”营官道：“可又来！若是强盗，倒打不过你们的人么？不用说了，你们快查清了东西，递了失单，我们报就是了。”

贾芸等又到上房，已见凤姐扶病过来，惜春也来。贾芸请了凤姐的安，问了惜春的好，大家查看失物。因鸳鸯已死，琥珀等又送灵去了，那些东西都是老太太的，并没见数，只用封锁，如今打从那里查起？众人都说：“箱柜东西不少，如今一空，偷的时候不少，那些上夜的人管什么的？况且打死的贼是周瑞的干儿子，必是他们通同一气的。”

凤姐听得，气的眼睛直瞪瞪的，便说：“把那些上夜的女人都拴起来，交给营里审问！”众人叫苦连天，跪地哀求。不知怎生发放，并失去的物有无着落，且看下回分解。

第一百十二回　活冤孽妙尼遭大劫　死雠仇赵妾赴冥曹

话说凤姐命捆起上夜众女人送营审问，女人跪地哀求。林之孝同贾芸道：“你们求也无益。老爷派我们看家，没有事是造化；如今有了事，上下都担不是，谁救得你？若说是周瑞的干儿子，连太太起，里里外外的都不干净。”凤姐喘吁吁的说道：“这都是命里所招，和他们说什么，带了他们去就是了。那丢的东西，你告诉营里去，说实在是老太太的东西，问老爷们才知道。等我们报了去，请了老爷们回来，自然开了失单送来。文官衙门里，我们也是这样报。”贾芸、林之孝答应出去。

惜春一句话也没有，只是哭道：“这些事我从来没有听见过，为什么偏偏碰在咱们两个人身上？明日老爷、太太要回来，我怎么见人？说把家里交给我们，如今闹到这个分儿，还想活着么！”凤姐道：“咱们愿意么？现在有上夜的人在那里。”惜春道：“你还能说，况且你又病着。我是没有说的。这都是我大嫂子害了我了，他撺掇着太太派我看家的。如今我的脸搁在那里呢？”说着，又痛哭起来。凤姐道：“姑娘，你快别这么想，若说没脸，大家一样的。你若是这个糊涂想头，我更搁不住了。”

二人正说着，只听见外头院子里有人大声的说道：“我说那三姑六婆是再要不得的，我们甄府里从来是一概不许上门的，不想这府里倒不讲究这个呢。昨儿老太太的殡才出去，那个什么庵里的尼姑死要到咱们这里来，我吆喝着不准他们进来，腰门上的老婆子倒骂我，死央及着叫那姑子进来。那腰门子一会儿开着，一会儿关着，不知做什么。我不放心，没敢睡，听到四更，这里就嚷起来。我来叫门，倒不开了！我听见声儿紧了，打开了门，见西边院子里有人站着，我便赶上打死了。我今儿才知道这是四姑奶奶的屋子。那个姑子就在里头，今儿天没亮溜出去了，可不是那姑子引进来的贼么！”

平儿等听着，都说：“这是谁这么没规矩？姑娘、奶奶都在这里，敢在外头混嚷么！”凤姐道：“你听见他说甄府里，别就是甄府荐来的那个厌物罢？”惜春听得明白，更加心里过不的。凤姐接着问惜春道：“那个人混说什么姑子，你们那里弄了个姑子住下了？”惜春便将妙玉来瞧他、留着下棋守夜的话说了。凤姐道："是他么？他怎么肯这样？是再没有的话。但是叫这讨人嫌的东西嚷出来，老爷知道了也不好。"惜春愈想愈怕，站起来要走。凤姐虽说坐不住，又怕惜春害怕，弄出事来，只得叫他："先别走。且看着人把偷剩下的东西收起来，再派了人看着才好走呢。"平儿道："咱们不敢收，等衙门里来了，踏看了才好收呢。咱们只好看着。但只不知老爷那里有人去了没有？"凤姐道："你叫老婆子问去。"一回，进来说："林之孝是走不开，家下人要伺候查验的，再有的是说不清楚的，已经芸二爷去了。"凤姐点头，同惜春坐着发愁。

且说那伙贼原是何三等邀的，偷抢了好些金银财宝接运出去，见人追赶，知道都是那些不中用的人，要往西边屋内偷去，在窗外看见里面灯光底下两个美人：一个姑娘，一个姑子。那些贼那顾性命，顿起不良，就要踹进来，因见包勇来赶，才获赃而逃。只不见了何三。大家且躲入窝家。到第二天打听动静，知是何三被他们打死，已经报了文武衙门。这里是躲不住的，便商量趁早归入海洋大盗一处去，若迟了，通缉文书一行，关津上就过不去了。内中一个人胆子极大，便说："咱们走是走，我就只舍不得那个姑子，长的实在好看。不知是那个庵里的雏儿呢？"一个人道："阿呀，我想起来了，必就是贾府园里的什么栊翠庵里的姑子。不是前年外头说他和他们家什么宝二爷有原故，后来不知怎么又害起相思病来了，请大夫吃药的？就是他！"那一个人听了，说："咱们今日躲一天，叫咱们大哥拿钱置办些买卖行头，明儿亮钟时候陆续出关，你们在关外二十里坡等我。"众贼议定，分赃俵散不题。

且说贾政等送殡到了寺内，安厝毕，亲友散去。贾政在外厢房伴灵，邢、王二夫人等在内，一宿无非哭泣。到了第二日，重新上祭。正摆饭时，只见贾芸进来，在老太太灵前磕了个头，忙忙的跑到贾政跟前，跪下请了安，喘吁吁的将昨夜被盗、将老太太上房的东西都偷去、包勇赶贼打死了一个、已经呈报文武衙门的话说了一遍。贾政听了发怔。邢、王二夫人等在里头也听见了，都吓得魂不附体，并无一言，只有啼哭。贾政过了一会子，问："失单怎样开的？"贾芸回道："家里的人都不知道，还没有开单。"贾政道："还好，咱们动过家的，若开出好的来，反担罪名。快叫琏儿！"

那时贾琏领了宝玉等去别处上祭未回，贾政叫人赶了回来。贾琏听了，急得直跳，一见芸儿，也不顾贾政在那里，便把贾芸狠狠的骂了一顿，说："不配抬举的东西！我将这样重任托你，押着人上夜巡更，你是死人么？亏你还有脸来告诉！"说着，往贾芸脸上啐了几口。贾芸垂手站着，不敢回一言。

贾政道:“你骂他也无益了。”贾琏然后跪下，说:“这便怎么样？”贾政道:“也没法儿，只有报官缉贼。但只是一件，老太太遗下的东西咱们都没动。你说要银子，我想老太太死得几天，谁忍得动他那一项银子？原打谅完了事，算了帐还人家；再有的在这里和南边置坟产的。所有东西也没见数儿。如今说文武衙门要失单，若将几件好的东西开上，恐有碍；若说金银若干、衣饰若干，又没有实在数目，谎开使不得。倒可笑你如今竟换了一个人了，为什么这样料理不开！你跪在这里是怎么样呢？”贾琏也不敢答言，只得站起来就走。贾政又叫道：“你那里去？”贾琏又跪下道：“赶回去料理清楚再来回。”贾政哼的一声，贾琏把头低下。贾政道：“你进去回了你母亲，叫了老太太的一两个丫头去，叫他们细细的想了开单子。”

贾琏心里明知老太太的东西都是鸳鸯经管，他死了问谁？就问珍珠，他们那里记得清楚？只不敢驳回，连连的答应了起来，走到里头。邢、王二夫人又埋怨了一顿，叫贾琏:“快回去！问他们这些看家的，说明儿怎么见我们！”贾琏也只得答应了出来，一面命人套车，预备琥珀等进城；自己骑上骡子，跟了几个小厮如飞的回去。贾芸也不敢再回贾政，斜签着身子慢慢的溜出来，骑上了马来赶贾琏。一路无话。

到回了家中，林之孝请了安，一直跟了进来。贾琏到了老太太上房，见了凤姐、惜春在那里，心里又恨，又说不出来，便问林之孝道：“衙门里瞧了没有？”林之孝自知有罪，便跪下回道:“文武衙门都瞧了，来踪去迹也看了，尸也验了。”贾琏吃惊道：“又验什么尸？”林之孝又将包勇打死的伙贼似周瑞的干儿子的话回了贾琏。贾琏道：“叫芸儿！”贾芸进来，也跪着听话。贾琏道：“你见老爷时，怎么没有回周瑞的干儿子做了贼、被包勇打死的话？”贾芸说道：“上夜的人说像他的，恐怕不真，所以没有回。”贾琏道：“好糊涂东西！你若告诉了我，就带了周瑞来一认，可不就知道了？”林之孝回道:“如今衙门里把尸首放在市口儿招认去了。”贾琏道：“这又是个糊涂东西！谁家的人做了贼，被人打死要偿命么？”林之孝回道：“这不用人家认，奴才就认得是他。”贾琏听了，想道：“是啊，我记得珍大爷那一年要打的，可不是周瑞家的么？”林之孝回说：“他和鲍二打架来着，爷还见过的呢。”

贾琏听了更生气，便要打上夜的人。林之孝哀告道：“请二爷息怒。那些上夜的人，派了他们，还敢偷懒？只是爷府上的规矩，三门里一个男人不敢进去的，就是奴才们，里头不叫也不敢进去。奴才在外同芸哥儿刻刻查点，见三门关得严严的，外头的门一重没有开，那贼是从后夹道子来的。”贾琏道：“里头上夜的女人呢？”林之孝将分更上夜、奉奶奶的命捆着、等爷审问的话回了。贾琏又问：“包勇呢？”林之孝说：“又往园里去了。”贾琏便说：“去叫来。”小厮们便将包勇带来。说：“还亏你在家里，若没有你，只怕所有房屋里的东西都抢了去了呢。”包勇也不言语。惜春恐他说出那话，心下着急。凤姐也不敢言语。只见外头说：“琥珀姐姐等回来了。”大家见了，不免又哭一场。

贾琏叫人检点偷剩下的东西，只有些衣服、尺头，钱箱未动，余者都没有了。贾琏心里更加着急，想着外头的棚杠银、厨房的钱都没有付给，明儿拿什么还呢？便呆想了一会。只见琥珀等进去，哭了一会，见箱柜开着，所有的东西怎能记忆？便胡乱想猜，虚拟了一张失单，命人即送到文武衙门。贾琏复又派人上夜。凤姐、惜春各自回房。贾琏不敢在家安歇，也不及埋怨凤姐，竟自骑马赶出城外。这里凤姐又恐惜春短见，又打发了丰儿过去安慰。

天已二更。不言这里贼去关门，众人更加小心，不敢睡觉。且说伙贼一心想着妙玉，知是孤庵女众，不难欺负。到了三更夜静，便拿了短兵器，带了些闷香，跳上高墙。远远瞧见栊翠庵内灯光犹亮，便潜身溜下，藏在房头僻处。等到四更，见里头只有一盏海灯，妙玉一人在蒲团上打坐。歇了一会，便唉声叹气的说道：“我自元墓到京，原想传个名的，为这里请来，不能又栖他处。昨日好心去瞧四姑娘，反受了这蠢人的气，夜里又受了大惊。今日回来，那蒲团再坐不稳，只觉肉跳心惊。”因素常一个人打坐的，今日又不肯叫人相伴。岂知到了五更，寒颤起来。正要叫人，只听见窗外一响，想是昨晚的事，更加害怕，不免叫人，岂知那些婆子都不答应。自己坐着，觉得一股香气透入囟门，便手足麻木，不能动弹，口里也说不出话来，心中更自着急。只见一个人拿着明晃晃的刀进来。此时妙玉心中却是明白，只不能动，想起要杀自己，索性横了心，倒也不怕。那知那个人把刀插在背后，腾出手来，将妙玉轻轻的抱起，轻薄了一会子，便拖起背在身上。此时妙玉心中，只是如醉如痴。可怜一个极洁极净的女儿，被这强盗的闷香薰住，由着他掇弄了去了。

却说这贼背了妙玉来到园后墙边，搭了软梯，爬上墙跳出去了。外边早有伙计弄了车辆在园外等着。那人将妙玉放倒在车上，反打起官衔灯笼，叫开栅栏，急急行到城门，正是开门之时。门官只知是有公干出城的，也不及查诘。赶出城去，那伙贼加鞭赶到二十里坡，和众强徒打了照面，各自分头奔南海而去。不知妙玉被劫，或是甘受污辱，还是不屈而死，未知下落，也难妄拟。

只言栊翠庵一个跟妙玉的女尼，他本住在静室后面，睡到五更，听见前面有人声响，只道妙玉打坐不安。后来听见有男人脚步，门窗响动，欲要起来瞧看，只是身子发软，懒怠开口，又不听见妙玉言语，只睁着两眼听着。到了天亮，才觉得心里清楚。披衣起来，叫了道婆预备妙玉茶水，他便往前面来看妙玉。岂知妙玉的踪迹全无，门窗大开。心里诧异昨晚响动，甚是疑心，说："这样早，他到那里去了？"走出院门一看，有一个软梯靠墙立着，地下还有一把刀鞘，一条搭膊，便道："不好了！昨晚是贼烧了闷香了！"急叫人起来查看，庵门仍是紧闭。那些婆子、侍女们都说："昨夜煤气薰着了，今早都起不起来。这么早，叫我们做什么？"那女尼道："师父不知那里去了！"众人道："在观音堂打坐呢。"女尼道："你们还做梦呢，你来瞧瞧！"

众人不知，也都着忙，开了庵门，满园里都找到了，"想来或是到四姑娘那里去了"。众人来扣腰门，又被包勇骂了一顿。众人说道："我们妙师父昨晚不知去向，所以来找。求你老人家叫开腰门，问一问来了没来就是了。"包勇道："你们师父引了贼来偷我们，已经偷到手了，他跟了贼去受用去了！"众人道："阿弥陀佛！说这些话的，防着割舌下地狱！"包勇生气道："胡说！你们再闹，我就要打了！"众人陪笑央告道："求爷叫开门，我们瞧瞧，若没有，再不敢惊动你太爷了。"包勇道："你不信，你去找，若没有，回来问你们。"包勇说着叫开腰门，众人且找到惜春那里。

惜春正是愁闷，惦着："妙玉清早去后，不知听见我们姓包的话了没有，只怕又得罪了他，以后总不肯来，我的知己是没有了。况我现在实难见人，父母早死，嫂子嫌我。头里有老太太，到底还疼我些；如今也死了，留下我孤苦伶仃，如何了局！"想到："迎春姐姐磨折死了，史姐姐守着病人，三姐姐远去：这都是命里所招，不能自由。独有妙玉如闲云野鹤，无拘无束。我能学他，就造化不小了。但我是世家之女，怎能遂意？这回看家，已大担不是，还有何颜在这里？又恐太太们不知我的心事，将来的后事如何呢？"想到其间，便要把自己的青丝铰去，要想出家。彩屏等听见，急忙来劝，岂知已将一半头发铰去。彩屏愈加着忙，说道："一事不了，又出一事，这可怎么好呢！"

正在吵闹，只见妙玉的道婆来找妙玉。彩屏问起来由，先吓了一跳，说是："昨日一早去了没来。"里面惜春听见，急忙问道："那里去了？"道婆将昨夜听见的响动、被煤气薰着、今早不见妙玉、庵内有软梯刀鞘的话说了一遍。惜春惊疑不定，想起昨日包勇的话来，必是那些强盗看见了他，昨晚抢去了也未可知。但是他素来孤洁的很，岂肯惜命？便问道："怎么你们都没听见么？"众人道："怎么不听见？只是我们这些人都是睁着眼，连一句话也说不出来，必是那贼子烧了闷香。妙姑一人，想也被贼闷住，不能言语；况且贼人必多，拿刀弄杖威逼着，他还敢声喊么？"

正说着，包勇又在腰门那里吵，说："里头快把这些混帐道婆子赶出来罢，快关上腰门！"彩屏听见，恐担不是，只得叫婆子出去，叫人关了腰门。惜春于是更加苦楚。无奈彩屏等再三以礼相劝，仍旧将一半青丝笼起。大家商议不必声张，就是妙玉被抢也当作不知，"且等老爷、太太回来再说"。惜春心里从此死定下一个出家的念头，暂且不提。

且说贾琏回到铁槛寺，将到家中查点了上下的人、开了失单报去的话回了。贾政道："怎么开的？"贾琏便将琥珀所记得的数目单子呈出，并说："这上头元妃赐的东西已经注明；还有那人家不大有的东西不便开上，等侄儿脱了孝，出去托人细细的缉访，少不得弄出来的。"贾政听了合意，就点头不言。贾琏进内，见了邢、王二夫人，商量着："劝老爷早些回家才好呢，不然，都是乱麻似的。"邢夫人道："可不是？我们在这里，也是惊心吊胆。"贾琏道："这是我们不敢说的。还是太太的主意，二老爷是依的。"邢夫人便与王夫人商议妥了。

过了一夜，贾政也不放心，打发宝玉进来说："请太太们今日回去，过两三日再来。家人们已经派定了，里头请太太们派人罢。"邢夫人派了鹦哥等一干人伴灵，将周瑞家的等人派了总管，其余上下人等都回去。一时忙乱，套车备马。贾政等在贾母灵前辞别，众人又哭了一场。

都起来正要走时，只见赵姨娘还爬在地下不起。周姨娘打谅他还哭，便去拉他。岂知赵姨娘满嘴白沫，眼睛直竖，把舌头吐出，反把家人吓了一大跳。贾环过来乱嚷，赵姨娘醒来说道："我是不回去的，跟着老太太回南去！"众人道："老太太那用你跟呢？"赵姨娘道："我跟了老太太一辈子，大老爷还不依，弄神弄鬼的来算计我！我想仗着马道婆出出我的气，银子白化了好些，也没有弄死一个。如今我回去了，又不知谁来算计我！"众人先只说鸳鸯附着他，后头听说马道婆的事，又不像了。邢、王二夫人都不言语，瞅着。只有彩云等代他央告道："鸳鸯姐姐，你死是自己愿意的，与赵姨娘什么相干？放了他罢。”见邢夫人在这里，也不敢说别的。赵姨娘道：“我不是鸳鸯，他早到仙界去了。我是阎王老爷差人拿我去的，要问我为什么和马婆子用魇魔法的案件。”说着，便叫：“好琏二奶奶！你在这里老爷面前少顶一句儿罢！我有一千日的不是，还有一天的好呢。好二奶奶！亲二奶奶！并不是我要害你，我一时糊涂，听了那个老娼妇的话。”

正闹着，贾政打发人进来叫环儿。婆子们去回说：“赵姨娘中了邪了，三爷看着呢。”贾政道：“没有的事，我们先走了。”于是爷们等先回。这里赵姨娘还是混说，一时救不过来。邢夫人恐他又说出什么来，便说：“多派几个人在这里瞧着他，咱们先走。到了城里，打发大夫出来瞧罢。”王夫人本嫌他，也打撒手儿。宝钗本是仁厚的人，虽想着他害宝玉的事，心里究竟过不去，背地里托了周姨娘在这里照应。周姨娘也是个好人，便应承了。李纨说道：“我也在这里罢。”王夫人道：“可以不必。”于是大家都要起身。贾环急忙道：“我也在这里么？”王夫人啐道：“糊涂东西！你姨娘的死活都不知，你还要走么！”贾环就不敢言语了。宝玉道：“好兄弟，你是走不得的。我进了城，打发人来瞧你。”说毕，都上车回家，寺里只有赵姨娘、贾环、鹦哥等人。

贾政、邢夫人等先后到家，到了上房哭了一场。林之孝带了家下众人请了安，跪着。贾政喝道：“去罢！明日问你！”凤姐那日发晕了几次，竟不能出接。只有惜春见了，觉得满面羞惭，邢夫人也不理他，王夫人仍是照常，李纨、宝钗拉着手说了几句话。独有尤氏说道：“姑娘，你操心了，倒照应了好几天。”惜春一言不答，只紫涨了脸。宝钗将尤氏一拉，使了个眼色，尤氏等各自归房去了。贾政略略的看了一看，叹了回气，并不言语。到书房席地坐下，叫了贾琏、贾蓉、贾芸分付了几句话。宝玉要来书房内陪贾政，贾政道：“不必。”兰儿仍跟他母亲。一宿无话。

次日，林之孝一早进书房跪着，贾政将前后被盗的事问了一遍，并将周瑞供了出来，又说：“衙门拿住了鲍二，身边搜出了失单上的东西，现在夹讯，要在他身上要这一伙贼呢。”贾政听了大怒道：“家奴负恩，引贼偷窃家主，真是反了！”立刻叫人到城外将周瑞捆了，送到衙门审问。林之孝只管跪着，不敢起来。贾政道：“你还跪着做什么？”林之孝道：“奴才该死，求老爷开恩。”正说着，赖大等一干办事家人上来请了安，呈上丧事帐簿。贾政道：“交给琏二爷算明了来回。”吆喝着林之孝起来出去了。

贾琏一腿跪着，在贾政身边说了一句话。贾政把眼一瞪，道：“胡说！老太太的事，银两被贼偷去，难道就该罚奴才拿出来么？”贾琏红了脸，不敢言语，站起来，也不敢动。贾政道：“你媳妇怎么样了？”贾琏跪下说：“看来是不中用了。”贾政叹口气道：“我不料家运衰败，一至如此！况且环哥儿他妈尚在庙中病着，也不知是什么证候，你们知道不知道？”贾琏也不敢言语。贾政道：“传话出去，叫人带了大夫瞧去。”

贾琏即忙答应着出来，叫人带了大夫到铁槛寺去瞧赵姨娘。未知死活，且看下回分解。

第一百十三回　忏宿冤凤姐托村妪　释旧憾情婢感痴郎

话说赵姨娘在寺内得了暴病，见人少了，更加混说起来，吓得众人都怕，就有两个女人挽着。赵姨娘双膝跪在地下，说一回，哭一回，有时爬在地下叫饶，说：“打杀我了！红胡子的老爷，我再不敢了！”有一时双手合着，也是叫疼。眼睛突出，嘴里鲜血直流，头发披散。人人害怕，不敢近前。那时又将天晚，赵姨娘的声音只管喑哑起来了，居然鬼号一般。无人敢在他跟前，只得叫了几个有胆量的男人进来坐着。赵姨娘一时死去，隔了些时又回过来，整整的闹了一夜。到了第二天，也不言语，只装鬼脸，自己拿手撕开衣服，露出胸膛，好像有人剥他的样子。可怜赵姨娘虽说不出来，其痛苦之状实在难堪。

正在危急，大夫来了，也不敢诊脉，只嘱付：“办后事罢。”说了，起身就走。那送大夫的家人再三央告说：“请老爷看看脉，小的好回禀家主。”那大夫用手来摸，已无脉息。贾环听见，然后大哭起来。众人只顾贾环，谁管赵姨娘蓬头赤脚死在炕上。只有周姨娘心里苦楚，想到：“做偏房侧室的下场头不过如此！况他还有儿子；我将来死的时候，还不知怎样呢！”于是反哭的悲切。

且说那人赶回家去回禀了，贾政即派家人去照例料理，陪着环儿住了三天，一同回来。那人去了。这里一人传十，十人传百，都知道赵姨娘使了毒心害人，被阴司里拷打死了。又说是：“琏二奶奶只怕也不好了，怎么说琏二奶奶告的呢？”这些话传到平儿耳内，甚是着急，看着凤姐的样子，实在是不能好的了。况且贾琏近日并不似先前的恩爱，本来事也多，竟像不与他相干的。平儿在凤姐跟前只管劝慰。又兼着邢、王二夫人回家几日，只打发人来问问，并不亲身来看，凤姐心里更加悲苦。贾琏回来，也没有一句贴心的话。凤姐此时只求速死，心里一想，邪魔悉至。只见尤二姐从房后走来，渐近床前，说：“姐姐，许久的不见了。做妹子的想念的很，要见不能，如今好容易进来见见姐姐。姐姐的心机也用尽了，咱们的二爷糊涂，也不领姐姐的情，反倒怨姐姐作事过于苛刻，把他的前程丢了，叫他如今见不得人。我替姐姐气不平！”凤姐恍惚说道：“我如今也后悔，我的心忒窄了。妹妹不念旧恶，还来瞧我。”平儿在旁听见，说道：“奶奶说什么？”凤姐一时苏醒，想起尤二姐已死，必是他来索命。被平儿叫醒，心里害怕，又不肯说出，只得勉强说道：“我神魂不定，想是说梦话。给我捶捶。”

平儿上去捶着，见个小丫头儿进来，说是刘老老来了，婆子们带着来请奶奶的安。平儿急忙下来，说：“在那里呢？”小丫头儿说：“他不敢就进来，还听奶奶的示下。”平儿听了点头，想凤姐病里，必是懒怠见人，便说道：“奶奶现在养神呢，暂且叫他等着。你问他来有什么事么？”小丫头儿说道：“他们问过了，没有事。说知道老太太去世了，因没有报，才来迟了。”小丫头儿说着，凤姐听见，便叫：“平儿，你来。人家好心来瞧，不要冷淡人家。你去请了刘老老进来，我和他说说话儿。”平儿只得出来，请刘老老这里坐。凤姐刚要合眼，又见一个男人、一个女人走向炕前，就像要上炕似的。凤姐着忙，便叫平儿说：“那里来了一个男人，跑到这里来了！”连叫两声，只见丰儿、小红赶来说：“奶奶要什么？”凤姐睁眼一瞧，不见有人，心里明白，不肯说出来，便问丰儿道：“平儿这东西那里去了？”丰儿道：“不是奶奶叫去请刘老老去了么？”凤姐定了一会神，也不言语。

只见平儿同刘老老带了一个小女孩儿进来，说：“我们姑奶奶在那里？”平儿引到炕边，刘老老便说：“请姑奶奶安。”凤姐睁眼一看，不觉一阵伤心，说：“老老，你好？怎么这时候才来？你瞧，你外孙女儿也长的这么大了。”刘老老看着凤姐骨瘦如柴，神情恍惚，心里也就悲惨起来，说：“我的奶奶！怎么这几个月不见，就病到这个分儿？我糊涂的要死，怎么不早来请姑奶奶的安！”便叫青儿：“给姑奶奶请安。”青儿只是笑。凤姐看了，倒也十分喜欢，便叫小红招呼着。刘老老道：“我们屯乡里的人不会病的，若一病了，就要求神许愿，从不知道吃药。我想姑奶奶的病，不要撞着什么了罢？”平儿听着那话不在理，便在背地里扯他。刘老老会意，便不言语。那里知道这句话倒合了凤姐的意，扎挣着说：“老老，你是有年纪的人，说的不错。你见过的赵姨娘也死了，你知道么？”刘老老诧异道：“阿弥陀佛！好端端一个人，怎么就死了？我记得他也有一个小哥儿，这可怎么样呢？”平儿道：“这怕什么？他还有老爷、太太呢。”刘老老道：“姑娘，你那里知道：不好死了是亲生的，隔了肚皮子是不中用的。”这句话又招起凤姐的愁肠，呜呜咽咽的哭起来了。众人都来解劝。

巧姐儿听见他母亲悲哭，他便走到炕前，用手拉着凤姐的手也哭起来。凤姐一面哭着道：“你见过了老老了没有？”巧姐儿道：“没有。”凤姐道：“你的名字还是他起的呢，就和干娘一样。你给他请个安。”巧姐儿便走到跟前。刘老老忙拉着道：“阿弥陀佛！不要折杀我了！巧姑娘，我一年多不来，你还认得我么？”巧姐儿道：“怎么不认得？那年在园里见的时候，我还小呢；前年你来，我还合你要隔年的蝈蝈儿，你也没有给我，必是忘了。”刘老老道：“好姑娘，我是老糊涂了。若说蝈蝈儿，我们屯里多得很，只是不到我们那里去，若去了，要一车也容易。”凤姐道：“不然，你带了他去罢。”刘老老笑道：“姑娘这样千金贵体，绫罗裹大了的，吃的是好东西，到了我们那里，我拿什么哄他顽、拿什么给他吃呢？这倒不是坑杀我了么？”说着，自己还笑，又说：“那么着，我给姑娘做个媒罢。我们那里虽说是屯乡里，也有大财主人家，几千顷地，几百牲口，银子钱也不少，只是不像这里有金的，有玉的。姑奶奶自然瞧不起这种人家。我们庄家人瞧着这样财主，也算是天上的人了。”凤姐道：“你说去，我愿意就给。”刘老老道：“这是顽话儿罢咧。放着姑奶奶这样，大官大府的人家只怕还不肯给，那里肯给庄家人？就是姑奶奶肯了，上头太太们也不给。”巧姐因他这话不好听，便走了去和青儿说话。两个女孩儿倒说得上，渐渐的就熟起来了。

这里平儿恐刘老老话多，搅烦了凤姐，便拉了刘老老说：“你提起太太来，你还没有过去呢。我出去叫人带了你去见见，也不枉来这一趟。”刘老老便要走。凤姐道：“忙什么？你坐下，我问你，近来的日子还过得么？”刘老老千恩万谢的说道：“我们若不仗着姑奶奶，”说着，指着青儿说：“他的老子娘都要饿死了。如今虽说是庄家人苦，家里也挣了好几亩地，又打了一眼井，种些菜蔬瓜果，一年卖的钱也不少，尽够他们嚼吃的了。这两年，姑奶奶还时常给些衣服、布匹，在我们村里算过得的了。阿弥陀佛！前日他老子进城，听见姑奶奶这里动了家，我就几乎吓杀了！亏得又有人说不是这里，我才放心。后来又听见说这里老爷升了，我又喜欢，就要来道喜，为的是满地的庄稼，来不得。昨日又听见说老太太没有了，我在地里打豆子，听见了这话，吓得连豆子都拿不起来了，就在地里狠狠的哭了一大场。我合女婿说：‘我也顾不得你们了，不管真话、谎话，我是要进城瞧瞧去的。’我女儿、女婿也不是没良心的，听见了，也哭了一会子。今儿天没亮，就赶着我进城来了。我也不认得一个人，没有地方打听，一径来到后门，见是门神都糊了，我这一吓又不小。进了门找周嫂子，再找不着，撞见一个小姑娘，说周嫂子他得了不是了，撵了。我又等了好半天，遇见个熟人，才得进来。不打谅姑奶奶也是这么病！”说着，又掉下泪来。

平儿着急，也不等他说完，拉着就走，说：“你老人家说了半天，口也干了，咱们吃碗茶去罢。”拉着刘老老到下房坐着。青儿在巧姐儿那边。刘老老道：“茶倒不要。好姑娘，叫人带了我去请太太的安，哭哭老太太去罢。”平儿道：“你不用忙，今儿也赶不出城的了。方才我是怕你说话不防头，招的我们奶奶哭，所以催你出来。你别思量。”刘老老道：“阿弥陀佛！姑娘这是多心，我也知道。倒是奶奶的病，怎么好呢？”平儿道：“你瞧去妨碍不妨碍？”刘老老道：“说是罪过，我瞧着不好。”

正说着，又听凤姐叫呢。平儿及到床前，凤姐又不言语了。平儿正问丰儿，贾琏进来，向炕上一瞧，也不言语，走到里间气哼哼的坐下。只有秋桐跟了进去，倒了茶，殷勤一回，不知嘁嘁喳喳的说些什么。回来，贾琏叫平儿来问道：“奶奶不吃药么？”平儿道：“不吃药。怎么样呢？”贾琏道：“我知道么？你拿柜子上的钥匙来罢。”平儿见贾琏有气，又不敢问，只得出来凤姐耳边说了一声。凤姐不言语，平儿便将一个匣子搁在贾琏那里就走。贾琏道：“有鬼叫你么！你搁着，叫谁拿呢？”平儿忍气打开，取了钥匙，开了柜子，便问道：“拿什么？”贾琏道：“咱们有什么么？”平儿气得哭道：“有话明白说，人死了也愿意！”贾琏道：“还要说么？头里的事是你们闹的，如今老太太的还短了四五千银子，老爷叫我拿公中的地帐弄银子，你说有么？外头拉的帐不开发，使得么？谁叫我应这个名儿，只好把老太太给我的东西折变去罢了。你不依么？”平儿听了，一句不言语，将柜里东西搬出。

只见小红过来，说：“平姐姐快走！奶奶不好呢。”平儿也顾不得贾琏，急忙过来。见凤姐用手空抓，平儿用手攥着哭叫。贾琏也过来一瞧，把脚一跺道：“若是这样，是要我的命了！”说着，掉下泪来。丰儿进来说：“外头找二爷呢。”贾琏只得出去。这里凤姐愈加不好，丰儿等便大哭起来。巧姐听见赶来。刘老老也急忙走到炕前，嘴里念佛，捣了些鬼，果然凤姐好些。一时王夫人听了丫头的信，也过来了，先见凤姐安静些，心下略放心。见了刘老老，便说：“刘老老，你好？什么时候来的？”刘老老便说：“请太太安。”也不及说别的，只言凤姐的病，讲究了半天。彩云进来说：“老爷请太太呢。”王夫人叮咛了平儿几句话，便过去了。

凤姐闹了一回，此时又觉清楚些，见刘老老在这里，心里信他求神祷告，便把丰儿等支开，叫刘老老坐在头边，告诉他心神不安、如见鬼怪的样。刘老老便说我们屯里什么菩萨灵，什么庙有感应。凤姐道："求你替我祷告，要用供献的银钱，我有。"便在手腕上褪下一只金镯子来交给他。刘老老道："姑奶奶，不用那个。我们村庄人家许了愿，好了，花上几百钱就是了，那用这些？就是我替姑奶奶求去，也是许愿，等姑奶奶好了，要花什么，自己去花罢。"凤姐明知刘老老一片好心，不好勉强，只得留下，说："老老，我的命交给你了。我的巧姐儿也是千灾百病的，也交给你了！"刘老老顺口答应，便说："这么着，我看天气尚早，还赶得出城去，我就去了。明日姑奶奶好了，再请还愿去。"凤姐因被众冤魂缠绕害怕，巴不得他就去，便说："你若肯替我用心，我能安稳睡一觉，我就感激你了。你外孙女儿，叫他在这里住下罢。"刘老老道："庄家孩子，没有见过世面，没的在这里打嘴，我带他去的好。"凤姐道："这就是多心了。既是咱们一家，这怕什么？虽说我们穷了，这一个人吃饭也不碍什么。"

刘老老见凤姐真情，落得叫青儿住几天，又省了家里的嚼吃。只怕青儿不肯，不如叫他来问问，若是他肯，就留下。于是和青儿说了几句。青儿因与巧姐儿顽的熟了，巧姐又不愿他去，青儿又愿意在这里，刘老老便分付了几句，辞了平儿，忙忙的赶出城去，不题。

且说栊翠庵原是贾府的地址，因盖省亲园子，将那庵圈在里头，向来食用香火，并不动贾府的钱粮。今日妙玉被劫，那女尼呈报到官，一则候官府缉贼的下落，二则是妙玉基业，不便离散，依旧住下，不过回明了贾府。那时贾府的人虽都知道，只为贾政新丧，且又心事不宁，也不敢将这些没要紧的事回禀。只有惜春知道此事，日夜不安。渐渐传到宝玉耳边，说："妙玉被贼劫去。"又有的说："妙玉凡心动了，跟人而走。"宝玉听得，十分纳闷，想来必是被强徒抢去，"这个人必不肯受，一定不屈而死"。但是一无下落，心下甚不放心，每日长吁短叹，还说："这样一个人，自称为'槛外人'，怎么遭此结局？"又想到："当日园中何等热闹！自从二姐姐出阁以来，死的死，嫁的嫁。我想他一尘不染，是保得住的了，岂知风波顿起，比林妹妹死的更奇！"由是一而二、二而三，追思起来，想到《庄子》上的话，虚无缥缈，人生在世，难免风流云散，不禁的大哭起来。

袭人等又道是他的疯病发作，百般的温柔解劝。宝钗初时不知何故，也用话箴规。怎奈宝玉抑郁不解，又觉精神恍惚。宝钗想不出道理，再三打听，方知妙玉被劫，不知去向，也是伤感。只为宝玉愁烦，便用正言解释，因提起："兰儿自送殡回来，虽不上学，闻得日夜攻苦。他是老太太的重孙，老太太素来望你成人，老爷为你日夜焦心，你为闲情痴意遭蹋自己，我们守着你，如何是个结果？"说得宝玉无言可答，过了一回，才说道："我那管人家的闲事，只可叹咱们家的运气衰颓！"宝钗道："可又来！老爷、太太原为是要你成人，接续祖宗遗绪，你只是执迷不悟，如何是好！"宝玉听来话不投机，便靠在桌上睡去。宝钗也不理他，叫麝月等伺候着，自己却去睡了。

宝玉见屋内人少，想起："紫鹃到了这里，我从没合他说句知心的话儿，冷冷清清撂着他，我心里甚不过意。他呢，又比不得麝月、秋纹，我可以安放得的。想起从前我病的时候，他在我这里伴了好些时，如今他的那一面小镜子还在我这里，他的情意却也不薄了。如今不知为什么，见我就是冷冷的。若说为我们这一个呢，他是合林妹妹最好的，我看他待紫鹃也不错。我有不在家的日子，紫鹃原与他有说有讲的；到我来了，紫鹃便走开了。想来自然是为林妹妹死了，我便成了家的原故。嗳，紫鹃，紫鹃！你这样一个聪明女孩儿，难道连我这点子苦处都看不出来么？"因又一想："今晚他们睡的睡，做活的做活，不如趁着这个空儿我找他去，看他有什么话。倘或我还有得罪之处，便赔个不是也使得。"想定了主意，轻轻的走出了房门，来找紫鹃。

那紫鹃的下房也就在西厢里间。宝玉悄悄的走到窗下，只见里面尚有灯光，便用舌头舐破窗纸，往里一瞧，见紫鹃独自挑灯，又不是做什么，呆呆的坐着。宝玉便轻轻的叫道："紫鹃姐姐，还没有睡么？"紫鹃听了，吓了一跳，怔怔的半日才说："是谁？"宝玉道："是我。"紫鹃听着似乎是宝玉的声音，便问："是宝二爷么？"宝玉在外轻轻的答应了一声。紫鹃问道："你来做什么？"宝玉道："我有一句心里的话要和你说说。你开了门，我到你屋里坐坐。"紫鹃停了一会儿，说道："二爷有什么话？天晚了，请回罢，明日再说罢。"宝玉听了，寒了半截。自己还要进去，恐紫鹃未必开门；欲要回去，这一肚子的隐情，越发被紫鹃这一句话勾起。无奈说道："我也没有多余的话，只问你一句。"紫鹃道："既是一句，就请说。"宝玉半日反不言语。

紫鹃在屋里不见宝玉言语，知他素有痴病，恐怕一时实在抢白了他，勾起他的旧病，倒也不好了，因站起来细听了一听，又问道："是走了，还是傻站着呢？有什么又不说，尽着在这里呕人！已经呕死了一个，难道还要呕死一个么？这是何苦来呢！”说着，也从宝玉舐破之处往外一张，见宝玉在那里呆听。紫鹃不便再说，回身剪了剪烛花。忽听宝玉叹了一声，道：“紫鹃姐姐，你从来不是这样铁心石肠，怎么近来连一句好好儿的话都不和我说了？我固然是个浊物，不配你们理我，但只我有什么不是，只望姐姐说明了，那怕姐姐一辈子不理我，我死了倒做个明白鬼呀！”紫鹃听了，冷笑道：“二爷就是这个话呀，还有什么？若就是这个话呢，我们姑娘在时，我也跟着听俗了；若是我们有什么不好处呢，我是太太派来的，二爷倒是回太太去，左右我们丫头们更算不得什么了！”说到这里，那声儿便哽咽起来，说着又醒鼻涕。宝玉在外知他伤心哭了，便急的跺脚道：“这是怎么说！我的事情，你在这里几个月，还有什么不知道的？就是别人不肯替我告诉你，难道你还不叫我说，叫我憋死了不成！”说着，也呜咽起来了。

宝玉正在这里伤心，忽听背后一个人接言道：“你叫谁替你说呢？谁是谁的什么？自己得罪了人自己央及呀，人家赏脸不赏在人家，何苦来，拿我们这些没要紧的垫喘儿呢？”这一句话，把里外两个人都吓了一大跳。你道是谁？原来却是麝月。宝玉自觉脸上没趣。只见麝月又说道：“到底是怎么着？一个赔不是，一个又不理。你倒是快快的央及呀！咳，我们紫鹃姐姐也就太狠心了，外头这么怪冷的，人家央及了这半天，总连个活动气儿也没有！”又向宝玉道：“刚才二奶奶说了，多早晚了，打谅你在那里呢，你却一个人站在这房檐底下做什么？”紫鹃里面接着说道：“这可是什么意思呢？早就请二爷进去，有话明日说罢。这是何苦来！”

宝玉还要说话，因见麝月在那里，不好再说别的，只好一面同麝月走回，一面说道：“罢了，罢了！我今生今世也难剖白这个心了！惟有老天知道罢了！”说到这里，那眼泪也不知从何处来的，滔滔不断了。麝月道：“二爷，依我劝你死了心罢，白赔眼泪也可惜了儿的。”宝玉也不答言，遂进了屋子，只见宝钗睡了。宝玉也知宝钗装睡，却是袭人说了一句道：“有什么话，明日说不得，巴巴儿的跑到那里去闹？闹出——”说到这里，也就不肯说了，迟了一迟，才接着道：“身上不觉怎么样？”宝玉也不言语，只摇摇头儿，袭人一面才打发睡下。一夜无眠，自不必说。

这里紫鹃被宝玉一招，越发心里难受，直直的哭了一夜。思前想后，“宝玉的事，明知他病中不能明白，所以众人弄鬼弄神的办成了。后来宝玉明白了，旧病复发，常时哭想，并非忘情负义之徒。今日这种柔情，一发叫人难受。只可怜我们林姑娘，真真是无福消受他。如此看来，人生缘分都有一定，在那未到头时，大家都是痴心妄想；及至无可如何，那糊涂的也就不理会了，那情深义重的也不过临风对月，洒泪悲啼。可怜那死的倒未必知道，那活的真真是苦恼伤心，无休无了。算来竟不如草木石头，无知无觉，倒也心中干净"！想到此处，倒把一片酸热之心一时冰冷了。才要收拾睡时，只听东院里吵嚷起来。未知何事，且看下回分解。

第一百十四回　王熙凤历幻返金陵　甄应嘉蒙恩还玉阙

却说宝玉、宝钗听说凤姐病的危急，赶忙起来，丫头秉烛伺候。正要出院，只见王夫人那边打发人来说："琏二奶奶不好了，还没有咽气，二爷、二奶奶且慢些过去罢。琏二奶奶的病有些古怪：从三更天起，到四更时候，琏二奶奶没有住嘴，说了好些胡话，要船要轿的，说到金陵归入册子去。众人不懂，他只是哭哭喊喊的。琏二爷没有法儿，只得去糊了船轿，还没拿来，琏二奶奶喘着气等呢。太太叫我们过来说，等琏二奶奶去了再过去罢。"宝玉道："这也奇！他到金陵做什么？"

袭人轻轻的合宝玉说道："你不是那年做梦，我还记得说有多少册子？不是琏二奶奶也到那里去么？"宝玉听了，点头道："是呀，可惜我都不记得那上头的话了。这么说起来，人都有个定数的了。但不知林妹妹又到那里去了？我如今被你一说，我有些懂得了。若再做这个梦时，我得细细的瞧一瞧，便有未卜先知的分儿了。"袭人道："你这样的人，可是不可合你说话的！偶然提了一句，你便认起真来了么？就算你能先知了，你有什么法儿呢！"宝玉道："只怕不能先知，若是能了，我也犯不着为你们瞎操心了。"

两人正说着，宝钗走来，问道："你们说什么？"宝玉恐他盘诘，只说："我们谈论凤姐姐。"宝钗道："人要死了，你们还只管议论他！旧年你还说我咒人，那个签不是应了么？"宝玉又想了一想，拍手道："是的，是的！这么说起来，你倒能先知了！我索性问问你，你知道我将来怎么样？"宝钗笑道："这是又胡闹起来了。我是就他求的签上的话混解的，你就认了真了。你就和邢妹妹一样的了，你失了玉，他去求妙玉扶乩，批出来的众人不解，他还背地里合我说妙玉怎么前知，怎么参禅悟道。如今他遭此大难，他如何自己都不知道？这可是算得前知么？就是我偶然说着了二奶奶的事情，其实知道他是怎么样了？只怕我连我自己也不知道呢。这些事情，原都是虚诞的，可是信得的么？”

宝玉道：“别提他了，你只说邢妹妹罢。自从我们这里连连的有事，把他这件事竟忘记了。你们家这么一件大事，怎么就草草的完了？也没请亲唤友的。”宝钗道：“你这话又是迂了。我们家的亲戚，只有咱们这里和王家最近。王家没了什么正经人了，咱们家遭了老太太的大事，所以也没请，就是琏二哥张罗了张罗。别的亲戚虽也有一两门子，你没过去，如何知道？算起来，我们这二嫂子的命和我差不多。好好的许了我二哥哥，我妈妈原想要体体面面的给二哥哥娶这房亲事的，一则为我哥哥在监里，二哥哥也不肯大办；二则为咱们家的事；三则为我二嫂子在大太太那边忒苦，又加着抄了家，大太太是苛刻一点的，他也实在难受：所以我和妈妈说了，便将将就就的娶了过去。我看二嫂子如今倒是安心乐意的孝敬我妈妈，比亲媳妇还强十倍呢。待二哥哥也是极尽妇道的，和香菱又甚好，二哥哥不在家，他两个和和气气的过日子。虽说是穷些，我妈妈近来倒安逸好些，就是想起我哥哥来，不免伤心。况且常打发人家里来要使用，多亏二哥哥在外头帐头儿上讨来应付他。我听见说城里的几处房子已经典去，还剩了一所在那里，如今打算着搬了去住。”宝玉道：“为什么要搬？住在这里，你来去也便宜些，若搬远了，你去就要一天了。”宝钗道：“虽说是亲戚，到底各自的稳便些，那里有个一辈子住在亲戚家的呢？”

宝玉还要讲出不搬去的理，王夫人打发人来说：“琏二奶奶咽了气了，所有的人都过去了，请二爷、二奶奶就过去。”宝玉听了，也掌不住跺脚要哭。宝钗虽也悲切，恐宝玉伤心，便说：“有在这里哭的，不如到那边哭去。”

于是两人一直到凤姐那里，只见好些人围着哭呢。宝钗走到跟前，见凤姐已经停床，便大放悲声。宝玉也拉着贾琏的手大哭起来，贾琏也重新哭泣。平儿等因见无人劝解，只得含悲上来劝止了。众人都悲哀不止。贾琏此时手足无措，叫人传了赖大来，叫他办理丧事；自己回明了贾政，然后去行事。但是手头不济，诸事拮据，又想起凤姐素日的好处来，更加悲哭不已。又见巧姐哭的死去活来，越发伤心。哭到天明，即刻打发人去请他大舅子王仁过来。

那王仁自从王子腾死后，王子胜又是无能的人，任他胡为，已闹得六亲不和。今知妹子死了，只得赶着过来哭了一场。见这里诸事将就，心下便不舒服，说：“我妹妹在你家辛辛苦苦当了好几年家，也没有什么错处，你们家该认真的发送发送才是，怎么这时候诸事还没有齐备？”贾琏本与王仁不睦，见他说些混帐话，知他不懂的什么，也不大理他。王仁便叫了他外甥女儿巧姐过来，说："你娘在时，本来办事不周到，只知道一味的奉承老太太，把我们的人都不大看在眼里。外甥女儿，你也大了，看见我从来沾染过你们没有？如今你娘死了，诸事要听我舅舅的话。你母亲娘家的亲戚，就是我和你二舅舅了。你父亲的为人，我也早知道的了，只有敬重别人的。那年什么尤姨娘死了，我虽不在京，听见人说化了好些银子。如今你娘死了，你父亲倒是这样的将就办去，你也不知道劝劝你父亲！"巧姐道："我父亲巴不得要好看，只是如今比不得从前了，现在手里没钱，所以诸事省些是有的。"王仁道："你的东西还少么！"巧姐儿道："旧年抄去，何尝还有呢？"王仁道："你也这样说！我听见老太太又给了好些东西，你该拿出来。"巧姐又不好说父亲用去，只推不知道。王仁便道："哦，我知道了，不过是你想留着做嫁妆罢咧。"巧姐听了，不敢回言，只气得哽噎难鸣的哭起来了。

平儿生气，说道："舅老爷，有话等我们二爷进来再说。姑娘这么点年纪，他懂得什么？"王仁道："你们是巴不得二奶奶死了，你们就好为王了！我并不是要什么好看，也是你们的脸面！"说着，赌气坐着。巧姐满怀的不舒服，心想："我父亲并不是没情。我妈妈在时，舅舅不知拿了多少东西去，如今说得这样干净！"于是便不大瞧得起他舅舅了。岂知王仁心里想来，他妹妹不知积攒了多少，"虽说抄了家，那屋里的银子还怕少么？必是怕我来缠他们，所以也帮着这么说。这小东西儿也是不中用的"！从此王仁也嫌了巧姐儿了。

贾琏并不知道，只忙着弄银钱使用。外头的大事叫赖大办了，里头也要用好些钱，一时实在不能张罗。平儿知他着急，便叫贾琏道："二爷，也别过于伤了自己的身子。"贾琏道："什么身子！现在的日用钱都没有，这件事怎么办？偏有个糊涂行子又在这里蛮缠！你想有什么法儿？"平儿道："二爷也不用着急。若说没钱使唤，我还有些东西，旧年幸亏没有抄在里头去，二爷要，就拿去当着使唤罢。"贾琏听了，心想难得这样，便笑道："这样更好，省得我各处张罗。等我银子弄到手了还你。"平儿道："我的也是奶奶给的，什么还不还！只要这件事办得好看些就是了。"贾琏心里倒着实感激他，便将平儿的东西拿了去，当钱使用。诸凡事情，便与平儿商量。秋桐看着，心里就有些不甘，每每口角里头，便说："平儿没有了奶奶，他要上去了！我是老爷的人，他怎么就越过我去了呢！"平儿也看出来了，只不理他。倒是贾琏一时明白，越发把秋桐嫌了，一时有些烦恼，便拿着秋桐出气。邢夫人知道，反说贾琏不好。贾琏忍气不题。

且说凤姐停了十余日，送了殡。贾政守着老太太的孝，总在外书房。那时清客相公渐渐的都辞去了，只有个程日兴还在那里，时常陪着说说话儿。提起家运不好，一连人口死了好些。“大老爷合珍大爷又在外头，家计一天难似一天。外头东庄田地，也不知道怎么样，总不得了。”程日兴道：“我在这里好几年，也知道府上的人那一个不是肥己的？一年一年都往他家里拿，那自然府上是一年不够一年了。又添了大老爷、珍大爷那边两处的费用；外头又有些债务；前儿又破了好些财，要想衙门里缉贼追赃，那是难事。老世翁若要安顿家事，除非传那些管事的来，派一个心腹的人各处去清查清查，该去的去，该留的留，有了亏空，着在经手的身上赔补，这就有了数儿了。那一座大园子，人家是不敢买的，这里头的出息也不少，又不派人管了。那年老世翁不在家，这些人就弄神弄鬼儿的，闹的一个人不敢到园里。这都是家人的弊。此时把下人查一查，好的使着，不好的便撵了，这才是道理。”贾政点头道：“先生，你有所不知：不必说下人，便说自己的侄儿也靠不住！若要我查起来，那能一一亲见亲知？况我又在服中，不能照管这些个。我素来又兼不大理家，有的没的，我还摸不着呢。”

程日兴道：“老世翁最是仁德的人，若在别人家，这样的家计就穷起来，十年五载还不怕，便向这些管家的要也就够了。我听见世翁的家人还有做知县的呢。”贾政道：“一个人若要使起家人们的钱来，便了不得了，只好自己俭省些。但是册子上的产业若是实有还好，只怕有名无实了。”程日兴道：“老世翁所见极是，晚生为什么说要查查呢！”贾政道：“先生必有所闻？”程日兴道：“我虽知道些那些管事的神通，晚生也不敢言语的。”贾政听了，便知话里有话，便叹道：“我家祖父以来，都是仁厚的，从没有刻薄过下人。我看如今这些人，一日不似一日了。在我手里行出主子样儿来，又叫人笑话。”

两人正说着，门上的过来回道：“江南甄老爷来了。”贾政便问道：“甄老爷进京为什么？”那人道：“奴才也打听了，说是蒙圣恩起复了。”贾政道：“不用说了，快请罢。”那人出去，请了进来。那甄老爷即是甄宝玉之父，名叫甄应嘉，表字友忠，也是金陵人氏，功勋之后。原与贾府有亲，素来走动的，因前年挂误革了职，动了家产。今遇主上眷念功臣，赐还世职，行取来京陛见。知道贾母新丧，特备祭礼，择日到寄灵的地方拜奠，所以先来拜望。贾政有服，不能远接，在外书房门口等着。

那位甄老爷一见，便悲喜交集，因在制中不便行礼，遂拉着手叙了些阔别思念的话，然后分宾坐下。献了茶，彼此又将别后事情的话说了。贾政问道：“老亲翁几时陛见的？”甄应嘉道：“前日。”贾政道：“主上隆恩，必有温谕。”甄应嘉道：“主上的恩典，真是比天还高，下了好些旨意。”贾政道：“什么好旨意？”甄应嘉道：“近来越寇猖獗，海疆一带，小民不安，派了安国公征剿贼寇。主上因我熟悉土疆，命我前往安抚，但是即日就要起身。昨日知老太太仙逝，谨备瓣香，至灵前拜奠，稍尽微忱。”贾政即忙叩首拜谢，便说：“老亲翁即此一行，必是上慰圣心、下安黎庶，诚哉莫大之功，正在此行。但弟不克亲睹奇才，只好遥聆捷报。现在镇海统制是弟舍亲，会时务望青照。”

甄应嘉道：“老亲翁与统制是什么亲戚？”贾政道：“弟那年在江西粮道任时，将小女许配与统制少君，结褵已经三载。因海口案内未清，继以海寇聚奸，所以音信不通。弟深念小女，俟老亲翁安抚事竣后，拜恳便中一视。弟即修字数行，烦尊纪带去，便感激不尽了。”甄应嘉道：“儿女之情，人所不免，我正在有奉托老亲翁的事：昨蒙圣恩召取来京，因小儿年幼，家下乏人，将贱眷全带来京。我因钦限迅速，昼夜先行，贱眷在后缓行，到京尚需时日。弟奉旨出京，不敢久留。将来贱眷到京，少不得要到尊府，定叫小犬叩见，如可进教，遇有姻事可图之处，望乞留意为感。”

贾政一一答应。那甄应嘉又说了几句话，就要起身，说：“明日在城外再见。”贾政见他事忙，谅难再坐，只得送出书房。贾琏、宝玉早已伺候在那里代送，因贾政未叫，不敢擅入。甄应嘉出来，两人上去请安。应嘉一见宝玉，呆了一呆，心想：“这个怎么甚像我家宝玉？只是浑身缟素。”因问：“至亲久阔，爷们都不认得了。”贾政忙指贾琏道：“这是家兄名赦之子琏二侄儿。”又指着宝玉道：“这是第二小犬，名叫宝玉。”应嘉拍手道奇：“我在家听见说老亲翁有个衔玉生的爱子，名叫宝玉，因与小儿同名，心中甚为罕异。后来想着这个也是常有的事，不在意了。岂知今日一见，不但面貌相同，且举止一般，这更奇了！”问起年纪，“比这里的哥儿略小一岁”。贾政便因提起“承荐包勇，问及令郎哥儿与小儿同名”的话述了一遍。应嘉因属意宝玉，也不暇问及那包勇的得妥，只连连的称道：“真真罕异！”因又拉了宝玉的手，极致殷勤。又恐安国公起身甚速，急须预备长行，勉强分手徐行。贾琏、宝玉送出，一路又问了宝玉好些，然后才登车而去。那贾琏、宝玉回来，见了贾政，便将应嘉问的话回了一遍。贾政命他二人散去。

贾琏又去张罗，算明凤姐丧事的帐目。宝玉回到自己房中，告诉了宝钗，说是：“常提的甄宝玉，我想一见不能，今日倒先见了他父亲了。我还听得说，宝玉也不日要到京了，要求拜望我们老爷呢。又人人说和我一模一样的，我只不信。若是他后日到了咱们这里来，你们都去瞧瞧，看他果然和我像不像。”宝钗听了道：“嗳，你说话怎么越发没前后了？什么男人同你一样都说出来了，还叫我们瞧去呢！”宝玉听了，知是失言，脸上一红，连忙的还要解说。不知何话，且看下回分解。

第一百十五回　惑偏私惜春矢素志　证同类宝玉失相知

话说宝玉为自己失言，被宝钗问住，要想掩饰过去，只见秋纹进来说：“外头老爷叫二爷呢。”宝玉巴不得一声，便走了。去到贾政那里，贾政道：“我叫你来不为别的，现在你穿着孝，不便到学里去，你在家里，必要将你念过的文章温习温习。我这几天倒也闲着，隔两三日要做几篇文章我瞧瞧，看你这些时进益了没有。”宝玉只得答应着。贾政又道：“你环兄弟、兰侄儿，我也叫他们温习去了。倘若你作的文章不好，反倒不及他们，那可就不成事了。”宝玉不敢言语，答应了个“是”，站着不动。贾政道：“去罢。”宝玉退了出来，正撞见赖大诸人拿着些册子进来。

宝玉一溜烟回到自己房中，宝钗问了，知道叫他作文章，倒也喜欢。惟有宝玉不愿意，也不敢怠慢。正要坐下静静心，见有两个姑子进来，是地藏庵的。见了宝钗，说道：“请二奶奶安。”宝钗待理不理的说：“你们好？”因叫人来：“倒茶给师父们吃。”宝玉原要和那姑子说话，见宝钗似乎厌恶这些，也不好兜搭。那姑子知道宝钗是个冷人，也不久坐，辞了要去。宝钗道：“再坐坐去罢。”那姑子道：“我们因在铁槛寺做了功德，好些时没来请太太、奶奶们的安。今日来了，见过了奶奶、太太们，还要看四姑娘呢。”宝钗点头，由他去了。

那姑子便到惜春那里，见了彩屏，便问：“姑娘在那里呢？”彩屏道：“不用提了。姑娘这几天饭都没吃，只是歪着。”那姑子道：“为什么？”彩屏道：“说也话长。你见了姑娘，只怕他便和你说了。”惜春早已听见，急忙坐起，说：“你们两个人好啊！见我们家事差了，便不来了！”那姑子道：“阿弥陀佛！有也是施主，没也是施主，别说我们是本家庵里的，受过老太太多少恩惠呢。如今老太太的事，太太、奶奶们都见了，只没有见姑娘，心里惦记，今儿是特特的来瞧姑娘来的。”惜春便问起水月庵的姑子来。那姑子道：“他们庵里闹了些事，如今门上也不肯常放进来了。”便问惜春道：“前儿听见说栊翠庵的妙师父，怎么跟了人去了？”惜春道：“那里的话！说这个话的人，提防着割舌头！人家遭了强盗抢去，怎么还说这样的坏话？”那姑子道：“妙师父的为人怪僻，只怕是假惺惺罢。在姑娘面前，我们也不好说的。那里像我们这些粗夯人，只知道诵经念佛，给人家忏悔，也为着自己修个善果。”

惜春道：“怎么样就是善果呢？”那姑子道：“除了咱们家这样善德人家儿不怕，若是别人家，那些诰命夫人、小姐，也保不住一辈子的荣华。到了苦难来了，可就救不得了。只有个观世音菩萨大慈大悲，遇见人家有苦难的，就慈心发动，设法儿救济。为什么如今都说大慈大悲、救苦救难的观世音菩萨呢？我们修了行的人，虽说比夫人、小姐们苦多着呢，只是没有险难的了。虽不能成佛作祖，修修来世或者转个男身，自己也就好了。不像如今，脱生了个女人胎子，什么委屈烦难都说不出来。姑娘，你还不知道呢，要是人家姑娘们出了门子，这一辈子跟着人，是更没法儿的。若说修行，也只要修得真。那妙师父自为才情比我们强，他就嫌我们这些人俗，岂知俗的才能得善缘呢。他如今到底是遭了大劫了。”

惜春被那姑子一番话说得合在机上，也顾不得丫头们在这里，便将尤氏待他怎样、前儿看家的事说了一遍，并将头发指给他瞧，道：“你打谅我是什么没主意、恋火坑的人么？早有这样的心，只是想不出道儿来。”那姑子听了，假作惊慌道：“姑娘再别说这个话，珍大奶奶听见，还要骂杀我们，撵出庵去呢。姑娘这样人品，这样人家，将来配个好姑爷，享一辈子的荣华富贵。”惜春不等说完，便红了脸，说：“珍大奶奶撵得你，我就撵不得么！”那姑子知是真心，便索性激他一激，说道：“姑娘，别怪我们说错了话，太太、奶奶们那里就依得姑娘的性子呢？那时闹出没意思来倒不好，我们倒是为姑娘的话。”惜春道：“这也瞧罢咧。”彩屏等听这话头不好，便使个眼色儿给姑子，叫他走。那姑子会意，本来心里也害怕，不敢挑逗，便告辞出去。惜春也不留他，便冷笑道：“打谅天下就是你们一个地藏庵么！”

那姑子也不敢答言，去了。彩屏见事不妥，恐担不是，悄悄的去告诉了尤氏说：“四姑娘铰头发的念头还没有息呢。他这几天不是病，竟是怨命。奶奶提防些，别闹出事来，那会子归罪我们身上。”尤氏道：“他那里是为要出家？他为的是大爷不在家，安心和我过不去。也只好由他罢了。”彩屏等没法，也只好常常劝解。岂知惜春一天一天的不吃饭，只想铰头发。彩屏等吃不住，只得到各处告诉。邢、王二夫人等也都劝了好几次，怎奈惜春执迷不解。

邢、王二夫人正要告诉贾政，只听外头传进来说："甄家的太太带了他们家的宝玉来了。"众人急忙接出，便在王夫人处坐下，众人行礼，叙些寒温，不必细述。只言王夫人提起甄宝玉与自己的宝玉无二，要请甄宝玉进来一见。传话出去，回来说道："甄少爷在外书房同老爷说话，说的投了机了，打发人来请我们二爷、三爷，还叫兰哥儿。在外头吃饭，吃了饭进来。"说毕，里头也便摆饭，不题。

且说贾政见甄宝玉相貌果与宝玉一样，试探他的文才，竟是应对如流，甚是心敬，故叫宝玉等三人来警励他们，再者到底叫宝玉来比一比。宝玉听命，穿了素服，带了兄弟侄儿出来。见了甄宝玉，竟是旧相识一般，那甄宝玉也像那里见过的。两人行了礼，然后贾环、贾兰相见。本来贾政席地而坐，要让甄宝玉在椅子上坐，甄宝玉因是晚辈，不敢上坐，就在地下铺了褥子坐下。如今宝玉等出来，又不能同贾政一处坐着，甄宝玉又是晚一辈，又不好叫宝玉等站着。贾政知是不便，站着又说了几句话，叫人摆饭，说："我失陪，叫小儿辈陪着，大家说说话儿，好叫他们领领大教。"甄宝玉逊谢道："老伯大人请便，侄儿正欲领世兄们的教呢。"贾政回覆了几句，便自往内书房去。那甄宝玉反要送出来，贾政拦住。宝玉等先抢了一步，出了书房门槛，站立着看贾政进去，然后进来让甄宝玉坐下，彼此套叙了一回，诸如久慕渴想的话，也不必细述。

且说贾宝玉见了甄宝玉，想到梦中之景，并且素知甄宝玉为人，必是和他同心，以为得了知己。因初次见面，不便造次，且又贾环、贾兰在坐，只有极力夸赞，说："久仰芳名，无由亲炙，今日见面，真是谪仙一流的人物！"那甄宝玉素来也知贾宝玉的为人，今日一见，果然不差。"只是可与我共学，不可与你适道。他既和我同名同貌，也是三生石上的旧精魂了。既我略知了些道理，怎么不和他讲讲？但是初见，尚不知他的心与我同不同，只好缓缓的来。"便道："世兄的才名，弟所素知的。在世兄是数万人里头选出来，最清最雅的；至于弟乃庸庸碌碌一等愚人，忝附同名，殊觉玷辱了这两个字。"贾宝玉听了，心想："这个人果然同我的心一样的！但是你我都是男人，不比那女孩儿们清洁，怎么他拿我当作女孩儿看待起来？"便道："世兄谬赞，实不敢当。弟是至愚至浊，只不过一块顽石耳，何敢比世兄品望高清，实称此两字？"甄宝玉道："弟少时不知分量，自谓尚可琢磨，岂知家遭消索，数年来更比瓦砾犹贱。虽不敢说历尽甘苦，然世道人情，略略的领悟了好些。世兄是锦衣玉食，无不遂心的，必是文章经济高出人上，所以老伯钟爱，将为席上之珍，弟所以才说尊名方称。”

贾宝玉听这话头，又近了禄蠹的旧套，想话回答。贾环见未与他说话，心中早不自在。倒是贾兰听了这话，甚觉合意，便说道：“世叔所言固是太谦，若论到文章经济，实在从历练中出来的，方为真才实学。在小侄年幼，虽不知文章为何物，然将读过的细味起来，那膏粱文绣，比着令闻广誉，真是不啻百倍的了。”甄宝玉未及答言，贾宝玉听了兰儿的话，心里越发不合，想道：“这孩子从几时也学了这一派酸论？”便说道：“弟闻得世兄也诋尽流俗，性情中另有一番见解。今日弟幸会芝范，想欲领教一番超凡入圣的道理，从此可以净洗俗肠，重开眼界。不意视弟为蠢物，所以将世路的话来酬应。”甄宝玉听说，心里晓得：“他知我少年的性情，所以疑我为假。我索性把话说明，或者与我作个知己朋友，也是好的。”便说道：“世兄高论，固是真切。但弟少时，也曾深恶那些旧套陈言，只是一年长似一年，家君致仕在家，懒于酬应，委弟接待。后来见过那些大人先生，尽都是显亲扬名的人，便是著书立说，无非言忠言孝，自有一番立德立言的事业，方不枉生在圣明之时，也不致负了父亲师长养育教诲之恩，所以把少年那一派迂想痴情，渐渐的淘汰了些。如今尚欲访师觅友，教导愚蒙。幸会世兄，定当有以教我。适才所言，并非虚意。”

贾宝玉愈听愈不耐烦，又不好冷淡，只得将言语支吾。幸喜里头传出话来，说：“若是外头爷们吃了饭，请甄少爷里头去坐呢。”宝玉听了，趁势便邀甄宝玉进去。那甄宝玉依命前行，贾宝玉等陪着，来见王夫人。贾宝玉见是甄太太上坐，便先请过了安。贾环、贾兰也见了。甄宝玉也请了王夫人的安。两母两子，互相厮认。虽是贾宝玉是娶过亲的，那甄夫人年纪已老，又是老亲，因见贾宝玉的相貌身材与他儿子一般，不禁亲热起来。王夫人更不用说，拉着甄宝玉问长问短，觉得比自己家的宝玉老成些。回看贾兰，也是清秀超群的，虽不能像两个宝玉的形像，也还随得上。只有贾环粗夯，未免有偏爱之心。

众人一见两个宝玉在这里，都来瞧看，说道：“真真奇事！名字同了也罢，怎么相貌身材都是一样的？亏得是我们宝玉穿孝，若是一样的衣服穿着，一时也认不出来！”内中紫鹃一时痴意发作，因想起黛玉来，心里说道：“可惜林姑娘死了。若不死时，就将那甄宝玉配了他，只怕也是愿意的。”正想着，只听得甄夫人道：“前日听得我们老爷回来说，我们宝玉年纪也大了，求这里老爷留心一门亲事。”王夫人正爱甄宝玉，顺口便说道：“我也想要与令郎作伐。我家有四个姑娘，那三个都不用说，死的死，嫁的嫁了。还有我们珍大侄儿的妹子，只是年纪过小几岁，恐怕难配。倒是我们大媳妇的两个堂妹子，生得人才齐整。二姑娘呢，已经许了人家；三姑娘正好与令郎为配，过一天我给令郎做媒。但是他家里家计，如今差些。”甄夫人道：“太太这话又客套了。如今我们家还有什么？只怕人家嫌我们穷罢了。”王夫人道：“现今府上复又出了差，将来不但复旧，必是比先前更要鼎盛起来。”甄夫人笑着道：“但愿依着太太的话更好。这么着，就求太太作个保山。”甄宝玉听他们说起亲事，便告辞出来，贾宝玉等只得陪着。来到书房，见贾政已在那里，复又立谈几句。听见甄家的人来回甄宝玉道：“太太要走了，请爷回去罢。”于是甄宝玉告辞出来，贾政命宝玉、环、兰相送，不题。

且说宝玉自那日见了甄宝玉之父，知道甄宝玉来京，朝夕盼望；今日见面，原想得一知己，岂知说了半天，竟有些冰炭不投。闷闷的回到自己房中，也不言也不笑，只管发怔。宝钗便问：“那甄宝玉果然像你么？”宝玉道：“相貌倒还是一样的，只是言谈间看起来并不知道什么，不过也是个禄蠹。”宝钗道：“你又编派人家了，怎么见得他也是个禄蠹呢？”宝玉道：“他说了半天，并没个明心见性之谈，不过说些什么文章经济，又说什么为忠为孝，这样人可不是个禄蠹么！只可惜他也生了这样一个相貌。我想来有了他，我竟要连我这个相貌都不要了！”

宝钗见他又发呆话，便说道：“你真真说出句话来叫人发笑！这相貌怎么能不要呢？况且人家这话是正理，做了一个男人，原该要立身扬名的，谁像你，一味的柔情私意？不说自己没有刚烈，倒说人家是禄蠹！”宝玉本听了甄宝玉的话，甚不耐烦，又被宝钗抢白了一场，心中更加不乐，闷闷昏昏，不觉将旧病又勾起来了，并不言语，只是傻笑。宝钗不知，只道自己的话错了，他所以冷笑，也不理他。岂知那日便有些发呆，袭人等呕他，也不言语。过了一夜，次日起来，只是呆呆的，竟有前番病的样子。

一日，王夫人因为惜春定要铰发出家，尤氏不能拦阻，看着惜春的样子，若是不依他，必要自尽的，虽然昼夜着人看着，终非常事，便告诉了贾政。贾政叹气跺脚，只说：“东府里不知干了什么，闹到如此地位！”叫了贾蓉来说了一顿，叫他去和他母亲说：“认真劝解劝解。若是必要这样，就不是我们家的姑娘了！”岂知尤氏不劝还好，一劝了更要寻死，说：“做了女孩儿，终不能在家一辈子的。若系二姐姐一样，老爷、太太们倒要烦心，况且死了。

如今譬如我死了似的，放我出了家，干干净净的一辈子，就是疼我了。况且我又不出门，就是栊翠庵，原是咱们家的基址，我就在那里修行。我有什么，你们也照应得着。现在妙玉的当家的在那里。你们依我呢，我就算得了命了；若不依我呢，我也没法，只有死就完了。我如若遂了自己的心愿，那时哥哥回来，我和他说并不是你们逼着我的；若说我死了，未免哥哥回来倒说你们不容我。”尤氏本与惜春不合，听他的话也似乎有理，只得去回王夫人。

王夫人已到宝钗那里，见宝玉神魂失所，心下着忙，便说袭人道：“你们忒不留神！二爷犯了病，也不来回我！”袭人道：“二爷的病原来是常有的，一时好一时不好，天天到太太那里仍旧请安去。原是好好儿的，今儿才发糊涂些。二奶奶正要来回太太，恐防太太说我们大惊小怪。”宝玉听见王夫人说他们，心里一时明白，恐他们受委屈，便说道：“太太放心，我没什么病，只是心里觉着有些闷闷的。”王夫人道：“你是有这病根子，早说了好请大夫瞧瞧，吃两剂药好了不好？若再闹到头里丢了玉的时候似的，就费事了。”宝玉道：“太太不放心，便叫个人来瞧瞧，我就吃药。”王夫人便叫丫头传话出来请大夫。这一个心思都在宝玉身上，便将惜春的事忘了。迟了一回，大夫看了服药，王夫人回去。过了几天，宝玉更糊涂了，甚至于饭食不进，大家着急起来。恰又忙着脱孝，家中无人，又叫了贾芸来照应大夫。贾琏家下无人，请了王仁来在外帮着料理。那巧姐儿是日夜哭母，也是病了，所以荣府中又闹得马仰人翻。一日，又当脱孝来家，王夫人亲身又看宝玉，见宝玉人事不醒，急得众人手足无措，一面哭着，一面告诉贾政说：“大夫说了，不肯下药，只好预备后事。”贾政叹气连连，只得亲自看视，见其光景，果然不好，便又叫贾琏办去。

贾琏不敢违拗，只得叫人料理。手头又短，正在为难，只见一个人跑进来，说：“二爷，不好了！又有饥荒来了！”贾琏不知何事，这一吓非同小可，瞪着眼说道：“什么事？”那小厮道：“门上来了一个和尚，手里拿着二爷的这块丢的玉，说要一万赏银！”贾琏照脸啐道：“我打量什么事，这样慌张！前番那假的，你不知道么？就是真的，现在人要死了，要这玉做什么！”小厮道：“奴才也说了，那和尚说给他银子就好了。”又听着外头喊进来说：“这和尚撒野，竟自跑进来了！众人拦他拦不住！”贾琏道：“那里有这样怪事？你们还不快打出去呢！”正闹着，贾政听见了，也没了主意了。里头又哭出来说：“宝二爷不好了！”贾政益发着急。只见那和尚说道：“要命，拿银子来。”

贾政忽然想起："头里宝玉的病是和尚治好的，这会子和尚来，或者有救星。但是这玉倘或是真，他要起银子来，怎么样呢？"想了一想："姑且不管他，果真人好了再说。"贾政叫人去请，那和尚已进来了，也不施礼，也不答话，便往里就跑。贾琏拉着道："里头都是内眷，你这野东西混跑什么！"那和尚道："迟了就不能救了。"贾琏急得一面走，一面乱嚷道："里头的人不要哭了，和尚进来了！"

王夫人等只顾着哭，那里理会？贾琏走近来又喊。王夫人等回过头来，见一个长大的和尚，吓了一跳，躲避不及。那和尚直走到宝玉炕前。宝钗避过一边，袭人见王夫人站着，不敢走开。只见那和尚道："施主们，我是送玉来的。"说着，把那块玉擎着道："快快把银子拿出来，我好救他！"王夫人等惊惶无措，也不管真假，便说道："若是救活了人，银子是有的。"那和尚笑道："拿来。"王夫人道："你放心，横竖折变得出来。"和尚哈哈大笑，手拿着玉在宝玉耳边道："宝玉，宝玉，你的宝玉回来了！"说了这一句，王夫人等见宝玉把眼一睁。袭人说道："好了！"只见宝玉便问道："在那里呢？"那和尚把玉递给他手里。宝玉先前紧紧的攥着，后来慢慢的得过手来，拿在自己眼前细细的一看，说："嗳呀，久违了！"里外众人都喜欢的念佛，连宝钗也顾不得有和尚了。贾琏也走过来一看，果见宝玉回过来了，心里一喜，疾忙躲出去了。

那和尚也不言语，赶来拉着贾琏就跑，贾琏只得跟着。到了前头，赶着告诉贾政。贾政听了喜欢，即找和尚施礼叩谢。和尚还了礼坐下。贾琏心下狐疑："必是要了银子才走。"贾政细看那和尚，又非前次见的，便问："宝刹何方？法师大号？这玉是那里得的？怎么小儿一见，便会活过来的？"那和尚微微笑道："我也不知道，只要拿一万银子来就完了。"贾政见这和尚粗鲁，也不敢得罪，便说："有。"和尚道："有便快拿来罢，我要走了。"贾政道："略请少坐，待我进内瞧瞧。"和尚道："你去，快出来才好。"

贾政果然进去，也不及告诉，便走到宝玉炕前。宝玉见是父亲来，欲要爬起，因身子虚弱起不来。王夫人按着说道："不要动。"宝玉笑着拿这玉给贾政瞧，道："宝玉来了。"贾政略略一看，知道此事有些根源，也不细看，便和王夫人道："宝玉好过来了，这赏银怎么样？"王夫人道："尽着我所有的折变了给他就是了。"宝玉道："只怕这和尚不是要银子的罢。"贾政点头道："我也看来古怪，但是他口口声声的要银子。"王夫人道："老爷出去，先款留着他再说。"贾政出来。

宝玉便嚷饿了，吃了一碗粥，还说要饭。婆子果然取了饭来。王夫人还不敢给他吃，宝玉说："不妨的，我已经好了。"便爬着吃了一碗，渐渐的神气果然好过来了，便要坐起来。麝月上去轻轻的扶起，因心里喜欢，忘了情，说道："真是宝贝！才看见了一会儿，就好了，亏的当初没有砸破！"宝玉听了这话，神色一变，把玉一撂，身子往后一仰。未知死活，且看下回分解。

第一百十六回　得通灵幻境悟仙缘　送慈柩故乡全孝道

话说宝玉一听麝月的话，身往后仰，复又死去，急得王夫人等哭叫不止。麝月自知失言致祸，此时王夫人等也不及说他。那麝月一面哭着，一面打定主意，心想："若是宝玉一死，我便自尽，跟了他去！"不言麝月心里的事。且说王夫人等见叫不回来，赶着叫人出来找和尚救治，岂知贾政进内出去时，那和尚已不见了。贾政正在诧异，听见里头又闹，急忙进来，见宝玉又是先前的样子，牙关紧闭，脉息全无。用手在心窝中一摸，尚是温热。贾政只得急忙请医灌药救治。

那知那宝玉的魂魄早已出了窍了。你道死了不成？却原来恍恍惚惚赶到前厅，见那送玉的和尚坐着，便施了礼。那知和尚站起身来，拉着宝玉就走。宝玉跟了和尚，觉得身轻如叶，飘飘摇摇，也没出大门，不知从那里走了出来。行了一程，到了个荒野地方，远远的望见一座牌楼，好像曾到过的。正要问那和尚时，只见恍恍惚惚来了一个女人。宝玉心里想道："这样旷野地方，那得来如此的丽人？必是神仙下界了。"宝玉想着，走近前来细细一看，却有些认得的，只是一时想不起来。见那女人合和尚打了一个照面，就不见了。宝玉一想，竟是尤三姐的样子，越发纳闷："怎么他也在这里？"又要问时，那和尚拉着宝玉过了那牌楼。只见牌上写着"真如福地"四个大字，两边一副对联，乃是：

假去真来真胜假　无原有是有非无

转过牌坊，便是一座宫门，门上横书四个大字道"福善祸淫"。又有一副对子，大书道：

过去未来莫谓智贤能打破　前因后果须知亲近不相逢

宝玉看了，心下想道："原来如此。我倒要问问因果来去的事了。"这么一想，只见鸳鸯站在那里招手儿叫他。宝玉想道："我走了半日，原不曾出园子，怎么改了样子了呢？"赶着要合鸳鸯说话，岂知一转眼便不见了，心里不免疑惑起来。走到鸳鸯站的地方儿，乃是一溜配殿，各处都有匾额。宝玉无心去看，只向鸳鸯立的所在奔去，见那一间配殿的门半掩半开。宝玉也不敢造次进去，心里正要问那和尚一声，回过头来，和尚早已不见了。宝玉恍惚见那殿宇巍峨，绝非大观园景象，便立住脚。抬头看那匾额，上写道“引觉情痴”。两边写的对联道：

喜笑悲哀都是假　贪求思慕总因痴

宝玉看了，便点头叹息。想要进去找鸳鸯，问他是什么所在，细细想来，甚是熟识，便仗着胆子推门进去。满屋一瞧，并不见鸳鸯，里头只是黑漆漆的，心下害怕。

正要退出，见有十数个大橱，橱门半掩。宝玉忽然想起：“我少时作梦，曾到过这个地方；如今能够亲身到此，也是大幸。”恍惚间，把找鸳鸯的念头忘了。便壮着胆，把上首的大橱开了橱门一瞧，见有好几本册子，心里更觉喜欢，想道：“大凡人作梦，说是假的，岂知有这梦便有这事！我常说还要做这个梦再不能的，不料今日被我找着了！但不知那册子是那个见过的不是？”伸手在下头取了一本，册上写着：“金陵十二钗正册。”宝玉拿着一想道：“我恍惚记得是那个，只恨记得不清楚。”便打开头一页看去，见上头有画，但是画迹模糊，再瞧不出来。后面有几行字迹，也不清楚，尚可摹拟，便细细的看去。见有什么“玉带”，上头有个好像“林”字，心里想道：“不要是说林妹妹罢？”便认真看去，底下又有“金簪雪里”四字，诧异道：“怎么又像他的名字呢？”复将前后四句合起来一念，道：“也没有什么道理，只是暗藏着他两个名字，并不为奇。独有那‘怜’字、‘叹’字不好。这是怎么解？”想到那里，又自啐道：“我是偷着看，若只管呆想起来，倘有人来，又看不成了。”遂往后看去，也无暇细玩那画图，只从头看去。看到尾儿，有几句词，什么“虎兔相逢大梦归”一句，便恍然大悟道：“是了！果然机关不爽！这必是元春姐姐了。若都是这样明白，我要抄了去细玩起来，那些姊妹们的寿夭穷通没有不知的了。我回去自不肯泄漏，只做一个未卜先知的人，也省了多少闲想。”又向各处一瞧，并没有笔砚，又恐人来，只得忙着看去。只见图上影影有一个放风筝的人儿，也无心去看。急急的将那十二首诗词都看遍了，也有一看便知的，也有一想便得的，也有不大明白的，心下牢牢记着。一面叹息，一面又取那“金陵十二钗又副册”一看，看到“堪羡优伶有福，谁知公子无缘”，先前不懂，见上面尚有花席的影子，便大惊痛哭起来。

待要往后再看，听见有人说道：“你又发呆了！林妹妹请你呢。”好似鸳鸯的声气，回头却不见人。心中正自惊疑，忽鸳鸯在门外招手。宝玉一见，喜得赶出来，但见鸳鸯在前影影绰绰的走，只是赶不上。宝玉叫道：“好姐姐，等等我。”那鸳鸯并不理，只顾前走。宝玉无奈，尽力赶去，忽见别有一洞天，楼阁高耸，殿角玲珑，且有好些宫女隐约其间。宝玉贪看景致，竟将鸳鸯忘了。宝玉顺步走入一座宫门，内有奇花异卉，都也认不明白。惟有白石花阑围着一棵青草，叶头上略有红色，“但不知是何名草，这样矜贵”？只见微风动处，那青草已摇摆不休，虽说是一枝小草，又无花朵，其妩媚之态，不禁心动神怡，魂消魄丧。

宝玉只管呆呆的看着，只听见旁边有一人说道：“你是那里来的蠢物，在此窥探仙草？”宝玉听了，吃了一惊，回头看时，却是一位仙女，便施礼道：“我找鸳鸯姐姐，误入仙境，恕我冒昧之罪。请问神仙姐姐：这里是何地方？怎么我鸳鸯姐姐到此，还说是林妹妹叫我？望乞明示。”那人道：“谁知你的姐姐、妹妹！我是看管仙草的，不许凡人在此逗留！”宝玉欲待要出来，又舍不得，只得央告道：“神仙姐姐既是那管理仙草的，必然是花神姐姐了。但不知这草有何好处？”那仙女道：“你要知道这草，说起来话长着呢。那草本在灵河岸上，名曰‘绛珠草’。因那时萎败，幸得一个神瑛侍者日以甘露灌溉，得以长生。后来降凡历劫，还报了灌溉之恩，今返归真境。所以警幻仙子命我看管，不令蜂缠蝶恋。”

宝玉听了不解，一心疑定必是遇见了花神了。“今日断不可当面错过！”便问道：“管这草的是神仙姐姐了。还有无数名花，必有专管的，我也不敢烦问。只有看管芙蓉花的是那位神仙？”那仙女道：“我却不知，除是我主人方晓。”宝玉便问道：“姐姐的主人是谁？”那仙女道：“我主人是潇湘妃子。”宝玉听道：“是了，你不知道，这位妃子就是我的表妹林黛玉。”那仙女道：“胡说！此地乃上界神女之所，虽号为潇湘妃子，并不是娥皇、女英之辈，何得与凡人有亲？你少来混说！瞧着叫力士打你出去！”宝玉听了发怔，只觉自形秽浊。正要退出，又听见有人赶来说道：“里面叫请神瑛侍者。”那人道：“我奉命等了好些时，总不见有神瑛侍者过来，你叫我那里请去？”那一个笑道：“才退去的不是么？”那侍女慌忙赶出来，说：“请神瑛侍者回来。”宝玉只道是问别人，又怕被人追赶，只得踉跄而逃。

正走时，只见一人手提宝剑迎面拦住，道：“那里走！”吓得宝玉惊惶无措。仗着胆抬头一看，却不是别人，就是尤三姐。宝玉见了，略定些神，央告道：“姐姐，怎么你也来逼起我来了？”那人道：“你们弟兄没有一个好人，败人名节，破人婚姻！今日你到这里，是不饶你的了！”宝玉听去话头不好，正自着急，只听后面有人叫道：“姐姐，快快拦住，不要放他走了！”尤三姐道：“我奉妃子之命，等候已久。今儿见了，必定要一剑斩断你的尘缘！”宝玉听了益发着忙，又不懂这些话到底是什么意思，只得回头要跑。岂知身后说话的并非别人，却是晴雯。宝玉一见，悲喜交集，便说：“我一个人走迷了道儿，遇见仇人，我要逃回，却不见你们一人跟着我。如今好了！晴雯姐姐，快快的带我回家去罢！”晴雯道：“侍者不必多疑。我非晴雯，我是奉妃子之命，特来请你一会，并不难为你。”宝玉满腹狐疑，只得问道：“姐姐说是妃子叫我，那妃子究是何人？”晴雯道：“此时不必问，到了那里自然知道。”

宝玉没法，只得跟着走。细看那人背后举动，恰是晴雯，那面目、声音是不错的了。“怎么他说不是？我此时心里模糊，且别管他，到了那边见了妃子，就有不是，那时再求他。到底女人的心肠是慈悲的，必定恕我冒失。”正想着，不多时到了一个所在，只见殿宇精致，彩色辉煌，庭中一丛翠竹，户外数本苍松。廊檐下立着几个侍女，都是宫妆打扮，见了宝玉进来，便悄悄的说道：“这就是神瑛侍者么？”引着宝玉的说道：“就是，你快进去通报罢。”有一侍女笑着招手，宝玉便跟着进去。过了几层房舍，见一正房，珠帘高挂。那侍女说：“站着候旨。”宝玉听了，也不敢做声，只得在外等着。

那侍女进去不多时，出来说：“请侍者参见。”又有一人卷起珠帘。只见一女子头带花冠，身穿绣服，端坐在内。宝玉略一抬头，见是黛玉的形容，便不禁的说道：“妹妹在这里，叫我好想！”那帘外的侍女悄咤道：“这侍者无礼，快快出去！”说犹未了，又见一个侍儿将珠帘放下。宝玉此时欲待进去又不敢，要走又不舍，待要问明，见那些侍女并不认得，又被驱逐，无奈出来。心想要问晴雯，回头四顾，并不见有晴雯。心下狐疑，只得怏怏出来，又无人引着。正欲找原路而去，却又找不出旧路了。

正在为难，见凤姐站在一所房檐下招手。宝玉看见，喜欢道：“可好了！原来回到自己家里了！我怎么一时迷乱如此？”急奔前来，说：“姐姐在这里么？我被这些人捉弄到这个分儿！林妹妹又不肯见我，不知是何原故？”说着，走到凤姐站的地方，细看起来，并不是凤姐，原来却是贾蓉的前妻秦氏。宝玉只得立住脚，要问凤姐姐在那里。那秦氏也不答言，竟自往屋里去了。宝玉恍恍惚惚的，又不敢跟进去，只得呆呆的站着，叹道："我今日得了什么不是，众人都不理我？"便痛哭起来。见有几个黄巾力士执鞭赶来，说是："何处男人，敢闯入我们这天仙福地来！快走出去！"宝玉听得，不敢言语。正要寻路出来，远远望见一群女子说笑前来。宝玉看时，又像是迎春等一干人走来，心里喜欢，叫道："我迷住在这里，你们快来救我！"正嚷着，后面力士赶来。宝玉急得往前乱跑，忽见那一群女子都变作鬼怪形像，也来追扑。

宝玉正在情急，只见那送玉来的和尚手里拿着一面镜子一照，说道："我奉元妃娘娘旨意，特来救你。"登时鬼怪全无，仍是一片荒郊。宝玉拉着和尚说道："我记得是你领我到这里，你一时又不见了。看见了好些亲人，只是都不理我，忽又变作鬼怪。到底是梦是真？望老师明白指示。"那和尚道："你到这里，曾偷看什么东西没有？"宝玉一想，道："他既能带我到天仙福地，自然也是神仙了，如何瞒得他？况且正要问个明白。"便道："我倒见了好些册子来着。"那和尚道："可又来！你见了册子，还不解么？世上的情缘，都是那些魔障。只要把历过的事情细细记着，将来我与你说明。"说着，把宝玉狠命的一推，说："回去罢！"宝玉站不住脚，一交跌倒，口里嚷道："阿哟！"

王夫人等正在哭泣，听见宝玉苏来，连忙叫唤。宝玉睁眼看时，仍躺在炕上，见王夫人、宝钗等哭的眼泡红肿。定神一想，心里说道："是了，我是死去过来的。"遂把神魂所历的事呆呆的细想。幸喜多还记得，便哈哈的笑道："是了，是了。"王夫人只道旧病复发，便好延医调治，即命丫头、婆子快去告诉贾政，说是："宝玉回过来了，头里原是心迷住了。如今说出话来，不用备办后事了。"贾政听了，即忙进来看视，果见宝玉苏来，便道："没福的痴儿，你要吓死谁么！"说着，眼泪也不知不觉流下来了。又叹了几口气，仍出去叫人请医生，诊脉服药。

这里麝月正思自尽，见宝玉苏过来，也放了心。只见王夫人叫人端了桂圆汤，叫他吃了几口，渐渐的定了神。王夫人等放心，也没有说麝月，只叫人仍把那玉交给宝钗给他带上。想起那和尚来："这玉不知那里找来的，也是古怪：怎么一时要银，一时又不见了？莫非是神仙不成？"宝钗道："说起那和尚来的踪迹、去的影响，那玉并不是找来的，头里丢的时候，必是那和尚取去的。"王夫人道："玉在家里，怎么能取的了去？"宝钗道："既可送来，就可取去。"袭人、麝月道："那年丢了玉，林大爷测了个字，后来二奶奶过了门，我还告诉过二奶奶，说测的那字是什么'赏'字。二奶奶还记得么？"

宝钗想道:“是了,你们说测的是当铺里找去,如今才明白了:竟是个和尚的‘尚’字在上头，可不是和尚取了去的么？”王夫人道：“那和尚本来古怪：那年宝玉病的时候，那和尚来说是我们家有宝贝可解，说的就是这块玉了。他既知道，自然这块玉到底有些来历。况且你女婿养下来就嘴里含着的。古往今来，你们听见过这么第二个么？只是不知终久这块玉到底是怎么着，就连咱们这一个也还不知是怎么着。病也是这块玉，好也是这块玉，生也是这块玉——”说到这里忽然住了，不免又流下泪来。

宝玉听了，心里却也明白，更想死去的事愈加有因，只不言语，心里细细的记忆。那时惜春便说道：“那年失玉，还请妙玉请过仙，说是‘青埂峰下倚古松’，还有什么‘入我门来一笑逢’的话。想起来，‘入我门’三字大有讲究。佛教的法门最大，只怕二哥哥不能入得去。”宝玉听了，又冷笑了几声。宝钗听了，不觉的把眉头儿肐揪着，发起怔来。尤氏道：“偏你一说又是佛门了，你出家的念头还没有歇么？”惜春笑道:“不瞒嫂子说，我早已断了荤了。”王夫人道：“好孩子，阿弥陀佛！这个念头是起不得的！”惜春听了，也不言语。宝玉想“青灯古佛旁”的诗句，不禁连叹几声。忽又想起一床席、一枝花的诗句来，拿眼睛看着袭人，不觉又流下泪来。众人都见他忽笑忽悲，也不解是何意，只道是他的旧病。岂知宝玉触处机来，竟能把偷看册上的诗句俱牢牢记住了，只是不说出来，心中早有一个成见在那里了，暂且不题。

且说众人见宝玉死去复生，神气清爽，又加连日服药，一天好似一天，渐渐的复原起来。便是贾政见宝玉已好，现在丁忧无事，想起贾赦不知几时遇赦，老太太的灵柩久停寺内终不放心，欲要扶柩回南安葬，便叫了贾琏来商议。贾琏便道：“老爷想得极是。如今趁着丁忧，干了这件大事更好。将来老爷起了服，生恐又不能遂意了。但是我父亲不在家，侄儿呢，又不敢僭越。老爷的主意很好，只是这件事也得好几千银子。衙门里缉赃，那是再缉不出来的。”贾政道：“我的主意是定了，只为大老爷不在家，叫你来商议商议，怎么个办法。你是不能出门的，现在这里没有人。我想好几口材都要带回去，我一个人怎么能够照应？想着把蓉哥儿带了去，况且有他媳妇的棺材也在里头。还有你林妹妹的，那是老太太的遗言，说跟着老太太一块儿回去的。我想这一项银子只好在那里挪借几千，也就够了。”

贾琏道：“如今的人情过于淡薄。老爷呢，又丁忧；我们老爷呢，又在外头，一时借是借不出来的了，只好拿房地文书出去押去。”贾政道：“住的房子是官盖的，那里动得？”贾琏道：“住房是不能动的。外头还有几所可以出脱的，等老爷起复后再赎也使得。将来我父亲回来了，倘能也再起用，也好赎的。只是老爷这么大年纪，辛苦这一场，侄儿们心里实在不安。”贾政道：“老太太的事是应该的。只要你在家谨慎些，把持定了才好。”贾琏道：“老爷这倒只管放心，侄儿虽糊涂，断不敢不认真办理的。况且老爷回南，少不得多带些人去，所留下的人也有限了，这点子费用还可以过的来。就是老爷路上短少些，必经过赖尚荣的地方，可也叫他出点力儿。”贾政道：“自己的老人家的事，叫人家帮什么。”贾琏答应了“是”，便退出来打算银钱。

贾政便告诉了王夫人，叫他管了家，自己便择了发引长行的日子，就要起身。宝玉此时身体复元，贾环、贾兰倒认真念书，贾政都交付给贾琏，叫他管教。“今年是大比的年头，环儿是有服的，不能入场；兰儿是孙子，服满了也可以考的。务必叫宝玉同着侄儿考去，能够中一个举人，也好赎一赎咱们的罪名。”贾琏等唯唯应命。贾政又分付了在家的人，说了好些话，才别了宗祠，便在城外念了几天经，就发引下船，带了林之孝等而去。也没有惊动亲友，惟有自家男女送了一程回来。

宝玉因贾政命他赴考，王夫人便不时催逼、查考起他的工课来。那宝钗、袭人时常劝勉，自不必说。那知宝玉病后，虽精神日长，他的念头一发更奇僻了，竟换了一种，不但厌弃功名仕进，竟把那儿女情缘也看淡了好些。只是众人不大理会，宝玉也并不说出来。一日，恰遇紫鹃送了林黛玉的灵柩回来，闷坐自己屋里啼哭，想着：“宝玉无情，见他林妹妹的灵柩回去，并不伤心落泪；见我这样痛哭，也不来劝慰，反瞅着我笑。这样负心的人，从前都是花言巧语来哄着我们！前夜亏我想得开，不然几乎又上了他的当！只是一件叫人不解：如今我看他待袭人等也是冷冷儿的。二奶奶是本来不喜欢亲热的，麝月那些人就不抱怨他么？看来女孩子们多半是痴心的，白操了那些时的心，不知将来怎样结局！”

正想着，只见五儿走来瞧他，见紫鹃满面泪痕，便说：“姐姐，又想林姑娘了？我想一个人，闻名不如眼见。头里听着，宝二爷女孩子跟前是最好的，我母亲再三的把我弄进来。岂知我进来了，尽心竭力的伏侍了几次病，如今病好了，连一句好话也没有剩出来，如今索性连正眼儿也都不瞧了！”紫鹃听他说的好笑，便扑嗤的一笑，啐道：“呸！你这小蹄子！你心里要宝玉怎么个样儿待你才好？女孩儿家，也不害臊！人家明公正气的屋里人，他瞧着还没事人一大堆呢，有功夫理你去？”因又笑着，拿个指头往脸上抹着，问道：“你到底算宝玉的什么人哪？”那五儿听了，自知失言，便飞红了脸。待要解说不是要宝玉怎样看待，说他近来不知怜下的话，只听院门外乱嚷道：“外头和尚又来了，要那一万银子呢。太太着急，叫琏二爷和他讲去，偏偏琏二爷又不在家！那和尚在外头说些疯话，太太叫请二奶奶过去商量。”不知怎样打发那和尚，且看下回分解。

第一百十七回　阻超凡佳人双护玉　欣聚党恶子独承家

话说王夫人打发人来叫宝钗过去商量，宝玉听见说是和尚在外头，赶忙的独自一人走到前头，嘴里乱嚷道：“我的师父在那里？”叫了半天，并不见有和尚，只得走到外面。见李贵将和尚拦住，不放他进来，宝玉便说道：“太太叫我请师父进去。”李贵听了松了手，那和尚便摇摇摆摆的进去。宝玉看见那僧的形状与他死去时所见的一般，心里早有些明白了，便上前施礼，连叫：“师父，弟子迎候来迟。”那僧说：“我不要你们接待，只要银子拿了来，我就走。”宝玉听来又不像有道行的话。看他满头癞疮，浑身肮脏破烂，心里想道：“自古说‘真人不露相，露相不真人’，也不可当面错过。我且应了他谢银，并探探他的口气。”便说道：“师父不必性急，现在家母料理，请师父坐下略等片刻。弟子请问：师父可是从太虚幻境而来？”那和尚道：“什么‘幻境’，不过是来处来、去处去罢了。我是送还你的玉来的。我且问你：那玉是从那里来的？”宝玉一时对答不来。那僧笑道：“你自己的来路还不知，便来问我！”

宝玉本来颖悟，又经点化，早把红尘看破，只是自己的底里未知；一闻那僧问起玉来，好像当头一棒，便说道：“你也不用银子了，我把那玉还你罢。”那僧笑道：“也该还我了。”宝玉也不答言，往里就跑。走到自己院内，见宝钗、袭人等都到王夫人那里去了，忙向自己床边取了那玉，便走出来。迎面碰见了袭人，撞了一个满怀，把袭人吓了一跳，说道：“太太说你陪着和尚坐着很好，太太在那里打算送他些银两。你又回来做什么？”宝玉道：“你快去回太太，说不用张罗银子了，我把这玉还了他就是了。”袭人听说，即忙拉住宝玉道：“这断使不得的！那玉就是你的命，若是他拿了去，你又要病着了！”宝玉道：“如今再不病的了，我已经有了心了，要那玉何用！”摔脱袭人，便想要走。袭人急得赶着嚷道：“你回来，我告诉你一句话！”宝玉回过头来道：“没有什么说的了。”袭人顾不得什么，一面赶着跑，一面嚷道：“上回丢了玉，几乎没有把我的命要了！刚刚儿的有了，你拿了去，你也活不成，我也活不成了！你要还他，除非是叫我死了！”说着，赶上一把拉住。宝玉急了，道：“你死也要还，你不死也要还！”狠命的把袭人一推，抽身要走。怎奈袭人两只手绕着宝玉的带子不放松，哭喊着坐在地下。

里面的丫头听见，连忙赶来，瞧见他两个人的神情不好，只听见袭人哭道：“快告诉太太去，宝二爷要把那玉去还和尚呢！”那丫头忙飞报王夫人。那宝玉更加生气，用手来掰开了袭人的手，幸亏袭人忍痛不放。紫鹃在屋里听见宝玉要把玉给人，这一急比别人更甚，把素日冷淡宝玉的主意都忘在九霄云外了，连忙跑出来帮着抱住宝玉。那宝玉虽是个男人，用力摔打，怎奈两个人死命的抱住不放，也难脱身，叹口气道：“为一块玉，这样死命的不放！若是我一个人走了，又待怎么样呢？”袭人、紫鹃听了这话，不禁嚎啕大哭起来。

正在难分难解，王夫人、宝钗急忙赶来，见是这样形景，便哭着喝道：“宝玉，你又疯了么！”宝玉见王夫人来了，明知不能脱身，只得陪笑说道：“这当什么？又叫太太着急。他们总是这样大惊小怪的。我说那和尚不近人情，他必要一万银子，少一个不能。我生气进来拿这玉还他，就说是假的，要这玉干什么。他见我们不希罕那玉，便随意给他些就过去了。”王夫人道：“我打谅真要还他，这也罢了。为什么不告诉明白了他们？叫他们哭哭喊喊的像什么！”宝钗道：“这么说呢倒还使得。要是真拿那玉给他，那和尚有些古怪，倘或一给了他，又闹到家口不宁，岂不是不成事了么？至于银钱呢，就把我的头面折变了，也还够了呢。”王夫人听了道：“也罢了，且就这么办罢。”

宝玉也不回答。只见宝钗走上来，在宝玉手里拿了这玉，说道：“你也不用出去，我合太太给他钱就是了。”宝玉道：“玉不还他也使得，只是我还得当面见他一见才好。”袭人等仍不肯放手，到底宝钗明决，说：“放了手，由他去就是了。”袭人只得放手。宝玉笑道：“你们这些人，原来重玉不重人的！你们既放了我，我便跟着他走了，看你们就守着那块玉怎么样！”袭人心里又着急起来，仍要拉他，只碍着王夫人和宝钗的面前，又不好太露轻薄。恰好宝玉一撒手就走了。袭人忙叫小丫头在三门口传了焙茗等。“告诉外头照应着二爷，他有些疯了。”小丫头答应了出去。

王夫人、宝钗等进来坐下，问起袭人来由，袭人便将宝玉的话细细说了。王夫人、宝钗甚是不放心，又叫人出去，分付众人伺候，听着和尚说些什么。回来，小丫头传话进来回王夫人道：“二爷真有些疯了！外头小厮们说，里头不给他玉，他也没法，如今身子出来了，求着那和尚带了他去。”王夫人听了，说道：“这还了得！那和尚说什么来着？”小丫头回道：“和尚说要玉不要人。”宝钗道：“不要银子了么？”小丫头道：“没听见说。后来和尚合二爷两个人说着笑着，有好些话外头小厮们都不大懂。”王夫人道：“糊涂东西！听不出来，学是自然学得来的！”便叫小丫头：“你把那小厮叫进来。”小丫头连忙出去，叫进那小厮站在廊下，隔着窗户请了安。王夫人便问道：“和尚和二爷的话你们不懂，难道学也学不来么？”那小厮回道：“我们只听见说什么‘大荒山’，什么‘青埂峰’，又说什么‘太虚境’、‘斩断尘缘’这些话。”王夫人听了也不懂。宝钗听了，吓得两眼直瞪，半句话都没有了。

正要叫人出去拉宝玉进来，只见宝玉笑嘻嘻的进来，说：“好了，好了。”宝钗仍是发怔。王夫人道：“你疯疯癫癫的，说的是什么？”宝玉道：“正经话，又说我疯癫。那和尚与我原认得的，他不过也是要来见我一见，他何尝是真要银子呢，也只当化个善缘就是了。所以说明了，他自己就飘然而去了。这可不是好了么？”王夫人不信，又隔着窗户问那小厮。那小厮连忙出来问了门上的人，进来回说：“果然和尚走了，说‘请太太们放心，我原不要银子’，只要宝二爷时常到他那里去去就是了，‘诸事只要随缘，自有一定的道理’。”王夫人道：“原来是个好和尚。你们曾问他住在那里？”门上道：“奴才也问来着，他说我们二爷是知道的。”王夫人问宝玉道：“他到底住在那里？”宝玉笑道：“这个地方，说远就远，说近就近。”宝钗不待说完，便道：“你醒醒儿罢，别尽着迷在里头！现在老爷、太太就疼你一个人，老爷还分付叫你干功名上进呢。”宝玉道：“我说的不是功名么？你们不知道，‘一子出家，七祖升天’呢。”王夫人听到那里，不觉伤心起来，说：“我们的家运怎么好！一个四丫头口口声声要出家，如今又添出一个来了。我这样个日子，过他做什么！”说着大哭起来。宝钗见王夫人伤心，只得上前苦劝。宝玉笑道：“我说了这一句顽话，太太又认起真来了。”王夫人止住哭声道：“这些话也是混说的么！”

正闹着，只见丫头来回说：“琏二爷回来了，颜色大变，说请太太出去说话。”王夫人又吃了一惊，说道：“将就些，叫他进来罢。小婶子也是旧亲，不用回避了。”贾琏进来，见了王夫人请了安。宝钗迎着，也问了贾琏的安。贾琏回道：“刚才接了我父亲的书信，说是病重得很，叫我就去，若迟了，恐怕不能见面。”说到那里，眼泪便掉下来了。王夫人道：“书上写的是什么病？”贾琏道：“写的是感冒风寒起来的，如今成了痨病了。现在危急，专差一个人连日连夜赶来的，说如若再耽搁一两天，就不能见面了。故来回太太，侄儿必得就去才好，只是家里没人照管。蔷儿、芸儿虽说糊涂，到底是个男人，外头有了事来还可传个话。侄儿家里倒没有什么事。秋桐是天天哭着喊着不愿意在这里，侄儿叫了他娘家的人来领了去了，倒省了平儿好些气。虽是巧姐没人照应，还亏平儿的心不很坏。姐儿心里也明白，只是性气比他娘还刚硬些，求太太时常管教管教他。”说着，眼圈儿一红，连忙把腰里拴槟榔荷包的小绢子拉下来擦眼。王夫人道：“放着他亲祖母在那里，托我做什么？”贾琏轻轻的说道：“太太要说这个话，侄儿就该活活儿的打死了。没什么说的，总求太太始终疼侄儿就是了。”说着，就跪下来了。

王夫人也眼圈儿红了，说：“你快起来，娘儿们说话儿，这是怎么说。只是一件，孩子也大了，倘或你父亲有个一差二错，又耽搁住了，或者有个门当户对的来说亲，还是等你回来，还是你太太作主？”贾琏道：“现在太太们在家，自然是太太们做主，不必等我。”王夫人道：“你要去，就写了禀帖给二老爷送个信，说家下无人，你父亲不知怎样，快请二老爷将老太太的大事早早的完结，快快回来。”

贾琏答应了“是”，正要走出去，复转回来回说道：“咱们家的家下人家里还够使唤，只是园里没有人，太空了。包勇又跟了他们老爷去了。姨太太住的房子，薛二爷已搬到自己的房子内住了。园里一带屋子都空着，忒没照应，还得太太叫人常查看查看。那栊翠庵原是咱们家的地基，如今妙玉不知那里去了，所有的根基，他的当家女尼不敢自己作主，要求府里一个人管理管理。”王夫人道：“自己的事还闹不清，还搁得住外头的事么？这句话好歹别叫四丫头知道，若是他知道了，又要吵着出家的念头出来了。你想咱们家什么样的人家，好好的姑娘出了家，还了得！”贾琏道：“太太不提起，侄儿也不敢说。四妹妹到底是东府里的，又没有父母，他亲哥哥又在外头，他亲嫂子又不大说得上话，侄儿听见要寻死觅活了好几次。他既是心里这么着的了，若是牛着他，将来倘或认真寻了死，比出家更不好了。”王夫人听了点头道：“这件事真真叫我也难担。我也做不得主，由他大嫂子去就是了。”

贾琏又说了几句才出来，叫了众家人来交代清楚，写了书，收拾了行装。平儿等不免叮嘱了好些。只有巧姐儿惨伤的了不得。贾琏又欲托王仁照应，巧姐到底不愿意；听见外头托了芸、蔷二人，心里更不受用，嘴里却说不出来，只得送了他父亲，谨谨慎慎的随着平儿过日子。丰儿、小红因凤姐去世，告假的告假，告病的告病。平儿意欲接了家中一个姑娘来，一则给巧姐作伴，二则可以带量他。遍想无人，只有喜鸾、四姐儿是贾母旧日钟爱的，偏偏四姐儿新近出了嫁了，喜鸾也有了人家儿，不日就要出阁，也只得罢了。

且说贾芸、贾蔷送了贾琏，便进来见了邢、王二夫人。他两个倒替着在外书房住下，日间便与家人厮闹，有时找了几个朋友吃个车箍辘会，甚至聚赌，里头那里知道。一日，邢大舅、王仁来，瞧见了贾芸、贾蔷住在这里，知他热闹，也就借着照看的名儿，时常在外书房设局赌钱、吃酒。所有几个正经的家人，贾政带了几个去，贾琏又跟去了几个，只有那赖、林诸家的儿子、侄儿。那些少年托着老子娘的福，吃喝惯了的，那知当家立计的道理。况且他们长辈都不在家，便是没笼头的马了，又有两个旁主人怂恿，无不乐为。这一闹，把个荣国府闹得没上没下，没里没外。

那贾蔷还想勾引宝玉，贾芸拦住道：“宝二爷那个人没运气的，不用惹他。那一年我给他说了一门子绝好的亲：父亲在外头做税官，家里开几个当铺，姑娘长的比仙女儿还好看。我巴巴儿的细细的写了一封书子给他，谁知他没造化。”说到这里，瞧了瞧左右无人，又说：“他心里早和咱们这个二婶娘好上了。你没听见说还有一个林姑娘呢，弄的害了相思病死的，谁不知道！这也罢了，各自的姻缘罢咧。谁知他为这件事倒恼了我了，总不大理。他打谅谁必是借谁的光儿呢。”贾蔷听了点点头，才把这个心歇了。

他两个还不知道，宝玉自会那和尚以后，他是欲断尘缘。一则在王夫人跟前不敢任性，已与宝钗、袭人等皆不大款洽了。那些丫头不知道，还要逗他，宝玉那里看得到眼里。他也并不将家事放在心里。时常王夫人、宝钗劝他念书，他便假作攻书，一心想着那个和尚引他到那仙境的机关。心目中触处皆为俗人，却在家难受，闲来倒与惜春讲究。他们两个人讲得上了，那种心更加准了几分，那里还管贾环、贾兰等？

那贾环为他父亲不在家，赵姨娘已死，王夫人不大理会，他便入了贾蔷一路。倒是彩云时常规劝，反被贾环辱骂。玉钏儿见宝玉疯癫更甚，早和他娘说了，要求着出去。如今宝玉、贾环他哥儿两个各有一种脾气，闹得人人不理。独有贾兰跟着他母亲上紧攻书，作了文字，送到学里请教代儒。因近来代儒老病在床，只得自己刻苦。李纨是素来沉静，除了请王夫人的安、会会宝钗，余者一步不走，只看着贾兰攻书。所以荣府住的人虽不少，竟是各自过各自的，谁也不肯做谁的主。贾环、贾蔷等愈闹的不像事了，甚至偷典偷卖，不一而足。贾环更加宿娼滥赌，无所不为。

一日，邢大舅、王仁都在贾家外书房吃酒，一时高兴，叫了几个陪酒的来唱着吃着劝酒。贾蔷便说：“你们闹的太俗，我要行个令儿。”众人道：“使得。”贾蔷道：“咱们‘月’字流觞罢。我先说起，‘月’字数到那个，便是那个吃酒。还要酒面酒底。须得依着令官，不依者罚三大杯。”众人都依了。贾蔷吃了一杯令酒，便说：“飞羽觞而醉月。”顺饮数到贾环。贾蔷说：“酒面要个‘桂’字。”贾环便说道：“冷露无声湿桂花。酒底呢？”贾蔷道：“说个‘香’字。”贾环道：“天香云外飘。”邢大舅说道：“没趣，没趣！你又懂得什么字了，也假斯文起来！这不是取乐，竟是呕人了！咱们都蠲了，倒是搳搳拳，输家吃，输家唱，叫做‘苦中苦’。若是不会唱的，说个笑话儿也使得，只要有趣。”众人都道：“使得。”于是乱搳起来。王仁输了，吃了一杯，唱了一个，众人道：“好！”又搳起来了，是个陪酒的输了，唱了一个什么“小姐小姐多丰采”。以后邢大舅输了，众人要他唱曲儿，他道：“我唱不上来的，我说个笑话儿罢。”贾环道：“若说不笑，仍要罚的。”

邢大舅就吃了一杯，便说道：“诸位听着。村庄上有一座元帝庙，旁边有个土地祠。那元帝老爷常叫土地来说闲话儿。一日，元帝庙里被了盗，便叫土地去查访。土地禀道：‘这地方没有贼的，必是神将不小心，被外贼偷了东西去。’元帝道：‘胡说！你是土地，失了盗不问你，问谁去呢？你倒不去拿贼，反说我的神将不小心么！’土地禀道：‘虽说是不小心，到底是庙里的风水不好。’元帝道：‘你倒会看风水么？’土地道：‘待小神看看。’那土地向各处瞧了一会，便来回禀道：‘老爷坐的身子背后两扇红门，就不谨慎。小神坐的背后是砌的墙，自然东西丢不了。以后老爷的背后亦改了墙就好了。’元帝老爷听来有理，便叫神将派人打墙。众神将叹口气道：‘如今香火一炷也没有，那里有砖灰人工来打墙！’元帝老爷没法，叫众神将作法，却都没有主意。那元帝老爷脚下的龟将军站起来道：‘你们不中用，我有主意。你们将红门拆下来，到了夜里拿我的肚子堵住这门口，难道当不得一堵墙么？’众神将都说道：‘好，又不花钱，又便当结实。’于是龟将军便当这个差使，竟安静了。岂知过了几天，那庙里又丢了东西。众神将叫了土地来说道：‘你说砌了墙就不丢东西，怎么如今有了墙还要丢？’那土地道：‘这墙砌得不结实。’众神将道：‘你瞧去。’土地一看，果然是一堵好墙，怎么还有失事？把手摸了一摸，道：‘我打谅是真墙，那里知道是个假墙！’”众人听了，大笑起来。贾蔷也忍不住的笑，说道："傻大舅，你好！我没有骂你，你为什么骂我？快拿杯来，罚一大杯！"

邢大舅吃了，已有醉意。众人又吃了几杯，都醉起来。邢大舅说他姐姐不好，王仁说他妹妹不好，都说得狠狠毒毒的。贾环听了，趁着酒兴也说凤姐不好，怎样苛刻我们，怎么样踏我们的头。众人道："大凡做个人，原要厚道些。看凤姑娘仗着老太太，这样的利害，如今焦了尾巴梢子了，只剩了一个姐儿，只怕也要现世现报呢。"贾芸想着凤姐待他不好，又想起巧姐儿见他就哭，也信着嘴儿混说。还是贾蔷道："吃酒罢，说人家做什么？"那两个陪酒的道："这位姑娘多少年纪了？长得怎么样？"贾蔷道："模样儿是好得很的，年纪也有十三四岁了。"那陪酒的说道："可惜这样人，生在府里这样人家！若生在小户人家，父母、兄弟都做了官，还发了财呢。"众人道："怎么样？"那陪酒的说："现今有个外藩王爷，最是有情的，要选一个妃子。若合了式，父母兄弟都跟了去，可不是好事儿么？"众人都不大理会，只有王仁心里略动了一动，仍旧吃酒。

只见外头走进赖、林两家的子弟来，说："爷们好乐呀！"众人站起来，说道："老大，老三，怎么这时候才来？叫我们好等！"那两个人说道："今早听见一个谣言，说是咱们家又闹出事来了，心里着急。赶到里头打听去，并不是咱们。"众人道："不是咱们就完了，为什么不就来？"那两个说道："虽不是咱们，也有些干系。你们知道是谁？就是贾雨村老爷。我们今日进去，看见带着锁子，说要解到三法司衙门里审问去呢。我们见他常在咱们家里来往，恐有什么事，便跟了去打听。"贾芸道："到底老大用心，原该打听打听。你且坐下，吃一杯再说。"两人让了一回，便坐下吃着酒，道："这位雨村老爷，人也能干，也会钻营，官也不小了，只是贪财，被人家参了个'婪索属员'的几款。如今的万岁爷是最圣明、最仁慈的，独听了一个'贪'字，或因遭蹋了百姓，或因恃势欺良，是极生气的，所以旨意便叫拿问。若是问出来了，只怕搁不住；若是没有的事，那参的人也不便。如今真真是好时候，只要有造化，做个官儿就好。"众人道："你的哥哥就是有造化的，现做知县，还不好么？"赖家的说道："我哥哥虽是做了知县，他的行为只怕也保不住怎么样呢。"众人道："手也长么？"赖家的点点头儿，便举起杯来吃酒。

众人又道："里头还听见什么新闻？"两人道："别的事没有，只听见海疆的贼寇拿住了好些，也解到法司衙门里审问。还审出好些贼寇，也有藏在城里的，打听消息，抽空儿就劫掠人家。如今知道朝里那些老爷们都是能文能武，出力报效，所到之处，早就消灭了。”众人道：“你听见有在城里的，不知审出咱们家失了盗一案来没有？”两人道：“倒没有听见。恍惚有人说，是有个内地里的人，城里犯了事，抢了一个女人下海去了。那女人不依，被这贼寇杀了。那贼寇正要跳出关去，被官兵拿住了，就在拿获的地方正了法了。”众人道：“咱们栊翠庵的什么妙玉，不是叫人抢去？不要就是他罢？”贾环道：“必是他。”众人道：“你怎么知道？”贾环道：“妙玉这个东西是最讨人嫌的！他一日家捏酸，见了宝玉就眉开眼笑了。我若见了他，他从不拿正眼瞧我一瞧。真要是他，我才趁愿呢。”众人道：“抢的人也不少，那里就是他？”贾芸道：“有点信儿。前日听见人说，他庵里的道婆做梦，说看见是妙玉叫人杀了。”众人笑道：“梦话算不得。”邢大舅道：“管他梦不梦！咱们快吃饭罢，今夜做个大输赢。”众人愿意，便吃毕了饭，大赌起来。

赌到三更多天，只听见里头乱嚷，说是四姑娘合珍大奶奶拌嘴，把头发都铰掉了，赶到邢夫人、王夫人那里去磕了头，说是要求容他做尼姑呢，送他一个地方，若不容他，他就死在眼前。那邢、王二位太太没主意，叫请蔷大爷、芸二爷进去。贾芸听了，便知是那回看家的时候起的念头，想来是劝不过来的了，便合贾蔷商议道：“太太叫我们进去，我们是做不得主的，况且也不好做主。只好劝去，若劝不住，只好由他们罢。咱们商量了，写封信给琏二叔，便卸了我们的干系了。”两个商量定了主意，进去见了邢、王两位太太，便假意的劝了一回。无奈惜春立意必要出家，就不放他出去，只求一两间净屋子给他诵经拜佛。

尤氏见他两个不肯作主，又怕惜春寻死，自己便硬做主张，说道：“这个不是，索性我担了罢。说我做嫂子的容不下小姑子，逼他出了家了就完了。若说到外头去呢，断断使不得；若在家里呢，太太们都在这里，算我的主意罢。叫蔷哥儿写封书子给你珍大爷、琏二叔就是了。”贾蔷等答应了。不知邢、王二位夫人依与不依，且看下回分解。

第一百十八回　记微嫌舅兄欺弱女　惊谜语妻妾谏痴人

话说邢、王二夫人听尤氏一段话，明知也难挽回。王夫人只得说道：“姑娘要行善，这也是前生的夙根，我们也实在拦不住。只是咱们这样人家的姑娘出了家，不成个事体。如今你嫂子说了，准你修行，也是好处。却有一句话要说：那头发可以不剃的，只要自己的心真，那在头发上头呢。你想妙玉也是带发修行的，不知他怎样凡心一动，才闹到那个分儿。姑娘执意如此，我们就把姑娘住的房子便算了姑娘的静室。所有服侍姑娘的人，也得叫他们来问：他若愿意跟的，就讲不得说亲配人；若不愿意跟的，另打主意。”惜春听了，收了泪，拜谢了邢、王二夫人。李纨、尤氏听王夫人说了，便问彩屏等：“谁愿跟姑娘修行？”彩屏等回道：“太太们派谁就是谁。”王夫人知道不愿意，正在想人。袭人立在宝玉身后，想来宝玉必要大哭，防着他的旧病，岂知宝玉叹道：“真真难得！”袭人心里更自伤悲。宝钗虽不言语，遇事试探，见是执迷不醒，只得暗中落泪。

王夫人才要叫了众丫头来问，忽见紫鹃走上前去，在王夫人面前跪下，回道：“刚才太太问跟四姑娘的姐姐，太太看着怎么样？”王夫人道：“这个如何强派得人的？谁愿意，他自然就说出来。”紫鹃道：“姑娘要修行，自然姑娘愿意，并不是别的姐姐们的意思。我有句话回太太：我也并不是拆开姐姐们，各人有各人的心。我服侍林姑娘一场，林姑娘待我，也是太太们知道的，实在恩重如山，无以可报。他死了，我恨不得跟了他去。但是他不是这里的人，我又受主子家的恩典，难以从死。如今四姑娘既要修行，我就求太太们将我派了跟着姑娘，服侍姑娘一辈子，不知太太们准不准？若准了，就是我的造化了。”

邢、王二夫人尚未答言，只见宝玉听到那里，想起黛玉，一阵心酸，眼泪早下来了。众人才要问他时，他又哈哈的大笑，走上来道：“我不该说的。这紫鹃蒙太太派给我屋里，我才敢说：求太太准了他罢，全了他的好心。”王夫人道：“你头里姊妹出了嫁还哭得死去活来，如今看见四妹妹要出家，不但不劝，倒说好事！你如今到底是怎么个意思，我索性不明白了！”宝玉道：“四妹妹修行是已经准的了，四妹妹也是一定的主意了？若是真的，我有一句话告诉太太；若是不定的，我就不敢混说了。”惜春道：“二哥哥说话也好笑：一个人主意不定，便扭得过太太们来了？我也是像紫鹃的话：容我呢，是我的造化；不容我呢，还有一个死呢，那怕什么！二哥哥既有话，只管说。”宝玉道：“我这也不算什么泄漏了，这也是一定的。我念一首诗给你们听听罢。”众人道：“人家苦得很的时候，你倒来做诗呕人！”宝玉道：“不是做诗，我到一个地方儿看了来的。你们听听罢。”众人道：“使得。你就念念，别顺着嘴儿胡诌。”宝玉也不分辩，便说道：

勘破三春景不长，缁衣顿改昔年妆。
可怜绣户侯门女，独卧青灯古佛旁！

李纨、宝钗听了，诧异道："不好了！这人入了迷了！"王夫人听了这话，点头叹息，便问宝玉："你到底是那里看来的？"宝玉不便说出来，回道："太太也不必问，我自有见的地方。"王夫人回过味来，细细一想，便更哭起来道："你说前儿是顽话，怎么忽然有这首诗？罢了，我知道了！你们叫我怎么样呢？我也没有法儿了，也只得由着你们去罢！但只等我合上了眼，各自干各自的就完了！"宝钗一面劝着，这个心比刀绞更甚，也掌不住，便放声大哭起来。袭人已经哭得死去活来，幸亏秋纹扶着。宝玉也不啼哭，也不相劝，只不言语。贾兰、贾环听到那里，各自走开。李纨竭力的解说："总是宝兄弟见四妹妹修行，他想来是痛极了，不顾前后的疯话，这也作不得准的。独有紫鹃的事情，准不准，好叫他起来。"王夫人道："什么依不依！横竖一个人的主意定了，那也是扭不过来的。可是宝玉说的，也是一定的了！"

紫鹃听了磕头。惜春又谢了王夫人。紫鹃又给宝玉、宝钗磕了头。宝玉念声："阿弥陀佛！难得，难得！不料你倒先好了！"宝钗虽然有把持，也难掌住。只有袭人也顾不得王夫人在上，便痛哭不止，说："我也愿意跟了四姑娘去修行。"宝玉笑道："你也是好心，但是你不能享这个清福的。"袭人哭道："这么说，我是要死的了！"宝玉听到那里，倒觉伤心，只是说不出来。因时已五更，宝玉请王夫人安歇，李纨等各自散去。彩屏等暂且伏侍惜春回去，后来指配了人家。紫鹃终身伏侍，毫不改初。此是后话。

且言贾政扶了贾母灵柩一路南行，因遇着班师的兵将船只过境，河道拥挤，不能速行，在道实在心焦。幸喜遇见了海疆的官员，闻得镇海统制钦召回京，想来探春一定回家，略略解些烦心。只打听不出起程的日期，心里又是烦躁。想到盘费算来不敷，不得已写书一封，差人到赖尚荣任上借银五百，叫人沿途迎来，应付需用。那人去了数日，贾政的船才行得十数里。那家人回来，迎上船只，将赖尚荣的禀启呈上。书内告了多少苦处，备上白银五十两。贾政看了生气，即命家人立刻送还，将原书发回，"叫他不必费心"！那家人无奈，只得回到赖尚荣任所。赖尚荣接到原书、银两，心中烦闷，知事办得不周到，又添了一百，央来人带回，帮着说些好话。岂知那人不肯带回，撂下就走了。赖尚荣心下不安，立刻修书到家，回明他父亲，叫他设法告假赎出身来。于是赖家托了贾蔷、贾芸等在王夫人面前乞恩放出。贾蔷明知不能，过了一日，假说王夫人不依的话回覆了。赖家一面告假，一面差人到赖尚荣任上，叫他告病辞官。王夫人并不知道。

那贾芸听见贾蔷的假话，心里便没想头，连日在外又输了好些银钱，无所抵偿，便和贾环相商。贾环本是一个钱没有的，虽说赵姨娘积蓄些微，早被他弄光了，那能照应人家。便想起凤姐待他刻薄，趁着贾琏不在家，要摆布巧姐出气，遂把这个当叫贾芸来上，故意的埋怨贾芸道："你们年纪比我大，放着弄银钱的事又不敢办，倒和我没钱的人商量！"贾芸道："三叔，你这话说的倒好笑！咱们一块儿顽，一块儿闹，那里有银钱的事？"贾环道："不是前儿有人说是外藩要买个偏房？你们何不和王大舅商量，把巧姐说给他呢？"贾芸道："叔叔，我说句叫你生气的话：外藩花了钱买人，还想能和咱们走动么？"贾环在贾芸耳边说了些话。贾芸虽然点头，只道贾环是小孩子的话，也不当事。

恰好王仁走来，说道："你们两个人商量些什么？瞒着我么！"贾芸便将贾环的话附耳低言的说了。王仁拍手道："这倒是一宗好事，又有银子。只怕你们不能；若是你们敢办，我是亲舅舅，做得主的。只要环老三在大太太跟前那么一说，我找邢大舅再一说，太太们问起来，你们齐打伙说好就是了。"贾环等商议定了。

王仁便去找邢大舅，贾芸便去回邢、王二夫人，说得锦上添花。王夫人听了虽然入耳，只是不信。邢夫人听得邢大舅知道，心里愿意，便打发人找了邢大舅来问他。那邢大舅已经听了王仁的话，又可分肥，便在邢夫人跟前说道："若说这位郡王，极是有体面的。若应了这门亲事，虽说不是正配，保管一过了门，姊夫的官早复了，这里的声势又好了。"邢夫人本是没主意的人，被傻大舅一番假话哄得心动，请了王仁来一问，更说得热闹。于是邢夫人倒叫人出去追着贾芸去说。王仁即刻找了人去到外藩公馆说了。那外藩不知底细，便要打发人来相看。贾芸又钻了相看的人，说明："原是瞒着合宅的，只说是王府相亲。等到成了，他祖母作主，亲舅舅的保山，是不怕的。"那相亲的人应了。贾芸便送信与邢夫人，并回了王夫人。那李纨、宝钗等不知原故，只道是件好事，也都喜欢。

那日果然来了几个女人，都是艳妆丽服。邢夫人接了进去，叙了些闲话。那来人本知是个诰命，也不敢怠慢。邢夫人因事未定，也没有和巧姐说明，只说有亲戚来瞧，叫他去见。那巧姐到底是个小孩子，那管这些？便跟了奶妈过来。平儿不放心，也跟着来。只见有两个宫人打扮的，见了巧姐，便浑身上下一看，更又起身来拉着巧姐的手又瞧了一遍，略坐了一坐就走了。倒把巧姐看得羞臊，回到房中纳闷，想来并没有这门亲戚，便问平儿。平儿先看见来头，却也猜着八九："必是相亲的。但是二爷不在家，大太太作主，到底不知是那府里的。若说是对头亲，不该这样相看。瞧那几个人的来头，不像是本支王府，好像是外头路数。如今且不必和姑娘说明，且打听明白再说。"平儿心下留神打听。那些丫头、婆子都是平儿使过的，平儿一问，所有听见外头的风声都告诉了。

平儿便吓的没了主意，虽不和巧姐说，便赶着去告诉了李纨、宝钗，求他二人告诉王夫人。王夫人知道这事不好，便和邢夫人说知。怎奈邢夫人信了兄弟并王仁的话，反疑心王夫人不是好意，便说："孙女儿也大了，再琏儿不在家，这件事我还做得主。况且是他亲舅爷爷和他亲舅舅打听的，难道倒比别人不真么？我横竖是愿意的。倘有什么不好，我和琏儿也抱怨不着别人。"王夫人听了这些话，心下暗暗生气，勉强说些闲话，便走了出来，告诉了宝钗，自己落泪。

宝玉劝道："太太别烦恼，这件事我看来是不成的。这又是巧姐儿命里所招，只求太太不管就是了。"王夫人道："你一开口就是疯话！人家说定了，就要接过去。若依平儿的话，你琏二哥可不抱怨我么？别说自己的侄孙女儿，就是亲戚家的，也是要好才好。邢姑娘是我们作媒的，配了你二大舅子，如今和和顺顺的过日子，不好么？那琴姑娘梅家娶了去，听见说是丰衣足食的，很好。就是史姑娘是他叔叔的主意，头里原好，如今姑爷痨病死了，你史妹妹立志守寡，也就苦了。若是巧姐儿错给了人家儿，可不是我的心坏？"

正说着，平儿过来瞧宝钗，并探听邢夫人的口气。王夫人将邢夫人的话说了一遍。平儿呆了半天，跪下求道："巧姐儿终身全仗着太太！若信了人家的话，不但姑娘一辈子受了苦，便是琏二爷回来，怎么说呢？"王夫人道："你是个明白人，起来听我说。巧姐儿到底是大太太孙女儿，他要作主，我能够拦他么？"宝玉劝道："无妨碍的，只要明白就是了。"平儿生怕宝玉疯癫嚷出来，也并不言语，回了王夫人，竟自去了。

这里王夫人想到烦恼，一阵心痛，叫丫头扶着，勉强回到自己房中躺下，不叫宝玉、宝钗过来，说："睡睡就好的。"自己却也烦闷。听见说李婶娘来了，也不及接待。只见贾兰进来请了安，回道："今早爷爷那里打发人带了一封书子来，外头小子们传进来的。我母亲接了，正要过来，因我老娘来了，叫我先呈给太太瞧，回来我母亲就过来回太太。还说我老娘要过来呢。"说着，一面把书子呈上。王夫人一面接书，一面问道："你老娘来作什么？" 贾兰道："我也不知道。我只听我老娘说，我三姨儿的婆婆家有什么信儿来了。"王夫人听了，想起来还是前次给甄宝玉说了李绮，后来放定下茶，想来此时甄家要娶过门，所以李婶娘来商量这件事情，便点点头儿。一面拆开书信，见上面写着道：

近因沿途俱系海疆凯旋船只，不能迅速前行。闻探姐随翁婿来都，不知曾有信否？前接到琏侄儿禀，知大老爷身体欠安，亦不知已有确信否？宝玉、兰儿场期已近，务须实心用功，不可怠惰。老太太灵柩抵家，尚需时日。我身体平善，不必挂念。此谕宝玉等知道。月日手书。蓉儿另禀。

王夫人看了，仍旧递给贾兰，说："你拿去给你二叔叔瞧瞧，还交给你母亲罢。"

正说着，李纨同李婶娘过来，请安问好毕，王夫人让了坐。李婶娘便将甄家要娶李绮的话说了一遍。大家商议了一会子。李纨因问王夫人道："老爷的书子太太看过了么？" 王夫人道："看过了。" 贾兰便拿着给他母亲瞧。李纨看了，道："三姑娘出门了好几年，总没有来；如今要回京了，太太也放了好些心。" 王夫人道："我本是心痛，看见探丫头要回来了，心里略好些，只是不知几时才到。"李婶娘便问了贾政在路好。李纨因向贾兰道："哥儿瞧见了？场期近了，你爷爷惦记得什么似的。你快拿了去给二叔叔瞧去罢。" 李婶娘道："他们爷儿两个又没进过学，怎么能下场呢？" 王夫人道："他爷爷做粮道的起身时，给他们爷儿两个援了例监了。" 李婶娘点头。贾兰一面拿着书子出来，来找宝玉。

却说宝玉送了王夫人去后，正拿着《秋水》一篇在那里细玩。宝钗从里间走出，见他看的得意忘言，便走过来一看，见是这个，心里着实烦闷，细想："他只顾把这些出世离群的话当作一件正经事，终久不妥。看他这种光景，料劝不过来。" 便坐在宝玉旁边，怔怔的坐着。宝玉见他这般，便道："你这又是为什么？" 宝钗道："我想你我既为夫妇，你便是我终身的倚靠，却不在情欲之私。论起荣华富贵，原不过是过眼烟云；但自古圣贤，以人品根柢为重。" 宝玉也没听完，把那书本搁在旁边，微微的笑道："据你说人品根柢，又是什么古圣贤，你可知古圣贤说过'不失其赤子之心'？那赤子有什么好处？不过是无知、无识、无贪、无忌。我们生来已陷溺在贪、嗔、痴、爱中，犹如污泥一般，怎么能跳出这般尘网？如今才晓得，'聚散浮生'四字，古人说了，不曾提醒一个。既要讲到人品根柢，谁是到那太初一步地位的？" 宝钗道："你既说赤子之心，古圣贤原以忠孝为赤子之心，并不是遁世离群、无关无系为赤子之心。尧、舜、禹、汤、周、孔，时刻以救民济世为心，所谓赤子之心，原不过是‘不忍’二字。若你方才所说的，忍于抛弃天伦，还成什么道理？”宝玉点头笑道：“尧、舜不强巢、许，武、周不强夷、齐。”宝钗不等他说完，便道：“你这个话益发不是了。古来若都是巢、许、夷、齐，为什么如今人又把尧、舜、周、孔称为圣贤呢？况且你自比夷、齐，更不成话。伯夷、叔齐，原是生在商末世，有许多难处之事，所以才有托而逃。当此圣世，咱们世受国恩，祖父锦衣玉食；况你自有生以来，自去世的老太太以及老爷、太太，视如珍宝。你方才所说，自己想一想，是与不是！”

宝玉听了，也不答言，只有仰头微笑。宝钗因又劝道：“你既理屈词穷，我劝你从此把心收一收，好好的用用功，但能博得一第，便是从此而止，也不枉天恩祖德了。”宝玉点了点头，叹了口气，说道：“一第呢，其实也不是什么难事，倒是你这个‘从此而止’、‘不枉天恩祖德’却还不离其宗。”宝钗未及答言，袭人过来说道：“刚才二奶奶说的古圣先贤，我们也不懂。我只想着，我们这些人，从小儿辛辛苦苦跟着二爷，不知陪了多少小心，论起理来，原该当的，但只二爷也该体谅体谅。况且二奶奶替二爷在老爷、太太跟前行了多少孝道，就是二爷不以夫妻为事，也不可太孤负了人心。至于神仙那一层，更是谎话：谁见过有走到凡间来的神仙呢？那里来的这么个和尚，说了些混话，二爷就信了真！二爷是读书的人，难道他的话比老爷、太太还重么？”宝玉听了，低头不语。

袭人还要说时，只听外面脚步走响，隔着窗户问道：“二叔在屋里呢么？”宝玉听了是贾兰的声音，便站起来笑道：“你进来罢。”宝钗也站起来。贾兰进来，笑容可掬的给宝玉、宝钗请了安，问了袭人的好，袭人也问了好，便把书子呈给宝玉瞧。宝玉接在手中看了，便道：“你三姑姑回来了？”贾兰道：“爷爷既如此写，自然是回来的了。”宝玉点头不语，默默如有所思。贾兰便问：“叔叔看见了？爷爷后头写着，叫咱们好生念书呢。叔叔这一程子只怕总没作文章罢？”宝玉笑道：“我也要作几篇熟一熟手，好去诓这个功名。”贾兰道：“叔叔既这样，就拟几个题目，我跟着叔叔作作，也好进去混场，别到临时交了白卷子，惹人笑话。不但笑话我，人家连叔叔都要笑话了。”宝玉道：“你也不至如此。”说着，宝钗命贾兰坐下。

宝玉仍坐在原处，贾兰侧身坐了。两个谈了一回文，不觉喜动颜色。宝钗见他爷儿两个谈得高兴，便仍进屋里去了，心中细想：“宝玉此时光景，或者醒悟过来了。只是刚才说话，他把那‘从此而止’四字单单的许可，这又不知是什么意思了。”宝钗尚自犹豫。惟有袭人看他爱讲文章，提到下场更又欣然，心里想道：“阿弥陀佛！好容易讲四书似的才讲过来了。”这里宝玉和贾兰讲文，莺儿沏过茶来，贾兰站起来接了。又说了一会子下场的规矩，并请甄宝玉在一处的话，宝玉也甚似愿意。一时贾兰回去，便将书子留给宝玉了。

那宝玉拿着书子笑嘻嘻走进来，递给麝月收了，便出来将那本《庄子》收了，把几部向来最得意的，如《参同契》《元命苞》《五灯会元》之类，叫出麝月、秋纹、莺儿等都搬了搁在一边。宝钗见他这番举动，甚为罕异，因欲试探他，便笑问道：“不看他倒是正经，但又何必搬开呢？”宝玉道：“如今才明白过来了，这些书都算不得什么。我还要一火焚之，方为干净。”宝钗听了，更欣喜异常。只听宝玉口中微吟道：“内典语中无佛性，金丹法外有仙舟。”宝钗也没很听真，只听得“无佛性”、“有仙舟”几个字，心中转又狐疑，且看他作何光景。宝玉便命麝月、秋纹等收拾一间静室，把那些语录名稿及应制诗之类都找出来，搁在静室中，自己却当真静静的用起功来。宝钗这才放了心。

那袭人此时真是闻所未闻，见所未见，便悄悄的笑着向宝钗道：“到底奶奶说话透彻，只一路讲究，就把二爷劝明白了。就只可惜迟了一点儿，临场太近了。”宝钗点头微笑道：“功名自有定数，中与不中，倒也不在用功的迟早。但愿他从此一心巴结正路，把从前那些邪魔永不沾染，就是好了。”说到这里，见房里无人，便悄说道：“这一番悔悟回来，固然很好，但只一件，怕又犯了前头的旧病，和女孩儿们打起交道来，也是不好。”袭人道：“奶奶说的也是。二爷自从信了和尚，才把这些姊妹冷淡了；如今不信和尚，真怕又要犯了前头的旧病呢。我想奶奶和我，二爷原不大理会，紫鹃去了，如今只他们四个。这里头就是五儿有些个狐媚子，听说他妈求了大奶奶和奶奶，说要讨出去给人家儿呢，但是这两天到底在这里呢。麝月、秋纹虽没别的，只是二爷那几年也都有些顽顽皮皮的。如今算来，只有莺儿二爷倒不大理会，况且莺儿也稳重。我想倒茶弄水只叫莺儿带着小丫头们伏侍就够了，不知奶奶心里怎么样？”宝钗道：“我也虑的是这些，你说的倒也罢了。”从此便派莺儿带着小丫头伏侍。那宝玉却也不出房门，天天只差人去给王夫人请安。王夫人听见他这番光景，那一种欣慰之情更不待言了。

到了八月初三这一日，正是贾母的冥寿，宝玉早晨过来叩了头，便回去仍到静室中去了。饭后，宝钗、袭人等都和姊妹们跟着邢、王二夫人在前面屋里说闲话儿。宝玉自在静室，冥心危坐。忽见莺儿端了一盘瓜果进来，说：“太太叫人送来给二爷吃的，这是老太太的冥供。”宝玉站起来答应了，复又坐下，便道：“搁在那里罢。”莺儿一面放下瓜果，一面悄悄向宝玉道：“太太那里夸二爷呢。”宝玉微笑。莺儿又道：“太太说了：二爷这一用功，明儿进场中了出来，明年再中了进士，作了官，老爷、太太可就不枉了盼二爷了。”宝玉也只点头微笑。

莺儿忽然想起那年给宝玉打络子的时候宝玉说的话来，便道：“真要二爷中了，那可是我们姑奶奶的造化了。二爷还记得那一年在园子里，不是二爷叫我打梅花络子时说的：我们姑奶奶后来带着我，不知到那一个有造化的人家儿去呢。如今二爷可是有造化的罢咧。”宝玉听到这里，又觉尘心一动，连忙敛神定息，微微的笑道：“据你说来，我是有造化的，你们姑娘也是有造化的，你呢？”莺儿把脸飞红了，勉强道：“我们不过当丫头一辈子罢咧，有什么造化呢！”宝玉笑道：“果然能够一辈子是丫头，你这个造化比我们还大呢。”

莺儿听见这话似乎又是疯话了，恐怕自己招出宝玉的病根来，打算着要走。只见宝玉笑着说道：“傻丫头，我告诉你罢。”未知宝玉又说出什么话来，且听下回分解。

第一百十九回　中乡魁宝玉却尘缘　沐皇恩贾家延世泽

话说莺儿见宝玉说话摸不着头脑，正自要走，只听宝玉又说道：“傻丫头，我告诉你罢。你姑娘既是有造化的，你跟着他自然也是有造化的了。你袭人姐姐是靠不住的。只要往后你尽心伏侍他就是了，日后或有好处，也不枉你跟着他熬了一场。”莺儿听了前头像话，后头说的又有些不像了，便道：“我知道了，姑娘还等我呢。二爷要吃果子时，打发小丫头叫我就是了。”宝玉点头，莺儿才去了。一时宝钗、袭人回来，各自房中去了，不题。

且说过了几天，便是场期。别人只知盼望他爷儿两个作了好文章，便可以高中的了，只有宝钗见宝玉的工课虽好，只是那有意无意之间，却别有一种冷静的光景。知他要进场了，头一件，叔侄两个都是初次赴考，恐人马拥挤，有什么失闪；第二件，宝玉自和尚去后总不出门，虽然见他用功喜欢，只是改的太速太好了，反倒有些信不及，只怕又有什么变故。所以进场的头一天，一面派了袭人带了小丫头们同着素云等，给他爷儿两个收拾妥当，自己又都过了目，好好的搁起预备着；一面过来同李纨回了王夫人，拣家里的老成管事的多派了几个，只说怕人马拥挤碰了。

次日，宝玉、贾兰换了半新不旧的衣服，欣然过来见了王夫人。王夫人嘱付道："你们爷儿两个都是初次下场，但是你们活了这么大，并不曾离开我一天。就是不在我跟前，也是丫鬟、媳妇们围着，何曾自己孤身睡过一夜？今日各自进去，孤孤恓恓，举目无亲，须要自己保重。早些作完了文章，出来找着家人，早些回来，也叫你母亲、媳妇们放心。"王夫人说着，不免伤心起来。贾兰听一句，答应一句。

只见宝玉一声不哼，待王夫人说完了，走过来给王夫人跪下，满眼流泪，磕了三个头，说道："母亲生我一世，我也无可报答。只有这一入场，用心作了文章，好好的中个举人出来，那时太太喜欢喜欢，便是儿子一辈子的事也完了，一辈子的不好也都遮过去了。"王夫人听了更觉伤心起来，便道："你有这个心自然是好的，可惜你老太太不能见你的面了。"一面说，一面拉他起来。那宝玉只管跪着，不肯起来，便说道："老太太见与不见，总是知道的，喜欢的。既能知道了，喜欢了，便不见也和见了的一样，只不过隔了形质，并非隔了神气啊。"

李纨见王夫人和他如此，一则怕勾起宝玉的病来，二则也觉得光景不大吉祥，连忙过来说道："太太，这是大喜的事，为什么这样伤心？况且宝兄弟近来很知好歹，很孝顺，又肯用功，只要带了侄儿进去好好的作文章，早早的回来，写出来请咱们的世交老先生们看了，等着爷儿两个都报了喜就完了。"一面叫人搀起宝玉来。宝玉却转过身来，给李纨作了个揖，说："嫂子放心，我们爷儿两个都是必中的。日后兰哥还有大出息，大嫂子还要带凤冠、穿霞帔呢。"李纨笑道："但愿应了叔叔的话，也不枉——"说到这里，恐怕又惹起王夫人的伤心来，连忙咽住了。宝玉笑道："只要有了个好儿子，能够接续祖基，就是大哥哥不能见，也算他的后事完了。"李纨见天色不早了，也不肯尽着和他说话，只好点点头儿。

此时宝钗听得早已呆了，这些话不但宝玉，便是王夫人、李纨所说，句句都是不祥之兆，却又不敢认真，只得忍泪无言。那宝玉走到跟前，深深的作了一个揖。众人见他行事古怪，也摸不着是怎么样，又不敢笑他。只见宝钗的眼泪直流下来，众人更是纳罕。又听宝玉说道："姐姐，我要走了。你好生跟着太太，听我的喜信儿罢。"宝钗道："是时候了，你不必说这些唠叨话了。"宝玉道："你倒催的我紧，我自己也知道该走了。"回头见众人都在这里，只没惜春、紫鹃，便说道："四妹妹和紫鹃姐姐跟前替我说一句罢，他们两个横竖是再见的。"

众人见他的话又像有理，又像疯话，大家只说他从没出过门，都是太太的一套话招出来的，不如早早催他去了，就完了事了，便说道："外面有人等你呢，你再闹，就误了时辰了。"宝玉仰面大笑，道："走了，走了！不用胡闹了，完了事了！"众人也都笑道："快走罢。"独有王夫人和宝钗娘儿两个，倒像生离死别的一般，那眼泪也不知从那里来的，直流下来，几乎失声哭出。但见宝玉嘻天哈地，大有疯傻之状，遂从此出门而去。正是：走来名利无双地，打出樊笼第一关。

不言宝玉、贾兰出门赴考。且说贾环见他们考去，自己又气又恨，便自大为王，说："我可要给母亲报仇了！家里一个男人没有，上头大太太依了我，还怕谁！"想定了主意，跑到邢夫人那边请了安，说了些奉承的话。那邢夫人自然喜欢，便说道："你这才是明理的孩子呢。像那巧姐儿的事，原该我做主的，你琏二哥糊涂，放着亲奶奶，倒托别人去！"贾环道："人家那头儿也说了，只认得这一门子。现在定了，还要备一分大礼来送太太呢。如今太太有了这样的藩王孙女婿儿，还怕大老爷没大官做么？不是我说自己的太太，他们有了元妃姐姐，便欺压的人难受！将来巧姐儿别也是这样没良心，等我去问问他。"邢夫人道："你也该告诉他，他才知道你的好处。只怕他父亲在家，也找不出这么门子好亲事来。但只平儿那个糊涂东西，他倒说这件事不好，说是你太太也不愿意，想来恐怕我们得了意。若迟了，你二哥回家，又听人家的话，就办不成了。"贾环道："那边都定了，只等太太出了八字。王府的规矩，三天就要来娶的。但是一件只怕太太不愿意：那边说是不该娶犯官的孙女，只好悄悄的抬了去，等大老爷免了罪、做了官，再大家热闹起来。"邢夫人道："这有什么不愿意？也是礼上应该的。"贾环道："既这么着，这帖子太太出了就是了。"邢夫人道："这孩子又糊涂了，里头都是女人，你叫芸哥儿写了一个就是了。"贾环听了，喜欢的了不得，连忙答应了出来，赶着同贾芸说了，邀着王仁到那外藩公馆立文书、兑银子去了。

那知刚才所说的话，早被跟邢夫人的丫头听见。那丫头是求了平儿才挑上的，便抽空儿赶到平儿那里，一五一十的都告诉了。平儿早知此事不好，已和巧姐细细的说明。巧姐哭了一夜，必要等他父亲回来作主，大太太的话不能遵。今儿又听见这话，便大哭起来，要和太太讲去。平儿急忙拦住道："姑娘且慢着。大太太是你的亲祖母，他说二爷不在家，大太太做得主的，况且还有舅舅做保山。他们都是一气，姑娘一个人那里说得过呢？我到底是下人，说不上话去。如今只可想法儿，断不可冒失的。”邢夫人那边的丫头道：“你们快快的想主意，不然可就要抬走了！”说着，各自去了。

平儿回过头来，见巧姐哭作一团，连忙扶着道：“姑娘，哭是不中用的，如今是二爷够不着。听见他们的话头——”这句话还没说完，只见邢夫人那边打发人来告诉：“姑娘，大喜的事来了！叫平儿将姑娘所有应用的东西料理出来。若是赔送呢，原说明了等二爷回来再办。”平儿只得答应了。回来又见王夫人过来，巧姐儿一把抱住，哭得倒在怀里。王夫人也哭道：“妞儿不用着急。我为你吃了大太太好些话，看来是扭不过来的。我们只好应着缓下去，即刻差个家人赶到你父亲那里去告诉。”平儿道：“太太还不知道么？早起三爷在大太太跟前说了，什么外藩规矩，三日就要过去的。如今大太太已叫芸哥儿写了名字年庚去了，还等得二爷么！”王夫人听说是“三爷”，便气得说不出话来，呆了半天，一叠声叫人找贾环。找了半天，人回：“今早同蔷哥儿、王舅爷出去了。”王夫人问：“芸哥呢？”众人回说：“不知道。”巧姐屋内人人瞪眼，都无方法。王夫人也难和邢夫人争论，只有大家抱头大哭。

正闹着，一个婆子进来回道：“后门上的人说，那个刘老老又来了。”王夫人道：“咱们家遭着这样事，那有工夫接待人？不拘怎么，回了他去罢。”平儿道：“太太该叫他进来，他是姐儿的干妈，也得告诉告诉他。”王夫人不言语。那婆子便带了刘老老进来，各人见了问好。刘老老见众人的眼圈儿都是红的，也摸不着头脑，迟了一会儿，便问道：“怎么了？太太、姑娘们必是想二姑奶奶了？”巧姐儿听见提起他母亲，越发大哭起来。平儿道：“老老别说闲话。你既是姑娘的干妈，也该知道的。”便一五一十的告诉了。把个刘老老也吓怔了，等了半天，忽然笑道：“你这样一个伶俐姑娘，没听见过‘鼓儿词’么？这上头的方法多着呢，这有什么难的！”平儿赶忙问道：“老老，你有什么法儿快说罢！”刘老老道：“这有什么难的呢？一个人也不叫他们知道，扔崩一走，就完了事了。”平儿道：“这可是混说了。我们这样人家的人，走到那里去？”刘老老道：“只怕你们不走，你们要走，就到我屯里去，我就把姑娘藏起来。即刻叫我女婿弄了人，叫姑娘亲笔写个字儿，赶到姑老爷那里，少不得他就来了，可不好么？”平儿道：“大太太知道呢？”刘老老道：“我来他们知道么？”平儿道：“大太太住在前头，他待人刻薄，有什么信，没人送给他的。你若前门走来，就知道了；如今是后门来的，不妨事。”刘老老道：“咱们说定了几时，我叫女婿打车来接了去。”

平儿道：“这还等得几时呢，你坐着罢。”急忙进去，将刘老老的话，避了旁人告诉了。王夫人想了半天不妥当。平儿道：“只好这样。为的是太太，才敢说明。太太就装不知道，回来倒问大太太。我们那里就有人去，想二爷回来也快。”王夫人不言语，叹了一口气。巧姐儿听见，便和王夫人道：“只求太太救我！横竖父亲回来，只有感激的！”平儿道：“不用说了，太太回去罢。回来只要太太派人看屋子。”王夫人道：“掩密些！你们两个人的衣服、铺盖是要的。”平儿道：“要快走才中用呢，若是他们定了，回来就有了饥荒了。”一句话提醒了王夫人，便道：“是了，你们快办去罢，有我呢。”于是王夫人回去，倒过去找邢夫人说闲话儿，把邢夫人先绊住了。平儿这里便遣人料理去了，嘱付道：“倒别避人。有人进来看见，就说是大太太分付的，要一辆车子送刘老老去。”这里又买嘱了看后门的人雇了车来。平儿便将巧姐装做青儿模样，急急的去了。后来平儿只当送人，眼错不见，也跨上车去了。

原来近日贾府后门虽开，只有一两个人看着，余外虽有几个家下人，因房大人少，空落落的，谁能照应？且邢夫人又是个不怜下人的，众人明知此事不好，又都感念平儿的好处，所以通同一气，放走了巧姐。邢夫人还自和王夫人说话，那里理会？只有王夫人甚不放心，说了一回话，悄悄的走到宝钗那里坐下，心里还是惦记着。宝钗见王夫人神色恍惚，便问：“太太的心里有什么事？”王夫人将这事背地里和宝钗说了。宝钗道：“险得很！如今得快快儿的叫芸哥儿止住那里才妥当。”王夫人道：“我找不着环儿呢。”宝钗道：“太太总要装作不知，等我想个人去叫大太太知道才好。”王夫人点头，一任宝钗想人，暂且不言。

且说外藩原是要买几个使唤的女人，据媒人一面之辞，所以派人相看。相看的人回去禀明了藩王。藩王问起人家，众人不敢隐瞒，只得实说。那外藩听了，知是世代勋戚，便说：“了不得！这是有干例禁的，几乎误了大事！况我朝觐已过，便要择日起程。倘有人来再说，快快打发出去！”这日恰好贾芸、王仁等递送年庚，只见府门里头的人便说：“奉王爷的命，再敢拿贾府的人来冒充民女者，要拿住究治的。如今太平时候，谁敢这样大胆！”这一嚷，吓得王仁等抱头鼠窜的出来，埋怨那说事的人，大家扫兴而散。

贾环在家候信，又闻王夫人传唤，急得烦躁起来，见贾芸一人回来，赶着问道："定了么？"贾芸慌忙跺足道："了不得，了不得！不知是什么人露了风了！"还把吃亏的话说了一遍。贾环气得发怔，说："我早起在大太太跟前说得这样好，如今怎么样呢？这都是你们众人坑了我了！"正没主意，听见里头乱嚷，叫着贾环等的名字，说："大太太、二太太叫呢。"两个人只得跑进去。只见王夫人怒容满面，说："你们干的好事！如今逼死了巧姐和平儿了！快快的给我找还尸首来完事！"两个人跪下。贾环不敢言语。贾芸低头说道："孙子不敢干什么。为的是邢舅太爷和王舅爷说给巧妹妹作媒，我们才回太太们的。大太太愿意，才叫孙子写帖儿去的。人家还不要呢，怎么我们逼死了妹妹呢？"王夫人道："环儿在大太太那里说的，三日内便要抬了走。说亲作媒，有这样的么？我也不问你们，快把巧姐儿还了我们，等老爷回来再说！"邢夫人如今也是一句话儿说不出了，只有落泪。王夫人便骂贾环说："赵姨娘这样混帐的东西，留的种子也是这混帐的！"说着，叫丫头扶了，回到自己房中。

那贾环、贾芸、邢夫人三个人互相埋怨，说道："如今且不用埋怨，想来死是不死的，必是平儿带了他到那什么亲戚家躲着去了。"邢夫人叫了前后的看门人来骂着，问："巧姐和平儿，知道那里去了？"岂知下人一口同音，说是："大太太不必问我们，问当家的爷们就知道了。在大太太也不用闹，等我们太太问起来，我们有话说。要打大家打，要罚大家罚。自从琏二爷出了门，外头闹的还得了？我们的月钱、月米是不给了，赌钱、吃酒、闹小旦，还接了外头的媳妇儿到宅里来，这不是爷么？"说得贾芸等顿口无言。王夫人那边又打发人来催说："叫爷们快找来！"那贾环等急得恨无地缝可钻，又不敢盘问巧姐那边的人。明知众人深根，是必藏起来了，但是这句话怎敢在王夫人面前说？只得各处亲戚家打听，毫无踪迹。里头一个邢夫人，外头环儿等，这几天闹得昼夜不宁。

看看到了出场日期，王夫人只盼着宝玉、贾兰回来。等到晌午不见回来，王夫人、李纨、宝钗着忙，打发人去到下处打听。去了一起，又无消息，连去的人也不来了。回来又打发一起人去，又不见回来。三个人心里如热油熬煎。等到傍晚有人进来，见是贾兰，众人喜欢，问道："宝二叔呢？"贾兰也不及请安，便哭道："二叔丢了！"王夫人听了这话，便怔了半天，也不言语，便直挺挺的躺倒床上。亏得彩云等在后面扶着，下死的叫醒转来，哭着。见宝钗也是白瞪两眼，袭人等已哭得泪人一般。李纨哭着骂贾兰道："糊涂东西！你同二叔在一处，怎么他就丢了？"贾兰道："我和二叔在下处是一处吃，一处睡。进了场，相离也不远，刻刻在一处的。今日一早，二叔的卷子早完了，还等我呢。我们两个人一起去交了卷子，一同出来，在龙门口一挤，回头就不见了。我们家接场的人都问我，李贵还说看见的，相离不过数步，怎么一挤就不见了？现叫李贵等分头的找去。我也带了人，各处号里都找遍了，没有，我所以这时候才回来。”

王夫人是哭得一句话也说不出来，宝钗心里已知八九，袭人痛哭不已。贾蔷等不等分付，也是分头而去。可怜荣府的人个个死多活少，空备了接场的酒饭。贾兰也忘却了辛苦，还要自己找去，倒是王夫人拦住道："我的儿，你叔叔丢了，还禁得再丢了你么？好孩子，你歇歇去罢。"贾兰那里肯走。尤氏等苦劝不止。众人中只有惜春心里却明白了，只不好说出来，便问宝钗道："二哥哥带了玉去了没有？"宝钗道："这是随身的东西，怎么不带？"惜春听了，便不言语。袭人想起那日抢玉的事来，也是料着那和尚作怪，柔肠几断，珠泪交流，呜呜咽咽哭个不住，追想当年宝玉相待的情分。"有时呕他，他便恼了，也有一种令人回心的好处，那温存体贴是不用说了。若呕急了，他便赌誓说做和尚。谁知今日却应了这句话了！"

不言袭人苦想，却说那天已是四更，并没个信儿。李纨又怕王夫人苦坏了，极力劝着回房，众人都跟着伺候。只有邢夫人回去，贾环躲着不敢出来。王夫人叫贾兰去了，一夜无眠。次日天明，虽有家人回来，都说没有一处不寻到，实在没有影儿。于是薛姨妈、薛蝌、史湘云、宝琴、李婶娘等接二连三的过来请安问信。如此一连数日，王夫人哭得饮食不进，命在垂危。忽有家人回道："海疆来了一人，口称统制大人那里来的，说我们家的三姑奶奶明日到京了。"王夫人听说探春回京，虽不能解宝玉之愁，那个心略放了些。

到了明日，果然探春回来。众人远远接着，见探春出挑得比先前更好了，服采鲜明。见了王夫人形容枯槁，众人眼肿腮红，便也大哭起来，哭了一会，然后行礼。看见惜春道姑打扮，心里很不舒服。又听见宝玉心迷走失，家中多少不顺的事，大家又哭起来。还亏得探春能言，见解亦高，把话来慢慢儿的劝解了好些时，王夫人等略觉好些。至次日，三姑爷也来了，知有这样的事，留探春住下劝解。跟探春的丫头、老婆，也与众姐妹们相聚，各诉别后情事。从此上上下下的人，竟是无昼无夜，专等宝玉的信。

那一夜五更多天，外头几个家人进来，到二门口报喜。几个小丫头乱跑进来，也不及告诉大丫头了，进了屋子便说："太太、奶奶们大喜！"王夫人打谅宝玉找着了，便喜欢的站起身来，说：“在那里找着的？快叫他进来！”那人道：“中了第七名举人！”王夫人道：“宝玉呢？”家人不言语。王夫人仍旧坐下。探春便问：“第七名举人是谁？”家人回说：“是宝二爷。”正说着，外头又嚷道：“兰哥儿中了！”那家人赶忙出去，接了报单回禀，见贾兰中了一百三十名。李纨心下喜欢，因王夫人不见了宝玉，不敢喜形于色。王夫人见贾兰中了，心下也是喜欢，只想：“若是宝玉一回来，咱们这些人不知怎样乐呢。”独有宝钗心下悲苦，又不好掉泪。众人道喜，说是：“宝玉既有中的命，自然再不会丢的，况天下没有迷失了的举人。”王夫人等想来不错，略有笑容。众人便趁势劝王夫人等多进了些饮食。

只见三门外头焙茗乱嚷说：“我们二爷中了举人，是丢不了的了！”众人问道：“怎见得呢？”焙茗道：“‘一举成名天下闻’，如今二爷走到那里，那里就知道的，谁敢不送来？”里头的众人都说：“这小子虽是没规矩，这句话是不错的。”惜春道：“这样大的人，那里有走失的？只怕他勘破世情，入了空门，这就难找着他了。”这句话又招得王夫人等都大哭起来。李纨道：“古来成佛作祖成神仙的，果然把爵位、富贵都抛了，也多得很。”王夫人哭道：“他若抛了父母，这就是不孝，怎能成佛作祖！”探春道：“大凡一个人，不可有奇处。二哥哥生来带块玉来，都道是好事，这么说起来，都是有了这块玉的不好。若是再有几天不见，我不是叫太太生气，就有些原故了，只好譬如没有生这位哥哥罢了。果然有来头，成了正果，也是太太几辈子的修积。”宝钗听了不言语。袭人那里忍得住，心里一疼，头上一晕，便栽倒了。王夫人见了可怜，命人扶他回去。贾环见哥哥、侄儿中了，又为巧姐的事，大不好意思，只抱怨蔷、芸两个。知道探春回来，此事不肯干休，又不敢躲开，这几天竟是如在荆棘之中。

次日，贾兰只得先去谢恩，知道甄宝玉也中了，大家序了同年。提起贾宝玉心迷走失，甄宝玉叹息劝慰。知贡举的将考中的卷子奏闻，皇上一一的披阅，看取中的文章俱是平正通达的。见第七名贾宝玉是金陵籍贯，第一百三十名贾兰又是金陵，皇上传旨询问：“两个姓贾的是金陵人氏，是否贾妃一族？”大臣领命出来，传贾宝玉、贾兰问话。贾兰将宝玉场后迷失的话并将三代陈明，大臣代为转奏。皇上最是圣明仁德，想起贾氏功勋，命大臣查覆。大臣便细细的奏明。皇上甚是悯恤，命有司将贾赦犯罪情由查案呈奏。皇上又看到“海疆靖寇班师善后事宜”一本，奏的是“海晏河清，万民乐业”

的事，皇上圣心大悦，命九卿叙功议赏，并大赦天下。贾兰等朝臣散后拜了座师，并听见朝内有大赦的信，便回了王夫人等。合家略有喜色，只盼宝玉回来。薛姨妈更加喜欢，便要打算赎罪。

一日，人报甄老爷同三姑爷来道喜，王夫人便命贾兰出去接待。不多一时，贾兰进来，笑嘻嘻的回王夫人道："太太们大喜了！甄老伯在朝内听见有旨意，说是大老爷的罪名免了。珍大爷不但免了罪，仍袭了宁国三等世职。荣国仍是老爷袭了，俟丁忧服满，仍升工部郎中。所抄家产，全行赏还。二叔的文章，皇上看了甚喜，问知是元妃兄弟，北静王还奏说人品亦好，皇上传旨召见。众大臣奏称：'据伊侄贾兰回称，出场时迷失，现在各处寻访。'皇上降旨，着五营各衙门用心寻访。这旨意一下，请太太们放心，皇上这样圣恩，再没有找不着的。"王夫人等这才大家称贺，喜欢起来。只有贾环等心下着急，四处找寻巧姐。

那知巧姐随了刘老老，带着平儿出了城，到了庄上，刘老老也不敢轻亵巧姐，便打扫上房，让给巧姐、平儿住下。每日供给，虽是乡村风味，倒也洁净。又有青儿陪着，暂且宽心。那庄上也有几家富户，知道刘老老家来了贾府姑娘，谁不来瞧？都道是天上神仙，也有送菜果的，也有送野味的，倒也热闹。内中有个极富的人家，姓周，家财巨万，良田千顷，只有一子，生得文雅清秀，年纪十四岁，他父母延师读书，新近科试，中了秀才。那日他母亲看见了巧姐，心里羡慕，自想："我是庄家人家，那能配得起这样世家小姐？"呆呆的想着。刘老老知他心事，拉着他说："你的心事，我知道了，我给你们做个媒罢。"周妈妈笑道："你别哄我，他们什么人家，肯给我们庄家人么！"刘老老道："说着瞧罢。"于是两人各自走开。刘老老惦记着贾府，叫板儿进城打听。

那日恰好到宁荣街，只见有好些车轿在那里，板儿便在邻近打听，说是："宁、荣两府复了官，赏还抄的家产，如今府里又要起来了。只是他们的宝玉中了举，不知走到那里去了。"板儿心里喜欢，便要回去。又见好几匹马到来，在门前下马，只见门上打千儿请安，说："二爷回来了，大喜！大老爷身上安了么？"那位爷笑着道："好了。又遇恩旨，就要回来了。"还问："那些人做什么的？"门上回说："是皇上派官在这里下旨意，叫人领家产。"那位爷便喜欢进去。板儿便知是贾琏了，也不用打听，赶忙回去告诉了他外祖母。

刘老老听说，喜的眉开眼笑，去和巧姐儿贺喜，将板儿的话说了一遍。平儿笑说道："可不是亏得老老这样一办，不然，姑娘也摸不着这好时候了。"

巧姐更自欢喜。正说着，那送贾琏信的人也回来了，说是："姑老爷感激得很，叫我一到家，快把姑娘送回去。又赏了我好几两银子。"刘老老听了得意，便叫人赶了两辆车，请巧姐、平儿上车。巧姐等在刘老老家住熟了，反是依依不舍，更有青儿哭着，恨不能留下。刘老老知他不忍相别，便叫青儿跟了进城，一径直奔荣府而来。

且说贾琏先前知道贾赦病重，赶到配所父子相见，痛哭了一场，渐渐的好起来。贾琏接着家书，知道家中的事，禀明贾赦回来。走到中途，听得大赦，又赶了两天，今日到家，恰遇颁赏恩旨。里面邢夫人等正愁无人接旨，虽有贾兰，终是年轻。人报琏二爷回来，大家相见，悲喜交集。此时也不及叙话，即到前厅叩见了。钦命大人问了他父亲好，说："明日到内府领赏。宁国府第，发交居住。"众人起身辞别。贾琏送出门去，见有几辆村车，家人们不许停歇，正在吵闹。贾琏早知道是巧姐来的车，便骂家人道："你们这班糊涂忘八崽子！我不在家，就欺心害主，将姐儿都逼走了！如今人家送来，还要拦阻，必是你们和我有什么仇么！"众家人原怕贾琏回来不依，想来少时才破，岂知贾琏说得更明，心下不懂，只得站着回道："二爷出门，奴才们有病的，有告假的，都是三爷、蔷大爷、芸大爷作主，不与奴才们相干。"贾琏道："什么混帐东西！我完了事再和你们说。快把车赶进来！"

贾琏进去见邢夫人，也不言语。转身到了王夫人那里，跪下磕了个头，回道："姐儿回来了，全亏太太周全！环兄弟太太也不用说他了。只是芸儿这东西，他上回看家就闹乱儿，如今我去了几个月，便闹到这样！回太太的话：这种人撵了他，不往来也使得。"王夫人道："你大舅子为什么也是这样？"贾琏道："太太不用说，我自有道理。"正说着，彩云等回道："姐儿进来了。"于是巧姐儿见了王夫人，虽然别不多时，想起那样逃难的景况，不免落下泪来。巧姐儿也便大哭。贾琏谢了刘老老。王夫人便拉他坐下，说起那日的话来。贾琏见了平儿，外面不好说别的，心里十分感激，眼中不觉流泪。自此贾琏心里愈敬平儿，打算等贾赦回来，要扶平儿为正。此是后话，暂且不题。

只说邢夫人正恐贾琏不见了巧姐，必有一番的周折，又听见贾琏在王夫人那里，心下更是着急，便叫丫头去打听。回来说是："巧姐儿同着刘老老在那里说话儿呢。"邢夫人才如梦初觉，知是他们弄鬼，还抱怨着王夫人："调唆的我母子不和！到底是那个送信给平儿的？"正问着，只见巧姐同着刘老老，带了平儿，王夫人在后头跟着进来，先把头里的话都说在贾芸、王仁身上，说：

"大太太原是听见人说，为的是好事，那里知道外头的鬼？"邢夫人听了，自觉羞惭，想起王夫人主意不差，心里也服。于是邢、王二夫人，彼此倒心下相安了。平儿回了王夫人，带了巧姐到宝钗那里来请安，各自提各自的苦处。又说到："皇上隆恩，咱们家该兴旺起来了，想来宝二爷必回来的。"

正说到这句话，只见秋纹慌慌张张的跑来说道："袭人不好了！"不知何事，且听下回分解。

第一百二十回　甄士隐详说太虚情　贾雨村归结红楼梦

话说宝钗听秋纹说袭人不好，连忙进去瞧看，巧姐儿同平儿也随着走到袭人炕前。只见袭人心痛难禁，一时气厥。宝钗等用开水灌了过来，仍旧扶他睡下，一面传请大夫。巧姐儿问宝钗道："袭人姐姐怎么病到这个样儿？"宝钗道："大前日晚上哭伤了心了，一时发晕栽倒了。太太叫人扶他回来，他就睡倒了。因外头有事，没有请大夫瞧他，所以致此。"说着，大夫来了。宝钗等略避。大夫看了脉，说是急怒所致，开了一个方子去了。

原来袭人模糊听见说，宝玉若不回来，便要打发屋里的人都出去，一急，越发不好了。到大夫瞧后，秋纹给他煎药。他独自一人躺着，神魂未定，好像宝玉在他面前，恍惚又像是见个和尚，手里拿着一本册子揭着看，还说道："你不是我的人，日后自然有人家儿的。"袭人似要和他说话，秋纹走来说："药好了，姐姐吃罢。"袭人睁眼一瞧，知是个梦，也不告诉人。吃了药，便自己细细的想："宝玉必是跟了和尚去。上回他要拿玉出去，便是要脱身的样子，被我揪住，看他竟不像往常，把我混推混搡的，一点情意都没有。后来待二奶奶更生厌烦，在别的姊妹跟前也是没有一点情意。这就是悟道的样子。但是你悟了道，抛了二奶奶怎么好？我是太太派我伏侍你，虽是月钱照着那样的分例，其实我究竟没有在老爷、太太跟前回明，就算了你的屋里人。若是老爷、太太打发我出去，我若死守着，又叫人笑话；若是我出去，心想宝玉待我的情分，实在不忍。"左思右想，实在难处。想到刚才的梦："说我是别人的人，倒不如死了干净！"岂知吃药以后，心痛减了好些，也难躺着，只好勉强支持。过了几日，起来服侍宝钗。宝钗想念宝玉，暗中垂泪，自叹命苦。又知他母亲打算给哥哥赎罪，很费张罗，不能不帮着打算。暂且不表。

且说贾政扶贾母灵柩，贾蓉送了秦氏、凤姐、鸳鸯的棺木，到了金陵，先安了葬。贾蓉自送黛玉的灵也去安葬，贾政料理坟墓的事。一日接到家书，一行一行的看到宝玉、贾兰得中，心里自是喜欢；后来看到宝玉走失，复又烦恼，只得赶忙回来。在道儿上又闻得有恩赦的旨意，又接家书，果然赦罪复职，更是喜欢，便日夜趱行。

一日，行到毗陵驿地方，那天乍寒下雪，泊在一个清净去处。贾政打发众人上岸投帖,辞谢朋友,总说即刻开船,都不敢劳动。船中只留一个小厮伺候，自己在船中写家书，先要打发人起旱到家。写到宝玉的事，便停笔。抬头忽见船头上微微的雪影里面一个人，光着头，赤着脚，身上披着一领大红猩猩毡的斗篷，向贾政倒身下拜。贾政尚未认清，急忙出船，欲待扶住问他是谁，那人已拜了四拜，站起来打了个问讯。贾政才要还揖，迎面一看，不是别人，却是宝玉。贾政吃一大惊,忙问道:“可是宝玉么？”那人只不言语,似喜似悲。贾政又问道：“你若是宝玉，如何这样打扮，跑到这里？”宝玉未及回言，只见船头上来了两人,一僧一道,夹住宝玉说道:“俗缘已毕,还不快走！”说着，三个人飘然登岸而去。贾政不顾地滑,即忙来赶,见那三人在前,那里赶得上！只听得他们三人口中不知是那个作歌曰：

我所居兮,青埂之峰。我所游兮,鸿蒙太空。谁与我游兮,吾谁与从？渺渺茫茫兮，归彼大荒！

贾政一面听着,一面赶去,转过一小坡,倏然不见。贾政已赶得心虚气喘,惊疑不定。回过头来，见自己的小厮也是随后赶来，贾政问道：“你看见方才那三个人么？”小厮道：“看见的。奴才为老爷追赶，故也赶来。后来只见老爷，不见那三个人了。”贾政还欲前走，只见白茫茫一片旷野，并无一人。贾政知是古怪，只得回来。

众家人回船，见贾政不在舱中，问了船夫，说是老爷上岸追赶两个和尚、一个道士去了。众人也从雪地里寻踪迎去，远远见贾政来了，迎上去接着，一同回船。贾政坐下，喘息方定，将见宝玉的话说了一遍。众人回禀，便要在这地方寻觅。贾政叹道：“你们不知道，这是我亲眼见的，并非鬼怪。况听得歌声，大有玄妙。那宝玉生下时衔了玉来，便也古怪，我早知是不祥之兆。为的是老太太疼爱，所以养育到今。便是那和尚、道士，我也见了三次：头一次，是那僧、道来说玉的好处；第二次，便是宝玉病重，他来了，将那玉持诵了一番，宝玉便好了;第三次，送那玉来，坐在前厅，我一转眼就不见了。我心里便有些诧异，只道宝玉果真有造化，高僧、仙道来护佑他的。岂知宝玉是下凡历劫的，竟哄了老太太十九年！如今叫我才明白！”说到那里，掉下泪来。众人道："宝二爷果然是下凡的和尚，就不该中举人了，怎么中了才去？"贾政道："你们那里知道，大凡天上星宿、山中老僧、洞里的精灵，他自具一种性情。你看宝玉何常肯念书？他若略一经心，无有不能的。他那一种脾气，也是各别另样。"说着，又叹了几声。众人便拿兰哥得中、家道复兴的话解了一番。贾政仍旧写家书，便把这事写上，劝谕合家不必想念了。写完封好，即着家人回去，贾政随后赶回。暂且不题。

且说薛姨妈得了赦罪的信，便命薛蝌去各处借贷，并自己凑齐了赎罪银两。刑部准了，收兑了银子，一角文书将薛蟠放出。他们母子、姊妹、弟兄见面，不必细述，自然是悲喜交集了。薛蟠自己立誓，说道："若是再犯前病，必定犯杀犯剐！"薛姨妈见他这样，便要握他的嘴，说："只要自己拿定主意，必定还要妄口巴舌，血淋淋的起这样恶誓么？只是香菱跟了你，受了多少的苦处，你媳妇已经自己治死自己了，如今虽说穷了，这碗饭还有得吃。据我的主意，我便算他是媳妇了，你心里怎么样？"薛蟠点头愿意。宝钗等也说："很该这样。"倒把香菱急得脸胀通红，说是："伏侍大爷一样的，何必如此。"众人便称起大奶奶来，无人不服。

薛蟠便要去拜谢贾家，薛姨妈、宝钗也都过来，见了众人，彼此聚首，又说了一番的话。正说着，恰好那日贾政的家人回家，呈上书子，说："老爷不日到了。"王夫人叫贾兰将书子念给听。贾兰念到贾政亲见宝玉的一段，众人听了，都痛哭起来，王夫人、宝钗、袭人等更甚。大家又将贾政书内叫家内不必悲伤、原是借胎的话解说了一番："与其作了官，倘若命运不好，犯了事坏家败产，那时倒不好了。宁可咱们家出一位佛爷，倒是老爷、太太的积德，所以才投到咱们家来。不是说句不顾前后的话，当初东府里太爷倒是修炼了十几年，也没有成了仙。这佛是更难成的。太太这么一想，心里便开豁了。"王夫人哭着和薛姨妈道："宝玉抛了我，我还恨他呢。我叹的是媳妇的命苦，才成了一二年的亲，怎么他就硬着肠子都撂下了走了呢？"薛姨妈听了也甚伤心。

宝钗哭得人事不知。所有爷们都在外头。王夫人便说道："我为他担了一辈子的惊，刚刚儿的娶了亲、中了举人，又知道媳妇有了胎，我才喜欢些，不想弄到这样结局！早知这样，就不该娶亲，害了人家的姑娘！"薛姨妈道："这是自己一定的，咱们这样人家，还有什么别的说的么？幸喜有了胎，将来生个外孙子，必定是有成立的，后来就有了结果了。你看大奶奶，如今兰哥儿中了举人，明年中了进士，可不是就做了官了么？他头里的苦也算吃尽的了，如今的甜来，也是他为人的好处。我们姑娘的心肠儿姊姊是知道的，并不是刻薄轻佻的人，姐姐倒不必担忧。”王夫人被薛姨妈一番言语说得极有理，心想：“宝钗小时候便是廉静寡欲、极爱素淡的，他所以才有这个事。想人生在世，真有个定数的。看着宝钗虽是痛哭，他那端庄样儿一点不走，却倒来劝我，这是真真难得的。不想宝玉这样一个人，红尘中福分竟没有一点儿！”想了一回，也觉解了好些。又想到袭人身上：“若说别的丫头呢，没有什么难处的，大的配了出去，小的伏侍二奶奶就是了。独有袭人，可怎么处呢？”此时人多，也不好说，且等晚上和薛姨妈商量。

那日薛姨妈并未回家，因恐宝钗痛哭，所以在宝钗房中解劝。那宝钗却是极明理，思前想后，“宝玉原是一种奇异的人，夙世前因，自有一定，原无可怨天尤人”，更将大道理的话告诉他母亲了。薛姨妈心里反倒安了，便到王夫人那里，先把宝钗的话说了。王夫人点头叹道：“若说我无德，不该有这样好媳妇了。”说着，更又伤心起来。薛姨妈倒又劝了一会子，因又提起袭人来，说：“我见袭人近来瘦的了不得，他是一心想着宝哥儿。但是正配呢，理应守的，屋里人愿守也是有的。惟有这袭人，虽说是算个屋里人，到底他和宝哥儿并没有过明路儿的。”王夫人道：“我刚才想着，正要等妹妹商量商量。若说放他出去，恐怕他不愿意，又要寻死觅活的；若要留着他也罢，又恐老爷不依，所以难处。”薛姨妈道：“我看姨老爷是再不肯叫守着的；再者姨老爷并不知道袭人的事，想来不过是个丫头，那有留的理呢？只要姐姐叫他本家的人来，狠狠的分付他，叫他配一门正经亲事，再多多的赔送他些东西。那孩子心肠儿也好，年纪儿又轻，也不枉跟了姐姐会子，也算姐姐待他不薄了。袭人那里，还得我细细劝他。就是叫他家的人来，也不用告诉他，只等他家里果然说定了好人家儿，我们还打听打听，若果然足衣足食，女婿长的像个人儿，然后叫他出去。”王夫人听了道：“这个主意很是。不然，叫老爷冒冒失失的一办，我可不是又害了一个人了么！”薛姨妈听了点头道：“可不是么。”又说了几句，便辞了王夫人，仍到宝钗房中去了。看见袭人泪痕满面，薛姨妈便劝解譬喻了一会。袭人本来老实，不是伶牙俐齿的人，薛姨妈说一句，他应一句，回来说道：“我是做下人的人，姨太太瞧得起我，才和我说这些话。我是从不敢违拗太太的。”薛姨姨听他的话，“好一个柔顺的孩子”，心里更加喜欢。宝钗又将大义的话说了一遍，大家各自相安。

过了几日，贾政回家，众人迎接。贾政见贾赦、贾珍已都回家，弟兄、叔侄相见，大家历叙别来的景况。然后内眷们见了，不免想起宝玉来，又大家伤了一会子心。贾政喝住道："这是一定的道理！如今只要我们在外把持家事，你们在内相助，断不可仍是从前这样的散漫！别房的事，各有各家料理，也不用承总。我们本房的事，里头全归于你，都要按理而行。"王夫人便将宝钗有孕的话也告诉了，"将来丫头们都放出去"。贾政听了，点头无语。

次日，贾政进内请示大臣们，说是："蒙恩感激，但未服阕，应该怎么谢恩之处，望乞大人们指教。"众朝臣说是代奏请旨。于是圣恩浩荡，即命陛见。贾政进内谢了恩，圣上又降了好些旨意，又问起宝玉的事来，贾政据实回奏。圣上称奇，旨意说，宝玉的文章固是清奇，想他必是过来人，所以如此。若在朝中，可以进用。他既不敢受圣朝的爵位，便赏了一个"文妙真人"的道号。

贾政又叩头谢恩而出。回到家中，贾琏、贾珍接着。贾政将朝内的话述了一遍，众人喜欢。贾珍便回说："宁国府第收拾齐全，回明了，要搬过去。栊翠庵圈在园内，给四妹妹静养。"贾政并不言语。隔了半日，却分付了一番仰报天恩的话。贾琏也趁便回说："巧姐亲事，父亲、太太都愿意给周家为媳。"贾政昨晚也知巧姐的始末，便说："大老爷、大太太作主就是了。莫说村居不好，只要人家清白，孩子肯念书，能够上进。朝里那些官儿，难道都是城里的人么？"贾琏答应了"是"，又说："父亲有了年纪，况且又有痰证的根子，静养几年，诸事原仗二老爷为主。"贾政道："提起村居养静，甚合我意，只是我受恩深重，尚未酬报耳。"贾政说毕进内。贾琏打发请了刘老老来，应了这件事。刘老老见了王夫人等，便说些将来怎样升官，怎样起家，怎样子孙昌盛。

正说着，丫头回道："花自芳的女人进来请安。"王夫人问几句话，花自芳的女人将亲戚作媒，说的是城南蒋家的，现在有房有地，又有铺面，姑爷年纪略大几岁，并没有娶过的，况且人物儿长的是百里挑一的。王夫人听了愿意，说道："你去应了，隔几日进来再接你妹子罢。"王夫人又命人打听，都说是好。王夫人便告诉了宝钗，仍请了薛姨妈细细的告诉了袭人。袭人悲伤不已，又不敢违命的，心里想起宝玉那年到他家去，回来说的死也不回去的话，"如今太太硬作主张。若说我守着，又叫人说我不害臊；若是去了，实不是我的心愿"，便哭得哽咽难鸣。又被薛姨妈、宝钗等苦劝，回过念头想道："我若是死在这里，倒把太太的好心弄坏了。我该死在家里才是。"于是袭人含悲叩辞了众人。那姐妹分手时，自然更有一番不忍说。袭人怀着必死的心肠上车，回去见了哥哥、嫂子，也是哭泣，但只说不出来。那花自芳悉把蒋家的聘礼送给他看，又把自己所办妆奁一一指给他瞧，说：“那是太太赏的，那是置办的。”袭人此时更难开口，住了两天，细想起来：“哥哥办事不错，若是死在哥哥家里，岂不又害了哥哥呢？”千思万想，左右为难，真是一缕柔肠，几乎牵断，只得忍住。

那日已是迎娶吉期，袭人本不是那一种泼辣人，委委屈屈的上轿而去，心里原想到那里再作打算。岂知过了门，见那蒋家办事极其认真，全都按着正配的规矩。一进了门，丫头、仆妇都称奶奶。袭人此时正要死在这里，又恐害了人家，孤负了一番好意。那夜原是哭着不肯俯就的，那姑爷却极柔情曲意的承顺。

到了第二天开箱，这姑爷看见一条猩红汗巾，方知是宝玉的丫头。原来当初只知是贾母的侍儿，益想不到是袭人。此时蒋玉函念着宝玉待他的旧情，倒觉满心惶愧，更加周旋，又故意将宝玉所换那条松花绿的汗巾拿出来。袭人看了，方知这姓蒋的原来就是蒋玉函，始信姻缘前定。袭人才将心事说出，蒋玉函也深为叹息敬服，不敢勉强，并越发温柔体贴，弄得个袭人真无死所了。

看官听说：虽然事有前定，无可奈何，但孽子孤臣、义夫节妇，这“不得已”三字，也不是一概推委得的。此袭人所以在“又副册”也。正是前人过那桃花庙的诗上说道：“千古艰难惟一死，伤心岂独息夫人！”

不言袭人从此又是一番天地。且说那贾雨村犯了婪索的案件，审明定罪，今遇大赦，褫籍为民。雨村因叫家眷先行，自己带了一个小厮、一车行李，来到急流津觉迷渡口。只见一个道者从那渡头草棚里出来，执手相迎。雨村认得是甄士隐，也连忙打恭。士隐道：“贾老先生，别来无恙？”雨村道：“老仙长到底是甄老先生！何前次相逢，觌面不认？后知火焚草亭，鄙下深为惶恐。今日幸得相逢，益叹老仙翁道德高深。奈鄙人下愚不移，致有今日！”甄士隐道：“前者老大人高官显爵，贫道怎敢相认？原因故交，敢赠片言，不意老大人相弃之深。然而富贵穷通，亦非偶然，今日复得相逢，也是一桩奇事。这里离草庵不远，暂请膝谈，未知可否？”

雨村欣然领命，两人携手而行，小厮驱车随后，到了一座茅庵。士隐让进雨村坐下，小童献上茶来。雨村便请教仙长超尘的始末，士隐笑道：“一念之间，尘凡顿易。老先生从繁华境中来，岂不知温柔富贵乡中有一宝玉乎？”雨村道：“怎么不知？近闻纷纷传述，说他也遁入空门。下愚当时也曾与他往来过数次，再不想此人竟有如是之决绝。”士隐道：“非也。这一段奇缘，我先知之。昔年我与先生在仁清巷旧宅门口叙话之前，我已会过他一面。”雨村惊讶道：“京城离贵乡甚远，何以能见？”士隐道：“神交久矣。”雨村道：“既然如此，现今宝玉的下落，仙长定能知之。”士隐道：“‘宝玉’，即宝玉也。那年荣、宁查抄之前，钗、黛分离之日，此玉早已离世：一为避祸，二为撮合。从此夙缘一了，形质归一。又复稍示神灵，高魁贵子，方显得此玉是天奇地灵煅炼之宝，非凡间可比。前经茫茫大士、渺渺真人携带下凡，如今尘缘已满，仍是此二人携归本处，这便是宝玉的下落。”

雨村听了，虽不能全然明白，却也十知四五，便点头叹道：“原来如此，下愚不知。但那宝玉既有如此的来历，又何以情迷至此，复又豁悟如此？还要请教。”士隐笑道：“此事说来，老先生未必尽解。太虚幻境，即是真如福地。两番阅册，原始要终之道，历历生平，如何不悟？仙草归真，焉有通灵不复原之理呢！”雨村听着却不明白，知是仙机，也不便更问。因又说道：“宝玉之事既得闻命，但敝族闺秀如是之多，何元妃以下，算来结局俱属平常呢？”士隐叹息道：“老先生莫怪拙言。贵族之女，俱属从情天孽海而来。大凡古今女子，那‘淫’字固不可犯，只这‘情’字，也是沾染不得的。所以崔莺、苏小，无非仙子尘心；宋玉、相如，大是文人口孽。凡是情思缠绵的，那结果就不可问了。”雨村听到这里，不觉拈须长叹，因又问道：“请教老仙翁，那荣、宁两府，尚可如前否？”士隐道：“福善祸淫，古今定理。现今荣、宁两府，善者修缘，恶者悔祸，将来兰桂齐芳，家道复初，也是自然的道理。”雨村低了半日头，忽然笑道：“是了，是了！现在他府中有一个名兰的，已中乡榜，恰好应着‘兰’字。适间老仙翁说‘兰桂齐芳’，又道‘宝玉高魁贵子’，莫非他有遗腹之子，可以飞黄腾达的么？”士隐微微笑道：“此系后事，未便预说。”雨村还要再问，士隐不答，便命人设具盘飧，邀雨村共食。

食毕，雨村还要问自己的终身，士隐便道：“老先生草庵暂歇，我还有一段俗缘未了，正当今日完结。”雨村惊讶道：“仙长纯修若此，不知尚有何俗缘？”士隐道：“也不过是儿女私情罢了。”雨村听了，益发惊异：“请问仙长，何出此言？”士隐道：“老先生有所不知：小女英莲幼遭尘劫，老先生初任之时曾经判断。今归薛姓，产难完劫，遗一子于薛家以承宗祧。此时正是尘缘脱尽之时，只好接引接引。”士隐说着，拂袖而起。雨村心中恍恍惚惚，就在这急流津觉迷渡口草庵中睡着了。

这士隐自去度脱了香菱，送到太虚幻境，交那警幻仙子对册。刚过牌坊，见那一僧一道缥缈而来，士隐接着，说道："大士、真人，恭喜，贺喜！情缘完结，都交割清楚了么？"那僧、道说："情缘尚未全结，倒是那蠢物已经回来了。还得把他送还原所，将他的后事叙明，不枉他下世一回。"士隐听了，便拱手而别。那僧、道仍携了玉到青埂峰下，将宝玉安放在女娲炼石补天之处，各自云游而去。从此后，"天外书传天外事，两番人作一番人"。

这一日，空空道人又从青埂峰前经过，见那补天未用之石仍在那里，上面字迹依然如旧，又从头的细细看了一遍，见后面偈文后又历叙了多少收缘结果的话头，便点头叹道："我从前见石兄这段奇文，原说可以闻世传奇，所以曾经抄录，但未见返本还原。不知何时复有此一段佳话，方知石兄下凡一次，磨出光明，修成圆觉，也可谓无复遗憾了。只怕年深日久，字迹模糊，反有舛错，不如我再抄录一番，寻个世上清闲无事的人，托他传遍，知道奇而不奇，俗而不俗，真而不真，假而不假。或者尘梦劳人，聊倩鸟呼归去；山灵好客，更从石化飞来，亦未可知。"想毕，便又抄了，仍携至那繁华昌盛的地方。遍寻了一番，不是建功立业之人，即系糊口谋衣之辈，那有闲情去和石头饶舌？直寻到急流津觉迷渡口，草庵中睡着一个人，因想他必是闲人，便要将这抄录的《石头记》给他看看。那知那人再叫不醒。空空道人复又使劲拉他，才慢慢的开眼坐起，便接来草草一看，仍旧掷下道："这事我已亲见尽知，你这抄录的尚无舛错。我只指与你一个人，托他传去，便可归结这一新鲜公案了。"空空道人忙问何人，那人道："你须待某年、某月、某日、某时，到一个悼红轩中，有个曹雪芹先生，只说贾雨村言托他如此如此。"说毕，仍旧睡下了。

那空空道人牢牢记着此言，又不知过了几世几劫，果然有个悼红轩，见那曹雪芹先生正在那里翻阅历来的古史。空空道人便将贾雨村言了，方把这《石头记》示看。那雪芹先生笑道："果然是'贾雨村言'了！"空空道人便问："先生何以认得此人，便肯替他传述？"那雪芹先生笑道："说你空空，原来你肚里果然空空！既是假语村言，但无鲁鱼亥豕以及背谬矛盾之处，乐得与二三同志，酒余饭饱，雨夕灯窗之下，同消寂寞，又不必大人先生品题传世。似你这样寻根究底，便是刻舟求剑、胶柱鼓瑟了。"那空空道人听了，仰天大笑，掷下抄本，飘然而去。一面走着，口中说道："原来是敷衍荒唐！不但作者不知，抄者不知，并阅者也不知。不过游戏笔墨，陶情适性而已！"后人见了这本奇传，亦曾题过四句偈语，为作者缘起之言更进一竿云：

说到辛酸处，荒唐愈可悲。由来同一梦，休笑世人痴！